外层空间

时间之箭

刘波 ——著

新世界出版社
NEW WORLD PRESS

图书在版编目（CIP）数据

外层空间．时间之箭 / 刘波著．-- 北京：新世界出版社，2020.8（2022.3 重印）
ISBN 978-7-5104-6952-7

Ⅰ．①外… Ⅱ．①刘… Ⅲ．①幻想小说—中国—当代
Ⅳ．① I247.5

中国版本图书馆 CIP 数据核字 (2020) 第 019657 号

外层空间·时间之箭

作　　者：刘　波
责任编辑：丁　鼎
责任校对：宣　慧
装帧设计：主语设计
责任印制：王宝根　苏爱玲
出　　版：新世界出版社
网　　址：http://www.nwp.com.cn
社　　址：北京西城区百万庄大街 24 号（100037）
发 行 部：(010)6899 5968（电话）　(010)6899 0635（电话）
总 编 室：(010)6899 5424（电话）　(010)6832 6679（传真）
版 权 部：+8610 6899 6306（电话）　nwpcd@sina.com（电邮）
印　　刷：天津中印联印务有限公司
经　　销：新华书店
开　　本：880mm×1230mm　1/32　尺寸：145mm×210mm
字　　数：280 千字　　　　　　　　印张：11.375
版　　次：2020 年 8 月第 1 版　2022 年 3 月第 2 次印刷
书　　号：ISBN 978-7-5104-6952-7
定　　价：98.00 元（全三册）

科幻文学的终极目标是人，还是科技？
——兼为刘波《外层空间》序

一般而言，问题的提出就意味着问题的解决。看到这个题目的第一刻，相信不论是我本人，还是读者诸君，都已经得出了自己的答案，或者是猜出了我的答案。是的，科幻文学的终极目标肯定是人。

当然，回答这一问题并不复杂，甚至是一种本能。但要解释或者推导出这一结论，却不是一件简单的事情。作为《外层空间》三部曲的策划人，回想与作者刘波沟通交流的过程，我试着结合小说本身阐述一下我对这个问题的看法，也是对作者嘱我作序的一个认真回应。

相对于一般的序，我不会涉及太多本书的内容，以免有剧透嫌疑，影响读者诸君的阅读体验。同时，我也不会涉及以往名家的科幻大作，不做对比，以免有卖瓜和碰瓷之嫌。总之，不踩踏别人，表明心迹便好。

人类会面临终极危局吗？

是的。我个人坚信这一点，人类肯定会面临终极危局，尽管现在还不确定是外部的灾难性问题，还是内部的结构性积累，但肯定会有终极危局。稍微解释一下，终极，是说到了压力的极限，危局，是说生死一线之间，合起来的意思就是，人类已危如累卵，几无退路。这是我的思考推导的第一个大前提。

关于终极危局的深层原因和呈现方式，诸如环境问题、人口问题、能源问题、生存空间、发展模式、部族争端，凡此种种，就不一一展开了。聪明如读者诸君，有见识和思考者当不在少数，参透此意不在话下。而且，人类对危局的选择和应对，也是科幻文学恒久的母题之一，本身乃题中应有之意。

那么，人类是否可以就此停止脚步，以避免终极危局的发生呢？以我们目前的社会实践和生存需求来讲，不现实，人类停不下来。从外部危机发生的不可预知性来讲，也不确定，危机也许还会发生。故此，自然主义和田园牧歌式的企盼未免过于天真，人类是回不到过去的，早就应放弃幻想。

尽管放弃幻想有些悲观，但需要提醒的是，这不是悲观主义。在我看来，悲观主义的近义词或许是毫无作为和及时行乐，此论调足不可取。悲观，但也积极应对，方是正途。当然，也有天生的乐观主义者会对悲观者提出批评，你们天天思考终极危局，是不是有点杞人忧天呢？

正面回答，杞人忧天其实是对的。放眼人类整个文明史，正是因为对灭顶之灾的深度恐惧，才使人类有了艺术、宗教、科技、文化，以及丰富充盈的物质生活。关于文明的诞生和人类精神与物质的进化史，此处也不做展开，先贤者多有考证爬梳，自不待言。

危局问题的提出，主要是应对明天，倘若人类面临终极危局，我们该怎么办？由此带来第二个问题，即应对模式，也是这个推导过程的小前提之一。

对抗模式，逃离模式，还是永生模式？

简言之，对抗模式，一如人类社会以往面对内部纷争的最高对抗模式——战争，面对人类的终极危局时，也同样照方抓药，战斗到底。跟谁战斗？外星文明是一种，人工智能是一种，地球毁灭是一种，宇宙灾难也是一种。或许我的阅读量（科幻文学）和阅片量（科幻电影）有限，反正从大类来讲，出不了这几种范式。而且，随着我的描述，在读者诸君的脑海里，那些经典的科幻小说和电影也肯定一一飞驰而过。

再说另一种，逃离模式。我高度怀疑这一模式的创意是源自人类本身的久远记忆和神话传承，西方的基督教文献中有挪亚方舟的记载，吾国也有伏羲女娲躲在葫芦里逃生的传说。殊途同归，共同的起源都是人类对大洪水这种灾难的深度恐惧和逃生记忆。同理，在科幻文学和科幻电影中，以带着部族逃离、带着全人类逃离，至带着地球逃离为母题的小说和电影，也不胜枚举。

除了对抗和逃离，还有第三种模式吗？有，冷冻或者永生。其实，这也是前两者的结合或者变种，但因为也常出现，故可单列一类。从对抗的角度理解，这是对抗衰老，对抗死亡，以时间换空间。从逃离的角度来看，这是远离自然灾难，远离人类的自相残杀，以空间换时间。而且，随着科技的进步，以这种模式为母题的科幻文学和科幻电影，不光越来越多，还有了新的含义——永生的或许不再是你的肉体，而是你的信息，时髦的名词叫作：AI 永生。

面临终极危局的应对模式，无非这几种，那人类就此做好准备了吗？当终极危局发生时，人类会选择哪种模式，会有统一的意见吗？当然没有，这也是科幻文学和科幻电影的魅力所在。如果大家已经有了通往未来的“船票”，且人手一张，科学幻想也就失去了存在的意义，那不叫幻想，那叫现实。

既然人类没有就此做好准备，对于选择何种应对模式，更是有着不同的意见，那么另一个潜在的矛盾就会浮出水面：人类的团结问题，这是我们推导过程的第二个小前提。

人类团结，还是不团结，以及如何团结？

团结问题，简单看，只是个过程中的问题，只有危局发生后才会成为命题；但实际上，这是人类一个恒久的社会治理问题，在常规状态下也会遇到。不过此处，我们就事论事，主要谈面对终极危局时的人类团结问题。

人只是单一的社会个体，要形成合意，必然会依靠人与人形成的社会组织。常规状态下，这些社会组织可能是社区、村落、部族、城市当局、国家政府，诸如此类。那么，在非常规状态下，也就是我们所说的终极危局出现后，过去传统的社会组织可能就会失去意义，首先是效率失衡，其次是缺乏分工，还有就是不协调一致。因此，要解决面临危局的团结问题，就要采取比常规的社会治理更为有效和有力的合意机制，甚至是专制。

由此你看，即便在高科技背景下，为了面对终极危局，人类的社会治理方式也可能出现回潮，那些所谓的低阶段社会形态反倒出现了。人类可能重回部族时代，现代形态的国家不存在了，疆界和领土在全人类的灭顶之灾面前已毫无意义。不同部族之间有特定的议事机制，以求达成一致行动，但这种协议或者联盟往往非常松散甚至形同虚设，为抢夺生存空间撕毁协议和瞬间翻脸都是司空见惯的事。

万不得已，又会出现小规模的战争和征服，平息之后再进入一个超级霸主的时代，这个超级霸主代表全人类发号施令，众小部族纵有万般无奈也得服从。而且你会发现，在这个超级霸主的治理下，大家过得似乎还不错，起码眼前的危机解决了，人类不再自相残杀，至于未来，团结一致蒙面前行罢了。

你看，人类可能是这么解决团结问题的。当然这只是我和作者的猜测，也许不一定正确，但它符合人性和社会治理的一般规律。可能也有读者诸君不同意，说人类都经历过了那么多社会形态，而且又有高科技和新算法的加持，不相信未来假如危局发生，还会回到那么落后的议事规则和决策机制，甚至连专制都回潮。

当然，也许你是对的。也正因为如此，科幻文学才有无尽的可能。科技进步如此神速，我们也只是提供了一种算法。不过，面对终极危局，人类的决策机制也许就是现有社会治理形态的再版，甚至回潮，我们保留这一判断。因为我们相信，解决危局本质上还是解决人的问题。

行文至此，我想读者诸君已经大概明白，我们策划写作这套科幻作品《外层空间》三部曲的立意之所在。面对人类终极危局，对抗也好，逃离也罢，议事机制也好，专制独裁也罢，都不过是为了人类生存而解决部分问题的无奈选择，它当然会产生新的问题。但这种选择在本质上没有价值对错，只是一种趋利避害的相对优化的算法。其核心还是人，是人本身的问题，以及解决问题的方式。

由此，还有另外一些衍生出来的问题，就是人类的精神困境和情感状态。既然整体性的社会组织形态发生了如此的巨变，那么人类还会有婚姻和家庭这种单一形态的社会细胞吗？如果没有了婚姻和家庭，那么男女之间的正常情感，也就是我们习以为常的爱情，又将何去何从？这一点，我先卖个关子，不展开解读了，读者诸君还是从书中寻找答案吧。

最后我要说的是，《外层空间》从思考谋划，到刘波先生动笔，再到完成创作，如今付梓出版，已历时三个年头，其间诸多不易，一时难以言表。但总算有个好的归宿，心下颇多欣慰。在此，特别感谢出版人阮航先生多方奔走成全此事，以及新世界出版社的独到眼光和辛勤编辑，使得本书最终得以出版面世。

贾双林

2020 年春节前夕，于北京朝阳路

自序

现在大多小说都会写上一个“序”，你可以说这是一种流行模式，也可以说是一种格调，或是某种情结，抑或是一种向某人致敬的方式，但对于我这样的人来说，这只能算是一种“装”，装作像个文人的样子，虽然我从外表以及内心来说都不像个文人。

大约在一年前的一个晚上，朵小姐突然对我说想要一只老虎，因为她有个同学养了一只小猫，她需要用老虎来炫耀一下，对于这个要求，我当然没有耐心给她解释老虎属于国家保护动物，但我又实在不忍心亲手把一个孩子的梦想无情地毁灭，所以就勉为其难地答应了。

没过多久，我就开始写《外层空间》的大纲，这是我从小的一个梦想——幻想宇宙。这是一项非常严肃认真的工作，在这个过程中，朵小姐数次以视频、电话的方式向我讨要老虎，我只能一拖再拖。

孩子的美梦？我的美梦？就这样夹杂在一起充斥着我的生活。

终于,《外层空间》这个关于我的梦想的故事算是写完了，但老虎却还是没有找到。这时候，朵小姐已经成了一名光荣的少先队员，但她对于我一年前的承诺仍然记忆犹新，希望得到老虎的愿望也更为迫切。

我无言以对!

我为什么要答应她这个要求?

我居然在梦里都想着该怎么搪塞朵小姐。

这个我轻易许下的承诺居然对我造成了如此大的压力。

其实我只想在这本书开始之前对朵小姐说一句：

“要不是给你找老虎，这书我早就写完了。”

目录

引子

“爸爸，你看那颗星星，它好亮。”五岁的玛索坐在屋顶，托着下巴，仰望着美丽的星空。

“是啊，那是美丽的火星，未来会是我们的家园。”富尔茨靠在躺椅上，笑着对女儿说。

“它上面有人吗？有没有草莓馅饼？有没有迪士尼乐园？”玛索把头扭向爸爸的方向，眨着眼睛问。

“那里是一个美丽的伊甸园，当然都有了。不过那里的人和我们不一样，他们善良、可爱，还富有同情心。”

玛索不再说话，她静静地看着星空，很久很久，然后睡着了。

梦中的玛索跟着爸爸一起到了火星，那里有妈妈，有艾丽莎，有无数的草莓馅饼，有不用排队的迪士尼，还有狮子王、爱丽丝、米奇、白雪公主……

玛索出生的那年，是人类历史中永远不能被忘记的一年。因为在那一年，人类的社会制度发生了一次爆炸性的改变，传统的国家、民主、自由以及经济体系都有了新的制度。从那一年开始，无论是美国总统、日本首相、英国王储，以及军事独裁者、原始部落的酋长、军事组织的头目，还是大公司的首席执行官、高级财团的实际控股者、各大银行的拥有者、充满野心的金融投机者，再或者是农田里干活的农民、工厂里做工的工人、出租车司机、公司白领，抑或是小偷、强盗、流浪汉，他们的身份都只剩下一个——地球人。当然，这并不是人类回归到了远古的田园时代，那个年代是一去不复返的，就像时间不能倒流一样。

事实上，这种社会制度早在70多年前就由当时的美国伊利诺伊州州长格林、日本富士银行总裁松岛健壮、欧洲民权组织领袖凯西、中国慈善家陈宏元、荷兰国王亚历山大七世联合提出过。他们认为，人类的人口基数、医疗水平以及过分的民主自由使得地球已经无法承受人类的发展，有必要成立一个全球性的组织来进行约束管理和限制，同时需要制定宪章。但是这种想法就像康帕内拉的太阳城一样，是一个只存在于想象中的乌托邦，是一种空想主义，实现起来的概率可以忽略不计。所以，70多年前的这场社会制度的革命还没有开始就已经结束，而多达6000多页的企划书也被扔在了联合国大厦的图书馆，归为科幻类。

但是，接下来数十年内发生的事情却像是潘多拉魔盒或是中国古老的推背图一样，毫不留情地印证了企划书中关于人类未来担忧的预言。这本归为科幻类的企划书也和《资本论》一样，被称为全人类的财富，这份企划书的名字叫《人类的未来》。

2101 年，也就是这份企划书诞生的第二年，A 国发生了一次不同以往的军事政变。政变的领导者是迪奥巴将军。他本来是一个国际医疗组织的工作人员，但是他并不认为医学的发达可以使人类长久地生存下去；相反，他认为人类必须减少人口基数，只有这样才能控制住各种新型疾病的蔓延。所以，他逐渐接近了当地的武装组织，并且利用自己的医学技术，制造了一种新型病毒，这种病毒并不能造成人类的死亡，但却可以对人类的生殖系统产生毁灭性的打击，从而遏制人口的增长。但是由于与联合国宪章有悖以及违反人权法，迪奥巴博士被全球通缉，于是，他索性弃医从军，成了迪奥巴将军。终于，在 2101 年，他发动了军事政变。

2104 年，农业生产大国 B 国发生了转基因粮食变异，产量下降 70%，而粮食变异直接导致了人类呼吸系统的功能弱化，使人类对氧气的需求量增大，而这一切的根本原因是人口众多导致的环境污染和空气质量下降。最有效的方法就是控制人口。大量的难民用各种各样的方法逃至其他国家……

2119 年，C 国发生民众抗议，抗议者占领了政府、警署和电视台，抗议的原因是为了要推翻十年前通过的《无国籍人口限制法》。抗议民众要求政府制定相关政策，限制人口增长，提高公共场所的数量，净化环境，驱逐非 C 国人士。抗议持续了 14 天并产生了极大的混乱。后来，警署和政府的一些人士也加入了抗议人群，场面堪比当年的巴士底狱。最终，C 国政府集体向国王辞职，C 国成了无政府状态。紧接着，其他国家先后步 C 国后尘。

2125 年，D 国 S 县率先在本县实行人口控制，利用药物使成年适婚男女失去生育能力。几周时间内，S 县迁出的人口达到了全部人口的 40%，而迁入的人口则是原来的 3 倍。D 国政府在 7 周之后，决定在全国实行新的人口政策。

2128 年，瑞士联合银行抛售股票，欧元、美元、日元同时贬值，世界经济面临崩溃。

2139 年，国际货币基金组织宣布，黄金不再作为金融资产，即日起生效。顿时，世界经济乱作一团，各国政府虽然先后出台政策，但无济于事，世界第一次回到了无货币状态。各国钱币如同废纸一般。

2142 年，非洲、欧洲、南美、亚洲先后爆发局部战争，争夺资源，世界剑拔弩张，第三次世界大战一触即发。

这一切的根源，都是因为一个小小的地球要容纳 150 亿的人口以及每年 10% 的人口增长率。地球已经不堪重负，每一件小事似乎都会引起毁灭。新社会制度必须产生，人类必须找到新的家园和生存方法，否则人类将面临灭顶之灾乃至消亡。

当然，最后事情总算过去了，人类把那些年称为“引线时代”，意思是像手榴弹的引线一样，一丝的火星或许就会造成极其严重的后果。几乎没有人乐意回忆那个年代。

终止这场危机的是两个人，两个不知是英雄还是浑蛋的人。对于他们，人类从没有一个统一的意见，就像亚当和夏娃吃掉苹果的行为是否正确至今也没有一个定论一样。

第一章

奔向火星

一、真正的宇宙飞船

阿波罗登月飞船已经是两个世纪前的产物了，200 年后的今天却仍然让人津津乐道。人类早已经登上了月球的背面，那里并没有传说中的外星基地，而是一大片不知过了几亿年仍然存在的陨石坑。人类又一次失望了，寻找地外伙伴的信心受到了严重打击。不过对月球的失望并不能掩盖对火星的希望，这颗阿波罗之子阿瑞斯就如同一个等待决斗的战神一样，数亿年来，孤独地等待着他的对手。终于，这个对手产生了。

富尔茨博士出生在“引线时代”中后期，那是一个动荡的年代，但他却有着人类的传统想法。他热爱科学，特别热衷于天文学，大学毕业于芝加哥大学天文系，是该校历史上学分最高的人。

在大学期间，他就在著名的派克公司的项目中提出了关于第三宇宙速度载人飞船的理念，虽然这种理念在其他人看来没什么可行性，但是富尔茨坚信这是人类登陆其他行星最有效的方法。毕业之后，他谢绝了其他公司的高薪聘请，来到了欧洲的“火星一号”公司担任课题主管，研究登陆火星的宇宙飞船的制造。

“火星一号”公司的发展就像一部童话故事一样。早在 200 年前，他们就提出了将人类送到火星去建造基地的想法，当时还引起了极大的争议，很多人把这个公司当成了骗子公司，但这却丝毫没有影响他们对登陆火星的兴趣。20 年后，他们把一只叫巴斯勒的牧羊犬送上了火星，虽然巴斯勒再没有回来，也不知道去了哪里，但是这次成功的旅行就像是一块激起涟漪的石子，把整个人类对于登陆火星的兴趣提高到了极点。“火星一号”公司借着这个契机成功上市，继续开发载人飞船。又过了 10 年，他们又把 10 只生活在撒哈拉沙漠的沙狐送至火星，并且利用飞船将 10 万颗沙漠植物的种子成功撒向了火星南部的平原地区。从后来反馈回来的信息知道，这 10 只沙狐中的 8 只即刻死亡，但还有 2 只存活了 72 小时。这 72 小时就像是几万年一样漫长，但这次实验证明了一点，在火星上，哺乳动物在一定的条件下是可以存活的。而那 10 万颗种子，也有差不多 10% 休眠了，它们并没有死，当然也不可以说是活着。

富尔茨博士开始工作的头十年，基本上没有什么进展。他每天按部就班地实验，但是在第十个年头，随着一位助手的到来，他的实验发生了一次爆炸性的技术革命。

这位助手来自中国，名字叫柳佳伟，他拥有天文学博士头衔，同时还拥有生物学博士学位，是一位名副其实的高才生。他通过

“火星一号”从火星地层的黏土的取样得出一个爆炸性的结论——火星上存在类似于哺乳动物的生物，并且很快在富尔茨博士的帮助下，发表了论文。顿时，世界各大科技公司先后发布了要登陆火星的计划。不过，“火星一号”公司再次走在了前面，因为他们已经按照富尔茨博士的研究成果，制造出了人类第一艘化学动力第三宇宙速度飞船，到达火星就像回家一样简单。

人类脱离太阳系引力的研究其实早就有很大的成就了，旅行者一号早已在茫茫宇宙中消失得无影无踪，它带走的是人类的信息。但是关于活体生命的星际旅行，一直都没有进展。近在咫尺的火星好像相隔了几十光年那么遥远，是人类可望而不可即的，有太多的科技和人伦方面的要求。所以，制造出载人的宇宙飞船飞向火星，是人类迈向宇宙的第二步。这一步人类迈了两百年，仍然没有找到合适的落脚点。

富尔茨博士本来的设想是制造出曲率飞船，但是一直没有实质性的进展。所以，在放弃了这个不太现实的想法之后，富尔茨博士继续研究化学动力飞船，这是最现实的。在他实验到第五个年头的时候，另一个爆炸性的技术出现了，而这个爆炸性技术的制造者就是人类社会的第二个“英雄”——锡安博士。

锡安博士在他的实验室里，利用理想气体状态方程，在夸克中制造出了绝对零度。虽然存在的时间只有几万分之一秒，但这足以让全世界兴奋。更重要的是，他创造出了破解接近绝对零度固体的方法，这项研究成果就像是一座沉寂了几千年的火山突然爆发了一样让人兴奋。

其实所谓的绝对零度不过是一个概念，为什么这么说呢？因为按照地球物理学的定义，绝对零度不过是一个理论上可以达到的热力学温度的下限值。多少年来，人类一直都在用各种科技手段试图达到这个温度，但是都失败了，以至于在科学界有人开始怀疑理想气体状态方程是否正确。但是现在，在锡安博士的实验室里，人类终于制造出了绝对零度，而且找到了破解绝对零度的方法，这等于扫清了人类在星际旅行中遇到的一个巨大的困难。

在人类登上月球之后的两百多年，人类终于前往了火星这个近在咫尺而又未知的世界，那里会有什么？任何科幻小说的作者都想象不出来，即使人类已经看到了无数张火星的照片。

富尔茨博士看着升空的飞船推动器，平静异常，虽然他不能亲自前往，但他的心已经在这艘飞船上安了家，将和它一起在火星登陆，开辟人类未来的家园。

载着六位火星先驱者的“时间之箭号”需要三个月的时间才能到达火星。在这三个月里，他们要面临各种天文问题，但是最难的问题其实是心理问题，因为在大部分时间里，他们看到的都是黑暗。宇宙的空旷是人类无法想象的。

其中一个来自中国的宇航员韩子铭特地带上了一本希伯来语的书。他笑着对其他人说，利用这三个月的时间，他要学会这门语言，回去之后向暗恋了许久的犹太姑娘表白。

三个月对这六个先驱者来说是漫长的，对于地球上等待的人们来说，则更加漫长，出发的时候还是隆冬时节，而到达的时候则已春暖花开。

战神阿瑞斯拿着战斧，怒目圆睁，浑身上下都是鲜血，有的滴在地上，已经凝固了，但是他仍然没有动。这个时候，动一下就意味着放弃，意味着失败，意味着恐惧。他在等待着一个机会反击，这个机会不知何时能来。

对手也早已鲜血淋漓，他准备用最后一丝力气冲上去击倒阿瑞斯，让他的血喷溅出来。

这就是火星撞地球。没有人可以幸存，不过，当事双方却都不知道。

二、即将逝去的童年

玛索和克里森是幼儿园最好的朋友。他们每天一起上学，坐在一起，一起游戏，一起吃饭。克里森一头的金发，是一个典型的北欧美男子，他把玛索当成自己最好的伙伴。

“玛索，咱们玩过家家的游戏吧，这个娃娃是咱们的孩子。”克里森抱着一个洋娃娃，笑着对玛索说。

“好啊，不过我听妈妈说，生孩子很疼的。”玛索放下手里的积木。

“我不知道，妈妈说，以后不会有人生孩子了。”克里森说。

“那等咱们长大了，就没有幼儿园了。”玛索的脸上流露出了一丝不舍。

“没关系，咱们永远都是好朋友，对吗？”克里森眨着眼睛说。

“嗯，永远是好朋友。”玛索也眨着眼睛。

幼儿园里的孩子并不多。事实上，在此之前的十几年，由于对生活质量和环境的担心，很多人已经放弃了生育。五年前，最后一批自然受孕的孩子出生之后，人类就好像接通了上帝的联系方式一样，关闭了潘多拉的魔盒。亚当和夏娃经过了无数个世纪之后，重新回到了那座美丽的伊甸园。虽然伊甸园已经和当初完全不同，但这是迄今为止唯一可以生存下去的方法。

算上克里森和玛索在内，整个幼儿园只有不到二十个孩子。他们每天在一起，尽情地游戏。再过几年，当他们离开幼儿园的时候，“童年”这个词汇将走进历史，走进世界上每一个人的回忆中，因为没有新的人类诞生，所以也就没有了童年。假如若干年之后，人类找到了在地球上生存的方法，又有新人类出生，那又是另外一回事了。

玛索对幼儿园的生活很满意。在她的心里，或许不知道长大之后会是怎样一个残酷的社会。新时代的人类怎么生存，是一个大问题，新的社会制度、新的社会资源、新的社会格局都将载入历史。或许这是人类拯救自己的一个机会，也或者是毁灭自身的一次行为。对于地球上每一个人来说，他们面临的局面都是一样的。人类再不会拥有美丽的田园时代，再不会有人人向往的自由时代，等待他们的一切都是未知。

富尔茨博士每天尽量抽出时间带着玛索做游戏。他知道，玛索这代人和以前不同，他们是地球上最后一批儿童。富尔茨要让他们尽情享受着即将消失的童年，这也是对他自己童年的一种回味。失去的，终将不会再回来。

“爸爸，你的飞船什么时候到火星？”玛索问。

“快了，还有一个月吧。”富尔茨抚摸着玛索的头，看着天际。满天的星星有无数颗，每一颗都充满着未知的因素。

“我长大了也要到火星去，开辟我们的家园。那样，就可以有新的小朋友了。”

“如果那里和这里一样，你会去吗？”

“怎么会一样呢？新的地方会有新的朋友。”玛索说。

富尔茨没有再说什么，他仍然仰望着星空。他真的无法回答玛索的问题，因为他也不知道登陆火星对于他、对于玛索、对于地球上的每一个人或是对于火星上未知的生命来说，会是一场什么样的结局。或许没有想象的那么美好，甚至是残酷无比的。

“我要把火星人当宠物，一定很酷。克里森有一只仓鼠，总是向我炫耀。”玛索不知是对爸爸说，还是自言自语。

“爸爸，你能给我一只火星人吗？”玛索把头扭向爸爸。

“可是爸爸也没有啊。”富尔茨摊开双手。

“他们会带回来的，那是你的飞船，我只要一只，不，两只，这样他们就不会孤单了。求你了爸爸。”玛索笑着说。

“好吧，我尽力。”富尔茨无奈地说。

“太好了，谢谢爸爸。明天我告诉克里森，到我家一起来和火星人玩儿。”玛索拍着手激动地说。

天上的云遮住了月亮，原本明亮的夜色突然变得暗了下来。星星却显得亮了许多，每一颗都一闪一闪的，就像是悄声说话一样。

三、消失的引力波

“时间之箭号”的航行很顺利，90 天的旅行对于六位宇航员来说并不是什么难事。在此之前，他们已经接受了将近五年时间的太空旅行测试，往返月球和地球几十次，环绕地球几千圈，对于空旷的宇宙再熟悉不过了。这是一个热爱科学、喜欢宇宙、对未知事物充满兴趣，同时又打算把毕生的精力都献给宇宙探索事业的小组，虽然他们不知道他们将要面对的是什么。

桑帕约是一位来自英国的拉丁后裔，他除了是一名宇航员之外，还是地球上一位最出色的无线电专家，这在星际旅行中是必不可少的。桑帕约博士研究宇宙无线电已经有近二十年的时间了。在五年前，他就再次借助 LIGO 引力波仪器，为人类第 25 次发现了引力波，但这次发现的引力波却和以往的完全不同。

在此之前人类先后发现的 24 次引力波中，距离最近的来自 6000 万光年之外。到那时为止，人类发现的引力波都是由于两个黑洞碰撞之后形成新的黑洞，黑洞巨大的质量会减少 5% 左右，而这 5% 就成了能量，然后以引力波的形式释放出来，而这正是爱因斯坦提出的质能方程，可以证明广义相对论的理论性。

但是桑帕约博士这第 25 次发现的引力波，却颠覆了之前人类沾沾自喜地认为证明了广义相对论的想法，让人类对爱因斯坦产生了怀疑，因为这次发现的引力波与以往有三处不同。如果按照之前人类对于引力波的定义，那么这次的发现，不能叫作引力波。

第一，这次的引力波来自距离太阳系 8.6 光年的大犬座星系，距离之近和以往的发现有着巨大的区别。

第二，LIGO 没有发现任何黑洞碰撞的迹象。也就是说，这次的引力波并非来自黑洞碰撞产生的能量，质能方程不能给予合理的解释。

第三，也是最要命的一点，这次的引力波呈现的能量并非那么巨大，而是弱小到几乎可以忽略不计，而且它释放的能量、速度都呈一种极其精确的规则朝着太阳系方向释放，然后最终消失得无影无踪。

当桑帕约博士把论文发表之后，世界为之一振。人类原本以为自己已经弄明白了引力波的秘密，但却再一次被颠覆了。桑帕约博士和他的团队继续跟踪了五年，却一无所获，他有些绝望，也有些恐惧。绝望是因为对宇宙的了解越深，就越发现自己和人类的无知；恐惧是因为他真的不知道近在眼前的东西为什么凭空消失，这背后就像有一只无形的大手一样，掌握着一切。

桑帕约博士坐在“时间之箭号”的液压舱里，监视器外面是已经持续了十几天的黑暗，唯一的亮点就是他回过头看到的家园——地球，这也是唯一可以慰藉他的东西，小得像一颗精致的玻璃球，而前方，则是一片黑暗，一片未知，一片茫然，一片恐惧。

偶尔，他会听听从地球上带来的音乐，但和其他宇航员不同，大多数时候，他都在静静地思考，或者在想一件事——那个来自大犬座的引力波如何产生，如何消失。虽然每次他都失败了，但是在他的内心深处有一种感觉强烈地支配着他，那就是人类要发现一些曾经存在于故事中的东西了——上帝或者是其他什么……

韩子铭和来自爱尔兰的格拉比每天都下棋，一下就是一天。他们约定，等到了登陆的那一天，谁赢得多，谁就先下去，这可是创造历史的一刻，韩子铭和格拉比当然谁都不乐意错过。不过到现在为止，他们仍然是平手，胜负还是未知，或许他们会手拉着手走下飞船，在火星上同时留下两个脚印。

而来自俄罗斯的巴拉科夫则简直就是一个独裁者，他甚至要求每个人每天必须完成一篇日记发回地球，或者画一幅画，或者写一封情书，或者必须和他一起喝一大杯烈性的伏特加酒。当然了，到了后来，除了伏特加之外，其他的事情连他自己都放弃了，因为除了黑暗之外，他看不到任何东西，就像是一个人掉进了一个深不可测的洞穴，一直呈直线下落，身边只有黑暗，没有其他任何东西，哪怕是一只老鼠或是一朵玫瑰。巴拉科夫每天大约有 18 小时是醉酒状态，其他 6 小时则在睡觉，他喝酒的时候喜欢唱几百年前俄罗斯的歌曲：

深夜花园里四处静悄悄
只有风儿在轻轻唱
夜色多么好
心儿多爽朗
在这迷人的晚上
……

来自美国的拜纳姆则是个认真的人，他总是不停地阅读，而阅读的内容则全部是地球上历次战争中登陆作战的战地日记，然后写下自己的不同见解，有时候他甚至为了书中的错误愤怒、哭泣或者叹息。他用了两个月的时间写出了《诺曼底登陆是个错误的决定》一书，并且打算回到地球就出版。

而来自挪威的弗莱娜则每天泡在厨房里尝试新的菜谱，因为在她出发之前，女儿告诉她，她做的胡萝卜鳕鱼馅饼实在是太难吃了。她一定要好好利用这三个月的时间，做出最美味的食物，她承包了飞船的厨房，每天给大家做饭。当然，大伙的评价和她女儿一样——实在是太难吃了，除了巴拉科夫，因为他总是在不停地喝伏特加，几乎对任何食物都不做评价。

“时间之箭号”不停地前进着，距离火星越来越近了。未知世界即将变成眼前开阔的平原、高耸的火山……每个人都心情激动地等待着这个时刻的到来。

四、巴拉科夫的直觉

巴拉科夫仍旧喝着他的高度伏特加。对他来说，无论是在地球上还是在太空中或是到了火星，唯一不能缺少的只有伏特加，只有喝了伏特加他才会拥有非比寻常的灵感。

说起来确实是一件奇特的事，伏特加酒从诞生起到现在，已经拥有了几百年的历史。比起世界各地其他国家的酒，伏特加远谈不上好喝。波尔多庄园里的美味葡萄酒、日本的清酒、中国的茅台、苏格兰的威士忌，或者是白兰地和鸡尾酒，这些酒无论从品质上还是制作工艺上都要远远好于伏特加，但是伏特加却屹立不倒，而且它的配方从来都没有变过，永远是那么简单、随意。在俄罗斯人眼里，这是一种寻找隐藏在他们心中的祖先的记忆。有了伏特加，不管什么场合，都会完全变成另外一个世界。

巴拉科夫端着特制的伏特加杯子，眼睛紧紧地盯着隐约可以看到的火星。还需要十天，他们就能到达这个在地球可望而不可即了几十亿年的星球了，那里真的有生命吗？他们是嗜血的食肉动物，还是温顺的食草动物，或是飞鸟、爬虫，还是像科幻电影里拥有高级文明的毁灭者？巴拉科夫的眼睛里一片茫然，不过，还好，他有伏特加。

举起杯子，安然下肚，没有丝毫的不适，巴拉科夫的眼前出现了另一个世界。

在古希腊的圣域雅典竞技场，战神阿瑞斯手持战斧，他已经浑身鲜血淋漓，能够站着完全是依靠毅力。此刻，他的面前有两个勇猛的敌人，或许只需要一根稻草、一片树叶，他就能倒下，并且再也站不起来，然后他的肉体、他的鲜血、他的皮肤、他身上的每一个分子都会融入土地中，消失得无影无踪，就像他从来没有来到过这个世界上一样。看台上几乎所有的下注者都已经对他失去了信心，不过他心里明白，他只要坚持住，就能是最终的胜利者，因为对手和他一样，也只差一根稻草、一片树叶。在这个时候，谁也不能动，但是，胜利者只有一个，此刻，信念是决定谁是胜利者的关键因素。

阿瑞斯是勇者，是战神，但他更是捍卫者。虽然都已精疲力竭，但是战斗意志却相差着数十万倍。入侵者输了，还会有下次，但是捍卫者败了，就再没有机会了。

看台上的人们骚动着，他们喜欢这种濒临绝境的恶斗，喜欢血腥的场面，喜欢看着有人鲜血淋漓地倒下。

首先冲上来的还是入侵者，他们从正面的两个不同方向朝着阿瑞斯扑来。阿瑞斯把战斧横在眼前，从斧刃上方锋利的横切面上看着对方。在他的眼里，虽然对方歇斯底里，但是却只有一颗头。他笑了，狂笑不止。或许是这种恐怖且不知何意的笑声让对方感到迷惑，入侵者的士气在即将冲上来的时候突然低落了下去，但很快，入侵者又恢复了刚才的霸气。不过，对于阿瑞斯来说，这一刹那的犹豫足够了，他举起战斧，毫无顾忌地迎了上去。

入侵者倒下了，一动不动，阿瑞斯把战斧高高举过头顶，阳光被战斧挡住了，不过阿瑞斯感到了一丝温暖，笑着倒下了。

捍卫者永远比入侵者更有胜利的欲望，这是一条定律，人类已经在历史中无数次地体会到了。

根据地球总部的指令，“时间之箭号”登陆的时间是在4月4日。这个日期是经过精心计算后得到的，因为火星上的4月是漫长春季的开始，由于火星绕太阳公转的时间大约相当于两个地球年，所以火星的四季几乎是地球的两倍，但是由于火星公转的轨道比地球的轨道要扁，所以火星的四季差异巨大，而且并不相等，而最漫长的要数春季，这个季节的火星气候是逐渐变暖，大气中的氧含量也高于平均氧含量，在此刻登陆，是最适合的。

登陆的地点也是经过精心选择的。本来按照火星的地貌和气候，在火星北半球的熔岩填平的低原登陆是最合适不过的。之前无论是无人探测器还是载着“巴斯勒”的登陆器，都选择了在这里登陆，这次也不例外，但是在“时间之箭号”出发前，作为飞船上唯一的地质学家，巴拉科夫强烈要求加入自主选择登陆地点的权力，经过和富尔茨博士的据理力争，这一要求最终被同意。

包括桑帕约博士在内的其他人都不知道巴拉科夫为什么非要加入这个权力，但由于巴拉科夫在登上飞船的两个月内一直处于醉酒状态，并表现得像霸道的独裁者，没有人问起过这个问题。终于，在还有十几天就要登陆的时候，桑帕约博士问起了这个问题，但巴拉科夫的回答却让他目瞪口呆。

“如果你想直接找到火星上的那些怪物，就在南半球登陆。”

“给我个理由。”桑帕约博士说。

“没有理由，是直觉。”巴拉科夫又开了一大瓶伏特加。

“科学不允许有直觉。”桑帕约斩钉截铁地说。

“那你用科学解释一下你为什么恐惧那未知的引力波。”巴拉科夫大声地用他的俄式英语说着。

桑帕约博士不再说话了。他知道，在有些时候，当科学和数据不能解决问题的时候，直觉就成了唯一解决问题的方式，就像拆除炸弹时需要剪掉哪一根线一样。

“南半球的陨石坑拥有几十亿年的年龄，没有变化，适合生物的进化，同时生物也会产生适应性。就像你每天待在农场里，然后不习惯大城市一样。对吗，中国人？”巴拉科夫冲着下棋的韩子铭喊道。

“在特定条件下，是这样的。”韩子铭对着桑帕约博士眨了眨眼睛。

“这里就是特定条件。”巴拉科夫扬起脖子，喝了一大口伏特加。

“好吧。”桑帕约博士妥协了。其实这不是妥协，而是一种认可。

“听说火星的夕阳是蓝色的。”弗莱娜端着烤好的草莓馅饼走来。

“还是红色好，蓝色让人恐惧。”拜纳姆说。

“为什么？”弗莱娜问。

“蓝色的太阳就像是地球末日。”拜纳姆说。

“可是我们是在火星。”弗莱娜说。

没有人再说话，他们静静地看着即将到达的地点，内心掀起涟漪，激动万分，就像是到了一个久负盛名的度假胜地一样，充满了期盼。

五、坚定的反对者

富尔茨是地球上最坚定的反对殖民火星主义者，特别是火星生命被证实存在了之后，他更加坚定自己的信念，并且毕生都信守着这个信念。

富尔茨的祖先冯·诺尔曼·富尔茨是德国的一位职业军人，家族史可以追溯到“莱茵联邦”。从那时候起，冯就是一位将军，他的后代们也大都继承了他的职业，成了军人，从莱茵联邦到普鲁士，从德意志联邦到德意志帝国，从魏玛共和国到纳粹，家族中出现了无数的职业军人，他们拥有德国人的严谨和军人的素质，是最典型的德国贵族。

但是当纳粹控制德国之后，他的家族出现了一位被家族后世子孙称为英雄的人——冯·比尔·富尔茨。他本来是德国陆军某集团军中的一位准将，但是因为反对纳粹和希特勒的政策，在二战开始前夕偷偷和全家移民到了美国，从此在那里繁衍生息，再没有回到德国。到了富尔茨这一代，早已经成了地道的美国人，除了姓氏，他和德国已经没有任何关系。

或许是受到家族中这位英雄祖先的影响，富尔茨这一支后裔都是坚定的和平主义者，他们反对一切战争，主张无为而治的政治，同时也有一部分人是素食主义者和动物保护组织的成员。在这种环境下，富尔茨从小就极富同情心，虽然出生在“引线时代”，但是他并没有对世界产生悲观的想法，相反，他认为乱世出英雄，必定会有一个人来拯救这个星球上的生命，并且他自己一直朝着这个方向努力。

企划书通过的时候，富尔茨作为一名冉冉升起的科技明星很自然地加入了反对殖民火星的行列中。他认为万物皆平等，如果火星生命的等级和文明程度低于人类的话，那么就更应该保护他们而不是进行殖民统治，毕竟两个星球的距离对于天文学来说是可以忽略不计的。

平心而论，富尔茨和他的伙伴们的这种说法是有道理的，但这只能作为一种反对的理由而不能作为反对的必需的依据。殖民火星人是对所有地球人有益的事情，反对殖民火星就是反对地球人生存，富尔茨和他的伙伴们哑口无言，甚至有一些极端者称富尔茨他们是“这个星球上的败类”。这让富尔茨很难过，但是他知道，难过只能是一个个体的情绪，而不能成为一种主义悲观的形象，于是，他变得强硬，变得据理力争。只可惜，面对几乎送到嘴边的肉，一个几乎要饿死的人是不会拒绝的。最终，富尔茨还是输了。

失败的富尔茨决定改变方式，他通过对“化学动力第三宇宙速度宇宙飞船技术”拥有的专利权，以此在殖民火星的协议书上加入了“如果出现低于人类的智能生命，那么将不允许杀戮”的条文。虽然这个条文对于贪婪的人类几乎没有任何作用，但对于富尔茨来说，这是他所能采用的唯一的方法。他知道，火星和地球之间的碰撞虽然不可怕，但是在浩瀚的深不可测的宇宙中，可怕的东西太多了，如果人类能够走出太阳系，走出银河系，那么等待他们的或许就将是无底的深渊和末日。

登陆火星计划是在富尔茨的建议和主持下实施的。虽然反对殖民，但是富尔茨还是坚定地认为人类必须走出地球，因为外面的世界实在太有诱惑力了。人类就像是一只待在井底几十亿年的青蛙，第一次爬出了井口，恐慌、惊讶远比不上惊喜和兴奋。或许在若干年后，富尔茨的成就不值一提，但是在特定的环境和特殊的时间内，这绝对是伟大而且要被大书特书的。

富尔茨拒绝了成为第一批先驱者的提议，他更喜欢像祖先一样做一个运筹帷幄的将军，而不是冲锋陷阵的士兵。他也不能去，因为地球和计划离不开他，飞船还远没有到达完美无缺的水平，海王星、天王星、太阳系边缘、银河系，这些都在等待着他去征服、去远行。

此刻的他，已经进入了一生中最紧张的时刻，“时间之箭号”上的六个人就代表着他，代表着整个人类。他紧紧地盯着“时间之箭号”发回的每一条信息、每一个画面，仿佛自己就在那艘伟大的飞船上一样。不过，他仍然极力地克制着自己的情绪，尽量保持安静。

还有十天，“时间之箭号”已经减少了10%的速度，此刻他们距离火星的距离已经比地球近得多。如果把飞船比作一只风筝的话，那么此刻这只风筝已经近到了一个可操控范围的极限。不知为什么，富尔茨突然想起了那只叫作巴斯勒的牧羊犬，它在哪儿？它还活着吗？

富尔茨不知道，也不敢想象。但愿它死了，如果活着，那将是更可怕的事。为什么活着更可怕？因为原因未知。

明天，是玛索的生日，富尔茨要和玛索在一起，这是他必须要做的。因为和女儿在一起，他才会放松，才会不去想那些可怕的事。

明天来得早一些吧，最好是下一分钟就到来。

六、三十亿年前的痕迹

在即将进入火星轨道的时候，“时间之箭号”上的所有人都用一种极其安静的情绪表示了致敬。在他们的眼前，是一个和地球截然不同，却又那么相似的巨大星体。弗莱娜和格拉比早已泪流满面，桑帕约则目不转睛地盯着屏幕，拜纳姆双手抱着头，似乎对眼前发生的事感到不可思议，而“独裁者”巴拉科夫的手里，不知道什么时候换成了香槟，每个人都按照自己的方式释放着压抑了三个月的情绪。

飞船几乎是在不经意间掠过了火星的大气层。比起地球浓厚的大气层，火星大气的稀薄显得有些微不足道，似乎让人感觉不到它的存在。没过多久，他们就进入了火星大气的内部。

“看，绿色的是什么？”格拉比在一片沉默中喊了一声。

在他们视线的最远处，天空中绿色的光芒染绿了几乎整个天际。

“极光！”桑帕约博士轻轻地说。

其实早在21世纪初，人类就通过探测器捕捉到了火星的极光现象，但是和地球不同的是，火星大气中的这种辉光显现并不像地球一样在极地附近，而是出现在火星磁场发生变化的区域，而造成极光的现象是太阳释放出的带电粒子经过火星磁场的加速后与大气分子发生猛烈碰撞产生的。人类已经确定火星上的极光现象每年大约出现 600 次，虽然出现的地点没有规律，但可以肯定的是，这种现象大多出现在北半球，而南半球出现的次数少之又少。

“降低高度，保持 2000 米飞行高度，速度高于声速 70%。6 小时后启动引力着陆器，降落地点火星北纬 44° 44'42 "24，东经 116° 55'54 "33。格拉比、韩子铭注入液态氧气，准备登陆；弗莱娜观察着陆地点；巴拉科夫待命。”桑帕约博士表情严肃地命令道，其实桑帕约的这种人工指令更像是一种对传统的致敬，毕竟，高度纳米数字化的机械操作早已在人类所有的航天器上广泛应用了。

“我的天哪，这里简直就是地狱，一片戈壁滩啊。”弗莱娜的脸上露出了失望的表情。显然，她之前三个月对火星的觊觎在短短一个小时之内已经荡然无存了。

“这里一直都是这样，估计有几十亿年了，难道你指望这里像拉斯维加斯一样灯火通明？”拜纳姆耸耸肩。

“如果这里有动物，一定会觉得我的胡萝卜鳕鱼馅饼是上帝给他们送来的礼物。”弗莱娜嘟着嘴说道。

“但愿如此，希望他们喜欢吃。”拜纳姆笑着说。

“博士，测试时间 55 分 26 秒 45，没有发现无线电波，也没有草莓馅饼，什么都没有！”拜纳姆对桑帕约说道。

“好的，继续监测，或许南半球有些不同，对吗？伏特加先生。”桑帕约一改一直以来的严肃，对巴拉科夫说。

“我要在这里埋下两瓶伏特加，100 年后再来取走，到时候回到地球就是天价了。”巴拉科夫也开着玩笑。

“小心这里的小家伙替你喝掉。”韩子铭笑着说。

“你就不会说这里的家伙们对酒精过敏吗？”巴拉科夫哈哈大笑。

“即将进入南半球，距离登陆地点 2000 公里。”拜纳姆说。

飞船再次安静了下来，他们知道，书写历史的时刻就要到来了。

“我的天哪！”巴拉科夫简直不敢相信自己的眼睛。

在飞船飞行的时候，他清晰地看到了一条几乎是直线的分界线，一边是荒凉的戈壁滩，而另一边则是无数个陨石坑，界线分明，违和感十足。

“简直是上帝的杰作。”桑帕约博士也惊叹道。

“这是什么原因造成的？怎么能这么整齐？”巴拉科夫问道。

“要么是上帝，要么是魔鬼！”弗莱娜回道。

“引力！”桑帕约博士纠正道。

“为什么这么整齐？”巴拉科夫接着问。

“是火星自身的引力把这些陨石拉向南半球！也或者是……未知的力量！”桑帕约稍微详细地解释了一点。

“这也太神奇了，大自然真是奇妙。”格拉比在一旁说道。

“这不是大自然，这是比大自然大无数倍的宇宙。”桑帕约博士再次纠正道。

与此同时，地球上富尔茨和他的团队也在紧张地准备着指令，这次的任务并不单单是收集矿石和土样，而是需要在火星的地表上打出一个直径超过 40 米的坑。这对 200 年前的人类来说，几乎是不可能的任务，但是现在，这不再是难事，因为锡安博士制造出了打开接近绝对零度的钥匙，这是地球上第一台“非化学动力钻探器”，它可以轻松地在比火星地表还坚硬一百倍的物质上进行精确的切割。而进行操作的就是地球上的富尔茨博士和他的团队。

“时间之箭号”像一只在海面上翱翔了许久的海鸥，平静地降落在了一个巨大陨石坑的旁边。很快地，它便融入了这颗红色的星球，仿佛这里是它的家一样，那么安静，那么惬意，那么心安理得。

打开舱门，第一个走出来的是韩子铭，他在最后一局棋局中战胜了格拉比。他激动地横穿了整个机舱，同时喝了一大杯伏特加，还吃了三个大号的草莓馅饼，而格拉比则有些沮丧地抱着头，不敢相信自己会输给韩子铭。

人类留在火星上的第一个脚印就这样诞生了，它来自中国，41码，鞋底印着一幅中国地图，而鞋帮上则刻着一位伟大航海家的名字——郑和。当然了，这只是鞋子的样子，实际上它是一双完全被包裹起来的纳米材料的轻质宇航鞋。

紧接着，格拉比、巴拉科夫、拜纳姆先后走下了飞船。

格拉比和韩子铭开始安装钻探器，而巴拉科夫和拜纳姆则对陨石坑周围进行勘探。

“我的天哪，它的年龄有30亿岁。”巴拉科夫惊叹道。

“有我祖母的年岁大吗？”拜纳姆开着玩笑。

“他们同岁。”巴拉科夫也开着玩笑。

“你的意思是……它永远这么年轻？青春永驻吗？”拜纳姆问。

“是的，青春永驻，三十亿年没有变老一点儿。”巴拉科夫眨了眨眼睛。

远处的绿色极光仍然在闪烁着，不知道什么时候会突然熄灭，没有任何的迹象表明，地球人发现了火星人，当然，这指的是今天。当蓝色夕阳来到的时候，不知道会不会发现，因为以后发生的事，谁也不能预测。

七、地狱之门

比起火星，地球更适合隐藏，而火星则像一个脱得一丝不挂的少女一样，暴露在大庭广众之下。这里没有任何秘密，至少没有任何可以隐瞒的秘密，不过，换个说法说的话，没有秘密才是最大的秘密。

“你们那个中国人的分析看来有点问题！”巴拉科夫一边拿着火星土样，一边对韩子铭说道。

“怎么了？不正确吗？”韩子铭问。

“现在还不知道，不过至少现在我没有发现叫作生物的东西，连个细菌都没有，这里除了我们，最让人期待的就是伏特加了。”巴拉科夫没有看韩子铭，而是仍然对手里的土样进行着分析。

“你听说过地心生命吗？”韩子铭说。

“那是小说，两百年前的小说——《海底两万里》。”巴拉科夫白了韩子铭一眼。

“不，我说的是50年前在中国吐鲁番盆地地下2000米发现的盲鼠！”韩子铭说。

“听说过，不过并没有发现活体是吗？”巴拉科夫说。

“那我们如果到地下去，也一样会死的。你明白吗？”

“明白，但愿这里有我们要找的东西，比如一个可以干活的星期五（《鲁滨孙漂流记》中的黑人）。”巴拉科夫大笑说。

蓝色的夕阳让整个火星变得像一片汪洋大海，只不过是一片死气沉沉的死海，甚至连浪花都没有翻滚的动力，蓝色看起来更像是某个化工厂爆炸之后形成的景象，让人感到的只有绝望、压抑和不知所措。

“我已经想着回去的事了。”弗莱娜对桑帕约博士说道。

“怎么，是无聊吗？”桑帕约问道。

“有一些，博士，这里恐怕没有我们想要的东西。”弗莱娜说。

“你读过哥伦布的航海日志吗？”桑帕约问弗莱娜。

“没有，我没有读过那么古老的书，语法上需要费很大精力。而且可能是现在科技太发达了，地球对我们来说太小了，您知道，我如果要到纽约，只需要一个小时。”弗莱娜耸耸肩。

“你应该读一读，那是很有趣的故事。”

“能讲讲吗？”弗莱娜有些好奇。

“那时候的哥伦布就像我们一样，只不过他要跨越的是小小的大西洋，而我们穿越的是浩瀚——不，这么近的距离还称不上浩瀚，只能说是比较宽广的星际空间，是两颗邻居行星之间的距离。不过，两者相比，他比我们更难，至少我们知道我们要去哪里，而他，不知道。”桑帕约慢条斯理地讲着。

“哥伦布对于很多人来说，是个无恶不作的浑蛋。他开辟了新大陆供自己的种族屠杀另一个种族，奴役他们，灭绝他们。”

“但是更多的人把他称为英雄，英雄的身上从来都是带着别人鲜血的。如果没有哥伦布，那么也许我们今天仍然在地球上望着月亮，新大陆的发现是一次狭义上的技术爆炸。你理解吗？”桑帕约问弗莱娜。

“理解一些，您的意思是哥伦布让人类的眼界开阔了，把世界这本书打开了平放在我们面前了，对吗？”弗莱娜说。

“不单是这些，当时的殖民地已经不足以让高速发展的人类继续生存下去了，或者说是不能生存得很好了，所以必须要有新的殖民地来分解无处不在的人类。所以，发现新大陆就像是一只饥饿的狮子发现了一只脱离种群的瞪羚一样，它必须吃掉它，然后生存下去。”桑帕约说。

“可那是动物啊，而人和动物不一样，人类是有感情的。”弗莱娜说。

“感情是有双面性的。在生存面前，感情可以忽略不计。如果让你杀死一个人才能活下去，那你没理由拒绝。”桑帕约说。

“那份企划书简直就是魔鬼的契约。”弗莱娜咬牙切齿地说。

“也许吧，或许更高级的文明缔造者对我们也有这么一份企划书。”桑帕约耸耸肩。

蓝色的夕阳终于落下了，“时间之箭号”的周围是一片黑暗，但却不安静，这里的风要比地球上大得多，卷着戈壁上的沙粒任意地肆虐着，打在宇航服上啪啪作响，钻探器已经安装完毕，只等着桑帕约向地球发出指令开始工作。

“让我们等一等，地狱的大门一旦打开，就没法再关上了。”桑帕约闭上眼睛，平静地靠在座椅上。

“或许是天堂呢？也许耶稣在那里等了我们很多年。”弗莱娜笑着说。

“如果是撒旦呢？”桑帕约问。

“我会拿我的草莓馅饼问候他。”弗莱娜哈哈大笑。

“那他一定不会满意的，撒旦可是个贪心的家伙。”桑帕约把一块手绢盖在了脸上。

与此同时，地球上的富尔茨博士也没有立刻发出指令。虽然他和桑帕约的信仰完全对立，但是此刻的想法却是一致的，地狱的大门一旦打开，如果再想关上，就不再是这么简单的了。

“你有多大的把握确定这里有生命存在？”富尔茨问身边的柳佳伟。

“百分之一千。”柳佳伟回答。

“哦。”富尔茨轻轻地回答。他不知道对于柳佳伟的这个回答是满意还是有些失望，他也不知道是否真的希望火星上拥有可以被人类殖民的生物。

“您放心吧，博士。按照目前的证据显示，太阳系内不可能存在比人类更高级的文明。”柳佳伟说这句话的时候，信誓旦旦且充满了自信。

他不知道，在200年之后，当后世的人类提起他的时候，都会嗤之以鼻，把他这句话当成是一个反面教材的谚语，因为在几分钟之后，富尔茨博士下达了启动钻探器命令之后，打开地狱之门的第一块多米诺骨牌就被推倒了，人类再没有机会去后悔了。

地狱之门，就此打开。

第二章
永恒的生命

一、第一次见面

火星的早晨如约而来，虽然没有躺在地球的家里那么惬意，但至少要比黑暗好得多，荒凉之中多了阳光的照耀，也算是一件比较温馨的事情。

昨晚，飞船上的几个人完成了指定工作之后，睡了一个相对安稳的觉，这是三个月以来，他们第一次在静止状态下休息，对于星际旅行的人来说，这是一件奢侈的事情。

火星的夜并不适合用诗来歌颂。因为没有任何一个诗人能够在这样糟糕的环境下还会有作诗的心情，当然歌曲也不行，贝多芬的曲子不会在这么苍凉的地方拥有拯救灵魂的魔力。在戈壁和陨石坑的装饰下，火星，就是一颗名副其实的死亡之星，即使它的风声听起来那么悦耳，蓝色的夕阳看起来那么与众不同。

富尔茨对于柳佳伟的推断一直都持怀疑态度，毕竟在此之前无数的火星探测器已经把火星的几乎每一寸土地都拍摄得清晰无比，也没有发现任何生命存在的迹象，但是同时他又对柳佳伟的专业水平深信不疑，这个天文学和生物学的双料博士可以说是如今地球上最聪明的人之一。他的推论精确到让人怀疑人生的地步，既然他敢当着全世界人的面说火星上有类似哺乳动物的高级生命，那这种可能性就不会太低。

可是，它们在哪儿？难道它们拥有传说中的隐身术？如果是那样的话，恐怕被殖民的就该是地球了。地心？科学实验证明，地心巨大的压力以及高达6000摄氏度的高温根本不可能存在复杂的生命，这是个常识。可是火星探测器带回的土样却清晰且毫无争议地证明，在火星地下深达500米的地方，确实拥有类似于动物粪便的有机物，而这是不可能伪造的。

富尔茨博士的思考一刻都没有停，但是想象力的瓶颈让他几乎感到了绝望。现在，或许只有火星上的那六个人才能给他一个豁然开朗的答案。

格拉比和韩子铭的工作很顺利，在接到地球指令之后，他们在被命名为“胖子”的陨石坑的边缘开凿了一个直径40米、深达600米的坑。如果站在火星的大气层上看的话，这简直就是对火星的一种高级改造，比起周围毫无规则的陨石坑，这个人为制造的巨大地坑显得那么与众不同。

“如果在这里放上一些陶俑，那就是火星上的秦陵了。”韩子铭对格拉比说。

“可怕的中国人！”格拉比吐了吐舌头。

“无未知气体、未知元素，可以降落。”格拉比向巴拉科夫报告道。

“时间之箭号”的尾部舱门被打开，一艘小型的载人飞船飞了出来，然后在天坑的上方启动了引力降落系统，巴拉科夫和拜纳姆坐在里面，进入未知星球的未知内部。

“你潜过水吗？”拜纳姆问巴拉科夫。

“没有。”巴拉科夫回答。

“那是一种让人欣喜的感觉。”拜纳姆带着笑容说。

“欣喜过后总会是绝望。”巴拉科夫说。

“你总是这么扫兴，说实话，我更喜欢你喝了伏特加之后的样子。”拜纳姆对巴拉科夫扫兴的回答回应道。

探测器在天坑的底部着陆，巴拉科夫发现，这里的土样和地表完全不同，而且差异大得让他感到不可思议。在坑的两边，是颜色不同的土样，而且更让他惊奇的是，这里居然比地表要整齐得多，两边错落有致地分散着许多类似于门的东西。

“地狱的大门！”巴拉科夫自言自语道。

小型机器人从探测器中鱼贯而出，很快分析出了这些“门”的化学成分。

“黏土和铁，少量氧气，液态甲烷。”

“这是什么东西？”拜纳姆看着巴拉科夫，疑惑地问。

“打开。”巴拉科夫没有回答，而是对机器人下达了打开“门”的指令。

“门”被打开了，确切地说是被机器人推开的。令人惊奇的一幕发生了，门在倒下之后，瞬间化作了一摊如同“泥”的东西。紧接着，从“门”的后面，冒出了大量的绿色烟。

“二氧化碳和水蒸气，但不是碳酸！”机器人的探测结果颠覆了巴拉科夫的想象力。

正当二人仍然在对绿色的烟感到惊奇的时候，接下来发生的一幕则永远地被载入了人类的历史中，因为在烟雾的后面，是两个让人吃惊的生物。

“天哪，看，那是什么？”拜纳姆几乎是歇斯底里地喊着。

“撒旦，或者是天使！”巴拉科夫目不转睛地盯着这两个让他感到惊奇的生物。

这是两个体型略大于人的直立行走的“动物”，全身呈橙色，躯干部分很小，“四肢”长，头上有一根触角，除了耳朵和眼睛之外，没有其他的器官。

不过只是一瞬间，这两个“动物”就消失在了“门”的后面，速度快得让巴拉科夫甚至没有看清楚他们行动的方式。

“我觉得他们没有恶意。”拜纳姆仍然没有从刚才看到的一幕中缓过神来，他自言自语地说。

“返舱！”巴拉科夫启动了返回主飞船的指令。

二、地心世界

地球总部内一片欢呼雀跃，这是人类第一次在母星之外发现其他类型的生命体，而且就是在火星上，这个发现不亚于发现新大陆、登陆月球、制造克隆羊、攻克癌症等事件。仅仅十分钟之后，人类世界的每一个角落，从好望角到维京群岛，从拉斯维加斯到湾区，从吐鲁番盆地到高雄，从堪培拉到马岛……全都得知了发现火星人的这个奇迹。而“时间之箭号”上的六个人则被称为“人类的英雄”，而两个火星人的形象也火速传遍了世界各地，一时间，人类对于未来的美好希望大增，火星移民和建造火星基地再一次成了人们热议的话题。

但是，在欢呼的人类中，有三个人是冷静的，他们分别是富尔茨博士、桑帕约博士和巴拉科夫。虽然已经证实了柳佳伟的推断，但是他们对于火星人还是完全未知的，火星人拥有什么？怎么生存？是否有高于地球文明的文明？这些才是他们最关心的。

返舱之后，飞船和地球总部开了一个长达4小时的会议。会议的内容主要是讨论如何进一步了解火星生命体。最后，地球总部决定，至少要带回火星生命体，哪怕是标本。

人类的残忍就在于此，当未知的因素困扰着他们的时候，好奇心肯定会战胜理智。当然，这也可以理解为一种科学态度，但就感情而言，这是一件不负责任同时也缺乏理性的处理方式。不过人类一直以来都是在这种好奇心的驱使下走向现代文明，走向宇宙空间。探索未知的事物，是一种必然，对于全宇宙来说，都是如此。

巴拉科夫本来申请再次进坑探测，但是桑帕约却选择让他留在舱内喝伏特加，巴拉科夫有生以来第一次对喝伏特加感到了厌倦，但是最终还是接受了桑帕约的指令，而进入坑内探测的是“时间之箭号”上最为先进的“纳米Q碳微型探测机器人”。

这是一种由Q碳制造的微型探测机器人。Q碳是地球上人工合成的最坚硬的物质，比金刚石还硬，而且不易腐蚀，是在极端气候环境下最理想的探测工具。人类早在200年前就已经掌握了这种技术，近200年来，一直运用这种机器人对未知环境进行探测。

飞船上的六个人和地球总部的团队都紧紧地盯着大屏幕，如果说未知生物是他们对于火星的最初认识，那么未知的世界就是他们要了解这里的目的所在了。

60个Q碳微型机器人从“门”进入了橙色火星人消失的”洞穴”中。

一分钟！五分钟！十分钟！半小时！一小时！

洞穴的内部几乎没有尽头，机器人一直都呈一种自由落体的方式在直线下降，每个人都期盼着它们能够停下，但结果却让人失望。

“着陆完成！”一小时二十分钟之后，机器人终于发来了信息。此时，这些机器人已经在距离火星地表15公里的深处了。

大屏幕上机器人反馈回来的视频图像让所有人彻底惊呆了，这是比他们进入火星，发现火星生命更让人吃惊的一幕，因为在机器人着陆的火星地下15公里处，是一个巨大而且几乎看不到边际的地心世界，错综复杂的隧道如同蚁穴和蜂巢一样复杂，无数个火星生命体三两成群地聚在一起。

“这是一个森林！”巴拉科夫用低沉的声音说道。

“不，比森林更伟大，这是一个国家！”桑帕约博士激动万分。

“他们居然能在这样的环境中生存！真的是太顽强了。”弗莱娜再一次泪流满面。

“这是他们的家园！”韩子铭说道。

“他们看来不像是撒旦！”格拉比说。

“我也觉得他们没有恶意！”拜纳姆附和着说。

机器人继续在地心处旅行着，这里远比人类想象的要大得多，4 小时过去了，仍然没有走到尽头的迹象。或许整个火星的内部都是这样。

“发现热源！”机器人发回了一条信息。

在距离着陆地点 2000 公里处，一个直径超过 1 公里的红色岩石状的物体展现在了飞船的屏幕上。数据分析显示，这里的温度是 50 摄氏度，与地心高达 6000 摄氏度的温度相比，这里简直就是一个度假胜地。在这处热源的周围，聚集着无数个火星生命体，他们全部都躺在地上，而且还陆陆续续地有生命体朝着这处热源走来。

“这是祭祀的仪式吗？”韩子铭看着桑帕约问道。

“也许吧！”桑帕约目不转睛地盯着屏幕。

“看！融合了，融合了！”弗莱娜尖叫着。

屏幕上，两个躺着的火星生命体在岩石边上毫无征兆地升华了。紧接着，橙色的物质呈气体状飘在空中，并很快融合在了一起，然后落在地上，凝固，像一个受精卵一样躺在岩石下方不动了。

与此同时，在距离这个融合物不远处，另外一个似乎已经融合了很久的融合物分解成了两个，然后是四个，紧接着，融合物的外层破裂，就像是地球上的卵生动物一样，四个橙色的火星生命体破壳而出，而破解的壳则在很短的时间内升华后融入了那块巨大的岩石。

“无性繁殖！”格拉比几乎是哆哆嗦嗦地说着。

“意味着什么？”几乎所有人都扭过头看着格拉比。

“永生！”格拉比眼睛里一片茫然。

三、永生

“你说他们不死吗？”桑帕约问。

“不，物理攻击的话，肯定是会死的，但是他们拥有再生能力，就是死亡之后，他们的分子结构可以自行进行重组，返老还童！总的数量总是不变的，不会增加，也不会减少！”格拉比解释着。

又是一阵沉默，没有人再说话，都在品味着格拉比的话。

人类对于生的崇敬和对于死的恐惧几乎是与生俱来的。自从人类诞生的那一天开始，似乎就一直在寻找着能够永生的方法，古埃及的法老、中国的皇帝、隐居山林的道士、东南亚的巫师，或是某位达官贵人、市井小民，他们运用了各种各样的方法，炼丹、补气、修炼、吃药、祭祀、巫术，凡是能够想到的，就没有没做过的，但结果却是令人失望的。至今还没有一个人类的个体能够逃脱死神的拥抱，但这仍然不能阻止人类继续寻找防备死亡的方法，一代又一代的人类前赴后继地进行着毫无希望的实验。

现代医学即使发达到了令人发指的地步，仍然不能阻止人类的衰老和死亡，这似乎成了一条永恒的定律。即使人类已经弄明白了DNA中碱基的顺序，应付了各种疾病，但死神却仍然在该到来的时候到来，丝毫没有对人类产生任何的怜悯和同情，生命的秘密似乎像宇宙一样，是一个人类永远走不出来也看不到希望的迷宫。

在地球上，唯一拥有这种能力的动物是灯塔水母，但是灯塔水母属于比较低级的水螅虫纲动物，而且它拥有人类羡慕不已的环状DNA，人类曾经在更加高级一些的生命体中做过改变DNA的实验，但是结果令人失望，所以人类下了结论，这种环状DNA和无性繁殖的灯塔水母具有唯一性，不可复制，但是今天他们看到的，却再次颠覆了人类的认知能力。

“他们是哺乳动物吗？”桑帕约问道。

“现在还不能判断，但不是的可能性要大得多，我想说的是，老大，地球生物学只局限在地球，在这里，好像不太适合，我们得从零开始了。”格拉比摊了摊手，无奈地说。

“必须抓住活体进行研究，眼睛看到的东西不一定是真的。”巴拉科夫说道。

“我想是这样的，不过首先得排除这些动物的危险性，不，还不能称为动物，能动的不一定是动物，也可能是植物，或者动植物，或者菌类，当然也可能是人造物体，或者还没有命名的种类。”格拉比有些语无伦次地说。

“继续观察！”桑帕约对机器人下达了指令。

地球上。

“爸爸，你能让格拉比叔叔给我带回一个火星人吗，我觉得它们好可爱！”玛索拿着一个火星人玩偶，对回家休假的富尔茨说。

“这个，好吧，我觉得格拉比会答应的。但是你会照顾好它吗？”富尔茨有些无奈，但还是答应了女儿。

“我会好好照顾它的！我还可以把我的零花钱分给它，我还可以亲自给它洗澡！”玛索高兴地说。

“你不怕它咬你吗？”富尔茨笑着问。

“它不会的，莱昂（玛索养的一只小狗）就不咬我，它总是拿它的头蹭我，还会摇尾巴。”玛索眨着眼睛说。

“那好吧，你就把你的零花钱攒起来，给它搭建一个屋子。”富尔茨接着说。

富尔茨休假有两个原因：一是因为他实在太累了，从“时间之箭号”即将登陆的前十天起，他就一直住在总部，没有回过家；二是现在任务似乎进入了一个平稳期，桑帕约他们申请了对火星生命体长达两个月的观察，这中间发回的数据几乎都是一致的，所以总部并没有什么需要执行的命令。

在家的这几天，他尽可能多陪玛索，把工作的事情放在一边，但是他却从来没有哪怕一刻忘记自己的使命，他在等待着桑帕约他们关于火星生命的最终报告，这份报告将决定人类是否准备殖民火星。

富尔茨和桑帕约代表着地球上人类的两种倾向。富尔茨认为万物平等，而桑帕约则认为强者生存。两者的共同点都是为了人类的发展着想，但是富尔茨的想法是感性的，而桑帕约的想法则是理性的，不能说谁对谁错，也不能说感性和理性哪个更加科学，只能说在现如今的阶段，哪种方式更加接近现实，更加有效。很显然，桑帕约的想法是大多数人的想法。

其实富尔茨并不是完全反对移民火星，但是他更加希望人类移民火星之后不要破坏火星原有的东西，这包括火星上的一切，但是这几乎是不可能的。从人类诞生的那一刻起，征服就一定会伴随着破坏，然后按照自己的意愿和习惯进行重建，没有丝毫的怜悯和不舍，所以，如果火星生命体不强大到高于人类文明，那么从他们被发现的那一刻起，它们的命运其实就已经注定了。

强者生存，弱者灭亡，这是自然法则最简单的一条，同时也是宇宙法则中最复杂的一条。

四、决定

飞船上的工作仍然在进行着，这阶段的工作由格拉比主持，他是当代地球上最出色的动物学家，但是现在，他几乎相当于一个初学者，因为每天，火星地心里都会发生颠覆他想象力的事情。

“格拉比，他们不是无性繁殖吗？那这是在干什么？”弗莱娜红着脸冲着格拉比喊，其他人的脸上露出了不怀好意的笑。

屏幕上，三个火星生物正在进行着类似于人类的交配，从动作、频率以及它们的表情上来看，如果说这不是交配，那真的没法解释。

格拉比没有理会弗莱娜，而是静静地观察着，大约过了十分钟，三个火星生物相互分开，寻找新的伙伴重新进行类似的动作，周而复始，一共五次。

“我想，它们是在进行游戏！”格拉比哭丧着脸，对大伙说。

“像是红灯区啊。”巴拉科夫看着格拉比说道。

“我也不知道，但肯定不是交配。除了人类，任何动物的交配目的都是为了繁衍后代，但它们不是，而且我到现在也分不出它们的性别。”格拉比肯定地说。

“造成这种事情的原因是什么？”桑帕约问。

“原因有很多种，比如环境因素、生存危机，当然也有可能是进化。”格拉比说。

“详细解释一下。”桑帕约说。

“环境因素是客观原因造成的，比如环境恶劣、食物匮乏，对生物本身的生殖系统产生破坏，而生物本身又没有这种免疫力，慢慢地会造成无法繁衍，种族就会灭绝。”

“生存危机呢？”

“生存危机的因素就更多了，比如种族之间的战争，但多为外部因素造成的。”

“那进化呢？”

“这个解释起来比较麻烦，就像我们地球上现在实施的控制生育一样，是一种保持现状的方法。”

“那你的意思是它们拥有和人类一样的智商？”巴拉科夫问。

“不，也许他们比我们更聪明。”格拉比摊开双手，无辜地说。

“为什么比我们更聪明！”拜纳姆问。

“我们控制生育是主动的，但是造成这种行为的动机却是被动的，因为我们的生存环境恶劣，已经不能应付了，所以才用控制生育来延缓种族的灭绝。可它们不一样，它们不会灭绝，因为他们根本就不会死。”格拉比比画着说。

“你的意思是我们杀不净它们？”桑帕约问。

“这个我现在还不清楚，还需要观察和实验。”格拉比说道。

“这些怪物真是些老不死的。”巴拉科夫嘟囔着。

“这个词语运用得很准确，或许他们已经几万岁或者几十万岁的年龄了，是名副其实的老不死。”韩子铭笑着说道。

观察仍在继续，机器人反馈回来的信息似乎遇到了瓶颈，因为没有任何迹象表明这些火星生命拥有文明生物的行为和方式，在地心内部也没有发现任何文明生物所拥有的生产力。确切地说，这些橙色的大家伙更像是一群体型巨大的蚂蚁，它们总是不停地来到接近地表的地方，也就是格拉比他们发现“门”的附近，拿头上的触角进行着如同天线一般的移动，然后回到那个岩石的地方，周而复始，偶尔会三五成群地做着那些让弗莱娜看着脸红的交配动作，除此之外，没有任何其他的行为。

“该死的东西，从第一天看到它们，就没有发现它们进食。”巴拉科夫愤怒地说。

“不，它们从地心走到地表，这个动作应该就是在进食。这个触角应该就是它们类似嘴的器官。”格拉比指着屏幕上生物的触角。

“这样不行的，博士，我们根本不可能了解它们，我们这样和在地球上观察它们没有区别，至少地球上还有美味的食物。”格拉比说。

“这里也有。”弗莱娜端着草莓馅饼说道。

“那你的意思是——？”桑帕约问。

“我们需要近距离地接近它们，至少需要摸摸它们，这样就和看电影一样。”格拉比看着桑帕约，无奈地说。

“地心太大了，我们无法进行有效的阻断，它们可能有几万条通道，比美国人的军事基地都多。”拜纳姆指着屏幕说。

“或许有一个方法。”巴拉科夫不知在什么时候端起了一杯伏特加。

所有人都朝他看去，等待着他接着说。

“我们可以给它们一杯伏特加。”巴拉科夫眨着眼睛，狡诈地说。

“俄罗斯人真是聪明透顶，这种古老的方法也能想到。”弗莱娜笑着说。

“俄罗斯人从来都是猎人，它们连熊都不怕。”格拉比说道。

“那就开始吧，伙计们，我想马上抓到一个，它们的样子太可爱了。”巴拉科夫一饮而尽。

五、伏特加行动

地球上几乎所有的生物都对食物有着非同寻常的感情，这种感情似乎是与生俱来的。无论是凶猛高大的食肉动物，还是憨态可掬的食草动物，或是高达上千米的参天大树，抑或是游离在深海的微生物，它们对于食物的渴望从来都是深情的。当然了，食物是它们生存的必需品，没有谁可以离开食物，没有食物就意味着死亡的来临。不过在有些时候，食物也会成为它们失去一切的缘由，比如为了得到一块奶酪而进入老鼠夹而失去生命或者自由的老鼠，为了得到可口蜂蜜而被蜇得满脸脓包的狗熊，这些就并非为了生存而必须要进行的行为了。

巴拉科夫提出的“伏特加行动”就是利用食物做诱饵来引诱火星生物出来从而进行捕获的一种古老而屡试不爽的方法。说它古老，是因为几十万年前的远古人类就利用如此方法进行捕猎；说它屡试不爽，是因为这种方法几乎从没有失败过，这是一种简约而又简单的方法。这恐怕是地球生物学可以在火星上运用的唯一一种行为，不过格拉比却严重抗议说这不能归纳在生物学的范畴，而应该是社会学中的生存法则。

好吧，无论归纳在哪里，只要有效就行，黑猫和白猫漂亮不漂亮没关系，只要抓得住老鼠就是好样的。当然了，还有一个最关键的因素，就是你得知道这些家伙们喜欢吃什么，草莓馅饼恐怕不行，更何况是弗莱娜亲手做的。

又经过了大概四天的观察，在经过格拉比的进一步确认以及和地球总部的开会研究之后，格拉比确定，这些生物从地心到地表用触角进行的类似呼吸的行为就是进食，他们从火星地表稀薄的氧气和甲烷中获取生存的能量。

既然确认了火星生物的食物，就该进行下一步的打算了，拜纳姆再次下沉到坑内“门”的内部，这里是火星生物们进食的地方，他在那里布置了一个24小时的气体收集装置，这个装置可以百分之百地保存各个时间段内所在位置的气体，无论是浓度还是成分，都可以完全还原，现在需要等待的就是24小时之后弗莱娜的分析结果了。

24小时并不漫长，很快就会过去，飞船上的几个人已经习惯了这种等待的感觉，不过有的时候他们还是会觉得无聊。

“你觉得木卫二里面会有什么？”巴拉科夫问格拉比。

“我的想象力已经被火星颠覆了，不过说实话，还是在我的接受范围内。”生物学家格拉比靠在椅子上说。

“你觉得会有什么？”巴拉科夫又问起了化学专家弗莱娜。

“一种新的化学元素，未知属性，一切都是未知。”弗莱娜有些疲惫。

“你觉得呢？”巴拉科夫问桑帕约博士。

“你的意思是——？”桑帕约有点不明白巴拉科夫的提问。

“你觉得会有文明吗？比如Ⅱ级文明或是Ⅲ级文明？”巴拉科夫郑重其事地问。

“那些家伙只会根据自己的想法提出文明等级的划分。事实上，我们根本就没见到过事实，一切的这些和童话故事没什么区别，如果真的有高于人类几个等级的文明，那么我们也不会发现，至少他们不会让我们发现，凭我们的想象力根本没法想象他们是什么样子。物理学、化学、社会法则，这一切都会完全和地球不同，和我们的认知能力不同。”桑帕约愤慨地说道。

“可这毕竟是一个参考的方向。”格拉比插嘴道。

“毫无参考价值，宇宙没有法则，一切的法则都是建立在文明等级相等的基础上的，即使文明等级只相差一个百分点，也不会有法则，只有吞并、殖民、奴役和屠杀。”桑帕约说。

“我希望在我的有生之年不要碰到比我们聪明的外星人。”格拉比摊了摊手。

“那由不得你，孩子，就算我们待在地球上，该来的也还是一定会来，我们能做的只有祈祷。”桑帕约闭上眼睛靠在了座椅上。

“或许他们就是上帝！”韩子铭说道。

“上帝或许也比不上他们！”桑帕约说。

“太可怕了！”弗莱娜吐了吐舌头。

“那个引力波有没有新的想法？”巴拉科夫问。

“想不明白，我不是爱因斯坦，我想不出它们从哪里来，又为什么消失，就像灵魂一样。”桑帕约说。

“总会弄明白的。”巴拉科夫无奈地说。

“但愿如此。”桑帕约说。

24 小时就在这种有些无聊的气氛中度过了，没有人再去试图拿自己的专业知识去解释浩瀚的宇宙，因为几乎一切都不相同，人类这只井底的青蛙学到的东西只适合在井底运用，接下来要做的事，就是要在事实中去随机解决了，而这，运气要占很大的成分。

六、动物还是植物?

“数据分析完毕，伏特加制造完成。”弗莱娜拿着一个指甲盖大小的药丸递给拜纳姆。

“完美程度？”拜纳姆接过药丸问。

“百分之二百，把这个放在‘门’的外面，架设笼子，除非它们是巫师，否则跑不掉的。这是它们最喜欢吃的食物——甲烷馅饼。”弗莱娜说。

“听名字蛮好听的。”拜纳姆开着玩笑。

“你也可以吃啊，不过我保证你会下地狱。”弗莱娜大笑着说。

“地狱总比这里好些。”拜纳姆拿着药丸走开了。

火星时间早晨 7 点，格拉比将一个捕兽笼布置在了“门”的外面，他的祖父可是一位有名的猎手，他也学会了一些小技巧，拜纳姆则拿着药丸走出了舱门等待着桑帕约博士的指令。

桑帕约看了一眼巴拉科夫后启动了指令，拜纳姆和格拉比退回舱内升上地面，一切准备就绪，时间倒数。

药丸爆破的威力有些大，混合着甲烷和二氧化碳的气体夹杂在火星稀薄的大气中腾飞了将近 200 米，根据弗莱娜的计算，大概需要 4 分钟的时间，烟雾即可散发完毕。

“它或许可以和你一起喝伏特加！”拜纳姆对巴拉科夫说。

“不，它只能喝威士忌！因为它不像俄罗斯人！”巴拉科夫笑着说道。

浓烟散去，拜纳姆和格拉比下落到了地心处。一只橙色的怪物一脸茫然地站立在笼子里，它的触角如同天线一样四处探索着，好像是在寻找着什么。

“伙计，去我家做客吧！”拜纳姆启动了升降机，对着笼内的生物说了一声。

笼子带着橙色的生物进入了舱内。

弗莱娜给它起名叫“拿破仑”，这意思谁都明白，这只怪物就像是被困在圣赫勒拿岛上的拿破仑，毫无反抗能力。

所有人都进入了飞船内的实验室，装着“拿破仑”的笼子被放在一个巨大的玻璃器皿中，这里是弗莱娜根据Q碳微型机器人反馈回来的地心环境人为制造的一个仿真环境，除了缺少“拿破仑”的伙伴，其他都和地心一样。

与地球生命被抓后的紧张不同，“拿破仑”似乎对自己的处境并不了解，它像一只波斯猫一样靠在笼子上，触角来回移动着，似乎是在进食，但又似乎是在寻找着什么。没过多久，它就开始蹦蹦跳跳，似乎是进行着某种仪式或者游戏。

“它没把自己当外人。”格拉比摇了摇头说道。

“能不能弄懂它的语言或者肢体语言？”桑帕约问格拉比。

“语言好像没有，它们似乎不会出声，肢体语言就算了吧，我又不是卓别林。”格拉比说。

“那总得知道它在干什么吧？”桑帕约接着说。

“我看没必要，还是先做DNA检测吧，弄明白它到底是什么再说吧。”格拉比说道。

很快，“拿破仑”被从实验室送进了液压舱，这是迄今为止地球上最先进的DNA检测仪器，可以检测出任何生物的DNA序列并且对数据进行分析。

“我说什么了，它不是动物吧！”当屏幕上显示出“拿破仑”的前半部分DNA序号的时候，格拉比有些得意地说道。

“只有植物才会吸收二氧化碳。”格拉比接着说。

“它是一棵树吗？”弗莱娜问。

“树精灵吧，暂时先这么定义，等下面出来再说吧。”格拉比没有很快下结论。

这是人类第一次见到以植物形式出现动物行为的生命体，当然了，这只是暂时性的，这种定义只持续了不到5分钟，因为“拿破仑”下半部分的DNA显示它和植物无关。

“天哪，它不是树精，是鱼类。”格拉比惊呼道。

“解释一下。”桑帕约说。

“它的后半部分的DNA谱系和鱼类相似，只有三个序列号不同，其他完全一致！”格拉比喊道。

“有腿的美人鱼？”弗莱娜脱口而出。

“可以这么理解，现在该怎么办，博士？”格拉比回过头看着桑帕约。

“有没有伏特加？给我一杯！威士忌也行。”桑帕约对巴拉科夫说。

“愿意效劳。”巴拉科夫笑眯眯地说道。

没有人再说话，包括地球总部，因为这是之前没有预料到的，谁也不知道该怎么办。

“要不要给它浇水？植物和鱼都需要水。”弗莱娜轻声地说道。

“好主意，不过我不能保证浇过水它还活着。”格拉比耸了耸肩。

“明天再说吧，我们需要冷静一下。”桑帕约关闭和地球总部的对话。

“如果宇宙的生物都是这样的，我宁愿回到乡下去种土豆。”格拉比无比沮丧地说道。

“别灰心，小伙子，宇宙的生物才不会这么简单，就像草履虫和猛犸象的区别一样。”桑帕约拍了拍格拉比的肩膀，示意他休息。

“可这完全颠覆了我的想象力，博士，我觉得我们像一群白痴。”格拉比更加沮丧，甚至还带着一些恼怒。

“我们从到达这里的第一天起就已经是白痴了，这里完全不同，但至少我们见过，明白这个宇宙的奇妙，而且不用着急，我们会找到对付它们的方法，看起来它们没有我们聪明，对吗？”桑帕约安慰着格拉比。

“我想地球了，博士，从来没有过的感觉。”格拉比显然已经难过到了极点。曾经，他认为自己是最出色的动物学家，但现在他却称呼自己是一个白痴，这种落差不是谁都能够感觉得到的。

“坚持。明天，明天我们会知道答案的。”桑帕约轻轻地说道。

明天，总是充满着期盼，即使再棘手的问题，只要想起明天，就会令人开朗一些。

七、消失的“拿破仑”

格拉比带着沮丧的情绪去休息了，他从来都是个对学习和知识充满热情并且永远不会感到疲惫的人，但是这次，他真的有点累了，或许当一个脑力劳动者达到一定的瓶颈期的时候，他确实会感到疲惫和迷茫，数学家面对几乎是天文数字的计算也会疲惫，文学家面对数以千计需要查阅的文献也会感到茫然，化学家面对周而复始而且不知道要发生什么的实验也会感到无聊，这就是人类在攀登知识高峰时遇到的最大的困难，所以，数千年来，能够登上最高峰的必定是少数人，这些人做到的，除了坚持，还有就是别人没有的耐心和永远对知识的渴望。

其实格拉比的困惑并不在于对未知的东西无法理解，而是在这种环境下，他没有放松的机会，他必须全身心投入到这种破解未知事件的过程中，在这种过程中，他必须高度集中精神，而这种要求，是他极其排斥的。

其他人其实也一样，弗莱娜、拜纳姆、韩子铭，甚至巴拉科夫和桑帕约，他们暂时没遇到这样的问题是因为至今遇到的事并没有涉及他们的领域，也许，就在明天，这种沮丧也会随之而来。

火星的夜仍然和以往没有区别，这种夜已经周而复始地存在了几十亿年，与之临近的地球早已发生了翻天覆地的变化，但这里，几十亿年来都是如此，几乎没有变化。同样是猎户座旋臂上的两颗星，距离如此之近，区别却如此之大，这，就是沧海桑田的一种狭义解释。

早晨五点，格拉比就起来了。一夜的休息或许让他有了一些激情，他没有吃早餐，而是径直来到了实验室。此刻，不出意外的话，“拿破仑”还在用未知等待着他。

但是，这里是火星，意外总是格外多。当格拉比看着空空如也的实验舱后，惊讶地呆在原地一动不动，他甚至都没有喊出来。

格拉比按下了警报器，对于他来说，这是一种下意识的选择。如果说昨天只是单单沮丧的话，那么现在，他似乎感到了一种从没有过的恐惧。一个生命，在根本无法逃脱的物理环境下居然毫无征兆地凭空消失了，恐怕再有想象力的头脑也无法猜到。

“监控！”桑帕约几乎用最大的声音喊道。

主舱内的所有监控全部打开，从昨天最后一个离开舱内的拜纳姆离开的时间开始。火星时间 22：25。

视频中的“拿破仑”仍然懒散地靠在笼中，没有丝毫的逃跑迹象和对于身处环境的厌恶恐惧。它的触角也如同开始一样，不停地慢悠悠地转着。如果说一个想逃跑的人还能拥有这样的闲情雅致，那么他一定就是胸有成竹了。

22：58，“拿破仑”有了变化，它头上的触角停止了转动，而面部被称为眼睛的器官开始如人类心脏一般颤动，这是之前没有出现过的一种肢体行为，Q 碳微型机器人和格拉比他们都没有观测到，他们一直认为，他的“眼睛”在黑暗的火星地心内可能就是一个摆设而已。

7 分钟之后，“拿破仑”的“眼睛”停止了颤动，它的触角再次开始转动，但这次转动的速度要比之前快许多，达到了每分钟 80 次，这样的转动持续了将近 20 分钟。

23：20，“拿破仑”触角的根部出现了淡蓝色的类似于火焰的东西，紧接着，几乎是在一瞬间，“拿破仑”的触角脱离了它的身体，在没有落地之前瞬间升华，紧接着，它的身体向后倾斜，躺在了实验室笼子的地上。

之后的一个小时，它都是保持这种状态一动不动。

“它死了吗？”弗莱娜有些难过。

“没有，就算是死了，它的尸体呢？”格拉比否定了弗莱娜的猜测，他需要看下去。

00：35，“拿破仑”的身体开始变化，直接从固态到了气态。也就是说，它的身体在升华，就这样，“拿破仑”消失在了实验室。

“弗莱娜！测试实验室的气态分子结构和数量！”巴拉科夫第一个有了应对的方法。

“是！”弗莱娜立刻开始了她的工作。

接下来20分钟是“时间之箭号”离开地球之后最为安静的20分钟，没有一个人说话。只有弗莱娜坐在仪器前，专心致志地进行着数据的分析。

“磷、二氧化硫，还有极其少量可以忽略不计的无机盐！”弗莱娜说。

“意味着什么？”所有人都把目光对准了格拉比。

“分解出磷和二氧化硫意味着它作为动物体已经死亡，但少量无机盐意味着它作为植物还有活下去的可能，它利用自身的某种未知能力分解了自己，然后以植物的方式进行休眠，而这种休眠的方式并不是在种子上存在，而是在分子中完成，这就是它们永生的秘诀！”格拉比几乎是怒吼道。

“我们的那十万颗种子也是这样在火星休眠的！”韩子铭喊道。

“是环境造成的这种进化方式，太奇特了！”格拉比已经热泪盈眶。

“那它的分子还在，它没有离开这里对吗？”弗莱娜说。

“没有，从物质上说它没有离开，没有死，它只是休眠了，它还在，但是从灵魂上说，我不确定。”格拉比还是很激动。

“那怎么才能使它复活？”桑帕约问。

“融合分子，还有地下那该死的岩石，那里是它们复生的子宫！”格拉比居然号啕大哭起来。

八、永生的温床

很快，格拉比和弗莱娜的分析报告发回到了地球总部，在这里，有一大群和他们一样优秀的人。虽然“时间之箭号”的分析报告几乎可以解开火星生命的永生之谜，但是旁观者清，富尔茨他们还需要用更加耐心和更加详细的数据以及实验来对这种结论进行佐证。

柳佳伟负责这个实验，他需要使分子休眠，然后用其他活跃的分子和其融合，这是一项比较复杂的实验，柳佳伟甚至无法想象在自然环境下这种融合怎么形成。

富尔茨博士已经对火星生命体有了一个全新的认识。他之前的判断是正确的，火星生命体从文明程度上或许和地球生命差了几十亿年，但是在生命的成分和生存方式上却要比地球先进许多。这时，一个新的问题进入了富尔茨博士的脑海里：火星，究竟是地球的过去，还是地球的未来？如果是过去式，那么地球生命之于火星生命体就是一种进化，但从永生到如此脆弱，这不符合生物学的进化理论。但如果是未来呢？那意味着人类最终会在如同火星的环境下进化成“拿破仑”那样的生命体，可文明呢？进化之后的文明去了哪里？几十亿年的历史、文化、科学以及痕迹呢？不可能就这样消失得无影无踪，这样的解释是悖论，中间缺少了一个环节，而这个环节，就是地球和火星之谜。

富尔茨的脑海里此刻完全是消失得无影无踪的“拿破仑”，升华之后休眠的分子怎样进行重组，Q 碳微型机器人已经看得一清二楚，但是看见并不意味着了解，那些遍布整个火星地心的岩石才是解开这些奥秘的关键因素。DNA 重组是人类科学至今无法攻克的难题，就如同两百年前的癌症一样可怕。你可以修复 DNA 的缺陷让一个人的身体恢复健康，但是当人体死亡之后，也就是细胞死亡之后，无论怎么修复都无济于事，死了就是死了，无法复活，这几乎是人类经过无数次实验做出的极其严谨的结论，但是现在，这一切都在事实面前被无情地推倒，分子可以不死，生命可以复活，可以做到永生。

柳佳伟的实验需要时间，其实这种实验人类已经进行了无数次，但都无功而返，这次也不例外。人类遇到的并不是技术上的难题，而是根本就不知道实验的方向。柳佳伟，地球上最出色的生物学家，此刻一筹莫展。

和他同样一筹莫展的还有格拉比，这个火星上此刻最出色的生物学家，他虽然身处火星，但是知道的并不比柳佳伟多，但是他比柳佳伟多了一个条件，那就是他可以接触到火星生命，这或许是解开谜团的关键所在。

但是要下到火星地心，至少在现在看来，是不可能完成的事，地心的巨大压力会把人体撕得粉碎，到地心的难度不比走出太阳系的难度小，所以这是一个只存在于想象中的概念化理论，格拉比再一次陷入沮丧之中。

“小伙子，要不要伏特加？”巴拉科夫坐在了格拉比旁边，端着一杯伏特加。

“谢谢，我不是俄罗斯人。”格拉比说道。

“或许我们不用那么复杂，我们还有弗莱娜，你明白我的意思吗？”巴拉科夫笑着说。

“你的意思是——？”格拉比似乎明白了一些。

“既然我们可以模仿制造出‘门’外的环境，那么岩石旁边也不是那么难吧，弗莱娜除了做的草莓馅饼难吃一些外，其他东西都做得很好，对吗？”巴拉科夫把伏特加一饮而尽。

“我怎么没有想到？弗莱娜，快，帮帮我！”格拉比飞速地站起身，奔向了弗莱娜。

“这不一样，气体和固体是不一样的，那些岩石是固定的，我们没办法取样，这太难了。”弗莱娜泼了一盆冷水。

“想想办法，一定行的，只有这样才可以做到。”格拉比不甘心。

“我不知道怎么做到！”弗莱娜也有些沮丧，和之前格拉比的表情几乎一样。

“傻孩子，别把事情想得那么复杂！”巴拉科夫不知道什么时候又倒了一杯伏特加走到弗莱娜跟前。

“博士，你告诉我怎么办，我无法做到。”弗莱娜几乎要哭出声了。

“50 摄氏度的热源是他们复活的关键，我们只要复制出这种热源，就可以搞定，对吗？”巴拉科夫询问着弗莱娜。

“是的，如果没有其他因素的话。”弗莱娜回答道。

“那么把它升华呢？别忘了我们能把绝对零度干掉，50 摄氏度就相当于给一块伏尔加湖上的冰加热做成美味的咖啡，然后蒸发掉它。”巴拉科夫又把一大杯伏特加一饮而尽。

“你真是个天才！”弗莱娜和格拉比几乎同时跳了起来。的确，他们把事情想得过于复杂了。

Q 碳微型机器人中拥有一种可以对物体加热的功能，最高为 4000 摄氏度，而地球上已知熔点最高的元素是碳，只要 3500 摄氏度上下，也就是说，无论是什么，都会熔化成液态，然后气化。

“气化就可以了吧！”巴拉科夫躺在靠椅上，打起了呼噜。

“这个家伙，总是这么无聊。”格拉比看着醉倒的巴拉科夫说道。

“我们要在舱内制造一个永生的温床！”弗莱娜脸上沮丧的情绪荡然无存。

九、复生

Q 碳微型机器人真的是一个好帮手，如果它们拥有人类思维的话，一定会和大家成为好朋友。当然了，现在需要它们去做一件解开谜团的事情。

火星生命们仍然如同往常一样，在岩石附近分解、融合，这似乎已经成了他们的一种固定的行为，而这一切的秘密就都在这个岩石里面。

地球上熔点最高的物质是碳，可以达到 3500 摄氏度甚至更高，也就是说，除非火星上拥有地球上没有的元素，那么其他都是可以被熔化的。42 号至 45 号机器人已经就位，准备开启工作模式。

“我们这是破坏！”韩子铭对弗莱娜说。

“放心吧，即使毁掉整个地心，我们也会重新建造一个更好的。”桑帕约博士笑着说。

“博士，我有个问题。”韩子铭说。

“什么问题？”桑帕约问道。

“如果火星存在地心生命，那么地球是否也可以有呢？即使地表和大气的差异巨大，但是地心的相似程度还是要更接近的，这么理解对吗？”韩子铭说。

“我真的没有考虑过，不过根据我们看到的一切，我觉得，地球的内部一定不会是空白的，至少也应该存在一些未知的东西。”桑帕约认真地回答。

“生命真的是太顽强了。”韩子铭感慨道。

“只能说我们现在见到的太简单了，无论在什么环境下，这些都不过是一样的。”格拉比接过话茬。

“你的意思我不太明白。”韩子铭接着说。

“我的意思是，我们见到的生物目前来说还都只存在于四维空间之下，我们也一样，蚂蚁看不到我们，因为维度不一样，同时我们也看不到更高维度的生物。它们的方式是什么，我们一无所知，甚至都无法想象，无法理解！”格拉比的解释稍微详细了一些。

“你的意思是宇宙中如果存在更高级的生物，那它们和我们不在一个维度，文明越高级的生命所在的维度就越高吗？”韩子铭继续追问着。

“这个指的是生命本身，和文明无关，每个维度的文明程度有它的顶点，三维永远不可能达到四维的文明，这和本维度的物理常识有关。比如我们不可能拥有穿越时间的能力，而四维内就可以。”格拉比说。

“你像一个真正的天文学家。”韩子铭夸奖格拉比。

“我们都是天文学家，哈哈。”格拉比已经完全没有了前两天的沮丧。

“熔点 2410 摄氏度，是铱！怎么可能，火星上怎么能有铱？！”巴拉科夫几乎失态。

“数据错不了，而且我还要告诉你一个更加令人震惊的消息。”弗莱娜说。

“什么？”巴拉科夫看着弗莱娜问。

“这些岩石是百分之百的铱，没有任何的其他成分。”弗莱娜说。

“在 1600 摄氏度的周围还保持着力学性质，只有铱！这简直就是在考验地球人的智商。”巴拉科夫也有了一丝沮丧。

“别沮丧，俄罗斯人，要不要来一杯伏特加？”格拉比已经适应了这种颠覆想象力的事情。

“我比你更沮丧，我觉得这种事情不可能是天然形成的。”巴拉科夫说。

“我们已经见过了太多的不可能。”格拉比说。

“不不，你没明白我的意思，我的意思是它这么存在是有目的性的，否则没有必要。”巴拉科夫解释道。

“任何存在都有目的性。”格拉比说。

“好吧，我认输，该死的！弗莱娜，能不能完成你的事情？”巴拉科夫转过头问弗莱娜。

“可以制造相同的环境。”弗莱娜自信满满。

很快，一个和岩石属性一样的环境在实验室中被制造了出来。现在，只需要把“拿破仑”休眠的分子植入到这个环境中，奇迹或许就会发生了。

“博士，我想说的是，这样的结构不合理。”巴拉科夫显然还沉浸在不可思议中。

“我理解你的想法，但这是事实。”桑帕约也接受了这个现实，虽然他对巴拉科夫信任无比。

“不，博士，我的意思是说这种结构只能是人为的，不可能是天然形成的。”巴拉科夫解释道。

“伙计，我理解你的心情，但这里是火星，不是地球，我们都必须学会习惯任何挑战我们思维方式的存在。”桑帕约安慰着巴拉科夫。

“博士，您知道这玩意儿最大的用途是什么吗？”巴拉科夫显然还不死心，他需要进一步的解释才会释放心中的压抑。

“什么？”

“这玩意儿最大的用途是加强机械的强度。”巴拉科夫说。

“什么意思？我没明白。”

“我的意思是，我也不知道，但我觉得这不可能。”巴拉科夫不知道自己要说什么。

“看看，分子从休眠状态下醒过来了，无机盐的比例在增加。”格拉比喊道。

所有人围在一起看着实验室里正在发生的奇迹。

“复生了。”格拉比呆呆地看着眼前发生的一切。

“格拉比，别想得太好了，它们停止了。”弗莱娜泼了一盆凉水。

“分子停止复生了？这怎么可能？”格拉比歇斯底里地叫着。

“什么原因？”众人一起问道。

“物质，物质，物质的总数是不变的，它的动物体已经死亡，现在我们还缺另外一个——拜纳姆，我还需要另一个‘拿破仑’。”格拉比似乎突然之间明白了什么，冲着拜纳姆喊道。

十、解开永生之谜

拜纳姆没费什么力气，就捕获了第二个火星生物，弗莱娜给他取名叫玛塔，这是一个拉丁名字，因为它看上去比拉丁人更加浪漫。

“你觉得它们会融合，然后孕育出新的生命吗？”弗莱娜还是有些疑惑。

“不，它们不是孕育，而是复生。”格拉比纠正着弗莱娜的观点。

“这有区别吗？”弗莱娜还是不太明白复生的含义。

“当然，这是两个完全不同的概念，孕育属于遗传学，而复生……我觉得属于神学！”格拉比也并不知道该把复生这种概念归于哪个学科。

“好吧，那我们等着奇迹的发生！”弗莱娜摊了摊手。

环境、物质、元素，这是火星生命融合最关键的因素，缺一不可，这一夜，所有的人都没有离开实验室，他们要亲眼见证玛塔和已经消失的“拿破仑”的融合，而这，又是一个足以载入人类探索历史的时刻，自然谁都不愿意错过。

00：05，玛塔开始如同消失的“拿破仑”一样，先从触角开始升华，然后是它的身体，紧接着在众目睽睽之下，消失得无影无踪。

“知道什么是见鬼了吧。”韩子铭打破了沉默。

“我觉得它们这种行为不应该叫作死亡，我们得重新定义一下。”格拉比神色凝重地说。

“那你觉得应该叫什么？”桑帕约对格拉比的话显然很有兴趣。

“这应该是一条通往新生命的通道，你们知道佛教吗？在东方很流行的。”格拉比说道。

“我知道，佛教的很多经书其实都和天文学以及生物学有着相同甚至更准确的观点，只不过我们一知半解，科技让我们在这两百年里失去了很多东西。”韩子铭接着格拉比的话茬说。

“我觉得它们的这种行为就像佛教里的涅槃一样，它们对于这种融合应该是一种欢喜的心情，但是我们实在弄不懂它们的情绪，这些家伙表情不太丰富，就像俄罗斯人喝过伏特加一样。”格拉比说完这话，看了一眼端着伏特加的巴拉科夫，众人哈哈大笑。

“我们俄罗斯人才不会这样，我们是世界上表情最丰富的，喝过酒之后更是如此。”巴拉科夫显然不同意格拉比的观点。

在这种说笑中，实验室中的玛塔和“拿破仑”开始了一种令人震撼的融合。说震撼，是因为在场的每一个人，即使是最坚定的火星殖民者桑帕约也不得不向它们致敬，因为至少在这个物理定律还能决定一切的三维空间内，生命都是崇高而且理应获得尊重的——没有谁可以拒绝活着。

实验室里，玛塔和“拿破仑”的分子在弗莱娜制造的岩石上，毫无规则地融合着，凝固，落下，然后静静地躺在实验室的地上，成了一个如同卵一般的东西，吸取着岩石提供的养分。这种融合、凝固、吸收以及即将发生的破壳而出，在这个星球上已经周而复始进行了几百年、几千年，甚至几十亿年，从没有变化。它们更像是一群活在世外桃源中自得其乐的精灵，但是现在，邪恶的人类来到了这里，他们开始根据自己的喜好来建造自己的生活，而这种行为造成的最直接的后果就是毁掉了别人的家园和生活。但这就是宇宙的定律——在同一个维度下，低级的生命将会被奴役、改造甚至是灭绝。毕竟，无论宇宙有多么浩瀚，多么无限，在同一个维度下，它的资源和生存空间都是有限的。

两百年之后，富尔茨博士的女儿玛索终于弄清了生命的意义——因为资源有限，只有在总数不增加的情况下，才能存活几十亿年，这是一种低等生物最原始，也最纯真的想法。可惜，人类知道得太晚了，他们学会了永生的方法，却永远都没有弄明白永生的真谛和价值。

孕育着玛塔和“拿破仑”分子的卵开始破壳，它们如同新生的婴儿一样摇晃着身体走了出来，而它们的壳则在岩石旁边升华，被岩石吸收。这是一个循环的过程，每天要在火星地心内重复发生无数次。

“我们该叫它‘拿破仑’二世、玛塔二世吗？”拜纳姆问格拉比。

“不，它们还是‘拿破仑’和玛塔，不是什么二世，它们重生的只是身体。弗莱娜，给它们做记忆实验，脑电波的成像，我觉得它们没有忘掉之前的事，如果它们有记忆的话。”格拉比几乎已经对这种生命有了完全的认识。

“那意味着什么？”弗莱娜问。

“意味着它们可以为我们建造一个火星家园。”桑帕约冷冷地回答。

“可是这是它们的家园。”弗莱娜说。

“从我们来到这里的那天起，这里就不属于它们了。”桑帕约仍然冷冷地说，脸上没有丝毫的表情。

第三章

人类的第二家园

一、返回地球

富尔茨博士最不想看到的一幕终究还是来了，虽然极不情愿，但是他绝不能与整个人类为敌。毕竟这是符合人类目前利益的一种方式，这关系到这个物种能否在延续了几十万年之后继续生存下去，任何想法比起生存，都显得微不足道。

在经过了几个月的反复试验和继续观察之后，桑帕约和他的团队已经有了一份极其精确的关于火星生命的报告，当然，这是指在没有发现新的颠覆他们想象力的事情的情况下做出的。还需要十天，他们即将返航，回到那个曾经熟悉无比的地球。

“我觉得我会想念这里的。”弗莱娜有些恋恋不舍，几个月的生活，让她已经有些喜欢这里了，虽然这里并不是她理想中的伊甸园。

“再看一眼吧，等我们下次再来这里的时候，目的就不一样了。”桑帕约对弗莱娜说。

“博士，我们要怎么对待这些小家伙呢？它们是我们的伙伴。”弗莱娜说。

“它们对我们来说太有用了，特别是它们可以利用自身的分解物分离出铱！你知道吗？我们整个地球每年只有不到5吨的产量，这是我们在星际旅行中最重要的元素。有了铱，我们就能到更远的地方去，而且它们会为我们提供永生所需要的方法。当然了，它们还会帮我们挖地球深处的那些矿藏，它们可比机器人省钱多了。”桑帕约安慰着弗莱娜，其实他自己也知道，这种安慰更像是为隐藏人类的野心而找的借口。

“我能留下两个吗？我和它们已经是朋友了，我会在家里建造一个岩石。”弗莱娜央求道。

“哈哈，富有同情心的孩子，我会给你申请的。”桑帕约笑着说。

“也只能这样了。”弗莱娜无可奈何地说。

“‘时间之箭号’返回了地球，他们来的时候手里空空如也，走的时候却带走了所有的蛋糕，并且带走了这里的钥匙。”这是两百年后的哲学家莫里斯说过的又一句名言，人类就是这样，贪婪、充满野心，这一切都是为了他们自己的生存。当然了，对于浩瀚的宇宙而言，这是一条生存法则，也是一条从低级文明到高级文明过渡所必需的桥梁。任何一个生命，一个物种，在遇到生存瓶颈的时候，往往会不择手段。

他们离开火星的时候，是夜里。这是除了桑帕约博士之外，其他人据理力争的一个要求，地球总部最后同意了。大家都希望在离开之前再看一次火星的夕阳，毕竟返回地球之后，橙色夕阳将会终生伴随他们，而蓝色则只能出现在梦里。

升空，起飞，飞掠火星稀薄的大气层，他们只能够隐约看到那个直径 40 米的大坑，这是他们留给火星唯一的痕迹，是留给战神阿瑞斯的第一个伤疤，或许需要很多很多年才能愈合。

相对于浩瀚的宇宙，地球与火星的距离实在是太微不足道了。假以时日，人类离开太阳系、银河系之后，只能从回忆中记起他们曾经生活的这颗蓝色星球的时候，绝不会感慨，更多的只是唏嘘，为什么我们在如此狭小的范围内苟且地生存了几十万年？为什么到近在咫尺的火星却比登天还难？为什么文明的建立需要走那么多弯路？当然，这些我们都不会知道，即使是最有思想的先知，也不会有如此美妙的想象力。未来，实在是一件难以想象的事，而憧憬未来，更是一件可怕的事。

地球上的富尔茨他们早已等待英雄们的回归，就像两百年前阿姆斯特朗从月球回归地球一样，每个在地球基地等候的人都充满了敬仰、期待，好像他们拿到了上帝对人类生存的说明书一样，每个人都被当成民族英雄、人类楷模。当几个人再次见面的时候，已经是两个月后了。这两个月，远比火星上的半年要漫长得多。

“建立一个科考站需要多久？”富尔茨问桑帕约。

“一百个工作日，不过我觉得现在我们最需要的是在地球上培养出火星生命体。我们现在最需要的是草莓馅饼，而不是实验器材。”桑帕约对富尔茨说。

“我知道，但这项实验需要周期性和更加科学的数据来完善，我们现在还只是知道一些皮毛而已。”富尔茨说。

“是的，不过我觉得您还是继续在您的领域研究更好，这里可以交给别人，您的工作对我们更加重要，毕竟我们的目的不是火星。我希望您可以发现更加具有爆炸性的技术，比如我们是否可以利用引力波，那样，我们飞出太阳系只需要几个月。当然了，我知道这很难，宇宙简直太大了，有时候我都会迷失方向。”桑帕约喝了一口威士忌说道。

“已经有了一些进展，不过还差很多，就像是从火星到海王星的距离那么遥远，至少在我们的有生之年，化学动力飞船还是我们的交通工具。别忘了，人类坐马车可是有几千年的历史，因纽特人甚至会坐狗拉的雪橇，而且还非常兴奋。”富尔茨幽默地回答。

“我当然理解，不过从汽车到火箭，我们只用了不到一百年。”桑帕约笑着回答。

“你的那个引力波弄明白了吗？有没有新的想法？”富尔茨转移了话题。

“那个啊，我知道的并不比你多，我实在弄不明白它们。对于我来说，颠覆性的东西都没有这件事情可怕，这就像是富兰克林大街发生了火光冲天的爆炸，而我在家却什么都看不见一样，您知道吗？太近了。如果像以往一样是黑洞之间的结合，那么这么近的距离足以把我们干掉。”桑帕约轻轻地说。

“我明白，不过我们现在需要做到永生，那样，终究有一天我们会解开这个谜团的。”富尔茨哈哈大笑。

“不，我仍然要在100岁的时候退休，我讨厌我的工作，我退休之后还要去钓鱼、打球，那些比研究这个有意思多了。”桑帕约也哈哈大笑起来。

二、企划书附加条约

关于火星生命体的实验仍然在地球上进行着，这需要一个很长的周期，可能是一年，可能是五年，也可能是十年、二十年，总之，在没有准确无误的结果之前，人类并不想贸然在人体上做关于分子融合的实验。

但是，在“时间之箭号”回来之后，他们在火星上获取的重要信息却让一部分人产生了一些想法。毕竟，能够永生，这个消息确实比任何事情都要诱人得多，哪怕永生这件事本身是那么不切实际。于是，原本已经统一了的企划书宪章再次被拿了出来增加新的条款，以保证全人类的生存利益。

政客和科学永远有着不可调和的矛盾。富尔茨和桑帕约是科学家，他们希望能以严谨的态度来制订计划，在没有把握的情况下去承诺，并不是他们喜欢做的事情。在这一点上，他们两人的观点极其一致。而政客们不一样，他们需要先制定一个乌托邦式的承诺，然后再去慢慢实现，而这是不科学的。但是，和科学家们比起来，人类似乎更乐意也更喜欢政客们的承诺，毕竟乌托邦要比现实听起来更加诱人。

这次提出的企划书附加条款又是一个典型的乌托邦式的提案。以企划书宪章负责人奥尔巴为首，他们提出了人类永生之后到火星上建立基地，并且移民火星，以缓解地球的压力，另外要求取消人类限制生育的条款，回归舒适安逸自由的民主田园时代。如果说前几条对人类的诱惑力还有限的话，那么回归田园时代简直就是对人类诱惑力最大的挑战，童年、民主、自由、繁衍后代，这些已经消失很久的词汇再次进入人类的生活，这是一件多么惬意的事。这种事，没有人会拒绝，也没有人会对政客们有厌倦的情绪。

但是，富尔茨他们知道，这种乌托邦式的承诺至少在现在，几乎没有实现的可能。一方面是因为人类的科学技术虽然发展迅速，但是还远没有达到随心所欲的程度，永生到现在为止，还只是一个概念性的东西；另一方面，移民火星，简直就是一个不怀好意的主意，而取消限制生育的规定，则等于在人类如今稍微稳定的生存空间上安装了一颗定时核弹，一旦无法在科学上有进展，那地球和人类社会会很快爆炸。于是，他们利用科学在会议上反驳了政客们提出的想法。

双方最开始的争论其实还是建立在一些相同观点的基础上的，比如对于政客们提出的这些目标，争议主要存在于时间上。但是到了后来，由于科学家们过于严谨的科学态度，政客们开始陆续撕破脸皮，他们制造舆论说“时间之箭号”上的科学家和地球总部隐瞒了关于火星生命永生的真相，不想把这个爆炸性的技术分享给全人类，违反了企划书中关于人类生存平等条约的条款，并要求他们公布全部真相。这简直就是赤裸裸的诬陷，科学家们开始反驳和解释，但是，和政客们相比，他们毫无胜算。那段时间内，科学家几乎成了全人类的敌人，富尔茨、桑帕约他们的研究受到了很大的阻碍，毕竟人类需要更接近现实的东西才能满足，而不是无休止的等待。

毫无疑问，这场斗争的失败者还是科学家们。最终，富尔茨代表整个科学界同意了政客们关于企划书的苛刻提案，把这些写进了企划书的正式文本中。

桑帕约有些无奈地开始了几乎毫无把握的永生计划，而富尔茨也着手建立了火星基地的地球团队。虽然看上去那么伟大，但其实毫无疑问，这是一个疯狂得近乎不可能实现的目标。

在附加条款通过的第三年，富尔茨的团队率先朝着目标迈出了第一步。他的团队在原有的化学动力第三宇宙速度飞船的基础上，制造出了利用引力推动的化学动力载人飞船。这是一项非常了不起的成就，把人类到火星的速度提高到了原来的10倍，到达火星的时间由原来的90天缩短到了9天，而且很快通过了批量生产的法案。一时间，世界各地的宇宙飞船制造厂开始大量生产这种飞船。这是人类迄今为止速度最快的宇宙飞船，但是富尔茨却没有任何高兴的理由，因为他知道，制造不出曲率飞船，人类永远等于坐在马车上前进，即使速度再快，也不过是换了一匹好马而已。

而桑帕约的团队则毫无进展，三年来的近千次在动物身上做的分子融合实验，全部失败。甚至在团队内部，都有人开始怀疑他们当初在火星生命体上做的实验是否精确，是不是他们为了哗众取宠而故意编造出来让人膜拜的理由。但是，桑帕约知道，永生既然可以在火星实现，那么在地球上也可以，这些三维空间的物理指数是相通的。于是，他继续做着毫无胜算的实验，他相信，实验成功的那一天快来到了。

地球上很大一部分人已经开始憧憬火星上的生活了。根据条款，第一个基地只能容纳不到4000人，而且大部分还都是工作人员，留给民众的名额只有不到 400 人，但是递交申请的人却高达 2000 万。这是一个绝对不低的比例，甚至连一向说话不靠谱的政客们都觉得这事不可思议。

三、神秘的星体

在火星基地计划和永生计划进行的时候，华盛顿一个天文观测小组通过射电望远镜非常意外地在太阳系内发现了一颗之前人类从没有发现过的星体，他们把这个星体命名为“美杜莎二世”。

本来在宇宙中发现新的星体是一件再平常不过的事，从人类有了天文观测之后，几乎每天都会有各种各样不同模样的星体被发现。

但是这颗星体却在天文界引起了比较大的轰动，之所以造成这种轰动的原因有以下三点。

第一，这颗星体的直径只有 5 公里，说它是星体其实远不如说它是陨石更合适。在宇宙中这种陨石几乎随处可见。

第二，这颗星体和其他类似的星体的外表没有任何不同——表面凹凸不平，呈深灰色。之所以神秘是因为它所处的位置。

美杜莎二世在被发现之后一个月的持续观察中，都是在木星的光环内反方向围绕着木星公转。要知道，木星巨大的引力根本不允许有这样不礼貌的家伙这么做，但是这颗星体似乎根本没把木星当回事，它不但轻松地围绕着木星公转，还时隐时现——有的时候消失，有的时候又很随意地出现，这让科学界大为不解。

但真正让人类震惊的还是第三点：围绕火星运行的“爆丸号”

无人探测卫星向美杜莎二世发射的一个探测器居然被它反射了回来，更意外的是反射的速度居然达到了人类还无法达到的第四宇宙速度。这其中的原因让科学界摸不着头脑，甚至有天文学家怀疑计算有误。

这件事虽然和火星基地计划没什么直接关系，但是却引起了富尔茨的注意。他知道，这颗星体的反常按照相对论和现有的天文常识是无论如何都不能解释清楚的。为此，他专门进行了长期的观察来测试这颗星体的规律。

越观察，富尔茨就越觉得不可思议。要知道，逆向公转的卫星在整个太阳系，甚至人类观察到的银河系范围内都是不多见的，整个太阳系只有海卫一一颗逆向公转的大卫星。但是经过碳元素的分析，科学界认定海卫一最初并不是海王星的卫星，而是一个残留的双矮行星系统的残余。另外，海卫一由于是逆向公转，所以将在40万年之内被海王星的巨大引力撕碎。但是美杜莎二世却不一样，经过碳元素的测试，它的年龄达到了5亿岁，而且以它如此之小的体积却没有被木星巨大的引力撕碎显然是一件不可想象的事。富尔茨突然觉得宇宙简直太奇特了，人类或许只知道了一点儿皮毛，甚至连皮毛都算不上。

地球就像是一所悬浮在宇宙空间的监狱，人类就像是犯了错误的犯人，在太阳系内孤独地存在了如此之久，在这里自给自足，自生自灭，数十万年来，甚至连一个探监的人都没有。久而久之，人类或许已经忘记了自己的身份，在这里骄傲并且自得其乐地活着，甚至还有一丝兴奋和惬意，比起孤独，这或许才是最可怜的。而假如有一天突然有高级文明造访人类，当人类用惊奇的眼神看着对方的时候，才惊讶地发现，我们原来不过是个弃儿。

这段话是富尔茨博士的女儿玛索长大之后写下的。富尔茨在火星基地建造之后的第五年，还没有看到人类完全移民那里的时候，就因为意外去世了，而在生前，他一直都在对美杜莎二世进行着细致的观测，但是却毫无进展，这也成了他终身的遗憾。再后来，人类居然对美杜莎二世置之不理，直到玛索长大之后，才继承了父亲的遗志，继续观测，从而成就了人类历史上最伟大的发现之一。而这个发现，足足推迟了三十年——这三十年，本来可以做很多事情的。

第一批 20 艘引力载人飞船在一年后建造完毕，之后还会有几百艘同样的飞船前往，巴拉科夫是这个舰队的负责人，格拉比和韩子铭作为他的助手一同前往。他们浩浩荡荡地出发了，就像几百年前的哥伦布出发时的情景一样壮观，他们要用三年的时间建立第一个火星科考站和第一个火星社区。临行的时候，桑帕约特地来送行，他知道，巴拉科夫的内心深处存在着一个心结，而这个心结几乎永远无法解开。

"随时可以回来，就当坐着马车到亚利桑那一样，总督大人。"桑帕约笑着对巴拉科夫说。

"我会成为一个火星上的领导者。"巴拉科夫说。

"你真是一个可怕的人。"桑帕约说。

"比我可怕的大有人在。"巴拉科夫笑着说。

"几年后，我会送你一个礼物。"桑帕约说。

"是永生的说明书吗？"

"也许是，但也可能是作为失败者去见你。"

"不，我宁愿死去，如果我得了抑郁症，那永生就相当于把我扔到宇宙空间的无底深渊里，这太可怕了。"巴拉科夫唏嘘道。

"再见，我的朋友。"桑帕约给了巴拉科夫一个拥抱。

"再见，我的博士。"巴拉科夫同他紧紧相拥。

这是他们在地球上的最后一次见面，再次见面已经是在五年后的火星上了。

四、休眠技术

格拉比回到地球之后就一直在桑帕约的团队进行对火星生命体 DNA 的排序和研究。虽然对 DNA 的排序技术已经很成熟，但是改造 DNA 的技术却一直以来都没有进展，甚至包括同一科目的动植物，人类都无法做到改变，这是一项挑战性极强的工作。

不过，格拉比或许是亲眼见到过火星生命，特别是他对它们分子融合的魔力感到惊奇，回到地球之后，他就开始研究环状 DNA。他认为，这是人类打开永生大门最为接近的一把钥匙。

灯塔水母是地球上可以做到永生的唯一一种动物，它的永生是在个体上完成的。每一只灯塔水母都可以独自完成从衰老到重生。环状 DNA 就像一个圆圈，当前面一个基因衰老之后，后面的基因会自动启动，而前面的基因会进行休眠然后自行修复，这样周而复始，做到永生。而火星生命体在永生的方法上更加高级一些，它们通过对自身分子的休眠，然后和其他的分子融合，做到重生，两者是有区别的，但是相同点就是都进行休眠。

格拉比知道，要让人类做到永生，必须找到改造 DNA 的方法，而这目前根本做不到。但是格拉比通过休眠受到启发：首先在动物身上做实验，让动物在某种环境下，体内的分子休眠，然后等待若干年之后复生。这可是一项了不起的成就，这为人类探索宇宙空间、进行长时间的太空旅行提供了重要的时间保证，特别是在曲率飞船发明出来之前，几百年、几千年的星际旅行可以成为不再奢望的梦。

在第三年，格拉比就申请了在人体身上做实验，他的助手芬妮自告奋勇地站出来，为格拉比的实验充当了试验品。一年零七个月之后，芬妮从休眠状态下被苏醒，除了体内的蛋白质减少了一些之外，芬妮的一切都很正常。在永生不可能做到的情况下，这种假死就是人类目前能做到的最好的办法了，这可以让人类的寿命提高几倍甚至几十倍。

但是休眠和重生有着本质的区别。在休眠状态下，人类的脑电波是静止的，也就是说思维是没有的，所以任何事情都做不了，而重生意味着到了生命的尽头可以重新开始，中间是不需要停止工作的。虽然有很大的区别，但是格拉比的成功还是让人类欣喜了好久，毕竟死亡的威胁变得小了许多。于是，很多害怕衰老的、对现实社会缺乏信心的、憧憬未来的人选择了休眠——他们希望暂时告别现在，等醒来的时候，能够看到和现在不一样的东西。

于是就出现了一个奇观，在休眠技术逐渐成熟之后，地球上每年约有 1% 的人选择休眠，并且比例仍然在增加，未休眠人口数量在逐年减少。这样虽然缓解了生存压力，但是地球的生产力开始下降，而且未来的生存压力会增大。这就像透支信用卡一样，人类在透支自己的明天。于是，这项技术在发明之后的第五年，正式被列入企划书，想休眠的人必须进行考核和抽签，每年休眠人口的比例不得超过人口总数的0.1%，即使这样，这仍然是一个庞大无比的数字。

桑帕约对于这项技术非常满意，这可以让他活到很久很久之后，他甚至憧憬着将来可以亲自飞出太阳系，去见证宇宙的浩瀚。他太渴望走出去了，就像是一个在乡下成长了几十年从没有到过镇子的人，那里的一切，对他来说都是新鲜的。但是他并不知道，外面的世界固然精彩，同样也充满了荆棘和危险，稍不留神，恐怕就会死去，而人类，还做不到永生。

人类生存的空间和环境都在发生改变，引线时代的生存危机正在逐渐消除，虽然还没有解除关于生育的限制，但是田园时代的民主和自由正在逐渐回归社会，地球上一片欣欣向荣的景色，这就是科技所带来的改变。但是有一点人类并没有弄明白，思维方式如果不改变，危机将永远不会解除。从这一点上来看，人类要想做到本质的改变，还需要在思想上进行进化，而不是只从科技上改变，而要想对思想进行进化，就必须看到外面的世界，要想看到外面的世界，文明程度和科技水平又必须达到一定水平，两者是相辅相成的。

科技的发展总会遇到瓶颈期，而思想的进化也同样如此。科技发展可能会遇到技术爆炸从而朝前迈进一大步，而思想则需要在血的教训中吸取失败的经验来进化，从这一点上来看，思想进化要比技术爆炸付出的代价大很多。

富尔茨、桑帕约和格拉比他们让人类的科技水平发生了质的变化，而让人类思想发生进化的人此刻却正在休眠中。他是第一批申请休眠的人，休眠的时间是45年，休眠的原因是他觉得人类在毁灭自己，而在睡梦中死亡，是一种最舒适的方式。这个人是莫里斯——一个人类历史上的圣人。

五、富尔茨博士之死

火星生命被正式命名为胡萝卜人，这是根据它们的颜色和DNA性质确定的。在巴拉科夫第二次到达火星之后，第一项工作就是利用这些胡萝卜人来开采火星上几乎用之不尽的矿产，而这也是人类最初登陆火星的计划之一。

在巴拉科夫的眼里，这些胡萝卜人就是为他干活的工具，他们唯一可以做的事情就是干活，至于报酬，一点儿都没有，不是不给，是因为它们不需要。

迄今为止，人类一共发现了20万个胡萝卜人，这个总数在经过三年的观察之后，没有任何变化。他们并不具备繁衍的能力，也没有雌雄之分，或者说是雌雄同体，这么说似乎也不是太恰当，他们是一种超出人类生物学定义的新型生物，这样解释似乎才够明白。

当然了，胡萝卜人除了干活和供研究之外，几乎没有其他用途。有的时候，火星基地上的人会看着胡萝卜人做游戏，这是一种非常有趣的现象，总会让这些离开地球的人笑得前仰后合，虽然他们和胡萝卜人之间没有任何交流，也不知道它们在做什么。

火星的气候和地质决定了人类不可能像在地球上一样生活，他们必须生活在建造的基地里，这是几个类似于城市的建筑，内部有人造大气层和空气循环系统。随着技术的逐渐完善和成熟，这里几乎已经成了一个处于室内的森林城市，占了火星地表面积的5%。假以时日，这种城市会逐渐增多，人类也会从室内移居到室外，并逐渐改造火星的大气层。当然了，这需要很久，也许是几十万年或者更长。

按照计划，巴拉科夫应该是在火星基地建造之后的第三年就进入休眠计划的，但是他选择了把计划推迟五年，因为他需要做一项更加重要的工作。

在火星基地和火星移民逐渐增加的时候，地球科技也在飞速发展，这是火星基地和地球都能享受到的资源，地球上有了新科技，那么火星上也马上会有。地球发展进入了一个新的阶段，后来这个阶段被称为平衡时期，意思是人类似乎找到了一个平衡点，能够悠闲自得、无忧无虑地生存。

但是这种想法不过是政客们许下的又一个美丽的诺言。在火星基地的第五年，这一切都发生了变化，平衡时期走进了历史，新的时代来临了，而这个新的时代，似乎看上去没有那么好。

这一切，都要从富尔茨博士的死说起。

本来按照计划，富尔茨博士是要在女儿年满14周岁的时候进入休眠的，因为未来需要他。但是富尔茨却在联合国的企划书大会上强烈质疑了人类进入火星的目的，并声称要带领自己的团队退出企划书计划，而且意志坚定。他的观点是人类必须与外星生物友好和平地相处，不能以征服为目的对火星进行开发。未来一旦发现高于人类文明的文明，而人类贸然前进的话，说不定自己会遭殃。在长达 5 天的会议中，没有任何人可以说服他，富尔茨也拒绝和解。最终，他如愿以偿，带领着自己的团队退出了企划书计划。

休息了一阵的富尔茨继续研究着美杜莎二世，他认为这将是他一生的追求，但是两年后，他觉得以目前的技术根本不可能解开这个谜团，于是他选择休眠，因为玛索已经可以照顾自己了，他要到未来去继续研究这个秘密。

意外总是会有的，人类已经掌握的熟练得不能再熟练的休眠技术，居然在富尔茨博士的身上发生了事故。在他的休眠过程中，操作员把带有甲烷的针剂错误地输入了富尔茨博士的体内，虽然很快就发现了，但是富尔茨博士已经进入了脑死亡的状态——他再也醒不过来了。这在当时是一个轰动世界的消息，很多人在若干年后都认为，富尔茨博士的死绝对不是意外，而是一个阴谋。不过这最终也成了一个永远无法解开的谜团。

对于富尔茨的死，有很多人伤心，但也有人高兴，因为富尔茨是坚定的反对殖民火星主义者，他的死使得这个主义失去了一位领导者。渐渐地，反对殖民火星主义组织的内部发生了分歧，并最终解散，人类的目标得到了统一——殖民火星、殖民太阳系成了人类唯一的目标。

在富尔茨博士去世后的第三年，地球危机出现了，而这次危机甚至差点让人类毁灭。

六、会合

此时的火星基地已经差不多和整个美国国土的面积一样大了，而且更重要的是，火星基地已经完全可以做到自给自足。城市森林般的环境让火星上的移民感到亲切的同时，也让他们有了家的感觉，而且基地还在不断扩大，比起拥挤肮脏的地球，说这里是乐园也未尝不可。巴拉科夫作为火星基地的领导者，就像是一个伟大的拓荒者，为火星基地的发展做出了不可磨灭的贡献。

按照最初的约定，火星基地的首批移民是要在三年之后离开火星返回地球的，这是政客们做出的决定，包括巴拉科夫在内的科考队也是如此。但是由于在第三年的时候，火星基地的建设速度比预期要慢，而且难度超出了预想，而整个科学界除了桑帕约和富尔茨之外，再没有人可以接替巴拉科夫的工作，但地球又实在离不开这两个人，于是巴拉科夫的服役年限增加了五年，而恰恰是在这五年里，事情发生了一些变化——一些让人无法阻止的变化。

第一个变化是由于火星基地在建成后，仍然向地球索要一切资源。要知道地球上的资源本来就有限，而这个时候其实火星上的基地已经完全可以自给自足，可以不再需要地球提供资源了，再加上火星上的生活又安逸舒适，这引起了地球上人类的强烈不满，他们强烈要求企划书计划对火星基地给予限制和改变这种状况，因为火星基地建造的目的是为地球服务，现在反而成了一个累赘。于是政客们炮制了各种理由，要求火星基地减少这种资源的浪费，但是巴拉科夫没有答应，反而以科考和建造新的基地为名，索要了更多的资源。

巴拉科夫的要求让政客们非常不满，他们认为巴拉科夫是个贪婪的家伙，火星基地是全人类的财产，不是他巴拉科夫一个人的乐园，于是给巴拉科夫下了调遣令，要求他必须在任期结束之后无条件返回地球。

巴拉科夫没有拒绝，他把这个消息告诉了火星移民们，这引起了火星移民的强烈不满。因为他们作为人类移民星际空间的先驱者，虽然现在的生存空间和质量都不错，但是来之前，一切都是未知，没有人会想到如今的生活怎样，这里是他们在巴拉科夫的带领下建造的。地球虽然提供了资源，但那些东西也有属于他们的一份，而且这几年，他们给地球输送的资源远比索要的多很多。于是，所有的火星移民都反对这个决定，同时强烈要求巴拉科夫留下，但是巴拉科夫没有同意。他告诉火星移民们说，我们都是地球人，来到这里是为了地球人能够永远生存下去，而不是为了个人的舒适，他决定在十号基地建成之后，也就是任期结束之后，离开火星，重返地球，同时祝愿所有人快乐。

一时间，火星基地的情绪充满了悲观和不满，他们现在的生活之所以如此安逸，是巴拉科夫给予的，这也正是巴拉科夫在基地建设开始之前对他们承诺的。所以，巴拉科夫在这里就是一个受人爱戴的“国王”，现在有人要罢免他们的“国王”，这当然不行。

但是巴拉科夫没有任何不满的情绪，他在当晚的视频会议中告诉地球总部，火星基地虽然已经相对比较完善，但是这里的生存环境仍然恶劣，随着平原地区的逐渐减少，建造基地的难度正在逐渐增大，而如果接替他的人选能力有限的话，那么之前的工作将会变得毫无用处，他希望桑帕约来这里接替他的工作，因为只有他和自己一样，对这里完全了解，毕竟这里的一切都属于全人类。

桑帕约去火星基地是一个很让政客们纠结的事，毕竟在地球上，无论是从能力还是在经验上，他都是接替富尔茨博士最好的人选，但是桑帕约还是决定到火星去接替巴拉科夫的工作。第一是因为确实如巴拉科夫所说，除了他，没有第二个合适的人选；第二个原因是那里离他的梦想更近一些。

桑帕约带领着他的团队乘坐着第六批一共 70 艘载人飞船飞离了地球。当飞船脱离了地球引力之后，桑帕约博士命令飞船掉转方向，对准了地球，他需要再看一眼这颗蓝色的星球。这里是他出生、成长、学习、工作的地方，现在他要离开了，而且注定不会再回来了。短暂的沉默之后，桑帕约下令掉转方向，朝着火星奔去，再也没有回头看一眼。

位于火星奥林匹斯山的二号基地是一个专门供科考人员工作和休息的地方，是整个火星殖民地的心脏。这里禁止火星居民前往，巴拉科夫就在这里工作和生活。站在高高的山顶上，巴拉科夫可以看到他想看到的一切。

载着桑帕约的飞船掠过了火星大气层，徐徐降落在奥林匹斯山下的基地。桑帕约带着他的团队走下了飞船，对面，是亲自迎接他的巴拉科夫。

“好久不见，伙计。”桑帕约大笑着。

“博士，你终于来了。”巴拉科夫也大笑着。

“让我们开始我们的工作吧。”桑帕约冲着巴拉科夫眨了眨眼睛。

“我们需要的人带来了吗？”巴拉科夫笑着问桑帕约。

“带来了，不过他们现在处于休眠状态。”桑帕约哈哈大笑。

“太好了，我以为他们会看得很紧。”巴拉科夫长舒了一口气。

“他们只在乎钱，才不会在乎几个人。”桑帕约说。

“要不要喝一杯伏特加？火星酿造的。”巴拉科夫问。

“不，还是威士忌比较适合我的口味。”桑帕约说。

七、三个休眠者

巴拉科夫需要的三个人，就这样在休眠中走进了人类的历史。其实，他们原本可以继续沉睡一百年的，但是桑帕约和巴拉科夫选择了让他们提前苏醒，因为火星需要他们，人类需要他们。

这三个人分别是来自杜克大学物理系的反物质研究科学家帕尔马、来自牛津大学的曲率概念专家苏克，还有来自中国的数学专家刘婕。

帕尔马是桑帕约的好朋友，可以说是莫逆之交。单从外表和行为上看，这个人绝对不像是一位科学家，而更像是一位拳击手。倒不是因为他强壮的身体，而是因为他火爆的脾气，但是在桑帕约面前，他却温顺得像一只兔子。从大学时代起，他就在一种崇拜中和桑帕约建立了极其密切的私人关系，虽然两个人并不在一所大学，从事研究的方向也完全不同。可以说，帕尔马是完全被桑帕约的个人魅力所感染才会如此崇拜他的。

帕尔马从事的是反物质研究。其实在当时，从事反物质研究的人更像是哲学家，因为这是只存在于未被证实的相对论中的概念，甚至可以说是人类对于未知事物的一种臆想。迄今为止，虽然人类已经发现反物质存在的证据，但是却没有见过反物质的模样，为此，科学界一直以来都有着巨大的争议，甚至有些人对相对论提出了质疑。但是，帕尔马却肯定这种物质的存在，毕业之后，他毫不犹豫地选择了这项工作。不过很可惜，在他工作的第四年，这项工作被停止了，因为引线时代低迷的经济无法承担他研究的巨额费用。一时间，帕尔马没有了工作，没有了人生目标，人变得颓废和高度紧张。

不过他还有偶像，那就是桑帕约。那时候的桑帕约比起帕尔马要风光无限得多，他已经发现了第 25 次引力波，是一位非常有名的科学家。当他得知帕尔马的情况后，立刻把他带到了自己的团队，因为他除了相信科学之外，还相信直觉，他认为帕尔马一定会和他一样，能够做出改变人类的事情。

在桑帕约第一次作为“时间之箭号”上的成员造访火星的时候，帕尔马留在了地球，在他的实验室里拼命地工作，因为他的工作有了新的进展。他在真空环境下，提取到了万分之一克的反物质，并且保持了 3 个月的稳定期。

后来桑帕约回到地球研究休眠课题的时候，帕尔马的工作又有了新的发展，他制造出了 20 克反物质。这是地球上仅有的 20 克反物质，是人类第一次证实这种物质的存在。但是很快，帕尔马选择了休眠，没人知道为什么。要知道，对于一个工作狂来说，在工作即将成功的时候，选择离开是一件痛苦无比并且不可思议的事。

第二个休眠者是苏克，他的成就在于他是富尔茨博士团队的绝对核心人物。他坚信只有曲率飞船才是人类真正可以走向宇宙的钥匙，所以他并没有对化学动力飞船的成功沾沾自喜，而是一直沉浸在曲率飞船的研究工作中，而且也取得了非常重要的进展。在富尔茨博士去世的前一年，他提出了一个全新的概念——太阳系内的曲率飞船，这个概念的原理是利用太阳系内八大行星的引力，用惯性把飞行物推向海王星外，而且通过核动力蓄电池保存了八大行星30% 的引力，并以此为基础，在跃过冥王星之后集合所有的引力把飞船推到奥尔特云，虽然还没有达到可以飞出太阳系的距离，但是比起化学动力飞船，这已经是质的改变了。

但是后来，随着富尔茨博士的去世和对地球政客的失望，苏克同样选择了休眠。他认为他的发明是要为整个人类服务的，而不是为了政客们的前途服务的，同时，苏克和富尔茨博士一样，是一个坚定的反对殖民外星主义者。

第三位休眠者刘婕是一位来自东方的数学家，她只是一个刚刚大学毕业没多久、默默无闻的人，只是以实习生的身份在桑帕约博士的团队工作过。桑帕约一定要带上她是源于一次不经意的对话，那是一次桑帕约再次陷入未知引力波的谜团中不能自拔的时候。

“博士，您的咖啡。”刘婕递给桑帕约一杯煮好的咖啡。

“谢谢。”桑帕约没有接咖啡，而是示意刘婕坐下。

“您怎么了，在思考问题吗？”刘婕带有东方人特有的礼貌。

“是的，一个突然出现，没有开始，也没有结束的东西，我甚至不知道该怎么理解它们。”桑帕约笑着说。

“您说的是大犬座引力波吧？”刘婕说。

“对啊，你知道？”桑帕约有些惊奇。

“是的，我看过您的论文。”刘婕平静地说。

“有什么看法？”桑帕约问。

“我觉得您的想法有一些偏离轨道了。”刘婕说。

“哦？偏离轨道？说说看。”桑帕约看着刘婕，更加惊奇地问。

“如果引力波来自自然的物理反应，那么就很好解释。但是我们知道，现在我们接触的物理常识只局限于地球，地球之外，银河系，外星系，那里的物理指数会和地球一样吗？光在地球上可以是照明作用，而在外星系，它的作用是什么？没人知道，宇宙中奇妙的东西太多了。博士，如果您非要解释清楚这个引力波的来龙去脉的话，那最好的方式是用数学，宇宙中唯一的语言就是数学。英语不行，汉语也不行。”刘婕慢条斯理地说。

“我知道物理指数不一样，但之前的引力波都可以解释，而这个无法解释，这又怎么解释？”桑帕约像一个学生一样请教着刘婕。

“会飞的不一定是鸟，还可能是蝙蝠；会游的也不见得是鱼类，可能是蓝鲸。博士，外表和指数都不是证明性质的关键。您站在五公里之外，就无法分清液态甲烷和液态氢气了，很多东西是可以模仿的。您可以通过软件模仿出我的声音，对吗？”刘婕说。

“你的意思是……”桑帕约看着刘婕，不相信这些话是从一个实习生的嘴里说出来的。

“很简单，这不是引力波，而是我们未知的概念。可能是一种宇宙中的结构，就好比是数学中的正数和负数，它的常态和引力波无异，但是它来自人为的模仿。”刘婕摊了摊手。

“高级文明！”桑帕约激动地从椅子上跳了起来。

“那可不知道，我只是个数学家，不是天文学家，我是用数学的方式解释的。”刘婕笑了笑。

从此之后，桑帕约虽然没有停止对未知引力波的研究，但是他彻底改变了方向，也记住了刘婕。虽然刘婕后来离开了他的团队，选择了休眠，但是他没有忘记她，他认为，自己需要这个女孩子。

这三个人是在桑帕约博士的要求下，以休眠状态被带到火星的。不管他们愿意与否，都将彻底告别地球，因为人类的未来需要他们。

八、火星基地的宣言

“现在唤醒他们吗？”桑帕约问道。

“不，还不是时候，让他们再睡些日子，等一切都没问题之后吧。”巴拉科夫笑着说。

“你真是个浑蛋。”桑帕约笑着对巴拉科夫说。

“比起那些政客，我更像是一个圣人。”巴拉科夫抿了一口伏特加。

在桑帕约到达火星基地之后，按照程序，他要和巴拉科夫在七个工作日内完成交接工作，然后正式接替巴拉科夫成为火星基地的总督，之后巴拉科夫就返回地球继续工作。但是在第七天的时候，巴拉科夫不但没有离开，反而关闭了和地球总部的所有联系方式，包括视频通话、无线电，以及安全警报，开始的时候，地球总部以为是火星基地发生了意外，立刻启动了应急措施，利用火星轨道上的洛克通信卫星进行呼叫，但是，没有得到任何答复，地球总部和火星基地失去了联系。

巴拉科夫为这一天已经等待了很久，早在他来到这里之后的第二年，他就对地球总部的那些政客们彻底失去了信心。一群对科学一无所知只会说些废话的人按照自己的模式要求科学家们做着让人无法想象的荒唐事，这是巴拉科夫所不能容忍的。之后他们又以全人类的名义强行让巴拉科夫返回地球，接受问询，这更是巴拉科夫无法接受的。要知道，火星基地能有今天的规模，完全是巴拉科夫的功劳，这里就是他的第二个家园，他不忍心让自己的家园被一群无知的人毁掉，但是由于当时火星基地还需要地球的供给，各方面的条件都不够成熟，所以巴拉科夫只能听命于那些人，这也是一种无可奈何的应对之策。

但是随着富尔莰博士的意外去世，巴拉科夫深深地意识到，富尔莰博士的今天很可能就是自己的明天，他不能这么不明不白地死去，他太热爱自己的事业，太热爱这个亲手建成的基地了。他想到了最极端的方式——叛变地球，做一个真正意义上的火星人。

但是，当时这种想法实在是一件很疯狂的事。要知道，火星上需要的物资大部分由地球提供，火星还不具备自给自足的条件，如果撕破脸皮，那么一旦地球停止对火星基地的供给，火星基地就等于是一颗死亡之星，他和这里的几千个移民都将永远作为尸体留在这里。另外，地球上拥有足以摧毁火星的星际核导弹，而火星上没有任何可以保障自己安全的东西，现在和地球总部作对，几乎是死路一条。为此，巴拉科夫想了好久，也没有想出任何办法。

就在他一筹莫展的时候，他接到了桑帕约博士通过补给飞船送来的一封密信。之所以要用这么原始的方法传递信息，巴拉科夫知道，这里面一定存在着不能让其他人知道的秘密。

在信中，桑帕约似乎是猜透了巴拉科夫的想法。他告诉巴拉科夫，现在还不是和地球总部分道扬镳的时候，自己的团队已经研制出了反物质，如果五年后一切正常的话，那么他一定争取带着反物质去火星和他会合，到时候，火星基地就可以拥有和地球总部叫板的能力了，他们才可以按照自己的方式建设火星基地。

巴拉科夫激动万分，他知道，桑帕约是一个有想法的人。桑帕约和自己虽然谈不上是特别好的朋友，但是他们却有着相同的人生理想和信念，而且对待科学的态度也完全一样。于是，他开始了更加认真的工作，终于在第四年里，他完成对火星基地的自给自足，只等着桑帕约前来和他会合了。

这次桑帕约博士的到来，除了带来了对火星基地未来用处极大的三个人之外，还带来了一件可以和地球总部叫板的东西，有了这个东西，处于劣势的火星基地就完全可以在可能会发生的星球之战中占据优势，这个东西是一项全新的技术——引力星际导弹的制作方法。这是桑帕约团队秘密研制出来的，地球没有这项技术，它利用化学动力推动，借助火星的引力，可以在120秒内以第三宇宙速度攻击地球，在40分钟之内，可以摧毁半个地球，比起人类的核导弹，这个技术简直就似怪兽一般的存在。

火星基地上的民众并不知道为什么会和地球失去联系。就在人们议论纷纷的时候，巴拉科夫对全体火星居民发表了火星历史上最为重要，也是最让人热血沸腾的一次讲话。

“我来自地球的朋友们，我之所以要发表这次讲话，是因为我觉得现在我有必要让大家知道事情的真相了。如今的地球已经不再是我们祖先曾经生活的那个美丽的田园时代了，现在的地球充满了无知、可耻、谎言和欺诈，我作为一个地球人曾经希望能够把这些不好的东西改变，但是很遗憾，我只能是一个失败者，不是我不努力，而是环境让我无法做到。但是在这里，我和你们一起的日子里，我发现，人类并不都是那么自私、可耻的，我们有能力建设和维护好我们自己的家园。这几年，是我一生中最为幸福的日子，但是这种日子总会有到头的时候，我要返回到那个可耻、无知的地球，去做他们的帮凶，而这，并不是我真实的想法。于是，我决定，留在这里，和你们在一起，把这里当成我们剩余时光的乐园，我们有能力让这荒芜的星球变成美丽的伊甸园。未来，我们还会到更远的地方，远离那些不符合我们价值观的东西，我有信心，也希望你们和我一样，为这里奉献自己传奇的一生。”

巴拉科夫的每一句话都铿锵有力，让所有火星居民都热血沸腾。从狭义上说，这算是一次蛊惑人心的演讲，但是这正是巴拉科夫和桑帕约的真实想法。他们选择用这样的方式和地球告别，和地球人类决裂，从即刻起，他们不再属于地球，而是地道的火星居民，这不过是一种身份的转换，却改变了历史。从此，太阳系内变得剑拔弩张，两个距离如此之近的星球针锋相对，走上了各自发展的道路。

在切断和地球总部联系的七天之后，巴拉科夫恢复了和地球总部的联系，并以火星元首的身份向地球总部发表了一次讲话。全地球的人都通过非延迟的方式在第一时间听到了巴拉科夫的宣言，他们吃惊、谩骂、诅咒，甚至上街焚烧了巴拉科夫在地球上的家，推倒了他的铜像。但是这一切都不过是一种宣泄，地球，已经不可能对火星基地造成任何形式的威胁了，因为地球上最聪明的人都已经是火星人了。于是，民众把怒火撒到了那些政客们的身上，政客们不得不动用军队，经过几天的镇压，才算制止了愤怒的人群。

之后，巴拉科夫宣布，火星基地将切断和地球总部所有形式的联系，时间为50个地球年，但同时表示，他们的引力星际导弹一直处于待发射状态，如果地球对火星基地有什么可耻的想法，那么同归于尽将是最坏的结果。之后，巴拉科夫就关闭了和地球总部的所有联系，两个星球之间又回到了几百年前的状态，只能遥望，不可近观。

巴拉科夫和桑帕约之所以选择不和地球总部取得联系，是因为他们需要安静地发展火星科技，同时也保持这里的神秘感。因为以地球的资源和技术发展的速度来看，如果真的打响一场星际战争，那么吃亏的仍然是火星基地，但是50年之后，一切或许都会变得不同，也许那个时候，火星人类和地球人类的关系才会得到修复。

九、唤醒休眠人

第一个从休眠状态下醒来的是帕尔马，他是在一个火星的夕阳时分醒来的，他对眼前的一切感到不可思议，这是哪里？难道是150年后？为什么天空不是蓝色的？难道人类已经不在地球了？带着一连串的疑问，帕尔马见到了桑帕约博士。

“你醒了？感觉怎么样？”桑帕约博士问。

“醒了，感觉不错，只是有点乏力，伙计，现在是哪年？你们对地球做了什么？”帕尔马问。

“伙计，你只睡了5年，我告诉你一个好消息、一个坏消息，你想要先听哪个？”桑帕约带着诡异的笑容问。

“该死，你们肯定做了什么坏事，快告诉我！”帕尔马挣扎着坐了起来。

“坏消息是我们和地球失去了联系。”桑帕约笑着说。

“天哪，为什么？我们这是在哪儿？”帕尔马激动地说道。

“在火星上，我们独立了。”桑帕约轻描淡写地说。

帕尔马不再说话了，他知道桑帕约早晚会干这件事，只是没想到这么快。

“你先休息吧，慢慢就知道了，我们现在的身份是火星人，这里需要你。”桑帕约笑了笑，起身离开。

第二个醒来的是苏克，他和帕尔马的反应完全不同，虽然他是如假包换的反殖民主义者，但是他从没想过要离开地球，或者说是没有做好心理准备。当他得知地球和火星发生的事之后，愤怒地砸烂了身边的一切。他知道，此生此世，他恐怕再也没有机会回到地球了。不过，在和桑帕约以及巴拉科夫深谈之后，他接受了这个现实，四海为家，可能就是他的宿命。

最后醒来的是刘婕，她既没有像帕尔马那样不知所措，也没有像苏克那么激动，她似乎对眼前发生的一切有预感一样，看着眼前的桑帕约博士，她只是笑笑，然后轻轻说道：“博士，我知道您会来这里，也知道您一定会带我来。”

“为什么，孩子，能告诉我为什么吗？”桑帕约很喜欢刘婕的性格，但是他还是对她的冷静感到好奇。

“因为火星需要您，而您需要我，还有就是您看火星的眼神，那里面都是幸福，一个对幸福充满渴望的人，怎么会放弃离他如此之近的幸福呢？”刘婕笑着说。

“你简直就是一个神奇的人，我没看错人。”桑帕约哈哈大笑。

“别忘了，我还是一个心理学硕士。”刘婕笑了笑。

“对不起，没有征求你的同意就做了这个决定。”桑帕约道歉道。

“没关系，应该感谢您才对，这里没什么不好。”刘婕闭上了眼睛。

一星期之后，巴拉科夫再次召集全体火星移民，进行了火星基地的第一次全民大会。这次会议制定了火星发展的宪章和法律以及道德标准，最重要的一条是取消了地球上实施了很多年的禁止生育的法令，但是仍然规定生育是有条件限制的。虽然距离人类田园时代的那种生活还有差距，但是这足以让火星上的每一个居民兴高采烈——他们在地球上已经被压制了很多年，现在终于自由了。同时，巴拉科夫宣布，火星将实行军事政权和科技至上，因为火星随时将面临地球的巨大威胁，只有军事政权才能最好地保护这里，而发展科技将是未来50年中火星上最重要的事情。

“50年之后，地球会是什么样？那是我们的家园，我们会建立外交关系吗？会互派大使吗？”帕尔马问巴拉科夫。

“我不知道，也不关心，咱们是火星人，那是他们的事。”巴拉科夫冷冷地回答。

“是啊，我们是火星人，那里与我们无关。”帕尔马有些感慨，轻轻地附和着巴拉科夫的话。

“如果我们和地球人类的思想在50年后发生一种质的变化，那么或许我们还可以是朋友，但是如果没有质的变化而只是随着社会的进步而改变，或是双方不能寻找到平衡，那么50年后，将会有一场战争打响，一场可怕的星际战争，胜利者只有一个，而失败者则永远消失，包括他们的痕迹，这是宇宙生存法则。”巴拉科夫看着帕尔马说道。

“宇宙生存法则？这是什么？”帕尔马第一次听说这个名词。

“在同一个维度下，只有处于本维度中文明顶点的种族才能继续生存下去，而要想到达文明的顶端，就必须把科技提高到一个不可思议的水平。”巴拉科夫说。

“我们属于什么？最高级的种族吗？”帕尔马问。

“不知道，但这个可能性不大，所以我们要珍惜现在的每一天，说不定哪天我们就会被干掉，而且不留痕迹，又或者我们会被奴役，像它们一样在自己的家园里挖矿石。”巴拉科夫指着屏幕中处于地心的正在挖矿石的胡萝卜人笑着说。

“听起来挺可怕的。”帕尔马也笑了笑。

“没什么可怕的，无知者无畏嘛。”巴拉科夫哈哈大笑。

火星基地就在这种无知者无畏的环境中开始了长达 50 年的发展，这是一场为生存争取时间的战争，不能有一丝懈怠，这一切都是为了未来。

第四章
地球五十年（上）

一、地球人类工会

在火星基地切断了所有的联系并摧毁了地球人类位于火星附近所有的探测卫星之后，最开始的地球可以说是一片混乱，毕竟火星基地承载了太多的人类对于未来的期望，而现在，人类不得不看着自己的未来离自己远去。此刻，政客和民众的心情都是一样的，除了愤怒，更多的是失望和无奈。望着夜空中如同米粒一般大小的火星，地球上所有的人都泪流满面，他们想不到这颗承载着他们希望的行星，会以如今这样一种形式在他们的心中留下烙印。

不过，人类在几十万年的生存发展中学会了一项最可爱的技能——乐观。只要天塌不下来，就会有明天，即使今天饿着肚子，明天也可能会打到一只兔子。乐观从来都不是盲目的，而是带有一种强烈的主观意识，而这种意识是在人类的思想意识中无法抹去的。很快，地球上的人类接受了这个现实，开始勇敢地面对明天。和火星上的无知者无畏不同，地球上的人类是从残酷的现实中重新开始的。

大概一个月之后，地球人类工会取代了原来的地球总部，宣布对全人类的生存负责。他们将秉承企划书宪章中关于人类生存的条款，在这个蓝色星球里，长久地生存下去。和火星基地一样，他们也把发展科技作为第一目标，因为他们同样知道宇宙生存法则的正确性。

本来是一个种族，如今却为了生存要分裂成两个阵营，这本身就是一个残酷的事实，但是这就是宇宙法则，在同一维度下，只有最强者才可以生存。

库勒成了这场生存战役中地球阵营的领导者，他要面对的是一个百废待兴同时又充满挑战的局面。成功了，他就是人类的上帝；失败了，他就是罪人。

地球上最伟大的科学家如今基本都在火星上，只有少数科学界的翘楚还留在地球，他们是未来地球的希望所在，就如同一片荒漠里仅存的那么几颗种子，只有他们，才能重新把这片荒漠变成一片巨大的森林。

要想和火星人类建立和谐的星际关系，最重要的一点是在实力上保持平衡。现在的火星拥有足以毁灭地球的武器，那么地球也应该拥有足以威慑火星的武器。但是，在库勒博士的坚持下，地球人类工会最终放弃了和火星之间的军备竞赛，并将这个决定作为条款加入了企划书之内，转而把大量的精力投入到了星际飞船的技术上。

就这样，地球人类在几乎每天都存在被火星人类毁灭的可能中，开始了一场生存之战。这场生存战争，既是对自己生活了几百万年的星球的一种致敬，也是对地球上所有生灵的责任。每一个地球上的科学家都知道，自己将是战争中的一分子，他们将用自己毕生的精力来为人类的未来打开一片天空。

库勒博士作为一个科学家，其实并不算是多么伟大，比起同时代一些拥有伟大发现和发明的同行，他只能算是中规中矩。但是作为一个领导者，他却是在人类的历史长河中最优秀的。这个拥有地球有史以来最大版图的“国王”，开创了一个跳跃性的时代，所谓跳跃时代——在他领导地球人类工会期间，地球的发展达到了一个顶点，科学技术以一种爆炸性的方式达到文明的一个顶点，而在他之后的一百年，都是在这种文明顶端度过的。

库勒博士对人类的第二个贡献则是他培养出了两个改变整个人类的人——玛索和莫里斯，一个为人类解开了宇宙终极之谜，另一个为人类建立了新的思维方式。而这两个人，是人类得以在未来生存下去的关键，此时他们还都只是库勒博士的助手，属于他们的时代还没有开始。

分裂的第二年，人类就从之前反物质实验基础上成功地制造出了更多的反物质，并找到了稳定它们的环境。

分裂的第三年，库勒博士的团队从灯塔水母环状 DNA 中受到启发，在机器人中制造了一种“环状无限电池”。这种环状电池一共有 60 个核电池，每两个核电池在电量即将耗尽的时候，利用自身的反物质制造出一个引力，推向下一组电池，而下一组电池中的一个发出同样的引力，为第一组耗尽电量的电池进行充电，在 30

组电池相互的作用下，从而达到“永动”的技术。虽然这种永动技术还只是一种狭义上的永动，但是却为永动机的最终发明提供了一个启发。

在发展这些技术的同时，地球生存环境的改造也在进行着，与其说这是一种科学，不如说是一种开辟。古时候，人类可以在高山上建造营地，可以在岛屿上建造村庄，可以在火山周围建造城镇，可以在极地建设科考站，这些事情证明，人类在很多环境中都可以生存。这是一种生命对于环境的适应，也是一种人类骨子里最为顽强的基因。

分裂的第五年，人类在地球接近地心处，终于制造了第一个地球地心城镇。虽然只能容纳不到一万人，但这是人类在地球上开辟出的第二个生存空间。而地心空间的开辟，使得人类的生存危机一下子被缓解了许多，人类可以有更多的精力去发展科学，应对和火星人类之间的危机。

二、玛索的宇宙观

19 岁的玛索已经是宾夕法尼亚大学天文系的一名学生，这是她自己的选择，因为热爱，也为了爸爸的遗愿。

不同于其他的学生，玛索是带着富尔茨博士女儿的光环来到这所学校的。要知道，富尔茨博士作为天文学翘楚几乎就是一个难以超越的图腾，甚至连学校的天文系院士都有意接近玛索，他们都以认识玛索为荣。那时候，每当玛索出现在学校的图书馆或是观测台，其他人都会说：“看，那是富尔茨博士的女儿。”

这是一种让人几乎喘不过气的压力，换成别人，或许在这种压力下已经失去信心，但是对于玛索来说，这种压力反而让她更加骄傲，因为她要把这个姓氏的荣光传承下去。几乎每个天文系的学生都是一个安徒生，浩瀚而未知的宇宙让他们可以肆无忌惮天马行空地想象。每个学生都有一个庞大的宇宙观，玛索也不例外。只是她的宇宙观更加严谨科学，而这，都是源于她父亲。很小的时候，当别的孩子尽情地玩耍，腻在父亲怀里的时候，玛索已经和父亲在天文台的观测站进行观测了。每一颗星星在别人的眼里都不过是一个遥远的亮点，但对于玛索来说，每一颗星星都是一个美丽的故事。她热爱天上每一颗星星，无论它们真实的样子是多么的丑陋或者环境有多么的残酷。

父亲离世之前，玛索清晰地记得父亲为那颗他无法弄明白的卫星垂头丧气的样子。那是一种巨大的失落感，即使父亲不说什么，玛索也可以感觉得到，就像是一个孩子失去了一件最心爱的玩具一样痛心。从那个时候起，玛索就立志，一定要成为一个天文学家、宇宙专家。而这种希望的种子一旦根深蒂固地扎在内心深处的时候，等待它的只有生根发芽，然后长成参天大树。

几十年之后，当所有人指着富尔茨博士的照片时候，都会说：“看，这位先生就是玛索博士的爸爸。”那个时候，玛索才知道，爸爸之所以有那种失落，并不单单是对宇宙科学无解的失望，更多的是一种对于人类的生存责任的感慨，而这种责任才是传承的根本所在。

玛索喜欢把宇宙比作一个鸡蛋，里面除了拥有蛋清蛋黄之外，还有网状的血丝相连着每一个细胞，蛋壳则是宇宙的边缘，而人类就是细胞中的质子。和人类一样，其他的细胞也都是生命的一种形态，而那些连接各个细胞之间的网状血丝则是人类目前还看不到的东西，因为人类实在太过渺小了。

玛索一直都认为，人类之所以没有发现更高级的星际文明，并不是因为人类无法走出太阳系，而是因为人类对于宇宙的认识还只存在于地球物理的界限之内。物理界限就像是来自冥界的浓雾一样，遮挡住了人类的一切，要想看到浓雾后面的东西一定会有办法，但这种办法是超出人类想象力的。为此，玛索把更多的精力用在非物理的研究上，而这或许就是解开迷雾的真正原因。

同时，玛索也没有放弃对于美杜莎二世的研究，有一种极其强烈的直觉告诉她，美杜莎二世有着一个让人惊讶的秘密，为此，她专门申请了研究课题，并在别人不解的目光中开始做着几乎无用的研究。

和其他仇恨火星基地的人不同，玛索对桑帕约、巴拉科夫他们有着一种认同感。当然这是指对待科学的态度，为此她还专门撰写了文章，可惜，这种文章并不被主流思想所接受。在地球上，科学还是分阵营的。

玛索以全优的学分从宾夕法尼亚大学毕业，这是众望所归和必然的，但真正让她有所建树的事还是在十年之后，那时候，玛索才从一个普通的天文学家变成了专家。在那以前，她还只在库勒博士的团队中做着普通的工作。

“我们在哪里？”这是一直以来存在于玛索心中的一个谜团，当然这是狭义上的一种思考，如果单单回答我在家里或是我在城市里，再或是我在地球上都是正确的，可这都不是玛索想要的答案。

她需要更大的参照物，而这个参照物便是宇宙。宇宙究竟是一种什么概念？该以什么来对它进行概括？物质？还是空间？还是时间？或是一种不可想象的新理论？这些问题都需要她去解开。

对于宇宙的观察，玛索从没有厌倦过，即使有的时候她拥有和父亲一样的失落感，也仍然不会错过对每一片区域的搜索，虽然这些浩瀚的区域看上去是一片黑暗，这种工作枯燥无趣且毫无新鲜感。可是玛索知道，黑暗中发现的东西远比白昼更有爆炸性。只有在黑暗中才可以看到见不到的东西。为此，她像着了迷一样，日复一日地进行着相同的工作。

毕业后的第五年，玛索的工作有了突破性的进展，这又是一个具有爆炸性的发现。

三、蜂巢的启发

玛索在对美杜莎二世进行常规观测时，发现了一个让她大惑不解的事情。根据美杜莎二世的运行速度可以推算出它围绕木星公转的周期应该是 756 天。但是从发现它的那一天起，玛索就发现，这种人类早已掌握的推算公转的方法似乎在它这里行不通，因为美杜莎二世的公转周期毫无规律性，它就像一个让人捉摸不透脾气的公主，有的时候姗姗来迟，而有的时候提前来到。但是在人类的观测范围内，它的速度又是极其稳定的，稳定得就像手表一样准确——这就是让玛索无法理解的原因。

开始的时候，玛索认为这是木星巨大的引力造成的，但是木星的其他卫星都没有这个现象，甚至在其他行星的卫星上也没有这样的事情发生，即使公转周期不完全一样，误差也是在忽略不计的范围，玛索陷入了深深的思考。

这天，玛索来到总部办公室汇报工作，刚好库勒博士不在，于是玛索就在他的办公室里等待，在等待的过程中，玛索被窗外的花园吸引，于是她走出了办公室，进入了花园。

花园的中心是一个很大的花池，正值盛夏，蜜蜂来来往往地在采蜜，淡淡的花香中伴着一股蜂蜜的香甜味道，很是让人着迷，玛索很喜欢这种感觉。小的时候，在爸爸的办公室后院，也有这样一个花池。那时候，玛索最喜欢做的事就是待在花园里，看着蜜蜂辛勤劳作。在大学的时候，每当她陷入谜团心情烦躁的时候，也会到学校的花园里看蜜蜂采蜜。

成群的蜜蜂在蜂巢中进进出出，从不停歇，玛索一边等待库勒博士，一边看着蜜蜂。突然，她发现了一个以前从没有注意到的现象。

蜜蜂们在进入蜂巢之前都是围绕着蜂巢盘旋，而这种盘旋并不是惯性，因为盘旋的速度几乎是平稳的，但是，每当飞到蜂巢背后的时候，蜜蜂居然会在空中滞留几秒钟，有的时候长一些，有的时候短一些，然后再用平稳的速度飞进蜂巢。看到这里，玛索的心突然一颤，她想起了美杜莎二世不规律的公转周期，如果木星是蜂巢，美杜莎二世是蜜蜂的话，那么它在运行到木星背面的时候，会不会也停顿？而这就可以解释为什么它的公转周期不准确了。

想到这儿，玛索有些激动，她立刻离开了库勒的办公室，转而来到了位于总部三号基地的行星研究办公室，她需要立刻确定自己的想法是否准确。

她连门也没敲，直接推门走进了费尔曼博士的办公室。

费尔曼博士是一位研究星体运动的专家，此刻他正在自己的办公桌上摆弄一个悬浮太阳系的模型。

“博士，我需要问一个问题。”玛索非常激动。

“只有发现外星人入侵才会如此激动吧，我的孩子？”费尔曼没有抬头，慢条斯理地问。

“不，博士，比这个更重要。”玛索还是很激动。

“坐下说。”费尔曼博士停止了手里的工作，给玛索倒了一杯水，然后坐了下来。

“谢谢，博士。我想知道，卫星公转的时候，是否会因为母星的引力停止运动。”玛索说。

“这怎么可能？你怎么会问这么幼稚的问题？你可是富尔茨博士的孩子。”费尔曼觉得玛索的问题有些奇怪。

“有没有个例？”玛索急着问。

“没有，至少目前没有发现这类现象，甚至包括我们可以观测到的彗星、小行星、陨石，在宇宙空间中都无法做到这一点，不过它们在宇宙的曲率空间中，会被拉大或者挤扁，当然了，这只是视觉造成的。它们不会真的改变，就像你用一个哈哈镜看自己一样。”费尔曼博士说。

“那造成星体公转周期不稳定、误差极大的原因是什么？”玛索问。

“星体的构成！”费尔曼博士说。

“星体的构成？对不起博士，我没明白。”玛索不太明白费尔曼在说什么。

“人造卫星啊，它是由人工制造的，构成当然和自然星体不一样了，即使你让它停止工作一百天，也是可以的，但它们也和卫星一样，在围着行星公转。”费尔曼博士解释道。

“啊！”玛索看着费尔曼不再说话。

“怎么？难道你发现了新的东西？”费尔曼问。

“博士，美杜莎二世，它的运动周期就是这样，除此之外，没有其他可以解释的理由。”玛索激动地说。

“哦？有详细的分析报告吗？会不会是计算错误？”费尔曼接着问。

“博士，不会错误的，从我爸爸发现它开始，就开始观测，我也一样。这么多年，我觉得我已经熟悉它了，可是它却还是这么陌生。”玛索说。

“你去准备一份详细的报告，我可以帮你联系宇航局，我们还有一颗叫巴里的人造卫星在奥尔特云那里观测，火星基地的人并没有摧毁它。”费尔曼说道。

“您的意思是让它返回？”玛索站了起来。

“如果你的结论没有错误的话，那么我会帮你。至于能不能返回，这需要库勒博士最终的决定，毕竟它是我们现在在太阳系唯一的孩子——该死的火星基地把其他的卫星都摧毁了。”费尔曼笑着说。

“好，我这就回去准备报告，再见博士。”玛索站起身，离开了费尔曼的办公室。

玛索带着疑问回到了自己的观测台，立刻打开望远镜观测，在木星的轨道中，美杜莎二世像一个马拉松运动员一样，平稳地在跑道上前行着。

“该死，隐藏得好深。”玛索轻轻说道。

关掉望远镜，玛索靠在椅子上。她此时才发现，自己的心情突然变得轻松了许多。这么多年，美杜莎二世就像在和自己还有爸爸玩捉迷藏一样。每次，她和爸爸都输得一塌糊涂，但现在，她要找到它藏身的地方了。

靠在椅子上，玛索睡着了，她梦见爸爸冲着她微笑，然后逐渐远去……

四、“巴里号”返回

三天之后，玛索把美杜莎二世的详细资料传送到了费尔曼博士的办公室，费尔曼立刻打开，开始认真地阅读起来：

> 美杜莎二世是在2179年被华盛顿大学的天文小组在观测木星光环时发现的。最初天文学家认为它是木星光环内的陨石，随时可能破碎，但是很快便否定了这个说法，因为美杜莎二世逆向围绕着木星旋转，在木星巨大的引力作用下没有丝毫的不适。从那时起，富尔茨博士就对它展开了观察，因为它实在是太与众不同了，但是经过整整四个地球年的观察之后，富尔茨博士仍然没有找到它如此与众不同的原因，直到去世……

玛索在报告中提出了一个全新而且让人震惊的理论——人造卫

星。她认为，按照目前地球天文学的常识来说，唯一可以解释美杜莎二世如此诡异运行的理由就是它并非天然形成，而是类似于人造卫星的天体，这等于直接指明了宇宙中高级文明的存在，至少是比人类更高级的文明已经露出了神秘的面孔。现在，只有近距离观测美杜莎二世，才可以揭开高级文明神秘的面纱，玛索提出了让“巴里号”观测卫星掉转方向，从奥尔特云回归近太阳系，在土星和木星之间的空旷地区，从背面观测美杜莎二世。

费尔曼博士看完玛索的报告，静静地靠在椅子上。他需要考虑一下，毕竟，在火星基地摧毁了地球所有的火星之外的卫星之后，“巴里号”是仅存的一颗人类观察太阳系的卫星，如果贸然归来，一旦出现问题，被火星基地摧毁，那么人类至少将在 50 年内无法再看到火星之外的任何空间，这对星际空间的研究几乎是一个毁灭性的打击，这个责任实在太大。

但是玛索的报告却像一本魔法书一样，牵制着费尔曼的每一根神经，外星球卫星、高级文明，这些都是人类探索宇宙一直寻找的东西。地球上所有的天文学家观测浩瀚的宇宙，做着无趣的工作不都是为了这一天吗？难道眼看着这样可能的最伟大的发现消失？这不符合地球人类的科学观。

费尔曼长吁了一口气，此刻，他需要权衡一下利弊。这一步如果陷入了泥潭，那么就没有机会补救了，但如果这一步走对了，则很可能改变一切。想到这儿，费尔曼博士再也坐不住了，他决定和玛索站在一起，无论结局怎样，他都要承担起这个责任。

想到这儿，费尔曼毫不犹豫地走进了库勒的办公室。

库勒看着费尔曼，脸色很凝重。

“这意味着我们没有退路了。”库勒说。

“是的，从目前的情况看，是这样的。”费尔曼回答。

“你权衡过利弊吗？毕竟现在是两个星球之间关系最微妙的时候。”库勒接着说道。

“我知道。”费尔曼斩钉截铁地说。

“如果失败了呢？”库勒问。

“那我们到时可以和火星谈判。”费尔曼说。

“如果他们拒绝谈判，继续封锁呢？如果惹怒了他们呢？你知道的，巴拉科夫可不好惹。”库勒说道。

“那就让冷战继续。”费尔曼回答。

“好，去做吧，我们值得为此冒一次险，让“巴里号”转头，它应该已经想家了。还有，告诉玛索，我想看到最漂亮的结果。”库勒笑着对费尔曼说道。

“谢谢你，博士，我们会成功的。”费尔曼也笑着说。

“再问你最后一个问题。”库勒说。

“可以。”费尔曼回答。

“算了，现在还不是时候，让玛索好好工作，“巴里号”就交给她了，那可是个乖孩子。”库勒扭过头，看着窗外。

“巴里号”返回到土星和木星之间需要 20 个月的时间，当然，这已经是很快的速度了。要知道，它“走”到奥尔特云可是用了整整 5 年。这次返回，它要把它所有的发动机同时启动，同时需要借助阋神星、谷神星、鸟神星和妊神星的引力来推动。在这 20 个月的时间里，玛索需要组建她的观测团队，这是库勒和费尔曼对她最大的支持。

对于玛索来说，虽然20个月的时间比20个世纪都要漫长，但是毕竟是一个充满期待的等待，此时的玛索，唯一要做的就是保持耐心。

“外星文明会是什么样的？”玛索的助手贝尔问道。

“我也不知道，但它们肯定拥有超能力，就像哈利·波特一样。”玛索笑着回答。

“真有那么神奇吗？我觉得它们应该很可怕，我见到陌生人会紧张的。”贝尔说。

“我们应该不会和它们见面，除非我们休眠，但我不想错过等待的过程。”玛索仍然笑着。

“我也不想错过，不过我只是想知道它们有什么超能力。”贝尔坐在椅子上。

“或许，它们可以改变一些我们认为无法改变的东西。”玛索的表情变得严肃起来。

“还有什么是我们无法改变的？”贝尔问。

“很多。”玛索平静地说道。

此时的“巴里号”仍然在返回太阳系的途中，这是一个漫长的过程，在这20个月里，会发生很多事情。

五、美杜莎二世的真相

“巴里号”比预想的时间提前来到了土星和木星之间的巨大空间中，这里是最佳的观测点。玛索和她的团队早已经静候在这里，为了今天，他们足足等待了589天。

美杜莎二世此刻正悠闲地走在轨道上。在木星的光环中，它时而出现，时而消失，平稳得像一颗悬浮球一样，但玛索没有被迷惑，她坚信，这一切都是假象，在木星的背面，才是真实的美杜莎二世。

14 天之后，美杜莎二世已经进入了木星的背面，“巴里号”也来到了近木点，在这里它可以清晰地拍摄到木星的光环以及美杜莎二世的一举一动。

地球上几乎所有最优秀的天文学家都坐在观测台，他们对玛索的话并不完全信服，但是事实却又无情地支持着玛索的预言：美杜莎二世在进入木星背面的第 30 天，突然停止了，甚至连自转都停止了。

“我的天哪，这家伙休眠了！”贝尔激动地说。

“它能在木星引力中停止运动，这本身就是个奇迹。”玛索说。

“你觉得它会做什么？”贝尔问玛索。

“不知道，或许它在充电。”玛索轻轻地回答。

就在所有人都充满惊奇的时候，另一个让他们合不拢嘴的奇迹发生了，阴影中的美杜莎二世在静止的状态下居然脱离了木星光环，进入了外太空。

紧接着，它的内部居然发出了一组无线电信号，射向了茫茫的宇宙空间。

“我的天哪！”几乎所有人都发出了这样的感慨，他们根本不相信这样不可思议的事情会发生。

“巴里号”立刻利用无线电捕捉系统对美杜莎二世发出的无线电进行追踪，并捕获到了长达 25 秒的无线电信号。

此时的玛索已经满头大汗，她意识到自己的判断没有错——美杜莎二世是一颗远远高于地球文明的人造卫星，它在木星背面停止运动是一种人工操纵的结果。

而其他科学家看着玛索，显然，他们惊呆了，接下来做什么，他们真的不知道。

“把捕捉到的无线电信号发回，然后进行分析。”玛索声音沙哑地说。

44 分钟之后，从美杜莎二世上捕捉到的无线电信号被传回了天文数据分析中心，数据中心需要利用最先进的分析系统来分析这组无线电信号内包含的信息。很快，人类就将知道真正的外星高级文明究竟来自哪里。

一小时的数据分析时间里，观测台里安静得可怕，没有任何一个人议论着眼前发生的一切，或许这不是该议论的时候，所有人都在等待着一小时之后的结果，即使最伟大的预言家也无法展开想象。玛索紧咬着嘴唇，她的情绪处于一种高度紧张中，这种紧张是从她出生到现在，从没有过的感觉。

费尔曼博士来了，库勒博士也来了。他们首先对玛索表示了祝贺，然后就和所有人一样，陷入了沉默，这是一种尊重，但其实他们和所有在观测台的人一样，都不知道接下来会发生什么。

地球上的无线电信号分析技术已经达到了顶点，他们可以解读出迄今为止任何在宇宙中发现的无线电信号的内容，无论是什么内容。

在沉默中，分析结果出来了，屏幕上打出了所有人都可以看懂的语言，全文如下 ：

人类已经分裂，距离预期发展方向错误，战争不可避免，我们仍旧无法逃出，他们也无法逃出，一切都和从前一样，人类无法解读引力波，也无法制造虫洞，距离开始还有400年……

在这后面，就没有文字了，但是在场的所有人都似乎明白了什么，外星文明不但存在，而且还在监视着人类，人类每一天的发展他们都了如指掌，甚至连人类的科技水平发展到什么程度他们都清楚。

“战争？什么战争？”库勒自言自语道。

“和火星基地？”费尔曼自言自语地回答。

“不知道，博士，这需要我们分析。”玛索此时已经满头大汗。

“别着急，我的孩子，我们距离开始还有400年。”库勒看着玛索，微笑着说。

“我们要召集世界上最优秀的语言学家、心理学家，来解读这段话的含义，我们需要明白他们的核心意思，从明天开始，地球人类工会将进入一个超级数据时代，所有人都可以解读，直到我们弄明白为止。”库勒博士看着在场的所有人说。

几乎所有人都是带着凝重的神色离开观测台的。他们没有因为找到自己一直以来都在苦苦寻找的外星文明而高兴，反而对“战争”这个字眼感到了担忧，人类终究不会逃离战争。此时此刻，宇宙生存法则在每个人的心里都像圣人说过的话一样，那么准确，不容有丝毫的质疑，而更关键的，这场战争还是完全超出他们实力和想象力范围的。

当天夜里，库勒博士代表地球人类工会向全人类发表了讲话。他以地球人类工会主席的身份要求全人类共同面对这场未知的战争，但同时表示，只有耐心才可能赢得乐观的结果。

几天之后，在世界各地，都立起了距离战争开始 400 年的倒计时碑。地球上所有人类的耐心将随着这个倒计时碑上的数字一点一点减少，直到消耗殆尽。

一星期之后，地球有史以来最大的文字解读中心成立，一个由 6000 名文学家、天文学家、语言学家、心理学家、政治学家、历史学家组成的强大团队对这组不到 100 个字的无线电译文进行分析，每天分析的结果高达 10000 种。这对所有人来说，都是一种无法回避的煎熬。压抑的情绪遍布了整个地球人类工会。

六、解读

一千个读者心中会有一千个哈姆雷特——这是莎士比亚的名句。思想上的多元化使得人类在历史的长河中发展出了多元文明，但是同时，人类思想的独立性又使得在地球上生活过的所有人类都被禁锢在一个极小的范围内，只有极少数的人可以突破这个范围，而这样的人，被称为圣人。

无线电的译文让人类陷入了一种几乎疯狂的苦恼中，每个人都觉得自己的解释准确无误，并且毫无破绽，在这段日子里，经常会出现让人窒息的争吵和愤怒的情绪，但是毫无疑问，这段只有不到 100 个字的无线电信息，几乎让人绝望，下面就是地球人类工会对于每一句译文的具体解释。

人类已经分裂：这句大多数人的意见比较统一，这应该是指火星基地和地球人类之间的关系，只有这样才能叫作分裂，但也有极少数人认为，由于美杜莎二世存在的时间不能确定，所以分裂是指从古至今战争让人类分化成无数个民族，是指地球的历史，而不是现在。

距离预期发展方向错误：这句的译文很不准确，缺乏主语和语义指向。预期是什么？难道是外星文明知道人类的未来？发展方向错误，难道人类发展科技是错误的？会有其他解开宇宙奥秘的方法？比如神学？总之，这句话是争论最为激烈的，在译文团队里，至少存在 20 个不同的意见，而且都有各自的道理，同时也都存在不合理的地方。

战争不可避免：这句也比较容易理解，但是战争是指谁和谁的战争？是地球人类和火星人类的战争，还是地球人类和外星高级文明的战争，存在着很大的争论。

我们仍旧无法逃出，他们也无法逃出：对于这句很难理解的话，译文团队却有着一个很统一的结果，那就是战争的双方都是失败者，而从这句话中，译文团队读出了上一句话的含义，战争的双方应该是指外星文明和人类，同时解释出了双方将会在这场战争中两败俱伤。

一切都和从前一样：对于这句话，译文团队的意见统一，和从前一样，几乎可以肯定地读出在此之前，地球上曾经发生过同样的战争，也叫史前战争。

人类无法解读引力波，也无法制造虫洞：这是对地球科学的一种感慨，当然，人类确实没有理解引力波，也没有制造虫洞，但是对二者的研究已经有了方向。

距离开始还有 400 年：这句话的理解是统一的，就是距离战争开始还有 400 年的时间。

几乎每天，所有的译文团队都在争论中开始，在争论中结束，经过了三个月无休止的争论后，人类最终在无线电波的解释上达成了一个统一的意见，全文解释如下：

人类已经分成了两个各自发展的阵营：地球人类和火星人类，两个星球是两个完全独立并且没有任何交流的社会，发展会有所不同，但是距离文明的发展方向却都不是正确的，这种发展的不正确性导致和我们之间的战争不可避免，无法实现和平共存，这场战争终会发生，时间是 400 年后，那时候，我们和他们都无法从战争中胜利，一切都会和史前战争一样，只有理解了引力波和虫洞，才可以让这场战争停息。

虽然可能仍有不同的意见，但大多数人认可了这个译文，要知道这可是地球上最有智慧的人共同努力的结果，即使有反对意见，也无法证明自己的正确性，于是，人类把这段译文写进了企划书内，在未来开始按照译文的内容为发展方向，尽力避免这场两败俱伤的战争。

人类总是喜欢自以为是地认为自己的理解是最正确的，但是他们并不知道，禁锢的思维方式会让他们在这种自以为是中付出极大的代价——莫里斯。

这是多年之后莫里斯的又一句名言，这并不是莫里斯对人类的总结，而是对人类思维方式的一种讽刺，那时候，人类才知道自己是多么的幼稚和无知。

不过这个时候，莫里斯还处在休眠状态中，没有人知道他的存在，甚至连他自己都想不到自己会改变整个人类，同时几乎否定了人类的所有。

费尔曼博士和玛索经过了大概一个月的准备，写下了一个地球未来一百年的发展计划，整个计划都是围绕译文的意思来制订的。一方面，人类需要拥有逃离地球的本领，这需要发展宇宙航空，特别是曲率飞船的制造；另一方面，人类必须要研究出引力波的秘密，同时还要制造出虫洞，虽然这两样人类都知道，但是要想制造出来，还需要很长时间。可以说，人类虽然还有 400 年的时间，但是却并不多，如果不能突破技术瓶颈，那么 400 年对于人类来说，也只不过是一瞬间而已。

玛索就这样走进了历史，库勒博士任命她为地球人类工会的技术工程师，负责曲率飞船的制造。当然了，目前来看，这还只是一个概念化的东西，要想制造曲率飞船，就必须制造出永动机和利用引力波，而引力波则是人类另外一个需要解开的谜团。费尔曼博士负责制造虫洞，这也是一直以来他的研究方向。他曾经在五年前制造出了一个存在了万分之一秒、只有一个分子大小的虫洞，轰动了整个地球，现在，他需要把这个虫洞扩大几十亿倍。

不管 400 年后发生什么，至少人类努力过，这就足够了。

七、天外来信

最先有进展的是引力波研究团队，两年之后，他们在南太平洋的一个小岛上建立了地球上第一个超级反物质引力波接收器。很快，他们就接到了一个来自天狼星的引力波，而这个引力波就是曾经让桑帕约朝思暮想的莫名其妙消失的引力波。

其实，更准确地说，这并不是引力波，而是类似于引力波的无线电，只不过从波段上来说和引力波相同，不同于其他发现的引力波。这组引力波夹杂着一些信息，而这些信息再次让人类为之一振。

我们在恩美雅，这里是我们宇宙的轴心，请停止战争的准备，我们无法制造虫洞，请求你们帮忙，才能一起逃出这里，否则我们都会绝望，他们比我们更可怕，逃出的人还会回来，请回话。

“天哪，这是一封来自宇宙轴心的求救信，他们在哪里，宇宙轴心在哪里？”贝尔惊呼着看着玛索。

“恩美雅！”玛索面无表情地说。

“恩美雅是哪里？”贝尔问。

“不知道，继续接受引力波，寻找轴心坐标，那样我们就可以按照轴心绘制一幅宇宙地图了。”玛索几乎已经对这种无线电文习惯了，虽然每次的电文都让她吃惊不已。

四天之后，引力波接收器再次接到无线电波。

我们被锁在恩美雅的卫星上，诺母已经逃出，无法返回，虫洞虫洞，银河系危在旦夕，仙女座危在旦夕，我们需要帮助。

“玛索，怎么办？他说什么我根本听不懂。”贝尔看着玛索，一脸无辜的样子。

“继续接收，直到坐标出现。”玛索无奈地笑着，她知道，现在说什么都是无用的，因为地球人根本不知道这个信息来自哪里。

奇怪的是，在此之后，引力波接收器再也没接收到这个来自未知地方的引力波，它就像凭空消失了一样，此刻，玛索感到了和桑帕约一样的绝望。

“难道他们遇到了麻烦？”费尔曼博士问玛索。

“我想不是，博士，他们应该距离这里很遥远，而引力波来到这里需要时间，我们只有耐心等待。因为只有知道坐标，我们才可以回答，否则是无用的。再说了，即使知道坐标，我也不会贸然回复，我们需要明白他们的意思，您应该知道中国有个成语叫引狼入室。”玛索轻松地说道。

“我想你是对的，继续接收，我很期待看到这一切。”费尔曼对玛索说。

“我也一样。”玛索淡淡地说。

在此后的两年里，引力波接收器再没有接收到任何消息，但是，地球上的引力波研究团队却通过正反物质的碰撞，在地球上制造出了微型引力波，这是一项了不起的成就，也就是说，地球人类已经拥有向外星发射引力波的能力，现在只需要等待坐标，地球就可以通过引力波来和这颗未知星球上的生命通话了。

等待总是在不经意间得到惊喜，就在地球团队焦急地等待着来自未知星球来信的时候，它如约而至。这次，他们带来了地球想要的东西。

我们位于猎户座旋臂，我们的恒星是天狼星，赤经06h45m08.9173s，赤纬 −16°42'58.017，我们生活在恩美雅，这是天狼星的卫星，我们要进入冬季了，所有人都会进行休眠，不能发射信息了，夏季的时候才可以继续，我们需要虫洞，我们知道逃离的方法，但无能为力，需要你们的帮助——以诺母的名义，收到请回复。

“天狼星！”玛索抬起头，看着天空中的天狼星，颤抖地说道。

“需要回复吗？”费尔曼问。

“博士，让我想想回复的代价。”玛索看着费尔曼轻轻地回答。

“好，不过记住，任何事情总会付出代价的，而任何坚持不懈的努力也总会得到回报的。”费尔曼说完，离开了玛索的办公室。

“他们来自天狼星伴星，从文明程度上看毫无疑问高于地球很多，但是他们却向地球寻求帮助，他们一定遇到了难以想象的困难，但是宇宙生存法则不允许我们这么做，这样做的危险性大于安全性，但是引力波信件很清晰地说明他们是想和人类共存的。我该怎么办？”玛索把头深深地扎进了游泳池。此刻，她似乎觉得世界末日就在眼前，但自己却无能为力。

人类对于生命有时候是漠视的，这是地球的生存法则，从远古的狩猎到后来的侵略、占领、融合乃至屠杀，其实都是一种自我保护，这是人类基因里存在的下意识行为，只是在主观条件下成了生存行为。但人类同时也是善良的，地球上的生命没有随着人类的发展而灭绝，反而朝气蓬勃地生长着。3000 万种生灵共存在一起，本身就是一个奇迹，而宇宙不过是一个更大的空间而已。人类之于宇宙来说显得很渺小，但人类却应该拥有巨大的包容性，这种包容性是冷酷的宇宙空间无法感觉到的，这就是人类的与众不同。

玛索把头伸出水面，她深深地呼了一口气：

“地球真好！”

她已经决定，向天狼星发射人类友好的信息，正确与否，时间会证明的。

八、和平的信件

玛索已经决定把带有地球坐标和和平的信息通过引力波发送到恩美雅，这是人类第一次和地外生命之间的交流。虽然在地球人类工会内部也遇到了阻力，但是库勒和费尔曼对玛索表达了无条件的支持，提案很快被通过了，玛索又一次感到了工作带给她的乐趣。

> 我们已经寻找你们大约 300 年的时间，地球是一个可爱的种族，这里生活着 3000 万种不同科目的生灵，作为银河系的一员，我们需要知道我们的伙伴，也就是你们要做什么，我们能帮助你们什么，这是我们最迫切的愿望，请你们详细解释一下我们目前的处境。

玛索把地球文字交给了引力波发射局，然后编译成无线电文通过引力波发射出去，这是一封带着人类期望和理想的信件。看着巨大的引力波冲破天际奔向恩美雅，地球上的每一个生命此刻都无法表达自己的情绪。或许，当他们收到回信的时候，就可以解开关于

400 年之后战争的秘密了。

几乎所有人都对恩美雅充满了期待，地球上甚至出现了以恩美雅人为圣人的宗教，这是一种期盼、一种寄托，同时也是在绝望的黑暗中看到一丝曙光的唯一机会。而玛索则被称为恩美雅在地球上的代理人，受到了所有人的膜拜，她不再单单是一个科学家，而是一个承载着人类信仰和希望的女神。玛索觉得这种想法很可笑，她只希望用科学的方式严谨地来解释这一切。

“不要拒绝，孩子，人们总是希望有一个神能够帮助他们，更何况你又损失不了什么。按照自己的方式做事就行了。”费尔曼对玛索说。

“神不可能什么都能做到，人也不可能什么都做不到。”玛索看着费尔曼说道。

“但你要知道，当人类面对未知时，他们更希望有一个神来帮助他们，即使神从不说什么，他们也会虔诚地信仰着，这就是人类的一个优点，总会去让别人分担自己的困惑。”费尔曼慢条斯理地说道。

“博士，您如果没有做这行，肯定会是一个伟大的哲学家。我说的是真的。”玛索认真地说。

“每个人都是哲学家，其实宇宙观和人生观有相同的地方，不单单是对事物的看法，还有主观的判断，一个真正的哲学家是可以猜透一切的。”费尔曼接着说。

“我们已经发现了胡萝卜人、恩美雅人，这已经超出我们的想象力了，我真不敢想象更神奇的文明会是什么样的，或许我们在他们眼里就是蚂蚁、蜜蜂。”玛索感慨地说道。

“希望我们在他们眼里只是蚂蚁、蜜蜂，如果他们把我们当成敌人，那就麻烦了，不是吗？”费尔曼笑着说道。

“希望和平的信号可以让他们接受我们。”玛索自言自语道。

“50% 吧，任何事情都有双面性。”费尔曼也自言自语道。

在等候恩美雅回复的日子里，人类在虫洞技术和曲率飞船的制造上有了飞速的发展，费尔曼博士的实验团队在大西洋的上空成功地利用反物质和正物质碰撞制造出了支撑虫洞稳定的幻影物质，并把一只装有追踪器的蜜蜂送入了虫洞，一天之后，蜜蜂出现在了非洲的安哥拉。这是人类第一次利用空间实现的旅行，虽然还不够稳定，但是已经有了虫洞的雏形。

与此同时，曲率飞船的制造也有了进展，玛索的团队同样利用正反物质的碰撞以引力作为推动、氢气作为燃料制造出了可达到光速 35% 的载人飞船，为最终制造出曲率飞船打下了基础。

在此之后，玛索和费尔曼博士都选择了休眠，直到恩美雅人回复后他们才会被唤醒，而如果没有得到回复，那么他们将在 35 年后被唤醒，那个时候，就是地球人类和火星基地谈判的开始。

库勒博士决定让一艘最新制造的曲率飞船飞向恩美雅，他管这个行动叫作“笨鸟先飞计划”。如果在收到恩美雅人回复的时候再去启动计划，时间上会耽误许久。在玛索和费尔曼休眠之后的第二个月，载着 14 名宇宙航行志愿者的“富尔茨号”飞船通过金星的引力，在火星处于远地点的时候，绕过火星，朝着恩美雅的方向飞去。之所以用富尔茨的名字命名这艘飞船，是为了纪念富尔茨博士的同时向玛索致敬，从今天起，他们就是又一拨脱离了地球人类的地球人，但和火星基地不同，他们是人类的敢死队、先驱者。这些人或许永远都不会再回到地球，因为浩瀚的宇宙中，在每一个时间单位里，他们都可能随时消失，但是，恩美雅就在前方，那个神秘的地方在等待着他们，如果真的能揭开秘密，那么一切都是值得的。

“富尔茨号”很快利用海王星的引力被推向了柯伊伯带，从这里开始，他们将以曲率的方式开始真正的宇宙之旅。飞船的舰长是来自中国的赵志宏博士，他曾经是一名军人，也是一名宇宙航行的爱好者，这次，他将带着人类的信息按照军人的方式去执行一项最为艰巨的任务，这项任务没有成功的把握，但是作为一名曾经的军人，他没有退缩，这是他的性格，也是多年军旅生涯给予他的一种信仰。

库勒博士望着富尔茨号逐渐消失的影像，感慨万千，他第一次感觉到了累，如果做一个普通人该多好，可以兴奋，可以难过，可以喜形于色，然后在地球上生存两百年，寿命殆尽的时候带着满足或者遗憾离去，虽然平凡，可是却可以做到淡然。而现在，这些他都不能去做，他永远需要保持一副庄严的面孔和铁石心肠，而这仅仅是要让所有人安心的一种取悦方式。

九、宇宙坟场

“富尔茨号”朝着茫茫的宇宙深处飞去，这是一次几乎没有终点的旅程，舰上的每一个人都明白这一点，所以他们比任何人都更珍惜在一起的友谊。假如有一天真的可以到达旅行的终点，他们或许都已经白发苍苍，也或许早已离开人世，不过这个漫长的过程将会永远深深地刻在他们的脑海里，不会散去。

飞出太阳系之后，就是长达数年的黑暗。偶尔可以看到孤独的彗星是他们最开心的事，每当这个时候，所有人都会进行最原始的行为——许愿。在古时候，这是一种对未知事物的虔诚，而现在，这不过是一个游戏，他们不会想念地球，因为不敢，思念在这种环境下会变成一种绝望。

距离上次看到彗星已经有 70 天了，每个人都期盼着可以看到些什么。远处的星星一闪一闪，似乎是在向他们招手，但其实它们还在很遥远的地方。忽然，舰上的无线电系统发出了警报，这是他们离开地球之后，无线电系统第一次发出信号，而此时，他们已经离开太阳系 1 光年了。

“前方出现未知物体，探测仪显示为金属，静态，距离两个天文单位，预计达到时间为 18 分钟。”舰上的大屏幕清晰地显示出无线电警报。

“舰长，是什么？”副舰长安德森问。

“减速至一挡，上升 1000 米，前进 10 分钟，停止，近距离观察，发射无线电波，反物质氢导弹准备，探测舰准备，逃生舰准备。”赵志宏命令道。

这是自从出发以来，除了前进和补给之外，赵志宏下达的第一个命令，这是之前他们演练过无数次的，当遇到可能会给他们带来危险的物体时，所有的方案必须全部准备好。

舰上的所有人都进入了一种紧急待命的状态，距离这个金属物越来越近了，每个人的心里都极其紧张。

飞船在距离金属物四分之一个天文单位处停止了，此时的大屏幕上的宇宙望远镜已经清晰地拍到了金属物。

从外表上看，这似乎是一个飞机的机翼，外面似乎包裹着一层可以发光的物质。它光滑的外表在宇宙的黑暗中显得格格不入，此刻它正慢慢地没有规则地飘荡着。

“无生命迹象，无无线电信号。”舰上的大屏幕再次显示出这样的分析结果。

“‘探测号’出击！”赵志宏下达了命令。

飞船的子舰之一“探测号”从飞船的底部飞出，接近未知金属物。

“探测号”里坐着瑞典人佩尔森和日本人川口晃，两个人操纵着“探测号”慢慢靠近了金属物，最终在距离金属物大概 10 米的地方停了下来。

“温度低于平均温度，零下 120 摄氏度稳定。”“探测号”上的探测仪显示。

“你觉得这家伙像什么？”川口问佩尔森。

“一个被炸断了的机翼。”佩尔森说。

“机翼没错，但不是炸断的，而更像是被切割的，你看它的横切面，也太整齐了吧。”川口紧紧地盯着金属物说道。

“你的观察还真仔细，我要上去看看，或许可以找到黑匣子。”佩尔森说着打开了舱门。

佩尔森飘到了金属物的上方，他用金属探测棒轻轻地触碰到了金属物的表面，没有任何反应，紧接着，佩尔森又用手触摸了金属物，温度显示，这里的温度是零下 140 摄氏度，比周围的温度还要低。

“该死！这到底是什么？”佩尔森心里骂道。

紧接着，佩尔森利用宇航服上的金属切割器对金属物进行了切割，很快，他就拿到了大概指头大小的一块。

“佩尔森，返舱。”川口下达了命令。

佩尔森回头看了看机翼，飘回了舱内。

“那家伙很硬，切割器必须达到一定的温度才能干掉它。”佩尔森对川口说。

“我想我们找到了一颗钻石机翼。”川口开着玩笑掉转了方向返回母舰。

“是铱！舰长。”化学家卢克对赵志宏说道。

“用铱制造飞船？这是什么文明！”赵志宏喊道。

“肯定比我们高级，我们做不到这点。”卢克摊了摊手。

“我还有比这更奇特的想法。”韩国人金娜说。她是舰上唯一的女性，是一位星际化学专家。

“什么？”所有人都看着金娜。

“是什么在这种地方把它切割成这样的？”金娜看着大伙问道。

“更可怕的东西！”赵志宏轻轻地说道，“如果这是一个机翼，那么前方肯定还有其他东西。”

飞船越过金属机翼，继续朝着前方前进，金属机翼变得越来越小，但外表的光亮却没有丝毫减弱，并最终消失在视线的尽头。

又是无穷无尽的黑暗，但似乎所有人都有了期盼，盼望着可以出现让他们震惊的东西。

4 天之后，当飞船到达一个温度更低的空间的时候，眼前出现的一切让他们第一次感到了震惊。

在一大片浩瀚的宇宙空间中，飘荡着无数的金属物，有机翼、机身、机头，这些散落的部件毫无规则地飘荡着，就像是遭遇了一场可怕的战争，而这里，就是一个坟场。

“这到底是怎么回事？”赵志宏一边看着眼前的一切，一边叫着。

“舰长，我想这里应该是发生了一场星际战争，而这是成功者留下的，他们的习惯不太好，没有打扫战场。”川口说道。

“这该是一件多可怕的事。”赵志宏说道。

“伙计们，看看有没有活口，或许我们可以找到答案。”川口招呼着大家。

飞船的宇宙生命探测仪开始在附近搜寻，或许它们会有所发现。

十、他们来自哪里？

飞船在这片巨大的坟场里穿梭着，比起飞船里面，外面简直就是一片地狱，各种残缺不全的飞行物的肢体无序地飘荡着，即使最有想象力的人也不会想到这里究竟在何时发生了如此恐怖的一场星际战争。飞船里没人说话，这是他们作为军人对眼前场景的最好的致敬。

40 分钟过去了，探测仪已经在“坟场”中转了两个来回。当然了，结果和所有人想的一样，这里不太可能出现生命的迹象，至少从惨烈程度上是可以这么判断的。

“舰长，我们甚至不知道它们已经在这里多久了，如果是一万年的话，恐怕就算有人，也会被饿死的。”金娜回过头对赵志宏说。

“生命就算了，但是如果有一具尸体也可以。”赵志宏笑着对金娜说。

“我们应该重点在机身中寻找，我觉得如果有尸体的话，在这里的可能性比较大一些。”金娜接着说道。

“发现其他物质，前方 6000 米处。”探测仪突然发出了警报，所有人的情绪再次被提高到一个兴奋点。

“探测号”很快飞到了未知物体的附近，但是眼前看到的一切，再次让他们感到吃惊，因为在一个完整被切割的机身的驾驶座上，是一具已经白骨化的遗体，而机身却是透明的。

“这是人类的遗骸？”川口疑惑地对佩尔森说。

“我觉得像个巴西人，你看他的样子像是在狂欢节上一样。”佩尔森静静地看着几米之外的遗骸。

“可我们为什么可以看到他？其他机身为什么不是透明的？”川口有些疑惑。

“或许这是他留给我们的信号，别着急，我出去看看。”佩尔森从“探测号”里飘了出来。

“我的天哪！”飘到遗骸所在的机身旁边，佩尔森的手居然穿越过了机身，径直按在了遗骸上。随着他的触碰，这具不知已经存在了多久的遗骸顷刻间化为灰烬，而佩尔森的手则从机身里弹了出来，机身开始逐渐亮了起来，然后似乎在一瞬间，覆盖上了一层亮晶晶的物质。

“该死，我打搅到他了。”佩尔森回过头看着川口，做了一个遗憾的手势。

“不，你只是让他归天了，你没错。”川口也做了一个手势，示意没关系。

“我想我需要继续在这里寻找一下，或许会有他的同伴。”佩尔森没有返舱，而是朝着不远处的另外一个机身飘去。

在另外那个机身旁边，佩尔森同样把手伸了过去，令人吃惊的一幕发生了，机身上光亮的物质在手触碰到机身的一刹那消失了，然后机身变得透明，在其内部，同样有一个飞行员的遗骸，姿势和前一个几乎完全一样。

佩尔森的手这次没有触碰他，而是缩了回来。同样，光亮的物质再次出现在机身表层，机身也从透明变成了不透明。

“怎么回事？”佩尔森自言自语道，与此同时，他又把手伸了出去，还是一样的反复，来来回回几次之后，佩尔森明白了，自己不去触碰机身的话，那么机身不会发生变化，而当飞行员消失之后，机身将自动失去这种功能。

佩尔森不知道该说什么好，思索了一会儿，他飘回了“探测号”。

“有什么发现吗？”川口问。

“我想我可能进入了地狱。”佩尔森看着川口平静地说。

“怎么？”川口很疑惑。

“他的机舱里所有东西都是透明的，甚至包括我的手，我可以看到我的血在血管里流动。”佩尔森有些语无伦次。

“这怎么可能，你肯定吗？”川口看着佩尔森，觉得他的话有些不可思议。

“我想你可以去试试。”佩尔森对川口说道。

5 分钟之后，对佩尔森的话将信将疑的川口从机身处飘了回来。

“这到底是怎么回事？我也看到了我的血，甚至还有我的血管壁。”川口也有些语无伦次。

“我想我们该返舱了，午饭时间要到了。”佩尔森掉转了方向回到了母舰内。

当二人把看到的一切告诉赵志宏的时候，赵志宏也有些将信将疑，毕竟这种事情就像是在讲鬼故事一样。此时，在一旁的金娜再次说话了：“舰长，我想这是可能的。”

“为什么？”几乎所有人都感到疑惑。

“很简单，机舱内是一个四维空间，甚至包括机身都处在四维空间内，或者说机身所在的四维空间坍塌了一个角，所以我们看不到它的构造，但是机身内绝对是四维的，就像我们在医院做手术一样，你明白吗？”金娜轻松地说。

“我们进入了四维空间？”赵志宏问。

“不，战争发生在四维空间，我们看到的只是冰山一角而已，但是也只能看到这些，因为四维空间和三维空间不能并存。我的假设是在若干年前，这些飞机进入四维空间内发生了一场惨烈的战争，并且他们被消灭掉了，而飞机本身拥有四维技术，所以当它们被切割之后，机舱内仍然处于四维空间，这可能是这些遗骸留给我们的信息。”金娜解释着。

“他们为什么要给我们留信息？”佩尔森问。

“我不知道，或许是为了让我们为他们复仇，也或许是让我们离开，因为他们面对的敌人很可怕。”金娜说道。

“如果真是这样，那我们岂不是很危险？”川口说道。

“有这种可能，所以我们还是离开的好，恩美雅可能知道这一切，别忘了我们的使命。”金娜笑着说。

“前进！”赵志宏下达了命令，这是他唯一的选择。

“富尔茨号”穿过这片巨大的坟场，继续朝着黑暗的宇宙深处飞去。战场仍然飘荡在宇宙深处，战殁者孤独地等待着可以解读他们的人，抑或是在等待着他们的陪葬者。他们甚至都没有墓碑，当然也不会有墓志铭，即使他们是英雄。

十一、莫里斯的预言

莫里斯引起库勒的注意是在一次地球人类工会例行的会议上。这次会议让库勒记住了这个在人群中并不会被特别关注的普通年轻人，而莫里斯也因此走进了属于自己的时代。

这次会议主要讨论的是人类与高等文明如何相处的问题。其实这样的会议多半是用来打发时间的，毕竟到现在为止，高等文明还不过是虚幻的。即使是已经确认的恩美雅，人类也不曾见过。库勒的团队陷入了一种思想上的瓶颈，他们认为，高科技的物理武器和光速的逃生飞船是最重要的两样东西，所以，几乎每次会议，关于这两样东西的议论是最多的，但是这次会议，作为实习生来参加的莫里斯却提出了一个之前从未有人提出过的课题——思维模式。

莫里斯认为，人类的思维受到了宇宙生存法则的影响，或者说是对宇宙生存法则的理解偏离了轨道，和高等文明之间的交流会存在精神上而非物理性的代沟。举例来说，人类一手拿着香蕉，一手拿着猎枪靠近黑猩猩，当黑猩猩看到香蕉的时候，他们会靠近人类，而此时人类却亮出了猎枪，之后，黑猩猩会对人类产生不信任。反之亦然，人类拿着香蕉去拥抱黑猩猩，也可能受到它的攻击，因为它们并不了解人类在想什么。几万年来，从最原始的人类开始，人类都是在这样的思维中度过的，而面对高等文明，我们就是黑猩猩，高等文明要做什么，没人理解，因为我们无法辨别他们手里拿的是香蕉还是猎枪。莫里斯认为，要想在浩瀚的宇宙中安全地繁衍下去，人类要做的并不是按照宇宙生存法则去生存，而是要尊重法则，而尊重法则的核心思想就是要按照高等文明的思维方式去生存，只有在思维方式上相同才会有真正的沟通。

恩美雅毫无疑问比人类文明高许多，我们和恩美雅共同面对的敌人则更加可怕，但是假如我们和敌人能在交流上建立相同的模式，那么就完全可以避免战争而不是去和恩美雅合作，因为我们实在无法知道恩美雅的真正目的。

虽然很多人对于莫里斯的话嗤之以鼻，但是库勒却觉得这样的分析不无道理，困难在于至今为止，人类暂时还不能按照莫里斯的方式去建立这种思维，就像相对论一样，理论是存在的，但要证明还需要时间。

紧接着，莫里斯提出了第二个观点，而这个观点就是后来被证明无比正确的宇宙第二生存法则——科技受限于物理，是会达到顶点的，当达到顶点仍然想要提高文明等级时，就要跨越到新的阶段，而新的阶段将会出现新的敌人，成功的概率极小。

很多人并不明白新的阶段是什么意思，莫里斯又做了一个比喻。印第安人开始时靠打猎为生，他们用木棒、石头来击打猎物，但这是一种死亡率极高的方法，谁是谁的食物还是一件不能确定的事，但是后来他们学会了用火、用陷阱，发明了毒箭、长矛，死亡率就低了很多，因此，他们成了这片地区的统治者。但是当拿着火枪的现代人出现的时候，他们就变得不堪一击了，并很快失去了对这片区域的控制权，而拿着火枪的现代人就是新的阶段。人类也一样，无论新阶段的文明是主动前来还是被我们发现，只要我们和他们的思想一样，那么就会有沟通，而沟通是解决问题最好的办法，战争不是。

很多人把莫里斯的这种说法理解成是投降主义，但是莫里斯强调，当拿着长矛的人和拥有核弹的人发生冲突的时候，投降是最好的解决方法。当然这只是狭义上的投降，其实是一种融合，无谓的反抗带来的只有灾难性的失败而不是胜利，尤其是高级文明究竟高级在哪里，我们还一无所知。

当然了，以莫里斯的资历要想说服这些地球理论支持者的可能性不大。作为一个年轻人，他有些沮丧，但是会议之后，库勒留下了莫里斯，他想要看看这个侃侃而谈的年轻人是不是一个空想主义者。

“那你能想象到高级文明的水平吗，比如他们的科技水平？”库勒问。

“可以想到一些，但未必准确，因为受限于地球物理和视界。”莫里斯回答。

“哦？说说看。”库勒很好奇。

“比如穿越空间、黑洞的奥秘，甚至穿越时间，这些都是物理，但是都不属于地球物理。”莫里斯轻轻地说。

“嗯，很有趣，不过我更想知道思想上的，你有什么看法吗？”库勒接着问。

“我们需要通过语言、感觉、眼神来进行交流，而他们不需要这些，他们会通过脑电波来感觉对方需要表达的东西，而这是不受空间限制的，或者说很少会受到限制。还有，他们表达会很直接，在他们的文明中，应该不会存在讨论和开会这种事情，他们会通过脑电波来分析出哪种结果对他们最有利，这就叫预知未来。”莫里斯说。

“像科幻小说。”库勒的表情很严肃。

“是的，但是这只是我们能想到的部分，还有我们无法想象的，毕竟我们的大脑和视界都是有限的，而有些东西单凭想象是没用的，就算是看到也未必会明白，就像假如有一艘曲率飞船降落到埃及法老面前，他或许会认为那是一条龙。”莫里斯笑着说。

“嗯，很有趣，我很喜欢你这种想法，你留在我这里吧，做我的助理，但是时间会很长。另外还有很多需要搞定的事情，比如我们和火星基地上的那些家伙就需要思想融合，你不知道，巴拉科夫和桑帕约太固执了，简直就是疯子。”库勒对莫里斯说道。

“慢慢来，我们会融合的，分开 50 年不是坏事，而是好事，也许他们现在已经进入了新的阶段呢。”莫里斯笑着回答。

“嗯，我明白，好了，你先工作 35 年，这 35 年我需要你按照自己的想象力来改变一些我们的思维，我不会干涉你，直到我们和火星基地的事情解决之后，你再去休眠，我会在未来等着你，未来比现在更需要你。当然了，未来你这样的人可能会很多。”莫里斯微笑而真诚地说。

第五章
火星发展

一、重新开始

虽然火星基地已经成了一个独立的星球，但是比起地球来说，这里的环境还是很恶劣，不过恶劣的环境并没有让火星基地的发展停滞不前，因为他们拥有从地球上带来的最出色的一批科学家。

桑帕约开始并不建议摧毁地球的所有卫星，他更希望和地球建立一个和平的关系，这样可以做到资源共享，毕竟人类要发展，从哪个角度上来说多元化都是最好的。但是巴拉科夫最终还是说服了桑帕约，他告诉桑帕约，火星将用 50 年的时间成为太阳系的老大，因为他对这里的每一个人都有信心，而且他并不信任地球人类。

和地球可以肆无忌惮地发展科技不同，火星首先要解决的是生存环境带来的压力。因为取消了地球企划书关于生育的禁令，被压抑了很多年的这些曾经的地球人尽情地享受着生育带给他们的乐趣，童年的那种美好又回到了每个人的脸上。火星基地的人口很快就到达了第一个顶峰，这给本来就拥有生存危机的火星上的人带来了更为严重的后果。

不过，巴拉科夫和桑帕约显然是有办法应对这样的危机的。他们在迅速扩建火星的同时，成立了一个火星大气制造团队，利用粒子加速的原理使得火星的进化提速，制造出了一个含氧量和地球很相似的人工大气层。这项工作使得火星基地的人从基地内走到了户外，成了真正意义上的火星人。当然了，这只是基础建设，火星基地最重要的发展方向还是科技，未来要离开太阳系，开辟更为广阔的生存空间，在这一点上，火星和地球有着相同的发展初衷。

比起地球上几乎是从零开始，火星基地对于曲率飞船的研究进展要快于地球，因为他们拥有人类最出色的曲率专家苏克博士，而地球上直到 10 年之后，玛索才开始真正研究这项技术。

仅仅过了 3 年，苏克就在理论的基础上制造出了可以把扭曲的宇宙空间铺平的曲率飞船，可以在 15 秒之内达到第三宇宙速度，当摆脱太阳引力之后，将比地球后来制造的曲率飞船要快。不过比起地球人类，他们暂时并没有飞出太阳系，因为桑帕约还陷在未知引力波的谜团中，他根本就没有想过首先要去进行星际旅行。火星基地的目标是太阳系另外一个可能存在生命的地方——木卫二。

其实比起火星，人类觉得木卫二存在生命的可能性更大一些，但是由于木卫二拥有厚厚的冰层和距离实在太远，人类首先选择了比较容易的火星进行尝试并取得了成功，对于木卫二的登陆就被无限期推后了，因为以人类的能力同时在两个星球开辟生存空间确实有点吃不消。

但是现在，火星基地的生活已经步入了正轨，而地球已经被火星基地封锁，火星基地就把登陆木卫二作为下一个目标。于是，在格拉比的主持下，登陆木卫二的准备工作在有条不紊地进行着。

火星基地发射了一颗叫作“圆规号”的引力探测人造卫星对木卫二进行表面探测，就在“圆规号”即将进入木星轨道的时候，它却意外地接收到了未知的引力波，不过比起地球对引力波的重视，火星基地仍然还把这组引力波当成未知的东西对待，这也就使得火星基地后来翻译出无线电信号之后才恍然大悟，不过那个时候，“富尔茨号”早已经朝着恩美雅飞去很长时间了。

“圆规号”通过无线电发射系统，确认了木卫二里面存在着巨大的液态水海洋，而且深度比地球上最深的海还要深，这也就等于直接确定了木卫二拥有生物，但是比起火星的胡萝卜人来说，这里的生物究竟会是什么样，这里的环境会是什么样，还都是未知的，一切都要从零开始。

火星基地虽然开放了火星人的部分权利，但这里毕竟是一个军事政权，巴拉科夫和桑帕约是这里的双核心，没有任何人可以挑战他们的权威。比起地球轻松的环境，火星基地的人类其实生活得很压抑，甚至有的时候，他们连思念家乡的权利都会被禁止。

刘婕曾经为此向桑帕约表达过自己的担心，但是桑帕约告诉她，这是火星人类必须要坚持的，因为地球随时可能对火星基地展开攻击，只有军事化的政权才可以让大家生存下去，无奈的刘婕只得叹着气离开。

无知者无畏，这是火星人类最原始的想法。这种想法带有一种人类身上极其主观的情绪，他们认为一切未知的东西都不过如同纸做的老虎一样，只要自己无畏，坚持信念，就一定能够战胜它。从心理学角度上来说，这种想法有一定的市场，甚至可以在特定的环境下成为一种强大的能量，但是从科学的角度上来说，对于未知事物的无知而产生的无畏，几乎等于是一种自杀，就如同飞蛾扑火一样，这就是火星基地人类的观念，比起地球，他们很不幸，地球上有莫里斯以及支持他的库勒博士，而火星上只有一个刘婕在孤独地坚守着——这很不幸。

二、登陆木卫二

红色是火，蓝色是水，这是从地球物理的角度上造成的视觉效果。也正因为如此，地球才会在冰火两重天之间焕发出美丽的色彩。火代表热情奔放，水代表冷静沉稳——事物的两面性皆是如此。

如果说人类第一次登陆火星看到的东西足以震撼人类心灵的话，那么登陆木卫二之后，人类几乎要疯掉了。

“圆规号”探测器在木星轨道的近木卫二点进行了七天拍摄之后，在木卫二北极的一处低洼处寻找到了一个破冰点，经过探测，这个破冰点比木卫二的表层的平均厚度要薄 40%。在把探测结果发回火星基地之后，火星的科学军事委员会通过决议，利用核弹对木卫二进行破冰，然后进入内部勘测。

木卫二破冰的这一天，刚好是火星的独立日，火星上所有的民众——老人、年轻人、出生在火星的儿童全都来到了火星的独立广场，亲历这个见证历史的时刻。这是火星基地作为一个独立的星球第一次进行对外星的征服，一如当年地球对火星的开拓一样。

“我要横渡木卫二，那里的海水一定很棒。”

“妈妈，鱼也能做菜吗？！”

“当然，炸鳕鱼很好吃的，还有鱼丸、鱼子酱，我们在地球上经常吃的，我无比怀念。”

“如果有游艇就再好不过了。”

民众们议论着木卫二被打开缺口的那一刻，不过此时，发射台的工作人员仍然处在一种极其紧张的情绪当中。当初人类登陆火星的时候并没有进行破冰，而木卫二不同，虽然它比月球还小，但破冰之后，木星的巨大引力和恐怖的风暴是否会在瞬间把木卫二变成死亡之地还不好说。

“决定了吗？”桑帕约看着巴拉科夫问道。

“发射吧，我们总得做点什么。”巴拉科夫轻轻地回答。

“是否缺乏终极关怀？”桑帕约又问。

“不，我们都没有人关怀，没有这个必要。”巴拉科夫仍然冷冷地回答。

核弹在 40 秒之后离开火星基地，此时火星和木卫二的距离大约有 5 个天文单位远，这是一个比较远的距离，考虑到核弹的威力，在这个位置发射对于火星的安全来说是最适合的。大约 9 小时后，核弹将在距离木卫二 1000 公里处爆炸，这个力量足以把木卫二表层厚实的冰层炸开。4 个月之后，火星人类就可以进入木卫二内部了。

9 小时，几乎可以忽略不计，太阳光不过往返冥王星一趟，但对于火星基地的人来说，用9小时见证一个奇迹也是值得的。

从火星独立广场的大屏幕上可以清晰地看到核弹运行的轨迹——一个带着蓝光的小点儿如同子弹一样朝着它的敌人毫无顾忌地飞行着。即使是巴拉科夫、桑帕约也只从影视资料上看到过核弹的威力，但是现在，他们要亲眼见证这个曾经让地球陷入恐慌的家伙是如何摧毁一切的。

刘婕博士没有像大多数人一样待在独立广场，也没有留在基地里，而是选择了待在火星的家里。她并没有刻意看电视里的直播，而是静静地坐在沙发上看着书，只是偶尔，她会抬起头注意一下电视屏幕中的进度，然后又埋下头继续看书。她对木卫二没有感情，甚至都不知道它在哪里。此刻的她，想念的是地球，如果火星基地上的人真的如此可怕的话，那么未来地球恐怕也躲不过这场灭顶之灾，而这绝不是她想看到的。

人类的内心是永远无法被揣摩清楚的，没有人可以猜透对方在想什么，要做什么，即使是最为出色的心理学家也做不到。刘婕并不是一个喜怒形于色的人，大多数时候，无论面对什么，她都只是一副很随意的表情，既不会兴高采烈，也不会难过得落泪。

她并不喜欢巴拉科夫这个人，这些事并不符合她的价值观，但是她却并没有觉得巴拉科夫做错了，因为她和巴拉科夫的宇宙观很相似，只不过是方式不一样。刘婕同样认为人类——无论是地球人类还是火星人类都不能留在太阳系。走出去寻找新的家园是最好的办法，但是和征服比起来，或许融合才是最好的方式。

古代中国，现代美国，初期的澳洲，狂野的南美，无一不是通过民族融合才促成了多元化的社会。宇宙也是如此，它的浩瀚是人类无法想象的。如果利用武力进行无知无畏的扩张，其结果往往不堪设想，在这一点上，刘婕和地球上的莫里斯拥有相同的观点。

刘婕并不后悔来火星，事实上她对地球官僚主义和政客丑恶的嘴脸也早已失望。同时她也是一个喜欢去探索未知事物的人，来到火星刚好可以让她在这两方面感到满足。不过作为一个数学家，她实在不知道桑帕约为什么在众多的助手中选择了她。这个问题一直困扰了刘婕很久，若干年后当她知道事情真相的时候，她才恍然大悟，不过现在，她需要按照火星的方式来生活，平静而随意……

核弹距离木卫二越来越近了，从屏幕上看，只有不到三寸的距离。刘婕笑了笑，又摇了摇头：让这一切来得更猛烈些吧。

三、美丽海洋

随着核弹在木卫二上空 1000 公里处发生了核裂变，1 分 40 秒之后，巨大的蘑菇云从木卫二的表层升入宇宙空间。它与地球上核弹爆炸形成的蘑菇云不同，在木星巨大引力的作用下，顷刻间形成了一个巨大的旋涡，但很快，就以极快的速度变小，并最终消失，紧接着发出了超强引力波。

“黑洞！”几乎所有人都不约而同地说了出来。

“还有引力波！”桑帕约看着大屏幕说。

“不过这个黑洞太小了，甚至不如一个老鼠洞！”巴拉科夫端着伏特加盯着大屏幕说道。

爆炸引起的剧烈效应只持续了 15 分钟就消失了，这和之前的预想完全不一样。如果有人因为去厕所而耽误了时间，那么他就错过了这场爆破的盛宴。此时，木卫二的表层显示出一个直径很大的坑，并且表层周围的冰层也开始脱落，紧接着从木卫二的内部发出巨大的呼呼声，就像冬天在山洞里面听到外面的风声一样，只不过这种巨大的声响很快被淹没在了宇宙空间中。

冰层仍然在坍塌，就像是因为气温上升落入海中的南极冰山一样。巨大的裂口在木卫二上画出了一道道不规则的冰线，从大屏幕上清晰可见。

“我们会毁了它的！”格拉比沮丧地对巴拉科夫说。

“不，它比我们想象的要坚强！”巴拉科夫很沉稳。

和他一样沉稳的还有桑帕约，桑帕约的脸上也丝毫看不出任何紧张的情绪，反而有一种轻松。

“可是它在断裂！”格拉比仍然只相信自己的眼睛。

“别担心，孩子，就像地球一样，它自我愈合的能力比我们想象的要强很多，地球存在了 45 亿年，人类改造地球，征服地球，毁坏地球，但是最终失败的还是人类。”巴拉科夫淡淡地说。

事实也正如巴拉科夫说的一样，冰层断裂在持续了 1 小时之后停止了。紧接着，低温很快把冰层重新冻住，直到只剩下巨大的洞口。

“我们必须抓紧时间登陆，不然它的伤口愈合了我们还需要再来一颗。”桑帕约说道。

“嗯，让孩子们出发吧。”巴拉科夫把伏特加一饮而尽。

“北极熊号”和“蜻蜓号”载人飞船立刻从火星三号基地出发，奔向了已经被打开的木卫二。他们要进入木卫二内部，看一看这个寒冷的世界内部究竟存在什么。

“或许有一个美丽的小岛，上面住着美人鱼！”巴拉科夫淡淡地说。

“也或许会有尼斯湖水怪呢！”桑帕约说。

“也许只是一片死海，没有我们想要的东西。”作为生物学家的格拉比接着说。

7小时之后，“北极熊号”和“蜻蜓号”已经进入了木星轨道。现在他们需要在靠近木卫二的时候利用反物质做推动力直接从洞口飞进木卫二内部，然后通过无线电对火星基地进行直播。

“北极熊号”率先进入，而“蜻蜓号”需要在2个小时后等待消息再进入。这是事先制定好的方案，以防出现未知危险情况而全军覆没。这是地球登陆外星最早定下的规矩，一直沿用至今。

“北极熊号”由韩子铭带队，他也因此成了唯一一个第一批登陆火星同时第一批登陆木卫二的人。

穿过巨大的洞口，进入内部之后，首先看到的居然是厚厚的大气层，看上去远比地球的大气层厚很多。

“这里像夏威夷，差点被它的表面蒙骗了。”韩子铭骂了一句。

“一层厚厚的大气，还有一个冰层，简直就是一个最高级的天然冰箱。”韩子铭的助手小米尔兹说。

“检测大气成分。”韩子铭下达了命令。

“北极熊号”发出了一枚检测气弹，在木卫二的大气中爆炸。

“含氧量40%，二氧化碳20%，甲烷……类似三叠纪！”屏幕上很快显示出了字幕。

“穿过大气层，高空沿赤道飞行！”格拉比继续下达着命令。

“北极熊号”穿过了木卫二大气层，真正进入了木卫二的内部。

“我的天哪！”韩子铭被眼前的一幕惊呆了。

巨大的海洋横跨了整个视界，看不到任何陆地存在的迹象。蓝色把整个木卫二的天空都照亮，大海的表面如同身处太平洋一样，平静中带着偶尔翻滚的浪花，时而有类似蓝鲸的巨大生物腾空而起。

“这里太美了。”韩子铭呆呆地望着窗外。

“是啊，我都不忍心摧毁这里。”小米尔兹说道。

“但愿不要有高级文明存在，这种地方谁都会喜欢的。”韩子铭说。

“北极熊号”在高空低速飞行着，很快环绕了木卫二一周。

“这里目前全是海洋，没有陆地存在，但是根据大气分析，活火山存在的可能性比较大。生物种群呈多样化，海深处未知，请求‘蜻蜓号’进入。”“北极熊号”发信息给火星基地总部。

“蜻蜓号”接到命令之后，也进入了木卫二，和环绕了一周的“北极熊号”会合，并下降了高度，以便发射海洋探测器，对深处进行探测分析。

“不要发射超声波探测器，用生命探测仪吧，这样好一点儿。”韩子铭请求火星基地总部，他实在不想刚来到这里就变成一个屠夫。但是，他的请求被拒绝了，巴拉科夫需要以最快的速度了解这里，甚至他都在幻想要建设深海基地了，显然超声波探测器的效果更好。

带有超声波的探测器直插入木卫二的海底，开始了木卫二海洋的探测。而在这里，会有很多秘密等待着他们。

四、深海飞碟

深海超声波探测仪是一件非常古老的海洋探测仪器，早在两百年前人类就用它来探测海洋深处的秘密。这种探测仪的准确性很高，是最有效的深海探测仪器，但是也有一个巨大的缺点——对于海洋生物的杀伤力很大，特别是海豚之类通过超声波捕食的动物，很容易让它们产生混乱，甚至导致其死亡，所以在一百年前，对于超声波探测仪的使用是很严格的。但是到了火星之后，由于不受企划书约束，超声波探测仪再次被启用，而且加入了更为强大的光粒子。深海对于人类来说，就像是走进一座明亮的宫殿一样。

由于木卫二的海洋深度有 150 公里，所以此次使用的是超大功率的化学式深海探测仪。它由“蜻蜓号”上的操作室进行操作，工作效率极高。

随着探测仪进入海洋，所有的人看到了一个色彩斑斓的海底世界。各种只在科幻小说中见过的海洋生物一个又一个出现在大屏幕上，每次都能引来巨大的惊叹声。

这里有像蓝鲸一样巨大的八爪鱼，有像狮子一样大的带壳类动物，有长达数十米的海蛇，有似龙一样盘旋的怪兽，还有各种各样长着翅膀的飞鱼。格拉比兴奋得像个孩子一样蹦蹦跳跳，他觉得自己这辈子做得最正确的事就是当了一个生物学家。

探测仪逐渐下到了更深处，更让人惊奇的东西出现在了大屏幕上。巨大的海洋火山正在喷发，浓热的岩浆状物质和冰冷的海水混合在一起形成了巨大的固体柱子矗立在海洋里，直奔海面，但是几乎又在瞬间凝固。随着冰冷海水的不断融入，岩浆状的液体渐渐被吞没，并最终消失。大量的海洋生物游到这片被冲刷过的暖海尽情地享受着好似温泉一样的洗礼。

此时的格拉比彻底被震撼了。如果说地球海洋是人类发展的摇篮的话，那么这里简直就是孕育生命的母体。如果非要用两个字来形容这里，那么这两个字就是伟大。

探测仪巨大的亮光使得海洋生物四散而去。或许它们已经习惯了黑暗，对于亮光很是敏感。想想真可怕，在如此巨大的海洋深处，居然是一片黑暗，而且几十亿年来都是如此，这些生物的生存能力和适应能力该有多强大！格拉比除了震撼，内心只有致敬。他想起了自己第一次到火星的时候，那三个月在飞船里的黑暗生活，几乎已经让他崩溃。

就在格拉比陷入这种沉思的时候，在探测仪的前方可视范围内，出现了一个再次让所有人震惊的画面。在海沟的边缘处，有一块大约一平方公里的空间，鱼群穿过这里的时候，可以清晰地看到鱼群的内脏、鱼鳞，以及血管中血液的流动。开始的时候，格拉比还不相信自己的眼睛，以为这只是透明类的鱼，但是当探测仪进入这片区域的时候，飞船上的所有人都看到了探测仪内部的零件，甚至连零件上的螺纹和每一个零件运行的方式都清清楚楚地展现在了大屏幕上。

“这是海洋镜像吗？”火星基地上巴拉科夫问桑帕约。

“我想不是，这应该是另一个世界。”桑帕约的眼睛没有离开大屏幕。

“四维空间？”巴拉科夫问。

“我想应该是。”桑帕约简单地回答道。

“让探测仪反复进入几次这里。”桑帕约给“蜻蜓号”操作室下达了命令。

在探测仪反复进出的几次中，所有人都清晰地看到了探测仪在外部和内部的视觉效果中切换，就像是一个人在X射线中暴露一样。

“在这片区域前进。”蜻蜓号下达指令。

探测仪继续前进，突然，几乎是一瞬间，在它的面前，出现了一个大概有五层楼高的巨大圆形物体，所有人几乎同时喊出了两个字：飞碟！

这个巨大的物体深深扎在海沟的边缘，它的内部清晰地显示出了驾驶舱、仪表盘、操纵杆，当然还有几具类似飞行员的遗骸。

“有人比我们先到了，博士。”巴拉科夫的语气还是很沉稳，但是明显，他的手在颤抖。

“是地球人类吗？”桑帕约问道。

“我不知道，但可能性不大。”巴拉科夫颤抖地说。

“为什么？”桑帕约问。

“直觉。”巴拉科夫的手不再颤抖，他又恢复了平静。

“我们需要做什么？”格拉比请示道。

“返航。”巴拉科夫命令道。

探测仪升出海面，“北极熊号”和“蜻蜓号”带着它穿过浓厚的大气层，从巨大的洞口飞出返回火星，就在他们即将到达火星的时候，木卫二上巨大的洞口在低温下合拢了。

“再晚几个小时我们就出不来了。”格拉比对所有人说道。

没人回答，他们觉得自己刚刚死过了一次。

火星上，巴拉科夫和桑帕约也有差不多的感觉。不过他们只是预知了死亡，这比死里逃生可怕得多。

五、数学家的逻辑

深海飞碟的发现如同一枚重磅炸弹，在火星基地掀起了巨大的波浪。大多数人倾向这是地球人类率先登陆木卫二之后发生的事，毕竟地球对宇宙飞船的研究成果要明显高于火星基地。而且这里曲率飞船研究团队的很多人都曾经和富尔茨博士共过事，他们认为这是地球人类一次并不成功的旅行，毕竟飞碟的内部几乎完好无损，看上去就像是最近发生的事。桑帕约和巴拉科夫经过分析，也支持了这个观点，但是有一个人却坚信这件事和地球人类无关，这个人就是数学家刘婕。

其实桑帕约带刘婕来火星并非因为她在学术上有多大的成就，而是因为她对宇宙的认识和别人有很大的区别。虽然她对宇宙学没有很深的造诣，但是她认为数学会在宇宙研究中起到很大的作用。不过这次，桑帕约并不认同刘婕的观点。

刘婕用数学逻辑分析之后认为，木卫二的深海飞碟来自地球的可能性不大。如果深海飞碟所处的那片区域是四维空间的话，那么即使在静止状态下，它也是可以在四维的时间里变化的。也就是说，“探测号”到达那里的时候，如果存在四维空间，那么当时刚好是一个四维内的时间巧合，空间是静止的，但时间上是不可能的。按照这个理论分析，如果现在再去的话，那片区域或许已经移动，而随着空间的移动，深海飞碟会跟着消失——是从时间上消失。就好比一个生活在中世纪伦敦郊区的人，在空间上说，他在伦敦，但如果来到现代，那么他就消失了，但这并不能证明他不在伦敦了——这就是四维和三维的不同。

虽然理论上刘婕已经讲得很明白，但是桑帕约、巴拉科夫却并不信服。毕竟一个五层楼高的飞行物清晰地矗立在那里，几乎所有人都看到了，没人会相信它不存在。桑帕约觉得刘婕的话实在没有说服力。

“孩子，你的分析可能有道理，但是这也许并不是真的，既然地球物理学在别的地方行不通，那么地球数学或许也一样。”桑帕约对刘婕说道。

“博士，物理和数学有相同的地方，但是数学有它自己的逻辑，即使在宇宙深处，数学理论也是准确的，甚至会没有误差。”作为一个数学理论的支持者，刘婕坚信自己的分析没错。

“你这么自信？”桑帕约看着刘婕。

“嗯，非常自信，博士，数学是永恒的。”刘婕仍然很平静。

桑帕约不再说话，他发现自己越来越无法看透刘婕了，她实在是太平静了，就像是一个没有任何波动的湖泊，但在湖泊内部，却藏着一个生机勃勃的世界。当然他也相信自己的眼睛，毕竟，那么一个巨大的物体，除了刘婕的理论之外，能让它消失的或许只有魔术师。

巴拉科夫启动了潜水计划，但这需要时间。因为火星没有海洋，所以火星基地并没有如地球一样制造这些潜艇，但是制造的技术早已成熟，只需要一个月，深海潜水艇就可以制造出来。而一个月后，就可以检测刘婕的理论是否正确了。

刘婕其实对自己的话并没有百分之百的把握，但是她坚信数学的逻辑不会错，这是一个学者对于自己所学知识的一种自信。虽然她并不懂四维空间的具体概念，但是用数学分析之后，她坚信这个推断是正确的。

26 天之后，火星基地上的第一艘深海载人潜水艇制造完成，在经过模拟航行之后，这艘被命名为“格拉比号”的潜水艇被“蜻蜓号”载到了木卫二。这是人类包括地球人类和火星人类第一次下潜到如此之深的海底进行探测，神秘感绝不亚于星际旅行。

格拉比和机械专家萨姆、曲率空间专家费拉拉三个人将承担这次深海旅行任务。

“地球不知道发展成什么样了，如果他们率先登陆了这里，那还真的挺不可思议的。”萨姆说道。

“或许我们的威胁对他们已经产生不了作用了。”费拉拉看着格拉比说。

“谁知道，其实我们应该和地球建立一些关系，现在这样感觉怪怪的。”格拉比说。

“50 年，鬼知道到时候会是什么样，不过我讨厌地球的那些政客们！”萨姆愤愤地说，他是深受地球政客迫害的人之一，对地球人类有着很深的敌意。

“你地球上有朋友吗？”格拉比问萨姆。

“有啊，不过他们很多都休眠了，还有很多或许已经不把我当朋友了，毕竟我们的价值观有很大的区别。两个制度下的人不可能成为朋友，也不允许成为朋友。”萨姆回答道。

“地球人类真幼稚，我们也一样。”格拉比轻轻地说，但更像是在自言自语。

“这是什么意思？我没明白。”费拉拉问格拉比。

“你知道红皇后假说吗？”格拉比问。

“不知道！”

“一种生物的进化理论，但它指的是自然选择和遗传结构的进化，而非思维。现在也一样，我们和地球的这种冷战表面上看是由制度造成的，其实是因为我们的思维几十万年来没有任何变化造成的。”格拉比说道，“我认为高等文明在技术上的成就是因为思维的进化造成的，所以我们和他们相比差不多就是白痴。”

“我不太懂，我觉得我们有进步啊。至少我们和原始人不一样。”费拉拉显然不太理解格拉比的话。

“不，其实是一样的，无非是为了生存而做事。这本身没有问题，但是生存需要思维的转变，否则我们也不会出现该死的企划书计划，也不会有引线时代——那时候每个人都是浑蛋。还有，我们也不会独立。”格拉比在费拉拉和萨姆面前，几乎是一个哲学家。

“不说了，实在是太复杂了，我们还是干活吧。快到那该死的四维空间了，我要看看到底是怎么回事。”萨姆说道。

此时，潜水艇距离四维区域大约 20 公里，马上他们就会近距离见证奇迹了。

六、数学的失败

除了刘婕之外，没有出乎其他任何人的意料，那片四维区域还停留在原地，那个巨大的飞行物也仍然在，没有丝毫的变化。

“怎么会这样？”刘婕第一次对数学感到了一丝疑惑。

“孩子，别灰心，任何人都会犯错误的。”桑帕约安慰刘婕道。

刘婕不再说话，不知道说什么。因为在她看来，数学在物质中的理论是精确到不允许出现错误的。但是现在发生的事却对这种理论产生了巨大挑战，难道是哪个环节上出现了错误？

不过，她的表情仍然很平静。

潜水艇此时就停留在那片区域外，大概两米的距离，而鱼群仍然尽情地在那片区域中肆无忌惮地穿梭，巨大的飞行物内部也仍然平静得像一潭死水。潜水艇里的三个人此刻都在等待巴拉科夫的指令，此时，他们已经摩拳擦掌了。

“前进！”巴拉科夫下达了命令。

伴随着巨大的引擎轰鸣声，潜水艇进入了四维空间，火星基地的大屏幕上立刻显示出了潜水艇内部的构造。

各种机械的细节、人体的血管、细胞壁，都清晰地展现在了每个人的面前。

“格拉比第一次暴露在所有人的面前。”桑帕约哈哈大笑。

“格拉比如果知道他毫无保留地被我们看穿，一定会生气的。”巴拉科夫也跟着大笑起来。

潜水艇在飞行物的旁边停了下来，现在需要萨姆了，他可是火星基地上最好的机械专家。任何被称为机械的东西在他面前，都像是一个认识了好久的朋友，熟悉得不能再熟悉。

他穿着纳米潜水服从潜水艇内游了出来，在飞行物的身边停下了。

“伙计，你的个子可真大，让我摸摸看。”萨姆已经把飞行物当成了久别重逢的老朋友。

萨姆轻轻把手放在了飞行物的上面，感应系统立刻有了反应，一股冰凉瞬间让萨姆感到自己体温似乎在下降。

“好凉啊，不过我喜欢。”萨姆自言自语着。

萨姆在巨大的飞行物上游了两个来回，然后站在了飞行物的脚下。

“没有发现入口和出口。”萨姆通过海底通信系统对格拉比说。

“继续寻找！”格拉比下达了指令。

萨姆点了点头，继续寻找，这次，他选择了游到飞行物的最顶端，这是一种机械师的经验。一般类似的飞行物，入口就在顶端，但是萨姆再次失望了，在飞行物的顶端，是一块平整得看不到任何缝隙的金属板，和其他部分没有区别，同样发出一丝彻骨的寒冷。

萨姆纳闷地停在了飞行物的顶端，同样纳闷的还有桑帕约，难道是飞行物的外层金属的构造问题？否则无论如何也至少应该出现哪怕是一丝接缝的，可是现在没有。

“怎么回事？”巴拉科夫问。

“我无法解释。”桑帕约回答。

“它内部都看得无比清晰，为什么却看不到门？”巴拉科夫自言自语道。

“有没有其他理论支持这种现象？”巴拉科夫问。

“地狱的入口。”一旁的刘婕静静地说。

巴拉科夫和桑帕约回过头看着刘婕，他们并不知道刘婕要表达什么意思。

“外部金属只是一个幌子，而其实它的门就是一个四维空间的入口，是通过某种特殊的方式在三维中打开的。打个比方，如果这是一架战斗机的话，那么它的原理就是从四维对三维展开攻击，而金属外壳是为了在三维下存在而设计的。”刘婕回答着。

“这只是你的推断，不是理论。”巴拉科夫对于刘婕并不信任。

“对，只是推断，但是理论是成立的。”刘婕慢条斯理地说。

“那怎么解释外部也是四维的，怎么解释鱼也是透明的？”桑帕约问。

“镜像！外部只是一个镜像！它的内部才是真正的四维空间。”刘婕说道。

巴拉科夫和桑帕约不再说话，不过显然，他们对刘婕的话还是不太相信。

此时的萨姆仍在四处寻找着他认为该出现入口的地方，但是很可惜，他的努力是徒劳的，飞行物就像是一块完全封闭的铁板，没有任何的瑕疵。

“太完美了。”萨姆禁不住再次抚摸了外部的金属壳。

“你为什么要在这里？你是怎么来的？”萨姆自言自语道。

“没有任何发现，请求进行切割！”萨姆请示道。

“执行。”巴拉科夫没有任何犹豫。

萨姆拿起了激光切割器，找到了一处凸出的部分，开始进行切割。但是40秒之后，让他沮丧的一幕出现了——金属物没有丝毫的变化，甚至连切割的痕迹都没有留下。

“该死的！我真应该轰炸你！”萨姆愤怒地说道。

“别着急，萨姆，返回，冷静一下。”格拉比下达了命令。

萨姆看了看这个顽固的家伙，游回了潜水艇。

“你知道吗？我甚至怀疑我的眼睛。”萨姆气喘吁吁地对格拉比说。

“什么意思？”格拉比和费拉拉问。

“就像一块玻璃一样，里面我什么都能看到，却无法进去，哪怕里面有我的老婆和别的男人，我也无能为力，真是让人绝望。”萨姆靠在座椅上。

“真是个可怜的家伙。”巴拉科夫在基地里摇着头说道。

“应该带上韩子铭的，也许中国人会穿墙术。”费拉拉笑着说。

“我也觉得是，你看那些家伙，他们就待在那里，一动不动地盯着我们，真是可恶。如果我进去了，会打爆他们。”萨姆指着飞行物内部的遗骸说道。

“他们可能比我们更绝望。”格拉比对萨姆说。

“如果不能打开，我们是不是可以摧毁它？我觉得很愤怒。”萨姆对格拉比说。

“这个你得向总督请示，不过我觉得还是算了，这玩意儿可是他的最爱。”格拉比哈哈大笑。

“我需要睡一会儿。”萨姆闭上了眼睛，也许睡醒之后，他会清醒很多，找到打开外壳的办法。

格拉比看着窗外的游鱼，忽然感到了一丝作为宇宙探险者的悲哀。这种悲哀并不是茫茫宇宙的空虚造成心情上的寂寞，而是一种对未知事物无法了解的无奈。宇宙如果是固态的，那么我们可能会很轻松地搞定它，但它却是一个无时无刻不在变化，每分每秒都在发展的让人无法理解的存在。和它相比，人类渺小得就像一个原子一样。

窗外的游鱼在情感上或许是空洞的，它们要做的就是进食、成长——我要长得更大，我要更安全地活着，活是为了继续进食、成长。但是人类呢，我们其实也是一样的，进食，成长，发展，然后毁灭，重新再来，从这个角度上说，人类和其他物种没有区别。

七、爆发的代价

“蜻蜓号”带着不甘和遗憾返回了火星基地。一路上，整个飞船上没有人说一句话，甚至没有一个人做事，他们全都静静地坐在座椅上看着窗外的太空。这是他们从事星际旅行以来从没有过的挫折。

飞船在三号基地降落，格拉比轻轻地走下飞船，看了一眼淡蓝色的夕阳，长叹了一口气，这不单是他自己的挫折，也是全体火星人类的挫折。

向巴拉科夫和桑帕约汇报之后，格拉比就回去休息了，因为他实在是没有心情，也不知道再说什么，或许休息一下对他来说是最好的选择。

巴拉科夫和桑帕约虽然没有格拉比那么沮丧，但是肯定也不会高兴。毕竟出发之前他们信誓旦旦地向基地所有人保证，火星基地已经寻找到了高等文明存在的证据，但是事实却无情地嘲讽了他们一次。

“那个玩意儿到底是什么？”巴拉科夫问桑帕约。

“我想它或许真的不是来自地球，我相信就凭地球上那些白痴，还干不出这么伟大的事。”桑帕约慢条斯理地说。

“为什么这么说，难道我们不是白痴吗？”刘婕平静地对桑帕约说。

“你说什么？”巴拉科夫转过身看着刘婕，眼睛里带着愤怒。

“我说我们是白痴。”刘婕正视着巴拉科夫。

“也包括我吗？”巴拉科夫几乎是怒吼着问道，他绝不允许别人挑战自己的权威。

“对，你不但是白痴，还是一个独裁者，是个彻底的浑蛋。用我们中国人的话说，你就是一个暴君。”刘婕仍然是一贯的平静，但是在这种平静下，似乎蕴藏着强大的气场。

“住口，你疯了！”桑帕约冲着刘婕喊道。

“作为一个领导者，你却对你的民众任意撒谎，不切实际地许诺，挑起和地球的矛盾，贸然发动战争。作为一个科学家，你没有严谨的科学态度，随着自己的性子来。作为一个男人，你缺乏耐心，任性而且糊涂，你就是个浑蛋！”刘婕没有理会桑帕约，而是愤怒地说。

“你这个浑蛋！”巴拉科夫拿起了一只伏特加杯砸向了刘婕，这是他的性格，一向如此。

“来人，把她带下去！关到禁闭室！”桑帕约喊道。

“我没有错！”刘婕还想说，但是被带离了这里。

会议室里沉默得可怕，在场的所有人都不说话，因为没人知道巴拉科夫的愤怒会到达一种什么程度。只见他咬牙切齿，紧紧地攥着拳头，关节也发出吱吱的响声。而桑帕约则站在一旁，静静地看着窗外。几乎所有人都为刘婕捏了一把汗，虽然她并不是一个招人喜欢的女人——没人会喜欢一个过于平静的女人。

“把那个该死的飞行器给我炸掉！现在就出发！”巴拉科夫

吼道。

“是！”核弹部队的负责人回答。

“炸掉了我们就没了！不如留着。”桑帕约说道。

“不行，炸掉！一根汗毛都不要留！”巴拉科夫第一次对桑帕约这么说话，容不得半点商量。

“去吧。”桑帕约冲着负责人挥了挥手。

“对了，切断直播，新闻封锁，不要让民众知道。”桑帕约轻轻地说。

巴拉科夫狠狠地踢了一下桌子，瞪了桑帕约一眼，离开了。

过了许久，桑帕约才离开，他径直来到了禁闭室。这里还有更麻烦的事需要他处理。

此刻，刘婕已经恢复了平静，她静静地坐在禁闭室里，眼睛直视着前方，但目光仍然很坚毅。桑帕约走了进来，关上了禁闭室的门。

“为什么这样，你知道这么做的代价吗？”桑帕约问。

“知道，根据火星基地的法律，可以处死我！还要把我的骨灰撒向太空！不过最好用炮决，我不喜欢飘荡。”刘婕没有看桑帕约，仍然盯着前方。

“孩子，你不该这样，他是总督！”桑帕约叹了一口气。

“从小我妈妈就告诉我，如果做错了事，就应该承认，还要道歉。”刘婕扭过头，看着桑帕约说。

“你要道歉吗？”桑帕约问。

“不，我没有做错，所以不会道歉。”刘婕说。

“那我无话可说了，孩子，你还需要成长，但是，成长是需要付出代价的。”桑帕约说。

“再见，博士，祝你未来好运。”刘婕回过头，不再说话。

“为什么这样，别这么固执好吗？”桑帕约几乎是央求着对刘婕说，虽然他知道这个女孩子的固执是改变不了的。

“离开的时候要告别，这是一种有教养的表现，这也是我妈妈告诉我的。”刘婕轻轻地说。

桑帕约没有再说话，他叹了一口气，离开了禁闭室。他知道，再说话也不会带来任何结果。现在，他有些后悔自己带刘婕来到火星，或许留在地球，她会更好。

这一夜，桑帕约没有睡着，他也根本不可能睡得着。他觉得自己还可以做一些事，至少让刘婕可以活着。第二天一早，他就来到了巴拉科夫的办公室。

“我知道你为什么来！”巴拉科夫已经恢复了平静，但是桑帕约感觉，他并没有完全消气。

“我请求你放过她，她只是个孩子。”桑帕约轻轻地说道。

“她骂了我，这是法律，不容践踏。”巴拉科夫说道。

“我知道。”桑帕约回答。

“把她送到十号基地，那里比较适合她！”巴拉科夫说。

十号基地是火星基地最新建成的一个关押犯人的地方，这里的条件比起其他基地差得多。对于民众来说，被送到这里不单意味着会失去自由，还会渐渐失去做人的信念，变得颓废。而对于科学家来说，关到这里，失去的就会更多，包括作为科学家的尊严。在这里，他们都有一个名字——犯人。

“你不打算处死她吗？”桑帕约疑惑地问。要知道，自从火星基地建成以来，反对巴拉科夫的人没有一个能躲过死亡。

“不，关在那里比死亡更痛苦。”巴拉科夫淡淡地说。

桑帕约没有再说话，他是笑着离开巴拉科夫办公室的。他知道，巴拉科夫认输了，刘婕胜利了，只是胜利者和失败者一样鲜血淋漓。但是他并不知道巴拉科夫为什么会原谅刘婕，要知道，他可是一个独裁者，而独裁者的血都是冷的。

不过，对于刘婕来说，十号基地的集中营带给她的除了孤独寂寞之外，还有一丝轻松。现在，她可以完全按照自己的方式活着了。

至于巴拉科夫为什么会改变自己以往的做法，其实很简单，因为他以前并不是这样的人。

八、温柔的领导者

巴拉科夫从学生时代起就被称为独裁者，当然，只是性格上的独裁。他不允许别人质疑他已经证明的观点，即使事实证明他错了也不行。不过，也不是所有人都不行，他的大学同学莎拉加娃就可以。

莎拉加娃和巴拉科夫从小在一个村子长大。莎拉加娃的父亲是当地非常有名的猎人，脾气火爆，是典型的俄罗斯大汉。莎拉加娃遗传了父亲的脾气。在村子里，巴拉科夫很小就展示了自己独断专行的一面。但是在莎拉加娃面前，他有时候却显得唯唯诺诺。虽然和莎拉加娃也有争执不休的时候，但更多的时候，莎拉加娃的反驳让他气得咬牙切齿却又无能为力。

等到了中学时代，两个人到了不同的镇子上读书，远离了莎拉加娃，巴拉科夫的专制性格进一步发展，他成了学校最有名的辩论高手。整个学校，没有一个人可以说服他，这让巴拉科夫彻底飘飘然了。

整整7年，巴拉科夫就是在这种说一不二的氛围中度过的。为此，他甚至没有了朋友，因为没有谁乐意和一个总认为自己对的人成为朋友。不过这也锻炼了巴拉科夫独立思维的能力。他总是经过深思熟虑之后才说出自己的想法，让别人挑不出他的错误。

不幸的是，巴拉科夫进入大学之后，惊讶地发现，那个让他恨之入骨的莎拉加娃在他进入大学的第一天就出现在了他的眼前，并且笑眯眯地看着他。

“天哪！”巴拉科夫知道，自己的噩梦要来了。

事情的发展印证了巴拉科夫的想法。上天似乎是故意安排的一样，巴拉科夫居然和莎拉加娃不约而同地选择了天文学，甚至他们选择的课题都一样。于是，被莫斯科大学称为建校历史以来最激烈的辩论几乎每天都在学校的各个角落里上演。对于巴拉科夫来说，这是一种煎熬，但对于莎拉加娃来说，这是一种乐趣。吃饭，睡觉，反驳独裁者，似乎成了莎拉加娃在大学里最常做的三件事。

本来对自己的理论极有信心的巴拉科夫渐渐发现，莎拉加娃虽然处处和自己作对，但是她的理论似乎也并不是错误的。两人从最初的冤家逐渐变成了学术上的好朋友。在大学三年级的时候，两人通过自制望远镜的观测，发现了一颗未知的恒星。巴拉科夫再次在争论中完败于莎拉加娃，这颗位于银河系边缘的恒星最终被命名为莎拉加娃星。看着莎拉加娃冲着自己吐舌头，巴拉科夫觉得自己就是一个笨蛋。

而真正使两人关系发生质的变化的事情发生在毕业舞会上。没有朋友的巴拉科夫独自坐在舞会的角落里黯然神伤，而已经跳舞跳得筋疲力尽的莎拉加娃在不经意间注意到了她的老对手，于是，她轻轻地走到了巴拉科夫跟前，对他说 ：“陪我跳一支舞怎么样？”

巴拉科夫抬起头，惊讶地看着莎拉加娃，有点不知所措。

“来吧。”莎拉加娃伸出手拉起了坐在椅子上的巴拉科夫。

“别这么沮丧，生活就是这样。”莎拉加娃趴在巴拉科夫耳边轻轻地说道。

“谢谢你。”巴拉科夫显然对这种突然的邀请感到有些受宠若惊。

“不用，我只是和艾丽莎打赌，她说你绝不会跳舞，现在她输了。”莎拉加娃冲着巴拉科夫笑了笑。

“我可以自己跳草裙舞的。”巴拉科夫也笑了笑。

“是吗？有机会我一定要看看。”莎拉加娃哈哈大笑道。

巴拉科夫突然发现，这个一直以来和自己作对的、从小一起长大的女孩居然很迷人——她的笑容，她的眼神，她的落落大方。

“我发现我爱上你了。”巴拉科夫鼓足勇气对莎拉加娃说。

“是吗？这很正常，因为我足够迷人。”莎拉加娃对巴拉科夫的突然又有些笨拙的表白很自然地应付道。

“哦。”巴拉科夫显然无法应付莎拉加娃的话，他轻轻地哦了一声，不知道该说什么，两人继续跳着舞。

“你是个优秀的家伙，不过必须有人对你进行约束，否则你不会找到正确的方向。就像在宇宙中旅行一样，如果所有人都听你的，那么你一定会把飞船开到太阳上去。”莎拉加娃眨了眨眼睛，笑眯眯地说。

“那又怎样，我可以晚上去。”巴拉科夫也开着玩笑。

“哈哈哈，你居然会幽默，我一直以为你是一块木头。”莎拉加娃看着巴拉科夫，笑得合不拢嘴。

“当然，我还是个年轻人，怎么会像教授一样？”巴拉科夫朝着他们大学教授的方向看了看，他们的大学教授是一个古板的老学者，用学生们的话说，他一辈子都没有笑过，哪怕是看喜剧。

“我暂时不打算接受你的爱情，我要去旅行，一年之后，我会考虑，也许到时候你会改变想法。”莎拉加娃仍然笑眯眯地看着巴拉科夫，不过很显然，她是认真的。

“为什么要去旅行？”巴拉科夫看着莎拉加娃不解地问。

“因为在弄清宇宙之前，要先弄清楚地球。也许将来离开地球，就再没有机会回来了。”莎拉加娃闭上了眼睛，享受着音乐和舞蹈。

“那好吧，现在走好一些，我怕过一阵我会离不开你。”巴拉科夫耸了耸肩，略带遗憾地说。

“那好，我们说定了，明年6月5日，火星凌日的那天我们在镇上的教堂见。如果晚了，或许就没有机会了。”莎拉加娃笑了笑，松开了巴拉科夫的手。

巴拉科夫看着离去的莎拉加娃，呆呆地站在原地。这一刻，他忽然觉得自己就像变了一个人一样，变得无比透彻、无比温柔，像一块被突然融化了的冷冻了几千年的寒冰。

九、数学家的冥想

刘婕很快被送到了十号基地，比她想象的要快得多。在路上她笑了，因为火星基地的工作效率绝对是第一流的。从这个角度上来说，她一点都不后悔在休眠状态下被送到这里。

十号基地位于火星南部，由一个巨大的陨石坑改造而成，处于地下 15 公里。虽然生活条件不能和其他基地比，但是对于喜欢孤独的人来说，这里也算是个不错的选择。

这里关押着的人大多数都是对火星基地政策不满的民众。这些人本来是带着对地球政客的不满和对火星基地未来的美好期盼来到火星的，但是火星基地虽然改变了很多地球上的弊端，可是限制却并不比地球少，而这和这些渴望完全自由的人的期盼有着非常大的差距，所以他们一直以来都在进行着反抗。为此，巴拉科夫才建设了这个集中营，军人政权需要铁腕，不容挑战。

刘婕是第一位“光临”集中营的科学家。或许是因为她的身份与众不同，刚到这里，就有几个早已经被关在这里的人来拜访。毕竟在火星，民众和科学家存在着阶层上的差距，更重要的是，民众对于科学家有着一种极高的敬仰之情。

“博士，欢迎您的光临。”一个农民打扮的人对刘婕说。

“谢谢你！”刘婕笑了笑。

“您为什么来这里？”

“您不用怕，有我们在，会帮助您的。”

“你就把这里当成家吧，这里没什么不好的。”

大家七嘴八舌地说着。

刘婕笑了笑，点了点头，她知道，比起高压下的科学家工作，这里的生活真的会让她轻松许多。

送走了这些邻居后，刘婕回到自己的屋子。这是一个独立的单间，不缺任何东西，但是却没有科学研究的条件。刘婕知道巴拉科夫的用意，对于普通人来说，杀死他是最好的惩罚方式，但对于科学家来说，剥夺她科学研究的机会，才是最可怕的方式。

杀人诛心，不过如此。

刘婕把一盆丁香花放在了窗台上。这是她最喜欢的花，淡淡的花香可以冲淡她的寂寞，同时，每一天早晨醒来后看到花，是一件非常惬意的事。作为一个面对冰冷数字很多年的数学家和研究心理学的心理学家，刘婕知道怎么打发这些时光——随意活着，就是最好的方式。

虽然没有工作环境，但是并不妨碍刘婕的思想。宇宙的奥秘可以通过发达的科技去寻找和证实，而宇宙的可爱则可以任意想象。100 亿光年之外是什么样子？黑洞的内部是怎样的？白洞是否存在？平行宇宙里那个自己是怎样的？还有外星人会是什么样？思考这些需要很多时间，想到这些，刘婕甚至有些许激动。

每一天，刘婕都在自然醒中起床，打开窗户，看着窗外，对着自己的丁香花笑笑，然后躺在床上进行着冥想——这是一种把心、意、灵完全专注在原始之初，超脱物质的欲念的一种思考，从而达到完全的解脱。

有的时候，刘婕会带着自己的灵魂来到黑洞，运用自己脑海里的飞船穿过这里，达到平行宇宙，而平行宇宙中的另外一个自己是一个米其林星级饭店的厨师，她热情地招待了自己并且为自己做了源源不断的美食；有的时候，白洞里会喷发出她想要的一切东西；有的时候，外星人会来到她这里做客，开心地聊着关于宇宙中各个星球的美丽故事；还有的时候，她会坐着时空穿梭机飞到白垩纪抓一只可爱的小恐龙饲养。

这一切，都是那么随意，那么心旷神怡，每每这个时候，刘婕都会感到无比的轻松。多年之后，刘婕仍然对这段在集中营的日子感慨万千。她认为，这是她一生中最美好的时光。

不过刘婕并没有放弃自己的专业，科学问题并不是靠冥想可以解决的。虽然她对那个木卫二中的巨大飞行物没什么兴趣，但是作为一个坚定的数学理论支持者，她必须要用自己的理论来证明自己的想法是正确的。这是她的兴趣，也是她的性格。

刘婕根据四维静态理论，运用了各种方法，得出了一个结论：四维空间如果以三维的方式存在，只有一种可能，那就是它的点、面、空间、时间四个概念中，至少有一个是遭到破坏的，否则四维空间没有任何数学理由能在三维空间被看到。但是，那个飞行物的点、面、空间都完好无损，唯一不能证明的就是时间，这是人类科技目前无法企及的。如果这个推断成立的话，那么就意味着那个飞行物虽然从物质角度上存在，但从时间角度上来说，它已经消失或者还没有产生，而这是薛定谔的猫理论的一种狭义解释，是对广义相对论最好的证明，也是宇宙中所有未知事物没有被发现的真正原因。

而且根据刘婕的计算，如果四维空间存在时间轴的话，那么更高维度的空间几乎可以肯定是存在的，只是它们的构成部分人类目前还无法想象，因为三维空间的物理理论在其他维度里是不正确的。

这就是数学家的固执和严谨。如果宇宙是一个开放、多元化、抽象的物质存在的话，那么数学可能就是这里唯一的真理。任何语言、构造、物质、空间、时间，都可以用数学作为代码来解释。

为此，刘婕开始编写一部叫作《宇宙的语言》的书。虽然这不过是她自己打发无聊时间的一种排遣，但是此时她还不知道，这部书之于人类，特别是对于人类未来的发展，是一种多么伟大的存在。莫里斯后来说过这样的话：如果从人类诞生那天算起，真正改变了人类的人，只有爱因斯坦和刘婕。《相对论》为人类向上帝提出了问题，而《宇宙的语言》则是上帝的代言人，它替上帝回答了这些问题。

几乎每天，刘婕都是在这种冥想和严谨的分析中度过的，她并不知道自己什么时候可以走出集中营，也没有想过。不过即使她永远出不去，她也不会后悔，因为她认为现在的生活很有趣，而她，是一个懂得生活的人。

十、毁灭它

载着深海核弹的“蜻蜓号”飞向了木卫二，这已经是短时间内火星基地第三次飞向木卫二了。和前两次不同，这次完全是巴拉科夫个人的意愿。当然，没有人敢违抗。对于不能得到的东西，那就毁掉它，而且这符合火星基地的价值观——无知者无畏。

“蜻蜓号”在距离飞行物 40 公里处扔下了核弹，然后飞离了木卫二。1 小时后，当它飞出木卫二即将摆脱木星引力的时候，核弹将在那片四维空间内爆炸。至于会出现什么奇观，没人知道。

巴拉科夫在火星基地的大屏幕前静静地坐着。虽然说这个决定是他在愤怒中下达的，但是此时他只能选择静静地看着。即使后悔了，这个决定也已经不能改变，虽说他也对那个飞行物有着浓厚的兴趣。

深海核弹在指定的时间准时爆炸。瞬间，那片四维所在的空间变成了一个巨大的旋涡，高温使得深海的温度陡然上升，方圆几十海里内的生物被气化，巨大的力量使得飞行物附近形成了一个巨大高温水柱直接向上喷去，在海面形成了巨大而壮观的海啸。

而核弹的核心部分在飞行物的旁边爆发出的温度更是高达 100 亿度。要知道，这个温度可是太阳核心温度的 1000 倍，足以湮灭任何物质。

没有人看清飞行物去了哪里，它几乎是在瞬间被摧毁的。紧接着，在原来飞行物所处的位置顷刻间发出了巨大的引力波射向天际，并很快突破了木卫二上空的冰层，然后穿过木星，射向宇宙深处。

“引力波！”巴拉科夫说道。

“就像两个黑洞碰撞一样，太伟大了。”看着射向宇宙的引力波，桑帕约有些激动。

与此同时，刘婕在集中营里也看到了巨大的引力波。她没有说话，而是径直回到了自己的屋内，写下了下面这段话。

我们可以探测到几十亿光年外的引力波并确定它的位置，那么当我们在有意或无意中制造了同样的东西的话，除了无知者无畏和一些骄傲之外，再没有其他好处。按照概率和数学逻辑，宇宙中至少存在数以百亿计的文明，我们轻而易举且毫无责任地通过引力波暴露了自己的坐标，是百害而无一利的。等待我们的将是极其可怕的后果，这是最典型的蝴蝶效应，人类或许将成为待宰的羔羊一般。

不过，刘婕的想法要被证实，还需要无数年。对于人类来说，这是漫长的，或许那个时候人类已经学会了逃跑或者应对的方法，但是对于茫茫宇宙来说，这不过是一瞬间，而对于可能已经制造出虫洞的外星科技来说，更是无比短暂的。

桑帕约当然也知道这种事所带来的后果，不过他还是无比兴奋。在他心里，引力波就是一把未知的种子，人类就像是播种的飞机一样，向宇宙中撒下了这些未知的种子，至于是能长出参天大树还是收获美丽的花朵，一切都是未知的，或许只有这些种子生根发芽之后才能知道结果。

木卫二的深海在 4 个月后恢复了之前的模样，除了飞行物和那片不知所以然的四维空间消失了之外，没有任何其他的不同。海水依旧那么冰冷，四周仍然到处是黑暗一片，而那些没有思想的游鱼仍然在尽情地游动着，几个月之前发生的事情似乎和它们无关。没人关心这里发生过什么，几十年、几百年、几万年之后也不会有人知道。

火星基地又恢复了往日的平静，建设、开发、听从、执行，就像胡萝卜人一样。这是一种极其不正常的社会形态，缺乏科学的严谨，没有客观的公正。但是这就是目前唯一的方式，无法改变，也不能改变。

桑帕约的引力波团队在两个月后意外地探测到了地球发射的引力波。这让他大吃一惊，看来这场军备竞赛并不是那么简单的。更让他惊奇的还在后面，他居然再次发现了那未知的引力波。这次，他终于捕获到了它。

“地球发射引力波是通过远火点发射的，我们的接收器无法捕获，更无法解读中间的内容。但是那未知的引力波我们可以捕获到，因为它们就在我们的旁边，我们甚至从它身边飞过。”桑帕约的团队向巴拉科夫报告说。

“在哪里？”巴拉科夫很好奇。

“就是那颗我们毫无兴趣的美杜莎二世！如果没猜错的话，它是一个发射器和接收器，我们可以监测它。”

巴拉科夫不再说话，他静静地看着远方，陷入了沉默。他知道，虽然火星基地几乎带来了地球上最出色的科学家，但是这里没有富尔茨博士，这里的人没有一个拥有他那种天赋，那种坚持不懈的精神。虽然富尔茨已经死了，但或许他的女儿已经长大，那个拥有一双深邃大眼睛的古典美女，巴拉科夫记得她，也只有她能够拥有富尔茨博士的优点。

“玛索应该很大了。”巴拉科夫不经意问起了桑帕约。

“是啊，应该大学毕业了，希望她报考一个表演专业，做一名模特。”桑帕约说。

“为什么？”格拉比问。

“如果她学习天文，那么对我们没有好处。”桑帕约说。

“是这样啊，哈哈，对，您说得对。”格拉比哈哈大笑。

“只希望她能够慢点成长，让伟大来得更晚一些。”巴拉科夫喝了一大口伏特加。

桑帕约发现，巴拉科夫老了，他的鬓角已经开始发白了。

时间是有限的，也是永恒的，只是参照物不同而已，没有什么能躲过时间的摧残。

十一、建造火星舰队

比起地球上信口开河争论不休的政客，火星基地更多的是一言堂，无论对错，都是巴拉科夫一个人说了算。虽然开始的时候，桑帕约也有些权力，但是到了后来，巴拉科夫的性格使他根本听不进别人的规劝，桑帕约对此也无能为力。

巴拉科夫作为一个科学家绝对是合格的，但是作为一个政治家来说，他并不合格。造成这种不合格的原因是多方面的，既有他自身性格的问题，也有当时火星基地的制度缺陷问题，而这种制度缺陷并不是巴拉科夫造成的，更多的是因为当时火星的一种刚性需求。

比如在美杜莎二世这件事上，如果按照桑帕约和其他科学家的想法，在发现它的异常之后立刻采取措施，那么按照火星基地的水平，说不定会比地球人类更早和恩美雅取得联系。但是巴拉科夫却拒绝了，他认为关于美杜莎二世的疑团完全是无稽之谈，直到火星基地的引力波接收系统再次捕获到未知的引力波才引起巴拉科夫的重视，而这已经是三年后的事情了。而此时，地球的“富尔茨号”已经快要飞出太阳系了。

火星基地捕获的第一条带有电文的引力波是恩美雅回复给地球的，当时这个消息震惊了整个地球，但是在火星基地，他们虽然也有些惊讶，但表现出更多的还是无知者无畏。虽然铁一般的事实摆在他们面前，但是他们中很大一部分人却坚信这可能是地球人玩的把戏，并且联名向巴拉科夫上书，要求拒绝理会。但是这次，桑帕约的坚持让巴拉科夫最终选择了科学，他要求立刻开始继续捕获引力波。可惜的是，此时恩美雅人已经进入了漫长的休眠期，他们的努力无功而返。

不过政治制度的不完善并没有让火星基地的科学发展停滞不前，特别是在曲率飞船的制造上，他们的进展比地球更快。在独立的第 10 年，他们就建造成了第一个太空舰队。这个太空舰队共有 200 艘曲率战斗飞船，虽然还是利用氢作为燃料，但是由于采用的是曲率飞行和超能核发动机，所以它们可以在太空不间断航行 1000 年。如果在旅行中遇到可以提供氢燃料的星球，他们还可以随时进行补给。而氢在宇宙中几乎无处不在。这是人类第一支真正意义上的太空舰队，是人类拓展宇宙历史中非常重要的一个事件。

在舰队开始服役之前，巴拉科夫把舰队分成了三个部分。第一部分在火星周边，他们的任务是保护火星基地最基本的安全，不受外星生命的攻击，其实很多人都知道，这个决定只是针对地球的。第二部分是在太阳系边缘的奥尔特云附近，监视火星最外围是否安全。而第三部分的 40 艘飞船则飞出太阳系，奔向其他星系。据说，当时第三舰队出发的时候，火星基地一片载歌载舞，这些打算终生不回归的太空征服者受到了所有人的膜拜，甚至在为他们壮行的那天，巴拉科夫都主动退居二线而让位给了这些即将出发的英雄们。

地球和火星基地先后走出了太阳系。地球人类是信使，他们是去拯救自己的未来；而火星基地是征服者，从某种意义上说他们也是拯救自己的未来。在一切未知的情况下，说不清楚谁的做法更正确。信使带回来的不一定是好消息，征服者也未必会失败。本质都是相同的，那就是人类的眼界已经开阔了，不会只停留在母星中去随意地想象了。不过这些，都还只是开始。

刘婕仍然沉浸在冥想和现实的交错中。她已经习惯了这种生活，对于火星基地做出什么事她都不会感到意外，远航？征服？似乎都与她无关，她的物质世界只有自己所在的十几平方米小屋，但是她的内心却有几千亿光年那么遥远。她并不对征服这件事抱有很大的希望，在她看来，第三舰队不过是一只断了线的风筝，走到哪里，看到什么，遇到什么，发生什么，都是不受控制的，就像人类以前发射的“旅行者号”一样。

数学带给她的震撼远比这些要强烈得多。在数学的世界里，她几乎变成了一个未卜先知的女巫，宇宙此时更像是她手里的一个魔方，每当一个面被整齐地调整成一种颜色时，她都会会心一笑。对于自由，她也没有那么渴望。在她心里，自由并不会得到一切，反而会失去很多东西。

第六章
星际奇遇

一、遗弃的城市

“富尔茨号”出现了震动，这是引力的作用，所有人都知道。没过多久，在探测仪上出现了前方大约1光年外的信息：前方出现气态行星。

“我们进入了一个星系。”金娜对赵志宏说。

“好久没见到大家伙了，兄弟们，准备，精彩不容错过。”赵志宏很兴奋。毕竟，离开那片可怕的坟场之后，他们已经在几乎黑暗的空间中航行了两年的时间，而他们最后一次见到行星，还是在奥尔特云附近。

“富尔茨号”继续前进着，距离这个被他们检测到的气态行星越来越近，舰上的人都在想象着这颗星体是什么样的——是如木星一般美丽，还是如土星一样孤傲？在每个人的想象中，这颗行星出现在了他们的面前。

震撼远远超出了他们的预想，在距离这颗未知的行星还有大概1万个天文单位的时候，他们就已经可以用肉眼看清了。

“我的天哪，它怎么这么大？我觉得它比太阳还大！”安德森惊叫着说。

“它是谁？我们从没有发现过它，我这里没有标记。”导航专家莱曼在导航仪面前似乎有些手忙脚乱。

“幽灵。”金娜轻轻地说。

“在宇宙中，并非所有的行星都是在恒星的引力下公转的，还有一类行星由于自身强大的引力脱离了恒星系统。同时由于宇宙实在太大，它们只能在空旷的宇宙里飘荡，然后遇到下一个足够大的恒星，进行一场引力的搏斗，胜了，继续飘荡，败了，会被纳入星系或者撕碎，我们管这类星体叫作幽灵行星。”金娜兴奋地说道。

“它的引力大到足以吞掉1光年之外的任何东西，幸亏我们坐着这样的飞船，不然一定会被它吃掉的。”金娜继续说道。

“看，这家伙有光环，像土星一样！”安德森喊道。

“应该是一些被撕碎的小行星，不，是很多小行星，还有陨石、彗星，甚至比它小一点的行星。”金娜说道。

随着飞船和幽灵行星的距离越来越近，所有人都看清了，这颗行星的体积几乎遮挡住了整个视线，它大得让所有人感到窒息。但这并不是让人惊讶的理由，因为赵志宏清楚地看到，在这颗巨大行星的旁边，有着一个巨大的人造物体——一个类似于空间站的东西。

“我们遇到了高级文明。”赵志宏冷冷地说。

“那是一个空间站，我们已经进入了被监视的范围。”安德森的表情也很平静。

“我们是否靠近它？”金娜问。

“继续前进，发射无线电波，等待回应。”赵志宏下达了命令。他知道，发射无线电波是此时最好的处理方法，是一种友好中带着一定威慑的方式，用意很明显——我们需要交流。

但是很快，他就失望了，因为发射的无线电波没有得到任何回应。再次发射之后，还是没有得到任何回应，而此时，飞船和空间站的距离已经十分接近了。

“停止。”赵志宏下达了命令。他不打算贸然前进了，因为如果再前进的话，会是非常危险的举动。

“生命探测仪显示，这玩意儿没有生命气息，而且也没有工作的迹象。”金娜汇报着。

“从我们的角度上来说，这玩意儿是死的。”安德森补充道。

“就算是死的，我们也得知道它是什么。”赵志宏终于放下了心。在他看来，在星际旅行中遇到死的肯定比遇到活的要好得多。

“我去吧。”负责机械维修的库福尔站了起来，打算去执行这项任务。

“好的，去吧，安全第一，开启逃生模式。”赵志宏说道。

库福尔驾驶着探测子舰从“富尔茨号”的底部飞出，靠近了空间站。

这是一个巨大的空间站，整整用了半个小时，库福尔才以最快速度围绕着它转了一圈。它大概分为十层，每层之间并没有连接而是悬浮的。如果用更准确的语言来形容，这是一个由十个机械结构组成的整体。但是库福尔很快断定，虽然它仍然悬浮着，但是却已经死了。

在空间站中部的第五层，库福尔看到了一个巨大的门。很显然，这是一个入口。在请示了赵志宏之后，库福尔选择了从入口进入。

空间站的内部再次让库福尔震撼，因为这里并不是一个空间站，而是一个废弃的城市。各种建筑物的残骸在随意地飘零着，一些人工留下的痕迹更是非常明显，而在每一层的顶部都布满了大片的类似太阳能核电池板的东西。不过很显然，它们早已经停止了工作，因为这些残骸全都已经石化，看样子，它们至少已经存在了上百万年。

库福尔从子舰中出来，拿出了一个人工能源测试表。他需要测试一下这里是否存在人工能源，比如电流，可是结果让他失望，测试没有显出他想要的东西。就在他决定返回舱内的时候，测试表不小心掉了下去，然后在空间中飘了起来。

“该死。”库福尔轻轻地嘟囔了一句，返回了舱内。

在这座“城市”里飘荡了一个小时之后，库福尔返航回到了母舰。

“这是一座城市，但被遗弃了。我判断它至少存在上百万年了，那时候，人类还没有出现。”库福尔有些激动地说。

“或许它们灭绝了，也可能是移民了。”金娜说。

“不管怎样，它们应该已经离开很久了，我们没有必要在这里浪费时间。”赵志宏下达了离开的命令。

“富尔茨号”绕过了这座空中城市，进入了行星的轨道，然后继续朝着恩美雅前进。那里，才是他们的终点。

二、第三舰队

火星基地的第三舰队带着使命出发了。他们不像“富尔茨号”那样有着明确的目的地，而是充满着随机性，整个银河系都是他们的目标。他们就像一个拿着火枪的猎人，心情愉悦地行走在原始森林中，寻找着自己的猎物。一切都充满了惊险、未知和刺激，而这场狩猎的终点是哪里？他们自己都不知道。或许把整个森林清理干净才算结束，而这就是他们的价值观——无知者无畏。

在临行的时候，巴拉科夫给予了舰队司令——美国人巴尔顿一个权力：第三舰队不必听从火星基地的命令，完全独立。但是如果发现新的可以征服的星系，必须和火星基地共享。也就是说，第三舰队将在继火星基地之后，成为宇宙中又一个人类的分支。

巴尔顿司令坚毅地看着巴拉科夫，没有说话。他必须这么做，因为星际旅行必须拥有一个强大的领导者，否则将会崩溃。他只是点了点头，然后向巴拉科夫提出了他作为火星人类的最后一个要求——去见刘婕。巴拉科夫点了点头，他没有理由拒绝一个承载整个星球希望的人的最普通的要求。

巴尔顿和刘婕是好朋友，他们的这种友谊在地球上就建立了。来到火星之后，两人除了在工作上交流之外，在生活中也有很多共同的话题。巴尔顿对于刘婕的平静很是欣赏。刘婕被巴拉科夫送到集中营之后，巴尔顿经常去看望她。虽然两人从不聊工作的事，但是巴尔顿知道，刘婕绝不是一个轻易放弃的人，她不可能放弃自己认为是对的东西。这次，他要离开了，并且永远都不会再回来，离开的时候懂得告别，这是一个人有教养的表现，这句话是刘婕告诉他的。

“博士，我来和你告别，请您给我忠告和建议。”巴尔顿很严肃，没有以往的随意。

“没有任何忠告和建议！不过我送你一本书，很枯燥的书。如果你们一直飘荡在外的话，有一天会用到的。”刘婕把《宇宙的语言》的前半部分递给了巴尔顿，这是她在集中营完成的，后半部分还没来得及写。

“博士，我们还会见面吗？”巴尔顿收下书，看着刘婕。

“可以，但前提是你要长寿，我也要长寿！我们一定会再次见面的。”刘婕笑着对巴尔顿说。

“什么时候呢？”巴尔顿问。

“未来，狭义上的未来。”刘婕说。

“好，未来再见，博士，希望你到时候还像今天一样年轻漂亮。”巴尔顿单膝跪地，拉着刘婕的一只手亲吻了一下。

“嗯，再见。见面的时候，我会把书的下半部分给你，不过我觉得，也许你也会写出来的。”刘婕笑着回过头，走回了自己的小屋。

巴尔顿没有说话，转过身离开了，他不需要再多说什么，告别就应该如此简单。

这一别，几乎是永别。

带着火星基地所有的期望和对未知的好奇，舰队驶离了火星。他们分为五个编队，每个编队保持的直线距离为 2 个天文单位，横向距离为1个天文单位到3个天文单位不等，这是一种特殊的编队方式，由于没有规律性，如果遇到攻击，会更容易反击和躲避。同时，编队每40天才能进行一次相互之间的沟通，其他时间必须保持无线电静默，如遇特殊情况除外。舰队的总司令是巴尔顿将军，其他每艘舰上都有舰长，他们相互独立，只对自己的战舰负责。行驶方向为英仙座摇臂，预计到达时间为1200年。舰队成员将在驶出太阳系之后进行休眠，每次休眠时间为5年，之后会注射分子重生的药延缓衰老，这是一种在胡萝卜人身上做实验制造出的细胞重生技术，虽然技术还不太成熟，但是足够维持在宇宙中航行所需的生命。同时，舰队上拥有一个独立的科研小组，负责继续研究所需的技术。

在行驶至冥王星区域时，巴尔顿下令所有舰队掉转方向，朝着火星和地球的方向进行一次最后的告别。从此之后，太阳系将只会存在于他们的记忆中，这里发生的一切都将与他们无关，无论毁灭还是依旧美丽。

告别仪式持续了40分钟。有很多人都哭了，毕竟这里是他们生长的地方，即使是再铁石心肠的人，也会用哭泣表达自己的情绪。人，都是有感情的。

40分钟之后，巴尔顿下令向火星发送最后一次无线电波。电波的内容只有四个字——再见，家园。

然后，他们就掉转方向，朝着茫茫宇宙的深处飞去，不再回头。等待他们的将是未知的未来。

刘婕看着天空，根据她的计算，此时，第三舰队已经飞离了太阳系，永远地告别了。刘婕并不痛苦，她知道虽然技术上并不完全成熟，但是这项工作是必须要做的。如果有可能，自己也会一同前去，她需要用事实来证明自己理论的正确，但是现在，她的全部希望都寄托在了这个舰队身上，寄托在了巴尔顿的身上。想到这里，她笑了，如果她和巴尔顿的约定可以兑现的话，那么未来他一定会把最好的故事讲给自己听。

回到屋里，刘婕又开始了冥想，这已经成了她的习惯。只有冥想才可以让她感觉到自己还是一个人类，否则她会觉得自己是宇宙中的一粒尘埃，渺小得连自己都会忘记。

三、宇宙中的“鬼打墙”

虽然对于这座废弃的空中城市感慨万千，但他们还是选择了离开，继续朝着恩美雅的方向前进，那是他们的目的地，在没有到达之前，他们绝不会被任何其他东西所吸引，也不会做任何无用的停留。

赵志宏曾经无数次地想过他们在这场星际旅行中会遇到什么状况，无论是最好的结果，还是最坏的打算，他都有着应对方案。因为他是领导者，需要对舰上的每一个人负责，这就是他的责任。

离开空中城市，“富尔茨号”再次进入了黑暗之中，他们对于这种旅行已经习惯，黑暗和白昼没有区别，都不会是一片坦途。相比起来，白昼遇到未知，似乎比黑暗更加可怕。

行驶了一周左右，所有人都进入了一个疲劳期，这是星际旅行中最常见的事。就在赵志宏下令飞船即将进入自动行驶模式的时候，状况出现了，飞船再次产生了震动，同时大屏幕上出现了一行字：前方出现气态行星。

“我的天，这可能真的是一个星系。”安德森用带着疲惫的声音说道，不过这次显然没有上次那么激动。

“又是一颗气态行星，说不定我们再往前走会遇到一颗‘超级地球’。”金娜接着说。

“前进吧，不管是什么，我们都得穿过去。”赵志宏放弃了休息，重新坐了起来。

飞船继续前进，随着距离越来越近，他们看到了眼前的这颗巨大行星。

“它们简直是双胞胎，老大，样子几乎一模一样！”金娜喊道。

在他们的正前方，视线的最前方，一颗和他们在一星期之前遇到的行星几乎一模一样的大家伙横在那里。

“难道这是传说中的双子星？”安德森哈哈大笑。

“老大，还是一样，这家伙也没有坐标，又是一颗我们之前没有发现过的行星。”莱曼摊了摊手。

“这个怎么解释？”赵志宏看了一眼金娜，等待着她来定义。

“这个，我想应该也是一颗幽灵行星。你知道的，宇宙太大了，幽灵行星实在太多了。”金娜耸了耸肩。

飞船继续前进，他们需要近距离观测才能确认这是怎样的一颗行星。

“老大，你看！”莱曼指着大屏幕说道。

“这是什么？”赵志宏盯着大屏幕，几乎不相信自己的眼睛。

“如果没猜错的话，这又是一座空中城市，和我们上星期遇到的一样。”莱曼看着赵志宏说道。

赵志宏皱了皱眉头，没有说话。大概一分钟之后，他回过头对库福尔说：“伙计，还得麻烦你去一趟，我想知道这座城市有什么不同。”

“愿意效劳。”库福尔微笑着走进了探测子舰。

库福尔很轻松地飞到了空中城市的附近，由于已经有了经验，他这次直接选择了飞到空中城市的中间，在这里应该有一个入口。

这座空中城市和上一座没有什么区别，结构、高度都差不多，甚至连它们内部石化的太阳能电子设备都几乎一样，丝毫没有新鲜感。库福尔坐在子舰内，进行了生命探测，结果还是不出所料，这里是一座死城，紧接着，库福尔从五层的内部朝下飞去进入了四层。

库福尔来到了位于四层西北角的地方，这里是城市的边缘。墙上悬浮着大量的石化器械，库福尔从子舰内飘了出来，靠近了这些器械。

他用手轻轻地抚摸着这些不知存在了多少年的器械，心中感慨万千。一座城市、两座城市，或许还会有第三座、第四座，这里的文明曾经该有多么繁华啊，可如今却变成这样。库福尔轻轻地摇了摇头，准备返舱，可就在这个时候，他的目光被一件东西吸引了，待仔细看过之后，他目瞪口呆。

因为在大概 5 米外的边缘墙壁的缝隙中，一个能源测试表卡在那里，而这个表正是之前他掉在上一个空中城市的。

“怎么回事？”库福尔立刻飘到缝隙处，把能源测试表拿到手里仔细看着。没错，这个表就是他的！

“我们在转圈！”库福尔吼了一句，拿着仪表回到了舱内，并且立刻返航回到了母舰。此时母舰内的人正在等待着他。

“怎么样，库福尔，有什么不同吗？”赵志宏问。

“这个嘛，我不知道该怎么回答你。”库福尔想了想说道。

“什么意思？”安德森问。

“我想如果我的判断没错的话，我们似乎遇到了麻烦。”库福尔看着赵志宏说道。

“什么麻烦？你看到了什么？”赵志宏连忙问道。

“我看到了这个。”库福尔拿出了失而复得的仪表。

“我现在一点都没有失而复得的喜悦，我脑袋里全是问号，我们好像在转圈。”库福尔看着所有人说道。

“不可能，导航仪显示，我们一直都在前进。”莱曼看着导航系统说道，对于这点，他非常自信。

“可事实上我们又回到了这里，这不是双子星，而是我们一星期之前遇到的那个家伙。”库福尔激动地说。

所有人都不相信库福尔的话，但是所有人都必须接受这个事实。因为库福尔没有说假话，他们又回到了原地。

“我想，我们可能遇到了鬼打墙。”金娜轻轻地说道。

“怎么解释？”库福尔问。

“宇宙空间并非平坦的，如果把空间比作轨道的话，那么这条轨道是充满曲率的，而且毫无规则，这就是我们制造曲率飞船的原因。但是曲率在这种不规则的形态下也会形成规则，比如曲率可以形成一个空间上的循环，从理论上讲，这种循环在某种物理环境下是无限的。我想我们就是进入了这种循环的空间中。说白了，我们的运气不错，这种概率非常低。”金娜倒是保持着乐观，她笑眯眯地对所有人说。

“如果是这样，那么我们朝着和前方垂直的方向飞行，在航行到相同的距离时再次掉转方向，是否可以走出去？”安德森问。

“不知道，试试看吧，我们总不能在这一个地方瞎转。但在三维空间的理论上来说，是可以的。”金娜还是笑眯眯的。

“掉转方向，90度，直行，飞行距离，1万个天文单位。”赵志宏命令道。

四、宇宙旋涡

飞出太阳系后，巴尔顿就下令大部分人进行休眠。毕竟星际旅行的漫长是难以想象的，而他自己则选择了观测，同时他还有另外一件事要做，就是阅读刘婕的《宇宙的语言》。他需要在最短的时间内，从刘婕的书中找到一些宇宙的奥秘。

其实巴尔顿是一个在科研方面很有天赋的人，他曾经作为富尔茨博士的助手工作了五年，后来还跟着费尔曼研究天体。到了火星之后，他虽然不属于巴拉科夫的核心团队成员，但是却直接负责一个项目——黑洞研究。因为人类通过计算，得出了一个结论，当速度超越光速时，会从黑洞的巨大引力中逃脱。但是终究是理论，别说超越光速，至今为止，人类还没有亲眼看到过黑洞，所以理论终究还是理论，无法在现实中实现。

飞出太阳系之后的1年，巴尔顿都是在读书中度过的。对于刘婕的著作，他越来越感觉到惊奇。如果把宇宙比作一个舞台的话，那么刘婕就是一个伟大的魔术师，在尽情施展技艺的同时，还会揭开谜底，让观众看得精彩的同时还会恍然大悟。当然了，这些都还是刘婕提出的设想。但巴尔顿相信，这些设想一定会一一被发现。

比如刘婕根据万有引力定律延伸出了空间同位论。她认为世间所有的物质都存在于空间中，包括反物质和时间。但是它们是来自不同维度的物质，低维度看不到高维度的物质，所以如果在高维度中存在生命，那么它们的起点就要高于低维度的生命，所以发展起来就会更快。因此刘婕推断出，在五维空间中，至少还存在一种未知的构成因素，就是平行概念。也就是说，在广义的物质世界中，是存在完全相同的物质的，而平行空间的数量取决于更高维度的运行速度，速度越快，平行空间的数量越多，要想揭开这些理论的秘密，就需要找到在不同维度之间的穿梭方法。但这是危险的，人类至今没有找到高级文明的根本原因可能根本不是因为宇宙太大，而是因为所在的维度不同。而这又恰恰证明了宇宙生存法则的第一条——在同一维度下，只有最先进的文明才能生存，而不同维度之间的生命是互不干涉的。

刘婕还对黑洞提出了不同的见解。她根据黑洞的质量和密度，计算出了黑洞在理论上可以是超越光速或者完全静止的两种概念。而当它处于静止状态的情况下，那么当它吸收的物质速度快于光速时，物质就可以穿越它的内核，来到它的另外一边，而另外一边很可能就是更高维度的空间。如果可以撕碎黑洞的外壳，那么就可以直接面对黑洞的内核，也就是说打开了维度之间的大门。同时刘婕还计算出，黑洞并不都是那么巨大的，它很可能会小得让人惊讶，甚至在宇宙中无处不在。

就在巴尔顿沉浸在刘婕的书中不亦乐乎的时候，在舰队飞出两个太阳系远的时候，他们遇到了奇观。舰队的引力波反射系统通过紫外线数据得知，在前方约 2 光年的地方出现了引力波，但引力波的强度却很小，或者说是正在逐渐减弱。巴尔顿立刻下令全速前进，对这组引力波进行近距离接收。

第三舰队全速前进，终于在四个月后，他们接收到了这组已经探测到的引力波，伴随着引力波的还有他们从来没有见过的东西——宇宙旋涡。

这是一种在真空状态下的类似于气泡的物质，大小不均，它们的速度比引力波慢很多，但是却多得几乎数不清。这是什么？没人可以定义，但是经过粒子测试，舰队上的科研小组得出一个震惊的结论，这些“气泡”的速度、质量和密度同黑洞是一样的。

“难道黑洞被撕碎了？”巴尔顿几乎不敢相信。

“这个不能肯定，但是它们很像。”科研小组的组长霍利尔对巴尔顿说。

“假设是黑洞，有什么疑问吗？”巴尔顿问。

“假设这种理论正确，那么我的疑问是什么力量可以撕碎它。”霍利尔看着巴尔顿一字一顿地说。

“魔鬼的力量，也或者是其他地方的力量。”巴尔顿轻轻地说。

“那太可怕了，不过我还有个消息要告诉你，它们发生破碎的时间大约是在 600 万年前，因为可以测试到碳元素。”霍利尔微笑着说。

“600 万年前！哦！是这样。”巴尔顿自言自语道。

舰队继续前进。越靠近引力波的发射源，这种“气泡”就越多。但是它们正在逐渐消失，不是爆炸，而是逐渐变小，同时引力波也变得越来越弱。

“可能是时间太久了的缘故。”霍利尔说道。

“可惜我们看不到，它们太远了——2 光年。”巴尔顿无奈地说。

“没关系，如果真是您说的那样，那么我们一定还会遇到的。”霍利尔淡淡地说。

舰队继续前进着，朝着他们既定的方向——英仙座摇臂前进，路上遇到的一切都无法阻止他们。这，是他们遇到的第一个奇观。当然这个时候，他们还并不知道这些黑洞碎片对他们意味着什么，恍然大悟需要在真相完全被揭开之后才可以出现。而现在，他们什么都不知道，仍然属于无知者无畏的境界。

五、谁留下的地图

“富尔茨号”把方向掉转了 90 度，朝着气态行星的左侧进行飞行。按照莫比乌斯环理论，这样做可以在它的曲面上横向移动，从而到达圈的临界点，然后脱离。但是现在，他们这么做并不单单是脱离这里，而是要证明自己真的处在一个莫比乌斯环内。如果得到证实，那么这几乎可以解开一个宇宙中巨大的秘密——空间的纽带。

当然了，这种实验本身有很大的不确定性。因为宇宙实在太浩瀚，任何人都不能保证这个假设的莫比乌斯环的宽度一定小于它曲面的长度，如果宽度达到一个人类无法企及的数字，那么他们要想飞出这里，基本上就是不可能的，但是如果它的宽度小于曲面的长度，那么他们一定会在七个地球日之内飞离这里。所有人都没有信心，他们不知道这次偏离既定目标的飞行到底需要多久。

“大家做好准备，就当作我们到达纽约之前先去一趟伦敦。”赵志宏安慰着大伙，其实他知道，这种安慰的效果是有限的。

飞船继续前进着。不同于之前的航行，现在他们没有既定的目标和航线，他们要做的是找到那个可以走出去的点，而这需要很大的运气。

一天，一片黑暗。

两天，一片黑暗。

三天、四天、五天、六天，还是黑暗，如果不是飞船外部偶尔有陨石出现，他们会认为这种黑暗会永恒下去。

除了赵志宏之外，所有人都表现出一种从没有过的失望。他们是一群对于生死看得很淡的人，但是他们不想这么不明不白地留在这里。作为星际旅行者，这是最痛苦的。而赵志宏作为领导者，不能表露出一丝绝望，他是军人，无论什么时候，他都必须保持坚毅。

在第七天的时候，他们的飞船发出了震动。对于所有人来说，这就如同在黑暗中见到一丝微弱的亮光，因为他们知道，震动意味着前方一定会出现带有引力的巨大物质，不管是什么，他们都称之为曙光。

“老大，我们又回到了那个点——那个大家伙的身边，它好像很喜欢我们，不想我们离开。”安德森看着赵志宏说道。

此刻他们的正前方再次出现了那颗幽灵行星。

“我现在可以确定，我们处在一个立体的莫比乌斯环内。”金娜看着赵志宏说道。

“有没有逃离的理论支持？”赵志宏问。

“这个……让我想想。”金娜靠在座椅上，不再说话。赵志宏知道，他们可能无法离开了。

“我们是怎么进来的？”安德森不经意的一个问题让所有人从疑惑中回到了现实。

“我想可能是巧合，毕竟上帝的大门不是随时都打开的。”金娜随意地回答道。

“老大，我再去那座城市里看看，也许会有新的发现。”库福尔说。

“还是别去了，现在我们应该待在一起。”赵志宏看着库福尔说。

“让我去吧，你知道的，我从小就想当英雄，或许这次就成功了呢？”库福尔一边说一边做着准备。

“好吧，我们等你回来。”赵志宏同意了库福尔的请求，他实在没办法，只能这么试一试了。

库福尔钻进子舰飞出了“富尔茨号”，这已经是他第三次飞到那座太空城市里了。但这次，他的心情完全不一样，比起前两次的好奇，这次则充满了无奈，他多希望能带回一些让所有人都高兴的结果啊。

子舰从太空城市的入口飞到了内部，库福尔仔细地寻找着任何对他来说有价值的线索。从第一层到第十层，他不错过每一个细节、每一处边缘，甚至连缝隙都仔细查看，但是结果是让人失望的。这些存在了上百万年的机械和遗迹早已经石化。

库福尔有些绝望，他把子舰悬浮在空中，呆呆地望着这个巨大的城市，陷入了沉思：真的一点线索都没有吗？他靠在座椅上，抬起了头，这是他的一个习惯性动作。突然，库福尔一个激灵，坐了起来，他看到在这座城市的顶部，似乎有些图画一般的东西。

“该死。”库福尔立刻升空，对顶部的图画进行了扫描。很快，这些图画显示在了屏幕上。

“这是地图！”库福尔发出一声尖叫，然后立刻把地图传回母舰。

“太精确了！”莱曼看着这幅已经不知存在了多少年的地图，兴奋地说道。

地图上非常清晰地标明了这颗巨大气态行星所处的位置，这是一个巨大的莫比乌斯环式的空间，在行星的左下角则是这座空中城市，而在行星的光环内部，则标有一个带有星号的小点儿，除此之外，其他位置都空空如也。

“要么是出口，要么是陷阱。”金娜看着赵志宏说道。

“即使是陷阱，我们也不能拒绝，对吗？”赵志宏看着所有人说道。

“莱曼，寻找这个点的坐标，我们前进。”赵志宏下达了命令。

“确定坐标，改为引力推动，准备进入行星引力范围。”莱曼回复道。

“富尔茨号”就像是一个在沙漠中即将死去的人看到绿洲一样，毫不犹豫地奔向了行星的方向。从远处望去，就像是一只飞蛾扑向烈火一般。

六、叛逃的“查尔斯号”

第三舰队的第五编队位于舰队的后方，在第五编队中，拥有一艘叫作“查尔斯号”的轻型太空舰，舰长叫查尔斯，来自英国。

查尔斯曾经在火星基地进行宇宙航线方面的研究。他是在休眠状态下被桑帕约带到火星基地的，醒来之后，查尔斯表现出了强烈的不满。但事已至此，再无回头路，查尔斯也就留在了火星，但是他对于巴拉科夫却从来没有产生过好感。也正因为如此，他对于大多数火星政策带有抵制情绪，不过这次，他却选择自愿加入第三舰队。桑帕约知道，这是他打算离开火星的一种举动。但因为在没有告知的情况下把查尔斯带到了火星，桑帕约总觉得心中有愧，于是，很快就批准了查尔斯作为第三舰队中的一名舰长。

查尔斯没有像其他人那样充满离别的痛苦，反而有一丝兴奋。对于他来说，离开意味着重生。他认为，火星基地这样的政治氛围早晚会出现坍塌，而现在的所有人都会是罪人，离开或许是唯一可以逃离这种困境的办法。

由于第三舰队的每艘飞船都拥有绝对的自主权，所以相对于整个舰队，每艘飞船其实才是一个独立的家庭，而查尔斯作为家长必须要为所有人负责。

他讨厌巴拉科夫的独裁，崇尚民主自由的田园时代。所以在飞船上，他虽然拥有舰长的权力，但是却尽量做到最大化的民主。他让成员们除了工作之外，自行管理飞船上的生活，而不是听从他的命令，因此舰上的每一个人都很喜欢他，他们亲切地称他为查尔斯王子。

这种长时间的旅行除了身体上的痛苦，其实更多的是心理上的波动，每个人面对的不单单是无限的黑暗，更多的是无以言表的孤独和寂寞。有的时候，会有人莫名其妙地哭泣；也有的时候，有人会出现自杀倾向，而这都不是查尔斯可以控制的。他经常作为一个长者来安慰这些年轻人，因为他知道，如果负面情绪蔓延，那么后果将是不堪设想的。

其实不单是“查尔斯号”，每艘飞船上都有相同的气氛。只不过其他飞船上缺乏这种民主，高压政策把大家的情绪打压了下去，没有人敢明目张胆地愤怒，他们必须表现出高兴的样子来证明自己对舰队充满了热爱。

对于巴尔顿，查尔斯也没什么太多的感觉，他们之间除了工作，几乎没有共同语言。巴尔顿不喜欢查尔斯，查尔斯也不喜欢巴尔顿。

经过破碎的黑洞之后，“查尔斯号”上有一名成员可能是受够了长时间的旅行，在毫无征兆的情况下崩溃了。他冲向驾驶舱，疯狂地砸烂了驾驶舱的仪表盘，并打伤了两名操作员，但很快被控制住了。查尔斯并没有责备这名成员，而是给他打了镇静剂，并呼叫维修舰来对本舰进行维修。没过多久，处于第二方阵的维修人员就来到了“查尔斯号”，令人意外的是巴尔顿也跟着一起来了。原来，巴尔顿此时正在进行一年一次的视察。

巴尔顿冷冷地进入了“查尔斯号”，向全体成员问好，最后他的目光停留在了查尔斯的脸上。

“你好，舰长。”

“你好，司令。”

两人的问候极其简短。

“为什么会发生这种事情？”巴尔顿冷冷地问。

“我的船员崩溃了，他需要发泄。”查尔斯也冷冷地回答。

“为什么崩溃？”“因为旅行艰难。”“别的飞船为什么没有？”“那是他们的事，与我无关。”

两人的对话充满了火药味。

“处死他。”巴尔顿看着查尔斯说道。

“他是我的船员，我选择不。”查尔斯回答道。

“这是舰队法律，任何人都必须遵守，你知道的，舰长。”巴尔顿仍然看着查尔斯，脸上的表情更加严肃。

“我做不到。”查尔斯的脸上有了一丝慌张。他知道，法律就是法律，不会因为任何人而改变。

“作为舰队总司令，我有权这么做。如果法律没有执行力，那么舰队将会毁灭。”巴尔顿的话没有半点商量的余地。

“是。”查尔斯不说话了，他扭过头。

“给利米注射药物，安葬，然后送入太空。”查尔斯对舰上的执行者说。

两名执行者看着查尔斯，没有说话。之后他们来到了还在沉睡中的利米身边，用颤抖的双手为他注射了药物。很快，利米就在睡梦中停止了呼吸。

“下不为例。”巴尔顿离开了“查尔斯号”。

突然，查尔斯在毫无征兆的情况下哭了，像个孩子一样，然后他蹲了下来。所有人都不说话，看着哭泣的查尔斯，不敢上前，任由查尔斯悲伤地哭泣着。

许久，查尔斯站了起来，摘下帽子，对着太空敬了一个礼，然后回到了自己的休息舱。他需要休息，否则他会疯掉。他实在无法想象在舰队里会发生这种近乎疯狂的事情，也无法想象一个将军会对一个士兵施行如此残酷的刑罚。

舰上的成员也都回到了各自的休息舱。他们明白，查尔斯无能为力，这里将在很长时间内失去快乐。

一天之后，当舰队继续在黑暗中前进的时候，查尔斯宣布除了五名机械师和操作员之外，其他人员进入休眠状态。这是一种常规的休眠，目的是保存生命指数。待他们进入休眠后，查尔斯叫住了没有休眠的五个人，做了他成为舰长以来的第一次“独裁”讲话。

“在 10 分钟之后，掉转方向，朝大犬座方向全速前进。不要回头，否则我们会被杀死！”查尔斯几乎是喊着说话的。

“舰长，这是叛逃。”机械师哈克提醒查尔斯。

“不，这是独立，如果你不愿意可以留下。”查尔斯仍然疯狂地喊着。

“不，无论怎样，我会跟着您走。”机械师看了查尔斯一眼，立刻放慢了速度，让飞船进入了缓冲模式。

“我们必须去寻找自己的出路，否则我们会被同类杀死。”查尔斯长叹了一口气。

10 分钟之后，“查尔斯号”突然掉转了方向，以最高速度向着大犬座方向飞去，并且再也没有回头。虽然巴尔顿知道后下令两艘带有核弹的飞船进行了追击，但是在追出一个天文单位之后，他们放弃了，因为“查尔斯号”已经消失得无影无踪。

“我们的未来在哪里？”操作师问道。

“大犬座，那是一个星系，或许会有我们的生存空间。”查尔斯看了一下导航图，低沉地说。

孤独的“查尔斯号”像一支羽毛一样，孤零零地飘在宇宙间。没人知道他们来自哪里，包括他们自己。

七、冲出迷雾

行星巨大的引力让“富尔茨号”剧烈地震动着，但这并不能阻止他们。那幅地图或许不是一个逃生指南，而更像是一个死亡陷阱。但是即使知道面临死亡，他们也会义无反顾地冲上去，因为死亡在某些特定的时候意味着重生。

地图上标明的那个点位于巨行星光环内侧北半球方向。“富尔茨号”选择了顺时针方向多环绕半圈进入，因为这样他们能够更节省燃料，同时也更安全。经过了 4 天左右的飞行，他们终于到达了这个点所在的位置。但是，他们失望了，这里和其他地方没有区别。

“我们被骗了。”金娜看着赵志宏。

“不，没有，老大你看！”库福尔指着光环说。

所有人都把目光投向了光环。他们看见，在巨行星的光环内，有一个巨大的类似洞穴的东西飘浮在那里，而当他们处在光环外的时候，是无法看到的。

“这算时空隧道吗？”金娜问库福尔。

“这个我不知道，但这可能是我们的机会。”库福尔紧紧地盯着那个隧道。

赵志宏并没有贸然下命令，他不可能拿所有人的生命做赌注，他需要考虑这么做的代价。

“我先去。”库福尔再次站了出来，目光坚定。

赵志宏没有回答，只是看着库福尔，许久之后，他才点了点头，说道：“注意安全，孩子。另外，谢谢。”

库福尔也笑了笑，一一和大家击掌，但是当轮到金娜的时候，金娜却拒绝了，她笑着说：“就好像不回来了一样，你这个家伙，快去吧，我们还等着你呢。”说完，金娜居然扭过头呜呜地哭了起来。

“别担心，傻姑娘，我回来带礼物给你。”库福尔笑着钻进了探测器。

所有人都在舰内看着库福尔驾驶的探测器钻进了那个隧道，消失得无影无踪。

库福尔只感觉到面前一片黑暗，他开启了探测器的最大速度——达到了第四宇宙速度，足以逃逸太阳的引力。大约过了 30 秒，库福尔发现，在他的面前，是一片迷雾。

“我出来了吗？”库福尔立刻掉转方向。他看到，在自己的身后是一个同样的隧道入口，但是他没有返航，而是朝前驶去，因为他并不确定究竟有没有走出那个莫比乌斯环。

库福尔进入了迷雾，大约 30 秒后，他冲出了迷雾。在他的前方很远处，是一片看不到尽头的陨石带。

“我的天，那是哪里？”库福尔立刻掉转了方向。虽然他并不知道前方是什么地方，但是他肯定，他已经冲出了那个幽灵行星的控制，可以返航了。

赵志宏他们还在焦急地等待着，此时他们最关心的并不是能否走出这里，而是库福尔是否安全。没有人害怕，但都无比紧张。没有人恐惧，但都瞪大双眼，目不转睛地盯着那个隧道入口。

终于，他们看到探测器从里面飞了出来。库福尔没有返回母舰，而是绕了一个圈再次回到了隧道。所有人都明白，这是库福尔胜利的信号，几乎毫不犹豫，“富尔茨号”跟着探测器钻进了隧道。

穿过迷雾之后，库福尔返回了“富尔茨号”。当他脱下宇航服的时候，所有人都再次过来和他击掌，包括金娜。

“该死的，你让我们担心死了。”金娜笑着说。

“我也以为我不会回来了。”库福尔哈哈大笑。

“你真是我们的英雄。”安德森也大笑着。

几乎每个人脸上都洋溢着胜利的喜悦，没有比这更让人高兴的事了。

“我们到哪儿了？”赵志宏笑着问。

“老大，我很奇怪，我们虽然逃离了，但是导航还显示我们仍然处在刚才的位置，只是前方出现了陨石带，是一条无比巨大的陨石带，而刚才没有，或许那一切都是幻觉。”莱曼看着赵志宏，摊了摊手说道。

“总比看到那个大家伙强，我都已经有视觉疲劳了。过了陨石带，我们就休眠。这段时间大家都太累了。”赵志宏伸了个懒腰说道。

“我们可能只是进了一个口袋，但这个口袋并不是自然的，而是一个人工的，或者说我们闯进了别人的家。”金娜说。

“不管是谁的家，现在我们出来了，我可不乐意再去做客了。”赵志宏心有余悸地说。

飞船在笑声中进入了陨石带。

“我的天，这可真壮观。”看着无穷无尽的陨石带，金娜激动地喊道。

“还好他们都是小家伙，如果再大点，担心的就该是我们了。”安德森说道。

“这些家伙大概有两个天文单位那么长。它们是怎么聚集在这里的？”莱曼自言自语道。

“因为这里不一样，那片迷雾或许就是原因。”一直不说话的空间专家莱特说道。

“那片迷雾可能曾经是一个巨大的星体，但是由于幽灵行星的巨大引力被撕碎，而因为那个隧道的存在，在低温中，它保留了那些看起来像迷雾的气体。你们难道没有注意到，那颗幽灵行星的光环内，陨石和这里很相似吗？”莱特慢条斯理地说道。

“可是那隧道是什么？”金娜问。

“就像母体的脐带，是外部和子宫的纽带，我想这么解释是合理的。但是它是怎么形成的，我不知道。还有那座城市是谁留下的，我也不知道。可能是那儿的主人，也可能是和我们一样的星际旅行者。”莱特没有看任何人，轻轻地说道。

“太好了，我们飞出来了！”库福尔的一声高呼，让所有人都朝前望去。在他们的正前方，是一片曾经让他们无比厌恶的黑暗，但是此刻，他们却充满了喜悦。因为比起那将近一个月的周而复始，他们更喜欢一直黑暗下去。

八、恐怖的物理打击

“查尔斯号”的叛逃使得整个第三舰队在一种非常奇怪的气氛中继续前进，巴尔顿的愤怒几乎达到了顶点。他不是家长，所以他不需要孩子，而是需要听命于他的手下。为此，他开始了舰队的清理工作。那些意志不够坚定，有负面情绪的人都逃不过他的制裁。虽然很多人反对他的这种做法，但是却并不敢提出意见，因为提出反对意见很可能会被划分到敌对阵营当中，而巴尔顿手中拥有整个舰队自爆的核按钮密码，这个密码只掌握在他一个人的手里，是巴拉科夫亲自交给他的。

其实巴尔顿并不是巴拉科夫那样的独裁者，从某种意义上来说，他还是一个民主自由的崇尚者。但是如今舰队所处的环境让他不能选择民主，因为在黑暗的宇宙中，几乎随时随地都可能遇到高级文明的威胁，而只有铁腕手段才可以指挥舰队做抵抗，民主自由不行。

但是除了巴尔顿之外，其他人并不知道这个法则。他们私下里认为巴尔顿是一个浑身充满暴力细胞的恶棍。不过在表面，他们还是一副毕恭毕敬的样子。

其实巴尔顿自己也几乎到了崩溃的边缘，支撑他继续下去的信念就是揭开宇宙真正的秘密，这需要大量的事实来论证，而非要揭开宇宙秘密的原因是因为人类必须离开地球。这是临行的时候，刘婕亲口告诉他的。因为太阳系的坐标已经暴露，在宇宙法则下，人类在地球生存下去的概率为零。

没有人明白他的用意，这或许比黑暗更让人沮丧。平心而论，巴尔顿可以算是一个好人，他为了全人类的生存离开家园，牺牲自己的一生，孤独而寂寞地探寻宇宙。这本身就是一项应该被歌颂的伟大事业，但是他绝对不是一个好的领导者。

“查尔斯号”的离开只是这场独裁者自掘坟墓的开始，一切就像多米诺骨牌一样，直到最后全部倒下，而触碰这第一张牌的就是巴尔顿本人。

随着距离黑洞源越来越近，那些“气泡”开始变得越来越多，数据分析小组也越来越忙碌，他们无法辨别出这到底是什么东西。

“我们需要近距离的观测。”霍利尔说道。

“我知道，黑洞的可能性有多大？”巴尔顿问。

“开始的时候可能性非常大，但是现在基本已经排除了，因为如果是黑洞碰撞的话，那么力量不会这么小，即使是600万年前的事情。”霍利尔回答。

“你猜会是什么？”巴尔顿问。

“也许是两颗微型恒星或是巨行星。”霍利尔说。

“和我的想法差不多，不过还是不太一样。从数学的角度上来说，大于木星的星体碰撞后，它们多余的质量都可能形成引力波。但是我有一个疑问，这些破碎的‘气泡’如果是黑洞碰撞的结果，那么它只能以引力波的形式喷发，相反则不会，所以我并不认可是星体碰撞造成的这种情形……”巴尔顿慢慢地说。

“你的意思是……”霍利尔似乎并不知道巴尔顿要表达的意思。

“我的意思是没有两颗星体发生碰撞！而是只有一颗。”巴尔顿还是轻轻地说。

“我明白了，你的意思是一颗星体受到了外力的冲击，而不是两颗碰撞？”霍利尔惊讶地说。

“对。”巴尔顿斩钉截铁地说。

“哪里来的外力？”霍利尔激动地问。

“地狱！”巴尔顿笑着说完就走开了，只留下呆立在原地的霍利尔。

“如果那样，我们就危险了是吗？”许久，霍利尔才问出了一句话。

“别担心，你忘了已经600万年了，他们早就已经离开了。”巴尔顿轻轻地回答。

“对不起，我忘了。”霍利尔擦了擦汗说。

“不过时间只是一个概念，或许只是我们想象的东西。也许那个打击者还在原地等待着我们。”巴尔顿哈哈大笑。

“为什么笑，这很好笑吗？”霍利尔不知道巴尔顿为什么会笑得这么开心。

“无知者无畏！”巴尔顿收起了笑容，变得非常严肃。

“对，我又忘了，我们是征服者，不会畏惧这些的。”霍利尔轻轻地回答。

“传达命令，舰队保持队形。做个勇敢的人，而不是逃跑的懦夫！”巴尔顿的眼睛里似乎喷出了怒火。

舰队继续前进着，他们距离那未知的引力波发射源已经越来越近了，即将看到真相。

九、诺母的信号

冲出迷雾的“富尔茨号”像是一匹脱了缰的野马一样，毫无顾忌地奔驰在黑暗的宇宙中。对于他们来说，这样的感觉已经好久没有过了，一种从没有过的轻松此刻正伴随着他们。

根据导航图显示，如果他们没有遇到意外的话，那么距离恩美雅的距离已经非常近了，到达的日子已经可以倒数了。赵志宏回过头，看了看他们身后的路，感慨万千。

从离开地球的那天开始，他们居然已经航行了这么远，这是一个难以想象的距离。他们遇到了坟场，遇到了神秘的莫比乌斯环，遇到了拯救他们的隧道，这些都将是他们星际旅行的见证。每个人都曾经吃惊、恐惧、欢喜、无奈过，但这一切都是值得的。无论他们走到哪里，他们终究是地球的血脉，在这个浩瀚而无情的宇宙中成长、生存、繁衍和传承。看着这些最可爱的人，赵志宏感觉自己很幸福。

黑暗中仍然看不到曙光，大部分人都在休眠。其实对于这些人来说，休眠是一件可有可无的事，因为无论是休眠之前，还是休眠之后，他们看到的都是黑暗，等待他们的都是那些距离恩美雅还有多少距离的冰冷数字。在离开巨大行星之后，这就是他们千篇一律的生活。

黑暗给人的惊喜永远都要大于白昼。就在“富尔茨号”上的船员进入休眠的第四个月，舰上的无线电接收器突然收到了一组来自距离他们 500 个天文单位外的无线电信号。而且很明显的是，这组信号和地球上的求救信号极其相似。

“确定信号发出的时间。”赵志宏的精神再一次进入了高度紧张中。他就像一只在草原上进食的瞪羚，任何风吹草动都会让它产生很大的反应。

半个小时后，信号的发出时间得到确定，这组信号来自不久前。

赵志宏唤醒了佩尔森和川口，现在需要他们提前于母舰前去发出求救信号的位置进行探测。

“我以为我们已经到恩美雅了。”川口笑着说。

“老大怕我们错过精彩的部分。”佩尔森也笑着。

“你们两个家伙，只会谈笑风生。快去吧，记住，如果遇到未知的东西，不要轻举妄动。还有，记得第一时间反馈。”赵志宏也笑着说道。

“探测号”以最快的速度奔向信号源，而母舰则放慢了速度。他们需要保证大部分在休眠状态下的人的安全。

川口和佩尔森在距离测试出的信号源位置约一个天文单位的地方停住了。现在他们需要用非常慢的速度来靠近这个未知的家伙。

很快，“探测号”上的屏幕显示出了信号源的具体位置。当然了，一个天文单位外是无法看到它的样子的。

“探测号”继续朝着信号源靠近。终于，他们看到了信号源，但是却失望了，这里什么都没有。

“难道是宇宙自己发出的求救信号？”佩尔森看着川口。

“不可能啊，无线电现在还在发射，可我什么也看不到。”川口仔细地看着前方。除了黑暗，没有任何可以称得上物质的东西。

“请求确定信号内容，我们什么都没看到。”佩尔森向母舰发出了信号。

“收到，正在破译。”“富尔茨号”发出了回应。

“我觉得我们遇到的事和地球上遇到的灵异事件差不多。”川口靠在座椅上对佩尔森说。

“比灵异事件有意思多了。这些没有编造的痕迹，都是我们亲眼看到的。如果将来回到地球，我一定会写一本宇宙见闻，肯定会是畅销书。”佩尔森看着川口笑着说。

“飞船上很多人都打算写呢，我看你成为畅销作家的希望不大。”川口也笑着说。

“我也只是说说。如果能回去的话，我就申请退休，过那种特别无趣的日子，种花、养鱼、看球赛、喝啤酒，现在这样真的很累。”佩尔森收起笑容说道。

“我和你有一样的想法，我似乎对任何东西都失去兴趣了。我有时候希望在休眠中被袭击，然后灰飞烟灭。”川口伸了个懒腰躺在了放低的座椅上。

半小时后，他们收到了母舰发来的破译后的无线电信号：

> 我是诺母，来自恩美雅，我请求收到信号的文明立刻前往恩美雅，那里是宇宙的轴心。我们需要你们。我们的宇宙将会坍塌，我们将永远被困在这里。我在很安全的地方，请立刻前往。

“诺母？”川口瞪着眼睛。

“是什么？”佩尔森也一样。

与此同时，母舰上的赵志宏也发出了同样的疑问。

“诺母应该是恩美雅上逃出来的领袖或者是幸存者之类的生物。”金娜歪着头看着赵志宏。

“他在哪儿？”赵志宏看着金娜问道。

“安全的地方，我们找不到他的。而且，老大，我敢肯定，虽然我们收到的信号是在不久之前，但是我相信它发出信号的时间是很早以前了。”金娜说。

“为什么？”赵志宏仍然是一脸迷茫。

“很简单啊，求救信号没有明确指明收信人，而且时间只是一个概念化的东西，可能只是我们自己的想象而已。”金娜看着赵志宏淡淡地说。

“如果我的预测没错的话，我们还会收到其他信号的。”金娜咬了一口苹果，随意地说。

金娜的苹果还没有咽下，无线电接收系统又收到了第二条信号：

继续前进，距离已经很近了，不要寻找我，我在安全的地方。

“这该死的诺母，是在耍我们吗？”赵志宏骂道。

“我想他不出来是有理由的，虽然我还想不到是什么理由。不过老大，我想我们应该继续前进了，诺母似乎没有什么恶意。”金娜又咬了一口苹果。

“好吧，我觉得你够资格当舰长了。”赵志宏拍了一下金娜的头，笑着说。

“我？不，我才不乐意干这么无聊的工作。”金娜扭过头大口地咬着苹果。

十、星系残骸

虽然脑海里已经无数次想象会见到的画面，但是当他们到达引力波发射源的时候，还是再一次被震撼了。

在舰队的正前方，一个巨大的黑色球体矗立在那里，它的体积几乎比火星还大，此刻正在源源不断地喷射出“气泡”。

“这是什么？”霍利尔呆呆地看着问。

“如果我没猜错的话，这是一颗白矮星性质的星体。”巴尔顿回答道，此刻他的表情也显得不可思议。

“老年恒星？”有人问。

“可以这么理解，但是我对它的演化过程持保留意见。”巴尔顿说。

“前方星体温度显示为零下 50 摄氏度，无热量散发。”舰船上的仪器显示。

“我没说错吧，如果是白矮星，那么它的温度应该在 10 的 4 次方吧。”巴尔顿轻轻地说。

“那它就不是白矮星，是未知的星体。”霍利尔接着巴尔顿的话说。

“还有一种可能性，就是它遇到了什么，然后变成这样。”巴尔顿仍然轻轻地回答。

这颗寒冷的散发着“气泡”的星体飘荡着。如果把它比作一个生命的话，那么此刻它就像一具已经石化的尸体，没有任何特征证明它曾经是一个生命体。

“它遇到什么事才会变成这样？我想知道。”霍利尔问。

“一种可以摧毁恒星的外力打击把它变成了这样。”巴尔顿说。

“可是它被冷却了，几亿年也未必做得到。”霍利尔说。

“或许不需要那么久，也许只是一瞬间的事。”巴尔顿看着霍利尔说。

“是人为的物理打击吗？如果是，他们为什么要这么做？我实在想不通，你知道的，我的想象力有限。”霍利尔简直一头雾水。

“是人为的，但可能不是物理打击，而是别的我们未知的打击方式。为什么这么做？很简单，这里不仅仅是一颗恒星，更是一个家园。他们摧毁了这个家园，这是一场惨烈的星际战争，结果是灭族。”巴尔顿说道。

“我不相信，我不相信！”霍利尔抱着头，使劲摇着。

“你只能相信，因为这是事实。如果这个事实成立的话，那么刘婕的预测就是正确的。”巴尔顿坐下喝了一口水说道。

“她预测了什么？”霍利尔问。

“宇宙中生命无处不在，战争也无处不在，而灭绝几乎随时都在发生。说不定我们会遇到正在发生的战争，而胜利者只能有一个。”巴尔顿叹了一口气说。

“我们该怎么办？”霍利尔接着问。

“别担心，宇宙这么大，随时只是一个概念，或许是一万年，到那个时候，我们都早就死掉了，就像这个黑家伙一样。”巴尔顿指着巨大的黑色星体说道。

“那我们还继续前进吗？前面会有行星的残骸吗？”霍利尔战战兢兢地问。

“当然要前进了，我们留在这里没有意义，前面我们可能会看到更惨烈的画面。当然，也可能什么都没有。你知道的，物质守恒定律有一个漏洞，它的总量并不是永远不变的，而是会湮灭的，就像凭空消失了一样。”巴尔顿说。

“去哪里了？”霍利尔几乎快哭了。

“不知道，我还没有研究出来。不过我发誓，我知道了一定会告诉你的。前进吧，霍利尔，哈哈。”巴尔顿突然哈哈大笑起来。

霍利尔看了看巴尔顿，不知道他为什么笑。

舰队继续前进。当整个舰队从这颗孤独的黑色星体残骸身边经过的时候，几乎所有人都自发地脱帽致敬。这并不算是一种尊重和惋惜，而是一种对于自己未来的感慨。

舰队在沉默和黑暗中继续前进。事实如同巴尔顿的猜测一样，在距离这个残骸大约 4 个天文单位远的地方，他们看到了第一颗行星的残骸。虽然它只有一座楼房大小，但是舰队还是发现了它，因为它也在不停地喷发出“气泡”。

紧接着，在 7 个天文单位远的地方，发现了第二颗，第三颗，直到 50 个天文单位之后的第二十颗。它们虽然大小不一，但是却都是一个样子，都有“气泡”伴随着它们。

“什么文明可以打击整个星系？”霍利尔似乎对这种场面已经习惯了，又恢复了平静。

“这没什么可怕的，不过是 II 级文明而已。真正可怕的我们可能根本就没机会见到。”巴尔顿一边翻着书，一边头也不抬地说道。

“这个星系和太阳系大小差不多，如果其他因素合适，这里肯定会有生命存在过。”霍利尔回过头看着逐渐远去的死亡星系说。

“生命存在很普通，甚至比我们想象的多得多，几亿种，或是几百亿种。别着急，我们一定会见到活的，难道你忘了我们的目的了吗？”巴尔顿抬起头笑着看着霍利尔。

“我已经忘了我们是征服者了，我现在只祈祷我们不要被湮灭。”霍利尔双手合成了一个十字。

巴尔顿不再说话，静静地看着远方。的确，霍利尔说的话完全正确，文明在此刻不过是一个概念化的东西，或许真正意义上的文明根本不屑于对他们进行任何打击。此刻，巴尔顿突然发觉，宇宙或许就是一个虚幻的物质，也许它根本就不存在，那人类呢？或许只是被湮灭了的一种幻觉。

第七章 地球五十年（下）

一、主动休眠

莫里斯并没有具体的工作，大多数时候他都在进行关于改变人类思维模式的思考。这并不是医学，而是一项具有哲学理念的工作，也许只需要一秒钟就可以完成，也可能是一万年那么久。不过莫里斯和库勒都知道，这项工作对于后世的影响是颠覆性的。

人类的思维从诞生的那一刻就已经根深蒂固地存在于脑海中了。几乎全世界的所有民族都是重生轻死的。活着是人类的第一思维，而对于死亡的恐惧又似乎是与生俱来的，但是活着对于人类来说并不是一件轻松的事，恐惧、烦恼、悲怆这些情绪是生命必须要经历的。与之相比，死亡就显得轻松许多。

莫里斯并不反对人类对于宇宙的开发，这是科技发展到一定阶段必须要做的事。虽然人类登陆了火星，走出了太阳系，但是仍然是按照存在了几十万年的思维来执行的，特别是在恩美雅这件事上。莫里斯是极力反对和恩美雅联系的，因为人类并不了解恩美雅，仅凭一封求救信就去主动联系，是一种危险且幼稚的行为。如果把恩美雅当作朋友并最终帮助他们，那么根据宇宙生存法则，地球和恩美雅之间将在未来存在竞争关系，直到爆发战争，而以目前的发展状况来看，人类根本没有胜算。

玛索是科学家，她对于生命之间的关系并不了解。库勒足够伟大，但他是一个政治家，他需要为大多数人的利益服务。但是莫里斯不一样，在他的心里，没有大多数人的概念，而是百分之百。因为人类是一个整体，每一个人就是一张多米诺骨牌，一个倒下，其他的也不会继续屹立。

地球是人类的家园，这是从人类的角度来说的，但是从全银河系或者全宇宙的宏观角度来看，地球只是人类的一个庇护所，小得几乎可以忽略不计。而宇宙中无数比人类高级得多的文明都在摩拳擦掌争夺这个宇宙的一切，与之相比，人类几乎没有胜算。

不过显然，莫里斯的理论至少在现在还是一种乌托邦式的空想，人类更注重的现实问题和眼前的利益，这是不能触动的。就像战争之后人类会反思一样，而如果没有战争，那么就永远不会有反思之后的豁然开朗。宇宙中也是同样的道理，如果人类没有接触到更高级的文明，那么将永远无法知道宇宙究竟是什么样的。

莫里斯曾想过，恩美雅的社会结构是否和人类一样，他们是地球的救世主还是别有用心，或者他们会传达给人类什么，是科技文明、物质文明还是精神文明，但是最终，他放弃了这种思考。在没有见到恩美雅之前，他不会妄下结论。

库勒很喜欢莫里斯的理论。有的时候，他会和莫里斯进行交流，从中得到启发。库勒认为科技才是改变人类生存危机的唯一途径，但是莫里斯坚持认为科技不过是一种辅助手段，真正能让人类解决一切的办法还是在于思维，如果思维方式不改变，那么科技绝不会起到决定性的作用。

两个人之间的争论一直持续了十年，直到地球再次接到来自恩美雅的无线电波。

在“富尔茨号”出发十年之后，人类再次从美杜莎二世上接收到了来自恩美雅的无线电波，这次电波的内容比起上次的电波显得更加焦急。

> 我们来自同一个宇宙，现在你们是我们宇宙的救星。我们的时间不多了，他们的可怕程度是我们宇宙无法想象的。请务必要帮助我们，拯救我们宇宙的所有生灵。

这封无线电文发布之后，全人类再一次对于自己将成为宇宙救星这件事展现出了极高的热情。这是一种人类从诞生起，甚至每个种族 DNA 中都存在的英雄主义。拯救他人对于人类来说，似乎是一种与生俱来的情感和责任。

而地球人类工会中的几乎所有人也认可这种做法。他们声称“富尔茨号”已经快要到达恩美雅了，我们地球将成为拯救宇宙的救世主。这是一种骄傲、一种炫耀、一种兴奋、一种即将胜利的激动，但是在莫里斯的眼里，这却是一种无知、一种可笑得不能再可笑的行为。

库勒认为莫里斯已经在自己的思维方式里不能回到现实了，但是莫里斯的话让库勒意识到，或许全人类都是错误的。

“莫里斯，我想说，现实永远是现实，我们不能置之不理，这关系地球的安危。你是知道的，现在我们就是宇宙的警察。”

“我们拿什么去拯救全宇宙？就像恩美雅说的，那是可怕的文明，而我们甚至连想象的机会都没有，拿着一根木棍去揍一艘航空母舰吗？”莫里斯轻轻地说，但是却根本让人无法辩驳。

“可是你也说过，我们不走出去，将永远是井底之蛙。”库勒有些不甘心地说。

“我们需要进化，而不是贸然去挑战，如果跳出井口遇到的是一条蛇，那么我们该怎么办？”莫里斯仍然不紧不慢地说。

库勒不再说话，他知道莫里斯的话非常正确。但他是政治家，他不会像莫里斯一样反驳全人类已经认可的东西。他只能尊重大多数人的想法，即使这种想法是无知荒谬的。

“博士，我想休眠，一直到我们和恩美雅取得联系之后再醒来。我觉得或许那时候我才有用，而现在，我觉得我是个多余的人。”莫里斯看着库勒认真地说。

“可以，到时候看看我们谁说得对。如果是我，那么你就会被遗忘，但如果是你，那么你就是没有阻止我们犯下无知错误的罪人。”库勒笑着说，但是这种笑容后面是非常严肃的内心告白。

“我宁愿做个罪人。”莫里斯头也不回地走出了库勒的办公室。

二、天外来客

在莫里斯休眠之后没多久，加州的高级银河射电望远镜就从位于猎户座方向，太阳系以外不到 1 光年处拍摄到了一组极其不寻常的画面。这是一个速度高于任何星体运行速度而且几乎呈跳跃式运动的不明飞行物，正在以非常快的速度朝着太阳系飞行。经过大约 20 天的跟踪之后，观测小组最终确定这个物体是一个非人类的飞行物。这个消息立刻震惊了地球人类工会，并因此召开了紧急会议。

大多数人对于这个飞行物并没有什么太特殊的想法。他们认为，即使是不明飞行物，因为它的体积实在太小，也可能是侦查探测之类的飞行物，而非攻击性的。但也有一少部分人认为绝对不能大意，这说明外星文明已经注意到太阳系中存在文明了，至于他们的用意，人类还不好猜测，为了防患于未然，必须进行必要的威慑。而第一种说法的支持者则反对进行威慑，因为一旦激怒拥有这种飞行物的外星文明，那后果将不堪设想。

两种支持者为此争论不休。最后库勒决定，如果这个不明飞行物进入太阳系，那么就必须进行对话，对话的同时也必须保持威慑；但如果它只是途经太阳系的话，就尽量去捕捉它是否会发射无线电。这是一个折中的方案，平衡了两种支持者的观点。

据测算，这个不明飞行物的最高时速可以达到光速的 70%，这个速度是人类目前为止根本无法企及的，因此很快它就掠过奥尔特云，直接进入了引力的范围内。

地球立刻将几十枚太空核弹准备好以应付可能出现的局面，同时朝着这个飞行物发射了带有友好信息的无线电。

令人意外的是，这个飞行物在经过谷神星附近的时候，居然放慢了速度——只有原来速度的 10%，并且环绕了谷神星两周，然后才继续奔向太阳系。这个举动让人类大惑不解，难道遥远的谷神星上也有生命存在？不过很快，他们就放弃了这种想法，因为这个飞行物在每颗大于谷神星的星体上都进行了类似的举动，并没有其他的举动，在飞到冥王星附近的时候，他们向地球和火星方向发射了无线电信号：

> M6645 星系的文明统治者，我们是来自同一宇宙的河外星系 D7744 号星系的文明，无意对你们造成伤害，只是掠过。我们在 150 年前捕获到了你们的旅行者二号，根据坐标寻来。我们的宇宙需要和平，只有和平才是宇宙生存的根本，而非征服和战争。每一种生灵都有固定的位置，不要轻易地去触碰。保护好自己的家园，远征会给你们带来最可怕的后果。

收到这封信之后，地球再次被震撼了，这说明宇宙高级文明无处不在的猜想是正确的。他们和恩美雅一样，都向人类传递了宇宙战争存在的真实性，同时也表达了不希望人类征服外星的想法。但是这次，人类改变了自己的想法。

地球人类工会大部分人认为，这是外星生命体对地球的一种引诱，告诫人类不要做战争的准备，然后将采取突然袭击。他们的根据是如果这个探测飞行物真的只是来传递信号的，那么它没必要把整个太阳系的星体全部侦查一遍，这明显是一种战争行为，而非友好的举动，所以人类这次不但要立刻采取行动，而且还必须做到极致。

飞行物在经过地球之后并没有停留，而是奔向太阳，并最终消失，也没有再留下任何其他的信息。

在飞行物离开太阳系之后，库勒立刻召集了地球人类工会的所有人，并最终通过了批量生产反物质太空战舰的决议。15 年之后，地球将进入真正的太空战争时代，地球上所有人类都认为这是一场无上光荣的地球保卫战，每个人都必须为美丽的家园付出自己的生命。只有这样，他们才配得上勇士的称呼。

与此同时，地球人类工会的一部分人认为，由于这些年地球的科技已经达到了一个新的阶段，虽然距离 50 年约定的时间还没到，但有必要和火星基地进行谈判了。太空战舰保卫的不单单是地球，还是整个太阳系。如果火星基地拒绝地球的提议，那么地球完全可以发动一场本星系的战争，因为地球的资源根本不是火星可以相提并论的。

库勒最终和大部分工会的人讨论之后放弃了这个想法。并不是他觉得双方没有机会谈判，而是他比任何人都了解巴拉科夫这个人，巴拉科夫说过的话，绝不会改变，即使他错了。

三、星际战争

星际战争已经存在于人类的脑海中了，但是具体是什么样子，人类还无法想象。在人类看来，星际战争的程度堪比核战争，甚至比核战争更加可怕。于是，在太空舰队建造初始，人类的科研团队就对舰队所携带的武器给予了最强化——反物质核导弹。经过在金星表面的测试，这样的核弹头可以打到金星的中心，于是，地球上又是一片载歌载舞。

“没有人可以威胁我们！”

太空战队就是在这种心态下进入组建的。几乎每个人都认为地球已经成了宇宙的主宰者——多么可怕的妄想啊！

战队在不停地建造，人类也在不停地观测着宇宙的风吹草动。不过很可惜，在战队组建的前五个年头，人类没有发现宇宙中存在任何战争的迹象。直到第六年，射电望远镜终于在遥远的60光年之外，观测到了一个几乎让人类崩溃的画面。

那是一个和太阳系非常相似的星系，大约有20颗行星围绕着一颗比太阳略大的恒星进行公转，它的第五颗至第十二颗行星之间，都属于宜居地带。人类早在50年前就已经发现了这个星系，也曾经把这个星系列为可以移居的星系范围，但是由于太过遥远和恩美雅事件，人类暂时放弃了对这个星系的探索，但是观察却从没有停止。

那是地球上的一个深夜，射电望远镜观测到这个星系的恒星和20颗行星都受到了毁灭性的打击。这种打击几乎在一瞬间把恒星的热量集中在一起，然后引起自爆，进而发生巨大的裂变，然后又迅速地冷却，并爆发出强大的引力波。而这一切，居然发生在一个小时之内。

库勒团队所有的成员都惊呆了，这绝不是宇宙中的自然现象，几乎可以肯定这是来自外力打击。

“他们根本就没有近距离交战的打算，我们的战队就像是个玩具。”

“太阳被摧毁了，而我们却无法靠近它，这已经超过了我们的想象力。”

“这是最直接最简洁最有效的打击，来自地狱。”

“我们需要的是逃亡，而不是战争，我们不是他们的对手。”

“一个星系在瞬间被毁灭，我简直无法相信这样的事，但它的确发生了。”

几乎所有人都产生了这种悲伤而绝望的情绪，没有人再相信地球人类依靠自己的力量可以挽救自己的命运。这个短暂的画面彻底击垮了人类所有的信心，什么太空战队？什么威慑力？一切的一切，都是笑话。

“暂时不要让民众知道这个消息，否则会引起大规模的恐慌，毕竟我们的距离还很远。”库勒可能是地球上此时还能保持冷静的极少数人之一。

没人说话，所有的科学家都沉默了。此时，他们再也不会像以往那样产生激烈的争论，都在等待着库勒的表态。作为一个领导者，库勒必须说点什么。

“我们只是看到了星际打击的威力，但并不代表我们很快会被消灭。按照预期，‘富尔茨号’已经快到达恩美雅了。不管恩美雅是什么，至少是我们的一条路。我相信我们所有人的智慧，相信我们的判断力，恩美雅是我们的朋友，我们只有耐心等待。死亡并不可怕，请你们相信我。”库勒非常激动地说着，他的眼泪不由自主地流了下来，这不是恐惧，而是一种激情的演讲带来的亢奋情绪。

人群寂静得几乎可以听到呼吸声，但是渐渐地，人群中开始发出低沉而富有节奏的吼声，并且越来越响，越来越快。到了最后，这吼声几乎响彻云霄，似乎连大地都在颤抖。

这是人类对于自己命运的一种宣战，是对于死亡最有力的挑战。人类从诞生的那一刻起，第一次对死亡产生了免疫力。在这个时候，没有人惧怕死亡，哪怕是湮灭，取而代之的则是一种从没有过的众志成城和毫不畏惧，这就是人类改变思维的第一个阶段。

吼声渐渐平息了，每个人此刻都变得非常平静。库勒闭上眼睛，静静地享受着这一切。这就是人类，来自银河系猎户座旋臂上那颗淡蓝色星球上最可爱的精灵。他们普通得几乎不能再普通，渺小得不能再渺小，但是却无比热爱自己的家园。这里有他们的朋友、家人，有他们的历史、传说，也有他们的未来，如果有谁想要觊觎、践踏，那么等待他们的都将是一场视死如归的决斗。

“唤醒玛索、费尔曼还有莫里斯，我们需要他们。”库勒下达了命令，他需要这些人的智慧来帮助他度过这段岁月。

四、紧急会议

三人立刻被送到了工会的紧急事务办公室，这是一座接近地心的现代化建筑物。这里代表了地球的最高科技水平。在这里，他们将加入紧急事务小组以应对随时可能到来的灾难。

玛索看了分析报告之后，陷入了沉默。要知道，现在要做的已经不是去寻找地外文明那么简单而随意的事了，她之后的每一步都必须要保持完全正确，不能有一丝的纰漏，否则将会使人类失去最后的机会。她看着天空中的天狼星，平静得让人害怕。

“我们需要从恩美雅得到信息，这其中包括先进的科学以及应对的办法，然后来权衡是否可以这么做。”玛索终于说话了。

“如果可能，我们需要得到虫洞技术，那样就省了很多事，唯一能逃脱星际打击的办法可能只有制造出虫洞了。”费尔曼接着说。

“现在不用考虑这些，这需要时间，‘富尔茨号’还需要很长一段时间才能到达，我们需要其他办法。”库勒说。

“我想不出更好的办法，我们需要保持耐心。”费尔曼说。

“坐以待毙？等待别人把我们的太阳干掉？”库勒问道。

“博士，别紧张，打击不会那么快就来。即使对方现在实施打击，也需要 60 年的时间，或许到那个时候我们已经找到应对的办法了。”玛索安慰库勒。

“你有什么想法？莫里斯，我想听听你的意见。”库勒转过头问莫里斯。

“我们不能只依靠恩美雅，我们需要和其他文明，包括打击者建立联系，只有沟通才能有机会，而且我们并不了解恩美雅的意图。”莫里斯非常冷静地说。

“你的意思是让我们主动告诉打击者，我们在这里吗？”有人问莫里斯。

“从狭义上来说，是这样的。如果恩美雅和我们是朋友的话，那么我们需要更多的朋友。我们需要听取各方面的声音才能弄清楚为什么会爆发战争，终极打击者是谁，否则我们会很被动。”莫里斯仍然很平静，但是目光却很坚毅。

“具体点，我们需要做什么？”费尔曼似乎对莫里斯的话很感兴趣。

“派出其他飞船，去其他地方寻找其他文明。至少就算地球被打击了，我们也可能留下人类的信息。”莫里斯看着费尔曼微笑着说。

库勒和玛索都不再说话，他们在权衡莫里斯提议所带来的利弊。

“宇宙如果总是不停地爆发战争，那么我们或许早就观测到了。我认为宇宙中更多的是平衡，各种文明之间的平衡，可能是和平，也可能是相互威慑，就像我们和火星基地一样。只要平衡存在，宇宙就一定会是和平的。而真正爆发战争肯定是有原因的，比如触碰到对方的利益。”莫里斯接着说。

“什么利益？资源？”玛索问。

“可能资源是一方面，但我认为最可能的是有人要打破平衡，而有人要保持平衡。相比之下，我倒是认为想保持平衡的是更高级的文明。地球上的战争不是一向如此吗？宇宙可能也是一个道理。这就是我一直不太相信恩美雅的原因，他们让我们去帮助他们，又告诉我们需要什么，这说明他们的文明高于我们，那么他们为什么不自己去呢？而他们的对手，我们还一无所知，但并没有对我们怎样。”莫里斯详细地解释着。

“假设战争真的如期爆发，那么我们会帮助哪一方呢？”玛索接着问道。

“我不知道，或许我们根本没有机会参与到战争中。”莫里斯看着玛索，笑了。

“逻辑是正确的，但是莫里斯，你要知道，我们的时间有限，必须做出一个决定——帮还是不帮，而不是去考虑这么做是否合理。”库勒对莫里斯说。

“你的思维有问题。博士，我们首先要确定是否合理，是否符合人类的利益，而不是妄下结论，帮和不帮都是一样的。”莫里斯反驳道。

“我们如果送飞船去星际旅行，是不是太晚了？”费尔曼问。

“不，星际旅行是我们的种子，这些飞船可能会是我们唯一能留下的东西，我们必须这么做，要不然会全军覆没的。”莫里斯对费尔曼说。

会议再次陷入了可怕的沉默当中，没有人反驳莫里斯的意见，但是也没有人同意。很显然，会议陷入了僵持。

“我认为终极打击者并不是恩美雅提到的可怕的敌人，他们是两拨家伙。终极打击者可能是和我们一样的文明，当然比我们高级，而可怕的敌人则是另外一个等级的，甚至连终极打击者也不是他们的对手。”莫里斯说。

“为什么？怎么会有这种想法？”玛索问。

“物理定律。”莫里斯看着玛索，非常有信心地说。

“详细解释一下好吗？我喜欢听你说话。”玛索笑着对莫里斯说。

“终极打击者虽然高级，但是这还是物理打击，只不过我们没有掌握这种技术，也就失去了平衡。而恩美雅提到的敌人只是困住了他们，没有战争的迹象，这就可以说明问题——他们用自己的方式阻止了战争，而不是发动战争。”莫里斯坚定地说。

“你肯定吗？”玛索问。

“肯定，百分之百！”莫里斯对所有人说道。

“莫里斯，我同意你的看法。博士，我们必须派出飞船以保留地球的血脉。”玛索被莫里斯说服了。

库勒陷入了沉默，过了一会儿，他站起身，说道：“我支持你的想法，立刻着手成立星际探测队。但是恩美雅那边，我们必须要知道他们的一切。就算死，我们也要死得明白。”

“当然，博士，您是领导者。”莫里斯说。

五、圣诞快乐

莫里斯在紧急会议中的表现让所有人刮目相看。包括库勒、玛索、费尔曼在内的所有人都觉得莫里斯将来一定会成为地球未来的伟大设计者，但他的理论还需要去证实，毕竟事实才是考证理论的唯一方法。不过很快，莫里斯的另一个预言就得到了证实。

那是在休眠之前，莫里斯和库勒的一次对话，当时库勒对于莫里斯的话并没有在意，或者说他并不信服。

“你认为火星基地的未来会怎么样？50年快要到了，他们会有什么打算？”库勒问莫里斯。

“他们会回归地球，带给我们很多新鲜的东西，而且是无保留的。”莫里斯想都没想就直接回答。

“回归？孩子，你想得太容易了，你不了解巴拉科夫那个家伙。”库勒笑着说。

“是的，我不了解他。但如果按照他的模式建立火星基地的话，那么现在就差不多该变质了。”莫里斯非常平静地说。

“他很有手段，也很霸道，还有些疯狂。”库勒大笑着说。

“但他是个科学家，他一定知道会在什么时候做什么事。如果我的猜测准确的话，火星基地会在5年内和我们进行接触。”莫里斯也笑着说。

“不，他要把火星建造成自己家的后花园，他是个自私的家伙。”库勒反驳着。

“可能他很自私，但是他一定会回归地球的，因为在科学上他并不自私，也许他会放弃一切。”莫里斯说。

“为什么？给我个理由。”库勒问。

“为了人类的未来。”莫里斯坚定地说。

“你肯定吗？我们打个赌？”库勒说。

“可以，我没意见。”莫里斯摊了摊手，笑着说。

这次谈话后没多久，莫里斯就进入了休眠。5年之后，恰好因为紧急会议他被唤醒，不过因为终极打击者的原因，火星基地暂时被遗忘了，两人也似乎忘记了这个赌注。

紧急会议之后，库勒开始着手建立太空探索队，而莫里斯开始思考关于外星文明的社会结构和思维。两人见面的机会变得很少，大多数时候，他们都在各自的工作岗位上做自己该做的事。直到一年之后，地球接收到了来自火星的无线电信息，两人才重新谈论起了这个赌注。

这一天是地球的圣诞节。虽然宗教已经消失了很久，但是民众仍然把这一天当成保留节日来庆祝，他们会把所有的烦恼和不快都放下，疯狂地度过这个古老的节日。就在民众兴奋的时候，工会的无线电接收系统接到了来自火星的无线电，内容很简单。

“圣诞快乐。”

几乎工会的所有工作人员看到这封电文的时候，内心都是满满的感动。要知道，这是火星基地独立以来，地球人类第一次收到他们的消息。虽然只有区区几个字，但是却足以让所有人开心。

库勒立刻命令地球的无线电发射系统向火星发送了问候语：“和你们同乐。”

几分钟之后，火星基地再次发来电文：“以上帝的名义致敬。”

地球再次回应：“谢谢你们。”

之后就再没有回应了，但是这短短的对话已经足够让所有人感到兴奋。库勒更是激动得像个孩子，就在他手舞足蹈的时候，莫里斯来了，他也是听到这个消息之后立刻赶来的。

“博士，他们回家的日子不远了，祝贺你。”莫里斯笑着对库勒说。

“孩子，你是对的。我一直都认为你是个悲观主义者，但是现在我发现，我对你有很大的误解。你是一个真正的乐观主义者，而我才是悲观的。”库勒一边笑着，一边擦着激动的泪水。

“我们需要立刻做好最热情的准备欢迎他们回家。”莫里斯也很激动。

“我知道，我知道。对了，我们还需要做什么，怎么才能让他们感到我们的热情？”库勒擦着眼泪说。

“别担心，博士，让他们看到我们的改变。我们不是敌人，而是亲人。”莫里斯看着哭得像个孩子的库勒，忽然觉得他老了。

“好，我听你的。”库勒笑着走出了办公室。

离开办公室的库勒立刻让团队拟定了一篇热情洋溢的电文，然后交由莫里斯和玛索进行修改，继而发送到火星基地。他们实在是太想念火星人类了，这群家伙就像离家的孩子，走了这么多年终于肯写信了。

但是，令人非常意外的是，地球的信件没有得到任何回复。之后的一个月内，地球又陆续发送了几封电文，同样没有得到回复。库勒失望地坐在办公室里，有些茫然。

“别担心，他们肯定还处在一种复杂的心情当中，离家久了的孩子会有些羞涩。”莫里斯安慰库勒。

“不，我不担心，我只是有点着急了。”库勒微笑着说。

库勒和莫里斯并不知道，此时的火星刚刚经历了一场变革，他们需要一段时间来对待地球方面的回复。

六、劝谏

火星基地保护火星安全的舰队其实更像是镇压民众的国家机器。它们就像穿梭机一样，每天在火星的大街小巷里的空中游走和穿梭，观察着火星的社会动态，以防止民众造反。这种手段非常有效，整个火星基地处在一种压抑但是很安全的氛围之中。

但是在火星基地的高层，巴拉科夫的权威却受到了挑战。首先是帕尔马，他希望巴拉科夫能够尊重科学，只有这样，火星基地才能得到长久的发展，而只凭借武力威慑会使火星陷入困境，科学也不会得到发展。紧接着是格拉比，他虽然是巴拉科夫最坚定的支持者，但是却向巴拉科夫提出了要和地球和解的建议。还有很多科学界的翘楚，他们希望巴拉科夫可以变得民主一些。但是这些都被巴拉科夫强硬地拒绝了，没有丝毫商量的余地。

巴拉科夫其实并不是反对地球人类，毕竟他也是在地球上成长的，那里也是他的家。他反对的是那些年地球人类的态度，是那群只考虑政治地位不考虑科学性的无能官僚。也正是因为如此，他才义无反顾地在火星上发起了改变历史的政变。

但是社会在进步，火星在发展，随着火星基地的经济、科学、建设达到了一个高峰，这种独裁应该告一段落了。然而在这个时候，巴拉科夫却开始迷恋起作为领导者的权力，拒绝进行社会改革，甚至随着年龄的增长，越发地固执。也正因为如此，他需要拥有更大的权力来保护自己手中的权力。这就造成了他和其他高层人员之间的矛盾，并激起了民众的不满。

桑帕约是巴拉科夫最亲密的战友和支持者，但是他自始至终都把自己当成一个科学家而不是政治家。也正因为如此，当巴拉科夫违背科学态度的时候，两人之间出现了裂痕。

在一次例行会议中，桑帕约代表所有的科学家向巴拉科夫提出了和地球基地建立联系的提议，但巴拉科夫当场表示拒绝。他认为，火星和地球之间只有战争，不会有合作。同时他对桑帕约的行为表示遗憾，然后就愤而退场了。

几乎所有人都为桑帕约捏了一把汗，但是此时的桑帕约已经顾不了那么多了，火星基地必须要改变，和地球之间的冷战必须尽快结束，越快越好，拖下去会耽误时间和发展的契机。于是，桑帕约没有理睬其他人，径直来到了巴拉科夫的办公室。

“我们需要改变，不能再这样下去了。”桑帕约对巴拉科夫说。

“现在形势不允许，地球上那些政客狡猾得很。你忘记他们以前是怎么对待我们的吗？”巴拉科夫愤怒地对桑帕约说。

“我记得。但那是过去，我们不能总生活在过去，对吗？”桑帕约也大声地说。

“对我们来说是过去，但是对他们来说永远不会过去，他们拥有极强的报复心。我们一旦回归，那么你，我，这里的所有人都会受到不公正的审判。”巴拉科夫吼道。

“但是这代表了大多数人的意见。我们是科学家，难道你忘记了吗？”桑帕约顾不了那么多了，他也吼道。

巴拉科夫不再说话。他没有忘记自己是一个科学家，从来都没有忘记。他怀念一丝不苟做研究的日子，也忘不了第一次来到火星的日子，更忘不了他是如何领导所有人把火星改造成今天的模样的，但是他最难忘的还是受到政客压迫的日子。

“我做不到。”巴拉科夫平静了许多，但还是很坚定，没有丝毫商量的余地。

“现在火星基地已经处于一种高压下了，我们可能随时都会崩溃。基米尔，听听别人的意见吧，我们需要缓解矛盾，而不是激化矛盾。即使不回归地球，至少也得建立和平的关系。为了我们自己，也为了全人类。”桑帕约也平静了许多。

“你让我怎么相信那些政客？他们被谎言、无知、可耻、虚伪包裹着。我们在他们面前就像是猴子，被尽情地玩耍，然后随时会被鞭打。没有他们，我们不是更好吗？”巴拉科夫反问桑帕约。

“是的，你说得没错。但是这么多年了，他们会变的，人类从来都不是一成不变的。别忘了，咱们也在变，以前我们不是这么固执的。改变对所有人都好。”桑帕约颤抖着有些激动地说。

“我累了，你先回去吧。我会考虑你的话的。给我点时间，老朋友。”巴拉科夫缓缓地说完，拿起了桌子上的伏特加。

“好，我们都需要时间冷静一下。基米尔，我永远像以前一样爱你，尊重你。我们是朋友，请你相信我。”桑帕约扭过头，离开了办公室。

桑帕约知道，事情出现了转机。巴拉科夫不再是一块顽固不化的石头，他已经触动了巴拉科夫那根最脆弱的神经。现在，他需要冷静，不能错过这个千载难逢的机会，因为巴拉科夫可能随时会变得像之前那么顽固。

巴拉科夫放下伏特加，坐在了座椅上，看着窗外，整个火星基地呈现在他的面前。他清楚地记得他们第一次来到这里的时候，蓝色的夕阳让他们着迷，古怪的胡萝卜人让他们好奇，疯狂的融合让他们惊叹。那时候的他们，不曾想到几十年的时间，火星居然会被他们改造得如此美丽。宇宙浩瀚得几乎到了一种可怕的地步，但是人类有能力和信心改造它。他知道自己变了，变得顽固，变得疯狂，变得迷恋权力，变得让人厌恶。但这不是他的本来面目，他不想这么做。桑帕约没有说错，这里必须改变，独裁已经不能让火星基地变得更好了。

靠在椅子上的巴拉科夫睡着了，这是火星基地独立之后他睡得最香甜的一次，就像小时候依偎在妈妈的怀里一样，温馨，安全，舒适，好梦。

明天，总是会好起来的。

七、伟大的领导者

就在桑帕约准备第二次对巴拉科夫进行劝谏的时候，巴拉科夫突然通知桑帕约来他的办公室，说是有重要的事情找他商量。桑帕约不知道什么事，但还是立刻去了巴拉科夫的办公室。

巴拉科夫坐在办公桌上，身穿一身古代俄罗斯的传统服饰，桌子上放着一大瓶伏特加和一盒雪茄，他微笑地看着桑帕约。

“这么着急，什么事？怎么这样的打扮？”桑帕约坐了下来。

“没什么事，跟你聊聊。”巴拉科夫倒了两杯伏特加，走了过来，递给桑帕约一杯，自己端起一杯，喝了一大口。

“谢谢。”桑帕约接过伏特加。

“记得弗莱娜吗？那个和我们来火星的姑娘，不知道这时候她的厨艺怎么样了。”巴拉科夫笑眯眯地说，“还有我们经常去的那家餐厅，鱼子酱特别好吃，那里居然卖中国的葱油饼，我每次都会吃上厚厚的一摞。”

“记得啊，那简直是最好吃的，我也无比想念呢。”桑帕约笑着回答。

“好久没钓鱼了，真是的，火星什么都好，就是没有鱼。更别提坐着船出海了。”巴拉科夫坐在椅子上说。

“都几十年了，我有点想念地球了。”巴拉科夫放下酒杯，看着桑帕约。

“那我们就回家。”桑帕约看着巴拉科夫，真诚地说道。

“是啊，该回家了，还真有点舍不得这儿，不过，该放下的还是得放下，对吧？”巴拉科夫伤感地说。

"你打算回归了吗？"

"嗯，回归。"

"那下达命令吧，一定会让所有人都兴奋的。"桑帕约说。

"不，我不能下命令。我是个独裁者。"巴拉科夫又喝了一口伏特加。

"可是你知道，这是必然。我们谁都无法改变历史的潮流。"桑帕约说。

"对，历史的潮流无法改变，但是我不会下命令，因为我是个固执的人，不过你可以。"巴拉科夫说完，站了起来，走向桑帕约。

"我？这怎么行？你是这里的老大，这里也是你建造的！"桑帕约也站了起来。

"对啊，所以我不能下命令。卡西，我决定了，回归地球，同时把权力移交给你，我要回去钓鱼、出海、吃葱油饼了。"巴拉科夫看着桑帕约笑嘻嘻地说道。

"不，我不能接受。你是唯一的，不可代替的。"桑帕约慌忙说。

"你不要推辞，我昨晚考虑了一夜。你说得对，是我错了，我是个科学家，不是政治家，我这么做不是热爱火星，而是在毁灭它，这不是我的初衷。"巴拉科夫一口把剩下的大半杯伏特加喝掉。

"不，基米尔，火星的未来真的需要你。你不能这样，没人可以代替你。"桑帕约非常真诚地说。

"你这个家伙不知道吗？我很固执的，我决定的事无法改变。"巴拉科夫冲着桑帕约挥了挥拳头。

桑帕约不再说话，他知道巴拉科夫的话是真诚的。他是真的打算顺从民意回归地球的，但是没想到这么快，更没想到他会把权力移交给自己。

“但是，卡西，在你上任之后，还得做一些事情。这是我仔细考虑过的，同时也是最符合火星利益的，我希望你能够接受。”巴拉科夫又倒了一杯伏特加。

“你说，我一定照办。”桑帕约看着巴拉科夫说。

“第一，和地球的联系不能过于直接和匆忙，要有过程。地球上的那帮政客不值得我们信任，我们必须得弄清楚他们现在是否还像以前那样，如果是那样，我们所有人都会受到不公正的对待，我和你都无所谓，但是其他人，他们会很惨，我不希望看到这样的局面。”

“嗯，这个我知道，谈判要争取利益最大化。”桑帕约点了点头。

“第二，你和我差不多，我们是科学家，也算合格的政治家，但是我们不能再让火星更进一步了。你只是个过渡者，之后也得跟我一样，回去钓鱼、出海、吃葱油饼。”巴拉科夫哈哈大笑起来。

“当然，我不会待多久的，不过我不会跟你出海，因为我讨厌钓鱼。”桑帕约也跟着哈哈大笑起来。

“火星基地是我们的心血，我只想把这里交给让我放心的人，同时能把这里带到新的时代的人。”巴拉科夫坐下，轻轻地说。

“我明白你的意思，你放心，我不会贪恋权力。你有满意的人吗？”桑帕约问。

“嗯，有一个。”巴拉科夫看了一眼桑帕约，眨了下眼睛。

“谁？”

“这个人现在还关在集中营里。”巴拉科夫指了指集中营的方向。

“刘婕?!”桑帕约不敢相信自己的耳朵。

“对，只有她，可以把这里当作家。也只有她可以把火星带到新的高度，其他人不行。”巴拉科夫认真地说。

“为什么，我不理解。她是个普通的人，而且性格并不适合。”桑帕约显然对巴拉科夫的选择非常意外。

“你错了，第一她绝不是普通人，她是一个有着远大理想，同时可以预知未来的人；第二她是个性格坚定的人，这就是我当年没有杀她的原因。集中营，可以让她更加安静地思考，但是，她并不能让其他人满意。所以我给你下达最后一条命令，帮她铺好前面的路。”巴拉科夫轻轻地说。

“我会的。”桑帕约点了点头。

“不过，在未来的半年内，你和地球取得联系并且谈判的时候，暂时不要放她出来。等一切谈判好了，再叫她来作为领导者签字。记住，要把她送到至高点，那样才会服众，才会给她未来的工作铺平道路。”巴拉科夫接着说。

“嗯，你放心，我一定会做到的。”

“好了，去起草一份对全体火星民众的信。我要辞职，然后到各地去转转，几个月的时间都未必够。”巴拉科夫把一大杯伏特加全部喝掉，扭过头，看着窗外。

之后，他们又聊了许多陈年旧事，从地球聊到火星，从火星聊到宇宙，从胡萝卜人聊到木卫二深海。两个人都很开心，偶尔还会拌嘴，就像他们当年第一次来火星那样，充满了乐趣。两个人把整整一大瓶的伏特加都喝光了，却都没有醉。

桑帕约离开的时候，莫名其妙地哭了，他自己也不知道为什么，感动？悲伤？都不是，他只知道，巴拉科夫是一个拥有伟大人格魅力的人。

八、圣诞快乐

这一天，对于整个火星基地来说，是一个永远都会被铭记的日子。巴拉科夫通过火星广播发表声明，他将放弃所有法律给予他的权利，成为一名普通的火星民众，同时火星基地将进入民主社会，之前所有违背自由民主缺乏科学性的制度全部废除。之后，桑帕约将作为火星的临时元首和地球进行回归的谈判。

刚听到这个消息的时候，很多人都不相信自己的耳朵。这声明听上去更像是一个愚人节的玩笑。但是当他们确认了消息的真实性和合法性之后，整个火星基地沸腾了，他们放下手中的事情，走上街头，尽情地欢呼、庆祝，还有少数人高呼着巴拉科夫的名字，向他这种伟大的行为致敬。但更多的欢呼声是给予回归地球这项决定的，他们有的人甚至已经忘记离开地球有多久了。现在，他们终于可以回家了。

火星上的庆祝足足持续了三天才告一段落。桑帕约开始正式接管火星基地的工作，并成立了一个和地球联系的委员会。最终他们决定，一周之后的圣诞节他们将试探性地和地球进行接触，然后再逐步进行深入的交流。

一周之后，圣诞节的晚上，火星巨大的无线电发射系统朝着地球的方向发射了自从火星独立之后的第一条电文："圣诞快乐。"并进行了全火星的直播，所有人都激动地等待着来自地球的回复。这种等待是焦急且充满期盼的，每个人都恨不得立刻得到回复，然后坐上飞船回到地球。

比民众更加着急的是桑帕约和他的团队，他们不但拥有巨大的期望值，还需要尽快明白地球现在的形势，对于火星的回归是否持欢迎态度。如果和他们的预期有差距，那么他们会继续独立，因为这关系到所有火星民众今后的生活。

这种等待并没有持续多久，地球方向就通过无线电发来了回复："和你们同乐。"

桑帕约知道，地球和火星一样，对于这一刻期盼了很久。于是他再次命令发送电波："以上帝的名义致敬。"紧接着再次收到了回复："谢谢你们。"

民众兴奋得再次欢声雷动，似乎他们已经回到了地球的怀抱。但是很快，桑帕约下令，火星基地将在短时间内不再和地球联系，他们要对地球的回复和如今的形势进行一次评估。

其实这是桑帕约和团队之前就想好的。因为他们知道，过多的交流会让自己陷入被动。现在他们需要用时间来考证地球是否有和他们一样迫切的想法，对于火星基地的回归是否持欢迎态度。

在接下来的一个月内，火星基地陆续收到了来自地球的几封电文。电文的内容从少到多，详细地介绍了这些年地球的变化以及地球人类对于火星人类的想念，同时向巴拉科夫和桑帕约等人问好，并表示地球和火星是一个家庭，是平等的。最后一封电文甚至向火星基地说明了整个太阳系可能面对的危机，需要他们共同面对，并附上了一封玛索写给桑帕约的亲笔信。

桑帕约和他的团队经过分析，最终确认地球的态度是真诚的，他们将把回归地球的工作正式提上日程。

决议的草稿很快摆在了桑帕约的办公桌上，他看过之后很满意。不过距离最终的确定还有一个非常重要的步骤——审核，而审核这个决议的人此刻还在集中营里冥想。

桑帕约带着决议去了集中营。虽然他对巴拉科夫选择刘婕作为火星未来领导人的决定感到惊讶，但是他知道，巴拉科夫说得没错，这个看似文弱又有些固执的女孩子的身上有着一种常人没有的气势和不屈。选择她带领未来的火星走向辉煌是再合适不过的了。不过此时，刘婕还对自己被选为领导人的决定一无所知，她正在全身心地进行着她著作的下半部分。她需要用科学来武装自己，这是她的信念和追求。

"你还好吗？孩子。"桑帕约向刘婕问候。

"还好，博士，你呢？"刘婕微微地笑了笑。

"我也不错。"桑帕约寒暄着。

"怎么会突然来这里，难道你也被送到这里来了？"刘婕开启了玩笑模式。

"怎么会呢？我是来看你的。"桑帕约哈哈大笑。

"我很好，每天都很快乐，也很充实，还很轻松。"刘婕吐了吐舌头。

"哈哈，看样子就不错。"桑帕约说。

"有什么需要我帮忙的吗？"刘婕问。

"确实是个能猜到人心思的家伙。"桑帕约还是一副笑脸。

“当然了，我是个心理学家，难道你忘了？”刘婕笑着说。

“不，没忘。不过你能猜到我找你做什么吗？”桑帕约卖了个关子。

“喂，我是心理学家，不是占卜师好不好。”刘婕抗议道。

“哈哈，还是这么嘴上不饶人。好了，说正事，我们要回归地球的事你知道了吧？”桑帕约收起笑脸问。

“嗯，当然知道，都已经广播了。”刘婕回答道。

“你怎么看？”桑帕约问。

“我？怎么看重要吗？”刘婕对桑帕约的话很意外。

“当然重要，我需要考虑各方面的意见，科学家的、民众的，还有集中营里人的，甚至那些胡萝卜人的。”桑帕约又笑了起来。

“嗯，这个主意不错，我当然支持了。我们和地球本来就是一家人。”刘婕笑着对桑帕约说。

“给你看看这个，这是我们和地球谈判的决议草稿，你觉得有什么不妥吗？”桑帕约把决议递给了刘婕。

“写得好详细啊。很好，很好。”刘婕接过决议开始认真看了起来。

“给点意见如何？”桑帕约问。

“都很好，只是需要增加一条技术共享。”刘婕说。

“啊？这可是我们最后的底线了，如果全都送出去，我们将没有任何秘密。一旦地球不是我们想象的那样，那我们可就没有机会了。”桑帕约对刘婕的大胆还是出乎意料。要知道，这可是他们在写决议的时候讨论了无数次，并最终否决了的条款。

“我们是一家人啊，今后要一起面对很多事情，共享技术可以让所有人受益，没有什么不好。除非不是真心要回归，还存在某种自私的想法。”刘婕笑了笑把决议递给了桑帕约。

桑帕约没有伸手接，而是看着刘婕笑了。

“笑什么？很可笑吗？”刘婕莫名其妙。

“不，一点都不可笑，我同意你的看法。不过你好像忘了点儿什么。”桑帕约仍然一副笑脸。

“忘了？没有啊，还有什么？”刘婕看着桑帕约不知所云。

“签字，没有你的签字这个决议不会生效，总督。”桑帕约收起了笑容，认真地说。

九、上帝与我同在

刘婕的反应大大出乎桑帕约的意料，她并没有表现出丝毫的惊讶，而是看着桑帕约笑了。

“怎么，不意外吗？”桑帕约问。

“有一点儿，不过不是很意外。是巴拉科夫的意见吧？”刘婕问。

“是的，说实话，我比你表现得意外。”桑帕约摊了摊手说。

“我就知道他会把这个摊子甩给我的。不过还好，还不是特别糟糕，也并不晚。”刘婕把决议放在桌子上，坐了下来。

“总督，你有意见吗？”桑帕约笑着问。

“我不知道，不过我需要一个月的时间。”刘婕看着桑帕约认真地说。

“为什么？所有人都很焦急，而且时间真的很宝贵。你知道的，整个太阳系现在都面临着危机。”桑帕约连忙问道。

“一个月并不长，我需要完成这个。这是我们今后工作和生存的关键。”刘婕指了指桌子上厚厚的稿件。

“这是什么？”桑帕约看着桌子上的稿件问。

“《宇宙的语言》。”刘婕严肃地说。

“你一直在写这个？”桑帕约吃惊地问。

“也不全是，还有思考、冥想和照顾我的丁香花。”刘婕说完走到窗前，俯下身子，把脸贴到了丁香花上，淡淡的清香扑鼻而来。

“真是个让人绝望的人。好的，总督，一个月。不过你需要离开这里，到二号基地去，那里的人都等着你呢。”桑帕约说。

“不，留在这里好一些，我需要安静。一个月之后，我再去签字，这个你先拿走。”刘婕拿起决议递给了桑帕约。

刘婕之所以没有对自己被选择成为火星领导人感到惊讶是有原因的。当年巴拉科夫的权威无人敢挑战，她却顶撞和辱骂他，如果换成别人，在那种环境下，恐怕已经灰飞烟灭了，但是巴拉科夫没有失去理智，只是把她送到了集中营，并给予了充分的自由。另外，巴尔顿作为第三舰队司令临行之前来看刘婕，除去他作为朋友来告别的原因之外，还有巴拉科夫的意见，他告诉巴尔顿从刘婕这里可以得到星际旅行最好的建议。

更重要的是，刘婕在集中营全心冥想的时候，巴拉科夫曾经来看过她。他们在集中营里讨论了火星的未来、宇宙的真谛、高等文明的形态以及地球和火星的关系，巴拉科夫对于刘婕的观点极其认可，甚至像个孩子一样不停地提问。那时候，刘婕就知道，自己在巴拉科夫的心里已经有了一个很高的地位，但是巴拉科夫并没有释放她，而是把她继续留在集中营安心冥想、著书。开始的时候，刘婕以为巴拉科夫只是从她这里来获取东西，但是现在她才意识到，从那个时候起，巴拉科夫就开始为她成为总督进行铺垫。这种铺垫是把自己完全放在民众的对立面，使自己在民众的眼中一无是处，从而最终让刘婕上任的时候能够得到所有人的拥戴。

不过刘婕也知道，巴拉科夫交给她的这项工作绝对不是轻松的，甚至是非常严峻的。除去火星和地球的关系之外，更难的其实是关于宇宙之谜的探索。这项工作并不是通过谈判和发展科技就可以完成的，这需要难以想象的判断力和理解能力，一旦出现哪怕一点点错误，都可能让所有的努力毁于一旦。如果说这也算是总督的一份工作的话，那么这一定是最接近死亡的。

这就是挑战，作为一个科学家最终的挑战。不过现在，刘婕还不可以全身心地投入这份工作中，她的书马上就要写完了，这可是关乎包括地球人类和火星人类在内所有人未来生存的事。

看着天空中如同米粒大小的地球，刘婕笑了。当年她是睡着来到火星的，她甚至没来得及看清宇宙空间究竟是怎样的一个概念。现在，她要带领所有人回到地球，开始一个新的时代。几十年的沧海桑田，似乎就像昨天发生的事一样，历历在目，地球还是老样子吗？人类对于离开几十年的兄弟会表现出一种什么态度？地球上会有像她一样专注宇宙真谛的科学家吗？这一切，都会在一个月之后揭晓。

十、不一样的爱情

“看，这个家伙就是那个传说中不可理喻的人。”一位学生指着一脸严肃走进教室的巴拉科夫对旁边的另一个学生说。

“那我们怎么办？四年，难道我们每天都得这样低三下四地让他教训吗？”这个学生吐了吐舌头说。

“除此之外，我想不到更好的办法。”

巴拉科夫抱着书，用严肃的目光扫了一下学生。这已经是他作为老师的第二个学期了，随着莎拉加娃去环游世界，巴拉科夫的生活又恢复了原样。他仍然是那么固执，甚至比原来更加无聊。放眼整个银河系，觉得他容易相处的人恐怕只有他爸爸、他妈妈和莎拉加娃了。不过这并不妨碍他在学术上的建树，他终于找到了一颗新的恒星，并根据自己的姓名命名了它。而这颗恒星，和莎拉加娃星遥遥相对，它们的距离永远都是那么远。

“你们可以提问，但是不要否定我的观点。如果想否定，那么你们必须拿出足够的证据，否则我会像伏特加一样让你们头疼欲裂。”巴拉科夫说的每一句话都是这样让人绝望。

“还有，我提的要求，你们必须无条件服从，否则你们会来第二杯伏特加，那味道可不好。”巴拉科夫扬了扬眉毛，脸上露出了一丝稍纵即逝的诡异笑容。

当他的学生，可想而知是一件非常残酷的事，并且还要面对他四年。据说这批来自各地，民族、习俗、生活习惯有天壤之别的学生们在毕业的时候达成了一个共识：巴拉科夫是个魔鬼。甚至没有人乐意再回忆大学生活，因为美好的事情和巴拉科夫比起来，简直不值一提。

不过巴拉科夫也并非一块无法融化的冰，每当他给莎拉加娃打电话的时候，他温柔得就像是一潭平静的湖水。莎拉加娃给他讲世界各地的风土民情的时候，他都乖巧得像个孩子一样，而对于莎拉加娃对他的反驳，他也只是静静地听着，没有了在课堂上的那种残暴和固执。

巴拉科夫就在这种等待中度过了将近一年的时间。眼看到了他和莎拉加娃约定的日子，巴拉科夫兴奋得像个孩子，在课堂上对待学生也变得温柔了起来，这就是爱情的魔力。但很快，生活给了他一个致命的打击。

莎拉加娃在位于北极圈的探险中遇难了，她乘坐的破冰船撞上冰山沉没了，甚至连遗体都没有找到。这个消息彻底击垮了巴拉科夫。那些日子，他把自己关在实验室里，没人知道他做了什么。整整一百天之后，巴拉科夫走出了实验室，他变成了一个酒鬼。以往让他讨厌的伏特加居然成了他最好的朋友。

“生活就是这样，要么让一个人顺从，要么击垮一个人。”巴拉科夫的同僚看着满脸胡楂的巴拉科夫说。

事实上很难说巴拉科夫被击垮了，因为在这之后的 5 年里，他从莫斯科大学一个默默无闻的天文老师成了世界学术界颇具权威的教授，他把自己所有的心血都投入了工作当中。没人知道他是怎么做到的，也许只有他自己记得曾经和莎拉加娃有一个关于宇宙的约定。

这种近乎疯狂的工作态度伴随着人类社会进入引线时代末期再次改变了巴拉科夫的生活。他接到了富尔茨博士的邀请加入了他的团队，作为准备登陆火星的最终人选进行培训。对于这份工作，巴拉科夫并没有表现出多么欣喜若狂，但是他仍然保持着一如既往的疯狂态度。很快，他从数十名候选人中脱颖而出，第一个获得了资格。看着远在天边的火星，巴拉科夫的脸上平静得如同一潭死水。或许，在莎拉加娃遇难的那天，他就已经死了。

从登陆火星一直到宣布独立，巴拉科夫从没有对异性产生过任何特别的感觉。在他眼里，这个世界上只有两种女人，一种是莎拉加娃，另外一种是其他女人。这就是他，一个让几乎所有女人都讨厌又不愿意靠近的人。

直到刘婕出现，巴拉科夫终于发现，这个美丽的东方女人居然有着一种强大的气场，这种气场甚至比莎拉加娃更让他感到心潮澎湃。她平静、淡然却毫不放弃自己的原则和观点，她敢于提出犀利的反对意见并毫不客气地指出巴拉科夫错误的观点。也正因为如此，巴拉科夫才把刘婕排除出了火星基地的核心领导层，而他这么做的原因并不是为了巩固自己的权力。

当时的火星基地资源匮乏，除了一枚威慑地球的核弹之外，其他物资少得可怜。他需要一个强大有效的生产力来维持整个火星基地的生存，而刘婕向往自由的观点显然和团队的要求不相符，至少在火星基地当时的发展过程中是没有用武之地的。当然，未来一定是她的，所以，在刘婕向她提出了质疑并且愤怒地指责了他之后，他把刘婕赶到了十号基地。那里是一个可以让人冷静下来的地方，也是刘婕成长的温床。在那里，她将蜕变成一个真正的智者。

关于巴拉科夫和刘婕之间到底有没有爱情，人们的看法不尽相同，因为他们从来没有对外宣布过他们是恋人，但他们之间的默契却似乎时刻存在。他们既不承认，也不否认，就像事先商量好了一样。

或许在他们两人心中，这就是他们所需要的那种爱情。

十一、回家的感觉真好

一个月之后，刘婕如约来到了火星基地的总督办公室。所有人都以最热烈的掌声迎接着带领他们走向美好未来的领袖。和当年离开这里不同，此时的刘婕身上散发出的完全是一种自信。

刘婕看着所有人，仍然是一如既往的平静。她打开话筒，开始了一段充满激情、魅力，又感人至深的讲话：

> 朋友们，我们离开地球已经几十年了，这几十年中的每一天都应该是值得我们铭记的。我们有过悲伤或者喜悦，也曾有过动容和无奈，但是我们终究会以作为火星的一分子而感到骄傲。每一段故事都会有不同的朋友与你同行，或逆流而上，或顺流而下，像两只小船一样交汇于湍急的河流中，在交汇的一刹那，互相成了朋友，然后各自分开，继续自己的人生旅程。分开并不代表永别，每次告别都应该是再次见面的开始，没有人会拒绝让人难忘的宴会。
>
> 我不知道地球如今的模样，但我坚信，作为人类的一分子，他们和我们一样，都拥有伟大的胸怀和对家人的留恋，他们和我们一样期盼着能重新走到一起，我们就像是

走失的恋人一样，如今重新牵手，这种感觉让人难忘。我和大家一样，内心焦急而充满喜悦，希望每天早上可以看到红色的日出，晚上可以看到橙色的夕阳，可以看到大海、湖泊、雪山和蔚蓝的天空。

我不是一个善于表达自己心情的人，但我希望我能从你们的情绪中受到感染，因为这份喜悦即将到来。这属于我们这里的每一个人。

刘婕的演讲并不长，但每一个字都让人为之动容。许久，他们才缓过神并意识到，他们真的要回家了。

掌声如雷鸣般经久不息。这是巴拉科夫那次演讲之后，人们第一次由衷地发自内心地鼓掌。他们用这种人类最为古老的方式肆意地庆祝、欢呼，同时为他们拥有一位将带领他们走向未来的领袖而喝彩。

刘婕就是在这种众星捧月的氛围中走马上任的，并逐步走向巅峰。

一星期之后，载着十名谈判专家、带着刘婕亲笔信的“大雁号”载人飞船从火星二号基地起飞，带着全体火星人类的希望和对美好未来的向往回到了地球。

与此同时，地球上的库勒、玛索、费尔曼以及地球人类工会的所有人都在加州的火星发射基地等待着“大雁号”的到来。这里是当年桑帕约和巴拉科夫离开的地方，在这里回归将有着非同寻常的意义。同样，喜悦和激动都毫无保留地刻在他们脸上。

“玛索，我不知道该怎么形容我的心情。你知道的，我非常激动。”库勒拉着玛索的手，用颤抖的声音说道。

“博士，我也一样，我好想念他们。”玛索握着库勒的手，激动地说。

“我们将迎来人类历史上最重要的一天，太伟大了，还有什么是我们无法战胜的！”库勒仍然很激动地说道。

“博士，快看，他们进入地球的轨道了，现在正在太平洋的上空。让他们多飞一会儿吧，他们很久没见过海洋了。”玛索指着大屏幕对库勒说。

“是啊，是啊，好久没见过了，这些个家伙们。”库勒冲着天空挥舞着手，仿佛“大雁号”上的人可以看到一样。

“大雁号”进入地球大气层之后，就放慢了速度，开始在太平洋上空飞行着。此时，他们更像是一架旅游客机。

“哦，天哪，大海，我都几十年没见过了。”格拉比激动地哭了。

“大海简直太壮观了，这是我第一次见。”格拉比的助手是在火星上出生的第一批人类，这是他第一次见到海洋。

“我想拥抱大海，我想跳下去。”另一位助手兴奋地站了起来，一边看着大海一边激动地喊着。

在这种充满激动的情绪中，“大雁号”飞到了发射基地，准备降落。

这是具有历史意义的一刻，当“大雁号”缓缓降落在基地的时候，格拉比第一个走下了飞船的起落架。此刻，库勒、玛索、费尔曼等人早已经等候在起落架下迎接他们。

格拉比再次哭了起来，他无法用语言形容自己的感受，什么都没有说，径直走向地面。

“博士，你好。我们回家了。”格拉比抱着库勒哽咽地说。

“欢迎回家，孩子。”库勒的拥抱非常热情，他也已经泪流满面。

“格拉比叔叔，还记得我吗？”玛索做了个鬼脸，看着格拉比。

“你是……哦，天哪，玛索，你长大了，我走的时候，你还是个孩子。我的天哪，哈哈，玛索。”格拉比看着玛索，激动得几乎跳起来，紧紧地抱着玛索。

“格拉比，你这个该死的家伙。”人群中有人喊道。

格拉比擦了擦眼泪，寻着声音望去，只见欢迎的人群中一个戴着眼镜的女人正在用愤怒的目光看着他。

“我的天哪，弗莱娜，哈哈，想死我了。”格拉比看清楚了，是弗莱娜，他最好的搭档。

“你这个该死的家伙，是不是早把我忘了？”弗莱娜擦着眼泪抱住了格拉比。

“怎么会呢？我每天都在想念你的草莓蛋糕，还有炸鳕鱼。”格拉比大笑着说。

每一个人曾经演练了无数次感人的见面语似乎顷刻间变成了老朋友聚会的寒暄。一切都还是和以前一样那么随意，那么熟悉，就像他们从没有分开过一样。

双方毫无保留地介绍了这些年各自的一切，感慨着沧海桑田变化的同时也感受到了时间的无情。最终在没有任何异议的情况下，成立了新的太阳系工会，以应对所有人类新的危机。后来，莫里斯称这一天为“重生日”，意味着重生和一个伟大的开始。

第八章
到达恩美雅

一、星际朝圣者

“查尔斯号”仍然孤独地行进在未知的宇宙中。天狼星对于他们来说只不过是可供选择的去向之一，不过更多的时候，他们甚至不知道哪里会是自己的容身之所，包括舰长查尔斯在内的所有人都处在一种近乎绝望的边缘。也许过不了多久，他们将化作宇宙中的一粒尘埃，永远地消失，不留下一丝一毫曾经存在过的信息。

“我希望碰到高级文明，和他们干一仗，至少死之前见识一下他们有多厉害。”机械师哈克颓废地说道。

“哈克，我也希望如此，不过我们不会那么轻易碰到高级文明的，就算是碰到，没准我们还没动手，已经在不知不觉中被干掉了。”分析师卡西姆说。

“我们现在的坐标是多少？距离天狼星还有多远？”查尔斯嘶哑着声音问。

“很远，如果按照现在这个速度的话，我们大概还需要 18 年才能到达他们的星系。不过我们的技术小组如果能制造出新的加速器的话，也许会早一点。”哈克回答。

“我现在只想找个地方着陆，我的脚已经好多年没踩过陆地了，哪怕是一片沼泽也行。”卡西姆懒懒地说。

“报告，前方 60 个天文单位处发现未知飞行物。”导航员的一声高呼让所有人振作了起来。

“自然物体，热感反应为飞行物，正朝我们方向以声速前进，请指示！”导航员大声地喊着。

“降低速度，核弹进入待发射状态，发射无线电波友好信号。如未收到回复，距离 10 个天文单位时发射核弹。”查尔斯紧张地盯着大屏幕说。

查尔斯和舰上所有人的第一感觉是第三舰队的人来追杀他们了。但是很快，查尔斯就反应了过来，这绝不是第三舰队的人，因为他们不可能绕到他们前方进行堵截。但是这比第三舰队更可怕，因为谁也不知道对方的情况和来意。

无线电波的信号很快得到了回复：“你们来自哪里？”

查尔斯立刻下令飞船停下，并继续发射无线电波：“我们是宇宙旅行者。”

对方回复：“请报告你们的宇宙坐标，去向。”

查尔斯回复：“我们来自猎户座太阳系的地球和火星，前往大犬座。”

对方没有再次回复，整个“查尔斯号”陷入了沉默当中，没人知道对方会怎样。此刻他们紧张得几乎要崩溃。

就在这种沉默中，对方飞行物距离“查尔斯号”的距离已经只有区区 20 个天文单位了。查尔斯示意核弹进入最后发射准备，不过就在他准备要采取攻击的时候，对方却再次回复，这次的回复让查尔斯和所有人都大吃一惊。

“我们也来自地球，但并不能和你们见面，记住，请不要听从大犬座恩美雅人的话，一切都是谎言，再见。”

正在查尔斯对这波无线电信号进行分析的时候，前方的飞行物居然莫名其妙地消失了，任凭“查尔斯号”怎么搜索也找不到一点影子。

“查尔斯号”上的所有人再次崩溃，因为他们根本不知道对方在说什么。恩美雅是什么？高级文明吗？他们来自地球？他们到底是谁？

在一片疑惑中，“查尔斯号”重新启动朝着前方出发，在黑暗中，他们没有看到任何飞行物留下的痕迹。

“我们是不是在做梦？”哈克问。

“我也觉得是在做梦。”卡西姆回过头看着查尔斯说。

此时的查尔斯却陷入了沉默，他虽然也不明白对方的意思，也并不完全相信对方的话，但是他却感觉到这里面有太多的信息，而这需要慢慢地证实。也正是在这突如其来的相遇之后，查尔斯的内心又重新燃起了对星际旅行的兴趣。

要在宇宙中寻找到伙伴和敌人的概率很低，因为宇宙实在太过浩瀚，但是这并不代表宇宙中没有故事。宇宙中时时刻刻都在发生各种各样的事情，而以人类目前的水平和眼界却根本无法看到这些，甚至连想象都很难做到，这不得不说是人类的一个悲哀。

“我们还要不要前往天狼星方向？”导航员问查尔斯。

“当然了，难道你们不想看到故事的结局吗？”查尔斯轻松地回答。

“那我们是不是该相信刚才那个消失的家伙的话？”导航员接着问。

“这个不好说，不过我的建议是我们暂时不要相信任何人说的话。宇宙到处都充斥着谎言，而且这些谎言很可能都是致命的。”查尔斯坐在靠椅上，闭上了眼睛。

查尔斯的话让人似懂非懂，但是他们却都认可查尔斯的为人，这是一位受人尊重的领航者。如果没有他，现在他们很可能早就被巴尔顿处死，然后扔在茫茫的宇宙中了。跟着查尔斯，即使是死去，也至少是一件值得铭记的事。毕竟对飞船上的每一个人来说，他们和死人几乎没有什么区别。

有了目标的“查尔斯号”开始急速奔向天狼星。如果说之前他们像是一个孤独寂寞的落魄流浪汉的话，那么现在，他们已经变成了一个虔诚的朝圣者，而天狼星就是他们心中的圣殿。他们的内心不再恐惧，不再颓废，不再犹豫，也不再孤独寂寞，而是充满了期望。

黑暗的宇宙仍然没有一条明确的道路，不过对于如“查尔斯号”一样的星际朝圣者来说，走的人多了，也就成了路。

二、自我毁灭

巴尔顿远比赵志宏要不幸得多，他要面对的不单单是未知的目的地，还有一个庞大的随时可能失控的巨大团队。虽然巴尔顿一直以来都保持着态度上的强硬，但是连他自己都知道，这种情形只是维持现状的一种伎俩，他的舰队随时可能出现坍塌式的崩溃，特别是在“查尔斯号”叛逃之后。也正因为如此，巴尔顿变得比原来更加敏感，稍有风吹草动，他就会轻而易举地暴怒。

紧张压抑的情绪就像是膨胀的气球一样，当达到爆炸点的时候，就会发生毁灭性的爆炸，不会再有任何补救的机会。巴拉科夫深知这一点，所以他选择了在爆炸点松手，成就了伟大的交接。但巴尔顿不懂这些，他只知道，在舰队中，如果自己不强硬，将可能出现第二个查尔斯叛逃事件。

第三舰队的每一名成员都是经过精挑细选的。本来这些人都有着伟大的抱负，并打算献身于星际旅行事业，但是真正的星际旅行还是超过了他们的心理承受能力。在漫长的旅行中，一部分人的心理发生巨大的变化，暴怒，抑郁，甚至精神失常。但这些，没有引起巴尔顿丝毫的怜悯，他们甚至还被称为懦弱的人。

真正让第三舰队走向彻底分裂的事件并不是“查尔斯号”的叛逃，而是舰队副司令艾克拉和巴尔顿的矛盾。

艾克拉在火星基地的时候，不过是一个上校，但是因为很早就进入了巴拉科夫的核心团队，所以在进入第三舰队之后，他很自然地成了副舰长，辅佐巴尔顿的工作。本来在工作中，两人有意见不统一的时候很正常，但是巴尔顿和艾克拉两人都是性格急躁并且坚持自己没有错的那种人，这也为后来发生的一切埋下了种子。

走出星系残骸之后，艾克拉向巴尔顿提议他们应该改变航线奔向大犬座方向。因为相对于遥远的英仙座而言，大犬座的距离更近，也更容易找到栖息地。再加上路上看到的一切让他们意识到宇宙的危险随时都可能发生，缩短和改变航线是最好的应对方法。这个建议合情合理，并没有什么错，但是没想到，作为副舰长的艾克拉却遭到了巴尔顿最直接的拒绝，还被狠狠地训斥了一顿。

“我想我们应该改变一下航线，朝大犬座方向前进，那里更近一些。”艾克拉对巴尔顿说。

“你家在底特律，你从洛杉矶回家，是否会坐去佛罗里达的飞机？”巴尔顿没有看艾克拉而是说出了一句莫名其妙的话。

“当然不，你的意思是？”艾克拉显然没有明白巴尔顿的意思。

“那你就不要废话，闭上你的嘴，我凭什么要听你的！”巴尔顿猛地站了起来，愤怒地冲着艾克拉吼道。

“我们需要改变，而不是这么毫无目的地乱撞，我们这样像个白痴，你知道吗？”艾克拉也没有示弱，他已经忍了很久了。

“你说什么？你这个浑蛋！”巴尔顿一把抓住艾克拉的领子，狠狠地推了一下。能用拳头来解决的事，他绝不会用嘴。

“你才是浑蛋，你去看看现在整个舰队是什么样子，每个人都和死人没什么区别！”艾克拉推了一把巴尔顿。

“和死人没有区别？那就处死！”巴尔顿的眼睛瞪得滚圆，像一头暴怒的狮子。

很快，两个人的争吵变成了一场拳击比赛。没有人让步，也没有裁判喊暂停，直到两人都倒在地上喘着粗气才算结束。

“我要杀了你这个白痴！”巴尔顿喘着粗气说。

“那你就来吧，你这个浑蛋！”艾克拉毫不畏惧地回应着。

两人都不再说话，但显然两人的怒火并没有停止。特别是艾克拉，愤怒的同时，他认为自己的安全受到了巨大的威胁。回到自己的舰队办公室冷静之后，他开始感到恐惧，同时一个想法在他的内心深处开始发芽。

同样，巴尔顿的愤怒也没有停歇。他知道今天发生的事将会严重影响到未来他对于舰队的控制权，因此他决定明天一早就撤换掉艾克拉的副舰长职位，任命对自己言听计从的人来担当这个重要的职位。

然而，艾克拉却先采取了行动。艾克拉的行动是在当晚十点开始的，他召集了舰队中他认为忠于自己的所有独立飞船的舰长在自己的飞船上进行了一个非官方的会议。他在陈述自己主张的同时痛斥了巴尔顿的种种恶行，并得到了与会所有人的支持。他们最终决定在第二天的例行会议中对巴尔顿实施控制，从而控制整个舰队。

艾克拉的行动意识没有错，但是他忘记了一件事，决定的事就应该立刻去做，否则的话，将会后患无穷。就在他们万事俱备只欠东风的时候，东风最终没有来——他们的行动败露了。

三、分道扬镳

艾克拉怎么都不会想到，就在第二天早上的例行会议开始之前，他被捕了，而且是在他几乎已经成功的时候。

巴尔顿的卫队在艾克拉踏进总舰的一刹那，就对他和他的支持者进行了迅速的抓捕。虽然艾克拉他们也进行了反抗，但是这种反抗并没有起到任何作用，面对装备精良的卫队，艾克拉他们只能束手就擒。

不过巴尔顿并没有表现出极大的愤怒，或许这一切都在他的掌握之中。他看着艾克拉和他的支持者，许久没有说话，最后叹了一口气。

“你不怕死？”巴尔顿问。

艾克拉没有说话，仰着头，似乎已经知道了自己的结局。

“我知道你不怕死，也知道你拥有一颗战士的心，你很伟大。”巴尔顿轻轻地说。

“不用多说了，我只希望让我面朝地球的方向。”艾克拉也轻轻地说。

“放心，我会满足你的愿望的，不过你得告诉我，地球的方向在哪里？”巴尔顿接着说。

艾克拉抬起头看了一眼巴尔顿，并不明白他要说什么。

“地球就在那里，永远都不会改变。但我们不一样，我们需要改变，目的是为了让地球永远留在那里。”巴尔顿很自然地说。

“不用跟我说这些，杀了我吧。”艾克拉瞪着巴尔顿狠狠地说。

“不，艾克拉，我昨天已经考虑好了。我不会杀你，而且会让你走。”巴尔顿看着艾克拉非常真诚地说。

“什么？你不杀我？”艾克拉简直不相信自己的耳朵，他吃惊地看着巴尔顿。

“对，不杀你，因为我们都是地球的血脉。你可以带着一部分人去大犬座，而我必须要去英仙座，算分道扬镳也好，分开行动也好，总之我们必须把这场没有终点的旅行走完。”巴尔顿叹了一口气。

“我知道我的问题很大，但是在这种情况下，必须要保持舰队的整体性，这是我唯一能想到的手段。不过现在，不需要了，你可以带着你的人走。”巴尔顿摆了摆手，示意卫队放开艾克拉。

艾克拉看着巴尔顿不知道该说什么，许久，他才说道：“我不知道谁对谁错，也不知道我们这次旅程本身是否正确，但是你说得没错，我们都是地球的血脉。我想我们总有一天还会见面的，我希望下次见面的时候，我们都能够改变一些。”艾克拉说完，向巴尔顿敬了一个礼，走出了总舰。两小时之后，第三舰队一分为二，一部分在艾克拉的带领下朝着大犬座天狼星方向飞去，另一部分由巴尔顿带领继续奔向英仙座。

巴尔顿和艾克拉并不知道，这次分离带给他们的会是完全不同的两个未来。

英仙座距离此处还很遥远，根据一直以来的观测，那里拥有一个类似太阳系但却大得多的巨大星系。根据宇宙概率论和对光谱的分析，那里是可以找到适合人类生存的星球的。从科学角度上来说，那里比大犬座更可能出现宜居星球，这也正是巴尔顿一心要前往那里的原因。

看着渐渐远去并且信号逐渐消失的艾克拉舰队，巴尔顿的心中充满了悲凉。曾经，他们作为一个团队离开火星，承载着所有人的希望，团结一致，目标统一。但是，星际旅行就像是一部人类的进化史一样，分裂也是其中必不可少的一部分。就如同类人猿一样，留在树上的不理解为什么有人会走下大树，而走下陆地的也不理解为什么要总留在树上。但是无论选择哪条路线，他们的目的都是一样的——为了生存。

“我们还继续吗？”霍利尔问巴尔顿。

“什么？”巴尔顿回过头，并不明白霍利尔要表达的意思。

“我是说我们是否还像以前那样？还是改变？”霍利尔轻轻地问。

“无所谓了。告知舰队所有人员，即日起第三舰队将实行民主制度，所有人都有权提出自己的意见，但是目标不会改变。”巴尔顿坚定地回答道。

“我们未来会和他们见面吗？”霍利尔问巴尔顿。

“当然，这是肯定的，宇宙不过是个物质，虽然看似无穷无尽，但是我认为它是有限的，只不过我无法预测。再见面的时候或许我们早已经化成尘埃，分子重新融合了。”巴尔顿苦笑着说道。

“你说现在火星上变成什么样子了？”霍利尔接着问。

“如果不出意外的话，现在他们已经回归地球了，或许新的舰队已经派了出来，在不久的将来会跟我们会合。”巴尔顿回答道。

四、报废基地

“富尔茨号”距离恩美雅的距离越来越近了，这个距离足以让他们兴奋。要知道，他们已经行驶了40年了。对于他们来说，这一切都好像是做梦一样。他们离开地球的时候，还都是年轻人，但现在，他们每个人都即将进入中年。不过看着近在眼前的恩美雅，这一切都是值得的，每个人的脸上都洋溢着胜利者的微笑。

“恩美雅，像是玛雅人的名字。”金娜笑着说。

“也许他们跟玛雅人一样伟大。”赵志宏接着金娜的话说。

“他们会是地球的救星吗？我们该怎么向他们问好？”金娜冲着赵志宏眨了眨眼睛。

“这个嘛，我觉得你可以利用你的美貌来搭讪，没有人可以拒绝美貌。或许会是一段美丽的邂逅，然后生出一个混血宝宝。不，我不知道该怎么形容，算星际宝宝吗？哈哈！”赵志宏调侃着金娜。

“可以啊，我真的还挺期待的呢，也许他们像电影明星一样帅。不过如果他们长得像科幻电影里的外星人那样，我会拒绝的。”金娜耸了耸肩，吐着舌头说。

“前方出现巨大的磁场，距离我们大概400个天文单位。”莱曼突然喊道。

“怎么会这么近？我们之前一点儿发现都没有。”赵志宏很惊奇，这磁场就像是突然冒出来的一样。

“我也想知道它们来自哪里。难道有巨行星？或者恒星？”莱曼一边说，一边紧急做着磁场测试。

“有什么大惊小怪的，我现在对什么都不会感到惊奇了。”安德森平静地看着莱曼和赵志宏。

“虽说不感到惊奇，但至少我需要表现出一下我的小心翼翼啊。”赵志宏哈哈大笑。

“或许天狼星的个头儿太大了吧？这是它的磁场。”库福尔问道。

“嗯，有这个可能，不过我要告诉你们一个消息。”莱曼扭过头看着所有人说。

“什么啊？”

“这个磁场无法测到尽头，也就是说它像一张网，横在我们面前……”莱曼脸上的表情非常沮丧。

“真是的，总是在高兴的时候来点儿扫兴的。”赵志宏愤愤地骂了一句。

“距离磁场40个天文单位，我们是继续前进还是停下？”两小时之后，莱曼再次喊道。

“继续前进。”赵志宏没有丝毫的犹豫，毕竟在这么久的星际旅行中，他已经见识到了太多超出他想象力的事了，没有什么可以让他停下前进的步伐。

在继续前进了15分钟之后，“富尔茨号”在位于这个巨大磁场不到一个天文单位的位置停住了。

“它就在我们面前。”莱曼说道。

“穿过去吧，就当它不存在。”赵志宏继续下达着命令。

“富尔茨号”几乎没有任何犹豫，朝着磁场的方向扑了过去，并很快通过磁场屏蔽器，安全地进入了这张无形的大网。

“你们有什么感觉吗？”金娜问。

“我……感觉来到了另一个世界。”安德森看着金娜，呆呆地说。

在他们的面前，出现了一个已经40年未能见到的画面，在星际空间中飘荡着无数的飞船残骸和人造卫星残骸。这些残骸和他们曾经见过的飞行物残骸一样，都是透明的。

“我们又进入了四维空间。”川口说。

“这是一个战场。”赵志宏左右环顾着说。

“可以这么理解，但是我觉得真相可能不是这样。”金娜看着赵志宏。

“你怎么理解？”

“我们不知道，但是我并不觉得这是战场。你们看，这些飞船都是一样的，更像是一个报废汽车的停车场。”金娜的话引起了大家的注意，仔细一看，确实如此。

“查看有没有什么信息。”安德森说。

“富尔茨号”开始在这些残骸中游弋，终于，在距离磁场网大概两个天文单位之外，他们收到了无线电波：“这里是恩美雅的边缘地带，请继续前进，帮我们打开地狱之门，我们一起逃离这里。”

“天哪，我们已经进入恩美雅的家了。”金娜高呼着。

“终于到了！上帝啊。”库福尔也跟着金娜喊了起来。

“我们只是到了边缘，还差很远呢。”安德森淡定地说。

“‘探测号’准备出舱，前方探路。”赵志宏下达了命令。

川口和佩尔森立刻开始了准备工作，他们需要为“富尔茨号”探路。

“伙计，我们总是当先行者。”川口对佩尔森说。

“先睹为快，没什么不好，说不定我们会先看到恩美雅人呢。”佩尔森笑着说。

“探测号”从母舰中飞离，率先朝着前方前进，半个小时之后，“富尔茨号”才会继续前进。

虽然已经意识到这里是一个报废飞船的场所，但是川口和佩尔森还是对这里的巨大感到不可思议，在接近两个天文单位的星际空间中，飞船和卫星的残骸几乎无处不在。

“至少有 100 万艘吧。”川口说。

“我感觉也差不多，恩美雅好像没有我们想象中那么可爱，他们的文明已经达到了巅峰。”佩尔森说。

“地球上所有的飞机加起来恐怕也没有这么多吧。”川口一边看一边惊叹地说。

“我也觉得是，不过我在想另外一个问题，他们都这么强大了，谁还能让他们感到害怕和绝望啊？”佩尔森看着川口，脸上的表情很不自然。

“魔鬼。”川口严肃地说。

就在两人交谈的时候，突然之间，一颗炮弹在他们前方几百公里处发生爆炸，强烈的光让他们立刻感受到了危险。

“不好，有人袭击！”川口大喊一声的同时，立刻向“富尔茨号”进行了报告。

“他们应该是警告，不是真的袭击。”佩尔森首先恢复了理智。

“发射无线电波。”赵志宏下达了命令。

川口立刻发射了示好的无线电波，向对方表明了自己没有敌意。但是却没有得到任何回复。这让他们停在原地，不敢贸然前进。

五、宇宙虫洞

“查尔斯号”继续前进着，此时他们距离大犬座天狼星大概有 12 光年的距离。对于他们来说，这是一个名副其实的天文数字，不过，经过了作为宇宙朝圣者的洗礼之后，舰上的每一个人似乎都重新焕发了精神，并重新找到了星际旅行的乐趣。

查尔斯之前的担心已经荡然无存，此刻他的目标只有天狼星的恩美雅。对于一个星际旅行者同时又有极强好奇心的人来说，解开谜团是一件最快乐的事。

大约 7 个月之后，查尔斯和他的舰队遇到了一件非常奇怪的事，这让他们再次陷入了一个新的谜团当中。

那是在一次正常的补给之后，飞船仍然以曲率的方式行驶着，和以往的每一天都一样。突然飞船前方的镜像出现了问题，所有人都清晰地看到，飞船似乎被一种什么力量拉长了，但是很快又恢复了，所有人都紧张得不敢说话，也就是在几乎同一瞬间，飞船的导航系统也出现了异常，因为数据显示，就在刚才，飞船居然前进了 450 个天文单位，而时间显示，只有大概 1.5 秒的时间。

“怎么回事？”查尔斯和哈克几乎同时喊了出来。

“我也不知道，我们好像被什么力量朝前推了一下，就像是站在悬崖上下坠一样，不，比下坠更快！”卡西姆喊道。

“立刻掉头往回走。”查尔斯命令道。

飞船立刻掉头朝着刚才的方向飞去，很快，他们的机身又出现了和刚才一样的状况，镜像被拉长然后回到了 450 个天文单位之外。

“怎么回事？我们好像在穿越一样。”卡西姆根本不相信自己的眼睛。

“保持静止状态！”查尔斯立刻下达了命令。

“查尔斯号”此时像一个不知所措的孩子一样，呆呆地飘浮在宇宙空间中。

“450 个天文单位，1.5 秒？这是怎么回事？”哈克看着所有人问。

“如果没有其他力量的话，我想我们可能捡到了一件宝贝。”查尔斯脸上的表情虽然很严肃，但所有人都看得出来，他在掩饰自己的兴奋。

“什么？”哈克问。

“虫洞，只有虫洞可以让我们这样。”查尔斯说道。

所有人都不再说话，因为查尔斯的话像一颗炸弹，在他们的心里炸出了一个巨大的涟漪。

“哈克，立刻重复我们刚才所做的一切，前进，后退，测试这 1.5 秒空间的稳定性和密度。”查尔斯胸有成竹地说。

“是。”哈克立刻按照查尔斯的要求开始工作。

整整十个来回，查尔斯号在 450 个天文单位的空间中任意穿梭着，数字精确得让他们感到惊奇。

“没有错，我们的确前进了 450 个天文单位，用时是 1.5 秒。”卡西姆向查尔斯汇报着。

“我们现在要做什么？”哈克问查尔斯。

“我们现在需要停下，然后要进行更周密的测试，证实这是真正的虫洞而不是魔鬼在戏耍我们。”查尔斯轻轻地说。

查尔斯派出了探测舰首先对这里的空间进行了精确的分析。大约一周之后，他们得出结论，在宇宙空间中，曲率是无处不在并没有规则的，但是如果当曲率空间在特定条件下压缩，那么就可以把巨大的空间压缩到极小的范围，这样虫洞就出现了。查尔斯举了一个非常生动的例子，就是当把数十张纸平铺在地上时，它的边长会是数十米；而当把它们放在一个平行面上的时候，它们所占的空间就会减少到一张纸的宽度。现在，宇宙空间的曲率就是纸，如果它们折叠在一起，那么虫洞就形成了。

而宇宙的曲率空间虽然是不规则和不稳定的，但是如果通过对曲率空间的加温，使它到达一定的高温，那么空间会在巨大的辐射下产生扩张，然后在急速冷却中急剧缩小，从而把巨大的空间压缩到最小限度。这种实验在地球上失败了，因为地球磁场的稳定性制造不出曲率空间，而火星基地后来并没有进行这种实验。查尔斯在火星的时候，一直没有放弃这方面的研究，并有了非常精确的理论。但是理论毕竟是理论，一直以来，他们都没有实验的机会。

紧接着，查尔斯又让探测舰绕开虫洞，在这 450 个天文单位之间正常前进，而母舰则穿越虫洞，大约一小时之后，双方相遇。所有人都兴奋地呐喊，要知道，这是人类第一次见证了真实有效的虫洞效应，而这一天，后来同样被莫里斯写到了人类的历史当中。

现在，最重要的一项工作要进行了，这是见证历史的时刻，也是改变历史的实验。实验成功，意味着人类将在解开宇宙之谜的道路上迈出一大步，而失败了，那么就只能继续蹒跚前进了。

带有反物质的核弹发射了，在距离“查尔斯号”大约 40 个天文单位的地方爆破。查尔斯号上的每个人都惊讶地看到，宇宙的曲率空间在反物质导弹的巨大作用力下，像一条带有弹性的毛巾被瞬间拉开，在达到 1000 个天文单位的时候停止，随着高温的逐渐下降，被拉开的曲率空间开始急速缩小，速度是扩张时的数十倍，并最终压缩成了一个曲率面。

“我们见证了宇宙大爆炸。”卡西姆呆呆地说道。

“虫洞制造完成！”哈克激动地冲着查尔斯喊道。

此时的查尔斯已经泪流满面，他知道，他已经改变了整个人类。

六、相遇

在经过三次实验之后，“查尔斯号”最终证实，反物质核弹作为到现在为止人类最为强大的武器，可以把1000个天文单位的宇宙空间压缩，从而达到瞬间移动，进而缩小星际旅行的航程，但是这和巨大的宇宙空间比起来，就是小巫见大巫了。

要想继续扩大虫洞的移动范围，目前唯一可做的就是提高武器的能量，把曲率空间放得更大，然后压缩，所以查尔斯下令立刻进行新式武器的研究，这其中就包括高能粒子反物质导弹。根据之前的理论，这种导弹的威力是普通反物质导弹威力的一万倍，如果虫洞理论没有错误的话，那么瞬间移动的距离就将大大增加。

“查尔斯号”一边在茫茫的宇宙中前进，一边继续进行着武器的实验。终于在一年之后，他们成功制造了第一枚粒子导弹并实验成功，从而制造了一个巨大的虫洞。

有了这项技术，“查尔斯号”的行程大大缩短了。很快，他们距离大犬座的距离只有4光年了，而这个距离对于他们来说几乎等于已经到达了恩美雅。

“我们可能是第一批到达这里的人类。”卡西姆有些激动地说。

“所有人都会大吃一惊的。”哈克笑着附和道。

“前方距离1000个天文单位处出现巨大磁场。”导航员看着导航系统突然大声喊了起来。

“放慢速度，改为化学动力前进，测试磁场来源。”查尔斯下达了命令。

大约一小时之后，“查尔斯号”到达了发现的未知磁场处，而这里，是“富尔茨号”发现磁场的另外一面。也就是说，这个巨大的磁场网像一个巨大的圆圈一样把整个恩美雅的引力范围完全包裹了起来。由于磁场的轨道是椭圆状的，所以虽然距离天狼星的距离比“富尔茨号”要远，但“查尔斯号”还是先于“富尔茨号”进入了磁场，从这一点上说，他们应该是第一批到达天狼星系的人类。

和“富尔茨号”一样，他们也看到了恩美雅的报废飞行物和卫星，同时也收到了恩美雅留在这里的无线电波，不过比起赵志宏的勇往直前，查尔斯显得更加小心。

“这些残骸让我感到有些不安。我们得注意自己的安全，如果发现靠近我们的飞船，立刻发出警告，不要使用虫洞，现在进入最高级别的戒备状态。”查尔斯下达了命令。

“查尔斯号”在飞船的残骸之间小心翼翼地行驶着。虽然在他们身边飘浮的都是报废的飞船，但是如果真的出现一个没有报废的也不是什么新鲜事。他们已经做好了迎接一切的准备。

就在他们小心翼翼前行的时候，突然，导航仪上显示，在前方出现移动的不明飞行物，查尔斯马上下令停止前进，准备发出警告。

一枚设定好的信号导弹在距离飞行物前方大约500公里处爆炸，炮弹带来的巨大亮光足以让对方发现。很快，对方停止了行动，和他们一样，处于一种静止的状态。

"怎么办?"哈克回头看着查尔斯，不知道接下来要做什么。

"等待，看他们的反应。如果半个小时之内没有回复，继续发射信号弹，然后发射无线电波。"查尔斯非常果断，似乎一切都在他的掌控范围之内。

只过了三分钟，对方发来了无线电波，从信号源上分析，这是一种表示安全的电波。

"老大，他们的电波和我们的很相似，但我不知道是不是示好的意思。"卡西姆回过头对查尔斯说。

"保持无线电静默，不要回复，继续观察，按原定方案执行。"查尔斯命令道。

双方就这样陷入了僵持中，就像两个潜伏在宇宙中的猎人一样，谁也不愿意暴露自己。大约半个小时之后，对方可能是按捺不住这种状态了，再次发出了信号，而这次的信号让"查尔斯号"上的所有人都兴奋异常。

"我们来自遥远的太阳系中的地球，来这里是为了帮助你们的，请回复。"

"是地球人，老大，是地球。"哈克激动地对查尔斯说。

"告诉他们，我们来自火星，请求接近。"查尔斯命令道。

大约三分钟之后，"富尔茨号"探测器载着川口和佩尔森飞到了"查尔斯号"的面前。

"看来地球人和我们的进度差不多啊。"哈克看着查尔斯，脸上的表情很让人捉摸不透。

"先让他们进来吧，弄清他们的目的再说，毕竟火星和地球还没有恢复外交关系。"查尔斯笑着说。

川口代表地球进入了“查尔斯号”内。此时他们双方都并不知道，在遥远的太阳系，地球和火星已经合二为一，准备开始新的篇章，而他们，却还要如此小心翼翼地试探着自己的家人。

“你好，地球人。”查尔斯说话的口吻里带着一种傲慢，这和巴拉科夫对待地球的态度一样。

“你好，舰长。”川口微笑着向查尔斯问好。

“你们来这里干什么？”查尔斯问道。

“为了地球能够继续生存下去，你们难道不知道太阳系面临的危机？”川口看着查尔斯惊愕地问。

“什么？太阳系危机？”所有人都看着川口。

于是，川口把地球和火星分裂之后的事和盘托出，并且告诉他们为什么要来到这里。

查尔斯听完这一切，惊得目瞪口呆。

七、恩美雅的无线电文

对于“查尔斯号”和“富尔茨号”上的人来说，这一切都是惊喜并且让人激动的。要知道，在他们的旅程中，最盼望的事就是可以遇到同类。两艘飞船上的每一个人都喜极而泣，相互拥抱着、问候着，这个时候，没人在乎自己是来自火星基地还是地球人类工会，他们只有一个相同的身份——人类。

双方各自介绍了在旅途中的奇遇以及对宇宙的看法，并很快共享了双方的技术，最终达成了一起在这片四维空间中寻找未知答案的决定。赵志宏和查尔斯虽然性格不同，但这并不妨碍他们合作。

对于双方来说，1+1 一定是大于 2 的。

双方组成了一个舰队，“探测号”率先出发，在舰队的前方进行探路，紧接着是“查尔斯号”，个头最大的“富尔茨号”殿后。对于他们来说，从今以后，都不会再显得那么孤独了。

又经过了 10 天的航行，他们终于掠过了这片残骸，重新进入了黑暗，但是和以往不同的是，巨大的天狼星已经可以看到，而恩美雅就在它的旁边。

“那是我们的终点。”赵志宏和查尔斯几乎同时说出了这句话。说完之后，他们都笑了，终于到了要揭开谜底的时候了。

“恩美雅的科技程度让我吃惊和感到绝望，如果他们是敌人的话，那我们将会有很大的麻烦。”赵志宏对飞船上的人说。

“这个其实没什么，他们和我们的差别并不大。”金娜回答。

“我明白你的意思，他们还没有脱离我们的想象力，对吧？”赵志宏说。

“是的，至少现在没有，不过我们见到他们的话，肯定就不一样了。他们应该拥有我们理论上的东西，甚至是我们从不知道的概念，谁知道呢？”金娜既像是自言自语，也像是对赵志宏说。

“也许我们在他们眼里就像猴子一样。”赵志宏也自言自语地说。

“我们没有退路，这场战争无法避免。”金娜靠在座椅上说。

几乎就在同时，“查尔斯号”上也进行着几乎完全相同的对话。

“我们居然从征服者变成了守护者，说出来真是讽刺。”查尔斯叹息着说。

“其实并没有什么区别，征服者和守护者都是一样为了生存而已。”哈克看着查尔斯微笑着说。

“你什么时候变得这么优雅了？”查尔斯苦笑着问。

“我一直都是一个优雅的人。”哈克苦笑着对查尔斯说。

“我真想不通当初为什么要选择干这一行。如果听我爸爸的话，我可能会成为一个优秀的园丁，然后生老病死。”查尔斯看着远方说道。

“终究都是要死的。”哈克回过头茫然地说。

在这种有些悲观但是却无比坚定的情绪中，舰队毫不犹豫地朝着恩美雅的方向奔去。

在经过了大概一年的行程之后，舰队在距离恩美雅不到一光年的地方停下了，因为他们看到了只存在于他们想象中的可怕东西——戴森球，或许可以这么理解。

在遥远的天狼星和恩美雅之间，一个巨大的戴森球矗立着，它吸收着天狼星的能量，阻挡着天狼星的辐射和高温，为恩美雅营造出一个无比舒适的生存环境。

“他们至少是II级文明。”所有人都感叹着。此时，他们已经没有了之前遇到事情时的那种激动，似乎一切都已经习惯了。

“我们现在需要做什么？”赵志宏问查尔斯。

“不能继续前进了，我们需要和恩美雅取得联系。不过，我们也要做好死亡的准备。”查尔斯回答着。

“为什么会死？”赵志宏不太理解查尔斯的话。

“我不敢肯定他们是朋友。”查尔斯扭过头，看着赵志宏真诚地说。

“为什么？给我个理由。”赵志宏好奇地问。

查尔斯把在遇到他之前碰到莫名其妙消失的飞船的事告诉了赵志宏。

“你相信他说的话？”赵志宏问。

“不完全相信，但至少是一个答案。”查尔斯轻轻地回答。

“我们不能轻易相信别人的答案，宇宙比我们想象的要可怕。”赵志宏用洪亮的声音说。

“是啊，也包括恩美雅，我们不了解他们。”查尔斯说。

赵志宏不再说话，因为查尔斯的话没有错，恩美雅会不会在真诚的外表下拥有一颗邪恶的心，这谁也不知道。

“那我们还和他们联系吗？听你这么说，好像没有这个必要了，对吗？”赵志宏接着说。

“当然不，我们一定要联系，而且必须要弄明白这一切，包括我们一路上遇到的各种事情，这些都需要一个解释，死也要死得明白一些。”查尔斯微笑地看着赵志宏。

“也许他们是战争的经历者。”赵志宏自言自语地说。

“也许只是旁观者或者受害者，也可能是胜利者，都有可能。”查尔斯仍然很真诚，但是脸上却已经没有了微笑，变得非常严肃，这种严肃让人感到可怕。

“报告，接收到恩美雅发来的无线电波。”卡西姆发来了报告。

“翻译出来。”查尔斯几乎和赵志宏同时说道。

片刻之后，恩美雅的无线电文翻译了出来：

来自太阳系的朋友，你们好，我以恩美雅诺母的身份代表所有恩美雅上的生灵向你们问好，欢迎来到恩美雅。

这里曾经像你们的家园一样美好，一样让人羡慕，但是现在却早已荡然无存，这一切都是因为6500万年前那场可怕的战争。我们和你们一样是受害者，但我们需要你们帮我们解开身上的镣铐，并肩作战，一起战胜敌人，重新回到那个和平快乐的时代。

“6500万年前？”几乎所有人都不相信自己的耳朵。

“是星际战争导致了恐龙灭绝？”金娜几乎叫了出来。

你们在旅行中看到的一切都是上次战争留下的残骸。他们是我们宇宙的清扫者，从没有停止战争和征服。上次我们几乎已经赢了，只差那么一点。现在他们正在逐渐蚕食剩下的为数不多的文明。这400年是一个时间差。打开我们的镣铐，我们一定会赢——以诺母的名义。

整个舰队陷入了一种从没有过的可怕沉默中。至少他们知道了一个从没听说过的概念——恐龙灭绝是因为星际战争。

“天哪，那些可爱的大家伙到底遭遇了什么？”金娜再次喊了出来。

八、恩美雅的故事

“我们想知道6500万年前到底发生了什么，他们究竟是谁？”经过考虑和商议之后，舰队向恩美雅发送了无线电波。

不过这次，他们许久都没有得到答复。

“他们说的事，我真的没法想象出来，恐龙灭绝居然是因为星际战争，恐龙能制造飞船吗？这简直比童话还美丽。”哈克吐着舌头说。

“至少这为我们提供了一种新的理论。”赵志宏看着哈克笑眯眯地说。

“可是我们在地球上根本就找不到关于战争留下的痕迹。”哈克不太相信恩美雅的话，和赵志宏争辩着。

“你现在去德国能看到二战留下的痕迹吗，这才 200 多年啊。”金娜显然是站在恩美雅一边的。

“可是不一样，那时候没有人的。你知道只有人可以改变自然，而自然怎么可以改变人？”哈克仍然坚持自己的想法。

“你错了。人从来都不会改变自然，也无法改变自然，现在的我们根本做不到，但是自然无时无刻不在改变我们。南极的冰山融化，看似是因为我们造成的全球变暖导致，其实那是自然的一种适应能力，人类在自然面前根本什么都不是。”生物学家小达尔文说。

“好吧，我不知道该怎么解释我的想法，我现在只想知道恐龙究竟是怎么灭绝的。”哈克靠在座椅上。

就在这个时候，巨大的戴森球上发出了无线电波，这组无线电波很长，“查尔斯号”的接受时间也很长，经过足足 40 分钟才全部接收完毕，而翻译工作也几乎同步开始。

“看来他要给我们讲一个很长的故事了。”查尔斯对赵志宏说道。

“我们愿意把知道的一切都告诉你们——以诺母的名义。”无线电的开篇被翻译了出来。

“故事开始了。”赵志宏冲着查尔斯笑了笑。

我们的宇宙是一个巨大的完整的规则的圆，它是一个在不断膨胀的莫比乌斯环。在我们的宇宙中大概拥有几万亿种生命，而我们是属于这个宇宙中文明的顶端。天狼星所处的位置恰恰是这个宇宙的轴心，我们恩美雅世世代代生存在这里，从没有离开过，就像你们生活在太阳系一样。在几亿年前，我们也曾经殖民过其他星球，但是很快，我们发现，宇宙法则不允许我们这么做，各星系的平衡才是生存的根本。于是，我们放弃了殖民宇宙，转而建立了无数个太空城市来维护我们宇宙的平衡。

但是我们不去殖民并不代表其他星系的文明不会去，所以在很长时间内，恩美雅都扮演着打击其他星系殖民者的角色，维护着这个宇宙的平衡，这其中也包括你们地球上曾经有过的文明——亚特兰蒂斯文明和玛雅文明，他们曾经把整个火星、木卫二、土卫六以及海王星变成了殖民地，而上面的生灵则惨遭屠戮。

更可怕的是，玛雅文明和来自仙女座的库巴文明掌握了黑洞的原理。他们可以穿越到四维空间中对三维世界的我们进行打击，这对我们来说是非常可怕的。但是真正致命的却不是这些，而是他们遇到了四维文明者，也就是我们提到的终极打击者。

你们推断出的宇宙法则没有错，但是并不完整，处在同一维度的文明并非只能有一个生存者，而是可以共存的，这种共存就是平衡。但是如果我们擅自闯入其他维度，那么将会很快受到终极打击，这其中包括你们见到的粒子星际打击，就是把整个星系在瞬间消灭，但这只是四维生命的一种打击方式，而不是全部，也不是最可怕的。

你们可能会问，为什么我们拥有极高的文明却需要你们的帮助？这是因为我们为了保持宇宙的平衡也追着玛雅文明和库巴文明进入了四维空间，并在那里消灭了他们的主力。你们见到的宇宙坟场就是我们当年的杰作。我们庆幸自己可以继续保持我们宇宙的平衡的同时却没想到，四维文明对我们进行了打击，这是宇宙的第二条法则——不同维度的文明只能在各自维度下生活。如果相互干扰，那么资源就会枯竭，高级的文明一定会消灭低级的文明。

但是由于我们已经熟练地掌握了穿越维度的技术，所以四维文明虽然科技比我们发达，但是却无法完全消灭我们。于是他们动用了我们还没有掌握的技术——封锁空间。由于当时整个恩美雅都穿越到了四维空间，所以他们对整个恩美雅的引力范围之内进行了磁场锁定。处于四维空间的我们根本无法逃出，也无法重新回到三维，而你们由于是从三维空间而来，所以可以进出自由，这也是我们需要你们帮助的原因。

这之后，愤怒的四维文明开始对我们宇宙中的高级文明和可能进化成高级文明的星系进行打击，在短短的6500 万年内，他们消灭了 4000 万个高级文明，而他们的打击包括三种方式。

第一种就是如对恩美雅一样，进行空间锁定。我们只能在这个极小的范围内活动，这是禁止我们发展和外出的一种手段。

第二种是粒子打击，就是将整个星系在瞬间湮灭。他们利用三维的恒星能量在四维空间中摧毁星系的空间物质。这种打击在三维内看着宏大恐怖，而在四维内，其实不过如同一颗爆竹爆炸一样简单。

而第三种打击就是像对待地球那样——时间打击。他们首先把地球变成一个四维空间，然后把四维的时间轴掐断，并结成一个环，这样地球就会在一个时间段内不停地循环，而这个时间就是6500万年前到400年后。这个你们感觉到很漫长的时间，其实在四维空间内，是一个很短的轴，地球文明因此周而复始，无数文明建立、毁灭，直到太阳死亡。而每当你们的文明灭亡之后，地球会重新进入6500万年前的恐龙时代。

由于我们掌握着四维技术，所以在他们对我们实施打击之前，我们的诺母成功逃出，在四维空间的黑暗中隐藏着，等待着每一次地球文明到达顶点的时候求救，让你们来帮助我们打破磁场。而地球在玛雅时代也有飞船成功逃出时间轴，藏匿在四维空间，只有这样才能躲过四维文明对于我们宇宙文明的杀戮。

我们请求你们帮助我们打破锁定我们的磁场，这样我们才能帮助地球把时间轴复原，否则我们都将永远无法逃出他们的打击——以诺母的名义。

“富尔茨号”和“查尔斯号”上的所有人都不再说话。如果这是一个故事的话，那么简直太精彩了，即使最聪明的大脑也无法想象出故事的内容，但如果这是事实的话，那么这简直就是一个无法醒来的噩梦。

第九章

解读宇宙

一、发向宇宙的信件

刘婕和莫里斯的见面是具有划时代意义的，两个星球最为聪明的人像两个巨人一样把手握在了一起，只不过，他们要肩负的责任远超出他们所可以承受的重量。

莫里斯很欣赏刘婕的数学理论，刘婕也对莫里斯的思维模式大加赞赏。这绝不是表面上的客气，而是真正的彼此欣赏。现在，他们要把 1+1 的能量发挥到最大来实现他们的目标——拯救人类。

"如果按照正常速度，'富尔茨号'已经非常接近恩美雅了。"玛索对会议上的所有人说道。她的脸上很平静，看不出任何的情绪。

"也就是说，我们无论如何也无法改变他们要做的事了，除非他们自己放弃。”费尔曼博士解释着。

“也许在旅行中他们会遇到改变他们想法的事，或是他们并没有到达恩美雅。”有人这么说。

“我们只能按最坏的打算来处理。如果恩美雅没有我们想象的那么好，那么地球现在就是处在一个非常危险的境地。”刘婕看着报告，轻轻地说。

没有人说话代表没有人反对刘婕的意见。

“你呢，莫里斯，有什么意见吗？”库勒博士问。

“没有意见，我们现在需要按照最坏的打算来处理问题从而弥补我们犯下的错误。当然，这是一场赌博。”莫里斯一边说一边看着刘婕。

“如果按照宇宙概率论来计算的话，我们是肯定要弥补的，但是现在基本不可能了。因为我们根本无法知道恩美雅和我们所谓的共同敌人是谁，以及如何与他们联系。就算知道了，和他们联系会是什么后果，我们也不得而知。我们现在需要的是应对，而不是改变。”刘婕冲着莫里斯笑了笑。

“我们已经取得了一些进展，但是如果从恩美雅和敌人的技术来看，我们这些进展是毫无作用的。”库勒说。

“我们无须逃亡，因为根本逃不掉，从时间上来不及。”玛索接着库勒的话说。

“即使来得及也不行，时间只是存在于我们想象之中的概念。我们的应对措施很多，但不包括逃亡。”刘婕慢条斯理地说。

所有人都看着刘婕，只有莫里斯低着头微笑。

“说说看，我想知道可行性的大小。”库勒好奇地问。

“第一，我们可以在宇宙中做一个巨大的镜像。这对于我们来说，并不是难事，现在的技术完全可以做到，如果敌人是远距离打击的话。”刘婕说。

人们爆发出一阵哄笑。

“第二，也是我分析恩美雅的无线电译文看到的，恩美雅所发出的所谓的信，并不单单是发送给地球的，还有可能是其他星系的其他文明。如果这个假设成立的话，那么我敢肯定，其他星系也一定有人正在朝着恩美雅前进，做和我们一样的事。如果真是这样的话，那这场战争或许是需要时间的，暂时还不会波及我们。我们有足够的时间和‘富尔茨号’以及第三舰队联系，他们是我们宇宙中唯一存在的种子，也许他们已经学会了新的东西。”刘婕微笑着对所有人说。

“你呢？莫里斯，我们需要你的想法。”玛索看着莫里斯笑着问。

“暂时没有。”莫里斯摊了摊手说。

“那我们现在需要给‘富尔茨号’和第三舰队发送无线电是吗？可是他们在哪儿？我们早已经无法接收他们的信号了。”库勒说。

“别担心，博士，我们有引力波发射器，如果没有其他干扰，他们会收到我们的信息的。”莫里斯终于说话了。

“除了告诉他们我们的分析结果和他们要做的事，还有什么？”费尔曼问。

“还有向巴尔顿问好。”刘婕仍然笑着说。

“好吧，我一定会的。”费尔曼也笑了。

带有译文的引力波通过巨大的发射器朝着大犬座和英仙座方向发射了地球的信号。这是一项必须要做却无法猜到结果的工作。刘婕坚信这么做一定有效果是因为在第三舰队，巴尔顿拿着《宇宙的语言》的前半部分，通过在宇宙中的航行，他或许已经证实了许多理论，而这是现在地球最需要的。

会议之后，刘婕和玛索、莫里斯三人走在一起。他们的年龄差不多，彼此有很多的共同语言，更重要的是他们的宇宙观有很多相同的地方。

“玛索，你认为最高等的文明会是什么样的？”刘婕出其不意地问。

“你觉得呢？”玛索没有回答刘婕的问题，而是反问。

“简单。”刘婕看着玛索轻轻地回答。

“我也这么认为，宇宙、维度或许只是一个圆，最原始的也许就是最复杂的。”玛索说。

“对，或许宇宙根本没有我们想象的那么复杂，但是这需要证明，就像哥德巴赫猜想一样。”刘婕看着远方，还是轻轻地说。

“思维和其他概念或许只存在于我们的世界中，而且每个世界的思维方式完全不一样。”莫里斯说道。

“对，是这样的，这并不能证明谁更聪明。我们猜不到高等文明在做什么，他们也可能猜不到我们在做什么，就像我们到现在都不知道蚂蚁为什么要不停地工作。”刘婕朝着莫里斯吐了吐舌头。

“也许我们就是蚂蚁呢。”玛索也笑着说。

“完全有可能，或许高等生命就在我们身边的四维或者更高的维度里。”莫里斯学着刘婕的样子吐了吐舌头。

“哈哈，我们想得太多了，这真让人郁闷。走，我们去弗莱娜阿姨家，她答应给我们做草莓馅饼，很好吃的。”玛索拉着刘婕的手先跑了。莫里斯笑了笑，跟了上去。

二、晋级法则

第三舰队仍然朝着英仙座方向前进着，这是一段几乎遥不可及的距离，对每个人都是如此，经过了分裂之后，舰队上的每个人都似乎平静了许多。他们知道，离开和留下的结果没有区别，他们都是浩瀚宇宙中一粒小得不能再小的尘埃，最终都会化为灰烬。

巴尔顿静静地靠在座椅上，这是他最喜欢的思考方式。其实也谈不上是思考，因为他几乎生无可恋，只有遇到问题时他才会打开自己的思维。

“你说他们怎么样了？”霍利尔问巴尔顿。

“你指的是谁？”巴尔顿头也不抬地反问道。

“艾克拉、查尔斯他们。”霍利尔回答着，但声音很轻。

“不知道，这和我们无关。不过我们应该祝他们好运，他们是我们的朋友。”巴尔顿看了一眼霍利尔。

“是啊，和我们无关。这是他们自己的选择。”霍利尔自言自语地说。

“你觉得我们会成为宇宙的主宰吗？”巴尔顿突然问霍利尔。

“这怎么可能？宇宙中有那么多的文明，比我们高级的多得是。在他们眼里，我们甚至连蚂蚁都不是。”霍利尔觉得巴尔顿的话很可笑。

“我和你的意见正好相反，我觉得人类几乎是不可战胜的。因为我们没有见过外星文明，所以他们什么样，我们不知道。如果真的见到了，人类也一定可以找到办法干掉他们。”巴尔顿仍然靠在座椅上说。

“你是在讲故事吗？”霍利尔不可思议地看着巴尔顿。

“哈哈，对，是讲故事。这不过是我的臆想而已，别当真。”巴尔顿哈哈大笑。

“真拿你没办法。”霍利尔苦笑道。

“你知道宇宙最可怕的地方是什么吗？”巴尔顿接着问。

“浩瀚无穷，充满未知。”霍利尔回答。

“不，这些都不是最可怕的。”

“那你说是什么？”霍利尔接着问。

“宇宙法则，我们根本不知道这个宇宙的法则是什么。这其中包括生存法则、适应法则、安全法则还有战争法则，这才是最可怕的。”巴尔顿严肃地看着霍利尔说。

“宇宙法则？那只是我们想象出来的吧，真正的法则是由金字塔顶端的人制定的，宇宙法则也一样。而之所以这么制定法则，是因为他需要让自己的利益最大化的同时保持这种稳定性。”霍利尔说。

“你说得没错，我认可。”巴尔顿站起身看着霍利尔。

“或许某些宗教的领袖就是一个接触过宇宙法则的人，而我们不明白他的意思罢了。但我认为，我们还是应该用科学来发现这些法则。”霍利尔仍然坚持自己的观点。

“我知道，也一定会这么做，但可能这就是我们一直以来都没法更进一步的原因。我们的思维出现了瓶颈，或者说我们到达了思维的顶点。要想冲破这些，除了技术爆炸之外，还有就是我们需要思维爆炸，这比技术爆炸更难。”巴尔顿轻轻地说。

“对，我同意你的看法。我们的思维遇到了很大的问题，这不是时间可以改变的。”霍利尔看着远方，平静地说。

三、艰难的抉择

“考虑好了吗？我们该回复了。”赵志宏问查尔斯。

“让我再考虑一下，请原谅我这么做，在宇宙里，不能相信任何人。”查尔斯笑了笑。

“我明白你的意思，但我们现在没得选择。如果按照恩美雅人的话来说，整个太阳系，包括地球和火星都正在面临着危险。”赵志宏说。

“明早，我给你答复，今天我要睡一个好觉，或许是最后一个好觉了。”查尔斯说。

“嗯，祝你好梦。”赵志宏笑了笑。

说完，查尔斯回到了卧室。

“他太小心了。”库福尔对赵志宏说。

“这也是一种责任，或许他是对的。”赵志宏轻轻地对库福尔说。

回到卧室的查尔斯靠在床上，并没有睡觉，而是仔细地回忆着恩美雅的每一句话，思索着每一个细节，来判断这么做会带来怎样的后果，但是他惊奇地发现，恩美雅的话无论从哪个角度来说，都没有一丝一毫逻辑上的错误。

“难道恩美雅的话是真的？地球现在马上要完蛋了？”查尔斯叹了一口气。整整一夜，他都没有丝毫的睡意。

第二天早上，查尔斯准时出现在了办公室，赵志宏早已等待在这里。今天，他们要做出决定了。

“我考虑了许久，决定按照你的方式办。”查尔斯说。

“不，是我们的决定，你不同意我不会这么做的。”赵志宏笑着说。

“但是，有一个条件，或者说算是请求，我们不能都留在这里。你得离开，如果出现意外，我们至少还有人回去送信。”查尔斯笑着对赵志宏说。

“你走吧，我留下。”赵志宏说。

“不，你比我更果断，也更适合做一个领袖。如果出了事，你更适合带领其他人继续战斗。”查尔斯严肃地对赵志宏说。

“为什么这么不相信恩美雅，能告诉我吗？”赵志宏实在不理解查尔斯为什么要这么做。

“找不到什么原因，只是直觉而已。”查尔斯轻轻地说。

“可是科学不允许我们按照自己的直觉做事。”赵志宏回答。

“这不是科学，而是抉择，我们必须得给自己留下出路。”查尔斯坚持自己的观点。

“好吧，我同意。那我要在哪里等着你？”赵志宏被查尔斯说服了。

“磁场外一光年，那里有我们制造的虫洞。如果真出了问题，从那里离开一直朝着英仙座方向前进，那里有第三舰队，你们终有一天会碰到他们，但是如果无法逃生，就只能听天由命了。”查尔斯撇了撇嘴。

“好，我同意。我们即刻动身。”赵志宏说。

“带上我的几个队员，他们是最出色的专家。”查尔斯对赵志宏说。

“怎么像是做诀别一样。”赵志宏笑着说道。

“必须得按照诀别的方式来处理，毕竟机会只有一次。”查尔斯看着赵志宏非常严肃地说。

“好，听你的。你真是个固执的人。”赵志宏笑着说。

给恩美雅的回复电文其实早在他们看到恩美雅的长信之后就已经拟好了，只是一直没有回复，现在只需轻轻地按动发射键一切就会有结果。看着赵志宏带着“富尔茨号”离开之后，查尔斯才缓缓地从座位上站了起来，他要等待赵志宏告诉他安全的信号之后再与恩美雅联系。

看着窗外的恩美雅星，查尔斯再次陷入了一种混乱之中。这种混乱如同恩美雅说的时间轴一样错乱，虽然是顶级的科学家，但是他仍然无法想象出时间锁定、无限循环是一种什么样的概念。在这种无比混乱的情绪中，赵志宏给他发来了信号，告诉他自己已经在一光年之外，并且把虫洞的出口轰炸坍塌了。

查尔斯终于站起身，忐忑地按下了那个按钮，带有电文的无线电波发送给了恩美雅：

“我们决定按照你们的意思做，现在请告诉我们怎么帮助你们。”

没过多久，恩美雅的回复就到了：

“在三维内，也就是磁场外，利用远程核弹轰炸磁场，然后磁场周围会出现虫洞，我们就可以逃出，合作愉快——以诺母的名义。”

“好。”查尔斯下令掉转方向直奔磁场，不过他并没有选择赵志宏离开的方向，而是朝着自己来时的那个方向奔去，因为一旦出现问题，“富尔茨号”将可以毫无障碍地离开。

奔向磁场的“查尔斯号”像一个战士一样，毫不犹豫。此刻，查尔斯的心里只想更早地知道恩美雅人真正的目的。

一颗巨大的核弹轰炸了磁场，磁场几乎在瞬间就裂开了一个巨大的口子，一个极其稳定的虫洞出现在他们面前。与此同时，恩美雅的无线电波也到了：“轰炸戴森球。”

又一颗核弹奔向了戴森球并引起了巨大的爆炸。几乎是在瞬间，戴森球就消失得无影无踪，在原来戴森球的位置出现了一个巨大的空间洞穴，它不同于黑洞也不同于虫洞。准确地说，就是一个洞穴，而它的内部则一片黑暗，仿佛是通向另外一个世界的隧道。

“这是什么？”“查尔斯号”上的每个人都被眼前的景象惊呆了，但是更令人吃惊的还在后面，仅仅不到一分钟，从这巨大的洞穴的内部，无数艘飞船顷刻间飞了出来，在“查尔斯号”的面前形成了一个战队。

“你们是恩美雅吗？”“查尔斯号”发出了无线电信号。

没有回复，也没有任何的动作。这些飞船只是静静地飘浮在“查尔斯号”面前，过了许久，巨大洞穴的内部发出了无线电波：“你们毁掉了宇宙的平衡。”

也几乎就在这一瞬间，查尔斯忽然明白了什么。他几乎没有考虑，就朝着“富尔茨号”的方向发送了无线电波。电波的内容只有两个字：快逃。

也就是在同一时间，巨大的战队朝着“查尔斯号”发动了袭击。瞬间，“查尔斯号”发生了爆炸，像转瞬即逝的烟花一样，飘落在了宇宙的深处。

四、逃离

“富尔茨号”带着巨大的悲痛迅速逃离了大犬座，奔向了茫茫宇宙深处的英仙座方向。那里，是他们现在唯一的去处。

舰上的每一个人都自发地站在舰尾，向“查尔斯号”进行着最后的告别。他们知道，此生此世再也不会见到“查尔斯号”了，再也见不到那个有些可爱又有些固执的老头儿了，舰上几个原来“查尔斯号”上的科学家更是哽咽得说不出话，每个人的脸上都痛苦无比。

赵志宏的脸上很平静，或许事情早在他的预料之内。但是每个人都知道，赵志宏的心里比任何人都难受。许久，赵志宏才缓缓地回过头，用他略带沙哑的声音对舰上的每一个人说出了一句话：

“让我们继续前进。”

他的脸上充满了坚毅、不甘。对，前进，即使不知道未来在哪里。

“富尔茨号”就这样消失在了茫茫宇宙中。

艾克拉带领着舰队正在毫无顾忌地奔向大犬座，这是他们的终点，也是他们仅有的去处。对于舰上的所有人来说，大犬座代表着希望，到达那里，是他们每个人心中的目标。

但是伴随希望的总是失望。就当他们在茫茫宇宙中行进的时候，所有人都看到了大犬座天狼星附近所爆发出的奇异亮光。艾克拉立刻下令停止前进，他知道这种亮光意味着什么。

“那里发生了事情，我们不能前进了。”艾克拉看着所有人说。

“是新星爆炸吗？”有人问。

“不，是‘查尔斯号’爆炸了。”艾克拉平静地说。

“‘查尔斯号’？他们怎么可能爆炸？你怎么知道的？”

“只有第三舰队的飞船会在爆炸时发生氢裂变。这是每一艘第三舰队飞船最后的信号，只有每一个舰长拥有最后自爆的权力。”艾克拉说。

“天哪，我们该怎么办？”

“我不知道，但是我肯定我们不能再去大犬座了。我们现在需要安静。”艾克拉自己也没有办法，或许静下来可以想出好的办法。

“我的天哪，快看，那是什么？”正当艾克拉和他的舰员们不知如何是好的时候，在他们的正前方，突然出现了一艘巨大的战舰。

“那是一艘战舰，准备进攻。”艾克拉显然对于在宇宙中见到其他飞船感到恐惧。这也是他的第一反应。

但是很快，那艘战舰就朝他们发送了无线电波——没错，那艘巨大的战舰是幸存的“富尔茨号”。

“是第三舰队吗？我是‘查尔斯号’的副舰长。‘查尔斯号’已经毁灭，请求合并，迅速逃离。”“富尔茨号”的无线电文是这样的。

“我的上帝，这到底是怎么回事。”艾克拉简直不相信自己的耳朵。不过很快，他就立刻让“富尔茨号”进入了他们的编队，并立刻乘坐“探测号”进入了“富尔茨号”。

当他看到“富尔茨号”上的所有人，包括原来“查尔斯号”上的人之后，他惊呆了，他根本无法想象到底发生了什么事情。当然，“富尔茨号”上的人也不知道发生了什么，他们现在能做的只有立刻逃离这里，越远越好。

新的编队在“富尔茨号”的带领下，连续穿越了四个虫洞。终于，他们安全了。

“查尔斯是自爆吗？他遇到了什么？”艾克拉问。

“我们也不知道，但肯定是受到了攻击，否则他不会发出最后那条无线电波。”赵志宏说。

“太可怕了，我想象不到他们经历了什么事。”艾克拉自言自语地说道。

“我们必须立刻把消息报告给太阳系。”艾克拉突然喊了出来，他觉得这是他的职责。

“不，这样可能会暴露太阳系的坐标，或许敌人的目标根本就不是我们。”赵志宏说。

“他们早就知道太阳系的坐标了！我们必须尽快发送信息，越快越好，这样，地球才会有所准备。”金娜提醒赵志宏。

“对不起，我忘了。立刻发送信息，把我们见到的、听到的全部告诉地球。”赵志宏显得有些手忙脚乱。

带有巨大信息的无线电波很快朝着地球的方向发去，没人知道地球接收到信息之后会有什么反应。毕竟如果不是亲眼所见，这种事是很难想象的。

“我们去英仙座吗？那里还有巴尔顿他们。或许我们可以组成新的舰队，越大越好。”艾克拉看着赵志宏说。

“以前我有这个想法，但是现在没有了。如果合并的话，那么我们很可能会被一起消灭。我们必须分开，至少可以保存希望。”赵志宏真诚地对艾克拉说。

“孩子，你比我勇敢。我是个胆小鬼。”艾克拉低下头羞愧地说。

“不，您也是英雄，每一个为了人类走出地球的人都是英雄，只不过我们遇到的事已经超出了我们的想象力。现在，我们需要弄清楚恩美雅到底是怎么回事，他们为什么要袭击‘查尔斯号’。”赵志宏显然对于“查尔斯号”的毁灭感到好奇。

“可能跟我们想的相反，我不认为袭击他们的是恩美雅，而可能是恩美雅所说的敌人。”金娜看着赵志宏分析道。

“不管怎么说，我们必须弄明白真相，就算是同归于尽，我们也必须知道我们的敌人到底是谁。我现在谁都不相信。”赵志宏声音洪亮地说。

“我们的敌人在哪里？”金娜看着赵志宏，迷茫地说道。

的确，无论是谁，现在都不知道这个看不见的敌人在哪里，他们是猎人？还是宇宙的裁决者？没人知道，甚至都无法想象。

五、书中的秘密

第三舰队仍然行驶在黑暗的宇宙中，但是巴尔顿的心里却越发明亮，这是因为他正从刘婕的书中逐渐解开了一个又一个的宇宙之谜，而这些谜底让巴尔顿知道了什么叫作真正的不可思议。

按照巴尔顿的命令，第三舰队的实验室一直以来都在行进中进行各种理论实验，这其中包括粒子对撞实验、虫洞实验。但是在这些实验中，最为重要的一项就是根据刘婕书中提出的“物质的第五状态”概念进行的实验。刘婕根据爱因斯坦的质能方程理论提出了物质是存在第五种状态的可能。具体点说就是刘婕认为光可以在绝对零度下以液态形式存在，从而使得光的速度降低为零，这样就可以使得舰队在光的液态下达到光速。而如果这项实验成功并且得到应用的话，那么人类的飞船就可以从化学动力直接越过曲率动力达到光速为推动力。虽然这只是一种理论，但是巴尔顿却坚信这一定可以实现，而一旦实验成功，那么解开宇宙之谜的拼图就又多了一块。

液态光的实验其实很早就在地球上进行过，但是那些所谓的光不过是具有光的性质和粒子性质的混合物，还不能称为液态光。而要进行这种实验就必须得在无限接近绝对零度的情况下，所以一直以来，这种实验并没有开展。但是就在大概一周之前，第三舰队通过一个巨大的带有磁场的类地小行星的时候，却意外地发现了这里的温度居然无限接近了绝对零度。巴尔顿立刻下令在这里进行液态光的实验。

实验进行得相当顺利，在通过对光粒子进行裂变之后，光在这颗没有大气层的真空小行星中居然被切割成了一份一份的，而所有人都清楚地看到，在绝对零度下，光的速度几乎瞬间变慢，直到接近停止。这让所有人欣喜若狂，对于他们来说，实验成功意味着他们将很快拥有建造光速动力驱动器的技术，就好像是把远在天边的英仙座拉近到了眼前。

大概又经过了半年左右的反复实验，第三舰队中的一艘飞船首先采取了以液态光作为驱动的方式。几乎是在瞬间，他们消失得无影无踪。巴尔顿看着眼前发生的一切，他知道，刘婕给予他的不单单只是一本理论书籍，而是一把宇宙航行的钥匙。

这是人类第一次达到光速，而这仅仅是在人类踏入宇宙之后的第四十个年头。无论从哪种意义上来说，这都是一次完美无缺的技术爆炸。

第三舰队就这样飞速地朝着英仙座方向前进。大约四周之后，他们又遇到了一件改变他们命运的事。

在以光速越过一大片星际尘埃之后，第三舰队的雷达居然发现了在他们前方不远，出现了一片时隐时现的空间。而在这空间之中，他们发现了一艘行进中的宇宙飞船。很显然，这艘飞船并不属于他们的舰队。

“即刻准备攻击，同时发射无线电。”巴尔顿下达了命令。

不过就在第三舰队刚刚进入戒备状态的同时，这艘神秘的飞船居然朝着他们其中的一艘飞船发射了一颗次声波导弹。瞬间，这艘飞船内部的人全部遇难，而飞船则还处于行驶状态中。

“他们太快了，而且他们好像会隐身，我们该怎么办？”导航员歇斯底里地喊着，这是他们离开地球之后第一次受到攻击。

“发射核弹！”巴尔顿下达了命令。他知道，这是生死攸关的时刻，不能有一丝一毫的犹豫。

反物质核弹从第三舰队中发射，飞向了那艘神秘的飞船，所有人都期待着看到那艘飞船中弹之后爆炸。但是令人意外的事情发生了，他们亲眼看到核弹击中了那艘飞船，但是却没有爆炸，而那艘飞船则仍然时隐时现，并最终和那枚没有爆炸的核弹一起消失在他们的眼皮底下。

“他们是谁？来自哪里？”巴尔顿怒吼道。

没有人回答他，所有人和他一样，都这么问着自己。

此时，第三舰队已经停止了前进。他们在原地一动不动，不知道接下来会发生什么事情，所有人就像等待审判一样等待着他们的命运。

大概 30 分钟之后，就在他们完全处于不知所措状态下的时候，突然从那艘神秘飞船消失的空间发出了一组无线电信号：

> 我们对刚才的行为感到抱歉，但这就是宇宙的战争法则。我们通过研究你们的核弹得知你们来自太阳系。我们可以负责地告诉你们，我们和你们一样，也来自太阳系中的地球。但是你们需要明白，我们和你们并非来自同一个时间中。我们是曾经地球的主宰者，但并不能理解为你们的祖先，或许你们并不理解事情是怎么回事。现在我们会告诉你们太阳系所发生的一切，请不要回复。
>
> 太阳系是宇宙中非常普通的一个星系。确切地说，地球在 6 亿年前就曾拥有过 II 级文明，并不是你们所理解的时间概念，而是一个打了结的时间轴。也就是说，地球在这 6 亿年间一直在进行着一种周而复始的循环，在文明中诞生，又在文明中死亡。至今已经经过了 10 次，我们只是其中的一次文明。造成地球这种无限循环的原因是因

为 6 亿年前发生的三维与四维空间之间的战争，而战争的始作俑者是来自我们宇宙轴心的天狼星中的恩美雅人。

他们在一亿三千万年前通过技术爆炸进入了垂涎已久的四维空间，但是和想象的完全不同，四维空间并没有我们宇宙可以用到的资源，而三维文明在四维的高等文明面前就如同是昆虫一样渺小。几乎在瞬间，由恩美雅人领导的三维文明便遭受了灭绝性的打击。联合舰队被四维文明瞬间消灭，领头者恩美雅人被四维文明锁在天狼星内的四维监狱内，永远走不出来，而地球和其他文明则遭受了次级打击——时间锁定。他们把我们锁在了 6500 万年的时间轴内，而侥幸逃出的只是极少数如我们一样之前就飘荡在外的飞船。

但是恩美雅人从没有放弃离开四维监狱的念头。他们通过掌握的技术在 6500 万年内不停地在三维宇宙中发送引力波，来引诱那些已重新发展的被锁定的三维文明来到他们所在的四维空间对他们进行打击。如果成功，四维空间的文明就会把新的文明关在四维监狱内，而改对恩美雅实施时间打击。但是恩美雅人已经掌握了脱离时间轴的技术，所以次级打击对他们来说没有作用，这样他们就可以逃离四维监狱，重新建立在三维宇宙中的霸权。那时候，整个三维宇宙将再无安宁之日。这些年，我们一直在和从恩美雅逃出的诺母舰队进行着周旋。但是在一年前，有来自未知星球的文明已经解开了关押恩美雅监狱的大门，四维文明已经重新出现，他们将会寻找到这次打击源，然后对其所在的星系进行四维封锁。

事情就是这样，我们并不知道这次打击恩美雅监狱大门的文明来自哪里，但是我们正在寻找。如果找到，只有毁灭他们才能使得三维宇宙重新进入安宁，否则宇宙战争将会重新爆发。恩美雅人比想象的要可怕得多。最后告诉你们一条我们宇宙的法则——不要试图成为这个宇宙的顶端，否则将会灭亡。——来自第八地球时间轴的玛雅人。

无线电停止了发送，第三舰队上的所有人像听了一个可怕的故事一样呆若木鸡。没有人会拥有这样的想象力，包括自认为已经揭开宇宙之谜的巴尔顿。过了许久，巴尔顿才从愣神中缓过来并回复了一条无线电 :

“不是我们，我们只是为太阳系寻找出路的旅行者，这一切与我们无关。”

而对方则再没有回复，消失得无影无踪。

六、艰难的决定

因为戴森球的爆炸，天狼星在很短的时间内亮度发生了巨大的变化。地球的射电望远镜很清晰地捕捉到了这个画面，火星上的科学家很快从天狼星附近所散发的光谱中分析出其中的一部分爆炸来自第三舰队的某艘飞船。这个消息让地球上的人们再次陷入绝望当中。

“看来那里发生了战争。”刘婕对莫里斯说。

“应该是这样的，但是战争的原因我们还不得而知。”莫里斯同意刘婕的观点。

“这有区别吗，莫里斯？”玛索问莫里斯。

“区别很大。”莫里斯和刘婕不约而同地说。

“哦？”玛索不明白为什么这两个人会说出同样的话。

“战争的敌对双方我们不得而知，有很多种可能可以组合。可以是恩美雅和第三舰队，也可能是打击者和第三舰队，还有可能是第三舰队内部，这都有可能，但是我们并不知晓战争的原因，所以对地球来说，现在应该还是安全的。”莫里斯对玛索解释着。

“我不这么认为，我觉得战争会很快波及地球。”玛索坚持自己的观点。

“当然，今天肯定是安全的，但是明天会不会爆发战争，我不知道。”莫里斯微笑着对玛索说道。

“我们需要立刻和第三舰队以及‘富尔茨号’取得联系，我们需要知道发生了什么。”玛索有些激动地说。

“不可以。”刘婕和莫里斯再次不约而同地说。

“为什么？难道你们不想知道真相吗？”玛索觉得刘婕和莫里斯的话有些不可思议。

“如果敌人消灭了第三舰队，那么他肯定会寻找第三舰队来自哪里。我们这时候和他们联系，会暴露地球坐标的。”刘婕解释着。

“我们不是已经发送了引力波了吗？我们已经暴露了地球坐标。”玛索说。

“不，引力波和无线电不一样。敌人或许并不知道发送引力波的是我们，他们也许认为这是黑洞。”刘婕看着玛索说。

“那我们该怎么办？难道在这里等死？”玛索有些无可奈何。

“不，也许很快我们就会知道真相。”刘婕真诚地对玛索说。

“怎么知道？”玛索不知道刘婕葫芦里卖的什么药。

“宇宙的语言。”刘婕胸有成竹地说。

“你是说你的书？”玛索看着刘婕，不可思议地问。

“对，巴尔顿那里有书的前半部分，如果他还活着并且够聪明的话，那么他应该知道怎么把消息告诉我们。”刘婕看着天空，轻轻地说。

“你是说书里有秘密？”玛索看着刘婕问。

“没有秘密，但是是正确的，他们知道该怎么做。相信我，如果战争没有打响，那地球是危险的，但是如果战争打响了，那地球反而会安全。”刘婕自信地说。

“真搞不懂你们两个怪物的思维。”玛索摊了摊手说。

“敌人未必是敌人，朋友也未必是朋友。”莫里斯轻轻地说。

刘婕之所以如此自信地球暂时不会有危险，其实是一个有些善意的谎言。她知道在这个时候，即使地球明天就遭遇袭击也绝不能让民众知道，否则在敌人来临之前，地球可能就会先乱起来。但是刘婕的话也不都是谎言，更多的是来自一个数学家的逻辑。

根据刘婕的计算，如果一切正常的话，那么第三舰队已经发生了技术爆炸，从而掌握了某种理论支持的技术。同时她也对巴尔顿有信心，她认为巴尔顿可以通过她的书悟出宇宙法则和应对办法。最为重要的是，刘婕知道，除非万不得已，否则巴尔顿一定不会把战争引向太阳系。即使死亡，巴尔顿也会以自己为诱饵，把战争带到足以保证地球安全的地方。

在这一点上，刘婕的预测几乎和巫师一样准确，这是莫里斯后来说过的话。的确，一个掌握了宇宙秘密的预言家怎么会错呢？更何况莫里斯有着和刘婕几乎一样的想法。

莫里斯认为，太阳系虽然是一个非常明确的目标，但是在茫茫的宇宙中，实在是微不足道的。高级文明即使对太阳系有想法，也不会单独为了太阳系而发动大规模的战争。除非太阳系的文明主动去招惹对方，只有待在原地才是最安全的，这也是莫里斯一直以来坚持的观点。在这一点上，他和刘婕的想法出奇地一致。

事实证明，莫里斯和刘婕被称为整个太阳系中两个最聪明的人并不意外。他们把整个人类带到了一条充满荆棘但是却非常安全的道路上，只有这条路才可以让人类找到自己的出路，也只有这条路才是真正安全的，虽然获得这种安全要做出极大的牺牲。

地球人类工会做出了拒绝和第三舰队以及“富尔茨号”联系的决定，选择了继续等待。虽然库勒对于这个决定还心存犹豫，但看到莫里斯和刘婕坚定的目光，他选择了妥协，或者可以说是认可。

七、可怕的四维文明

达到光速的第 三舰队朝着英仙座方向急速行驶着。虽然他们还不理解玛雅人所谓的时间轴是怎么回事，但是他们心里清楚，他们遇到的文明已经完全不在他们的物理范围之内了。巴尔顿终于理解了刘婕为什么要把佛教的理论写在自己的书中，其实比喻的就是高维文明和低维文明，即使高维文明中最为不堪的，放在低维文明中也毫无疑问属于大神级别。双方之间存在的差距不是用三维物理常识可以解释清楚的。玛雅文明很清晰地告诉了他们，四维文明不会主动来影响三维文明，但是三维文明对于四维文明的觊觎却让他们为自己的好奇心和贪婪付出了如此之大的代价。如果单单是死亡，那么并不可怕。但是死亡在四维文明那里，根本就谈不上是什么恐怖的打击。如果太阳系文明真如玛雅人所说的在过去的几亿年里周而复始地进行着，那么对于所有人类来说，这才是最为恐怖的一件事。

此时，第三舰队的监测团队也已经从恩美雅的爆炸中捕捉到了来自第三舰队飞船的光谱。几乎可以肯定，那里的爆炸有来自第三舰队的飞船，但究竟是之前的“查尔斯号”还是后来脱离的艾克拉，巴尔顿不敢肯定。不过他知道，如果玛雅人的话是真的，那么无论是“查尔斯号”还是艾克拉，都将是他们的敌人，因为只有消灭掉他们，才可以保证太阳系的安全。而他们自己，则永远不能再回到地球了。

“我们要把消息告诉火星吗？”霍利尔问巴尔顿。

“不用了，他们会有自己的解决办法。我们不能再和他们联系了，那样会暴露他们的坐标。你也看到了，我们在高维文明面前就像个婴儿一样。现在我们需要做的就是在漫无目的的旅行中实现一次又一次的技术爆炸，然后达到高级别文明。同时还要祈祷不要碰到他们，最终和他们一样，变成宇宙的流浪者。”巴尔顿微笑地看着霍利尔说。

“我们需要达到什么样的文明级别才可能立于不败之地？”霍利尔又问。

“这个我不知道，但是至少应该是在四维空间内不被轻易消灭，这样我们才能有生存下去的机会，否则一切都是没用的。”巴尔顿说。

霍利尔点了点头。

“当然了，我们首先要在三维空间内不被消灭才行。哈哈，你觉得我是在讲笑话吗？”巴尔顿看着霍利尔，连他自己都觉得自己的话太不可思议了。

“不，我不觉得这是个笑话。我们和他们差距虽然大，但是技术爆炸是随时发生的，我们有能力在很短的时间内超越他们。我们离开火星的时候，谁能预料到我们会这么快掌握光速驱动技术？这可是人类思考了几百年的技术问题啊！”霍利尔说道。

“你说得对，刘婕也这么认为。不过她认为发生技术爆炸是有规律的，只有达到一种技术的顶端才可以发生。所以我们必须要找到这种规律，这是我们活下去的资本。”巴尔顿严肃地说。

“你这么信任刘婕？她可没有告诉我们一项具体的技术。”霍利尔对巴尔顿如此信任刘婕有些不屑。

“她虽然没有告诉我们技术，但是她告诉了我们怎样寻找技术，这就足够了。技术不是宇宙的语言，知道如何寻找这些技术空白才是宇宙的语言。”巴尔顿轻轻地回答着。

“可能你是对的，我们只能这么做了。流浪的人从来都是可以解决任何生存问题的。”霍利尔笑着说。

“是啊，只要活着，什么问题都能解决，也只有解决了所有问题才能活着。”巴尔顿冲着霍利尔眨了眨眼睛。

“我都无法想象高维度的文明会是什么样的，他们的物理知识是什么样的。”霍利尔自言自语地说。

“穿越时间，不，这是我们的叫法。在他们眼里可能穿越时间就像是从旧金山到奥克兰一样简单。还有，他们可能会按照自己的模式制定物质的物理指数，从而把他们的维度内的任何所谓的空间建造成他们的城市。还有他们可能会拥有多重宇宙的空间，所以他们不会像地球一样存在生存问题，这也是他们不愿意让其他维度的文明进入他们文明的原因吧。”巴尔顿看着霍利尔说。

“那简直就是乐园。”霍利尔感慨道。

“可以这么认为，不过我也只是想象而已，也许这就是我们曾经说过的天堂。”巴尔顿自言自语地看着远方说道。

“听你这么一说，我真的有点觉得过去的宗教并不是想象的那么简单了。”霍利尔说。

“可能宗教的创始人，他们本身就不是我们维度的人。他们传教让人类拥有信仰，根本的原因就是让人类按照他们的方式生活。”巴尔顿说。

“那我们是不是该信仰某个宗教呢？”霍利尔看着巴尔顿，严肃地问。

“我只是想象而已，不是真相，或许是我想多了。”巴尔顿哈哈大笑着看着霍利尔。

“现在这个时期，能拥有想象力的人才是最珍贵的。”霍利尔严肃地说。

“我们都是最珍贵的人，所以我们必须活着。”巴尔顿极其严肃地回答着，也像是自言自语。

八、英雄

“富尔茨号”和艾克拉所组成的舰队已经逃离了天狼星，此刻他们正在从另外一个方向朝着英仙座方向进发。“查尔斯号”究竟发生了什么，他们并不是太清楚，但是“查尔斯号”被毁灭和最后发出的警报却让他们感到了从未有过的恐惧。离开这里，越远越好，是他们此时此刻唯一的想法。

他们这种做法无可厚非，在未知危险近在眼前的时候，做出这个决定是不应该被责备的。但是他们却犯了一个错误，这个错误使得他们永远不再被地球人类所接受，也永远不会得到原谅，即使死后也不会被追认为英雄，即使他们做的和英雄没什么不同。

他们所犯的错误就是向地球方向发送了无线电波。从他们的本意上来说，这封电波是要告诉太阳系，恩美雅方向对于人类来说是危险的。但是他们却忘记了一件事，他们对手的技术要大大高于自己，截获一条无线电信息是很轻松的事。在“富尔茨号”发出电波之后的第二天，他们就意识到了这个问题。

“我们可能犯了一个错误。”赵志宏对艾克拉说。

“我也意识到了，但是我们当时那么做无可厚非。”艾克拉说。

“有没有反悔的机会？”赵志宏看着艾克拉问。

“无线电是光速，我们无能为力。”艾克拉看着赵志宏叹了一口气。

“希望不要暴露地球的坐标，那样的话，你和我就都成了十恶不赦的罪人。”赵志宏看着艾克拉苦笑着说。

“我真希望死的人是我，而不是查尔斯。他是个伟大的人。”艾克拉对赵志宏说。

“我们的命运是一样的，谁都逃不掉。”赵志宏看着远方平静地说。

舰队仍然孤独地行驶着，舰队的情绪也平复了许多，只不过这种平复的情绪只停留了短短三天的时间，因为在第三天，他们意外收到了自己发出的无线电波。

“报告，我们发送给地球方向的无线电波回到了这里。”导航员不可思议地喊着。

“怎么回事？”金娜也觉得不可思议。

“我不清楚，但我判断应该是反弹回来了。”导航员看着金娜，脸上的表情很不自然。

“反弹？怎么可能？”金娜有点不相信，她立刻来到接收器面前，亲自查看。

果然，他们发送给地球方向的无线电波不知什么原因此刻清晰地出现在他们的接收器上，每一组频率都和发送时完全一样。

金娜沉默了，她抬起头看着紧锁眉头的赵志宏，半晌轻轻地说道：“我们遇到麻烦了。”

“没错，我们遇到麻烦了。”艾克拉也轻轻地附和着说。

“能具体点吗？我不太懂。”赵志宏充满疑惑地问。

“如果我的猜测没错的话，应该是我们的无线电波被某种高级文明通过某种技术按照发射路线反弹了。他们的目的是找到无线电波的发射源，也就是我们。至于他们的目的，我暂时还不清楚，不过是好事的可能性不大。”金娜有些紧张地回答。

“准备战斗。”艾克拉说。

“等等，我考虑一下。”赵志宏坐了下来，闭上了眼睛不再说话。

“即使死，我们也要死得伟大一点。”艾克拉对赵志宏说，也像是对在场的所有人说。

此刻，飞船的指挥总部里安静得可怕。没有人知道赵志宏在想什么，也没有人猜测他会做出什么样的举动。过了许久，赵志宏轻轻地站了起来，看着所有人，微笑着说：“我们按照最坏的打算来处理吧。查尔斯说得没错，在宇宙中，谁的话也不能相信。艾克拉，我希望你能理解我，也希望舰队每一个成员可以理解我。”

“你说吧，我理解。”艾克拉说。

“我们可能会像‘查尔斯号’一样毁灭，但我说过，命运是谁都躲不过的，我们必须接受，因为我们无法改变。但是我希望我们在死之前做一些事情，留下一些信息给我们的朋友，就像我们之前遇到的空中城市那样。”赵志宏眼含热泪地说道。

“库福尔，驾上你的‘探测号’，立刻离开这里，越快越好。去第三舰队，告诉他们这里发生的一切。”赵志宏接着说。

“不，我不去，我要留在这里。”库福尔激动地站了起来。

“你是唯一的种子，难道你想让所有人都白白死在这里吗？”赵志宏冲着库福尔喊道。

“对，现在你代表我们所有的人。你不是一直想成为英雄吗？希望不要错过这个机会。”金娜冲着库福尔眨着眼睛。

“为什么是我？而不是其他人？”库福尔歇斯底里地喊着。

“这是个苦差事，我们都不太乐意去做。”艾克拉笑着对库福尔说。

“你和金娜一起，你的表达能力有限，带上她。”赵志宏看着金娜说。

“我？不，这里更需要我！”金娜也喊了起来。

“这是命令，你们无权反抗。即刻离开，不然的话我就强制执行了。”赵志宏扭过头，背对着他们，不再说话。

“我同意。”艾克拉也轻轻地说。

金娜和库福尔知道，赵志宏并不是在命令他们，而是在恳求他们。确实，如果留在这里，那么他们将会无声无息地消失，就像从没来过这个宇宙一样。离开，可以让所有人拥有尊严。

“老大，你是我见过最好的人，我会记着你的，等再见面的时候，我希望你还是这么年轻。”金娜冲着赵志宏说道，然后头也不回地走向了探测器。

“再见。”库福尔也没有多说话，黯然离开了。

“记住，你们来自地球，来自那颗美丽的蓝色星球。”赵志宏冲着金娜和库福尔喊着，几乎用尽了他所有的力气。

载着金娜和库福尔的探测器从“富尔茨号”下部飞出，在绕着舰队飞行了一圈之后，消失在了茫茫的宇宙中。

“我们也该回家了。”艾克拉看着赵志宏，微笑地说。

“是，回家。”赵志宏点了点头。

“富尔茨号”和艾克拉的舰队掉转了方向，飞向了另外一边。前方没有任何目标，他们要把敌人引到自己想去的地方。

宇宙里没有英雄，只有地球才有——莫里斯对于“富尔茨号”的总结，没人知道是对还是错。

在人类的进化史上，有各式各样的英雄。每当自己民族濒临危险的时候，总会有英雄站出来牺牲自己保全大家，这算得上是一种人类的精神。如果没有英雄，那么可能很多民族都早已经销声匿迹了，从这个角度上来说，这也可以算是人类能够生存下去的一种手段。用牺牲自己换来更多人生存下去的机会，确实可以说是一种伟大的行为。

九、进入四维空间

舰队一边漫无目的地前进，一边朝着空旷的宇宙发射无线电信号。他们已经做好了最坏的打算，那就是在空旷的宇宙中死亡。对于宇宙旅行者来说，这似乎是一个最好的结局，不过在死之前，他们发誓，一定要让自己的好奇心得到满足——敌人到底是什么样的。

不出赵志宏和艾克拉的意料，他们发射的所有无线电信号全部被反弹了回来，同时没有任何回复。敌人似乎利用他们发射的无线电信号对他们进行追踪，更让他们绝望的是他们根本无法感觉到敌人的存在。

“有种出来！”赵志宏愤怒地喊着。

“没用的，我们等着吧，他们一定会出来的。不过可能他们觉得现在还不是时候。”艾克拉拍着赵志宏的肩膀说。

“我从没有这么窝囊过！”赵志宏有些歇斯底里了。

“我也知道，不过没准他们并不是想干掉我们。”艾克拉微笑着说。

“这简直是一种耻辱。”赵志宏一屁股坐在座位上，沮丧地说。

“别着急，他们来了。”艾克拉看着前方，平静地说。

在舰队的探测仪上，前方大概 1 个天文单位远的地方出现了一艘巨大的宇宙飞船。它静静地飘浮在那里，好像是在等待着舰队一样。

“终于出现了，干掉它！”赵志宏红着眼睛喊道。

“冷静点。”艾克拉又拍了拍赵志宏，然后下令舰队停止前进，和对方保持距离，同时开启了无线电对话系统和打击模式。

不过还没等舰队发射无线电，巨大的宇宙飞船就消失了，然后几乎是在瞬间，出现在了舰队后方约 1 个天文单位的地方。

“虫洞！”几乎所有人都喊了出来。因为从飞船的移动速度上看，这和他们掌握的虫洞技术完全一样。

“不，不是虫洞，前方没有任何虫洞入口的磁场。”川口回过头对赵志宏说。

“那是什么？他们瞬间移动了两个天文单位！”赵志宏觉得不可思议。

“光速？”艾克拉疑惑地问着川口。

“我想应该差不多，但好像又不太一样。光速比这个快，而且我们看得到。”川口一边盯着屏幕一边回答。

“收到对方的无线电了。”川口几乎蹦了起来。

“赶快解读！”赵志宏和艾克拉几乎同时喊道。

我们是和你们一样来自太阳系地球的玛雅人，不过时间轴并不是一样的。可能你们还不太理解这个概念，现在我们要对你们说的有三点：第一，你们朝着地球发射无线电信号是一种危险的行为，这会暴露地球坐标，等于为敌人带路；第二，即使我们截获了你们的无线电信号并反射回来，敌人也会从四维空间内轻易地得到你们的信号规律；第三,四维空间的敌人已经出动，他们正准备对你们进行捕获，然后查出你们的无线电轨迹进而对太阳系进行封锁，到时候，不单是你们，还有无数来自不同时间轴的地球人都会失去家园。

现在你们有两个选择：第一是湮灭；第二是你们进入四维空间，因为在四维空间内可以和敌人面对面，他们也无法测试到你们的无线电轨迹，但是生存的希望不大，因为你们太过渺小。

请你们选择。如果十分钟之后没有做出选择，你们将湮灭在宇宙中。

“他们又转移了，现在的位置是我们左边大概 1 个天文单位的位置，而且他们在不停地变化着位置。”川口紧张地看着赵志宏。

“我根本不知道他们在说什么。”赵志宏看着艾克拉，此时的他反而比刚才平静了许多。

“他们给我们出了一道选择题，然后来制定我们的死亡时间而已。”艾克拉也平静地说。

“我们怎么选择？”赵志宏问。

“我们没得选择，还是进入四维空间吧。但是我们怎么进入呢？立刻拟定电文回复。”艾克拉对川口说。

川口立刻拟定了无线电文并发送了出去，大概一分钟之后，他们收到了回复：

“在虫洞内部利用反物质发射核弹，可以在虫洞内部制造出绝对真空，真空的上方会出现新的虫洞，从此进入，就是四维空间。”

舰队立刻按照玛雅人的指示实施，很快，他们就制造了一个巨大的虫洞，并在虫洞内部炸出了一个旋涡式的内部虫洞。

“天哪，这就是通向四维的入口吗？”川口盯着虫洞不可思议地说。

“不，是通往地狱的入口。”艾克拉笑着对川口说。

“那我们要不要进？”川口把目光转向了赵志宏。

“当然了，就算是死，我们也要看看四维的世界有多么多姿多彩。”赵志宏微笑着回答，此时他已经没有了之前的那种高度紧张，变得无比轻松。

整个舰队进入了虫洞内部的旋涡。很快，他们发现，自己确实进入了一个童话般的世界。

所有飞船上的任何物质都是透明并且流动的，每个人的手可以透过自己的身体和飞船的外部进入空间。而在飞船外部的宇宙空间中，似乎有着无数面镜子反射着他们的图像，好像有无数个自己存在一般。在远处，那艘巨大的宇宙飞船就飘浮在那里，不过不同的是，它并不是透明的，而且和刚才不同的是，它也不再瞬间移动。

“这就是四维空间吗？”艾克拉自言自语地说。

“我想应该是，和地球上描述的不太一样。”川口也自言自语地说着，舰队的每一个人都被这种景象惊呆了。

“快看，那是什么？”佩尔森指着那艘巨大的宇宙飞船喊道。

顺着佩尔森手指的方向，所有人看到，从那艘巨大的宇宙飞船内部发出了一道淡蓝色类似于光束的东西，正以一种并不是很快的速度朝着舰队发射而来。

不过很快，这束淡蓝色的光就进入了舰队的指挥部，并很快在大屏幕上显示了出来：

别担心，这是四维空间下的无线电，你们也看到了四维空间，现在你们需要适应。如果在敌人发现你们之前适应了，那么你们还有活下去的机会，如果他们很快发现你们，那么你们就没有机会了，现在我们要走了，希望下次还能见到你们。

在光速的尾部到达舰队之后，那艘巨大的宇宙飞船消失了。

“我们还活着！”整个舰队爆发出了欢呼声。

“看，那是我们的声音。”佩尔森指着飘荡在飞船上的声波，对所有人说。

“很好，我们在这里没有任何秘密可言。”艾克拉摊了摊手，坐了下来。

第十章
宇宙的语言

一、宇宙的谎言

“你认为整个宇宙都充斥着谎言？”莫里斯一边看着刘婕已经完成的著作，一边问。

“从狭义上理解，是这样的。正如你说的一样，这是一种思维方式的表现。”刘婕微笑着回答。

“抱歉，我不太理解你的意思。”莫里斯说。

“谎言和诚实并不是相对的，而是从自身利益出发的。宇宙就像是一望无际的大海，每一种文明都是一种生物。种族要延续首先要学会保护自己，而保护自己必须得认清自己的实力，如果你位于食物链的顶端，那么可能不会用谎言，但是如果你有克星，那么必须用谎言来保护自己。在这里，谎言并不是一种欺骗，只是一种生存的方法。”刘婕解释着。

“可是食物链并没有顶端，即使是最强大的物种也有可以打败它的敌人。”莫里斯还是有些疑问。

“对，宇宙也是一个道理，任何一个文明都不会成为所谓的最高文明。我们中国有一句古话，叫作一山更比一山高。意思嘛，很好理解，没有最高，只有更高。”刘婕看着窗外说道。

“我一直都是这么认为的，人类的思维如果可以改变，那人类就是最可爱的精灵。”莫里斯也轻轻地说。

“所以，让我们一起来改变人类吧，这是一项艰巨光荣的工程。只有改变了人类的思维，人类的美好才可以在这个宇宙一直传承下去，否则人类就会像那些在地球上存在过然后又灭绝的生物一样。”刘婕扭过头，又看着窗外说。

“嗯，听你这么一说，我对地球危机的恐惧不存在了。”莫里斯哈哈大笑。

“乐观一点儿，我们中国还有句俗话——是祸躲不过。”刘婕也笑了起来。

在刘婕和莫里斯这次谈话之后，库勒以地球人类工会的名义向全人类发表了一次讲话，并把刘婕的著作作为改变人类思维的书籍在全人类推广。这本书的前半部分是从数学角度来解释宇宙谜团，而后半部分则是从哲学角度来诠释宇宙的文明。虽然大部分人看不懂，但是人类在思维上还是有很大变化的。

渐渐地，人类从战争危机所带来的那种恐惧中走了出来。他们相信，只要人类的种子得以保存，那么人类的美好就不会湮灭。即使地球消失了，这个宇宙也将记住在银河系的猎户座悬臂上曾经有这么一颗淡蓝色的行星存在过。而在这颗淡蓝色的行星上，存在过一种叫作人类的生命，他们有着美好的过去和一直都存在的种子。

这段时间后来被莫里斯称作人类历史上最美好的一段日子，安逸、惬意、充满乐趣，每个人都足够善良，足够谦逊，就像真正的绅士一样。库勒在新的人类公约中把“引线时代”的那段历史巧妙地删掉了。在这种大环境下，痛苦的记忆就应该被忘记，被摒弃，所以没有人反对，除了刘婕和莫里斯。

“人类不应该忘记历史，残酷和痛苦也是历史的一部分。忘记历史意味着人类的谎言成了真正的谎言，而真正的谎言是无法欺骗别人的。”

这就是人类自作聪明的一种方式，存在于人类的基因当中。任何记忆都是历史的一部分，而历史是时间的一部分。

时间呢？不过是四维空间中的一条线，这条线对于人类来说是虚拟的，但对于别人来说，就像是操控木偶的线，可以随时随地任意地改变。

二、时间之箭

如果时间在四维空间内真的如刘婕所说只是一条存在的线的话，那么从物理角度上来说就很容易理解了。不过在三维空间内要理解这些就不是那么简单的事了，因为迄今为止，人类还没有弄清楚时间相对于空间是一种什么概念，如果时间是以物质存在的话，那么它为什么只能向前而不能向后？这是几百年来一直困扰人类的一个谜团。

刘婕相信数学，她把数学比作是宇宙的语言，她认为宇宙中所有的问题都是可以用数学来解决的。也正因为如此，她才会写出《宇宙的语言》一书，但是在“时间”这种物质面前，刘婕却失败了。无论是哪种理论，刘婕都无法解释时间为什么不能向后，难道相对论是错误的？刘婕也这么思考过，但是很快她就放弃了这个想法。一定是哪里出现了问题，否则绝不会出现这样的结果。为此，刘婕彻夜难眠。

这天，刘婕正在冥想，玛索来了。

“又在冥想吗？”玛索问。

“是的，习惯了。”刘婕靠在座椅上，闭着眼睛。从冥想回到现实，这需要一个过程。

“博士，我需要请教你一个关于时间的问题。”玛索坐了下来。

“时间？太复杂了，我也弄不太明白。”刘婕仍然闭着眼睛回答。

“说复杂很复杂，但说简单其实很简单。”玛索眨着眼睛冲刘婕笑着说。

“哦？一定是有什么新的发现了？”刘婕睁开眼睛看着玛索。

“也谈不上是新发现，只是一个比较奇怪的问题。”玛索靠在了靠背上。

“说说吧，我听听，看看咱们能不能一起解开这个谜团。”刘婕起身为玛索倒了一杯水。

“时间有尽头吗？”玛索问。

“按照物质的物理规则来说，应该是有的。”刘婕看着玛索回答。

“那么它的尽头是什么？是其他物质毁灭结束还是自身毁灭？”玛索接着问。

“角度不同，得出的结论也不同。比如我们看到天空中的一架飞机爆炸，那么它是在空中；但如果你处在飞机上，那么爆炸就在你身边。”刘婕轻轻地说。

“嗯，这个我明白，我们感觉到时间存在，是不是只是我们的想象而已，其实根本原因是我们的位置不一样。”玛索问。

“可以这么理解，但是我们并没有感觉到时间的存在。早上和中午对于我们来说，只不过是地球自转和公转位置的改变，才让我们产生了时间在流逝的错觉。宇宙万物也都是一样的，时间只是错觉。而且很简单，它属于地球物理学。”刘婕解释着。

“这就对了，所以时间并不存在，只是我们想象出来的一种物质而已。如果整个宇宙都朝着相反的方向运行，那么我们是不是可以回到昨天？”玛索问。

“从理论的角度上来说是可以的，但这种理论如果成为现实的话，那么整个宇宙就得翻一个跟头。”刘婕低下头，微笑着说，她认为玛索的问题就像一个孩子提出的，而不是科学家。

“博士，我知道你的比喻，但是如果你处在一个黑暗的屋子里，然后我让你冬眠，冬眠多久你不知道，等你醒来之后，你还有时间概念吗？”玛索也笑着问。

“哦？”刘婕抬起了头，看着玛索，她似乎预感到了玛索有新的她没听过的问题。

“如你所说，只有宇宙翻了跟头，时间才能倒流，但是在小范围内也是可以做到的，不需要把整个宇宙翻个跟头，只需要在小范围内翻个跟头就可以。”玛索严肃了起来。

“但毕竟时间过去了，这是不一样的。”刘婕也严肃地说。

“对，这就是我要说的，也是你说过的，宇宙充满了谎言。也许对于我们来说，我们就是被锁在了一个屋子里，没有人告诉我们过了多久，这是一个天大的谎言。”玛索有些激动地说。

“谁干的？”刘婕看着玛索问。

“比我们高级的文明，他们会操纵时间。”玛索认真地说。

“所以时间肯定是物质，对吗？”刘婕反问道。

“对，只有这样才可以证明时间是物质，否则逻辑上行不通，这也是一直困扰你的问题。”玛索对刘婕说。

“我明白了，我怎么没想到呢？”刘婕坐在椅子上，此时她已经满头大汗。

“因为我们的位置不同。”玛索笑着说。

“是啊，位置不同，如果我们达到了这种文明，那么我们也可以锁定时间。”刘婕自言自语地说。

“所以我们现在最需要的就是找到这个位置才能真正看清楚时间是什么样的物质。”玛索说道。

“这个位置在四维。”刘婕用颤抖的声音对玛索说。

“这个我不知道，需要你的理论。”玛索笑着坐了下来，喝了一口水。

“一定是这样的，玛索。如果咱们今天说的这种事是真实的，那么时间就可以倒流，和任何其他物质都没有关系，和速度、相对论都没有关系，时间是独立的物质，就像一条绳子，我们可以抓到它的。”刘婕有些激动地说。

“嗯，怪不得古代诗人都喜欢说抓到时间的尾巴呢，原来真的可以抓到的。”玛索笑眯眯地说。

“如果我们可以抓到时间的尾巴，那么我们就几乎可以真正解开宇宙之谜了。”刘婕也笑眯眯地回答。

“我们就可以走出这个小黑屋了。”玛索哈哈大笑。

“是啊，我们被锁在这个小黑屋里很久了，外面的世界一定很精彩。”刘婕扬起头，做了一个深呼吸。

“时间就像一把射出去的箭，但它是可以回头的。”玛索说。

“嗯，时间之箭。”刘婕附和着说道。

三、时间点

莫里斯看着刘婕最新的报告有些欣喜若狂。在报告里，刘婕已经把时间彻底地定位成物质，同时提出了“时间锁定”理论，那么现在，就需要莫里斯从思维的角度上来阐述这个问题了。

“时间是客观存在的物质，是时间包含宇宙，而不是宇宙包含时间。不同维度对于时间有着不同的概念，都是相对的。”莫里斯对刘婕的报告给出了认可。

“嗯，是这样的，而且可以肯定的是，时间一定是以某种形态存在的，就像光一样。只不过从狭义角度上来说，时间不属于三维空间。”刘婕说。

“我能理解，可能在四维空间内，时间是可以看到的。”莫里斯低着头，自言自语地说。

“所以说，如果我们有机会可以进入四维空间的话，我们就可以做到时光倒流。当然这么理解也只是一种概念，如果在四维空间内可以穿越到时间的过去，那么历史就可以改变，可这是悖论。”刘婕说道。

“所以这就涉及另外一个问题。”莫里斯托着下巴看着刘婕笑着说。

“对，多重宇宙，所以说我们可以穿越的只是‘其他’宇宙的时间，而不能穿越自己的宇宙。这也是为什么到现在为止，我们在地球上没有看到来自我们自己星球的未来人的原因。”刘婕也笑着对莫里斯说。

“所以说多重宇宙一直以来都是存在的，不是在不同的维度，而是在不同的时间点。如果时间是物质的话，那么在四维内一定有一张巨大的时间网，而织成这张网的线就是不同的宇宙。在另外一个宇宙里，你可能是一个园丁，我可能是一个司机，玛索可能还是她自己，一切都是有可能的。”莫里斯靠在座椅上，仰着头说。

“就像是医院育婴房里不同床上的孩子一样，每个孩子都有独立的空间，同时也有自己成长的时间。”刘婕接着莫里斯的话说。

“这个比喻太恰当了。”莫里斯看了看刘婕笑着说。

“所以说我们永远找不回自己的二十岁，但是我们可以看到自己的二十岁。”刘婕自言自语地说。

“不能说是我们。多重宇宙的那个我们并不是我们，他们有独立的思维，但是他们和我们是有某种联系的。”莫里斯说。

“是用什么联系的？”刘婕问。

“物质守恒定律。”莫里斯认真地说。

“抱歉，我没明白。”刘婕看着莫里斯，并没有明白他话里的意思。

“多重宇宙如果存在，那它一定是无限的，但是并不是每个多重宇宙里都会有你，而只是其中一部分的宇宙里才有你的存在。而当其中一个宇宙中的你死亡之后，你作为物质就消失了，但是其实你并没有消失，而是在其他没有存在你的宇宙中继续生存。但你可能不会意识到这一点，因为你是在不同的宇宙中循环的，因为你的总数是不变的。”莫里斯向刘婕解释道。

“可是‘我’是有思维的，我不可能忘掉自己已经死掉的事实。”刘婕看着莫里斯还是不太明白。

“你是已经死掉了，但是多重宇宙的时间并不一样，而你死掉之后再开始的时候，可能就是在其他宇宙中你出生的那一刻，所以你不会意识到你曾经存在过。你有没有过这种感觉？就是突然间你感觉身边的事似曾发生过，但只是在一瞬间，这种感觉就消失了。”莫里斯问。

“有过，但我没意识到，那可能只是大脑皮层的一种反应。”刘婕说道。

“不，没那么简单，人的大脑还有很多空白的地方，而这就是其中的一种。如果时间都是一种物质的话，那么我们的思维和大脑的反应也应该是一种物质，就好像是原子碰撞所产生的涟漪一样，而每个人大脑中的原子很可能都来自不同的宇宙。火星的胡萝卜人，它们就是通过原子的结合来保持永生的，只不过它们是在同一个宇宙中，而记忆很可能就存在于原子之中，所以才会产生那种感觉。我们可以称这种感觉是一种时空错觉。”莫里斯解释着。

“我突然有一个很奇特的想法。”刘婕看着莫里斯，突然笑起来。

“我猜得到，你是想离开这个危险的宇宙，到另外一个充满乐趣的宇宙中去，对吧？”莫里斯也笑着说。

“你好像是我肚子里的蛔虫一样，哈哈。”刘婕哈哈大笑了起来。

“这种想法很正常，不过你得明白，你去别的宇宙中，很可能是随机的，也许那个宇宙比这个宇宙更残酷，或许战争已经开始了呢。”莫里斯笑眯眯地说。

“细想起来真是可怕的事，我们太渺小了。我真希望可以和其他宇宙的那个我联系一下，一起开一个头脑风暴的会议，这样就可以解开宇宙之谜了。”刘婕感叹地说。

“如果我们的理论是对的，那么这早晚可以实现。现在我们需要做的就是寻找四维空间的入口，那里还有很多需要我们解开的谜团，而多重宇宙的问题就更难了。”莫里斯摊了摊手，笑着说。

“究竟怎么才能进入四维空间啊？”刘婕大喊了一声。

“一定有入口的，任何物质都是彼此相连的。”莫里斯对刘婕说。

“每次和你聊完，我都觉得好像重生了一样。”刘婕伸了个懒腰说。

“我何尝不是呢？不过我可以用思维调整，你也可以冥想啊。”莫里斯眨了眨眼睛。

“冥想真是一件轻松的事。”刘婕吐了吐舌头说道。

四、疯狂的计划

根据刘婕的计算和推断，连接三维和四维的“门”是由虫洞内部的能量形成的。这种能量来自介于暗物质和正物质之间的一种物质，它们聚集在一起，通过对撞可以在虫洞内部形成“门”，也就是可以通向其他维度的入口。于是她和莫里斯、玛索三个人写了一份科学报告，交给了库勒，准备在火星和地球之间的宇宙空间进行这种实验。

库勒看了报告，陷入了沉思。他并不认为这个报告有问题，但是要想做这种实验，以目前地球的水平来说，难度是相当大的，更何况这只是刘婕、莫里斯和玛索的想象而已，所以在经过地球人类工会的表决之后，这个计划搁浅了。

三个人的失望可想而知，毕竟这是突破地球物理学瓶颈的一个途径，但是现在被否决了，莫里斯无奈地看着刘婕，对她说：“看来人类还是更喜欢一小步一小步地前进，这种迈大步的前进让他们觉得恐怖。”

“确实如此，不过这种实验确实是一件让人很难办的事。”刘婕也无奈地说。

“我们自己做的话，可以吗？”玛索问。

“自己做？太难了，我们没有条件。”莫里斯看着玛索说。

“我可以想想办法。”玛索低下头沉思着。

“哦？你有办法？”刘婕问玛索。

“只是想想办法，不一定行。”玛索看着刘婕微微地笑了笑。

“说说看。”莫里斯也看着玛索。

“我去找拜纳姆，他现在在火星空间站工作，那里的位置非常适合实验，不过我们需要反物质来制造虫洞，这个我可弄不到。”玛索说。

“反物质是禁品，都属于地球人类工会，没人可以弄到。”莫里斯叹了一口气说。

三个人陷入了沉思，这个实验最需要的东西其实就是反物质，但是整个人类只有区区不到一千克的反物质。而要想制造出反物质，则需要专门的提案以保证实验用于正规途径，否则不可能通过，但是现在，他们的提案已经被否决。也就是说，他们除非通过其他途径得到反物质，否则无法进行实验。

“我们该怎么办？”玛索来回踱着步。

莫里斯看着玛索，又看着刘婕，显然，他也没有办法。

“有一个人或许可以帮助我们，我可以去试试，不过成与不成就不一定了。”刘婕坐了下来，轻轻地说。

“谁？”莫里斯和玛索异口同声地问道。

“巴拉科夫。”刘婕轻轻地回答着。

“啊！”莫里斯和玛索又几乎同时发出了惊讶的声音。

“也许只有他可以帮助我们。”刘婕又说了一遍。

“他自从回到地球，就再也不参与任何事情了，而且拒绝和任何以前的伙伴见面。最近听到他的消息还是在半年前，他在意大利科莫湖钓鱼。”莫里斯说。

“我去吧，他会帮忙的。”刘婕说完话便站了起来，朝着门外走去。

“你要去哪儿？”玛索问。

"科莫湖。"刘婕没有回头，轻轻地回答。

科莫湖边，一个老人静静地靠在躺椅上。他的鱼钩似乎动了一下，但是他却并没有动，任凭鱼线剧烈地摆动着。许久，他才睁开眼睛看了一眼，却又立刻合上了，仍然静静地躺着。

"伙计，你的鱼上钩了。"另一位垂钓者提醒他。

"不用管它，我不想要这条鱼。"老人闭着眼睛回答着。

"真是个奇怪的人。"旁边的垂钓者自言自语地说。

老人没有说话，仍然任凭鱼线剧烈地摆动着。又过了几分钟，他缓缓地坐了起来，却并没有去动鱼竿，而是伸了个懒腰，笑了笑，然后又坐了下来。

"伙计，你是在和鱼做游戏吗？"旁边的垂钓者问。

"不，我在认真地钓鱼。"老人冷冷地回答。

"可是鱼上钩了啊。"

"我只享受这个过程，至于能不能钓到，和我没什么关系。"老人再次坐到座位上。

"好吧，祝你好运。"显然，垂钓者觉得这个人很奇怪。

"虽然我不收线，但是我一样可以钓到。"老人自言自语地说完，站起了身，并没有管不停颤动的鱼竿，径直走了。

远处，一个中年亚洲女人站在那里，她似乎是在等待着老人，却又似乎不是，但很显然，他们认识。

老人没有理会这个女人，而是从她身边走过，然后站住，而女人也没有回头，两个人就这样背对着站在河边。微风轻轻吹过，老人抬起头，深深地呼吸，他似乎是在享受这个时刻，而那个女人的脸上则是在轻轻地微笑。

“我很享受这样的生活。”老人开口了。

“看得出来，这样的生活很好。”女人也说话了。

“嗯，很惬意，真该早一点过这样的生活。”老人接着说。

“是啊，不过这些都是必然的，改变不了。”女人扭过头，笑着说。

“需要我做什么？”老人也笑了。他知道，来找他的人一定是有事情。

“不需要什么，只是来看看。”女人仍然微笑着说。

“还是像一个孩子。”老人撩了撩自己的头发说。

“其实我不想来的。”女人仍然微笑着。

“那为什么还要来？”老人问。

“来找你算账的。”女人说，但是脸上仍然挂满了笑容。

“哈哈哈，我就知道会这样。不过你得说清楚，我欠你什么，至于让你跑这么远来找我。”老人哈哈大笑着问女人。

“你欠我很多啊，比如把一份该死的工作交给我，然后还不付报酬，自己却躲在这里钓鱼休闲。”女人仍然笑嘻嘻地说。

“我哪有钓鱼，我从来都没有钓到一条鱼。”老人辩解着。

“不管有没有钓到，现在我来要账了。”女人变得有些严肃了。

“真是个专制的家伙。”老人看了一眼女人，装作生气的样子。

“哈哈，这个词从你的嘴里说出来，真是一件有趣的事。”女人哈哈大笑起来。

“你本来就是个独裁者，难道我说错了？”老人严肃地说着。

“好吧，就算你说得没错，我错了可以吗？”女人说。

“那你得请我喝东西，算是赔罪。”老人又露出了笑脸。

“没问题，大杯伏特加怎么样？”女人说。

“不，咖啡吧，我不喝伏特加了，我讨厌那种味道。”老人耸了耸肩，坏笑着说。

“天哪，你居然不喝伏特加了。”女人惊讶地喊了出来。

“这有什么奇怪的，人都是会改变的嘛。”老人眨了眨眼睛。

“那好，就咖啡。”女人微笑着说。

两人并肩离开了河边，鱼竿仍然在不停地颤动着，没有谁去动它，任凭上钩的鱼挣扎着，是生是死，只有它自己可以掌握。

五、最后一枚反物质核弹

“需要我做什么？”巴拉科夫喝了一口咖啡对刘婕说。

“很简单，我需要 10 克反物质。”刘婕轻轻地回答着。

“这怎么可能？这是禁止的。”巴拉科夫看着刘婕，但是却很平静。

“所以才来找你，只有你可以帮助我们。”刘婕也很平静地说。

“对不起，恕我无能为力。”巴拉科夫又喝了一口咖啡，把脸扭向了一边看着窗外。

“我要在火星和地球之间利用反物质来制造一个虫洞，然后在虫洞内部进行粒子对撞实验，这样就可以制造出进入四维空间的‘门’。”刘婕没有理会巴拉科夫的态度，而是说着自己的事。

“只有在四维空间内才能明白三维空间的真相，这是必须要走的一步。”刘婕仍然自顾自地说着。

“就像我们看待蚁穴、蜂巢一样，这是人类的一个机会。”刘婕没有停歇，一直在说。

“可是我去哪里找反物质？整个地球的反物质加起来也不过一千克。”巴拉科夫扭过头，看着刘婕说道。

“这个我也知道，所以这件事很难，能帮助我的只有你。”刘婕放下咖啡杯看着巴拉科夫说。

“唉，我原本打算一直这样平静地生活下去的，看来这个可能性也不大了。”巴拉科夫摇了摇头，无奈地笑了。

“我知道，如果不是提案无法通过，我也不会来打搅你的生活。”刘婕仍然非常平静。

“好吧，你看我这个老家伙，说好的不去参与这些事，却又来了。”巴拉科夫又摇了摇头。

“不参与挺好，我也想不参与，但是你却把这个摊子留给了我。”刘婕笑着对巴拉科夫说。

“哈哈，你真是个记仇的人。”巴拉科夫靠在椅子上，哈哈大笑。

“当然，人都是会记仇的。”刘婕也靠在椅子上。

“不过我真没有反物质，但是我知道怎么让你得到。”巴拉科夫冲着刘婕眨了眨眼睛。

“我就知道你一定有办法的。”刘婕轻轻地摇了摇头，笑着说。

“那就祝你实验成功。”巴拉科夫伸出手紧紧地握住了刘婕的手。

半个小时之后，刘婕站起身，离开了咖啡馆。而巴拉科夫仍然坐在椅子上，他没有起身送刘婕，而是独自享用着咖啡，就像发生的一切都与自己无关一样。

一个半小时之后，刘婕出现在了她的办公室里，玛索和莫里斯此刻正在那里等待着她的归来。

“怎么样？”玛索迎了上去。

“你猜猜看。”刘婕微笑着对玛索说。

“哈哈，一定是找到了，对吧？”玛索有些激动地说。

“对，也不能算全对，因为只能说是找到了一半。”刘婕坐了下来，看着莫里斯和玛索。

“什么叫找到了一半？”玛索不明白刘婕的意思。

“就是找到了，但是还没有拿到。”莫里斯笑着给玛索解释着。

“是吗？”玛索看着刘婕问道。

“是的，虽然还有些难度，不过我们总算是可以找到了。”刘婕长吁了一口气。

“在哪里？”莫里斯和玛索几乎同时问。

“这个你们可能不太清楚，当年火星基地曾经在木卫二上进行过实验，那里的海底出现了四维空间，但是最后却被炸毁了。不过在那之后，巴拉科夫下令，在木卫二的四维空间遗址，存储了一颗反物质炸弹。后来火星回归之后，这颗反物质炸弹就留在了那里，现在反而成就了我们。”刘婕解释着。

“无心插柳。”玛索感慨道。

“可以这么说，不过也不能完全算是无心插柳，这颗反物质炸弹也算是巴拉科夫留给火星的遗产。当时他比较担心地球会突然进攻，所以留下这颗反物质炸弹来威慑地球，不过却留给了我们。”刘婕也感慨地说。

“那时候真是剑拔弩张啊。”莫里斯长吁了一口气。

“现在我们就成立实验小组吧，不过暂时是保密的，直到最后才能通知库勒博士。”刘婕轻轻地说。

“嗯，我希望我们的理论是正确的，否则我们会成为罪犯的。”玛索说。

“希望成功。”莫里斯跟着说。

“不，是必须成功，只有成功人类才有未来。”刘婕的表情坚定而充满自信。

“我都有点迫不及待地进入四维了。”玛索附和着刘婕说。

“那就让我们开始吧，为了全人类，为了未来。”刘婕攥着拳头说。

“没问题。”莫里斯和玛索看着刘婕，点了点头。

这一天，是刘婕回归地球之后最为轻松的一天，因为打开宇宙秘密的钥匙近在眼前。对于她，对于整个人类来说，这都是值得回忆的一天。她并非要向谁证明什么，或许只是向自己证明，她是对的。看着屏幕上的木卫二，刘婕的脸上露出了微微的笑容。

六、24 小时

大约一个月之后，刘婕、莫里斯和玛索的准备工作已经就绪，刘婕设计了整个实验的过程，莫里斯制定了详细的技术报告，玛索则和她的团队负责具体实施。当然了，这一切都是在秘密中进行的，包括玛索团队每一个工作人员，他们都保持着谦虚、忠诚和对实验最认真的态度。

距离实验的时间大概还有 24 小时，刘婕静静地坐在位于洛杉矶的粒子对撞实验室内，监控着实验地点的变化，莫里斯则在新泽西的空间实验室里准备着实验结束之后的分析报告，而玛索此刻已经在火星的二号基地大楼内等待着刘婕的命令，只需要等待反物质导弹的发射器进入火星距离实验地点最近的点，实验就可以开始了。

时间一分一秒地过去，对于每一个参与这个实验的人来说，其实都是未知的，包括玛索和莫里斯。虽然他们对刘婕的话深信不疑，但是实验毕竟是实验，根据薛定谔的猫的定律，也就是只有50% 的可能性。不过既然已经走到了这一步，就不再有回头路。此刻，每个人的意志都无比坚定。

刘婕非常严肃地看着大屏幕中那块黑暗的宇宙空间，静静地忍受着时间的流逝，她从来都没有像今天这样希望时间走得快一点儿，她只想尽快看到结果是否和自己预测的一样。助手看着刘婕严肃的表情，轻轻地问：“博士，您要不要休息一下？距离发射还有24 小时。”

“嗯，我要冥想，在发射前两小时提醒我。”刘婕回过头看了看助手，用非常轻的声音说道。

“好的，那我们都出去。”助手点了点头，离开了实验室。

刘婕又看了一眼大屏幕，然后做了一个深呼吸，躺在了长椅上，把双手放在胸前，然后进行呼气，这是进入冥想状态之前的准备工作。

冥想并不是天马行空地想象，而是需要有非常缜密的思维和数据分析的能力。作为心理学家，刘婕拥有高于常人的缜密思维，而作为数学家，她又拥有对于数字的敏感和超强的数据分析能力。在这两种要素的支撑下，她可以很快从冥想状态下进入无限的宇宙空间，思考那些关于宇宙的秘密。与其说这是一种冥想，倒不如说这是一种精确的运算。也正是因为如此，《宇宙的语言》中提出的理论才被一个一个证实，这些看似不可能的理论才最终成了人类真正了解宇宙的眼睛。

关于四维空间，刘婕在书中其实并没有太多的篇幅进行解释。更多的时候，她的数据分析都是在三维空间内成立的，毕竟四维空间和三维空间没有任何相同的地方。不过越来越多的迹象表明，三维空间的宇宙，也就是地球所处的宇宙空间，只不过是真正宇宙的一小部分。要想揭开宇宙的谜团，就必须得从更高的角度来看。而对于人类来说，更高的角度就是四维空间，这也是刘婕冒险要做这个实验的初衷。

四维空间绝不仅仅比三维空间多出时间一个构成部分，它包含的信息可能要大大高于人类的想象力。毕竟作为一种物质，时间的组成要比空间大得多。每一秒钟，甚至每一个时间的最小概念，都可能是一个完全独立的世界，甚至在四维空间内，物质守恒定律都可能完全被颠覆，所以，不亲眼看到四维空间，即使再丰富的想象力也没有用。

“你在哪儿？你是谁？你知道我的存在吗？”刘婕在冥想中似乎看到了处于时间轴中的另外一个自己，而那个她用同样的话问着自己。

“我们的思维独立也不独立，独立是因为我们处于不同的时间轴中，不独立是因为我们的思维相互影响着彼此，每一个你，每一个我，很多的我们，都是相连的，就像无数可以融合的原子核一样，可以组合，也可以分裂。”另一个刘婕对她说。

“我们所处的位置几乎完全一样，只是时间轴不一样，每一个时间轴的点上都有一个你和一个我，我们做着相同的事，也做着不同的事。”另外一个刘婕对这两个刘婕说。

“四维空间什么样？我这里也没有到达，我距离实验开始还有4小时。”第四个刘婕对三个刘婕说。

“我这里实验已经结束，正在进行数据分析。”第五个刘婕说。

“实验结果显示，我们成功了，四维空间比我们想象的要复杂。”第六个刘婕兴高采烈地说。

“不，我们的实验失败了。”第七个刘婕沮丧地说。

“我们这里地球和火星还没有统一，正在准备一场战争。”第八个刘婕愤愤地说。

越来越多的刘婕出现在冥想状态中。在冥想中，空间在不同画面中自由切换，但是时间却在扭曲，直到最后成了一个巨大的网。无数个自己在网中任意地诉说着自己的经历，每一个刘婕都努力地证实着自己的存在。渐渐地，刘婕感到自己正在以一种非常快的速度远离这张巨大的网，但是，她却根本无法逃离这张网，因为这张网的巨大已经超出了她的判断力，远处的无数个自己正在消失，而身边的自己又在出现。刘婕感到眼前一片眩晕，她闭上眼睛，却仍然可以看到每个自己都在挣扎，她想喊，却发现无法发出声音。

“不！”刘婕从长椅上猛地坐了起来。

“博士，你怎么了？”助手听到刘婕的喊声，冲了进来。

此时的刘婕呆滞地看着助手，满头大汗。

“没，没什么，还有多久？”刘婕气喘吁吁地说道。

“大概 5 个小时。博士，您是不是做噩梦了？”助手关切地问。

“不，没有。”刘婕努力平复着自己的情绪。

“那就好，您休息一下。我们继续观察。”助手对刘婕点了点头。

“好的。”刘婕微微笑了笑，此时，她已经从刚才那张冥想中巨大的网中逃离了出来，刚才的一幕让她感到压抑和无法释怀。静静地坐了几分钟之后，她长吁了一口气，自言自语地说：“你们也这么想吗？”很显然，这个你们指的是其他无数个处于时间轴中不同点的她。

七、撕裂空间

刘婕渐渐地从冥想状态中恢复了过来，距离发射的时间越来越近，她集中精神紧紧地看着大屏幕。与此同时，玛索和莫里斯也都和她一样，处于发射前的紧张状态中。对于他们来说，这是一次只能成功不能失败的实验。

距离发射大约还有 10 分钟的时候，所有的仪器都已经通过无线电测试。此时，刘婕已经紧张得说不出话，她的眼睛和思维都已经镶嵌在这片巨大的黑暗空间中，在这片黑暗空间的内部，是否真的拥有她预测的一切，几个小时之后就会有结果。那个时候，就将是人类打开宇宙之门的时候。

当仪器的屏幕显示倒数的时候，刘婕严肃的脸上露出了一丝微笑。这和刚才严肃的表情形成很鲜明的对比，刘婕知道，一切都要开始了。

“发射！”刘婕轻轻地下达了指令。几乎与此同时，火星基地的发射器上，装载着巨大反物质导弹的动力火箭奔向了宇宙空间。火箭将在冲出火星大气层的时候脱离，而反物质导弹则将以曲率驱动飞向那块区域，然后进行粒子对撞，从而在空间中撕开一个巨大的虫洞。

看着飞出的火箭，玛索坐在了椅子上，静静地看着高速行驶的导弹，长吁了一口气，不管实验成功还是失败，至少他们做了。只要做了，就会有 50% 的成功概率，而不去做，连这 50% 都不会有。

就在导弹发射之后的 3 分钟，地球人类工会的巨大检测器也检测到了这枚导弹，并根据相关法律对全地球人进行了告知。民众的情绪立刻变得高度紧张，毕竟一颗反物质导弹从火星基地发射，对于地球人类来说，绝对是一个非常危险的信号，甚至在地球人类工会内部，很多科学家也有些失控，他们要求立刻装备地球的反物质导弹对火星予以还击。不过在这种人群紧张的情绪中，有两个人并不感到意外，一个是此刻在科莫湖耐心钓鱼的巴拉科夫，另一个是库勒博士。

库勒博士之所以镇定是因为刘婕曾经找过他申请反物质炸弹，他根据法律否决了这个提议，但是他知道，刘婕和莫里斯对于这个实验绝对是不会放弃的。而且库勒从内心是支持他们的，但由于地球对于反物质的控制极其严格，所以库勒不能给他们提供帮助，但如果他们可以自己解决这个问题，那库勒也就无所谓了。

很快，库勒在地球人类工会内部发表了一次讲话，声明这次实验是经过他同意的，并告知民众不要紧张，安心地等待实验结果。之后库勒立刻坐飞机前往了洛杉矶，他要去找刘婕，了解这个实验的目的，同时也打算见证这个实验的最终结果。

当库勒到达洛杉矶的时候，刘婕早已等候在实验室外。她知道，库勒一定会来。

“怎么样了？”库勒看着刘婕微微地笑着问。

“还好，已经进入了既定轨道，一切都在掌握中。”刘婕淡淡地回答着。

“我就知道我难不倒你。”库勒哈哈大笑着。

“您现在也可以阻止我啊。”刘婕也笑嘻嘻地说。

“我怎么会阻止呢？”库勒摇了摇头，跟着刘婕进了实验室。

在这里，他们聊了很多，内容天马行空，但唯独没有涉及宇宙，似乎两个人在交谈中形成了某种默契，他们都在等待那枚仍在行进中的导弹。

4 小时的时间很快过去了，当导弹进入那片既定的空间并停留的时候，火星基地的导弹发射基地上，玛索按下了爆破的按钮。大约 60 秒之后，反物质导弹在那片区域发生了爆炸，所有的人都安静地看着眼前发生的一切。

随着导弹的爆破，一个巨大的旋涡式的虫洞在真空中形成了。紧接着，一束巨大的光柱从这个虫洞的上方朝着宇宙上方喷射。玛索立刻下令，载有另外一枚反物质导弹的无人小型火箭进入虫洞内部，并在 10 分钟之后爆破。按照刘婕的理论，这就是制造出“时空之门”的方法。

“如果真有时空之门，接下来会发生什么？”库勒看着大屏幕上巨大的旋涡问刘婕。

“四维空间将展示在我们面前，我们将会看到四维空间内的一切，包括我们一直以来无法猜透的时间究竟是什么概念。”刘婕也盯着大屏幕回答着。

“你是打算改变时间吗？”库勒问刘婕。

“不，时间和空间一样，我们可以任意穿梭，但是并不是我们的过去或未来，而是同一空间下不同的时间点。”刘婕扭过头看着库勒说。

“天哪，我无法想象那是一个怎样的画面。”库勒惊讶地说。

“我也只是想象而已，因为我也不敢肯定四维空间内的时间轴是什么样的。”刘婕微笑着说。

就在二人谈话的过程中，第二枚导弹已经在虫洞内部发生了爆破，伴随着另外一条白色的光柱，一个巨大的洞在虫洞的内部形成了，并通过虫洞透明的外部飘浮在真空中。

“我的天哪。”玛索、莫里斯和刘婕在不同的地点几乎同时发出了呼叫声。

“数据分析显示，这个新的虫洞内部轴呈完全对称，原来该位置的三维空间坐标处于新的虫洞内部，炮弹碎片密度和我们计算的结果完全一样。”莫里斯看着分析出的数据结果，用颤抖的声音向刘婕传达着。

“说明了什么？”库勒问。

“说明我们已经撕裂了三维空间，那片真空现在是一个时空之门。”刘婕看着库勒，再没有之前的平静，满脸都是不可思议的激动。

“你真的是一个天才。”库勒看着刘婕说。

“您错了，我只是一个胆大的人。”刘婕哈哈大笑，这是她笑得最开心的一次。

八、四维空间的解释

包括库勒在内的科学家们虽然都是科学界的翘楚，但是对于四维空间这个概念，他们的了解还都是从地球上那些已经存在了很多年的理论上得知的。真正的四维空间是什么概念，他们并不了解，这除了需要数据解释外，还需要有亲眼看到。现在，一个巨大的时空之门就在他们的眼前，门的那一边就是另外一个世界。

“能给我详细解释一下吗，孩子？”库勒用颤抖的声音问刘婕。

“可以啊，我会一点不保留地告诉您。”刘婕微微地笑着。

“我的想象力已经到了尽头，我无法突破这个瓶颈。”库勒用一种有强烈求知欲的眼神看着刘婕。此刻，他就像一个懵懂的少年。

“四维空间其实和三维空间没有什么区别，只不过它多了一条时间轴。当然，这条时间轴只是理论上的物质，我们还没有证实，而从空间角度上来说，其实四维和三维处在相同的坐标上，就好像我们和鬼魂一样，相互看不见，也不会产生相互的作用力，所以不会看到。而地球上那些号称看到过鬼魂的人说的未必是假话，这是因为他们可能在某种特定的条件下，到达了相同坐标的其他空间，所以看到了本不可能看到的东西。”刘婕慢慢地解释着。

“那是什么力量让他们看到了所谓的鬼魂呢？”库勒接着问。

“就像我们做的实验一样，用反物质炸出一个隧道。夸克原子也可以做相同的事，只是那种力量在三维内无法表现出来，也有可能是那种力量发生在更加高级的维度，但理论是一样的。空间可能是宇宙中唯一不能算物质的东西，它包含一切物质，连宇宙都只能算是空间内部的一种物质。”刘婕接着说道。

“还有，时间轴中的不同点都是完全独立的空间，从时间角度上来说，它们又都可以独自延伸出一个独立的时间轴，而每个时间轴都拥有无数个点，就像现在的宇宙一样，无穷无尽，这些点就组成了时间轴，而时间轴又是支撑四维空间存在的一个要素。”

“我还是不太明白，按照你的理论，那岂不是任何物质都会分身术了吗？这并不符合物质守恒定律啊。”库勒还是不太明白。

“不，物质守恒定律是正确的，并不是每个时间轴中的点都有相同的物质。有些有，有些可能没有，但组成物质的原子总数是不变的，在这个时间点消失的物质可能会在其他时间点出现，比如恐龙灭绝于 6500 万年前，但是它们可能会在另外的时间点出现。这就是物质守恒定律最直接的体现。”刘婕又解释着。

“那也就是说，我们之前研究了多少年的所谓的穿越到过去这件事从理论上来说就是不成立的了？”库勒呆呆地看着刘婕。

“没错，我们自己的时间点是一直向前的。”刘婕回答道。

“不过如果四维空间的理论正确的话，那么我们可以从时间轴的其他时间点上看到我们曾经经历过或者未来的事。当然，这些事对于我们的时间点来说，可能未必是存在的，只是无数种可能中的一种，比如我们现在去了时间轴中的一个点——6500 万年前，看到了恐龙时代，但是那里拥有我们没有证实存在过的恐龙种类。或者说我们去 100 年前的时间点，也许那里根本就没有发生‘引线时代’的悲剧，道理都是一样的。”刘婕没有停，接着说道。

“那也就是说，宇宙的发展是有无数种可能，地球的命运也一样，对吗？”库勒接着问道。

“对，是这样的，每一个时间点都是不可复制的，就像不可再生的那些人体细胞一样，消失了就是消失了。但根据物质守恒定律，还会有新的细胞取代它们，以保持物质总数的不变。假如我们被外星人消灭了，那么只能说明在这个时间点上，我们消失了，但并不代表所有的时间点上我们都消失了。”刘婕继续向库勒解释着。

“我想我差不多明白了，但我还有一个问题，时间轴可以人为操纵吗？比如高级文明？”库勒问。

“对不起，博士，这个超出我的能力范围了，从我知道的理论上来说，是不可能的，但是也许更加高级的文明可以做到，但我还想不出他们改变时间轴的理由是什么，因为他们本身也属于时间轴中的产物。”刘婕吐了吐舌头说。

“也许就像一台外科手术，他们在不停地清理癌细胞。”库勒说。

“哦？这可是一个非常生动的比喻，博士。”刘婕惊讶地说道。

“我只是做个比喻而已，现在这些还离我们太遥远。我们现在要做的是进入四维空间，看看那里究竟有什么。”库勒说。

“我都差点忘了，您说得对。我现在向您正式提出申请一艘载人飞船，在 7 天之后进入四维空间。”刘婕笑着说。

“嗯，乐意效劳，但是让谁去呢？”库勒问。

“玛索和莫里斯。”刘婕看着库勒，非常坚定地说。

“为什么是他们？”库勒惊讶地问。

“因为只有他们才能真正明白自己在做什么。其他人还需要时间来理解，而我们没有那么多的时间。”刘婕严肃地说。

九、时空之门

莫里斯和玛索将作为地球人类第一次真正进入四维空间。这项工作要比登上月球和火星更具挑战性，毕竟四维空间对于人类来说完全不同。

玛索有些紧张，在即将进入飞船之前，她看着刘婕，说不出一句话。莫里斯则显得安静许多，他静静地坐在座椅上，闭着眼睛，轻轻地呼吸着。

“我代表地球上所有的生命对你们表示感谢和致敬。”库勒非常真诚地说。

“不用客气，博士，我们也是地球人。再说，我们又不是永远不回来了。”莫里斯笑了笑。

“我知道，我只是担心。”库勒轻轻地说着，一边说一边极力掩饰着自己的紧张。

“别担心博士，他们不会有事的。那片四维空间和我们处于同一个坐标，只是我们相互看不到而已。”刘婕也安慰着库勒，就好像进入四维的是库勒一样。

“一定不要逗留太久，我要尽快见到你们归来。你们知道，我不太喜欢刺激。”库勒终于露出了一丝笑容。

“放心吧，你就当我们坐一圈过山车。”莫里斯笑着对库勒说。

“好了，他们该准备出发了。”刘婕也笑了笑，对所有人说。

大约 1 小时之后，载着莫里斯和玛索的“无畏号”四维探测飞船从位于洛杉矶的火箭发射基地起飞，飞向那片已经打开的时空之门。地球上所有的人都通过直播看着飞船远离地球，飞向未知。每个人的心里都充满了好奇，就像多年前人类登月登火一样，只不过这次他们将看不到结果，而是会看着他们消失在自己的眼皮底下。

玛索终于从紧张的情绪中走了出来，看着逐渐远离的地球，她对莫里斯说：“你知道吗，我小的时候，经常幻想能够进入时空之门到未来去。那时候我和爸爸会经常讨论关于未来的事情。”

“富尔茨博士真是一个好爸爸。”莫里斯扭过头冲着玛索笑了笑。

“对，他是一个优秀的父亲。不过按照刘婕的说法，我们这个时间点上的过去已经消失了。未来也并不规则，失去的就永远都失去了。”玛索轻轻地叹了一口气说道。

“是的，所以我们才要善待自己的每一天，也要善待别人。”莫里斯感慨地说。

“不过如果有机会到达别的时间点，那我希望在那里，我还是他的女儿。”玛索扬起头，长吁了一口气说道。

“当然有可能，我想你见到富尔茨博士的时间快到了，好好想想对他说什么。”莫里斯微笑着对玛索说。

“我会告诉他，我爱他。”玛索看着前方，莫里斯发现，玛索的眼睛里含着泪花。

“好好休息一下，我们还有时间。”莫里斯拍了拍玛索的肩膀说。

玛索和莫里斯都不再说话，静静地靠在座椅上，等待着历史性的时刻。

飞船大约在 26 小时之后，进入了既定轨道。这个时候，玛索和莫里斯已经完全准备好了，他们彼此看了看，轻轻地笑了笑，再过一会儿会发生什么，他们也不知道，这次笑容就算是彼此之间的告别吧。

比起他们，地球上的刘婕和库勒却没有这么轻松，他们紧张地盯着大屏幕，丝毫不敢大意。

“他们要消失了。”刘婕轻轻地说，既像是自言自语，又像是告诉所有人。

大屏幕上的飞船从巨大的时空之门进入，然后在众目睽睽之下消失了。虽然早有准备，但是仍然引起了一片唏嘘。

“简直太神奇了。”“他们到底去了哪里？”“他们能不能看到我们？”“他们还会回来吗？”地球人类工会的所有科学家都不停地相互问着。答案在哪里？没有答案。

玛索和莫里斯利用曲率驱动穿过了巨大的时空之门。就在即将进入的时候，他们发现，自己周围的物质好像静止了一样，包括之前反物质炸弹的碎片、飘浮在宇宙空间的陨石，都好像雕像一样在真空中纹丝不动。半晌，玛索才突然反应过来，她扭过头用不可思议的表情看着莫里斯说："我们好像达到了光速。"

“啊？”一向沉稳的莫里斯露出了极其惊讶的表情。

“只有在光速下，周围物质的运动才会呈静止状态，我不知道我们现在的位置，请立刻确定坐标。”玛索对莫里斯说。

莫里斯立刻对飞船进行定位。很快，他用颤抖的声音对玛索说："我不知道我们在哪儿？但是你看看我们的周围。"

玛索立刻抬起头看着周围，她惊奇地发现，在他们的周围，一切物体都变成了透明的，包括他们的飞船。甚至飞船来不及躲避的陨石也都轻易地穿过他们的飞船外壳。

“这就是四维空间吗？”莫里斯自言自语道。

“对，这种情况在当初火星基地登陆木卫二的时候就遇到过，但是时间轴在哪里？”玛索不停地看着四周。

“降低速度直到零，这样我们才可以感觉到时间的流逝。”莫里斯说道。

飞船的速度逐渐降低，直到停止。这时候，玛索和莫里斯发现，他们周围的空间比起地球上无垠的空间，更像是一间间四四方方的房间，而间隔这些房子的线却根本看不到，但是他们两个却都明显地感觉到那条线的存在。

“你也感觉到了吗？”玛索看着莫里斯。

“对，我感觉到了，但我不敢确定那是什么。”莫里斯说。

“给地球发送无线电，看他们能不能收到。”玛索接着说。

莫里斯立刻打开无线电发射器，朝着地球的方向发送了无线电信息。但是在本该收到的时间过后，他们却没有收到任何回复。

十、大开眼界

“看来我们和他们失去联系了，我们只能自己来理解了。”玛索对莫里斯说。

“我想起了刘婕书里提到的四维理论。”莫里斯对玛索说。

“哪个理论？”玛索问道。

“时空之门是由正反物质粒子碰撞形成的，那么四维也具有这个属性。它是开放性的，也就是说我们从四维看三维是完全没有遮挡的，而三维看不到四维的原因则是因为三维缺乏开放性，所以我们看不到一切。但是现在我们就在四维内，却什么也看不到，原因在哪里？”莫里斯问。

“我解释不了。”玛索看着莫里斯无奈地说。

“两种可能，第一种是我们根本没有到达四维空间，所以看不到一切，还有一种可能是我们还没有到达我们该到达的坐标。”莫里斯解释着。

“那我们现在就寻找地球坐标，我们从这个空间返回地球，看看可以看到什么。”玛索对莫里斯说道。

两人立刻通过定位开始寻找地球坐标，很快，他们的大屏幕就显示出了地球的坐标，不过比起来时的二十几个小时路程，现在地球的位置比在三维内近了很多。

“是光速的原因。”刘婕解释着。

“返回地球。”莫里斯启动了自动行驶系统，飞船朝着地球的方向飞去。

飞船上的时间显示仅仅过了 4 分钟，玛索和莫里斯就到达了地球。他们发现，他们可以从大气层外清晰地看到地球的地壳、大洋的海沟，甚至连每一条鱼的内脏都清晰无比。掠过北美大陆，他们轻易地飞到了玛索的实验室，看到了焦急等待的刘婕和库勒，还有放在抽屉里的各种文件。

“你们看得到我们吗？”玛索冲着刘婕和库勒喊道。

但是刘婕和库勒丝毫没有动，很显然，他们没有看到。

“我们该怎么走出去？”玛索无助地看着莫里斯。

“原路返回。”莫里斯对玛索说道。

二人把飞船掉头，很快就回到了巨大的时空之门。当他们穿过之后，他们惊奇地发现，自己回到了三维空间，飞船的无线电接收系统立刻显示，他们收到了大概150条从地球基地发来的无线电信息，而时间显示，他们离开了大约4天。

“天哪，我们离开了这么久，我怎么感觉只有一会儿？”玛索惊讶地喊着。

“四维空间的时间不够稳定，或者说比我们计算的要快，而且好像刘婕的理论并不成立。也或者说我们没有找到时间轴上的点。”莫里斯一边编译着无线电文，一边对玛索说。

“我相信刘婕的计算和理论是正确的，一定是什么原因造成了这种错误。”玛索说。

“我和你的想法一样，也是这么认为的，不过现在我们需要返回地球，把我们见到的一切告诉刘婕，她一定会有办法的。”莫里斯微笑地看着玛索，却发现玛索已经泪流满面。

“你怎么了？”莫里斯关切地问。

“我没有见到爸爸。”玛索用手捂住了脸，低声抽泣。

莫里斯没有说话，他轻轻地拍了拍玛索，摇了摇头。

飞船朝着地球驶去，在他们身后，巨大的时空之门仍然矗立在那里，和黑暗的宇宙显得格格不入。

“终于回来了。”早已心急如焚的库勒长吁了一口气，他一直都担心这两个地球的救世主会回不来，现在他终于可以安稳地睡一觉了。

“您先休息吧，博士。”刘婕对库勒说。

“你也休息一下吧。4天了，你连眼睛都没合过。”库勒关切地对刘婕说。

“不，我需要立刻见到他们。”刘婕笑了笑，立刻走出了基地大门，她要到飞船的着陆地点，第一时间见到玛索和莫里斯，她比任何一个人都更迫切要了解四维空间的样子。

当玛索和莫里斯把在四维空间内所见的一切告诉刘婕之后，刘婕沉默了。虽然她已经预计了这次四维旅行的种种结果，但是她还是对这种结果感到奇怪。

“别担心，博士，我们还会去的，也许这次会见到我们要找的东西。”玛索笑着对刘婕说。

“不是担心，包括四维内可以提高到光速，你们在四维内返回地球，这一切都和我的预测没有误差，只有一点，我实在理解不了。”刘婕托着下巴，看着二人说。

“什么？”莫里斯问。

“时间轴肯定存在，否则你们不会离开四天却感觉不到，这是熵无规则运动的一种表现。但是你们为什么没有到其他时间点上，而且连见都没有见到，这个我无法理解。”刘婕疑惑地说。

“也许是我们的坐标所在的空间太小造成的。”玛索说。

“不，不对，空间和时间没有关系，即使一平方厘米也应该有自己的时间点，我们没有看到，这不是计算错误，而是一个巨大的错误！”刘婕几乎喊了出来。

“博士，你别着急，我们静下来再想想。”莫里斯安慰着刘婕。

“不，现在就想，你们有没有答案？”刘婕问道。

“我们？”莫里斯和玛索相互看了看，不明白刘婕的意思。

“对。”刘婕斩钉截铁地说。

“我想我们想不出答案，难道您有答案？”玛索看着刘婕问。

“我只有一个答案，但是这个答案连我自己都不敢相信。”刘婕说。

“什么？”莫里斯连忙问道。

“我们的空间是固定的，这也是你们可以原路返回的原因，但我们的时间轴也是固定的，这是你们可以在四维下返回地球见到我的原因。”刘婕说。

“什么意思？我一点儿也不明白。”玛索挠了挠头问。

“我们所在的时间点被人为锁定在了一个固定的时间轴中，和其他时间点完全分隔开了，也就是说，我们所见到的一切都是在一个巨大空间内的固定的时间轴上，否则根本就解释不通我们为什么会见不到其他的时间点上的一切。”刘婕几乎是喊了出来。

“你的意思是我们就像是个木偶，被别人操纵着？”玛索问。

“我们是一个被关在黑暗房子里的老鼠，根本不知道我们生活在哪里，是什么时候。”刘婕扬起头，高声喊着，然后突然晕了过去。

三天后，在医院醒来的刘婕没有说话，她空洞的眼神里几乎失去了一切，玛索和莫里斯安静地坐在两边，许久之后，刘婕轻轻说道：“地球现在是安全的，但我们必须弄明白谁把我们锁在这里，他们为什么要这么做。”

“您先休息吧，博士，既然地球是安全的，那我们一定可以做到。”莫里斯说。

“我们肯定犯了一个不可饶恕的错误才会受到这样的惩罚。”刘婕看着天花板说。

“那我们该怎么办？”玛索问。

“佛经里说，我们需要被超度才能到达那个美好的极乐世界。”刘婕闭上了眼睛，两滴眼泪顺着面颊流了下来。

十一、孤独的旅行者

库福尔和金娜已经在宇宙中飘荡了三个月的时间。他们就像是在一片广袤的沙漠中孤独行走的苦旅者，没有目标，没有理想，甚至没有感觉，黑暗就是他们每天都要面对的主题，希望就像是一颗冰冻在地下几千年的种子，毫无发芽的可能。

两人已经一星期没有说话了，孤独就像是来自炼狱中的皮鞭，时刻抽打着他们。库福尔的眼睛里没有丝毫的生气，而金娜则不时叹着气。

终于，金娜开口了：“我们不如找一颗行星，就留在上面，你觉得呢？”

库福尔看了看金娜，轻轻地扬了一下眉头，还是没有说话。

“我们不能这样，这样下去我们会杀了自己的。”金娜扭过头，看着前方，既像是对库福尔说，也像是自言自语。

“他们太残忍了。”库福尔也自言自语地说，显然，他指的是赵志宏。

“我现在才知道有的时候活着比死去更让人绝望。”金娜长叹了一口气。

“金娜，如果哪天我崩溃了，请你杀了我，好吗？”库福尔扭过头看着金娜，非常认真地说。

“你怎么也变得这么残忍、自私了，记住，我们只能同归于尽，而不是一个杀死另外一个。”金娜也非常真诚地说。

“对不起。”库福尔看着金娜，眼睛里充满了泪水。

“不说了，我们还是应该寻找我们的伙伴，哪怕是敌人也行，这也算是一种希望吧。”金娜稍稍挤出一丝笑容。

“你们究竟在哪里啊？”库福尔看着前方，叹着气说。

“我也不知道，不过我记得在我读书的时候，我的老师告诉我，生活中随时都会有惊喜，只要你保持乐观。”金娜冲着库福尔做了一个鬼脸。

“你觉得我们还能保持乐观吗？”库福尔无奈地撇了撇嘴。

“库福尔，我们结婚吧。”金娜突然看着库福尔，非常意外地说。

“啊？”库福尔显然没有想到金娜会说这样的话。

“对，我们结婚吧。”金娜没有再看着库福尔，而是把脸扭向了前方。

“为什么？”库福尔看着金娜，充满疑惑地问。

“你读过《圣经》吗？”金娜问。

“不，我对宗教不感兴趣。”库福尔说。

“我读过很多次，我的祖父是最后一代牧师。我小的时候，他给我讲过很多《圣经》里的故事，我总是听得很入迷。但是后来，‘引线时代’人们抛弃了宗教，放弃了信仰，似乎一切都变得简单了。”金娜轻轻地说。

“那是因为人类找到了更简单直接的生存方法，宗教不过是一种寄托，毫无用处。”库福尔说。

“那我们现在呢？难道你认为科学对我们有用吗？”金娜笑着说道。

“我不是这个意思，我是指我们还是需要理性一点。”库福尔摇着头说道。

“所以我才要结婚的，《圣经》里有个故事说的是亚当和夏娃生活在伊甸园里，那里无忧无虑，没有过去，也没有未来，他们的每一天都重复地做着一件事。”金娜接着说。

“然后呢？”库福尔问。

“终于有一天，他们受魔鬼撒旦的蛊惑，偷吃了智慧树上的苹果——就是禁果，然后被逐出了伊甸园，看到了各种不美好的东西。”金娜继续说着。

“再然后呢？”库福尔显然有了兴趣，追问着金娜。

“然后他们就繁衍了子孙，也就是人类。”金娜伸了个懒腰，笑着说。

“这只是神话故事。”库福尔说道。

“对，但是我们现在就像是亚当和夏娃一样，孤独，寂寞，没有未来，没有希望。”金娜看着库福尔非常认真地说。

“你说得没错。”库福尔点了点头。

“我们要生存下去，像亚当和夏娃一样，只有这样才有希望，否则我们会被绝望杀死。”金娜严肃地说着。

“那好吧，我们结婚吧。”库福尔看着金娜，也非常严肃地说。

“这就对了，我们就按照宗教的仪式来举行一场婚礼，这样显得有趣一些。”金娜笑着对库福尔说。

“没问题，不过你来扮演牧师，我可不会这些。”库福尔的脸上也有了笑容。

“好，那我开始了。”金娜眨了眨眼睛。

“库福尔，你愿意娶金娜为妻，从今天起互相拥有，互相扶持，无论是好是坏，富有或贫穷，疾病还是健康，都彼此珍爱，珍惜，只有死亡才可以把你们分开吗？”金娜把嗓音拉得低沉，学着牧师的声音问。

“我愿意。”库福尔看着金娜，微笑着说。

“金娜，你愿意成为这个人的妻子，爱他，忠诚于他，无论他贫困、患病或者残疾，直至死亡吗？”金娜继续学着牧师的声音说着。

“我愿意。”金娜笑着回答自己。

“哈哈哈。”两个人都笑得前仰后合，许久没有停止，之后紧紧地拥抱在一起，泪流满面。

在宇宙这座黑暗的伊甸园中，地球人库福尔和金娜就是亚当和夏娃。他们必须彼此爱着对方，毫无保留，只有这样，才可以有生存下去的机会，同时也可以让那颗深埋在地下的希望种子发芽。从一颗种子到整座森林，需要很久很久，不过即使很久，对于茫茫的宇宙来说，也不过是稍纵即逝那么简单。希望，就像是黑暗中的一团篝火，在不经意间照亮了一切，那团红色的火，带给人的终究会是惊喜。

外层空间

水晶之匙

刘波——著

新世界出版社
NEW WORLD PRESS

图书在版编目（C I P）数据

外层空间 . 水晶之匙 / 刘波著 . -- 北京 : 新世界出版社 , 2020.8（2022.3 重印）
ISBN 978-7-5104-6952-7

Ⅰ . ①外… Ⅱ . ①刘… Ⅲ . ①幻想小说—中国—当代
Ⅳ . ① I247.5

中国版本图书馆 CIP 数据核字 (2020) 第 019655 号

外层空间 · 水晶之匙

作　　者：刘　波
责任编辑：丁　鼎
责任校对：宣　慧
装帧设计：主语设计
责任印制：王宝根　苏爱玲
出　　版：新世界出版社
网　　址：http://www.nwp.com.cn
社　　址：北京西城区百万庄大街 24 号（100037）
发 行 部：(010)6899 5968（电话）　(010)6899 0635（电话）
总 编 室：(010)6899 5424（电话）　(010)6832 6679（传真）
版 权 部：+8610 6899 6306（电话）　nwpcd@sina.com（电邮）
印　　刷：天津中印联印务有限公司
经　　销：新华书店
开　　本：880mm × 1230mm　1/32　尺寸：145mm × 210mm
字　　数：290 千字　印张：11.75
版　　次：2020 年 8 月第 1 版　2022 年 3 月第 2 次印刷
书　　号：ISBN 978-7-5104-6952-7
定　　价：98.00 元（全三册）

目录

第一章
阿兹台克的爱情

一、年轻的猎手

恰克西已经跟着爸爸在森林里打了一年的猎。在这一年里，他捕获最多的猎物是鹿，大概有四只。他把鹿角锯下，做了防腐处理，挂在屋里，这么做的目的是向整个部落证明自己已经成为一个合格的猎手和库图雅部落的英雄。再过三个月，就要举行整个国家的祭祀仪式，到那时，他将正式成为一名被国王认可的猎手，和其他年轻人一样，承担起保卫部落的责任。

不过在此之前，他还得跟着爸爸。虽然恰克西觉得自己已经完全可以独自狩猎了，但是父母亲却不同意他一个人出去，因为在他们看来，恰克西出去狩猎的危险性太大，被吃掉的概率和干掉猎物的概率是相等的，所以无论恰克西怎么哀求爸爸，他都没有获得独自带队的机会，看着其他和自己年龄差不多的青年先后带队出去打猎，恰克西的心里有些不甘。

其实这不能怪父母，因为恰克西和其他年轻人比起来有些不同。他很小的时候，曾经在森林里遭遇过一次雷击，那次雷击让他的一只耳朵失去了听力，对于一个猎手来说，这几乎是致命的。年幼的恰克西并不知道这意味着什么，他和其他的孩子一起，每天穿梭在森林中，尽情地玩耍着，毫无顾虑。而他的爸爸，那位整个部落里最优秀的猎手却经常看着开心的恰克西黯然伤神，他的妈妈也常常在夜深人静的时候独自落泪，他们知道，恰克西成为猎手的概率就如被神眷顾一样小。

身体的缺陷随着年龄的增长开始暴露出来。曾经有一次，在和伙伴们外出到森林深处的时候，恰克西差点遭到一只美洲豹的偷袭而丧命，而在美洲豹接近他的时候，他居然浑然不知，幸亏父亲及时赶到，射死了那只美洲豹，恰克西才幸免于难。从那以后，父亲就禁止他再进入森林深处，因为那里对他来说意味着巨大的危险。

恰克西的伙伴们并没有嘲笑他，不过渐渐长大之后，他们结伴去森林深处的时候，经常会有意无意地忘掉恰克西。每每这个时候，恰克西都会看着森林，独自哭泣，而父亲只是用手轻轻地拍着他的肩膀安慰着他，但越是安慰，恰克西就哭得越伤心。对于一个玛雅人的后裔来说，不会打猎意味着他将永远不能成为一个真正的男人。

这种情绪一直伴随着恰克西长大，直到他 14 岁那年，在情绪即将崩溃的时候，恰克西趁父亲不在的时机，拿起了那张属于父亲的弓，独自走进了森林深处。整整三天，他没有出来，整个部落都在疯了似的寻找他，但是恰克西就像从人间蒸发了一样，毫无踪迹。就当人们打算放弃寻找他的时候，恰克西带着父亲的弓箭回来了，同时回来的还有一只被射死的棕熊。

那一天，是恰克西一生当中最骄傲的一天，整个部落都为他骄傲，没人知道他是如何干掉一只棕熊的，但可以肯定的是，恰克西是一个猎手，这是一种来自整个部落整个王国的传承，是骨子里与生俱来的天赋。从那之后，父亲每次带领部落出去打猎的时候，都会带上恰克西，这是一种认可，同时也是一种父亲对于儿子发自内心的爱。

能够独自射死奔跑的鹿，是一个猎手最值得炫耀的事，也是成为一个被其他人承认的猎手的标准。恰克西的爸爸是整个部落最年轻的独自射死鹿的猎手，那年，他只有十岁。恰克西跟着爸爸打了几次猎，都没有射到鹿。不过这种等待是常见的，不是每一个猎人都会轻易射到鹿，因为它的速度实在是太快了，没有丰富的经验和过硬的技术以及长久的耐心是不行的，这考验的是一个猎手的综合素质和能力，有的猎手甚至一生都没射死几只鹿，他们注定不能成为传奇。

不过恰克西注定不同，虽然左耳失聪，但是作为部落最厉害猎人的儿子，他的天赋决定了他一定会成为一个伟大的猎人。在短短的一年时间内，他就射死了四只鹿，这是一个了不起的成就，整个部落都为他感到骄傲。

不过父母亲仍然拒绝他单独带队，而只是在围猎的时候才让他跟着，因为带队不单考验他的能力，还有保护其他人的责任。

恰克西很郁闷，他并不认为自己只能作为辅助参加狩猎，他要成为猎人中的翘楚。为此，他几次偷偷地进入森林，但是命运好像是跟他开玩笑一样，当恰克西单独进入森林的时候，居然没有一次碰到鹿，每次他都是空手而归，甚至连一只兔子都没有抓到。

面对伙伴们的嘲笑，恰克西的内心除了郁闷还有些不甘。经过一夜的思考，恰克西决定，无论如何都要独自射死一只鹿，这可是他能够单独外出打猎的钥匙，于是他决定，到卡依察去，那里一定有鹿。

二、卡依察

卡依察位于玛雅王国的边缘，距离他们的寨子很远，从最近的森林深处翻过悬崖也需要十五天的时间才能到达。恰克西从来没有去过，但是关于卡依察的传说他却百听不厌。

在不知多少年前，那里曾经是整个国家迎接神降临的地方，神坐着一只大鸟来到卡依察的上空，然后从大鸟的肚子里飞出，看着虔诚的部落，微笑着用咒语保佑整个国家。第二年，整个国家的所有部落将会风调雨顺，然后收获数不尽的猎物。所有人都在这一刻兴奋异常，他们载歌载舞，用从整个国家选出的一对圣男圣女对神进行最为虔诚的祭祀。

卡依察那里的猎物非常丰富，各种飞禽走兽数之不尽，但是要想到达卡依察却并不是一件容易的事，那里的悬崖陡峭，河水湍急，野兽众多，而位于卡依察中心地带的土地，布满了荆棘和无处不在的沼泽，很多国家有名的猎手都一去不归。卡依察在整个国家所有人的心里，既是圣地，又是一个危险的地方，只有当“五星连珠”，神降临的时候，那里才会出现一条被大鸟照亮的路，祭祀的人才能一路畅通地到达那里。而当祭祀结束神离去之后，那天传说中的路也就跟着消失，直到下次神出现才会重新出现。而上次祭祀已经过去了很久，甚至连恰克西的爸爸也从没有到过卡依察。图库雅部落唯一参加过卡依察祭祀的人是他们的祭司伊希切尔，包括恰克西在内的所有人听到的关于卡依察的故事，都来源于他的讲述。

现在，伊希切尔已经老了，他不可能再去卡依察了，所以到卡依察的路只有恰克西自己去寻找了。恰克西下定决心，无论如何他都要到那里去，这是他的性格使然，一旦决定，就绝不会放弃，与其做一个平凡的猎人，倒不如去干一件惊天动地的事情，这才是部落真正传承的信念。

恰克西是偷偷溜出来的，不然被父母知道了，他一定会被关起来。他早在半个月前下定决心的时候就开始悄悄地囤积自己的干粮，他本来想叫上自己最好的朋友库尔，但是最后还是放弃了，去卡依察实在太危险，他不能让朋友和他一起冒险，他只带了自己的猎犬摩西，这可是一个忠实的家伙。

在一个暴风雨的下午，恰克西悄然无息地出发了，他没有从常规的路线进入森林，而是转而下山，从山的另外一侧进入森林，这会让寻找他的人出乎意料，他也就没有了被追上的风险。

暴风雨来得很快，去得也快，恰克西刚刚进入森林没多久，雨就停了。站在山腰的恰克西看到了部落燃起的篝火，不用问，这一定是他们在寻找自己。恰克西突然感到一丝莫名其妙的刺激，他看着摩西，蹲了下来，轻轻地说："摩西，我们的冒险开始了。"

摩西静静地看着恰克西，似乎听懂了他的话，用头在恰克西的腿上蹭了蹭。

"好样的。"恰克西站起身，径直朝着森林山顶走去，翻过这座大山，他就将进入森林的深处，那里是他曾经射死棕熊成为真正猎手的地方，对他来说，这不过是一次故地重游那么简单。

"我们今天要在沼泽地过夜了。"恰克西自言自语地说着。

沼泽地是这片森林的天然分界线，一直以来，库图雅部落打猎都是在沼泽地以内的地方进行，因为越过大片沼泽地就意味着进入了森林深处，而那里，才算是真正进入了森林，等待他们的将是一片未知。

"只有进入森林深处的人才能成为真正的勇士和猎人。"这是国王刻在金字塔上的铭文，每一个玛雅的年轻人从记事起就把这句话铭记于心，甚至作为他们毕生的追求。进入森林意味着危险，不过在每个想成为合格猎人的玛雅青年心中，荣誉的诱惑是远远大于危险的。

恰克西熟练地爬上了一棵大树，他用树枝做了一张床，然后靠在粗壮的树干上，扔下了一块肉干给摩西，自己则拿出了窝窝饼，对于他来说，睡觉前吃一块窝窝饼是再惬意不过的事了。

夜，几乎是平静的，没有猎物愿意去招惹一个出色的猎手。恰克西睡得很香，甚至比在家里都惬意，要知道在家的时候，每天清晨，他都要在妈妈的喋喋不休中醒来，开始一天的劳作。而现在，他可以尽情地睡到任何时候，当然了，他不会这么做，卡依察在向他招手，他要做的只有一件事——赶路。

清晨的露珠滴在恰克西的脸上，散发着清香顺着面颊流了下来，痒痒的，恰克西伸了个懒腰，揉了揉眼睛，定了定神，从树上爬了下来。看着密不透风的森林，恰克西大步朝前走去，他要证明给自己看，更要征服卡依察，这是他的目标，更是他无比坚定的信念。

摩西倒是很轻松，它并不知道恰克西要带它去哪里，因为恰克西也不知道，前方的路都是未知的，他们每前进一步，距离熟悉的土地就远了一步，而这，是一种选择，也是一种向往。

三、红树森林

恰克西已经看不到寨子了，通过天上的星星，他判断了方向，按照传说中的路线前进着，每走一段时间，他就用小刀在树上刻上记号，这是一种自我保护，一旦迷路的话，至少他还可以原路返回。

浓密的大树郁郁葱葱，几乎没有空隙，摩西虽然离恰克西很近，甚至恰克西都可以听到它呼吸的声音，但是却看不见它，恰克西不得不每隔几分钟就喊一声摩西的名字，不过还好，摩西总是有所回应。

为了节省窝窝饼，恰克西时不时地会打一只野兔或者山鸡，他可不想在到达卡依察之前吃掉所有的窝窝饼，那可是天下最美味的食物。摩西似乎对恰克西的这个主意很是喜欢，每当恰克西射下猎物之后，摩西总是在猎物跟前兴奋地撒欢，恰克西也一样，他终于可以像爸爸一样，独自走入森林深处感受这里的一切，同时呼吸着这种从未感觉过的自由空气。

就这样大约走了两天时间，恰克西翻过了四五座大山，在第五座山的山顶上，他看到了一大片红树森林，他回过头看了看自己走过的路，伸了一个懒腰，坐了下来。

关于这片红树森林，在库图雅部落一直有一个美丽的传说。在很早很早以前，玛雅国王的女儿，美丽善良的安吉拉公主和一位非常勇猛英俊的叫萨鲁的猎人相爱了。国王为了考验萨鲁是否是一位真正的勇士，让他前往红树森林，打败那只会喷火喷水的恶魔鸟。萨鲁为了心爱的公主，只带着几个随从前往，他要向国王证明，为了公主，他愿意做任何事情。

他翻过了无数座大山，蹚过了无数条大河，终于来到了这里。在红树森林的中心，他看到恶魔鸟趴在窝里，头上冒着烟，显然，它似乎受了伤。他用弓箭射向那只趴在地上的恶魔鸟，恶魔鸟立刻发出“轰轰”的声音，这是一种绝望的嘶叫。萨鲁勇敢地冲向了恶魔鸟，从恶魔鸟肚子上裂开的伤口进入了它的身体。整整四天，当随从们都认为恶魔鸟已经死掉了的时候，它突然腾空而起，朝着国王的宫殿飞去。

在宫殿的上空，萨鲁从天而降，他的头上绑着一株巨大的三叶草，在皇宫内所有人目瞪口呆的注视下，萨鲁挽着公主的手一起飞向了恶魔鸟，然后又在众目睽睽之下，消失在了天空中。从那时候起，没有人再见过他们，据说他们去了神住的地方，幸福地生活了下去。

无数年过去了，红树森林彻底被红树布满了。传说在这里，恶魔鸟留下了制造进入神的住所的钥匙的材料，只有最虔诚的人才可以找到，成为神的仆从。

“摩西，这里就是我射死棕熊的地方，你知道吗，我只用一箭就干掉了它，你说我是不是勇士？”说完，恰克西哈哈大笑了起来。

稍微休息了一会儿，恰克西就从山顶朝着红树森林走去，他要感受一下当年的勇士萨鲁进入这里的感觉，因为在这一刻，他感觉自己就像萨鲁一样勇猛。

红树森林并没有大鸟留下的窝，毕竟那只是一个传说。在整个王国，每一个部落都有着自己的传说，每一个传说都那么动听，库图雅的传说只不过是众多美丽传说中的一个。对于每一个玛雅王国的人来说，只要足够虔诚，那么神就一定会保佑他们。

“摩西，我们今天就在这里过夜了，我觉得这里不错。”恰克西一边对摩西说着，一边寻找着休息的地方。

恰克西点燃了一团篝火，在地上铺上了厚厚的一层草，躺在了地上，摩西则躺在了他的身边。

“好奇怪，摩西你看。”恰克西用手指着天空，天上几乎所有的星星都被繁茂的树叶遮挡住了，只有一颗星星出现在整个红树森林的顶端，不偏不倚正好在树尖上的空隙里。

“怎么会这样？”摩西心里犯着嘀咕，不过很快，他就在被火烧得暖暖的地上睡着了，赶了一天路，睡觉才是比其他任何事都重要的。

山里的天气变得很快，雨水来得比野兔奔跑的速度都快，尽管森林里茂密的枝叶可以暂时遮挡住暴雨，但是篝火最终还是被浇灭了。恰克西在睁开眼的时候，发现摩西已经跑到了一棵大树下，卧在地上，惬意地看着自己。

“该死，居然自己跑掉了。”恰克西摇了摇头，拿起背包，也跑到了大树下，很显然，现在避雨比重新点燃一团篝火更加明智。

坐在地上的恰克西递给了摩西一块肉干，自己则靠在树干上。虽然大树遮挡住了大部分的雨水，但是仍有雨滴不停地落在恰克西的头上。恰克西抬起头朝天上看去，他惊讶地发现，站在这个角度上，虽然位置变化了，但天上的那颗星星居然还在树叶的空隙中，恰克西感到不可思议。

“摩西，来，这边。”恰克西顶着暴雨跑向了距离自己200米的地方，那里也有一棵大树，不过显然，恰克西的目的肯定不是重新选择一棵大树，他再次朝天望去，和刚才一样，那颗星星仍然非常巧妙地露在了树叶的缝隙中。

“你是在给我指路吗？希望这是神的旨意。”恰克西自言自语地说道。

恰克西不再理会那颗星星，此刻他最希望的是这场暴风雨能够早点过去，然后重新点燃一团篝火，美美地睡上一觉，因为第二天还要赶路，而穿过红树森林，前面的道路完全是未知的，甚至连爸爸都未曾去过。摩西似乎也知道这一点，它可不管雨什么时候停，已然趴在恰克西的身上睡着了。

“真是个贪睡的家伙。”恰克西抚摸着摩西的头，靠在了树干上。

四、奇怪的“石头”

第二天，恰克西继续赶路，这片红树森林的宽广大大超过了他的想象，一直走到天黑，都没有看到红树森林的尽头。恰克西回头看看，除了地上一大片他和摩西的脚印之外，没有任何有趣的东西，他又朝着天空望了望，哦，那颗星星还在枝叶的空隙中。

“看来只有咱们三个了。”恰克西指的是自己、摩西和那颗星星。

大约又走了一段路，天色彻底黑了，在这样的条件下，休息是比继续赶路更好的选择。恰克西扔下了背包，坐在地上，他需要休息一下，再点燃篝火，因为他很累了。

不过摩西似乎并不累，看上去它并不像是赶了一天路，它尽情地在恰克西的周围撒欢，甚至还跑到远处去驱赶落在树梢上的鸟。

“你体力可真好。”恰克西靠在树上喝着水，对摩西说。说完，他从背包里拿出一大块肉干扔给了摩西。摩西飞快地从远处跑了过来，叼起肉干跑到大树下吃了起来，很显然，它也饿了。恰克西笑了笑，拿出一张窝窝饼吃了起来，他并不是太饿，只是感到有些累，不过每当想起卡依察的诱惑，他就觉得浑身充满能量，这是能成为勇士的诱惑，更是神的召唤。

休息片刻，恰克西点燃了篝火，黑暗的森林立刻被火光照亮了，感觉就像是家里一样明亮和温暖。

就在他们休息的时候，草丛里突然传出“咻咻”的响声，恰克西没有听到，但是摩西却听到了，它立刻放下嘴里的肉干，冲向了那片草丛。恰克西看到摩西冲了过去，意识到那里的动静，也站起身来，拿出弓箭和匕首，慢慢地靠近了。

摩西在草丛前站住了，它高耸着身体，嘴里发出“哼哼”的声音，很显然，这里一定有动物。恰克西架起了弓箭对准了草丛，只等那只藏在草丛里的动物跑出来然后一箭射死它。

恰克西的判断没错，就在摩西准备攻击的时候，草丛里跑出了一只鹿，从摩西的头顶越了过去。与此同时，恰克西的箭射中了那只鹿的腿，那只在空中的鹿落地之后，后腿跪在了地上，但是显然这一箭并没有对它造成致命的伤害，它立刻带着箭奔向了另外一片草丛，并很快消失了。摩西没有犹豫，掉过头追了过去，恰克西也跟着跑了过去，他并不担心鹿会逃掉，因为他的箭头带着麻醉药，任何中箭的猎物跑不了多远就会倒下。

恰克西拿起火把朝着鹿和摩西的方向追去，不过很奇怪，他追出了很久也没有见到鹿的踪影，也找不到摩西。而追了这么长的路，麻醉药的药力应该已经发挥作用了，别说是鹿，就是一只熊，也不可能跑这么远。恰克西有点儿担心，他不停地喊着摩西的名字，但是没有回音，恰克西继续朝前走着，现在，他只想找到摩西，至于那只鹿，随它去吧。

又走了几百米，恰克西看到了那只被他射中的鹿躺在树林中间的空地上，麻醉药起作用了，但是摩西却不见了。恰克西走到鹿的跟前，用小刀割断了它的动脉，然后继续喊着摩西的名字。这次，摩西从草丛里跑了出来，它在恰克西的周围不停地撒着欢，然后又跑向草丛，回过头，冲着恰克西叫了起来，看样子，它是发现了什么，要带恰克西去看看。

恰克西立刻跟着摩西到了草丛边，他小心地迈过草丛，又朝前走了几十米，出现在他面前的，是一个巨大的坑。

这个坑有十几间房子那么大，坑内土地的颜色很显然和周围的并不一样，而坑的中心则发出白色的亮光，看上去非常显眼。恰克西定了定神，慢慢地走入这个坑，并靠近了坑中心发出亮光的地方。

到了坑的中心，恰克西拿起火把照了照，发现这里和其他地方并没有什么不同，恰克西有些疑惑：这里为什么会发出亮光呢？他蹲下身，轻轻地用手摸了摸这片发出亮光的土地，立刻感觉到一种冰凉，这种冰凉就像是山顶湖里的水一样。恰克西深吸了一口气，拿出小刀挖了起来，而摩西则趴在一旁，用欢乐的眼神看着恰克西，好像这里有一大堆肉干一样。

没挖多久，恰克西就感觉自己挖不动了，因为小刀的刀尖似乎碰到了什么坚硬的东西。恰克西伸出手，把挖出的土扒开，一个手掌大小的扁圆的白色东西出现在了他的面前，并发出耀眼的白光。

“这是什么？”恰克西随手拿了起来。

这个扁圆的东西很硬，就像一块石头一样硬，上面很平整，像是用什么东西压过一样。恰克西摇了摇，没有反应，紧接着，他又放在嘴里咬了咬，仍然没有反应。恰克西更疑惑了，他站起身，回头看了看摩西，却发现摩西正吐着舌头看着自己，很显然，它更不可能知道。

就在恰克西犹豫的时候，这块“石头”的外层脱落了。恰克西发现，这块石头和他见过的所有石头都不一样，它的内部光滑得几乎随时可能从手里掉下来，而在它的背面，有一个指甲盖大小的凸起部分，在凸起部分的旁边，则有一个小孔。恰克西小心翼翼地拿起来，放在眼前仔细地看了看，然后轻轻地按了一下这个凸起的部分。就在他按下的一瞬间，一道白光从凸起部分的背面射向了天空，之后又消失了，紧接着，这块“石头”发出的亮光也逐渐变暗，直到消失，恰克西惊讶地看着手里的石头合不拢嘴。

不过很快，缓过神来的他就离开了这个坑。他需要饱餐一顿，然后再好好地睡上一觉，明早还要赶路，卡依察还在远处。

五、遭遇危险

又是一个带着清香空气味道的清晨，恰克西从带着温暖的草垫中醒来，伸了个懒腰，朝天空望了望。阳光透过茂密的枝叶轻轻地照耀在恰克西的脸上，柔柔的，暖暖的。摩西则不知什么时候已经醒来，正在开心地叼着鹿骨玩耍。恰克西站了起来，收拾了行囊，拍了拍摩西的头，说道 :“我们该出发了，伙计。”

恰克西把昨天的那块石头穿了一根线，戴在了脖子上，虽然这个东西没有什么用处，但是恰克西却很喜欢，它光滑得像一块鹅卵石，贴在皮肤上很舒服。

到了中午，恰克西终于看到了红树森林的尽头。在红树森林的外面，是两座大山，山的中间，是一条看不到尽头的峡谷，这里，是任何一个库图雅部落的人都不曾到过的地方。恰克西没有丝毫的犹豫，走进了峡谷，卡依察就在前面，这是恰克西无时无刻不对自己说的话。

峡谷比恰克西想象的要短很多，拐过远处的一道弯，峡谷就到了尽头。休息片刻之后，恰克西一鼓作气爬上了左侧的山顶。站在山顶，恰克西朝远处望去，又是一大片一望无际的森林。

“摩西，又是森林，看来我们又要见不到太阳了。”恰克西笑着对摩西说。摩西似乎听懂了他的话，看着他，撒了欢似的向前冲去。

这片森林和部落附近的森林有很大的不同，因为在进入森林没多久，恰克西就发现了美洲豹的粪便，这在部落附近的森林里是根本见不到的。不过恰克西一点儿都不担心，他连熊都不怕，更不怕徒有虚表的美洲豹了。不过他还是做了精心的准备，把弓的保险拉开背在了身上，一旦遇到危险，可以缩短准备进攻的时间。

摩西似乎并不喜欢这里，它没有了之前的那种兴奋，而是放慢了脚步，静静地和恰克西并排走在一起，并且时不时环顾着周围，看得恰克西哈哈大笑。

大约又走了一个小时，恰克西决定休息一下，因为巨大的乌云已经布满了天空，暴风雨随时可能到来，再继续赶路的话，他会变成一只落汤鸡，摩西会变成一只落水狗，这可不是一件让人高兴的事。

恰克西刚搭了一个遮雨的临时窝棚，暴风雨就来临了，夹杂着冰雹从天而降，打在树干上啪啪作响，让人感到一丝厌烦。对于恰克西来说，遭遇这样的暴风雨是最让人难过的事情了，因为这意味着暴风雨过后，泥泞的森林里将无法继续赶路，只有被迫进行休息。

如果雨神让你停下，那么最好不要走路，也许大雨会让你更加安全，这是玛雅王国的一句谚语，猎人们都相信这样的话。

靠在树干上的恰克西和摩西也许确实走累了，很快，他们便在夹杂着冰雹的暴风雨中睡着了，虽然偶尔有雨水打在他们身上，但是也好过在暴风雨中赶路。

恰克西睡得并不是很熟，他必须保持或多或少的警惕，森林深处的野兽可不都像鹿和兔子那样胆小，它们会吃掉一切它们认为可以吃掉的东西。

半睡半醒的恰克西仿佛在睡梦中听到了摩西的召唤，他一个激灵醒来，发现摩西的身体完全拱了起来，嘴里发出嗞嗞的声音。在他们前方约二十米的树上，一只成年美洲豹正紧紧地盯着他们。恰克西几乎是在一瞬间跳了起来，把弓箭搭在了手上，也就是在这一瞬间，美洲豹似乎感觉到了什么，它“嗖”地一下蹿到了另外一棵树上，消失了。

恰克西感觉浑身都湿透了，如果他睡得再沉一点的话，说不定现在已经变成美洲豹的食物了。定过神之后，他摸了摸摩西的头，表示安慰，同时也没有放松警惕，他知道，那只可恶的美洲豹绝不会就这么离去。

果不其然，就在恰克西抚摸摩西头的一瞬间，那只美洲豹从距离恰克西大约十米的一棵树后蹿了出来，扑向了他。恰克西下意识地朝后面退了一步，与此同时，他的箭也射向了美洲豹，只听到嗷的一声，这一箭射中了美洲豹。它翻了一个跟头，栽倒在了地上，但瞬间又翻滚了起来，继续扑向了恰克西，这次，恰克西看到了它眼中的愤怒。

摩西不顾一切地扑向了美洲豹，恰克西从背篓里抽箭，准备再次搭弓，却发现背篓在他睡觉前挂在了十米外的树枝上，这时候再去拿箭，显然已经来不及了，因为摩西和美洲豹已经近在咫尺了。

摩西和受伤的美洲豹并没有撕咬在一起，而是相互错开，保持着三米的距离相互吓唬着对方。这给了恰克西时间，但是要跑到十米之外取箭也并非是一件容易的事，恰克西没有遇到过这种事，他不知道该怎么办，在慌乱之中，恰克西拿出了小刀，站在原地，等待时机冲上去。

和一只美洲豹近距离肉搏，没有一个猎人会这么做，但是现在的情况不允许恰克西考虑，他拿着小刀一步步地靠近那只愤怒的美洲豹。死亡，与他和美洲豹的距离一样近，也一样远，也许，一分钟过后，他们中的一个将成为另一个的食物。

美洲豹显然也意识到了恰克西要做什么，它后退了一步，这样可以同时观察摩西和恰克西的位置，随时选择进攻还是逃跑。

摩西和恰克西几乎同时站在原地，他们像一对配合默契的伙伴，同步前进着，同时也似乎在消耗时间，等待着药箭发挥效应。不过美洲豹似乎也意识到了这一点，它可不想在自己晕倒之前被敌人干掉，它后退了一步，猛地一蹿，扑向了恰克西和摩西的方向。

恰克西和摩西显然没有料到美洲豹会做出这个选择，他们在这一瞬间忘记了逃跑，呆呆地站在原地，这一刻，死神和他们的距离是如此之近。

六、美丽的姑娘

就在恰克西不知该怎么办而僵持在原地的时候，扑向他们的美洲豹突然在空中翻滚着落在了距离恰克西一米远的地方。它绝望地想站起来，却无能为力，然后就栽倒了，再也没有起来，而它的颈部插着一支箭。

“突突”的声音从草丛里传了出来，恰克西定了定神，擦了擦身上的汗，朝着草丛望去。摩西似乎也被眼前的一幕吓蒙了，它跑到了恰克西的身后，胆怯地看着草丛。

“哈哈哈哈。”草丛的后面走出了一个人，更准确地说是一位年轻漂亮的姑娘，她并没有和恰克西说话，而是一边看着恰克西一边走到了死去的美洲豹跟前，拔出了自己的箭，然后才笑着对恰克西说：“你是我见过的第一个拿小刀对付这家伙的人。”

“谢谢你救了我。”恰克西把手放在胸口，向这位搭救了自己的姑娘致意。

“不用谢，我只是碰巧路过而已，不过你是哪里的？为什么要来这里？”姑娘歪着头看着恰克西，显然，她对恰克西出现在这里感到奇怪。

“我来自库图雅，叫恰克西，我要到卡依察去。”恰克西回答道。

“哦，是这样啊，可这里很危险，很少有人来这里的。”姑娘对恰克西说。

“可这里是我的必经之路。”恰克西继续回答着。

“那倒是，我叫曲瓦塔，来自图姆尼。”姑娘落落大方地说。

“那你怎么来的这里？”恰克西看着姑娘，觉得不可思议，要知道，图姆尼离这里要比库图雅远得多。

“我和爸爸出来围猎，他们就在不远处，我溜出来看看。”姑娘调皮地吐了吐舌头说。

“你真勇敢，可女人为什么要出来打猎？”恰克西不解地问道。

“谁说过勇士只有男人可以当了？女人也一样。”曲瓦塔显然对恰克西的问题不是很高兴，不过她还是做了回答。

“不不，我不是这个意思，我是说女人打猎很危险的。”恰克西连忙对自己的不敬做着解释。

“危险到处都有，不打猎也会遇到危险。”曲瓦塔看着恰克西微微地笑着。

“是啊。”恰克西不知道该怎么回答，点着头示意自己同意曲瓦塔的观点。

“不要待在这里了，跟我去找爸爸他们吧，他们会告诉你怎么去卡依察。”曲瓦塔已经捆好了美洲豹，示意恰克西和她一起拉。

“好吧，我很乐意。”恰克西连忙走到曲瓦塔跟前，和她一起拉起了美洲豹。

曲瓦塔的爸爸和同伴们正在不远处的森林深处宿营，如果以卡依察为中心的话，那么他们的部落和库图雅部落距离卡依察差不多，只不过一个在正南方向，一个在正西方向。两个部落之间并没有太多的交集，只有在王国祭祀的时候，他们才会碰到，但那是很遥远的事情了，平时打猎，每个部落都有自己的范围，不会进入别的部落的狩猎范围，这是玛雅王国不成文的规定，否则会引起不必要的麻烦。

“爸爸，这是恰克西，他来自库图雅。”曲瓦塔调皮地扑在了爸爸身上。

“哦？”曲瓦塔的爸爸拍了拍曲瓦塔的头，又看了看恰克西，微笑着。

“他要一个人去卡依察。”曲瓦塔对着爸爸说道。

“哦，神啊，真是个勇敢的孩子。”曲瓦塔的爸爸把手放在胸口，向恰克西致意。

恰克西也把手放在胸口，弯下身子，向曲瓦塔的爸爸致意。

“能告诉我为什么要去卡依察吗？”曲瓦塔的爸爸问。

“我要成为一个真正的勇士。”恰克西坚定地说。

“据说那里很危险，而且没有路，没人知道怎么走到那里。”曲瓦塔的爸爸对恰克西说。

“危险到处都是。”恰克西看着曲瓦塔，挤了挤眼睛，微笑着回答。

“你……”曲瓦塔看着恰克西，笑着跑到了爸爸的背后。

“孩子，你很勇敢，不过我还是要告诉你，那里的危险胜过你之前遇到的所有危险，那里会让人感到绝望，产生幻觉，看到魔鬼，最后丧失斗志。”曲瓦塔的爸爸虽然对恰克西的勇敢表示赞赏，但还是力劝恰克西不要前往。

“谢谢您，我会记住这些忠告的，不过我还是要去。”恰克西致意道。

“好吧，我无法说服你，只能祝你好运了，不过今晚你就住在这里吧，我们要做一顿丰盛的晚餐，有最好的窝窝饼。”曲瓦塔的爸爸大笑着对恰克西说。

“太好了，我的窝窝饼快吃完了。”恰克西兴奋地说道。

当天晚上，恰克西和曲瓦塔爸爸他们在一起度过了一个愉快的夜晚，他们在这片未知的森林里载歌载舞，吃着新烤出来散发着清香的窝窝饼和香味四溢的烤肉，喝着新鲜的果汁，体味着久违了的温馨和舒适。对于恰克西来说，这种感觉简直太好了。

恰克西和曲瓦塔坐在一起，看着天上的星星，尽情地交谈着，对于年轻人来说，他们的话题多得讲不完，他们从国王讲到祭司，讲打猎的趣事和危险，当然，他们还讲了各自部落的传说和关于卡依察故事的不同版本，一切都显得那么有趣。直到很晚，他们才各自睡去，这一天，对于恰克西和曲瓦塔来说，简直没有比这再棒的了。

七、约定

当第一缕阳光照进森林之后，所有人都从睡梦中苏醒过来，他们收拾好自己的行囊准备各自赶路，虽然依依不舍，却也充满期望。

“孩子，带上这些药，这是我们部落自己制造的，可以治疗外伤，还有这些窝窝饼，都是给你的。”曲瓦塔的爸爸把装满的包袱递给了恰克西。

“谢谢您。”恰克西再次把手放在胸前鞠躬致敬。

“嗯，祝你好运吧，希望再次见面的时候你会成为整个王国最勇敢的人和你们部落的骄傲。”曲瓦塔的爸爸笑着说。

“嗯，希望再次见面。”恰克西微笑着回答。

“爸爸，我去送送他。”曲瓦塔对爸爸说。

“嗯？好吧，不过不要走太远，我们也要出发了。”曲瓦塔的爸爸皱了一下眉头，但还是同意了曲瓦塔的请求。

恰克西告别了大家，和曲瓦塔朝着森林深处走去。

“我们还能再见面吗？”曲瓦塔说话的声音很低，可以感觉到她有些伤感。

“当然可以，相信我一定可以回来。”恰克西微笑着说。

“嗯，我相信你的勇敢，也相信神会保佑你的。”曲瓦塔抬起头，勉强地笑了笑。

“你的样子可不是很相信啊。”恰克西看了看曲瓦塔，笑着说。

“只是那里太危险了，我有些担心。”曲瓦塔的脸突然红了，她立刻扭过头不再和恰克西说话。

“相信我，这样吧，一个月后我们在红树森林见面，你按照我在树上留下的标记，找到那个大坑，我向神发誓，一定在那里等着你好吗？”恰克西对曲瓦塔说。

“说话算话？”曲瓦塔扭过身，看着恰克西说。

“算话，神的勇士不会说假话的。”恰克西连忙举起手发誓。

“把这个拿上，它会给你带来好运的。”曲瓦塔从脖子上取下了自己随身携带的香包递给了恰克西。

“啊，这个……”恰克西有些慌乱。

他知道，在玛雅王国里，一个女孩子把香包送给男孩子意味着这个女孩子已经爱上了他。恰克西的内心有些激动，但是他却又有些悲伤，因为玛雅王国规定，不同部落的人是不允许在一起繁衍后代的，否则他们会被选为祭祀的贡品，这是很危险的。但是即使这样，每年都会有不同部落的年轻人为了爱情自愿成为贡品，但由于一直没有出现五星连珠，所以祭祀也就没有进行，那些走在一起的年轻人虽然从名义上来说是祭祀的贡品，但却也安然无事。对于恰克西来说，他何尝不喜欢这个救了自己，又美丽善良有趣的姑娘呢？片刻犹豫之后，恰克西接过了香包，摘下了自己脖子上的那块光滑的石头，亲手戴在了曲瓦塔的脖子上。

两个年轻人紧紧地抱在一起，久久没有松开，许久之后，曲瓦塔松开了手，看着恰克西，深情地说：“去吧，我的勇士，为了爱情，我信任你。”

恰克西看着曲瓦塔，点了点头，带着摩西朝着森林深处走去，卡依察仍然在前方，他一定可以征服的。

现在的恰克西带着对爱情的期盼上路了，这会给予他新的力量，同时也是一份责任，他无论如何都要到达卡依察，完成对自己和心爱姑娘的承诺，他的每一步都无比坚定，充满了力量，不管卡依察在哪里，他一定要到达。

穿过这片森林，恰克西又越过了几条湍急的河流，都没有遇到什么阻碍，不过在五天之后，恰克西再次遇到了危险，这次险些要了他的命。

这是一大片美丽的花丛，比起森林要美丽得多。恰克西和摩西兴奋地冲了进去，舒展地躺在了花丛中，看着蔚蓝的天空，深深地呼吸着伴着花香的空气，这种感觉会让人情不自禁地想起美丽的姑娘曲瓦塔。

阳光懒洋洋地照在恰克西的身上，恰克西闭上了眼睛，静静地享受着这一切，摩西也撒着欢在花丛中尽情地翻滚着，这一刻，世界的一切都与他们无关。

在懒洋洋的氛围中，恰克西睡着了，但似乎又醒着，他无法描述自己的感受，只感觉自己置身于一处黑暗之中，看不到任何东西，手脚也触摸不到任何东西，就像在一个深不见底的洞穴中垂直落下。

“摩西，摩西。”恰克西不停地喊着摩西的名字，却没有回应。

恰克西猛地睁开眼睛，却发现这并不是一场梦，而是真实的，唯一的不同是自己仍然在花丛中，而不是在黑暗中。他拼命地挣扎着，想用手抓住可以抓到的东西，却无能为力，花丛时近时远，忽大忽小，色彩在不停地变换，甚至连自己周围的空间都在不停地扭曲着。

恰克西深深地呼吸，他需要冷静下来，但是他越是深呼吸，空间的扭曲就越厉害。到了后来，恰克西甚至看到远处的摩西变成了一个庞然大物朝着自己扑来，而那些看似美丽的花朵则像一个又一个的魔鬼向他伸出魔爪，恰克西惊声尖叫着，却无法从这似梦非梦的感觉中走出来。

已经用尽浑身力气的恰克西甚至连呼吸的力量都没有，他只是静静地躺着，希望这种眩晕可以离他远去，但是慢慢地他发现，自己不呼吸，这种扭曲的空间反而会变得平静，周围的一切似乎在朝着正常变化。恰克西立刻控制自己的呼吸，尽量让身体保持平静，渐渐地，他看清了，摩西还是那个可爱的家伙，周围的花朵还是那么美丽。他想努力坐起来，但却没有力气，于是，恰克西继续平静地躺着，他相信，一切都会好起来的。

一场大雨从天而降，恰克西突然感觉自己的手指居然可以动了，他又动了动腿，发现自己身上有了力气，他努力地爬了起来，浑浑噩噩地看着前方。摩西兴奋地扑在他的身上，蹭了又蹭，像迎接一位久别重逢的朋友一样。恰克西抱着摩西，擦着脸上的雨水，说："摩西，我怎么了？我好像去了另一个世界。"

摩西似乎听懂了恰克西的话，它冲着恰克西汪汪直叫，似乎在告诉他刚才他可怕的模样。

站起来的恰克西一边朝前走着，一边回忆着刚才的一切，太突然了，怎么会这样，这难道就是曲瓦塔爸爸告诉他的可怕的幻觉？可这是为什么？恰克西不停地问着自己。

这片花的世界很大，恰克西又先后经历了几次这种几乎死去的感觉，但是每次，他都静静地躺着调整着自己的呼吸。到了后来，这种感觉居然越来越轻，直到恰克西走出这片花丛后，这种置身于另一个世界的感觉终于彻底消失了。

八、神的领地

卡依察就在前方，但对于恰克西来说，赶路似乎比寻找卡依察更加重要，因为只有前进，才会有到达卡依察的机会，无论遇到什么，他都是无所畏惧的。

穿过花海之后，恰克西又翻过了几座大山，这次，挡在他前面的是一条他从未见过的巨大的河流，河水翻滚着巨大的浪花，卷着巨大的树干和泥沙滚滚而来。恰克西皱了皱眉头，不过很快，他的脸上就又露出了无所畏惧的神色。

他砍翻了一棵树，掏空了树干，足够容纳他和摩西，又利用粗大的树枝做成了桨，然后使出浑身力气把这艘小船推到了河中。

“就是这么简单。”筋疲力尽的恰克西亲吻着挂在胸前的香包，这是他前进的动力，也是他安心的保证。

不过摩西似乎并不喜欢这样的事每天都发生，它窝在船里，把头埋在自己的前爪里一动不动，看上去就像是一座塑像，惹得恰克西哈哈大笑。

湍急河水造成的剧烈晃动并不能阻止小船的顺流而下，直到下游才平稳了下来。恰克西朝远处望去，在很远处一座高高的山顶上，似乎有一座金字塔。

“那里是卡依察吗？”恰克西充满疑问地对自己说道。

“或许是，也或许不是。如果是的话，那么我就战胜了一切；如果不是的话，那么我还会继续前进。”恰克西下船之后对自己说道。现在，即使是九头牛也绝对不能拉回恰克西的决心了。

眼前不再是大山，而是平坦的平原和一小片森林。上了岸的摩西疯了似的来回蹦跳着，或许对于它来说，在船上的感觉并不好。

“好大的兔子。”恰克西简直不相信自己的眼睛，因为在不远处，一只绵羊大小的野兔毫无顾忌大摇大摆地蹦跳着，还不时看向恰克西，好像恰克西来自外星一样。

“好大的蘑菇。”还没回过神来的恰克西又看到了大树旁如同木盆一样大的蘑菇，如果用这个做汤的话，那一定够全家吃两天的。

恰克西一边走，一边看着这里的与众不同。他发现，这里的一切似乎都比他遇到过的东西大，甚至连空气都比其他地方要浓密许多。渐渐地，恰克西走过了平原，穿过了森林，来到了他远远看到的那座金字塔的山下。

恰克西仔细观察后发现，通往山顶的一条小路已经被茂密的植被覆盖，很显然，这里已经很久没有人来过了。恰克西小心翼翼地朝山上走去，不管这里是不是卡依察，他都一定要到山顶去，有金字塔的地方就有神，这是整个王国都知道的事。

虽然小路很久没有人走过，但终究还是一条路，恰克西几乎没费力气就到了山顶。这次，恰克西被眼前的一切震撼了，因为在他的面前，是一座虽然有些破旧但却依旧宏伟的金字塔，而金字塔的前面，是一座巨大的祭祀台。

恰克西把手放在胸前，深深地鞠了个躬，这是一种仪式，也是一种致敬，每一个玛雅王国的人都深知这一点。走到祭祀台的跟前，恰克西用手轻轻地拂去上面的尘土，诵读着上面篆刻的铭文：

“以整个玛雅王国的名义向神致敬，您的子孙在卡依察，请您接受这最为纯洁、最为虔诚、最为真实、最为浓郁的致敬。”

“哇，摩西，这里就是卡依察，我们到了。”恰克西激动万分，他抱住摩西哭泣着，摩西似乎也感觉到了恰克西的激动，它把前爪搭在了恰克西的脖子上，和他一起享受着这一切。

“神，请接受我的爱意。”恰克西拿出小刀，在胳膊上划出了一道长长的口子，鲜血淌出，一滴一滴落在祭祀台上，显得那么鲜艳和耀眼。

恰克西绕过祭台，走到了金字塔跟前，他静静地看着这座破烂不堪的金字塔，内心仍旧激动万分。他用手轻轻地拂去上面的灰尘，亲吻着岁月的痕迹，用最虔诚的方式向神表达着自己的敬意，同时希望神可以认可他的勇气。

这一切都是发自内心的，恰克西环绕着金字塔，感受着这里的一切，泪流满面。

“摩西，摩西。”当恰克西从这种激动情绪中平复过来后，他发现摩西又不见了。

“该死的家伙。”恰克西绕到了金字塔的后面，他发现那里篆刻着一幅巨大的星象图。

“我的天哪。”恰克西知道星象图，因为玛雅的每一个部落里都有这样一幅图。传说在很久以前，神就来自星象图中最为明亮的那颗星星，然后驾着大鸟来到这里，建造了玛雅王国，繁衍了每个部落，并教会了他们很多常识，所以那颗星星就是玛雅王国心中最为向往的地方，而卡依察则是整个王国心中的那颗星星。所有人都相信，站在卡依察就可以近距离和神说话，许下的愿望也可以实现。

“我要成为一个勇士，和心爱的曲瓦塔在一起。”恰克西抚摸着星象图，眼含热泪地许下了自己的愿望，此刻，他对于传说坚信不疑。

“这是什么？”恰克西的手停留在了星象图下方的一块石头上，这种感觉怎么这么熟悉？恰克西又仔细摸了摸，他想起来了，这里和他在红树森林挖出的那块送给曲瓦塔的石头一样。恰克西有些激动，他轻轻地用手在缝隙中抠了一下，立刻，光滑的石头外层脱落了下来，和上次一样，恰克西看到了一束白光冲向天际。

“就像变戏法一样。”恰克西抚摸着石头，轻轻地说。

九、星象圈儿

恰克西对眼前发生的一幕感到惊奇，这些会发光的石头到底是什么？他理解不了，他低下头看了看摩西，也是一脸茫然。

“管他呢。”恰克西顺着金字塔的台阶向顶上爬去，微风拂过脸庞，他感到非常舒服，站在塔顶，一览众山，没有什么比这更让人舒心的事了。

卡依察的金字塔所处的山是整个玛雅王国边缘地带最高的山，站在这里，可以看清几乎附近所有的景象。据说在祭祀的时候，国王就是站在塔顶，主持伟大而庄严的仪式，对于每一个玛雅民众来说，能够站在这里就是无比骄傲的，而登上塔顶，除了国王之外，只有最勇敢的勇士才有这个资格，恰克西觉得，此刻的他就是一名勇士。

环顾四周，附近的森林、河流、花海、悬崖、峡谷尽收眼底。恰克西激动万分、感慨万千，对于他来说，这是一个值得他终生铭记的时刻，从现在起，他就是一名玛雅的勇士、部落的保护者，然后像父亲那样作为一名围猎的首领去打败这森林中所有的野兽，成为神的仆从。

恰克西一直坐在塔顶享受着这一切，直到天色暗了下来。

“摩西，今晚我们就在这里过夜，明天就可以回家了。”恰克西拍了拍摩西的头，轻轻地说着。

和其他地方的金字塔不同，这里的金字塔是实心的，确切地说这里更像是一座金字碑而不是坟墓或者大殿。在塔的三个横面的底层，有着可以避雨的长廊，恰克西在长廊边上点燃了一团篝火，把草和柔软一些的树枝铺在了长廊里。度过今晚，明天他就可以返回红树森林去和曲瓦塔约会了，此刻，曲瓦塔一定心急如焚地等着他回去，她会担心，会落泪，会思念，会祈祷，想到这儿，恰克西真想身上长出一对翅膀，立刻飞到红树森林。

躺在长廊里的恰克西看着天上的星星，怎么也睡不着，他坐了起来，来到了金字塔上篆刻星象图的壁旁，轻轻地抚摸着。这是多么伟大的神啊，居然可以创造出如此精确的星象图，恰克西不自觉地望向了天空，对比着星象图，寻找着一颗又一颗的星星。

“这是什么？”恰克西的眼睛停留在了山下，虽然天色已经完全黑了下来，但是在辽阔的大地上，居然有类似星星的亮光在闪烁。

“也许是萤火虫，也可能是石头发出的亮光。”恰克西这么想着又躺回了长廊。

有些累的恰克西逐渐睡着了，半醒半梦间他似乎感觉到了什么，突然一个激灵坐了起来：那些亮光……

恰克西立刻站了起来，再次看向山下，那些亮光仍然一闪一闪的。恰克西跑到壁旁，对比着星象图，再看着天空，然后再看着山下。

“我的天，这些亮光居然是星象图标明的这些最亮的星星的位置。”恰克西简直不敢相信自己的眼睛和判断，他立刻又重新审视了一遍，发现确实如此，每一处闪烁的地方都代表一颗星星，毫无疑问。

恰克西又跑到祭祀台，透过拱形的台顶，他惊呆了，那颗在红树森林中一直出现在树枝缝隙中的星星居然精确地出现在拱形台顶的圆形小孔里。

“这不是巧合。”恰克西对自己说，为了验证他的想法，恰克西又变换了位置，站在了另外一侧，看到的景象一样，那颗星星仍然不偏不倚地待在小孔里，就像是被刻在里面一样。

“这颗星星似乎是不动的，那么在地面的星象图里，也一定有这颗星星。”恰克西按照星象图的位置开始在山下闪烁的亮光中寻找。

“找到了。”恰克西激动地看着山下的亮光，在无数的亮光中，他根据星象图推断出了这颗似乎被锁住的星星的位置。虽然看不到，但是他可以判断，这颗星星在大地上闪烁的地方应该是在红树森林附近，再联想到红树森林中发现的那块石头和金字塔壁上篆刻的星象图……“我无论如何也得回去，那里一定有什么秘密。”恰克西低下头对摩西说着。

第二天太阳还没有完全出来，恰克西就带着摩西和对卡依察崇高的敬意下山了，他虽然不知道那颗星星代表什么，但是那发光的石头、星星恰到好处的位置，以及石头外层脱落之后发出的白光都吸引着他的好奇心。此刻，恰克西的心已经从卡依察飞到了红树森林，那里不但有美丽的曲瓦塔，还有神的召唤，那颗星星一定和神有着莫大的联系，或许那里就是神居住的地方。

越过大河，穿过花海，恰克西几乎没有停留。当红树森林出现在眼前的时候，恰克西长吁了一口气，轻轻地走了进去，他知道，曲瓦塔已经在前面等着他了，十几天的分别，居然像分开了一年那么久，现在，他只想和曲瓦塔热情地拥抱，尽情地跳舞。

“摩西，你说我需要打一只鹿，然后把鹿角送给曲瓦塔吗？”恰克西一边走一边微笑着对摩西说。

“汪！”摩西冲着恰克西欢乐地叫着，似乎觉得恰克西的话是一个好主意。

“那好，我就打一只鹿，把鹿角送给曲瓦塔。”恰克西说完就跑到一棵大树旁边，准备诱饵，然后躲藏到了附近的一棵树上，等待着鹿的到来。

十、奇怪的盒子

恰克西的运气不错，窝窝饼和红树叶的香味很快便吸引到了一只饥肠辘辘的鹿，它犹豫了很久之后还是走到了恰克西布置的诱饵面前，肆意地吃了起来，等候多时的恰克西一箭射中了它的咽喉，还没明白过来是怎么回事，这只鹿已经成了恰克西的猎物。

“真不错。”恰克西从树后走了出来，他拿出小刀锯下了鹿角，笑嘻嘻地奔向了和曲瓦塔约定的地点——红树森林的那个大坑。也许曲瓦塔会激动地哭出来，恰克西这么想着。

按照记下的标记，恰克西很快到达了那个大坑的附近，不过今晚，他需要在这里过夜，因为按照约定，曲瓦塔明天才能到达这里。现在，恰克西想要弄明白星象图的秘密，于是，他带着摩西再次来到了那个大坑的中心地带。

和上次没有任何区别，即使拿走了那块会发光的石头，那里仍然散发着白光。恰克西知道，这种白光正是他在卡依察山顶的夜晚看到的闪烁的亮光，但是为什么闪烁，他并不知道。他小心翼翼地继续挖着，希望可以尽快找到答案。

在夜色中，恰克西努力地挖着，但是直到挖了半米，这里仍然看不出和其他地方有什么不同，甚至连这里的土也逐渐变得普通起来，难道这里什么都没有？恰克西不太相信，他觉得既然神留下这样的旨意，一定有他的想法和指示，于是，他没有休息，继续使劲地深挖着。

恰克西的好奇心和努力没有白费，果然又向下挖了半米之后，他挖到了他想要的东西——一个比手掌略大一点的“奇怪的盒子”。

盒子表面是透明的，而盒子的内部似乎有水在流动。恰克西把盒子反过来，发现上面刻着他不认识的图腾，很显然，这是一种文字，而在盒子内部的“水”里，他看到了一条红线连接着盒子的两端，盒子的下方有一个凸起的小块儿，和他发现的“石头”上的小块儿一样。恰克西伸出手按了一下，让人奇怪的事情发生了，盒子里居然发出了声音。

这是一种他听不懂的语言，难道是神的话？恰克西此刻已经彻底被眼前的这个盒子迷住了，他不停地摆弄着这个盒子，希望能听到更多的声音，但是这种声音在没多久之后就停止了。恰克西把盒子举过头顶，再次按下了这个小块儿，声音再次响起，和上次的一模一样。

“我是恰克西，你是谁？你在哪里？”恰克西对着盒子喊了起来，但是盒子没有回音，他有些无奈地坐在了地上。

“这到底是什么？”恰克西心里的疑惑更大了，又试过几次之后，他放弃了，因为盒子除了可以发出那奇怪的声音之外，似乎没有任何其他的作用。直到最后，摩西不停地在他身上蹭，他才收起了自己的好奇心，把盒子放进了自己的背包里，和摩西回到了红树森林，现在，他要好好休息一下，等待明天的到来。

饱餐了一顿的恰克西在一棵树上睡着了。这一晚，他做了一个奇怪的梦，梦里，神从天而降，带着他飞到了一个他从没有去过的地方，那里有很多奇怪的房子，很高很大，天空中飞着无数的大鸟，而他伸出手，居然可以轻易地触摸到那些东西，看似距离非常远的东西却好像就在眼前一样，忽然，恰克西看到了曲瓦塔，她正在远处冲着自己微笑地招着手。

“喂，恰克西，我在这里，过来呀。”曲瓦塔冲着他喊道。

“我来了。”恰克西朝着曲瓦塔跑去，却发现他的身体似乎轻飘飘的，像飞一样，他用力一跃，回头一看，居然跃过了一条宽阔的大河。

“太神奇了。”恰克西惊讶地对自己说。

可是，再向前看去，却发现曲瓦塔不见了，恰克西很着急，立刻环顾四周寻找着曲瓦塔，却没有找到。不过曲瓦塔的声音却在耳边回响：你来找我吧。恰克西知道，这是曲瓦塔在和他捉迷藏，他立刻开始寻找曲瓦塔，但是却根本找不到。恰克西的心越来越着急，突然，他似乎闻到了曲瓦塔身上那种淡淡的清香。

“我找到你了。”恰克西顺着香气走着，当香气完全覆盖住散发着清香的空气味道的时候，恰克西伸出手，猛地一把抓住了曲瓦塔的手。

“啊。”恰克西猛地从梦中醒来，看到曲瓦塔正坐在自己的面前，她不知道什么时候已经来了，不过显然，她被恰克西刚才的举动吓了一跳。

“曲瓦塔，我刚才梦到你了。”恰克西坐了起来，看着曲瓦塔，微笑地说。

曲瓦塔没有说话，她同样微笑着看着恰克西，脸颊上泛起了红晕。

“你终于回来了。”曲瓦塔哭着抱住了恰克西，两个人紧紧地拥抱在了一起，此刻，再没有谁可以分开他们，即使是神也不行。

“当然了，我答应你的，一定会回来的。”恰克西拍着曲瓦塔的肩膀，轻轻地安慰着她。

“答应我，以后不要再去卡依察了，那里太危险了。”曲瓦塔低声抽泣着对恰克西说。

“嗯，我向神保证，不会再去了。”恰克西再次紧紧地抱住了曲瓦塔。

两人下了树，恰克西把自己到卡依察遇到的种种奇遇绘声绘色地讲述给了曲瓦塔，当他们从故事中回过味儿来的时候，发现已经到了红树森林的边缘，这里，距离恰克西的家已经不远了，也正是他们分别的地方。

“我们每隔七天来这里见一次面吧。”曲瓦塔恋恋不舍地对恰克西说。

“不，七天太久了，我每时每刻都想见到你，三天，三天怎么样？”恰克西拉着曲瓦塔的手说。

“不行，我只能七天才出来一次，否则爸爸会怀疑的。”曲瓦塔说。

“那好，我等着你，每七天，咱们就在这里见面，直到你嫁给我。我会用二十只鹿角去迎娶你。”恰克西再次抱住了曲瓦塔，久久不愿松开。

第二章
卡依察的祭祀

一、神的信物

恰克西终于看到家了，这是他从生下来到现在离开家时间最久的一次。此刻的他，已经没有了在卡依察的那种兴奋，也没有了和曲瓦塔在一起的那种激动，更多的是担心。因为他在山间碰到了好朋友卓瓦，卓瓦告诉他，自从他消失的那天起，他爸爸凡是遇到人就告诉他们，等他回来一定要把他揍得像一张窝窝饼。恰克西看着卓瓦认真的样子，内心几乎是崩溃的。

在离寨子不远的小山上，恰克西徘徊了好久，最后他决定，还是回家比较明智，也许爸爸会看在他到了卡依察的面子上饶恕他，而妈妈则会拼命地劝爸爸不要揍扁他，最后给他做一顿可口的窝窝饼加鸡肉卷。

不过事实证明，恰克西还是想多了。在他出现在家门口二十米远的时候，爸爸看见了他，恰克西用一种谜一样的微笑冲着爸爸挤了挤眼睛，但是爸爸先是一愣，然后就举起了一根棒子冲了过来，恰克西还没有反应过来就被爸爸打倒了，紧接着就是一顿毒打。据说，恰克西的喊声整个寨子都听见了，但是包括妈妈在内，所有人都没有进行任何哪怕一点儿的劝阻。连恰克西自己都不知道爸爸到底打了多久，他的感觉就像是在花海里那种眩晕的感觉一样，直到最后爸爸累了，才算是停止了。

躺在地上的恰克西揉着被棍子打伤的身体，依旧冲爸爸笑着，他亲眼看见妈妈对爸爸说："他疯了。"恰克西听到这儿，终于站起身，扑过去紧紧地抱住了妈妈。

"我到了卡依察，妈妈，爸爸，我到了卡依察，我见到了金字塔，见到了祭祀台，听到了神的指示。"恰克西激动万分，恨不得一股脑儿把他的所见所闻告诉所有人。

"不可能，你怎么可能到达卡依察，一定是吹牛。"小伙伴们根本不相信恰克西的话。

"是真的，不骗你们，卡依察在一座山的顶端……"恰克西绘声绘色地对所有人描述着卡依察的样子。

"真的吗？"这次，伙伴们将信将疑了。

"真的，你们可以问伊希切尔，他去过的。"恰克西对于伙伴们的质疑很是激动。

"他说得对，卡依察就是那样的。"伊希切尔用苍老的声音肯定了恰克西的话。

"天哪，恰克西，我爱你。"伙伴们立刻冲了上来，先是欢呼，然后把恰克西抬了起来，尽情地开始庆祝。在空中，恰克西看到爸爸妈妈还有伊希切尔都微笑着看着他，那很显然是一种骄傲的表情。

“你是一名勇士，是整个王国的勇士，恰克西，我也为你骄傲。”伊希切尔对恰克西说道。

“我要让部落和王国更强大。”恰克西对伊希切尔严肃地说。

“嗯，我相信你可以做到。”伊希切尔对恰克西说道。

所有人逐渐散去了之后，恰克西终于可以和爸爸妈妈回到屋子里了，此时他有很多话要对爸爸妈妈说。

“爸爸，您不要再生气了，我只是想成为像您一样的勇士。”恰克西看着爸爸，认真地说。

“那至少也应该说一声。你知道吗，你走了之后，爸爸带着几乎整个寨子的人去找你，可一直到了红树森林都没有你的踪影，他还以为你被熊吃掉了呢。”妈妈一边生气地对恰克西说，一边把一大块窝窝饼卷鸡肉放在了恰克西面前。

“妈妈，我知道，下次不会了。”恰克西冲着妈妈眨了眨眼睛，狼吞虎咽地吃了起来，这味道，简直太香了。

“不要以为到了卡依察就是真正的勇士了，一个真正的勇士不是随便说说就可以做到的。”爸爸吃了一口鸡肉，严肃地对恰克西说。

“我当然知道，爸爸，我会逐渐变成勇士的，这次，我见到了很多奇怪的东西。”恰克西放下鸡肉卷，对爸爸说。

“说说看，你遇到了哪些奇怪的东西。”爸爸也有些好奇，卡依察对于他来说，也是一个神秘的地方。

“爸爸你看。”恰克西拿出背包，把那个奇怪的盒子递给了爸爸。

“这是什么？”爸爸摆弄着盒子，显然，他也不知道这是什么。

“这是神的咒语。”恰克西按下了那个凸起的小块儿，那奇怪的声音再次响起。

“哦？”爸爸和妈妈疑惑地看着盒子，显然，他们很惊奇。

“不过我也不知道这是做什么的，也许是神给予我们的指示。”恰克西又吃了一大口鸡肉卷。

“我拿去给伊希切尔听听，或许他知道。”爸爸站起身，去找伊希切尔了，他是一名祭祀师，也是寨子里最见多识广的人。

恰克西把最后一口窝窝饼塞进嘴里，跟着爸爸跑了出去，他也想知道这个神秘的声音到底是什么。

伊希切尔已经很老了，甚至他自己都不知道自己有多少岁了，他是库图雅部落唯一到过卡依察并参加过整个王国祭祀的人。那时候他就像恰克西一样年轻，不过从那次之后，再没有出现过五星连珠，所以祭祀仪式也就再没有进行过，而那条通往卡依察的路也就没有再出现。这次恰克西到卡依察，他开始并不相信，但当恰克西把卡依察的样子描述了之后，他确认，这个年轻人确实到达了卡依察，难道五星连珠要来了吗？伊希切尔也不知道。

“这是什么，你知道吗？伊希切尔。”恰克西的爸爸把盒子递给了伊希切尔。

伊希切尔接过盒子，仔细地端详着，反复地晃动着，按动着那个凸起的小块儿，过了许久，他把盒子轻轻地放在了桌子上，抬起头看了看恰克西和他爸爸，轻轻地说：“这是神的信物，是留给可以给整个王国带来幸运的人的钥匙，恰克西，你可能就是这个幸运的人。”

“什么？神的信物？”恰克西和爸爸简直不相信自己的耳朵。

“对，是信物，也许五星连珠就要来了，神就要降临大地了。”伊希切尔闭上眼睛，回想起年轻时的那次祭祀上他见到的神和经历的事，虽然已经过去了很久，但他从来没有忘记那天的神奇。

二、神的降临

伊希切尔曾经是整个库图雅部落最出色的猎手，据说他在年轻的时候曾经在没有带弓箭的情况下干掉了一只棕熊，而他家的墙壁上则挂满了各式各样的鹿角，这都是他年轻时的杰作。当然，如果单凭这些就概括了伊希切尔的一生，那就太简单了，他最得意的事就是曾经作为国王钦点的八名勇士见证了伟大的祭祀仪式，并在那次祭祀仪式上见到了神。

玛雅王国的祭祀仪式并不是每一个人都有资格参加的，除了必须要在五星连珠时才能进行祭祀之外，所有参加祭祀的人必须经过大祭祀师的亲自选择和考核才有资格，而拥有初选资格的人一定是整个王国最为勇敢的勇士和最出色的猎手，有着最为虔诚的信仰和无比坚定的内心。

当时的库图雅部落在整个王国来说，还是一个很小的部落，整个部落的人口只有不到一百人。自从玛雅王国诞生起，库图雅从来没有人有资格参加祭祀仪式，伊希切尔是第一个获此殊荣的人，所以在他被选为勇士之后，整个部落开始了长达十五天的欢庆。用伊希切尔的话说，在那十五天里，他根本就没有机会回家和妻子见面，都是在其他人家里载歌载舞，吃喝玩乐，直到所有人的家里都没有任何食物之后，他才回到家中和妻子认真地告别。

去卡依察的路并不像恰克西说的这样，在艰难地走过了红树森林之后，伊希切尔发现前面的路消失了，他只能按照天上星星的位置自己判断路线。不过还好，他遇到了来自安路玛部落的同去参加祭祀的卡朋，他们两人相互鼓励，相互扶持，渡过了沼泽地，翻过了巨大的瀑布，穿越了让人眩晕的花海，最终在祭祀仪式开始前三天到达了卡依察。

在山前虔诚地等待了三天之后，所有参加祭祀仪式的人跟着国王一步一步地走上了卡依察的山顶，到达了祭祀台和金字塔。大祭祀师通过祭祀台的拱形台顶和神的星星重合的时间，确定了祭祀的时间，国王则拿出了和神联系的信物——水晶钥匙，毕恭毕敬地向神祈祷着。

年轻的伊希切尔站在台阶下，连大气都不敢出，当然，其他人也都和他一样，等待着奇迹的发生。

大祭祀师站在祭祀台上念着咒语，据说这是神才能听懂的话，大概意思是请求神的恩赐和保佑整个王国风调雨顺。然后在两名小祭祀师的帮助下，把作为祭品的一对青年男女赐死，用他们的鲜血浸染祭祀台下的土地。这时候，国王会在沾满鲜血的土地上点燃水晶钥匙，并用鲜血浸湿双手，绕到金字塔的背面，把双手按在发光的星象图上念起咒语。

到了这儿，祭祀仪式算是完成一半了，接下来的事就是等待神坐着大鸟前来。

伊希切尔回忆，当国王的咒语念完之后，天空开始发生变化，夜晚在一刹那间似乎变成了白昼，但却没有太阳，紧接着天空中出现了一个巨大的泛着白光的洞，一只巨大的鸟从洞中飞出，但是这只大鸟却没有翅膀，确切地说更像是一条会飞的鱼。大鸟矗立在祭祀台上方的天空中，过了许久，他们清楚地看到，神从大鸟的肚子里走了出来，身上穿着奇怪的衣服，头顶似乎戴着巨大的三叶草，也一样矗立在空中。

没有人敢抬头，也没有人可以看清楚神的样子，他们只有虔诚地趴在地上，接受着神的指示和垂青。他们清晰地感觉到，神似乎就在他们头顶上掠过，似乎朝着天空撒出了粉末状的东西，之后，神就回到了大鸟的肚子里，重新进入天空的大洞中。紧接着，白昼般的天空会逐渐消失，大洞也会合拢，一切又恢复成了祭祀之前的样子。

到这里，祭祀仪式算是全部完成，而参加祭祀的人将不会再有第二次参加的机会，勇士们也将终生不能再打猎而只能成为所属部落的祭祀师，把神的旨意传播给自己的部落。离开时，每个到场的人都会用小刀割破自己的手腕，把鲜血留在祭祀台上，以此向神证明自己将会遵守诺言。

回到部落的伊希切尔把见到神的事情传达给了整个部落，部落再进行着各自的祭祀。伊希切尔只知道，从那次祭祀仪式之后，整个玛雅王国森林的猎物居然真的比以前多了许多，而河里的鱼也比以前大了，玉米的长势和收成也变好了，甚至连洪水地震也比以前少了许多。各个部落逐渐壮大了起来，所有人都把这当作是神的恩赐。

而伊希切尔也记住了自己对神的许诺，再没有拿起过弓箭，而是虔诚地主持着每年一次的部落祭祀，这是对神的忠诚，也是一种报答，他坚信，只有神才能让他们过得富足和美好。

而新一代的人对于神的信仰也一直坚持着，因为每一个人都相信，当他们遇到困难的时候，只有神才可以拯救他们。但是从那次祭祀之后，五星连珠再没有出现过，对于神，只存在于他们的想象之中，不过每一个人都无比确信，神无时无刻不在他们跟前。

伊希切尔老了，不可能再次看到神了，但是他坚信，新一代的勇士一定会再次见到神，并向神虔诚地祈祷，使整个王国变得更加富足。

这是每一个玛雅人的期盼，毫无疑问。

三、约会

早晨起来，恰克西就偷偷地带着窝窝饼和鸡肉卷出发了。今天是他和曲瓦塔约会的日子，从昨天晚上开始，他的心就已经飞到了九霄云外，甚至晚上做梦，他都梦到了和曲瓦塔在一起。天还没亮，他就已经醒来，只等着爸爸出门之后溜出去。

恰克西带着摩西来到红树森林之后，曲瓦塔还没有到，他就在树林里闲逛，也许顺便可以打到一只猎物呢。不过恰克西绕了一圈之后，发现没有什么收获，就回到了和曲瓦塔约好的地点，等待着心爱的姑娘，几天没见，恰克西已经有些魂不守舍了。

曲瓦塔如约而至，她甚至比上次更加漂亮了。她在老远看到恰克西的时候，就微笑着招着手，显然，她的心情也不错。

恰克西冲上去，抱起了曲瓦塔转着圈，曲瓦塔的笑声让整个森林都感到了他们的快乐。摩西也围着恰克西转着圈，虽然它不知道他们在做什么，但它知道这是一件快乐的事。

两人躺在铺了干草的土地上，相互诉说着最近的见闻，彼此叙述着思念的衷肠，爱情，就是这么让人开心。

“我爸爸揍死我了。”恰克西对曲瓦塔说。

“哈哈，如果我是你爸爸的话，我一定会比这还狠的，谁让你不听话的。”曲瓦塔靠在恰克西的肩膀上，笑着说。

“我当然得去了，不然怎么会遇到你呢？”恰克西说道。

“我的出现和你去不去卡依察一点关系都没有，我可是神赐予的。”曲瓦塔对恰克西说。

“是神把你恩赐给我的，对吗？”恰克西歪了一下头，轻轻地吻了曲瓦塔的眉头。

“当然了，是神。”曲瓦塔咯咯地笑着，躲闪着恰克西的吻。

“如果我以后有了儿子，我一定会亲自带他去卡依察的。”恰克西看着曲瓦塔，充满柔情地说道。

“我才不要让他去呢，太危险了，我宁愿让他留在森林里打猎。”曲瓦塔没有看恰克西，而是看着天说。

“危险到处都有。”恰克西笑着说。

“你又来，哈哈。”曲瓦塔被恰克西逗笑了，她再次把头贴在了恰克西的胸膛上，对她来说，恰克西是一个出色的猎人，也是一个可以依靠的男人，就像爸爸一样。

“你知道吗，我们部落的祭祀师说五星连珠要出现了。”曲瓦塔对恰克西说。

“我知道，伊希切尔也说了，神要出现了，王国会变得更好了。”恰克西说。

“嗯，可拜亚和苏格尔可能不会高兴的。”曲瓦塔收起了笑容，严肃地说道。

“谁是拜亚？谁是苏格尔？他们怎么了？为什么不高兴？”恰克西不明白曲瓦塔的话。

“拜亚是我妈妈的妹妹，苏格尔是她的丈夫，他们是祭品。”曲瓦塔坐了起来，轻轻地说。

“你的意思是他们是不同部落的人，然后在一起了？”恰克西也坐了起来，看着曲瓦塔说。

“对，他们违反了王国的规定，早就被选为祭品了，不过一直没有出现五星连珠。这次他们有可能会成为祭品，然后被赐死，成为神的仆从。”曲瓦塔有些伤感地说。

“确实有些伤感，不过能成为神的仆从也并不是什么坏事。”恰克西看着曲瓦塔说。

“你害怕吗？”曲瓦塔突然回过头看着恰克西问。

“我？”恰克西看着曲瓦塔反问道。

“你害怕成为祭品吗？如果害怕的话，我们就不要在一起了。”曲瓦塔对恰克西说。

“我怎么会害怕？就算是成为祭品，我也很愿意，第一可以成为神的仆从，第二可以和心爱的人在一起，这是再好不过的事情了。当然，在死之前，我希望吃上一顿窝窝饼和鸡肉卷的大餐，最好再有一些甜甜酱。”恰克西看着曲瓦塔，微笑着说。

“你想得真好，哈哈。”曲瓦塔再次被恰克西逗笑了。

“我打够二十只鹿就去娶你，好吗？”恰克西捧起曲瓦塔的脸，非常真诚地说。

“我等着你，不过也许我爸爸会揍扁你的。”曲瓦塔笑着说道。

“让他揍好了，我会为了你忍住的。”恰克西也笑着说道，两人紧紧地抱在了一起。

“我们去打猎吧，也许会碰到鹿。”恰克西对曲瓦塔说。

“嗯。”曲瓦塔点了点头，两人朝着红树森林深处走去。

爱情和运气似乎是同时来到了，没过多久，恰克西果然射到了一只鹿。他把最好的部分用大树叶包了起来，让曲瓦塔拿着，自己则锯下了鹿角。

“还有十八只，我就可以娶你了。”恰克西一边把鹿角放在背包里，一边笑着对曲瓦塔说。

“你要抓紧时间了，不然的话我也许会嫁给别人的。”曲瓦塔咯咯地笑着对恰克西说。

“那可不行，我会死掉的。”恰克西装作伤心的样子说。

“瞧把你吓的，怎么会呢？”曲瓦塔抱住了恰克西的脖子撒娇地说道。

“我真想每天都和你在一起，永远不分开。”恰克西抚摸着曲瓦塔的脸，深情地说道。

“别着急，很快的。”曲瓦塔看着恰克西，也充满深情地回答着。

就在这时候，摩西突然好像发现了什么，它朝着一片树丛汪汪地叫着。

恰克西立刻搭起弓箭，对准了树丛。希望是一只鹿，而不是一只熊，恰克西的心里说道。

“不要，恰克西，是我。”树丛里突然站起了一个人。

“该死的卓瓦。”恰克西看清楚了，是好朋友卓瓦。

“你怎么在这里？”恰克西问道。

“我……只是路过，恰克西，她是谁啊？”卓瓦显然在撒谎，他一脸坏笑地看着曲瓦塔对恰克西说道。

“她是曲瓦塔，我的朋友。”恰克西慌乱地解释着，但很显然他的表情出卖了他，因为他几乎是在瞬间已经满头大汗了。

“哦，好朋友啊，我真想每天和你在一起。”卓瓦跳出了草丛，尖声尖气学着恰克西刚才对曲瓦塔说的话。

“该死的。”恰克西冲了过去准备抓住卓瓦，不过卓瓦的反应也很快，他立刻跳到了树丛的另一边。

“你什么时候娶她啊，恰克西？”卓瓦一边躲着恰克西，一边哈哈大笑着说。

“你这个浑蛋，我一定要抓住你。”恰克西又朝着卓瓦跑去，卓瓦则一边跑一边学着恰克西的语调。

曲瓦塔则在一旁哈哈大笑着，整个森林都充满了欢乐的气氛。

“不许告诉我爸爸。”恰克西停了下来，蹲在地上对卓瓦说。

“可以，不过你得送我一只鹿角，我还没打到过鹿呢。”卓瓦也蹲在地上，哈哈大笑着说道。

“你居然敢勒索我？”恰克西举了举拳头，冲着卓瓦抗议道。

“不给就算了，那我会告诉你爸爸，你们俩都会成为祭品，然后每年寨子祭祀的时候，你们就会给我们跳舞。恰克西，你的舞姿简直像一头熊一样难看，哈哈。”卓瓦哈哈大笑着坐在了地上。

其实，成为祭品对于新一代的玛雅青年来说，并没有那么可怕，因为五星连珠出现的概率实在太小，而违反王国规定的人很多，这些人都被称为祭品，每个部落每年祭祀的时候，已经用活羊活牛代替了，而成为祭品的男女只是象征性地在祭祀大会上跳舞就算是完成了祭祀，对于年轻人来说，祭祀更像是一个他们聚会的节日。

“你敢。”恰克西挥舞着拳头表示抗议。

“不能总瞒着你爸爸吧，跳跳舞而已，再说了，你难道不想娶曲瓦塔回来吗？”卓瓦站了起来，走到了恰克西的面前。

“我不想跳舞。”恰克西躺在了地上，笑着说。

“没关系，有这么漂亮的姑娘陪着你，如果换成我的话，我巴不得呢。”卓瓦在恰克西身边坐了下来。

“你愿意吗，曲瓦塔？”恰克西看着曲瓦塔问。

“那你就去说吧，我很乐意和一头狗熊跳舞。”曲瓦塔一边拍着手一边哈哈大笑着说道。

“好啊，你们居然都取笑我。”恰克西突然跳了起来，一把抱起了曲瓦塔不停地转着圈。

“你们好好约会吧，这对鹿角归我了。”卓瓦忽然从恰克西的背包里拿出鹿角跑了，一边跑还一边冲着恰克西和曲瓦塔喊道：

“恰克西，赶紧把她娶回来吧。”

“该死的卓瓦。”恰克西抱着曲瓦塔笑着对她说道，曲瓦塔则用手紧紧地揽着恰克西的脖子，笑得合不拢嘴。

四、伊希切尔的反对

下午的时候，恰克西把曲瓦塔一直送过了几座山，直到可以看到曲瓦塔的家所在的寨子才离开。临走的时候，曲瓦塔又抱了抱恰克西，两人约定七天之后再次见面，不过一定要甩掉卓瓦，他可是个破坏气氛让人讨厌的家伙。

恰克西哼着小曲回到了寨子，和曲瓦塔在一起居然丝毫没有感觉到饿，他一路小跑回到了家。爸爸、妈妈和弟弟正在等待着他，不过让人意外的是，伊希切尔也在。

恰克西从爸爸妈妈的眼神里看到了一丝不太好的感觉，不过这很正常，这种感觉恰克西和弟弟经常会遇到。

打过招呼之后，恰克西坐在了妈妈身边，拿起了一块窝窝饼。

“那个姑娘是谁？”爸爸轻轻地问。

恰克西吃着窝窝饼，不再说话，悄悄地看了一眼弟弟雅各布，雅各布则冲着他吐了一下舌头，然后就低下头吃饭了，恰克西又看了看妈妈，妈妈看了他一眼，微微地摇了一下头。

“是我的朋友。”恰克西轻轻地回答着爸爸。

“你是打算要娶她吗？”爸爸接着问道。

恰克西不说话了，因为他不知道该怎么回答爸爸，不过这也算是一种默认。

“不可以的。”一直坐在饭桌上沉默的伊希切尔终于说话了。

“为什么？我很爱她，她是个善良的姑娘。”恰克西终于亲口承认了，他无法继续隐瞒了。

“恰克西，你先吃饭，然后我再告诉你。”爸爸并没有生气，显然，不同意恰克西和曲瓦塔在一起，并不是他的主意。

恰克西没有心情继续吃饭了，他想立刻知道为什么不能和曲瓦塔在一起，这显然比吃饱肚子更重要，他把窝窝饼放在了桌子上，看着所有人。

“恰克西，你是库图雅的骄傲和唯一的勇士，所以你不能娶这个姑娘。”伊希切尔用苍老的声音轻轻地说道。

“这和我娶她有什么关系？她是个好姑娘，又不是魔鬼。”恰克西有些激动地说。

“恰克西，不许这样，你听伊希切尔说。”爸爸打断了恰克西的话。

“恰克西，我理解你的爱，我不是反对这个姑娘，但是你要知道，根据观察和计算，五星连珠就要来临了，整个王国的祭祀者都有可能成为祭品。如果你娶了其他部落的女人，那么你也会成为祭品的，而库图雅不能没有你，所以你不能娶这个姑娘，这会给你带来什么，你应该明白。”伊希切尔仍然慢吞吞地说着。

“可我爱她，再说了，那么多祭品，不见得就是我。”恰克西已经非常激动了。

“恰克西，你要明白，比起爱情，整个部落更重要，我不希望你成为祭品。”伊希切尔站了起来，他不想再说话，但可以感觉到，他的话不容置疑。

“不，爸爸，妈妈，不……”恰克西的眼泪夺眶而出，比起成为勇士，现在的他，更在乎的是曲瓦塔和自己的爱情。

爸爸没有说话，只是轻轻地摸了摸恰克西的头，然后叹了一口气，而妈妈则抱住了恰克西，努力安慰着他。

“爸爸，求你了，让我娶曲瓦塔吧，我不能没有她，她是个好姑娘，我们在一起时的运气很好，总会碰到鹿，不会被抽中成为祭品的。”恰克西抱着爸爸，央求着。

“恰克西，别任性了，你知道的，这关系着整个部落的命运。”

爸爸严肃地说道。

“为什么要牺牲我，就因为我去了卡依察吗？我宁愿不去。”恰克西歇斯底里地喊着。

“浑蛋！”爸爸给了恰克西一记耳光。

屋子里的空气瞬间凝固了，显然，爸爸后悔了，恰克西则一脸委屈地看着爸爸，从小到大，虽然爸爸经常打他，但多数都是因为他淘气，过后，爸爸也会向恰克西道歉，但这次，恰克西知道，爸爸是在无奈中才打的他。

恰克西走到了门口，抽泣着说：“如果不能和曲瓦塔在一起，我宁愿成为祭品。”

爸爸不再说话，只是深深地叹了一口气，他知道，恰克西比他更难受。

恰克西回到屋子里，倒在床上，任凭泪水肆意地流淌着，他不明白，为什么那么多的人违反了王国的规定都可以，但是在他这里却不行，为什么寨子里很多娶了其他部落的人都没有遭到反对，而他却遭到了反对。渐渐地，恰克西睡着了，在梦中，他看到了曲瓦塔在远处看着他哭泣，然后转身走开，他想去抓曲瓦塔，却发现他根本无法靠近她，他拼命地喊着曲瓦塔的名字，却发现曲瓦塔越走越远，直至消失。

“不，曲瓦塔。”恰克西从梦中惊醒了，透过窗户，他看到那颗神居住的星星在天空中一动不动。恰克西下了地，拿出那个奇怪的盒子，伊希切尔说过，这是神的信物，是留给最幸运的人的，但是他现在却很不幸，难道神会骗人吗？不，恰克西相信神，他按下了那个凸起的按钮，神的声音仍在，恰克西轻轻地对着盒子开始祈祷，他希望神可以听到他的请求：

“神啊，请你帮助我，我只想和曲瓦塔在一起，即使成为祭品，成为您的仆从我也愿意，我愿意把灵魂交给您。”

盒子没有变化，还是神的那些话，恰克西却已经泪流满面不能自已，他躺在地上渐渐地睡着了……

五、逃出家门

恰克西醒来的时候，感觉头昏脑涨，就像是在花海里的那种感觉一样，他费了好大劲才睁开了眼睛，又费了很大力气努力地坐了起来。屋子里没人，恰克西喊着爸爸、妈妈、弟弟的名字，但却没有回应。恰克西站了起来，朝着屋外走去。

门推不开，恰克西这才发现，自己居然被反锁在了屋里。

“爸爸，开门啊。求你了。”恰克西拼着命地喊着，却发现爸爸根本不在，直到喊得筋疲力尽。

“不要这样，为什么要这样。”恰克西坐在地上号啕大哭起来，他恨自己为什么睡得那么沉。

“你不要喊了，爸爸不会让你出去的。”雅各布不知什么时候走到了门口，轻轻地对恰克西说道。

“雅各布，快，帮我把门打开，求你了。”恰克西像是看到了救命稻草一样冲着雅各布激动地说。

“不行，爸爸会打死我的，对不起。”雅各布看着恰克西非常无奈地说。

“没关系，没人知道是你做的，没人看到的，雅各布。”恰克西几乎是哭着央求雅各布。

“恰克西，你怎么就想不明白呢，部落不会同意你和曲瓦塔在一起的，我们不能和整个部落作对。”雅各布摊了摊手，表示无能为力。

“你不知道的，曲瓦塔是个好姑娘，她像月亮一样纯洁，像鲜花一样美丽，我无论如何不能失去她。”恰克西仍然不放弃唯一的希望。

“对不起，我不能这么做，恰克西，原谅我。”雅各布无奈地说着，扭过头，走了。

“不……雅各布，等等，雅各布。”看着雅各布离去的背影，恰克西又一次感到了绝望。

恰克西又尝试了从窗子逃出去，但很快他就发现，窗子和门一样，已经被爸爸从外面封死了，他就像一只被困在陷阱里的猎物，无处可逃，只得绝望地等待着。

到了中午，爸爸、妈妈和雅各布都回来了，这才把门打开。恰克西仍然没有放弃希望，他努力游说着父母，希望他们能够成全自己和曲瓦塔，但结果却和昨天一模一样，爸爸妈妈完全不同意，而且对恰克西表示，永远不会让他再和曲瓦塔见面。

当爸爸妈妈再次出去的时候，恰克西只能绝望地回到屋子里，拿着盒子向神一遍又一遍地祈祷着，虽然他相信神，但他也知道，这样的祈祷没有什么作用，神不会从天而降把他带走的。趴在窗子上的恰克西看着窗外自由飞翔的鸟儿、尽情采蜜的蜜蜂，心里说不出地难受。曲瓦塔，你知道我在等你吗？你在哪儿？快来找我吧。

这样的日子过了四天，眼看着就到了和曲瓦塔约定见面的日子，恰克西越来越着急，如果他不去，曲瓦塔会不会生气，会不会以为他抛弃了她？想到这儿，恰克西几乎崩溃了。

一定要逃出去，无论如何，恰克西对自己说。他寻找着可以打开门的工具，但是无能为力，要知道，门外的锁链绝不会这么轻易地被打开。

再一次绝望的恰克西焦急地在屋子里踱着步，突然，一个声音从门缝里传了进来："恰克西，是我，卓瓦。"

"卓瓦！"恰克西突然感觉卓瓦就像神从天而降一样。

"快，把我弄出去，我被锁在屋子里了。"恰克西对卓瓦喊着。

"这个，我不敢，伊希切尔对全村人都说了，不能让你走，他担心你会成为祭品，没人敢放你出去。"卓瓦一边时不时回头看着，一边小心翼翼地对恰克西说着。

"我知道，可我不能失去曲瓦塔，为了她，成为祭品我也愿意。"恰克西激动地对卓瓦说。

"这怎么可以？你不能成为祭品，你是部落的勇士，不能这样，恰克西，你有什么话，告诉我，我替你转达给曲瓦塔。"卓瓦仍然小心翼翼地说着。

"不，我只求你帮我出去就行，我不会说是你放的我，求你了，卓瓦。"恰克西央求着，几乎要跪下了。

"恰克西，我……对不起，是我对你爸爸说的，我本以为他们会同意的。"卓瓦自责地说着。

"没关系的，卓瓦，我不怪你，你不说我也会说的，现在你帮我出去，我给你两对鹿角。"恰克西焦急地说道。

“那好吧，恰克西，明天，明天早上你爸爸出门之后，我来，今天来不及了，他们快要回来了。”卓瓦终于答应帮助恰克西逃出去了。

“嗯，嗯，谢谢你，卓瓦，一定不要忘了。”恰克西叮嘱着卓瓦。

“嗯，知道了。我先走了。”卓瓦一扭头跑了，因为恰克西的爸爸就快回来了。

这一刻，恰克西一下子感觉到了希望，就像是神从天而降一样，他拿出小盒子，说道：“神啊，感谢你的恩赐，我不会忘记的。”

晚上，恰克西很早就睡觉了，明天，他就可以去见曲瓦塔了，这一夜，希望是个好梦。

到了早晨，爸爸妈妈刚刚出去，恰克西就下了地，他偷偷地从门缝里向外望去，确定爸爸妈妈走了之后，立刻跑到厨房，收拾好了昨天剩下的窝窝饼，装进了自己的背包，等待着卓瓦的到来。

没过多久，卓瓦就来了，他手里拿着一把巨大的火钳，冲着门喊道：“恰克西，我来了。”

“感谢神，卓瓦，快。”恰克西已经等不及了，此刻他真想长出一对翅膀飞到红树森林去。

“你千万不能告诉你爸爸，不然他会告诉我爸爸，我爸爸会打死我的。”卓瓦拿着火钳，对恰克西说。

“当然了，我怎么会呢？快。”恰克西焦急万分。

“还有，你说给我鹿角的，说话一定要算话。”卓瓦仍然啰唆地说着。

“一定给的，我向神保证。”恰克西几乎崩溃地央求着卓瓦。

“咔嚓”一声，锁链被火钳夹断了，恰克西像一支离弦的箭一样飞奔出家门，朝着山上跑去。

“恰克西，说话要算话啊。”卓瓦拿着火钳冲着恰克西的背影喊道。

“知道了。”恰克西连头都没有回。

“该死，一定是骗我的。”卓瓦沮丧地低着头朝家走去，此刻，他真的已经有一点后悔放恰克西出去了。

六、私奔

恰克西一路上都没有回头，直到进了沼泽地，他才气喘吁吁地停下脚步回过头看了一眼寨子，在确认没有人追他之后，舒展地躺在地上，大口地喘着气，这一切就像是一场梦一样。

休息了一会儿，恰克西站了起来，准备进入红树森林，此刻的他，已经没有了被关了几天的绝望心情，取而代之的是对曲瓦塔无限的思念。虽然只有七天没见面，但是恰克西觉得好像已经过了一百年那么长，他想拥抱曲瓦塔，热情地吻她，和她一起跳舞，一起躺在草丛中休息，一起在花海中奔向自由。想到这儿，恰克西的心情居然愉悦了很多，他一步不停歇地朝着约会的地点跑去。

“曲瓦塔！”恰克西老远就看到曲瓦塔坐在树干上等着他。当曲瓦塔看到恰克西跑来的一刹那，立刻从树上跳了下来，奔向恰克西，两人紧紧地抱在一起，再也不愿意松开。

“你怎么这么晚才来，想死我了。”曲瓦塔一边抱怨着恰克西，一边把头靠在了他肩膀上。

“对不起，我的女神，我遇到点状况，慢慢地告诉你。”恰克西也紧紧地抱着曲瓦塔，温柔地吻着她的脖子。

“遇到什么事了？”曲瓦塔问道。

“我差点就没能出来，多亏了卓瓦。”恰克西把事情的原委告诉了曲瓦塔。

“怎么会这样？神会阻止我们在一起吗？”曲瓦塔看着恰克西，眼睛里含着泪水。

“不，任何人，包括神，都不能让我们分开，我向你发誓。”恰克西把手搭在曲瓦塔的肩膀上，非常认真地说。

“嗯，我爱你，恰克西。”曲瓦塔被恰克西的话彻底感动了，不管发生什么，她发誓一定不会和恰克西分开。

“我也爱你。”恰克西抱着曲瓦塔，闭上了眼睛，尽情享受着眼前的一切。

“我们逃跑吧，到很远的地方去，到卡依察去，那里没有人。”曲瓦塔向恰克西提议。

“不，曲瓦塔，我答应过你，不再去那里了，那里太危险了，我一定会娶你，请你相信我，不管发生什么事。”恰克西没有同意曲瓦塔的建议，他知道，私奔意味着什么。

“嗯，我相信你，你一定有办法的。”曲瓦塔点了点头，认真地说。

突然间，恰克西呆住了，因为他看见在曲瓦塔的身后，不知什么时候，爸爸居然已经站在了那里。

“爸爸……”恰克西呆若木鸡，站在原地一动不动。

曲瓦塔也吓得站到了恰克西的身后，和恰克西一起看着他爸爸。

“唉。”出乎恰克西和曲瓦塔的意料，爸爸并没有像以往那样愤怒，而是轻轻地叹了一口气，走到了他们身边，摸了摸两个人的头。

“孩子们，我知道你们是相爱的，也理解你们，但是你们知道，我很难说服伊希切尔同意你们在一起。但是他是见过神的人，他只为神和部落负责，而你，恰克西，是不能成为祭品的，还有你，曲瓦塔，也不能。”爸爸认真地说道。

“爸爸，如果不能和曲瓦塔在一起，我宁愿成为祭品，宁愿把灵魂交给神。”恰克西泪流满面地跪在了地上，央求着爸爸。

“求求你了，我们不能分开，即使天崩地裂也不能。”曲瓦塔也跟着恰克西跪了下来。

“孩子们，我知道，所以我是来帮你们的，我也相信，神一定会理解你们的，起来吧！”爸爸伸出手扶起了恰克西和曲瓦塔。

恰克西和曲瓦塔相互看了看，有点儿不相信爸爸的话，但是看着爸爸真诚的样子，恰克西知道，爸爸绝不会为难他们，否则也不会这么说。

“我们该怎么办？”恰克西小心翼翼地问着爸爸。

“你们知道，整个王国有很多祭品，你们如果在一起，只是众多可能被选中的一对儿，概率很小。但是恰克西是库图雅唯一的勇士，伊希切尔不会冒这个险，所以他才会阻止你们在一起，因为库图雅不能失去唯一的勇士。但是如果你们离开，等到五星连珠的祭祀之后再回来，就没有问题了，那个时候，伊希切尔就算是阻止也没用了。”爸爸对两个人说着。

“爸爸，你的意思是让我们离开寨子？”恰克西睁大眼睛看着爸爸。

“对，只有离开你们才能在一起，否则你们绝不能在一起，没有人可以说服伊希切尔。”爸爸轻叹了一口气说。

恰克西看了一眼曲瓦塔，想知道她的意见。

“我愿意。”曲瓦塔毫不犹豫地说。

“我也愿意。”恰克西坚定地点了点头。

“嗯，但是有一点，你们一定要记住，一定不能在五星连珠的祭祀仪式之前出现，否则的话，你们就一定会是祭品，而这就不是部落能决定的，而是由国王决定的了。”爸爸严肃地对两个人说。

“嗯，爸爸，放心，我可以照顾好曲瓦塔的，我们待在森林里等着五星连珠。”恰克西说。

“孩子，去吧，别担心，你爸爸那里我会去解释的，他一定会同意把女儿交给一个勇士的。”爸爸温柔地对曲瓦塔说。

“谢谢你。”曲瓦塔把手放在胸前，深深地鞠了个躬。

“爸爸，那你怎么办？你怎么向伊希切尔交代？”恰克西看着爸爸，关心地问道。

“不用担心我，伊希切尔不会怀疑是我放走你们的，就算知道了也没什么，最多罚我多打几只鹿而已。”爸爸笑着对恰克西说。

“照顾好妈妈还有雅各布，爸爸，我们会回来的。”恰克西紧紧地抱住了爸爸。

“去吧，拿着这个，它会给你带来好运的。”爸爸把脖子上的骨头项链摘下来挂在了恰克西的脖子上。

“爸爸！”恰克西再也忍不住了，他抱着爸爸，号啕大哭起来。

“别哭了，怎么像个小孩子，还当着妻子的面。”爸爸拍了拍恰克西的后背，冲着曲瓦塔笑了笑。

“我们走了，爸爸。”恰克西擦了擦眼泪说。

“去吧。记住我的话，五星连珠之前，不要回来。”爸爸头也不回地边走边说，其实，他也已经泪流满面，只是不想让儿子看到。

恰克西看着爸爸逐渐消失的背影，泪流满面地拉着曲瓦塔朝着红树森林的另外一边走去。

七、森林里的爱巢

恰克西和曲瓦塔开始并没有决定在哪里安下他们临时的家，毕竟这次不同于以往，他们要在这里度过一段不知多久的日子，五星连珠一天不出现，他们就必须待在森林里，这对于两个年轻人来说，并不是一件简单的事。

不过这一切和爱情比起来，都显得那么微不足道，两个人排除万难，苦尽甘来地走到一起，又有什么不能应付呢？恰克西和曲瓦塔都这么想。

他们穿过红树森林，一路朝东走去，直到走过一大片沼泽地，最终到达了这片叫作“地科”的原始森林中。他们决定，在这里安家，等待着一切的开始和结束。

选择在这里安家的理由有两个：第一，这里远离他们的寨子，不会轻易被找到；第二，没人会想到他们会来到这个猎人们都不愿意来的地方。

恰克西和曲瓦塔拜过雨神之后，就开始在这片森林里建造茅草屋，茅草屋比起家里的木屋虽然简陋了点，但是也很舒适。从今天开始，他们就要过属于他们自己的生活了。

茅草屋很快就建好了，雨水也接踵而来。曲瓦塔靠在恰克西的肩膀上，看着外面被大雨浇灌的森林，痴痴地笑了。恰克西扭过头看着曲瓦塔，发现她湿漉漉的头发下是一张越发漂亮的脸，他伸出手揽住了曲瓦塔的腰，把脸贴到了她的脸上，微笑着说："你真美，我的妻子。"

曲瓦塔羞涩地低下了头，把头埋在了恰克西的怀里，这一刻，整个森林只属于他们俩，即使是月亮，也悄然地躲在了乌云背后，不愿意打搅这个让人心醉的时刻。

白天，恰克西外出打猎，曲瓦塔就在"家"的附近拾柴火，生起篝火做些烤肉，又或者到不远处采些野果和蘑菇，改善一下他们的伙食，然后耐心地等待着恰克西回来。而恰克西也并不会出去很久，到了下午，他就带着猎物回来和妻子团聚，有时是一只野兔，有时是两只山鸡。当然，他每天都会给曲瓦塔带回一些惊喜，比如漂亮的花环或是到很远的地方偷偷摘下的几个玉米，每当这时候，曲瓦塔总是高兴得要命。

晚上，他们躺在茅草屋里，相互倾诉着对彼此的爱，憧憬着未来的生活。恰克西会拿出那个会发声的盒子，对着神许下两个人的愿望。对于在森林深处的他们来说，对着这个小盒子祈祷几乎是他们唯一的心灵慰藉，他们只希望五星连珠能够早些来到，然后过上真正属于他们的幸福生活。

食物充足的时候，他们会整天腻在茅草屋里，看着摩西在草地上打滚，看着鸟儿在自由地飞翔，看着露水一滴一滴地滴在树叶上。这一切，对于他们来说，都是那么美好，爱，总是无处不在。

有的时候，曲瓦塔会想念家里的一切，爸爸妈妈、姐姐妹妹和姨妈，恰克西也会想念爸爸妈妈、雅各布，当然还有卓瓦和小伙伴们。他们也总是把这些内心的思念告诉对方，当作故事一样讲述，他们坚信，不久之后，他们就会和亲人重逢，重新回到以前那种日子。

这样的日子过了几十天，虽然两个人都深爱着对方，但是孤独却无时无刻不伴随着他们。恰克西外出的时候，曲瓦塔会呆坐在茅草屋里，一坐就是一天，而就在这种孤独感越来越强烈的时候，曲瓦塔发现，她怀孕了。

她不再吃肉，一闻到肉的味道就会干呕。恰克西则像个无助的孩子，只在一旁看着而无能为力，直到曲瓦塔脸色惨白地躺在茅草屋里，他才能安慰她，而已经没了力气的曲瓦塔只能勉强地微笑着看着他，然后昏昏沉沉地睡去。看着曲瓦塔日渐消瘦，恰克西的心都要碎了。

这天，恰克西看到曲瓦塔的气色不错，便想到远一点的地方去采摘浆果，顺便去“偷”一些玉米。在安顿好曲瓦塔之后，他就走了。下午的时候，恰克西很顺利地完成了目标，兴高采烈地回到了“家”，可眼前的一幕让他吓得魂飞魄散。

只见曲瓦塔躺在地上，似乎已经没有了一点力气，而在她的身边，则是一只死去的美洲豹，恰克西飞似的冲到曲瓦塔跟前，抱起了她：“曲瓦塔，我的妻子，你怎么了？”

“我没事。”曲瓦塔的脸上已经没有了血色，只轻轻地说了一句，就晕过去了，刚才的搏斗已经让她耗尽了所有的力气，即使说话对她来说也是一件很难的事。

“曲瓦塔！不要吓唬我。”恰克西把曲瓦塔抱进了茅草屋，平放在草垫上，用清水为她洗去身上的美洲豹的血，然后为她盖上了草席，现在曲瓦塔需要休息。

走出草屋的恰克西呆呆地坐在外面，他恨自己为什么要扔下妻子出去这么久。如果今天曲瓦塔出了什么事，他将会悔恨终身，同时，一个想法在他的心里油然而生——回到寨子，因为现在的曲瓦塔已经不适合在这里生活了，为了她的安全，必须回到寨子接受更好的照顾。

想到这儿，恰克西不再说话。他把采来的浆果洗净，用木棍捣成汁装在树叶编成的“碗”里，等着曲瓦塔醒来。过了很久，曲瓦塔终于醒了过来，不过她的身体仍然虚弱得很，恰克西连忙跑过去扶起她，喂她喝浆果汁。

“我们回寨子吧，否则你会死掉的。”恰克西对曲瓦塔说。

“不，五星连珠没有来，我们不能回去。”曲瓦塔用虚弱的声音说。

“失去你我一样会死掉，回去的话，最多我们一起成为祭品，而不是像现在这样。”恰克西抱着曲瓦塔说。

“不可以的，恰克西，我能忍住，没关系的。”曲瓦塔惨白的脸上露出了一丝坚定。

“听我的好吗，我的妻子，我们回寨子去，我向你保证，没事的，相信我。”恰克西已经下定决心，无论如何也要带曲瓦塔回到寨子。

曲瓦塔看着恰克西，知道他已经下定了决心，她微笑着点了点头，靠在了恰克西的怀里。

八、回到寨子

一个漫长而让人充满期待的夜晚，恰克西紧紧地抱着曲瓦塔，静静地进入了梦乡。回家，对于恰克西和曲瓦塔来说，是一件让人既忧虑又欢喜的事，虽然做出这个决定对于恰克西来说有些困难，但是他必须这么做，这是责任，也是一个不能选择的决定。

清晨的露珠依旧准时地滴落在树叶上，空气中散发着醉人的清香。恰克西背着曲瓦塔朝着家的方向走去，一步一步，他们走向了梦开始也或者叫梦结束的地方。只有家，才能让他们的爱更加深沉、更加舒适，恰克西相信，这是神的指示，他要做的，只是虔诚地祈祷。

越过沼泽，穿过红树森林，在他们第一次约会的地方，恰克西站在山顶，看见了无数次出现在梦里的寨子，他扭过头对着曲瓦塔笑了笑："我们到家了，我的妻子。"

曲瓦塔也看着他，微微地笑了笑，就幸福地趴在了他的肩膀上。

摩西疯了似的冲向了寨子，对于它来说，这里显然比森林的茅草屋更让它欢喜，虽然它并不知道这意味着什么。

"天哪。"雅各布看到摩西之后，几乎不相信自己的眼睛，当他看到恰克西背着曲瓦塔走下山的时候，立刻飞一般地冲了过去。

"恰克西。"雅各布的脸上充满着思念和激动，根本无法掩饰。

"雅各布，这是曲瓦塔，我的妻子。"恰克西向雅各布介绍道。

"我知道，卓瓦都告诉我了，说她是个美丽的姑娘。"雅各布挠着头，不好意思地说着。

"这该死的卓瓦。"恰克西愤愤地说道，但脸上却洋溢着灿烂的笑容。

“你怎么回来了？伊希切尔一直都在找你，他说就快要五星连珠了，你不该这个时候回来的。”雅各布脸上的笑容消失了，充满了担心的模样。

“我不能留在那里了，因为神恩赐给我们一个孩子，我相信，是神给了我们指示。”恰克西微笑着对雅各布说着，脸上洋溢着幸福。

“我的天哪，她怀孕了，我要当叔叔了。”雅各布激动得蹦了起来。

恰克西回过头看了看曲瓦塔，再一次温柔地笑了，曲瓦塔也一样，只不过这笑容不再勉强，而是充满了幸福。

“我要给他取名叫苏拉，他一定会是个出色的猎手，像你和我一样。”雅各布咧着嘴大笑着说道。

“好了，我们快回家吧，我想死爸爸妈妈还有窝窝饼卷鸡肉了。”恰克西大步朝家里走去，雅各布则背起恰克西的背包在前面跑着。

“妈妈，恰克西回来了。”雅各布几乎是把门撞开的，还没进屋，他就用最高的声音喊着。

正在做窝窝饼的妈妈在惊愕中回过头，看着出现在眼前的恰克西，呆呆地站在原地。

“妈妈，我回来了。”恰克西轻轻地放下曲瓦塔，冲上去，紧紧地抱住了妈妈。这几十天的分离，让他知道了妈妈的爱永远都是无法改变的。

“孩子，你们怎么回来了？”妈妈看了看恰克西又看了看曲瓦塔，担心地说。

“妈妈，曲瓦塔怀孕了，她坚持不到那天的，所以我带她回来了，我相信，这是神的指示。”恰克西认真地对妈妈说着。

“哦，神啊，快坐下，孩子，看你瘦的。”妈妈看着曲瓦塔，心疼地说道。

“谢谢你。”曲瓦塔把手放在胸前，深深地鞠了个躬。

“妈妈，我不管发生什么都不会再走了，我去找伊希切尔。”恰克西说。

“等你爸爸回来再说吧，我去给你们做饭。曲瓦塔，孩子，快躺下，你一定受了很多苦。”妈妈拥抱了曲瓦塔，然后就去为他们做饭了。

曲瓦塔躺在床上，几十天了，她终于可以舒心安稳地睡上一个觉了。

爸爸得到消息之后很快从玉米地里赶了回来，虽然他并不认为恰克西这个时候该回来，但是他还是很兴奋，因为曲瓦塔带给他们一个孩子，在部落里，新生命的诞生不但是整个家庭的荣耀，更是整个部落的节日，而怀孕的女人则被称为最伟大的人。

这顿晚饭是恰克西这段时间以来吃得最香的一顿饭，恰克西直到觉得再吃一口肚子就会爆炸的时候才停住，而曲瓦塔也吃得很香，虽然后来她还是一点没剩地全都吐了。爸爸特意给恰克西倒了一大杯的窝窝酒，这可是恰克西平时无法享受的。

“既然回来了，也就不用藏着了，明天去见伊希切尔，告诉他一切。”爸爸对恰克西说。

“嗯，我会的，爸爸。”恰克西笑着对爸爸说。

“还有，你已经长大了，就要成为一个父亲了，以后要学着成熟一点，做事情之前要考虑周到一些。”爸爸叮嘱着恰克西。

“嗯，对了爸爸，五星连珠到底什么时候来啊，您知道吗？”恰克西问。

“我不知道，只有伊希切尔知道，也许是明天，也许是很多年后。”爸爸看着恰克西回答道。

“不能用牛羊代替人吗？我们寨子不是一直都用牛羊吗？”恰克西问。

“那是整个王国的祭祀，当然不可以了，只有用人才够虔诚，否则神会生气的。”爸爸喝了一口窝窝酒说。

“哦，有点可怕。”恰克西吐了吐舌头，看着雅各布。

“你不会成为祭品的，因为曲瓦塔怀孕了，神不会这么做，国王也不会，伊希切尔也不会。”雅各布也吐了吐舌头说道。

“但愿如此！”爸爸朝外面的星空看了一眼，满天的星星似乎都在眨着眼睛，好像期盼着什么。

九、神的选择

舒舒服服地睡了一夜，直到太阳升得很高，恰克西才从睡梦中醒来，比起在森林里，家的感觉自然是好得不得了。

“我们去找伊希切尔。”爸爸微笑着对恰克西说道。

“嗯。”恰克西点了点头。

伊希切尔已经很老了，他每走一步似乎都要耗费很大的力气，但是他的头脑却很清醒，每一天是什么日子，他都记得清清楚楚。此时，他正坐在村里的祭祀台上，用颤抖的双手在拱形门上篆刻着什么，恰克西和爸爸站在他的身后，等待着他。

"你回来了，孩子。"伊希切尔用苍老的声音说着。

"是的，我回来了。"恰克西看了一眼爸爸，轻轻地回答着。

"孩子，为什么你不走得远远的？"伊希切尔停下了手里的工作，用低沉的声音继续问道。

"我不能不回来，这里是我的家，还有，曲瓦塔坚持不了那么久的，是神的指示让我必须这么做。"恰克西认真地回答着伊希切尔的问题。

"你知道回来意味着什么吗？"伊希切尔终于回过头，面无表情地看着恰克西。

"我知道，意味着我和曲瓦塔会成为祭品。"恰克西平静地回答。

"知道就行，孩子，你是个勇士。"伊希切尔轻轻地叹了一口气，不再说话。

"伊希切尔，全国那么多的祭品，恰克西和曲瓦塔只是其中的一对而已。"爸爸终于说话了，他的想法和恰克西一样，从众多的祭品中选择，这个概率是很小的。

"也许吧。"伊希切尔没有回答爸爸的问题，他抬起头看着天空轻轻地说道。

"我们该怎么办？"爸爸看着伊希切尔，接着问。

"恰克西，你留下，我有些话要对你说。"伊希切尔又扭过头，继续在祭祀台上篆刻着。

恰克西看了一眼爸爸，示意他离开，自己走到伊希切尔跟前，站在他的旁边。

"孩子，这一切都是神的安排，任何人也改变不了。"伊希切尔没有看恰克西，而是轻轻地用手抚摸着他篆刻好的字。

“你能接受这一切吗？”伊希切尔扭过脸看着恰克西，慈祥地问。

“我可以，伊希切尔，我什么都可以接受。”恰克西坚定地说道。

“五星连珠要来了！”伊希切尔没有接着恰克西的话说，而是自言自语地说道。

“啊，什么时候？”恰克西惊愕地看着伊希切尔慌忙地问。

“你害怕了？”伊希切尔淡淡地问着。

“不，我不怕。”恰克西有些颤抖地回答着。

“成为神的仆从是一件光荣的事，如果是你，那么整个部落都会为你骄傲的。”伊希切尔坐在了祭祀台上。

“是的，我愿意成为神的仆从，我在卡依察发过誓的。”恰克西说。

“你知道吗，孩子，在我年轻的时候，神总是很眷顾我，好几次，我差点死去却都没有死成。我相信，是神给了我活下去的机会。从那时候起，我就决定，一生都要服从神，因为神不会伤害我。”伊希切尔慢慢地讲述着自己的故事。

“后来我代表部落去了卡依察，见到了神，我更加确信，我是神的仆从，我要代替神照顾好我的部落。”伊希切尔接着说。

“你才是真正的勇士！”恰克西真诚地说。

“有一次，在梦里，神告诉我，要带着寨子里所有的人离开这里，因为这里将不复存在。我醒来之后，把梦里的情况告诉了我的爸爸，但是他拒绝离开。我又告诉了很多人，但是他们都说我疯了，有的人甚至讽刺我，说我以神的名义欺骗人。”伊希切尔看着恰克西，轻轻地说着。

“为什么？他们为什么这么说？”恰克西更加好奇了。

“因为地里的玉米要丰收了，他们不想放弃玉米，在他们看来，神的指示和丰收的玉米比起来，不值一提。对于神，他们只是表面上尊敬而已，就像现在很多人一样，对于成为祭品这件事，感到可笑，甚至不屑一顾。”伊希切尔仍然慢慢地说。

“那后来呢？你是怎么做的？”恰克西接着问。

“但我相信神的存在，也相信神的指示一定是在暗示着什么。于是我带着村里相信我话的年轻人连夜来到了距离寨子很远的山顶上，就在我们刚刚到达山顶的时候，大地颤抖了，整个寨子沉入了地下。”伊希切尔仍然淡淡地说着，脸上没有任何的表情。

“啊，天哪！”恰克西惊呆了。

“后来我就带着年轻人们来到了现在的这个地方，重新建立了我们的部落。”伊希切尔仍是出奇地平静，似乎他讲述的是别人的故事一样。

“你不伤心吗？”恰克西不可思议地看着伊希切尔问道。

“不，没什么伤心的。他们没有虔诚的信仰，也不相信神，只关心自己可以得到什么，而不是付出。他们疯狂地砍伐着森林，污染着河流，在肥沃的草原上种植庄稼，随意开采着矿石，肆意捕获着猎物的幼崽，而这一切都不是神的指示，所以他们应该受到神的惩罚。但是神还是没有放弃他们，让我拯救他们，只可惜，他们把最后的机会都放弃了。”伊希切尔的声音提高了一些，很显然，他对于这件事仍然有些气愤。

“从那时候起，我就决定，把我的灵魂交给神，按照神的指示来做每一件事。”伊希切尔又恢复了刚才的慢条斯理。

“我也是神的仆从，我相信一切都是神安排好的，所以无论发生什么，我都会遵守，因为我也到过卡依察，我的灵魂也交给了神。”恰克西站起身，看着远方，坚定地说。

“你是个勇敢的孩子，我相信你说的话。我希望你能够和曲瓦塔幸福地生活，繁衍后代，把我们的部落变得富足，但是如果你被神选中的话，那么你要相信，那不是不幸，而是你的幸运，你的灵魂将得到最大的解脱。”伊希切尔拉住了恰克西的手，认真地说。

“你放心，伊希切尔，我会遵守诺言的，如果被神选中了的话，我一定毫无怨言。”恰克西把手放在胸前，更加坚定地说。

“暴风雨要来了，五星连珠要来了。”伊希切尔抬起头，看着天空，平静地说。

十、五星连珠

这是一场整个库图雅部落的人都没有见到过的暴风雨，他们甚至无法判断天空的颜色。暴风雨夹杂着巨大的冰雹肆虐着每一寸土地，玉米地几乎在瞬间被毁坏。所有人都待在屋子里，恐惧地看着眼前发生的一切，响彻天空的雷声似乎是压抑了很久的怒火，闪电照亮了整个天空，夜晚如同白昼一般明亮。

“要来了。”伊希切尔苍老的脸上出奇地平静。

当暴风雨逐渐停息之后，所有人都走出了屋子，他们抬起头看着恢复了平静的星空，被眼前的一幕惊呆了——没错，是五星连珠，他们有生以来第一次见到了。

“神就在我们身边。”恰克西平静地对曲瓦塔说着，似乎，他已经准备好了一切。

“恰克西，快跑！”妈妈歇斯底里地哭泣着对恰克西说道，她不希望恰克西和曲瓦塔成为祭品。

“别担心，妈妈，神会眷顾我的。”恰克西抱着妈妈安慰道。

“伊希切尔，我们该怎么办？”爸爸慌乱地问着伊希切尔。

“恰克西，带上你的妻子，到卡依察去，通往那里的大路已经出现了，记住你说的话。”伊希切尔平静而坚定地对恰克西说。

恰克西没有说话，他微微地点了点头，拥抱了伊希切尔、爸爸、妈妈、雅各布、卓瓦，以及部落的几乎所有人，随后拉起曲瓦塔的手，进了屋子。而曲瓦塔虽然泪流满面，但也坚定地跟着恰克西回到屋子，收拾他们的东西。他们永远都不会分开，这是他们曾经对神许下的诺言。

两个人朝着森林深处走去，没有回头，所有人都哭了，包括伊希切尔，他希望神可以眷顾这个勇敢的少年和他们的部落。

通往卡依察的路已经和恰克西去的时候完全不一样了，暴风雨和雷电居然在一夜之间轰出了一条古老的路，直接通往卡依察的方向。恰克西牵着曲瓦塔的手，坚定地走着。在路上，他们遇到了各个部落中和他们一样的祭品，不同的是，他们都哭泣着，有意放慢着自己的脚步，可以看出他们脸上对于死亡的恐惧。

曲瓦塔有些害怕，她悄悄地看着恰克西，却发现恰克西平静得很，恰克西扭过头看着曲瓦塔，微笑地说：“不要害怕，我的妻子，我们许下过诺言，只要在一起，无论发生什么都可以，我爱你。”

听到这儿，曲瓦塔不再害怕，恰克西说得对，两个人能在一起，还有什么值得害怕的呢？

一路上，恰克西和曲瓦塔有说有笑，他们诉说着从相识到相知的每一天，回忆着每一次温存的点点滴滴，在其他人看来，他们更像是去进行一场说走就走的旅行，而不是成为祭品。

每走一段路程，他们就会看到逃跑的人，这些人有胆量成为祭品，却没有勇气走到卡依察。恰克西看着这些人，内心是无奈且充满悲凉的，他记着伊希切尔的话，同时也是自己的诺言——相信神，神会眷顾他的。

花海中间也出现了一条大路，恰克西却放慢了脚步，他拉着曲瓦塔故意走进了花丛，躺在地上，等待着那眩晕的感觉。

“曲瓦塔，一定要拉着我的手，跟着我一起呼吸，那是神的境界。”恰克西躺在花丛里，闭着眼睛对曲瓦塔说。

“嗯，我们永远在一起。”曲瓦塔轻轻地回答着。

眩晕的感觉让曲瓦塔几乎绝望，不过她的手却一直紧紧地拉着恰克西的手，她知道，只要有恰克西在，一切都可以过去，这是她的男人，是她的依靠，也是她力量的源泉。

不知过了多久，曲瓦塔从眩晕的感觉中回到了现实，她睁开眼望向天空，恰克西伸出手拉起了她。

“怎么样，多么美妙的感觉。”恰克西微笑着说。

“嗯，就像是在神的世界一样。”曲瓦塔坐了起来。

“那就让我们继续前进吧，卡依察很美。”恰克西说道。

两个人到达卡依察的时候已是傍晚，除了国王和大祭司之外，还有八个陪伴着国王的勇士，而祭品却只有他们两个。恰克西知道，其他人不会再来了，今天，他们是唯一的祭品，当然，也是唯一的勇士。

“勇敢的孩子！”国王的脸上露出了笑容，他把手放在胸前，向恰克西和曲瓦塔致敬。紧接着，大祭司、八个勇士也都向他们致敬。恰克西和曲瓦塔也把手放在胸前，回敬了国王。

“为什么你们要来？你们本可以像其他人一样离开的。”国王看着恰克西，微笑着问。

“这是神的旨意，我们必须接受，为了王国，为了部落，也为了我们自己的诺言。”恰克西坚定地回答着。

“我代表整个王国感谢你们，有你们在，王国才会更加富足。”国王眼含热泪地对恰克西和曲瓦塔说。

恰克西和曲瓦塔相互看了看，彼此笑了笑，他们知道，神真的眷顾到了他们，只不过这种眷顾是相对悲剧的。

祭祀仪式就和伊希切尔说的差不多，只不过大祭司是先来到金字塔的背面，用手抚摸着那块恰克西曾经抚摸过的星象图，然后国王点燃了手中的水晶钥匙，他们要等待神出现之后，才会把恰克西和曲瓦塔献给神。

水晶钥匙好像是一把传说中的魔杖一样，一道淡绿色的光直冲天际，所有在场的人都跪在了地上，等待着奇迹的发生。恰克西拿出那个小盒子，按下了凸起的小块儿，这些日子里，他把这个被称为神的信物的东西当作了一个可以交流的朋友，他希望神的信物可以在他人生的最后时刻把他内心深处的话带给神。

“神啊，我遵守了我的诺言，请你保佑我的国家、我的部落，并让我和曲瓦塔永远在一起。我将用我的鲜血、我的生命、我的灵魂换取这一切。”说完，恰克西闭上了眼睛。

天空似乎在一瞬间被撕裂了，一个巨大的洞出现在了天空。恰克西悄悄地抬起头，他看到，一只巨大的鸟飞了出来，神从大鸟的肚子里飞出，穿着奇怪的衣服，从天而降，飞到了恰克西的头顶。

恰克西没有低头，惊讶地看着神。

神没有说话，他看着恰克西，似乎要对他说什么，但是很快，他似乎改变了主意，像变戏法一样从身后拿出了两件和他穿的一样的衣服，几乎是在瞬间，衣服就穿在了恰克西和曲瓦塔的身上。紧接着，恰克西和曲瓦塔感觉他们居然像神一样飞了起来，直飞到了大鸟的肚子里。

大鸟飞回了天空的大洞中，天空重新回到了原来的模样，恰克西和曲瓦塔就这样消失在国王和众人的目光之下，和传说中一样，他们去了神的世界。

第三章
水晶之匙

一、雅各布的预言

“恰克西和曲瓦塔成了神！”这个消息从卡依察传到了王国的每一个部落，当然也包括库图雅和图姆尼。每个人都争相传颂着，并且越传越神，还有人说恰克西就是神的儿子，曲瓦塔是神的女儿，这次五星连珠就是神接他们回家的。人们载歌载舞，庆祝着这不可思议的事情。

“我们的儿子是神的恩赐，现在他回家了。”恰克西的爸爸安慰着已经哭得泣不成声的妈妈，虽然他知道这个解释有些牵强，但他也给不出其他合理的解释。

“我只想知道，他们去哪里了，我还能不能见到他们，为什么会消失在空中。这是谎言。”妈妈激动得歇斯底里地喊着。

“这是真的，在场的人都看到了，神把他们带走了，而且当年伊希切尔也见过神的。”爸爸倒是对此深信不疑。

“不可能，我要去问伊希切尔。”妈妈挣扎着站了起来冲向门外，她要伊希切尔亲口告诉她这件事是真的。

“我来了。”妈妈还没有走出门，伊希切尔已经从门外走了进来，他并不只是来解释的，还有安慰。在他看来，虽然恰克西已经许下了诺言并毫无顾忌地走了，但是对于一个失去孩子，特别是失去一个优秀猎手的家庭来说，这毕竟是一件让人难过的事。

“相信我，恰克西和曲瓦塔没事，他们一定已经成了神的仆从，神会恩赐他们的。”伊希切尔非常平静地说。

“可是他们去了哪里？怎么会消失在天空？”其实从他们走的那一天起，妈妈就接受了他们离开的事实，但是却无法接受他们消失在众目睽睽之下，这简直就像个神话一样让她感到惊奇。

“这是神的选择，我们永远不会知道，也不可能知道神要做什么。神的世界是另一番景象，和我们这里完全不一样，也许，恰克西他们原本就是神。”伊希切尔抬起头，仰望着天空说道。

“我的儿子。”妈妈瘫坐在地上，她无能为力。神，主宰着一切。

走出恰克西的家，伊希切尔没有回自己的家，而是来到了寨子的祭祀台。不久之前，他就在这里和恰克西进行了谈话，他相信这个孩子，不，这个勇士会成为整个部落甚至整个王国最伟大的人，因为在他的身上，有着这个王国最让人钦佩的特点：勇敢、果断、负责、虔诚，以及遵守诺言，他不应该成为祭品，但是又不得不成为祭品。

但是现在，这个孩子和他同样年轻的妻子消失了，他们被神带走了。那是另一个世界，一切充满了未知，人们传颂着神的世界多么美好，多么让人开心。但是，从没有人回来把那里的一切告诉他们，一切都只是所有人的想象而已。看着天上那颗神的星星，伊希切尔把手放在胸口上，向神致敬，同时开始了祈祷。

“神啊，请你保护我们的勇士，让他可以带给我们安宁和富足，他是个伟大的人，将会改变整个王国。”祈祷完之后，伊希切尔闭上了眼睛，老泪纵横。

寨子很快恢复了平静，每个人都似乎忘记了不久之前发生的事，那些逃跑的祭品也都回到了各自的部落，开始了和以前一样的生活。在他们看来，五星连珠意味着一个周期的结束，新的周期将会很久很久，意味着死亡已经远离他们，或是他们已经远离死亡，他们的这一生将会安全地度过，即使碌碌无为。多年之后，人们只会记住五星连珠，而消失的恰克西和曲瓦塔，他们也会像传说中的那些人一样，被加上神秘的色彩传颂。不过，仅此而已，没有人记得他们为什么会被选为祭品，也没有人会记得他们有多么虔诚，更不会有人记得还有很多祭品临阵逃脱。

雅各布和卓瓦坐在山顶上，他们并不是太理解关于神的定义，他们只为失去哥哥和朋友难过，因为他们再也见不到恰克西了。

“他还答应给我两对鹿角的，这个家伙。”卓瓦抓了一把土使劲往空中扔去。

“我还没有见到小侄子苏拉，他们就走了。”雅各布低下头，伤心地抽泣着。

“你说他们怎么会这么就消失了？”卓瓦站起身，跳了一下，表示在空中消失是一件多么不可思议的事。

“伊希切尔说是神的召唤。”雅各布抬起头看着卓瓦说。

“神要他们做什么？”卓瓦歪着头，不解地问。

“我也不知道，不过我觉得他们还会回来的。”雅各布回过头，远远地望去。

“为什么会回来？”卓瓦抬起头问雅各布。

“因为恰克西是神的使者，神会眷顾他的。”雅各布非常认真地说。

卓瓦也看着远方，寨子里的人仍然在地里忙碌着照顾那些即将成熟的玉米。

“我真希望他们回来，给我们讲神的故事。雅各布，你说恰克西和曲瓦塔是不是已经会飞了，像雄鹰一样？”卓瓦又问雅各布。

“当然，他们现在也是神，神的使者当然会飞，他们还会把玉米变大、野猪变肥，可以让伊希切尔变得年轻，总之，他们什么都可以做。”雅各布终于露出了笑脸。

“那他们为什么不回来？”卓瓦看着雅各布，伤感地问。

“这个嘛，我想他们还没有学会这些，不过学会了，他们一定会回来的。”雅各布犹豫了一下，坚定地说。

二、神的世界

曲瓦塔努力地睁开眼睛，却发现四周的光让她根本看不清任何东西，她只感觉身边有晃动的人影。

“恰克西？”曲瓦塔想叫恰克西，却发现她无法发出声音。

“这是哪里？”曲瓦塔只感觉自己昏昏沉沉的，这时候，她听到了一个声音。

“孩子，不要说话，我们在为你们进行脑部手术，不久之后，你们的脑部将会被开发，会理解很多新鲜的信息。”

“什么是脑部手术？”曲瓦塔不知道和她说话的是谁，也不知道他的话是什么意思，她只感觉到她的头上似乎有无数只虫子在爬动，但是却并不痒，而是有一种说不出的酥麻的感觉。

“恰克西呢？”曲瓦塔仍然发不出声音，只能从心里问道。

“他和你一样，你们都在接受脑信息的输入手术，不久之后，你们就将见面。”那个人好像可以知道曲瓦塔心里的话一样，回答着她。

“你是神吗？”曲瓦塔没有感觉到这个人的恶意，此刻的她只有好奇。

“不要问，不久你们就会理解的。”那个人低声地说完就走了，曲瓦塔感觉到黑影离她而去。

曲瓦塔清楚地记得在祭祀台上，神把他奇怪的衣服套在了他们的身上，他们的身体轻飘飘地腾空而起，像是有什么力量拉着他们一样，无法挣脱，确切地说是没有感觉。紧接着，他们看到了大鸟的肚子敞开了一扇大门，她和恰克西先后进入了大鸟的肚子，而国王和其他人仍然虔诚地跪在地上，之后，她就什么都不知道了。

此时，曲瓦塔并不知道，他们所处的是一个他们根本无法理解的世界——神的世界。

曲瓦塔昏昏沉沉地睡着了，半梦半醒间，她似乎看到了很多身穿神一样的衣服的人在她身边走来走去，不时地拿着她不知道是什么的东西在她的头上晃动着，她努力地移动着自己的眼珠，看到了在墙上挂着的巨大的方盒子，而里面是她看不懂的东西。

“这是哪里！”半梦半醒的曲瓦塔终于歇斯底里地喊道。她猛地坐了起来，却发现自己在一间没有窗户的房子里，而眼前站着一个人，正冲着她微笑。

“恰克西？”曲瓦塔简直不相信自己的眼睛，此时的恰克西头发已经变短，皮肤似乎白了许多，他穿着一件非常丑的衣服。

“曲瓦塔，我的妻子，你终于醒了。”恰克西一把抱住了曲瓦塔。

“你怎么变成这样了，我们这是在哪儿？”曲瓦塔一把推开恰克西，激动地问道。

“现在你还不能理解，不过很快你就理解了，你躺下，一会儿就好，相信我。”恰克西轻轻地把曲瓦塔放在床上，安抚着她紧张的情绪。

“我的孩子呢？”曲瓦塔突然发现，她的肚子似乎小了许多。

“我们的苏拉，他很好，不过他还需要几个月才能出生。”恰克西微笑着说道。

曲瓦塔将信将疑地躺在床上，看着恰克西，她笑了笑，睡着了。

这次，曲瓦塔在梦里清晰地看到，一个巨大的盒子在她头的上方移动着，她的脑海里立刻有了酥麻的感觉，她看到了另一个世界：所有的人都驾驶着大鸟，不，是飞行器。曲瓦塔居然在恍惚间知道这些大鸟叫飞行器，这是为什么？还有墙壁上的显示器，还有飞船，这些词汇在她的大脑里不停地闪过，又非常详细地给予了曲瓦塔解释，渐渐地，曲瓦塔明白了。

她和恰克西没有死，而是来到了另外一个空间，这里的文明比他们先进很多，如果不进行脑信息的输入手术的话，那他们一万年也无法明白。他们虽然身体还是玛雅人，但是智慧已经上升到了这个空间的高度，而拯救他们的人就是他们一直以来称之为神的人。在大约一小时的信息输入之后，曲瓦塔终于明白了自己身处何处，也终于明白了她原本一万年都不可能知道的那些“秘密”。

“我是曲瓦塔，来自现代文明的玛雅人。”曲瓦塔醒了，看着恰克西，看着神，笑了。

“好了，孩子们，现在让我们来告诉你们最好奇的事吧，为什么你们可以来这里，为什么我们会选择你们。”神微笑着对恰克西和曲瓦塔说。

“我们是来自天狼星的恩美雅人，也就是恰克西在红树森林中看到的那颗星星上的生命。我们的星球受到了外来文明的入侵，我们需要帮助，所以在很久以前，我们就在整个宇宙中寻找帮手。最终，我们选择了地球上，也就是你们的行星上最为聪明的玛雅人作为帮手。所以我们登陆了那里，并在那里把星象图刻在了你们的金字塔上，在玛雅王国留下了联络我们的无线电发射器。但是你们的智慧还达不到可以进行信息输入手术的要求，所以我们一直都在等待着，直到恰克西打开了无线电发射器，我们收到了你们的信息，并且在恰克西利用联络器对我们讲话之后，得知了你们的处境，于是我们从遥远的地方赶来救了你们，你们就是可以帮助我们的人。”

“原来那道白光是无线电？”恰克西自言自语道。

“对，那是一个无线电发射器，你无意中触动了它，我们认为你们已经掌握了这项技术，所以才会来。”神微笑着说。

“那个盒子是信息传输系统，对吗？我们说的话你们都听到了？”曲瓦塔接着问道。

“是这样的，你们将改变一切。”神回答道。

“我明白了，是你们需要我们帮助你们打败入侵者吗？”恰克西接着问。

“也不单单是为了我们，恩美雅是我们宇宙的轴心，如果恩美雅被消灭，那么下一个很可能就是地球，我们的宇宙也将被消灭。所以不能说是你们帮助我们，而是我们要一起打败入侵者。”神仍然微笑着说。

“我们明白了，现在需要我们做什么？”曲瓦塔激动地问。

“现在我们需要让你们把你们理解的信息全部传授给整个玛雅王国，只有他们理解了，我们的战争才可以继续。”神说道。

“那神为什么不能自己去传授呢？你们有这么先进的科技。”恰克西问。

“我们的身体无法适应地球的环境，但你们可以，另外我们也无法使空间长时间地处于开放状态，只有水晶钥匙可以。”神解释道。

“水晶钥匙到底是什么？”曲瓦塔好奇地问。

“水晶钥匙其实是地球上几亿年之前天然形成的反物质的一种存在形态，在地上它的作用只能是撕裂空间，制造出虫洞，这样我们才能出现。而从我们这里制造虫洞的话，会毁掉整个地球，这也是我们无法随时前往地球的原因。只有当金星、水星、地球、火星、木星处于同一条直线的时候，太阳引力对空间的影响才会最小，我们才能通过地球引力的拉动来到地球，否则的话，只有水晶钥匙才可以从地球内部制造虫洞。”

“明白了。”恰克西和曲瓦塔相互看了看。

“再过十天，你们的信息将被输入完毕，然后在五星连珠即将结束的时候返回地球，用水晶钥匙在地球内部制造出虫洞，我们的计划就可以开始了，整个玛雅、整个地球都将因此受益，你们将会改变一切，孩子们。”神轻轻地说着。

三、归来的恰克西和曲瓦塔

十天之后，恰克西和曲瓦塔通过恩美雅人在他们DNA中输入的信息，已经完成了人类一万年才可能完成的进化，现在的他们，除了还保留着玛雅人的身体之外，已经完全是一个真正意义上的现代文明人类了。

“我们必须在国王的宫殿附近登陆，这样才能让国王看到我们，否则的话，我们可能会被当作骗子一样抓起来。”恰克西坐在小型探测飞船里笑着对曲瓦塔说。

“那当然了，我可不想被关进地牢。”曲瓦塔拿起一块美味的黑森林蛋糕，这几天，她已经彻底被这种味道征服了。

“我其实还是很怀念窝窝饼的味道的。”恰克西朝着曲瓦塔吐了吐舌头。

“天哪，不要和我提窝窝饼，我已经厌倦了，我宁愿吃鲸肉汉堡或者比萨。”曲瓦塔看着恰克西，一脸厌恶地说着。

“我觉得你的信息输入是不是在食物这方面比我多了很多，你说的这些东西我的印象都不深。”恰克西看着曲瓦塔，耸了耸肩说道。

“不，这和信息输入没有关系，我只是这几天一直都在品尝各种美食而已，而你却在练习高尔夫球，难道你指望国王会送给你一根签名球杆？还是希望雅各布对你的球技大加赞赏？”曲瓦塔一边吃着黑森林蛋糕，一边取笑着恰克西。

“我只是觉得高尔夫球比较有意思，你知道吗，我昨天还打出了一记小鸟球，连神都认为我是一个高手。”恰克西咧着嘴哈哈大笑。

“看，王后居然在用羔羊的血洗澡，这简直就是在焚烧自己的皮肤，我得告诉她一个植物精华的配方。”曲瓦塔透过探测飞船里的三维显示器看到了宫殿内的场景。

“我觉得你已经变成了一个美食专家和美容顾问了。”恰克西没有回头，轻轻地说。

“嗯，这正是我的愿望。”曲瓦塔对着镜子摆了一个V形手势。

“准备好，曲瓦塔，我们要返回地球了。”恰克西回过头对曲瓦塔说。

“快，我已经等不及了。”曲瓦塔放下蛋糕，眼睛紧紧地盯着显示器。

飞船在引力推动器的推动下进入了地球。恰克西看到，宫殿附近的守卫们惊恐地看着他们，然后立刻虔诚地跪在地上，而没过多久，国王和王后也从宫殿里跑出来迎接他们心中神的到来。

“我们要出去了。”恰克西已经穿好了宇航服，他把飞船停在空中，打开舱门，走了出来。

“神啊，感谢您对王国的眷顾。”恰克西清楚地听到国王说的话，他只想笑。

“国王陛下啊，您不认识我了吗？我是恰克西。”恰克西已经从空中落到了地上，他把手放在胸前，行着玛雅王国最高的礼节。

“恰克西？怎么会这样？你不是……真的是恰克西吗？”国王几乎不相信自己的眼睛。

“是的，国王陛下，我没有死，现在很好。”恰克西微笑着对国王说。

“我是曲瓦塔，国王陛下。”曲瓦塔也笑着对国王说。

“天哪，神真的眷顾你们了，我的孩子们。”国王激动地站了起来，用不可思议的眼神看着恰克西。

“嗯，是的，陛下，我们受到了神的眷顾。”恰克西走到国王面前，伸出手拉住了国王的手。

“能告诉我一个问题吗？”国王颤抖地问。

“可以，陛下，您可以问任何问题。”曲瓦塔笑嘻嘻地说。

“你们现在是人还是神？”国王激动地问道。

“这个怎么说呢，陛下，可以说我们现在是神，不过我们和神又不太一样，这需要我慢慢给你解释。”恰克西看了看曲瓦塔，无奈地对国王说道。

“好好，你一定把神的世界讲给我听，我将为你竖立一座金字塔。”国王已经激动得几乎要哭出来了。

“王后，我猜您刚才一定是在洗澡，对吗？”曲瓦塔冲着恰克西眨了眨眼睛，笑着对王后说道。

“哦，天哪，你们简直像占卜师一样，我的神啊，我刚才就是在洗澡。”王后的脸上也满是激动。

“我猜是用羔羊的血，对吗？”曲瓦塔又眨了眨眼睛。

“哦，天哪，陛下你看，他们已经到了神的境界，我简直不相信自己的耳朵。”王后已经对曲瓦塔崇拜得五体投地。

“不过我打算告诉您一个更好的方法，您的皮肤一定会像水一样光滑。”曲瓦塔拉着王后的手说。

“不要再说了，我们到宫殿里去，告诉厨师，准备最精致的窝窝饼和鸡肉，我要和恰克西、曲瓦塔享受这一切。”国王向侍卫下达了命令。

“不不，陛下，谢谢您，不过我打算让您和王后尝尝黑森林蛋糕。”曲瓦塔实在对于玉米饼已经厌倦了，或者说她已经彻底爱上了蛋糕。

“什么是黑森林蛋糕？”王后看着曲瓦塔问道。

“这个，我们进去说吧，我带得不多，不过我会教给您制作的方法。”曲瓦塔看着恰克西，又眨了眨眼睛。

“太好了，我想它夹着鸡肉一定会更好吃的。”王后扭过脸对国王说道。

“天哪，夹鸡肉。”曲瓦塔无奈地摇了摇头。

“我要把黑森林蛋糕送给我的妈妈，她一定会喜欢吃的。”王后对国王说。

“告诉她，这是神的食物，她一定会受宠若惊的。”国王大笑着对王后说。

“恰克西，我可不愿意夹着鸡肉吃黑森林蛋糕，那味道一定怪怪的。”曲瓦塔小声对恰克西说。

“那你最好刷一些鸡肉酱，我相信应该不错。”恰克西笑着对曲瓦塔说。

“你简直对食物一窍不通。”曲瓦塔哼了一声，跟着王后进了宫殿。

四、童话般的未来

曲瓦塔带着王后去了厨房，如果这发生在以前的话，那绝对是一件不可思议的事，但是现在，曲瓦塔的身份已经不再是那个部落的小姑娘了，她是神的使者，王后在她的面前，几乎像一个仆从。

而恰克西和国王则坐在议事厅里，他们要进行一次神与人的交谈。

“亲爱的国王，恰克西永远都是您的勇士，请接受我的致敬。”恰克西把手放在胸前，深深地向国王鞠了一个躬。虽然他现在已经和半个月前的那个恰克西完全不一样了，但是对于国王，他必须尊重，因为这关系着王国的未来。

“恰克西，我应该向你致敬，我勇敢的勇士。”国王从心底里喜欢恰克西这个孩子，不管他的身份是祭品还是神的使者。

恰克西点了点头，表示谢过国王。

“我想知道你们到底遇到了什么，这对我个人还有整个王国都很重要。”国王像一个学生请教老师一样对着恰克西说。

“这个事呢，陛下，我很难一下子跟您解释清楚，让我慢慢地来告诉您，也许需要一个月，也许三个月，也或者一年。”恰克西微笑地对国王说。

“你是说我不够聪明，不能理解你说的事吗？”国王似乎知道恰克西要表达的意思。

“不，陛下，您很聪明，但这事不是聪明可以理解的，需要很多的知识，当然了，这个不需要我给您传播，神会给您传播的，我只需要向您表达神的意思。”恰克西知道，信息传输这项工作绝不是可以通过口述完成的。

“那好吧，请你来告诉我吧，孩子。”国王慢条斯理地说。

“陛下，我们一直以来都认为我们生活在世界的中心，其实并不是，我们只是茫茫宇宙中一颗很小的尘埃中的生命。”恰克西认真地讲着。

“什么是宇宙？能告诉我吗？”国王打断了恰克西的话。

“宇宙是广义上的……不，这个您理解不了。简单点儿说，宇宙就是天空。您看，我们头上的星星，它们不停地闪烁，其实它们距离我们很遥远，这个距离是无法想象的。包括神，他们也和我们一样，居住在另外一颗星星上。而我们可以看到的天空，只是宇宙很小的一部分，就相当于牛身上的跳蚤一样。”恰克西尽量用国王可以听懂的意思来表述，的确，现在两个人的文明等级已经不在一条线上了。

“哦，我大概明白了这个意思，恰克西，你接着说。”国王看着恰克西，似懂非懂地点了点头，不过从他的眼神中，恰克西知道，国王大概明白了他的意思。

“神和我们本质上没有区别，他们也是人，您看到的大鸟，包括带走我们的大鸟叫作飞船，这是未来的科技。几千年后，我们也可以制造出那样的大鸟，但这需要科学技术，我们现在还达不到这样的水平。”恰克西接着说道。

“就像我们耕地的犁耙一样吗？”国王的确是个很聪明的人。

“对，就是，只不过犁耙比较低级，而大鸟比较高级而已。”恰克西点了点头。

“简直太神奇了，真让我大开眼界。”国王很满足地笑了笑。

“神在我们眼里已经足够神奇和高级了，对吗？”恰克西问。

“那当然，不然我们怎么一直认为他们是神呢？”国王回答着。

“但是现在，还有比神更加高级的文明要入侵我们神的世界，如果他们征服了神，那么下一个就是我们，我们都会变成奴隶。”

恰克西继续阐述着自己的观点。

“我们不会被征服的，我们是伟大的王国。”国王看着恰克西自信地说道。

“不，陛下，这只是您的理解，您觉得您可以打败神吗？”恰克西又问道。

“当然不能，神是无所不能的。”国王在这一点上，并没有骄傲自大。

“那比神更高级的文明如果入侵我们，我们只能成为奴隶，否则就会灭亡。”恰克西长叹了一口气说道。

“那我们该怎么办？难道选择屈服？或是拼死反抗？”国王紧张地问道。

“不，我们不会屈服，玛雅人永远都不会做出这个选择。我们一定会反抗，但不是拼死反抗，这完全不同，陛下。”恰克西轻轻地说。

“你的意思是我们需要科……科什么？”国王慌乱中忘记了词。

“科技，陛下，您真的是个聪明的人。”恰克西笑着回答道。

“神会教给我们科技吗？会帮助我们制造会飞的大鸟，不，飞船吗？”国王着急地问。

“当然，这正是神的意思。”恰克西微笑着点了点头，表示认可。

“感谢神对我们的恩赐。”国王把手放在了胸口，对着恰克西致敬。

“神会在不久之后把他们的科技水平通过一种手段毫无保留地传授给我们，那时候，我们每一个部落、每一个人都会像神一样任意地翱翔在宇宙中。如果有可能的话，我们也可以到其他星星上去，那里的文明也会像我们对神一样地崇敬我们。”恰克西继续向国王描述着美好的未来。

“我们该怎么对付入侵者，这个问题对我们来说更重要。”国王显然对怎么打败对手更有兴趣。

“神教会我们科技之后，会带领我们和其他文明一起组成一个同盟，进军入侵者的家园，征服他们，主宰宇宙。”恰克西严肃地说。

“嗯，嗯，比起打击入侵者，我更喜欢征服。”国王看着恰克西，眼神里流露出一种贪婪。

“这就是我要表达的意思，陛下，我们必须接受更高文明的洗礼，那样我们的王国才能长久下去，否则我们会像蚂蚁一样被别人随时踩死。”恰克西站起身，向国王致敬。

“恰克西，你是个勇士，也是我们王国的先驱，我一定要为你建造一座属于你的金字塔。请你转告神，玛雅王国接受神的旨意，愿意和他们一起反抗入侵者。”国王对着恰克西回礼。

“嗯，我会的，不过现在还不行，我们必须要等到木星距离地球最近的时候才行，那样才可以制造出虫洞，迎接神对于我们的信息传输。”恰克西说道。

“陛下，你快尝尝黑森林蛋糕，简直太好吃了，我居然一下就喜欢上了。”王后手里捧着刚刚烤好的蛋糕飞快地跑到了国王的面前。

“看样子不错。”国王接过蛋糕，冲着恰克西眨了眨眼睛。

恰克西笑了笑，毕恭毕敬地对国王说：“陛下，我想回家去看看我的爸爸妈妈，请求您的允许。”

“去吧，他们一定非常想念你，对了，顺便带上一些黑森林蛋糕，我想他们也会喜欢的。”国王说完，就开始大口地吃起了蛋糕。

五、回家

雅各布坐在山头上，仰望着天空，对卓瓦说："卓瓦，我还是想不明白为什么恰克西他们会凭空消失。"

"我怎么知道，恰克西总是能干出一些让人不可思议的事，上次去卡依察他不也是凭空消失了吗？"卓瓦没好气地说。

"那不一样，至少他回来了。"雅各布把手里的石子扔向了天空。

"我觉得他们现在一定是在某个地方干着不可思议的事。"卓瓦抚摸着摩西对雅各布说。

"卓瓦，你看。"雅各布呆呆地看着天空，惊愕地说。

卓瓦抬起头，在他们头顶的上空，一只大鸟飞似的掠过，直奔他们的寨子，紧接着，又突然停在了寨子的上空。

"是神！"雅各布一下子坐在了地上，不知所措。

"快，回寨子啊。"卓瓦还算冷静，他立刻朝着山下跑去，摩西也跟着他一起跑了，雅各布这才缓过神来，从地上爬了起来，跟着卓瓦和摩西跑向了寨子。

"你看雅各布，他朝着咱们跑来了。"曲瓦塔笑着对恰克西说。

"还有卓瓦和摩西，想死我了。"恰克西有些小激动。

"看，你妈妈抬着头看着咱们呢，你马上就可以吃到心爱的窝窝饼卷鸡肉了。"曲瓦塔微笑着说道。

"嗯，不过你最好把黑森林蛋糕分给他们一些，他们会爱不释手的，我妈妈可是真正的美食家。"恰克西打开舱门，走了出去。

寨子里几乎所有的人都已经跪在了地上，他们并不知道这只大鸟是恰克西和曲瓦塔的飞船，还以为是神再次降临了。

“爸爸，妈妈。”恰克西落在了地上，飞似的跑向了妈妈。

妈妈几乎被惊呆了，眼前的恰克西和一个月前离开的那个恰克西已经完全不一样了，他好像完全变了，一点也不像一个玛雅人。不过，妈妈还是确定这个打扮有些奇怪的人就是恰克西。

“天哪，恰克西、曲瓦塔，你们去了哪里？”一瞬间，妈妈抱住恰克西和曲瓦塔，哭了起来。

“妈妈别哭，别哭，没事的。”恰克西看了一眼曲瓦塔，轻轻地拍着妈妈的肩膀安慰道。

“你们……怎么这样……”爸爸显然也被恰克西的打扮惊到了，他不理解恰克西和曲瓦塔为什么会打扮成这么奇怪的样子，当然，更不理解他们为什么会坐着大鸟飞回来。

“爸爸！”恰克西扑到了爸爸怀里。

“我们很奇怪吗？”曲瓦塔看了看自己，笑着问。

“是很奇怪……你们有点像其他国家的人。”爸爸仍然一脸惊奇地说，不过他显然已经接受了这样的打扮。

“快告诉我，孩子，你们去了哪里？到底怎么回事？”妈妈一边打量着两人，一边不停地追问着。

“爸爸，妈妈，进屋说吧，我们进行了一次奇妙的旅行。”恰克西搂着妈妈朝屋子走去。

“真让我担心，我以为你们已经……我的孩子，我想死你们了。”妈妈一边擦着眼泪一边激动地笑着。

“整个王国都在讲述你们的故事，他们说你们成了神，在天空中消失了，我简直不相信。不过现在，我相信了。”爸爸看着恰克西，眼睛里含着眼泪。

“爸爸，我们不是神，我还是您的儿子，曲瓦塔也还是我的妻子，我们的孩子也很好，他正在箱子里一天天长大，再过几个月，他就会出生了。”恰克西搂着妈妈的脖子对爸爸说。

“在箱子里？什么箱子？我不明白。”妈妈这才发现，曲瓦塔怀孕的肚子消失了。

“是在营养箱里，那里可比我的肚子好多了，苏拉很舒服，他甚至可以跟我交流。”曲瓦塔笑着解释道，不过她发现，爸爸妈妈听不懂她的话。

“这个您放心吧，是神在帮助他成长，他一定会成为像我和爸爸一样的男子汉的。”恰克西笑着拍着妈妈的肩膀说。

“你们到底经历了什么，孩子？”爸爸迫不及待地问着。

“这个不太容易说明白，爸爸，我们去了神的世界，那里的一切都让人感到不可思议，我们学到了很多科学的东西，也明白了很多我们之前不明白的事，我慢慢地说给你们听。”恰克西缓了一口气，笑着说。

“神的世界？那里和我们这儿一样吗？你们吃什么？”妈妈也紧跟着追问。

“我们……妈妈，我们吃黑森林蛋糕和比萨，不过我还是更喜欢窝窝饼卷鸡肉。曲瓦塔，快，给妈妈尝尝你的黑森林蛋糕。”恰克西对曲瓦塔说。

“嗯。”曲瓦塔打开背包，拿出了整整一大盒的黑森林蛋糕放在了妈妈面前，打开盒子，拿出了一块递给了妈妈。

“它的颜色可不是很好看。”妈妈接过蛋糕看了又看，最终她还是半信半疑地把蛋糕放进了嘴里。

“爸爸，你也吃。”恰克西拿起一块蛋糕递给了爸爸。

“哦，它很甜，很香，也很软，是抹了什么酱吗？”妈妈轻轻地咬着蛋糕，很满意的样子。

“哈哈，好吃吧，这是神教给我们的，曲瓦塔会教会您怎么做的。”恰克西大笑着说。

“你们怎么会坐着神的大鸟回来？”爸爸显然对飞船比蛋糕更感兴趣。

“爸爸，那不是大鸟，是飞船，就像我们的独轮车一样，是工具而已。”恰克西继续解释着。

“我的天，神居然可以制造这样的工具。”爸爸走到门前，看着飞船，眼神里再次流露出不可思议。

“还有很多更让人惊讶的东西呢。”曲瓦塔笑着说道。

“这已经足够让我吃惊了，快告诉我，你们怎么回来了？”爸爸没有回头，仍然看着飞船问。

“我们先去了国王那里，神需要我们的帮助。”恰克西躺在床上对爸爸说。

“神需要我们的帮助？”爸爸终于回过了头，用不可思议的眼神看着恰克西，在他看来，神是万能的，怎么可能需要他们的帮助呢？

“这是一个很复杂的问题，一时不好解释，等整个王国接受了信息输入您就会懂了。”曲瓦塔解释着。

“你们说的话，我几乎一点儿都不懂，孩子，不过我很喜欢。”爸爸看着两个人有些腼腆地笑了。

“恰克西！”卓瓦和雅各布气喘吁吁地站在门外。

“卓瓦，雅各布。”恰克西冲到了门外，三个人紧紧地拥抱在一起。

“你怎么打扮成这个样子？恰克西，我简直不认识你了。”卓瓦打量着恰克西，又看了看屋里的曲瓦塔，和恰克西的爸爸一样，感到不可思议。

“哈哈，傻瓜，这是神的世界的打扮，没什么可惊奇的。”恰克西说完，抱起了摩西，摩西显然也对恰克西这种打扮很奇怪，它用忧伤的眼神看着恰克西。

“我想死你们了，我以为你们死了。”雅各布呜呜地哭了起来。

“闭嘴，雅各布，你能不能说点儿吉利的话？”妈妈呵斥着雅各布。

“我本来就是这么想的。”雅各布居然号啕大哭起来，惹得所有人笑得前仰后合。

六、伊希切尔的忠告

恰克西和曲瓦塔去了伊希切尔家，此时的伊希切尔已经几乎无法下地，他看着恰克西和曲瓦塔，很激动，但是却没有感到一丝的惊讶。

“孩子，你们回来了。”伊希切尔的声音很小，但却很坚定。

“嗯，我们回来了。”恰克西坐在床前，拉着伊希切尔的手，轻轻地说。

“这是神的装束吗？”伊希切尔打量着两个人，小声地问着。

“是的，神都是这样穿着的。”曲瓦塔说。

“告诉我，神对你们说了什么？”伊希切尔用手支撑着床，坐了起来。

“神给我们讲了很多，我们也理解了一切。”恰克西扶着伊希切尔说道。

“是天空的秘密吧？”伊希切尔看着恰克西，用苍老的声音接着问。

“你怎么知道？伊希切尔，你知道宇宙的秘密吗？”恰克西觉得有些不可思议，伊希切尔和他们一样，怎么会知道这些？

“我是猜的，孩子，只有天空才是真正的世界，大地只是很小的一部分，我说得对吗？”伊希切尔的脸上露出了一丝笑容，很自信，也有一些忧伤。

“可以这么理解 ，但是又有些不同。”恰克西轻轻地回答着，他生怕自己的声音惊到这个老态龙钟的老人。

“神的世界一定有很多新奇的东西，我无法理解，但我可以感觉到神的万能。”伊希切尔仍然平静地说着，似乎一切他都明白。

“是科技，我们几千年都无法学会的科技。”曲瓦塔在一旁轻轻地说。

“我不知道你们说的是什么，但我可以感觉到，那神奇的大鸟，还有你们的装束，这些都是神恩赐的。”伊希切尔努力地站了起来。

“嗯。”曲瓦塔看了恰克西一眼，点了点头。

“恰克西，你现在还那么虔诚吗？就像你刚到卡依察的时候那样。”伊希切尔看着恰克西问道。

“相信，我从没有忘记我的诺言，我已经把灵魂交给了神。”恰克西坚定地回答。

“孩子，你真让我感到骄傲。”伊希切尔咳嗽了一声，又坐在了床上。

“是神给予了这一切，我要把一切都回报给神。”恰克西严肃地说。

“恰克西，我已经老了，不可能再对你说什么了，而且你现在比我知道的要多很多，我在你面前，就像一个孩子一样无知。”伊希切尔笑了笑，闭上了眼睛。

“不，你是一个伟大的人，是整个王国的骄傲。”恰克西赶忙抓住伊希切尔的手说。

“神要求你做什么？”伊希切尔闭着眼睛漫不经心地问道。

“神要我们帮助他们，去反抗入侵他们的文明。”恰克西微笑着回答。

“你游历过整个王国吗？恰克西。”伊希切尔的问题似乎有些让人摸不着头脑。

“哦，还没有，不过我打算游历一次，飞船可以很快带我们完成的，也许只需要一天。”恰克西回答道。

“我们的王国很伟大，也很漂亮，一共有五十几个部落，每个部落都有自己的特色。我年轻的时候曾经想游历，但是我没有走完，因为我们的王国太大了，我一直很遗憾。”伊希切尔仍然闭着眼睛轻轻地说。

“我带你去，好吗？很快的。”恰克西紧紧地握住伊希切尔的手说。

“不，我太老了，不想去了。”伊希切尔睁开了眼睛，看着恰克西和曲瓦塔笑着说。

“恰克西，我希望你去转一转，看一看我们的王国是多么的美丽、富足。”伊希切尔仍然不紧不慢地说着。

“我一定会的，而且我会把神教会我的东西教给整个王国，那样我们就会很快地进化到科技时代。”恰克西说。

“恰克西，你一定行，要相信自己，只有自己才是最好的，你也只能相信自己。”伊希切尔忽然看着恰克西，眼神里有一种不容置疑的坚定。

“嗯，我会遵守对神的许诺的。”恰克西也坚定地说。

“不，你只能相信自己，只有自己才能拯救一切，别人不能。”伊希切尔突然大声地说道。

恰克西回过头看了一眼曲瓦塔，显然他并不明白伊希切尔的意思。

“森林的主人是动物，但它们却是我们的猎物，它们的皮毛我们用来做衣服，它们的肉是我们的食物，但它们还是这里的主人，从未改变。”伊希切尔自言自语地说，“我们的王国之外，还有其他王国，他们也会像我们一样去猎捕猎物，最终，猎物会被捕尽，然后我们之间就要爆发战争，不是他们灭亡，就是我们消失。”

“当然，这需要很久很久，要想继续生存下去，只有两条出路，你知道吗？”伊希切尔问恰克西。

“不，我不知道，是什么？”恰克西和曲瓦塔几乎同时问道。

“第一，我们可以发明出更好的武器，干掉他们，这样我们就会统治大地。”

“那第二呢？”曲瓦塔问。

“不把猎物杀光，大家都有食物，战争也就不会爆发了。”伊希切尔再次合上了眼睛。

“我不太明白。”恰克西确实不明白伊希切尔的意思。

“我们王国越来越富足，这是神的恩赐。”伊希切尔仍然说着不着边际的话。

“对，是神的恩赐。”恰克西还是不明白。

“但是神的恩赐不能太多，那样我们会无法消化。我年轻的时候很多天才能吃上一顿窝窝饼，因为我们无法种植那么多的玉米。但现在，你可以想吃多少就吃多少。”

“抱歉，我还是不太明白。”恰克西充满了好奇。

“不能要太多的恩赐，总会付出代价的，我们的王国还是应该慢慢地消化我们可以得到的一切，太多的东西会让我们失去一切的。”伊希切尔喘着气说道。

“你是说，神恩赐我们是要报酬的，对吗？”曲瓦塔问。

“不，我不敢质疑神，我只是这么理解的而已。”伊希切尔露出了一丝笑容，看着恰克西和曲瓦塔。

“你放心，神不会的，而且神会让我们拥有一个非常美好的未来，那时候，我们的王国会比现在更富足、更美好。”恰克西坚定地说。

“但愿如此。”伊希切尔闭上了眼睛，轻轻地打起了鼾，他睡着了。

恰克西回头看了看曲瓦塔，摇了摇头。伊希切尔太老了，他的思维已经变得非常缓慢了，总是坚持自己的感觉，恰克西这么想着。

七、国王的拒绝

再次见到国王是十几天之后的事情了，国王早已迫不及待地准备开始接受神的信息传授了。

“需要我来为神做什么？”国王看着恰克西，微笑地问着。

“陛下，您首先需要让所有的部落都知道他们要成为神的仆从。”恰克西向国王致敬道。

“那好办，我立刻就传令全国，通知所有部落的首领和祭司，让他们把消息传给各自的部落，还需要别的吗？”国王微笑地说着。

“是的，陛下，您还需要拿出水晶钥匙，把它献给神，打开神到来的通道，那样我们才能来去自如。”恰克西弯下腰，向国王鞠了个躬。

“什么？水晶钥匙？”国王惊讶地看着恰克西，脸色变得不太好看。

“是的，水晶钥匙，那是打开虫洞，也就是天空那个大洞的反物质工具。”恰克西抬起头，看着国王微笑地说。

“这个……”恰克西看到，国王的脸上流露出了为难的样子，很明显，国王在犹豫。

“陛下，这是必须的，水晶钥匙对于您来说，其实并没有什么用。”恰克西连忙向国王解释着。

“可是，那是整个王国的命运，孩子。”国王慢条斯理地说着。

“不，陛下，那只是传说，王国真正的命运掌握在您手中。我们必须抓紧时间，这么多人的数据传输需要很久，而留给我们和神的时间都不是太多。”恰克西非常着急地看着国王说。

“传说中拿到水晶钥匙的人将会统治大地和天空，而这也是我们王国一直都信仰的，如果把水晶钥匙交出去，我们会失去一切的。”国王仍然慢慢地说着。

“您把水晶钥匙交给神才可以拥有天空，而我们根本不需要大地，这只是像跳蚤一样小的地方。”恰克西继续努力说服国王。

“这个不可能，恰克西，我无法这么做，我必须为整个王国考虑。”国王就是不同意交出水晶钥匙。

“您不相信神吗？陛下。”恰克西问。

“不，我很相信神，但是我不能交出水晶钥匙，这是两件事。”国王仍然坚持不交出水晶钥匙。

“我的陛下，请您相信我，我是您的子民，也是神的使者，您如果看到神的世界，一定会同意的，而且神不会欺骗我们的。”恰克西不停地向国王解释着自己的观点。

“不，恰克西，其他都可以商量，但是水晶钥匙，我只能对神说不。”国王微笑着摇了摇头。

恰克西不再说话，他静静地看着国王，不知道该如何说服这个和自己差了几千年思维的人，或许现在的恰克西和国王根本无法正常地交流。

而国王似乎也突然之间对于神的提议失去了兴趣，他坐在座椅上，开心地品尝着黑森林蛋糕和土豆泥，嘴角洋溢着笑容。

“陛下，您需要我做什么，才能把水晶钥匙交给神？请您告诉我。”恰克西抬起头，看着国王问道。

“我什么都不要，我只要我的王国。”国王没有抬头，大口地品尝着蛋糕。

“你先回去吧，恰克西，我现在不想谈这件事。”国王抬起了头，微笑着对恰克西说道。

“是！”恰克西向国王鞠了一躬，转身离开了，今天，他无法说服国王。

回到寨子的恰克西没有和任何人说话，他静静地躺在床上。现在，他还不能向神汇报一切，他必须拿到水晶钥匙才行。但是国王似乎是铁了心一样，拒绝交出水晶钥匙。如果没有水晶钥匙，形势将非常严峻。恰克西感到焦头烂额，他站起身，决定去找伊希切尔，或许他有办法帮助自己。

恰克西去伊希切尔家找他，却发现他去了祭祀台，于是恰克西飞奔去了祭祀台。他看到伊希切尔正静静地坐在祭祀台边上的石椅上，冲着自己笑，好像是早已等待着他一样。

“我该怎么办？伊希切尔，请您告诉我。”恰克西向伊希切尔深深地致敬。

“是国王拒绝了你吗？”伊希切尔笑着问恰克西，一副早已洞悉一切的样子。

“是的，国王不同意把水晶钥匙交给神。”恰克西有些委屈地说着。

“水晶钥匙可是整个王国的命运，怎么可以轻易地交出来？”伊希切尔仍然轻轻地说。

“可这是打开虫洞的工具，不仅仅关系到王国的命运。”恰克西激动地说着，在他看来，国王的做法是一种非常愚昧无知的做法。

“孩子，你错了，你掌握了智慧，但是却没有想过怎么运用智慧，就像很久以前人们不会使用火种一样，你为他们带去火种，他们并不会感谢你，而是认为你会带去灾难。”

“可我是为了整个王国的富足啊。”恰克西着急地说着。

“水晶钥匙与其说是王国的命运，不如说是国王的命运，失去它，国王也许就不是国王了，这点你要明白。”伊希切尔淡淡地说道。

“你的意思是国王不是怕失去水晶钥匙，而是怕失去王位吗？”恰克西不可思议地看着伊希切尔。

“也许吧，国王对于王位的兴趣大于一切，除非神向他保证，不会干扰他对于整个王国的控制，他才会把水晶钥匙交给神，否则，再怎么说，国王也不会答应的。”

“我明白了，谢谢你，伊希切尔，我现在就向神汇报。”恰克西激动地说着。

“不，恰克西，你必须去和国王谈判成功，否则神不会同意的。”伊希切尔非常平静地说。

“为什么？”恰克西更加不解地看着伊希切尔，似乎眼前这个老得不能再老的人才是真正的神。

“这是人与人之间的交易，就像你拿着一张鹿皮去交换需要的玉米一样，没有人会主动说出价格。”伊希切尔回过头，走向祭祀台。

“国王可比你想的聪明很多，否则他也不会当上国王。而你不但要考虑国王的利益，还得明白神的内心，这很难，但是你要记住我曾经和你说过的话，要相信自己。”伊希切尔抬起头，仰望着天空，似乎在汲取着神的智慧。

“嗯，我一定会做到的。”恰克西非常坚定地点了点头，转身离去了。

“孩子，记住，没有谁可以拯救谁，但一切都是无法避免的。”伊希切尔冲着恰克西喊道。

八、游历王国

恰克西带着家人坐在飞船里开始了对玛雅王国的游历，对于他们来说，这曾经是一个想都不敢想的梦。曾经有些人有过这样的壮举，但穷极一生，也没有游历完整个国家，他们每到达一个地方，就认为那里是王国的边缘，但是很可惜，他们错了，王国的版图不是他们可以想象得到的。但现在，恰克西驾驶着飞船可以轻易到达他想去的任何地方，这就是科技带来的一切。

本来恰克西是打算邀请国王一起参加这次游历的，但是国王却在思考之后拒绝了。具体原因没人知道，但恰克西判断，这可能是由于国王对于飞船还不是特别了解，不过无所谓，有国王在的话，他们可能会显得更加拘谨。

爸爸严肃地看着飞船外，这是他有生以来待过的最高的地方，年轻的时候，他曾经爬上过一棵巨大的红杉树，不过很快，他就下来了，因为高处让他感到头晕，虽然他对于爬树这件事很在行。妈妈则完全不同，她不敢向外看，只是偶尔偷偷地瞄一眼，更多的时候，她都和曲瓦塔待在飞船的厨房里，曲瓦塔教她做着很多的美味，并答应送一个烤箱给她。雅各布似乎对飞船上的每一件东西都感到惊奇，飞船的每一个角落都留下了他的身影，最终，在爸爸的呵斥下，雅各布才坐在他身边老实地待着。

“看，爸爸，那里就是卡依察，我曾经到过的地方。”恰克西把飞船悬在了卡依察的上空，通过高度清晰的显示屏，他们甚至可以清晰地看到金字塔上的星象图。

“简直太神奇了，我们居然不用走到跟前就可以看到，科技真的是一件让人着迷的事。”爸爸感到不可思议。

“你看那边，是路路河，河里的鱼比我们见过的鱼大得多。”恰克西指着一条巨大的河流对爸爸说道。

“我从来都没有听说过这里，即使是伊希切尔可能都没有听说过。”爸爸激动地说。

“也许吧，这里属于王国的北方，距离我们部落实在太远了。据说他们不吃窝窝饼，而是吃土豆泥和炸金枪鱼，真想象不出会是什么味道，不过他们的窝窝松露很好吃，在国王的宫殿我尝过。”恰克西吐了一下舌头说。

“你简直棒极了，恰克西，以后你去哪儿都带上我吧，我可是你的弟弟。”雅各布坐到恰克西的身边讨好着他。

“当然，我们整个王国的人以后都会这样，而且神告诉我们，以后我们也许会住在天上。”恰克西骄傲地说道。

“那可不行，我可没有翅膀，你知道的，我睡觉喜欢翻身，如果掉下来的话，可不是一件好玩的事。”雅各布撇了撇嘴说道。

“傻瓜，我们不是睡在天上，而是在空中建造城市。在那里，我们的食物和衣服都是无穷无尽的，甚至我们都不会得病。当然，如果你非要选择从床上摔下来的话，恐怕连神也无能为力了。”恰克西哈哈大笑着。

“恰克西，你觉得我们能为神做什么？”爸爸一边看着外面，一边问着。

“爸爸，现在我们什么也做不了，但神会给你们进行信息输入的手术，就是在DNA里输入科技信息的程序，那样你们就会明白，也就可以接受一切了，就像我和曲瓦塔一样。”恰克西扭过头笑着对爸爸说。

“你是说我们也能像你一样，开着飞船，在天空中穿梭？”爸爸看着恰克西接着问。

“不单单是这些，我们还能到别的星星上去，感受不同的世界，而且我们会活很久很久。”恰克西回答着。

“你觉得这样好吗？恰克西，我总感觉这像是做梦一样。”爸爸对于恰克西的话有些将信将疑。

“不是做梦，爸爸，这一切都是真实的，就算是梦，也是一场美梦。”恰克西非常自信地回答。

“或许是噩梦呢。”爸爸自言自语地说道。

飞船继续行驶在玛雅王国的上空，一个小时不到，他们已经游历完了整个王国。恰克西问爸爸是否要到国外去看看，爸爸拒绝了，他只对玛雅王国感兴趣，国外的一切对他来说既陌生又无趣。

“爸爸，咱们照一张相。”恰克西拿起照相机对爸爸说道。

“这是什么？”雅各布的兴趣再次被提了起来。

“你来吧，一会儿就知道了。”恰克西招呼了妈妈和曲瓦塔一起过来，一张合影就这样照了出来。

“哦，天哪，恰克西，你是怎么把我画进去的？”雅各布惊呆了。

“不是画，是用数学的理论成像，这个你以后会懂的。”恰克西无奈摇了摇头。

“我可不喜欢，恰克西，快把它撕掉，我的灵魂会被吸走的。”妈妈惊叫着喊道。

“没关系的，这只是一张照片而已。”曲瓦塔笑着安慰着妈妈。

虽然不喜欢照相，但是最终妈妈还是在曲瓦塔的解释下接受了，并且学会了给别人照相，这是一项了不起的成就。

“爸爸，我要带国王来游历一次，他一定会喜欢，也一定会交出水晶钥匙的，那时候，我们就离神的世界不远了。”恰克西对爸爸说。

“也许吧，不过国王或许对其他的事情更感兴趣。”爸爸的话和伊希切尔如出一辙。

“我一定可以说服他，在神的世界里，人和人都是平等的，国王也一样。”恰克西严肃地说着。

“但这里是玛雅王国，不是神的世界，即使科技达到了，也永远都不可能成为神的世界。”爸爸也非常严肃地说。

“愚昧。”恰克西小声地说着。

“愚昧是什么意思？”雅各布问。

“没什么，就是不理解的意思。”恰克西回过头笑着说。

“我觉得国王想要更多的东西，不仅仅是科技。”曲瓦塔说。

“不管要什么，只要他交出水晶钥匙，神都会答应的。”恰克西对曲瓦塔说。

“但愿国王可以理解我们的处境。”曲瓦塔耸了耸肩，靠在了座椅上。

九、国王的条件

恰克西和曲瓦塔第三次见到了国王。这次，国王似乎又恢复了热情，他不停地询问着恰克西关于神的世界的事情，当然，对于水晶钥匙，国王只字未提。

恰克西终于明白了水晶钥匙对于国王的意义，有水晶钥匙，国王就可以提出任何条件，但是没有水晶钥匙，国王就什么都不是。要想让国王交出水晶钥匙为神打开虫洞，必须要答应国王提出的要求，哪怕是无理和愚昧的要求。恰克西决定，代替神答应国王的要求。

“陛下，您还有什么顾虑呢？难道对于神的世界，您不向往吗？”恰克西毕恭毕敬地说。

“不，我很向往，也很愿意为神服务。但是你知道，整个王国都在看着我，如果他们今后的生活不如现在，那我就是整个王国的罪人，所以我真的无法满足你的要求。恰克西，请你理解我。”国王摊了摊手，表示自己很无奈。

“我知道，陛下，不过神已经答应，在未来，整个大地都是您的，而且神会为您、为整个王国在太空建造我们自己的城市。那时候，您就是天空和大地的主宰。”恰克西看着国王，胸有成竹地说道。

国王没有说话，也没有看恰克西，他用手指轻轻地敲打着桌面，脸上没有任何表情。恰克西知道，国王动心了。

“而且一旦舰队建成，您将拥有舰队的绝对权力，就像您现在一样，不，比现在的权力还要大，玛雅舰队只听命于您。”恰克西趁热打铁地说。

国王仍然没有说话，不过恰克西看得出来，国王对于这样的条件已经算是接受了。

“如果陛下您还有什么要求，请告诉我，我会向神请示，神一定会答应的。”恰克西继续着糖衣炮弹。

“恰克西，神很伟大，这些条件我都无法拒绝，不过我还有一个条件，也是最重要的条件。”国王看着恰克西，严肃地说。

“什么？陛下请说。”恰克西看着国王问道。

“这个我不能说，要等所有人都完成信息输入之后我才会说，在此之前，我不会交出水晶钥匙，但我可以在神需要时，随时打开天空。”国王平静地对恰克西说。

“这个……陛下，我可以知道您的要求吗？”恰克西很好奇地问。

“不，现在还不能告诉你，对不起，恰克西，我的勇士，请你原谅我的自私。”国王微笑着对恰克西说。

恰克西知道，即使再问下去，国王也不会说的，于是他告别国王回到了部落。明天，他准备向神报告这一切。

回到家的恰克西懒散地躺在床上分析着，几千年的思维跨度存在着巨大的代沟，国王无法理解恰克西眼中的科学，而恰克西也不清楚国王想要得到什么。这是一种思维模式的不同造成的瓶颈，解决的方法是双方必须在思维上达成一致。

恰克西又想到了伊希切尔，或许只有他才知道答案。

此时的伊希切尔已经进入了生命的最后时光。他的一生，波澜壮阔，既是王国的勇士，又是神的见证；既是伟大的祭司，又是部落的首领。不过在恰克西的眼里，伊希切尔只是一位先知和慈祥的老人。即使现在恰克西拥有几千年后的智慧，但有些让他困惑的问题，只有伊希切尔可以帮他解决。

“孩子，神一定会感谢你为他做的一切的。”伊希切尔闭着双眼说道，他已经没有力气大声说话了。

“伊希切尔，你别担心，神会让你活下去的。”恰克西知道，伊希切尔几乎已经不行了，他能不能见到明早的太阳都是一个问题。

“谢谢你，孩子，不过我不打算这么做，任何人终究都是会死的，谁都避免不了，包括神。”伊希切尔喘着气说。

“神不会死，神有科学，科学可以搞定一切。”恰克西有些伤心，他相信神可以挽救伊希切尔的。

“傻孩子，你太天真了。”伊希切尔微微地睁开了眼睛，看着恰克西说。

“是真的，我不会欺骗你的。”恰克西信誓旦旦地说。

“国王是不是提出了什么要求？”伊希切尔看着恰克西问道。

“是的，你不用担心，我会解决的。”恰克西不忍心向一个生命即将走到终点的人提出问题。

“按照国王的要求做，我们都属于这个王国，他不是个浑蛋，而是个好人。”伊希切尔断断续续地说，这似乎已经是他最后的力气了。

“可是，国王没有说他要什么……”恰克西还是忍不住对伊希切尔说出了自己的疑问。

“去吧。”伊希切尔轻轻地说出了两个字，闭上了眼睛，他的呼吸慢慢变得急促起来。恰克西知道，留给伊希切尔的时间不多了。

“请你告诉我，我该怎么办？”恰克西拉着伊希切尔的手，哭泣着问道。

伊希切尔没有再说话，他只是轻轻地点了点头。

伊希切尔的死对于整个部落来说是一件无比伤心的事，这个慈祥的老人就这样悄无声息地告别了，所有人都像失去了父亲一样难过，悲伤的气氛伴随着每一个人。恰克西知道，从今天起，再没有人在他迷茫的时候为他指点迷津了，今后，他只有自己来判断一切了。

“国王是个好人，为什么不能接受神的恩赐，让整个王国的文明直接进化呢？”这个问题恰克西始终没有答案，不过他相信伊希切尔的话，国王这么做一定有他的道理，虽然恰克西已经无法按照玛雅人的思维来思考问题了。

恰克西回到了飞船上，他要返回国王那里，答应他的要求，也是为了整个王国的未来。

十、信息输入

再次见到国王的恰克西答应了国王的要求，虽然他不知道国王想要的是什么，但是他相信，伊希切尔临终前的话是对的。国王满意地看着恰克西，拿出了水晶钥匙。

这是恰克西第一次如此近距离地看到水晶钥匙，这是一块绿色的发着光的水晶，从外形上看，其实并不能说它像一把钥匙，也许说它是纽扣更为贴切。它的中间有一个小孔，恰好可以穿过一根铜线。恰克西把水晶钥匙捧在手里，心里不停地问着自己："难道这就是神需要的打开天空的钥匙吗？"

"恰克西，我可以去打开虫洞了，神可以降临了。"国王非常严肃地对恰克西说。

"好的，陛下，愿我们的王国变得富足。"恰克西向国王致敬。

国王带着侍卫以及恰克西和曲瓦塔来到了宫殿前的巨大广场上，国王把铜线穿过水晶钥匙中间的小孔，点燃了铜线，很快，水晶钥匙的颜色发生了变化，一道白色的光从水晶钥匙的四周冲向天际。几乎是在刹那间，天空被撕开了，大洞出现了，紧接着，神的飞船从大洞中飞了出来，悬在了空中，恰克西和国王以及在场的所有人都把手放在了胸前，向神致敬。

穿着太空服的神降落在了国王和恰克西的面前，同样把手放在了胸前："向您致敬，尊敬的国王，还有您的勇士，恰克西。"

恰克西看得出来，神是高兴的，虽然他无法透过神的面罩看清他的脸。

国王微笑着点了点头，这是他第一次近距离地接近曾经无限崇敬的神，虽然他已经知道神并不是神，而是和他一样的生命，不同之处只是文明程度造成的。

“感谢您为我们宇宙做出的一切，当我们打败入侵者之后，这个宇宙的所有文明都会对您感激不尽的。”神非常平静地对国王说道。

“他们也会感激您的。”国王也微笑地附和着。

“我希望整个王国接受信息输入这项手术，这样你们就会像恰克西和曲瓦塔一样，掌握最高级的技术，我们就可以轻松地交流关于如何打败入侵者的问题了。当然，在战争开始之前，我们还有很多工作要做，比如建造你们的太空家园。”神仍然轻轻地说道。

“我愿意接受这些，不过……”国王看了看恰克西，示意他把自己的意思向神表达清楚。

“是这样的，国王有一些条件需要商量。”恰克西心领神会，对神说道。

“不用说了，为了我们宇宙的未来，国王所有的条件我们都答应。”神对恰克西和国王说道。

恰克西看了看国王，微笑着点了点头，国王也笑了笑。

按照神的指示，整个王国将分批接受信息输入的手术，这是一项把大量的科技信息通过生物系统从人类脑部输入到 DNA 中的技术，可以让人类掌握已知的所有科学技术。当然，这并不妨碍人类思维的自主变化，也不会改变人类 DNA 的序列，相当于在人脑中植入了科技芯片，但是信息的传输却需要在实践中才能完成，比如信息输入可以让人类掌握飞船飞行的原理和所有的物理指数，但是飞行的技术还得人类自己完成。

最先接受信息输入的是南部的库图雅部落，也就是恰克西的家乡。看着恰克西坐在飞船上翱翔于天空，库图雅部落的人都羡慕得要死，特别是雅各布、卓瓦这样的年轻人，显然，他们接受新鲜事物的心情要比老年人更加迫切。当然，恰克西的妈妈和寨子里的妇女们也都跃跃欲试，不过她们更渴望的是黑森林蛋糕这样的美食，自从吃了黑森林蛋糕和比萨之后，她们对于窝窝饼就不像原来那么喜欢了。

当整个部落完成信息输入之后，一切都开始变得与众不同。恰克西和曲瓦塔瞬间觉得，交流变成了一件很简单的事，他们谈论的话题已经变成了物理、曲率、外星这些之前他们根本不知道的词，而不再是诸如打猎、鹿角这些词了。整个库图雅部落就像是进行了一次文化的输入，被彻底改变了。

每个部落都很开心地接受了这项手术。对于他们来说，改造之前想得最多的是如何能让生活更加富足，但是改造之后，他们的思维告诉他们，生活富足不过是生活的一部分而已，真正的美好其实是内心的，所有人都沉浸在对于美好未来的憧憬中不能自拔。

在每个部落进行手术的时候，神几乎都会在部落的祭祀台上进行热情洋溢的演讲。他的话像有磁力一样，吸引着每一个人，激昂的讲话让所有人都热血沸腾地相信他们的宇宙不容侵犯，打败入侵者，和神一起主宰宇宙，几乎成为他们唯一的目标。所有人的意识里都告诉他们自己：神终究还是神，他改造的不单是我们的生活，还有思维，以前的我们居然活在愚昧无知甚至可笑的世界里，这简直是一件不可思议的事。

国王看到整个王国的变化之后，当然也欣然接受了手术，对于他来说，只有大家都接受手术，这里才能算他的王国，否则思维的不一致一定会导致他失去对王国的控制。很快，整个玛雅王国就彻底变成了一个新的王国，每一个人都对新的生活充满了期待。

第四章
失落的文明

一、安路玛部落

安路玛部落是一个在玛雅王国中小得不能再小的部落，甚至他们都不能被称为部落，因为他们没有自己的祭祀师，也没有自己的祭祀台，每当一年一度的祭祀开始时，他们都会翻过山，到邻近的部落去参加祭祀。整个部落的人数只有二十几个，而且都是猎手，没有女性。多年以来，他们的存在感都低得不能再低，就算他们消失了，也没有人会想起他们。

和其他部落的发展不同，安路玛部落一直沿袭着玛雅人最为传统的生活方式。他们打猎的时候不会伤及动物的幼崽，捕鱼的时候也不会捕杀小鱼，坚决不种植玉米，因为他们认为这样会毁掉肥沃的土地。他们不居住在房子里，而是在大树上建造树屋，所以，多年以来，他们都没有形成所谓的部落，而他们的领导者叫卡妙。

如果说卡妙是这个王国最出色的猎手，那么没人不同意。他曾经是前任国王的贴身侍卫，但是在前任国王即将去世的时候，卡妙就离开了王宫，带着二十几个人建立了安路玛部落，并且一直坚持着这种最为原始的生活。没有人知道为什么，因为卡妙是一个不喜欢交流的人。

不过卡妙还有一个身份更加让人惊讶，他是现任国王最好的朋友。玛雅王国虽然等级制度森严，但是卡妙和现任国王的关系却非常好，曾经在王宫的时候，两个人居然不顾等级制度的森严而住在一起，直到卡妙后来离开。当原来的王子成为国王之后，卡妙仍然带着二十几个人居住在树屋里，没有返回王宫的意思。只是每过三年，他会到老国王的金字塔前祭奠，见一见新国王，两个人会在一间屋子里，进行一次长时间的交谈，然后就互相作别。

这次信息改造，安路玛部落是最后一批改造的对象。让人意外的是，国王竟然亲自驾临这个部落，因为卡妙和他的同伴们不喜欢任何人打搅他们的生活，同时国王知道，卡妙对于这种信息输入一定是反感的，因为他更喜欢传统。

“陛下。”卡妙问候国王。

“卡妙，好久没有见到你了。”国王显得很兴奋，快步走到卡妙跟前给了他一个大大的拥抱。

“您的装束让我感到奇怪。”卡妙面无表情地对国王说，显然，他对于已经接受了信息输入并改变了打扮的国王有些不适应。

“哦，卡妙，忘了告诉你，这是王国的最新流行服饰，不错吧。”国王用现代语言和卡妙进行着交流。

“我不太喜欢，头上光秃秃的，没有象征力量的野鸡毛，也没有美洲豹的牙戴在脖子上。”卡妙没有继续理会国王，而是坐在了石头上。

“卡妙，我的朋友，你还是那么固执。”国王居然也跟着卡妙坐在了石头上。

“这是传统，陛下。”卡妙拿起水壶喝了一大口水，顺手把水壶递给了国王。

“您要不要尝一尝甘甜的河水？”

“好啊。”国王接过了河水，大口地喝了起来。

“您找我一定有什么事吧？”卡妙抬起头问国王，脸上仍然很平静。

“没事，是让你来进行信息输入的，这是必须要完成的，是神的旨意。”国王站起身，看着远方说道。

卡妙没有说话，而是拿起小刀，扎起一个野果，大口地咀嚼着，然后又随手拿起一个，扔给了国王。

“这是我们之前从未经历过的时代，也是一件无法拒绝的事。”国王也大口地吃起了野果。

“什么时候开始的？”卡妙抬起头，看着国王，眼睛里仍然十分平静。

“只剩下你们就全部结束了，然后我们会移居到太空，也就是天上。当然，现在和你说这些，你可能不太明白。”国王一边吃着野果一边说。

“我们现在就住在天上。”卡妙抬起头，看了看大树上的树屋对国王说。

“不一样，我们是彻底离开大地，到很远的地方去，那里有一场战争等待着我们。”国王没有看卡妙，而是看着远方说。

“陛下，神的旨意无法拒绝只能服从，我愿意接受，什么时候开始？”卡妙扔掉小刀，毕恭毕敬地对国王说道。

“明天。”国王的回答很简短。

卡妙不再说话，而是站在石头上，拿起号角吹了起来。不大一会儿工夫，他的二十几个部落成员就从四面八方的森林里来到了这里，他们向国王致敬之后，就都站在卡妙的身后，一句话不说。

“我的朋友们，看来我们要离开这里，离开传统了，明天早上，我们要到王宫去了。”卡妙仍然是面无表情地说着。

所有人的脸上都没有任何表情的变化，也没有说任何话，很显然，他们对于卡妙言听计从。

“卡妙，我要走了。”国王说完就站起身朝着森林外面走去，恰克西在森林外的飞船里等着他。

卡妙没有看国王，而是扭过头看着自己的伙伴们，一句话也没有说。

当天晚上，安路玛部落大火冲天，待到一场大雨浇灭了大火之后，临近部落赶来的人发现，曾经在这里生息了十几年的安路玛部落消失了，留下的只是一片灰烬，而在第二天早上，卡妙和他的伙伴们出现在了国王的宫殿前。

至此，玛雅王国所有部落的信息输入改造全部完毕，文明在这里进行了一次跳跃性的发展。

二、移民太空

当所有人的信息输入手术完成之后，下一步就是要移民太空了。对于每一个玛雅人来说，曾经即使是远行去打猎，他们也充满了离别的乡愁，但是这次，每一个人的脸上都洋溢着笑容，他们太渴望在天空中的生活了，虽然他们并不知道太空的生活是怎样的，也难以真正理解宇宙的浩瀚。

一场暴风雨过后，散发着泥土清香的空气还没有散去，树上的露珠也还没有完全蒸发，天空中的巨大虫洞被再次打开，无数的宇宙飞船瞬间把整个天空遮挡了。所有人都抬起头看着这壮观的一幕，虽然他们对科学已经有所了解，但是眼前的这一幕还是让他们感到神的伟大和自己的渺小。现在，他们还不知道，对于宇宙中的文明来说，这简直不值一提。

每个人都兴奋地走进了宇宙飞船，飞船将承载着他们和他们的梦想一同走进新的时代。对于这片他们生息了几百年的土地，没有人带走一把泥土，没有人摘下一片树叶，甚至没有人回头看一眼养育了他们的森林、大地、河流、湖泊。而那些孤独的房屋、坟墓、船舶则静静地矗立在那里。

岁月会带走几乎所有的痕迹，但总是会留下一些记忆，这份记忆并不是为了向后来人证明这里曾经生活过一个如何伟大、充满智慧的民族，而是要向所有生活在这个蓝色星球上的人证明，这个星球依然按照自己的意愿不停地转动着，永不停歇，能改变它的只有岁月。花开花落，沧海桑田，对于浩瀚无垠的宇宙来说，不过只是一个稍纵即逝的瞬间而已。

一艘又一艘的飞船离开了地球，驶入了黑暗而深邃的宇宙，奔向了他们向往已久的目的地，笑声充满了每一艘飞船的每一个角落，只有卡妙静静地站在船尾，看着越来越远的这颗星星，没有一丝一毫的表情。许久之后，当这颗星星彻底消失在视界中后，卡妙扭过头，加入了狂欢的人群，没有人知道他在想什么，他只是所有人当中普通的一个。

恩美雅人为玛雅人选择的居住地点是距离太阳系 3.6 光年外的一个流浪恒星的行星——杰玛。这是一颗气态行星，质量略大于地球。他们将在这颗气态行星的轨道上建造数十个太空城市，就像他们的部落一样，当然了，还有数十个飞船基地，这里将是他们抵抗入侵者的大本营。

不过现在，他们只能暂时居住在已经建好的唯一一座太空城市中，虽然有些拥挤，但对于每个人来说，一切都是新奇的。这里几乎没有日夜之分，因为城市的一半永远处在恒星的照耀下，而另一半则永远处在黑暗中，当然，高科技使得黑暗的这一面也永远充满了灯光。这意味着他们可以在任何时候进行自己的狂欢，不用再等待漫长的黑夜何时离去，也不用再期盼黎明的到来。不过，这同样意味着他们必须不停地工作，因为白天永远都不会过去。

神教会他们如何利用恒星的能量来取得建造太空城市的物质——几乎所有的物质都是取自这颗恒星，然后利用最为先进的技术转化为各种的所需元素。而建造城市不需要任何的人工，全部机械化，所有男人和一部分女人被放在了太空舰队里进行着战斗的培训。当然，神也把这里的自主权完全交给了国王，国王有权依照自己的意愿来治理。

每建造一座太空城市大概需要三周的时间，在这里没有时间的概念，因为太阳永远不会落下。看着一座座的城市建造完成，恰克西感到无比兴奋，神的世界真是一个难以想象的世界。

“陛下，我们的未来一定是美好的。您看，从这里，您可以看到王国的每一个部落，不像在地球上，您永远都不会知道每个部落在做什么。”恰克西笑着对国王说。

“是的，我喜欢这里。你看，神还为我们建造了金字塔，那可是我们王权的象征。”国王没有看恰克西，而是静静地看着大屏幕下的其他忙碌的城市。

“这就是科技的力量，在未来，也许还有我们更加无法想象的东西。”恰克西胸有成竹地说。

“希望如此。”国王看了一眼恰克西，微笑着说。

“陛下，我突然发现，您是如此伟大。”恰克西认真地对国王说。

“是吗？也许是，也许不是。”国王平静地说。

“为什么不是呢？您改变了整个玛雅，改变了整个世界，即将改变整个宇宙。”恰克西激动地说。

“恰克西，一切都只是开始，未来，我无法想象，神也不能。”国王看着远方，轻轻地说。恰克西发现，国王的语气居然和伊希切尔一样。

“我对未来充满期待，到那时候，我们就是神，您就是主宰。”恰克西仍然非常自信。

“我只希望所有人都能够过上富足的生活，至于其他的，我没有期望。”国王非常平静地说。

“还有，恰克西，记住，一定要爱每一个人，他们都是我们的同胞。”国王看着恰克西淡淡地说。

三、无敌舰队

玛雅的舰队几乎和他们的城市同时开始建造，不同的是，神对于建造舰队的帮助显然要比建造城市大得多。几乎每一艘战舰都需要经过他们严格的测试，而每一位驾驶战舰的战士也都经过最为严格的考核和对技术最高级的指导，神要打造的是一支可以在战争中取得胜利的舰队。

为了让舰队的战斗力达到战争的需要，国王要求，每艘战舰的指挥官必须懂得操作所有型号的飞船，同时必须在战术上有独到的见解，当然，最为重要的是，他必须拥有对国王的绝对忠诚。而为了保持战争时人员的需求，国王下令，所有玛雅王国十二岁以上的女人，必须利用 DNA 的胚胎克隆技术，生育至少三个孩子，而这一批孩子，就成了在杰玛星球的太空城市中出生的第一批孩子，也称“杰玛娃娃”。

对于玛雅人来说，新生命的诞生是一件伟大而神圣的事，是需要孕育成长的过程，但现在，这一切都与伟大和神圣无关，战争，可以改变人对于生命的看法。

所有人都是玛雅的战士，我们必须捍卫自己的宇宙不被入侵者占领和掠夺，即使付出生命，也在所不辞，这是国王在太空城市建造完毕之后对所有人的一次讲话概括。从这时起，整个玛雅就进入了战争状态，物质的富足已经不能满足思维进化了的玛雅人，他们需要精神上的富足和胜利者的满足。

没有人知道神的世界的科技上限是什么，玛雅人不在乎这些，现在，他们需要按照自己的模式来发展。国王精心挑选了自己的科研团队，利用已经掌握的信息技术在原有的基础上继续发展。很快，他们就利用宇宙空间的曲率技术和恒星的巨大引力制造出了高于第三宇宙速度的飞船。这是一项非常了不起的成就，短短几个月的时间，他们居然已经从最原始的狩猎进化成了最为先进的II级文明。

在战争状态下，人的思维会变得与众不同，因为所有人都认为战争是无法避免的，没有人去寻找战争的原因，他们只想利用战争来完成对于自己需求的满足，至于战争造成的后果，那是另外一门学问，与战争是否开始无关。

在经过了几个月的战争准备之后，国王决定检验一下玛雅舰队的战斗力。在请示了神之后，他们决定对位于1.5光年之外的一颗流浪恒星中的一颗不愿意和神一起参与战争的类地行星中的I级文明进行一次实验性的打击，这次打击的代号为“杰玛落地”，恰克西和卡妙是这次战役的最高领导人。

这颗恒星是一颗质量小于太阳的白矮星，但年龄却远远大于太阳，已经处于恒星的晚期，再过几亿年，它就会变成一个黑暗寒冷的天体。而这颗行星的体积略大于月球，处于这颗流浪恒星系的宜居地带，位置相当于太阳系中的木星位置，虽然生存条件比起地球要恶劣一些，但可以满足生物的生存需要。

这颗星体上的生物从外表上来看有点像地球上的老鼠，但是他们是直立行走的。由于他们恒星的年代久远，他们早已进化成了拥有文明的社会体系的生物，但是环境的恶劣导致他们的发展速度要大大低于文明进化的平均速度，直到最近一亿年，他们才真正出现了类似于智人的生命，也就是鼠人。所以，这颗行星虽然比地球早出现几十亿年，但至今为止，他们的文明才刚刚进入类似于人类的第一次工业革命时期。

由于这颗星体的体积很小，加上生存环境的恶劣，所以造成了鼠人们在几千年前就达成了和平协议，他们不会进行任何形式、任何规模的内部战争。当然了，那个时候，他们还没有意识到在他们居住的行星之外，会有他们无法想象的其他文明存在，就像玛雅人一样。

恩美雅人最初的选择是想让鼠人成为他们对抗入侵者的一员，但是比起玛雅人，他们并不热衷于战争，在他们弄明白神的来意之后，断然拒绝了神的邀请，他们更喜欢按照自己的模式来发展自己的世界。

不过显然他们已经没有机会再进行这样的发展了，当在神的指导下已经完成了技术爆炸的玛雅人的舰队出发的那一刻，这颗行星的文明就到此结束了，他们将成为这个宇宙中消失的文明中的一员，成为尘埃，这就是这个宇宙的法则之一——只有强者可以生存。

恰克西指挥的第一舰队战舰群在经过曲率飞行之后，进入了这颗星体的大气层，几乎是在瞬间，他们就朝着这颗星体内部的建筑物进行战略轰炸。还没等对方反应过来，卡妙的第二舰队随即出现了，他们在掠过已经被轰炸得无法组织反击的废墟中投下了高达一亿摄氏度的氢弹，之后就返回了基地。

四十分钟之后，这个星体上的文明就在氢弹爆炸后耀眼的光辉中永远地消失了，没有人知道他们曾经存在过。这是一种让人感到绝望的星际打击，剩下的只是这颗行星的地核部分，它会逐渐脱离所处恒星的引力，孤独而漫无目的地飞向宇宙深处，见到它的人会认为这只是一块巨大的陨石，最终在茫茫的宇宙中化为灰烬。

恰克西看着这一切，第一次感到了这个宇宙的残酷，文明的发展需要一个漫长的岁月，但文明的终结，只在一瞬间。

四、技术爆炸

每个玛雅人都看到了星际战争带来的后果，这是真正意义上的你死我活的较量，没有投降，也没有再来一次的机会，只有胜利者才有机会继续生存下去。而更为恐怖的是，要想活下去，你就必须处于这条宇宙食物链的顶端，否则的话，就像鼠人一样，你不知道战争会在什么时候降临到你的头上。

但是这绝不是这场实验性战争带给玛雅人的唯一想法，一部分玛雅人忽然意识到，生存比起打击入侵者是更为重要的事情，而和恩美雅人比起来，他们就像是一只虫子，要想生存下去，就必须超过恩美雅人。而另一部分则产生了另外一种想法，那就是只有服从恩美雅人才能安全地生存下去，否则恩美雅人就会像他们消灭鼠人一样消灭自己。虽然这两种想法从思维角度上来说有所不同，但是他们的立场是一样的，那就是恩美雅人，也就是让他们见识到这一切的神才是他们最大的威胁。

国王是属于第一种想法的人，他必须为自己的王国负责，但是面对科技上限不知多高的恩美雅人，国王并不敢轻易地表露出自己的想法，因为一旦暴露出自己的想法，那么等待他的将只有死亡一条路。于是国王只能在内心拥有第一种想法的情况下选择第二条路，这是人类的智慧和狡猾，思维发展到完全暴露在外的恩美雅人不会意识到这是一种思维欺骗。

在这种思维欺骗的保护下，国王开始利用自身掌握的信息加大力度发展技术，这其中包括提升飞船的极限速度——光速飞行，以及加强武器的威力。当然这些都是必须要让恩美雅人知道的，因为这无法隐瞒，但是国王知道，如果他们的技术能和恩美雅人持平，那么他们就不会轻易失败。

在宇宙中，文明程度和科学技术是成正比的，当一个文明的科学技术达到一定的水平之后，就到了一个瓶颈期，这个瓶颈期就是这个文明所在宇宙的顶端，无法再通过技术超越。因为科技的核心必须是建立在自身宇宙的物理学范围内，超越自身宇宙的物理学研究一定会涉及其他问题。所以，即使是恩美雅人，他们的科技也一定会有一个顶点，也就是说，玛雅人追赶恩美雅人的科技水平从逻辑上来说是可以做到的。

不过，技术爆炸这种事的发生绝不是偶然的，需要超大数据的论证和难度极大的实验。而在恩美雅人眼皮底下进行实验的话，那无疑等于把自己的秘密完全暴露出来。为此，国王很是苦恼，他既不想坐以待毙，又不想放弃追求顶端科技的想法。不过，这种想法没过多长时间，就被他的团队解决了。

卡妙在地球上的一个叫托马索的手下是国王科技团队的成员，

他在信息输入之后的各项能力都是最高的。一个非常偶然的机会，在两座太空城市之间进行飞行常规训练的托马索无意中发现了曲率飞船在达到速度顶点的时候，居然可以在宇宙的环境下制造一堵类似于墙的东西。回到实验室的托马索立刻进行了实验，他发现，这堵墙其实并非真正存在，而是由于空间在曲率飞船的引力下造成的一种重合，而如果一直沿着这道墙的边缘飞行的话，那么将会回到出发的起点，也就是说，曲率飞船的速度可以在特定条件下在宇宙空间中形成一个巨大的莫比乌斯环，而这种特定环境就是宇宙的曲率空间。根据这个发现，托马索在实验室中制造了一种可以在宇宙空间内通过恒星引力产生的宇宙风，这种风的速度略低于曲率飞船的速度，但在宇宙风和墙之间建造一个可以让风达到制造墙的环境，那么神奇的宇宙空间莫比乌斯环就会出现。只要恒星不消失，那么这个莫比乌斯环就永远都会停留在这里，唯一可以走出去的方法就是毁掉这个机械，使宇宙风的速度降低，那么墙也就自然消失了。

托马索把这个发现告诉了卡妙。卡妙敏锐地意识到，恩美雅人很可能还没有掌握这个技术。因为卡妙发现，恩美雅人在杰玛太空城市的边缘布置了很多飞船，他们利用飞船上的立体成像技术制造视觉上的错觉而没有制造莫比乌斯环，这就意味着恩美雅人的防卫技术还没有达到这个宇宙的顶端。

兴奋的卡妙悄悄地把这个消息告诉了国王，国王激动得几乎疯狂，他意识到，这可能是他们赶超恩美雅人的唯一机会。为此，国王悄悄地要求卡妙和托马索在行星背面的光环上进行莫比乌斯环的实验，以确保如果真有一天恩美雅人打击他们的话，可以逃过恩美雅人的追击。

此时，距离玛雅人离开地球不过一年的时间，曾经对神的那种崇敬已经荡然无存，取而代之的是对恩美雅人的不信任。国王知道，在这个宇宙中，至少到现在为止，没有谁是可以完全信任的，当然，只是到现在为止，未来也许会有可以帮助他们的人。

而对于身边的人，国王也并不完全信任，因为还有很大一部分人更倾向于跟随恩美雅人。

五、失败

恰克西更倾向于跟着神，因为在他眼里，神是万能的，神也无限信任恰克西。在整个杰玛星球，恰克西的权力只低于国王，他可以在这里做任何他想做的事，对于恰克西来说，这一切都是神给予的。

但对于国王，恰克西也是尊重的，虽然如今的他们在思维上已经和现代人没有区别，但是玛雅人骨子里的那种基因却从未改变，国王永远都是国王，是他们心中的图腾。虽然恰克西看出了国王对于神的不信任，但是他却一直努力地说服国王，希望国王可以按照神的意志来行事，只不过每次国王显得都不是很热情。这让恰克西很是苦恼，在国王和神之间找到一个平衡，是他最想做的事。

其实国王还是很喜欢恰克西的，不单因为这个孩子曾经是一个玛雅的勇士，还因为他无比忠诚，只不过如今的恰克西只是还没有弄明白宇宙中的法则。在他的眼里，恩美雅人就是这个宇宙的顶级文明，而事实上并不是，但要想让恰克西明白这个道理，需要的除了时间，还有足以改变恰克西宇宙观的事件。

恩美雅人决定打击位于猎户座悬臂英仙座上的一个文明，这个文明比起鼠人要高级得多，他们拥有可以利用自身行星能量的能力，在他们的行星上，拥有着威力不次于恩美雅人的武器。和鼠人不喜欢战争不同的是，英仙人喜欢战争，在他们的基因中，战争是解决一切问题的唯一途径。但由于暂时还没有开发出更为先进的技术，所以他们的战争都集中于自身行星内部，对于外界，他们只知道恩美雅人曾经在他们星球登陆，邀请他们参与战争，但是由于这个星球上战争不断，英仙人的眼界也并不开阔，所以所有人都拒绝参与宇宙战争，他们更喜欢征服自身的行星。恩美雅人看到他们对于核武器的使用已经得心应手，担心这里会出现技术爆炸产生顶级技术，所以决定对这里进行一次打击，像毁灭鼠人一样毁灭这里。毫无疑问，这次打击的任务再次交给了玛雅人。

恰克西仍然是这次星际战争的领导者，这是国王和神一致决定的。一方面是因为恰克西对于战争的狂热；另一方面，无论从国王的角度还是神的角度，他们都需要一名经验丰富的军事家来应对随时可能发生的战争，每一场战争都是恰克西积累经验的战场，也是他成为真正军事家的勋章。

在出发之前，恰克西认为，英仙人和鼠人一样不堪一击，所以他对于这场战争的准备并不充分，大概只带了二十艘战舰前去。让人意外的是，知道英仙人不好对付的恩美雅人居然没有提醒恰克西，只是默认了恰克西的轻敌。

在大约四十周之后，恰克西的舰队到达了英仙座的这颗行星所在的星系，并在一颗冰巨星上建立了临时基地。当准备完毕之后，恰克西充满自信地下达了攻击这颗行星的命令，二十艘载有超级反物质核弹的战舰立刻扑向了目标。

一切都大大出乎恰克西的意料，当他们的战舰刚刚进入大气层的时候，他们居然遭到了这颗星体内部的强烈进攻。虽然他们的速度大大高于对手，但是在茂密的核弹攻击下，还是有几艘战舰被击落。恰克西简直不敢相信自己的眼睛，在此之前，他从没想到过失败。恼羞成怒的恰克西下达了用反物质核弹摧毁这颗行星地面上所有物体的命令。

顷刻间，剩余的十几艘战舰朝着地面发动了核攻击，这是人类无法想象的攻击模式。几乎在瞬间，与地球大小差不多的英仙人所在的星球的地表被轰回了几亿年前的模样。这就是星际战争的可怕之处，摧毁你，就在一瞬间。

以为胜利了的恰克西准备向神报告，但是让他意想不到的一幕发生了。从这颗星体的地心处，突然再次冒出比之前更加强烈密集的攻击，刚刚轰炸完还没有完成返航的十几艘战舰几乎在瞬间被击中，坠落地表。这一切，都发生在恰克西的眼皮底下，刚刚还对胜利兴奋异常的恰克西坐在基地里几乎不敢相信自己的眼睛。要知道，这一次进攻和反击，都发生在一瞬间，恰克西猛地想到了曾经在地球森林中的一次打猎过程中遇到过的事情。

那是恰克西去卡依察之前，他和几个同伴一起去森林打猎。当时他们还小，只能打一些野兔山鸡，但是那天，他们却走出了自己经常活动的范围，而那里，是父母坚决禁止他们去的地方。但玩得高兴的恰克西和同伴们显然忘记了这个嘱托，直到天快完全黑下来，他们才发现自己已经走了很远。

就在他们准备回家的时候，一个伙伴发现，在他们正前方的树上，一只成年的雄性美洲豹正在用一种愤怒的眼神怒视着他们，很显然，这里是美洲豹的领地，它可不喜欢任何活着的进入它领地的家伙。

恰克西和伙伴们惊呆了，毕竟他们从没有遇到过美洲豹，但是现在，他们不但遇到了，还要成为它的敌人，这可不是一件让人高兴的事。

不过作为森林的主人，猎人的儿子，恰克西并没有慌乱，他和伙伴们靠在一起，随时准备着迎接美洲豹的进攻，毕竟在面对速度极快的美洲豹时，防守显然比进攻更合适。

美洲豹没有丝毫的犹豫就朝着恰克西扑了过来，它准备速战速决，但是它还是忽略了人类的智慧。在恰克西躲闪之后，美洲豹转过头进行了第二次攻击，这次，它又失败了。不甘失败、恼羞成怒的美洲豹掉转头第三次扑向了恰克西他们，但可惜这次也是它最后一次进攻了。因为已经判断出美洲豹的速度和高度，恰克西在它从他头顶越过的一刹那，把一把锋利无比的小刀扎进了它的咽喉。这一刀是致命的，美洲豹在落地之前可能就已经死掉了。

那次胜利让恰克西明白了一个道理——进攻是胜利唯一的途径，但防守才是保证胜利最关键的因素，了解敌人比威慑敌人更重要。

现在，恰克西就犯了美洲豹的错误，不过比美洲豹幸运的是，他至少还有机会再来一次。看着二十艘战舰和几十个同胞葬身于此，恰克西虽然难过，但只能无奈地离开，对于他们来说，失败和死亡是无时无刻不在的。

六、内心的痛苦

带着悲痛和不甘，恰克西回到了杰玛。不过让他意外的是，神并没有责备他，反而对他进行了最大的安慰，但是国王却冲着恰克西发了火。

神告诉恰克西，在宇宙中，没有任何东西是透明的，星际战争最大的特点就是你永远无法猜透你的敌人拥有怎样的能力，当然敌人也猜不透你。科技是获得胜利的决定性因素，当你认为你的敌人弱不禁风的时候，也就是你犯的最大的错误。这次失败是恰克西战争生涯中必须要经历的，今后的失败也许比这次要更加彻底。要想成为一个出色的猎手，首先得学会做一只狡猾的狐狸。

恰克西点了点头，的确，这场战争造成的后果，恰克西永远都不会忘记，虽然心有不甘，但是却不得不佩服英仙人的智慧。看来，科技并不能决定一切，当你和敌人的能力接近的时候，智慧才是决定性的因素。

返回杰玛的恰克西去见了国王，本以为自己差点死掉会得到国王的安慰，却遇到了他有生以来最为严厉的一次指责。一向微笑着温文尔雅的国王彻底爆发了，如果不是有卡妙和王后在身边拦着，说不定他会把一只烤好的火鸡砸向恰克西。

国王对于恰克西的愤怒其实并不是因为战争失败，而是因为几十个玛雅战士在恰克西不负责任的指挥下，永远地留在了异国他乡，不，是留在了异星，他们的灵魂永远被囚困在一个他们无法挣脱的地方，永远处在一个痛苦的世界，那里，不是他们的家，而这一切都是恰克西造成的。虽然王后和卡妙不停地劝解着国王，告诉他这是星际战争必须要面对的牺牲，但是国王还是不肯轻易地原谅恰克西。

“你必须为你的行为造成的后果负责，恰克西。”国王的声音中带着颤抖。

“是的，陛下，但是这种牺牲是无法避免的，今后可能比这次还要惨烈。”恰克西看着国王平静地说。

“你简直是个浑蛋，这根本就是可以避免的。”国王根本不听恰克西的话。

“陛下，我以后不会这样了，但这是神的指示，神让我们学会从失败中积累经验，如果没有这样规模的牺牲，那么我们面对更大的牺牲可能就无法接受了。”恰克西仍然平静地说，虽然他承认战争失败了，但是他并不认为牺牲是他造成的。

“你记住，他们都是你的同胞！”国王看着恰克西，脸上的青筋几乎要爆裂出来了。

恰克西抬起头，看着国王，没有再说话。确实，国王的话让他平静的心感到了一丝巨大的震撼。这些跟着他一起去征服英仙人的战士都是他的同胞，他们义无反顾地跟着神的使者恰克西离开了世代生活的家园，抛弃了本来拥有的一切，来到了这个浩瀚充满未知的宇宙空间，又跟着恰克西去参加没有未来的战争，但是最终，他们却死在这里，甚至连灵魂都消失得无影无踪。

没有人再说话，国王、王后、卡妙、恰克西都静静地待在原地。过了一会儿，国王轻轻地把手放在胸前，朝着英仙座的方向，向着死在异星的战士致以最为崇高的敬意，卡妙、恰克西、王后也都如此。这是一种玛雅最为古老的仪式，在玛雅，死亡只是意味着暂时的离去，而非永别，因为每一个死亡的人都会把自己的灵魂交给新出生的孩子，这是一种生命的传承，也是一种对于死亡最为善意的解释。但是此刻，他们却感到绝望和悲伤。

“恰克西，请不要伤害我们的同胞。”国王说完，就扭过头走了。王后轻轻地叹了口气随着国王离开了，只剩下卡妙和恰克西还呆立在原地。

“恰克西，别难过了，陛下也很痛苦的。”卡妙安慰着恰克西。

“我错了，卡妙，是我的错误造成的，我愿意承担责任，也保证这样的事今后不会发生。”恰克西痛苦地说。

“不，这不怪你，你做得没错，总比我们都死在未知世界里好得多。”卡妙轻轻地说着。

恰克西没有再说话，他转过身，默默地离开了。

国王的话远比失败带给恰克西的心灵震撼要大得多，虽然从思维以及智力上恰克西已经达到了现代人的标准，但是在感情上，无论是谁，永远都无法进化，即使再过一万年，也是如此。

回到城市之后，恰克西看到很多在这次战争中失去亲人的家属聚集在城市中央的金字塔边上，自发地举行着古老的祭祀仪式，他们希望用这种方式来缓解内心的痛苦。但是恰克西知道，宗教的仪式只不过是一种形式而已，失去亲人的苦楚就像一个巨大的钉子一样，永远地扎在每个人的心中。

恰克西抱起了一个孩子，轻轻地抚摸着他的头发说：“孩子，对不起。”

那孩子睁着大眼睛看着恰克西，他听不懂恰克西的话，只是觉得眼前的这个人是首领。他感到一丝温暖，冲着恰克西笑了笑。

恰克西更加痛苦了，他的眼泪夺眶而出，他放下孩子，风似的逃回了自己的家中，也许只有这里才是他躲避眼前这一切的港湾，但是内心呢？怎么逃避，恰克西不知道。

曲瓦塔给了恰克西一个大大的拥抱，她知道，这个整个玛雅王国曾经最为勇敢的勇士此刻已经脆弱得不堪一击，他需要的不仅仅是安慰，还有对他心灵的拯救。

七、雅各布的抉择

恩美雅人的思维是直接的，但是这并不代表恩美雅人缺乏变通。在玛雅人的太空生活进入正轨之后，他们发现，这个国王表面上对他们似乎言听计从，但是对于一些关键性的问题比如太空舰队的指挥权以及共享科技这方面，国王却从来都是自己做主。为此，恩美雅人觉得选择一个新的国王应该是一件现阶段要完成的事。新选的国王必须具备两个条件：第一，他必须和现任国王对立，完全站在恩美雅人一方；第二，他必须具备绝对的权威性，对整个玛雅人具有相当大的威慑力。两者缺一不可，但是要满足这两个条件的人在整个杰玛是少之又少。

最初恩美雅人的选择是恰克西，但是恰克西在和英仙人战斗失败之后，陷入了困境，似乎无法振作起来。于是，恩美雅人只得重新选择他们的人选，最终，他们觉得恰克西的弟弟雅各布是一个非常符合他们要求的人。

第一，雅各布是恰克西的弟弟，或许是受到恰克西的影响，在国王和恩美雅人之间，他对恩美雅人似乎更加信任，他主张以恩美雅人为核心开展星际战争，对于国王的能力持保留态度。

第二，雅各布在来到杰玛之后，由于是恰克西的弟弟，他被任命为第三舰队的司令，这是整个玛雅舰队中最为出色的一支太空舰队，负责整个杰玛的安全工作，在杰玛具有相当高的权威。

从这两点上来说，雅各布再合适不过了，于是恩美雅人找到了雅各布，把他们的意思传达给了他。

雅各布并没有说话，只是默默地听着恩美雅人的话。他从来都没有想过要当国王，毕竟这在玛雅文化中是一种无法原谅的行为。几百年来，玛雅王国发生了无数次部落之间的战争，但是却从来没有发生过一起针对国王的政变，他在内心深处开始揣摩着恩美雅人的意图。

当上国王意味着你将拥有一切，在这么大的诱惑面前，雅各布心动了。但是他并没有很快答应，而是表示自己需要时间考虑，毕竟这并不是一件小事，而是一件没有任何挽回余地的事，一旦发生，就必须完成。

回到城市之后，雅各布的心很乱，一方面是对于取代国王之后自己能否胜任的忧虑，另一方面是对于一旦失败后自己命运的担心。看着自己刚出生的孩子，雅各布不得不考虑得周全一些，比起认准一件事就要走到底的恰克西，雅各布显得更加圆滑。

距离给予恩美雅人的回复时间越来越近了，雅各布必须尽快做出决定。因为恩美雅人的候选人可不是只有他一个，如果他拒绝的话，那么下一个候选人也许就会成为新的国王，到那个时候，他失去的不单单是国王的位子，还有两边的信任。

想到这儿，雅各布似乎已经下定决心了，毕竟跟着恩美雅人并不是一件多么糟糕的事，而且他的目标也不是国王的位子，而是让玛雅王国的未来更加光明。他觉得，所有人都会理解他的，不过，在给恩美雅人回复之前，他还是去找了恰克西，他需要一个可以让他安下心的人。

“恰克西，你还好吗？”雅各布看着有些抑郁的恰克西关心地问道。

“我还好，雅各布，你怎么来了？”恰克西很好奇雅各布为什么会来自己这里，大多数时候，雅各布有自己的工作，他会住在第三舰队的基地。

“我来看看你。”雅各布坐在了恰克西身边。

“一定有什么事。”恰克西对雅各布非常了解，看着他有些吞吞吐吐的表情，更是确定雅各布一定是有事。

“也没什么，只是想问问你，对于未来，我们的胜算有多大。”雅各布最终还是没有说出自己要说的话。

“这个我不知道，宇宙的浩瀚超过了我最初的想象，让我觉得可怕，甚至有点绝望。”恰克西低着头，忧伤地说，他还没有从失败中走出来。

“这个我知道，但是我们别无选择，总不能再回到地球吧。”雅各布叹了一口气说。

“这是肯定的，我们不能回去，也没必要回去。”恰克西抬起头看着雅各布，并不明白他的意思。

“那我们只能选择一条胜算大的路走，对吗？”雅各布问。

“对，你到底要说什么？雅各布，我不明白。”恰克西不知道雅各布要表达的是什么。

“没什么，我们必须做出抉择，为了整个王国。就像你下达攻击的命令一样，在那种情况下，你别无选择。”雅各布的声音提高了一些。

“不要说了，雅各布，那结果简直糟透了。”恰克西并不喜欢再听失败的事，对于他来说，那是一种折磨。

“抱歉，我不说了，我走了，恰克西，你要保重。”雅各布站起身，转身离去，对于下一步该怎么做，他已经下定了决心。

曲瓦塔走了过来，看着雅各布的背影，对恰克西说：“或许雅各布将要选择一条胜算大的路走出去，他也是一个勇敢的人。”

“随他去吧，王国需要这样的人。”恰克西并没有理解曲瓦塔的话，如果他明白的话，他一定会发现，失败的战争和将要发生的事比起来，简直不值一提。不过从雅各布迈出他家门的那一刻起，一切都晚了。

八、混乱

雅各布答应了恩美雅人的让他担任国王的建议，但是他也提出了三个要求：第一，要保证杰玛所有人的安全，不能因为他们支持国王就滥杀无辜；第二，他担任国王之后，要拥有和原国王一样的权力；第三，无论发生什么，不能杀死国王。恩美雅人答应了雅各布的要求，毕竟和固执多疑的国王比起来，雅各布当国王更符合他们的利益和战争的需要。

要想让国王退位并不是一件简单的事，毕竟对于国王的支持者来说，这是一件改变他们传统的事情，无论是从思想上还是情感上都无法让人接受。和平移交权力的可能性不大，而如果发动战争，不但雅各布不答应，而且也会对太空舰队造成很大的影响，现阶段，人才是他们最需要的。最后，还是雅各布想出了一个方法。

雅各布让恩美雅人利用曲率战舰对杰玛的第三城市进行一次攻击，在此之前，他会把这里几乎所有的人都撤掉。攻击之后，他们要离开，造成一种他们并不是绝对安全的假象。小心谨慎的国王必定不会派遣战舰进行追击，因为对他来说，宇宙中的高级文明实在太高深了，他不会拿自己同胞的性命开玩笑，否则他也不会对恰克西发那么大的火。但这样做必定会激起民众的不满情绪，到时候，雅各布会带领第三舰队出击，并胜利而归，这样，雅各布的威信就会增加。如果这样的打击连续发生，那么国王将失去对整个王国的控制。

这就是人类的思维，带有跳跃性和隐蔽性，思维僵硬的恩美雅人是无论如何也想不出来的。他们当然同意雅各布的方法，立刻在恒星的背后安排了一艘无人驾驶的曲率战舰等候雅各布下达攻击的命令。

大约三天之后，恰好是玛雅人离开地球一周年的日子。当然，这个年是按照地球的历法计算的，虽然他们离开了地球，但为了纪念曾经在地球上生活过的岁月，他们一直都按照地球的公转时间来计算日子。这天，几乎所有的玛雅人都会来到第一城市的金字塔前进行传统的祭祀活动，他们会换上曾经在地球上的衣服，享受着地球上曾经最美味的如今只停留在记忆中的玉米饼，还会唱着他们曾经认为的世界上最好听的歌曲，跳着曾经认为的美妙的舞蹈，来纪念这个特殊的日子。

当国王站在演讲台上面对数万名玛雅人开始讲话的时候，隐藏在恒星背后的攻击战舰也启动了。

国王的演讲让人感到热血沸腾、心潮澎湃，每个玛雅人都热泪盈眶地回忆起曾经的点点滴滴，这是他们这一代人共同的回忆。几百年、几千年之后，这一切都将成为后人眼中的历史，但现在，这是一个民族最具有凝聚力的神圣时刻。

与此同时，战舰也在接近第三城市，没有人会想到在这个时候会发生这样的事。

激烈的鼓掌声掩盖了战舰轰炸的响声，却无法掩盖第三城市冲上云天的火光和浓烟。几乎在瞬间，所有人的目光都从国王的演讲台转向了飘浮在空中的第三城市。

“天哪，我们受到了攻击。”

“是英仙人的反击吗？”

“我的天，那里有没有人？”

所有人都充满了疑惑。

第一城市的卫队立刻向国王做了汇报，请示国王要不要出击，但是国王拒绝了。

“我们需要派出战舰进行反击。”有人喊道。

“神会帮助我们的。”也有人这么说。

“陛下，请下达命令，现在我们被入侵了。”

国王没有说话，他用一种非常冷静的目光看着在座的所有人。这些都是他最为信任的人，是整个杰玛的核心团队，但此刻，却没有一个人和他的想法一样，半晌，他才缓缓地开了口：“卡妙，你说呢？”

“陛下，我们不应该出击，因为敌人来自未知世界。”

国王笑了，最了解他的人依然是这个和他从小一起长大的人。

“你说什么？卡妙，你还是不是勇士？你简直就是一个孬种。”有人对卡妙进行了反击，在他们看来，无论发生什么，反击是现在最需要做的事。

“卡妙说得对，传达我的命令，所有人进入城市的避难所，开启最高等级的预警，等待结果！”国王下达了命令，所有的人都用不可思议的目光看着国王，继而开始抱怨，最后转为愤怒。当然，这一切都是冲着卡妙的。

卡妙没有理会这些人，径直离开了王宫，现在，他不需要进行任何辩解和争论。

人群在卡妙井然有序的安排下逐渐散去，等待着第三城市对袭击的报告。王宫里只剩下国王和卡妙两个人，卡妙看着国王，仍然是一副平静的表情。

“卡妙，你看到了，我们是多么弱小。”国王无奈地说。

“陛下，即使再弱小，我们也会找到生存的方法，这是大自然的法则，也是宇宙的规律。”卡妙面无表情地说着。

“嗯，没错，这个宇宙大大超乎了我的想象，如果可以重新来一次的话，我宁愿待在地球上，生老病死。”国王感慨道。

“陛下，忘掉过去吧，我们只能朝前看。”卡妙对国王说道。

“大家的反应一定很激烈吧？”国王问道。

“有一些，这是正常的。”卡妙回答道。当然，他隐瞒了一些，毕竟如果告诉国王几乎所有人都对他的决定不满意的话，国王会感到难受的。

“希望这是第一次，也是最后一次。”国王叹了口气。

“陛下，是第一次，但不会是最后一次，我们无法阻止这样的事情发生，但我们有我们的生存方式。”卡妙的脸上终于露出了一丝不易觉察的微笑。

国王没有再说话，他只是静静地看着窗外，虽然目光有些坚毅，但更多的是一种迷茫。卡妙忽然发现，这个曾经和自己一起长大，在地球上英姿飒爽的玛雅王国的领袖似乎一夜之间老了许多，难道这就是生命无法避免的自然规律吗?

九、英雄雅各布

当所有人还没有从第一次袭击的噩梦中缓过来的时候，第二次袭击就接踵而至了。比起第一次袭击，这次袭击的力度似乎更大，第三城市的边缘被炸出了一个巨大的裂口，一座建造在这里的地球博物馆被瞬间炸成了一片废墟。悲伤、愤怒再次点燃了整个杰玛，玛雅人内心深处的勇气终于被唤醒了，他们聚集到王宫，强烈要求国王收回躲到避难所的决定，要求出动战舰对未知的敌人进行打击。

不过国王还是拒绝了，甚至比第一次更加坚决，没有一点商量的余地。人群不愿意散去，希望通过坚持让国王改变主意，但是国王不为所动，下达了终极命令，为此，国王的卫队甚至和一些人发生了小规模的冲突。最终，人们还是接受了国王的命令，回到了避难所。但是比起上一次的小规模不满，这次，几乎所有的人都高声地谩骂着，有骂卡妙的，有骂领导团队的，但更多的不满指向了国王。

王宫里国王卫队的成员们看着国王，对他们来说，国王的命令是无法抗拒，但这并不代表他们认可他的做法。他们需要血性，需要为了王国的名义而战，但是他们曾经无比尊重、无比信任的国王此刻就像是一个懦弱的小丑一样，蜷缩在王宫里，苟且地活着，已然没有了一点玛雅人作为勇士的气魄。

国王没有看卫队，而是仍然站在窗前看着第三城市的火光冲天。虽然他也对这种事情感到愤怒，但是他坚信，自己的做法是最符合整个王国利益的，为此，他宁愿接受任何谩骂甚至更严重的后果。

就在人群仍然不停地谩骂，国王置之不理的这个时候，人群中突然有人发现，在第三城市的另外一侧，出现了五个亮点，朝着袭击者的方向追去。当战舰掠过第一城市上空的时候，人们才看清，这是杰玛第三舰队的战舰，而领头的那艘战舰则是王国第三舰队司令——雅各布的战舰，是那个不喜欢说话、存在感极低、一直以来负责杰玛安全的人。

雅各布的舰队在掠过第一城市的上空之后，立刻分散，除了雅各布的战舰之外，另外四艘分成两边，准备对袭击者进行包围，而雅各布的战舰则紧紧咬住袭击者，一直朝着杰玛的边缘地带飞去。不过袭击者并不是那么容易就被击败的，它在空中不停地改变着行进的方向，想甩掉雅各布的追击，但是雅各布的战舰就像是它的尾巴一样，丝毫没有被甩开的迹象。

“雅各布，他在干什么？”卡妙看着天空，愤怒地说道。要知道，国王从没有下达过追击战舰的命令，这是雅各布在擅自行动。

“好样的，雅各布！”与卡妙形成鲜明对比的是，人群中爆发出阵阵欢呼声。

而国王则没有说话，他仍然非常安静地看着眼前发生的一切，仿佛这一切都在他的预料之中。卡妙跑到国王面前，激动地说："陛下，雅各布，他……"

"不要说了，随他去吧。"国王仍然非常平静地说着。

从两边追击袭击者的四艘飞船已经绕过了一个半圆，飞到了袭击者的前方，对袭击者形成了一个包围圈。从空战的角度上来说，袭击者已经没有办法逃出了，但是就在袭击者发射出炸弹之后，袭击者的战舰突然在行进的过程中改变了方向，朝着上空的空白处飞去，紧接着突然掉头从雅各布战舰的上方飞了回来，并且直奔第一城市。

"天哪，这家伙要干什么？"人群再次变得惊慌失措。

不过雅各布的反应似乎很快，他也掉转了方向，继续紧紧地跟着袭击者。就在袭击者眼看要接近第一城市的时候，在第一城市上的所有人都看到了让他们终生难忘的一幕。雅各布的战舰突然把速度提升到了极限，撞向了战舰，两艘飞船相撞的巨大爆炸声似乎让整个第一城市都在颤抖，是的，没错，雅各布选择了和袭击者同归于尽。

"雅各布，我们的英雄！"

"天哪，这个勇士！"

"谢谢你，雅各布！"

几乎所有人都悲伤地看着眼前发生的一幕，发出了痛苦的感慨。是雅各布在最危险的时候救了他们，是这个不起眼的保卫者用自己的身躯挽救了所有的人。渐渐地，人群中有人开始用玛雅人特有的吼叫向雅各布致敬，紧接着，所有人都开始有节奏地发出战吼声，从各个避难所，到国王的王宫……

两艘战舰爆炸引起的火光和烟雾终于散去，人群陆陆续续地走出了避难所。他们哭泣着，手挽着手，自发地走向战舰坠落的地方，想看一看英雄雅各布最后的样子。在冒着烟的战舰附近，他们看到了既让他们震惊又让他们高兴的一幕：

雅各布穿着一身几乎已经燃烧成黑色的宇航服，一步一步地朝着人群走来，在他的脸上，是一副坚毅的表情。

“雅各布，万岁！”人群中有人喊了出来，紧接着，越来越多的人开始呐喊，直至所有人。

雅各布被举了起来，抬着走向了大街，人们用这种最为传统，也最震撼的方式向他们的英雄致敬，同时也是向那些懦弱的人示威。

王宫里的侍卫们没有理会卡妙和国王，他们也冲向了庆祝的人群，整个王宫里只剩下了卡妙和国王。

“陛下！”卡妙看着国王，不知道该说什么。

国王则看着肆意庆祝的人群，脸上仍然平静得像湖水一样，看不出一丝一毫的表情。

十、沉默的雅各布

卡妙带着警卫队冲进了雅各布的住所，根据杰玛的法律，国王拥有对玛雅王国的绝对控制权，任何没有经他同意而下达的命令都是违法的，而卡妙正是执行厅的负责人，所以，从法律角度上来讲，卡妙的做法没有错。

让人意外的是，雅各布没有任何辩解，他只是轻轻地站起身，和警卫走出了家门，这有些出乎卡妙的意料。

卡妙并没有把雅各布交给国王处置，那是因为卡妙的这次抓捕行动国王并不知道，其实知道不知道都无所谓，卡妙有这个权力抓捕违反法律的人。但是国王拥有否决权，也就是说，国王可以下达逮捕雅各布的命令，也可以下达不逮捕的命令，而卡妙没有告知国王，国王的否决权就没了效应。因此，这次逮捕雅各布是卡妙一个人的想法，与国王无关。

关于卡妙，整个杰玛几乎没有一个人真正了解他，除了国王。他冷酷无情不苟言笑，但是忠诚勇敢尊重传统，对于国王，他保持绝对的尊重，同时也最了解国王。最重要的是，他几乎从不违背国王的意愿，但这次，他没有去请示国王。

雅各布被逮捕的消息震惊了杰玛的每一个人，当他们听到这个消息之后，简直不相信自己的耳朵，但在确认了消息的真实性之后，所有人都从震惊变为了愤怒。他们无法接受这个现实，自发地走上街头，这次，他们不再针对卡妙，而是把矛头直接指向了国王。

不过和国王控制的军队比起来，民众毕竟属于弱势的一方，他们的抗议就如同在大海中掀起的一个小小的涟漪一样，起不到任何作用。但是很快，军队方面就发现，事件并不像他们想象的那么简单，因为他们得到了一个非常震惊的消息：第三城市的防卫舰队，也就是雅各布指挥的舰队叛变了。他们几乎没费任何力气就控制了第三城市，而且发表了一项声明，宣布如果国王不放出雅各布，那么他们将不再效忠国王，造成任何的后果都将由国王来承担。

这项声明就像是大海上突然袭来的巨大风暴，瞬间席卷了整个杰玛。民众在这项声明的影响下，开始了第二轮抗议。这次抗议并不像第一次那样温文尔雅，简直可以称作暴动了。民众在不知所措的国王卫队面前毫无惧色，他们摧毁了国王的塑像，砸毁了王国的纪念碑，直到聚集在王宫前才停止了前进。抗议声夹杂着对国王的谩骂响彻整个第三城市，国王的卫队已经退到了王宫大厅，等待着国王的命令，对他们来说，这是唯一的选择，也是最后的选择。

国王并没有出现，此刻他已经知道了杰玛的暴动。卡妙来找国王，希望他下达制止暴动的命令，但是国王只是轻轻地摇了摇头，对卡妙说："卡妙，我无法做到伤害王国的任何一个人。"

"可是陛下，他们要推翻您啊。"卡妙激动地说着，这和他以往的冷静完全不同。

"这没什么，王位而已，再说了，我们都是现代人了，不是提倡人人平等吗？"国王微笑地看着卡妙，平静地说。

"可是……"卡妙还想说话，但是他却不知道说什么。

国王没有理会卡妙，而是拿出了从地球上带来的玛雅王室可以佩戴的狼牙项链，捏在手中，闭上了眼睛，轻轻地把玩着。

王宫外的抗议声越来越大，民众即将失去控制。卡妙只得来到王宫外，他要直接和民众对话。

"释放雅各布！"

"国王滚蛋，我们受够了！"

“我们无法原谅你！”

民众肆无忌惮地发泄着情绪。卡妙站在玻璃门内，脸上又恢复了一直以来的冷酷，终于，他想到了一个也许可以解决问题的方法，头也不回地走向了软禁雅各布的房间。

雅各布被关在了王宫后面的一间悬浮于第三城市空中的书房里，此刻他正和国王一样，静静地看着发生的一切。和国王一样，他也无话可说，但是，比起国王的无奈，他是唯一可以制止暴动的人。

“雅各布，你去制止民众，不然整个王国都会毁灭的。”卡妙用很大的声音对雅各布说。

“只有国王才能下达命令。”雅各布看着卡妙，非常平静地说。

“现在就是国王的命令，他要求你制止这起暴动，还有，让你的舰队即刻返回第三城市，交出控制权。”卡妙说道。

“我做不到，因为我只是个罪犯，控制不了他们的思想。”雅各布仍然很平静地看着卡妙说。

“你……”卡妙愤怒地看着雅各布，却不知道说什么。

“卡妙，这是民众的意愿，我们不能违背。”雅各布扭过身，坐在了椅子上。

“什么民众的意愿，他们根本就不知道怎么回事。”卡妙仍然很激动地说。

“民众都知道我们要反击，否则我们就会完蛋，可国王却非要违背民众的意愿，拒绝反击，等待着死亡。但是民众不想死亡，他们对于现在的生活很满意。”雅各布提高了声音，眼睛紧紧地盯着卡妙。

“雅各布，不是你想的这样，国王有他的想法。”卡妙的声音低了许多。

“国王的想法？难道他要违背神的旨意吗？”雅各布问道。

“不，没有，国王只是想让我们的文明继续下去。你知道的，这个宇宙实在是太浩瀚了，以至于我们实在太微不足道了，战争可能摧毁一切。”卡妙解释着。

“那又怎么样？现在敌人已经入侵了，即使我们不知道他们来自哪里，难道反击是错误的吗？”雅各布站了起来，厉声说道。

“好吧，我不想多说什么，我只希望你看在我们同胞的分上，出面制止这场暴动，之后我会向你解释清楚的。如果你不愿意，那我也决不勉强，不过我告诉你，这个王国不是国王的王国，而是我们大家的王国，是每个人的王国。”卡妙轻轻地叹了一口气，扭过头，准备离去。

“等等，如果是你说的这样，那么我去试试。”雅各布似乎被卡妙说服了，他站起身，随着卡妙一起来到了抗议的民众面前。

雅各布的出现让民众的抗议声瞬间停止了，民众看着他们的英雄雅各布，等待着他开口。

“说啊，雅各布。”卡妙在雅各布的旁边催促着他，但是雅各布没有说话，只是扭过头看了看卡妙。

“怎么了？你说话啊，让他们离开这里。”卡妙看着雅各布，不知道他到底要做什么。

“对不起，卡妙，我不能违背民众的意愿。”雅各布轻轻地对卡妙说着，然后就在话筒前开始了对所有民众的演讲。

“所有杰玛城市的民众们，你们的行为让我感动，我无意改变你们的想法和行动，我们都是现代人，有权利按照自己的意愿行事，我永远和你们在一起。”

卡妙不可思议地看着雅各布，很快，他就意识到不能再让他说下去了，于是，卡妙伸手去夺雅各布的话筒，并一把抓住了雅各布。但是很快他发现，这一切都晚了，因为民众的情绪再次被雅各布的话点燃了，他们疯了似的朝着卫队冲击，并很快地冲到了王宫前面，包围了卡妙和雅各布。

“放开他，你这个浑蛋！”

“他才配做我们的国王！”

“让国王滚蛋！”

民众已经完全失去了控制，卡妙想要寻找卫队，但是他发现，此时的卫队已经放下了武器，站在了民众的一边，不知是胆怯了，还是被雅各布的话感染了。

“放下武器！”雅各布夺过话筒，几乎用最大的声音喊道。

雅各布的话就像是命令一样，所有的民众都毫不犹豫地听从着。

就在此时，城市上空传来了巨大的警报声，所有人都抬起头，从他们惊恐的眼神中可以猜到，这是一件可怕的事情。

第五章
远征银河系

一、退位

这巨大的警报声之所以让所有人感到恐慌，是因为这是杰玛的终极自爆系统。

在建立杰玛之后，由于思维的进化，人人平等的思想开始逐渐在玛雅人之间传播。恩美雅人为了让国王拥有绝对的控制权，在建造杰玛城市的时候，为国王建造了这个颇具震慑力的自爆系统。每个城市的中央地下，都拥有一枚足以炸毁整座城市的核弹，而这些核弹的控制按钮就在国王的王宫内，一旦出现无法控制的局面，国王有权按下按钮。当然，这只是一个震慑系统，没有人会想到真的有一天国王会按下这个按钮，但现在，这可怕的警报声响起了，这意味着国王给予了所有人一个警告。

雅各布看着鸦雀无声的人群，又看了看卡妙，显然没了办法。不过很快，他就做出了决定，进入王宫，找到国王谈判，毕竟这条路是无法回头的。

进入了王宫的雅各布其实已经知道了如何面对国王，他急促地走到了国王面前，把手放在了胸前，向国王致敬："陛下，请求您的原谅。"

国王静静地看着他，微笑着说："孩子，我的勇士，你没有做错什么，所以也没有什么可以原谅的。"

雅各布抬起头，吃惊地看着国王，身边的卡妙也看着他，不明白国王的意思。

"陛下，请您饶恕我，我愿意承担一切后果。"雅各布低下头对国王说。

"孩子，我说的是真的，你不用这样。"国王仍然微笑着，雅各布看着国王，感觉到国王很真诚。

"陛下……"卡妙想说什么，但又停住了。

"我当国王已经整整二十年了，从一个少年变成了中年，从地球来到了杰玛，每一天我都是幸福的、开心的。"国王一边走一边说着。

"但是我也很累，我每天要考虑的事情很多。有的时候，我真的想像你们一样，在森林里打猎，到河里捕鱼，然后躺在床上睡觉，第二天起床还是如此。"国王笑着说道，"到了这里，我更累了，因为这里实在太大了，我每天都生活在极度的不安中，很想念家。"

"雅各布，我理解你，也了解你，你是一个真正的勇士，我不是。"国王诚恳地对雅各布说。

“不，陛下，我不是个勇士，我是个浑蛋。”雅各布也真诚地说道。

“不不，千万不要这么说，我说的都是真心话，今天我拉响这个警报，也绝不会真的自爆，我是有话要对你说，你能随我进来吗？”国王指着王宫后面的庭院对雅各布说。

雅各布看了看卡妙，又看了看国王，点了点头，跟着国王走进了庭院。

这是一座和地球上王宫的庭院几乎一模一样的院子，里面到处是玛雅王国的芳香。这是国王为自己建造的一个可以让他随时想起地球的“家”，只有在这里，他才会感觉到踏实。走进这里的雅各布也瞬间感觉到一种温馨。

“雅各布，这一切都是你的主意吧？”国王没有看雅各布，只是轻轻地问。

雅各布没有说话，他并不知道国王问这话的意思。

“或者是恩美雅人的意思？”国王扭过头看着雅各布又问。

“陛下，我不隐瞒，这是我的意思，和神无关。”雅各布承认了，此时再隐瞒下去也没有必要了。

“我早就猜到了，不过我理解。”国王坐在了庭院的台阶下。

“那您的意思是？”雅各布看着国王不解地问。

“我同意把王位让给你，这样对所有人都好，也符合所有人的利益。”国王轻轻地从花池中摘下一朵小花。

“陛下，我不是非要当国王的。”雅各布极力解释着。

“没什么的，其实国王只不过是一个称呼而已，你当上之后就明白了。”国王扭过头冲着雅各布笑了起来。

“陛下……”雅各布看着国王不知道该说什么。

“这是玛雅的信物，给你。”国王把手杖递给了雅各布。

“不不。”雅各布推辞着。

“拿着，是真的传给你，但我有话要对你说。”国王把手杖放在了雅各布面前。

“您要说什么？”雅各布看着国王疑惑地问。

“当上国王之后，你可以按照自己的意愿做事，但是有一点，你必须要做到，否则我不会原谅你，你的爸爸妈妈也不会原谅你。”国王的表情变得非常严肃。

“您说，我一定做到。”雅各布信誓旦旦地说。

“无论发生什么，一定要保全我们民族的血脉。这个宇宙非常浩瀚，我们在宇宙中实在太微不足道了，说不定哪天我们就会像鼠人一样被消灭得干干净净。你一定要让我们的文明传承下去，证明我们曾经存在过。”国王看着雅各布说。

“我怎么才能做到？”雅各布问国王。

“需要的时候来找我，我会告诉你，不过现在，你已经是国王了，按照你的意愿做事吧。”国王笑着说道。

“您要去哪儿？”雅各布看着国王。

“我去第七城市，那里比较安静，我在这里会妨碍你做事的。记住，我把整个王国都交给你了，还有，我要带走卡妙和他的团队，他不适合留在这里。”国王几乎是向雅各布请求。

“嗯，你放心地去吧，我一定记住陛下的话。”雅各布诚恳地说。

“记住最后一点，宇宙比你理解的要可怕得多。现在，你只能听从恩美雅人的话，但是未来，你必须自己做主。”国王用非常严峻的表情看着雅各布。

“我会的。”雅各布点了点头。

“好了，我走了，我这就向所有人传达退位的声明，陛下。”国王微笑地看着雅各布走出了庭院。

二、新国王的野心

老国王带着卡妙和他的二十六个随从离开了第一城市，从今往后，这里只能作为他的过去式存在于回忆之中了，甚至连回忆都谈不上。因为从这时起一直到生命的终结，老国王从没有提起过自己曾经在第一城市生活过，也从不对后人提起他曾经是个国王。

雅各布在几乎百分之百的支持下向整个杰玛的民众宣誓就任新的国王，不过他并不称自己是国王，而是称总督。在他看来，国王这两个字并不吉利，但他的权力却和国王没什么两样，甚至比国王的权力更大。

恰克西开始的时候并不接受这样的结果，但是在雅各布与他沟通之后，恰克西对雅各布的新身份予以了默认。一方面是因为雅各布是他的弟弟，另一方面是因为雅各布能给予国王不能给予他的特殊礼物——复仇。

对于英仙人，恰克西在内心深处其实是很佩服的，毕竟在双方实力相差巨大的情况下能够让恰克西如此狼狈，对手的顽强绝对可以称得上伟大。但是另一方面，恰克西对英仙人恨之入骨，那些死在英仙人炮火中的伙伴就像是倒刺一样深深地扎在恰克西的心里，他几乎无时无刻不想着有朝一日用同样的方式手刃敌人，但是老国王坚决不答应恰克西的这个请求。现在，雅各布不但同意了他的请战要求，而且宣布无条件支持。

恩美雅人已经根据自己掌握的知识对整个银河系进行了详细的绘制，除了银河系的中心暂时因为技术原因不能到达之外，其他的所有悬臂，恩美雅人已经完成了几乎所有的观察。在这些悬臂内的无数个星系当中，至少存在着数万种处于不同等级的生命。恩美雅人的目的很简单，这些文明全都属于他们的盟军，是和敌人进行星际战争的雇佣军，但是如果他们拒绝恩美雅人的合作要求的话，那么就消灭他们。

恩美雅人根据银河系的结构、恒星的年份以及氢原子的数量，以天狼星为轴心，制定了一个跳跃式的进攻方式，重点打击人马座悬臂、猎户座悬臂、英仙座悬臂以及三千秒差悬臂的黄金分割点上的文明，因为在这个点上的文明从理论上来说是最接近他们文明等级的。对于这样的文明，只有消灭没有合作，因为一旦这里的文明高于他们或是等于他们，那么恩美雅人随时可能失去对于战争的领导权，继而失去整个战争的主动权，但是这样的战争也同样是最危险和最艰苦的，胜利和失败的概率几乎相等。

恩美雅人不会自己去征服这些星球，因此这个任务就交给了他们亲手带出的玛雅人，同时也激发玛雅人对战争的兴趣并使其积累足够的经验。与此同时，他们扶植的总督雅各布也同样对战争充满渴望，这是一件你情我愿的事情。

其实雅各布并不单单拥有对战争的渴望，比起老国王来，他对这个未知的宇宙充满的并不单单是想象，更多的是一种好奇。从小小的地球上走出来的雅各布，就像是从一条小河驶进了浩瀚的大洋一样，他太想驾驶着自己的小船行驶到大洋的彼岸，看看那里究竟是一个什么样的世界。而且大多数的玛雅青年都有着和他一样的想法，这也是雅各布真正可以获得几乎所有人支持的原因。现在，这个他们期盼已久的机会就摆在眼前，他们是不会错过的。

恰克西和雅各布不同，他并没有征服整个宇宙的野心，他更喜欢富足惬意的生活，对于战争，他并不喜欢也不擅长，这也是他在英仙座失败的原因，但是对于复仇，他却从来都没有放弃过。

近四千艘杰玛战舰已经全部建造完成，雅各布把它们分为了四个集团军和一个补给军、一个后备军，采用逐个征服的战术，不到万不得已，决不分离。这样做是因为他认为星际战争必须要有足够的武器支持才能获胜，毕竟每一个潜在敌人的一切都是未知的。

在杰玛的战前动员大会上，雅各布带领着所有的战舰舰长在金字塔前宣誓。每一个人都热血沸腾，这是他们民族历史上最伟大的一刻，没有任何一个人退缩，他们都对未来信心满满，甚至已经开始憧憬征服宇宙之后的美好生活了。此时，人们可以忘掉一切，但是，他们并不知道，等待他们的最终将是一个他们无法想象的可怕结局。

舰队浩浩荡荡地飞出了杰玛的每一座城市，雅各布站在指挥舰上，看着处于杰玛边缘的第七城市，微微地笑了，他在内心深处说道："陛下，总有一天，你会真心接受我这个伟大的总督的。"

与此同时，老国王在第七城市的住所里，透过玻璃窗看着浩浩荡荡出发的战舰轻轻地说道："孩子，我祝你好运。"

离开地球一年之后，玛雅人已经从没有开化的近乎是原始人的状态进化到了这个宇宙中最先进的文明之一。这是一种跳跃式的进化，也可以说是一种思维爆炸，并不是所有的文明都可以拥有这样的机会，他们大多数都是在日积月累中逐渐走到自己文明可以达到的顶端的。很难说这样的机会是好还是坏，对于得到这些机会的文明来说，这就是天上掉下的馅饼，任何人都无法拒绝，但对于没有得到这样机会的文明来说，这是他们无法想象的。在这个浩瀚的宇宙中，每个种族、每个星球、每个文明都在按照自己的模式进行着符合自身要求的进化，当然，这既是无法改变的自然规律，也是他们自己的意愿。

按照自己的意愿活着，无论在哪里，都是一件真正快乐的事。

三、长矛战役

舰队第一个要征服的文明是处于人马座A座黄金分割点上一个被命名为蜂窝的星系。根据恩美雅的氢原子分析以及无线电的探测，他们推断出了位于蜂窝星系的宜居地带中拥有文明等级绝对不小于I级文明的高级生命体。虽然这个星系比起英仙人所在星系较远，但是这里从银河系中心的角度上来看的话，是一个距离其他需要征服的星系最近的地点，以这里作为大本营，可以避免长时间的星际航行。

卓瓦作为第三集团军的司令，是这次代号为“长矛”战役的指挥。之所以把这次战役命名为长矛，是因为之前通过高级射电望远镜的观察，这个星系的恒星体积小于太阳，但是它的质量却大于太阳，所以它内部的能量更加丰富，就像地球上的蜂窝一样，而玛雅人一直以来都喜欢用长矛对蜂窝进行攻击。

而这颗处于星系宜居地带的类地行星几乎和地球一样，如果在数以万计的星体中寻找最为相似的两颗的话，那么这颗行星绝对可以称得上是地球的孪生兄弟。它拥有近乎完美的大气层、浩瀚的海洋、广阔的大陆以及数以万计的小岛，当然，还有着未知的生命，可以感觉到这是一个色彩斑斓、生机盎然的世界，和地球一样。唯一不同的是，它拥有四颗天然的卫星围绕着它公转，所以可以判断，它的引力要大于地球。在数字分析绘制的星图上，它就像是一个玩着水晶球的魔术师，欢乐地摆弄着自己的身躯，吸引着每一个喜欢它的人。

卓瓦舰队的侦察舰绕过蜂窝恒星的背面，进入紧邻“魔术师”的一颗气态行星的轨道，在这颗气态行星的一颗固态卫星上登陆，等到距离“魔术师”最近的距离时再进入“魔术师”的引力范围内，逐渐靠近，观察“魔术师”的轨道上是否拥有人造卫星，以判断“魔术师”行星上的文明等级，从而制订打击方案。这并不是一个最省事的方案，但却是最安全的，因为英仙座战役对于杰玛来说，是一个永远都无法散去的阴霾，时刻提醒着他们这个宇宙的可怕。

几周之后，当“魔术师”公转到了与侦察舰登陆的卫星最近的距离时，侦察舰以第一宇宙速度进入了“魔术师”的引力范围内，逐渐靠近了这颗神秘的星球。在即将靠近它的四颗卫星的时候，侦察舰朝着“魔术师”发送了探测无线电，这么做的原因是要判断这里是否有同样的无线电回复，如果有回复的话，那么这里的文明等级至少可以达到 I 级文明。

指挥舰上的雅各布和他的核心团队此刻激动万分，但同时也非常忐忑，这是他们的第一场真正意义上的征服战争，是一场只能胜利不能失败的战争。

很快，侦察舰的无线电接收系统就接收到了来自“魔术师”的无线电信号，信号的内容是：你们是谁？来自哪里？请不要靠近我们。

这是问题，也是警告，当然不是一个好消息。

侦察舰并没有理会回复，而是继续靠近“魔术师”最大的一颗卫星，准备在这里登陆。因为这颗卫星距离“魔术师”最近，在这里，粒子溶解望远镜可以透过“魔术师”的大气层，对它的内部进行详细的观测，从而最终确定以什么样的方案进行打击。

登陆到卫星之后，侦察舰上的成员发现，这颗卫星并没有被开发，这颗行星上的生命还没有完成对这里的登陆，因此判断这里的文明还没有走出行星的能力。因为对于宇宙中任何一颗行星上的生命来说，当他们发展到可以称得上文明等级的时候，意识到他们要走出自身所在的行星的时候，第一个选择登陆的都会是距离他们最近的星体——他们的卫星，就像人类登陆月球一样。

紧接着，侦察舰又对另外三颗卫星进行了登陆，得出的结论是一致的。与此同时，他们架设的粒子溶解望远镜已经在“魔术师”的大气层内分解出了一个可以对其内部进行观测的位置，望远镜可以清晰地看到“魔术师”的内部，并把数据和成像图传回指挥舰。

这是一个处于高速发展的现代化文明，在他们的每块大陆上都有着成千上万的生命在劳作，虽然他们大多数的工作都是通过机械完成的，但是仍然有一些难度较大的工作由人工完成。在他们的上方，巨大的类似飞机的飞行物悬浮在空中，似乎像是他们的指挥中心。而他们的海洋中，则是数以万计的战舰，可以看得出，这是他们的军队。而他们的人大多数都集中在每块大陆的北部，南部几乎没有任何生命居住的迹象。由此可以判断，“魔术师”的南方并不适合这里生命的生存条件。

侦察舰又根据这里空气流通的速度以及飞行物的体积判断出他们的飞行速度，得出的结论是，他们与杰玛战舰有着难以超越的差距，如果不出意外，杰玛舰队可以直接进入“魔术师”的大气层展开地毯式的攻击。而毁灭这里，只需要两艘战舰上的两颗核弹。

当然，这只是数据的分析结果，真正的判断还是在人，英仙人的行星几乎和这里一样，但是结果呢？所以，卓瓦下达命令，暂时不要攻击，继续保持观测状态。

四、慢性毁灭

如果说恰克西是一个战争狂徒，雅各布是一个业余的战争爱好者的话，那么卓瓦绝对称得上是一个战争天才。曾经在地球上的时候，虽然卓瓦的打猎水平并不高，但他却是一个围猎高手，他总能找到代价最小的方式获取最多的猎物。虽然在玛雅人看来，这并不是一个勇士应该表现出的素质，但是卓瓦似乎对这种方式情有独钟。也因为如此，在玛雅王国，卓瓦从来都是一个不被人重视的人。但是到了杰玛之后，卓瓦的这种才能得到了最大的发挥，因为在星际战争中，这是最好的获胜方式。

经过几天的观测，他们依然无法获知“魔术师”内部更多的信息，即将发动的战争一时陷入了一种僵持状态，包括雅各布在内的人都着急万分。毕竟这是星际战争，耽误的每一分钟都是未知敌人进化的时间，说不定在哪一分钟，敌人会发生技术爆炸超越自己。

但是卓瓦似乎并不着急，在他的心里，已经有了对这颗行星文明的打击方案，甚至他已经在考虑如何庆祝了，现在，他在等待一个时机。

没有人知道卓瓦的方案是什么，因为他拒绝透露，只是让他的舰队中的四艘战舰围着“魔术师”不停地飞行，计算着“魔术师”的自转速度以及四颗卫星的潮汐时间。

就这样过了大约半个月，当所有人都已经对这种看似毫无意义的探测产生厌倦的时候，卓瓦突然抛出了他的打击方案，这让所有人都大吃一惊，同时充满了怀疑。

卓瓦的打击方案从某种意义上来说并不符合星际战争的定义，因为他根本没有通过物理打击对“魔术师”进行攻击的打算，而是要求四艘配备了反物质核弹的战舰在远距离对“魔术师”的四颗卫星进行攻击并摧毁它们。面对这样的方案，几乎所有人都反对，因为这样做不但没有打击“魔术师”内的文明，还暴露了自己，接下来很可能遭到对方的反击，甚至是近距离的肉搏战，毕竟困兽犹斗这个词每个人都懂。

但是卓瓦却信心满满，他向所有人表示，一旦失败，后果由他一个人承担。舰队的各个舰长在将信将疑中执行了卓瓦的方案。

随着四艘装载着反物质核弹的战舰各就各位，卓瓦下达了攻击的命令。几分钟后，“魔术师”的四颗卫星几乎同时发生了爆炸，反物质核弹在瞬间摧毁了它们，巨大的火光包围住了“魔术师”，点亮了几乎整个宇宙空间。

总指挥战舰上的雅各布看着这一幕，心惊胆战，他不知道卓瓦这么做的意图是什么，所以他立刻下令，整个舰队退后一个天文单位，根据形势判断接下来要做的事。

在爆炸引起的巨大的火光逐渐散去后，所有人都发现，“魔术师”仍然完好无损地矗立在那里，几乎和爆炸前没有任何区别。他们都把目光转向了卓瓦，但是卓瓦却笑着对他们说道：“我们可以庆祝了，我宣布，长矛战役结束。”

所有人都不可思议地看着卓瓦，他们根本不知道卓瓦在说什么，但是卓瓦却不理会他们，下达了返航的命令。

雅各布和总舰队显然也不知道发生了什么，只有等待卓瓦回来之后他们才能知道怎么回事。

卓瓦刚刚进入雅各布的指挥舰，雅各布就像疯了似的冲了过来，一把抓住卓瓦问道：“告诉我，你究竟做了什么？”

“毁灭这里。”卓瓦的回答很清晰也很有力。

“可那颗行星还在转动。”雅各布指着大屏幕上的“魔术师”对卓瓦怒吼道。

“这就足够了。”卓瓦看着雅各布微微地笑了。

“到底怎么回事？”雅各布松开了手，虽然他不知道发生了什么，但是卓瓦自信的表情给了他信心。

“我摧毁了它的四颗卫星，它们的碎片足以对‘魔术师’内部产生毁灭性的打击。它的运行速度由于没有了四颗卫星的引力拉扯，会变得快很多，运行周期会发生巨大的变化。当它运行到这颗气态行星的近距离的时候，这颗气态行星的巨大引力会把它拉向自己，那时候它会自生自灭的。”卓瓦坐了下来，慢慢地解释着。

“你敢肯定吗？”雅各布问。

“当然，这是常识。”卓瓦笑了笑说道。

“需要多久？”雅各布问。

“也许十个地球年，也许一百个地球年，也许一千个，这是慢性毒药，不是快刀杀人，更省力。”卓瓦看着大屏幕说。

“那他们的文明呢？你以为他们是白痴吗？不消灭他们，我们无法安心。”雅各布仍然不放心地问。

“他们连自己的行星都无法走出来，怎么可能修复月亮呢？再说了，现在他们已经顾不上这些了，他们的生态系统和作息完全被改变了，这需要重新适应。不过还没等他们适应，‘魔术师’就会被巨大的气态行星拉进死亡的深渊，那时候，‘魔术师’里不但没有生命，甚至连他们存在过的痕迹都会消失得无影无踪。”卓瓦自信地说着。

雅各布扭过头看了看大屏幕，他发现，此时的“魔术师”似乎像表演失败了一样，不停地颤抖着自己的身躯，来回摆动着，似乎想要逃离这个舞台。

五、奇怪的红色星球

完成了对“魔术师”的打击之后，雅各布和他的幕僚们经过仔细研究，决定对位于猎户座悬臂的奥玛星系进行远征。

奥玛星系位于猎户座悬臂的内侧，和太阳系同属于猎户座。但是按照方向排列的话，它们一个位于猎户座的北部，另一个处于西部，距离非常遥远。

根据之前恩美雅人提供的观测报告，奥玛星系是一个比较年轻的星系。它们的恒星年龄大约不到 20 亿年，此时正属于青少年期。与其他星系不同的是，奥玛星系只有一颗处于宜居带的行星。它呈红色，形状略扁，就像一个不太规则的橄榄球，孤独地环绕着奥玛星系不停地公转着，像一只猎犬一样陪伴着主人。虽然无线电探测数据并没有显示这里拥有高级生命，但是由于这颗红色橄榄球恰好处于猎户座的黄金分割点上，所以通过宇宙大过滤器理论分析，这里是具备发展成为高级文明的可能的。

所谓的宇宙大过滤器理论，是指在从准生命形式向最高文明发展的过程中，存在着一些点，在这些点上有一些障碍是所有或者几乎所有的生命都无法穿越的。在如此漫长的进化过程中，有些阶段是生命很难甚至完全无法跨越的，只有穿越这个点，才有可能发展成为最高等级的文明。而这个点就处于星系的黄金分割点上，越接近所在星系的黄金分割点，这个行星成为高级文明的机会也就越大。这是恩美雅人从他们遇到的上千种智慧生命中发现的一个定理。

但是奥玛星系的这颗红色橄榄球不一样，经过探测，在它的表面并没有发现任何生命的迹象，以至于恩美雅人对一直以来坚信不疑的大过滤理论产生了怀疑。但是最终他们还是决定，无论大过滤理论是否成立，他们一定要到这颗红色星球上去看看。

橄榄球星球确实没有适合地球人类生存的环境，虽然这里处于宜居地带，但是它稀薄的大气和巨大的陨石坑告诉舰队，这里如果有生命存在的话，简直就是一个神话。探测机进入橄榄球星球内部之后，就开始通过数据分析是否可能在宇宙中找到类似的星体。

终于，在经过长达三个小时的分析之后，他们得出了一个惊人的结论：这里的环境居然如此接近于太阳系的火星，相似度达到了百分之九十以上。立刻，所有战舰上的人都对这颗行星有了一种亲切感。火星可是距离地球最近的邻居，现在居然找到了它的孪生兄弟，这在浩瀚的宇宙里，简直如同大海捞针一样难。

探测机按照指挥舰的命令，最终在橄榄球星球的南部登陆，他们需要对这颗行星进行更进一步的研究。不管怎么说，这都是一颗处于黄金分割点的星体，即使它不具备生命生存的条件，但也是一个潜在的威胁，也许几亿年之后，这里会成为一个文明的诞生地。

让人意外的事情还是发生了，就在探测机对橄榄球的地核进行勘探的时候，他们的成像系统意外地发现了一件让他们大吃一惊的事情，橄榄球星球的内部，也就是它的地心，居然是空的，而且里面有生命在进行非常活跃的活动。

“报告，这里并不是不毛之地，而是一个生机盎然的世界。”探测机向指挥部发送了报告。

“摧毁它。”雅各布下达了命令，这是他唯一可以做的事。

“不，等等，我们至少得弄清楚他们是怎么在地心生活的，这对我们今后的战争有好处，别忘了，英仙人就是躲在地心对我们展开攻击的。”恰克西在自己的指挥舰上对雅各布说。

雅各布想了想，觉得恰克西的话有道理，于是他重新下达了命令：“继续考察，我们需要更完整的数据和更深的了解。”

探测机继续工作着，他们通过核电钻头在橄榄球星球上钻出了一个巨大而深邃的洞穴，直通橄榄球星球的地心，紧接着数量众多的小型机器人进入了橄榄球星球的内部，一个让人感到惊奇的世界顿时展现在了所有人的面前。

橄榄球星球的地心的氧气含量并不高，拥有更多的二氧化碳，但是这里却很温暖，从这个角度上来说，这里甚至比地球更适合人类的生存。无数只又细又高的如同胡萝卜一样的不明生物在毫无顾虑地活动着，它们似乎并不是什么高等文明，因为它们并不具备任何高等生物的特征以及社会行为。但是它们会集中在地心的一个热量散发点上，熔化自身，然后再凝固，就像是把一块香皂用水泡化了之后再次让它聚在一起一样。更让人感到震惊的是，那些被融化掉的物质居然经过气化形成了一种化学元素——铱，而且这些铱居然是无限循环的。

“天哪，它们自身居然能制造出铱！”舰队的科学家们简直不相信自己的眼睛，要知道，即使是恩美雅人，也无法制造更多的铱，这可是制造宇宙飞船最好的材料，一颗星球上的铱含量实在是太少了。所以更多的时候，恩美雅人和杰玛人制造飞船都是用人工合成的材料。但是现在，他们居然发现了可以制造铱的生命体，这个发现无疑等于发现了一座金矿。

“我们该怎么办？”雅各布向恩美雅人请示，这是他唯一认为正确的方式。

大概半个小时之后，恩美雅人的回复迟迟到来了，他们的回复让雅各布大吃一惊：“研究好它们的生存方式，把足可以繁殖的数量带到火星，然后摧毁这里。火星离我们更近。”

六、被奴役的胡萝卜人

探测机器人继续对胡萝卜人的世界进行着观测和分析，他们发现，这些胡萝卜人从严格意义上来说并不能称为动物，因为它们身上有大量的钼元素，也就是植物生长的微量元素，看来叫它们胡萝卜人是一种更接近正确答案的叫法。但紧接着，数据分析又显示，这些家伙身上居然还会产生钙，这简直就是一个让人绝望的答案，一个长着骨骼的奇异植物，就像是传说中的树精灵一样。

杰玛的科研团队几乎是崩溃的，可以说仅仅到达了两个星球，他们的宇宙观就已经被颠覆了两次。现在，他们才真正知道宇宙的浩瀚和无穷，他们曾经认为宇宙的其他生命都会像他们一样。

不过就在他们还在为胡萝卜人的结构感到惊讶的时候，更让他们惊讶的事情发生了，一只即将死亡的胡萝卜人居然在死亡来临的时候气化了自己身体的物质部分，而另外一只胡萝卜人立刻过来把它气化的部分通过自己的身体吸收，然后像一只企鹅一样产下一枚蛋，没过多久，这枚蛋居然孵化出了新的胡萝卜人。也就是说，它们是通过无性来繁殖的，这是一种低等生物最为原始的繁殖方式，也可以叫作复制，科学的说法叫作原子融合或是物质重组循环。

这种方式一般只存在于最为低等的细胞生物中，而由于高等生物 DNA 的复杂性，加上复制生命的缺陷，所以不可能完成。但是胡萝卜人这样复杂的生物居然可以进行这样的融合，只能说从生物角度上来说，它们一定是高于人类的，要知道物质重组循环可是皮米技术的一个最为重要的证明。

所谓皮米技术，其实只是关于文明等级的一个猜想，当文明等级达到一定程度的时候，任何物质都可以进行无限循环的重组，可以对所在星球的物质进行最大化的节约，类似于地球上的水循环。只不过这样的技术即使是恩美雅人也无法做到，否则他们制造的宇宙飞船就没有必要存在补给舰队了。

看来，胡萝卜人的身上可以得到的东西并不单单是它们制造的铱，还有更多需要解开的谜，这么简单的家伙身上居然隐藏着这么大的秘密。

在经过了大约三周之后，雅各布的科研团队最终得到了关于橄榄球星球上的胡萝卜人的完全生存数据。现在，他们需要做的就是把这些家伙中的一些幸运儿带走，而其他的则很不幸地要消失在这个宇宙之中了。

捕获胡萝卜人的过程并不难，这些谈不上高等文明的生物头脑简直像一只袋鼠一样简单。它们不停地钻进探测机设置好的巨大模拟环境飞行器上，直到数量达到了杰玛人的要求。紧接着，飞行器带着这些幸运的家伙飞离了这颗它们不知生活了多少年的行星，朝着太阳系飞去，那里，将是它们新的家园，也或者说是囚禁它们的监狱。

探测机离开了橄榄球星球，对于科研团队来说，不过是进行了一次常规的工作，但对于这颗星球来说，探测机的离开意味着这颗星球距离毁灭已经进入了倒计时。胡萝卜人可能从没有意识到探测机的存在，在它们眼里，一切外部的环境都是无所谓的，它们关心的只有自己的生存和融合，对于宇宙，它们更是没有概念，因为生活在地心，它们甚至不知道日升日落，也自然不会知道在浩瀚的宇宙中，它们连尘埃都算不上。

五颗准备已久的反物质核弹摧毁了这颗红色橄榄球星球，星球的轨道很快在奥玛恒星的巨大引力下形成了一条巨大而稀薄的尘埃带，过不了多久，它们就会彻底地消失。没有谁会知道，在这里，曾经有过一个生机盎然的地心世界。

恰克西看着这一幕，突然感觉到了一丝悲凉和同情。在一年多之前，玛雅人也和胡萝卜人一样，本来在自己的星球上生活得好好的，但是突如其来的恩美雅人却带走了他们。不同的是，地球依然存在于太阳系中，而橄榄球星球却只能消失。对于恩美雅人来说，这只是一种选择，但对于被选择的对象来说，这却是一条生死的分界线。

而这些所谓的幸运的胡萝卜人并不具备高等文明的思维，在它们眼中，并没有所谓的家的概念，哪里可以生存哪里就是家，甚至它们连生死的概念都没有，它们的生活只是不停地熔化自己，制造出那些可以让它们继续生存的铱。

这就是宇宙的残酷，发生的一切都是在不经意间。

七、未知的桥梁

至今为止，玛雅人还没有遇到抵抗，他们征服银河系的行动出奇地顺利，不过蜂窝和奥玛两个星系已经让他们感叹这个宇宙的浩瀚，在他们的心里，已经可以接受见到的任何文明了。下一个他们要征服的是就是曾经给过他们重创的英仙人。

这是恰克西等待已久的机会，对于他来说，这是证明自己的机会，也是报仇雪恨的机会。他曾经不止一次地发誓，即使是付出生命的代价也要捍卫曾经作为一个勇士的名誉。为此，从舰队离开杰玛城市的那天起，恰克西就一直在养精蓄锐，现在，终于到了这个决战的时刻。

所有人都知道恰克西的心情，但是所有人都为他担心，毕竟英仙人已经让他们知道了对方的厉害。常规的打击手段很难对英仙人造成毁灭性的打击，这就需要在战术和其他方面来建立优势，但这并不是恰克西的强项，他是个勇士，但不是个好将领。

雅各布为此专门来到了恰克西的舰队，名义上是来督战，但其实是来给恰克西鼓劲的。

恰克西并没有表现出本应该有的急切，而是静静地坐在自己的椅子上听着轻音乐，他需要缓解情绪释放压力。雅各布没有说话，只是看着恰克西，许久，他伸出了手。恰克西看了看，也伸出了手，两只强有力的勇士的手紧紧地握在一起，他们有信心击败带给他们梦魇的英仙人。

英仙人所在的星球位于英仙座悬臂的外侧，这是一个多行星星系，位于宜居地带的行星多达四颗。从之前得到的信息来看，这四颗行星上居然都有英仙人生存，也就是说，英仙人已经通过他们的技术走出了自己的行星，向着宇宙出发了。这对于恩美雅人来说，绝不是一个好消息，因为恩美雅人知道，一旦走出这一步，那么他们发生技术爆炸的概率就会成倍地增长，甚至有着短期内超越恩美雅人技术的概率。更为糟糕的是，英仙人对于来自外太空的袭击有着强大的防御措施和反击能力，而远征的舰队在天时地利人和上都不占任何优势。

恰克西是从英仙座恒星的背面出发的，他把舰队分为了四个方阵，第一舰队负责侦察，第二舰队负责主攻，第三舰队负责清理，第四舰队负责掩护。由于英仙人比较分散，所以侦察舰队必须弄清楚对方的核心是哪颗行星。只有摧毁核心行星，胜利才有可能，否则对方很快会组织起致命的反击。

这还不够，恰克西甚至对于一旦任务失败的逃跑路线都设计好了。根据他的计算，当第三舰队完成清理之后，刚好是四颗宜居行星运行轨道相互不交错的时候，便于逃逸。

侦察舰并不敢靠近四颗行星的轨道，因为对方很可能会观测到，那样的话，就达不到奇袭的目的了。所以侦察舰只能处于三十几个天文单位之外借助恒星的巨大亮度来掩护着进行观测。

这样观测显然无法达到太好的效果。无线电成像系统反馈回的图像显示，四颗行星大小不一，自转和公转速度有快有慢，颜色相差无几，从表面上看不出什么区别。但是恰克西的团队还是从这模糊的影像中得到了一个看似无所谓其实却很重要的信息——这四颗行星之间除了相互的引力作用，似乎还有着某种联系，因为数据显示任意两颗行星之间似乎存在着一座纤维状的桥梁，而这些桥梁很可能就是英仙人通过人工制造的。

恰克西陷入了沉思，如果侦察舰反馈回来的信息是真实的，那么就意味着英仙人已经可以熟练地利用暗物质了，他们的文明等级很可能会超过恩美雅人，那么自己获胜的概率就变得微乎其微了。但是从现在的情况来看，他们似乎又没有达到这样的技术水平，因为侦察舰队在如此之近的距离观察，他们却没有任何觉察，难道是诱敌深入？

经过了仔细的考虑之后，恰克西做出了一个大胆的决定，这个决定让所有同僚都大吃一惊。恰克西决定派遣一艘战舰横穿过四颗行星的轨道，以确定这种纤维状桥梁的真正用途。

接到命令之后，一艘孤独的侦察舰从侦察舰队的方阵中飞出，它把自己的飞行速度降到最低，保持着无线电静默，看上去更像是一架过时的老式飞机，逐渐接近位于最边缘的一颗行星。

这颗行星并不是四颗星中最大的，但是它的自转速度却是最快的。在它的外围不到一个天文单位的地方，布满了一大片非常稀薄的雾，从远处看是无法观测到的。战舰没有丝毫的犹豫，就掠过了这片薄薄的雾，消失了。

恰克西已经满头大汗，据他后来回忆，这是他一生中最紧张的一刻。大屏幕上没有任何这艘战舰的身影，它能不能返回，只有天知道。

八、互相残杀

终于回来了。

当大屏幕上的侦察舰的亮点显示出来的时候，所有人都长吁了一口气。恰克西跪在地上，把所有他能想到的人全都感谢了一遍，他第一次感觉到什么叫如释重负。

很快，侦察舰反馈回来的信息显示，在除最中间的那颗行星外的其他三颗行星的桥梁之间，不但布满了纤维状的氢原子组成的巨大的网，而且在这些网的周围，布满了气态轨道，但是却没有看到任何飞行物。侦察舰绕过了四颗行星又从另外一侧原路返回，在此过程中，只受到了几颗类似卫星的东西跟踪，但是显然，当战舰提高了速度之后，那些卫星就跟不上了，最后被远远地甩在身后。

为什么三颗行星会有气态轨道，而中间的那颗却没有？它们之间究竟有什么关联？恰克西再次陷入了沉思，不过这次，他没有犹豫太久，因为进攻的时间就要到了，在这种犹豫中，恰克西下达了进攻的命令，和上次一样，他仍然没有做好充足的准备。

第二方阵从恒星的背面如群狼一样扑向了四颗行星，他们的第一个目标是最边缘的这颗行星。由于核弹的威力并不足以对行星造成致命的打击，所以必须飞过这颗行星的大气层才能制造想要的结果，所以战舰在掠过那片薄雾之后就以第一宇宙速度冲进了这颗行星的大气层，然后就是如同上次一样的轰炸。不过和上次不同的是，他们还没有来得及返回，就遭到了对方的反击，瞬间就有几艘战舰被击落，而其余的战舰则死里逃生地飞出了行星。

恰克西看着大屏幕，心里再次泛起了同上次一样的痛苦，同样的错误他犯了第二次，难道这是巧合？恰克西闭上了眼睛，呆坐在椅子上。

就在恰克西感到无比痛苦、不知所措的时候，他的幕僚突然冲着他喊了起来："恰克西快看！"

恰克西急忙抬起头，眼前的一幕让他感到了巨大的困惑。就在他们的战舰逃亡到恒星背后的时候，从那颗行星的内部也飞出了十几艘小型的战舰，不过它们只飞出了大气层，就停在了行星之间的气态轨道上。更让人意外的是，它们没有继续追击那些攻击它们的战舰，而是集中炮火对另外一颗行星进行了一波攻击，炮弹在那里的大气中燃烧，顷刻间，火光冲天。

"他们在搞什么？"恰克西简直不相信自己的眼睛。

"我想，他们可能是敌人……"幕僚看着恰克西，轻轻地说道。

果然不出所料，就在那颗行星受到攻击的片刻之后，它的内部也飞出了十几艘形态不同的战舰展开了反击。

两边的战舰不断地返回，也不断有新的战舰飞出行星，在大气层之外进行着一场行星与行星之间的空战，而包括恰克西在内的所有人都远远地看着这不可思议的一幕发呆。

"上次怎么没有看到这样的情形？"幕僚问恰克西。

“上次我们全军覆没了，我很快就返回杰玛了。”恰克西的眼睛没有离开大屏幕。

“他们在自相残杀。”恰克西自言自语道 。

“也不能说是自相残杀，他们应该根本就没有任何关系，就像我们和火星一样，虽然是邻居，却根本谁也不认识谁。”幕僚说。

“那另两颗呢？”恰克西问。

“应该也是一样的。”幕僚紧紧地盯着大屏幕说。

“下令，攻击另外两颗行星，让他们都起来干活。”恰克西的脸上突然流露出一丝非常诡异的笑容。

他想起了一次在森林打猎时遇到的状况。那次，恰克西追击一只野猪很久也没有追到，直到他和野猪都筋疲力尽地对峙在一处空地。恰克西举起了箭准备对野猪进行致命的一击，而野猪也愤怒地望着恰克西准备进行绝地反击。就在这个时候，一只美洲豹出其不意地冲了出来，扑向了已经筋疲力尽的野猪，野猪困兽犹斗似的和猎豹进行了殊死的搏斗。就在恰克西的眼皮底下，野猪和猎豹几乎同时倒下了，那天，恰克西的收获可不小。

现在，恰克西似乎又感觉到了天上在掉馅饼，他只需要用炮火袭击他们，就可以让他们之间爆发殊死的搏斗。

第三方阵从恒星背面扑向了另外两颗行星，在一番狂轰滥炸之后，安全返回。果然不出所料，另外两颗行星中靠近北面的一颗也飞出了战舰，对着另外两颗行星进行反击，顿时，空战由原来的双方对战变成了三方混战。

“那颗呢？怎么没有战舰？”恰克西问着幕僚。

“这个，也许他们是和平主义者。”幕僚摊了摊手，表示自己也无能为力。

就在他们说话的瞬间，那颗没有出动战舰的行星上，突然从内部射出了一枚炮弹，不过这更像是一枚信号弹，因为它在越过行星大气层进入太空之后，就散发出各种颜色，紧接着，其他三颗行星都停止了炮轰，战舰各自返回了。

“你说得没错，他们就是和平主义者。”恰克西笑着说。

“我知道怎么办了。”幕僚从恰克西的笑容中判断出了恰克西要干什么。

“那颗行星再过四个小时，就要进入独自的轨道中了，让我们送他们上西天吧。他们一完蛋，那么其他三颗就会自己干掉自己的。”恰克西看了看大屏幕上的信息，仰着头说，此刻他已经没有了之前的那种悲观，一切都在他的掌握之中。

九、同归于尽

恰克西的判断没有错，在稍微进行了补给之后，第二方阵和第三方阵组成的联合攻击舰队发动了短时间内的第三波攻击，这次他们的目标都是中间那颗最大的行星。

满载着上百颗核弹的联合舰队为了保证轰炸的成功率，选择了进入这颗行星的大气层内进行近距离轰炸的方案。当然这么做的冒险性也不小，毕竟上次恰克西就是进入行星内部之后遭到了致命反击的。

在经过了试探性的飞行之后，整个舰队穿越了大气层，进入了行星内部。他们惊奇地发现，在这颗行星的内部，居然是一个巨大的甲烷湖，而在湖周围的陆地上，各种象征着高级文明的建筑物如同丛林一般矗立着。在甲烷湖的中心，一座巨型的工厂正在运行着，三个巨大的辐射制造器正通过无线传输的方式向另外三颗行星源源不断地发送着能源。而在甲烷湖的最北面，一座高大的信号塔直入云霄，显然，刚才那个巨大的信号弹正是从此处发射的。

“看来这里是另外三颗行星的能源供给站。”恰克西看着大屏幕中的图像说道。

“我想是的，他们真的已经接近于进入太空了，也许只需要再过几十年的时间。”幕僚心有余悸地说着。

此时舰队已经分为了五个方阵，分别攻击信号塔、湖边，以及三个辐射制造器，他们只等待着恰克西的命令。

“杀！”恰克西狠狠地看着这颗行星，下达了命令。

顷刻间，舰队几乎在同一时间开始了对这颗无辜星球的狂轰滥炸，先是甲烷湖，然后是信号塔、周边的城市，整个星球在瞬间成为火海。从大屏幕上看去，这里简直就是一座位于宇宙深处的地狱，舰队没有受到任何反击就返回了太空。这次，他们成功了。

紧接着，恰克西看到，在这颗行星发生爆炸的时候，另外三颗行星上似乎开始了自救，那三条巨大的无线传输带发出巨大的辐射，显然，这是来自三颗行星内部的能量，但是在短短的几分钟之后，他们的补救措施宣告失败。因为巨大的辐射以及中间的那颗行星遭到了毁灭性的打击，在这三颗星的周围出现了宇宙辐射，这是一种辐射造成的连锁反应，先是靠近最左边的那颗行星，然后是另外两颗，他们的大气层被破坏了，用危在旦夕来形容是最准确不过的了。

就在恰克西被这种星球之间的巨大破坏力震撼的时候，三颗行星的内部飞出了无数艘战舰，他们目的性很强地相互攻击着，倾尽全力，甚至有的战舰直接冲向了其他行星。但很可惜，他们还没有在太空中远距离飞行的能力，当战舰飞到远离母星的时候，就在巨大的辐射下发生了自爆。这是一场极其惨烈的低水平太空战役。

就在这些战舰相互攻击的时候，三颗行星的内部也发生了变化，先是巨大的爆炸声，然后就是如同原子弹一样的蘑菇云腾空而起，几乎可以判定，他们已经处于毁灭的边缘了。

“让我们助他们一臂之力吧。”恰克西微笑着自言自语，也像是对所有人说道。

恰克西向他们的补给舰队下达了命令，让补给舰队通过远程无线传输向这三颗行星输送氢气，这当然不是雪中送炭的行为，而是火上浇油。

就在氢气源源不断地输送到三颗行星之后的半个小时，最为可怕的一幕终于发生了。三颗行星中最小的一颗，率先发生了裂变。探测器的感测仪显示，这颗行星当时的温度已经超过了原有内部温度的上千倍，它的大气颜色正在逐渐地变深，稀薄起来。最后一声巨响，整个星球发生了爆炸。虽然处于几十个天文单位之外，但是恰克西的舰队还是感觉到了爆炸对于宇宙空间的影响，眼前几乎所有的物体都变得扭曲起来，这是一种在巨大能量下才能产生的弱引力透镜效应，是因为行星爆炸造成的引力使得光线以不同的路径传播造成的一种视觉奇观。

紧接着，另外两个星体也发生了相同的爆炸，恰克西舰队的探测器发回的信息显示，三颗星体爆炸引起的引力甚至可以达到引力波的百分之一。

“这简直就是一幅让人过目难忘的画。”恰克西面无表情地看着眼前的这一幕，压在他心底的那块石头终于被掀翻了，本来应该是一件高兴的事，但此刻却无论怎样都笑不出来。

“我们用不用清扫战场？”幕僚们兴奋地问着恰克西。

“不必了，就算他们是神，也不会活着了。”恰克西仍然是一副面无表情的模样，之后就扭过头回了自己位于舰上的卧室，他需要安静一下。

“你怎么了？”曲瓦塔走到恰克西的面前，轻轻地问。

“我甚至不知道那个星球上的人是什么样的，他们就这样被摧毁了，曲瓦塔，你感觉到了恐怖吗？”恰克西用颤抖的声音问着曲瓦塔。

“这就是星际战争，残酷而且悲壮，你无须伤心。”曲瓦塔倒是很想得开，她安慰着恰克西。

“可能这就是我们最终的下场。”恰克西低着头抽泣着，他从来都是一个感性的人。

“不会的，我们有神的眷顾。”曲瓦塔抱住了恰克西，任凭他在她的怀里痛哭。

“神不是万能的。”恰克西哽咽着说。

“我说的不是恩美雅，是我们心中的神。”曲瓦塔看着恰克西，坚定地说。

“报告，最边缘的那颗行星没有被摧毁，但是生命探测仪显示，那里已经没有了任何生命的气息，它至少需要几十万年才能恢复到原来的样子，当然也可能永远不能恢复，我们是否彻底摧毁它？”

有人向恰克西报告。

“不必了，让他们自生自灭吧。”恰克西抬起头说道。

十、多恒星星系

三场战役下来，杰玛舰队已经积累了足够的经验，此时在他们面前的，只剩下恩美雅人为他们勾画出的最后一个处于黄金分割点上的文明——三千秒差距臂上的一个多恒星星系。根据恩美雅人得到的光谱信号源，这里的文明程度绝不亚于恩美雅文明。这里也是这次征服银河系战役中最不可预知、最艰难的一次战役。

雅各布也深知这次战役的难度，所以在还没有进入三千秒差距臂的时候，他就开始征集各个集团军的作战计划。这次绝对不能由哪个集团军单独作战，而是要相互配合地打一场生死之战。

与地球上部落战争不同的是，星际战争没有任何可以得到的情报，对于战争的双方来说，彼此都是陌生的，甚至在战争结束之后，都未必可以知道对方的真面目，想一想都觉得不寒而栗。

三千秒差距臂是距离银河系中心最近的一个悬臂，与其他悬臂的相对稳定不同，这个星系一直以来都在以每秒 50 千米的速度向外扩张着。造成这种状况的原因一方面是因为银河系内部的组成部分随时随刻地在诞生新的数以万计的恒星；另一方面，远离银河系中心的三个悬臂一直都在以巨大的引力向外拉着它，若干年后，将形成规模和其他三个悬臂一样大的悬臂。

由于不断地有新的恒星产生，所以很多早期形成的恒星会把一些新的恒星拉到自己的引力范围内，从而形成多恒星系统。在这种环境下，产生高级生命的宇宙大过滤理论的条件就显得更加苛刻。但是浩瀚的宇宙已经向所有人证明，无论什么环境，生命都是可以存在的。所以几乎可以得出结论，在这样残酷的环境下产生的高级生命，必定会是一种从来没有见到过的生命形态，甚至是无法想象的。

不过对于杰玛人来说，前进是他们不能选择的选择，无论发生了什么，征服银河系都是他们此时唯一的想法。如果连银河系都无法征服的话，那么征服宇宙简直就是天方夜谭。

最终，雅各布做出的计划让所有人都大吃一惊，与前三次战役不同，这次他根本没有设计任何一条逃跑的路线，摆明了是要进行殊死一战。虽然这个计划遭到了几乎所有人的反对，但最终他们还是接受了，因为雅各布告诉他们，在如此高级的文明面前，任何逃跑的计划都是起不到作用的，或许他们还没有进攻就已经被毁灭了。

尽管是这样，也没有影响到杰玛人的信心，前三次战役虽然没有经受真正的考验，但是却给了他们巨大的信心。宇宙虽然充满了未知，但是并没有想象的那么可怕，即使敌人是一只大象，他们是蚂蚁，那么也是有获胜机会的。

带着这种视死如归的心态，舰队通过虫洞进入了位于三千秒差距臂的黄金分割点上的一个多恒星系统。

这是他们迄今为止看到的最大的星系，在数颗恒星的巨大引力作用下，数百颗不同类型的行星被引力作用拉到了这个星系内，围绕着多恒星系统看似极不规则实则规规矩矩地公转着。每一颗行星似乎都沿着属于自己的一条轨道小心翼翼地前进着，因为一旦它们的运行轨道出现一丝一毫的偏差，那么任意一颗恒星的巨大引力就可以在瞬间将它们撕成碎片，很快就会有新的行星占据它们的轨道。从远处望去，这个星系就像是一台经过精心设计的机器，每一颗行星都是一个不可复制的零件，每一颗恒星都是一个精美的轴承，完美地为整个宇宙这间厂房不停地工作着。

因为数个恒星的温度极高，所以这个星系的宜居行星的位置几乎是在这个星系的边缘地带。如果站在这些星球上远远望去，天空中将会出现数十个太阳的壮观场景。

舰队在距离黄金分割点很远的地方就打开了所有的攻击模式，不打无准备之仗是雅各布一直以来的作风。但是他知道，其实这样的作风只适合在地球上那片小小的森林里，在宇宙中，当你的敌人强大到让你无法想象的时候，任何的准备工作都是没有用的，做这些准备工作无非是为了给自己一个安慰罢了。

他们是从一颗质量不算大的恒星轨道中进入这个星系的，经过精心的计算，他们找到了一条可以安全到达星系黄金分割点的轨道。也许这里在不久之前刚刚有一颗因为一瞬间的走神被恒星消化了的行星，在没有新的行星进驻这里之前，刚好成为舰队的一条阳光大道。

舰队按照既定的轨道前进着，就在他们通过轨道绕过一颗巨大的气态行星之后，突然发现，在他们的正前方，有数不清的飞行器就像是静候他们多时一样，懒散地散布在行星之间的宇宙空间中。

“看吧，这里的防御几乎完美无缺。”卓瓦用眼睛扫了一下大屏幕，因为这些飞行器一直从星系的边缘延伸到这里，密密麻麻，数以万计。

第六章

宇宙主宰者

一、惊奇

雅各布下令，舰队停止前进。他必须为舰队的安危负责，毕竟面前数之不尽的飞行器不是迎宾大队。现在，又是雅各布需要做出抉择的时候了。

高级舰长们坐在雅各布的指挥舰里，空气似乎凝固了一样。此刻他们的心情都是一样的，急切地盼望着一个可以解决眼前困境的方案，而这需要雅各布来最终决定。

“我们是否需要向他们问好，然后再靠近那颗该死的行星？”第三集团军的洛玛是个急性子，他率先打破了沉默。

“这是个不错的方案，不过我反对，一旦我们的目的被发现，那么我们会在敌人扎好的口袋里完蛋。”第四集团军的尼玛将军提出了反对意见。

“也许我们的侦察舰队可以再次出击。”恰克西也提出了自己的方案。

“可以，但是我觉得侦察舰队没有什么作用，敌人可能完全准备好了，而我们却什么都不知道。”卓瓦也提出了反对意见。

雅各布安静地听着所有人的意见，独自静静地思考着。现在，他必须尽快拿出一个让所有人都满意同时又最科学的方案来，因为时间是无论如何也耽误不起的。

“不要管那些飞行器，我们直接前进，如果他们对我们展开攻击的话，那么就反击。我们必须不计任何代价靠近那颗行星，那里才是我们的目标，这里不是，我们为什么要顾虑这些小家伙呢？”雅各布站了起来，非常平静地对所有人说。

“对啊，我们的目标是行星，不是这些玩具。”尼玛似乎豁然开朗了一样。

“现在看来，这里的文明肯定要高于我们，也许今天的会议就是我们的最后一次会议，我在这里祝大家好运。”雅各布看着大伙笑了笑，很真诚。

没有人反对，他们默默地离开了指挥总舰，回到了自己的集团军战舰上，开始按照既定的方案进行布置。每个人的心情都是既激动又有些悲观的，他们第一次感觉到死亡距离自己如此之近。

舰队整合完毕之后，雅各布下达了前进的命令，四千艘战舰组成的巨大太空部队浩浩荡荡地朝着敌人布满武器的道路上坚决地前进着。

逐渐靠近之后，舰队终于看清了这些飞行器的样子。从外观上来看，它们似乎并不是攻击性的武器，更像是一个又一个洁白无瑕的勺子，勺柄部分是波浪形的，尾部高高翘起，而勺面则是向下形成一个大概可以容纳四个人的空间，勺子的背面则是完全封闭的光滑表面。如果非要说这玩意儿是一架战斗机的话，那么这个人绝对是一个超现实主义者。

舰队小心翼翼地掠过这些勺子，他们随时准备着应对来自这些勺子的攻击，但是让他们意外也非常困惑的是，这些飘浮在太空中的勺子不知是没有发现他们，还是根本就是摆设，居然一动不动，甚至连表示一下的意思都没有，数以万计的勺子就这样安静地矗立在空中，看上去就像是要进行一场比赛。

就在这样神秘的氛围下，舰队一直向前行驶了大概 20 个天文单位，才告别了这个让人无法理解的勺子阵。根据计算机的分析计算，在他们掠过的这 20 个天文单位的距离中，共计有 20 万只勺子，没人知道这些勺子的作用，更没人知道它们为什么停在这里。

“该死！”恰克西长吁了一口气，现在他有一种劫后余生的感觉。

“我觉得这些勺子就像是我们庄稼地里的稻草人一样。”卓瓦在大屏幕里开着玩笑，他的话立刻让所有人紧绷着的弦松弛了许多，每个人都开心地笑了，现在这个时候，一个好笑的笑话是最好不过的了。

前方是一大片开阔的宇宙空间，在他们视觉的极限，一颗发着白色亮光的亮点正在闪耀着，但是在舰队的大屏幕上却没有任何的显示。这再次让舰队的所有人陷入了新的不安当中，不过有了刚才的劫后余生，现在已经没有什么可以阻止他们了。

这个白色亮点比他们想象的要近得多，舰队只前进了大约不到一个天文单位就看到了这个亮点。不过这次给他们的震撼已经不能用大吃一惊来形容了，因为这个泛着白光的亮点是一座会让人产生绝望情绪的巨大的太空城市，杰玛和它比起来，简直就像是芝麻一样小。更确切地说，这座太空城市几乎是赶上了一颗小行星那么大。

“这简直就是给艾尔迪亚（玛雅传说中的巨人）住的。”曲瓦塔张着嘴不可思议地对恰克西说。

“不，艾尔迪亚也住不了这么大的房子，他们甚至可以在这里玩捉迷藏。”恰克西也惊讶地说着。

所有人都无法想象这么大的太空城市会居住着什么样的人。四千艘战舰在这座太空城市跟前掠过，就像是一群蜜蜂飞过一个湖泊一样渺小。

“报告，这里没有任何生命存在的迹象，和勺子一样。”计算机分析师通过热敏效应把探测结果发送到了每艘战舰上。

“奇怪了，难道这里真的没有人？”雅各布更加疑惑了。

“应该不会，不然他们建造这么大的地方干什么？”卓瓦对雅各布说道，毕竟建造这么大的一座太空城市用来当作摆设的话，是一件非常奢侈的事情。

舰队在这种疑惑中继续前进，还好离开太空城市之后，他们再也没有遇到任何让他们震撼的东西了，直到到达他们的既定目标，被雅各布命名为“冥王星”的行星。

二、逃跑的文明

雅各布之所以把这颗行星叫作冥王星，有两个原因：第一，这颗行星和太阳系的冥王星一样，处于星系的最边缘，在它之外，再没有类似的星体；第二，从外观上来看，这颗行星和冥王星在颜色上很相似，虽然冥王星已经被踢出了太阳系九大行星的行列。

如果真的是这样的话，那么这颗行星上怎么可能存在文明呢？虽然它处于黄金分割点上，虽然之前恩美雅人的光谱探测显示这里拥有人为制造的巨大的光亮。

雅各布派出几艘探测舰飞到冥王星的引力范围之内进行了探测，但他们似乎遇到了某种阻力，这不是来自自然的引力，而明显是人为制造的。无论探测舰怎么飞行，都无法突破它，最后只能无功而返。而冥王星仍然神秘地矗立在这人为制造的瓶颈之内，就像是一个胸有成竹的武林高手一样。

“用核弹攻击！”卓瓦向雅各布建议。“要拿到锁在柜子里的鸡肉卷饼，最好的方法就是打破柜子”，这是玛雅的一句谚语。

雅各布用一种难以捉摸的眼光看着卓瓦，然后犹豫地问道：“你确定我们这么做不会被主人暴揍一顿吗？”

“能吃到鸡肉卷饼，被揍一顿也没什么。”卓瓦耸了耸肩，冲着雅各布笑了起来。

“真是个让人没法理解的家伙。”雅各布一边无奈地摇了摇头，一边下达了用核弹攻击这层挡住他们前进的瓶颈，这是他现在唯一可以想到的选择。

一枚核弹轰向了冥王星的这层瓶颈，瞬间就引起了燃烧，但是却并没有发生应该发生的巨大的爆炸，反而是核弹在这层瓶颈上像是鞭炮一样，零零散散地响了几声。紧接着，这层瓶颈就像是肥皂泡在水中溶解了一样，逐渐消失了。很显然，这层瓶颈具有缓解爆炸的作用，探测舰立刻跟进，这次他们掠过了瓶颈，看到了冥王星的本来面目。

这里绝不是冥王星那样的不毛之地，而是一个色彩斑斓的星球。这是至今为止他们见到的最漂亮的行星，淡蓝色的表面，完美的球体，浓厚的大气以及无数的人造卫星，如果说这里是天堂，那么没有人会反对。

“我的天，这里简直太美了。”曲瓦塔发自内心地赞叹道。

“我们是否进行常规轰炸？”恰克西显然更热衷于速战速决的战争。

“当然，难道我们等着他们来干掉我们？别忘了我们刚打破了人家的柜子。”雅各布幽默地回答着。

第二集团军早已组合完毕的攻击群在雅各布刚刚下达进攻命令后，就从战舰的方阵中朝着冥王星扑了过去。他们已经不需要试探和宣战，一切对于他们来说都似乎是顺其自然的事情，没有犹豫，没有怜悯，不计后果，这就是星际战争。

上百艘攻击舰瞬间冲进了冥王星的大气层准备展开地毯式的轰炸，总舰上的每一个人都屏住呼吸，等待着决斗的开始。

但是，事情还是出乎了他们的意料。就在第二集团军进入冥王星之后，他们没有听到任何的轰炸声，取而代之的是出奇的安静。紧接着更让人吃惊的事情发生了，整个第二集团军进入冥王星的所有战舰都在指挥舰上的大屏幕中消失了。

“怎么回事？”卓瓦吃惊地看着自己的集团军在眼皮底下消失，这再次刷新了他的世界观。

“也许他们掉进了陷阱。”卓瓦的幕僚哆哆嗦嗦地说着。

与此同时，总舰上的雅各布也对眼前的这一幕感到震惊。这些实实在在存在的战舰居然就这么消失了，它们去了哪儿？就算是被毁灭了，至少也应该留下痕迹才对。

就在所有人都陷入这种不知所措的时候，他们突然发现，冥王星表面的淡蓝色正在慢慢变成深蓝。紧接着，无数艘战舰从冥王星的内部升起，将整个星球包围，不过显然，这不是第二集团军那些消失的战舰，而是来自敌人。

“我们完了，告诉我的妈妈，我爱她。”

“我想要一辆最新款的飞车。”

“我想吃一次窝窝饼。”

几乎舰队的每一个都感到了绝望。

“也许我们不该砸坏人家的柜子。”雅各布也和大屏幕中的卓瓦开着玩笑，现在这个时候，只有玩笑可以缓解一下紧张的情绪。

不过事情再次出乎了他们的意料，密密麻麻数之不尽的冥王星战舰并没有对他们展开攻击，而是在一瞬间突然从他们的身边掠过，朝着他们来的方向飞去。当舰队反应过来的时候，才发现，这数千艘战舰居然消失得无影无踪了。

“它们的速度达到了光速！我认为是这样的。”惊魂未定的数据分析师哆哆嗦嗦地向雅各布报告着。

“光速？神都没有达到，它们达到了？那它们为什么不干掉我们？”雅各布自言自语地嘟囔着。

“也许它们去拿家伙了。”分析师仍然脸色惨白、哆哆嗦嗦地说着。

雅各布瘫坐在了椅子上，他不知道在刚刚那一瞬间里到底发生了什么，现在他需要冷静一下。

“报告，第二集团军发来了无线电信号。”分析师用几乎绝望的声音向雅各布再次报告。

“他们在哪儿？”雅各布问。

“60 个天文单位之外。”分析师几乎哭着回答。

“他们去那么远干什么？”雅各布大声地喊道。

“他们说被瞬间转移了，像做梦一样。”分析师更加绝望地说道。

“现在给我开进冥王星，我要看看这里究竟是什么。”雅各布下达了命令。

整个杰玛舰队像第二集团军一样冲进了冥王星的大气层，他们这才发现，这里刚刚确实发生了一场战争，只不过敌我双方却没有任何的伤亡，甚至没有一艘战舰被击毁，而地面上的建筑物也完好无损，唯一可以证明发生过战争的证据是舰队的核弹像是炮仗一样在空中噼里啪啦地响着。

“他们居然拆解了我们的核弹。”雅各布不可思议地说着。

“是的，我想是这样的。”卓瓦哆哆嗦嗦地说。

“那他们为什么要跑？”雅各布终于说出了自己心里一直以来的疑惑。这样的高等文明，这样先进的科技，瞬间转移敌人，拆解核弹，设置空间假象，建造太空城市，光速行驶，这不知要比恩美雅人强大多少倍，为什么要逃跑？无论是谁都想不明白。

“我们还要不要摧毁这里？”卓瓦问雅各布。

“你说呢？”雅各布回过头看了看卓瓦反问道。

“还是你决定吧。”卓瓦摊了摊手说。

“那就摧毁它吧，它太美丽了，小时候我妈妈就告诉过我，颜色鲜艳的蘑菇一定是有毒的。”雅各布轻轻地说着。

一个小时之后，这颗美丽的冥王星在杰玛舰队的核弹攻击下，只剩下了它的地核还在不停地自转着。过不了多久，它就会被另外一颗行星的引力吸引，并最终消失，不会有人知道这里曾经存在过的美丽和伟大。

就在杰玛舰队准备撤离的时候，他们收到了一组无线电信号，信号来自从这里逃走的冥王星人，内容是："请保持宇宙的平衡，否则我们都会完蛋。"

雅各布并不明白这组信号的意思，这也不能怪他，一只蚂蚁又怎么可以理解大海的浩瀚和天空的广阔呢？

三、神秘的求救信号

对于银河系黄金分割点的清理算是暂时告一段落了，不过对于整个舰队来说，这一切都还只是一个开始。巨大的银河系还有很多未知等待着他们发现，也许在这些黄金分割点之外还会有更为奇特的文明，每一场战争都会是生与死的较量。

按照事先制定好的路线，杰玛舰队要通过原路返回，飞出这个星系，然后朝着小麦哲伦星系飞去。那里已经属于河外星系，是一个非常遥远的距离。虽然拥有虫洞技术，但也会是一个漫长的旅程。现在，所有人都可以轻松地欣赏一下这个美丽而浩瀚的宇宙了。

大约行驶了三个月之后，舰队到达了一个流浪星系。这是一个白矮星系，由于白矮星的质量巨大，所以这个星系的距离恒星较近轨道上的行星已经被吞噬了，只剩下几颗孤零零的远距离行星在围绕着白矮星公转。不过过不了多久，它们的命运也会和它们的兄弟行星一样，葬身于不断膨胀的白矮星中，寿终正寝。

对于每天不断变化着的宇宙来说，这不过是沧海一粟，但对于杰玛舰队的人来说，这却是他们第一次近距离地看到一颗即将走向终点的恒星，每个人的内心都唏嘘不已。

本来他们是打算在位于远轨道的一颗冰巨星上进行补给的，但是在接近之后，却在这颗行星背面的轨道附近发现了飘浮在那里的一大片飞船残骸。很明显，这里曾经发生过一场激烈的空战。

探测舰立刻向整个舰队发出了警告信号，舰队也立刻进入了作战模式，毕竟在行进中遭遇到和他们一样的旅行者本身就是一件极其危险的事。

不过当探测舰飞到这些残骸跟前的时候才发现，在这些飞船残骸的外部已经厚厚地盖了一层宇宙尘埃，而且全部呈化石状。可以判断，这场战争发生的年代十分久远。探测器采集了一些飞船残骸送回了舰队的实验室，他们要根据这些残骸来判断出对方的科技水平以及来历。

这些残骸主要由铱构成，由此可以判断出这个文明的太空技术至少在很久以前已经达到了非常高的水平。而更让他们叹为观止的是，这些飞船残骸的表面光滑得几乎看不到任何瑕疵，哪怕是放大了数万倍，也看不到一丝一毫细微的缝隙。这表明这些物质的坚硬程度甚至比金刚石还要硬数万倍，这是现在恩美雅人都无法做到的，那么，这么高级的文明是被谁干掉的？这是一件“细思极恐”的事情。

不过这些问题难不倒科研人员，当他们利用伽马射线对残骸进行切割的时候，令人意外的事情发生了，他们的无线电接收系统居然接收到了来自残骸内部的无线电信号，而且是一组求救信号。

“我们来自 95 号宇宙，我们的宇宙已经坍塌成为奇点，请求避难，请求避难……请不要攻击我们，我们不会反击……请保持宇宙的平衡，不要破坏它。”

所有实验室的人都面面相觑，虽然他们不知道这组信号是谁留下的，但是他们明白这些话的意思绝不是一个好的消息。随即，他们把信号发送给了指挥舰。

雅各布当然也不会知道，对于他来说，这些信号的内容虽然让他感到担心，但是这已经是过去的事情了。他更注重眼前发生的事，至于这些葬身于太空中的人，是敌人也好，朋友也罢，都无所谓。他要做的是继续前进，离开银河系，去继续征服宇宙。

没有人把这组信号当作一回事，甚至没过多久，这些宇宙残骸就被他们遗弃了。他们并不知道，这是他们距离宇宙秘密最为接近的一次，如果他们能稍微重视一下的话，那么也许就不会有后来可怕的结果。但是对于宇宙和时间来说，错过了就是错过了，没有任何弥补的机会了。

舰队进行了补给之后，继续朝着银河系之外飞行，这个阶段他们又发生了一次技术爆炸，那就是他们可以利用反物质对宇宙空间的物质进行改造，从而达到阶段性的空间转移。这项技术使得他们的前进速度大大增快，突破了一直以来利用虫洞进行曲率飞行的瓶颈。如果这项技术达到完全成熟的地步，那么他们飞出本星系团甚至整个室女座超星系团将不仅仅存在于想象之中。

当他们在掠过猎户座悬臂的时候，雅各布临时做出了一项决定——改变行进方向，从远端飞过猎户座。因为那里可以经过一个对于他们来说非常重要的地方——太阳系，也就是他们曾经的家。这个决定得到了所有人的拥护，他们高呼着雅各布的名字，唱着玛雅人最为熟悉的歌颂国王的歌曲，这一刻，雅各布觉得，他已经是一个真正的国王了。

进入奥尔特云之后，整个舰队就再没有人坐下来，他们都通过大屏幕仔细地盯着太阳系看，感觉既陌生又熟悉，既兴奋又伤感。他们看到：海王星依然用一种孤傲的蓝旋转着，似乎一切都与它无关。天王星也如此，它轻轻地摆动着自己巨大的身躯，像是对杰玛舰队进行欢迎一样。土星的大草帽看起来和他们离开的时候没有什么不同，此刻它正羞答答地低着自己的头，而木星则和它遥遥相对，大红斑看上去就像是它羞红的脸颊一样，两颗气态行星就像是一对恋人，那么可爱，那么执着。然后是火星，它涨红着脸遥望着远方，就像是一位急切盼望着孩子归来的母亲一样。

终于，杰玛人日思夜想的地球出现了，她依然矗立在那里，高贵典雅又不失气质，和他们离去的时候一样，风华正茂，美丽动人。

舰队上的几乎所有人都哭了，他们想起自己离开时面对这颗一直在等候着他们的母星是多么的绝情，可现在，他们才发现，只有这里才能被称为他们的家！

雅各布下令侦察舰进入地球的大气层对玛雅王国进行一次直播，这个决定再次把所有人的兴奋提到了最高点。

“看，那是我们的部落，那条峡谷，我曾经在那里捕到过一只鹿！”

“恰克西，那里是我们见面的红树森林，你看到了吗？”

“那是卡依察，我们的圣地！”

“那条河，是路路河，那里的鱼比别处的大。”

……

舰队里的每一个人都争先恐后地诉说着自己的家乡，这一刻，他们都是玛雅人，都是地球人。

四、巨大的章鱼

告别了地球之后，每个人的心情都处于兴奋点无法平复，一直到他们即将飞出银河系的时候，所有人才从这美丽的梦境中回到了现实。现在，他们又成了征服宇宙的杰玛人，等待他们的又将是残酷的星际战争。

比起银河系的浩瀚，小麦哲伦星系更像是一个处于青春期的孩子。在银河系的巨大引力拉扯下，它非常不规则地运行着，充满了青春的桀骜不驯。

在即将进入小麦哲伦星系之前，雅各布再次向舰队的所有人表达了对于征服这里的信心。这是一项老生常谈但却必须要做的事，他要把这样的想法封印在每个人的内心深处，告诉他们，这是我们存在于这个宇宙的唯一目的，否则我们将会被消灭。

小麦哲伦星系的核心部分像一条巨大的铁棒一样不停地旋转着，并不像银河系那样充满悬臂。因此宇宙大过滤器理论在这里形成的条件要简单得多，只需要沿着它核心的外围行进，就可以找到可能存在高级文明的行星。

比起银河系不计其数的恒星星系，小麦哲伦星系的恒星数量少得可怜。这里的恒星大多数都是年轻的恒星，别说通过引力拉拽行星，就是它们自己都得随时注意不被其他的恒星拉拽走，再加上受到银河系的巨大引力作用，星系的运行极不规则，所以像太阳系那样稳定的恒星星系是凤毛麟角。

在大约经过了四周的前行后，舰队终于找到了一个并不算大的恒星系。它的质量和太阳大小相当，体积却大得多，由于处于星系核心、银河系，以及恒星本身形成的“引力旋涡”中，这里居然成了迄今为止最稳定的星系。

不过很快，侦察舰就做出了让所有人失望的侦察。因为围绕着这颗恒星运转的行星全都是气态行星，即使是处于宜居地带的也是。也就是说，这里如果有生命存在的话，他们就必须无时无刻不生活在空中，对于一直享受着重力作用的地球人来说，这简直就是天方夜谭。

侦察舰仍然在进行着各种检测，直到他们眼前只剩下最后一颗巨大的气态行星之前，他们都确定这里不存在任何生命的迹象，只要检测完最后一颗，他们就可以继续前进寻找新的星系了。

雅各布和高级将领们准备坐下喝茶了，看来，也不是每个星系中都会存在高级文明的，宇宙大过滤器理论简直就是一条真理。不过很快，他们美好的茶话会就被无情的事实打破了，因为侦察舰最新发来的信息显示，在这最后一颗气态行星中，他们发现了让人惊奇的生命。

这颗气态行星并不算太大，大概只有土星的十分之一大小。和土星一样，它也戴着一个巨大的草帽，这是星际中经过日积月累形成的尘埃以及一些小行星的碎片和冰块。透过它薄得不能再薄的大气，侦察舰清晰地看到，在这颗行星的空中，到处都飘浮着几乎比一只大象还要大的生命体。

这些生命体全身呈金黄色，从外表上看更接近于章鱼，因为它们有很多肢体。这些肢体中似乎拥有气囊，显然，它们是靠这些气囊飞行的。当气囊中的气释放的时候，它们的速度就会提升，而当气囊充满气的时候，它们就飘浮在空中，伺机进行活动。

不过看上去，这些家伙并不是什么高级文明，因为它们并不具备高级生命的社会行为，如果非要消灭的话，那么一颗核弹就可以解决所有的问题。

侦察舰向指挥部询问着解决方案，雅各布想了想之后轻轻地说道："不要理会，我们寻找下一个星系。"他说这话的时候，虽然脸上没有任何表情，但是所有人都知道，不久之前他们从地球掠过，给每个人的想法都带来了巨大的变化，征服宇宙或许并不需要去毁灭其他文明。

侦察舰在围绕着这颗气态行星转了一圈之后，准备返回舰队，也就是在这个时候，意想不到的事情发生了。那些巨大的章鱼突然齐刷刷地全部聚集在了行星顶部接近大气的地方，它们的气囊不停地喷出气体，很快就在行星的外围形成了一个巨大的气泡。而紧接着发生的事更加让人匪夷所思，这些章鱼在喷出气泡之后居然都下落到了行星的底部，之后，一道闪电击中了章鱼制造的气泡，发生了爆炸。

"该死，是氢弹爆炸的威力！"卓瓦喊了出来，事实也确实如卓瓦的判断，因为侦察舰通过数据分析得出结论，刚才的气泡爆炸威力相当于一颗氢弹威力的百分之一。虽然这对于如今的杰玛人来说已经不算什么，但对于章鱼这样的低等生物来说，却是巨大的。看来，它们并非想象的那么低级，至少它们知道怎么对待入侵者——应该反击，而不是张开双臂欢迎。

“第四集团军出动！消灭他们。”雅各布下达了命令，他对自己刚才做出的决定感到后悔，不过还好，他有补救的机会。

顷刻间，第四集团军的十几艘战舰飞出了舰队，扑向了这颗气态行星。那些该死的章鱼，很快就会成为过去式。

五、遥远的射电暴

带着核弹的第四集团军愤怒地朝着这颗气态行星一顿狂轰滥炸。几十秒之后，这颗孕育着巨大章鱼的气态行星就好像被点燃了的爆竹一样，喷发出数不尽的气体，在曲率折射的作用下，它就像是一个被拉长了的巨大气球。

没有意外，小麦哲伦星系的第一场战役就像是打扫了一间办公室一样简单，现在它们就像星系里的其他行星一样，不再有任何生命的迹象。这是杰玛的又一次胜利，虽然这种胜利并没有多大的价值。

雅各布下令继续前进，毕竟现在他们对于这个巨大星系的了解还不多，也许前方会有更为奇特的东西在等待着他们。

就在舰队集合完毕准备出发的时候，探测舰却截获了一个让他们非常惊奇的信号。经过分析计算，这是一种射电暴信号，而且持续不断地朝着被他们摧毁的那颗气态行星发射着。

快速射电暴信号是一种持续时间极短的射电波爆发现象，它的频率和脉冲星所发出的频率相似，但是却更加强烈。因此可以判定，这种频率是一种人为的现象而非宇宙自然现象，这也就意味着，刚才他们攻击这颗气态行星的过程已经被身在远处的某个拥有发射高级射电暴技术的文明所发现，而这个射电暴的含义很可能是对他们的警告或者威胁。

侦察舰立刻对这组射电暴进行分析计算，最终确定了这组射电暴是在他们刚刚进入小麦哲伦星系的时候发出的，距离这里大概有一光年远，而他们此时刚刚进入小麦哲伦星系不到 30 个地球日。一光年之外的警告射电信号这么快就到了他们跟前，这是一种大约为光速十倍的信号发射技术。恩美雅人与之相比的话，就像是个刚学会走路的娃娃。

“这里也许就是我们的坟墓。”雅各布对身边的人充满忧伤地说着。

现在抉择再次摆在了雅各布和舰队的面前，前进，意味着可能就是终点。但不幸的是，他们只有这一个选择权，因为恩美雅人不会允许他们停止对宇宙的征服。

“我们出发吧，也许没有那么可怕。”雅各布轻轻地说，其实连他自己都知道，这样的话起到的作用微乎其微。

带着悲观的情绪，舰队朝着一光年外的小麦哲伦星系的临界点出发了，在那里，可怕的敌人也许在整装待发地等待着他们。

他们距离那个发出射电暴的星系越来越近，接收到的射电暴也越来越强烈，同时他们的士气也变得越来越低沉，直到他们到达了可以观测的范围内。这下，等待他们的不再是恐怖，而是绝望。

在他们的面前，一个被无数戴森球围绕着的恒星在低速运转着，它的速度看上去更像是人工操纵的，而在它的星系内，无论是近日点还是远日点，无数颗行星的旁边都有着数之不尽的太空城市和舰队。如果没有猜错的话，这里是一个接近于 III 级文明的星系，他们已经可以利用整个星系的能量来武装自己了。

探测舰毫无征兆地返回了舰队，指挥部得到的报告更是令人绝望，因为探测舰居然无法在这个区域发送无线电信号，而且是被人为干扰的。

“我们还是离开的好。”恰克西悄悄地对雅各布说出了自己的意见。

“我觉得我们没办法离开了。”雅各布拿嘴努了努大屏幕。恰克西看到，他们的舰队已经完全被包围了，更为可怕的是，他们发现，他们几乎所有的仪器都停止了工作。

“恰克西，你记得我们一起打的那只鹿吗？其实那是你射死的，我只不过先跑过去补了一箭而已。”雅各布突然微笑着对恰克西说。

“怎么不记得，当时我就知道，只不过我喜欢和你分享而已，谁让你是我的弟弟呢！”恰克西也开着玩笑，他们都知道，这是一种迎接死亡的方式。

不过就在他们准备迎接死亡的时候，他们的仪器居然再次自动开始了工作，而且他们清晰地看到从眼前的一个戴森球内飞出了一个极小的飞行器。这个飞行器以一种超乎寻常的速度奔向了雅各布的指挥舰，并且在瞬间进入了雅各布的指挥舱。

“它是怎么进来的？”所有人都在心里问出了同样的问题。

不过还没等他们想好接下来要做什么，这个小小的飞行器居然通过射电暴对指挥舱的计算机进行了操控。很快，雅各布他们就看到了大屏幕上的话：

“停止你们的野心，否则我们的宇宙会回到奇点，停止任何的战争行为，我们彼此谁也不能消灭谁。”

之后，飞行器就离开了雅各布的飞船，这一切只发生在不到一分钟之内。

雅各布脸色惨白地看着恰克西，又回头看了看所有和他一样惊魂未定的人，胆战心惊地下达了离开的命令。他知道，警告之后一定会是毁灭。

舰队掉转了方向，朝着小麦哲伦星系的另外一边飞速地逃离。不过有一个问题却开始在雅各布的脑海里呈现出来：为什么这里和之前在冥王星遇到的文明一样，他们消灭我们就像捏死一只虫子一样简单，却不毁灭我们，而选择规劝，难道它们是和平主义者？可恩美雅人却告诉我们，在这个宇宙中，只有敌人没有朋友，要么消灭他们，要么被他们毁灭，究竟是恩美雅人说得对，还是这些高级文明的做法正确？

雅各布第一次对恩美雅人的话产生了深深的怀疑。

六、流浪星系

舰队最终决定，无论发生什么都必须即刻离开小麦哲伦星系。这里对于他们来说就是地狱，至于之后的目标在哪儿，舰队却发生了争执。

恰克西和卓瓦支持前往银河系的另外一个伴星系大麦哲伦星系，因为从距离上讲，那里更近，对于他们现在的科技水平来说是一件相对比较容易的事。而以尼玛等人为首的中高层舰长则主张前往仙女星系，因为那里与银河系的结构相似，而他们已经有了在银河系中进行筛选高级生命的经验，从难度上来说比较容易。两方一直僵持不下，直到即将飞出小麦哲伦星系的时候也没有达成一致意见。

其实对于杰玛舰队来说，去哪个星系都不是一件容易的事。小麦哲伦星系的文明已经告诉了他们什么叫作天外有天，人外有人。高级文明的存在并不是一个小概率事件，而这仅仅是他们走出银河系的第一个星系，在茫茫的宇宙中，这甚至连沧海一粟都算不上。

不过最终的决定还是得由雅各布做出。在经过了深思熟虑之后，雅各布决定，舰队前往仙女星系，因为那里是探索本星系团必须经过的一站，而如此之远的距离也是考验杰玛舰队技术水平的一次尝试，也许在漫长的星际旅行中，他们可以再次发生技术爆炸。

由于舰队至今无法计算出第四宇宙速度的准确值，所以只能采取空间瞬移的技术来进行航行，而这项技术暂时还不算成熟，瞬移的距离时远时近。对于要到达仙女座这样遥远的星系来说，这并不是一个最好的选择。不过暂时也没有其他更好的选择，他们只能寄希望于尽快计算出第四宇宙速度，使飞船能够更为快速地行驶。

其实仙女座和银河系之间茫茫的宇宙空间中，并非是完全空白的，数之不尽的流浪星系在仙女座和银河系的引力交互作用下，不时地在两个星系之间摇摆，再加上自身引力的作用，反而使它们固定在了稳定的区域。但由于它们之间的距离实在太过遥远，所以只能用孤独来形容它们的处境。恩美雅人曾经对这些流浪的星系进行过概率筛选，得出的结论是这些流浪星系存在高级文明的概率并不比银河系中存在高级文明的概率低。

很快，雅各布的科研团队就在银河系引力范围的边缘测试出了准确的数值，然后利用宇宙空间的曲率折射现象使飞船达到了第四宇宙速度的最小值，虽然距离最大值还有差距，但这足以让他们很快摆脱银河系的巨大引力奔向仙女座。一旦进入仙女星系的引力范围之内，他们就会被仙女星系的引力拉离银河系。

在经过了漫长的星际航行之后，他们距离银河系引力的边缘已经越来越近，终于，他们看到了第一个流浪星系。

这是一个和他们一样朝着仙女座运行的单恒星星系，但是它的质量却小得惊人，甚至还没有木星大。而在它的周围，则围绕着五颗行星，每一颗都处于宜居地带。对于杰玛舰队的人来说，这是一个让他们感到非常惊喜的发现。

自从离开小麦哲伦星系的高级文明之后，从雅各布到卓瓦，到恰克西，到舰队上的每一个人，他们对于星际战争似乎突然之间产生了一种莫名其妙的抵触感。虽然从没有人说出来，但是每个人都可以感觉到，雅各布对于恩美雅人的怀疑也影响着舰队上的每一个人。宇宙的浩瀚和高级文明的能力让他们已经不再认为恩美雅人是这个宇宙中最高等级的神，而至于恩美雅人说过的要和高级文明之间进行的战争，他们也不抱希望，因为更高级的文明究竟达到了什么样的水平，他们是亲眼见识到的。

舰队决定在这个流浪星系进行补给，恒星的能量可以转化成氢原子然后储存，这是目前为止他们进行航行的常规手段。

探测舰率先进入了流浪星系，它需要对五颗行星进行探测，以确保这里没有危险，以便于舰队进行着陆。而整个舰队则停留在流浪星系的引力范围外，等待着探测舰发回的信号。

其实从探测舰刚一进入流浪星系之后，他们就觉察到了这里似乎和之前他们到过的所有星系有所不同。因为他们发现，这个星系的大小似乎和他们看到的完全不一样。计算机分析的结果是，这个星系从恒星的中心开始计算到引力边缘只有大约不到 10 个天文单位，但是当探测舰进入了星系的引力范围之内，却发现这里绝对不止 10 个天文单位，而是更大。本来只需要一个小时就可以到达宜居行星带，探测舰却足足飞行了四个小时仍然没有到达。这让探测舰上的舰长感到非常困惑，他立刻把这个消息发送给了舰队，希望实验团队可以来解释这个问题。

实验舰接到信息之后，随即进入了流浪星系。刚一进入，他们就发现了问题所在。根据光谱的检测结果显示，这个流浪星系内的空间居然没有曲率现象，也就是说从星系内部看的话，他们是由完全平铺的空间组成的，而造成这种现象的原因只有一个，那就是人为原因。这让实验团队心头一颤，因为这种拥有空间折叠技术的文明，是他们目前能够想象到的最高文明等级——III 级文明。

七、宇宙主宰者

探测舰仍然在以第四宇宙速度接近这个星系的宜居地带中的五颗行星，但是越前进他们就越困惑，因为似乎他们距离这五颗行星的距离越来越远而不是越来越近了。因此他们选择了停止前进，等待总部下达的命令。

实验舰虽然可以判断出这里的宇宙进行了折叠，但是也无法做出是否继续前进的决定，所以抉择再次回到了雅各布的手中，他需要尽快做出是否继续进入这个星系的决定。

就在雅各布举棋不定的时候，突然从这个星系的内部发出了一股力量极大的引力，在整个舰队还没有反应过来的时候，他们就被这引力拉进了流浪星系。根据数据显示，这股引力拉进舰队的速度，达到了光速。

所有人都惊魂未定地相互看着彼此，他们知道，这很可能是一次有去无回的鸿门宴，每个人都再次感觉到了绝望。

绝望还不止这些，当舰队被引力拉到了五颗行星附近的时候，他们发现，这五颗行星的大小、颜色、自转速度、公转速度，都完全一样，丝毫没有误差。现在，他们终于可以确定，这里肯定是一个人为制造的星系，而不是什么流浪星系了。

就在舰队所有人不知接下来要做什么的时候，在他们的面前，五颗行星上空的宇宙空间中，出现了一个类似于显示器的巨大屏幕。这是利用恒星的光对行星的照射反射出的现象，而大屏幕则应该是这个文明的科技，就像是镌刻在空间中的一幅壁画一样。

大屏幕上清晰地显示出了一段让整个舰队欣喜若狂的视频，因为这个视频居然是一幅完整的宇宙地图，然后逐渐缩小范围，直至一个原子，一个夸克。

“这就是整个宇宙，我们简直小得让人感到可怜。”卓瓦看着恰克西感慨地说。

“我原本以为我们已经到达了一个顶点。”恰克西也感叹地说道。

雅各布没有说话，他静静地看着眼前这个巨大的“空间电视”，似乎明白了什么，他在等待，因为接下来肯定会有更让他期待的事情发生。

果然，在播放完这段视频之后，大屏幕上出现了一个“人”。其实也谈不上这是一个具体的人，只能说这是一个类似人类的影像，因为既看不到这个“人”的五官，也看不到表情，当然也不会感受到他的喜怒哀乐。这就是雅各布要等待的事情，他知道，这个

“人”可能要告诉他一些事情。

“来自银河系猎户座悬臂太阳系的地球人，首先向你们表示问候，你们可以叫我们托马斯星人，我们来自距离室女座星团 3.5 亿光年的后发座星团。我们已经在宇宙中航行了几十亿年，在不久之前的 400 万年前，我们刚刚到访过地球，那是个美丽的地方。”大屏幕中的人影在用玛雅语对舰队讲着话。

舰队上的每一个人都抬头看着大屏幕，眼神里充满了虔诚，这种虔诚就如同他们在地球上对恩美雅人的那种虔诚一样。

“我们是宇宙中的游牧民族，之所以离开母星选择游牧，是因为我们一直以来都有着和你们一样的想法，探索宇宙或者征服宇宙，因为任何人都有好奇心。

“一路走来，我们发现了无数的文明，也摧毁了数以万计的高级文明。对于我们来说，这就如同是我们的工作，就像你们在森林里打猎一样。

“但是，在对宇宙的征服中我们逐渐摸索到了宇宙的一个法则，那就是我们宇宙虽然浩瀚而且仍然在不停地向外扩张，但是它有两个永恒不变的规律：第一，它的物质总量不变；第二，我们宇宙拥有着非常协调的平衡能力。当我们消灭一个文明之后，这个文明并不会完全被毁灭，他们的信息会随着原子在宇宙的另外一个地方融合，产生新的文明，这样就可以保持物质总量不变，同时也起着协调作用。因为一旦出现物质的不平衡，我们的宇宙就会停止扩张，转为坍塌，直至回到奇点，到那时，我们的宇宙就会完全消失，而我们和你们都会湮灭。

“所以你们在宇宙中遇到的高级文明对于你们的这种征服行为

采取的都是拒绝战争的做法，因为这是无用的。无论是你们被毁灭还是他们被毁灭，都不是真正意义上的毁灭，你们的原子信息一定会在茫茫宇宙中找到新的存在点，进行重组。

“在这个宇宙中，并不存在文明的顶端，至少我们的理解是这样的。只能说每个文明的发展方向不一样。鲸座的小巴巴亚文明，他们喜欢挑战极端星球的改造能力，让更多被毁灭的原子信息能够尽快找到合适的发展地点，他们也被称为宇宙医生；而我们则更注重保持宇宙的平衡能力，也就是阻止战争；还有金牛座的魔瓦人，他们对于物质重组有着很高的水平，可以通过基因重组来制造更多的适合极端环境下生存的生命。对于我们这些深知宇宙法则的人来说，我们的家园早已不是母星，而是整个宇宙。

“恩美雅人曾经向你们提到过宇宙轴心，其实这个理论出现于早期文明。如果从宏观宇宙来看，这个理论具有片面性，因为无论从哪颗行星计算，都可以绘制出以它们为轴心的宇宙版图。

“以你们现在的科技水平，根本无法走出本星系团，而对于宇宙来说，这实在是太渺小了。宇宙的法则是阻止战争而不是发动战争。一旦你们遇到对于破坏宇宙平衡能力深恶痛绝的文明的话，那么等待你们的将会是原子重组，而这肯定不是你们想要的结果。

“为了保证我们宇宙不回到奇点，请你们不要再进行任何意义上的战争，恩美雅人早晚也会知道这一点。物质可以改造和再造，但却不能超出宇宙的承载量或者减少，正反物质的比例永远都是相等的。一旦哪个文明的物质或者信息被湮灭的话，他们的原子不能进行重组的时候，那么即使再高级的文明也都无能为力。到那个时候，一切就都结束了。一个真正的宇宙主宰者应该是一个拥有对这个宇宙充满着爱的文明，而不是想尽一切办法去征服它。

“这枚反物质融合勋章是给你们留下的，是向高级文明证明你们是和平主义者，而不是战争制造者。有了它，在宇宙中，你们就会是安全的。”

在雅各布的身边，出现了一枚脸盘大小的勋章，上面刻画着一幅缩略的宇宙地图。杰玛舰队的所有人都目不转睛地看着大屏幕，等他们反应过来的时候，才发现这个在太空中的巨大的“电视”消失了。而他们所在的流浪星系也已经不知去了哪里，在他们的正前方，正是仙女星系的引力范围，也就是说，刚刚这段短短的时间内，他们居然跟着流浪星系前进了数千光年。

雅各布静静地坐在了椅子上，他的心情却久久无法平静。

八、返回杰玛

舰队上的所有人都被托马斯星文明的话震撼了，他们一直以来深埋在心中的疑惑终于被解开了。现在，他们要返回杰玛，去把这一切告诉恩美雅人——停止星际战争，宇宙无须征服。

雅各布下令舰队掉转方向，返回银河系，这是一个对现在的他来说非常容易做出的决定。看着远处如星星一般的银河系，雅各布的心中感慨万千，比起宇宙的未知，他们的无知更显得可怕。蜂窝人、胡萝卜人、三颗相互攻击一起灭绝的三星人，他们都和我们一样，是这个宇宙的一分子，无法湮灭。如果说部落之间的战争是为了争夺有限的生存资源的话，那么星际战争则是为了维护整个宇宙的平衡。当一个文明的资源被用尽的时候，这个文明也就到了重组的时候，这是一种周而复始的循环，也是宇宙的自我调节能力，从而保证这个多元化的宇宙一直存在。

雅各布和他的幕僚们感到了一种深深的惭愧，这是由无知所引起的对于整个生存空间的负面做法，不但毫无意义而且充满着危险。现在，是让这一切都结束的时候了。

又经过了一个漫长的旅行，杰玛舰队终于回到了银河系，虽然距离杰玛城市还很遥远，但是至少他们算是回家了。每个人都感到身心疲惫，他们此刻最想做的事是看一看走的时候还未出生的孩子，看一看美丽的妻子和慈祥的父母，或是静静地待在家里，逗一逗可爱的宠物狗。

终于，他们进入了自己的星系。比起在茫茫银河系中遇到的各种星系，这里已经显得非常渺小了，但是这终究还是家，有亲人的地方才是家。

舰队返航的消息已经在一个月之前传遍了整个杰玛城市，所有留在城里的人都激动地欢呼雀跃，他们和离开的人一样，内心都充满了无尽的思念。很久没有他们的一点消息，这种煎熬是无法用语言来形容的。

当飞船盘旋在城市上空的时候，舰队上的所有人都看到在地面上的亲人们载歌载舞地向他们招着手。他们热泪盈眶，每个人都在地面的人群中努力地寻找着自己的亲人，激动而焦急地等待着飞船的降落。

终于，所有人返回了地面，和亲人们热烈地拥抱，哭泣，欢喜，拉着的手再也不愿意松开。每个人都意识到，这个时刻是多么美妙。

雅各布看着自己已经四岁多的儿子，激动地把他抱了起来。孩子胆怯地寻找着妈妈，并不敢看雅各布，不过在妈妈的提醒下，他意识到，眼前这个男人就是妈妈无数次向他提起过的去征服宇宙的爸爸。

“你们征服宇宙了吗？”孩子睁大眼睛问雅各布。

“是的，孩子，不过宇宙不是去征服的，而是要用爱去珍惜。”雅各布亲着儿子，这一刻他不再是那个勇敢的首领，而只是一个温柔的父亲。

“那我们现在和神一样，都是宇宙的主宰者了吗？”孩子又好奇地问道。

“我们现在还不是，但未来一定会是，因为这个宇宙需要我们。”雅各布微笑着对孩子说道。

回到家之后，雅各布一直抱着儿子不愿意放下，而妻子则在忙碌着为雅各布准备最丰盛的晚餐。

“这里有什么变化吗？”雅各布一边逗着孩子一边问着妻子。

“有一些，但总体上和你们走的时候没什么区别，只不过神一直都在告诉我们，战争离我们越来越近了。”妻子端上了精心制作的肉酱和窝窝饼说。

“战争？什么战争？”雅各布好奇地问着妻子。

“和入侵者的战争，难道你忘记了？神说他们已经想到可以和入侵者对抗的方法了，只等着你们回来了。”妻子看着雅各布对他说，好像他是从外星来的一样，哦，对，他就是从外星归来的。

“不，我们不能再进行战争了。”雅各布放下孩子对妻子说。

“怎么可能？入侵者不会放过我们和神的。”妻子睁大眼睛看着雅各布说。

“我明天去恩美雅总部。”雅各布看着儿子轻轻地说道。

第二天一大早，所有舰队的高级将领都在第三城市中央的金字塔集合，他们要去向恩美雅人报告关于这次征服宇宙的所见所闻，并且把关于宇宙的秘密告诉他们，从而停止对外的征服，一起来做真正的宇宙主宰者。

“你觉得恩美雅人会接受我们的建议吗？”恰克西悄悄地问雅各布。

“当然，如果他们够聪明的话。”雅各布微微笑了笑，他有信心说服恩美雅人。

“我现在越发觉得他们神秘，当然还和我们一样无知。”恰克西也笑了笑。

当到达了恩美雅的飞船之后，雅各布就感觉到一种异样的氛围，因为恩美雅人的代表表情严肃地看着他们，并没有寒暄。其实这也是恩美雅人的思维僵硬所致，他们并不会委婉地表达自己的情绪。

“神，我们要告诉你们关于宇宙的秘密。”雅各布也开门见山地说。

“好吧，说说你们的宇宙秘密吧。”恩美雅代表面无表情地说道。

雅各布坐下之后，把这次在宇宙中的种种见闻以及所作所为全都告诉了恩美雅人，最后把托马斯星人关于宇宙平衡的理论讲给了他们听，希望他们停止对宇宙的征服。

但是，恩美雅人并没有说话，只是安静了许久之后，对雅各布说道：“总督，我对你的话一点都不质疑，但是我要告诉你的是，托马斯星人给予你们的建议都是我们宇宙的秘密，而我们的敌人并不是我们宇宙的人，他们是四维文明。现在他们要破坏我们的宇宙，这场战争我们必须要打，而且一定要赢。在你们离开这里的这段时间里，我们已经掌握了如何进入四维空间的技术，等过几天我们就会带着你们进入四维空间，看看他们是如何对我们的宇宙进行破坏的，到那个时候你们就会知道这场战争不可避免，而且是正义的了。”

“四维文明？难道比托马斯星人还强大？”雅各布非常吃惊地问。

“不，不是强大，而是根本就不是一个维度的文明，现在无法形容，等你们看到之后就知道了。”恩美雅人说。

九、四维空间

离开恩美雅人的飞船之后，雅各布一直在琢磨一个问题，他实在无法明白恩美雅人口中的四维空间是什么概念，他一直都拿托马斯星人作为参照物来比较，难道四维文明比托马斯星人更高级？难道他们对于空间有更高级的改造？难道他们不遵守宇宙法则执意要进行破坏？雅各布问了恰克西和卓瓦，不过他们也和自己一样，对所谓的四维空间并不理解。

几天之后，雅各布来到了恩美雅人的总部，这次他要和其他几个高级将领跟随着恩美雅人进入四维空间，去见识一下这个神秘的地方到底是什么样的。

在大概飞行了几个天文单位之后，在一片开阔的宇宙空间中，恩美雅人首先制造出了一个虫洞，紧接着，他们的飞船以接近第三宇宙速度的速度进入了虫洞，然后利用反物质核弹把整个虫洞内部空间从曲率改造成了平行。也就是在这种平伸的过程中，雅各布亲眼看到，在虫洞的上空，引力呈现出了一个旋涡状，并用一种极快的速度旋转着，最终在这里形成了一个巨大的“洞穴”！

“看，雅各布，这就是进入四维空间的大门，让我们现在就去看看这个神奇的世界。”恩美雅人对雅各布说。

飞船沿着虫洞上空的大门制造出的引力盘旋着进入了这个大洞，仅仅在瞬间，雅各布发现，自己已经处在了一个完全陌生的环境当中。

这是一个巨大空旷的空间，远处的星体显得比在宇宙中更加遥远，但是却更加清晰。和宇宙不同的是，这里到处都是光柱，它们错综复杂地交汇在一起，看不到任何过滤。而在雅各布的身边，他亲眼看到了他们的杰玛城，这里的任何一个物体包括人在内，似乎都是透明的，雅各布甚至还看到了机器里的零件以及动物的内脏。

恩美雅人的飞船掠过这些光柱奔向了远处的一颗行星，雅各布看到这些光柱似乎并没有对他们的飞船造成什么影响。而就在距离那颗行星还有很远的时候，雅各布竟然看到了那颗行星的地心。

“天哪，我看到了地心，还有内部流淌的岩浆！”雅各布和其他几位一起来参观四维空间的伙伴都惊声叫了起来。

要知道，这么远的距离用肉眼居然可以透过行星的大气层和地表看到地心，这简直就是一个奇迹。

“这是怎么回事？”雅各布回头看了看恩美雅人问道。

“这就是四维空间，其实这颗行星距离我们还很遥远，但是这里拥有我们宇宙不具备的第四个概念——时间。在这里，时间和空间是同一种概念，它们甚至可以相互改变，且变化的数量相互存于其中，也就是说空间中可以包含时间，而时间中也可以包含空间。再说得明白一点，在我们的宇宙中，一年的时间是因为我们星体的公转和自转产生的错觉，但在这里，空间可能是因为时间的流逝所产生的感觉，而这是我们感觉不到的。”

所有人都看着恩美雅人，他们一点儿都不理解恩美雅人的话。

“再简单点说，在这里，我们可能会回到过去，也可能会去到未来。这对于我们来说是时间上的改变，但对于这个维度来说，其实就是一个空间的改变，就像我们到其他星球一样简单，你们明白了吗？”

“明白，但还是不太理解。”雅各布绞尽脑汁也不理解这样的事是如何发生的。

“这个我们现在也无法理解，我们只知道这里存在着高级文明，他们的存在是对我们巨大的威胁，我们一直都生活在他们的眼皮底下。就像你站在这里看你的妻子一样，她几乎是被分解的，也像是完全透明的，但其实这只是时间造成的一种错觉而已。这是我们的研究成果，但这只是个开始，还有更多的东西等着我们去发现。”

“那我们就在这里和他们决斗？”雅各布小心翼翼地问道。

“是的，在我们的宇宙中，我们根本就无法对他们进行攻击，但在这里，我们就和他们一样，这和我们的宇宙没有关系。”

“可是他们在哪儿？”雅各布问。

“这个我们也不清楚，四维空间和我们的宇宙一样大，浩瀚无穷，他们并不生活在这里，而是生活在适合生存的环境里。”恩美雅人继续说着。

“那你们遇到过他们吗？”雅各布问。

“见过，我们曾经遭到过他们的攻击，但是我们躲过了，然后我们就开始在宇宙中寻找帮手。”

“我们？”雅各布问。

“是的，我们必须为我们的宇宙负责，托马斯星人说得没错，但那只是片面的，保护我们的宇宙并不是只需要平衡，还需要对抗来自四维的文明。”

“可是我们能战胜他们吗？”雅各布接着问。

“我们和他们交过手，他们的科技并不比我们高出多少，我们有能力干掉他们。”

雅各布呆呆地看着眼前的一切，他只感觉，自己一直在做着一个醒不来的梦。

十、阿克的故事

梦总有醒来的时候，无论是噩梦还是美梦。当飞船回到三维世界之后，雅各布的梦也随之醒来，他看着眼前熟悉的世界，几乎想不起刚才发生了什么，只感觉自己如同重生了一样。

三维和四维的不同无法用语言来形容，甚至无法用正常的思维来理解，这是一种对于生活在三维世界的生物的宏观考量，即使是最为严谨的科学家和艺术家，也无法对那种身临其境的感觉做出最准确的描述。如果按照理论的定义来看，造成三维和四维这种巨大视觉差异的原因就是时间，但是时间在四维内究竟是以一种什么形态出现，这是现在恩美雅人还研究不出的。

在这种深度思考却无法明白的情况下，雅各布决定无论如何都要再去一次四维空间，至少他要弄明白这种错觉是如何产生的。

雅各布向恩美雅人提出了申请带着自己的科研团队前往四维空间，并不是他对于恩美雅人的技术不信任，而是他觉得从头研究的话，也许会有新的发现。

这次进入四维空间的科研团队并不是上次和恩美雅人以及雅各布一起进入的那些人，他们并没有经验，所以也更可以对这种感觉产生直观的印象。

当飞船再次进入四维空间的时候，所有人的表情几乎和雅各布第一次来到这里时的一样，诧异、惊讶、恐惧、惊喜，这是从没有过的感觉，就像是观众在台下看一场魔术大揭秘一样，仿佛世界的所有谜团都一下解开了。如果把宇宙缩小到只有这片空间大小的话，那么这里的一点一滴都可以清晰地展现在眼前。

“你们有什么感受？”雅各布问大伙儿。

“这是完全不同的世界。”大多数人的回答都是这样的，但是有一个人却没有说话，而是看着雅各布笑，这个人是来自雅各布科研团队的一位成员——阿克。

“阿克，你为什么笑？”雅各布也很好奇在这个大家都惊讶的时候，为什么阿克会发出谜之微笑。

“哦，没笑什么，我只是觉得我拥有了整个宇宙。”阿克收起了笑容对雅各布说。

“我和你有一样的感觉。”雅各布失望了，他本以为阿克会有一些不同的见解。

“总督，按照神的理解，四维空间内时间是一个和长、宽、高一样的组成空间的必要条件，对吗？”阿克问道。

“对，可以这么理解，但也不是全对，因为时间我们感觉不到，是虚幻的东西。”雅各布向阿克解释着。

“不，您错了，如果神的理论成立的话，那么时间也是可以看得到摸得着的，否则这里和三维就没有区别了。”

“哦？我不太明白，你能讲得通俗一点吗？”雅各布好奇地问着阿克。

“这个先不说，您来看这个。”阿克指着位于飞船外的一块陨石，在四维下，它完全透明，就像是完全暴露一样，内核清晰地展现在每个人的眼里。

“这就是四维和三维的区别，是在不同维度的空间下产生的不同的视觉效果。”雅各布给阿克解释着。

“这点您说得对，总督，这确实是三维和四维的区别，但是我要说的是，造成这种现象的原因就是时间，而不是空间。”阿克非常认真地对雅各布说。

“我没明白。”雅各布和其他人都看着阿克，他们需要阿克进一步来解释。

“这么说吧，在三维下，也就是我们的世界，我们看到的任何物体都是整体，这是因为它们都处于同一个时间内，时间在三维下无法展开，只能以点的形式存在。而四维不同，它们的时间是错乱的，也可能是有规律的，这个我还不清楚，但可以肯定的是，它们不是处于同一个时间点内。也就是说，我们看到的这块陨石，它的表层、它的内核、它的每一寸，是来自不同时间点的，所以就会产生这样的视觉效果。”

雅各布看着阿克，似乎还是没明白他的意思。

“这个很简单，假设您妻子刚刚理完发，那么在三维空间内，您看到的就是她理发之后的样子。但是在四维空间内，由于时间无处不在，所以您可能看到的是她理发之前、理发之后，或是正在理发的样子，而这三种或者更多的情况都会在四维空间内同时出现，而不是先后出现。”阿克严肃地说道。

“你的意思是时间就像是一个锅里的十几张窝窝饼，它们有很多，而不是只有一条时间线？”雅各布似乎稍微明白了点。

“对，这么理解没错，只有这样才能从逻辑上说明四维是由长、宽、高和时间组成的，否则关于四维的解释就是悖论。”阿克斩钉截铁地说。

“你是怎么明白这些的？”雅各布问。

“神为我们输入了几乎所有他们已经掌握的信息，但是有些只是僵硬的数字和文字，这需要我们自己理解，我是从来自东方的佛教中推断出这些的。”阿克轻轻地说。

“佛教？”雅各布瞪大眼睛看着阿克。

“对，佛教有一种理论大概意思是这样的，人的一生无法改变，无论你贫穷、富有，还是杀人抢劫，或者你是国王还是乞丐，都是早就定好的，就像数学定律中那些固定的数字，不能有丝毫的差错，一旦出现哪怕是几十亿分之一的误差，那么当基数扩大之后，这个误差就会变得非常大。”阿克看着所有人，认真地说着。

“然后呢，难道乞丐通过反抗不会成为国王吗？贫穷的人通过努力不会成为富翁吗？”有人问阿克。

“当然可以，不过你的理解还是有问题。乞丐成为国王，贫穷变得富有，这一切都是设定好的，是不会改变的。”阿克笑着说道。

“那岂不是我们做什么都是无用的了，甚至想早死一天或者晚死一天都不行了？”有人接着问。

“是的，无法改变，一切都像是一台精确的机器，不会出现丝毫的误差。”阿克用严肃的语气对所有人说道。

“这佛教也没说出什么嘛，怎么能和四维空间扯在一起，阿克你是在开玩笑吗？”有人开始嘲笑阿克。

“不，接下来才是我要说的。”阿克坐在了椅子上，看着雅各布，开始了真正的解释。

第七章
时间轴的秘密

一、时间错觉

“佛教讲究修行，就是通过你的努力、你的虔诚，可以改变你的人生，不过不是现在，而是来世。”阿克慢条斯理地说着。

“来世？这简直太不科学了吧，阿克。”有人提出了质疑。

“这个所谓的来世只是佛教的一种用语，我认为它是隐晦地向我们解释着世界。来世并不是下一个轮回，而是另外一个时间点，而所谓的修行其实也并不是修行，而是对你所处的时间点内的宇宙负责，保证这个时间点内的宇宙不被破坏。托马斯星人做的事其实就是一种修行，但他们所做的事无法改变任何事情，该发生的事不可能避免，不该发生的事也不会发生。”阿克慢慢地说着。

“而当生命耗尽的时候，我们的肉体会分解成原子，这是我们都知道的生物学。但是这些原子所携带的信息会保留，不可能像肉体一样分解，而这些带着信息的原子会在四维空间的其他时间点内重新生长，也就是形成了新的你或者我，那时，我们在新的时间点内就会利用这些修行得来的信息重新成长。”

“那你的意思是说现在的我们也曾经在其他时间点内生活过？”雅各布问阿克。

“对，是的，我们的原子信息是经过积累而成的。”阿克看着雅各布说道。

“照你的说法，我们保留了原来时间点内的信息，但是我们为什么什么都不知道？阿克，这说不通啊。”雅各布问。

“这个就是佛教中提到的修行，我认为修行的真正目的很可能是为了尽可能地保留原子的信息完整性，而保留下来的信息并不是直接呈现在原子的结构当中，它们只是信息，不是具体的形式。很多东西我们都是无师自通的，比如饿了会吃饭，渴了会喝水，这些并不是行为，而是原子的信息。”阿克解释道。

“阿克，你的解释我很喜欢，但是我想知道，时间在哪儿？我们为什么看不见？”雅各布摊了摊手，无奈地问着阿克。

“这个需要我们在四维内寻找，它们是无处不在的，但是如何进入其他时间点，这还需要我们的科技，也不能完全叫科技，很可能是一种自然的现象，是三维和四维的通道，可惜我们现在还没有发现。”阿克轻轻地说着。

“你是说我们可以在四维的任何时间点内穿梭？”雅各布惊讶地看着阿克。

“对，绝对可以，每一个时间点内都有独立的空间，独立的三维和四维。”阿克坚定地说。

“那就是说会有无数个你、无数个我？”雅各布看着阿克，更加觉得不可思议了。

“理论上来说是这样的，但是我并不确定时间点是不是有限的，还是无限多的。”阿克耸了耸肩，表示自己无能为力。

“我暂时还不能接受这么高深的东西，不过你这种理论我喜欢，也许我们可以沿着这个方向进行研究。”雅各布对所有人说道。

飞船返回了三维世界，雅各布和他的团队虽然对阿克的解释感到惊奇，但却并不完全认可，因为理论需要事实的证明才行，否则就是空谈。任何人都可以凭空想象出这样离奇的故事，如果真的如阿克所说，那么浩瀚的宇宙在时间内，就不过是一粒沙子一样渺小，这实在是无法想象的。如果真有无数个时间点存在的话，那么能不能进入不同的时间点，这才是最重要的事。雅各布躺在床上一动不动，这种长时间的思考比在宇宙中的旅行更加累人，现在，他只想美美地睡上一觉。

恩美雅人已经在四维内开展了各种实验，希望能够找到四维的秘密。但是无论他们用什么方法，比如改变空间的曲率结构，制造虫洞，或是利用原子的裂变对四维进行爆破，一切都还是没有改变，他们看到的仍然是一个不同于三维的四维空间，丝毫没有发现时间作为和长、宽、高一样的形式存在的证据。

回到杰玛的阿克对于自己的理论深信不疑，他相信，宇宙之于时间，不过是一个很小很小的空间而已，而时间则无处不在，但是它具体在哪儿，阿克陷入了深深的思考当中。这是一个几乎让人无法入手的课题，阿克不停地翻阅着佛经，希望能从这些让他着迷的书籍中找到答案。

不过最终阿克还是失望了，因为他无法读懂佛经，虽然他强烈地感觉到佛经当中存在着答案。不过他坚信，自己的研究方向一定是正确的，为此阿克把自己关进了一间密不透风的不见亮光的屋子里，希望用这种苦行僧式的修行来进行最为纯净的思考。

在黑屋子里，阿克闭着眼睛，努力回忆着自己看到的浩瀚，同时按照自己的理论幻想着在其他时间点内的所谓另一个自己在做什么，直到筋疲力尽地倒下睡去。当体力恢复之后，他再次坐起，继续思考，周而复始。渐渐地，阿克有了一种感觉，他不知道自己身处何地，这间黑屋子就像是一个封闭的世界，给他一种虚幻的感觉。三维？不。四维？不。这不是什么三维或者四维，而是一个属于自己的空间，这间房子就是他的宇宙。阿克站起身，摸索着屋子的墙壁，这才感觉到自己并没有脱离三维，他长吁了一口气，准备离开。七天的思考让他几乎筋疲力尽，他的生物钟完全被打乱了，困乏似乎无时无刻不伴随着自己，他必须离开这里，因为他感觉自己几乎要死掉了。

推开门的一刹那，阿克惊呆了，因为他一直认为现在是白天，可是灯光却告诉他现在是黑夜，怎么可能？阿克连忙叫来妻子问道：

“我在屋子里待了几天？”

“我的天，阿克，你终于出来了，感谢神的保佑，你已经在屋子里待了十五天了，你难道不知道吗？”

“十五天？”阿克看着妻子，眼神里充满了疑惑。

“难道你不相信吗，你看看现在的日期。”妻子指着墙壁上的时间记录器说道。

阿克回过头看着时间记录器，仿佛一切都是这么陌生。

“怎么会有这样的感觉？”阿克呆立在原地，一动不动。

二、130 亿光年外的奇迹

就在恩美雅人和杰玛城市的科研团队对四维空间的研究陷入瓶颈的时候，位于第七城市原国王大楼的观测团队宣布了一个他们的最新发现。他们通过高级射电望远镜根据在宇宙中捕获的无数光谱进行分析之后，在位于地球 130 亿光年的一处空旷的宇宙空间中，发现了一片正在形成的巨大星云。开始的时候，这片星云并没有被发现，因为所有人都认为这不过是一个正在形成的矮星系。但是很快，他们就意识到了这片星云和其他星云的不同之处，它的质量几乎是在很短的时间内以成倍的速度在飞速成长。如果按照现在已经掌握的恒星形成理论来解释的话，似乎又说不通，因为任何一个巨大的星云也无法以这样的速度产生如此之多的恒星。更为奇特的是，通过分析，观测团队发现，这片星云内所产生的能量远远大于这些恒星带来能量的总和，也就是说，除了产生恒星，这片星云内还在快速地产生其他的能量。

当然了，对于已经开始着手研究四维空间的恩美雅人和杰玛城市的人来说，这种对于三维宇宙的观察已经不能提起他们的兴趣了，所以这个消息并没有引起所有人的注意。但只有一个人例外，那就是阿克，因为阿克敏锐地感觉到这个发现很可能是目前所有的宇宙观测学中从没有过的，可以说是里程碑式的一个发现——白洞。

白洞是一种在广义相对论下和黑洞完全相反的天体，也可以说是黑洞进化到最后演变的一种天体，只不过这一切都还只是理论。这一方面是由于宇宙的年龄不够黑洞进化的时间；另一方面，白洞不像黑洞一样被真实地发现过，一直都是存在于假设之中。而关于白洞的特征，更是只能根据广义相对论来进行推断，它可以喷出无穷无尽的物质，它的力是排斥力，正好和白洞前身黑洞的吸引力相反。

现在第七城市观测到的这个现象居然和白洞理论如此相像，阿克立刻前往第七城市的观测台进行进一步的了解。

“我想知道从发现到现在，这里的能量增长了多少？”阿克开门见山地问自己的好朋友——如今在观测台工作的克里西。

“大约是1000倍吧，而且它们还在成倍地增长！”克里西对阿克说。

“如果按照正常的星云计算的话，它的质量会是多少？”阿克焦急地问着。

“大概只有现在的一半。”克里西回答着。

“为什么这么少？有没有什么解释？”阿克问。

“根据我们现在掌握的理论，另外一半肯定是暗物质。”克里西耸了耸肩说。

“如果说这是白洞的话，你相信吗？”阿克问克里西。

“白洞？哦，天哪，这我怎么知道？我只是一个观测员，不是神，不，神也没有见过白洞，那可是个稀罕的家伙。”克里西笑着回答着阿克的问题。

“能捕捉到星云中最新的光谱吗？我需要这些光谱的分析报告

和详细数据。”阿克对克里西说。

“这个可做不到，伙计，它离我们太远了，足足有 130 亿光年，我可不想一直在这儿等着。我妈妈下午还要给我做草莓蛋卷，我可不想错过。”克里西跟阿克开着玩笑。

“那有什么方法可以测试这些光谱？”阿克仍然追问着克里西。

“我想，你可以坐着飞船去，距离近了就可以观测到了。”克里西有些不耐烦地对阿克说着。

“距离近了……”阿克看着克里西，自言自语地说着，突然，他似乎有了办法，飞似的离开了观测台，一边跑，一边对克里西说道，“谢谢你，克里西，告诉你妈妈，我下午也要去你家吃草莓蛋卷。”

“该死！”克里西愤愤地骂了一句，坐在了椅子上，他觉得阿克从四维空间回来之后似乎疯了。

阿克当然没有疯，他迅速地回到了第一城市，找到了雅各布。现在，他需要雅各布和他一起到四维空间去。因为按照现在四维空间的理论，他可以有机会观测到不同时间点内的物质，也就是说，他很可能在四维空间内看到 130 亿年后的光谱，然后得出结论。

雅各布和克里西的想法一样，他也认为阿克疯了，不过他还是同意和阿克一起到四维空间去看看他灵感爆发之后产生的奇怪想法。

阿克和雅各布乘坐着四维飞船进入了四维空间，他们根据三维世界的方向确定了那片星云的方向之后，雅各布茫然地问阿克：“我们现在该怎么办？”

“前进！”阿克对雅各布下达着命令。

“这可是四维空间，我们从没有在这里航行的经验，万一找不到回来的路怎么办？”雅各布说得没错，前几次他们来到四维空间，飞船都是在虫洞入口的附近游荡，从没有远离过入口，但现在阿克居然要求他离开这里，雅各布突然觉得，阿克可能是真的疯了。

“总督，前进吧，难道你不想找到四维的秘密吗？”阿克低声对雅各布说。

“这和四维空间有什么关系？”雅各布好奇地问。

“这将是一次美妙的旅行。”阿克笑着对雅各布说。

“该死，我到底该不该相信你？”雅各布也笑了。

“当然得相信，因为我们即将拥有整个宇宙。”阿克耸了耸肩对雅各布说。

“好吧，我信你一次，不过如果我们回不来的话，我一定把你从这儿扔下去。”雅各布愤愤地说着，启动了飞船朝着前方飞去。

三、超光速行驶

雅各布和阿克驾驶着飞船以两个天文单位外的一颗小行星为坐标飞去，按照阿克的判断，那里和现在他们所处的位置，会有很大的不同。

当飞船到达小行星之后，雅各布用一种无奈的眼神看着阿克，因为这里和他们离开的地点并没有什么不同，但是阿克却笑着问雅各布：“我们大概飞行了多远？”

“大概两个天文单位。”雅各布回答。

“用时多少？”阿克又问。

“十四分钟！”雅各布又回答。

“那好，这是我们在三维空间下正常行驶的速度和距离，但是现在，让我们来看看我们在四维空间下行进了多少，你打开行驶记录仪。”阿克指着行驶记录仪对雅各布说。

雅各布看了看阿克，对他的话将信将疑，但他还是打开了行驶记录仪。就在他打开的一刹那，他惊呆了，因为显示器上清晰地记录着一个让他这辈子都不会忘记的数字：45 光年。

“怎么会这样？我们居然超越了光速？这里是 45 光年之外吗？”雅各布大声地喊着。

“不，我们只行驶了两个天文单位，怎么可能走这么远呢。”阿克笑着说。

“可这里清楚地记录着，数字不会骗人。阿克，你到底知道什么？快告诉我。”雅各布发疯似的一把抓住了阿克的胳膊。

“这就是时间点，确切地说我们根本就不是前进了距离，我们跨越的不是时空，而是时间。你懂吗，总督大人。”阿克仍然笑着说道。

“可光年是距离，怎么可能是时间啊。”雅各布还是不明白。

“时间的呈现形式当然不会和距离一样，但是我们跨越到 45 光年用的时间呢？没有了。而且我们也没有超越光速的能力。所以只有一种解释，我们是在时间中旅行，而不是空间，空间在这里只不过是个概念化的东西，时间才是真正存在的。现在，让我们继续旅行，好吗？”阿克慢条斯理地对雅各布解释着。

“我居然用了十四分钟的时间就跟着你走了 45 光年。”雅各布满头大汗地继续驾驶着飞船前进。

“这有什么啊，说不定我们还能见到更奇特的东西呢，那里可能会有恐龙。”阿克笑着对雅各布说。

“我不要见到恐龙，我只要见到另外一个我，然后让他替我打死你这个家伙。”雅各布也笑了，现在他相信阿克的话了，至少他现在的解释可以让他信服，虽然他仍旧不知道阿克的葫芦里到底卖的什么药。

飞船朝着第二个坐标，实际距离20个天文单位之外前进，阿克充满了自信，但雅各布却疑惑重重。

当飞船停留在他们制定好的坐标之后，雅各布急忙打开行驶记录仪，这次的数字让他比上一次更加震惊，因为他们距离出发的地点是6000光年。雅各布一下瘫坐在了地上，他看着阿克，整个脸憋得通红。他无论如何也不相信这么短的时间内他们到达了6000光年之外，他可是有过在太空旅行的经验的，6000光年有多远他比阿克清楚得多。

阿克则目不转睛地看着前方，没有理会雅各布夸张的表情，似乎在思考着什么。

“到底怎么回事，我们现在该做什么？”雅各布问着阿克。

“再继续前进，我需要弄清楚这里面的规律。”阿克回头看了看雅各布说道。

飞船又继续朝前定下了三个坐标，每次飞到之后都让雅各布感觉自己疯了一次。因为他们的行驶距离已经越来越远，而当到达第三个坐标的时候，他们距离杰玛已经超过了220万光年，这个距离甚至可以到达仙女星系。

满头大汗的雅各布对阿克说道：“你到达了我们没到过的地方。”

“怎么会这样呢？”阿克没有理会雅各布，像是自言自语地说着。

“怎么了，和你想象的不太一样吗？”雅各布好奇地问。

“我们走了这么远，为什么没有见到任何四维文明呢？还有，其他时间点在哪里？我们怎么才能到另一个世界呢？”阿克仍然自言自语着。

“你说怎么办就怎么办。”雅各布坐在了椅子上。

“我们返回吧，等我想明白了再来。”阿克终于扭过头对雅各布说。

雅各布掉转了飞船朝着他们的起点飞去。

“阿克，你怎么会想到这些呢？”雅各布问。

“怎么说呢，这个其实和我们行驶多远的距离所用的时间没什么关系，而只是一种时间错觉而已。”阿克说。

“时间错觉？怎么解释？”雅各布又开始了好奇。

“我把自己关在小黑屋里，明明过去了十五天，可是我却只感觉到过了七天。就我本身而言，我失去了对时间的判断力，所以才会产生这样的错觉，但是时间本身没有任何变化，它还在按照自己的方式前进着。如果把那间小黑屋改成四维空间的话，也是一样，我们在四维下会产生这种时间上的错觉，明明我们飞行了很久却不会感觉到。”阿克认真地看着雅各布解释道。

“你的意思是我们已经离开了很久？”雅各布睁大了眼睛不可思议地看着阿克。

“不，我们在做时间旅行，从我们的时间点上计算的话，我们离开了多久就是多久。”阿克笑着解释道。

“那我们怎么才能到达另外的时间点，也就是220万年前的时间点？”雅各布更加好奇了。

“这就是我一直感到疑惑的地方，我们该如何进入其他时间点，还有就是恩美雅人说四维内有文明，那么这个文明在哪里？恩美雅人不可能到其他时间点的四维空间看到啊，而且四维世界是相通的啊。”阿克向雅各布详细地说着自己的疑惑。

“也许他们是和平主义者，就像托马斯星人一样？”雅各布试探着说道。

“这个我还不知道，不过我们还会来的，一定要找到这扇大门，那才是世界真正的秘密，我们的宇宙不过是这个世界的一部分。”阿克笑着说。

飞船从他们的虫洞中返回了三维世界。

四、恰克西的问题

返回三维世界之后，雅各布长吁了一口气，他觉得能回来对于自己来说就是一种幸运。看着表情丝毫没有变化的阿克，雅各布愤愤地说道：“早晚有一天，我会被你这个家伙带到其他地方去。”

“那不是更好？我们可以真正做到周游世界了。”阿克耸了耸肩。

“你现在要干什么？”雅各布问阿克。

“我需要重新思考，去更大的小黑屋里，你要一起吗？”阿克挤了挤眼睛问雅各布。

“不，我不要去，思考这种事简直太难了，还是你比较适合，不过我会共享你的成果的。”雅各布哈哈大笑地离开了。

阿克摇了摇头，也离开了，他要再次进入小黑屋去寻找他的答案。

这次，阿克把自己关在了一间更大的屋子里，是上次他待过的小黑屋的五倍，窗户都被紧紧地钉死，没有一丝光亮。只有在这种环境下，阿克才能进行最为高效的思考，来改变自己对于时间变化的准确感觉，同时寻找那个无处不在却又无法找寻的进入其他宇宙的大门。

回到家中的雅各布叫来了恰克西，把和阿克去四维遇到的奇遇告诉了他。恰克西感到吃惊，不过他最终在雅各布不厌其烦的解释下总算明白了关于时间的秘密。紧接着，他向雅各布提出了一个问题，这个问题让雅各布觉得自己简直就像是一个白痴。

“220 万光年如果是时间点的话，那么是之后的世界还是之前的世界呢？”

“啊，这个……”

“如果这个理论是真的，那么时间也是应该有方向的对吗？也许我们可以到未来去看看他们是怎么生活的。”恰克西说。

“我怎么没想到呢？但如果是 220 万年前呢？”雅各布问恰克西。

“那我们就看看我们的祖先是什么样的。”恰克西笑了。

“对啊，我怎么没想到呢？”空间的方向感是因为地球重力造成了我们对于空间的错觉，其实在宇宙中没有东西南北之分，这和时间造成的错觉是一个道理。

“如果我们在 220 万光年远的地方再次打出一个虫洞，是不是可以进入另外的世界呢？”恰克西问。

“恰克西，我爱你！”雅各布紧紧地抱住了恰克西，似乎一下子找到了打开世界大门的钥匙。

“我们现在就去找阿克！”雅各布拉着恰克西的手就要走。

“不不，让他多思考几天，或许他能给我们更大的惊喜。”恰克西一把拉住了雅各布。

与此同时，把自己关在小黑屋里的阿克却陷入了另外一个问题中无法自拔，那就是他觉得如果托马斯星人所说的关于宇宙物质的两条定律在三维内成立的话，那么在四维内也同样可以成立。但是四维空间内如果存在多个时间点的宇宙的话，那么该如何来维持总量和平衡呢？

半个月后，阿克走出了大黑屋，这次他过了十天，但是他却认为自己足足待了二十天。就在他感到头疼欲裂的时候，他看到恰克西和雅各布早已经等待在屋外微笑着看着他。

“怎么样？感觉如何？”雅各布笑着问。

“该死的时间错觉，我简直要疯掉了。”阿克揉着脑袋咬着牙说。

“我觉得你的感觉不错，怎么样，思考到什么新的理论了吗？”恰克西也笑着问。

“没有，我现在什么事都不想思考。”阿克摇了摇头说道。

“哈哈，不过现在我们有一个问题需要请教你，也许你会回到小黑屋里继续思考的。”恰克西看了一眼雅各布一脸坏笑地说。

“什么问题？”阿克好奇地问着恰克西。

恰克西把自己的疑问抛给了阿克，阿克则呆呆地看着恰克西，对他的问题，他没有思考过，不过他已经下定决心，无论能不能回答，他都不要再回到小黑屋了，那里真的会让人绝望。

“你说得对，恰克西，我没有想到，时间一定是有方向的，这个方向就像是空间的方向一样，我们需要找到一个类似重力点的地方来作为参照，那样的话就可以找到时间的方向了。走，我们现在就去四维。”阿克显然已经有点迫不及待了。

“别着急啊，我们明天再去，今天我们要去祭祖，今天是我们离开地球整整六年的日子。”雅各布笑着说道。

“哦，是这样啊。”阿克这才明白为什么外面这么热闹。他透过窗户看到了穿着传统玛雅服装的人在街上载歌载舞，每个人的脸上都洋溢着笑容。

“我们都离开六年了，真不知道如果我们留在那里会发展成什么样。”阿克感慨地说。

“这个简单啊，阿克，我们赶快找到进入其他时间点的大门，就可以进入那个世界看看了。也许在那里，恰克西还在打猎，而我还跟在他的后面，至于你嘛，也许已经被美洲豹吃掉了。”雅各布一边说一边哈哈大笑着。

“为什么被吃掉的不是你而是我？”阿克挥了挥拳头抗议道。

“因为你在小黑屋里一动不动，对于美洲豹而言，你就好像是盘子里的午餐。”恰克西接着雅各布的话说道，也哈哈大笑起来。

阿克听完，也跟着哈哈大笑，每个人都是发自内心地笑，就像曾经在森林里捕到了一只鹿一样开心。

祭祀活动很热闹，也很温馨。作为总督的雅各布也穿上了曾经的服装，和所有人一样跳着传统的舞蹈。每个人都似乎回到了曾经在地球上的日子，传统的服装，优美的舞蹈，熟悉食物的味道，甚至还有通过科技控制的人工暴风雨。而那些离开地球之后出生的孩子，则好奇地看着这一切，这不是属于他们的节日，但是在这种忘情而肆意的气氛下，他们也被感染而加入了欢庆的人群。虽然他们的舞姿还很生疏，对于这种原始的食物也缺乏认同感，但是他们却和大人们一样感到由衷的高兴。这就是一个民族的传承，存于内心深处，只需要一个契机，就可以被完全唤醒。

五、回到远古

第二天一早，带着祭祀庆典的兴奋，恰克西、雅各布和阿克三个人再次登上了前往四维空间的飞船。这次，他们携带了一枚反物质核弹，为的是要从四维空间中打开一个新的时间点。

这次他们按照恰克西的设想，以出发点为轴心，朝着上次相反的方向行驶了三个小时。此时，仪器显示与出发点的距离大约是100万光年，如果按照四维空间内的物质以光速运行计算的话，这里应该是大约100万年前的宇宙。

雅各布看了看恰克西和阿克，坚定地点了点头，向打开的虫洞的内部发射了核弹，这是打开通往其他时间点的方法。三个人紧张地看着虫洞在四维空间下扭曲，然后撕裂，最后在他们的面前出现了一个如同悬挂在空中的巨大洞穴，三个人几乎异口同声地喊道："黑洞！"

没错，这个他们在四维空间下用核弹通过空间扭曲的力制造出来的家伙就是黑洞。还没等他们反应过来，黑洞发出的巨大引力就将他们的飞船吸了进去。不过三个人并没有什么特殊的感觉，因为这和他们从出发点返回的那个太空洞穴几乎没有什么不同，唯一的不同是那个洞穴是从三维下打开的，而这个是从四维下打开的。

几乎是瞬间，他们回到了三维世界。雅各布看着恰克西，恰克西看着阿克，阿克看着雅各布，在片刻的安静后，三个人击掌庆祝，他们并不是庆祝自己的理论成为现实，而是庆幸他们还活着。

"现在我们去哪儿？"恰克西问阿克和雅各布。

"你说呢？阿克。"雅各布也把脸转向了阿克。

“去地球，那里是我们唯一可以判断是否到达了其他时间点的参照物。”阿克非常坚定地对两人说道。

飞船掉转了方向，按照飞船的提示，他们找到了地球的坐标。那是他们曾经的家，但是现在，三个人都不敢肯定他们见到的是不是熟悉的故乡。

三个小时对于三个人来说都是一种煎熬，即使理论正确，实验成功，100 多万年对于宇宙来说，不过是稍纵即逝，看不出现在的宇宙和曾经的宇宙有什么区别。

终于，他们进入了太阳系，当他们掠过土星接近木星的时候，恰克西突然高声喊了出来：“我们成功了！”

阿克和雅各布吃惊地看着恰克西。

“看，木星的大红斑还没有！”恰克西指着大屏幕上出现的木星对两人说。

雅各布和阿克朝着恰克西手指的方向望去，确实没有看到木星的大红斑，不过很快两个人还是暂时放弃了庆祝，因为一切都要在看到地球的那一刻才能确定。

终于，飞船飞临了地球，掠过了浓厚的大气层，没错，这就是地球，只不过不是他们熟悉的地球。

此时的地球一片白茫茫，整个欧洲、北美、亚洲的大部分地区和格陵兰岛的陆地都覆盖着几乎和南极洲一样厚的冰层，而非洲和赤道附近则相对较好，但是气温也只有十几度。

“这是什么时候？”雅各布懵懵地看着恰克西和阿克问。

“应该是第四纪冰河期。”阿克目不转睛地盯着飞船外面的世界回答着。

“你怎么确定？”雅各布追问着。

“只有第四纪冰河期才会出现这样的现象，如果早的话，整个地球的陆地都是冰冻的，这是第四纪冰河期的独有特征。”恰克西回答着雅各布。

“你们怎么什么都知道？”雅各布问。

“因为我们一直在把信息变成自己的知识。”恰克西和阿克同时对雅各布说。

“该死！”雅各布嘟囔了一句。

“恰克西，如果真是这样的话，那么地球上应该是有智人的，非洲、中国和印度尼西亚爪哇都有，我们应该去看看，这样才能证实这确实是新冰河时期。”阿克说着就掉转了飞船飞向了非洲大陆的肯尼亚。

果然在肯尼亚的陆地上，当他们掠过还是一片茂密原始森林的陆地时，发现了已经直立行走的智人。这些人抬起头看着掠过头顶的飞船，并不知道眼前发生了什么，他们把石块、削得尖尖的树枝扔向了飞船，不过这些当然没用。

“看，我们的祖先就是这么对待他们后人的。”阿克笑着说。

“我们在地球上也一样，那时候我们认为恩美雅人是神，你还成了祭品。”雅各布看着恰克西笑着说。

“是啊，现在回想起来，真是可笑。”恰克西摇了摇头。

“让我们到中国去，那里也有智人。”阿克再次掉转了飞船飞向了亚洲大陆，在这里他们同样发现了旧石器时代的智人。看着这些在围猎的智人，三个人突然感觉到一种莫名其妙的感动，这些来自远古、思维简单的人类就是他们的祖先，他们手里拿着的石块、长矛，集体捕获着猎物，享受着合作的乐趣，对于过去和将来的事并不在意，活着，似乎成了他们唯一的目的和乐趣。对于现代的玛雅人来说，这几乎是一种奢求。

“我们回去吧，不要打搅他们的生活，让他们按照自己的意愿发展吧，这才是最重要的。”雅各布说。

“你确定我们不教给他们一些简单的技能，比如种植玉米或者到深海捕鱼？”恰克西看着雅各布问。

“雅各布说得对，我们不能改变这里的任何东西，因为这很可能不属于我们的世界。”阿克说。

“那好吧，我本来想告诉他们一个制作黑森林蛋糕的秘方的。”恰克西耸了耸肩笑着说。

“我们走吧，回到我们的世界。”雅各布说。

“嗯，不过我们还需要做一件事。”阿克挤了挤眼睛对两个人说。

“什么？”恰克西和雅各布异口同声地问。

“把那台无线电接收器放在南极的冰层下。”阿克说。

“为什么啊？”恰克西和雅各布还是不懂阿克的意思。

“我们回到我们时间点的地球，再到这个地方去取。如果接收器在，那么我们根本就不是去了别的时间点，而只是回到了我们时间点的过去，但如果接收器不在，我们就是到了其他的世界。”阿克慢条斯理地解释着。

“是啊，我怎么没想到？你简直是个天才。”雅各布看着阿克，激动地说。

“在外面裹上一层石头。”阿克接着说。恰克西飞快地卸下了接收器。

在南极大陆，他们把裹着一层石头的无线电接收器放在了一块巨大的冰层下做了记号，然后离开了这个第四纪冰河期的地球，返回了自己的世界。

六、阿克的愿望

返回了自己时间点的三个人没有停息，立刻前往地球去寻找他们深埋在南极地下的接收器，这是证明他们是否真正到达了其他时间点的唯一证据。

不知算不算是失望，他们在仔细确定了那块他们深埋接收器的冰层还在之后，并没有发现那台接收器存在的任何证据，这也就证明了他们并没有来到过自己时间点宇宙的 100 万年前。

三个人互相看着对方，忽然都笑了，关于时间的奥秘，或许已经解开了。如果按照这个理论，那么恩美雅人说的话没错，四维中确实存在着其他文明，但是这个文明或许和四维并没有关系，那些准备战争的高级文明很可能是来自其他时间点。

雅各布把他们进入其他时间点的消息告诉了恩美雅人，这是一种技术上的共享。恩美雅人按照三人的证明也前往了那个打开的黑洞，最终确认这个事实。

现在，似乎一切都结束了，原来一直以来所有人都梦想的时间旅行并不是真正的时间旅行，而是一种空间的转移。时间就像是一个光轴，每个轴都只能前进，无法后退，回到过去只能是到其他完全不同的时间点中，二者并没有关系。唯一相同的一点就是宇宙的结构都相同，不同只是时间轴前进造成的点不同，所以才会出现各异的宇宙。

不过，虽然知道了可以进入其他时间点的方法，也并不是全部的谜团都解开了。例如他们无法在四维下打开通道的引力范围内再打开其他通道，因为黑洞巨大的引力使得如果距离太近的话，两个黑洞会相互吸引，从而使得中间的那片四维空间出现引力的互作用力而产生重力，这种重力不同于地球重力，而是一种巨大的相互拉扯的力，使整个空间的距离被缩小，最后两个黑洞中吸引力较大的会把另外一个吞噬掉，结果是两个时间点都会遭到破坏。

经过了反复的实验，他们也无法解决这个问题，最终得到的答案是，在1万光年之内，四维通道的引力都会起作用，也就是说，两个在四维空间下制造的黑洞的距离不能低于1万光年。但是这对于杰玛城市和恩美雅人来说也足够困难了，如果不发生更为高效的技术爆炸，别说其他时间点的探索，就是自己宇宙的探索都是一个无稽之谈。

“我们必须超越光速，这样才能在三维下产生时间错觉！否则我们将永远无法做到在宇宙中穿梭。”恩美雅人提出了最新的课题，这是一项对于他们来说最重要的事。因为超越光速不光是一种探索茫茫宇宙最有效的方式，而且对于准备迎接战争的人来说，也是一种最有效的逃逸方式——如果战争失败的话。

“我们现在连光速都无法达到，又怎么可能超越光速呢？”雅各布提出了质疑。

“托马斯星人可以达到，我们也一定可以，因为我们来自同一个宇宙。”恩美雅人回应道。

“也许是我们物理学研究的问题。”恰克西回应道。

“这个我们正在向着正确的方向发展，也许这一天很快就会来到。”恩美雅人很自信地说。

“超越光速意味着我们必须在高端物理学上有新的发现，否则将永远无法越过这个瓶颈！”阿克认真地说。

“嗯，阿克，我同意你的观点，你有什么想法吗？”恩美雅人很喜欢阿克，自从发现了时间点的秘密之后，阿克已经成了杰玛城市科研团队的核心人物。

“暂时没有！”阿克轻轻地说着。

其实阿克并非没有想法，因为他一直都无法忘记那个如今还在不停喷发着的遥远的130亿光年之外的白洞，他太想弄明白这个和宇宙年龄相当的白洞是如何一步一步从黑洞走向如今的样子的，也许那时候就可以解开宇宙如何形成的奥秘了。

但是它实在太遥远了，这个距离即使是在四维的时间错觉下或是达到光速也是可望而不可即的。最后，甚至连发现这个白洞的人们都不愿意再去谈论这个遥远的家伙了。但是阿克没有放弃，在无法达到光速的情况下，他决定再次去四维空间，进行一次长时间的旅行，以最可能接近的位置去观测这个白洞，为此，他向雅各布和恩美雅人提出了申请。

出人意料的是，无论是恩美雅人还是雅各布都没有同意阿克的申请，在现在这个高速发展的时期，阿克这样的尖端科技人才是不能离开的。虽然阿克三番五次地表示这项工作是有益无害甚至可以解决关于时间点最终秘密的，但还是没有得到批准，阿克只能无奈地看着远在天边的白洞叹息着。

越是不让去，阿克就越着迷，他几乎把自己所有的精力都用在了研究这个未知的天体上。为此，他经常跑到观测实验室，一待就是一天，但却毫无进展。不过阿克的这种态度还是引起了一个人的注意。

这个人就是国王，这个观测的实验团队是由他一手建造的。由于失去了权力，他只能借助这无聊无趣又不是核心技术的工作来打发时间，而整个观测团队的人都是卡妙安路玛部落的人，渐渐地，他们和阿克之间建立了非常好的关系。

而这，对阿克最终的出走起到了决定性的作用。

七、国王的实验室

这天，阿克在做了一天的观测之后，准备返回第一城市的家，却被好朋友也是观测团队的观测员克里西叫住了。

“阿克，你能留下吗？”克里西冲着阿克挤了挤眼睛说。

“怎么？又有草莓蛋卷了吗？”阿克疲惫地看着克里西问。

“这个可以有，但是我有更好的事。”克里西微笑着说。

“什么事？”阿克感到很好奇。

“有一个人想见你，你乐意见吗？”克里西的笑容越发神秘了。

“谁？”阿克看着克里西显得更加好奇了。

“走吧，你跟我去吧，对你的工作有好处。”克里西一把拉起了阿克，走出了观测大楼。

克里西带着阿克来到了第七城市的一处地下建筑。阿克显然不知道这是哪里，更不知道克里西要带他见谁，但是好奇心让他没有停下。在乘坐着电梯下降了大概 20 层之后，他们终于在一间办公室门前停住了。

“你先等一下。”克里西神秘地对阿克说着，然后轻轻地敲了门，得到允许后，克里西示意阿克跟着他一起进去。

“这也太神秘了。”阿克小声嘟囔了一句，跟着克里西进入了这间办公室。

进入办公室后，阿克发现，这里叫实验室显得更为准确，因为巨大的办公室内办公的桌子只有一个，其他地方全部都在进行着各种实验。阿克用眼睛扫了一下，居然发现这里在进行着一个模拟压缩宇宙空间的实验，这让他感到非常惊讶，要知道，即使是恩美雅人也没有进行这种实验的技术。正当阿克看着这些实验发呆的时候，有人走到了他的跟前，笑着对他说：“你好，阿克先生。”

阿克这才缓过神来，他惊讶地发现，跟他说话的人是卡妙。

卡妙作为国王智囊，一直以来都不受恩美雅人和雅各布的信任，所以自从跟着国王来到第七城市之后，就再没有具体的工作，一直跟着国王进行对宇宙的观测。渐渐地，他似乎被所有人忘记了，因为他不再是那个一直坚持着玛雅传统的勇士，而是一个可有可无的人。阿克和卡妙之前并不是太熟悉，卡妙离开第一城市的时候，阿克还是一个 14 岁的孩子。

“哦，你好，卡妙。”阿克显得有些窘迫。

“不用这样，随意一点儿。”卡妙笑着说，显得很亲切。

“对这里很吃惊吧？”卡妙指着实验室说道。

“嗯，有一些。”阿克稍微放松了一些。

“不用吃惊，这是我们一直都在坚持的工作。”卡妙说。

“我想知道，这些实验得到总督的批准了吗？”阿克问。

“当然没有，他不会同意的，因为这是核心科技，他怎么会允许我们做这些？”卡妙显然对于雅各布存在着成见，这点从他的表情就可以看出来，刚才还在微笑的他瞬间变得严肃起来。

“哦，我只是问问而已，科学其实是应该共享的。”阿克意识到自己说了不该说的话，立刻开始打圆场。

“没关系的。问了也没事，我们都是玛雅人嘛！”卡妙又笑了。

“能告诉我让我来这里有什么事吗？”阿克终于问了一直都很好奇的事。

“既然你问了，那我就不绕圈子了，我知道你一直以来都在研究那个所谓的白洞，对吗？”卡妙看到阿克问了，也就很直接地说了。

“哦，是的，我一直都在研究，但是它太远了，我什么都做不了。”阿克耸了耸肩，表示自己很无奈。

“是的，它太远了，我们也无能为力。”卡妙也表示了无奈。

“但是它很有价值，也许可以解开一个谜团。”阿克接着说。

“什么谜团？”卡妙有些好奇地问。

“我认为它并不见得是通过黑洞演化而来的，也有可能是其他时间点人为造成的。”阿克对卡妙说着。

“阿克，太好了，你的想法和我们一样，我们也认为是这样的，因为按照我们宇宙的年龄来计算，白洞根本不可能形成，从数学角度上来说，这是悖论。”卡妙显得有些激动。

“但是它太远了，我去不了，他们也不同意我去。”阿克叹了口气。

“阿克，如果我告诉你，我们可以让你去，你愿意去吗？”卡妙非常严肃地对阿克说。

“你们让我去？怎么去？你们为什么不自己去？”阿克看着卡

妙不可思议地问。

“我们的处境比你更不好，你至少有自由，但是我们无法离开第七城市，因为雅各布担心国王会重新夺走他的权力。不过我们已经有了一项可以让你接近那个白洞的技术。”卡妙压低声音说。

“你这么信任我？我和雅各布可是好朋友。”阿克反问道。

“这个我当然知道，但是我更明白，你首先是一个科学家，然后是一个玛雅人，最后才是雅各布的朋友，对吗？”卡妙笑了，显得很自信。

阿克没有说话，因为卡妙说得对。但是他并没有表态自己去还是不去，因为他要知道卡妙说的那项技术是什么。

卡妙显然也明白了阿克的意思，他微笑着对阿克说：“我们通过模拟四维空间发现，之所以能在很短的时间内到达数万光年之外，除了你提出的时间错觉之外，还有一点你没有意识到，那就是在四维空间下，时间和空间是相互影响的，它们之间存在着一种相互的作用力，我们暂时把这种作用力归纳到引力范围内，因为它的特性和引力非常像。”

“哦，怎么回事？能解释得清楚些吗？”阿克非常好奇。

“在四维空间内，由于时间的存在，空间会被平铺，并没有三维下的曲率问题，所以我们能看清楚很远的地方，这可不是时间错觉，它只是从形态上变得宽广了，质量却是不变的。这和我们的三维是一样的，就像一个一斤的铁球和一斤棉花一样，铁球的体积小得多，一斤棉花的体积大得很，大概就是这个意思，只不过铁球和棉花的差别是密度造成的，而三维和四维是时间造成的。”克里西给阿克解释着。

“这个我知道，但是时间是如何影响空间的，这个我实在想不通。时间是看不到的，即使是有不同的时间点，也不行，我们看到的始终是空间。”阿克有些小激动地说着。

“你说得没错，时间确实看不到，但我们也没必要看到，我们只需要把四维的空间进行压缩，就等于缩小了空间的形态，但是它的质量是不变的，而时间和空间之间的引力作用是由它们的质量决定的，不是形态。”阿克继续解释着。

“你的意思是把四维空间压缩变小，然后行驶，这样就可以大大缩短路程吗？”阿克终于明白了卡妙的意思。

“对，真不愧是一个伟大的科学家，你真是玛雅人的骄傲。”卡妙笑着说。

“能压缩到多小？”阿克问。

“150 万倍，也许还能再大，但是这得需要在真正的四维下才能做到，无法模拟，这需要你在行进中进行实验。”卡妙严肃地对阿克说。

“太好了，我愿意去。”阿克一把抱住了身旁的克里西。

克里西看了看卡妙，也笑了。

八、飞离杰玛

阿克离开了实验室返回杰玛。多日以来，那个白洞就像是一个美丽的姑娘一样在笑着向他招手，现在，他即将出发去实现这个朝思暮想的约会了，阿克的内心无比地激动。

不过离开也意味着要牺牲很多，比如家庭、朋友以及现在拥有的一切，而伴随他的将会是无限的孤独和不可预测的未来。但对于一个有梦想也打算实现梦想的科学家来说，这些牺牲是无法避免的。而且阿克坚信，他一定会回来的，为此他没有向包括妻子在内的任何人透露半点消息。

一周之后，没有携带任何东西的阿克离开了家前往第七城市的实验室，临走的时候他只是给了妻子一个大大的拥抱，当然，还有一封放在妻子枕头下面的信。之所以用这种最为原始的方式选择告别，也是阿克的一种无奈之举，他希望妻子能够理解，也害怕当面告别会彼此伤心。

卡妙和克里西已经在第七城市等待着他了，一切都已经准备就绪，他们将送别这个来自杰玛的伟大科学家和玛雅的勇士。而前来送行的除了他们两个，还有国王，他要对阿克说一些必须要说的话。

阿克很意外，因为见到国王并不是一件容易的事。自从离开第一城市来到偏僻的第七城市之后，国王基本上深居简出，甚至每年的祭祀庆典他都不去参加，能见到他的人除了卡妙和他身边的一些人之外，再没有其他人。可是此刻，国王却亲自来为阿克送行。

“陛下。”阿克按照玛雅人的方式把手放在胸前，向国王致敬。

“不不，孩子，我不是国王了，请不要这么称呼。”国王倒是显得很释然，他已经从内心深处承认自己不是国王了，他更希望别人把他当作一个普通的老人。

阿克抬起头笑了笑，他知道国王是真诚的。

“我不和你告别，只算是一次送行，希望我们下次见面的日子不会太远。”国王显得非常慈祥。

“我也希望如此。”阿克轻轻地对国王说。

“记住，无论发生什么，遇到什么，只要你记得自己是玛雅人的孩子就行，我们的神会保佑你的，太阳神、雨神、丰收之神。”国王微笑着说。

“我不会忘记的。”阿克也微笑着对国王说。

“我无法再说什么，祝你好运吧。”国王对着阿克来了一个大大的拥抱。

阿克也紧紧地抱住国王，紧接着和卡妙以及克里西告别。不过克里西却推开了阿克，笑着对他说道：“干什么，你不知道我和你一起走啊？”说完，克里西挤了挤眼睛。

“怎么？你要和我一起去？”阿克简直不相信自己的耳朵。

“那当然了，这种好事情怎么能让你一个人去呢？再说了，我可以和你聊聊天啊，一个人会很孤单的。”克里西拍了拍阿克的肩膀。

阿克看了看卡妙和国王，冲着他们点了点头，他从不认为会有人乐意跟自己一起放弃一切飞向未知。

两人从第七城市进入太空，又绕过了大概一个天文单位的直角，从远离杰玛的位置飞向了进入四维的大门。绕过检查站他们就可以进入四维，奔向那远处的白洞了。

之所以设立检查站是因为四维空间并没有被列为开放性的区域，那里有太多的未知，危险性太大，只有科研团队的人才能在得到雅各布或者恰克西的同意之后进入这里。

阿克和克里西在接近虫洞的时候，飞船内接收到了来自检查站飞船的无线电信号，警告他们不要进入。但是阿克只是看着克里西笑了笑就毫不犹豫地进入了四维世界。现在，没有什么可以阻止他们了。

卡妙团队研究的技术是在四维下利用夸克进行导电，使四维暗物质的属性产生正电子。由于四维拥有三维不具备的时间错觉，所以正负电子发生反应只是从视觉上呈现，而当物质只呈现出正物质一种形式的时候，四维内平铺的空间就会像三维一样发生曲率折射，从而达到缩短距离的目的。

果然，当克里西向前方空间发射了一枚夸克制造器之后，前方的四维空间立刻像压缩饼干一样呈现出了可以清晰看到的曲率折射，这种现象在三维中是看不到的。阿克被眼前的景象惊呆了，他用不可思议的语气对克里西说："你们才是真正的天才。"

"一切为了玛雅，一切为了科学。"克里西笑着说道。

在这种形态的空间下飞行，不到一个小时，他们就飞行了大约800万光年，现在，任何人都无法追上他们了。

"阿克，我问你一个问题，一直以来都想问的问题。"克里西非常严肃地看着阿克。

"什么问题？这么神秘。"阿克笑着回答道。

"你信任恩美雅人吗？"克里西的表情证明他是认真的。

"这个怎么说呢，我非常尊重他们对于科学研究的成就。"阿克也认真地说。

"我的兄弟，在这儿就咱们两个人，不用考虑任何后果，你告诉我，到底对他们信任吗？"克里西显得有些着急。

"这很重要吗？"阿克看着克里西，并不知道他要表达的意思。

"不是很重要，但是又挺重要。"克里西说。

“为什么？”阿克问。

“因为国王和卡妙以及我们所有人都怀疑恩美雅人不是我们世界的人。”克里西说。

“啊，为什么？怎么会有这种想法？”阿克很好奇。

“我们至今没有见到过他们的部落，和我们进行交流的一直都只有那两艘飞船上的那些恩美雅人，而且他们从来都会把自己裹得严严实实，而大部分时间，我们都不知道他们去了哪里，在哪里生活，你不觉得这些很可疑吗？”克里西认真地说。

“听你这么一说，确实如此，不过我没有考虑过这些，我只知道他们对我们完成了技术共享。”阿克说。

“那他们会有所保留吗？”克里西又问。

“这个不确定。”阿克说。

“我们先去天狼星看看好吗？那里是他们的世界，我们必须要为所有玛雅人的未来考虑，我们必须知道一切。”克里西用非常严肃的语气对阿克说。

“可是，那里是恩美雅人一直都说的禁区，我们甚至无法靠近猎户座。”阿克说。

“我有办法。”克里西笑着说道。

“什么办法？”阿克觉得克里西和卡妙他们的一切简直太神秘了。

九、被囚禁的天狼星

“我们到其他时间点的天狼星去，看看那里发生了什么，大致就可以推断出来。”克里西看着阿克，不等他同意，就掉转了方向，朝着猎户座的方向飞去。

“如果他们袭击我们，我们无法逃脱的。”阿克焦急地一把抓住了克里西。

“放心吧，我让你见识一下我们实验室的伟大发明。”克里西挤了挤眼睛，卖着关子。

“该死！”阿克现在才意识到国王和卡妙他们为什么要让克里西跟着阿克一起出来了。

飞船调整了坐标之后直奔天狼星飞去，这里是他们根据已经掌握的四维时间规律设定的四维时间维度，从这里朝着天狼星出发，只会改变空间的位置。

很快，他们就到达了天狼星所在的猎户座，但是，出现在他们眼前的一幕还是让他们感到震惊，因为他们看到了一个他们无比熟悉的景象——四维黑洞。

“看吧，我没说错吧，阿克，他们早就掌握了四维技术，他们就是从这里来的。”克里西轻轻地说。

“那我们该怎么办？”阿克只觉得浑身起满了鸡皮疙瘩。

“当然是进去参观一下了，难道我们还要敲门吗？”克里西似乎一点都不担心。

“你现在能告诉我，你有什么办法不被他们发现吗？”阿克紧张地看着克里西问。

“这个嘛，很简单，运气。”克里西嬉笑着对阿克说。

“该死！你这个浑蛋！”阿克绝望了。

飞船飞进了天狼星的四维黑洞中，现在，一切都到了揭开谜底的时候了。

在天狼星巨大光芒的照射下，一颗处于宜居地带的行星正在孤独地围绕着它公转，在它的旁边，是一个几乎和它一样大的戴森球。而更让他们感到惊奇的是，在天狼星外一光年的地方，也就是他们现在所处的位置，居然发生了磁力反射，也就是说，整个天狼星系的周围拥有着一个巨大的磁力轨道。

“怎么会这样？”阿克自言自语道。

“你是说这个磁力轨道吗？”克里西问阿克。

“对，宇宙中不可能有这种现象的，这简直不可思议，磁力轨道，你知道这意味着什么吗？”阿克回过头看着克里西说。

“意味着什么？”克里西睁大眼睛问。

“这个磁力轨道是人为制造的，这意味着要么是他们制造出来保护自己的，要么是更高级的文明囚禁他们的链锁。”阿克一字一顿地说。

“你更倾向于哪种？”克里西问阿克。

“第二种。”阿克回答。

“为什么？”克里西急着问道。

“因为他们无法逃脱，你看。”阿克指着在磁力轨道内部的空间。

克里西这才发现，在这条巨大的磁力轨道内侧，飘浮着大量的飞船残骸，从惨烈程度上来看，这些飞船绝对不是自行报废的。

“太可怕了。”克里西吐了吐舌头说。

“这不是战争，是他们自己冲向这磁力轨道撞成这样的。”阿克继续说道。

克里西看着阿克，等着阿克继续解释，因为他已经不知道该说什么了。

“因为这些飞船的残骸都是一种，我们没有看到他们对手的，这只能说明一件事，他们的对手比他们要高出不止一个等级，在这点上，恩美雅人没有骗我们。”阿克对克里西说着，也像是自言自语。

“那我们进来的这个黑洞是怎么回事？”克里西回头看了看这个时间通道问。

“他们有逃出的人，很可能就是找到我们的那些恩美雅人。”阿克说。

“他们的目的呢？难道是让我们帮助他们？可我们的技术和他们的差距都这么大，更何况他们的对手，那几乎是真正的神。”克里西觉得恩美雅人简直是疯了。

“这个我暂时也想不通，不过我觉得我们还是离开这里的好。”阿克长吁了一口气对克里西说。

“好吧，听你的，我们去白洞，那里才是我们的目的地。”克里西掉转了方向，又飞回了四维空间。

一直到飞回了他们定下的坐标附近，两个人谁都没有说话，都在做着自己的思考，直到又飞出了几百万光年，阿克才终于开口：“克里西，你觉得和这样的神级别的文明相遇，我们的胜算有多大？”

“这个不太好说，我没法想象，不过概率肯定不高，对吧，百分之十？”克里西反问道。

“为什么有百分之十？”阿克问。

“因为我们有信心，难道这不值百分之十吗？那你说我们有多大胜算？”克里西问阿克。

“零。”阿克不紧不慢地回答着。

“啊，为什么？难道神的文明就没有漏洞可以利用吗？”克里西愤愤地问着。

“也许有，但在我们面前，他们没有，我们甚至不可能接近他们，你知道吗，我的意思是说，他们对我们的打击不是我们可以想象的。”阿克看着克里西向他解释着。

“别这么悲观，你吓到我了，我们现在不是还没碰到吗？”克里西笑着说，想缓和一下紧张的气氛。

“不是悲观，也许我们现在已经处于战争的边缘了。”阿克说完坐在了椅子上。

“我没明白。”克里西看着阿克，不知道他要表达什么。

“恩美雅人会把我们带向地狱的。”阿克脸色惨白地说。

“为什么？阿克，你让我越来越糊涂了。”克里西似乎更不明白了。

“我也不明白他们为什么要这么做，但是我可以肯定，他们绝不是为了和对手决斗。”阿克看着克里西非常肯定地说。

“不为决斗他们为什么要发动战争啊？还让我们一起，还给我们输入信息，难道他们的脑子有病吗？”克里西对阿克的结论显然不太信服。

“他们不可能发动战争，他们根本没有这个实力，你看到了，敌人是多么恐怖。”阿克表情严肃地说道。

“那我更不明白了。既然像蚂蚁去挑战大象一样，干吗还要打啊？”克里西显然被阿克的气场镇住了，他轻轻地问着。

“不知道，暂时我还想不出，让我们去白洞吧，也许那里有答案。”阿克靠在了椅子背上，闭上了眼睛。

十、毁灭打击

对于阿克的突然出走，恩美雅人感到非常愤怒，他们下令对阿克进行追击。但是对于掌握了新技术的阿克和克里西来说，根本就不可能被追上，当雅各布派出的飞船进入四维的时候，阿克和克里西已经远在 800 万光年之外的世界了。

“阿克，你觉得恩美雅人为什么会被锁在那里？”克里西问阿克。

“原因可能有很多种，这个世界的逻辑和我们理解的有很多不同。”阿克盯着前方，平静地说。

“是不是因为他们犯了错误？”克里西问。

“也许吧，犯了错误的人必须受到惩罚。”阿克仍然慢慢地说着，似乎这一切都与他无关。

“可我还是想不通，他们为什么要选择我们，难道我们是上帝的宠儿？”克里西疑惑地自言自语。

“那可不见得，或许是因为我们无知，只有无知的人才会拥有巨大的胆量。”阿克闭上了眼睛不再说话。

“阿克，你说假如爆发战争会是什么样的？”克里西扭过脸问阿克。

“和我们见到过的战争完全不一样，我们甚至不能理解。”阿克用非常小的声音回答着，看样子他几乎要睡着了。

“能举个例子吗？”克里西继续追问着。

阿克打起了鼾声，他睡着了。

“唉，真是件让人绝望的事。”克里西叹了口气也靠在了座椅上。

飞船朝着未知的白洞飞速奔去，等待他们的不知是什么。

而就在他们奔向白洞的时候，杰玛城市的人却得到了一个他们一直以来都在等待着却又不想知道的消息——恩美雅人告诉他们，战争要开始了。

每一个玛雅人都激动万分，他们确信自己和恩美雅人有能力干掉这个可怕的敌人。参与了远征、经过改良了的杰玛舰队很快集结完毕，雅各布发表了热情洋溢、充满激情的战争演讲，号召每一位玛雅的战士保卫自己的宇宙平衡，打退入侵者。

但是并不是所有的人都对战争抱持乐观态度，在第七城市，国王也在进行着一场演讲，只不过这是一场关于如何逃亡的演讲，从演讲的内容来看，这已经不能叫作悲观而是该叫绝望了。他们早已经精心设计了三条逃亡的路线，每一条路线都根据他们可以想象到的打击方式来设计。

第一条是返回地球，那里有他们的过去，即使无法逃脱也可以选择叶落归根，当然了，这是一条悲观的路线，不到万不得已不会选择。

第二条路线是逃往英仙座，那里的四颗处于宜居带的行星中，还有一颗存在，比较适合人类的生存和发展。

第三条路线也是最艰难的一条，那就是像托马斯星人一样，在宇宙中游牧。

卡妙的建议是走第三条路线，因为他不认为任何一个星系是安全的，但是其他人觉得至少有一个安居点比较好。为此，他们争论了好久。但是还没等他们的意见统一，入侵者就来了，而且完全出乎了他们的意料。

那是一个回忆起来让人绝望的早晨。杰玛城市的射电望远镜通过观察，发现在位于15光年之外的一个流浪星系在瞬间遭到了袭击。而袭击他们的是什么，却没有任何视觉上的呈现，只在短短的七分钟之内，这个星系的恒星、行星，以及小行星、卫星，甚至星际尘埃都在望远镜的镜头下发生了爆炸，紧接着这些星体的碎片以一种泡沫的形式开始在宇宙中飘荡。

“怎么会这样？发生了什么？”整个杰玛星球的人瞬间被惊呆了。未知的敌人，从未知的方向，用未知的方式对一个星系进行了一次未知理由的打击，一切都是未知。

“我们没有机会！”恰克西呆呆地看着眼前的一幕，绝望地说。

“我们该怎么办？恰克西。”曲瓦塔几乎要哭出来了，她看着恰克西，希望他能有办法。

“我们回家吧。”恰克西看了看曲瓦塔，微笑着对她说。

“回家？这里不是我们的家吗？”曲瓦塔疑惑地看着恰克西。

“我说回到地球。”恰克西平静地看着曲瓦塔轻轻地说，但曲瓦塔知道，这种平静是在绝望中产生的一种最为痛苦的无奈。

“不管去哪里，我都要和你在一起。”曲瓦塔抱住了恰克西，一如他们在红树森林里一样。

几乎整个杰玛城市都陷入了混乱当中。虽然雅各布下令舰队做好准备迎接敌人，但是很不幸，大家都不认为面对这样的敌人他们有任何胜算，不过比起民众，他们还算是情绪稳定，建议雅各布放弃城市逃跑。

其实雅各布心里也清楚这场战争的结果，但他还是和恩美雅人进行了联系，这是他最后的一点希望，因为未知的敌人随时都会对杰玛城市进行毁灭性的打击。

恩美雅人很快给予了雅各布回复，让他带领所有杰玛城市的人前往天狼星，那里是他们的基地，拥有可以对付敌人的武器。听到这个消息的雅各布仿佛抓到了一根救命的稻草，他立刻开始着手布置，准备奔向天狼星。

与此同时，第七城市的人得到了要逃亡天狼星的消息。卡妙和他的二十五个安路玛部落的人都等待着国王的命令，但是国王却只是看着所有城市中焦急的人群，淡定地说道："孩子们，让我们再等等。"

卡妙点了点头，他信任国王，也尊重他的每一个决定，因为他们是朋友。

第八章
恐怖的四维文明

一、泯灭的人性

到了杰玛之后，玛雅人的人口剧增，四千艘战舰根本无法把全部的人都带走，民众为了能够得到一张逃生的船票，爆发了玛雅有史以来规模最大的一场骚乱。手无缚鸡之力的妇孺，年幼无知的孩童，充满野性的古典主义者，标榜人权至上的新思想人士，几乎每一个人都在一夜之间变成了角斗士，他们以家庭为单位，拼尽全力地干掉每一个他们认为是竞争者的人。人性，在这一刻，丧失殆尽。

看着眼前发生的一切，雅各布束手无策，他是杰玛城市的总督，拥有至高无上的权力，但是现在，权力毫无用处。面对愈演愈烈的丧失人性的屠杀，他必须尽快做出自己的决定。

“出发！”雅各布终于向舰队下达了命令。

“不，雅各布，还有很多人没有上来呢，我的弟弟，还有他的孩子，我们不能扔下他们。”他的妻子歇斯底里地哀求着雅各布。

“我们必须学会放弃，对不起。”雅各布冷冷地拒绝了妻子，启动了飞船。

几千艘飞船腾空而起，飞离了杰玛，朝着宇宙深处奔去，而留下的则是无数的仍然在进行着相互屠杀的人，他们此刻还不知道，他们已经被抛弃了。

“陛下，我们也该走了。”卡妙轻轻地对国王说道。

“卡妙，我还是国王吗？”国王微笑着问卡妙。

“当然，您永远都是我的陛下。”卡妙毕恭毕敬地把手放在了胸前，向国王致敬。

“这是我的王国，所有人都是我的孩子，卡妙，现在，我以国王的名义向你下达命令。”国王严肃地对卡妙说。

“陛下……”卡妙单膝跪在地上，等候着国王的命令。

“带领三艘战舰和十二名战士前往英仙座，永远都不要回来，也不要和任何人联系。从此之后，你们就是英仙座的玛雅人，在那里把我们民族的一切传承下去。”国王斩钉截铁地说道。

“是！”卡妙没有问为什么，因为现在不需要。

“尼克，带领剩下的十二名战士进入四维，分成三路纵队，朝着三个方向出发，相互不要联系，要找到阿克和克里西，带着他们到其他时间点的宇宙中去。至于做什么，我不知道，你们自己搞定。”国王的声音很响亮，不容半点质疑。

“那您呢？陛下，您和王后怎么办？”尼克抬起头看着国王。

“我们？当然是留在这里了。”王后笑着对尼克说道。

“为什么不一起走？陛下。”尼克不可思议地看着国王和王后。

“因为这里还有我们的孩子，他们都是玛雅人，我们怎么会离开呢？”王后挽住了国王的胳膊，微笑着对尼克说。

“陛下！”所有安路玛部落的人在卡妙的带领下全部跪在了地上，泪流满面。他们知道，从今往后再没有机会看到这个人了。

“去吧，孩子们，听我的！记住，你们是玛雅的后代，一定要在这个宇宙中活下去，有朝一日一定要返回地球，那里才是我们的家。”国王说完就拉着王后的手走进了屋子，并关上了门。

所有人都站了起来，他们把手放在胸前，最后一次向他们心爱的国王和王后致敬。从今往后，天各一方……

安路玛部落的飞船飞出了第七城市，消失在茫茫的宇宙之中，没有犹豫，没有回头。

国王透过明亮的窗户看着逐渐远去的飞船，欣喜地笑了，他对王后说：“亲爱的，你后悔吗？”

“不，我不后悔，我永远爱你。”王后也笑着，很甜，就像她刚刚嫁给国王时那样迷人。

国王和王后大婚的时候，国王还是玛雅的王子。他年轻气盛，英姿飒爽，在整个王国所有部落选送的美女中，他一眼就看到了美丽的王后。她是那么让人陶醉，那么与众不同，特别是她的笑容，甜美中带着亲切，王子几乎没有犹豫就选中了她。

他们曾经彼此向对方发誓，无论发生什么，这辈子都永不分开。现在，他们做到了，这是他们彼此认为这一生中做得最骄傲的一件事。

奔向天狼星的杰玛舰队上一片沉默，没有人说话。此刻，每个人的内心都感到一丝羞愧，这是人性还未泯灭的一种表现。雅各布、卓瓦平静地看着远去的杰玛城市，这里曾经主宰着他们的梦想，曾经是他们对未来的幻想之所，但是现在，一切都破灭了，而那些留在这里的人，就像是对他们做出最后审判的一把利刃，在每个人心头扎上了深深的一刀。

在另一艘飞船上，恰克西和曲瓦塔却另有打算。就在几分钟之前，他们忽然感到了一种绝望，这种绝望不是生离死别的绝望，而是对人性丧失的痛心。他们忽然想起曾经在红树森林中他们的相遇和经历，觉得那才是埋藏在他们心中一直向往的生活。

“我们不能去天狼星，我们得回去。”恰克西看着曲瓦塔说。

“嗯，回地球。”曲瓦塔含情脉脉地看着恰克西，就像是一个少女，一如当年的那个曲瓦塔。

“我希望你幸福。”恰克西揽住了曲瓦塔的腰，轻轻地亲吻着她的额头。

“和你在一起，我一直很幸福。”曲瓦塔轻声说着。

恰克西掉转了飞船的方向，从四千艘战舰的舰队中脱离出来，朝着地球的方向飞去，毫不犹豫。

“恰克西，你要干什么？”雅各布通过无线电呼喊着恰克西。

“对不起，雅各布，我们已经厌倦了这种日子，我们要回家。”恰克西对雅各布说完，就关掉了无线电。

“恰克西，恰克西，听我说……”雅各布拼命地喊着，但是没有任何回复，他透过战舰的窗户，看到了恰克西的飞船消失在茫茫的宇宙深处。

“别管他了，我们不能打搅别人的梦。”卓瓦轻轻地拍着雅各布的肩膀说道。

“再见，恰克西，我永远爱你。”雅各布哽咽地说道。

二、潘多拉的魔盒

雅各布带着舰队飞往了大犬座，那里将是他们的最后一根救命稻草，或是最后一块多米诺骨牌，抓住或推倒，现在还是一只薛定谔的猫。不过人在将死的时候，对于生的渴求总是高于对死的恐惧的。

天狼星系并不遥远，这段路程却走了很久，也许这只是时间上的一种错觉，就像是在四维下一样。但是要来的终究还是要来，当他们看到了处在视觉边缘的天狼星的时候，舰队的每一个人都异常激动，他们击掌，欢庆，载歌载舞，因为活着。

雅各布下令舰队停在距离天狼星一光年的地方，开始和恩美雅人取得联系。恩美雅人告诉他，不要停留，立刻进入天狼星的引力范围内，那里将会是一个让人感到惬意的港湾。

太空从来没有这么安静过，四千艘飞船像是出海归来的渔船一样，等待着家中可口的美食和许久没有过的安宁。他们太累了，需要一次温馨的休息。

“前方出现磁力轨道。”最前方的飞船向雅各布的指挥舰发送了信息。

“磁力轨道？什么意思？”雅各布很好奇，他并不知道这是什么。

“打破它，你们就可以进入天狼星的范围了，这是我们的防卫措施。”恩美雅人给予了他们回复。

“为什么要打破？难道你们不能打开吗？”雅各布没有怀疑，但是却不知道为什么要这么做。

“我们的距离太远了，只需要集中三枚核弹就可以。”恩美雅人继续回复着。

“好吧。”雅各布嘴上答应但是却没有下达命令，而是转过头看了看身边的卓瓦，卓瓦则示意他暂时不要动。

“怎么回事？”雅各布悄悄地问卓瓦。

“我也不知道，但是我感觉这里似乎有什么不对。”卓瓦严肃地对雅各布说。

“我也是这个感觉，现在我们该怎么办？”雅各布没了主意，他焦急地问着卓瓦。

“先问问他们在哪里。”卓瓦对着雅各布点了点头。

“你们在哪里？我们为什么看不到你们？”雅各布问恩美雅人。

“我们在戴森球里，你们只需要打开这磁力轨道就行，快，时间来不及了。”恩美雅人显得非常焦急。

“请你们发来坐标。”卓瓦说道。

一分钟之后，一条标明恩美雅人坐标的消息出现在了指挥舰的大屏幕上。确实，他们在天狼星的伴星旁的一颗戴森球上。

“怎么样？卓瓦。”雅各布把手放在了下达命令的按钮上，此刻他已经满头大汗，他从来没有感觉到这么紧张过。

“雅各布，我不知道我们该不该这么做，如果你有其他好办法，那么我们就离开，直觉告诉我这里面很可能是魔鬼，而不是我们的上帝。但是如果没有更好的办法，我们只能这么做。魔鬼具有双面性，至少他比敌人要好一些。”卓瓦一字一顿地对雅各布说。

雅各布没有说话，任凭恩美雅人的消息不停地发送他都没有任何动作，手一直停留在按钮上，看着远方的天狼星，他陷入了沉思。

宇宙是让人感到绝望的，这是雅各布在远征的时候得出的结论；但宇宙也是温馨的，越高级的文明对于战争越是厌烦。不过对于恩美雅人，一直以来雅各布都有一丝莫名其妙的感觉，他不认为他们是毁灭者，但也绝不认同他们是和平主义者。他们的内心究竟是怎么样的？雅各布从来都猜不透。

“让我们赌一次吧，卓瓦，拿所有人的生命，因为我没有其他可以赢的办法。”雅各布看着卓瓦，眼神里有一种绝望，但是其中又夹杂着一丝希望。

“嗯！按照自己的意愿，来吧。”卓瓦知道，现在的雅各布需要支持，哪怕是非常小的认可都行。

雅各布的手终于按下了按钮，三艘载有核弹的飞船朝着磁力轨道发射了核弹。几分钟之后，核弹在巨大的磁力轨道上发挥了作用，信息显示，在短短的几分钟内，那个磁力轨道发生了1024次裂变，但是却依然存在着。

“该死！”雅各布愤愤地喊了一声。

“感谢你们，我们要出来了。”恩美雅人回复着雅各布。

舰队上的所有人都看到从天狼星的戴森球内飞出了若干艘飞船，毫无疑问，这属于恩美雅。

“看来他们没有欺骗我们。”雅各布热泪盈眶地拥抱着卓瓦，这一次，他赌赢了。

“请求再次发射核弹，打开通往伊甸园的大门。”恩美雅人发出了信息。

这次，雅各布没有犹豫，他果断地下达了发射的命令。

也就是在一瞬间，舰队上的所有人都看到了令人震惊的一幕。在核弹的运行过程中，不知是受到了什么作用力，核弹的轨迹突然开始出现倾斜，然后是放慢速度，直到完全停止。

“怎么回事？”卓瓦目瞪口呆。

更让他感到恐怖的是，核弹在停止了几分钟之后，突然掉转方向，朝着舰队的方向奔来。

“啊。”这次，雅各布呆立在了原地，突如其来的状况让他不知道该如何是好。

“散开啊！”卓瓦一把抢到雅各布的跟前，向舰队下达了命令，因为他知道，核弹如果在舰队群中爆炸会发生什么可怕的事情。

显然舰队也被这突如其来的状况吓蒙了，他们的反应似乎慢了许多，直到卓瓦第二次歇斯底里地喊出来之后，舰队才开始朝着宇宙空间四散而去。不过这一切似乎都晚了，四千艘载满了玛雅人的战舰在顷刻间，除了二十几艘处于远端又反应比较快的逃出了核弹的威力范围之外，其他的战舰就如同宇宙中的点点星光一样，开始了耀眼而壮观的闪烁。

由于指挥舰所处的位置比较靠后，再加上卓瓦的反应神速，所以指挥舰逃脱了核弹。此刻他们每个人的脸上都充满了侥幸，但更多的是一种无法形容的恐惧。许久之后，雅各布才缓过神来，轻轻地问：“是谁袭击了我们？”

三、逃生

二十几艘残余的战舰以天狼星外围为基点，各自朝着宇宙深处奔去，他们没有目标，只是用最快的速度奔向所谓的前方，这也是他们唯一的选择。但是前方就安全吗？没有一个人可以判断得出。

雅各布的指挥舰在逃出了大概一光年之后，终于放慢了速度。此时，舰上的人才回过神来开始哭泣，从最初的小声抽泣到后来的号啕大哭。人们相互感染着，却没有人相互安慰，因为每个人都处在崩溃的边缘。他们一直期盼的救命稻草居然成了最后一块多米诺骨牌，战争带给他们的创伤将永远都无法愈合，更可怕的是，战争还没有开始。

卓瓦是指挥舰上唯一相对来说冷静的人，至少他知道下一步该做什么，至于对错，不是他可以判断的。他努力地使自己保持平静，终于，他感到自己可以说话了，他走到雅各布跟前，轻轻地说："我们要联系一些幸存者，然后集结，一起讨论接下来该干什么。"

"还有其他幸存者吗？"雅各布惊恐地看着卓瓦。

"肯定有，不可能只有我们逃了出来。"卓瓦说。

"你去做吧，卓瓦，我觉得我要死了。"雅各布浑身哆嗦地说。

"好，我去做，但是雅各布，你得振作起来，这么多人都还需要你。"卓瓦指着舱内的民众，对雅各布说。

雅各布没有说话，只是轻轻地点了点头，又垂头丧气地低下了头。卓瓦知道，雅各布已经崩溃了，他需要时间和安慰来让自己完完全全地重生。

卓瓦通过无线电开始联系可能的幸存者，半个小时之后，先后有十九艘战舰和他们取得了联系。和他们一样，这些幸存的战舰也都接近崩溃。卓瓦首先对大家进行了安抚，在所有人的情绪稍微稳定之后，卓瓦确认，整个舰队不会再有其他幸存者，这是一个让人悲伤又不得不接受的事实。

“我们在哪里集合？我们感到害怕。”幸存者们发来的都是这一类的消息。

卓瓦看着茫茫的宇宙，此时他居然发现，这浩瀚无穷的宇宙竟没有他们的安身之地。杰玛无法返回，那里除了可能是敌人的目标之外，还有愤怒的民众等待着对他们的审判；地球也不是一个好去处，那里距离杰玛太近了。

在对银河系进行了搜索之后，卓瓦在无比混乱的情绪中做出了一个决定——前往金牛座。那里有一大片由暗物质构成的星云，从视觉上来说，那里不易被敌人发现。当然了，卓瓦也知道，这只是他的想法，也许敌人根本用不着看到他们，但至少这是目前唯一可行的方法。

“我们四天之后在毕宿五南面的暗物质星云集合，不发送坐标，请大家保持无线电静默。”卓瓦发送了消息之后就关闭了无线电。

四散而去的幸存者们似乎找到了又一根救命稻草，虽然他们也明白，稻草或许根本无法挽救他们，但他们还是不约而同地关掉了无线电，掉转方向，朝着金牛座的方向前进。在那里，至少他们不会感到孤独。

当然，也不是所有的幸存者都和指挥舰取得了联系，其中逃往四维的三艘战舰就没有这么做。

这三艘战舰一起大约逃亡了不到一光年的距离后，确定自己暂时安全的时候相互取得了联系，同样惊魂未定，同样痛不欲生，但是对于生的渴望使他们很快稳定住了情绪。其中一艘叫作“雨神号”的战舰，他们的舰长玛塔是整个舰队中仅有的几名女性舰长。她思维敏捷，才能出众，在舰队被摧毁的一刹那，她是最快做出反应的人之一，也是少有的没有被击垮的人之一。此时，她通过无线电向其他两艘战舰发送了信息，而这组信息在多年之后被证明才是真正的救命稻草。

“我们必须关闭无线电，然后返回杰玛，进入四维，那里可能是唯一安全的地方。”

另外两艘战舰表示了同意，于是，在转了一个大圈之后，他们返回了杰玛城市的上空，从虫洞的大门中进入了四维空间。他们是继阿克和克里西、第七城市的尼克之后，第三批进入四维的玛雅人，也是最后一批。

在发生惨案的天狼星外围，四千多艘战舰的残骸密密麻麻地飘浮着，即使是想象力最为丰富的旅行者也无法知道这里究竟发生了什么。在幸存者们逃离了这里之后的几个小时，一个新的磁力轨道把这些新的残骸和原有的飞船残骸一起包围住了，而是谁做的这些，仍然还是一个谜。

戴森球也恢复到了原来的模样，安静得几乎无法让人感觉到它的存在。而恩美雅人则似乎一夜之间消失得无影无踪，就像他们从来没有出现过一样。

“也许国王是对的。”雅各布终于从崩溃的情绪中缓了过来，他自言自语地说道。

“在宇宙中，没有谁是对的，也没有谁是错的。”卓瓦苦笑着对雅各布说。

“卓瓦，我有一个想法。”雅各布说。

“什么？说说看。”卓瓦看着雅各布问。

“我们去找托马斯星人，也许他们知道这到底是怎么回事。”雅各布说。

“我把他们忘记了，也许他们真的知道这一切。但是他们太遥远了，而且他们是游牧民族，我们根本无法确定他们在哪里，也许在几万光年之外，也许在几亿光年之外，我们怎么找？”卓瓦仍然是苦笑着。

“唉。”雅各布轻轻地叹了口气，再次靠在了座椅上，现在，他最怀念的就是在森林中打猎的日子。

四、切割宇宙

雅各布的指挥舰到达金牛座的时候，已经有几艘战舰比他们先到达了。在暗物质星云的边缘，他们像几个孤独的孩子一样，停歇在那里，等待着有人可以带他们回家。

“我们是否可以打开无线电？”雅各布悄悄地问卓瓦。

“你觉得呢？”卓瓦反问着雅各布。

“卓瓦，我不知道，但是我想最好还是打开的好，我们得和外界保持联系。”雅各布说。

“好吧，听你的。”卓瓦打开了无线电，刚一打开，他就接到了一组让他极其恐惧的信号留言。

“我们是第三集团军的幸存者，我们在靠近金牛座以西坐标为51，65，90，01的地方，正在前往金牛座，但是……”信息到这儿就中断了，但很明显，后面没有说完的话才是重点。

“……我们前方没有路了……是一大片，我们也说不出是什么的物质或者空间……不是四维，也不是三维，我们无法判断，正在犹豫，请给予我们提示。”在断断续续的无线电信息中，雅各布知道这些幸存者遇到了困难，但是根据他们的描述，根本无法判断他们究竟遇到了什么。

“你们遇到了什么？”卓瓦在疑惑中发送了信息。

但是没有回复。

卓瓦看了看雅各布，两人的表情几乎保持一样的惊讶。

“前方没有路！”这比看到敌人更加可怕，茫茫的宇宙是无限的，现在，前方居然没有了路，这种有限比无限更让人感到绝望。

“卓瓦，我们必须回去。”雅各布的话让卓瓦都感到惊讶，毕竟就在刚才，雅各布已经完全崩溃了。

“为什么回去？”卓瓦有些好奇地问着雅各布。

“我也不知道，但是我的内心告诉我，我们必须回去，他们都是我们的同胞。”雅各布没有看卓瓦，而是看着前方。卓瓦发现，雅各布的脸上此刻居然没有了恐慌，而是充满了坚毅。

“那他们呢？”卓瓦指着停在前方的几艘已经到达金牛座的幸存战舰对雅各布说。

“让他们朝着宇宙深处走吧，前方总会有收留他们的港湾。”雅各布平静地说。

“那让我们回去吧，我们不能再扔下一个孩子了。”卓瓦说着，掉转了战舰的方向，朝着坐标飞去。

雅各布下令把指挥舰的核弹准备好，对于现在的他们来说，在经历了绝望之后，这是一种积极的态度。

大约行驶了不到三光年的距离之后，雅各布在找寻的坐标处看到了那个让他们感到恐惧的景象。

在浩瀚的宇宙中，一堵巨大的半透明的有些模糊的“墙”横在他们面前。向四面望去，这堵墙似乎和宇宙空间一样，没有尽头，而在墙的对面，几艘战舰悬浮在空中，显然，他们在等待着。

“这是什么？”雅各布打开了检测系统，但是很快，检测的结果显示，这里没有任何的物质，或者说这种物质无法检测到。

“即使是真空，也应该可以检测到的！这到底是什么？”卓瓦有些气急败坏地喊着。

“炸开它！”雅各布突然歇斯底里地喊了出来！这声音让卓瓦和其他人都吓了一跳。

“不，雅各布，冷静点，现在还不是时候，我们不能这么做。”卓瓦劝着雅各布，现在，冷静比愤怒更有效。

“那就冲上去！”雅各布仍然没有冷静下来，但是比起刚才的歇斯底里好多了。

卓瓦并没有按照雅各布的方法做，但也试探性地慢慢靠近前面这堵墙，他当然不会撞上去，但至少他需要明白这到底是什么。

就在指挥舰逐渐接近这堵墙的时候，包括雅各布在内的所有人都发现了变化，因为从战舰到舰上的每一个人、每一件物体，都在逐渐被拉长，越是靠近这堵墙，就变得越长。

“雅各布，你感觉到有什么不同吗？”卓瓦问。

“除了个子长高了，我没有任何感觉。”雅各布一边不可思议地看着自己变化的身体，一边轻轻地回答着卓瓦。

“我们会不会被拉断？”卓瓦惊恐地说着。

“我也不知道，卓瓦，后退。”雅各布对卓瓦说道。

“……雅各布，我不得不告诉你，我们没法后退。我们似乎被一种东西吸引着，我不知道这是不是引力，因为它太弱了，还有，我感觉你的声音在变小。”卓瓦无奈地说。

“这到底是什么？”雅各布哭丧着脸气急败坏地近乎绝望地喊道，他们就像滑向了一个深渊一样无助。

“雅各布，我要炸它了，不管怎么样，我觉得我们不能靠近这玩意儿。”卓瓦冲着雅各布说，但是声音却小得可怜。

没等雅各布同意，卓瓦就打开了核弹发射器，一枚巨型核弹朝着那堵墙发射了过去，但是让他们感到意外的是，就像是被这堵墙控制了一样，这艘核弹的速度居然和他们的战舰一样缓慢。

战舰上没有人说话，他们只是眼睁睁地看着眼前发生的一切却无能为力。在经过了大约四分钟的缓慢“旅程”之后，这枚核弹终于在那堵墙上发生了爆炸，而接下来看到的一幕，再次刷新了所有人的宇宙观。

那堵墙像一把从天而降的利刃一样，齐刷刷地对眼前的空间来了一个横切面，处于墙对面的几艘战舰所在的空间好像处在另一个世界一样，飞速地离他们远去，而新形成的空间则似乎像是受到了某种排斥力一样，朝着外面开始扩张。

“什么情况？”雅各布再次歇斯底里地喊了起来。

“我认为我们的宇宙被切割了。”卓瓦哆哆嗦嗦地对雅各布说。

“切割宇宙？”雅各布龇着牙看着卓瓦，似乎对他的结论表示异议。

“你看他们的那片空间，正在远去，而且他们也在扩张，就像是两颗融合在一起的鸡蛋被分开一样……变成了两个世界。”卓瓦说道。

“这到底是什么该死的文明！”雅各布居然号啕大哭了起来。

“他们可以干他们想干的任何事。”卓瓦轻轻地说。

“我不相信他们可以做出我妈妈做的窝窝饼，还有鸡肉酱，那可是独家配方。”雅各布边哭边幽默地说。

“还有草莓蛋卷，那可是杰玛城市的杰作。”卓瓦也幽默地回应着。

“我们还救不救他们？”雅各布抽泣着问卓瓦。

“你告诉我，怎么救？我们根本不可能跟得上这空间扩张的速度。”卓瓦指着已经消失的几艘战舰和已经扩张到几乎无限的空间对雅各布说。

“真该死！”雅各布狠狠地拍打着座椅，愤愤地说着，这次他真是绝望了。

五、宇宙游牧

指挥舰面前的空间在向外无限地扩张中，那堵墙对于指挥舰的引力也在逐渐消失，最终，雅各布和卓瓦放弃了对幸存战舰的追逐。这是一个不得已又无可奈何的决定，看着消失得无影无踪的伙伴，雅各布和卓瓦在战舰上带领着所有人向他们表示了最崇高的致敬。

指挥舰返回了金牛座附近的暗物质星云，在他们去寻找那几艘幸存舰的时候，又有几艘战舰到达了金牛座。现在他们重新集结在了一起，虽然和曾经多达四千艘的庞大舰队无法相比，但至少这还能算是一支舰队。

此时的雅各布已经从崩溃的情绪中缓解过来，他告诉自己，无论如何，都要坚持到底。于是，他重新整合了舰队，最终在所有人的表决下，决定向着仙女座的方向进发。一方面是因为银河系对于他们来说已经不够安全；另一方面，在那里，也许他们可以找到托马斯星人，他们或许可以给自己一些建议。

在参宿五巨大的光芒下，新的杰玛舰队分成了三个阵营朝着仙女座的方向进发，银河系，或许今生都不会再回来了。

“雅各布，这也算是我们的一次故地重游吧。”卓瓦对雅各布说。

“当然，你看她其实是欢迎我们的。”大屏幕上，仙女座的成像图像一个张开双臂的少女，似乎在欢迎着远方的来客。

“你说恩美雅人现在在做什么？他们还活着吗？”卓瓦突然问雅各布。

“他们？我差点忘了，也许他们……抱歉，卓瓦，我不知道，你的问题实在太深奥了。”雅各布摊了摊双手。

“真没想到我们现在居然做了游牧民族，就像是坦拉人（地球上玛雅王国的邻居，游牧民族）一样，那时候我们经常嘲笑他们连家都没有。”卓瓦感慨地说。

“这怎么能一样呢？他们是没有家，我们可是有家难回。”雅各布沮丧地说。

“也不能这么说，其实到处都可以是我们的家，宇宙这么大，哪里都可以安家的。”卓瓦对着雅各布笑了笑。

“现在回想起在地球上的时候，真觉得恐怖，我们居然在那么小的一片地方繁衍了几千年。”雅各布感叹道。

“也许宇宙对于高级文明来说就和我们的红树森林一样渺小。”卓瓦轻轻地对雅各布说道。

“不知道恰克西他们现在怎么样了，今生再没有机会见面了。”雅各布含着眼泪说道。这是他长到这么大，第三次和恰克西分开，前两次最终恰克西都安然无恙地回来了，但这次，却真的是永别。

“他比我们幸运多了，至少可以回家了。我觉得恰克西和曲瓦塔一定会很惬意地活着，说不定他们现在已经开始捕猎了，恰克西还欠我鹿角呢，可惜啊，我没机会得到了，这个家伙。”卓瓦叹息着说道。的确，恰克西的选择要比他们幸运得多。不过每个人的意愿不同，得到的满足感也不同。

“我总想起小的时候，我跟在你们和恰克西的后面，那时候我很想快点长大，去别的部落，成为像伊希切尔那样的祭司，可以和神对话，那是我的梦想。”雅各布苦笑着说。

“伊希切尔真幸运，他没有看到我们现在的狼狈相，如果他看到，一定会被气死的。”卓瓦哈哈大笑着说道。

“你说伊希切尔相信神吗？”雅各布突然扭过脸问卓瓦。

“当然了，他可是神的使者，而且他是最虔诚的。”卓瓦说。

“如果他活着，一定有办法带我们渡过难关的，我觉得他可不只是祭司，还是一名智者，在他的脑子里，似乎装着整个宇宙的秘密。”雅各布看着前方认真地说。

“我想起了阿克说过的佛教，我觉得伊希切尔就像是佛教里的佛一样的感觉。”卓瓦突然想起了阿克。

“差点忘了，阿克他们不知道怎么样了，如果他还活着的话，他也一定有办法，那可是个聪明的家伙。”雅各布激动地说着。

“也许他现在正在第四纪冰期的某个部落里当着酋长，教着那些旧石器时代的人做草莓蛋糕卷，然后享用着最新鲜的猛犸象肉和巨鹿肉。”卓瓦笑着对雅各布说。

“卓瓦！”雅各布突然睁大了眼睛叫着卓瓦的名字。

“怎么了？雅各布，你要吃了我吗？”卓瓦看了看自己，又看了看雅各布，并没明白雅各布要干什么。

“我们……在第四纪冰期埋了一台无线电接收器……”雅各布哆嗦地说着，卓瓦看得出来，雅各布激动得像是找到了一把打开宇宙大门的钥匙。

“雅各布，我们不在一个时间点，那台接收器在100万年前的时间点。”卓瓦耸了耸肩。

“试试，试一试，卓瓦，也许可以收到，如果阿克在的话。”雅各布仍然显得非常激动。

“好吧，不过我不确定无线电可以在不同的时间点传播，这是我们没有接触过的领域。”卓瓦一边说一边打开了无线电发射器，寻找着那台接收器的频率。

“告诉阿克我们的遭遇，让他想办法救我们……或者逃跑。”雅各布顿了一下说道。

“嗯，照你说的做，希望这个家伙可以接收到。”卓瓦无奈地编写了无线电信息发送了出去。

六、托马斯星人的信息

虽然一直期盼着，但是卓瓦发送给第四纪冰期的信息一直都没有等到回复。终于在他们即将进入仙女座引力范围的时候，雅各布放弃了无休止的等待，他愤愤地对卓瓦说："该死的阿克，一定是觉得做酋长是一件更有趣的事。"

"我也觉得是，这个家伙，对于享受这件事从来都是来者不拒的。"卓瓦笑着对雅各布说。

"宇宙这么大，居然这么多天没有给我任何惊喜了。"雅各布拿拳头敲打着座椅，自从离开那堵墙之后，除了航行，他再没有遇到过任何让他觉得新鲜的事了。对于宇宙游牧族来说，这简直就是一种折磨。大多数时候他们都是这样，惊喜，毕竟不是每天都有的。

就在雅各布和卓瓦感到无聊至极的时候，前方的探测舰突然发来了一个让他们感到惊喜的消息。

这是一组加了密的非常微弱的无线电信号，需要运用最复杂的运算以及众多语系的读音配合才能解开其中的意思。按照杰玛舰队现在的水平，大概需要四个星期的时间才能解读出来。这个时间对于广阔的宇宙空间来说，其实是很短的，等无线电信号被解开的时候，也正好是他们到达仙女座的时候。

"你去参与解密吧，雅各布，我觉得你需要丰富一下你的知识。"卓瓦开着玩笑。

"我也有这个想法，在你和阿克面前，我几乎就是个白痴。"雅各布捂着脸，一副羞愧的表情。

"等我们进入仙女座之后，我们就知道这组信号是谁留下的了，希望不是敌人。”卓瓦坐在了椅子上，拿起了一杯葡萄汁。

“闭上你的乌鸦嘴，如果是敌人的，我就把你扔下去。”卓瓦挥了挥拳头，离开了指挥舱，加入了无线电翻译小组，他需要用工作来充实一下生活，排遣一下寂寞。

不过让雅各布无奈的是，无线电翻译的工作比起坐在椅子上和卓瓦聊天，是一件更无聊的事。无线电文每多出一个信息，他们就要进行几百万种组合。到了最后，雅各布只觉得头顶似乎都是数字和字母，自己在数学家和语言学家中间来回切换着角色，好几次，他都想打开舱门跳进茫茫的宇宙中。看来，学习对于他来说是一件比登天还难的事。

舰队距离仙女座越来越近，他们已经清晰地看到了这个和银河系一样浩瀚、一直以来都只是以一个亮点的形象存在于他们视觉范围之内的庞然大物了。这是一个远比银河系大得多的星系，如果把银河系比作一只大象的话，那么仙女座就像一只蓝鲸。

“我没想到这个家伙这么庞大。”卓瓦自言自语地说着。

“那当然了，宇宙里比这大的星系多得是。”不知什么时候，第四集团军的将军萨马尔走了进来，坐在了卓瓦身边。

“你怎么来了？萨马尔。”卓瓦看着萨马尔笑了笑，他们在杰玛的时候是很好的朋友，经常在一起研究信息输入之后的各种理论，萨马尔也是无线电译文小组的成员。

“我来看看你，再过三天，我们就算真正进入仙女星系了，这里的恒星数比银河系多得多，文明也肯定多得多，我们要小心。”萨马尔笑着说。

“嗯，无线电译文怎么样了？”卓瓦问。

“快了，但是这组无线电很奇怪，除非我们把最后一个频率翻译出来，否则我们根本弄不明白之前的意思。”萨马尔摇了摇头说。

“为什么会这样？”卓瓦好奇地问。

“就像是动态的密码，每一个频率都不是用一种方式组合的，所以除非最后一个频率被解开，否则可以有几十万种答案，我觉得编写这种无线电的文明简直是……”萨马尔欲言又止。

“让人绝望的高级文明吗？”卓瓦抢过萨马尔的话说。

“不，是无聊至极的文明。”萨马尔摇了摇头。

“难道还有比我们更无聊的文明吗？”卓瓦哈哈大笑着问萨马尔。

“我觉得我们根本都算不上是文明，我们只能算是……猴子。”萨马尔想了想认真地说。

“哈哈，你的比喻我很喜欢，萨马尔，你一定是那只最先走下树的猴子。”卓瓦笑得前仰后合。

“真有那么好笑吗？我觉得我们还是严肃一点比较好。”萨马尔的表情很严肃，但是卓瓦就是觉得好笑。

“好了好了，不管怎样，我们总不能每天都哭丧着脸吧，生活还得继续，我们不是还活着吗？”卓瓦终于停止了大笑，但是他还是微笑着说，看来最近他的心情不错。

“卓瓦！你看！”突然之间，萨马尔指着大屏幕说。

卓瓦扭过头看着大屏幕，呆住了，因为在大屏幕上，是他们一直以来都在寻找着的那个托马斯星人所在的流浪星系。

“天哪，我们终于找到他们了！”卓瓦激动得从椅子上站了起来。

“我们的运气真好，好得就像是太平洋里捞到了一颗葵花籽。”萨马尔也非常激动。

几乎就在他们庆祝的同时，翻译小组对那组无线电信号的最后一组频率的翻译工作也完成了。正和他们所期盼的一样，这是托马斯星人留下的信息，不过对于舰队来说，这又是一个让人绝望的消息。

七、被清理的宇宙

“我们是托马斯星人，在宇宙中已经游牧了几十亿年，见证过无数文明的崛起和败落，我们已经总结了无数条宇宙法则来维护整个宇宙的生态平衡、物质平衡、信息平衡。但是现在，我们才发现，这个宇宙比我们想象的要脆弱得多，来自未知的文明已经将我们的宇宙切割成了四块，其中的两块已经在切割后回到奇点，而我们将是第三块。这里的生命将被彻底毁灭，原子信息是否继续存在，我们甚至无法判断，这一切已经超过了我们的想象力和科技，我们无法阻止。甚至见不到我们的对手，而剩下的第四块宇宙能不能逃脱也是未知。如果你可以收到这条信息，那么希望保存我们宇宙的信息，证明我们曾经存在过。”

这是翻译小组对这组信息的翻译全文。如果说战争造成的后果只是毁灭的话，那么这组信息所要表达的意思就不单单是毁灭这么简单的事了。刚才还开着玩笑的卓瓦和萨马尔此刻都呆住了，这是一个让他们无法用语言来形容的消息，两人愣了几分钟之后，才发现彼此已经满头大汗了。

雅各布踉跄地走了进来，和卓瓦一样，他也已经完全被惊呆，看着卓瓦一句话也说不出来，过了不知多久，他才用非常轻的声音问卓瓦："我们还前进吗？"

卓瓦已经说不出话了，他只是机械地点了点头，瘫坐在椅子上，当仅有的救命稻草被掐断之后，这种绝望是无法用任何方式表达的。

舰队在无人驾驶下进入了仙女星系，托马斯星人的人造流浪星系飘荡在空荡的宇宙空间中，包括恒星、行星以及所有的星际尘埃都完全停止了自转和公转，探测器检测不到任何有机物质，甚至连最微小的夸克都无法检测到。

在托马斯星人居住的行星上，大气已经完全被蒸发，可以清晰地看到行星内部的结构，除了石头之外，再没有其他任何物质。如果说地狱已经让人感到足够恐怖的话，那么这里就是地狱的最深处。

舰队掠过流浪星系继续前进，一个多恒星的星系也如同流浪星系一样，完全停止了任何自然的运动。恒星的热量以一种极快的速度在消失，引力也在逐渐变弱，而大部分的气态行星已经在自身引力消失之后分解成为数十亿个小气泡，不停地破碎着，而类地行星的所有大气也都已经消失殆尽，只剩下一副副死亡的躯壳。

再往前走，由于星系的引力逐渐减弱，所以空间的曲率折射现象也在消失，原本空旷的宇宙显得忽然拥挤了许多，星体随意地飘浮着，不时发生着碰撞。而本应该出现的暗物质也没有出现，因为它们和正物质发生了碰撞之后，在没有引力的情况下，无法发生反应，而产生的能量也和那些恒星的能量一样，以一种极快的速度在不停地蒸发着。

"我闻到了死亡的味道。"萨马尔平静地看着这一切说。

"好像也没那么可怕是吧。"雅各布倒是很轻松。

“我们拥有了整个仙女星系。”卓瓦张开双臂看着前方，似乎在迎接着死亡。

“就像是一个玛雅少年拥有了整个森林一样。”雅各布脸上露出了一丝笑容，不是苦笑，不是欢笑，也不是微笑。

舰队在这种没有任何情感的氛围中毫无目的地行进着，每一个人都能感觉到这是真正的世界末日，不过已经没人再哭泣了，因为所有人的结局都是一样的。

大约行进了十个小时之后，仙女座的中心在几万光年外的地方发生了冷却，颜色也逐渐暗淡了下来，就像是一盏点燃的生命之灯正在逐渐熄灭一样。这是一种需要上百亿年的演化才能形成的现象，但是现在，从仙女座遇到袭击只过去不到二十个小时，上百亿年的演化就在未知敌人的人为操作下完成了。如果现在还有人说面对这样的敌人有胜算的话，那么这简直就是一种对于想象力的嘲讽，人类，渺小得几乎没有存在的价值。

“停止前进，让我们静静地等待吧。”雅各布向舰队下达了命令。

不过这个时候，舰队其实已经不再听从他的命令了，几艘还没有绝望的战舰飞速地朝着仙女座的边缘飞去，对于生的渴望让他们做出这样的选择。雅各布没有做出反应，任由他去吧。

大部分的战舰都选择了留在原地，死在一起，是一个比较温馨的决定。指挥舰的客舱内有人开始唱歌，是玛雅的歌曲，古老的曲调带着欢快的节拍，让人听上去感到那么的舒服。每个人都高声地唱着，脸上洋溢着笑容。曾经在地球上，每当祭祀的时候，他们就这样聚在一起，既有对于生者的期许，也有对于死者的敬仰，忘掉曾经的不快，畅想富足的未来，日复一日年复一年，享受着日升日落的轮回和沧海桑田的美好，当一切都结束之后回归平淡。

仙女座外的空间开始逐渐压缩，在经过了数百亿年的扩张之后，它终于累了，回到最开始的奇点是它一直以来的愿望。让一切都结束吧，就当从来都没有存在过那样，抹去记忆，抹去一切。

远处的星系一个又一个地消失，星空逐渐变得暗淡起来，只剩下仙女座还有一些没有散尽能量的恒星苟且地残存着，不过这只是时间的问题。

终于到了，空间压缩的巨大引力像一个吸尘器一样，从仙女座的边缘开始吞噬任何存在的物质，没有谁可以逃脱。逃往远处的战舰在黑暗中凭空消失了，就像是坠入大海的一枚种子，无影无踪。

“我爱你。”几乎战舰上的所有人都和最亲近的人说着这样的话。用爱的语言来告别这个世界，是最好的选择。

几分钟之后，整个仙女座在宇宙空间无法抗拒的压缩下消失了。

这是一个孕育着无数文明的宇宙的死亡过程，壮观，凄凉，但对于整个充满维度的世界来说，这只是一次正常的演化。

八、远离地球

当仙女座所在的宇宙空间回到奇点消失了之后，对于这个空间的生命来说，一切都结束了，但对于整个宇宙来说，却又是一个开始。比起仙女座的不幸，被分配到第四块被切割的宇宙中的银河系算是幸运的，银河系的边缘在其他三块宇宙空间回到奇点之后，开始了无限的扩张。这是一个新的宇宙，新的秩序，新的轮回，新的文明的开始，而那些残存于这里的文明，永远都不会知道，曾经的那片空间去了哪里。

没有逃离去仙女座的几艘战舰被一种巨大的力推向了宇宙深处，在巨大的宇宙空间中，他们看到了两个非常壮观的景象：一个是仙女座和远处的星系在他们眼前莫名其妙地消失了；另一个景象是银河系以那条切割线为基点向外飞速地扩张，这是一种让人几乎窒息的景象，战舰内安静得几乎可以听到每个人的心跳。

不知过了多久，一切都恢复了平静，除去消失在天际的无数个璀璨的星系之外，一切和之前没有什么不同。

“我们回杰玛吧。”战舰上有人提议，并得到了大部分人的赞同。

“不，返回地球吧，那里才是我们真正的家。”舰长卡瓦尼说。他是这几艘幸存战舰中职位最高的人，现在他有责任来带领这些活着的人寻找一个真正的港湾。

返回地球？所有人的内心忽然感到一颤，那美丽的玛雅王国，让人欣喜若狂的暴风雨，朝思暮想的红树森林，晶莹剔透的露珠，充满色彩的大地，散发着清香的泥土，多少次在梦中出现的地方，难道我们还能回去吗？

片刻之后，欢呼声、叫喊声响彻了整个战舰，所有人都对这个决定感到兴奋，在卡瓦尼的带领下，朝着猎户座的悬臂飞去，那里是地球，是他们的家。

看到宇宙发生变化的不只是他们，还有杰玛城市的每一个人。看着消失的星际，他们并不知道那里发生了什么，也不想知道，他们要有自己的生活。在国王的带领下，他们很快恢复了社会秩序，对于那些抛弃他们的人，理解渐渐地取代了憎恨，既然死亡不可避免，那么就活得潇洒一点。

国王通过招募，重新组建了一支科技团队。这些人很快利用国王实验室的成功理论在杰玛城市的周围布置了一个巨大的莫比乌斯环。一方面是保护了整个杰玛城市周边的安全，至少从物理角度上来说，这里无法被外界从视觉上观察到；另一方面，他们也向外界那些未知的高级文明宣布，我们是独自生存在宇宙的种族，不会对任何人造成威胁。从此，这里将在岁月的洗礼下，走向未来，或者辉煌，或者没落，就像地球上那些曾经存在过的伟大帝国一样。

当卡瓦尼带领着几艘战舰掠过曾经的杰玛城市的时候，他们发现，这里的空间居然空无一物。所有人都自发地起身向这里致敬，不单单是因为他们曾经在这里生活过，而是因为这里有被他们抛弃的同胞，与其说是一种致敬，还不如说是请求赎罪的仪式。

直至飞到了太阳系的柯伊伯带，这种悲伤才被到家的喜悦所取代。再过几个小时，他们就要回到原来那种惬意的生活中了，每个人都有一种久违的感觉，只是没有了以前那样对于未知的渴望，取而代之的是一种历尽沧桑历尽磨难的悲怆。

太阳系似乎并没有受到宇宙被切割的影响，它仍然像以往一样安静地围绕着银河系转动着，或许是因为它太过渺小，或许是因为它是一个像伊希切尔一样的智者，冷淡地看着这个变化中的宇宙，孕育着属于自己的文明。

已经回到了地球的恰克西和曲瓦塔带领着他们战舰上的几百名

幸存者回到了玛雅王国。这里和他们走的时候已经完全不同，旧日的痕迹正在逐渐消失，新的王国早已经在这里生根发芽。对于从天而降的飞船，他们并没有表现出和玛雅人当初一样的那种虔诚，取而代之的是攻击和抗拒。看着这一切，恰克西知道，属于他们的时代已经完结，新的秩序已经形成，这是宇宙沧海桑田变化中必须要经历的，也是如阿克所说的时间点中无法改变的事情。一声叹息之后，恰克西和曲瓦塔来到了红树森林，在那个曾经他们发誓要彼此照顾对方的地方做了最后的祷告，向着卡依察的方向做了最后的致敬。离开，是他们唯一的选择，宇宙之大，总会有他们的容身之地。

一个曾经无比团结、欣欣向荣的王国，在一遭噩梦般的旅程之后，居然变得支离破碎，和死去的人比起来，活着的人显得更为艰难。宇宙中未知的东西永远都比已知的多，浩瀚之外，更多的是一片茫然。

当恰克西他们驾驶着战舰飞离太阳系的时候，遇到了和他们抱着一样目的返回的几艘幸存战舰。短暂的交流之后，他们没有靠近地球，而是从木星的远端离去，这里是家，就让它安然地度过自己的岁月吧。

九、英仙座基地

卡妙是在一个早晨带着十二名战士及他们的家眷在英仙座的边缘那颗没有被摧毁的行星上登陆的，在登陆的一刹那，所有人都感觉自己来到了一座人间地狱。

这里已经看不出任何曾经有过文明的迹象。行星的大气已经在雅各布的打击下变成了很薄的一层，不足以支持生命的存在。而位于地心的巨大甲烷湖看样子已经燃烧了很久，却依然没有停息的迹象。至于生命，存活的可能性小于万分之一。

“这是上次远征时我们留下的痕迹。”卡妙低声对所有人说。

“幸亏我们留下了它，否则我们连个去处都没有了。”卡妙的手下姆博玛对他说。

“如果我们不打击这里，那么也不会发生这么多的事，我们才是这一切的元凶。”卡妙冷冷的面孔下，是一丝很难察觉的忧伤。

“这就是宇宙战争，无时无刻不在，我们不用过分谴责自己。”姆博玛安慰着卡妙。

“让我们重建这里吧，为我们自己，也是为这颗星球上曾经的主人，他们知道后会原谅我们的。”卡妙轻轻地叹了一口气说。

重建一颗星球对于卡妙的实验室并不是什么太难的事，因为这里被摧毁的只是三颗行星，恒星并没有被摧毁。在这里建造一个人工大气层是第一步，那些可以在极端环境下生存的植物将会从休眠中苏醒，逐渐改变这里的生态环境。紧接着，一些简单的动物会加入到生态循环的过程中。几亿年的演化过程将会在人工环境下加速，只需几十年，这里就可以恢复到可以适合碳基生物生存的环境。

在经过了大约三个星期的战舰生活之后，他们终于在这颗行星的地表上所建立的住所登陆了。对于这些常年处在杰玛城市的人工重力中的人来说，这种感觉就像返回了地球一样，大地在脚下，是一种让他们感到无比踏实的感觉。

卡妙向所有人宣布，这一天将作为这个星球的创世日，也是玛雅的重生日。由于这颗行星围绕恒星的公转日大约只有两百个地球日，所以他们只能启用新的历法，但卡妙还是把玛雅的历法也保留了下来。他们不能忘记自己曾经是一个地球人，一个玛雅人。

基地的规模小得几乎不存在，如果从外太空看去，所有人都会把这里和地狱相比，没有人会想到这里还生活着一个顽强的种族，正努力地改造着这里。这就是生命的顽强和不甘，适用于宇宙中所有的生命。

看着天空中消失的无数星星，卡妙知道那里一定发生了令人震撼的事情。但是这一切都与他们无关，离开地球在杰玛生活的几年里，他对战争已经完全厌倦了，回到田园生活才是他们最终的目的。为此，卡妙下令，任何人将遵守国王留给他们的忠告，不得离开，不得和任何人取得联系。

虽然这项决定看似有些不近人情，但是没有人反对。战争给他们造成的创伤至少在他们这代人中无法愈合，时间或许才是最好的良药。

这里像地球一样拥有夜晚，拥有星空，虽然没有地球看上去那么璀璨，但是对于常年生活在灯光和白昼中的他们来说，却显得那么温馨。每当清晨，他们都会很早起来，就像是在地球上一样，耕种，浇花，劳作。没有露珠，他们就把水通过花洒从空中洒下。没有暴风雨，他们就用战舰进行人工合成。总之，尽可能地活得像过去一样，只有这样，往事的那些美好才能逐渐抚平他们脆弱的心灵。

“卡妙，我们的红杉已经发芽了，也许再过两年就可以长成参天大树了，到时我们就可以像在玛雅一样住在树上了。你知道吗，我不知多少次梦见树叶在我身上的那种感觉了。”布鲁诺激动地对卡妙说。

“哈哈，好啊，而且在这里，你完全不用担心会被野兽吃掉，如果有野兽，肯定会是我们的国宝。”卡妙哈哈大笑着说道。生物的进化需要一个漫长的过程，至少他们这代人是无法看到了。

“是啊，如果有一只美洲豹或是一只鹿，那该是多美好的事啊。”布鲁诺唏嘘地说道。

“我也这么想，不过我们最好不要干预这里的进化了，那是一种犯罪，而犯罪肯定会受到惩罚的。”卡妙摇了摇头说。

“卡妙，你说克里西和阿克他们现在在哪里？他们……还活着吗？”布鲁诺问卡妙。

“他们一定还活着，而且肯定在某个地方看着我们，不过这对我们并不重要，布鲁诺，让我们忘掉过去吧，一切都会好起来的。”卡妙轻轻地拍着布鲁诺的肩膀说。

“不，我不是这个意思，我只是担心他们两个，因为他们是我们的朋友，我希望他们和我们一样。”布鲁诺连忙解释着自己的意思，生怕卡妙误会。

“我知道你的意思，我也希望如此。你别担心，那两个家伙可比我们更了解这个宇宙，说不定哪天，他们就像雨神一样，带着美洲豹、鹿、野兔，甚至是河马从天而降呢。想一想，那是一个多么美好的日子啊。”卡妙冲着布鲁诺挤了挤眼睛，哈哈大笑着。

“是啊，这两个家伙，还挺让人期待的呢。”布鲁诺望向天空，深情地说着。

“布鲁诺，你说我们建造一座神庙怎么样？”卡妙突然问道。

“神庙？你是说玛雅神庙吗？”布鲁诺看着卡妙问。

“不，我们要建造的是一座这个宇宙的神庙，一个图腾，把托马斯星人给我们的宇宙地图绘制在上面，让所有后来人都知道，我们的宇宙是多么色彩斑斓。”卡妙望着星空，轻声说。

“当然可以，这可是一件有趣的事。”布鲁诺点了点头说。

一颗流星从空荡荡的夜空中划过，那是一份眷恋，也是一份希望，更是一颗宇宙中的种子，自由地寻找着可以生根发芽的地方。

十、战争的起源

“真是一件扫兴的事，这些玛雅人简直就是废物。”在天狼星的戴森球内，一次恩美雅人的会议正在进行着。

“这有什么扫兴的？他们只是我们无数目标中的一个而已，我认为他们已经足够努力了，只差一点，我们就成功了。”一个身材矮小、灰色皮肤、和身体不成比例的大头上长着触角的外星人说道。很明显，他们就是一直以来从没有露过面的恩美雅人。

“幸亏诺母没事，否则我们就彻底完蛋了。”另一个恩美雅人说。

“这帮浑蛋居然把这个宇宙切割进行重置了，真想不出他们是怎么做到这点的。”第三个恩美雅人说道。

“我一直在想，他们为什么不消灭我们，而是把我们关在这里，难道他们会把我们一直关到这个宇宙回到奇点的那天吗？”

“你以为四维的那些家伙傻吗？消灭我们意味着这个宇宙将失去平衡，等到剩下的那部分扩张到可以切割的时候还很遥远，而演化更是遥遥无期。所以，只要我们在，这个宇宙就是安全的，维持总比再造好得多。”第一个恩美雅人又说话了。

“地球这里的生命真的是蛮有潜力的，他们居然可以在这么短的时间内学到这么多的东西，真是一件让人感到兴奋的事。”有人不由地发出赞叹声。

“嗯，地球真的很奇特，他们不在黄金分割点上，甚至这颗星球都是侥幸存在的，如果忒亚（月球的前身）的引力稍微再大一点，那被吸引的可能就是地球了，而且他们和木星那个大家伙只隔着一颗火星，我都有点替他们担心了。”第三个恩美雅人说。

“所以我觉得这颗行星上的生命具有宇宙中所有生命不具备的一种特征。”

“什么特征？”另外三个恩美雅人齐声问道。

“他们具备一种不服输的性格，这可能和他们的基因有关，也可能是他们不懂得原子重组的常识，所以我们正好可以利用这一点。我觉得玛雅人之后，一定还会有新的更为符合我们要求的文明会帮助我们做事。”

“你的意思是我们不用再寻找其他文明了吗？”

“也不是，但地球人确实是最符合我们要求的，我们可以继续向这个扩张的宇宙发送无线电，总会有人来的。”第一个恩美雅人站了起来说。

“诺母的意思呢？”另外一个问道。

“诺母很好，他应该在四维，那里可不是安逸的地方，虽然他看上去比我们显得自由一些。”站起来的那个恩美雅人轻轻地走向了身后的一扇大门。

“我真不想休眠，这简直是对我精神的一种折磨。”另外一个也站起身，走向了那扇大门。紧接着，还有两个也跟着走了进去。

门内，是一个极度压缩的宇宙空间，恩美雅星球上的十万民众都生活在这里，他们可以改造空间，人为制造各种物质，但是却越不出那个四维文明制造的磁力轨道。虽然他们对四维文明充满了愤怒，但是他们知道，那个未知的文明拥有的能力是他们根本无法企及的，他们只想走出去，离开这个被囚禁的世界。

此刻，恩美雅人的诺母正在四维的各个时间点中穿梭着，他并不是在寻找可以从外部打开磁力轨道的文明，而是在进行躲避，四维文明和恩美雅人就像是猎人和野兔一样。

那是大约 6500 万年前，宇宙比起今天更加地璀璨，各种文明如同文艺复兴时期的艺术家一样一个又一个地诞生，甚至在某些星团中还建立了星际联盟。但是高级文明的诞生也意味着资源的枯竭和宇宙失去平衡，于是局部战争开始爆发，那些低级行星的资源成了首先争夺的目标。恩美雅人就是当时征服者中的一员，他们利用最高端的物理学知识，制造了最为恐怖的武器，摧毁了一个又一个的行星，直至把入侵的触角伸向了和他们相似的文明。这是真正的星际战争，在惨烈的战争中，由于文明等级的差距很小，即使是胜利者，付出的代价也非常大。在一次无意中，恩美雅人打开了通往四维的通道，他们惊奇地发现，四维内居然存在着无数的世界，那里的资源取之不尽，于是他们选择了离开这个鲜血淋漓的战场，到其他时间点去开辟自己的领地。可惜，这样的做法干扰到了更加高级的四维文明，他们利用自己的科技对恩美雅人实施了内部禁锢，希望他们在漫长的岁月中可以改变自己的思维，维护宇宙的平衡。只不过由于疏忽，恩美雅的首领诺母带领着几艘战舰逃离了这次禁锢，开始在四维空间的各个时间点内和四维文明玩捉迷藏的游戏，时不时地把自己掌握的知识传授给一些有潜力的文明，鼓动他们从外部打破四维文明对于恩美雅人的禁锢。也正因为如此，数之不尽的文明在帮助恩美雅人之后，被四维文明认为是破坏宇宙平衡的最新罪魁祸首，他们或被消灭，或和恩美雅人一样被禁锢在自己的星系中走向灭绝，这就是这场所谓战争的起源。

现在，地球也成了恩美雅人的一支猎枪，从玛雅人离开地球的那一天起，其实战争就已经开始了，不过比起其他文明对于四维空间的影响，地球所造成的结果并不十分严重。但是四维文明还是选择了对地球实施打击，这是一个从三维角度上来看无法理解的打击——时间打击。

四维文明以 6500 万年前的恐龙灭绝为时间坐标，把地球所在的时间轴首尾相连，每度过一个 6500 万年，地球就将被重置一次，所有的生命和文明都将被毁灭，从而开始又一个循环。而这一切，地球上的任何生物都不会有所觉察。

第九章
宇宙流浪者

一、神话的流传

“阿克，我觉得我现在已经不能适应三维的世界了。”克里西懒散地对阿克说。

“这是视觉疲劳，在三维和四维中都会有，只不过以前我们没有在四维中生活的经验罢了。”阿克看着克里西笑了笑。

“对了，你说的那个佛教，如果真如你说的那样，他们的创世者是一个知道宇宙奥秘的人的话，那他会不会是某个文明的使者，或者干脆就是那个文明的人呢？”克里西最近非常无聊，也看起了关于佛教的书籍，但是却发现，他根本看不懂。

“这个我也考虑过，从物理学的角度上来说，完全有这种可能，单凭思维的话，是无法参透那么深奥的秘密的。”阿克说道。

“如果真是那样的话，他们的文明至少得在托马斯星人的水平，或者更高，对吧？而且这佛教书籍里面还有很多东西我们根本就不明白他要表达什么。”克里西挠了挠头说。

“这是肯定的，其实那些书也不见得都是告诉我们秘密的，更多是一些关于哲学的东西。不过哲学这种东西实在太难理解了，我们这个年代没有哲学这个学科，而且我对哲学没什么兴趣。”阿克平静地说着。

“还有，在恩美雅人给我们输入的信息中，有很多书籍记载的事其实都是无法理解的，比如关于挪亚方舟，关于亚特兰蒂斯文明，还有古埃及的神话故事、中国的《山海经》。如果你只把这些当作神话，那就太肤浅了，也不会理解为什么在原始社会会发生这样的事。但是如果你按照我们现在的思维去理解的话，反而容易得多。”阿克仍然看着前方，但是表情却很严肃。

“哦？你给我讲讲，看我能不能明白。”克里西非常好奇地凑了过来。

“就拿神话故事来说吧，包括我们信息中的很多宗教，都有着几乎相同的故事情节。比如世界上曾经发了一场大水，然后出现了一位救世主，带领人们重建家园；也有的说天漏了，一个女神拿地上的泥巴补天；还有长着巨大翅膀的巨人在空中喷着火和敌人战斗，最后被分割成很多份，这样的故事数不胜数。”阿克慢慢地讲着。

“就连我们之前在地球上也流传着相似的故事，比如我们的神从大鸟的肚子里走出，然后让大地变得富足。以我们当时的思维只能把这些不能理解的东西以故事的形式流传下去，但是当我们知道了事情的真相之后，我们就会以一种科学的眼光来看待这些事情。”

阿克耐心地讲着。

“这个我现在明白，阿克，其实那些神话故事很可能不是人为编造的，而是真的发生了，只是当时人们的思维不能理解，或者说只能按照自己的思维来叙述这些事，对吧？”克里西明白了阿克的意思。

“嗯，是这个意思，所以我在杰玛的时候，非常热衷于这些神话传说。我用计算机把这些世界各地的神话传说中的共同点结合在一起，然后又根据这些发生时周围的环境得到了一个答案：这些故事大多数都集中在几百万年前，跨度不大于 100 万年，也就是说，那个几百万年间地球上发生了很多这样的事，也或者只有一件，后面的都是根据这件事改编的。”阿克仍然耐心地给克里西讲解着。

“史前的一场发生在地球上的星际战争，也就是说地球上曾经生活着比现在的我们更为高级的文明？这么理解对吗？”克里西越来越好奇了。

“算对，但是不够严谨，也可能地球只是一个战场，战争的双方是其他两个文明。”阿克犹豫了一下，然后坚定地说道。

“这个我相信，恰克西不是曾经在红树森林找到了恩美雅人埋藏的无线电发射器吗？这说明肯定有高级文明来过地球。”克里西说。

“对，就像我们到第四纪冰期一样，那里的旧石器时代的人不能理解，所以他们会用自己的表达方式把这些他们看到的东西流传下去。然后等后世有了文字记载之后，这些事情可能已经流传了几百万年，这些人再用自己的方式记载。不过那个时候，事实其实已经和最初看到那些东西的智人要表达的完全不一样了，而到了我们这里，就更不能理解了。”阿克笑了笑。

“宇宙真是太大了，这其中的奥秘够我们研究一辈子。”克里西唏嘘不已。

“不能说宇宙大，而应该说时间大，别忘了在四维下，时间可是和空间一样的概念。”阿克纠正着克里西的话。

“其实我到现在也不能理解时间的概念，哪怕它有一个形状也行，但是我们根本就看不到也摸不着，真让人着急。”克里西摇着头说。

“有些东西肯定看不到，比如空气，你能看到吗？比如暗物质，也不行。时间也是这样，我认为时间在思维下可以感觉到，但是看不到，如果有更高级的维度的话，可能是可以看到的。”阿克说道。

“那你说四维的文明他们究竟是以一种什么形态存在的？也像我们一样吗？他们的文明达到了什么水平，这个我想不出来。”克里西还不甘心，不停地问着阿克。

“这个我怎么知道？不过肯定是超乎我们想象力的，也许他们就像是创世者一样，给他们一个细胞，他们可以创造一个多元化的宇宙。”阿克耸了耸肩说道。

“这也没什么啊。”克里西撇了撇嘴说。

“哈哈，克里西，我觉得你有成为创世者的天赋。”阿克被克里西的话逗乐了。

“给我一个女人，我也可以创造一个民族。”克里西一脸坏笑地看着阿克。

“那我把你送到第四纪冰期吧，那里有无数旧石器时代的女人等着你呢。”阿克哈哈大笑。

“不，我宁愿一辈子单身，她们实在是太恐怖了，说不定哪天没有食物了会把我吃掉的。”克里西吐了吐舌头说。

“那也没什么不好的，你也算是为地球和宇宙的发展做出了自己的贡献。”阿克说道。

“阿克，我只是想知道四维的秘密而已，你为什么要让那些野人把我吃掉？”克里西用非常吃惊的表情看着阿克，然后哈哈大笑了起来。

二、进入第四纪冰期

尼克是第二批进入四维的玛雅人，和阿克不同的是，尼克进入四维完全是为了保留玛雅民族的血脉，至于宇宙的秘密，那是另外一个领域，至少到现在为止，尼克还毫无兴趣。

“尼克，我们是否应该找到一个栖身之地？生活总得继续对吗？”尼克的妻子雅路塔问。

“当然，亲爱的，不过我们必须远离原来的世界。”尼克苦笑着说。

“你认为我们到哪里比较合适？恐龙时代吗？我可不想每天被恐龙追逐。”雅路塔摇了摇头说道。

“我也不知道，大伙的意思呢？”尼克站起身问其他人。

没人说话，他们已经把自己的命运交给了尼克，尼克说去哪里他们就去哪里，即使是死，也要死在一起。这是一群生死与共的战士，也是最忠实的朋友。

尼克叹了一口气，朝着远方望去，四维空间比三维的世界清晰许多，可以看清前方的每一寸空间，但是却找不到一条通往罗马的大路。难道路真的需要很多人走过，才能叫路？尼克托着下巴，努力地思考着未来。

“我们去第四纪冰期时的地球，那里据说有一个阿克和雅各布他们打开的通道，而且那里的环境也比较适合我们，怎么样？”有人向尼克提议。

“第四纪冰期？”尼克惊讶地看着大家，这才想起，四维的大门确实不止杰玛一个。

“对，那里是旧石器时代，我们完全可以适应，甚至我们都可以在那里主宰世界。”有人对这个决定显得非常支持。

“快，打开阿克关于第四纪冰期的报告，我们需要分析一下那里的情况。”尼克也觉得这个主意非常不错，他立刻让人找出当初阿克回来之后写的一份关于第四纪冰期的报告。

“这里是一个冰封的世界，陆地的大部分被冰层覆盖着，赤道附近的温度也只有十几度，非洲和南美略好，大面积的森林还没有形成，植物受到气温的影响，普遍比较矮小，哺乳动物很多，因为空气的含氧量非常接近我们的时代。人文方面属于旧石器时代的早期，在非洲、亚洲、南美洲和北美洲都拥有智人。几万年之后，这里才可以进化成真正的人类社会，现在他们还只是生活在山洞和森林中。根据宇宙法则，到达这里的人类最好不要干扰这里的演化，否则宇宙将会被改变，我们就是一个深刻的教训。格陵兰岛和南极洲是适合我们的地方，我们在南极洲的中心点的冰层下埋藏了无线电接收器，希望可以对来到这里的人类提供一些必要的帮助。”

“尼克，他们在那里埋了无线电接收器，也许我们可以得到他们的消息！”有人激动地对尼克说。

“阿克真是个聪明的家伙，也许我们可以找到他们。”尼克看着大伙笑了。

飞船调整了坐标朝着四维空间下的第四纪冰期时的地球进发，那里将是他们的港湾。

当飞船看到那个留在四维中的巨大时空通道的时候，战舰上沸腾了，他们终于可以回到熟悉的三维世界、熟悉的地球了。对于在四维中航行了好久的他们来说，这是一件非常值得庆祝的事情。

“尼克，过去的地球真美。”雅路塔被白茫茫的地球惊呆了，这是一个白色的世界，虽然谈不上色彩斑斓，但是也绝对是生机盎然。

“我好久没有呼吸到这种自然的味道了。”雅路塔闭上眼睛，尽情地享受着这一切，生怕这只是一场梦境。

“看，那是我们的王国，还是白茫茫的一片，我们的祖先居然可以在这样的环境下繁衍生存。”

飞船上的所有人都尽情地享受着美丽的地球给予他们的视觉冲击，比起他们生活的时代，这里除了古老之外，更显得轻松。

“我们先到南极洲，找到阿克埋的接收器，或许可以和他们取得联系。”尼克调整了目标，奔向了南极洲。

“尼克，等我们找到接收器之后，一定要来一次环球旅行，我准备写一本地球日志。”

“我要画一本画册，把这个美丽的世界留下。”

“我要带回一只袋狼或者猛犸象，它们的样子一定很可爱。”

所有人七嘴八舌地说道。

尼克没有说话，只是轻轻地摇了摇头，看着远方，他突然发现，原来包括他在内的所有人对于地球的感情从未消失一点，无论这颗蓝色的星球变成什么样，这种爱都是发自内心深处的。

“我们到达南极洲了，这简直是一个冰雕的王国。”尼克也不由得发出了赞叹声。在深蓝色的海洋包围下，雪白的南极大陆在阳光的照射下，像一面雪白的镜子，把天空照得无比清晰。

“像童话王国，尼克，我们不要走了，就在这里生活吧，像因纽特人那样。”雅路塔趴在尼克肩膀上说。

“这只是地球的一个时期，等我们弄明白四维的秘密之后，还可以到其他时间点去旅行，总有比这里漂亮的。”尼克无奈地笑了笑。

“人类真的是可怕的动物。”战舰上的环境专家，也是十二勇士之一的库西唏嘘道。

“为什么？”尼克看着库西不解地问。

“这里距离我们的年代只有百万年的时间，地球就被完全改变了，我不能说这种改变完全不好，但是按照自己的意愿和适应能力来改造，是一个悖论。人应该是适应自然，而不是让自然来适应我们才对。”库西对尼克说。

“库西，你的意思是我们破坏了自然规律，对吗？”尼克问。

“是的，地球如此，宇宙也如此。自然有自己发展的规律，这种规律是漫长的，同时也是科学的。这是自然通过数亿年的发展逐渐调整出来的规律，可是我们却非要加速这个进程，这是一种破坏。虽然眼前看不到什么影响，但是终究要受到惩罚的。”库西摇着头说。

“放心吧，库西，我们不会再破坏这个世界了，因为这是我们所有人的世界。”尼克看着库西，坚定地说道。

三、玛塔的判断

第三批进入四维空间的是幸存者玛塔重新组建的舰队。和阿克、尼克他们的目的不同，玛塔进入四维完全是为了逃命。因为亲眼见到了宇宙被切割，所以三维的那个世界在玛塔的眼里已经完全失去了安全性。

比起阿克和尼克，身为女人的玛塔在情感上更加细腻，她在保持舰队安全的同时，更注重所有人的情绪。也正是在这种情况下，这几艘战舰在进入四维之后没多久，就完全从那种崩溃的绝望中缓解了过来。

“玛塔小姐，我们无法定位自己的时间位置。”探测员对玛塔说。

“我们的坐标不够准确吗？”玛塔看着仪表盘上的数字问。

“这么说也可以，我们的飞船不是四维飞船，所以仪表盘的进制出现了混乱，我们无法判断我们究竟在时间中前进了多少。”探测员对玛塔说。

“这个问题先不要管，我们一直前进就是了，用燃料来计算。”玛塔说。

“燃料也无法计算，因为在四维中我们受到的阻力不同，而且各种物质的引力也比较分散，别说准确值，就是接近值也差得很远。这是概念的问题，不是我们理解的那样。”探测员摇了摇头。

“让我想想。”玛塔坐在了椅子上看着远方，她必须找到一个解决时间概念的方法。

战舰仍然在不知不觉中前进着，他们根本不知道自己走了多久或是多远，也许已经飞出了数万光年，也许是在原地。时间总是在变化中前进，但是空间的物质却没有变化。

“时间究竟是什么？”玛塔在内心深处不停地问着自己。在三维下，对于时间的感受是因为物质的运动产生的感觉。而在四维下，没有这种感觉，与其说四维下的时间是一种错觉，倒不如说三维下的时间才是错觉。但是正确的理解却因为人类无法适应四维的空间结构而无法感觉到，这就像是一个常年喝着最普通的酒的人突然喝了一瓶真正的佳酿之后，他的感觉并不好，因为他对佳酿的味道并不适应，反而觉得普通酒是最好的，其实这只是味觉的适应问题，而不是酒的原因。

“也许时间久一点，适应了四维之后就可以感觉到时间的确切定位了。”玛塔这么想着。

事实也确实如此，当飞船在四维中漫无目的地行进了很久之后，玛塔发现，四维下的宇宙空间似乎变得没有那么大了，无数的星体从那种几乎透明的状态渐渐地变成了被分解开的样子，平整地铺在眼前。而空间也并非没有曲率，而是这种曲率也平铺在眼前。飞船也并非是在平稳中前进，而是像在三维下一样以曲率的方式行进，但是在时间和空间的相互拉扯力的作用下，这种感觉被习惯了三维环境的人类忽略掉了，等到熟悉了四维的环境之后，这种感觉开始出现。

“我感觉到了和刚开始的不同，但是机器感觉不到，它还是在按照三维的模式运行。”探测员一边看着仪器表一边无奈地对玛塔说。

“这个好办，既然它没用，那就不要看它。”玛塔笑着对探测员说。

“啊，不看？那我们怎么判断我们走了多少？”探测员并不理解玛塔的意思。

“我们重新制定单位，按照我们的手表来计算，每十个小时算作一个单位，等我们研究出时间的秘密之后，就可以换算了。”玛塔说。

“这也太原始了吧？”探测员不可思议地说。

“原始人就应该用最原始的方法。”玛塔微微笑了笑。

“好吧，真不知道您是天才还是……”探测员看着玛塔，挤了挤眼睛笑着说。

“白痴对吗？”玛塔也冲着探测员笑了笑。

“不，我可没这么说。”探测员哈哈大笑着。

“我们在宇宙中都是白痴，否则也不会变成现在这样。”玛塔轻轻地拍了拍探测员的肩膀，转身离开了。

大概一百个小时之后，这几艘在四维下行驶的三维战舰终于看到了不一样的景象。距离他们很远的一颗小行星正在撞击一颗气态行星，在四维下，气态行星巨大的引力拉扯着小行星，使得小行星的速度快了很多。巨大的撞击下，气态行星的内部发生了剧烈的爆炸。小行星穿过气态行星之后，只剩下还在燃烧的内核，最终化为了灰烬。这一切就像是一场电影一样，真真实实地发生在了舰队的眼前。

“太可怕了，我们如果靠近的话，可能会被小行星撞击引起的碎片击到。”探测员对玛塔说。

“这怎么可能？我们这是在四维，刚才看到的情景发生的时间从三维的角度上来说也许是数万年前。在四维下，发生撞击的时间点永远都存在，如果我的判断没错的话，我们可以无限循环地看到。”玛塔似乎对时间有了一个初步的概念。

“您的意思是……刚才的撞击就像是录像带一样被录制了，然后不停地播放？”探测员看着玛塔，充满疑惑地问道。

“对，不信你可以掉转一下方向，朝着左边行进，肯定可以看到。”玛塔紧紧地盯着所谓的前方。

探测员看了一眼玛塔，还是对她的话将信将疑。于是他掉转了飞船的方向，以最快的速度行驶着，大约十个小时之后，他看到了相同的一幕，无论是角度还是撞击引起的爆炸，都完全一样。

“怎么会这样？”探测员简直不相信自己的眼睛。

“这很容易理解，时间点是固定的，在那个时间点发生的事永远都不会改变，因为时间不能倒退。”玛塔坚定地说。

“那阿克他们怎么可以回到第四纪冰期？”探测员还是不理解。

“那和我们完全是两个世界，他们的发展也和我们不同，每一个原子的信息受到时间的作用力影响，随后发生的事也会截然不同。他们去的那个冰期和我们在地球上的那个冰期完全不是一个世界，我们进化成了现在这样，也许那个冰期的人灭绝了，你懂吗？”玛塔详细地解释着。

“懂了一些，但是我……还是不太明白。”探测员挠了挠头，似懂非懂地看着玛塔。

四、阿克的新理论

阿克和克里西已经在四维的时间轴内行进了将近一亿光年，这个距离是人类无法企及的。其实这也是在四维空间下，时间和空间相互作用力所产生的一种错觉，用时间来计算空间，本身来说就不是生活在三维世界中的人可以理解的。

“阿克，你觉得我们可以做到在三维和四维之间随意穿梭吗？”克里西趴在椅子把手上问阿克。

“当然可以了。”阿克非常坚定地说。

“我是说在没有时空通道的情况下。”克里西接着说道。

“这个也可以，三维和四维应该有一个关于时间的契合点，这个我们现在还没有发现，不过我觉得发现是早晚的事。”阿克伸了个懒腰说。

“什么是契合点？”克里西问。

“这个不太好说，举个例子，三维和四维之间，任何物质都无法传播，比如光、声音，不过如果有了时空大门就可以了。但是这不是绝对的，我认为在四维和三维之间肯定会有物质可以传播的，只不过我们暂时还没有找到，这个物质就是契合点。”阿克认真地说道。

“那你的意思是，我们也是从契合点里传过来的？”克里西接着问。

“对，时空大门就是契合点，但是除此之外，肯定还会有其他的契合点。”阿克坚定地说。

“明明是在同一块空间下，为什么就相互看不到呢？有时候我真的无法理解。”克里西自言自语地说。

“克里西，记得咱们玛雅的关于雨神的传说吧？”阿克问。

“记得，我从很小的时候就知道关于雨神的故事，遇到干旱的大年，还要通过活人祭祀来求雨，那时候的我们简直太愚昧了。”克里西撇了撇嘴说。

“如果从科学的角度来说，你怎么看待这件事？”阿克问。

“科学的角度？我们的祭司会通灵？会和神说话？你说呢？”克里西不太明白阿克的意思。

“我的理解是，求雨这件事和祭祀无关。”阿克慢条斯理地说。

“怎么理解，你能给我点提示吗？”克里西更加好奇了。

“我们现在都知道，人死了之后，只是肉体从物理学的角度上来说停止了发展，但是原子没有消失，它保存的信息可以在其他的时间点内进行重组。也就是说，它带着下雨这个请求的信息重新在其他时间点内生长，成了这个时间点内信息新寄存的肉体的潜意识。”阿克给克里西解释着。

“那是怎么下雨的？”克里西睁着大眼睛看着阿克。

“下雨和这个没有关系，那是地球的物理现象，只需要懂得气象学就可以了。”阿克拿起一杯饮料大口地喝了起来。

“那说了半天你要表达什么啊？”克里西根本不知道阿克要告诉他什么，嘴里不停地嘟囔着。

“你现在该知道三维和四维之间有通道了吧？”阿克挤着眼睛对克里西说。

“原子！”克里西突然明白了什么。

“对，原子就是其中之一，但是我不敢确定，这需要大量的实验，而且是在原子分散之后再融合，并不是完全一点不变的。当然这也不是绝对的，有些原子会通过分解电子来让自己所在的分子一直保持整体，所以恩美雅人给我们输入的信息中有记得前世的人，佛教的修行很可能就是为了保持原子在分子中结构的完整性。”阿克详细地向克里西解释着。

“阿克，你是在给我讲故事吗？”克里西睁大眼睛，似乎觉得阿克说的话是天方夜谭一般。

“当然不是，只不过我们还无法做这样的实验，因为这需要掌握四维空间内各个时间点的所有数据，不过未来我们一定可以做到的。”阿克摊了摊手说。

“未来是多远？”克里西激动地问。

“100 亿个地球年。”阿克冲着克里西笑了。

“嗯，不多，我会等到的。”克里西拿起一块蛋糕塞进了嘴里。

“当然还有一种我想到的方法可以证明这点。”阿克看着前方，表情非常严肃地说。

“什么办法？”克里西急忙咽下了蛋糕问道。

“如果我们可以掐断携带着信息的原子在四维中传播的通道，那么这些携带信息的原子就无法找到新的宿主，它们只能重新集合在一起，这是一种无奈的选择。”阿克扭过脸对克里西说。

“什么地方可以阻止原子传播？”克里西惊愕地看着阿克问。

“破坏了时间轴的四维空间！”阿克非常坚定地说。

“那不成了三维了吗？”克里西一下子泄了气。

“不，是破坏掉了的时间轴，不是没有。”阿克提高了声音说道。

“怎么破坏？破坏成什么样子？”克里西看着阿克，更加惊愕了。

“让它在四维空间内循环，它的原子总量就是固定的了。如果总量是固定的话，那么原子组合成分子的组合就是可以计算的，你明白吗，克里西？”阿克摇着克里西的肩膀说道。

“我明白了，阿克。你的意思是假如五十个原子组成一个分子，五十个分子组成一个人，那么当原子相互融合的通道被掐断之后，把这些携带信息的原子关在一间屋子里，那么这个屋子里的原子只能相互之间融合，这种组合是有限的，只需要计算出它们的最小公倍数就可以了。我说得对不对？”克里西也非常激动。

“对，克里西，你简直是个天才。”阿克长吁了一口气。

“阿克，可是关住原子的屋子在哪里？”克里西激动地问。

“地狱！”阿克用一种莫名其妙的眼神看着克里西。

“你是说我姐姐家？”克里西挠着头问阿克。

“你姐姐家？”阿克也很奇怪克里西怎么会说出这样的话。

“我姐姐每次回家，都说她丈夫的妈妈是地狱的魔鬼，那么她家就是地狱了。”克里西认真地说。

“克里西，请你严肃点，这是科学。”阿克躺在了座椅上。

五、来自未知世界的无线电

“我们找到了，尼克。”寻找埋藏在南极冰层下无线电接收器的勇士们冲着尼克大声地喊道。

“太好了，它还能用吗？”尼克跑了过去。

“看样子它过得不错，和新的一样。”

“看看有没有收到的信息。”尼克说。

“嗯，我们到飞船里去分析。”库西拿着无线电接收器走进了飞船，其他人也都跟着走了进去。

很快，无线电接收器在库西等人的操作下开始了工作，几分钟之后，雅各布指挥舰的求救信号就被破译了出来，所有人都惊呆了，不约而同地说：“他们遇到了什么？”

“高级文明的袭击！就像我们在杰玛看到的那个被残暴分解的星系一样。”库西低声说着。

“我们该怎么办？尼克。”有人问尼克，希望他可以拿出一个方案来。

“库西，确定这组无线电信息发送的距离。”尼克严肃地对库西说道。

“好，我试试。”库西点了点头，开始在仪器下通过数据分析。

令人窒息的半个小时之后，无线电专家南妮抬起头，看了看在场的所有人。

“我不得不告诉大家一个令人震惊的消息。”

“什么消息？”所有人都惊讶地看着南妮。

“信息显示，这组无线电距离我们大约是 2000 亿光年……”南妮说。

“怎么可能？”库西不相信南妮的话。

“我还没有说完，不但是 2000 亿光年，而且还越来越远，这还不是最令人震惊的。”南妮一屁股坐在了座椅上。

“你能不能一下子说完，南妮？”库西是个急性子。

“我要喝水，我需要冷静一下，我觉得我学到的专业受到了嘲讽。”南妮朝着库西吐了吐舌头。

库西赶忙递过了一杯水给南妮。南妮一口将最纯净的南极冰块融化的水喝了个干净。

“真甜啊。”南妮咂了咂嘴说。

“快说吧，南妮。”尼克也有些急了。

“好吧，你们听了不要震惊，这组无线电不是来自我们宇宙的频率。”南妮看着所有人，非常神秘地说。

“当然了，我们在第四纪冰期时的地球，他们在杰玛时代，当然不一样。”尼克摇了摇头说。

“不，尼克，你的理解错了，我说的是他们不在我们的宇宙，而不是时间点，这是两个概念。”南妮一字一顿地说。

“这是什么意思？”尼克看了看所有人，大家和他的表情一样，显然，他们都不明白南妮的话。

“这么说吧，无线电在我们宇宙中的传播频率和速度是不受任何外界因素影响的，甚至在四维中都是一样的，它甚至不能被黑洞吞噬。造成这种现象的原因是因为无线电的物理指数非常特殊，可以说它是我们宇宙的指纹，就算我们不在同一时间点上，但是这个宇宙都是一个，只是相差了几百万岁。但是现在，这条无线电的频率是不一样的，也就是说它根本就不在我们的宇宙。”南妮几乎是一口气说出来的。

“那他们在哪儿？”尼克问南妮。

“抱歉，我只是个无线电专家，不是地理学家，他们在哪儿我也不知道。”南妮看了一眼所有人，耸了耸肩。

“其他宇宙？”库西小心地问了一句。

“可以这么说，因为他们不在我们的宇宙，但是不是在宇宙就不好说了。”南妮继续说着。

“他们逃得可真远。”尼克愤愤地说。

“也许根本就逃不掉。”库西又低声说了一句。

“现在怎么办，老大？”南妮看着尼克问道。

“库西，我们是否要回复一下？”尼克也没了主意，他转过头问库西。

“回复吧，反正他们也收不到，2000 亿光年，太远了。”库西摇了摇头说。

南妮编写了一条发给雅各布指挥舰的无线电信息，希望可以得到他们的准确定位，当然结果是肯定的，对方不可能收到他们的信号。

“库西，你说雅各布他们怎么会在另外一个宇宙？难道发生了什么可怕的事？”尼克在餐桌上问库西。

“抱歉，这个我也不知道，不过肯定是发生了什么，否则他们不可能到那么远的地方，即使是瞬间移动也不行，托马斯星人的科技足够发达，他们也做不到，虫洞也不可以。空间是无限的，但它和虫洞之间的作用力是有限的，不可能达到 2000 亿光年，这太远了。”库西语无伦次地说着，不过要表达的意思却是这事不可能。

“多重宇宙？”尼克小心翼翼地问着库西，又像是自言自语。

“可能是，但我们无法确定，这是我们未知的领域。”库西抬起头，看着尼克，认真地说。

“那你说我们现在所在的时间点是不是多重宇宙中的一个？”尼克问库西。

“从狭义上解释，是的，因为我们所在的这个时间点拥有自己完全独立的一切，包括过去和未来，这在四维下显得更好理解。但是从广义上来说，这又不是，因为这里只是杰玛时代宇宙的过去式，就像你拿出两张照片，一张是你五岁的样子，一张是你二十岁的样子，两张照片的区别很大，但都是你。而照片只不过是镜像化了，而在四维下，则是成像化。所以我们谈不上在多重宇宙里，明白吗？”库西仔细给尼克解释着。

“那假如雅各布真在其他宇宙中，两个宇宙之间有联系吗？”尼克越发地好奇。

“从环境学的角度上来说，肯定有联系，比如南美大陆和非洲大陆的很多动物、植物都有相似的地方，它们拥有共同的祖先。但是它们又不一样，这是因为环境不同造成的。对于它们来说，连接它们大陆的就是海洋，而对于多重宇宙来说，可能它们之间也有这样的海洋，只是我们还没看到，也或者在三维下，这种海洋不会显现出来。”尼克很耐心地解释着。

“在四维下呢？”尼克追问着库西。

“四维下只是拥有时间的概念，这个和时间没有关系，他们是在空间上的其他宇宙，就算没有时间，他们该在哪里还在哪里。”库西离开了餐桌。

“不过还存在一种可能……”库西回过头对尼克说。

“什么？”尼克站了起来看着库西问。

“那就是这一切都在镜像中。就比如我和你的合影被你撕开了，然后你把其中的一半带到了火星上，另一半留在地球上，这样一张镜像的照片就相隔了很远。”库西推开了餐厅的大门。

“难道我们生活在镜像的世界里？”尼克自言自语地说着。

六、时间向前理论

玛塔的脑海里仔细地计算着关于时间点存在的逻辑，生怕这其中有哪一点是悖论。不同时间点的进化会演变出千万个不同的未来，同理，每一个时间点也会有无数个不同的开始，难道时间就像三维世界中的原子一样无处不在？如果真是这样的话，那么这个世界大得几乎让人窒息，杰玛时代的那个宇宙甚至连浩瀚海洋中的沙粒都算不上。

想到这儿，玛塔只觉得浑身都是冷汗，这是一件“细思极恐”的事情。但是很快，又有一个问题开始困扰她。根据阿克关于四维时间点的报告，每100万光年，才会拥有一个通往其他时间点的大门，否则两个大门之间的引力会相互吸引，然后相互破坏，也就是说时间点的距离不能太近。但是时间点的存在原理似乎又证明，每一个时间单位内都存在着一个完全不同的独立世界，如果这个理论成立的话，那么这两个理论是相悖的。

究竟是阿克的理论对，还是自己的想法正确，玛塔感到非常困惑，她瘫坐在座椅上，想尽办法让自己能够从更简单的角度上来思考这个问题。

“玛塔，你的意思我明白了。假设宇宙是有限的，它内部的物质也同样是有限的，如果其中的任何一个物质变化，那么这个宇宙就会变化，在下一秒钟，就是一个完全不同的宇宙，就会产生一个完全不同的时间点。而这种变化是无处不在的，所以四维下的时间点也在不停地增加，对吗？”探测员用非常绕口的话对玛塔说道。

“什么？”玛塔还没有从思绪中缓过来。

探测员把自己刚才的话又重复了一遍，玛塔这才听清楚：“抱歉，我刚才在思考。”

“没关系，玛塔，你说我说得对吗？”探测员问玛塔。

“对，完全正确。”玛塔笑着对探测员说，看来他是真的理解了自己的意思。

“可是玛塔，宇宙是无限的，至少我们现在还没有发现它的尽头，从这点上来说，这个理论不完全正确，除非有一种可能。”探测员认真地说。

“什么可能？”玛塔好奇地问。

“每新增加一个时间点，就会有另外一个时间点毁灭，这样的话，总量是多少都无所谓，只要保持总量的不变就行，这也就如同我们宇宙的平衡一样。”探测员认真地说。

“对啊，我们干吗要考虑总量呢？假设有一台必须维持平衡才能存在的天平，它的载重量是无限的，我们只需要保持平衡就行，何必在乎它能放多少东西呢？”玛塔似乎一下子豁然开朗了。

“这只是一个假设，玛塔，毕竟时间点太多了。而且我认为，每一个时间点彼此是有影响的，它们并不是毫无关联。但是它们怎么互相影响，我想不明白，毕竟在三维下，我们永远无法到达另外一个时间点，即使在四维下，它们看上去也像是完全不同的两个世界。”探测员挠了挠头，笑着对玛塔说。

“这就是一直困惑我的问题。”玛塔也笑了笑。

“我们现在就像是原始人面对日食一样，对这个世界的每一种现象都感到陌生和新奇，但是总有一天我们会找到其中的奥秘的，别灰心，玛塔。”探测员冲着玛塔笑了笑，这让玛塔感到了一种由衷的亲切感。

“谢谢你，我很感动。”玛塔的眼泪在眼眶里直转。

“应该我们谢谢你才对，没有你，我们也许已经死了，但是现在我们还活着，没有什么比活着更好了。”探测员伸了个懒腰，靠在了座椅上。

“我们一定要活下去，不能死得不明不白，对吗？”玛塔问着探测员。

“你说得对，至少我们得明白问题的答案。”探测员笑了笑。

“我小的时候，妈妈就告诉我，遇到问题，一定要弄清楚，如果实在不明白就记住，长大了也要弄明白。”玛塔对探测员说。

“真是一个好妈妈。”探测员有些羡慕地说。

“是啊，她是我们部落里最优秀的女人。”玛塔幸福地笑着说。

“她还在吗？”探测员问道。

“不，她已经去世了，在我们离开地球的时候。”玛塔含着眼泪说。

“对不起。”探测员向玛塔表示了歉意。

“没关系，我不介意说这个，拥有过就没什么可遗憾的了。”玛塔闭上了眼睛。

“玛塔！”探测员似乎突然想到了什么，他的声音提高了很多。

“怎么？”玛塔睁开了眼睛好奇地看着他，此时，探测员正睁着大眼睛看着她。

“玛塔，如果我们找到她成为你妈妈的那个时间点，你们是不是就能见面了……”

“啊……”玛塔激动地从座椅上站了起来，不过很快她又坐下了。

“怎么了，玛塔，我说得不对吗？”探测员问。

“那个妈妈是那个时间点里的妈妈，不是我的妈妈，我的妈妈永远地离开我了。”玛塔低下了头。

“为什么，她也是你的妈妈啊，假设她没有变化，引起她所在时间点变化的是其他人呢？”探测员还是有些激动地说。

“时间只能是向前的，每个时间点都是不能倒退的。”玛塔抬起头看着探测员说。

两个人都愣住了，彼此看着对方，因为刚才玛塔无意中说的话，正是时间的向前理论。

七、四维空洞

克里西一边吃着蛋糕，一边看着前方，多日的航行，他已经对于四维空间完全适应了。从空间角度上讲，他们其实一直都待在原地，并没有前进，但是从时间角度上讲，他们已经足足走了几十亿年，但是阿克说的那个可以困住原子信息传播的地狱在哪里呢？

“阿克，我们已经走了这么久了，为什么还没有发现那个可以困住原子的小屋？”克里西看着阿克问。

“我们当然看不到，它们在四维和三维的交界处。”阿克看了一眼克里西说。

“什么意思？三维和四维的交界处？我不明白。”克里西一脸的茫然。

“这个我没法形容，就是三维和四维之间的一个维度，从空间角度上说它是时间，而从时间的角度上说它又应该像是个空间。它的密度应该非常非常低，任何星体都无法在它内部产生能量，甚至暗能量都可能不存在，看上去是黑压压的一片。”阿克绘声绘色地描绘着自己对于储存原子的屋子的想象。

“那不是黑洞吗？”克里西眨了眨眼睛对阿克说。

“不是黑洞，黑洞是吸收物质的，但这个家伙不吸收，也不会产生能量，造成这种现象的原因可能是这里的微波辐射温度太低，可能会达到绝对零度。”阿克挤了挤眼睛说。

“那原子就可以是例外了吗？”克里西接着问。

“对，原子是例外，作为个体的话，它不能产生能量，但是信息却可以储存。我们曾经在实验室做过这样的实验，原子在真空下是处于一种休眠状态的，就是它不工作。”阿克说。

“那这里就是我们要找到的小黑屋了吧？”克里西问。

“对，就是这里。”阿克笑了笑。

“那这也太简单了，我们可以制造出这样的环境，让所有物质都死亡，同时达到绝对零度，看上去这没多难啊。”克里西有些小激动。

“我们不能让所有物质都死亡，那样就成了真空了，原子也就会消失了。我们要做的是让原子在休眠状态下保持信息的完整，而且现在我们根本不知道原子的信息怎么保存，也许这是一种自然现象。”阿克无奈地摇了摇头。

“那你说在宇宙中，这种环境能不能天然地形成？”克里西不停地追问着。

“可以，空洞就接近于这样的环境，但是还不够，如果把空洞继续压缩的话，会无限接近。”阿克说。

“空洞在哪儿？这只是理论啊，我们和恩美雅人都没有找到。”克里西叹着气说。

“我说了它们不在三维世界内，或者存在我们也看不到，但也不在四维，所以只能是若隐若现的，或者说是不定期地出现，就像那些飘过地球的小行星，我们可以看到，却不知道它们是从哪儿来的，也不知道它们要去哪儿？”阿克拿起了一块蛋糕。

“它在三维和四维之间飘浮？”克里西问。

“对，也就是我们说的三维和四维除了时空大门之外的那座桥。”阿克拿着蛋糕认真地对克里西说。

“听着太刺激了，阿克，你一定要找到这座桥，我会向国王申请为你建造一座雕像的。”克里西拍了拍阿克的肩膀兴奋地说。

“可是也只能刺激一下了，因为我不可能找到的，它们隐藏得太深了。”阿克转过身，把蛋糕塞进嘴里。

“也许我们在不经意间就会发现这些，就像发现很多伟大的现象一样。”克里西还是很激动。

“希望如此吧。”阿克闭上了眼睛，回味着蛋糕的美味，总思考会陷入一种极度疲劳的状态。

飞船仍然在时间中前进，阿克昏昏沉沉地睡去了，而克里西则在飞船的厨房里烤制蛋糕，对于他来说，这也是一种调节。曾经他的梦想是成为一个料理大师，把世界上所有点心的制作方法全部掌握，不过理想和现实的差距总是大得让人无法面对，也只有在这次和阿克的四维旅行中，他才真正第一次静下心来做自己喜欢的事。

彩虹卷终于制作好了，他坐在餐桌旁，心满意足地欣赏着自己的杰作。

欣赏着窗外不停变换着的星空，品味着香甜的美酒和香气四溢的蛋糕，克里西觉得，这就是人生的真谛。

就在他品尝美酒佳肴的时候，一直都在他们飞船不远处的那颗恒星突然暗淡了下来，紧接着，整个宇宙空间逐渐被黑暗垄断了。克里西放下蛋糕，朝窗外望去，他看到了一个让他终生难忘的景象，那个不远处的星系里的每一颗恒星就像是一根根即将燃尽的蜡烛一样，缓缓地熄灭了。

“空洞！”克里西几乎用尽全身力气喊了出来，紧接着他就飞一般地跑向了还在沉睡的阿克面前，拼命地摇着阿克的身体。

“怎么了，克里西，你疯了吗？”阿克显然还在睡梦中，他讨厌被别人打搅。

“快，空洞！”克里西指着飞船外的空间，气喘吁吁地说。

阿克朝窗外望去，果然，星体就像是即将熄灭的灯光一样，已经变得非常微弱了。

“快，克里西，开始检测这里的微波背景辐射温度，我需要每一分钟的数据。”阿克一边操纵着检测仪一边让克里西进行测试。

“前方的恒星温度在直线下降，行星也是，它们的内核温度在变低，这个速度非常快……”克里西一边做着检测一边说。

“加快飞船的速度，我们再往前走几百年，应该就可以到达恒星诞生前的那一刻了。”阿克喊道。

果然，飞船又运行了大约三分钟，他们面前的恒星完全熄灭了，在他们面前是一片黑暗和寒冷，温度显示这里非常接近绝对零度。

“再走几十秒！”阿克说。

“到了！”克里西停下了飞船，他和阿克都看着窗外的一片漆黑愣在原地。

“克里西，这里就是几十亿年前这个地方曾经遭遇的空洞现象，这里没有生命，没有能量。如果我的判断没错的话，把我们飞船的速度提到光速，我们就可以回到三维。”阿克看着克里西，非常坚定地说。

“那让我们试试？”克里西看了看阿克，开始对这艘四维飞船进行终极加速。十分钟之后，他们就将达到光速，能不能得到他们想要的结果，暂时还是未知。

八、创世者的猜想

“什么？你说我们生活在镜像中的世界？”库西对于尼克的话非常惊讶。

“不是我们理解的镜像，而是一种从生物学角度来说的镜像。”

尼克看了看库西微笑着说。

“不过这种理论早就有人提出过，只是逻辑并不严谨，漏洞很多。”南妮在一旁插嘴说道。

“就像是一场木偶戏一样，我们站在上面，有人用线操纵着我们，而我们却一直都认为自己是真实的，一旦脱离那条线，我们就将失去一切。”尼克对南妮说。

“也许那条线的操纵者就是我们无法理解的高级文明。”南妮附和着尼克的话。

“尼克，你相信神吗？”库西突然问尼克。

“在地球上的时候，我非常相信，但是到了杰玛之后，我又不相信了，因为一切都可以用科学来解释，即使暂时不懂的，我们也可以慢慢了解。你呢，库西？”尼克看了看库西笑着说。

“我和你一样，但是现在我比在地球上还相信神的存在。”库西坐了下来，认真地说。

“为什么？所谓的神只是科技上领先的文明而已，如果我们突破了技术的瓶颈，也可以达到神的级别的。”南妮对库西的话显然不同意。

“这是一方面，但是另一方面，你们难道没有发现吗？”库西看了一眼南妮，轻轻地说。

“哪方面？”南妮和尼克不约而同地问道。

“我们的地球、太阳系、银河系、杰玛的时间点的宇宙、这里的宇宙、三维、四维，我们能看到能感觉到的所有物质、现象、规律，这些都在以一种难以想象的巧合呈现在我们面前，难道这一切用巧合就能表达吗？”库西用一种非常严肃的表情看着在场的所有人。

“你的意思是这一切都是经过设计的？”南妮好奇地问。

“对，这一切都是设计的，是创世者、造物主设计的。他们掌握着世间万象的奥秘，知道这其中的逻辑，然后按照这些逻辑制造出这个世界，而这个世界上的任何一件东西都是这台运转精确的机器中的零件。除此之外，我想不到其他任何的理由能让如此多的巧合凑在一起。”库西平静地说。

“那创世者是谁创造的呢？这和鸡生蛋还是蛋生鸡的道理一样，恐怕永远没有一个标准答案。”尼克对于库西的结论并不赞同。

“演化！”库西用非常坚定的语气说。

“如何演化？按照你的理论，那创世者也曾经像我们一样在摸索中前进吗？”南妮问。

“不同的演化方式，但起点一定是一个我们现在还不能理解的世界，或者说根本不能叫世界。那是一个没有时间、没有空间、没有维度、没有一切的地方，就像一个死人对于自己的感觉一样。”库西轻轻地说。

“死人？对自己有什么感觉？我们怎么知道？”尼克不明白库西要表达的意思。

“就是这个感觉，没人知道，连自己也不知道，因为什么都没有，所以也不存在科学。创世者的世界就像一块橡皮泥，他想捏出什么造型就是什么造型。”库西微微地笑了笑。

“然后就把我们造成了这个样子，用一根线操纵着我们？”南妮托着下巴看着库西说。

“我想是这个样子的，除此之外，我无法想象到更符合逻辑的开端。”库西闭上了眼睛，平静异常地说。

“你说得太远了，库西，我们现在要弄明白的是假设多重宇宙存在的话，那么它是否是无限多的呢？就像气泡一样，当所有气泡都破碎之后，又会产生很多新的气泡，气泡和气泡之间会融合还是会一直独立地生存下去，织成一张宇宙网？”尼克对库西说。

“太费脑子了，尼克，我们还是先弄清楚雅各布他们在哪里吧。”库西靠在了座椅上伸了个懒腰。

“现在他们的距离已经超过了 2000 亿光年，而且正在以越来越快的速度远离我们，但是却没有消失。也就是说从空间的角度上来说他们还存在，但是我们根本无法解释在这么短的时间内他们怎么会离开这么远。还有我们跟他们应该不在一个世界中，这一切都解释不通。”南妮吐了吐舌头说。

“还有一种可能，南妮。”库西突然睁开了眼睛，从座椅上坐了起来。

“什么可能？”尼克和南妮好奇地问。

“他们所在的空间可以在四维和三维中穿越，而无线电也一样，所以我们可以测试到他们的距离。”库西说。

“那他们也有时空大门了？”尼克睁大眼睛看着库西。

“不，他们也许在以另外一种方式穿越，你们还记得阿克关于原子信息的报告吗？或许现在他们早已经完全不在了，但是他们的原子信息保留在了那里，我们检测到的无线电发射源就是那些信息留给我们的坐标。”库西有些激动地站了起来。

“原子是会融合的，而且不可能完整地保存信息的，阿克也证明不了这些。”尼克说。

“但是阿克说过，如果有特定的环境，原子的信息是可以完全保存的，我觉得雅各布他们可能现在就在这样的环境里，当然也可能是他们的原子信息。”库西越来越激动。

“那他们在哪里？无论是空间上还是时间上都行。”南妮无可奈何地说。

“在创世者设置的地狱中。”库西看着远方的冰山，用一种让人捉摸不透的语气轻轻地说。

“地狱是什么概念？”尼克张着嘴问。

“一个什么都不存在的地方，也许就是创世者最初待的地方。”库西回过头看着尼克和南妮，又恢复了原来的平静。

九、时间不能后退

玛塔和探测员相互看着，就在刚才，他们无意间的对话居然得出了一个一直以来困扰着他们的问题的答案——时间的运行方式。

“玛塔，时间不能倒退……”探测员看着玛塔，眼神里明显有一种激动。

“即使是到其他时间点去，也只是重新开始，而不是倒退，对吧？”玛塔问探测员。

“暂时来说，逻辑上是这样的，即使是再高级的文明最多也只能把时间和空间从世界上毁灭，但是却无法倒退，这算是时间运行的方式吗？”探测员反问着玛塔。

“我是这样认为的，但我们还需要证据。”玛塔一边说一边看着探测员。

“时间如果是物质的话，那它的流失方向是单一的，只能向前，没有其他方向，那么我们之前关于时间有方向的结论就是错误的。如果时间停止向前的话，那么整个世界都会发生翻天覆地的变化，一切就都变了。但这么说似乎也有漏洞，如果时间以物质的方式存在的话，它就一定有尽头，任何物质都不可能永恒，那么时间的尽头在哪里？”探测员问。

“当时间对所有物质失去所有作用力的时候就是时间的尽头。”玛塔看着探测员说。

“不，玛塔，不对，那只是空间的变化引起的，不是时间。时间的作用力应该有一个数值，当这个数值达到最高值的时候，时间会失去作用力，一切才会混乱，而空间也会扭曲或者无限地扩张……”探测员纠正玛塔的话。

“雅各布！他们就是在我们眼前随着扩张的空间而去的。”探测员激动地说。

“也就是说我们看到的宇宙被切割根本就不是切割，那只是我们在三维下对空间的一种视觉错觉，其实这是由时间的数值达到顶点之后产生的混乱所致，这么理解对吗？”玛塔睁大眼睛看着探测员说。

“我认为是这样的，也就是说他们根本没有离开那片空间，只是被时间的作用力‘消化’了，在一个异常错乱的空间里。这个空间可能距离我们几十亿光年，也可能就在我们身边。”探测员抓住玛塔的手说道。

“那你认为这是人为的还是自然的现象？”玛塔问。

“如果是人为的话，那这个文明就比我们想象的更加可怕。我们一直以来对他们的判断都是错误的，他们根本就不会进行任何我们可以想象的物理打击，而只是进行时间打击。把宇宙时间的数值增加到一定程度，就足以让我们失去任何反抗的能力，待在一个错觉的空间里。”探测员脸色刷白地看着玛塔。

玛塔不再说话，她坐在椅子上，想起了雅各布在他们面前被切割之后远离而去的景象，那样的场景就像是在失去重力下的那种挣扎一样，但是却没有对于失去重力的那种恐惧感，是在完全未知的情况下被动进行的。而更可怕的是，造成这种现象的原因不是由于空间的改变，而是时间的错觉。

“这不是毁灭，而是一种终身监禁，永远待在没有尽头的时间监狱里，更绝望的是这里甚至没有死亡，你能理解这种痛苦吗？”探测员问玛塔。

玛塔仍然没有说话，她只是呆呆地看着远方，脸上失去了所有表情。许久之后，她才轻轻地问道：“你觉得我们生活在一个什么样的世界？”

“我们的世界？”探测员显然没明白玛塔的意思。

“假如我们也生活在这样一个时间的错觉里，你觉得这种可能存在吗？”玛塔看着探测员问。

“让我想想。”探测员挠了挠头，仔细思考着。

“如果雅各布他们是被这种时间打击干掉的，那么我们也可以，只不过我们现在感受不到时间打击带来的物理影响。”玛塔继续说道。

“你是说我们可能和他们一样？也被困在时间监狱里了？”探测员问玛塔。

“对，我是这么认为的，但是我们被困的这个监狱从时间上来说并不是固定在一个点上，而是一个时间段，比如十年、二十年、五十年或者几千几万年，所以我们无法感觉到。”玛塔站起来说道。

“这个我们怎么知道？玛塔，时间不能后退的。”探测员说。

“如果我的判断没错的话，我们一直沿着四维的时间轴前进，总会找到监狱的尽头。”玛塔说。

“那监狱的尽头有多远？”探测员问。

“这个不知道，但不会太远，因为时间监狱越大，里面孕育的文明发生技术爆炸的概率就越大，说不定哪天就会掌握时间打击的技术，那样，对于高级文明来说，就是一个巨大的威胁了。”玛塔拍着脑袋激动地说。

“玛塔，如果照你所说的话，监狱的两端就是时间的两端，一个是时间的最小数值，另一个就是时间的最大数值，一个是开始，一个是结束，我们只能在这之间生存，然后到结束的时候，时间重新开始？”探测员好奇地问。

“对，可以这么理解。”玛塔坚定地说。

“可是时间是只能向前的啊，除非重置。我们看到了雅各布他们没有被毁灭，而是被膨胀的空间带走了。”探测员不解地说。

“首尾相连！”玛塔非常严肃地说。

“一个圆圈？”探测员问道。

“也可能是一个四维的莫比乌斯环或者克莱因瓶，总之是无限循环的结构。”玛塔用一种非常肯定的语气说。

“那我们现在该怎么办？”探测员继续问。

“寻找到时间开始的那个点，也就是我们宇宙的时间最小值，或者说是困住我们的最小值，只有找到我们才有机会逃离这个监狱。”玛塔坐在座椅上叹了一口气说。

十、打开时空通道

阿克和克里西在十分钟之后以光速冲进了巨大的死亡空洞。一切都和阿克的预测一样，当他们睁开眼的时候，发现自己身处于一个陌生的三维世界。

“克里西，这里是几十亿年前的宇宙，地球还没有形成。”阿克平静地对身边的克里西说。

“我感觉还是三维的世界更容易让我心跳。”克里西不停地看着周围的世界，显然，他更喜欢这里。

“我的判断没有错，克里西，我们只需要知道如何把空洞的内部改造成最接近我们的要求就行了，现在这么看来，地狱也没有那么可怕是吗？”阿克笑着对克里西说道。

“我们这算是掌握了储存原子信息的技术了吗？”克里西不知什么时候拿起来一块彩虹卷，大口地吃了起来。

“当然算，我可以带你在三维和四维之间多走几次，就像过山车一样，很刺激。”阿克一把抢过了克里西手里的蛋糕吃了起来。

“阿克，你真伟大，如果我们没有离开地球，我一定让我姐姐嫁给你，她可以把任何地方都变成地狱。”克里西认真地说。

“你姐姐很可怕吗？”阿克问。

“她其实才是地狱的魔鬼，有一次她差点把她的丈夫喂了美洲豹，你知道她丈夫的那种绝望吗，哈哈。”克里西一边说一边哈哈大笑。

阿克也跟着哈哈大笑了起来，宇宙的秘密就在这不经意间被破解了。当然，秘密不止这一个，他们也不是唯一破解了秘密的人，在另外一个时间点里，尼克和他的十二勇士也打开了一个宇宙的彩蛋。

“让我们把分子分解成原子，然后把它们聚集在一起。”库西向科研组下达了命令。

“然后呢？”南妮问。

“降低原子的温度，这是储存它们信息的最好办法。”库西接着说。

“降低到多少度？”南妮接着问。

“地狱的温度，只有那里才能让原子不至于相互融合。”库西看着南妮笑了笑。

“你是说绝对零度？”南妮看了一眼尼克，尼克向她点了点头，示意按照库西的要求做。

“然后增加原子的数量，使这片区域都处在这种低温环境中，原子就会像个课堂上的孩子那样，安静地待在那里，不至于那么淘气了。”库西接着说。

“我想知道会发生什么。库西，你得告诉我，我怕我会受到惊吓。”南妮撇了撇嘴说。

“会出现创世者最初待的地方，然后我们就可以去那里了。”库西耸了耸肩，很轻松地样子。

“我们怎么去？”尼克问。

“用无线电的速度，只有这样我们才有机会在原子能的阻力下突破空间的极限。”库西坚定地说。

“光速？”南妮自言自语地说。

“理论上是这样的，如果不成功的话，那我们就留在这里，和企鹅们做伴，或是像海狮一样在冰冻的土地上打滚。”库西开玩笑道。

“好吧，我别无选择。”尼克冲着南妮点了点头，示意她开始试验。

在南极的天空下，无数的原子聚集在空中的一片区域中，温度开始直线下降，从地面看上去，就像是一块巨大的冰悬浮在空中一样，因为氢原子和氧原子也都变成了固体状态。

“不对啊，库西，怎么变成一堵墙了？”南妮惊叫着喊道。

“哦，对不起，我忘了，我们得到太空中去，这是在真空中才能做的实验。”库西伸出手向大家表示歉意。

“该死。”所有人都嘟囔着。

半个小时之后，在第四纪冰期的地球上空，一片绝对零度、密度被压缩到几乎极限的空间形成了，和时空大门的旋涡不同的是，这里呈现出的样子是波浪状，就像是一条温柔的小河，尼克看着库西，试探地问：“库西，你确定我们能过去？”

“我也不知道。”库西看了一眼尼克，严肃地回答着。

“该死，那要是过不去怎么办？”尼克吼道。

“我们再回来啊。”库西眨了眨眼睛，哈哈大笑了起来。

尼克把脸扭向一边，不再理会库西。他已经决定，如果飞船没有闯过这片该死的区域的话，他一定把库西送到非洲，和那里的智人生活在一起。

飞船在空中把速度提升到了光速，冲向了那片被他们称为创世者温床的区域。几乎没有任何感觉的时间之后，所有人都知道，他们成功了，因为他们已经身处在四维空间中了。

“尼克，我说得没错吧。”库西看着尼克微笑着说。

“算你走运。”尼克假装生气地给了库西一个拥抱。

“库西，我们这样就可以随意穿越三维和四维了吧，不用再考虑时空通道相互之间的引力了吧？”南妮笑着问。

“理论上是这样的，不过我不确定。”库西摊开双手表示自己的歉意。

“你真是个令人讨厌的家伙。”南妮也冲上来给了库西一个拥抱。紧接着，所有人都拥抱在了一起，喜极而泣。

几乎在尼克他们成功打破宇宙彩蛋的同时，玛塔他们的舰队也成功地打破了三维和四维之间暗藏的通道。

这是一个在未知时间点内出现的空洞，与阿克、库西他们需要自己进行降温不同，玛塔幸运得多。因为这个空洞内已经储存了大量死亡星体的原子物质，温度也因为星体死亡的时间太久，已经达到了绝对零度。更重要的是，这个演变的过程在四维空间下完美地展示在玛塔舰队的眼皮底下。

“如果以光速行进，我们就可以穿越这片区域的时间错觉，进入其他的空间。”玛塔肯定地对探测员说。

“是进入时间的起点吗？”探测员轻轻地问玛塔。

“有这个可能，但是我们还做不到自由地在时间点中切换，而且这是四维，不是三维。”玛塔说。

“也许吧，玛塔，让我们试试看。”探测员点了点头。

玛塔向舰队下达了以光速进入这片空洞区域的命令。

结果是一样的，他们回到了久违的三维空间。

“我们成功了，玛塔。”探测员一把抱住了玛塔，激动地落下了泪水，玛塔也已经泪流满面。

就像时间一样，除非杀死它，否则没有谁可以阻止人类一直向前探索的脚步。

第十章
文明的传承

一、第四纪冰期基地

“尼克，让我们进行一场时空旅行吧，我想看一看每个时间点的流行服装。”尼克的妻子雅路塔趴在尼克的肩膀上说。

“我也有这个想法。”南妮看着尼克微笑着说。

“你呢？该死的库西。”尼克看着库西，冲着他挥了挥拳头。

“我去哪里都行，因为我们已经没有去处了。”库西一边摆弄着自己的盆栽一边回答着尼克的问题。

“库西，你的样子真酷，我很喜欢。”南妮蹲在了库西的身边。

“你这算是向我示爱吗？”库西抬起头，严肃地问南妮。

“你怎么想都行，我可是个美丽的姑娘，很多人都说我和王后长得很像。”南妮站起来哼了一声走开了。

"库西，你娶了南妮吧，她可是个好姑娘。"雅路塔笑着对库西说。

"我们暂时还是先留在第四纪冰期时的地球吧，这是我们的伙伴唯一可以找到我们的地方。"库西认真地说。

"我们的伙伴？还有谁？"尼克惊讶地问道。

"除了我们之外，应该还有人逃出来了，知道这个时空通道的有阿克、恰克西和雅各布，如果他们没死的话，肯定会来找我们的，他们都是我们的同胞。"库西轻轻地说着，眼睛里含着泪花。

"嗯。"尼克点了点头，给了库西一个大大的拥抱。

留在第四纪冰期时的地球对于尼克和他的十二勇士是一个经过深思熟虑之后做出的决定。尼克根据库西的建议，在地球的大气层外部制造出了一个模拟空洞的环境，同时在南极洲的最高冰山上建立了一个悬浮的无线电发射器，不停地通过模拟虫洞向其他时间点的宇宙发送信号。而编译无线电的密码选择了玛雅土语，这是他们对幸存者们的召唤信号，能够翻译出这些无线电信号的人，一定是他们自己的人。

等待总是漫长的，甚至连库西和尼克都不确定杰玛是否还有幸存的人能够找到他们，不过尼克一直都记得国王告诉他的话：不要扔下任何一个同胞。

时光荏苒，一晃七年过去了。对于宇宙来说，七年就是一个刹那，但对于尼克他们来说，七年是一个漫长的时间。在这七年里，他们那儿的南极基地由原来的十几间房屋变成了一个村落，由原来加上家眷一共三十几人翻了一倍。但是，仍然没有等来任何人，甚至很多人都从内心放弃了，他们不认为在高级文明的打击下，还有其他杰玛人能够活下来。

“妈妈，我们的同胞也和我们一样吗？”南妮和库西的女儿，一个出生在第四纪冰期的小姑娘，总是在夜晚降临之后问着妈妈同样的问题。对于她来说，世界就是南极洲，而远方的朋友都是虚幻的、不真实的。每当这个时候，库西总会抱起女儿，耐心地告诉她：“乌雅，这里不是我们的家乡，我们的家乡是一个生机盎然、到处都是鲜花的地方，那里还有很多和你一样漂亮可爱的小朋友。”

“那他们什么时候来？我们已经等了很久了，难道要等到我长大吗？”乌雅眨着眼睛问。

“不会的，他们只是还没有收到我们寄出的信，收到之后他们一定会带着最美丽的花环和送给你的礼物来的。”

每当听到这里，乌雅都会和爸爸妈妈一起看着天空，希望能够看到奇迹。

就在尼克他们耐心等待的过程中，阿克和克里西对于白洞的研究也有了进展。在距离白洞大约4000万光年的距离，他们通过光谱和碳元素的分析，知道了那个白洞的质量和体积。对于已经见多识广的阿克和克里西来说，虽然这个庞然大物的质量和体积让他们感到震惊，但还是在可接受范围之内。阿克亲眼看到了无数的婴儿恒星，然后又在四维下看到了这些恒星形成的过程，虽然无法知道白洞究竟是怎么形成的，但是这一切都已经不重要了。这时候，他们才想起，该回家了，此时，距离他们离开杰玛，已经整整过去了八个地球年。

“阿克，你说我们会不会被当作英雄？”克里西问。

“想得美，别忘了，我们可是偷着跑出来的。”阿克撇了撇嘴说。

“你想你的妻子和女儿吗？”克里西突然收起笑脸问阿克。

“嗯。”阿克没有说话，只是轻轻地笑了笑。

八年了，阿克无时无刻不在挂念着妻儿，无数次在睡梦中他都会梦到女儿离他而去。那是在四维空间中，他伸手想拉住女儿的手，但是却怎么也够不着，因为女儿和他不在一个时间点上。每当这个时候，阿克就会从梦中醒来，泪流满面。现在，终于可以回家了。

飞船在三维和四维之间穿梭着，以最快的速度返回自己的时间点。

“阿克，我接收到了一组无线电信号。”克里西一边对信号进行着破译，一边对阿克说。

“来自哪里？”阿克觉得不可思议，这是在过去八个地球年中，他们第一次收到来自四维空间内的无线电信号。

“这个……阿克，你会震惊的。”克里西看着阿克，眼神里有一种不可思议。

“快说吧。”阿克摇了摇头，经过和这个世界的接触，阿克对任何东西都已经可以保持足够的冷静了。

“我接到了来自第四纪冰期的无线电信号，而且是用的我们玛雅的土语。”克里西冲着阿克挤了挤眼睛。

“我的天，雅各布还是恰克西？”阿克激动地问道。

“这个还不知道，他们只是告诉我们他们在那里。我简直太兴奋了，阿克你知道吗，这些年，我每天睁开眼睛看到的就是你，我都快吐了，我想以最快的速度见到除了你之外的任何人。”克里西激动地握着拳头说。

“克里西，我不如你，我已经吐了很多次了。”阿克微笑地看着克里西。

“我发誓，到了第四纪冰期时的地球之后，我一年都不会和你说一句话。”克里西挥了挥拳头。

“我甚至一辈子都不想理你，哈哈。”阿克大笑了起来，与此同时，飞船在四维下提高了速度，奔向第四纪冰期时的地球。

二、返回我们的世界

虽然一直都盼望着能有伙伴们接收到信息来到这里，但是当阿克和克里西突然出现在南极上空的时候，基地的所有人还是感到了惊讶。

“天哪，是阿克的飞船！”尼克他们都认得这艘飞船，这是第七次城市飞船的独有设计，阿克和克里西走的时候，尼克是送行的三个人之一。

几乎在地面上的人欢呼雀跃的同时，阿克和克里西也认出了地面上的尼克他们。两人激情地相拥在一起，仿佛一下找到了家的感觉，多少年了，他们两个未曾见过这么多人。

“阿克，我觉得我很紧张。”克里西吐了吐舌头。

“为什么紧张？你又不是结婚。”阿克一脸嫌弃地看着克里西。

“太多人了，我甚至都忘记了人多是一种什么感觉。”克里西用手捂着脸说。

“真是个让人无法琢磨的家伙。”阿克嘟囔了一句。此时飞船已经徐徐地降落在了基地背面的空地上。

基地的所有人，男女老幼全都跑了过来，对于他们来说，何尝不是阿克他们的感觉呢？多少年了，一种内心的渴望终于在这一刻实现了，他们真的不是孤独的，在茫茫宇宙中，还有他们的伙伴。

而在第四纪冰期出生的孩子们则躲在大人们的身后，一脸惊奇地看着突然造访的两个天外来客，对于他们来说，伙伴就是周围的人，而对面的这两个人更像是故事中的人物，那么虚幻，那么不真实。

“阿克、克里西，你们两个浑蛋，居然还活着。”尼克哭得稀里哗啦的，这个时候，即使再多的情感都无法表达。

“尼克，我爱你。”克里西冲过来抱住了尼克，两个成年人激动地跳跃着，呼喊着，就像是两个孩子久别重逢一样。

当天晚上，在基地，所有人聚在一起过了一个不是节日的节日。他们尽情地吃着美食，喝着美酒，唱着玛雅的歌曲，跳着玛雅的舞蹈，仿佛时光一下回到了过去。

不过当尼克他们向阿克和克里西诉说了他们走了之后发生的事之后，伤感立刻取代了欢乐的气氛。除了孩子们还处在欢乐的氛围中之外，其他人都低着头，开始小声地叹气，抽泣。那是一段谁都不愿意回忆的岁月，深埋在记忆的深处，每每提起，都会让人心头一颤。许久之后，阿克才轻轻地问：“我的妻子和孩子呢？他们也留在杰玛了吗？”

“阿克，这个……我们不知道。当时一片混乱，除了国王和王后之外，我不知道杰玛还有谁，抱歉。”尼克无奈地说。

“哦。”阿克静静地看着窗外，外面一片漆黑，为数不多的星星孤独地挂在空中，忽隐忽现，仿佛在用这种方式寻找着他们失去的那些邻居。

“也许他们还在杰玛，现在一切都还是未知。或许你的妻子还在等着你，孩子也已经大了，他一定会为他的爸爸感到骄傲的。”南妮走过来，给了阿克一个大大的拥抱以示安慰。

“尼克，未来打算怎么办？留在这里吗？”阿克轻声问。

“不知道，我们一直在等待朋友，这里至少是一个港湾。未来，我们还没有想过。”尼克认真地说。

“我们得离开这里，回到我们的时间点去，那里才属于我们。”阿克对所有人说。

“嗯。”尼克看了一眼所有人，确认阿克的提议大家都不反对之后，对着阿克点了点头。

“那再有其他伙伴们来了怎么办？”一直没怎么说话的库西轻轻地说。

“留下我们的信息，还有技术，他们会知道怎么联系我们。我们必须团结在一起，玛雅从来都没有分裂过。”阿克对库西说。

“阿克说得对，我们必须离开，这里不属于我们。我们还有家，杰玛、玛雅，那里才是我们的家。”尼克对阿克表示了极大的支持。

“卡妙他们去了我们时间点的英仙座那颗残留的行星上，如果没出意外的话，他们应该在那里。我们必须找到所有分散的伙伴。”南妮激动地说。

“还有雅各布，他们一定活着，我们曾经收到过他们的信号。”尼克对阿克说。

“他们在哪里？”克里西好奇地问。

“2000亿光年之外，哦，不，是我们时间点的一个不知道叫什么的地方……”尼克把发生在雅各布他们身上的奇怪的事告诉了尼克和克里西。

“看来他们在你姐姐家做客。”阿克回过头看了看克里西，笑着说。

“该死！”克里西挥了挥拳头。

“我们必须一步一步地寻找其他人。尼克、库西，你们准备一下，我们一起走，回到杰玛去。”阿克转过脸认真地对尼克和库西说。

“好，我们随时出发。”尼克和库西不约而同地说。

第二天早晨，两艘飞船从空地上起飞，离开了这个他们生活了很久的家。对于大人们来说，这是一次回家之旅，没有悲伤，没有留恋，但是对于那些出生在这里的孩子却不一样，这里就是他们的家，他们已经习惯了极昼、极夜、寒冷和这里的每一寸土地，离开对于他们来说更像是一场旅行。在飞船上，乌雅轻轻地靠在南妮的怀里，伤感地问：“妈妈，我们什么时候回家？我还没来得及和图利尔（乌雅给一只企鹅起的名字）它们告别，它们还在等待着我喂食。”

“等你长大了我们就会回来的。”南妮看着窗外，轻轻地叹了口气，对于女儿的这种感受，她理解。

三、被遗弃的城市

在飞回杰玛时间点的时候，每个人的心中都充满了忐忑。一方面他们不知道留在这里的人们是否还健在；另一方面，他们也不知道那些人能不能原谅他们当年那种疯狂的行为，虽然尼克的离开并不像雅各布他们那样主动。

“阿克，你不知道，当时真的很乱，雅各布和国王做出的都是他们可以想到的最好的决定，在这件事上，没有谁需要负责。”尼克看着有些落寞的阿克安慰道。

“我知道，在那种情况下，能做出选择已经是非常不错的了。”

阿克倒是很理解，他对着尼克笑了笑。

“其实雅各布也不错的，只是他还年轻，没有国王的那种老成。”尼克反而替雅各布说起了好话，一直以来，第七城市的人对于雅各布的看法并不好。

“嗯，我们都是玛雅人。”库西看着窗外轻轻地说。

没有人再说话，离杰玛越近，每个人的心情就越紧张，甚至有些人的身体都不由自主地颤抖着。欢喜还是悲伤，久别重逢还是生离死别，没人知道。

“我们要不要发射无线电信号？”尼克回过头问阿克，他想给大家一个心理准备。

“不用了，还是直接面对的好。”阿克微笑着对尼克坦然地说。

“嗯。”尼克也笑了笑，回过头，望着四维下的日月星辰，内心无以言表。

飞船上保持着沉默，没有人愿意说话，都在静静地等待着将要看到的一幕，不过当他们看到熟悉的时空大门的时候，还是一片唏嘘和激动。

“我们回家了！”

“孩子，那边就是我们的故乡——杰玛。”

“你的舅舅还在这里，你还有个表哥，他可以陪你一起跳舞。”

每个人都在用自己的方式向自己、向别人诉说着归来的喜悦。

当飞船穿越过时空大门的一刹那，所有的希望都在瞬间破碎了。因为在他们的面前，曾经灯火辉煌的杰玛城市此刻完全是一片黑暗，更让人失望的是，原来悬浮在空中的七座现代化的城市只剩下孤零零的一座，那是国王曾经居住的第七城市。

“哦，我们来晚了。”尼克轻轻地拍着阿克的肩膀安慰道。

“是啊，看样子是这样。”库西也摇了摇头，把乌雅和南妮揽在怀中。

“阿克……”克里西扭过脸看了看阿克，欲言又止。

“尼克，让我们回去看看吧，我觉得这并不像是受到了袭击，更像是主动的遗弃。”阿克的冷静超出了所有人的想象。他们这才开始仔细地观察，发现这里确实没有被袭击留下的痕迹，因为袭击者不会干掉六座城市之后还要保留一座。

两艘飞船轻轻地飞进了一片黑暗的第七城市，阿克说得没错，这里看上去更像是被遗弃而不是袭击，因为几乎所有的房子都完好地保存着。十几年的岁月并不能洗去这里曾经的繁华，甚至连城市中央悬挂的玛雅图腾的旗子都完好地保存着，而走进城市空置的房子中，很多的食物仍然在桌子上没有被拿走，一些洗过的衣服也仍然挂在衣架上等待着它的主人来收取。

“尼克，你能想象这里发生了什么吗？”阿克一边走一边问尼克。

“我不知道，阿克，你说发生了什么？”尼克看着阿克反问道。

“应该是突然地离去，而不是准备已久的，也许就像是雅各布他们离开一样仓促。”阿克用眼睛扫着城市的一切，边走边说。

“突然离去？一定是遇到了什么可怕的事。”尼克也边看边说。

“我们去一个地方看看，那里也许有我们想知道的答案。”阿克看了看尼克，又看了看克里西。

“国王的实验室！”克里西和尼克几乎同时喊了出来。确实，那里是一个除了安路玛部落的人之外，其他人都不知道的地方。

三人跑到实验室所在的大楼外，早已失去电力的大楼显得有些落魄。克里西走到一面镜子前，用手拭去上面的尘土，转过身对阿克和尼克说 ："应该还可以用，我去拿发电机。"说完就朝外跑去。

只过了一会儿，克里西就带着一台发电机跑了回来。这面镜子是一个电子识别系统，除了实验室工作人员之外，其他人无法进入。

果然，在通电之后，镜子后面的电梯启动了，虽然因为年代久远无人维护，电梯的声音有些古怪，但是却丝毫没有影响它的功能。三人相互看了看，走进了电梯。

与城市的杂乱不同，实验室里被收拾得整整齐齐，甚至连放在窗台上的几盆花都仍然在自动浇水器的照顾下鲜艳无比地活着，桌子上的表也仍然按照地球的时间行走着，一切看上去都像是这里的主人去吃午饭了一样。

"阿克，你看。"尼克走到了卡妙曾经的办公室，在桌子上，放着一个非常原始的录音机，里面有一盘无线磁带。

阿克冲着尼克点了点头，尼克按下了录音机的按钮。

"是国王的声音！"克里西激动地说。

"孩子们，阿克、尼克、克里西、卡妙……还有很多漂泊在外的玛雅勇士们，我知道你们总有一天会回到这里的，但是我们已经不能留在这儿了。当然不是因为我们遇到了什么可怕的事，而是这是每个人的意愿。这个世界比我们想象的可怕，但也有它可爱的地方。对于未知事物的兴趣，使我们做出这样的决定，请原谅我们的不辞而别。哦，不，是暂时分别。我觉得我们一定会再见面的，我没有忘记父亲去世时对我说过的话，那就是无论发生什么，玛雅的血脉都要保存下去。我做到了，因为有你们，我一生最骄傲的时候不是当国王的那些日子，而是和你们在一起的每一天。我爱你们。

“做个游牧于宇宙的人一定是一件有趣的事，保护好我们的家园、我们的宇宙和我们的世界。这里就当作一个纪念馆、一个宇宙中的灯塔、一个图腾吧。我们在杰玛星系的外部设置了莫比乌斯环，除了那些让人恶心的恶意文明之外，没有哪个善意文明的人会破坏这里。在城市上空的墙壁上，我们留下了走出这里的方法和银河系的地图，让每个善良的人都能够在爱的世界里活着。再见，我的孩子们，以神的名义。”

录音停止了，三人却早已泪流满面。爱，总是最好的一剂良药，给予心灵最好的慰藉。

四、为家驻守

“我们走吧。”阿克拭去了眼泪对尼克和克里西说。

“去哪里？”两人问道。

“去英仙座，卡妙在那里，或许他们愿意一起去寻找一个港湾。”阿克扭过头，上了电梯，这里，已经没有什么值得留恋的东西了。

飞船带着有些不舍离开了杰玛，这座他们生活了十几年的地方留下的记忆并不好。比起地球的温馨和惬意，这里的生活和它的外表一样，更像是一台严密的机器，没有那种随意的轻松和缺憾的壮美。但是这里也是家，一个让他们感到舒适的地方，如果非要选择的话，留在这里度过一生，也未尝不是一个美好的选择。不过生活就是这样，在安逸中永远都不会找到心灵的归宿。

英仙座对于现在的技术来说早已不是什么遥不可及的地方了，

几十天之后，当他们到达了这个曾经被他们毁灭的星系的时候，被感动了。

在原来被摧毁的三颗行星的轨道上，几颗巨大的人造星体正在环绕着恒星公转，而在那颗残留的行星上，大气已经恢复了原来的样子，甚至比原来更美。每个人都对以前的所作所为感到羞愧的同时，也不由自主地发出了赞叹。

“是卡妙，这个家伙总是喜欢做一些让人感到惊讶的事。”尼克轻轻地擦拭着眼泪。

“我原来就非常看好卡妙，你知道吗，有的时候，我简直把他当成是神。”克里西一边吃着蛋糕，一边不停地说着。

“乌雅，这是卡妙舅舅的家，他可是个勇敢的人。”库西搂着乌雅告诉着她关于卡妙的秘密。

“哦，卡妙来迎接我们了。”南妮扭过头开心地对所有人说。就在刚才，飞船收到了来自这颗行星的无线电信号，是玛雅的问候语。

“回复他，我们要登陆。”阿克也有些激动，卡妙在他眼里，更像是一位受人尊敬的兄长，聪明冷静，务实能干。

“卡妙，我们是阿克和尼克，请求登陆。”南妮开心地进行了无线电回复。

很快，卡妙发出了登陆指示，飞船沿着既定的轨道进入了这颗被修缮的行星的大气层。

“这里简直就是一个天堂！”所有人虽然无数次想象了这里的样子，但是当亲眼看到的一刹那，还是被眼前的景色惊呆了。

悬浮在空中的楼宇，茂密的巨大森林，浩瀚的人造海洋，严密的工业基地，甚至还有通过改造基因造出的各种生物圈养园。当然，还有熟悉的卡妙和所有的人。

飞船降落之后，尼克抑制不住内心的欢喜，冲过去对着卡妙来了一个大大的拥抱，然后居然像个小孩子一样嘤嘤地哭了起来。卡妙一边拍着他的肩膀一边笑着说道："不要哭了，尼克，会被孩子们笑话的。"

可是卡妙越是安慰，尼克就哭得越凶，到了最后居然变成了号啕大哭。所有人都只能看着，等待着尼克释放完自己的情绪，他们也同样泪眼婆娑。

终于，尼克的哭声渐渐停止了，他看了看卡妙身后的人，有一些是安路玛部落的人，他们是跟随着卡妙的十二个勇士。还有一些人则是新出生在这里的孩子，此刻他们已经长成了少年。

"卡妙，我想死你了。"尼克又紧紧地抱住了卡妙。

"哈哈。"卡妙身后的孩子和尼克身后的孩子们都开心地笑了起来，他们并不知道尼克为什么哭得这么惊天动地，只知道他的样子有些滑稽。

"我知道总有一天会有人来的。"卡妙对所有人说。

"你简直就是个创世者，这里居然被你改造成了这个样子，我想不到。"阿克看着卡妙笑了笑，走上前，也来了一个拥抱。

"把地狱变成天堂，其实并不是什么难事，就像把天堂变成地狱一样。"卡妙笑了笑说。

"你们一直都在这里吗？"阿克好奇地问。

"是的，从未离开过一天。"卡妙坚定地说。

"哦，太好了，请接受我对你的敬意。"阿克把手放在了胸前，向卡妙致敬，其他人也都如此。确实，卡妙配得上每个人的敬意。

“唉，我们都配不上什么敬意，这里本来就是一个天堂，可惜被我们的无知毁掉了，我们做的只不过是恢复了原来的样子而已。快进来吧，我们要庆祝一下。”卡妙轻轻地叹了口气说，示意所有人到他们居住的城市里去。

和在第四纪冰期时的地球的庆祝一样，这里的庆祝同样让人难忘，每个人都尽情地释放着自己的情感，少年们聚在一起谈论着彼此的一切，就像是来自地球玛雅不同部落的人一样，对对方的一切感到惊讶和好奇。

“有没有回过杰玛和地球？他们……还好吗？”卡妙问阿克。

“杰玛回去了，但是他们不在了……”阿克把在四维中遇到的一切一直到返回杰玛的事情全都告诉了卡妙。

“哦，还算是不错的结局。”卡妙长吁了一口气。

“卡妙，未来你们打算怎么样？”阿克问。

“未来？当然是留在这里。”卡妙不假思索地回答。

“可是这里不是我们的家园，我们的宇宙并没有解除警报。”阿克说。

“哪里都是一样，在这里，我们可以踏实一点，还有，我们留在这里也不完全因为这里安逸，而是因为我们需要为以后到达这里的文明指明一条道路，也算是对我们曾经犯下的错误的一种赎罪吧。”卡妙喝了一口酒轻轻地说。

“什么道路？”阿克有些摸不着头脑。

“托马斯星人说过的宇宙平衡法则，这不但符合我们的利益，而且也符合高级文明的利益，只有这样，我们的后代才能真正地生存下去。”卡妙慢慢地说着。

“你说得对，卡妙。”阿克端起酒杯和卡妙碰了碰杯说。

“你们呢，有什么打算？”卡妙问。

“我们打算去游牧，不单是在我们的宇宙，还会到其他时间点去，希望能够保持整个宇宙网的平衡，也是为了保存我们的血脉。”阿克也非常坚定地说。

“嗯，阿克，你比我想得更多，我代表国王谢谢你。”卡妙端起酒杯一饮而尽。

“也是赎罪吧，为我们曾经的无知。”阿克也一饮而尽。

“打算回地球看看吗？”卡妙问。

“地球？不，我们已经属于过去时了，不会去干扰那里的发展，一切都是无法改变的。”阿克微笑着说。

“哈哈，对，一切都是注定的，无法改变。”卡妙搂住了阿克的脖子大笑着说。

这一天，所有的人都醉得一塌糊涂，没有人愿意去吃醒酒药，因为醉的感觉，会让人想到家的味道。

五、内心的孤独

玛塔静静地看着久违了的三维世界，一切都是那么熟悉，就像是一场梦一样，许久之后，她才缓过神来。

“我们自由了？”她含着眼泪看着探测员，但丝毫掩盖不住内心的激动。

“是的，玛塔小姐，我们自由了。”探测员也看着玛塔，同样热泪盈眶。

“我们回到我们的世界去吧，那里更需要我们。”玛塔坐在了座椅上，她需要让自己冷静下来。

“为什么要回去？那里只能让我们失望。”探测员显然对于未知的世界更感兴趣。

“我也不知道，或许这是神的旨意。”玛塔闭上了眼睛，想起了曾经在地球上的日子。

玛塔来自一个比较偏僻的部落，那里远离玛雅王国的中心。和其他物产丰富的部落相比，那里可以利用的资源简直可以用贫瘠来形容，森林里的野兔就像钻石一样稀少，山鸡的数量甚至比人还少，至于鹿，用玛塔的话说就是，她第一见到鹿还是在到了杰玛之后从画报上看到的。唯一可以算比较多的就是一条叫作“神河”的河里的鱼，但是神河的脾气就像它的名字一样，总给人一种不可亵渎的感觉，不知什么时候，它就会毫无征兆地泛滥一次，很多寨子里的人都是在捕鱼的时候淹死的，这其中包括玛塔的爸爸和叔叔。所以很小的时候，玛塔的妈妈就不允许她接近神河。有时候看着伙伴们结伴到神河中洗澡、捕鱼，玛塔总是站在远远的地方看着，对于她来说，那里是禁区，她不想让妈妈为此难过。

但是随着年龄的增长，玛塔对于神河的恐惧也在逐渐变淡，而且伙伴们在神河里度过了好多年都安然无恙，玛塔也动心了。最终，她和几个好伙伴一起，褪去了衣裳，进入神河中进行了人生第一次河中沐浴。

清凉且略带甜味儿的神河水让玛塔感到从未有过的舒适，她泡在河里，久久不愿意上岸，看来，妈妈的话也不见得都是对的。玛塔和伙伴们尽情地在河里摸着鱼虾，嬉戏着，丝毫没有觉察到神河积蓄已久的脾气正在悄然爆发。

当伙伴们听到神河上游的巨大声响后，一切都来不及了。倾巢而下的神河水瞬间淹没了几乎整个河堤，玛塔和她的伙伴们甚至没来得及喊出来就被无情的神河水冲走了。

玛塔醒来的时候发现自己已经躺在了一片温暖的草地上，她努力地睁开眼睛，想看到妈妈，可是没有。她只看到一个身影在她的身边轻轻地抚摸着她的脸庞，冲着她微笑，紧接着，玛塔就又晕了过去。当玛塔再次醒来的时候，已经是三天之后了。妈妈看到玛塔醒过来后，立刻哭了起来。后来玛塔才知道，除了她之外，其他的伙伴都不见了。玛塔扑在妈妈的怀里放声大哭，那一刻，她感到世界抛弃了她。

后来，玛塔再没有去过神河边，因为那是一种刻骨铭心的恐惧，但是在她的内心深处，对于那个轻轻抚摸着她脸庞的身影，却感到记忆犹新。她后来问过妈妈，但是妈妈却告诉她，那天神河发了大水之后，玛塔被冲到了下游的岸边，根本没有谁救过她，最后是寨子里的人等待神河的大水退去之后划着船在下游发现她的。

对于妈妈的说法，玛塔将信将疑，但是她清晰地记得，一定有一个人救了她。再后来，玛塔到了临近的寨子才听说了关于卡依察的传说，从那时候起，她就认为，是神一直在冥冥之中保佑着她，这世间的一切，都是神的旨意。

“遵循内心的选择！”这是王国大祭司说过的话，玛塔深信不疑。所以一直以来，她都努力遵循着自己的内心，这是神的旨意，不能违背。

“回去吧，那里有我们的伙伴，我们不能抛下他们。”玛塔微微地笑了笑，对探测员说。

“可是……那里并不安全。”探测员还是不甘心地劝说着玛塔。

“如果我们扔下伙伴，内心会永远背负着痛苦，那种痛苦就像是在地狱中无休止的煎熬一样。”玛塔说。

“好吧，那我们返回吧。但是玛塔，你能告诉我，我们这么做的目的除了帮助我们的伙伴之外，还有其他的目的吗？”探测员问。

“心灵的安慰。”玛塔轻轻地说完就靠在了椅子上。

舰队重新进入了四维空间，朝着杰玛城市的时间点奔去，毫不犹豫。

和阿克他们不同的是，返回了杰玛的玛塔舰队发现了被遗弃的杰玛城市后，并没有做过多的逗留，而是直接奔向了地球。在他们逃离的时候，恰克西返回了地球，现在，找到恰克西，或许是玛塔舰队唯一的选择。

地球上的玛雅王国的领地上，已经有了新的主人，比起玛雅人，他们似乎更适合这片土地，那条喜怒无常的神河已经被改造成了一条乖乖的小溪，温柔地浇灌着两边的庄稼。探测员回过头看了看玛塔问道：“我们还要不要留在这儿？”

“不了，我们离开吧，到宇宙中去寻找恰克西他们。”玛塔平静地回答。

“你确定他们离开了？”探测员问。

“嗯，恰克西一定离开了，他比我们更知道该做什么。”玛塔看了一眼探测员，坚定地说。

“我们要流浪吗？”探测员接着问。

“在找到一处可以让我们心灵得到慰藉的地方之前，我们只能在宇宙中流浪。”玛塔流着泪说。

“对不起，玛塔，让你伤心了。”探测员安慰着玛塔。

“不，我没有伤心，只是觉得孤独，从没有过的孤独。”玛塔用双手捂住眼睛。这个世界色彩斑斓，她却感觉不到一丝的快乐，这就是孤独，来自内心深处，无法逃避也无法向谁倾诉。

六、心的港湾

玛塔他们是在距离地球1000万光年的MT22星系的悬臂上找到恰克西的。其实能够找到恰克西完全是意外，在离开银河系之后，他们在太空深处探测到一个流浪星系，这个星系中拥有一个比地球略大的宜居星球，而且更重要的是，这个星系的恒星居然是一颗永恒星，于是他们立刻前往。如果那里没有高级文明的话，他们准备把那里当作一个暂居地。

但是当他们到了这个星系之后，他们才发现，这颗行星虽然处于宜居地带，但是它的磁场却完全不同于地球，而且和月球一样，它的一面永远都背对着恒星。同时在这颗行星上发现的生物也并不是碳基生物，而是一种靠分解气体中的氧原子存活的低等生命。所以这里只能作为一个临时的基地，而不能成为家园。

比起若干年前探索宇宙时的那种小心翼翼，如今的玛塔舰队已经掌握了在三维和四维之间穿越的方法，一旦遭到袭击，他们就会立刻通过降温空洞把自己转移到四维，这就避免了战争的爆发。玛塔在和其他几位舰长商量之后，选择了前往距离这个流浪星系不远处的MT22星系。这是一个和银河系大小相差无几的大家伙，不过和银河系几十亿年的年龄相比，它还很年轻。因为这个星系是在宇宙被切割之后向外膨胀才形成的，拥有高级文明的可能性并不是很大，但是寻找到宜居星球还是很有可能的。

不过非常意外的是，在他们刚刚进入 MT22 星系的时候，就捕获到了飞船行进之后留下的氢气痕迹。于是，他们开始追踪这个痕迹，终于在三个小时之后，他们看到了一个熟悉无比的身影——恰克西的战舰。而此时，还没有发生技术爆炸的恰克西他们已经在茫茫的宇宙中航行了十几个年头了。

当玛塔向恰克西的战舰发送了无线电之后，他们看到，恰克西战舰的灯发出了十次长时间的闪烁，这是当时在杰玛星球上制定的信号，意思是极度兴奋。玛塔和恰克西就像是两个常年在外的游子在异国他乡见面一样激动，当恰克西登上玛塔的战舰之后，这种激动达到了高潮。

“玛塔，我们以为我们将永远在宇宙中孤独下去了。”恰克西难以掩饰自己的情绪，哭了出来。

“我们也是，恰克西。”玛塔也流下了眼泪。

“我们以为大家都已经不在了，真没想到……”恰克西哽咽得几乎说不出话。

“别说了，恰克西，我们永远都不会再分开了。”玛塔给了恰克西一个大大的拥抱。

“雅各布他们呢？”恰克西一边擦着眼泪一边问。

“他们……对不起，恰克西，他们不在了，我们的宇宙被切割了。”玛塔悲伤地说道。

“切割？”恰克西无法想象这是一种什么样的概念，但是从玛塔的表情上来看，他判断这绝对不是一件好事。

“我们也无法判断究竟发生了什么。”玛塔把那天遇到的事原原本本地告诉了恰克西。

“希望神可以护佑他们。”恰克西闭上了眼睛，任由眼泪流淌着。

“对，雅各布是个好人，神一定会护佑他们的。”曲瓦塔在一旁也安慰着恰克西。

当天晚上，两个舰队上的所有人在太空中为雅各布以及所有已经死去的玛雅人举行了一场传统的玛雅葬礼，他们希望用这种方式来永远铭记那些一直以来都和他们在一起的伙伴。许久之后，人们才从这种情绪中缓解过来，开始憧憬未来，毕竟活着的人还需要前进。

“我们得寻找一个宜居星球，玛雅的血脉必须传承下去。”玛塔轻轻地对恰克西说。

“嗯，我们也是这么想的，只是一直都没有找到，我们甚至都已经放弃了，打算一直流浪下去。”曲瓦塔无奈地说。

“这个不用担心，除了在我们的时间点外，还有其他时间点可以寻找。宇宙，不，宇宙网大大超乎了我们的想象，我们只需要保持耐心。”玛塔拉着曲瓦塔的手说。

“嗯。”曲瓦塔看了看身旁的恰克西，坚定地点了点头。

飞船仍然在茫茫的宇宙中漫无目的地寻找着，不过比起之前的颓废，无论是玛塔还是恰克西，都已经重新树立了信心。他们不再感到孤独，因为彼此就是对方力量的源泉；他们不会感到困惑，因为彼此可以找到心灵的慰藉；他们也不会感到无助，因为每一个人都比以往任何时候更坚定。这是人类在漫长的演化过程中，逐渐激发出的一种本能，无论在什么时候，只要不失去灵魂，那么无论是什么问题，都是可以解决的。

恰克西曾经说过，他愿意把自己的灵魂交给神，玛塔也说过，一切都是神的旨意。为此，他们付出了难以想象的代价。这种代价对于他们来说或许是心甘情愿的，但是在经过无数的磨难之后，现在他们才发现，主宰这个世界一切的其实并不是自己心中觊觎的那种虚幻的东西，而是自己，因为只有自己才能掌握自己的命运。

虽然前方并没有一个明确的目的地，但是他们的内心，却已经有了一处栖息的港湾，那是一个可以让心灵得到洗礼的地方。

七、遇到地球人

“真的打算走吗？”卡妙看着尼克和阿克，平静地问着他们。

“嗯，我们必须走，为了国王，也为了我们自己。”阿克也非常平静地对卡妙说。

“我尊重你们的选择，希望你们一路安全。另外你们记住，这里永远都是你们的家。”卡妙微笑着点了点头，给了两人一个大大的拥抱。

“放心吧，卡妙。”尼克哭了，用阿克的话说，现在的他变得比女人还要脆弱。

重新整合了的舰队从卡妙的基地起航，再次奔向了四维空间，这次，他们要去的时间点，是 1000 年后的宇宙，他们需要看看那里会发生什么事情。

“阿克，你说我们能不能找到未来的那个我们？”尼克好奇地问。

“你想多了，尼克，我可活不了1000年，再说了，找到了又怎么样，那个你根本就不认识你，也许那个时间点的我们根本就没有离开地球，现在还在祭祀呢。”阿克拍了尼克一下，笑着说。

“我忘了，我总认为我们去的是自己的未来。”尼克也拍了拍自己的脑袋。

“其实我也不知道其他时间点会和我们有多大的区别，这是一个非常抽象的问题。”阿克摇了摇头说。

“也许那里根本就没有玛雅这个王国……也或者在那里你是个女人。哦，我的天哪，阿克，我觉得我简直是一个天才，你说我能不能成为一名抽象派的画家？”尼克开心地看着阿克。

“这点你说得对，一切都有可能，所以我们必须保持专注。”阿克耸了耸肩说。

当飞船进入了1000年后的时间点之后，阿克他们发现，卡妙他们生活的星球仍然在那里，一切都和他们的世界没有区别。

“看来卡妙在哪个世界都是一样的。”尼克笑着对阿克说。

“我们要不要返回地球，看一看1000年之后的地球，那里有没有人知道玛雅这个伟大的民族？”克里西趴在阿克身后说。

“别着急，我们当然要去，不过我们得慢点走，看一看这里究竟发生了什么。”阿克微笑着说完，就下令把飞船的速度下降到第三宇宙速度。

飞船以这种非常“慢”的速度朝着太阳系飞去，一路上，除了一些新诞生的星体之外，看上去一切都和他们的宇宙没有太大的区别。不过就在他们距离太阳系还有十几光年的时候，他们却发现了在他们的前方，一个巨大的舰队正朝着他们的方向飞来。

"阿克，前面有高级文明的舰队。"探测员发出了警告。

"进入四维。"阿克下达了命令，他们必须这么做，因为这里不属于他们。

"这一定是哪个最新诞生的文明。"南妮说道。

"你怎么知道？"克里西好奇地问。

"他们的速度像一只蜗牛，简直慢得要死。"南妮摊开双手表示对这种速度很无奈。

"发射无线电信号，询问他们的去向。"阿克再次下达了命令。

很快，阿克他们就收到了对方的无线电回复，而回复的内容则让他们大吃一惊："我们是来自地球的高级文明，要到猎户座的天狼星去，恩美雅人需要我们的帮助，那里是我们宇宙的轴心，你们来自哪里？"

"又是恩美雅人，这些可恶的家伙，他们居然还不放过地球。"尼克狠狠地捶了一下椅子。

"看来，恩美雅人比我们想象的要顽固得多，而且他们一直都没有放弃逃出那个困扰着他们的磁力轨道。"阿克一边摇着头一边说。

"我们该怎么办？"尼克回过头问阿克。

"只向他们问好就可以，这是他们宇宙的事，与我们无关，先不要阻止他们的前进，我们不能破坏其他宇宙的事，而且一切都改变不了。"阿克轻轻地说着。

"可是，时间点也需要平衡啊，万一他们引起了四维文明的暴怒，说不定我们的世界也会受到牵连的。"尼克有些着急。

"不会的，我们暂时还不能管这件事，跟上他们，看看究竟会发生什么。"阿克对舰队下达了命令，以隐身状态重新进入三维，跟踪着这艘慢得像蜗牛一样的舰队。

“1000 年后的地球人居然已经研究出了飞船，不知道他们是不是也接受了恩美雅人的信息输入。”南妮自言自语地说。

“你们还是无法适应不同时间点的不同，这里和我们没有任何关系，即使有，也是我们现在无法发现的。或许他们和我们一样，都是受到了恩美雅人的欺骗，也可能是他们自己研发出的宇宙飞船。”阿克慢慢地对南妮和所有人说。

“如果是自主研发的，那他们真的比我们有潜力，我们那时候只知道打猎。”尼克不由得发出了赞叹声。

“是的，如果真的是这样的话，那么他们更伟大，看来恩美雅人选择地球作为他们的合作者是经过深思熟虑的，不是随机的。”库西在一旁说道。

“他们好像不理我们了。”南妮发送完了问好的信号之后，并没有等来回复。

“看来这是一帮小气的地球人，而且还很腼腆呢。”克里西一边吃着蛋糕一边说。

“也可能是对未知事物的恐惧，和我们当初一样。”阿克笑了笑。

“我也这么认为，当遇到未知的文明时，保持沉默是最好的处理方法。在这点上，他们比我们聪明得多。”库西又说了一句。

“尼克，你现在带一艘探测舰跟踪他们，记住，不要阻止他们前进，但是如果他们要打破那个磁力轨道的话，那么就想尽一切办法阻止。恩美雅人不能出来，否则四维的所有时间点都会受到牵连。”阿克突然说道。

“你怎么变得这么快？刚才不是还……”尼克不可思议地看着

阿克。

“我改变主意了，就这么简单。”阿克耸了耸肩撇着嘴说。

“好吧，你总是这么让人捉摸不透，那你们去哪里？”尼克问。

“地球，我们要到那里去，如果有可能的话，我们会把一切告诉那里的人。”阿克看了库西一眼，对尼克说。

“好吧，记得代我向他们问好。”尼克朝着探测舰走去。

八、地球新主人

虽然已经不是第一次到达不同时间点的地球了，但是当阿克的飞船从三维下到达的时候，每个人都仍然激动万分，特别是当他们收到欢迎的信号之后。

这是一个和他们的想象有些不同的地球，比起他们的时间点，这里的人似乎更好客，以至于飞船上的很多人都产生了他们是不是回家了的这种感觉？

阿克的飞船是在位于南半球的澳大利亚登陆的，早已等候在此的地球文明看上去并没有和他们想象中的有什么不同，阿克甚至惊讶地说这里的女人比他们时间点的女人更漂亮，当然他这句话引起了飞船上所有女性的集体反对。

“我们……该怎么向你们说明呢？”阿克看着接待他们的这个时间点的地球领导者，想了很久仍然找不到一个合适的词来介绍自己。

“这里曾经的主人，对吗？”对面的女人显得非常从容，也很自信，话语间有一种非常亲切的自然感。

“不不，只是在这里生活过的人，不是曾经，我们是来自完全不同的地方。”阿克显然有些紧张。

“不管怎么样，我们都是地球人，对吧？”女人的微笑让人心醉。

“哦，是的，是的。”阿克努力消除着自己的紧张。

“我叫刘婕，是现在这个时间点地球的总督，我代表这个时间点这个星球的所有生灵向你们问好。”刘婕非常热情地打着招呼。

“我叫阿克，来自我们时间点的玛雅，我不知道你们这里是否存在过这个民族。”阿克轻轻地问刘婕。

“哇，玛雅人，你们简直太棒了，我们这里现在还有你们的遗址，只不过我们一直都不知道你们去了哪里，为什么会突然离开。”刘婕显得有些激动。

“这个不太容易叙述，毕竟我们不是一个时间点的人，我并不知道你们这里的玛雅人为什么离开，但是我们是因为……”阿克笑着对刘婕开始了解释。

长达几个小时的叙述里并没有不能理解的事，因为和玛雅时代比起来，现代人所掌握的科技已经到达了一个很高的水平，特别是当阿克知道了这个地球文明已经可以进入了四维空间之后，更是感到惊叹。但是当刘婕告诉他，来自地球的第一支舰队即将到达天狼星的时候，阿克差点晕过去。

“不，不能把恩美雅人从磁力轨道中放出来，他们会给你们还有整个宇宙带来灾难的。”阿克激动地说。

“可是他们的目的是要抵抗高级文明，使这个宇宙不会受到入侵啊。”并不知道真相的刘婕睁大了眼睛，显得非常不可思议。

“他们在欺骗。”阿克有些无奈地说。

“欺骗？先生，我们……抱歉，我们不知道这是怎么回事，我们也怀疑过，但这是一个无法判断的事，对吗？”刘婕有些不太相信。

阿克开始对刘婕讲述关于恩美雅和玛雅的事，以及关于宇宙的生存法则。当他讲完之后，刘婕和在座的所有地球人都已经满头大汗了。

“天哪，如果真是这样，那我们岂不是也会受到四维文明的打击？”刘婕更加不可思议了。

“看来莫里斯说得对，只要我们不参与到维度战争中，我们就不会受到攻击。”

“恩美雅人是彻头彻尾的骗子。”

“我们不能让他们得逞。”

几乎在场的所有人都发出了这样的愤慨。

“阿克先生，现在还不算最糟糕的吧？”刘婕还是率先冷静了下来，她轻轻地问阿克。

“这个我不知道，我们必须阻止这个舰队到达天狼星。”阿克站了起来，颤抖着说。

“怎么阻止？我们甚至不知道他们在哪儿？而且，我们的速度无法追上他们。”刘婕非常无奈地说。

“这个我们可以办到，如果现在他们没有打开那个磁力轨道的话，只需要三天我们就可以赶到那里，可是如果打开了，那事情就麻烦了。”阿克摇了摇头。

“没有一点挽救的余地吗？”有人问阿克。

“抱歉，这是我们未知的领域，甚至我们都不知道四维文明的打击来自哪里，没有人见过他们……”阿克几乎绝望地看着刘婕说。

“先生，那就请你尽快……你们能帮助我们和这个宇宙吗？”刘婕向阿克发出了请求。

“克里西，立刻带上舰队去天狼星，记住，无论发生什么，都要想尽一切办法阻止恩美雅人被放出来。还有如果遇到反抗，那么请你顾全大局。”阿克转过身对克里西说。

“你是说……”克里西看了一眼刘婕又看了阿克，似乎明白了他的意思。

“你必须做出最好的选择。”阿克对克里西说。

“如果你的做法可以挽救我们犯下的错误的话，我接受。不过我希望我们的那些勇士可以全身而退。”刘婕看着克里西严肃地说。

“对不起，女士，我们别无选择。”阿克看着刘婕，一脸的歉意。

刘婕只是对着阿克笑了笑，然后看着远方，她的眼神里有一种迷茫，过了许久之后，她才轻轻地问阿克：“先生，如果宇宙按照您所说的回到奇点的话，会发生什么可怕的事？”

“也许一切都结束了，也许是一次重生。”阿克看着刘婕说。

“这是一样的结果吧。”刘婕微微地笑了一下。

“是的，结束意味着重新开始，开始也意味着总会有结束的那天。”阿克轻轻地回答着刘婕，他的眼睛也看向了远方。

九、悲伤的告别

克里西几乎是用最快的速度赶往了天狼星，不过还是晚了。在天狼星的外部，那条一直存在的磁力轨道已经被打破，正在努力地进行着自我修复。而在轨道的内外，无数艘来自不同世界的飞船残骸似乎在向新的到访者诉说着这里发生的一切。

“数据显示，这里最近的一次战争来自20个小时之前，目前没有检测到任何的碳基生物存活的信号。”战舰实验分析的探测员扭过头对克里西说。

“20个小时之前……”克里西茫然地看着眼前的一切，自言自语道。

“接下来我们该怎么办？返回地球还是返回我们的世界？”探测员问克里西。

“我们得返回地球，告诉阿克，这里已经处于危机状态了，我们必须离开。”克里西很快下定了决心，他下令即刻返回地球。

从阿克的角度来说，他的选择没有错误，毕竟事情已经到了无法挽回的地步，尽快决定接下来要做的事才是最重要的。可是当克里西到达地球把一切告诉阿克之后，阿克却犹豫了。

“阿克，你说过的，一切都是注定的，这里和我们无关。”克里西焦急地说着。

“我知道，可是这里是地球，他们没有能力抵抗和逃跑。”阿克看着克里西说。

“我当然知道他们做不到，可是每个宇宙的发展都是设定好的，我们不能改变将要发生的事，这不符合时间规律，我们也无能为力！”克里西几乎快哭了。

“可是，克里西，我们……是地球人。”阿克显得非常固执。

“可是我们和这里没有关系，就算是为了地球，也不是这里的地球，我们有自己的地球。你说过的，不能改变各个时间点的世界。”克里西几乎是歇斯底里地冲着阿克喊道。

“克里西，我们不能就这么离开，这不是我们的初衷，我们必须帮助他们！”阿克说。

“阿克，你不能这样，我们根本无法战胜四维文明，他们比我们想象的还要恐怖。”克里西几乎绝望了。

“克里西说得对，阿克，我们必须离开，如果每个时间点都像这里一样，难道我们都要去拯救吗？”一向稳重的库西也不太同意阿克的做法。

阿克不再说话，他把头扭向一边，望着窗外。此时，正是傍晚，太阳的余晖还没有散去，夕阳下，这个星球的美丽尽收眼底。对于宇宙来说，这里是一粒小得不能再小的尘埃，但对于整个世界来说，这里的每一次震荡都会造成颠覆的结局。更让人感到绝望的是，任何人都无法改变这些，只能眼睁睁地看着。许久之后，阿克回过头，轻轻地对所有人说：“你们说得对，我们得离开，但是我们得做一些事，为了他们，也为了我们。”

库西不再说话，克里西也安静了下来，他们知道，这是阿克的底线，他从来都不是一个遇到困难就退缩的人。

“整合舰队，明早我们就出发。”阿克对克里西说完就扭过头离开了。现在，他需要去向刘婕告别，离开的时候懂得告别，是一个人有教养的表现，这是玛雅的一句谚语，妈妈从小就告诉过他。

“你们是要走了吗？”没等阿克说话，刘婕就问道。

“是的，我很抱歉，女士。”阿克觉得有些惭愧。

“不，没什么可道歉的，这是你们应该有的权利，而且你说过的，我们可以犯错误，但是同样要有承担错误的勇气。”刘婕仍然微笑着对阿克说。

“你比我们想象的要坚强和乐观。”阿克对刘婕充满了敬意。

“那又能怎么样？我们总不能用悲观的态度面对生活，对吧？”刘婕笑着说。

“我把所有我们知道的技术和你们共享，希望可以对你们有所帮助。”阿克说。

“谢谢了，但还是不要了，过度的跨越技术瓶颈会让我们失去很多东西。发展是一步一步走的，而不是突然达到顶端，再说了，这样也没有成就感了，对吗？”刘婕谢绝了阿克。

“女士，你让我为自己的行为感到羞愧。”阿克说。

“先生，没有什么羞愧的，如果我换成你，也会这样选择的。”刘婕握住了阿克的手。

“请接受我的致敬。”阿克把手放在自己的胸前。

“谢谢你，阿克先生。”刘婕也把手放在胸前。

“那……我们走了……女士，我们还能见面吗？在未来的某一天或者在其他时间点。”阿克小心翼翼地问。

“当然了，我们可以做到的。”刘婕笑着说。

阿克不再说话，他向刘婕做了告别，转身离去，这是他一生中最艰难的一次告别，每走一步，都是那么艰难。

“先生，记住我们的约定，未来一定要见面。”刘婕冲着阿克的背影喊着。

而阿克，早已泪流满面。

十、在绝望中重生

困扰了地球人很久的恩美雅人的谜团终于解开了，看着离去的玛雅人，刘婕再次陷入了一种深深的冥想之中。

她所有关于宇宙的猜想现在看来都没有错，但是知道真相并不意味着如释重负，反而更加地绝望。因为无论是抵抗还是逃亡，现在看来都没有完全的把握。为此，刘婕召开了地球工会的全体高层会议，她需要尽快找到一个能被大家都接受的方法。

“莫里斯，你有什么想法吗？”刘婕问莫里斯，希望可以得到一些建议。

“我们必须保持主动，沿着最适合我们的道路走下去。”莫里斯倒是显得很冷静。

“适合我们的道路？ 你说的是哪条路？”玛索焦急地问着莫里斯。

“我不得不用一个让人感到可耻的词来表达我的意思——逃亡，除此之外，我们无能为力。”莫里斯看着与会的所有人异常平静地说。

“逃亡？不可能，这不是我们的风格。”

“这是彻底的投降主义！你让我们感到耻辱。”

“地球是不可战胜的！任何武力都不能征服我们。”

“那些该死的玛雅人，他们居然向我们传播这种恶心的思想。”

几乎所有人都对莫里斯的话感到愤怒，刘婕也没有打断这些人的发言，只是静静地听着，而莫里斯也不解释什么，只是默默地看着所有人。

“如果不逃亡，我们是否还有其他办法？”等待人们的反对声逐渐停止之后，刘婕微笑着问道。

“我们的核武器可以摧毁任何敌人。四维文明？让他们来吧。我们将用我们的身躯阻止他们。”强硬派歇斯底里地喊着。

“我们可以谈判，让他们不要试图靠近地球，不然迎接他们的将会是粉身碎骨。”即使是温和派，也并不接受莫里斯关于逃亡的建议。

刘婕看了看莫里斯，没有说话，不过在她和莫里斯眼神交会的一刹那，她知道，莫里斯的决心比任何人都坚定，除了逃亡之外，他不会有别的任何一个选项。

“让我们先不要讨论这些了，请大家先回去，写出各自的详细计划，再慢慢商量。”刘婕终止了会议，她知道，今天不会讨论出任何结果。

散会之后，刘婕把莫里斯和玛索叫到了自己的办公室，她需要知道莫里斯完整的逃亡计划。

“我们的科技达不到玛雅人的水平，逃亡的成功率没人可以保证。”刘婕对莫里斯说。

“是的，但是逃亡是目前唯一可行的方法，我还是坚持我一直以来的观点，我们没有胜算。”莫里斯坐在了椅子上，轻轻地说。

“我和你的想法一样，但是我们必须得说服所有人。莫里斯，这太难了。”刘婕摇了摇头。

“难道四维文明真的会在乎我们吗？真正挑起战争的是恩美雅

人，而不是我们。”玛索打断了刘婕和莫里斯的话。

“不管是谁，这都是我们宇宙的事，如果像玛雅人的宇宙一样被切割了，那就一切都结束了。”莫里斯看着玛索，轻轻地说。

“玛索，你怎么看待逃亡？”刘婕扭过脸问玛索。

“我……我不知道，但是我们现在连逃亡的能力都没有，而且地球几十亿人，全部逃亡，你们觉得可行吗？”玛索说出了最关键的一个问题。

刘婕看了看莫里斯，表示同意玛索的观点。

莫里斯没有说话，只是轻轻地走到窗前望向远方。过了一会儿，他扭过头对刘婕和玛索说：“我们不能带走所有人，但是我们的信息必须要传承下去，这才是我们逃亡的真正目的，而不单单是为了活着。”

“但是我们首先得说服那些反对逃亡主义的人，他们有点乐观过度了。”刘婕对莫里斯说。

“我们做不到，他们不可能接受逃亡主义。”莫里斯摇了摇头。

“我们必须向所有人灌输我们无法战胜对手的思想。”刘婕坚定地说。

“这怎么可能？我们是民主的星球，没有谁可以实施思想控制。”玛索并不认可刘婕的话。

“我现在终于知道巴拉科夫在火星基地的选择有多么正确了。”刘婕微笑着摇了摇头。

“有些时候，巴拉科夫的做法没错。”莫里斯也笑着说。

“看来，我得去找找他了，也许从他那里可以得到一些建议。”刘婕说道。

“他会笑话你的，你终于还是输了。”莫里斯哈哈大笑道。

“输了就输了，我们只是打了一瓶芬达的赌而已。”刘婕走出了办公室。

巴拉科夫仍然在悠闲地享受着他的生活，玛雅人到访地球的消息似乎对他没有任何影响，生活总得继续，也总有结束的一天。

“怎么样，孩子，现在觉得我不是那么浑蛋了吧？”巴拉科夫一边捏着鱼饵，一边问刘婕。

“我只想知道，怎么才能拿回我们想要的东西。”刘婕坐在了巴拉科夫身边。

“失去的东西不要试图拿回来，就算你拿回来，也不再是我们需要的了。”巴拉科夫没有看刘婕，平静地说。

“我们需要沿着正确的道路走下去，但是好像不是所有人都喜欢这条道路。”刘婕看着莫里斯说。

“没有谁的道路是完全正确的，即使是看似正确的道路。”巴拉科夫轻轻地说。

“至少现在看来，这是唯一的道路。”刘婕坚定地说。

“那就走下去。”巴拉科夫也非常坚定地说。

“怎么走？路上到处都是荆棘。”刘婕摇着头问，她希望得到一个满意的答复。

“拔掉这些荆棘，不管用什么手段。”巴拉科夫扭过头，脸上露出了坚定的表情。

刘婕不再说话，她拿起石子，扔向了远方的水里。一片涟漪过后，水面又恢复了平静，但是石子却永远都不会再回来了。她慢慢地站起身，闭上了眼睛，似乎在享受这一切。许久之后，她睁开眼睛，微笑着对巴拉科夫说：“你的建议让我感到为难，但是我必须这么做，先生。”

巴拉科夫没有说话，靠在了椅子上，等待着鱼儿上钩，没有什么比这更有成就感了。

外层空间

造物之主

刘波——著

新世界出版社
NEW WORLD PRESS

图书在版编目（C I P）数据

外层空间．造物之主 / 刘波著．-- 北京：新世界出版社，2020.8（2022.3 重印）

ISBN 978-7-5104-6952-7

Ⅰ．①外… Ⅱ．①刘… Ⅲ．①幻想小说－中国－当代 Ⅳ．① I247.5

中国版本图书馆 CIP 数据核字 (2020) 第 019653 号

外层空间·造物之主

作　　者：刘　波
责任编辑：丁　鼎
责任校对：宣　慧
装帧设计：主语设计
责任印制：王宝根　苏爱玲
出　　版：新世界出版社
网　　址：http://www.nwp.com.cn
社　　址：北京西城区百万庄大街 24 号（100037）
发 行 部：(010)6899 5968（电话）　(010)6899 0635（电话）
总 编 室：(010)6899 5424（电话）　(010)6832 6679（传真）
版 权 部：+8610 6899 6306（电话）　nwpcd@sina.com（电邮）
印　　刷：天津中印联印务有限公司
经　　销：新华书店
开　　本：880mm×1230mm　1/32　尺寸：145mm×210mm
字　　数：300 千字　　　　　　　　印张：12
版　　次：2020 年 8 月第 1 版　2022 年 3 月第 2 次印刷
书　　号：ISBN 978-7-5104-6952-7
定　　价：98.00 元（全三册）

目录

第一章
博弈

一、备战计划

刘婕站在办公室的窗前，静静地看着窗外，远处的城市依旧和以往一样熙熙攘攘。或许是人们已经习惯了来自外太空的威胁，从他们的脸上丝毫看不出世界末日可能随时来临的恐惧，笑容和满足洋溢在每个人的脸上，对于他们来说，一起走向灭亡并非一件不能接受的事，虽然每个人都并不想死。

地球工会内部对于如何应对即将到来的四维打击仍然是争吵不休，不过很显然，以库勒为首的强硬派占据了明显的上风。莫里斯则一直坚持逃亡计划，但是每当他发言的时候，就会遭到几乎所有人的反对。更为严重的是，有人居然提出要修改宪法，把逃亡主义者作为一种非法的组织予以禁止。虽然最终这个议案没有进行表决，但是可以看出，逃亡主义已经在这场博弈中完全处于下风，翻盘的机会基本上等于零。

莫里斯有些无奈，虽然他不止一次地表达了他的本意并非完全逃亡，但是此时，所有人都已经完全站在了他的对立面，甚至莫里斯走在街上，都会随时遭到人们的怒斥。刘婕不得不派出专人对莫里斯进行保护，以防止过激的民众采取极端手段。

库勒已经不止一次要求刘婕在地球工会的大会上提出关于备战的详细报告了，但是刘婕一直都以各种理由一拖再拖。刘婕也知道，这只是暂时的缓兵之计，她必须尽快做出决定，因为时间对于现在的地球来说，是极其宝贵的。刘婕也明白，一旦她做出选择，那么她面临的局面将会和莫里斯一样，到那个时候，一切都将无法挽回，为此，她必须妥协，虽然这种妥协并非来自她的内心。

大约三周之后，在地球工会的一次表决会议上，刘婕做出了一份非常详细的关于地球备战的作战计划。该计划的核心内容是五年之内要在金星、木卫二、天王星以及海王星上建立四个反物质核弹基地，同时在冥王星外的空间中建立一个太空基地，保证战争一旦爆发，地球可以有一个准备和缓冲的时间。同时刘婕向库勒提出，她需要在火星基地上建立一个研究基地，以保证战舰的更新换代，而这个基地的负责人，刘婕建议由玛索来担任。

这个计划虽然难度非常大，但是却出人意料地得到了所有人的赞同，包括逃亡主义者莫里斯。为什么莫里斯会同意呢？因为当刘婕站在台上做这个报告的时候，他和她眼神交汇的一刹那，莫里斯敏锐地发现，在刘婕这个耗资巨大的计划中，只有在火星基地上建立研究基地才是一项真正意义上的应对措施，而其他的所有项目都不过是一个幌子，对于四维文明来说，物理打击根本就不会起到任何作用。

火星基地，再次成为人类生存的最后一根救命稻草。

欢庆的民众对未来再一次燃起了巨大的热情，每个人都把这种热情尽情地挥洒在工作中。他们相信，在刘婕的带领下，他们完全可以打败来自四维的入侵者。

几乎在民众陷入这种狂热的同时，刘婕也不停地在世界各地进行演讲，她需要让所有人都明白这个计划的伟大之处，同时也给所有人传达一种信念——地球不可战胜，这个计划不容亵渎。与此同时，刘婕亲民的态度让所有人都感受到了一种温暖，这种温暖，对于这个冷酷的年代来说，是极其缺少的，所以在很短的时间内，刘婕成了地球的救世主和精神图腾，任何质疑她决定的人都被认为是别有用心和不怀好意的。

刘婕的这种表现和她以往的表现大相径庭，要知道一直以来，她都是一个现实主义者，对于这种盲目而不切实际的行为一直都是持反对态度的。但是她必须这么做，这是她计划的一部分，在妥协背后，是一个巨大的局，而看懂这个局的人除了她自己之外，只有两个人——莫里斯和巴拉科夫。

莫里斯已经不止一次地看着电视里刘婕在世界各地的演讲笑得前仰后合了，这简直就是一部可以在任何电影奖项中获奖的悬疑电影，而刘婕则毫无疑问地可以问鼎最佳女主角。她激情的演说、自然的动作以及让人几乎陷入疯狂的互动都在向所有人传递着一个信息——我们永远在一起。

巴拉科夫则依旧淡定地钓着鱼，他知道，刘婕要面临的局面比当初他所面临的局面要复杂和难办得多，而这场表演必须要坚持到最后一分钟才可以见到最终的答案。至于答案是否正确，他并不知道，也无法预测，但是他相信，从现在开始，刘婕的每一步棋都只有一个作用，那就是为最终的计划服务。

玛索已经带领着实验团队入驻了火星基地，这里将会是她未来五年的家，虽然她并不是非常想在这里生活，不过她也明白，刘婕让她来这里一定有她的目的。因为玛索知道，刘婕是一个坚定的逃亡主义者，她从来没有放弃过自己的想法，为此，她可以不惜任何代价。唯一让玛索不解的是，刘婕并没有告诉玛索要在研究基地做什么，虽然玛索不止一次地问过刘婕，但是刘婕每次都只是笑笑，然后轻轻地拍着玛索的肩膀，继续进行自己疯狂的演讲。

两个月的时间过得很快，在这两个月的时间里，刘婕计划中所有的准备工作都非常顺利地完成了，每个基地的生产线都建立完成，只等着最高领袖库勒下达开始工作的命令。但是也正是在这个时候，刘婕和库勒之间产生了分歧，虽然这个分歧在所有人看来可以用微不足道来形容，但是莫里斯和巴拉科夫却意识到，这是刘婕打出的第一发子弹。

正中靶心！

二、火星誓言

刘婕向库勒提出她需要一个团队为玛索的研究基地服务，而这个团队的人无一例外是曾经火星基地的人。理由嘛，很简单，因为他们熟悉火星。但是这个要求却遭到了地球工会所有人的反对，原因也很简单，火星基地上的人并不完全值得信任。但是刘婕却坚持必须这么做，否则她将辞去计划的总工程师一职。本来库勒还想在双方的分歧下进行干预，但是没想到的是，刘婕居然通过媒体向全世界透露了这个消息。

一时间，世界上的每一个角落都得知了刘婕要辞职的消息。开始民众只是简单地声援，但是到了后来，抗议居然变为暴动，地球工会在世界各地的分部遭到了袭击，人们高呼着刘婕的名字，指责地球工会的决定。库勒不得不宣布地球工会进入紧急状态，然后专门找到刘婕，希望她能够出面让民众停止这种行为。

出乎意料的是，刘婕居然毫不犹豫地同意了库勒的要求，她通过媒体呼吁民众停止抗议，共同接受地球工会的领导，一起渡过难关，并收回了她的辞职申请。为此，库勒非常感激，并宣布，刘婕拥有对于作战计划的绝对领导权，当然了，关于刘婕提出的要求，库勒也做出了妥协，九名曾经火星上的专家加入了玛索的团队，其中包括了桑帕约——这个从火星基地回归以来一直都在隐居的老家伙。

其实火星基地回归之后，大多数的科学家都仍然继续着自己的工作，但是以巴拉科夫为首的火星基地的曾经的领导层却全部被拒绝在地球工会之外。虽然名义上是因为这些人年岁较大，希望他们能够安度晚年，但谁都看得出来，这是地球工会对他们的不信任，这其中首当其冲的就是巴拉科夫和桑帕约。与巴拉科夫的超然物外不同，桑帕约一直都希望重新工作。为此，他申请了无数次，但每次都没有得到任何答复，甚至有好几次，桑帕约都通过媒体怒骂地球工会的领导层是一群愚蠢的浑蛋。不过骂归骂，结局却都是一样的，桑帕约和巴拉科夫一样，只能在湖边用钓鱼来打发无聊的时光。

所以当刘婕向桑帕约发出前往火星基地重新开始科研工作的要求之后，他兴奋得像个孩子一样跳了起来，虽然他还不知道自己回火星做什么，但是无论做什么，总比钓鱼要好得多。为此，桑帕约专门飞行了大半个地球，前往科莫湖找到了巴拉科夫，希望能和昔日的搭档来分享这个消息。不过让他失望的是，巴拉科夫的助手告诉他，老家伙已经在三天前出海捕鱼去了，不过助手告诉桑帕约，巴拉科夫临走的时候留给他一句话，那就是希望桑帕约可以活成一个真正的老不死。于是桑帕约对着大海骂了几句就悻悻地离去了，作为搭档，他们从来都是这样。

桑帕约和其他八名被选中的专家来到了地球工会，他们受到了包括库勒和刘婕在内的高层的接见。当然了，桑帕约基本上没有搭理库勒，甚至还拒绝了礼仪性的握手，在他看来，这是一个早就该死的老家伙。库勒看着桑帕约，只能无奈地冲着刘婕耸耸肩，刘婕则笑得前仰后合。

刘婕宣布了对九名专家的任命，鉴于桑帕约的年龄较大和学术上的权威，他并没有具体的工作，只是被任命为玛索的首席顾问。虽然对于这样的工作桑帕约并不喜欢，但是他还是欣然接受了，因为刘婕是一个让人喜欢的姑娘。离开的时候，桑帕约热情地拥抱了刘婕。

载着九名专家的飞船飞向了火星，这让桑帕约想起了若干年前他作为第一批人类登上火星时的情景。那时候，他们每个人的心里都充满了期待，即使火星上的一切都让人感到无聊。一晃几十年过去了，火星还是那个火星，从外貌上看不出任何的变化，但是他却老了，无法避免地朝着生命的终点走去，不过能够在自己曾经生活了很多年的地方告别人生，对于他来说，也是一件可以接受的事。

看着飞船进入了火星基地，刘婕长吁了一口气，这是她的第一步棋，甚至莫里斯都不知道刘婕为什么要让这么老的桑帕约去火星基地帮助玛索，要知道，他根本无法从工作上对玛索进行任何有效的帮助。但是看着刘婕自信的表情，莫里斯知道，好戏或许才刚刚开始。

当载着桑帕约们的飞船徐徐地降落在火星基地的时候，他们受到了火星民众前所未有的欢迎，人们高呼着桑帕约他们的名字，好像是他们的国王重新驾临到自己的国土上一样。这让桑帕约和其他八个老家伙老泪纵横，他们和人群一起高呼着火星万岁，并一起唱着曾经火星的歌曲，直至火星蓝色的夕阳西下……

地球工会上的人也通过大屏幕看到了这一幕，虽然他们也从中感受到了这种久别重逢的喜悦和激动，但是更多的却是嫉妒。因为地球人类从来都不是一个团结的种族，这个蓝色星球上更多的时候表现出来的是相互之间的猜忌、反感、自私和彼此厌恶。库勒扭过头看着刘婕，却看到她紧紧地盯着大屏幕，早已热泪盈眶，差点忘了，她也是曾经的火星人。

至此，玛索在火星的研究基地团队正式组合完毕，他们将会在未来五年内，按照刘婕备战计划中的要求，向其他几个反物质导弹基地提供最新的研究成果，升级武器，以保护地球的安全。刘婕将对他们的任何行为负责。在玛索的带领下，研究基地的所有人在火星旗帜下进行了宣誓，这是曾经火星基地上一个非常庄严的仪式，立下誓言的人将会牢记誓言的每一句话。

“勇敢，坚定，无畏，诚实，果断，坚毅，骄傲，火红的大气，蓝色的夕阳，这里的每一寸土地都来自我们辛勤的工作，誓死保卫这里的一切，包括它的伟大和残破。”

三、秘密地堡

玛索看着眼前的九个老态龙钟的人感到非常困惑，她不明白刘婕为什么要安排这些人来到这里帮助自己，也不明白这些人究竟可以做什么，甚至她连自己要做什么都不知道。研究基地？这简直就是一家养老院，这九个老人每天的工作就是离开基地到火星城市中去寻找他们昔日的老朋友。虽然玛索告诉他们研究才是他们的主要工作，但是这些老家伙们却对玛索的话置若罔闻，玛索只能无奈地叹着气。不过这种情况不会持续太久，因为刘婕和库勒将在大约一个月之后对所有计划中的基地进行第一次巡视，到那个时候，玛索一定要问个究竟。

本来这次巡视是刘婕之前就定好的，但是库勒作为人类历史上最为严峻的一场战争的第一领导者，执意要和刘婕一起参与。虽然刘婕表示不必库勒亲自前去，但是库勒的态度异常坚决，刘婕无奈只能答应了他。

本次巡视的第一站是位于金星的“F- 金反物质核弹基地”。这个基地建造于金星最高的山峰玛亚特山下，在基地的导弹发射架下，要制造出一百枚反物质氢弹，这些氢弹的威力足可以从物理角度上摧毁大于木星的星体，而且射程足可以飞到冥王星之外。当然了，这些反物质氢弹的制造也并不是那么简单，每年如果完成二十枚，就算是超额完成任务了。有了这些氢弹，相信任何文明如果打算入侵地球的话，也一定会掂量一下。

库勒和刘婕等人在这里逗留了大概一周的时间，对于他们来说，这是一段相当长的时间，除了向这里所有的工作人员致敬之外，还有就是鼓舞这里人的士气。毕竟这个基地的工作环境是所有基地中最为艰苦的一个，而且这个基地也是地球的最后一道屏障，重要性不言而喻。

之后库勒和刘婕又先后巡视了其他几个基地，直到最后，他们才来到火星基地。

玛索早已在办公室等候着刘婕的到来，她需要问个明白，但是让她感到更加困惑的是，刘婕居然丝毫没有向她解释的意思，甚至还对九个老人的工作表示了满意。玛索看着刘婕，眼神里充满了不解，不过刘婕倒是很轻松，她似乎根本就没有看到玛索的眼神，只是和一些故交们寒暄着，直到告别的时候，仍然是这个样子。

看着刘婕、库勒等人登上飞船返回地球，玛索失望地摇了摇头。不过就在这个时候，老态龙钟、脾气火爆的桑帕约却在玛索身后用非常轻的声音对她说："孩子，刘婕让我转告你一些事，我们到办公室去谈吧，那里更安全。"

玛索吃惊地回过头看着桑帕约，问："什么意思？"

桑帕约没有再说话，只是径直朝办公室走去。玛索不再说话，紧紧地跟在了桑帕约身后。

走进办公室之后，桑帕约轻轻地关上了门，此刻，屋子里只有他和玛索两个人，玛索非常急切地问道："博士，刘婕要告诉我什么？"

"孩子，我首先要告诉你一件事，在这里，我们九个人是你唯一可以信任的人，除此之外，你不能相信任何一个人，因为任何一个人都可能把你还有我们送进地狱。”桑帕约慢条斯理地说。

“为什么？”玛索惊讶地看着桑帕约，脸上的表情非常不自然。

“因为你和我们一样，都是逃亡主义者，而这是不被接受的。”桑帕约清了清嗓子说。

“我……博士，我想知道刘婕让我来这里做什么。难道就是向那些基地提供研究成果吗？这根本就不可能，我们无法给他们提供任何帮助，我们不是武器专家。”玛索大声地说。

“是的，我们怎么能给他们提供帮助呢？”桑帕约轻轻地说。

“那我们要做什么？”玛索更加着急地问道。

“孩子，我告诉你，不要以为我们九个人是没用的老家伙，我们是人类目前最好的宇宙飞行专家，其中四个人参与了四维空间的虫洞项目，还有人一直在完善光速飞行的理论。”桑帕约微笑着对玛索说。

“我们……真的要逃亡？”玛索看着桑帕约，结结巴巴地问。

“是的，我们必须在五年之内制造出可以逃离四维打击的载人飞船，这可是一项难度很大的工作。”桑帕约笑着说。

“可是这是不允许的，地球工会已经禁止研究任何带有逃亡性质的飞行器了。”玛索紧张地看着桑帕约说。

“库勒那个老家伙，他简直就是一个愚蠢的浑蛋，他是要把人类最后一根救命稻草拔掉。”桑帕约咬牙切齿地开始骂着库勒。

“我觉得也并不完全是这样，逃亡也不是百分之百可以成功的。”玛索对库勒的印象似乎并不坏。

“我讨厌这个家伙。”桑帕约咳嗽了一声，非常坚定地对玛索表达了自己的观点。

“好吧，我尊重您的观点，可是，您能告诉我，我们在哪里工作吗？这里到处都是主战派，如果我们研究这些，他们一定会知道的。”玛索摇了摇头，她知道，桑帕约是一个固执的家伙。

“集中营！”桑帕约非常严肃地看着玛索，一字一顿地说。

“啊！”玛索忍不住叫了出来。

“那里有一个地堡，是巴拉科夫建立的，知道的人除了我们九个之外，还有刘婕，她在那里生活了很久。”桑帕约轻轻地说。

“可是建造飞船需要足够的人手，你们……似乎年纪有些大。”玛索吐了吐舌头。

“我也比较担心我们的年龄，不过我们这些老家伙在火星的人缘还是不错的，我们的朋友比自己想象的要多一些。”桑帕约也冲着玛索吐了吐舌头。

“我也这么认为。”玛索笑着说。

“你只需要在这里迷惑你身边的那些主战派，每个星期，我们会把我们的工作进度告诉你。”桑帕约伸了个懒腰说。

“那刘婕博士呢？她怎么知道我们的进展？”玛索问。

“哦，她要的只是结果，过程对于她来说并不重要，而且她还有更重要的工作。”桑帕约准备离去。

“博士，我能问您一个问题吗？”玛索叫住了桑帕约。

“可以，不过你最好不要问我对于库勒的态度为什么这么恶劣，这可不是个让我喜欢的问题。”桑帕约笑着对玛索说。

“当然，我想问您，逃亡主义者大概有多少人？”玛索问。

“几十个！”桑帕约说。

“看来比我想的要少一些。”玛索轻轻地说。

“比我想象的也少，我认为至少会有几千个人的。”桑帕约说完便走出了办公室。

四、暗战

刘婕来到了库勒的办公室，她需要经常和库勒进行交谈。作为一个深藏不露的逃亡主义者，她必须要和主战派打成一片，否则她会像莫里斯一样失去别人的信任。不过还好，至少现在她还没有完全暴露出来。

库勒并不傻，否则他也不会成为地球工会的领导者。作为一个主战派，他并不像其他人那样充满激情，他更喜欢心平气和地表达自己的观点，但是在骨子里，他是一个坚定的主战派，这一点，他自己知道，刘婕也知道。

库勒和刘婕就这样进行着一场暗战，谁都不想过早地亮出自己的撒手锏。刘婕在火星基地上布置了桑帕约等人的时候，库勒也并非完全没有猜到她的意思，只是他还在观察。事实证明，库勒比刘婕更有耐心，也更善于布置这种长局。在巡视完基地回到地球之后，库勒就通过工会领导的直接任命权做出了一项决定——把莫里斯派到火星去协助玛索工作。

一时间，库勒的主战派们都目瞪口呆，要知道，莫里斯虽然不是科学家，但是他比任何一个科学家都具有决定性，一旦让他在火星基地宣扬自己的逃亡主义，那么将会是一个极其危险的信号，这可能会导致火星的第二次独立。为此，主战派的反对声一浪高过一浪，他们宁愿把莫里斯这个让人讨厌的家伙留在地球，也不愿意看着他从眼皮底下消失。但是库勒却非常坚定地要把莫里斯派到火星去协助玛索，为此他还专门询问了刘婕的意见。

“我认为莫里斯离开地球可以更安全一些，我们需要他好好地活下去。”库勒对刘婕说道。

刘婕没有说话，她只是轻轻地翻动着手里的书，许久之后，她抬起头，用一贯的表情微笑着对库勒说：“我觉得您的决定是正确的。”

“其实莫里斯的观点也并不是完全不能让人接受，但是可惜他要面对的是一群非常固执而且从不畏惧任何事的人。”库勒摊了摊手对刘婕说。

“有些时候，答案并不重要，过程似乎更能让人开心。”刘婕仍然微笑地看着库勒。

“我也这么认为。”库勒坐在椅子上看着刘婕说。

“我为我们能保持一致的看法感到开心。”刘婕也坐了下来对库勒说。

“那你去送送莫里斯吧，你们是好朋友。”库勒站起身准备离去。

“当然，我会告诉他，逃亡主义者注定孤独一生。”刘婕举起手中的酒杯，笑着对库勒说。

库勒站了起来，但是没有说话，然后就走出了刘婕的办公室。

两个人都长吁了一口气，因为这场对话对于持有两个完全对立观点的人来说更像是一场煎熬，没有谁可以完全猜透对方的真实意图。但是他们两个都知道，这场博弈将会在未来的五年时间内持续下去，谁是最终的获胜者，恐怕只有最后一分钟才可以知道答案。

主战派担心莫里斯会在火星基地传播逃亡主义的想法不是没有道理，但这却是一件几乎不可能实现的事情，因为逃亡主义在火星同样没有多少人喜欢。真正应该担心的人是刘婕才对，她比任何人都需要莫里斯的智慧和建议，但是现在，她和莫里斯不得不分开，各自面对主战派的围剿，这对于逃亡主义者来说，绝不是一个好的消息。

不过既然已成事实，那么就必须欣然接受，至少现在的情况对于刘婕和莫里斯来说还不是那么糟糕。在送行的飞船发射基地，刘婕热情地拥抱了莫里斯，两个人都没有过多地说什么，对于他们来说，一个眼神就足以明白对方要表达的意思。看着莫里斯飞向了火星，刘婕的内心第一次感到了孤独，她这才发现，在这个巨大的星球上，她居然连一个朋友都没有，想到这，她苦笑着摇了摇头。

“他是个好人。”库勒在刘婕身旁轻轻地说。

“我也这么认为。”刘婕苦笑着对库勒说。

“一个逃亡主义者就算是好人，也不会得到任何怜悯。”库勒身旁的主战派领袖达尔玛带着嘲讽的语气说。

“他不需要任何人的怜悯，包括您，还有我。”刘婕并没有看达尔玛，只是轻轻地说道。

“如果我有权力，我会处死每一个逃亡主义者。”达尔玛看着逐渐消失的飞船，恶狠狠地说。

“可惜这个时代不会给您这个权力。”刘婕扭过头看着达尔玛，面带微笑地说。

“我知道你们的观点一致，博士，总有一天你会为你的选择付出代价的。”达尔玛仍然恶狠狠地说。

“我们是朋友，我为他骄傲，不过说到观点，我更喜欢您的观点。”刘婕笑着说。

“你真是个聪明的女人。”达尔玛看着刘婕不屑一顾地说。

“您可不是个聪明的男人。”刘婕耸了耸肩转身离开。

“达尔玛，你有些过分了。”库勒说。

“我只是把我的观点表达出来而已。”达尔玛看着库勒说。

“如果我们是森林里的动物的话，你一定是第一个被干掉的那只兔子。”库勒笑着对达尔玛说。

“你难道看不出来，这个女人是一个地道的逃亡主义者吗？我敢拿我的脑袋担保。”达尔玛有些气急败坏。

“不，我一点都没看出来。”库勒扭过头，也离开了。

“你简直是一个白痴！”达尔玛嘟囔着看着消失的飞船，对于库勒，他失望透顶。

库勒很快追上了刘婕，两人肩并肩地走着，库勒解释说：“达尔玛是个热心的人，也是个性子很急的人，请你原谅。”

“他并没有做错什么，所以谈不上原谅。”刘婕看了一眼库勒说。

“他的话有些过分，这不过是一种过激的表现而已。”库勒仍然解释着。

“这个我能理解，也许我也会这样。”刘婕看着库勒，表情严肃地说。

“看来逃亡主义已经彻底没有了出路，我为莫里斯感到悲哀，他原本可以成为一个伟大的哲学家的。”库勒叹了一口气说。

“每个胜利者都是哲学家！”刘婕看着前方，轻轻地说，既像是对库勒说的，也像是自言自语。

“可是他注定会是个失败者。”库勒接着刘婕的话说。

“失败者才会伟大。”刘婕站在了原地，看着库勒，吐了吐舌头笑着说。

“为什么？抱歉我不理解。”库勒问。

“假如您是一个胜利者，您会把您的对手说成是个白痴还是伟人？”刘婕说。

“哈哈哈，这不是哲学，而是科学。”库勒哈哈大笑道。

“不，不是科学，是社会学，尊重对手，尊重敌人，你才会是胜利者。如果每天都谩骂和诅咒敌人，那么这样的人肯定是失败者，而且只能算是白痴。”刘婕笑眯眯地说。

“你说的是达尔玛吗？”库勒笑着问。

“不，他是个聪明人。”刘婕捂着嘴笑了。

五、主战派刘婕

刘婕又开始了冥想，不过和以往不同的是，现在的她已经没有心思再去思考宇宙的点点滴滴，她需要扫清站在她对立面的这些人，比起未知的四维文明，这些人对她的威胁显然更大，她需要在冥想中击败所有敌人，这是一个非常现实的问题。

刘婕小的时候，妈妈告诉她，遇到困难一定要想办法战胜它，而不是逃避，否则你将成为一个懦弱的人。一直以来，她也是这么做的，即使面对死亡，她也未曾有过恐惧，直至最终胜利。但是现在，她却成了一个逃亡主义者，为了这个目的，她居然要不择手段，刘婕的内心始终无法说服自己战胜这个心魔。可这是她唯一可以做的，胜利的意义或许并不是非要战胜对手，全人类的利益显然是更重要的。是跟着所有自以为是的人一起飞蛾扑火式地灭亡，还是带着人类残存的火种苟且地活着？这并不是一个可以轻易做出的选择，从哲学的角度上来说，无论选择哪条路，都是正确的，不过有一个条件，一旦做出选择，就必须坚定地走下去，不能回头。

曾经，刘婕是一个主战派，她相信人类，相信在这个蓝色星球上生活了数年的文明可以渡过这个难关，甚至她也相信上帝，因为上帝不会轻易毁掉他辛苦经营了这么久的家园。可是残酷的事实却在不停地蚕食着她的美好希望，比起未知的四维文明，人类甚至连一粒沙子都算不上，逃亡成了唯一一种可能让人类存在下去的方式，这并不残酷，反而有些可笑。

按照玛雅人的说法，在四维中存在着无数个时间点，那么那里的我是如何面对的呢？刘婕闭着眼睛深度思考着，有医生，有哲学家，有普通的农民，也有失败之后的无助、成功之后的喜悦，可是没有谁告诉她该怎么做，那些都和她无关，她必须按照自己的意愿走下去，这是唯一的选择。

睁开眼睛的刘婕发现自己已经满身是汗，她用手撑着地，使尽全身力气站了起来，因为不知什么时候，巴拉科夫已经坐在了她的椅子上，手里端着一大杯伏特加，正静静地看着她。

“冥想有时候并不能找到答案，反而会让你陷入更深的迷茫。”巴拉科夫端详着酒杯说。

“是的，我甚至弄不清自己是不是一个存在于这个时间点的人。”刘婕叹着气说。

“其实就像喝多了伏特加的感觉一样。”巴拉科夫看了一眼刘婕说。

“那是什么感觉？”刘婕好奇地问。

“这个我可不知道，我从来没有喝醉过，但我听别人说过，那是一种可以拥抱整个宇宙的感觉。”巴拉科夫仍然端详着酒杯。

“吹牛是不是一件更有趣的事？”刘婕笑着问巴拉科夫。

“当然，你不知道，我们的祖先一直都把吹牛当作生活中最重要的一件事，就像吃饭和睡觉一样，所以从流传下来的传说中，我们可以战胜熊，当然了，这其中有一部分是事实。”巴拉科夫放下酒杯，淡定地说。

“你来这里做什么？”刘婕坐在了椅子上，问道。

“我来吹牛。”巴拉科夫站了起来，笑着说。

“你是一个让我感到困惑的人。”刘婕伸了个懒腰说。

“为什么？”巴拉科夫有些好奇地问刘婕。

“因为我不知道你什么时候是吹牛，什么时候讲的是实话。”刘婕眨了眨眼睛，笑容满面地说。

“那你就把这些事情都弄明白，就会知道答案的。”巴拉科夫耸了耸肩。

“真是个让人讨厌的家伙。”刘婕冲着巴拉科夫挥了挥拳头。

“比我讨厌的大有人在，比如你要面对的那个家伙。”巴拉科夫说。

“库勒博士是一个好人，他并不讨厌。”刘婕看着巴拉科夫表情严肃地说。

“好人有的时候比坏人更让人讨厌，不过既然你不讨厌他，那他一定就谈不上是好人了。”巴拉科夫歪着脑袋说。

“谬论！”刘婕愤愤地说。

“只是根据你的定义得出的结论而已。”巴拉科夫端起酒杯一饮而尽。

“我该怎么办？”刘婕坐在椅子上看着天花板无奈地说。

“你现在当然不知道，因为你的身边满是荆棘，你必须拔掉它们才能看清前方的路。”巴拉科夫居然又倒了一杯伏特加。

刘婕没有说话，她只是看着巴拉科夫，脸上的表情非常平静。

“你不是逃亡主义者，而是一个主战派。”巴拉科夫放下酒杯严肃地对刘婕说。

刘婕仍然没有说话，只是平静地看着巴拉科夫。

“莫里斯也一样，你们从来都没想过真正意义上的逃亡。”巴拉科夫提高了嗓音。

“还有什么？”刘婕轻轻地问。

“你困惑的原因是因为你还没有做好牺牲一切的准备。”巴拉科夫又恢复了平静，盯着刘婕说。

“你觉得我是个疯狂的人吗？”刘婕仍然微笑着看着巴拉科夫。

“不，你不疯狂，但是有些虚伪。”巴拉科夫又一饮而尽。

“虚伪是为了掩饰我的疯狂？我不这么认为，但我必须这么做，你可以说我自私。”刘婕的表情变得严肃起来。

“也许你是对的，不过我想得可没有那么远，现在我比任何时候都希望死亡可以早点来临。”巴拉科夫伤感地说。

“快了，你已经很老了，桑帕约一直都盼着你死掉。”刘婕笑了起来。

“那个老家伙，一定会比我死得早。”巴拉科夫挥了挥拳头。

“说实话，这个结果并不是我所愿意看到的。”刘婕低着头，非常伤感地对巴拉科夫说。

“这与你无关，无论你做什么，结果都是无法改变的，玛雅人告诉过你，更何况你根本改变不了这些。”巴拉科夫轻轻地拍着刘婕的肩膀安慰着。

“我的良心将永远受到谴责。”刘婕抬起头看着巴拉科夫，她已经泪流满面。

“上帝会原谅你的，因为你做了他不愿意做的事。”巴拉科夫把刘婕抱在了怀里，任由她不停地抽泣着。

“我很痛苦。”刘婕仍然哭泣着。

“活着从来都是一件比死亡更痛苦的事，这是真理。”巴拉科夫严肃地说。

“但是我必须活着。”刘婕抬起头，坚定地看着巴拉科夫。

“告诉我为什么？”巴拉科夫问。

“因为我不想死。”一种从没有过的表情出现在刘婕的脸上，坚定？痛苦？伤感？开心？绝望？恐惧？或许都不是，不过这个答案却是最好的，人活着最根本的原因就是不想死。

六、主战派领袖库勒

库勒其实从来都不相信刘婕会是一个主战派，之所以他没有对刘婕采取行动，是因为刘婕的作用确实没有任何人可以取代，无论从技术上来说还是从精神上来说。另一方面，刘婕即使是逃亡主义者，至少到现在为止，她还没有做出任何实际行动，没有行动就意味着没有证据，库勒只能耐心地和刘婕周旋着。

作为地球工会的领导者，库勒是合格的，因为自从他成为领导者以来，地球变得越来好了。一方面是因为库勒确实做了非常多的具体工作，比如在太空武器研发工作中的进展，比如火星基地回归，但最重要的一点是库勒恢复了地球的经济。由于建造太空城市需要大量的人力物力财力，百废待兴的地球急需大的财团来投资，库勒一方面作为地球工会的领导来主持这些项目，另一方面他也把很多的诱人条件抛给了这些大财团，使他们心甘情愿地进行投资。所以，库勒无论在民众中还是在投资者中都拥有良好的口碑，他也顺理成章地一直担任地球工会的领导者。

但是即使这样，在库勒的身边，仍然有大量的财团顾问存在。他们一方面是对库勒起到监督作用；另一方面，库勒的有些决策一旦不符合他们的利益，他们将会投下反对票，使得这些项目无法进行，从这个角度上来说，库勒并非完全的决策者。

至于莫里斯作为逃亡主义者所提出的要求，对于民众来说，这是从精神上不能接受的，而对于财团来说，这是从经济上无法接受的，因为比起制造反物质核弹来说，制造载人飞船的回报率实在是少得可怜。这不符合财团的根本利益，所以莫里斯才会被抛弃，他的主张才会被反对，至于逃亡主义的核心思想是什么，关心的人并不多。

库勒深知这一点，所以他从一开始就反对逃亡主义。不过他对于莫里斯并没有多少成见，当他深知刘婕才是逃亡主义真正的后盾的时候，更是没有任何的表示。由于刘婕所提出的核弹计划可以创造很大的利润，大财团也不会加以阻止，既然大财团都不进行干预，那么库勒也就更不说话了，他和刘婕就这样心照不宣地各自进行着自己的行动。

如果说莫里斯和刘婕是坚定的逃亡主义者的话，那么库勒就是最为坚定的主战派，即使是越来越多的事实证明地球文明如同小儿科一样，他也从来没有动摇过自己的信心，从小，他就是在这样的环境下生活的。

库勒博士出生在“引线时代”，那是一个所有人都不愿意去回忆的年代，甚至可以说是人类历史上最让人绝望的年代。所有人从一生下来几乎就要面临如何生存的难题，所以能从那个年代活下来的人本身就拥有非常强的生存能力。他们相信人定胜天的道理，善于在逆境中反击，逃避不是他们的本性，因为死亡对于他们来说从来都不是绝望的。当然了，如果这些算是优点的话，那么他们的缺点同样明显，那就是他们过于相信实际的东西，对于理论存在的可能他们从来都是嗤之以鼻的，而主战派中的大部分人都是这些人或是深受这些人的影响。

对于高级文明，库勒其实从内心深处也是明白的，但是他却从来都不相信失败。人类从诞生的那天起，无论面对怎样恶劣的环境，都从来没有失败过。他有信心以自己为核心建造一个强大的团队，为此他可以采取任何手段。在这一点上，他和刘婕很像，只不过性格的差异让他们注定会走到各自的对立面，绝不轻易认输。

面对刘婕在火星基地上的布局，库勒也在地球进行了自己的布局。他首先把地球上的载人飞船研究所搬迁到了位于美国的圣迭戈基地，这里距离他更近，虽然可以进行研究，但刘婕绝不敢在他的眼皮底下进行逃亡实验。紧接着，他又在火星基地玛索的研究所中布置了大量的眼线，用来监督玛索和那九个看上去老态龙钟其实内心狂热的逃亡主义者。同时把莫里斯派到火星也谈不上是放逐，而是希望他去宣扬逃亡主义，因为他需要证据，只有证据才能让对手低头。显然，在和刘婕的这场较量中，库勒并没有处于下风。

最为让刘婕头疼的是，虽然地球工会一直都以民主透明来标榜他们是为全人类服务的非政府组织，但是库勒却完全控制着整个工会。这里通过的每一项决议几乎都是在库勒的操作下完成的，而主战派中的强硬派也占据着工会的大多数关键职位。这让刘婕有一种有力使不出的感觉，所以她不得不小心翼翼地在进行自己计划的时候去走一些弯路，有些甚至是毫无用处的。

当然，库勒和刘婕也都不是完人，即使他们都是聪明无比的人，也终究会在计划中犯下一些错误。而最后的胜利并非取决于谁的计划更为精确，而是取决于谁先发现对方的错误，给予对手致命的一击。

最先犯下错误的是刘婕，这个错误直到迫在眉睫的时候，刘婕都没有发现。而库勒却充分利用了这个错误，对逃亡主义者进行了一次强有力的打击。用莫里斯的话说就是，主战派就像是森林里的狐狸嗅到了水底的一只受伤的虾米一样，虽然小，但是味道却一样诱人。

原来刘婕的私人秘书湛湛露斯虽然一直都是在她身边工作，但是她却在回到地球之后就进入了反物质核弹研究学院进行学习，而恰好她的老师就是主战派最为强硬的人达尔玛。受到达尔玛的影响，湛湛露斯也渐渐接受了主战派的观点，认为地球不会在这场战争中失败。她对于刘婕在战争中的犹豫很有看法，不止一次在私下发过牢骚。而这被库勒发现之后，他成功策反了湛湛露斯，要求她监视刘婕的一举一动，一旦刘婕打算采取实际行动的时候，第一时间向他和达尔玛汇报。刘婕对于湛湛露斯的信任直接导致了一些她和火星基地的联系被告知了主战派。

七、莫里斯的主意

玛索的工作是在一种看似轻松其实很紧张的氛围中进行的。一方面她要用大量的工作时间来进行所谓的无用的工作，另一方面她需要用业余时间来对地堡中的实验研究成果进行检验，同时还要谨防被主战派的眼线发现，所以玛索非常郁闷。不过还好，莫里斯总的来说算是一个幽默的人，他总是在玛索最需要生活调味剂的时候出现，这让玛索多少有些欣慰。

地堡的粒子对撞实验已经在模拟四维的环境中可以达到逃逸银河系引力所需的速度，这对人类来说，绝对是一个了不起的成就。但这样的速度还无法满足逃亡所需要的条件，技术的瓶颈一旦出现，那几乎就是停滞不前的。玛索有些着急，她在地堡召开了一次例行会议，希望可以找到研究停滞的原因。

“孩子，我知道你很着急，我也一样，但是你也是科学家，应该知道这是一个技术上的难题，可不是我们偷懒了。”尼尔博士是一位性格温和的科学家，无论遇到多么着急的事，他都喜欢慢条斯理地说。

“如果下地狱的话，那速度应该很快，当然了，我可不愿意去地狱。”桑帕约没好气地说。

“我想问问大家，是否有需要的物质，我尽量去满足大家。可是你们知道，我们需要的和地球可以提供的根本就是不一样的，他们要制造武器，我们需要的恰恰不是这些。”玛索苦笑着说。

“如果可能的话，你能不能把巴拉科夫弄来？”莱切对玛索说。他是九人团队中最年轻的一位，但也已经是一个一百多岁的老人了。

“这个……恐怕不行，他没有地球工会的放行令，而且他不是这方面的专家。”玛索摇了摇头，表示无能为力。

“我真奇怪为什么地球上的人会这么怕一个酒鬼。”桑帕约对着天花板大声地说。

“据说醉酒之后的人可以看到事情的本质，而任何人都不希望别人看到这些。”莫里斯在一旁笑着说。

“你喝醉过吗？”桑帕约看着莫里斯问。

“不，我从不喝酒，芬达或许还可以来一点。”莫里斯笑着说。

“刘婕没有办法让他来吗？”莱切问玛索。

“这个我不清楚，不过我想应该不行，即使可以，刘婕也不会让他来的。”玛索仍然苦笑着摇着头说。

“为什么？”桑帕约问。

“因为刘婕不能一个人对付那么多人，她需要有一个精神上的支持，而我们都做不到这些。”玛索回答道。

“我现在非常想念钓鱼的美好时光。”桑帕约又抬起头看着天花板。

“孩子，我们需要铱，大量的。”尼尔博士对玛索说。

“博士，这个……很难，这是受控制的。”玛索非常为难地看着尼尔。

“我知道，但是我们需要，这是实验必需的东西，我们必须得到一些关键的数据。”尼尔解释着。

“总比得到巴拉科夫简单一些。”莫里斯看着玛索笑着说。

“我可以申请，但是我不保证能得到，还有如果我提出申请的话，主战派一定会猜到我们的目的，那可麻烦了。”玛索对莫里斯说。

“那你就去弄一万个胡萝卜人。”桑帕约靠在了椅子上对玛索说。

“或许你会有别的办法。”莱切也苦笑着对玛索说。

玛索不再说话，她看了看大家，表示散会。每次会议对她来说，都是一次煎熬。

回到住处的玛索坐在桌前，她放着轻音乐，舒缓着自己的情绪，只有这样，她才能觉得自己还是一个活着的人。正在这个时候，莫里斯来了，玛索打开门，看到莫里斯拿着一个大大的蛋糕，玛索这才想起今天是自己的生日。

“我知道你忘了。”莫里斯一边笑一边拿出了一瓶葡萄酒。

“你不是从不喝酒吗？”玛索接过酒瓶拿出两个酒杯。

“酒后的人可以看到事情的本质。”莫里斯仍然是笑眯眯的，他一向如此。

“我简直是焦头烂额。”玛索倒了满满的一杯，一饮而尽。

“其实也没那么难办。”莫里斯也倒了一杯，轻轻地喝了一小口。

“你有办法？”玛索看着莫里斯，仿佛他就是救世主一样。

“有一个主意，但是做起来会很麻烦。”莫里斯放下酒杯，微笑着对玛索说。

“快告诉我，我不怕麻烦。”玛索一把抓住了莫里斯的胳膊急切地问。

“不要着急，今天是你的生日，我们先庆祝一下再说。”莫里斯打开了蛋糕的盒子。

“不，我想现在就知道你的主意，这才是最好的生日礼物。”玛索着急地说道。

“你真是一个急性子。”莫里斯一边拿出切蛋糕的刀子一边摇着头说。

“当然了，我从小就是这样。”玛索一把抢过了莫里斯手中的刀子，在他眼前比画着。

“好吧，看来我必须说了，不然你可能会杀了我。”莫里斯坐在了椅子上。

“嗯，你最好快点，不然我可未必会管住我的手。”玛索笑着说道。

“我们必须弄到铱，但这是不可能的，因为申请不会被通过。”莫里斯严肃地说。

“嗯，这个我知道，接着说。”玛索看着莫里斯。

“但你必须申请，这是一个程序，我们必须要得到他们的拒绝才行。”莫里斯慢条斯理地说。

“为什么？”玛索不解地问。

“因为我们需要铱。”莫里斯看着玛索说。

“我不明白，这是废话。”玛索靠在了椅子上。

“可是除了我们需要铱，还有其他的地方比我们更需要铱。”莫里斯又笑了。

“谁？”玛索睁大眼睛问。

“火星基地，那里有几千艘战舰。”莫里斯看着玛索，表情突然变得严肃起来。

“怎么可能？他们怎么可能需要铱？”玛索仍然不明白。

“现在他们不需要，但是如果那些战舰消失了呢？”莫里斯轻轻地说。

“你的意思是……毁掉它们？”玛索简直不敢相信莫里斯的话。

“对，除此之外，我们根本不能得到我们想要的东西。”莫里斯说。

“这我做不到，这可是人类所有的战舰。再说了，那里根本不是我们可以进去的，那里有非常完备的应急系统，这比我直接申请更难。”玛索摆了摆手，表示不同意莫里斯的主意。

“只有这一个办法，我们别无他法。”莫里斯斩钉截铁地说。

“那我们怎么做到炸毁几千艘战舰？”玛索问。

“这个我不知道，不过桑帕约好像可以办到。”莫里斯又笑了。

“你告诉他了？”玛索问。

“当然，他必须知道这些。”莫里斯说。

“那个基地可是他一手建造的，你现在让他毁掉，他会杀了你的。”玛索瞪大眼睛对莫里斯说。

“也许不会，再说了，我会还给他一个更好的。”莫里斯笑着站了起来。

“我再考虑考虑。”玛索说。

”当然可以，你还是先把申请递过去吧，然后等待着被拒绝。”莫里斯转过身走了。

“你们简直是一群疯子。”玛索冲着莫里斯喊道。

“祝你生日快乐，玛索。”莫里斯回过头认真地说。

玛索拿着手中切蛋糕的刀子冲着莫里斯挥了挥。

八、愤怒的达尔玛

葡萄酒对于睡眠是有促进效应的，玛索睡了到火星之后最好的一觉，一直睡到第二天中午她才从睡梦中醒来。她站起身，走到窗前，平静地看着矗立在远方的飞船基地，轻轻地叹了口气。

莫里斯的主意并不是什么聪明的办法，和刘婕的一些做法一样，这也是弯路，但却是唯一可行的办法。他曾经想过其他办法，但又都一一否定了。最终让他决定这么干的原因是因为刘婕送来的一个消息，这个消息让他必须抓紧时间，否则连这个机会都将失去。

原来早在十年前，地球就在研究取代铱成为宇航材料的新物质，只不过种种实验的结果都不完美，不是稳定性不强就是耐腐蚀性差。但是铱的生产量却又实在太少，无法满足需求量，所以地球上才会实行铱管制。不过这种局面在一年前得到了改变，一个叫潘德夫的化学家通过技术合成了人工铱，虽然稳定性没有天然铱那么强，但是已经无限接近铱了，在月球附近的太空中进行的实验也取得了成功，只等着投入生产，人工铱取代昂贵而稀少的天然铱的日子指日可待。但是连发明者潘德夫都表示，这种人工铱只适合近距离的宇宙航行，远行肯定是不行的。因为人工铱没有天然铱的耐久性，同时还存在另外一个缺点，那就是人工铱的熔点低于天然铱，如果作为宇航材料的话，那么飞船本身在真空中的绝对速度绝不能超过光速的百分之四十,一旦超过，飞船就会因为温度过高而燃烧。对于主战派来说，战舰的速度并非完全需要达到光速，但是对于刘婕等人来说，他们逃亡的飞船则必须达到这个速度，否则关于逃亡的一切都会是无用的。

而最近，地球工会关于批量生产人工铱的提案正在酝酿中，一些财团也在背后要求尽快通过这个赚钱的方案。所以刘婕得知火星研究基地需要铱的时候，非常着急，她立刻让湛湛露斯把这个消息告诉玛索，以让他能够尽量争取时间。只不过，库勒和达尔玛却先于他们得知了这个消息。

达尔玛不喜欢刘婕，库勒喜欢刘婕，这是两个主战派唯一的区别。当得知这个消息之后，达尔玛愤怒地表示希望库勒下达命令停止刘婕的工作，从根上消灭逃亡主义。但是库勒并不同意这么做，他向达尔玛表示，虽然刘婕是一个逃亡主义者，但是地球上的很多工作还必须要她来完成，对于她，需要采用的是大棒加胡萝卜的政策，否则将会引起超出控制范围的事。但脾气火爆的达尔玛却不喜欢这么温柔的做法，他拂袖而去，而正是他的这个举动，让刘婕意识到了自己的周围一定有内鬼。从某种意义上来说，达尔玛对于刘婕来说是一个让人喜欢的对手，但对于库勒来说，他简直就是一个愚蠢的伙伴。

据湛湛露斯回忆，达尔玛进到刘婕的办公室时就像是一个杀红了眼的歹徒一样，如果当时给他一把枪的话，他也许会杀了刘婕。但是更让湛湛露斯感到害怕的并不是达尔玛的暴怒，而是刘婕的冷静，这种冷静已经超越了正常人所能表现出来的情绪，她甚至连看都没有看一眼达尔玛。

“你这个浑蛋！”这是达尔玛进刘婕办公室后的第一句话。

“是达尔玛博士啊。”刘婕微笑着说。

“你居然和那些逃亡主义者混在一起！”达尔玛仍然愤怒地喊着。

“逃亡主义？您指的是谁？”刘婕仍然面带微笑。

“别跟我装，你知道怎么回事！”达尔玛随手把刘婕办公桌上的东西甩在了地上。

刘婕没有理睬达尔玛，而是用一种异常犀利的眼神看着他，半晌之后，她开口说：“博士，我想您弄错了。”

“少废话，你和那几个火星人一直都干着不可告人的秘密，别以为我不知道！”达尔玛指着刘婕喊道。

“火星人？博士，您说错了，我们都是地球人。”刘婕仍然非常平静。

“地球人？别往自己脸上贴金，你别忘了，你是一个火星人，你们都是火星杂种。”达尔玛的愤怒似乎到达了极点。

“博士，您如果说完了，那么请您离开，我要工作了。”刘婕看着达尔玛，笑眯眯地说。

“你给我个解释！”达尔玛拍着桌子叫嚣着。

“从行政角度上说，我职位比您高，从技术角度上说，您达不到这个水平，请问，您需要我解释什么？难道是向您解释火星杂种的由来？”刘婕歪着头问达尔玛。

“你……”达尔玛一时语塞，显然，他已经输了。

“好吧，我会把您刚才对我说的话通知库勒博士，也可以向他解释，现在请您回去等着我的回复，耐心一点。”刘婕指了指门，示意达尔玛出去。

“浑蛋！”达尔玛转过身，狠狠地摔门走了。

刘婕看了一眼湛湛露斯，吐了吐舌头，湛湛露斯则尴尬地笑了笑。

站起身的刘婕走到窗前，看着窗外，仍然非常平静。大约三分钟之后，刘婕回过头，对湛湛露斯说："帮我通知媒体，我要召开一个记者招待会，告诉他们，我有非常重要的事情宣布。"

"啊，博士，您要干什么？"湛湛露斯问。

"这个你一会儿就知道了。"刘婕仍然是微笑的表情。

"要不要通知库勒博士？"湛湛露斯问。

"可以，但是要先通知媒体。我去换件衣服，七点钟准时在大厅召开。"刘婕收起了笑容，走出了办公室。

愤怒的达尔玛回到自己的办公室，此时的他仍然没有冷静下来，他不停地用各种难听的词汇辱骂着刘婕。他一直认为可以通过这种方式获得胜利，但其实这是他最悲哀的地方，正如库勒对他的评价：白痴中最让人同情的一个。

湛湛露斯通知了所有媒体，并顺便通知了库勒，库勒虽然不知道刘婕要干什么，但是他隐约地感到这并不是一个好消息。

九、逃亡主义的真谛

莫里斯和桑帕约在火星基地的城市街道上散着步，两人并没有过多的话，他们从不是朋友，也没有过多的交集，但是此时，他们必须走在一起，因为接下来要发生的事将决定他们的命运。

"多好的飞船啊。"桑帕约发出啧啧的赞叹声。

"嗯，就像是一个孩子心爱的玩具。"莫里斯笑眯眯地说。

"你知道吗？这里曾经是人类的所有希望。"桑帕约难得用平静的语气说话。

"现在也是。"莫里斯平静地回答。

“我们刚来的时候，这里一片荒凉，甚至不如地狱热闹，那时候，我像你现在一样年轻。”桑帕约一边慢慢地走一边感慨地说，仿佛是在讲述昨天的事一样。

“您现在也很年轻。”莫里斯把头扭向桑帕约，微笑着说。

“那时候我们只想把这里建造成人类的第二个家园，每天都在努力地工作，从没感到过孤独，年轻真好啊。”桑帕约仍然感慨地说。

“现在您孤独吗？”莫里斯问。

“有一点，但不强烈，孤独这种事没什么可怕的，你得知道如何战胜它。”桑帕约终于笑了。

“其实孤独有时候给人的感觉并不差，在孤独中我们可以干一些自己喜欢的事情，而且会做得很好。”莫里斯说。

“你是个孤独的人，我看得出来。”桑帕约笑着说。

“我从小就是，已经习惯了。不过我并不喜欢孤独，大多数时候，我希望找到一个和我一样孤独的人来分享各自的感觉。可惜，这样的人很少，孤独者似乎都不愿意分享。”莫里斯耸了耸肩说道。

“当然了，如果那样的话，就算不上是孤独者了，不是吗？”桑帕约拍了拍莫里斯的肩膀。

莫里斯没有说话，他站在原地，注视着远方的飞船基地，许久之后，他开口说：“博士，我们成功的可能有多大？您能坦诚地告诉我吗？”

“百分之百或者百分之零。”桑帕约也注视着远方，轻轻地回答。

“好吧，我还有一个疑问想问您，这个问题我一直不知道答案。”莫里斯转过脸对桑帕约说。

“我可能回答，也可能不回答，不过我还是喜欢你的提问，他们说你是一个非常伟大的哲学家，而我一向喜欢哲学。”桑帕约看了一眼莫里斯，非常真诚地回答。

“您为什么要告诉我您的打算，您本来可以直接和玛索说的。”莫里斯问。

桑帕约并没有回答莫里斯的问题，而是蹲下身，从地上捡起一颗小石子攥在手里，然后扔向天空。石子落在了地上，像一支礼花一样散发美丽的色彩。由于曾经火星基地生活单调，最初的一批移民者发明了这种可以随时爆破的微型礼花瓣，散落在整个火星上，据说每一个礼花瓣发出的色彩都完全不同。那时候，无论是科学家还是民众，都非常热衷于在业余时间寻找这些可爱的小家伙们，以此增添生活的乐趣。

“当然您可以不回答，我只能说我问得不够恰当。”莫里斯摇了摇头说。

“这个问题对我来说有些复杂。”桑帕约看着徐徐落下的彩虹花瓣一脸笑容地对莫里斯说。

“我很想知道答案，或许我能把事情变得简单。”莫里斯对桑帕约说。

“我并不信任地球人。”桑帕约说。

“你指的是我和玛索？”莫里斯好奇地问。

“你是我信任的人之一。”桑帕约看着莫里斯，从他的表情可以看出，他的话是真诚的。

“您不信任玛索？”莫里斯更加好奇了。

“她是个好孩子，但她并不是一个坚定的人，这一点，她和刘婕差得很远。”桑帕约笑着对莫里斯说。

“您觉得玛索是主战派？”莫里斯接着问。

“现在可能不是，但不代表她不会改变，人的观点一直都在改变，难道不是吗？谁都有这样的权利。”桑帕约笑着对莫里斯说。

“您要是学习哲学，一定会成为一个伟大的哲学家的。”莫里斯笑着对桑帕约说。

“孩子，我肯定成不了哲学家的。”桑帕约说。

“为什么？您说过您喜欢哲学的。”莫里斯说道。

“我说过我喜欢哲学，但并没有说喜欢哲学家。”桑帕约站在原地，哈哈大笑。

“您是个有趣的人。”莫里斯笑着摇了摇头。

“他们也这么说。”桑帕约忽然从前一秒的大笑变得严肃起来。

“谁？”莫里斯也严肃地问。

“准备毁掉我们心爱的玩具的人。”桑帕约把脸贴到莫里斯面前，轻轻地说。

“什么时候开始？”莫里斯好奇地问。

“很快，在玛索还没有改变主意之前。”桑帕约又恢复了脸上的笑容。

“那成功之后，他们怎么办？”莫里斯急切地问。

“他们？和玩具一起毁灭。”桑帕约斩钉截铁地说。

“为什么？”莫里斯惊讶地问。

“因为他们毁掉了我心爱的玩具，而弄坏别人的东西是要付出代价的。”桑帕约的声音明显提高了。

“可是……这是……非得牺牲他们吗？他们可是您的朋友。我想知道为什么。”莫里斯站在原地不解地问。

“这是他们自愿的，而且他们也只是比我们早死一段时间，你和我也终究会有这么一天。逃亡主义者并不是惧怕死亡，而是要理智地面对科学，你知道的，我们没有胜算。”桑帕约叹了口气说。

“博士，您比我想的要睿智得多。”莫里斯看着桑帕约，非常真诚地对他说。

“是理智，不是睿智，科学家应该拥有的优点是理智，这是我的老师告诉我的。”桑帕约回答道。

“他一定是一个让您无比崇拜的人，我说得对吗？”莫里斯问。

“不，他是一个哲学家。”桑帕约轻松地说道。

莫里斯没有再说话，此刻，他终于找到了另一个孤独的人，这种感觉让他感到惊喜。岁月似乎只存在于桑帕约的脸上，他的内心依然年轻。桑帕约冲着他笑了笑，再次从地上捡起一颗花瓣石子扔向天空，待花瓣散开之后，他笑着对莫里斯说：“孩子，大爆炸比这个好看多了。”

十、辞职

当刘婕穿着火星传统的服装出现在库勒面前的时候，库勒惊呆了，他并没有猜到刘婕要做什么。刘婕只是对着他笑了笑——这是她一贯的表情，亲切而让人温暖——然后就去了等待已久的记者们面前。

犹豫了一下的库勒赶忙跟着刘婕也来到了招待会的现场，这里已经云集了大批闻讯赶来的媒体，现在的刘婕可是他们眼中的红人。距离招待会开始还有二十分钟，刘婕在台下和自己熟识的记者们先聊着，虽然也有人想从她口中得知即将要宣布的重要事情，但刘婕还是表示让大家稍等片刻。而在人群的另一端，库勒则疑惑地看着刘婕，努力地猜测着即将要发生的事会是什么，因为刘婕绝不会这么突然地宣布一件事情。

湛湛露斯站在发布会的另外一角，她没有接近刘婕，也没有接近库勒，她不能在众目睽睽中和库勒有任何接触，因为刘婕的洞察力是一流的。她只是站在角落里看着眼前发生的一切，脸上的表情非常不自然，很显然，她大概猜到了刘婕要做什么，在这一点上，她可比库勒聪明多了。

晚上七点钟的时候，刘婕从围着她的记者们中走上了台。她坐在了椅子上，用一如既往的微笑表情看着台下的所有人，目光并没有刻意地在谁的脸上停留，在调整了一下耳边的话筒后，她开始了自己的演讲："我的朋友们，请原谅我贸然打扰了你们的晚饭。"

台下立刻响起了笑声和掌声，记者们无比喜欢她这种幽默亲切的语调。

"但是我相信今天的这个记者招待会带给大家的一定会是一笔丰厚的奖金。"

台下再次爆发出笑声。

"当然了，大家可以把奖金的一部分给我，如果你们愿意的话。"这次，刘婕自己笑了出来。

"首先，我要把今天的事情告诉大家，然后我再来解释我为什么要这么做。"刘婕的脸上仍然带着微笑。

"快说吧，博士，我会分给你一部分奖金的！"台下已经有记者冲着她喊了起来。

“今天，在各位的见证下，我向所有曾经支持我工作的朋友们宣布，我正式辞去核弹计划的负责人职务。”刘婕非常严肃地说道，她的目光停留在了库勒的身上，但仅仅是一刹那之后，她又恢复了笑容。

“天哪！为什么？”“你不能抛下我们。”“发生了什么事？”台下的记者们立刻像是炸开了锅一样，他们不相信会发生这样的事。而库勒也睁大眼睛，显然，他对这突如其来的事件缺乏心理准备。

“我并不是一个自私的人，做出这个决定是经过深思熟虑的。当然，我还没有向我的上司库勒博士正式递交辞呈，但我觉得我更属于这地球上的每一个人，你们更有权利先知道我的决定。”这次，刘婕没有看库勒，而是微笑着看着记者们。

“你为什么要辞职？能告诉我们吗？”有记者冲着刘婕喊道。

“正如我刚才所说，我并不是一个自私的人，而且我还是一个面对压力知道如何化解的人，一直以来都是这样，从火星到地球，都是。”刘婕回答着记者的提问。

“你一定是遇到了什么大的问题，请你告诉我们。”另一个记者冲着刘婕喊道，从表情上看，他非常着急。

“你信任我吗？”刘婕反问这位记者。

“当然，无比信任。”记者不明所以地看着刘婕。

“可是我是一个火星人。”刘婕笑着看着记者，歪着头说。

“这里没有火星人，我们都是人类！”有记者显然不同意刘婕的话。

“对，我们都是地球人。”有人附和着记者的话。

“不，我曾经以为我是一个地球人，一直以来，我也一直在为这个骄傲的称呼做着自己该做的事。但是就在刚才，我被告知，原来一直以来，我都是一个火星基地的杂种，地球从未接纳过我，更让人难过的是，这样的人，居然就在我的身边，和我一起工作，一起面对来自外太空的威胁。”刘婕摊了摊手，严肃地说。

“不，你是地球人，你比任何人都爱这个星球，爱人类。”一个记者着急地站在了椅子上喊道。

“是谁，请你告诉我们，我们会向他要一个说法，这样的人不配做地球的领导者。”有人开始愤怒地喊道。

“谁赶你走，谁就是我们的敌人，是全人类的敌人。”有人大声地喊道，并得到了几乎所有人的支持。

“请不要这样，我们现在要面对的是外太空的高级文明，这才是关乎我们生死的。我也相信我的离开可以带给地球工会团结，这是一个强大的工作团队。我相信库勒博士，他是个优秀的领导者和好朋友，我不想给他添不必要的麻烦，所以我的离开是最好的选择。”刘婕的眼泪不自觉地流了下来，她看着远处的库勒，冲着他微微地点了点头。

“库勒，留住她。”“你应该对她的遭遇负责。”“这是歧视！”记者们也都把头扭向了库勒。此时，库勒只能苦笑着看着台上的刘婕和所有记者们，不知说什么才好。

“博士，感谢您在我担任这个负责人时给予我的帮助，但我必须辞职，我要回到火星，或许在那里我才能找到家的感觉。”此时的刘婕已经声泪俱下，她哽咽地说着，几乎无法控制自己的情绪。

“不会的，请大家相信我，我会让刘婕博士回心转意的，我向你们保证，她不会离开，而且这种事情也不会再发生。”库勒面对记者们的围攻，耐心地解释着。

“让那个种族主义者滚出地球工会！”“他不配再为人类服务！”“不只是他，这样的人还很多，地球工会必须重新组阁！”记者们冲着库勒愤怒地喊着，眼看会场即将失去控制，安保们立刻把库勒和记者们隔开，以防止会有过激的人使用非常规手段袭击。而在另一端，则完全是另一幅景象，只见刘婕红着眼睛在湛湛露斯的搀扶下缓缓走下台，记者们则自觉地分成两排，为她闪出一条通道，并一起高呼着她的名字，这一刻，刘婕像个解放了奴隶的女王！

刘婕在走过记者们的人群之后，抬起头对着被安保保护起来的库勒微微地笑了一下，这笑容意味深长。

十一、库勒的失败

飞船基地是在火星上的午夜发生爆炸的，对于莫里斯来说，这一切并不突然，令他意外的是，整个飞船基地居然没有一艘飞船幸免于难。听着响彻整个火星的警报声，莫里斯无奈地摇了摇头，自言自语地说：“简直就是疯子。”

这句话形容桑帕约非常合适，一直以来他都是一个要么不做要么做绝的人，这样的人最好是能够和他成为朋友，而不是敌人，莫里斯很庆幸自己的选择还算明智。飞船基地爆炸引起的巨大火花看上去是那么美丽，但是在这美丽的背后却是无尽的哀愁。存在了几十年的飞船基地，曾经是整个太阳系中最伟大的一个工程，承载着人类几乎所有对于外太空的梦想，但现在，灰飞烟灭了。而造成这一切的根本原因其实还是人类思维的问题，固执、盲目、缺乏主观意识以及无法突破的思维瓶颈，使得人类在发展文明的过程中只能无奈地选择这种方式。社会学仍然牢牢地掌控着人类的发展方向，而要改变这一切，看上去是那么遥不可及。莫里斯第一次感觉到了悲怆，或许人类的灭亡只是一个时间的问题了。

莫里斯去了玛索的办公室，出乎他意料的是，玛索比他想象的要平静许多，她只是静静地看着眼前发生的一切，无能为力。两人相视一笑，无言。许久之后，玛索拿出一瓶葡萄酒和两只酒杯，倒满之后，递给莫里斯一杯，面无表情地说："我们是否该庆祝一下？"

"不，说祭奠更容易让人接受。"莫里斯接过酒杯，一饮而尽。

"祭奠谁？"玛索冷冷地问。

"过去和未来。"莫里斯放下酒杯，看着玛索真诚地说。

玛索不再说话，只是慢慢地抿着酒，然后一言不发地坐在了椅子上。莫里斯冲着玛索笑了笑，扭头离开。

库勒在过去的二十四小时之内承受的打击比以往任何时候都大，先是刘婕毫无征兆地对媒体宣布辞职。虽然库勒知道这是刘婕的要挟和逃亡派的伎俩，但是由于之前刘婕在全世界演讲中树立起来的形象和威信，民众还是把她的辞职归结于地球工会内部的种族主义。世界各地的抗议从清晨一直持续到晚上，要求以库勒为首的地球工会领导层集体辞职的呼声一浪高过一浪，库勒等人只能宣布暂时停止工作，和刘婕进行开诚布公的谈判，以平息民众的愤怒。

紧接着，刘婕宣布辞职带来的另外一个影响就是财团的愤怒。他们的股票在一夜之间几乎跌到了最低点，民众选择抛售掉手中的股票，因为他们只信任刘婕而非地球工会，没有刘婕，一切对于他们来说都是无用的。财团的顾问们立刻约见了库勒，希望他能尽快解决这件事，而解决的方案就是满足刘婕的一切需求，只要把她留住就行，库勒无奈之下只得同意。

更为严重的打击是从火星传来的，人类一直引以为傲的火星飞船基地因为输送氢气燃料的管道发生裂变而引起爆炸，导致了火星基地几乎在一夜之间回到了原始状态。看着一片残骸的飞船基地，人类从最初的惊讶变成愤怒，又从愤怒变为了难过，最终演变成了绝望。虽然地球工会想尽一切办法安抚，但是作用微乎其微。库勒向财团提出了引咎辞职，但是这个时候，财团不会同意库勒的请求，他们需要一个人把这个烂摊子经营下去，库勒只能硬着头皮继续干下去，现在，能拯救他的人只有一个——刘婕。

“这不是公平的较量。”库勒平静地对刘婕说。

“您的意思我没明白，什么较量？”刘婕仍然是一副微笑的表情。

“别这样好吗？逃亡主义的领袖，这么称呼您没问题吧？”库勒已经不想再隐瞒了。

刘婕没有说话，她只是走到库勒的跟前，轻轻地叹了一口气，然后摇了摇头，思考了一下，对库勒说："博士，其实您比我更清楚，我们面对的东西有多可怕。恩美雅人已经把我们带到了万劫不复的边缘，反击只能加速我们的灭亡，逃亡是唯一的方法，只有活着才有机会。"

“可我要对几十亿条生命负责，不能抛下他们。”库勒说。

“保留人类的火种和一起灭亡哪个更好？”刘婕问。

“我们没有机会！”库勒绝望地说道。

“不，活着就有机会，我们不能选择死亡，但可以选择活下去！”刘婕冲着库勒喊道。

库勒不再说话，一下瘫坐在了椅子上。原来一直以来的主战派的真实目的却是绝望地自杀，而逃亡主义才是真正的主战派，这一点，刘婕知道，库勒也知道。

“文明是进步的，而进步需要改变，这其中包括很多。远古拿着棒子的人类永远不会想到我们能变成现在这样，同样，我们也想象不到人类的未来会是什么样子，要想知道，首先我们得活着，死亡根本不算什么。博士，你和我都有这个责任，我真诚地请求你，相信我，相信人类，我们可以改变这一切，但是现在，我们必须离开。”刘婕抓着库勒的肩膀真诚地对他说。

库勒看着刘婕，叹了一口气，点了点头。他知道，在这场较量中，他输了，输得体无完肤，但又心服口服。沉默之后，他恢复了平静，对刘婕说：“孩子，或许你说得对，人类必须逃离这里，从现在开始，我将配合你的一切工作，但是我不能离开地球工会，这里还有几十亿人需要安抚，不是所有人都像我一样知道事情的真相，如果你告诉他们你是一个逃亡主义者的话，那么他们宁肯和你一起死掉也不会让地球留下火种。”

“当然，所有人都想登上挪亚方舟，博士，您必须留下，我们都需要您。”刘婕真诚地看着库勒，微笑着说。

“不过现在，你得去帮忙收拾这个烂摊子，我需要休息一下，我已经二十四小时处在疯狂的状态下了。”库勒扭过头走出了刘婕的办公室。

“愿意效劳。”刘婕看着库勒的背影，轻松地说。

十二、重建

第二天上午，刘婕在库勒的带领下，和财团的顾问们以及地球工会的高级领导层进行了一次长时间的沟通，库勒称这次会议为让所有人都从内心深处感到满意的一次会议。财团的顾问们对刘婕收回辞呈感到高兴，并且表示将支持她的一切决定，而库勒的主战派团队则表示不再干涉刘婕的工作。刘婕则表示晚上七点将通过发布会宣布继续担任“核弹计划”的领导者，直到完成这个计划。最后，所有人的手握在了一起，象征着这次并不愉快的“小事件”成为过去时。

晚上七点，刘婕向全世界的民众宣布了自己留任的消息，并表示为自己的任性带来的损失道歉。同时，她还宣布了另外一个让人热血沸腾的消息，那就是要建造一个更为强大的火星飞船基地，保证人类最基本的安全，也希望大家能够重拾信心，一起渡过这个难关。

就在刘婕进行招待会的同时，玛索却一个人待在研究基地的办公室里，她并没有表现出任何的兴奋，而是感到悲哀，她似乎明白了莫里斯关于祭奠未来的含义。确实，在这个思维模式下发展的人类文明，未来肯定将是一扇被关死的大门，无论是主战派还是逃亡派。就算是没有四维文明的威胁，人类也会在自己的这种让人绝望的思维下走向灭亡。玛索靠在椅子上，想起了父亲曾经对她说过的话，那时候，她还是个孩子，并不理解父亲的话，但是现在，她终于明白了。

那一年，火星上发现胡萝卜人的消息让世界上所有人沸腾了，原来在茫茫宇宙中，人类并不是孤独的。既然可以征服火星，那么宇宙中的所有行星都一样可以征服，在地球的生命耗尽之后，人类完全可以离开这里开辟新的家园，躲过世界末日，所有人都沉浸在这种兴奋中。但是富尔茨博士却对当时只有六岁的玛索说，这不过是人类一个乌托邦式的幻想而已，人类如果按照这样的方式走向未来的话，那么等不到地球末日的那天，他们就将消失，甚至不留下一丝一毫的痕迹。小玛索当然不明白父亲的话，对于她来说，未来就是长大之后遇到的事情，那些是大人们的事情，与她无关。但是现在，玛索终于理解了父亲的话，如果宇宙中的一切如同玛雅人所说的一样是设定好的，那么人类自身就是一个错误信息，毁灭是无法避免的。

玛索第一次感到了一种从没有过的痛苦，她仰头看着天花板，泪流满面，这是无奈更是绝望。后来，她居然不知不觉地睡着了，在梦里，一个声音不停呼喊着她，玛索想伸手去抓，却发现自己似乎像处在真空中失去重力一样，无法抓到任何东西。她想努力地看看是谁在叫她，但是前方却一片黑暗，甚至连星星点点都没有。就在这种恍惚中，玛索再次昏昏睡去，不知过了多久，她终于醒来了，看到了莫里斯，他坐在玛索的床前，微笑地看着她。

“你喝醉了。”莫里斯看到玛索醒来，轻轻地对她说。

“醉酒之后并不是什么都知道，而是什么都不知道。”此时玛索只觉得浑身无力。

“也许第一次就是这样的。”莫里斯笑着说。

玛索不想再说话，她只觉得头痛欲裂，但是她一闭上眼睛，就再次感觉到那种令人绝望的黑暗。

“我们将重建飞船基地。”莫里斯告诉玛索。

“我知道，但是有什么用呢？”玛索看着莫里斯问。

“你认为我们做的这些都是无用的？”莫里斯反问道。

“我不知道，或许像你说的，我们需要改变思维。”玛索努力支撑着坐了起来。

“我们正在改变，而且很快我们就会得到我们想要的东西。”莫里斯扶着玛索说。

“四维文明比我们想象的要可怕得多，玛雅人和恩美雅人都无法逃脱，更何况是我们。”玛索蜷缩着身子对莫里斯说。

“相信自己，我们可以改变的。”莫里斯安慰着玛索，站了起来。

玛索把头歪向了另一边，不再说话，她的头就像是宇宙大爆炸时一样，一片混沌，杂乱无章。

四天之后，地球上百分之八十的铱送到了火星，桑帕约和他的九人团队顺理成章地成了飞船基地再造的核心成员。这是必然，没有人比他们更了解火星，也没有人比他更热衷于建造一个新的飞船基地。几十年前，同样的地方，同样的人，做着同样的工作，现在，人老了，其他却都没有变。

“老家伙们，有没有恍如隔世的感觉？”桑帕约用苍老的声音问着其他人。

“没有，我还像五十年前一样年轻有力。”莱切看着桑帕约铿锵有力地说。

“我可以在未来给你介绍一个玛雅女孩，她们一定是充满野性的。”桑帕约冲着莱切挤了挤眼睛。

“那我一定会谢谢你的。”莱切笑着对桑帕约说。

“不过你得把你的工作做完，我可不会给你你不该得到的奖励。”桑帕约努了努嘴。

“我不需要你的奖励，我的魅力足可以让任何一个姑娘爱上我。”莱切冲着桑帕约挥了挥拳头。

“希望你可以活到那一天，我的老伙计。”桑帕约朝着一片废墟的飞船基地走了过去。在他的身后，所有人都紧紧地跟着，从走路的姿势可以看出，这是一群充满自信的人。而历史已经无数次证明，自信，是一个人能够活下去的最基本要求。

火星和地球仍然像五十年前一样在银河系的第三条摇臂上不停地旋转着。五十年，对于宇宙来说，不过是一刹那，但对于人来说，却早已是沧海桑田。

第二章
幻象空间

一、返回三维

“我觉得我们像死了一样。”赵志宏靠在飞船的座椅上对艾克拉说，他已经很久没有离开座椅了。

“我感觉我像重生了。”艾克拉则端着一杯葡萄酒坐在了赵志宏的面前，微笑着说。

“死亡就是重生。”赵志宏没有抬头，只是轻轻地说。

“你觉得死亡可怕吗？”艾克拉问赵志宏。

“死亡本身并没有什么可怕的，可怕的是死亡的过程。”赵志宏看着艾克拉平静地说。

“那有没有比死亡更可怕的事？”艾克拉问。

“不知道，我不畏惧死亡，也不知道还有什么事情更可怕。”赵志宏笑眯眯地对艾克拉说。

艾克拉没有再说话，在进入四维空间之后，他变得沉默了许多，或许之前经历的一切让他已经分不清现实和虚幻。不过能够活着，对他来说已经足够庆幸了，即使现在就死去，他也并不会有多少遗憾，生活总得继续，死亡不过是一个终点而已。

“富尔茨号”舰队已经在四维中航行了很久，和在三维世界中一样，他们不会轻易遇到让他们感到惊奇的事，不过这并不代表永远不会。渐渐地，他们发现了舰队虽然一直在前进，却似乎并没有在空间上有任何的距离上的变化，发现这个问题的是舰队的首席领航员安特鲁。

“我们……似乎一直在原地。”安特鲁犹豫地对艾克拉和赵志宏做着汇报。

“这不可能。仪表显示我们已经行驶了几千光年了。”赵志宏并不认同安德鲁的话，他更相信科学。

“这没错，但是这里是四维，有的时候很多东西无法用我们的科学来解释。”安德鲁更相信自己看到的一切。

“你能详细解释一下吗？我也不太明白。”艾克拉问安德鲁。

“我们眼前的参照物一直都没变，也不能这么说，只是参照物所在的空间没有变，但是参照物似乎还是有微小的变化的，比如我们前面的那片星云，它们中恒星的数量在减少。”安德鲁指着显示器屏幕对艾克拉说。

“这意味着什么？”艾克拉好奇地问。

“意味着我们一直都在这个地方，但是……似乎，我们可能进行的不是空间旅行，而是时间旅行。”安德鲁一副不可思议的表情。

“你的意思是我们穿越了？”艾克拉问。

“博士，我是这么认为的。因为星体增加或减少，不可能在一瞬间完成，当然也可能是造物主在工作。”安德鲁摊了摊手对艾克拉说。

“也许你是对的，但我们需要更准确的结论，你知道，我们现在看到的东西很多已经超出了我们的理解范围。”艾克拉拍着安德鲁的肩膀说。

“可是我们怎么才能得出正确的结论呢？”安德鲁一脸迷茫地看着艾克拉。

“回到三维！”一直盯着仪器的佩尔森对所有人说。

“什么？回到三维？那怎么可能？我们不能这么做，你忘记玛雅人说的了吗？”赵志宏冲着佩尔森喊道。

“我当然没忘，但是我更相信科学，如果我的分析没错的话，我们现在已经逃离了我们所在的那个宇宙，不，是那个时间点，我们很可能来到了另外的时间点，这里是另外一个世界。”佩尔森对赵志宏说。

“另外的时间点？”几乎所有人都看着佩尔森，并不明白他要表达的意思。

“在四维中，时间是以物质的方式存在的，虽然我们看不到，但是可以很清晰地感觉到，所以我们回到三维就会忽视掉它，这应该是一种记忆偏差的问题。安德鲁说得没错，我们要在空间上移动，只有在三维下才能进行，在四维内，我们的移动都是在进行时间的旅行。”佩尔森非常坚定地说。

“你的意思是我们行驶了数千光年，就是回到了几千年前？”

赵志宏更加好奇了。

“从理论上来说是这样的，这取决于我们航行的速度，但是我们无法得出我们的绝对速度值，因为在四维内一切物理指数都和三维不同，也许我们已经超越了光速，又或者我们像一只蜗牛一样慢。”佩尔森说。

“那我们怎么回到三维？”赵志宏问。

“虫洞中的虫洞。”佩尔森看着艾克拉和赵志宏，斩钉截铁地说。

赵志宏扭过脸看了一眼艾克拉，他并不是不相信佩尔森的话，但是他需要得到艾克拉的肯定，毕竟他需要对舰队所有人的生命负责，这个责任他需要有人和他一起分担。

“也许我们可以尝试一下，或许几万年前的宇宙是安全的，我们还可以回到地球，几万年前的世界一定非常有趣。”艾克拉朝着赵志宏挤了挤眼睛。

“那如果和我们想的不一样呢？”赵志宏问。

“那我们就再回来，继续探索四维的秘密，毕竟我们是活着的。”艾克拉端起了葡萄酒一饮而尽，享受生活是他一直以来的乐趣。

“也许……你是对的。”赵志宏冲着佩尔森点了点头，表示同意他的做法。

大约一小时之后，第三舰队从重新制造的虫洞中返回了三维。当回到三维的一刹那，舰队上的每一个人都似乎有了一种久违的回家的感觉，眼前的一切似乎都变得真实了起来，飞船不再透明，空间也不再扭曲，一时间，唏嘘声、欢呼声响彻了整个舰队。

“欢迎回家。”艾克拉微笑着对赵志宏说。

“也许这并不是我们的家呢？”赵志宏也笑着回应艾克拉。不知为什么，他此刻忽然有了一种轻松的感觉。

“不管是不是，我们总算离开了该死的四维，那里没什么值得留恋的。”艾克拉看着飞船前方的宇宙空间感慨地说。

舰队开足了马力朝着太阳系的方向前进，那里才是他们真正的家，又或许不是，一切需要在几个月之后才能见分晓。

二、再遇玛雅人

第三舰队在回家的路上狂奔着，虽然他们并不确定那颗叫作地球的行星是不是他们熟悉的家，不过对于他们来说，茫茫的宇宙只有这么一个去处，即使那里不是家，也至少是一个港湾。舰队上的每个人脸上都流露出一种期盼的眼神，离家久了的孩子，都是这样。

“我们就像进行了一次环球旅行一样。”赵志宏笑着对艾克拉说。

“而且是坐的一叶扁舟。”艾克拉也笑着对赵志宏说，在他们的脸上，都洋溢着一种久违的笑容，这种笑容是那么随意和满足。

“还好我们记得回去的路。”赵志宏自言自语地说道。

“路还是原来的路，家却不一定。”艾克拉也自言自语道。

“家永远都是家，只要人在。”赵志宏看了一眼艾克拉平静地说道。

“也许主人已经换了，那还算家吗？”艾克拉微微一笑说。

“那里有我们的痕迹，当然算是我们的家了。”赵志宏说。

舰队继续在一片黑暗中前进着，就像他们刚离开地球时一样，一切都充满了未知，但他们却也充满了信心。大约三个月后，他们的飞船终于即将进入太阳系的边缘，所有人都欣喜若狂。虽然以他们的速度到家还需要相当漫长的时间，但是毕竟看到了希望，家，似乎已经在向他们招手了。

“我们接收到了无线电信号。”川口在一个早上突然道。舰队立刻进入了戒备状态，赵志宏和艾克拉更是紧张地来到了川口跟前。

“尽快翻译出来，也许是地球的信号。”赵志宏向川口下达了命令。

“不，不是地球，是在我们前方一个天文单位的位置，但是……似乎不是我们的人。”川口回过头，一脸无辜地看着赵志宏。

“玛雅人？”艾克拉问。

“这个我不知道，请稍等。”川口立刻对收到的电文进行快速翻译。

大约四分钟之后，电文被翻译了出来：“我们又见面了，你们终于掌握了四维的秘密，祝贺你们。”

“是玛雅人！”赵志宏和艾克拉激动地喊了出来。在经过了数月的航行之后，他们居然再次遇到了救命稻草，而且似乎他们已经处在了一个相对安全的空间里，飞船上立刻爆发出了欢呼声。

“还有后面一段呢。”川口在欢呼声停止之后苦笑着说。

“接着说。”赵志宏冲着川口挥了挥拳头。

“欢迎你们来到第四纪冰期，我们地球上见，记住，南极，伙计们。”

“这里是……第四纪冰期……”赵志宏、艾克拉、佩尔森以及所有人都愣在了原地，他们无法相信自己的耳朵，但是却又不得不相信。

“我们真的穿越了。”川口呆呆地看着赵志宏，一脸茫然地自言自语道。

“这是好消息还是坏消息？”赵志宏把脸转向了佩尔森，他需要听取科学家对于这件事的结论。

“如果你想回家的话，那么这不是一个好消息，因为你可能遇到你的祖先。但是如果你想来一场时空盛宴，那么这一定是个好消息，因为你可以看到猛犸象和巨型企鹅。”佩尔森吐着舌头对赵志宏说道。

“该死的玛雅人，他们居然把我们带到了这里。”赵志宏微笑着愤愤地说。

“那就让我们耐心等待吧。”艾克拉拍了拍赵志宏的肩膀对他说，看得出来，他对眼前的这个世界充满了期望。

第三舰队紧紧地跟在玛雅人的飞船后面朝着地球的方向飞去，大约一星期之后，他们终于看到了那颗久违了的蓝色星球，她还是一如既往地美丽，看不出丝毫的变化。虽说这并不是他们的世界，但是舰队的每个人还是泪流满面，他们用自己的母语高呼着万岁，庆祝着这个让人兴奋的时刻。

舰队掠过了地球的大气层，所有人都凭住呼吸，没有人说话，他们看着这个熟悉而陌生的地方，再次被这里的美丽惊呆了。

整个地球就像披着一层白色外罩，亮晶晶地反射着阳光，蓝色的大海平静得像个沉睡的巨人，森林也似乎比他们的世界更加安静。

“我真想变成一位画家。”佩尔森唏嘘地感慨着。

“还是变成诗人吧，语言比图像更容易让人接受。”艾克拉拍了拍佩尔森的肩膀，微笑着说。

“看，南极，这里比我们的南极更大。”川口指着大屏幕显示的图像喊道。

“是，这里的地球还是一张白纸，人类还没有肆无忌惮地开发。”佩尔森平静地说。

“看，玛雅人在这里有基地。”川口指着前方已经徐徐降落的玛雅人，大声喊道。所有人都朝着大屏幕看去，一座并不算大的基地矗立在南极大陆中央，看上去与这个时代是那么格格不入。

“这就是人类的可耻，总是试图改变世界，这简直就是一种愚蠢的行为。”佩尔森愤愤不平地说。

“不要再抱怨了，活着是一件多么有趣的事。”艾克拉拍了拍佩尔森，安慰着这个正义的环境保护者。

第三舰队在南极大陆上降落了，当舱门打开他们登上陆地的一刹那，几乎每个人都站在原地深深地呼吸着。这是多年来他们第一次踏上陆地，感受到重力，对他们这些已经在宇宙中航行了数年的人来说，这一刻，他们才算真正地回到了家，这种感觉真的很棒。

远处，从玛雅飞船上走出的人也向他们走来，从外貌上来看，他们几乎是一样的，但从严格意义上来说，他们对于彼此都是另一个世界的人。

没有过多的寒暄，而是紧紧地拥抱，放声地大哭，玛雅人的表达方式和他们几乎是一样的，这就是地球这颗蓝色星球孕育出的生命的情感。

“这里是你们的世界，我们是客人。”赵志宏非常客气地对玛雅人说。

“不，这里也不是我们的世界，我们和你们一样，都是客人。”玛雅人微笑着对赵志宏说。

“什么？”赵志宏扭过头看了看艾克拉和佩尔森，似乎并不明白玛雅人的意思。

“看来你还是没有弄清楚时间的概念。”玛雅人大笑着对赵志宏说。

“哦，请原谅，我……真的没有明白。”赵志宏挠着头说道。

“我们都是时间旅行者，因为我们的世界和你们的世界一样，都不是安全的，这里也一样，只不过比起我们的世界，这里暂时还算安全，但是暂时不代表永远。”玛雅人微笑着对赵志宏说。虽然赵志宏并不知道玛雅人的笑的含义，但是他感觉，他们并没有恶意，相比于技术爆炸，玛雅人或许更能让他们加快了解宇宙的秘密。

三、地球舰队

第三舰队在这里安下了家，这是他们通过表决做出的决定，对于这些已经在宇宙中流浪了数年的人来说，安定下来是当前最好的选择。虽然他们还并不是很了解他们正在经历的事情，但是安全总是一件非常让人舒服的事。在这里，玛雅人会把自己所掌握的宇宙知识教给他们，原因只有一个——他们都来自地球。

在基地里，赵志宏、艾克拉等人和玛雅在这里的总督切里亚进行着交谈。

“抱歉，总督，我还是不太明白时间旅行的概念。”赵志宏无奈地问着切里亚。

“从广义上来说，我们是进行了一次时间的旅行，因为现在我们所处的位置从时间上来说是百万年前的地球，而我们和你们的时代还没有到来。”切里亚喝了一口奶茶对赵志宏说。

“我的理解是我们从四维中的时间轴中来到这里，对吗？”艾克拉问切里亚。

“是正确的，但是又不是很准确，准确的说法应该是我们已经离开了我们的宇宙，这里是另外一个时间点的宇宙。而以我们现在了解的知识来看，时间从物理角度上来说，是无法回到过去的，这是悖论。”切里亚对艾克拉说。

“可是我们现在在一百万年前啊。”艾克拉显然没有明白切里亚的意思。

“我说过，这里是另外一个宇宙，和我们的世界没有任何关系，是过去式而不是过去。”切里亚仍然耐心地解释着。

“你的意思是在这个世界上有无数个宇宙？也就是平行宇宙？”艾克拉和赵志宏几乎同时惊讶地说。

“可以理解成平行宇宙，只不过究竟有多少个平行宇宙，我们并不知道，因为时间的真正属性我们还不得而知，这还需要我们进行长时间的探索，或许时间和宇宙一样，都是无限的。”切里亚说。

“那我们的宇宙真的会被四维文明破坏吗？”艾克拉紧张地问。

“从我们现在了解的情况来看，是这样的，你们时间点的宇宙和我们时间点的宇宙都已经登上了四维文明的黑名单，这一切都是因为恩美雅人发动的对四维的战争。但是宇宙的时间点总数应该不会变，我们宇宙的所有原子都将进行重组，在新的时间点中重新繁衍。”切里亚认真地说。

“我更想知道四维文明的样子。”赵志宏端起了一大杯奶茶，他并不喜欢玛雅人的这种奶茶，相比起来，他更喜欢家乡的杏仁茶。

“这个嘛，抱歉，我们也没有见过他们的样子，但是他们的可怕我们却见识过。”切里亚笑了笑说。

“他们……有多可怕？”赵志宏和艾克拉不约而同地问。

“他们把我们的一些伙伴送到了未知的空间和时间中去了，那里在哪里，我们根本无法理解。或许那个地方从空间角度上来说根本不存在，但是从理论上来说又存在。”切里亚一边摇着头一边苦笑着说。

“地狱……也或者是天堂。”艾克拉看了一眼赵志宏，摇了摇头说。

“这个比喻非常贴切。”切里亚冲着艾克拉竖起了大拇指。

“我们现在的理解是，四维文明拥有重组宇宙的能力，他们可以轻松地消灭任意一个对他们构成威胁的时间点，重新建造新的时间点来维持他们的平衡。”切里亚表情变得严肃起来。

“这么说的话，宇宙完全是人造的了？”赵志宏无法理解切里亚的话，他甚至觉得这就像是科幻小说一样不可思议。

“是不是人造的，我们并不知道，但宇宙和空间实在是太巧合了，或许造物主真的存在。”切里亚把两只手合在一起，闭上了眼睛，看上去像是一个非常虔诚的宗教信徒。

“可是我觉得宗教只不过是统治阶级的一种辅助手段罢了，科学才是唯一值得信任的东西。”赵志宏对切里亚说。

“科学？”切里亚看着赵志宏，脸上的表情看上去非常不屑。

“对，科学，我不知道这个词是否准确，我们的语言可能会有差异。”赵志宏摊了摊手说。

“我理解你的意思，我们曾经和你们一样，但是你知道吗，我们所掌握的科学并不足以证明一切，有些所谓的科学甚至我们永远都无法接近。但是宗教里却有很多不一样的东西，其中隐含着很多宇宙的秘密，比如佛教。”切里亚轻轻地对赵志宏说。

“你们也知道佛教？”艾克拉不可思议地问道。

“对，恩美雅人为我们做信息输入的时候，我们已经掌握了这些，但是完全理解却是另外一回事，不过好在我们已经意识到了这个问题，学会了自己思考和分析。”切里亚站了起来看着窗外。

“你们看，地球其实是很美的，无论我们在这里待多久都不会有厌倦的感觉。”切里亚轻轻地说着。

“当然了，这里是我们的家嘛。”艾克拉接着说。

“不，这不是主要原因。”切里亚扭过头微笑着对艾克拉说。

“那是什么原因？”赵志宏在一旁问。

“真正的原因是我们太渺小了，无法得知地球的奥秘，如果我们知道了地球的所有奥秘，可能我们也就不觉得它有多美丽了。”切里亚仍然很随意地笑着说。

“宇宙也是一样的，对吗？”艾克拉问。

“对，宇宙也一样。从空间角度上来说，宇宙也一定是有限的，只不过我们暂时还不得而知，当我们知道的时候，也许就并不这么好奇了。”切里亚感慨地说。

“也许四维文明就是这样的生命。”艾克拉叹息一声。

“四维文明是什么，我们还不得而知，也许他们并不是以生命的形式存在，就像大山、海洋一样，这一切都是自然的。”切里亚回过头看着艾克拉和赵志宏说。

“我们的好奇心让我们开始毁灭宇宙，就像古时候的人那样，破坏了环境，然后河水开始泛滥，疾病开始传播，这是自然的惩罚，我这么理解对吗？”艾克拉问。

“这么理解是一种非常好的方式。”切里亚大声地笑了起来。

“那么四维文明之外呢？会不会有更为可怕的文明？”赵志宏问。

“这太难理解了，抱歉。”切里亚摇了摇头苦笑着说。

“造物主不单单是伟大，他还是一个设计师。”艾克拉冲着赵志宏笑了笑说。

“我现在才意识到人类是多么渺小。”赵志宏叹了一口气望向了窗外。

“渺小得几乎不存在。”艾克拉接着赵志宏的话说。

“只是相对而言，对于四维文明来说，我们渺小，但是对于企鹅或者猛犸象来说，我们是可怕的生命。”切里亚坐了下来认真地说。

“这算是宇宙的文明等级吗？”艾克拉问切里亚。

“当然不是，我们和猛犸象、企鹅都是一样的，因为我们的生命形式一样。”切里亚说。

“你的意思是空间中文明的形式是多种多样的，对吗？”艾克拉问。

“是的，这需要我们在接下来的若干年内去证实，现在，我们的身份都是一样的。”切里亚严肃地说。

“我们都叫地球人好吗？我们之间只有这点是相同的。”赵志宏说。

“你说得对，这是我们唯一的相同点，我们都来自地球，不同时间点的地球。”切里亚笑着对赵志宏说。

“那我们就组成新的地球舰队吧，然后去探索宇宙，了解我们想知道的一切。”赵志宏对切里亚说。

“可以，不过我们暂时还得待在这里，你们还需要在技术上提高许多。”切里亚轻轻地拍了拍赵志宏的肩膀说。

四、未知信号

就在第三舰队安定下来之后的第二个星期的一个早上，赵志宏带领着几个队员正在接受玛雅人关于提高飞船速度的理论课时，位于南极洲正中央玛雅基地的一座巨大的无线电信号接收天线突然发出了最高等级的警报声。整个基地的人全都大吃一惊，无论是对于第三舰队的赵志宏他们还是玛雅基地的切里亚他们来说，这信号都是一种让人感到恐怖的声音，因为这里除了他们之外，还没有发现其他任何到访的文明。

不过更可怕的是，无线电所接收到的信号居然无法翻译出任何意思，从信号的波段来分析也得不出任何结果。赵志宏看着切里亚焦头烂额，不知道说什么好。许久之后，切里亚才从实验室走出来，他看着赵志宏，非常严肃地说："我们可能遇到麻烦了。"

"是四维文明吗？"赵志宏并不害怕，更多的是好奇。

"我们无法破译这些信号，它们非常强烈，很明显这不可能是星体发出的自然信号。但是我也并不能确定他们是否来自四维文明，因为我们现在还不知道四维文明的物理特征。而且我们无法测出这组信号的来源。"切里亚非常严肃地对赵志宏说。

"什么叫无法测出来源？"赵志宏看着切里亚，很显然他并不明白切里亚的意思。

"就是我们不知道这组信号来自哪里，测不出它距离我们有多远。"切里亚看着赵志宏，仍然显得非常严肃，但是却很平静。

"怎么可能？任何无线电信号都是可以测到来源的，无论它距离我们多远，这是我们都掌握的知识。你们怎么会测不出？"赵志宏的火爆脾气让他无法平静地说话。

“有两种可能。”一直安静地待在赵志宏旁边的艾克拉说道。

“什么？哪两种？”赵志宏扭过脸茫然地看着艾克拉问，与此同时，切里亚也好奇地看着艾克拉。

“第一种可能，这组信号来自其他时间点，也就是切里亚说的平行宇宙，所以我们无法从空间上测出它的距离。至于无法翻译，这是另外的技术，和无线电本身无关。”艾克拉看着两人，认真地说道。

“这意味着什么？”切里亚问。

“意味着这组无线电信号可能并不是刻意发给我们的，我们只是无意中接收到的。”艾克拉看着切里亚说。

“那还有一种可能呢？”赵志宏焦急地问。

“还有一种可能就更简单了。”艾克拉笑了。

“到底是什么？”赵志宏非常着急，脸上的青筋都暴出来了。

“这根本就不是无线电。”艾克拉突然收起了笑容，严肃地说。

“不是无线电？”切里亚惊呆了，他用一种极其不可思议的眼神看着艾克拉，显然，他无法理解艾克拉的逻辑。

“假设这组所谓的信号真的来自四维文明，那么你刚才说过，他们的物理特征和我们未必一样，他们很可能会用一种我们无法识别的联系方式来进行探测和联系，所以如果这组信号来自他们的话，也是有可能的，但是我们并不能把这叫作无线电。”艾克拉向切里亚详细解释着。

“我更希望是第一种原因。”赵志宏无奈地说道。

“我更希望没接收到这样的信号。”切里亚则看着艾克拉，笑着说。

艾克拉不再说话，只是轻轻地坐在了椅子上，许久之后，他才站起身，用非常严肃的口吻对切里亚说道：“你是这里的主人，我向你提出一个请求，希望你能够答应。”

“不，我也不是主人，这里的主人是企鹅、猛犸象和智人，我们都是客人。”切里亚冲着艾克拉摆了摆手说。

“什么请求？”赵志宏问。

艾克拉看了一眼赵志宏，没有说话，而是指着远处的无线电接收器，斩钉截铁地说：“摧毁它。”

赵志宏和切里亚相互看了看，脸上的表情非常惊愕。

“为什么？这可是我们唯一和外界取得联系的方式。”切里亚缓了缓情绪问。

“但也会暴露我们。”艾克拉说。

“但是我们的伙伴还在外面，这里很可能是他们唯一的去处，他们有权知道这里的情况。”切里亚说。

“我知道，但是敌人也会跟着来，无论是四维文明还是恩美雅人，我们都不是他们的对手。”艾克拉说。

“我明白你的意思。”切里亚轻轻地说了一句，就不再说话，茫然地看着远方。

“这算是宇宙法则吗？”赵志宏问。

“不，这是生存法则。”艾克拉看着赵志宏微笑着说。

“我同意你的要求，或者说赞成。”切里亚终于说话了。

“我很抱歉。”艾克拉冲着切里亚说。

“别这么说，你比我更适合当领导者，如果你是玛雅人的话，那你一定会是一个像雅各布一样伟大的领袖。”切里亚握住了艾克拉的手。

“雅各布是你们的国王吗？”赵志宏问。

“可以这么说。”切里亚说。

“他现在在哪里？”艾克拉问。

“未知的地方，他们随着被四维文明切割的宇宙远去了。”切里亚耸了耸肩对艾克拉说。

“也许我们也不该继续留在这里了，这里不是安全的地方。”艾克拉说。

“我们总得有落脚点，四维比这里更加不安全。”赵志宏说。

“我们至今也没有遇到过四维文明，也许他们就在某个我们不知道的地方等着我们，总有一天我们会相遇的。”艾克拉唏嘘道。

“老子要他们的命！”赵志宏咬牙切齿地说。

“还没等我们动手，也许我们就已经被湮灭了。”艾克拉看着赵志宏的样子，觉得非常滑稽。

“我知道，我也就是说说而已，我还没傻到这么不自量力。”赵志宏自己也笑了，他从来都不是个怕死的人，但并不是找死的人，拿鸡蛋去碰石头这样的事，他做不出来。

“我们应该去仙女座，恰克西他们朝着那个方向去了。”切里亚说。

“恰克西是谁？”赵志宏好奇地问。

“国王的哥哥，也是把玛雅人带给恩美雅人的人。”切里亚说。

“他是罪人吗？”赵志宏问。

“这个说不好，可以说是，也可以说不是。他教会了我们科学，让我们走出了森林，但是走出森林意味着灾难。可是就算我们现在不走出森林，那几千年后也还是一样，对吗？”切里亚笑着说。

“对，几千年之后，就是我们，从这个角度上说，我们是彼此相连的。”艾克拉看着切里亚，真诚地说。

五、远走宇宙

在经过整合之后，第三舰队加上玛雅人原有的舰队离开了地球，离开了第四纪冰期这片乐土，再次朝着茫茫的宇宙中进发。和以往不同的是，这次他们有了明确的目标——仙女星系。

仙女星系对于第三舰队来说实在是太遥远了，他们从来没有想到过有朝一日可以到达那里。但是有了玛雅人，一切就似乎变得简单起来，在通过虫洞技术和空洞技术的穿越之后，他们到达仙女座的时间需要大约四个月，这在以前是想都不敢想的事情。

看着宇宙空间在身边掠过，第三舰队的每个人都感到惊奇，这种速度对于他们来说简直太快了。赵志宏、艾克拉以及安德鲁·佩尔森都不由得发出啧啧的赞叹声，在飞越银河系和仙女星系中间茫茫的空间时，他们更是不停感叹宇宙的伟大。

“这里不过是宇宙东南角的很小的一部分而已。”切里亚笑着对佩尔森说。曾几何时，他也和他们一样感叹过，但当他们从托马斯人手中得到宇宙的地图之后，他们渐渐明白了他们之于浩瀚宇宙的概念，就如同沧海一粟。整个宇宙就是一个完整的世界，每一个星系、每一颗恒星、每一颗行星，甚至每一片宇宙尘埃都是其中的一部分，而在这之外是什么，没人知道，因为宇宙仍然还在不停地扩张着。

“如果我的寿命足够长的话，我真想把整个宇宙都逛一遍。”佩尔森看着切里亚说。

“你一定会感到厌烦的。”切里亚微笑着对佩尔森说。

“不，我喜欢旅行，我大学的时候，专门休学了两年进行了旅行，可惜我没有走完地球。但是那时候的每一天对我来说都是极其开心的，每天晚上我躺在床上最盼望的事就是第二天早点到来。”佩尔森闭着眼睛，向切里亚讲述着自己曾经的故事。

“你们可真幸福，我们在地球上的时候，每天早晨醒来就是去打猎，我们甚至从来没有走出过我们的王国，我直到离开地球才知道有大海的存在。”切里亚也跟着佩尔森一起回忆起了在地球上的日子。

“你一定是个好猎手。”佩尔森说道。

“不，我从没有打到过鹿，我更善于在树上摘果子，那种很高的浆果树。”切里亚哈哈大笑。

“我们的时代已经没有这些了，我从小就非常喜欢玛雅的神秘，所有人都说你们离开了地球，可我从没想到这居然是真的。”佩尔森也冲着切里亚笑着。

“你也没想到有一天居然会和一个真正的玛雅人在一起遨游宇宙吧。”切里亚对着佩尔森做了个鬼脸。

“当然没有，这简直就是一部科幻小说，直到现在，我都认为这是一场梦。”佩尔森唏嘘道。

“不过这场梦会很漫长，也许是噩梦，也许是美梦。”切里亚拍了拍佩尔森的肩膀，微笑着说。

“真希望永远不要醒来。”佩尔森靠在座椅上，闭上了眼睛，这种感觉让他感到幸福，比起其他人，他显得更热爱生活。

“对了，刚才你说你们时代的人说玛雅人离开了地球，这是怎么回事？”切里亚好奇地问佩尔森。

“可能是个传说吧，我们这个时代关于玛雅人的记载更像是神话故事一样。”佩尔森没有睁眼，轻轻地说。

“不对啊，你们怎么能有这么丰富的想象力？我们是所有人都离开了的。”切里亚越来越疑惑。

“伙计，你忘了，我们根本不是一个时间点的人，我们那里发生的事和你们发生的不同，也许在我们的时间点，你们只是走了一部分呢？”佩尔森睁开眼对切里亚说。

“有这种可能，但是这似乎有问题，人类不可能无缘无故地编造神话故事，就像宗教里的那些故事一样，很多都是真实发生过的。”切里亚自言自语地嘟囔着。

“那你说是怎么回事？”佩尔森也有些好奇，他扭过脸问切里亚。

“会不会是有谁告诉过你们，然后留下了这些文字？”切里亚也很好奇地问佩尔森。

“不，你们没有文字留下，只有遗迹，那些关于你们的传说都是故事。”佩尔森解释着。

“就算是传说，也是有源头的。”切里亚仍然坚持自己的观点。

“我的天，你可真较真。我告诉你，世界上不是什么事情都是有源头的，就像先有鸡还是先有蛋这样的问题一样，每个人都有自己的答案。但是这个问题从哪里来，没人知道，世界上有很多人会编写故事的。”佩尔森显然觉得切里亚有些固执己见了。

“不，我不是较真，就算这些故事是编造的，那么编造这个故事的人一定有地球之外还有世界这个概念，否则他不会有这么丰富的想象力。你在地球上的时候，能想象到宇宙里的种种事情吗？”

切里亚问。

“这个倒是真想不到。”佩尔森挠了挠头。

“一定是有人到过你们的世界，而且是在你们时间点上的那些玛雅人消失之后去的，然后把玛雅人离开地球的消息传达给了你们，经过漫长的演变，才有了这种传说。”切里亚的脸憋得通红，他似乎发现了一个天大的秘密。

“你的意思是……我们只是在不同的时间点穿越，其实从物理角度上说仍然是空间上的概念，但是他们却可以真正地穿越时间……我的理解对吗？”佩尔森小心翼翼地说。

“你可真是个聪明的人。”切里亚冲着佩尔森竖起了大拇指。

“可是我们已经证实了，这是个悖论。”佩尔森摇了摇头。

“悖论是我们的理论，是基于我们的物理定律，但是在其他空间，物理定律或许完全不一样。”切里亚突然提高了声音。

“可是是谁把你们离开地球的这个消息留在了我们的时间点呢？”佩尔森看着切里亚问。

“我暂时不知道，不过这一定是他们有意为之的，我们必须寻找到这个答案，那也许才是这个世界的终极谜团。”切里亚异常坚定地说。

六、信息传播者

舰队距离仙女座越来越近了，从地球上望去的那个发着淡淡光芒的小东西现在就在眼前，只不过变成了一个庞然大物。每个人不得不再次发出感慨，宇宙的浩瀚大大超出他们的想象。

“怪不得我们根本没法发现外星生命呢，这么大的宇宙遇到邻居可不是一件容易的事。”艾克拉一边看着远方一边说笑着，虽然作为一个天文学家，他比其他人更知道宇宙的浩瀚，但是当真正地处于宇宙的环境下，他还是不由得感慨。

“宇宙再大，也并没有那么可怕，真正可怕的是那些看不见的东西。”赵志宏满脸惆怅地说道。

“只可惜我们的寿命太短了。”佩尔森也略带伤感地说道。

“难道你想永生吗？那可不是一件愉快的事，活着会有很多的烦恼。”赵志宏看了一眼佩尔森，仍然是一脸惆怅。

“你们说四维文明是不是永生的？”佩尔森突然问出了这样一个问题。

“这个我不敢肯定，他们也许根本就不是以生命的形式存在，所以也就谈不上什么生或者死。”艾克拉吐了吐舌头笑着说。

“永生并不是什么太难的事情，只是我们现在做不到，或许再过几十年我们就会发现生命的奥秘，到那个时候，你想死都死不掉，那可是一件更痛苦的事。”赵志宏也笑了。

人类，这个宇宙中无数文明中的一个小得不能再小的文明，自从诞生的那天起，就一直在探索着生命的奥秘。对于死亡，他们既畏惧又无奈，无数的人用了各种方法想拒绝死亡，但可惜从没有人可以成功。渐渐地，人类明白，死亡是不可避免的，倒不如坦然接受。即使在文明等级远远高于人类的高等文明中，死亡也不可避免，或许这就是宇宙的终极奥秘。

“原子的重组可以让一部分信息保存，但那不是重生。”切里亚不知什么时候走了进来。

“我知道，胡萝卜人就是通过原子的重组来完成肉体的重生的，但它的记忆却或多或少地消失了，这是没有规律的。”艾克拉曾经读过关于胡萝卜人的著作，他多少了解一些。

“我觉得这个问题其实并没有那么复杂。”佩尔森看着切里亚笑了笑，昨天的交谈，让他对这个玛雅人有了很好的印象。

“你是怎么认为的？”切里亚坐了下来，他也很喜欢佩尔森，和他交谈显得非常轻松。

“是物理环境的不同造成的很多结果不同。迄今为止，我们的所有理论都是在我们的物理定律下得出的，假设存在一个和我们完全不同的世界，那里的物理定律也完全不同，有些问题就迎刃而解了。比如氢原子在我们的世界是不可或缺的，但是也许其他世界完全不需要它。”佩尔森耸了耸肩，轻松地说。

“你说得对，碳基生物和其他生物的物理指数都不一样，更别提我们无法想象的生命形式了。”艾克拉也同意佩尔森的观点。

“也许所谓的四维文明根本就谈不上是高级文明，只不过他们的物理定律刚好可以对我们产生很大的影响。也许他们就是一棵树、一朵花或者一条鱼，甚至是一颗种子，他要破土而出，可不会管你是谁。”佩尔森笑着说。

“我也这么认为，也许所谓的高级文明不过是最复杂的生命而已，但是复杂的生命并不意味着肯定会产生高级文明。文明的等级也许根本就不是通过科技水平来衡量的，生命的意义或许才是衡量文明程度的标准。”切里亚接着佩尔森的话说。

“简单决定一切。”赵志宏严肃地说。

所有人都不再说话，他们都在回味着刚才说的话。虽然这些话不过是闲聊下说出的，但是每个人都清楚，任何的想象力都拥有转化成为现实的可能。几千年前，没有人会想到从地球上看到的那些闪着亮光的星星几乎都要比地球大很多，也没有人会想象到人类可以离开大地，但这些都变成了现实。而现在，他们对于生命的讨论，就像几千年前的古人讨论上天入海一样，虽然只是一个轮廓性的理论，但谁又可以肯定这些不是真实的呢？

宇宙中存在多少生命、多少文明，这是一个无法估量的数字。但人类的聪明之处在于他们懂得归纳，无论是托马斯星人、恩美雅人，还是他们自己，其实都是一类的，甚至整个宇宙或是整个三维下的生命都是如此。而四维文明也可能属于这个范围，只不过从形态上来说他们是不同的而已。而形态也就是肉体，和灵魂比起来，远没有那 么复杂。

“佛教中关于灵魂有着很多解释，人死后要在六道中轮回，这个过程也许就是灵魂的聚集地。”艾克拉看了一眼切里亚，轻轻地说。他并不信仰宗教，一直以来，他都把宗教书籍当作科学书来看。

“我也这么认为，我们玛雅也有自己的神，而关于人死后的去处，和其他宗教并没有本质上的不同。”切里亚点了点头说。

“那是不是意味着这些故事和我们昨天说的关于玛雅人离开地球的说法一样，都是有人有意留下的信息？”佩尔森涨红着脸说。

“对，在这个时间点，还有我们的时间点、你们的时间点，一定有人在传播着这些信息，否则不同的时间点不会拥有相同的信息源。”切里亚朝着佩尔森竖起了大拇指。

“是谁？”赵志宏好奇地问。

“不得而知，不过我感觉我们离他们越来越近了。这是隐藏在宇宙和空间中的一个无形却又无处不在的家伙，也许是上帝，也许是造物主，也可能是恶魔。”切里亚看着远方平静地说。

七、死亡飞船

大约四十天之后，经过长途跋涉的舰队终于进入了仙女星系，距离他们最近的是一个被命名为“烈马”的星系。这是一个双恒星星系，两颗恒星的距离非常远，大约有一光年的距离。而在它们中间，大约有六十颗各种各样的行星，其中大部分都是气态行星，还有少数几颗类地行星。两颗恒星围绕着星系中央的一颗远远大于它们的气态行星公转，这也是他们在宇宙中第一次见到恒星围绕着行星公转，打破了以往他们对于星系的定义。

“中间那个大家伙就像是一个英俊的骑士，所有人都围绕它转。”佩尔森对看到的场景感到惊讶。

“我们对宇宙的认识还只是皮毛。”切里亚微笑着对佩尔森说。

“告诉探测舰，暂时先不要穿越虫洞，我们需要慢慢前进，这对我们的研究有帮助。”切里亚对赵志宏说。

舰队在位于恒星外 50 个天文单位时集结，开始采用传统的核动力发动机前进。大约十个小时之后，他们掠过恒星，进入了“烈马星系”。

“这里就像是一座宇宙中的原始森林，到处都生机盎然，也到处充满了死亡的气息。”这是当飞船飞出烈马之后，佩尔森对于烈马的总结。的确，他们进入烈马之后遇到的第一颗气态行星，就在其内部探测到了飘浮在空中的巨大“章鱼”，这些章鱼以行星中巨大的闪电中的氢元素为食，看上去像是电脑特技一样。几乎舰队上的所有人都目不转睛地望着显示器，这是他们多年之后，第一次见到真正意义上的外星生物。

大约行进了十个天文单位之后，他们在一大片空旷的空间中发现了让他们感兴趣的东西。

这里大约有五艘停留在空间中的宇宙飞船，就在赵志宏和艾克拉他们对这些飞船感到疑惑的时候，切里亚在经过仔细辨别之后确认，这些飞船来自他们移居太空的第一站——杰玛。

“他们怎么可能出现在这里？”切里亚紧紧地盯着这些飘荡在空中的飞船，自言自语道。在他们离开杰玛的时候，那里还没有产生技术爆炸，从理论上来说，他们来到这里的可能性微乎其微。

切里亚向飞船发送了通过玛雅语编译的无线电信号，但是在反复几次之后，他没有得到任何的回复。切里亚茫然地看着这些飞船，不知道接下来该做什么。

“用生命探测仪试试吧，我觉得这种情况下，他们仍然活着的希望并不大。”艾克拉走到切里亚身边一边安慰他一边给他出主意。

“嗯。”切里亚看了一眼艾克拉，点了点头。

很快，生命探测仪显示，在那几艘飞船中没有任何生命的气息，切里亚长叹一声，对艾克拉说：“也许他们已经遇难了。”

“也可能是弃船离开了，我们没看到，不能这么快就下结论。”艾克拉拍了拍切里亚的肩膀安慰着。

赵志宏派出了探测舰飞向了那几艘飞船，他们准备登上去看看那里究竟发生了什么或者有什么有价值的信息。一个叫艾伦的年轻人和一个叫赛琳娜的玛雅姑娘经过飞行之后，登上了最靠边的一艘玛雅飞船。

当他们两人登上飞船的那一刻，虽然已经有了心理准备，但还是被眼前的一幕惊呆了。因为在飞船的内部，所有的飞船工作人员都在他们的岗位上工作着，但是却没有任何声音。与此同时，他们也似乎没有看到两个登上飞船的人。开始的时候，艾伦还小心翼翼，但是经过一系列的动作之后，他和赛琳娜确定，这些人真的是看不到他们。

“你能不能给我一个合理的解释？”艾伦在这些人的眼皮底下问赛琳娜。

“我一直都是一个猎手，这种事情我并不在行。”赛琳娜眨了眨眼睛。

“我们是否应该返回？这里的人似乎不太欢迎我们。”艾伦一边说一边朝着一个舱位走去，那里有一个年轻人正在操作着一台计算机。

惊奇的一幕发生了，赛琳娜亲眼看见，艾伦从那个人的身上穿了过去，却没有任何的碰撞。艾伦显然也意识到了这一点，他停在原地，用惊愕的眼神看着赛琳娜，合不拢嘴。

“我们必须返回，这里比我们想象的要复杂得多。”赛琳娜冲着艾伦喊道。

“稍等一下。”艾伦一边对赛琳娜说，一边伸手去拿桌子上的一杯咖啡，不过和刚才一样，他的手穿过了咖啡杯，没有丝毫的交汇。

“这里似乎跟我们不在一个点上。”赛琳娜对艾伦说。

“我也有这个感觉，他们似乎根本没有觉察到我们的存在。”艾伦跟着赛琳娜上了探测舰。

“你有什么感觉吗？”赛琳娜突然问艾伦。

“没有啊，怎么了？”艾伦觉得赛琳娜的话很奇怪。

“我不知道你们的时间点中有没有这方面的研究，我们曾经在祭祀的时候，召唤过灵魂，但是我没有见过，不过据说就是这样的，可以看到却无法触碰。”赛琳娜对艾伦轻轻地说。

“你是说他们都死了？”艾伦吃惊地看着赛琳娜。

“不，灵魂并不见得是死亡。”赛琳娜看着艾伦，摇着头说。

“那是什么？”艾伦还没有明白赛琳娜的话。

“他们……不在我们的空间。”赛琳娜几乎是一字一顿地说着。

“那他们在哪里？四维吗？”艾伦仍然对赛琳娜的话感到困惑。

“不是四维，四维我们去过，那里不是这样的，我也不知道他们在哪里，这个得我们回去再讨论。”赛琳娜轻轻地说。

“你不是一个猎人吗？”艾伦白了赛琳娜一眼，显然，他对赛琳娜的话并不认可。

“猎人的眼睛是最出色的，他们可以看到事物的本质，不像你，只对咖啡感兴趣。”赛琳娜对着艾伦挥了挥拳头，表示抗议。

“我可不乐意和你吵架，不过你关于灵魂的故事倒是很吸引我。”艾伦哈哈大笑起来。

“你没有一点吸引我的地方。”赛琳娜嘟囔着嘴不再理会艾伦。

“你真是个有趣的姑娘。”艾伦一边说一边发动了飞船返回舰队。

八、“死亡”的世界

“如果你看到的是真实的话，那真相远比我们想象的要复杂得多。”听完艾伦和赛琳娜的汇报，切里亚紧锁着眉头对所有人说。

“看来越来越多的东西让我们无法理解了。”艾克拉也紧锁着眉头。

“我们可以用核弹轰开，事实证明，没有任何空间可以在核爆炸的威力下完好无损。”赵志宏比较喜欢用直接的方式。

“也许你是对的，但是我们不能那么做，因为那是我们的同胞。”切里亚看了一眼赵志宏平静地对他说。

“对，而且我们并不知道那是哪里，不过很显然，那里不是四维，而是三维。”佩尔森同意切里亚的话。

所有人都眉头紧皱，在那几艘飞船上出现的一幕让他们再次对这个世界上未知的东西产生了一种莫名其妙的感觉，说不上是好奇还是恐惧。毕竟在宇宙中未知的东西实在是太多了，连一向认为已经掌握了宇宙的秘密的玛雅人也渐渐意识到，他们仍然没有脱离宇宙尘埃的身份。

宇宙之外是宇宙，世界之外是世界，空间之外也仍是空间，那么这之外呢？任何拥有思维的文明都绝对充满了好奇，只不过对于他们这些生命有限的文明来说，或许穷极一生也无法得到答案。是因为自己实在太渺小？还是宇宙实在太浩瀚？或者是世界太深奥？

“他们会不会在其他时间点？”佩尔森打破了沉默，提出了自己的想法。

“说下去。”艾克拉冲着佩尔森点了点头，显然对于佩尔森的话，他是认可的。

“他们和我们在不同时间点的三维空间下，但是受到了某种作用力的影响出现在了我们的视线中，就像我们在地球上看到过很多古战场那样，是由磁场的逆转形成的 。”佩尔森说。

“这不成立，不同的时间点完全是两个世界，而且我们到过不同的时间点。再说了，如果如你说的一样的话，那么他们也是可以看到我们的，可事实上他们对我们的接近毫无反应，更重要的是生命探测仪也没有反应。”艾克拉皱着眉头说。

“他们不存在。”一直保持沉默的切里亚说。

“可是他们就在眼前，我们都看到了。”艾伦睁大了眼睛，显然他更相信自己的眼睛。

“我说的不存在是狭义上的不存在，他们就在我们的时间点，但是是之前或者之后。”切里亚冲着艾伦微微一笑。

“我不太理解您的话。”赛琳娜也同意艾伦的看法，即使他们刚才还吵得不可开交。

“假设他们在十分钟之前出现，然后受到磁场的逆转，就会把信息留在这里，而我们十分钟之后到达，看到了这一切。”切里亚耐心地说着自己的判断。

所有人再次沉默了，切里亚的话从理论上来说是成立的。但是很快，艾克拉再次皱起了眉头，他站了起来，轻轻地说：“先生，您说的话有道理，但是我敢肯定，这是不正确的。因为飞船的外部我们不但看到了，而且感觉到了，我们感觉不到的只有内部。”

“我也这么认为。”佩尔森看着艾克拉点了点头。

切里亚尴尬地看着所有人，很显然，艾克拉的话让他无法反驳，他脸上的肌肉很不自然地抽动了一下，然后就坐在了椅子上。气氛再次变得沉默了起来，对于发生在眼前的这一切，他们无法突破想象力的极限。

“我们中国有一句古老的话。”赵志宏清了清嗓子说。

所有人望向了赵志宏，不过对于这个舰队中少数的不是科学家的人的话，一直以来，他们并不认可。

“他们来自阴间。”赵志宏没有理会大家的态度，自顾自地说了起来。

“虽然这是迷信，但是我相信这其中一定隐含着一些科学的道理，就像佛教中隐含的故事一样。”赵志宏非常平静地说着。

“你说他们是鬼魂？”艾克拉惊讶地看着赵志宏，脸上的表情变得严肃起来。

“太可怕了，我从小就对这类东西很抵触。”艾伦吐了吐舌头，看了一眼坐在对面的赛琳娜。

“鬼魂没什么可怕的，我们在宇宙中见到的东西比他们可怕无数倍。再说了，我们从没有证明过鬼魂究竟是什么，也许他们和我们一样，只是去了另外的世界，而这个世界包含在宇宙定律中呢。”赵志宏冲着艾伦笑了笑。

“我……听说过一个叫作‘黑洞大象’的理论。”佩尔森紧张地说。

“具体点。”赛琳娜对佩尔森说。

“假设一只大象进入了黑洞，那么我们会看到它死亡的过程，拉长然后被分解，但这只是从视觉上来讲，并没有事实证明它已经死亡。而在黑洞的另外一边，它可能完好无损地活着，黑洞的两边或许就是两个世界。”佩尔森一边说一边不住地抖动着双腿。

正在他们进行着各种分析的时候，舰队上的探测仪发出了警报，紧接着，安德鲁的声音通过扩声器传来。所有人再次目瞪口呆，因为那几艘飞船在瞬间消失在了他们眼前，是消失而不是离开，没有开始，也没有过程。

“他们就是鬼魂！”艾伦突然发出了一声尖叫。

“你能不能冷静点？如果在玛雅，你一定会被美洲豹吃掉的。”赛琳娜对艾伦的反应非常反感，她一直都喜欢勇敢的男人。

“他们一定还会出现的。”赵志宏胸有成竹地说。

“为什么？”切里亚问。

“因为从物质角度上来说，他们并没有消失，或许他们也已经意识到了这一点，正努力想回到这个世界呢。”艾克拉接着赵志宏的话说，自从他们和第三舰队合并之后，他和赵志宏的默契与日俱增。

“他们的世界不是一个正常的世界。”赵志宏看了一眼艾克拉说。

“我真该听我妈妈的话，去当一个足球运动员，那样我就不会经历这些事情了。”艾伦哭丧着脸说。

“你一定不会成为一名出色的运动员的，因为运动员更需要勇敢！”赛琳娜依然不依不饶地和艾伦作着对。

“也许……我觉得还有一种可能。”佩尔森再次紧张地看着所有人。

“什么可能？”切里亚和艾克拉几乎同时开口问。

九、海市蜃楼

舰队没有继续停留在烈马星系，因为这里并没有太多的与众不同，和太阳系一样，它们只不过是茫茫宇宙中的一粒尘埃而已。切里亚和赵志宏决定继续深入仙女星系，去寻找可能在这里的恰克西的舰队。

当然了，这可不是一件轻松的事。由于仙女座中存在着数量众多的文明，所以舰队总是在无意间探测到无线电信号，只可惜这些信号中没有来自恰克西舰队的任何消息。失望接踵而至，切里亚的信心渐渐地变成了绝望，毕竟在星系中寻找一个人的难度并不比在大海里捞出一根针小。

自从那几艘战舰凭空消失在眼前之后，佩尔森就钻进了位于舰队尾部的一艘实验舰中。在接受了玛雅人关于技术问题的传授之后，他就一直在努力发展新的技术，在他看来，科技决定一切，只有科技才是揭开宇宙之谜的唯一途径。当然了，对于赵志宏和切里亚关于灵魂的解释，他也并不完全否认，但他仍然认为那是在科学的范围之内。为此，他夜以继日地做着关于原子的各种实验，他认为这个方向是正确的。

而其他人似乎更热衷于讨论，特别是切里亚和赵志宏。这其实是有原因的：赵志宏更相信东方文化中的缘，他认为万物之间一定有着某种固定的联系，而解决问题的关键就是找到这些联系；切里亚则更相信玛雅传统的那些法术，在他看来，那些流传了数百年的古老法术中一定隐藏着某种秘密，这些秘密就是解开宇宙之谜的关键。其实他们两个的想法从本质上来说是一致的，那就是一种狭义上的唯心主义，当然了，这个时候，唯物主义和唯心主义或者其他什么主义都是一样的，在宇宙万物面前，都没有丝毫的用处，就像是一个人用一台手工小推车打算环游世界一样，永远都不可能到达终点。

比起银河系中数量众多的星系，仙女座则显得空旷得多。经常几个月他们都在一片黑暗中前进，只有远在天边的那些发出暗淡光芒的星星忽隐忽现。大多数时候，他们要面对的都是无趣的行程，就像人类第一次去火星一样，漫长，枯燥。

一年的时间很快过去了，恰克西的舰队仍然毫无音信，切里亚开始怀疑自己当初的判断，恰克西是否真的来到了仙女座？不过艾克拉安慰他说，除了仙女座之外，他们没有其他去处，一定要保持耐心。切里亚虽然无奈，也只能接受。

在一个仙女座的黎明——之所以这么说，是因为第三舰队一直以来都在按照地球的历法和时间来计算行程——舰队中的大多数人刚从睡梦中醒来准备开始一天的工作的时候，在位于舰队前进的方向大约不到一个天文单位的地方，几乎是在突然之间，一道巨大的类似闪电的东西从天而降，在前方巨大的空旷的空间发生了类似爆炸的现象。紧接着，一个巨大的“屏幕”出现在了舰队前方，几乎遮盖了前方的整个宇宙空间。

紧接着，无数艘战舰组成的一个舰队从“屏幕”的一端驶来，而在另外一端则是完全不同形状的战舰。两个舰队在距离很远的时候就相互朝着对方猛烈地开火，进攻，逃跑，围歼，甚至同归于尽，各种在科幻电影中都未必能看到的情形此刻就在舰队的眼皮底下肆无忌惮地上演着。战舰的爆炸声、惨烈的呼救声、空间的撕裂声此起彼伏，简直就是一个宇宙中的地狱。

“这……是什么？”赵志宏率先从目瞪口呆中回到现实，这是他第一次在宇宙中见到战争，虽然他此前曾经无数次地幻想过星际战争是什么样的，但是当战争的场面真的出现在他面前的时候，他还是被这场面深深地震撼了。

“我想应该是两个未知的文明之间发生的一场战争。”见识过星际战争的切里亚显然比赵志宏平静一些，但从他的表情上仍然可以看出，这样的星际战争超出了他之前见到过的所有场面。

“海市蜃楼！”艾克拉比任何人都沉着地说着，在他的手里，拿着一杯葡萄酒。

“海市蜃楼？”切里亚和赵志宏不约而同地看着艾克拉，不单是他们俩，还有其他人也是。

“对，在地球上经常出现的一种光的折射现象……但是显然，地球对于这种现象的研究是错误的，这里没有光，所以不可能是光的折射造成的这种现象。而且我肯定也不是磁场效应，因为宇宙的磁场无处不在，其他的地方没有出现这种现象。”艾克拉的眼睛紧紧地盯着眼前惨烈的空战，手里的葡萄酒却已经送到了嘴边，他轻轻地品了一口说道：“嗯，非常不错，玛雅人酿造酒的技术要比我们高明许多。”

“我想知道这是什么现象，怎么会这样？”切里亚看着艾克拉非常好奇地问。虽然玛雅人的科技大大领先于地球人类，但是经过这些天的相处，切里亚对这些人已经非常敬佩了。

“我想这是一场现场直播。”艾克拉仍然紧紧地盯着前方，几乎是一字一顿地说着。

“仍然是在那个未知的空间？”赵志宏小心翼翼地问。

“是的，就像之前我们看到的那几艘战舰一样。但那个空间应该是一个非常不稳定的空间，否则不会出现战舰，我们可以感觉到他们而他们却无法感觉到我们。”艾克拉放下了酒杯，目光却没有离开前方的战场，这样精彩的场面他不想错过一分钟。

“我们能不能到达那个空间？”切里亚问。

“抱歉，我只是个看客，目前还没有办法。”艾克拉耸了耸肩说。

十、战争本质

“屏幕”上的幻象仍然在继续上演着，大量的舰队仍然不停地从“屏幕”的两侧飞出，在“屏幕”中央进行空战。舰队前方的宇宙空间已经完全变成了一个悲惨的世界，好像整个星空都被点燃了一样，而且丝毫没有结束的意思。赵志宏坐在椅子上，轻轻地说：“看来，这是一场宇宙中的英法百年战争。”

“屏幕”左边的尖型战舰似乎暂时占据了上风，在他们的后方，一艘巨大的母舰矗立在空间中，从它的内部不停地飞出数之不尽的战斗舰。炮火越来越强烈，而对面的酷似飞碟的圆形战舰很显然已经只能招架了，他们最开始完整的队形已经被完全打乱，从对攻的形势变为防守和逃命。但是尖型战舰似乎并没有准备饶过他们的意思，仍然在不停地攻击着他们，“屏幕”上的圆形战舰越来越少，从形势上看，这场空战有要结束的意思。

不过这毕竟是宇宙战争，作为一个军事专家，赵志宏在刚刚看到这一幕的时候就预测，这场战争只有一个结果，那就是两败俱伤。因为可以达到这样科技水平的文明之间的战争，一定不会轻易失败的。果然，眼看圆形战舰就要失败的时候，他们的剩余战舰突然爆发出非常强烈的红光，立刻，追击他们的那些尖型战舰像是受到了炮击一样，瞬间被点燃，然后发生了爆炸。紧接着，那些圆形战舰就像是细胞一样，开始分解成为 2 个，4 个，8 个……几分钟之后，原本已经完全处于下风的圆形战舰居然再次恢复到了战争开始时的数量，“屏幕”上再次呈现出了势均力敌。

“如果我们遇到这样的战争，那只有死路一条。”赵志宏唏嘘地自言自语着。的确，以这场空战双方的技术水平来看，他们至少比地球高出两个文明等级。

“这只是最常规的星际战争而已，比这可怕的还有很多。”见识过星际战争的玛雅人切里亚显然比赵志宏更为冷静。

“那非常规的是什么？”赵志宏对这些显然要比研究星体或是空间问题更有兴趣。

“这样的战争仍然是物理打击，如果科技达到一定的水平，任何一个文明都可以进行，但是非物理打击就可怕多了。”玛雅人的战争顾问桑诺看着赵志宏说道，他曾经亲眼见到雅各布所在的舰队毫无痕迹地消失在宇宙中。

“那非物理打击也很多吗？”赵志宏的兴趣似乎并没有减少，他把脸转向桑诺，好奇地问。

“应该也很多，毕竟这样级别的文明数量应该也是数之不尽的。”桑诺虽然没有见过多少非物理打击的方式，但是却有着自己的判断。

“我不这么认为。”佩尔森从另外一侧走了过来，表达了自己的不同意见。

“哦？你怎么看？”赵志宏满脸笑容地转向了佩尔森。

“我认为真的达到了这个等级的文明，绝不会轻易进行战争的。因为那种级别的战争可以摧毁一切，就像两个拥有核武器的超级大国之间，虽然摩擦不断，但是进行战争的概率反而很低。”佩尔森解释着。

“我同意你的看法，一定有某种因素限制这种战争。”赵志宏对佩尔森竖起了大拇指。

“你们想得太多了，这是宇宙，不是我们小小的地球。”一直静静地看着“大屏幕”的艾克拉慢条斯理地说。

“宇宙也一样，只不过是空间变大了而已，但战争的本质不可能发生变化。”佩尔森非常坚持自己的观点，赵志宏等人也纷纷点头表示同意。

“你们忘了，真正决定战争结果的文明，也就是我们一直说的造物主，他干涉宇宙战争的方式远比我们想象的要粗暴得多。”艾克拉走到了佩尔森跟前。

“怎么粗暴？”佩尔森好奇地问。

“他会毁掉一切，然后重新开始，这对他来说是一件非常简单的事。”艾克拉平静地说。

“可是这对他有什么好处？难道他喜欢看到一个乱作一团的世界？”佩尔森对于艾克拉的话并不信服，他还是坚持自己的观点。

“可是也没有坏处。”艾克拉的手上拿着一只橡皮泥捏成的小熊，很是可爱。

“毁掉再重建？然后再毁掉？周而复始？造物主不觉得无聊吗？”佩尔森看着艾克拉摇着头，对于他的想法，他绝不认可。

“对，很有趣。”艾克拉单手把手里的小熊造型捏成了一个团，然后很快地捏成了一只憨态可掬的兔子摆在了佩尔森的眼前。

“不是这么简单的，那可是一场复杂的战争。”佩尔森仍然在坚持。

“对于我们来说这很复杂，但是对于造物主来说，这很简单。你看，他们的战争目的是为了争夺资源，这点和我们一样。但是对于造物主们来说，任何形式的战争都像是一根点燃的火柴，他什么时候想熄灭只需轻轻地吹一口气。”艾克拉慢条斯理地说着。

“那假如我们遭遇到造物主，有什么办法可以避免我们被毁灭？”佩尔森急切地问着，所有人也都看着艾克拉。

“在遇到他之前逃掉。”艾克拉看着远方，眼睛里一片茫然。

“也许我们安静地坐着就不会让造物主发怒。”切里亚冲着艾克拉笑了笑，表示对他观点的同意。

“或者取代造物主。”赵志宏目光坚毅地说。

“嗯，这也是一个办法，看来我们的机会有很多，并非只有死路一条。”艾克拉笑着说道。

“可是哪条路看上去都是绝路。”一直很沮丧的艾伦仍然一副失败的表情，他对于生活，似乎越来越没有信心了。

“绝路也是路。”赵志宏的目光仍然非常坚毅，但他自己也知道，这话是安慰别人，也是安慰自己。

“我真想马上见到造物主，向他表示我的虔诚，做他的教徒。”切里亚靠在了椅子上，他并不绝望，却很无奈。

“看，‘电影’要结束了。”艾克拉指着“大屏幕”对所有人说。所有人的目光再次回到了大屏幕上，只见刚才还在激烈进行的战争此刻却逐渐变得安静起来。双方的战舰已经都回到了自己的阵营，看上去像是暂时的休战，而在他们中间的大片空间中，无数的残骸随处飘荡着。在不久之后，这些残骸都会成为宇宙中的垃圾，几千几万年之后，不会有人知道他们曾经经历了什么，也许这些垃圾会飘荡到某个新形成的文明星球上，那里的人们会进行一次最为开放的想象，然后对头顶上的这片星空产生憧憬，继而离开他们生存的大地、海洋，直到最后……

十一、孤独自信的男人

所有人都把目光转向了“大屏幕”，此时两边的战舰已经各自归位，看上去就像是地球上古代战争中摆好的阵势一样。在“屏幕”的远端，似乎出现了一个巨大的空洞式的立体空间，正在逐渐地拉近。两个舰队似乎感觉到了什么，他们开始各自掉头，看样子像是逃跑。只可惜，“屏幕”似乎真的变成了一个牢笼，他们居然无处可逃，无数的战舰，圆的、尖的，像是没头的苍蝇一样，开始在这狭小的空间中乱撞，这次，他们不再相互攻击，而是拼命地各自寻找着出路。而远处的立体空间正在逐渐拉近，终于，舰队上所有的人看清楚了，那个所谓的立体空间更像是一张血盆大口，吞噬了一切。

“黑洞！”艾克拉和佩尔森几乎同时脱口而出。虽然他们已经在地球上通过数据模拟出了黑洞，但是当这个家伙真正出现在他们面前的时候，他们还是惊呆了。

这个黑洞就像是一只海洋中的巨兽一样，张着大嘴寻觅着它的食物，而那些战舰就像是一群沙丁鱼一样，没有一条可以逃脱。

眼看着黑洞的距离越来越近，舰队上的人都被眼前这种真实的感觉吓得目瞪口呆，对他们来说，这好像是他们的未来一样，幸运的是，这只是在“大屏幕”上，而非在现实中。

“危险的不仅是敌人。”赵志宏看了一眼切里亚，却是出奇地平静，似乎对于舰队最终的归宿，他已经有了思想准备。作为一名军人，他这种情绪并不出乎意料。

“我们就算不被毁灭也一定会被吓死，这已经超出了我们的想象力。”见多识广的切里亚也显然对眼前的这一幕感到无比惊讶。

黑洞继续吞噬着空间，终于，它游走到了那片被锁死的空间边缘。而此时，那些到处乱撞的战舰不知是什么原因居然停止了飞行，他们像是死亡了一样矗立在原地，似乎在安静地等待着他们的命运。紧接着，巨大的黑洞把那片空间完全包裹在了它的内部，开始压缩，这是一种碾压式的压缩，甚至从大屏幕上都可以看到那种绝望和无助。一艘又一艘的战舰在这种压缩下进入了黑洞的内部，直到眼前的大屏幕逐渐缩小成了一个足球大小的空间之后，那个黑洞才停止了压缩。更让人震惊的事情发生了，这个足球大小的黑洞居然像一块手帕一样折叠了一下，然后如同一张纸一样飘荡了起来。

“我怀疑自己的眼睛看到的不是真实的。”佩尔森张着嘴扭过脸看了看艾克拉，而一向沉稳的艾克拉此时也已经满头大汗，甚至他比佩尔森还要紧张。

“这根本就不是黑洞！”桑诺几乎要哭出来了，他了解黑洞，也见过黑洞吞噬天体，但刚才这个类似黑洞的家伙远比黑洞要可怕得多。

“那是什么？”切里亚急切地问。

“像是一种人为制造的工具，也可以叫武器。”桑诺哆哆嗦嗦地说道。

“它在干什么？”切里亚有点语无伦次。

“如果我没猜错的话，它应该是把大片的宇宙空间压缩成了一小部分。记得托马斯星人吗，他们不过是人为制造了星系而已，但是他们无法从物理上改变物质的大小，即使变小了，也不过是障眼法。不过刚才这可不是障眼法，而是真实的，宇宙空间被压缩了。”桑诺的声音由小变大。

“有多可怕？”切里亚结结巴巴地问道。

“如果那个家伙足够大的话，他甚至可以把整个星系、整个星系团、整个宇宙压缩，这不够可怕吗？”桑诺看着切里亚说。

“是造物主吗？”赵志宏问。

“对不起，我不知道，不过我知道你刚才说过的取代造物主的主意可以排除了。”桑诺哭丧着脸说。

“我并不这么认为。”赵志宏看着前方，此时的他反而比刚才更加坚毅了，虽然所有人都不知道他的这种自信来源于哪里。

眼前的一切都停止了，舰队继续在仙女座中穿梭着，对于他们来说，前方的路永远都是没有尽头的。几十艘战舰就像是无尽沙漠中的骆驼商队一样，彼此虽然可以相互看到，其实却都是孤独的，只不过这种孤独并不是可以享受的那种孤独，而是来自内心深处那种无比绝望的无法避免的孤独。

赵志宏坐在自己的卧室里，透过小窗看着外面黑暗的空间，似乎在思考着什么，此时他的内心比任何时候都充满信心。正在这个时候，艾克拉的敲门声打断了赵志宏的思考，他打开门，艾克拉走了进来，坐在了他的面前。

“伙计，我不知道我们算幸运的还是算不幸的，我甚至有点怀念引线时代了。”艾克拉叹了一口气。

“为什么不想念好的时代呢？那时候人类好像更痛苦。”赵志宏倒是显得很轻松。

“我很羡慕切里亚他们，生活在田园时代，能够打猎、嬉戏。而我们却是糟糕的一代。”艾克拉靠在了座椅上，显得非常颓废。

“没什么可羡慕的，我们现在经历的是以前未曾想过的。时间就是这样，总会把你带向绝望，但是一切都有结束的时候。”赵志宏安慰着艾克拉。

“我很奇怪你会有这样的自信。”艾克拉仍然靠在座椅上问着赵志宏。

“没什么好奇怪的，我是军人，打仗的时候从没考虑过失败会怎样。当然，这不代表我不会输掉战争，即使输掉，我也希望死在战场上，这是最好的归宿。”赵志宏站了起来，拿起了葡萄酒，自己倒了一杯，给艾克拉也倒了一杯。

“我被今天的场景吓到了。”艾克拉苦笑了一声，接过了酒杯一饮而尽。

“我已经对这些麻木了，自从离开地球的那天起就麻木了。害怕是因为我们对这些事情没有思想准备，就像第一次上战场一样。”赵志宏轻轻地抿了一口酒。

“你觉得那个玛雅人的说法正确吗？那个黑洞真的是造物主制造的吗？”艾克拉问道。

“这个不一定，他和我们一样，都是猜测而已，不过最好把他的想法当作真的，我们必须学会面对困境。”赵志宏拍了拍艾克拉的肩膀，又给他倒了一杯葡萄酒。

“我真羡慕你，还能冷静下来。”艾克拉再次一饮而尽，酒有助于缓解他的紧张情绪。

“让我们为世界末日干杯。”赵志宏也一饮而尽。

两个孤独的男人，在一间狭小的卧室里，享受着绝望，绝望之后呢？或许是希望。

十二、被折叠的宇宙

那个被折叠的巨大空间已经飘荡得无影无踪，没有人知道它未来会发生什么样的变化。而那些被吸收进空间的战舰也这样消失了，没有残骸，没有呼救。在这个宇宙中，不会有人知道他们曾经存在过，也不会有人想到他们曾经是多么悲壮。这就是宇宙的残酷，是高级文明对低级文明的一种残酷的惩罚，也是宇宙最基本的生存法则，看上去就像是一场游戏。

舰队的前进速度已经变得很慢，对于他们来说，快或者慢都无所谓，快不意味着可以逃掉，慢也不意味着必死无疑。但前进就是希望，前方还有很多东西等待着他们，希望总是和绝望并存的。

他们仍然没有发现恰克西舰队的踪影，也没有丝毫的痕迹证明恰克西舰队曾经来过这里。也许是受到了赵志宏的影响，切里亚似乎已经没有了之前的那种失望，他努力学习着赵志宏的自信，因为无论是颓废还是自信，都得活着，而活着就必须学会接受痛苦。

切里亚总是在一个人的时候想起曾经在玛雅王国的生活，那是一件每次回忆起来都会让他感到快乐的事情。清晨，带着泥土清香的空气让他的身心感到愉悦，远处的大山烟雾缭绕，鸟鸣声此起彼伏，宣告着快乐的一天正式开始。他和伙伴们结伴进山，大多数时候，打猎只是他们的一种爱好，而非生活的必需。攀岩，涉水，点燃篝火，香喷喷的野兔，甘甜的果子，几乎就在头顶的星空，潺潺的水流，一切就像是一幅画一样。可那时候，却没有人注意这些，他们心安理得地享受着这些，似乎这一切对于他们来说都是理所应当的。只有在祭祀的时候，大祭司才会用古老的语言对上天表示感谢，但更多的人却对此没有感觉。直到他们离开地球，在茫茫宇宙中行进的时候才发现，原来他们曾经生活的大地或许才是这个宇宙中最美丽的地方，那种生活再也不会回到他们身边了。每当想起这些，切里亚的鼻子总是酸酸的，知道了宇宙真相、学会了高级文明科技的他们却丧失了最为原始的快乐，无论从哪个角度上来说，这都是让人痛苦的。

他曾想过在宇宙中寻找到一个和地球相似的行星，在那里了却一生，但是那有什么意义呢？宇宙的真相就像是潘多拉的魔盒一样，一旦打开，就无法停下对它的探索，也许终极一生也无法窥探到它的任何秘密，但那种吸引力却让你永远不会停下。

大约在前行了三周之后，舰队在一大片的星际尘埃附近再次见到了之前的那种幻象。只不过这次的“大屏幕”中，空空如也，那个“黑洞”仍然从远处逐渐拉近，吞噬着它想吞噬的一切。比起之前遇到的，这次显然不够残忍，舰队的每个人都静静地看着眼前的一切，仿佛这就是他们的明天。

“看来这种现象无处不在。”佩尔森平静地说，在他的脸上，看不到任何的表情。

“也许这些家伙就是造物主手中的玩具，随手可以扔出一大把。”艾克拉坐在座椅上，端着一杯葡萄酒，他甚至连看都没有看。

“我们不知道什么时候会遇到这家伙，我反而有点期待。”赛琳娜总是对任何事情都充满好奇，如果是男人，她一定是一个让所有女孩子都喜欢的家伙。

“看样子随时可能发生，也可能永远不会。”桑诺用手托着下巴，非常认真地看着眼前发生的一切，他是玛雅舰队的首席科学顾问，对于发生的一切，他更喜欢用科学来解释。

“为什么？能不能解释一下？这里不是所有人都能听懂你的话。”赵志宏简单直白地表达了自己的意见。

“我们看到的不是幻象，而是真实的，只不过是在过去或者未来。宇宙也许就像是人的大脑一样，记忆是永存的，而人类一直都把记忆理解为过去式，其实记忆还有对未来的预见，这些应该就是原子信息，可惜我们还没有掌握对于未来记忆的理论。”桑诺看了一眼赵志宏，平静地说。

“我不想听我们不会的东西，那些对我们来说太遥远了，我只想知道我们如果遇到这样的情况，该怎么解决。”赵志宏严肃地说。

“先生，任何一件事情从理论到证明都需要一个过程，我不能给你准确的答案，因为我不是造物主。”桑诺微笑着说。

“能够把空间压缩成一张薄薄的纸，足以证明我们无法和这样的文明抗衡。”艾克拉拍了拍赵志宏的肩膀。

赵志宏不再说话，他知道艾克拉的话是对的，但是军人的思维让他不会放弃哪怕任何一个机会，哪怕这个机会成功的概率微乎其微。他想从桑诺的口中得到一句哪怕是安慰的话。

“这是一种空间折叠技术，从我们的角度理解，这还在物理的范围内。或许这是我们唯一可以确定的好消息，因为只要是物理范围内，我们都可以研究。但是如果超越了物理的范围，那我们也许只能叹息了。”桑诺看着赵志宏轻轻地说。

“空间折叠从理论上来说可以算是虫洞技术的一个分支，都是利用空间来改变空间。”桑诺看了所有人一眼，继续说道。

“如果按照我们之前了解的宇宙常识来看，这片空间被折叠之后，它们的质量并没有发生变化，内部的原子数量也没有减少，发生变化的只是它们的密度。而这个“黑洞”内部的物质甚至都不会觉察到它们本身的变化。”桑诺坐了下来，慢条斯理地说道。

“那就没什么可怕的了。”赛琳娜站了起来，大声地说。

“这恐怕才是最可怕的，因为你根本不知道自己已经被困在了一个地方。就像雅各布他们，我们曾经在第四纪冰期时的地球探测到他们的无线电信号，但是他们却没有意识到，也许他们就在某个纸片里。”桑诺对赛琳娜说。

“我有一个问题。”佩尔森像个小学生一样举起了手。

“嗯。”桑诺冲着他笑了笑。

“如果真如您说的这样的话，那么有没有可能我们也是生活在这样的纸片里，而自己却没有觉察到呢？”佩尔森的问题让所有人哑口无言。

“可能，也许我们的宇宙就是一个被折叠了的纸片，以我们的思维无法觉察到。”桑诺一字一顿地说。

天外有天，这句话似乎是再准确不过的了。

第三章
宇宙哲学论

一、颓废的玛索

火星的飞船基地已经在建设中了，人们虽然对旧的基地被毁灭仍然感到痛心，但是更多的是对于新基地的憧憬。只有一个人的内心是漠然的，这个人就是玛索。毁灭，重建，然后再毁灭再重建，这是人类在争取权力过程中用的小伎俩，但看上去却很龌龊。人类为什么总要进行内斗呢？这是基因决定的还是思维决定的？玛索已经不想再考虑了，她只想让人类尽快走入正轨，因为真正的敌人是那个看不到、听不见、神一样的四维文明。

桑帕约倒是很热情，用莫里斯的话说就是他已经拼了老命。桑帕约则笑嘻嘻地对莫里斯说，就算是拼了老命，他也要建出一个比以前更伟大的基地。

不过这些都只是表面现象，桑帕约等人真正的工作是在集中营的实验室中制造载人的飞行器。现在，他们的工作已经有了非常大的进展，一旦完成刘婕所需要的40艘光速飞船，那么他们的使命就完成了。至于飞船基地，那只是桑帕约的一个业余爱好而已。

玛索颓废的样子并没有逃过莫里斯的眼睛，他知道玛索是一个充满热情的人，她之所以这样是因为真的痛心了。但莫里斯也无能为力，有些事情，不是所有人都能理解的，如果从一开始人类就可以找到一个统一的方向的话，那么就不会发生争吵了。刘婕和她所做的一切都是为了人类未来能在这个宇宙中保有一席之地，而玛索则是莫里斯认为的人类逃亡计划中不能缺少的一部分，为此，他必须要让玛索尽快振作起来。

最近一段时间，玛索对于葡萄酒的热爱似乎超越了一切，她总是在自己的办公室里毫无顾忌地喝酒。当然她这种喝法绝不是品尝，而是地地道道的酗酒，对于一个以前滴酒不沾的人来说，这肯定不是她自己乐意选择的，但正如桑帕约所说，醉酒之后或许可以看到事情的本质。

莫里斯来到了玛索的办公室，手里拿着一瓶精品葡萄酒，这是他从地球来之前亲自从最著名的酒庄购买的，本来是想收藏的，但是现在他带来给了玛索。

“送给你，这是一瓶好酒，可不是随便能喝到的。”莫里斯把酒放在了玛索的桌子上。

“好啊，我正准备喝呢。你说得对，醉酒的感觉真的很好。”玛索一把拿过酒瓶快速地打开，倒了一杯，一饮而尽。

“你知道我们的工作进展吗？”莫里斯问道，但并没有打断她继续喝酒。

“工作？我不关心这些。”玛索连看都没有看莫里斯，又倒了一杯。

“那好吧，不过我还是要告诉你，我们打算去见富尔茨博士。”莫里斯微笑地看着玛索。

“你说什么？”玛索抬起了头，难以置信地看着莫里斯，不过显然，这是一个比喝葡萄酒更好的消息。

“我们的飞船研制成功之后，就要离开这个时间点，去其他空间生活繁衍了，在那里会见到富尔茨博士。”莫里斯仍然慢条斯理地说。

“爸爸。”玛索的眼睛突然之间变得清澈了起来，她几乎哭了出来。

“不，不是你的爸爸，而是另外一个时间点里的玛索的爸爸。”莫里斯仍然微笑着说。

“不，是我的爸爸，他在哪儿都是我的爸爸。”玛索突然变得歇斯底里起来，从爸爸去世的那天起，她无时无刻不在思念他。

“他可不想见到一个颓废的玛索，他的女儿应该是一个让他骄傲的人。”莫里斯变得严肃起来，他紧紧地盯着玛索说。

“我做不到。”玛索突然扔掉酒杯，趴在桌子上痛哭了起来。

“哭吧，我知道你的感受。”莫里斯轻轻地抚摸着玛索的头发。

“你告诉我，我该怎么办？”玛索坐了起来，她泪流满面地看着莫里斯，诉说着自己的绝望和痛苦。

“我无权去干涉你的选择，但是我想告诉你，人类要想改变现有的思维模式，还有很长的路要走，甚至也许永远都不可能改变，但是我们必须要努力地学习。我曾经比你还要绝望，可我知道绝望是没用的，我们必须要不停地工作才行。”莫里斯一字一顿认真地对玛索说。

“人类太过于迷恋权力所带来的利益，事实已经无数次证明这是错误的，可为什么还要这样？”玛索仍然显得非常绝望。

“权力的争夺不过是一场角逐的游戏而已，利益则是人类为了维护自身发展的一种需求所需要的结果，两者之间其实并没有联系。这是人类在发展过程中走的一条错误的路，而时代赋予了我们改变这个错误的机会，我们就一定要去做。”莫里斯平静地说着。

“但是我已经说过，改变是一个过程，在此之前，我们仍然需要利用权力来制定规则。任何秩序都不是在一夜之间建成的，不单单是地球，甚至整个宇宙都是这样。”莫里斯站了起来走到窗前对玛索说。

“巴拉科夫、桑帕约、富尔茨博士、刘婕，包括库勒，其实他们都在尝试建立自己认为正确的秩序。你记得富尔茨博士曾经极力主张人类不要去征服其他星球吗？”莫里斯问玛索。

“记得，我爸爸坚决反对人类移民，但是他失败了，为此他很苦恼。”玛索停止了哭泣，回答道。

“现在我才知道，他是一位多么伟大的人类战士，他或许早就看出了宇宙的本质。”莫里斯认真地说道。

“但是他无能为力，他的观点并不被所有人承认。”玛索说。

“对，因为他的理论会触及某些人的利益。”莫里斯仍然慢条斯理但却坚定地说着。

“人类为那些眼前的利益而放弃未来，这是错误的。”玛索接着莫里斯的话说。

“对，这是一种自掘坟墓的做法，但是没有人在意，知道为什么吗？”莫里斯扭过脸问玛索。

“为什么？”玛索好奇地问。

“因为人类的见识太少了。”莫里斯斩钉截铁地说。

“可我爸爸也不知道宇宙的真相。”玛索接着说道。

“但是这是一个文明发展的规则，就像几百年前的人类为了种植粮食而破坏了森林，为了放牧而破坏了草原一样。”莫里斯严肃地说。

“那我们该怎么办？”玛索继续问。

“抛弃这些无知的人类，重新建立思维，这是我们必须要做出的选择。”莫里斯紧紧地盯着玛索说。

“可是他们是我们的同胞。”玛索摇着头说。

“我们别无选择，否则我们会是失败的一方，人类也将继续朝着灭亡大步流星地走去。到那个时候，你、我、刘婕，我们都是人类的罪人，富尔茨博士也不会原谅我们。”莫里斯叹了一口气，泪流满面地说。

二、最后一张拼图

库勒的脸上苍老了许多，最近发生的事对他来说，简直就是一种无形的煎熬。尽管经历了这么多让人悲伤的事，但他对刘婕却更加喜欢了，在这个女人身上，他感受到了一种不可战胜的力量。

在大学的时候，库勒参加了学校的很多社团，在其中一些社团中，都有一个叫萨沙的女孩儿。她并不是很喜欢说话，大多数时候，她都是沉默的。但奇怪的是，几乎所有人都乐意倾听萨沙的话，把她当作自己的知音。这引起了另外一些人的嫉妒，他们开始和萨沙作对，可是更不可思议的是，当这些人逐渐接触了萨沙之后，也成了她的粉丝。库勒非常奇怪，于是他开始注意这个来自爱沙尼亚的女孩儿。渐渐地，他发现，萨沙和其他人并没有太多的不同，她有个性但也会随波逐流，唯一特别的是她的脾气很好，无论发生什么，她都可以坦然面对，并且为你出谋划策，在不伤害任何人的情况下解决问题。但这并不是库勒认可她的原因，真正让库勒认可这个看似柔弱的女孩儿的是发生在大学三年级时的一件事。

那是在一个周末，很多学生都在图书馆里查阅资料。正在这个时候，突然有一名因为失恋导致情绪激动的学生持枪闯入了图书馆，他非常愤怒地劫持了三名女生，并朝着天花板开了枪。所有的学生几乎都被吓破了胆，他们有的落荒而逃，有的趴在桌子底下一动不动，那三个被劫持的女生则已经瘫软在了地上，几乎成了待宰的羔羊。而那名劫匪的情绪显然随时可能崩溃，他不停地叫嚣着，声音变得嘶哑起来。库勒当时也在逃跑的人群中，当他跑到楼梯的时候停下了脚步，透过图书馆的玻璃窗朝里望去，看到了让他一生都无法忘却的一幕。

萨沙站在劫匪的对面，镇定地对他说着什么，渐渐地，情绪几近崩溃的劫匪居然放下了武器，走到了萨沙的面前，伏在她的肩膀上低声抽泣了起来。没过多久，已经到来的警察破门而入制服了劫匪，所有人质都安然无恙。萨沙成了学校的英雄，但是她仍然一如既往地沉默。直到在毕业舞会上，已经成了萨沙好朋友的库勒问起萨沙这件事的时候，她才告诉他，其实她只是做了一件最为普通的事，那就是原谅劫匪，因为他和那些被绑架的人质一样，都是需要帮助的。

这件事对库勒的影响很大，从那之后他就坚信，爱可以改变一切，世界上没有绝对的好人和坏人，为此他一直用这种方式来处理自己遇到的一切所谓的不公平的事。到后来成为地球工会的领导者，在刘婕的身上，他同样看到了这种品质，这是一个可以包容一切的女人，包括她的敌人，所以她的成功是命中注定的。

在财团宣布对火星的飞船基地进行重建之后，库勒开始了和刘婕的全面合作。与其说是合作倒不如说是接受刘婕的意见，因为库勒已经意识到，所谓的主战派都是一些情绪激昂却头脑简单的人，他们只是一味地强调人类不可战胜这个理念，却没有任何理论支持或者实际的行动。但刘婕不一样，这个一直以来的逃亡主义者其实是真正的主战派，她拥有全盘的计划，这其中包括制造光速飞船、建立核弹基地，甚至在其他时间点内建立新的生存空间的计划。于是，库勒从一个喊着口号的主战派蜕变成了刘婕阵营中的一员，他需要用自己手中的权力来帮助刘婕解决一些她无法办到的事。

刘婕要求库勒做的第一件事就是解除地球对巴拉科夫的监视软禁，让他去火星基地工作，因为他在那里可以改变一切。库勒想了想之后，同意了。于是没过多久，他动用了自己手中的特赦令，解除了对巴拉科夫数年来的监视，并让刘婕派遣了一艘飞船送巴拉科夫到火星去。临走的时候，刘婕和库勒都到飞船基地去送别巴拉科夫。

“你不担心我再来一次火星独立吗？”巴拉科夫丝毫不顾及刘

婕和库勒身边的人，一边笑一边说。

“你当然可以这么做，不过无所谓，地球和火星现在是一根绳上的蚂蚱了，独立不独立都无所谓。”库勒也笑着说。

“你这个老家伙，我恨死你了，也许有一天我会杀了你。”巴拉科夫冲着库勒挥了挥拳头。

“你最好在火星上动手，在这里你不是我的对手。”库勒低声对巴拉科夫说。

“我倒是很期待看到两个老年人在拳击台上进行一场较量。”刘婕笑嘻嘻地说。

“我一定会击倒他的，我可一天都没有放弃锻炼，不像他总是在钓鱼。”库勒白了巴拉科夫一眼。

“我更喜欢进行决斗，而不是装模作样的花拳绣腿。”巴拉科夫瞪了库勒一眼，笑着对刘婕说。

“好了好了，你还需要什么，最好现在提出来，不然我可不愿意这么远给你送去。”刘婕冲着巴拉科夫挥了挥拳头，她知道如果让他继续说下去的话，那么一天都不会结束，他从来都是一个不会在嘴上失败的人。

“十箱上等的伏特加，还有你，我的宝贝。”巴拉科夫在刘婕的耳边悄悄地说。

“你可以走了。”刘婕轻轻地说了一句，扭过头走了。

“白痴！”库勒再次白了一眼巴拉科夫，跟着刘婕走了。

巴拉科夫摇了摇头，像个孩子一样噘起了嘴，也扭过头，昂首上了飞船。

“他爱你，对吗？”库勒一边走一边好奇地问刘婕。

“那是他的事。”刘婕并没有看库勒，用一种非常冷漠的语气回答着。

“你爱他吗？”库勒问。

刘婕停下了脚步，看着库勒，笑了，这是一种让人捉摸不透的微笑，库勒直到死都没有弄明白刘婕笑的原因。爱？或者不爱？刘婕自始至终都没有说一句话。笑过之后，她径直朝前走去，库勒愣在原地，直到刘婕走远，他才缓过神来，狠狠地骂着自己：“怎么会问出这么幼稚的问题？”

三、带来的消息

在莫里斯的帮助下，玛索渐渐地从颓废中走了出来。其实对于有些人来说，造成颓废的原因是因为没有看到事情的本质，一旦他明白了原因，那么颓废就将荡然无存，玛索就是这样的人。

在一个火星的黄昏，玛索来到了火星飞船降落基地，亲自迎接巴拉科夫，她知道，刘婕的布局已经全部完成，下一步就将是付诸行动了。

巴拉科夫缓缓地走出了飞船，在走下飞船前他停留了片刻，环顾着眼前熟悉的一切。曾经，他在这里整整生活了四十年，对于这里他有着深深的感情，即使已经离开了数年，仍然没有感到一丝陌生。现在他回来了，蓝色的夕阳和以往没有任何的区别，他低下了头。玛索、莫里斯、桑帕约等人早已经等候在那里，他微微一笑，昂着头走下了飞船。当他的脚落在火星地面的时候，他跪在了地上，低下头，深深地亲吻着脚下的土地，久久没有站起来。

“欢迎回家，博士。”玛索第一个走上前，给了巴拉科夫一个紧紧的拥抱。

“老家伙，你好像年轻了几十岁。”桑帕约咧着嘴冲着巴拉科夫大笑着说，一如他们当年那样。

莫里斯则站在一旁，微笑着看着这久别重逢。

“孩子，你还是像以前一样漂亮。”巴拉科夫看着玛索，笑容满面地说，他已经很久没有这么会心地笑过了。

“我都已经快 70 岁了。”玛索的话让在场的所有人都唏嘘不已。虽说从容貌上无法来判断一个人的年龄，但是时间的流逝却是真实的，从她出生的那天起，地球已经整整围绕着太阳转动了 70 圈儿，对于地球来说，这是它的工作，但对于人类来说，这却是一段充满了悲欢离合的岁月。

“老东西，你居然还活着。”巴拉科夫看着桑帕约笑嘻嘻地说，紧接着，两个历经沧桑的老人紧紧地拥抱在了一起，久久没有松开。

“你要不要先去第二基地的那家俄罗斯风味的餐馆去吃一顿？那里的老板娘可一直都在盼着你回来呢。”桑帕约对巴拉科夫说。

“当然了，我在地球上都没吃过那么正宗的俄罗斯菜，她的大列巴和炸鳕鱼简直就是这个宇宙里最好吃的食物。”巴拉科夫大笑着说。

一行人上了车，直奔第二基地，那里如今已经改造成了一个巨大的商业基地，和巴拉科夫离开的时候已经有了巨大的区别。

“这才几年的时间，这些家伙们就把这里变成这样了，不过我喜欢。”巴拉科夫一边看着车窗外火星的变化，一边不由得发出感慨。

“当然了，这里每一天都在变化着。”玛索笑着对巴拉科夫说。

“老家伙，你的工作怎么样了？”巴拉科夫仍然看着窗外不经意地问了一句。

“如果你现在要走，我就去准备，明早你就可以到达你想去的任何地方。”桑帕约自信地回答着。

“我会尽快走，不过不是现在，现在我要去吃我朝思暮想的炸鳕鱼。”巴拉科夫笑得前仰后合。

“我们已经制造出了四艘光速飞船，借助虫洞我们可以在三年的时间内环游整个银河系。”莫里斯轻轻地对巴拉科夫说。

“没用，银河系小得像一条金枪鱼，你得给我制造出能飞出这个宇宙的家伙才行。”巴拉科夫白了桑帕约一眼。

“你是准备要了我这条老命吗？”桑帕约冲着巴拉科夫喊道。

“你这条老命可不值钱，我需要的是保存更年轻的生命。”巴拉科夫并不理会桑帕约的话，仍然自顾自地说着。

“我可没有飞出宇宙的本事。”桑帕约没好气地说。

“你当然没有，不过我给你带来了一个办法。”巴拉科夫眯着眼笑着说。

“你准备让银河系独立吗？”桑帕约一脸坏笑。

“如果可以让人类生存，那当然可以，一条金枪鱼能掀起什么波澜。”巴拉科夫努了努嘴。

“是刘婕带来的消息吗？”玛索打断了两个人的话，轻轻地问道。

“那个小妮子，比你们都聪明得多。”巴拉科夫靠在窗户上对所有人说。

“那是当然，不然她也不会取代你成为火星总督的。”桑帕约挖苦着巴拉科夫。

“她的计划是什么？”玛索问。

“寻找伙伴。”莫里斯淡淡地接着玛索的话说。

“伙伴？”玛索非常好奇，她并不明白莫里斯的意思。

“你果然和她心有灵犀。”巴拉科夫看了一眼莫里斯说。

“只是在有些时候有，大多数时候，我也猜不到她会做什么。”莫里斯仍然非常平静地说。

“我们必须在一个月之内制造出十艘光速飞船，到达其他时间点，去寻找玛雅人，但这会是一条非常危险的路，可能没有找到玛雅人就已经被其他文明消灭了。”巴拉科夫严肃地说。

“玛雅人？刘婕不是拒绝了他们的帮助吗？”玛索几乎不相信自己的耳朵。

“拒绝？你以为她会拒绝唯一的一条生存之道？”巴拉科夫反问玛索。

“玛雅人是我们现在几乎唯一的希望，我们必须学会玛雅人的技术，然后从他们那里了解宇宙的真相。”莫里斯接着巴拉科夫的话说。

“可是宇宙这么大，怎么寻找玛雅人？”玛索接着问道。

“第四纪冰期，他们在那个宇宙有基地，不过难度和大海捞针差不多。”莫里斯回答。

“我的上帝。”玛索这才发觉，自己和刘婕比起来，简直就是一个孩子。

“不过我们并不是在宇宙中唯一的地球人，我们还有两个舰队，他们在哪儿，现在在干什么，技术怎么样，这一切都是未知，不过只要他们活着，那就都好。”巴拉科夫斩钉截铁地说。

四、先行离开

刘婕做出这个决定是经过深思熟虑的，因为不确定的因素实在太多。如果等光速飞船全部制造好一起出发，第一，对人类心理造成的创伤将会更大，第二，在等待飞船建好的过程中一旦出现危机，那么人类将全军覆没，这个后果是无法挽回的。所以刘婕决定将最先制造好的四艘飞船派出，去寻找留下信息的玛雅人，完成技术上的共享，对于她来说，这是一个不得已又必须做的决定。

四艘光速飞船已经在基地内完成了全部理论测试，这是人类第一次制造出可以达到光速百分之九十九的载人飞船。桑帕约和巴拉科夫看着这些飞船，心情却无法平静，人类曾经梦寐以求了多少年的科技，最后居然用在了逃跑上，这简直就是一个黑色幽默。

“人类的智慧是没有上限的。”莫里斯看着光速飞船，感慨万千地说。

的确，人类从诞生的那一天起，就从来没有放弃对于科技的追求。最初的科技无非是为了提高生产力，增加工作效率，改变工作方式，但随着时代的变迁，科技已经并不仅仅是这些作用了，它还开阔了人类的眼界，使人类明白了科技将是人类生存下去的最大源泉，甚至它可以改变一切，包括人类的世界观、宇宙观，而决定人类科技的每一次跳跃性发展都是由人类智慧决定的。

刘婕的密函要求第一批四艘飞船由巴拉科夫带领，进入四维空间，然后飞到第四纪冰期所在的时间点，毕竟那里就目前而言是相对安全的。同时她叮嘱巴拉科夫，无论这里发生什么，这趟所谓的旅行都是单程的，他们将永远不会再返回这里。之所以选择巴拉科夫，还有另外一个原因，刘婕知道在她信任的所有人里，只有巴拉科夫拥有这种魄力，这是命令也是刘婕的请求。巴拉科夫欣然同意，他从来都是一个以大局为重的人，为了整体的利益，他可以牺牲任何个人，包括他自己。

对于生的渴望，让刘婕做出这个实属无奈的决定，为此她将会承担来自各方的压力，包括反对者、支持者，甚至是所有人。不过正如莫里斯说过的话一样，刘婕绝不是轻易在压力面前低头的人，熟悉她的人都知道，她对于任何事情的控制都是全盘性的，即使某些看似错误的决定，她也会在你发现之前很好地弥补，使事情看上去更加圆满。不过她毕竟是一个人而不是机器，有些事情一旦超出她的能力范围，那么就只能任其发展下去了。

距离事先预定好的出发时间已经越来越近了，在地球上的刘婕的情绪也在发生着微妙的变化，她发现，自己居然无法进入冥想状态了，为此她不停地在办公室里踱步。此时，库勒走了进来。

“别担心，我会和你站在一起的，永远。”库勒轻轻地对刘婕说。

“有些残酷，是吗？”刘婕苦笑着问库勒。

“不狠心的人无法成就大事，只有学会面对残酷才能生存，在地球上如此，在宇宙中更是。”库勒的话很有道理。

“这么做确实很不公平。”刘婕无奈地摇了摇头，看得出来，她的情绪非常不好。

“我相信宇宙本身就不是公平的，也许这就是宇宙的终极法则，所以我们按照规则办事没什么错误。”库勒安慰刘婕道。

“我和您的观点恰恰相反，我一直都认为宇宙是公平的，星际战争也好，入侵也好，甚至湮灭一个文明，这些都是建立在一个公平的平台上的，只是这个平台的组成部分需要懂得维护公平，那些被抛弃的一定不是这个平台可以承受的，无论他强大还是弱小。”刘婕看着库勒，平静地对他说。

“问你个问题，可以吗？”库勒说。

“可以，不过我不见得答得出来。”刘婕微微地笑了笑。

“世界的终点在哪里？”库勒的问题很奇怪。

“无所谓终点，也无所谓起点，世界是一个我们无法理解的状态。”刘婕的回答非常模糊，却也非常明了。

“是谁制造了世界，是一个人吗？还是一个种族？或是一个我们无法想象的文明？”库勒继续问。

“这个我没法回答，因为我也不知道答案，但是我曾经想象过，我们生活的世界就像是一个淘气孩子吹着肥皂泡，每一个肥皂泡都是一个独立的宇宙，仅仅几秒钟之后，肥皂泡就会破裂，消失得无影无踪，但是这几秒钟对于我们人类来说也许就是几十亿年、上百亿年，而那个孩子却并不知道这些，他仍然在不停地制造这些肥皂泡。”刘婕笑着说。

“很有趣的比喻，也许就是这么简单，那个孩子根本就没有什么所谓的高科技，也谈不上什么高级文明。”库勒也笑眯眯地说。

“但可惜这只是想象而已，真实的情况我们永远都无法得出。”

刘婕苦笑着说道。

“用数学呢？”库勒问。

“我一直以为数学是宇宙的语言，可以解决一切问题，但现在我发现，我们距离真相的距离远得几乎让我们绝望，数学可以解决的只是皮毛问题。”刘婕随手翻着手里的书，轻轻地说。

“小时候，我觉得我家所在的城市太大了，我一辈子都走不完。但大了之后，我坐着汽车去了城市的每一个角落，只用了三天的时间，那时候我就觉得世界太小了。后来我走遍了全国、全地球，甚至去了火星，才发现我所看到的一切已经不能用大小来形容了。广阔？也不是。那是一个空洞的、虚幻的，又无情的世界。”刘婕说得非常伤感，但却非常坚定。

“我们会有未来吗？”库勒问。

“会！”刘婕的回答非常干脆。

“为什么？”库勒追问道。

“因为世界就在我们身边，我们一直都拥有它，这不是哲学，而是事实，哲学从来都不是事实，对吗？”刘婕一边回答一边反问库勒。

“是的，哲学和事实就像三维和四维一样，彼此之间没有联系却又很好地融合在一起。”库勒点了点头。

“时间到了。”刘婕看了看表，距离飞船出发的时间还有五分钟。

“祝他们好运。”库勒轻轻地说。

五、特别调查组

在巴拉科夫的四艘光速飞船飞往火星和地球之间的巨大虫洞之前，巴拉科夫下令，四艘飞船利用飞船的反光系统在飞船表面打出1219四个数字。包括地球、火星上的所有人都通过大屏幕看到了这个画面，但是没有人可以猜透这四个数字的含义，甚至莫里斯也感到莫名其妙，站在他身边的玛索一脸茫然地问道："什么意思？"

"抱歉，我不知道。"莫里斯摇了摇头，从他真诚的表情上看，他没有说假话。

远在地球上的刘婕看着大屏幕，微微地扬起了嘴角，露出了一丝不易觉察的微笑，湛湛露斯显然看到了刘婕的表情。

"是和你定的暗号吗？"湛湛露斯好奇地问。

"不，只是我的生日而已。"刘婕回过头对湛湛露斯说。

"您不是出生在夏天吗？"湛湛露斯更好奇了。

"不，这是我真实的生日。"刘婕平静地回答。

"真是个浪漫的人。"湛湛露斯自言自语道。

"是个无聊的老头。"刘婕笑着说。

"您很爱他是吗？"湛湛露斯问。

"我爱每一个人。"刘婕的回答非常官方。

"我说的是爱情。"湛湛露斯以为刘婕没有明白自己的意思，又强调了一遍。

"你什么时候这么八卦了？"刘婕吐了吐舌头，像个少女一样。

"我只是好奇嘛。"湛湛露斯也笑了。

四艘飞船消失在了茫茫宇宙中，从此，他们将会成为人类茶余饭后的谈资。他们去了哪儿，经历了什么，改变了什么，都会成为人类津津乐道的话题。但毫无疑问，这些都没有答案，也可能有很多答案……

地球上的刘婕和火星上的莫里斯几乎同时长吁了一口气，毕竟能够安全离开就已经是一件非常让他们感到高兴的事了。接下来，他们将要面对的是如何应付来自各方的压力。果然，在飞船离开仅仅三个小时之后，地球工会就成立了一个调查委员会，重点调查这四艘飞船究竟是怎么回事，怎么火星上会无端飞出这样的飞船。要知道，技术共享是现在人类宪法中明确规定的。

“别担心，我会解释一切的。”库勒对刘婕说。

“我没有担心。”刘婕对着库勒点了点头。

“是因为你觉得自己足够强大吗？”库勒非常好奇刘婕的反应。

“不，因为你们的存在让我感到安全，再说了，就算是公布真相又能怎么样呢？”刘婕微笑着对库勒说，似乎在这件事上，她没有丝毫的在意。

“你将失去你现在的所有，会被视为人类的叛徒，会像几百年前的哥白尼一样被烧死，被唾弃。”库勒严肃地说道，从他的表情上可以看出，他没有开玩笑。

“可是他终究是圣人，这点没人可以否认，真理永远都是真理。”刘婕非常坚定地对库勒说，脸上的表情平静得如同湖水一样。

“但是死亡对你来说显得太奢侈了，你无权死亡。”库勒有些着急。

“我们中国有一句古老的俗语，你知道吗？”刘婕突然笑了起来，一边笑一边问库勒。

“你们中国的俗语这么多，我怎么知道是哪句？”库勒挠了挠头。

“我做鬼也不会放过你们的。”刘婕一脸坏笑地说。

“你还是想想怎么对付那些人吧，他们可不比我。”库勒还是劝着刘婕。

“放心吧，我已经安排好了所有的事，现在我以我个人的名义向你下令，去火星基地和桑帕约、玛索他们见面。无论发生什么，记住，一定要活着，我向你保证，人类的未来会很光明。”刘婕突然变得严肃起来，她紧紧地盯着库勒，眼睛里满是真诚。

“你呢？”库勒看着刘婕问道。

“我很安全，没有任何人动得了我。”刘婕的眼神突然之间变得不再平静。

“好吧，也祝你好运。”库勒了解刘婕，她告诉他自己很安全，那就一定不会有什么危险，她从来都是一个胸有成竹的人。

望着库勒离开的背影，刘婕若有所思，接下来，她将要独自承担暴风骤雨了。她坐在桌边，打开了一瓶葡萄酒，倒了满满一大杯，细细地品尝着，也许在这种氛围下等待狂风暴雨的到来，是一件非常惬意的事。

“你是人类的叛徒！”刘婕的办公室被踹开了，一个凶神恶煞般的人闯了进来。

“你知道你在跟谁说话吗？”刘婕仍然非常平静，但是目光却让人不寒而栗。她认识这个人，是达尔玛的学生查克。

“你为什么背着人类制造光速飞船！你是主谋。”查克显得非常激动，很显然，他和达尔玛一样，是个只会叫嚣的主战派。

“住口！”查克身后的一个人一把拉住查克，走到了他的前面，正对着刘婕。

“博士，请你原谅他的无礼。”这个人向刘婕鞠了一躬。

刘婕没有说话，仍然端着她的葡萄酒杯，细细地品尝着，而眼睛也没有离开酒杯。

“你们都出去，没有我的命令，任何人都不许进来。”这个人对身后的查克和所有情绪激动的调查委员会的人说，很显然，他是负责来带刘婕走的。

查克等人虽然愤愤不平，但还是听从了命令，关上门走了出去。

“博士，您好。”这个人再次向刘婕鞠了一躬。

“你好，请坐。”刘婕的眼睛里再次恢复了平静。

“我是接到命令来带您走的。”年轻人显得非常窘迫。

“我跟你走。”刘婕慢慢地站起身，端起了葡萄酒，轻轻地抿了一口，但眼睛没有离开眼前的这个年轻人。

“博士，我……想对您说几句话。”年轻人严肃地说。

“哦？”刘婕显得非常意外，她打量了一下眼前的这个年轻人。

“我叫赛斯·李，和您一样，我也有中国血统。”年轻人认真地对刘婕说道。

“我是接到命令来带您接受调查的，但这并不代表我认可他们的观点。我看过您的书，认可您的观点。今天我不得不带您走，但我向您保证，我一定会让您安全的，只有您才能拯救人类。”李的话说得非常快，显然他是为了节省时间。

“谢谢你，现在不是说这些的时候，以后会有机会的。现在你把我带走吧。”刘婕放下了酒杯，真诚地对李说。

“嗯。”李点了点头，示意刘婕走在他前面。刘婕打开了门，门外，查克等人仍然一副凶神恶煞的表情，李看了看，大声喊道："关门，检查这里所有的物品。"

六、审判

刘婕被带走之后的当天晚上，火星基地上的莫里斯和桑帕约等人也都被限制了自由。特别委员会通过媒体向整个人类社会宣布，以刘婕、莫里斯为首的逃亡派主导了这次光速飞船飞离火星的计划，同时他们违背了地球工会制定的关于人类共享宇宙技术的宪法，所以将会对他们进行审判，以判定他们是否犯有最为严重的背叛人类罪。

一时间，整个人类社会再一次陷入了混乱，刘婕等人的支持者和主战派发生了激烈的斗争。但是不同以往的是，主战派这次的态度极其强硬，最终他们把支持刘婕的组织打压了下去，人类社会呈现出了"空前的团结"。

所有逃亡派的人全都被关在了人类在木卫一上建造的一座太空城市里。那里拥有整个太阳系最为严密的一所监狱，环境恶劣，气候反常，更为重要的是，那里没有飞船的着陆点，越狱成了一件比登天还难的事。不日将对他们进行终极审判。

库勒由于和刘婕关系密切，也被列入调查名单，但是由于他在主战派中拥有强大的人脉关系，加上没有直接的证据显示他背叛了主战派，所以只是暂时被停止了工作，在行动上他还是自由的，但受到了严密的监视。湛湛露斯等人则被作为证人保护了起来，主战派要利用刘婕等人身边的这些人对他们进行指证，一切迹象都显示，刘婕、莫里斯已经失败了。

不过被关押在木卫一上的刘婕似乎比想象的要好得多，她仍然在每天冥想，这是她的习惯，也是她调节自己情绪的方法。而其他人似乎也并没有想象中那么绝望，他们依然有说有笑，因为他们相信，有刘婕在，生活就可以继续。

主战派的领袖达尔玛先后派了几批人对刘婕等人进行了质问，但是却没有得到任何他们想要的东西。刘婕只有一个要求，让达尔玛和他亲自交谈，否则她什么都不会说。但是达尔玛是个倔强的人，他并不认为此时的刘婕还有资格和他进行交流，所以断然拒绝了刘婕的要求。一时间，审讯陷入了困境。

不过最终改变这种局面的仍然是地球工会的财团，他们绝不会看着刘婕所负责的项目陷入停摆，这对他们造成的损失将是无可估量的。但另一方面，他们也对刘婕恨之入骨，于是要求达尔玛尽快对刘婕进行审判，但是那些项目仍然要进行。

其实达尔玛的工作时间比库勒要长，早在人类第一次探索火星的时候，他就是庞大的科技团队中的成员，虽然不是核心成员，但也是资格最老的成员之一。后来火星宣布独立，大多数的科技团队成员都随着巴拉科夫去了火星，但是达尔玛却留了下来，加入了新成立的地球工会，在地球上开辟了自己的事业。不过一直以来他都仍然只是一名参与者，而没有步入决策者的行列，归其原因还是因为他的性格问题。

库勒是一个懂得妥协的人，虽然看上去唯唯诺诺，但他在该坚持自己观点的时候坚持，不该坚持的时候选择妥协，所以各方面都觉得库勒是一个非常合适的领导者。而达尔玛则恰恰相反，在不该坚持自己观点的时候，他总是固执地坚持，因此他和各方面之间的关系一直以来都比较紧张。这次是因为地球工会内部实在没人有资格去审判刘婕等人，所以达尔玛才被财团推到了第一线。但是达尔玛的老毛病又犯了，他再次坚持自己的观点，刘婕的命他要，刘婕的那些项目也要停止，而这和财团的意愿是相悖的。

就这样，对于刘婕的审判又推迟了将近一个月的时间，而事后证明，这一个月对于主战派来说是致命的。达尔玛作为主战派的领袖反而帮助刘婕争取了她所需要的时间，在这之后，绝望的达尔玛退出地球工会，消失在了公众的视野中，再没有出现在这个世界上。是死了？还是苟且地活着？没人知道。

一个月之后，财团向达尔玛下达了最终的命令，如果不审判刘婕，他们将推动地球工会进行提前选举，让愿意审判的人来进行重新组阁。达尔玛在无奈之下亲自飞到了木卫一和刘婕见面。

达尔玛和刘婕的谈话是在一间非常狭小的屋子里进行的。按照刘婕的要求，此次见面只能有她和达尔玛两个人，达尔玛率先发起了咄咄逼人的攻势。

“你背叛了整个人类！让人类社会陷入了一种被抛弃的极度恐慌的感觉中。”

“背叛？我只是派出了几艘飞船去宇宙中帮助人类寻找新的家园而已。至于陷入恐慌，那是你们人为制造出的一种臆想。被抛弃，就更说不过去了，我从来没有抛弃任何一个人。”刘婕的平静并没有出乎达尔玛的意料。

“你违反了人类技术共享的宪法，这足以判处你死刑。”达尔玛紧紧地盯着刘婕说，目光非常狠毒。

“人类技术共享是宪法规定的，但是宪法同样保护个人的专利权。我想知道，桑帕约他们自主研发的光速飞船在没有申报之前，凭什么要完成技术共享？”刘婕加快了语速，但仍然非常平静。

“他们利用了全人类的公共资源，却没有给予人类回报。”达尔玛大声地说。

“可以这么说，所以你可以给他们定罪了，就叫挪用公共资产吧。至于如何处罚，这个有很明确的条款，如果我没记错的话，应该是处以巨额罚款对吧？”刘婕的脸上洋溢出了一种获胜的笑容。

“你想得太轻松了，孩子，我已经掌握了你让巴拉科夫他们逃离这里的全部证据，还有你们准备抛弃全人类的证据。”达尔玛也笑了，确实，他有一个足以让刘婕崩溃的人证。

“那就请你拿出来吧，只有面对无法反驳的证据我才会低下头。”刘婕仍然非常平静地看着达尔玛，丝毫看不出慌乱，不过在几分钟之后，刘婕就几乎崩溃了，因为这份证据确实是一份足以改变她命运的证据。

七、致命的证据

当达尔玛笑着对刘婕说话的时候，刘婕已经预感到了达尔玛手中证据的分量，但她仍然表现得非常自信，毕竟她认为自己所做的一切都是天衣无缝的，没有留下什么纰漏。

“这是一份玛索的证词。”达尔玛轻描淡写地说道。

刘婕没有说话，她平静地看着达尔玛，笑了。

“你如何指使桑帕约炸毁飞船基地，又如何给他们提供铱，放行巴拉科夫，以及你和莫里斯控制火星基地的所有谈话这里都有，刘婕女士，我希望你敢作敢当。”达尔玛从容地说。

刘婕仍然没有说话，她知道，自己败了，因为玛索提供的证据让她几乎没有翻身的机会。

达尔玛冷笑着离开了小屋，下一步，他将用自己的利刃杀死刘婕这个最大的逃亡主义者，为地球重新塑造起信心。但可惜的是，他高兴得有点早了，因为此前的一个月时间，已经为刘婕等人争取到了足够的时间，此时的刘婕早已经立于不败之地，无论是什么样的证据，对她来说都已经没有任何用处。

就在达尔玛离开木卫一准备回到地球为最后的审判做准备的时候，位于地球的亚利桑那天文台接收到了一段来自外太空的无线电波。电波的内容在翻译出来之后，立刻让地球工会的每一个人陷入了极度的恐慌之中，这封电波来自遥远的英仙座，内容很清晰地告诉地球人类：如果在未来的 72 个小时之内，刘婕博士和她的团队没有得到自由的话，那么地球将会遭受难以想象的袭击。落款者是玛雅人以及四艘光速飞船的领导者——巴拉科夫。

当然了，对于这样的威胁，地球工会的恐慌只是暂时的，他们并不相信巴拉科夫或是玛雅人可以用勇气干出什么大事，毕竟袭击地球造成的损失对于巴拉科夫没有什么好处，而且刘婕也绝对不会同意这么做。所以他们对于无线电波采取了冷处理，并没有对外公布，也没有当回事。

事实证明，玛雅人和巴拉科夫的话并不仅仅是威胁，就在 72 小时的时限刚刚到达之后，位于南半球的澳洲大陆就遭到了来自外太空未知方向的袭击。这是一种人类从没有见过的核弹，它并不能终结生命，但是却让所有的生物失去了繁殖能力。一时间，地球进入了红色预警，地球工会不得已才向民众透露了收到外太空威胁的无线电信号，几乎是在顷刻间，地球工会的声誉再次下降到了极点。而借此机会，刘婕的支持者们开始重新集结，要求释放刘婕，和上次不同的是，这次，地球工会已经没有能力制止一浪高过一浪的抗议了。

玛雅人和巴拉科夫的第二条无线电波再次来袭，这次给予的时间是 48 小时，否则将再次发射导弹。地球工会不得已答应释放刘婕以及所有的逃亡派，最终，这场斗争以刘婕的获胜而告终。

刘婕并没有返回地球，而是被送到了位于火星基地的飞船制造中心，按照玛雅人和巴拉科夫的要求，刘婕他们将在这里度过一段时间，等待剩余的光速飞船建造好之后和他们会合。不过，让刘婕感到惊讶的是，就在他们被释放的第二天，莫里斯来找刘婕，向她提出了一个要求，而这个要求，让刘婕非常意外并且大吃一惊。

“我来是和你告别的。”莫里斯微笑着对刘婕说，一如既往地平静如水，两个平静的人交谈，从来都不会掀起什么波澜。

“哦？告别？”刘婕非常意外。

“对。”莫里斯轻轻地点了点头。

“我不太明白。我们不是要一起走吗？何谈告别？”刘婕并没有明白莫里斯的话。

“我不打算离开这里。”莫里斯看着刘婕说。

“你说什么？你不离开？”刘婕终于不再平静，她想不到莫里斯会提出这样一个要求。

“我知道你会很意外，但这是我做出的决定。”莫里斯坐了下来。

“能告诉我为什么吗？给我一个让我不再问下去的理由。”刘婕也坐了下来，她看着莫里斯。

“我们有很多的支持者，如果我们都离开了，他们会非常失望的。”莫里斯淡淡地说。

“不，这不是理由，你说过，有些决定是残酷的，你可以接受。”刘婕并不认同莫里斯的话。

“对，这不是所有的原因，最主要的原因是我想留在这里，因为这里更需要我。”莫里斯叹了一口气看着刘婕，在他的眼睛里，已经噙满泪水。

“可我们也需要你。”刘婕说。

“现在的情况你知道，你和地球都是前途未卜，都有可能成为胜利者，但也都可能成为失败者。虽然你成功的概率大一些，但这不是绝对的。我们要做的并不是要成为胜利者，而是要让人类的信息存在下去，证明我们曾经在这个世界上生活过，对吗？”莫里斯轻轻地对刘婕说。

“是的，我不否认。”刘婕承认了莫里斯的话有道理。

“所以我打算留在这里改变人类的思维，万一这里没有爆发战争，那么人类就必须改变现在的思维模式。”莫里斯站了起来，走到窗前。

“可是……”刘婕一时语塞。

“要改变人类的思维需要一个很久的过程，也许几十年，也许几百年，或者上千年上万年，但必须要有一个开始。你们中国不是有句俗话叫第一个吃螃蟹的人是最勇敢的吗？我愿意做这个勇敢的人。”莫里斯扭过头对刘婕说。

“你留在这里不会改变这些人的，他们的思维已经完全模式化了，只有推倒重新开始才有机会。”刘婕认同莫里斯的观点，但她并不相信莫里斯可以改变这里的人，这里的人已经让她彻底失望了。

“也许你是对的，但是我很愿意尝试，人类的历史其实就是在一次又一次的失败中走到今天的。我讨厌失败，但是我不惧怕失败，而且我相信，如果人类可以生存下去的话，那么改变思维将会成为人类的一个里程碑。”莫里斯非常中肯地说。

“你和我都是人类的希望，我们也都是勇于尝试的人，留下和离开其实都是一样的。”莫里斯停顿了一下接着说。

“你从来都没打算离开，对吗？”刘婕终于明白了莫里斯的话，此时她才发现，原来自己从来都不了解这个一直以来她认为很了解的人。

“我是个恋家的人，虽然我也很喜欢外面的世界，可是离开久了，我会不适应。”莫里斯苦笑了一声。

“你是一个带有英雄基因的人，如果传说是真实的话，那你一定就是诺亚。”刘婕看着莫里斯，认真地说。

“还有一个请求。”莫里斯笑着对刘婕说。

“什么？”刘婕问道。

“带上玛索，她现在有些迷失，但她会给你带来好运的。”莫里斯严肃地说。

八、痛苦中的希望

回到地球之后，玛索感到极度的痛苦。一方面是由于她“出卖”了刘婕，导致逃亡派不得不提前开始逃亡；另一方面，对于澳洲大陆遭遇到的袭击，玛索感觉是自己造成的。她把自己关在屋里，不愿意见任何人，她蜷缩在墙角，紧紧地抱着自己的头，感觉要炸了一般。

连她自己都不知道为什么要选择和达尔玛合作，也许是因为达尔玛曾经和父亲有过合作关系，也许是因为她对于地球的责任感，但玛索心里清楚，这些都不是主要原因。

莫里斯不会再来了，自己已经不配做他的朋友了。刘婕也不会再来了，她将用最为鄙视的眼神看着她。甚至连她以前的朋友都不会再来了，毫无疑问，这是玛索一生之中走的最为错误的一步。

窗外不知什么时候下起了雨，淅淅沥沥的，让人听上去感到莫名其妙的烦躁。玛索靠在墙上，木然地看着这一切，思绪回到了几十年前。

在她的记忆里，那天也是一个阴雨天，雨并不大，就像今天一样淅淅沥沥的。她放学回到家时，父亲也刚从联大的总部参加完企划书计划的扩张会议回来。玛索看到父亲把车停在车库后就站在了并不大的雨中，他仰头看着昏暗的天空，任凭雨水拍打在身上，他的脸上全是水，分不清是泪水还是雨水。玛索趴在窗户上看到了这一切，急匆匆地拿着伞跑了出来替父亲挡雨。父亲低下头看了一眼玛索，他的表情玛索一生都无法忘记，那是一种只有极度绝望才会有的眼神。在那之后的几十年，在任何地点任何人的身上，玛索都没有再看到过那样的表情。她只知道父亲关于拒绝“外星殖民”的计划没有被通过，但却不知道那对父亲来说意味着什么，也不明白一向开朗乐观的父亲为什么会因为一个小小的提案变得如此难过。

直到现在，玛索才明白，父亲是一个真正热爱地球的人，他比这个世界上任何一个人都要热爱这颗蓝色星球，但可惜玛索知道得太晚了。

在玛索的内心，一直都只有一个偶像，那就是父亲，她的很多观点和观念都来自父亲。她反对打着任何旗号哪怕是正义的旗号发动战争，希望人类可以学会妥协。她推崇无暴力抗议，大学的时候，她曾经组织学校的同学参加了反对人类捕鲸的抗议，因此获得了动物保护协会颁发的奖章。她反对地球和火星之间的军备竞赛，强烈要求地球方面妥协，也反对刘婕和库勒之间的逃亡派和主战派的暗战，所以她选择了支持多数的主战派，她的目的只是希望尽快结束这场人类之间的争端，尽快让世界走入正轨。

可是，一切都和她设想的不一样，刘婕和莫里斯即将被判处死刑的消息让她几乎在瞬间崩溃，她第一次为自己的选择感到可耻。她终于知道，这不是父亲的观念，而是自己的臆想，因为父亲虽然热爱和平，但是他坚持的总是正确的，而自己却只是一个表面上的和平爱好者。

窗外的雨仍然没有停的迹象，玛索努力地站了起来，打开门，走了出去。站在楼下，她如同父亲当年一样仰着头，任凭雨水落在自己的身上，希望可以让自己从这种噩梦般的事实中醒过来。但是她还是失望了，昏暗的天空就像是一顶没有边际的帐篷一样，黑压压的让她感觉到窒息。玛索闭上了眼睛，却发现在黑暗中都是父亲失望的眼神，她使尽全身力气对着天空发出了一声尖叫，响彻云霄，她发现，雨停了。

睁开眼睛的玛索扭过头，发现了站在身后的湛湛露斯，此时她正拿着一把雨伞为玛索遮挡着雨。

“你很自责，对吗？”湛湛露斯看着玛索，平静地说。

“是的，我为我的行为感到可耻。”玛索看着湛湛露斯，面无表情地回答着。

“你愿意听听我的想法吗？”湛湛露斯仍然用非常平静的语气对玛索说。她很漂亮，大大的眼睛闪烁着，给人的感觉很真诚。

玛索轻轻地点了点头，没有拒绝，现在任何建议对她来说似乎都是一种拯救。

“你做得没错。”湛湛露斯淡淡地说，眼睛却没有看玛索。

“你说我做得对？”玛索看着湛湛露斯，惊讶地问。

“只是没错，并不代表是对的。”湛湛露斯看了一眼玛索，严肃地说道。

“哦。”玛索轻轻地哦了一声，叹了一口气。

“每一个人都似乎极其相信自己的判断力和感觉，就像赌博一样，可惜大多数时候结果都是错误的，这可能就是人类的基因决定的。抱歉，我不是哲学家，只是想按照哲学家的方式说话，因为这样会显得比较酷。”湛湛露斯冲着玛索笑了笑，她不希望两个女人之间的对话在尴尬的气氛中进行。

“你说话的方式很有趣，我很喜欢。”玛索也笑了。

“我说你没做错，是因为在这件事上你只有两个选择，没有弃权这个选项。只可惜你的选择在现在看来还不知道对错。”湛湛露斯眨了眨眼睛说。

玛索没有说话，只是点点头，认可湛湛露斯的话。

“换成我，也许我也会做出和你同样的选择，最终的结果怎么样，现在还不得而知，至少你还没有输光。”湛湛露斯收起了伞，淅淅沥沥的雨已经变得温柔起来，看样子也不会再变大，阳光已经穿透乌云照亮了大地。

“什么？我不明白。”玛索吃惊地看着湛湛露斯，脸上再次流露出不可思议。

“我想告诉你的是，故事的结局还没有到来。而你是主角，主角从来都不是这么轻易退出的。”湛湛露斯抬起头眯着眼望向了天空，阳光有些刺眼。

“你是说……”玛索似乎明白了什么。

“地球工会已经批准了刘婕博士他们乘坐光速飞船离开这里，在她的团队名单中，有你的名字。”湛湛露斯微微地笑了笑，转过身朝着前方走去。

玛索呆呆地看着湛湛露斯的背影，一句话也说不出。

“希望你可以赢下一颗美丽的星星，我会每天从地球上望着你。”湛湛露斯没有回头，大声地说道。

九、永别

玛索是在和湛湛露斯告别之后的第三天启程前往火星基地和刘婕见面的。在刘婕的办公室门前，玛索犹豫了很久，终于，她轻轻地敲响了门。

刘婕看着玛索，仍然一如既往地微笑着，玛索则有些尴尬。看着玛索不自然的样子，刘婕走到了她面前，平静地看着她。玛索再也控制不住自己的情感，她哭了，像个孩子一样，自从父亲去世之后，她一直都在努力让自己坚强些，但现在，她哭了，不是委屈，而是自责。

“对不起，我……”玛索抽泣着对刘婕说。

“我不接受你的道歉。”刘婕严肃地看着玛索，冷冷地说道。

“我知道，我不可原谅。”玛索看着刘婕的表情，感到脸上火辣辣的。

“我昨天去找了一个已经失业很久的占卜师。”刘婕看着玛索，仍然非常冷淡。

“占卜师？”玛索感到不可思议，这个行业已经在人类社会消失很久了，自从人类能够离开地球之后，占卜师的生意就一天不如一天。

“对，你相信占卜吗？在我们中国，这叫算命。”刘婕紧紧地盯着玛索。

“抱歉，我不知道。”玛索觉得自己不该进来。

“我相信，非常相信，占卜师的话在大多数时候都是正确的。”刘婕仍然非常冷淡，这让玛索感到不知所措。

“是吗？他告诉了你什么？”玛索轻轻地问道。

“他告诉我，玛索会给我和人类带来好运的。”刘婕看着玛索，这次她终于恢复了以往的笑容，那么真诚，那么亲切。

“博士……”玛索看着刘婕，眼泪再次夺眶而出。

“哈哈，吓到你了，我的玛索，我爱你。”刘婕给了玛索一个大大的拥抱，贴在她的耳边轻轻地说。

玛索不停地抽泣着，她知道刘婕已经完全原谅了她，不，刘婕根本就没有怪过她，因为她们是朋友。

“我们下个月就要离开这里了，地球、火星、太阳系，也许以后永远都不会再回来了。在这一个月的时间里，我们可以尽情地享受以前没有享受过的一切，就算是死前的那顿断头饭吧。”刘婕搂着玛索的脖子，开心的样子像一个少女，和她以往的沉稳大相径庭。

“我会跟着你，一步都不会再离开。”玛索看着刘婕，坚定地点了点头。

“那你要说话算话哟，假如我们离开之后遇到了一个王子，你可不许花痴啊。”刘婕冲着玛索眨了眨眼睛，歪着头笑了。

“我……不知道。”玛索犹豫了一下，也哈哈地笑了。

“走吧，我们去第二基地，那儿有两位朋友在等着我们。”刘婕拉着玛索的手走出了办公室。

“是莫里斯吗？”玛索好奇地问。

“到了你就知道了。”刘婕不理会玛索，拉着她急匆匆地走了出去。

她们去了巴拉科夫上次去的那家俄罗斯餐馆。刘婕至今都不知道为什么包括莫里斯在内的所有人都认为这家俄罗斯风味的餐馆做的菜味道很好，在刘婕看来，世界上任何一家中餐馆做的菜都要比俄罗斯的大列巴好吃得多。但是莫里斯、桑帕约等人却一如既往地选择这里，并且对这里的菜大加赞扬，这让刘婕感到非常郁闷。

刘婕拉着玛索进入了预订好的包间，莫里斯和另外一个人已经等待了许久，看到玛索进来，莫里斯笑着说：“玛索，你可想死我了。”

“莫里斯。”玛索给了莫里斯一个大大的拥抱。

“哈哈，我来介绍一下，玛索，这位是未来我们团队的成员之一——赛斯·李，叫他赛斯就可以。”刘婕对玛索说。

“哦，你好。”玛索给了赛斯一个拥抱。

“博士，我早就读过您的著作，很高兴见到您。”赛斯笑着对玛索说。

几个人坐定之后，仍然是刘婕率先说话。

“我刚才对玛索说了，从今天起，在未来的一个月内，我们要品尝这个星球上所有美好的食物，让这些食物的味道永存在我们的记忆中，因为以后我们品尝这些食物的机会可能就很少了。”刘婕一边说一边拿起了一块鳕鱼放进了嘴里。

“嗯，你们真是不幸，为了表示对你们的同情，我来负责你们离开地球之前所有的饭钱，当然不包括葡萄酒。”莫里斯掰了一块大列巴，抹上了黄油。

“什么？你不一起走吗，莫里斯？”玛索脸上的笑容立刻消失了，她看着莫里斯不可思议地问。

“当然了，刘婕没对你说吗？”莫里斯看了刘婕一眼，问玛索。

“为什么？”玛索问。

“这个嘛，是一个非常复杂的问题，一句两句说不清楚，我会在未来一个月的时间里慢慢告诉你。”莫里斯把抹好黄油的面包放进了嘴里。

“可是为什么？我们是有条件在一起的。”玛索急切地问。

“也许只是暂时的告别，我在地球上等待着你们为人类找到出路的好消息。”莫里斯边说边吃着面包，似乎他的注意力都集中在了面包上而不是说话上。

玛索只感觉到一阵眩晕。无数次在她最需要帮助的时候，莫里斯总是恰到好处地出现，但是现在他却要和她说再见，而且很可能是诀别，玛索觉得这是这个世界上最为残酷的事情。

“玛索，不用难过，我们应该尊重莫里斯的选择。”赛斯安慰着玛索。

玛索不再说话，她拿起了一条鳕鱼，蘸了蘸番茄酱，轻轻地咬了一口。

“我会到另外的时间点中去找你，如果你不认识我的话，我会杀了你。”玛索把手里的鳕鱼举过了头顶，愤愤地说。

“当然认识，也许那个时间点里的我是一个英俊潇洒的王子呢。”莫里斯哈哈大笑着说。

“那我就是一个巫婆，我会阻止王子和公主在一起的。”刘婕冲着玛索挤了挤眼睛。

“唉！”玛索轻轻地叹了口气，她了解莫里斯，这个决定一定是经过深思熟虑才做出的，“与其伤感地告别倒不如开心地相聚”，这是玛索大学毕业的时候她的老师对他们说过的话，现在回想起来，的确很有道理。

十、莫里斯之死

一个月的时间飞逝而过，无论再怎么掩饰自己的情绪，告别的时刻总是充满伤感的。一向乐观的刘婕哭了，感性的玛索哭了，老不正经的桑帕约哭了，库勒哭了，拥有新时代思维的莫里斯也哭了。每个人都相信，哭泣可以让他们的内心平静下来。

留下，离开，每个人都有自己的选择，无所谓对错，也没人会后悔。这是他们穷极一生所追求的事业，对于他们自己来说，这或许是刻意的选择，但对于地球上的民众来说，他们都是地球的英雄，无论是成功还是失败。在这个宇宙中，这个世界中，人类的信息将作为一份见证永存，不可忽略，不可磨灭。

临别的时候，莫里斯送给光速舰队中的每一个人一份礼物，并且叮嘱他们看不见地球的时候再打开，所有人都哭泣着答应了莫里斯。刘婕突然发现，莫里斯，这个曾经意气风发的年轻人的鬓角居然有了些许的白发，他老了，不可避免地老了，岁月终究是谁都无法逃避的，时间对于人类来说，永远都是不可控制的。

光速飞船的速度让所有人都大吃一惊，此刻，他们多想让飞船的速度慢一些，好再多看一眼他们的朋友。只可惜这是离别不是演习，地球在他们的视界中逐渐变小，直至消失。大屏幕上地球的景象变得模糊，最后，莫里斯的影像彻底消失在了大屏幕上。不过，所有人都看到了，莫里斯是笑着的，再见，伟大的人，再见，地球的勇士，再见，我们的朋友。

“我们还能见到他吗？”玛索看着地球的方向，问刘婕。

“刚离开就思念了？”刘婕坐在座椅上，一边翻着书一边说。

“我只是希望在未来可以见到他，因为他是我们的朋友。”玛索回过头感慨地说。

“也许真的是永别了。”桑帕约对玛索说。

看着一片黑暗的宇宙，玛索不再说话，她并没有理解桑帕约的话，如果她理解的话，那她一定会哭泣的。

在刘婕的光速舰队离开地球的第二天，莫里斯在火星基地被地球工会逮捕了。据说当时他的平静出乎所有人的意料，只见他端起饮料杯喝光了已经有些凉了的热饮，还用手把洒在桌子上的一些饮料残迹画成了一幅图。没人知道他画的是什么，事后的很多年，有人说莫里斯画的是一幅宇宙的缩略图，也有人说，莫里斯画的是一幅人的大脑图，但这些终究是传说，一切都已经无人知晓，唯一可以知道的是，莫里斯是一个伟大的人。

莫里斯为什么没有离开，这是另外一个关于他的谜团。有人说莫里斯是地球工会和刘婕之间的协议的筹码，离开可以，但必须留下一个人质防止玛雅人摧毁地球。持这个观点的人不在少数，毕竟从逻辑上分析，这个观点是有道理的。但是另外一个观点则认为，莫里斯留下是真的出于自愿，因为他早已经把自己的灵魂和地球的未来融合在了一起，他是从内心为了人类的未来着想的。无论是哪个观点，莫里斯都符合人类对于英雄的定义，他无愧于人类历史上最伟大的人之一。

地球工会的新任领导者托马斯在财团的授意下，为莫里斯罗列了整整七十条的“罪状”。其中的大多数都是确实存在的，比如协助桑帕约炸毁火星基地，知情不报。但有一条却是莫须有的，而恰恰是这条莫须有的罪名是致命的。托马斯把玛雅人和巴拉科夫对澳洲大陆的袭击这件事算在了莫里斯的头上，并向全世界进行了媒体直播。莫里斯没有进行任何的辩解，但也没有承认，当他得知自己已经被判处了死刑的时候，只是希望最后可以说一句话。但是这个要求没有被同意，因为地球工会和财团坚信，莫里斯蛊惑人心的本领并不比刘婕弱。

在木卫一的监狱中，莫里斯孤独地度过了他人生的最后四个月。由于对逃亡派的痛恨，莫里斯在这里受到了主战派看守非人般的待遇，他们用最为古老的残忍方式虐待着莫里斯的肉体，以达到让他在痛苦中死去的目的。但是莫里斯却好像是钢铁一般，面对严刑拷打，从没有喊过一声，总是付之一笑。最后，一位持中立态度的看守实在看不下去了，私下里开始帮助莫里斯，很快他就被莫里斯的人格魅力感染，对他崇拜得五体投地。在莫里斯行刑前的那个晚上，莫里斯悄悄地告诉他，在将来回到地球之后一定要到位于纽约的一个叫作“拜伦”的图书馆去拿一本他写的书，那本书并没有出版，只是私印了几本存在那里，如果人类有机会活下去的话，那么那本书将会是改变人类思维的关键钥匙。

次日，莫里斯在吃过一顿不算丰盛的早餐之后，被执行了火刑，这是主战派思来想去最终决定的方式。人类就是这么可悲，他们学会了科技，掌握了文明，却从未学会改变思维。几百年前哥白尼慷慨就义的一幕再次上演，事实证明，错的终究是错的，对的终究是对的，无论多久，都改变不了本质。

在莫里斯死后不久，在地球上的一些学者之间开始流传一本叫作《思考》的书。这本书没有署名，但却一针见血地指出人类的思维缺陷和思维盲点，被很多学者奉为神作和人生的灯塔。没人知道这本书的作者是谁，因为地球上的人类已经永远失去了他。

十一、幻象的道路

关于如何对待四维文明的打击，在地球上只剩下了一个观点，那就是向他们宣战。为此，新的地球工会在托马斯的领导下开始了更为紧张的备战，他们打破了原来制定的核弹数量的上限，整整增加了一倍，又在谷神星上建造了粒子核弹基地，这一切都是为了在未来的战争中占据主动。

用莫里斯的话说就是，人类的失败最根本的原因是由思维的上限决定的。在主战派的心里，所谓的四维文明不过是一群宇宙的流浪者，只要他们坚持到底，那么胜利就自然会到来。

“无知是一种可怕的思维，但比这更可怕的是对自己无知的自信。”这是《思考》里的警句，也可以看成是一句谚语，怎么理解都无所谓。

托马斯从严格意义上来说应该算是一个科学家，甚至可以用伟大二字来形容，因为天狼星的恩美雅伴星就是他发现的。曾几何时，他也是一个逃亡主义者，认为人类和四维文明之间的战争不可能获胜。但是当玛雅人出现之后，他的思想发生了变化，因为他看到了玛雅人在科技上的可怕，从而得出一个结论，玛雅人可以做到的，现在的人类也可以做到，假以时日，人类一定会超越四维文明，成为这个宇宙的主宰。

从文明的进化角度来说，这是正确的。但托马斯不是刘婕，不是莫里斯，他并没有料到人类和四维文明根本就不是一个水平线上的，所以无法形成对比，四维文明在他们的眼里一直以来都只是一个概念化的东西。

托马斯就是在这种心态下逐渐走上台前的。他果断，聪明，冷静，甚至拥有强大的意志力，但可惜的是，人类从来都是以成败论英雄的，无论他拥有多么伟大的人格魅力，最终还是成了一个败军之将。

刘婕他们之所以离开地球，不单单是因为对于战胜四维文明没有信心，更主要的原因是他们认为太阳系已经容不下人类发展所需的条件，只有在更为广阔的空间中才可以突破发展的瓶颈。但是托马斯则认为，地球拥有足够的能力承担这些，这就造成了双方发展的方向将会完全不同，一如几百万年前类人猿中走下地面和留在树上的两个分支，不同的判断决定了不同的未来。

平心而论，托马斯并不是处死莫里斯的元凶，相反，他对莫里斯有着非常好的印象，认为他彬彬有礼，善于交际，是个人才，但是他最终还是下令处死了莫里斯。一方面是因为他们的理念完全相反，特别是刘婕走后，莫里斯几乎成了地球上幸存的逃亡派的精神领袖，不处死他主战派的工作将会很艰难；另一方面，托马斯太了解莫里斯的思维理论了，而且极度认可，但是认可并不代表着会去执行，改变思维或许对于人类的发展确实有好处，但时间绝不允许地球现在这么做，所以毁灭逃亡派的残余力量和处死莫里斯是唯一的一个选项。

大约在刘婕的光速舰队离开地球十个月之后，地球工会通过了一个法案，那就是把人类送入太阳系的其他行星的太空城市中，这样可以使人类遇到袭击时不至于全军覆没。于是，人类历史上最为壮观的一次大迁徙上演了，金星、木卫二、土卫六、海王星、天王星、冥王星，这些行星周边的曾经只能作为研究基地的太空城市驻扎进了人类，并且很快得到了发展。统治太阳系，这个人类一直以来的愿望如今终于实现了，不得不说，这是人类完全依靠自己的能力创造出来的一个宇宙奇迹，疯狂而卓越。

看着如同科幻电影里的太阳系，托马斯庆幸自己可以成为这份奇迹的缔造者和见证者。一时间，他的名字响遍了整个太阳系，就如同上帝一样，让人崇敬，给人希望。

把自己的命运寄托在一个人的身上是人类屡次犯下的最为严重的错误之一，因为这个星球上并没有一个人可以像神一样睿智，当这个被寄予厚望的人犯下错误的时候，那一切都已经无可挽回了。

托马斯并没有犯错，因为发生这样的事远谈不上是错误。地球的危机就像是一颗定时炸弹一样，早已进入倒计时，而恰恰这个定时炸弹又是无解的，所以这并不能怪托马斯。但作为领导者，他的责任毋庸置疑。

地球就这样在错误的道路上大步流星地前进着，丝毫没有停下的意思。这条路虽然是一条死路，但看上去却显得那么多姿多彩，到处都充满了让人叹为观止的风景。只可惜这一切都是幻象，就像蛇一样，越美丽的毒性就越大，当你被它咬到的时候，一切都结束了。

有人说，托马斯的地球从文明角度上来说是地球历史上最好的年代。在卡尔达舍夫的文明等级划分中，能利用一个恒星系的资源的文明可以归为 II 级文明，一旦达到这个文明等级，那么走向更为高级的 III 级文明就不会步履蹒跚而是跳跃性的了。但是在这之后呢？终极文明或是终极谜团在哪里？卡尔达舍夫并没有给出一个明确的答案，人类绞尽脑汁想出的不过是以地球文明为基础发展的文明，但这在宇宙中其实不过像尘埃一样，完全可以忽略不计。

人类终究还是没有悟到《思考》中最精髓的部分。

十二、光速舰队

在太阳系从舰队上的每个人的眼中完全消失之后，所有人才意识到，他们真的已经远离了自己的家园。除了刘婕之外，舰队上的每一个人都流下了惜别的泪水，此刻的他们，真正成了宇宙中流浪大军中的一员，等待他们的将是无尽的宇宙和不可预测的未来。

刘婕打开了莫里斯的礼物盒，她的猜测没有错，莫里斯送给她的果然是一本书。刘婕轻轻地抚摸着书的封面，并没有打开，她知道，在未来，这本书将教会她在宇宙中如何思考，如何揣摩其他文明的想法。如果说《宇宙的语言》是一本揭开宇宙奥秘的百科全书的话，那么莫里斯的这本《思考》就是一本宇宙生存指南，二者的结合将是人类能否在这个世界上继续占有一席之地的关键。

轻轻地合上了莫里斯的书之后，刘婕通过飞船上的屏幕向整个舰队发表了一段讲话：

"我亲爱的朋友们、同胞们，现在我们已经成了一群孤独的宇宙流浪者。今后我们要面对的将是无休止的未知事物，也许会很新奇，也许会很恐怖，但我知道，这是你们自己的选择，和我一样，我们无须对此抱怨或者后悔，因为我们将肩负人类的使命。虽然对于整个宇宙来说，我们微不足道，但是即使是一粒普通的沙子，我们也要证明我们是大海的一部分，总有一天，我们会像珍珠一样让大海记住我们。生命并不顽强，甚至非常脆弱，我们每个人都有过失去亲人的痛苦，但那种痛苦之于我们毫无疑问是不可避免的，这是我们都明白的。一切的痛苦对于我们来说都应该是暂时的，活着，有时候并不是一件让人感到惬意的事，但活着，我们可以改变很多事。地球上的那些留守的人不是我们的敌人，而是我们的同胞，甚至这个宇宙中的其他外星文明也一样，他们和我们都没有什么区别，四维文明或许也是。我希望大家可以明白，我们之所以离开家园去探寻未知，并不是为了寻找活下去的机会，也不是为了探索宇宙的奥秘，而是要见证这个世界的伟大，这个世界和我们，永远都是融合在一起的，无论发生什么都不会分开。”

刘婕的声音似乎带着一种与生俱来的磁性，每个人听完之后只觉得一种醍醐灌顶般的热血沸腾。他们追随刘婕是因为认可她，他们信任她是因为她是对的，他们从没有怀疑过刘婕，也没有怀疑过自己的选择，今天刘婕的话再次让他们感觉到了生命的意义并非只是活下去那么简单。

舰队继续朝着宇宙深处飞去，他们将从位于银河系中心不远的位置的一个虫洞中进入四维空间，那是玛雅人和巴拉科夫留给刘婕的信息。

“你的话是早就准备好的吗？”玛索躺在飞船卧室的床上问刘婕，她们两个选择了住在一间卧室。

“你怎么能这么认为？难道你不知道我的语言水平很差吗？我甚至连一些基本的语法都弄不明白。”刘婕笑嘻嘻地看着玛索说。

“那你怎么能讲出让人热泪盈眶的话？我甚至都是含着眼泪听完的。”玛索抬起头看着刘婕不解地问。

“这是莫里斯在咱们上次吃饭的时候给我准备的演讲稿，他真是一个细心的男人。”刘婕平躺着，看着天花板痴痴地说。

“又是莫里斯，这个家伙好像会钻到人的肚子里一样，似乎什么都可以预测到。”玛索听完刘婕的话，自言自语道。

“他并不是可以预测事情，而是可以通过人性和思维模式来分析出事情的发展轨迹，就像你看到一辆即将坠入悬崖的车子，你会惊声尖叫，而他则会立刻让医院做好准备。”刘婕一如既往地平静。

“我发现我很爱他这一点。”玛索看了刘婕一眼，认真说。

“你应该和他生一个孩子。”刘婕看了一眼玛索说。

“我们只是很好的朋友，做恋人的感觉怪怪的，再说了，生的孩子万一像我不像他怎么办？”玛索把脸扭向了天花板。

“刚说完很爱他的，怎么又感觉怪怪的了？”刘婕白了一眼玛索。

“不是那种男女之间的爱，而是那种崇拜的爱，我从没谈过恋爱，也没有对任何人有过那种感觉，虽然我也知道爱情很伟大。”玛索非常认真地对刘婕说，脸上的表情十分真诚。

“我相信你会遇到你的爱情的，到时候你一定会迷失的。”刘婕看着天花板，平静地说。

“你爱那个老头儿吗？”玛索好奇地问刘婕。

“你说巴拉科夫？”刘婕问。

“明知故问。”玛索一脸坏笑。

“可能吧，我也说不太清楚。我曾经认为爱情在我的生活中是一件微不足道的事，也可能是我活得太过主观，没有谁可以让我产生依赖感。但是在他身上，似乎有这种感觉，所以我说不清楚，就是这么简单。”刘婕也非常真诚地说。

“我们在爱情这件事上和以前的人相比似乎退化了很多，现代人对于爱情似乎已经没有了那种所谓的浪漫，繁衍似乎变得更重要了，你说这是一种退步吗？”玛索问。

“不是退步也不是进步，只是一种人类的本性而已，但繁衍并不意味着可以让一个种族永远地存在下去，如果那样的话，人类可能现在还是像类人猿一样群居在一起。”刘婕平静地解释着。

“但是爱情还是可以迸发出很大的力量。”玛索自言自语道。

“不仅是爱情，其他的爱也可以迸发出很大的力量，这是生命创造的奇迹，也是生命存在的意义。”刘婕看着玛索微笑着说。

“宇宙中的其他文明也如此吗？”玛索更加好奇了。

“应该是这样的，毕竟很多奇迹用科学无法解释，所以只能用爱的力量来解释了，这么说是不是很哲学？”刘婕反问玛索。

“可惜莫里斯不在，不然他会给你答案的，他是个哲学家，我不是。”玛索冲着刘婕挤了挤眼睛。

“哲学可以让人永远沉浸在思考中，衍生出无数个问题，但哲学家不行，他们只是可以从一件事中衍生出无数个答案，所以哲学家才不停地研究哲学，找寻那些问题的无数个答案，然后在浑浑噩噩中度过一生，就像宇宙一样，永无止境。”刘婕闭上了眼睛，夜晚，还是睡觉比较合适。

第四章
夹层空间

一、“月亮”星球

赵志宏仍然一如既往地像个军人一样坚持着自己的作息时间，虽然宇宙中没有日出日落，但是多年的习惯并不是能轻易改变的。每当所谓的清晨到来之后，他都会是整个舰队中第一个起床的人，看着茫茫的宇宙，默默地祈祷着。有时候他觉得自己好像置身于一个永远也走不出去的世界中，这里没有时间，没有空间，没有一切，人也不会衰老，不会死亡。伊甸园？不，这里也没有快乐。

空间折叠的现象并不是经常可以看到，有时是半年，有时是一年甚至更久，但这并不能证明这种现象是偶然的，因为宇宙实在太大了，或许每时每刻都会发生这样的现象。赛琳娜曾经开玩笑地说，他们就像是宇宙中的癌细胞一样，不停地转移着自己，为的就是可以吸取宇宙的营养，而宇宙则一直在努力地寻找并准备杀死他们，以保证自己的健康。

至于在宇宙中遇到伙伴，这种概率很低。如果可以经常遇到同类的话，那么只能说明这个宇宙已经是一个被癌细胞扩散了的病入膏肓的病体了。按照这个逻辑来说的话，宇宙和生命就是完全对立的了，或许人类以前一直认为的生命是宇宙的构成的理论是完全错误的。

可能是因为过于空旷的缘故，仙女座感觉上要比银河系大得多。虽然舰队在以光速和虫洞的技术不停地行驶着，但看上去似乎就像是一辆汽车在一条漫无边际的公路上行驶一样，道路两边的参照物几乎是一成不变的，偶尔有一点不同也远谈不上是风景，更何况整个舰队中已经很少有人可以安心地欣赏这些了。

舰队的探测仪显示，在大约 4 光年之外，有一个白矮星系，在它的宜居地带中有一颗月球大小的类地行星。赵志宏和切里亚决定在这里进行一次休整，毕竟身心的调整对于长时间的星际旅行来说是必需的。于是，整个舰队调整了方向，朝着这颗行星前进。

在进入了白矮星系之后，所有人再一次被眼前见到的一幕惊呆了。因为在这颗“月亮”的周围，居然围绕着数十颗比它大很多的卫星，这和宇宙中关于星系的定义完全相反，佩尔森和桑诺两个舰队上的科学翘楚都大呼不可思议。

“为什么这里的卫星这么大？”艾伦睁着大眼睛仔细地看着眼前的奇特景象。

“大家伙有的时候不太中用。”赛琳娜看了艾伦一眼，没好气地说，所有人都笑得前仰后合。

“看上去大，并不代表质量大，我想这可能是由于仙女座引力造成的。”佩尔森给艾伦解释着。

“这里会不会有生命？”切里亚问佩尔森。

“可能性不是很大，就算有，也可能早就移居或者灭亡了。”佩尔森告诉切里亚。

舰队在环绕着“月亮”进行了几周的公转之后，从它的北部进行了登陆，当飞船掠过大气层之后，他们看到的是一个让人唏嘘的世界。

这里到处都是建筑物的遗迹，显然这是一个被遗弃的世界。在这里，或许曾经生活着和人类一样的种族，看上去就像是一座沉淀在沙漠中的古城一样，历尽苍苍。

“没有任何生命的迹象，我们可以进行一次考古，也许可以发现文字性的东西。”艾克拉扭过头对所有人说。

舰队停在了一处山地，很多人从飞船上走了下来。

“我们是这里几千年来的第一批访客，让我们向这里的原住民致敬吧。”切里亚摘下了帽子，紧接着，所有人也都摘下了帽子，这看上去好像是一个仪式，其实对于舰队的每个人来说，这是他们对于宇宙的尊重。

“那里好像有文字。”赛琳娜指着远处的高山说道，所有人都把目光投向了那里，远远地看到在山的一个断面上隐隐约约地刻着一些类似文字的东西。

“希望我们可以看懂。”艾克拉一边自言自语一边朝着远处的那座带有文字的山走了过去。

在山的断面上，很清晰地刻着一些谁都看不懂的类似字母的痕迹，而且很长，碳元素测试显示，这些文字状的东西已经存在了大概十万年的时间。

“艾伦，你能解释一下吗？我觉得你很有语言天赋。”艾克拉笑着对艾伦说。

“我想这应该是向我们问好吧。”艾伦挠着头笑嘻嘻地说。

“边上有画。”赛琳娜可不想听艾伦的天方夜谭，她指着断崖的边缘走了过去，那里有图画，在这个时候，图画远比文字表达的意思更清楚。

“天哪，这里怎么会有五个太阳？”赛琳娜指着画对所有人说，众人望去，只见断崖上画着五颗巨大的太阳，除了其中一颗之外，另外四颗看上去都非常小，但从形状上看这几颗星星应该是发出了巨大的光芒。

“也不见得是恒星，可能是飞船入侵。”佩尔森托着下巴说。

“看，这里还有一颗行星，可是我们好像没有看到它。”赛琳娜指着图画的远端，在他们之前看到的白矮星附近，一颗巨大的行星被刻画在那里。

“可能是被白矮星吞噬了。”桑诺轻轻地说。

“那这颗呢？”赛琳娜又指着另外一颗距离白矮星很远的星体说。

“这个……”桑诺皱着眉头，显然他被赛琳娜问住了。

“我觉得这个星系看上去非常诡异。”艾伦也学着佩尔森的样子托着下巴。

“哪里诡异？”艾克拉扭过头问道。

“会不会那四颗类似太阳的星体就是外星飞船，他们把那颗消失的星体劫持了？”艾伦看了一眼艾克拉傻笑着说，其实连他自己都不相信自己的话，但这是未知的宇宙，任何想象都是可以存在的，至于合理不合理，得由事实来评判。

“我觉得你的话很有道理，不过如果是这样的话，那么我们就又遇到了一个比我们更高级的文明。记得托马斯星人吗，他们就可以人工制造一个星系，所以我认为劫持一颗行星是完全可以实现的，并且还不是很难。”切里亚拍了拍艾伦的肩膀，对他的话表示了支持。

“看这里，这是什么？”赛琳娜突然大声地喊道，连声调都变了。

二、壁画的含义

所有人都顺着赛琳娜指的方向望去，在断崖的最上方，一幅巨大的石刻画依稀展现在所有人的面前。虽然距离很远，但是所有人还是可以清晰地判断出那幅画所表达的意思，因为那里是一个他们再熟悉不过的地方——太阳系。

“我的天哪！”艾伦抱着脑袋，不可思议地看着壁画。

“这里的人和太阳系有什么关系？”佩尔森也对看到的一切感到惊奇，这就相当于一个在异国他乡的人遇到了自己几十年不见的邻居一样。

“测试碳元素，我们需要知道这些壁画的年代。”桑诺是人群中最冷静的一个。

碳元素的测试很快显示出了那幅巨大壁画的年代——十万年或是更久。

所有人再次陷入了沉默，每个人的脑海里都在按照自己的逻辑思考着十万年前到底发生了什么事，但每个人都毫无疑问地陷入了迷茫。十万年前，在一个远离太阳系、银河系的地方，一个小得不能再小的地方，居然有一个文明对太阳系了如指掌，即使是想象力再丰富的人恐怕也想象不出到底是怎么回事。

夜晚如约而至，就像是地球上的夜一样，惬意温柔，不过比起地球上的千姿百态，这里则是一个寂静孤独的地方。“月亮”外面巨大的卫星反射着白矮星的光芒，使得这里宛如白昼，除了从时间上可以判断出这是个夜晚之外，其他的特征和白天的区别并不大。

巨大的云层很快遮挡住了巨大的卫星，天空陷入了一片黑暗。几乎在这一瞬间，所有人都清晰地看到了壁画和白天的异样。因为在那幅太阳系的缩略图中，清楚地刻画着每一颗行星围绕太阳公转的轨道，在黑暗中，这些轨道发出了蓝色荧光。不单是太阳系，其他的星图也都如此。

“看！”玛索指着壁画最边缘的一颗星体大声喊着。

那是一颗几乎和木星一样大的行星，它所在的位置距离太阳实在是太遥远了，甚至比谷神星都要远，更奇特的是，它的轨道居然也围绕着太阳，最不可思议的是，它距离太阳的最远端居然高达数万光年，而这已经远远超出了人类对于太阳系甚至是银河系大小的定位，而当它处于最远端的时候，居然还在围绕着他们现在所在的这颗白矮星公转。

“上个世纪，有人就预测出在冥王星之外还有行星，但是却一直没有找到它存在的证据。”佩尔森呆呆地看着这颗巨大的行星，感慨万千地说。

“这怎么可能发现，上个世纪的人观察水平实在有限，当它处于最远端的时候，没人可以看到它，特别是这个家伙还绕着其他恒星公转。这实在是太远了，银河系和仙女系，这简直不可思议。”艾克拉也非常激动地说。

“不要感慨了，我们最好知道这幅壁画的主人要表达的意思。”桑诺仍然第一个回到了现实。

“你们看，这四颗太阳也许是飞船，他们是从这颗大行星中飞出的，这里有轨道。”赛琳娜指着壁画对所有人说，众人望去，发现在这颗大行星到这四颗太阳中间，存在着四条不是很清晰的轨迹。

“是因为是直线距离所以才显得不清晰吗？”艾伦问。

“你总算问了一个有价值的问题。”赛琳娜看着艾伦说。

“对，是为了区别行星的轨道故意刻画成这样的。”桑诺点了点头。

“这说明了什么？”艾伦摸着头问。

“说明这四颗所谓的太阳并不是星体，而是飞船，他们是从这颗巨大的行星中飞出之后来到这里的。”桑诺一边仰着头看着壁画一边轻轻地说着，眼前的一幕让他着迷，他的眼睛一分钟都不想离开壁画。

“可为什么他们偏偏要选择这里呢？宇宙中那么多的宜居星球。”艾伦再次问出了一个非常有建设性的问题。

“只有一个可能。”佩尔森也紧紧地盯着壁画，用很小的声音说着。

“什么？”桑诺扭过脸看了一眼佩尔森。

“这里与众不同。”佩尔森的声音很小，但是非常坚定。

“哪里与众不同？”桑诺好奇地问。

“那颗消失的行星也许就是答案，这里可能也曾经是，但是现在不是，因为这里是被遗弃的世界。”佩尔森看了一眼桑诺说。

“能详细一点吗？我不太明白。”桑诺并没有明白佩尔森的意思。

“我不敢肯定我的猜测是不是正确，但是我觉得这种可能性不小。”佩尔森坐在了地上，拿起水壶猛地喝了一大口。

“愿意洗耳恭听。”桑诺也坐了下来。

“我们现在知道，我们的宇宙存在三维和四维，甚至还有其他维度，在四维中又存在着无数个时间点的宇宙。一直以来，我们都认为这些宇宙是平行宇宙，但也许它们并不是。按照你们玛雅人的发现，这些宇宙相互之间并没有关联，但我认为，我们的理解可能从根本上就是错误的。这些宇宙就像是一个星系中的行星一样，相互之间有关联，就像行星围绕恒星转动一样，它们或许也是围绕着一个中心在公转，而这个中心并不是我们理解的空间上的物质。”佩尔森轻轻地说。

“你的意思是有一个时间点？”桑诺明白了佩尔森的意思。

“对，在这些四维的空间中应该有一个中心点，它相当于一个星系中的恒星，但是因为维度的不同以及我们所处的环境，我们无法感觉到这些。”佩尔森咬着嘴唇，用很慢的语速说。

“这个说法我以前从没有想到过，不过似乎很有意思，但是你有证据吗？你知道，科学是需要证据的。”桑诺并没有觉得佩尔森的话是完全错误的，但是他想要更准确的证据。

“在我们古代中国流传的神话中，天是分九层的，叫九重天。”一直没有说话的赵志宏也蹲在了地上说。

“在玛雅的传说中也有这样的说法。”桑诺笑着说。

“不过我从没认为所谓的九重天是指天距离地面的距离。”赵志宏看了一眼桑诺，也笑了。

“是不同的空间对吧？”桑诺接着赵志宏的话说。

“这个就需要你们来证明了，不过神话故事确实非常有意思。”赵志宏躺在了地上，仰望着满天星空，他好久没有经历真正的黑夜了，夜，让他感到温馨。

“你看整幅壁画，它们的颜色深浅分明，而这四颗发光的飞船颜色也并不一样。如果它们是同时来到这里的，那为什么要用不同的颜色来区分？”佩尔森指着四颗行星对桑诺说。

桑诺朝着壁画看了一眼，确实如佩尔森所说，那四个发光的飞船虽然都散发着一样的淡蓝色光芒，但是颜色却有深有浅。

“可是那颗巨大的行星去哪儿了？”桑诺一脸茫然地问佩尔森。

“在九重天！”赵志宏闭着眼睛说道。

三、上帝的后花园

“能不能尝试着弄懂这些文字？真相也许就在这里面。”艾克拉的话让所有人的注意力转移到了文字上面，但看着这些文字，所有人都只有一个感觉——莫名其妙，毕竟外星文字和地球上的任何一种文字都不同。

“要想破译这些文字，起码需要 100 年的时间。”艾伦满面笑容地看着艾克拉，作为一个语言类大学毕业的学生，他并不认为可以很快弄懂那些文字的意思。

“看上去就像天书一样。”赛琳娜难得同意了艾伦的话。

“真的一点办法都没有吗？这可是我们打开宇宙之门的一本指南。”艾克拉看着艾伦，微笑着说。

“那我试试看，你们知道的，我这个人喜欢挑战。”艾伦走到了刻有文字的断崖边上，仔细看着发出淡蓝色亮光的文字。

所有人都站在艾伦身后，等待着他对这些文字的翻译。

艾伦仰着头仔细地辨别着这些文字，希望可以从自己的脑海里找出与之相似的文字，不过从他紧皱的眉头可以看出这并不乐观。就这样艾路大概看了足足十分钟之后，突然，所有人都听到他开始用非常细小的声音嘟囔着，渐渐地，他的声音变得大了起来，到最后，几乎成了朗诵。没有人说一句话，他们都目不转睛地看着艾伦，直到他的声音停止。

“我想知道你在念什么？”赛琳娜懵懵地看着艾伦。

艾伦并没有理会赛琳娜，而是仍然目不转睛地盯着断崖上的这些文字，从头开始朗诵。他的话在场的人没有谁能听懂，但是所有人都知道，艾伦说的绝不是梦话。终于，艾伦再一次朗诵完毕，这次他把脸扭向了一直看着他的赛琳娜，回答了她刚才的问题：“这上面的文字和帕特温文字很相似，但是又不太一样，这可能会导致对意思的曲解。”

“帕特温文字！”所有人都茫然地看着艾伦，似乎他说的是天方夜谭一样。

“是一种在上个世纪就消失了的语言。我读大学的时候，曾经在学校的图书馆里看到过记载这种文字的书，但可惜那本书后来找不到了。”艾伦摊了摊手说。

“那你怎么会读这些文字？”赛琳娜更加好奇了。

“我是一个有语言天赋的人，和你在一起这么久了，难道你就没有发现我的优点吗？姑娘，我现在已经可以用你们玛雅方言和你进行交谈了。”艾伦冲着赛琳娜挤了挤眼睛。

“如果你说的是真的话，那我会佩服你的。”赛琳娜看着艾伦，将信将疑地说。

“艾伦，快告诉我们，那上面的文字是什么意思。”佩尔森非常焦急地问道。

“万能的神，请你们带我们离开这里，我们会成为你忠实的奴仆，无论是到哪里，我们都会按照你的旨意做事。黑暗马上要降临了，我们不想看到这一切，请带我们去美丽安全的世界，向你致敬。”艾伦几乎是一字一顿地翻译出了那奇特的文字。

“没了？”赛琳娜问。

“没了。”艾伦长吁了一口气，扭过头看着所有人。

“你确定准确吗？”艾克拉显然还不是非常相信艾伦的话。

“不完全确定，但准确率大概是百分之九十九。”艾伦耸了耸肩。

“这个神是谁？他们为什么要离开这里？黑暗降临是怎么回事？美丽安全的世界又是哪里？”桑诺盯着那些文字，自言自语道。

“神是高级文明；离开这里因为这里是已经进入了危险期，也许十万年前这里的恒星还不是白矮星；黑暗降临一定是某些不可抗拒的天文现象；至于美丽安全的世界，我想应该是我们刚才说过的九重天。”赵志宏回答着桑诺。

“这显然比我们玛雅人对神的理解要深刻得多，我们一直都认为神就是神，但他们似乎并不这么认为，至少他们知道有地方可以逃避。”切里亚在一旁唏嘘着。

“我想知道这里和太阳系有什么关系。艾伦，你能找到答案吗？”桑诺看着艾伦问道。

“从文字上看应该没有，而且我认为他们留下文字的意义大概和祭祀差不多，并不是在发送消息。至于他们和太阳系的联系，也许我们只能从那些壁画上来分析。”艾伦指了指那些壁画对桑诺说。

“我看不出它们之间必然的联系，不过我们可以从他们对于黑暗的恐惧判断出这是一种可怕的现象。”艾伦指着壁画说。

“银河系和仙女系的距离不是过去的人类可以理解的，它们之间有无数质量巨大的恒星，那些恒星的巨大引力足以撕碎那颗巨行星，但是它还是安然无恙地在太阳和这颗白矮星之间游走，这说明了什么？”桑诺问佩尔森。

“那颗巨行星不是自然的天体，它可能是一颗巨大的人造卫星，或者是被人为操纵的某颗行星，而太阳系和我们现在所在的这个白矮星系很可能是制造这颗人造卫星的文明居住的地方。”佩尔森看着桑诺回答。

“我完全同意你的看法。”桑诺冲着佩尔森笑了笑，然后扭过头看着所有的人。

“每隔一段时间就会颠覆一次我们对于宇宙的认知，我现在觉得用白痴来形容我们再准确不过了。”赵志宏长叹了一口气。

“看样子他们的神居住的地方是可以躲避黑暗的。”艾克拉总结了一下桑诺和佩尔森的话。

“黑暗会带来可怕的后果，所以他们祈求神带他们到安全的地方，那里很美丽。”艾伦补充道。

“那里为什么安全？”艾克拉问。

“那里不是这个空间，他们离开了。”赛琳娜指着壁画中的轨道对所有人说，顺着她手指的方向，所有人都看到了那四艘飞船的轨道集中成了一条，然后消失在了远离白矮星的另外一端。

“他们也可能只是远离了这个星系而已。”桑诺说。

“轨道的颜色不一样。”艾伦提醒着桑诺。

“他们乘坐着四艘巨大的宇宙飞船离开了这里，为了躲避即将到来的黑暗，去了另外一个空间，那里美丽，安全。”赵志宏像读书一样地说道。

“会不会是四维空间里其他的时间点？”桑诺又问。

“我们在每个四维里都见到了地球，他们所说的黑暗看上去应该是一种无法避免的自然现象，在哪个时间点里都会有，所以这是无法躲避的。”佩尔森对桑诺说。

“不是其他时间点，那只能是其他空间了，但是这个空间在哪里？”桑诺摊开双臂问所有人，样子像一个老师。

“在远处，一个我们寻找了很久的地方。”艾伦回答。

“哪里？”赛琳娜问。

“上帝的后花园。”艾伦看了一眼赛琳娜，真诚地说。

四、探测

躲在云层背后的巨大卫星再次出现在了他们的上空，夜晚也在顷刻间变回了白昼，那些壁画看上去也自然没有黑暗中那么栩栩如生了。每个人的心里都像经历了一次浴火重生般的洗礼一样，再次燃起了对生的渴望。不管壁画中要表达的是什么意思，至少有一个空间是美丽安全的，对于整个舰队来说，这就足够了，面对这个让人几乎窒息的宇宙，他们还能有什么更大的奢望吗？

“我们按照那四艘飞船飞去的方向前进，也许可以找到那个地方。”赛琳娜提议。

“没用的，他们去的是某个看上去并不存在的空间，而不是这个宇宙空间，我不认为我们可以找到那里，除非我们有那个花园的钥匙。”几乎在一夜之间，艾伦似乎好像变成了一个渊博的学者，或许他本来就是这样的。

“这里看上去是适合生命居住的，至少适合人类居住，而且看上去也并没有时时刻刻受到黑暗的侵蚀，那他们为什么非要离开这里呢？”桑诺仍然在不停地提问，一夜之间，他似乎也变了一个人，从学者变成了学生。

“黑暗可以毁掉所有，然后重新开始，他们厌倦了这种周而复始的自然现象。”艾伦的话越来越充满哲理了。

“看来这个世界中无论是谁，都是喜欢阳光的。”赛琳娜笑着说，一直以来，她都喜欢太阳升起的时候。

“我们得离开这里，我们无法抵挡可怕的黑暗。”切里亚说。

“这个主意不错，留在这儿我们什么也发现不了。”艾伦点头表示同意切里亚的话。

舰队重新起航，离开了这颗带有神秘色彩的行星，虽然每个人对这里的夜都充满了眷恋，但是离开或许是更好的选择。

赛琳娜已经通过计算机把壁画上所有的路线完整地复制了出来，他们需要找到那条通往后花园的通道。

希望总是在不经意间突然到来，而面对希望，没有任何人会轻易放弃，无论多么渺茫。

然而，在壁画上那四艘飞船消失的地方，他们并没有找到那个美丽安全的后花园，不过他们还是看到了这里和他们之前去过的所有宇宙空间的不同。在这里的很大一片空间中，飘浮着无数的星光，看上去就像是站在地球上仰望星空一样，不同的是，它们近在咫尺。

“像萤火虫一样。”赛琳娜痴迷地看着这些星光，仿佛回到了玛雅的森林里，那是她对黑暗唯一的美好回忆。

“可爱的外表可能蕴藏着可怕的内心。”艾伦看着赛琳娜，一脸严肃地说。

“你能不能恢复成以前的样子？我对你这样不太习惯。”看样子赛琳娜并不喜欢哲学家。

“我已经进化成了亚里士多德·艾伦。”艾伦冲着赛琳娜做了个鬼脸，这一刻，他回到了以前的样子。

“这些星光是什么？”桑诺问大家，从他的表情可以看出，他是真的不知道。

“我们需要分析一下。”艾克拉提议派出探测舰。

艾伦和赛琳娜操作着探测舰朝着那一大片的星光飞去，所有人把目光都集中在了探测舰上，希望他们可以带回一个让大家感到欣喜的结果。

“你认真起来给人的感觉蛮好的。”赛琳娜看着艾伦说。

“我一直都是个认真的人。”艾伦严肃地看着赛琳娜。

“难道非得到火烧眉毛的时候才认真吗？平时认真一点不好吗？”赛琳娜皱着眉头说道。

“为什么要那么认真，生活就不能有点儿乐趣吗？”艾伦白了赛琳娜一眼，两个人对待生活的态度显然有所不同。

“现在的生活怎么才能找到乐趣？”赛琳娜靠在了座椅上，轻轻地叹了一口气，望向了前方。

“那就更应该寻找乐趣了，否则活着也没有意义了。你在玛雅的时候，如果一个月都打不到一只野兔，难道你会伤心得不想生活了吗？”艾伦又看了一眼赛琳娜。

“我是个好猎手！这种事不会发生。”赛琳娜表示了抗议。

“我是说假如。”艾伦强调着。

“没有假如，如果一个月打不到一只兔子，我会被笑话一辈子的，那样还真不如死掉算了。”赛琳娜再次强调这种事不会发生。

“好吧，你是个出色的猎手，我记住了。”艾伦无奈地摇了摇头。

“看，我们要进入这片星海了。”赛琳娜指着前方，那片星海几乎已经在他们的眼前了，此刻他们好像身处于一个空旷而明亮的宫殿中。

“希望我们能找到那个安全美丽的世界，不过如果有敌人的话，我希望你能像干掉野兔一样干掉他们，我需要你的保护。”艾伦冲着赛琳娜使了个鬼脸。

“放心吧，你只需要站在后面就行，在我们玛雅，胆小鬼一般都会安然无恙的。”赛琳娜也被艾伦的话逗笑了，现在，她对艾伦的印象已经变得很好了，艾伦说得没错，在生活中制造乐趣确实是一件让人感到舒服的事。

“我的天！”探测舰发出的探测波段显示出的数据让赛琳娜不由自主地发出了一声惊呼。

“发现兔子了吗？”艾伦睁大眼睛看着赛琳娜，不知道发生了什么。

“我不知道该怎么形容，我们现在需要立刻返航。”赛琳娜的脸色变得让人捉摸不定，但从她吃惊的程度上来看，一定是遇到了让她感觉不可思议的事。

艾伦立刻调头飞回了母舰，显然，赛琳娜的话让艾伦觉得返航是一个更好的选择。

“你能稍微向我透露一点儿吗？我觉得我需要有一个思想准备。”艾伦还是忍不住好奇地问道。

“刚才我们的探测仪在其中的一个亮点中进行了探测，结果显示，那个亮点的密度甚至比我们的地球还大。”赛琳娜咬了咬嘴唇说。

“这说明什么？”艾伦一脸茫然。

“这说明那个看上去只有乒乓球大小的亮点里蕴藏着一个巨大的世界，当然也包括兔子。”赛琳娜的眼睛睁得很大。

“我们找到那个美丽安全的世界了？”艾伦一字一顿地问。

“是一个世界，但是不是美丽安全的我不知道，也许他们不欢迎我们。”赛琳娜耸了耸肩对艾伦说。

“我觉得我们是可爱的，他们应该不至于把我们赶走，你会打猎，我会给他们朗诵诗歌。你知道吗，我曾经自己写过诗。”艾伦笑着说。

“你还是做哲学家吧，我觉得那样比较可爱。”赛琳娜摇了摇头。

五、星光里的世界

“你的意思是每一颗独立的星光里都是一个地球大小的世界？”

佩尔森和桑诺几乎同时惊讶地问。

“我的理解是这样的。”赛琳娜认真地说。

“我不是不相信你的话，事实上我完全相信，可是这也太不可思议了。”切里亚也在一旁感到吃惊。

“我们能进去吗？也许那里就是他们所说的安全美丽的地方。”赵志宏严肃地说。

“是天堂。”艾伦一边吃着苹果一边说。

所有人都把目光转向了艾伦，天堂这个词他们已经很久没有听到了。曾经在地球上，或玛雅，或现代，这个词对于每一个人来说都是美好的向往的地方。虽然谁都知道这个地方是虚幻的缥缈的，但就像他们理解的一样，天堂是一个寄托了每个人内心所有美好的港湾，是一个可以摆脱一切烦恼的地方。没人知道天堂的样子，但它却在每个人的心里都开着一扇门。

“我们需要一次民主投票，因为我们别无选择。”赵志宏说出了每个人的心声。那片星空是天堂还是地狱，他不得而知，但是否要去那里，赵志宏不能替大家做主，还需要他们自己选择。

没有谁提出反对意见，投票的结果显示，所有人都愿意到那个所谓的未知的天堂去碰碰运气，也许一切都会改变。

整个舰队驶向了那片星海，从远处望去，如同飞蛾扑火一般。没人可以猜测到几分钟之后他们是否还能如此安然地活着，火，可以让他们成为灰烬，湮灭在这个宇宙中，但火同样可以让他们涅槃重生。

“有什么感觉吗？”艾伦直挺挺地站着问所有人。

“就像在一间挂着巨大顶灯的屋子里。”赵志宏不可思议地看着四周。

“我没说这个，我是说你们有没有感觉我们的速度在变慢。”艾伦双脚离地跳了一下。

“似乎，好像，大概有点这个感觉。”切里亚站了起来，闭着眼睛说。

“就像是在水里一样。”赛琳娜也有这样的感觉。

正在所有人说话的时候，突然之间，他们面前广阔的星海的光芒似乎连在了一起，在舰队的前方好像出现了一面反着光的镜子，挡住了他们的去路。

“我想知道我们该怎么进去。”艾伦扭过头看着赵志宏。

“低头闯进去。”赵志宏的回答简单明了，似乎并不需要什么技巧。

“这个办法是不是显得随意了一点？赛琳娜，你们遇到饥饿的豹子时是义无反顾地冲上去还是会逃跑？”艾伦扬了扬眉毛问赛琳娜。

“我们会站在原地不动，伺机行动。”赛琳娜看着艾伦，平静地回答。

“我也觉得这是正确的选择。”艾伦看了一眼赵志宏对他点了点头。

整个舰队停在了星海中，仔细地观察着那堵光墙，希望可以从中得到某些启示或者答案。

“我们不可能看到另外一边的世界，因为我们就像站在太阳面前一样。”赛琳娜大声说着。

“不，它们并不是那么耀眼，也并没有那么热。”桑诺说。

“我只是做一个比喻，我们什么都看不到。”赛琳娜说。

“让我们打赌这背面是什么，我押 10 个金币，这后面是一个像玛雅一样的世界。”艾伦一脸坏笑，显然他是个乐观主义者。

“我觉得可能是一个地狱，到处都是魔鬼。”相比之下，佩尔森似乎就比较悲观了，不过他也是面带微笑。

“我也参与一下，我觉得可能是四维文明生活的世界。”桑诺说。

“我还是当裁判吧，我从小就逢赌必输的。”切里亚坐在了椅子上，看着几个人，这是他多日以来第一次感到乐趣的存在。

“可我们首先得进去吧。”赵志宏看着几个人摇了摇头，对于他来说，这个世界上最危险的场面他已经见识过了，现在遇到的情况看上去似乎并没有那么可怕。

“探测仪显示，光墙并不是由物质组成的。”赛琳娜向所有人宣读了探测的结果。

“这是什么意思？”艾伦好奇地问。

“这说明这堵光墙只是一个障眼法，它甚至连光谱都没有，这也是它没有温度的原因。”赛琳娜温柔地对艾伦说。

“现在我们是否可以进去？”赵志宏笑着问艾伦。

“我觉得已经没有问题了，舰长，如果我赢了，我请你喝一杯。”艾伦挠着头笑了笑。

“去哪里喝呢？”赵志宏笑着问。

“那里一定有餐厅，法国菜、英国菜，还有中国菜。”艾伦坐在了椅子上。

“那如果你输了呢？”赵志宏问。

“魔鬼会杀了我们，所以输了的话就不会有结果了。”艾伦看了一眼佩尔森，冲着他挤了挤眼睛。

“我宁愿输掉赌注。”佩尔森也坐在了椅子上。

“以最快的速度前进。”赵志宏和切里亚向所有人下达了命令，几乎在一瞬间，他们冲进了面前的这堵光墙。

强烈的光芒穿透了飞船的外窗，让每个人都睁不开眼睛，舰队的仪表也突然全部失灵，飞船以一种如同自由落体一般的速度向前冲去。

“快让这该死的飞船停下！”艾伦用嘶哑的声音喊着。

“快，佩尔森，你是机械专业的。”赵志宏冲着佩尔森大声喊着。

“那只是我的业余爱好，我其实是个物理学家。”佩尔森也大声地对赵志宏说。

“我宣布，佩尔森是胜利者，艾伦，你需要向他支付 10 个金币。”桑诺对艾伦喊道。

“我宁愿输掉赌注，也不要这种感觉，我感觉到我好想是在自杀一样。”佩尔森几乎用尽全身力气喊道。

“你们能不能大点声音说话？我几乎听不到。”赛琳娜觉得每个人说话的声音似乎都像蚊子叫一样。

“从科学的角度上来说，这里的空气似乎并不可以传播声音。”佩尔森大声地喊着，这时候他们彼此之间的声音比刚才更小了。

没有人再说话，因为此刻他们的周围已经完全处于一种绝对安静的状态，每个人都可以看到对方的表情，却无法听到一点声音。艾伦闭上了眼睛，等待着未来，此刻他觉得自己就像是一个孕育在母亲子宫里的孩子，等待着即将到来的新世界的精彩和漫长的人生。而赛琳娜也同样闭上了眼睛，她想到了玛雅的世界，那是她无数次梦中才能见到的家。

六、他乡遇故知

明亮的星光终于逐渐暗淡了起来，飞船上的仪表盘也都恢复了工作，所有人都睁开了眼睛相互看着。许久之后，赵志宏润了润嗓子，刚才的大喊已经让他感到筋疲力尽，他轻轻地尝试着说道：“你们还好吗？”

“我很好，舰长。”艾伦从椅子上站了起来，从他的表情上看得出，他似乎也感到非常吃力。

“我们在哪儿？”佩尔森看着飞船的前方，眼神里一片迷茫。

所有人都把目光投向了前方，在那里，是一个巨大无比的星系，一颗巨恒星矗立在那里，在它的周围，围绕着数以万计的行星以及卫星、人造卫星，看上去无比壮观。

“我们到了美丽安全的世界。”赛琳娜目不转睛地盯着前方，眼睛里充满了欣喜。

“我们是否登陆？”佩尔森扭过头看着切里亚和赵志宏。

“去哪颗？”切里亚也看了看赵志宏，等待着他拿出最终的意见。

“那颗蓝色的，它看上去和地球很像。”赵志宏指着众多行星中的一颗类似地球的行星对所有人说。

没有丝毫的犹豫，舰队直奔这颗行星，那里也许将会成为他们的又一个家园。

“这是那颗被四艘飞船劫持的行星！”当舰队接近的时候，赛琳娜喊了起来。

这时候，所有人才看清，这颗发出淡蓝色光芒的行星确实是壁画中那颗消失了的行星，看上去它和壁画上简直一模一样。

几分钟之后，舰队穿越了这颗行星的大气层，进入了它的内部。所有人瞬间都惊讶得合不拢嘴，因为他们看到了一个和以往他们见到的完全不同的世界：此起彼伏的山川，紫色的海水，遍布整个星球的蓝色植物……但这些都不是重要的，重要的是这里到处都飘浮着不同结构的飞行器。

“收到导航信号，是否跟进？”赛琳娜大声喊道。

“当然跟进，这是上帝的指引。”艾伦不等赵志宏说话，就冲着赛琳娜喊了起来。

整个舰队跟随着他们收到的导航信号飞越了几乎整个星球，大约四十分钟之后，他们终于在位于星球海洋中的一块大陆中见到了指引他们前来的信号——这是一座悬浮于空中的建筑物，从构造上来看，这里至少应该比现代地球先进得多。而就在他们即将靠近建筑物的时候，建筑物的大门敞开了，显然，这里是欢迎他们的。

赵志宏向赛琳娜下令舰队的一部分进入建筑物，留下几艘飞船在外面，这既是一种对于对方的尊重，也是一种自我保护，赵志宏相信，即使是在宇宙中，最起码的礼貌也是还应该有的。

建筑物的内部远比他们想象的大得多，甚至可以说这是一座巨大的城市，到处都飘浮着只有在科幻电影中才能看到的场景，以及数以万计的身体构造不同的“生命”。赛琳娜和艾伦看着这些，眼神里充满了不可思议。终于，舰队停在了导航信号给予的指定的地点，在赵志宏的带领下，他们走下了飞船。迎接他们的是一个看上去和地球人非常相像的人，不同的是，他的皮肤是淡蓝色的，艾伦悄悄地对赛琳娜说：“看，他们就像是蓝色的精灵一样。”

“欢迎你们，朋友们。”蓝色人把双手放在了自己的胸前，用人类的语言对赵志宏说。

“哦，你好，请原谅我们的失礼。”赵志宏对蓝色人能说英语感到非常奇怪。

“不用这样，这里是欢迎任何人的。”蓝色人接着对赵志宏说，从他说话的语气上来分析，他似乎是微笑的。

“我想知道这里是什么地方。”赵志宏挠了挠头问道。

“准确地说这里是这个宇宙的一个难民营。”蓝色人把双臂展开对赵志宏说。

“我不太明白您的意思，能具体点吗？”赵志宏虽然知道了蓝色人表达的大概意思，但是他需要更深入的了解。

“我来给你解释吧。”蓝色人还没说话，从他身后的门中走出了一个人，赵志宏顿时惊讶地叫了出来：“金娜！”

没错，眼前的人曾经是和他们一起度过无数时光的、为了保存人类种子而远走的探测舰中的金娜，此刻她轻盈地走了出来，站在了赵志宏面前。

“你……怎么回事？金娜，我的天哪。”赵志宏激动得一把抱住了金娜，在这里遇到故知，这个概率简直太小了。

“我的舰长！”金娜早已热泪盈眶。

“快告诉我，这是怎么回事，你怎么会在这里？”赵志宏焦急地问着，他太想知道这到底是怎么一回事了。

“一言难尽，舰长，走吧，我们先回家再说。忘了告诉你，这位是来自小麦哲伦星系的巴尔莫星人的舰长，我们都叫他康诺，我的好朋友。”金娜指着蓝色人对赵志宏说。

“很高兴认识您。”赵志宏伸出了手。

金娜带着赵志宏等人进入了身后的大门，刚一进去，赵志宏就立刻感到了又一种不可思议。因为在这扇大门之内，几乎又是一个完整的世界，一座巨大的房子旁边是河流、森林以及几个奔跑的孩子，看上去如同一个世外桃源一般。

“这是我和库福尔的家，这些都是我们的孩子。”金娜脸上泛起了红晕。

“你们在一起了？”赵志宏惊讶地看着金娜问。

“是的，我们在离开舰队之后就结婚了，当时我们只想保存人类的血脉，我们以为人类会灭亡。”金娜笑着说。

“库福尔呢，这个家伙。”赵志宏一边环顾着四周一边问。

“他出去了，傍晚就会回来。”金娜笑着回答。

“他可真是个幸运的家伙。”艾伦笑着说。

“当然了，他娶了整个舰队最漂亮的女人。”金娜冲着艾伦做了一个鬼脸。

“这简直是一场梦，金娜，我们都很想你。”赵志宏再次感慨着。

“我也很想你们，那段日子对我们来说实在是太孤独了，不过还好，我们的孩子出生了，然后遇到了很多朋友。”金娜面带微笑地开始给赵志宏讲述他们离开舰队后的经历。

七、金娜的故事（1）

金娜坐在了房前的草地上，开始讲述她和库福尔的经历。

“我和库福尔离开舰队之后，就开始在宇宙中漫无目的地行进。开始的时候，我们的目标是可以走出银河系，但那对于我们来说，实在是太远了。我们孤独，悲伤，甚至绝望，唯独没有任何快乐，我们曾寄希望于碰到同伴，哪怕是敌人也行，但是不知过了多久之后，我们彻底失望了。宇宙对于我们来说，就像是两个年过古稀的老人待在一间巨大的房子里，那种感觉真的是太差了。”金娜苦笑了一下。

“大约一年之后，我们的大女儿出生了，对于我们来说，这是最开心的时候。但是短暂的开心之后，我们再次悲伤起来，因为我们的女儿从一出生就要和我们一起面对孤独，这比我们两个痛苦更让人难以接受。为此，我和库福尔吵了好几次，甚至有一次，我几乎差点跳下飞船，消失在茫茫宇宙中，这样的话，一切就都结束了。”金娜叹了一口气，看着赵志宏等人说。

“那后来呢？”艾伦问道。

“直到有一天，库福尔探测到在距离我们两光年的地方有一个流浪星系，里面有一颗宜居行星。你们知道我当时的感受吗？当时我想，就算是地狱，我也要留在那里，我实在没有勇气再踏入宇宙一步了，我想让我的女儿感受到大地的感觉。”金娜说话的时候，眼睛里噙满了泪水。

“那种感觉我们也有，抱歉，金娜，让你受苦了。”赵志宏轻轻地拍了拍金娜的肩膀。

“库福尔是个好人，他安慰我，照顾我，呵护我，保护我。您知道的，舰长，我们这一代人对于爱情并没有什么特殊的感觉，但是在空旷的宇宙中，这种感觉却是最难得的。我们彼此依靠着，早就已经超出了爱情的范畴，相互融为一体了。”金娜抬起头看着远方，脸上充满了幸福。

“祝福你们。”赵志宏微笑着点了点头。

“到达了这颗类地行星之后，我们才发现，这里或许曾经是一个美丽富饶的星球，但是现在却充满了死亡的气息。但我们很满足，这是我一生之中第一次对这样的环境产生好感，你知道的，我本来是一个对生活品位要求很高的人。”金娜撩了撩头发。

“然后呢？”艾伦听得非常入迷，对于这样的故事，他非常喜欢。

“我和库福尔决定留在这里，保留人类的种子，不再回到宇宙中。请原谅我们的自私，我们无能为力。”金娜看着赵志宏无奈地说。

“你们做得没错，该说对不起的应该是我们。”赵志宏叹了一口气说。

“就这样，我们在那颗地狱一样的星球上生活了整整三年。说来奇怪，在这三年里，虽然我们每天看到的都是那里的岩石戈壁，但却丝毫没有感到厌倦，我们甚至不愿意抬头看天空，因为天空对我们来说意味着一场永远醒不来的噩梦。每到傍晚，我们就在飞船里过夜，这是我们唯一还能感觉到我们是宇宙旅行者的地方。”金娜躺在了草地上，对着天空轻轻地说。

“几乎每天，我都会梦到我飘浮在宇宙中，看不见终点，抓不到任何东西，那是一种让人无法形容的梦。醒来的时候，我总是浑身大汗。”金娜仍然对着天空自言自语，但是很平静。

“三年里，我们的三个孩子陆续出生了。大女儿经常问我们为什么这个世界上只有我们一家人，我和库福尔却无法回答。我们告诉她这个世界上还有很多和我们一样的人，但是她却无法理解，在她的眼里，这个世界全都是我们一家人的。”金娜看了看远方玩耍的女儿，难过地说。

“你们拥有了整个世界，这没什么不好的。”艾伦对金娜说。

“可是我们的世界只有那颗地狱一样的星球，这才是最痛苦的。”金娜看了一眼艾伦回答着。

“就像我们曾经待在部落一样，很多人一生都没有到过大海的另一边。”赛琳娜感慨地说。

“但我和库福尔都知道宇宙意味着什么，留下意味着痛苦将会拥有一个终点，而离开则意味着那种痛苦永远不会结束。所以我们选择了沉默，继续留在了那里，地狱总比无尽的地狱要好得多。”金娜看着赛琳娜，微微地笑了笑。

“每当天上有流星的时候，库福尔总是和我看着天空发呆，甚至我们都希望流星能够撞击我们的星球，这种想法听上去挺变态的，是吗？”金娜看着所有人，问道。

“不，在那种状态下，任何想法都是再正常不过的了。”艾伦安慰着金娜。

“也许吧。”金娜长叹了一口气。

“那后来呢？”赛琳娜接着问。

“直到有一天，真的有一颗小行星撞击了那颗行星，当时的感觉就好像是有一个人把地狱翻了一个个儿。虽然我和库福尔对此并没有什么感觉，但是大女儿却哭泣着对我们说：‘妈妈爸爸，求求你们，我们离开这里吧。’我和库福尔都没有说话，我们知道，也许离开的时候到了，我们不能继续待在这里了，不然的话，我们孩子，即使成了地球唯一的种子，也将变得毫无意义。”金娜从地上拔起了一棵小草，扔向了天空。

“那天晚上，我和库福尔坐在飞船的启动舱里聊了很久，有对地球上家人朋友的思念，也有对舰队航行时期的回忆，还有对我们离开舰队之后的那种孤独绝望的思考。但最后我们发现，我们害怕的并不是孤独，而是一种人类消失了很久的勇气，我们需要开拓，而不是留在那里等待死神的降临。”金娜的眼泪不自觉地流了下来。

“那一夜，库福尔抱着我，做出了离开那里的决定，我们相信自己能在浩瀚的宇宙中找到另一处港湾。”说到这儿，金娜的脸上露出了欣喜的表情。

“第二天早上，我们离开了那里，让人意想不到的是，我们居然没有丝毫的留恋，哪怕那里可以称为我们的第二个家。这种感觉真的很难解释，到了后来，我和库福尔居然对我们是否曾经在那里生活过产生了疑问，如果不是孩子们提醒，我们可能会完全忘记。”金娜苦笑着说。

“那之后呢？你们是怎么来到这里的？”艾伦和赛琳娜几乎同时问道。

“后来发生的事比起之前那种孤独的旅行有趣得多了，不过也刺激很多。”金娜的眼睛里充满了惊喜。

“充满刺激的生活才能叫生活。”艾伦一脸坏笑地对身边的赛琳娜说。

八、金娜的故事（2）

“漫长的旅行对我们意味着什么，我和库福尔都很清楚，但是几个孩子却充满了期待，甚至很久之后，他们也没有感到烦躁和不安，这可能就是孩子的天性。”金娜看着几个孩子，脸上洋溢着幸福的笑容。

“不光是孩子，人类都有这样的天性，只是随着年龄的增长而无暇顾及了。”赵志宏也看着金娜的几个孩子，微微地笑着。

“也许是孩子们的快乐感染了我们，我们居然也忘记了我们是在流浪，每一天早晨醒来，我们都是快乐的，那种感觉真好。”金娜对着赵志宏笑了笑。

“大约在半年之后，库福尔通过技术爆炸，使得飞船的速度提高了一倍，你们知道吗，这简直就是这个世界上最好的消息了。那天，我们一家人尽情地在飞船里唱歌，喊叫——那种歇斯底里的呐喊，如果有备用飞船的话，我们甚至可能拆掉那艘探测舰。”金娜回忆起那天的情形，仍然兴奋得不能自已。

“你们过得比我们有趣得多，我们太悲观了。”赛琳娜拉住了金娜的手，羡慕地说。

“那后来呢，你们不能总是这么快乐，对吗？”艾伦挠着头看着金娜。

“艾伦，你为什么总在别人高兴的时候说这么扫兴的话。”赛琳娜瞪了一眼艾伦。

“我只是想听刺激的事。”艾伦摊了摊手，表示自己非常无辜。

“当然了，之后遇到的事就没有这么快乐了，那种刺激是终生难忘并且没人愿意经历第二次的。”金娜冲着艾伦眨了眨眼睛，继续讲述。

“大约六个月之后，按照之前的设想，我们将到达天鹅座。因为库福尔告诉我说，人类早在一百年前就已经发现了天鹅座拥有一颗和地球极为相像的星球，那里可能会有一个和人类一样的种族。虽然我们并不知道到达那里对我们意味着什么，但是我们仍然毫不犹豫地进入了天鹅座。”金娜平静地说道。

“我知道天鹅座，我们第一次远征，就曾经路过那里，但是那里似乎没有什么高级文明。”切里亚曾经参与过玛雅人对银河系的远征，他记得这个星系。

“也许你们去晚了。”金娜对切里亚说。

“晚了？怎么回事？”切里亚看着金娜问。

“我们最先去的是那颗人类发现已久的宜居地带行星，但是我们失望了。那里虽然是在宜居地带，但是天鹅座 A 星实在是太大了，所以那颗行星上没有任何生命的迹象。它就像是一颗巨型金星，和我们童话故事里的地狱一模一样，到处都散发着让人无法拒绝的热情。”金娜眨了眨眼睛说。

“于是我们继续朝着天鹅座 A 星的外围飞行，希望可以找到类地行星，但是直到我们即将飞出 A 星星系的时候，也没有发现。库福尔和我都非常失望，就好像是我们小时候玩儿捉迷藏的时候，你以为可以在你认为非常隐蔽的地方找到藏着的小伙伴，可当你打开柜子的时候，发现里面空空如也。”金娜轻轻地摇了摇头。

“但是库福尔却并不愿意放弃，在我和孩子们睡觉的时候，他仍然在努力搜寻着。大约半个月之后，当我醒来的时候，库福尔告诉了我一个好消息，他发现了一颗和地球环境极为相似的行星，虽然它很小，大概只有月亮的一半那么大。”金娜用手比画着。

“天哪，这么小的宜居行星，它是怎么在宇宙中生存的？”佩尔森也觉得不可思议。

“我们立刻开足马力飞向那里，当然了，在飞行的过程中，我们都在祈祷，希望那里如果存在文明的话，不要对我们有敌意。”金娜微微地笑了笑。

“当那颗美丽的蓝色星球出现在我们眼前的时候，我们都兴奋得手舞足蹈。库福尔扭过头冲我们笑了笑，我知道，他是希望我们可以安心，有他在，没有什么可怕的事会发生。”金娜继续慢慢地说着。

“越高级的文明就越懂礼貌，这是宇宙文明的基础。”切里亚轻轻地说。

“是这样的，但也有例外，比如恩美雅。”赛琳娜纠正着切里亚的话。

“当我们飞越了那颗行星的大气层之后，我们发现，这里虽然是宜居地带，但是却没有我们期待的文明，或者说这里已经结束了一个文明的周期。因为这里没有任何生命存在的迹象，孩子们非常失望，但是库福尔安慰孩子们说，这里一定有我们的小伙伴。”金娜歪着头笑着说。

“库福尔说得对吗？”艾伦问。

“对，我们在降落之后，从那颗行星的地心中走出了因巴人，这是孩子们给他们起的名字。”金娜看着艾伦回答着。

“哦，天哪，你们居然见到了外星人。”赛琳娜抱着头，不可思议地说，在宇宙中旅行了这么久，在这之前她都不曾亲眼见到过外星人的样子。

“这不是最吃惊的。”金娜对着赛琳娜笑了笑。

“还有什么？”艾伦睁大眼睛急切地问。

“这些看上去非常矮小的因巴人居然可以用我们的语言来和我们对话，你知道吗？孩子们一下子就喜欢上了他们。”金娜回忆起当时的情形仍然记忆犹新。

“他们说了什么？”佩尔森问。

“他们告诉我们，他们不是这个行星上的人，事实上他们和我们一样，也是宇宙的流浪者。大约在600年前，他们离开了他们的母星——天箭座B座的一颗因为所在星系的恒星的巨大引力拉扯而被摧毁的行星，只有少数人逃了出来，而他们是其中的一支。只有几十个人无意中发现了这颗行星，但是这颗行星上的文明却早已经不知什么原因离开了，他们就像是寄居蟹一样留在了这里。”金娜一边说一边指着远处的一处亮光。

“看，那里就是他们现在的家，和我们做了邻居，等下库福尔回来带你们去做客。”

“可是他们怎么会说英语？”艾伦好奇地问。

“他们是通过脑部神经的电波来交流的，可以反射任何语言。”金娜对艾伦说。

“是进化的原因吗？”佩尔森又好奇地问。

“这个回头让库福尔给你们解释，一句半句说不清，他要回来了。”金娜从草地上站了起来，看着大门，赵志宏等人也朝着大门的方向望去。门轻轻地打开了，库福尔走了进来，看样子，他比离开的时候强壮了很多。

九、夹层空间

“我的舰长。”库福尔几乎是冲了进来，他紧紧地抱住了赵志宏，久久不愿松开。

“你这该死的家伙。”艾伦居然呜呜地哭了起来，没人知道他为什么会哭，但所有人都知道，艾伦是真的非常激动。

“艾伦，你长大了，我离开的时候，你还是个孩子，现在这么高了，这是你的女朋友吗？”库福尔看着艾伦身边的赛琳娜笑着说。

“我不是，先生。”赛琳娜急忙摇了摇头，但脸上却泛起了红晕，这让在场的所有人都哈哈大笑。

“她是我的保镖。”艾伦看了赛琳娜一眼，咧着嘴笑着说。

“你！”赛琳娜挥着拳头，表示抗议，她更喜欢别人说她是个温柔的女人，虽然她自己经常说自己是个猎手。

寒暄过后，库福尔开始接着金娜的故事继续讲述他们神奇的经历。

“因巴人非常友善，在他们的星球上，没有战争，没有社会等级，这可能就是社会形态的一个阶段，也许还有我们并不知道的高级的社会形态。”库福尔端起一杯水大口喝了起来。

“他们对你们说了什么？你们怎么来的这里？”佩尔森更迫切地希望知道后来发生的事。

“他们在天鹅座已经生活了600年的时间，见到过很多的宇宙现象，比如空间折叠、压缩空间、切割空间，这些让他们感到恐惧，所以他们没有离开那里。因为对于一个文明来说，安全是最重要的，至于生存方式，每个文明有着不同的理解。比如我们一直都认为找到未来走到文明的顶端才是最重要的，但是因巴人却认为文明的顶端并不是适合所有人的。”库福尔严肃地说。

“文明的顶端是四维文明吗？你们见过四维文明吗？”佩尔森急切地问。

“我们的理解一直以来都是错误的。”库福尔看着佩尔森平静地说。

“啊！”所有人都大惊失色。

“所谓的四维文明其实是一个广义的范围，之前一直威胁我们的四维文明其实并不能说是四维文明，他们应该算是一种适应了在四维空间中生存的三维文明。当然也许他们并不是完全适应了，因为我听说真正的四维文明一般不会干涉三维文明中的一切，但是我没有见过他们，这里的人也都没有见过，甚至对于他们是否存在都是有争议的，只有巴尔莫人坚信他们存在。”库福尔说道。

“为什么他们坚信四维文明存在？”佩尔森更加好奇了。

“这个很难用我们的物理知识来解释。巴尔莫人的科技水平是我们已知的最为高级的文明，即使是之前威胁我们的四维文明也无法达到他们的水平。而他们是非常地道的和平主义者，维护着我们已知的所有空间和时间内的平衡，所以我们才能在这里保持绝对的安全。”库福尔对佩尔森说。

“这里到底是怎么回事？我还是有点儿不明白。”佩尔森挠着头问，的确，现在遇到的一切已经超出了他的理解范围。

“确切地说，我们现在生活的地方是一个夹层的空间，就好像是一个大大的气泡，这个气泡以三维的形态存在，但却是在四维空间内，并不占用三维的绝对空间。所以这里是在宇宙平衡的范围之外，不受外界干扰，也不会干扰外界，自然也就是安全的了。这一切都要感谢巴尔莫人，我们非常幸运，这个宇宙中最高级的文明居然和我们同处于一个星系团。”库福尔一边说一边微笑着。

“那他们到底为什么坚信四维文明的存在？”佩尔森追问着刚才的问题。

“因为康诺告诉我们，在所谓的宇宙中，除了空间、时间以外，还有一个人为制造的限定，而这个模式是他们也无法企及的领域，一旦这个人为的限定到达之后，那么我们的一切都结束了。”库福尔说。

“死亡或者宇宙重启？”切里亚问。

“不，是宇宙停止造血功能，所有的一切都以现在的形态永远地存在下去，就好像一辆放在真空环境下的报废汽车，不会发生任何变化。”库福尔问。

“他们怎么知道这些的？是检测到的吗？”佩尔森仍然好奇地问，作为一个学者，他太想知道一切了。

“他们在四维空间内遇到过局部范围的这种状态。”库福尔平静地说着，似乎那种情形并不可怕。

“那是一种极度的痛苦，对吗？”赛琳娜也好奇地问。

“我们感觉不到的，所以完全不用那么担心。”库福尔微笑着回答着赛琳娜。

“那你们是怎么和因巴人离开那颗小行星的？”艾伦问，他还惦记着刚才的问题，这种跨越式的讲解并不能让他感到满足，他想知道过程。

“因巴人曾经和巴尔莫人进行过交流，但是他们拒绝了巴尔莫人让他们离开的想法，他们更喜欢平静。”库福尔说。

“那他们为什么还要和你们一起离开？”艾伦着急地问。

“这是后来发生的事，不可抗拒。”库福尔叹了一口气，合上了眼睛，似乎并不愿意回忆。

“一定是非常可怕的事。”艾伦扭过脸对身旁的赛琳娜说。

“你的胆子比我想象的更小。”赛琳娜摇了摇头，表示无奈。

“我们和孩子留在了天鹅座，因为孩子们喜欢因巴人，他们会很多我们不会的生存技巧，当然还有有趣的游戏。”金娜在一旁说道。

“虽然孩子们喜欢因巴人，但是他们似乎并不愿意长久地留在那里，宇宙对他们的吸引力显然更大。”库福尔接着金娜的话说。

“于是我们打算和因巴人告别，并且问了他们是否愿意和我们一起离开。”金娜说。

“他们不愿意，对吗？因为他们喜欢平静的生活。”赛琳娜说。

“是的，他们不愿意，但是事情的发展却让他们必须离开。”库福尔平静地说。

“为什么？你们受到了所谓的四维文明的威胁吗？”艾伦问。

“那倒没有，不过天鹅座 A 星星系的那颗恒星发生了裂变，它吞噬了距离那颗小行星最近的一颗气态行星，我们所在的那颗小行星即将走完它的一生。”库福尔说到这儿，轻轻地摇了摇头，似乎对这一切感到无能为力。

“是人为造成的吗？”赵志宏问。

“不知道，不过我想无论是不是都无所谓，这是命运决定的，离开或许是早已经设计好的。”库福尔严肃地说道。

十、宇宙的生命

“因巴人不得不和我们一起离开，或许他们到现在都认为我们是灾难的象征，哈哈。”库福尔大笑了起来。

“可是你们是怎么来到仙女座的？这太远了，那时候你们甚至没有离开银河系。”艾伦好奇地问。

“技术爆炸！因巴人早已经掌握了光速飞船的技术，这是我们的幸运。”库福尔喝了一口水看着艾伦说。

“路上遇到了什么危险吗？”赵志宏问。

“大概在我们离开天鹅座一个月之后，我们通过虫洞到达了三千秒差距臂，在一个叫作豌豆的星系中，我们突然遇到了攻击。当时我和金娜都为此感到害怕，我们拼命地躲避着对方的袭击。你知道吗？我们甚至不知道对方来自哪里，因为我们什么也看不见，就好像之前遇到的来自四维文明的袭击一样。”库福尔的脸上露出了一种恐怖的表情。

“但是因巴人却通过无线电和对方进行了沟通，事实证明他们比我们更善于交际。在宇宙中，任何文明之间之所以不友好是因为惧怕对方，而一旦消除这种相互之间的恐惧感，那宇宙看上去其实是一个还算不错的世界，因为几乎所有的文明都把生存看得比什么都重要。”库福尔又恢复了之前的平静，从他说话的语气上来看，他们并没有遇到真正的危险。

“是谁袭击了你们？”赛琳娜托着下巴问。

“透明人，其实不应该把他们称为人。”金娜微笑着回答着赛琳娜。

“我喜欢透明人，他们就像魔术师一样。”金娜的大女儿大声地对赛琳娜说。

“哦？透明人？这可不是件容易理解的事。”赵志宏笑着问金娜的大女儿。

“我们之前已经知道，包括人类在内，宇宙中大多数的生命都是碳基生命。但是透明人不是，他们就是由原子组成的，没有具体的形象，每个个体之间可以自由地组合——两个合成一个，三个合成一个，两个互换，甚至一个分为两个，看上去就好像是神话故事里的魔鬼一样。”库福尔轻轻地说。

“宇宙中居然还有这样的人，哦，不，这样的生命体。”佩尔森张大了嘴巴。

“他们的文明程度呢？”赵志宏问。

“他们的原子信息量非常大，所以文明等级非常高，但是他们却无法进化成碳基生命，这让他们很苦恼。因为原子信息的状态是非常不稳定的，一旦他们的核心原子之间产生碰撞，那么就会有大批的原子失去信息源，导致他们组成的个体忘记以前的事，而这种现象是随时可能发生的。”金娜笑着说。

“那他们会随时对你们进行攻击的，这很危险。”赵志宏说。

“因巴人用脑电波之间的传导技术稳定住了透明人的脑电波，也就是他们的核心原子，使得他们就算失去其他的信息源，核心原子也不会受到危险，这可是他们多少年来的梦想。”库福尔对赵志宏说。

“他们也和你们一起来了这里吗？”艾伦好奇地问。

“不，他们对这里没有兴趣，因为他们的生存要求没有碳基生物那么苛刻。”库福尔回答艾伦。

“那他们去了哪里？”艾伦更加好奇了。

“这个我也不知道，他们离开的时候只告诉了我的女儿，看样子他们很喜欢她。”库福尔摇着头笑着说。

“他们去了一个叫作沙罗的地方。”大女儿睁着大眼睛对艾伦说。

“沙罗是哪里？”赛琳娜也凑了过来问。

“沙罗是因巴人故乡的一种物质，和肉质很像，但却是自然生长的，有点像胡萝卜人，据说透明人是为了自身的稳定性才在宇宙中寻找那种物质的。他们非常羡慕碳基生命的身体结构，但是因巴人告诉我们，在整个宇宙里，沙罗的数量实在是太少了，那简直就是宇宙中的黄金。”金娜对赛琳娜解释着。

“宇宙真是个奇妙的地方。”佩尔森长吁了一口气。

“我们还见到过龙。”大女儿看着佩尔森骄傲地说。

“龙？”几乎所有人都看着大女儿，他们并不理解龙这个单词代表的意思，虽然他们在神话故事中无数次听到和看到过关于龙的描述。

“那是库福尔起的名字，其实它们应该叫作星体生命，只是看上去有点儿像龙而已。”金娜笑得前仰后合。

“具体一点儿。”艾伦索性把腿盘了起来。

“我们之前遇到的恒星都是被行星围绕着公转，但是在宇宙中还有一些恒星，它们的个体很小导致引力有限，因此它们就不能靠引力去捕获行星。但是这并不代表它们不能成为恒星，在它们的周围，有着数之不尽的生命，这些生命体都十分巨大，有的甚至超过了我们的地球，你们能想象出质量那么大的生命吗？”金娜问所有人。

“像龙一样的星球？”佩尔森吐着舌头问。

“也不是，它们就像植物一样，总是变换着自己的姿势，让自己的身体各部分可以从恒星中吸取有机物质。”库福尔说。

“它们是高级文明吗？”赵志宏问。

“我想不是，它们不同于我们理解的生命形态，和植物有些接近，当然了，如果你觉得可以和一个向日葵交流的话，那它们就算是高级文明了。”金娜哈哈大笑了起来。

“你们可以写一部宇宙游记了，金娜。”赛琳娜羡慕地对金娜说道。

“这只是其中的一本小册子，真正的宇宙比我们想象的要有趣得多，之后我们遇到的事就不这么有趣了。”库福尔对赛琳娜说。

“是遇到危险了吗？”赛琳娜好奇地问。

“是的，我说过，在宇宙中，危险无处不在。”库福尔说。

“什么危险？我喜欢这样的经历。”艾伦腾地一下从地上站了起来。

“我们遇到了恩美雅人的诺母，就是之前那个一直指引我们按照他们的思路做事的家伙。”库福尔的表情变得严肃起来。

“他们到底是怎样一种存在？”切里亚似乎对诺母非常感兴趣。

“确切地说，他们是恩美雅星中的幸存者，但是和巴尔莫人、因巴人以及这个宇宙中大多数的文明不同的是，他们非常想掌握这个宇宙中的一切，而那所谓的四维文明也正是因为他们破坏了宇宙的平衡才发动战争的。在宇宙中，像恩美雅这样的文明并不在少数，他们也是宇宙平衡的一部分。”库福尔唏嘘道。

“他们长什么样？我们从没见过。”艾伦问。

“矮小、厚实，聪明得让人嫉妒。”库福尔的回答非常简单。

“聪明到了什么程度？”切里亚追问着。

“他们像老鼠一样，几乎可以在任何环境下生存！”金娜看着远方，平静地说着。

十一、脑电波交流

“恩美雅人为什么要这么做？难道他们不是宇宙的一分子吗？”赛琳娜愤愤不平地说。

“是，他们是，但是说实话，我们，包括巴尔莫人在内，至今都无法判断诺母这么做的意图。”库福尔表情严肃地对赛琳娜说。

“哦？巴尔莫人也不能吗？”赛琳娜更加好奇了，她的脸上充满了疑惑的表情。

“对，确切地说，恩美雅是这个宇宙中最古老的一个文明，我们的宇宙只有大约 140 亿年的历史，但是恩美雅人却似乎比宇宙的年龄更大，你们知道这意味着什么吗？”库福尔问。

“意味着他们不是这个宇宙的文明。”佩尔森坚定地说。

“对，他们比巴尔莫人更久远！”库福尔说。

“那是否意味着他们的文明等级更高，甚至是无法企及的？”切里亚问。

“这个不一定，因为根据巴尔莫人的理论，宇宙的文明等级和存在的年限没有关系。因为在四维空间内，时间只是一个概念性的东西，十万年和一秒钟的区别并不大，创造文明和发展文明的关键因素并不是由时间决定的。”库福尔平静地说。

“那是由什么决定的？”切里亚急切地问。

“思维方式以及物理环境。”金娜在一旁说着。

所有人再次把目光投向金娜，显然他们对金娜这种笼统的回答并不理解，他们需要更为细致的解释。

“思维方式的构成有很多种因素，比如人的大脑量、社会发展的过程、生产力的强大，当然最重要的是思维方式的直接化。就比如因巴人的那种利用脑电波的交流方式，能更清晰地表达意思和理解意思，从而简化了过程。相比之下，我们人类就显得太过依赖语言和肢体了，这从碳基生物的进化论上来说，是导致我们思维方式停滞不前的一个错误程序。”库福尔耐心地解释着，希望这样可以让所有人明白。

“可是我们学不会用脑电波来交流。”艾伦不明所以地看着库福尔。

“几百万年前，人类学会了用工具，一百万年前，人类学会了用火。”金娜微笑地看着艾伦说。

“你是说使用脑电波来交流也可以学会？”佩尔森似乎对这个非常感兴趣。

“是的，但这需要人类对脑部的开发，而这个开发需要的是一个过程，就好比经过几百万年的进化人类的手变得比以前灵活了许多一样。”库福尔对佩尔森说道。

“但是这不一样，脑电波毕竟是我们无法控制的，人类已经研究了一百多年的脑电波，但只能判断出非常简单的意思。”佩尔森对脑电波略知一二，在他看来，脑电波是人类的一个无法攻克的科学难题。

“你们来到这里的时候，在那堵光墙中，你们彼此之间听不到对方的声音，那种感觉是什么？”金娜问所有人。

“觉得世界坍塌了。”赵志宏简单地回答着，他已经习惯了这种说话方式。

“对于正常人来说，那种感觉确实非常不好，但是更准确的说法应该是不习惯。当一个人突然失明失聪之后，无论是从心理上还是从生理上他都会有很长一段适应期，当习惯了之后，他就不会再对眼睛或者耳朵有依赖性。盲人或者失聪的人则不一样，他们从小就在黑暗和安静的世界中，习惯了这种环境，所以他们会有自己的交流方式。假如有一种人，他看不到，听不到，触摸不到，难道他就不与外界交流了吗？”金娜非常平静地讲述着。

“在地球的深海中，有一种鱼，它们就是这样，但是它们可以通过气味和相互之间的电波来捕食和交配。”佩尔森接着金娜的话说。

“所以这是由物理环境造成的，这么理解对吗？”赛琳娜问。

“这是一个渠道，但并不是唯一的渠道。在佛教的经书中，曾经记载过某个大师在失明失聪的情况下面壁数十年，最终参悟出人生至理，甚至他们可以猜到有求之人的来历，这种人一般被称为大师，但如果用科学来解释的话，我认为他们是掌握了脑电波交流的技巧而做到的未卜先知。”金娜回答着赛琳娜。

“又是佛教，看来这个宗教真的掌握了世间万物的规律。”赵志宏感慨道。

“那还有其他渠道吗？”艾伦接着问。

“后天传授导致的基因转变！”金娜说。

“巴尔莫人所在的星系据说在几十亿年前遭遇到了一次小行星的撞击，那次撞击让他们星球的生存环境彻底改变了，他们幸存的祖先在地心的黑暗中生存了数万年，直到小行星造成的恶劣环境彻底改变之后，他们才走出地心，重新回到地面。在那几万年里，地心的有害气体让他们几乎没法开口说话，所以他们逐渐掌握了用脑电波来相互交流，后来回到地面之后，本来已经不需要用脑电波来交流了，但是他们却发现，比起语言和肢体，脑电波的交流似乎更方便。于是他们就把这种技巧通过后天的培养一代一代地传授了下来，几十万年之后，这种技巧居然成了他们基因的一部分，就像刚出生的孩子面对母亲的乳房，懂得去主动吮吸一样。”库福尔一口气说了很多。

“也许是地球太过于安逸了。”佩尔森唏嘘道。

“宇宙中的高级文明都是这样交流的吗？”赵志宏问库福尔。

“不全是，但我们遇到的大多数高级文明都是这样的，可以说这是宇宙的官方语言。”库福尔笑着说。

“那你和金娜掌握了这门技术吗？”艾伦插嘴问道。

“我们正在掌握，但是并没有多少进步，这需要过程，每天我们都会在光墙中那样的环境下交流几个小时。”金娜对艾伦说。

“如果这样的话，我们就可以在宇宙中寻找朋友了，交流是最好的约会手段。”艾伦一边说一边看了一眼身边的赛琳娜。

“你看我干什么？”赛琳娜并不知道艾伦看自己的意思。

“我会知道你的想法，而不是听你说那些我听不懂的玛雅语。”

艾伦一脸坏笑地看着赛琳娜。

“你不是说你掌握了玛雅语了吗？”赛琳娜质问道。

“你知道我们这个时代有一种说话的方式叫作约会技巧吗？”艾伦冲赛琳娜眨了眨眼。

“该死！”赛琳娜羞得满脸通红。

所有人都哈哈大笑。

十二、神秘的诺母

“那诺母到底是谁？”佩尔森严肃地问道。

“这个我不知道，巴尔莫人也不知道，就算是智者因巴人也不知道。诺母非常神秘，他们甚至从不留下任何痕迹。”库福尔摊了摊手，表示无奈。

“他们不是恩美雅人的领袖吗？”切里亚问。

“康诺说不是，因为恩美雅人所在的天狼星中并没有关于诺母的任何记载，这不符合宇宙中文明发展的规律。”库福尔摆了摆手。

“如果是这样的话，那诺母为什么要帮助恩美雅人呢？这个我实在不明白。”切里亚看了一眼赵志宏，轻轻地摇了摇头。

“也许诺母是把恩美雅人当成了枪来对付自己的敌人。”赵志宏一边说一边看着天边，他似乎对金娜的家非常感兴趣。

“刚才你说恩美雅人不是这个宇宙的产物，那么他们来自哪里？如果我们明白了这个，可能就可以解开这场战争的谜团了。”佩尔森比画着双手，看上去非常焦急。

“康诺说他们来自平行宇宙，但是关于平行宇宙到现在为止还只是一个概念化的东西，和我们对时间的理解差不多。即使是再高级的文明，也不知道该怎么证明平行宇宙确实存在，因为我们根本无法突破这个宇宙和时间的设定。”库福尔对佩尔森解释着。

“那如果恩美雅人来自平行宇宙的话，他们的文明等级就肯定是高于这个宇宙的任何文明的，可事实上他们并没有巴尔莫人的文明等级高，这是我想不明白的。”金娜抱着小女儿，轻轻地对所有人说。

“会不会有人操纵了时间，制造了一种假象，然后……”艾伦用手比画着，不知道该用什么词来说明自己的观点。

“康诺做过这样的实验，但是时间是无法改变的，就像死亡无法避免一样。而且从理论上来讲，没有任何科技可以让时间停止或者放慢。”库福尔的回答让艾伦非常失望，他原本以为自己提出了一个非常具有建设性的意见。

“看来我们仍然停留在宇宙的皮毛阶段。”赵志宏叹了一口气，撇了撇嘴说。

“至少我们现在可以在这个宇宙里为所欲为了。”艾伦扬了扬眉，笑着说。

“宇宙的大小超出了我们的想象，而包含各个时间点的宇宙的世界又是一个几乎无解的空间。按照我们现在的理解方式，在这个无解空间的外围，仍然存在着难以想象的空间，所以如果我们一下子都弄明白了的话，那我们就是神了。”金娜看着艾伦，笑着说。

“制造这个世界的造物主一定是一个疯狂的科学家。”佩尔森自言自语道。

“未必是我们想象中的所谓的生物或者文明，也许是终极物理或者自然现象。”库福尔对着佩尔森点了点头。

“那就更可怕了，至少人为制造还可以由心情决定，心情好的时候，造物主会为我们的生存担忧，但终极物理就不一定了，突发性会让人措手不及的，就像火山爆发、地震一样。”艾伦咧着嘴表示了自己的担心。

“恩美雅人到底是被谁困在了天狼星？”赵志宏突然问金娜。

“舰长，你的问题也是困扰康诺的问题。很久以前，我们都认为恩美雅人是被所谓的四维文明困在了那里，因为他们要挑起三维和四维之间的战争，但现在越来越多的迹象表明，困住恩美雅人的可能另有其人。”库福尔看着赵志宏，严肃地回答着。

“谁？”赵志宏好奇地问道。

“诺母！”库福尔的回答非常简单，也非常直接。

“诺母？”所有人都觉得这个答案不可思议，也产生了大大的疑问。

“这是康诺得出的结论，因为困住恩美雅人的那条磁力环，无法确定来历，就像诺母一样，没有丝毫的痕迹。”库福尔说。

“可是我们之前遇到过诺母，还和他们进行了无线电交流。”佩尔森吃惊地说。

“那可能是一种远程遥控，或者叫空间转移技术，我们认为他们在我们面前，其实真正的他们不知在哪里，这种技术在高级文明中是非常普通的技术。”金娜笑着对佩尔森说。

“可是恩美雅人也说诺母是他们的领袖啊。”艾伦显然还是不太明白。

“有一种说话的方式叫约会技巧。”赛琳娜白了艾伦一眼。

“那巴尔莫人对于诺母是一种什么样的理解？”赵志宏问的问题总是非常具有核心价值。

“一个不知为什么总要隐藏自己或者躲避一切的不知来自何处的未知文明。”库福尔的话非常快，每一个单词都很准确。

“宇宙中有很多谎言，金娜，我们可以相信任何人，但也不能相信任何人。”赵志宏突然贴在金娜的耳边，轻轻地对她说，脸上露出了一种非常让人难以捉摸的表情。

“您是说……”金娜似乎明白了赵志宏要表达的意思，她看着赵志宏，脸上露出了惊愕的表情。

“对不起金娜，在这么多年的宇宙航行中，我们看到过很多不可思议的东西和现象，这些只教会了我们一样，那就是看到的不一定是事实，听到的也不一定是真相。巴尔莫人很伟大，但是事情的真相还得我们自己去搞定。”赵志宏非常严肃认真地说。

“不，舰长，我理解你，我也这么认为，但是现在我们必须要信赖一些朋友，以避免之前的那种绝望。”金娜也非常严肃地说。

“舰长，您的意思是我们玛雅人也在这个范围之内吗？”赛琳娜显然对于赵志宏的观点并不喜欢，她直截了当地问道。

赵志宏没有说话，只是平静地看着所有人。作为一个曾经的军人，他对敌人的理解比任何人都要敏感。虽然他意识到了自己说的话可能会对他们真正的朋友造成伤害，但是军人的天性让他必须保持警惕。

“舰长，我对你的话非常失望。”赛琳娜再次表达了自己的不满，而在她身边的切里亚也没有说话，但是所有人都知道，在这个时候，沉默代表了肯定，他同意赛琳娜的话。

“我并不是指你们，但是我的观点也许并不是错的，请你们理解。”赵志宏看着赛琳娜，并没有道歉，而是仍然坚持自己的观点。

“好了，好了，我们开始吃饭吧，我为你们准备了好东西。”金娜打着圆场，她希望所有的人类可以保持团结，虽然这无论从哪个角度上来说都是一种奢望。

第五章

宇宙之谜

一、刘婕的哲学

光速舰队已经穿越了大半个银河系，这是这支舰队上的人第一次离开母星这么远。或许是时间很短的缘故，他们对于浩瀚的宇宙更多的仍然是一种新奇。穿梭在银河系中，那种感觉就像是来到了神话世界中的天宫一样，几乎所有人都目不转睛地看着飞船外，这是一种让他们朝思暮想了几乎一生的感觉，美得几乎令人窒息。

刘婕静静地坐在靠近窗子的座位上，莫里斯的书她已经读完了，在她平静的脸上丝毫看不出和以往有什么不同，但是她的内心却早已掀起了壮阔的波澜。思考，对于人类，对于每一个在这个宇宙中努力生存着的文明来说，从来都不是什么困难的事，事实上任何一个具有思维的生命都在有限的生命中进行着无限的思考。他们的行为源自思考，发展源自思考，进化源自思考，甚至他们繁衍生息也源自思考，一个不会思考的种族将注定会被这个宇宙淘汰，这点毋庸置疑。

但是固有的思维使得人类的思考模式几乎一成不变的。在漫长的人类发展史上，人类并没有学会弹性思考或者跳跃式的思考，这就决定了人类思维的上限，也导致至今人类仍然对于宏观的宇宙没有一个完整的认识，这或许是人类文明最悲哀的事。

靠在座椅的靠背上，刘婕闭着眼睛，窗外的星空对她来说并没有太多的吸引力。事实上，她已经无数次在冥想中游历了整个宇宙，宇宙中的每一寸空间，每一颗星辰，每一种现象都早已深深地刻画在了她的脑海中无法抹去。如今的她，只有一个目标，那就是知道宇宙的真相，而这，将耗尽她的一生。

“真没想到宇宙如此地浩瀚，太阳系比我想象的要小得多。”玛索坐在了刘婕的身边，自从离开太阳系之后，玛索就几乎陷入了一种对于宇宙空间近乎疯狂的执迷，她甚至不愿意错过每一分钟，多年来遨游宇宙的梦想终于变成了现实。

“在不久的将来，你一定会感到烦躁的。”刘婕没有睁眼，平静地对玛索说，一如在地球上一样平静。

“你不觉得新奇吗？比太阳大的恒星，近在眼前的流星，擦肩而过的彗星，还有无处不在的星云。”玛索几乎是手舞足蹈地说着，似乎刘婕的平静不是一种正常的表现。

“这是宇宙的常态，就像你刚进入一片雨林一样，但这之后，你会日复一日地面对着密不透风的树林，到那个时候，你会想念蓝天白云的。”刘婕慢条斯理地说着，似乎外面的一切都与自己无关。

“我小时候，经常和爸爸一起幻想宇宙的奇妙世界。那是一个大得不能再大的童话世界，每一个星球都是一个独立的王国，每一天都会有不可思议的事情发生，完全陌生的生命、色彩斑斓的环境，无时无刻不让我们感到新奇。那时候我就对自己说，未来，我一定要真的进入宇宙，体验梦境中的世界。”玛索也闭上了眼睛，幸福地回忆着过去，对她来说，回忆就如同是一杯浓郁的咖啡，苦中带着难以忘怀的香浓。

“回忆过去和展望未来哪个更美好？”刘婕睁开眼，看着玛索，平静地问题。

“回忆是对过去的尊重，而展望则是对未来的觊觎。”玛索吐了吐舌头，这一段时间以来，她努力地让自己变得哲学一点，这是莫里斯书中的话，对于她来说，哲学不过是一件包装自己的外衣而已。

“不够哲学。”刘婕笑了笑，不知是笑玛索说话的方式，还是笑她说的话。

“那怎么才能更哲学一些？请指教。”玛索拉住了刘婕的胳膊，像个孩子一样好奇地问。

“回忆是想忘记现在的无奈，展望是想逃离现实的痛苦。”刘婕微笑地看着玛索。

“你太悲观了，乐观点儿不好吗？”玛索对于刘婕的话并不是很赞同，她更喜欢用乐观的方式来看待一些哲学的问题。

“这才不是悲观，而是真正的乐观。”刘婕又闭上了眼睛，这样可以让她更容易进入哲学的逻辑中。

“怎么解释？哲学家，我想知道。”玛索趴在了座位上，期待着刘婕的解释。

“把苦恼的现实抛开，无论是过去还是未来，都是幸福的，而尊重和觊觎，只能让你在回忆和展望之后更加痛苦。”刘婕轻轻地说。

“好像有点儿道理。”玛索靠在了座椅上，仔细地品味着刘婕的话。

过了一会儿，玛索似乎从这种思考中缓过了神，她扭过脸轻轻地问刘婕：“你说我们未来还能见到莫里斯吗？”

刘婕并没有回答玛索的话，而是把头扭向了窗外，光速让外面的世界看上去几乎是静止不动的。许久之后，刘婕扭过脸看着玛索，脸上没有丝毫的表情，既不严肃也没有笑容，只有一种出乎意料的平静。

“莫里斯之于我们已经是过去式了，无论他活着还是死了。如果可能的话，你就当他已经死了。回忆我们和他在一起的每一天，这对我们来说，是一件幸福惬意的事。但是如果你愿意勾画出一个内心世界想象中的未来的话，那么你就当他还活着，他一定在某个地方等着我们。”刘婕慢慢地说着考虑了许久的话。

“你也是这么想的吗？”玛索似懂非懂地问刘婕。

“是的，这是我的真实想法。”刘婕吐了下舌头说。

“我爸爸也会在未来的某个地方等着我吗？”玛索严肃地问着，她希望刘婕可以给她一个让她感到幸福的答案。

“当然，富尔茨博士也在，你甚至可以想象他和莫里斯在一起。”刘婕拉着玛索的手说。

“嗯！”玛索长长地吁了一口气，靠在了座椅上，对于刘婕给她的答案，她确实感到了幸福。事实上这是富尔茨博士去世以后她一直在努力寻找的答案，为此她一直用快乐来掩饰着自己内心无尽的悲伤，她不知道该如何在现实中忘却悲伤，但现在，她知道现实对于她、对于每一个人来说都是一样的，只要身处于现实，那就必然会有痛苦不期而至。与其这样，倒不如去回忆曾经的美好或是展望如画的未来，毕竟从时间角度上来说，那都是虚幻的，而虚幻的东西，往往是甜蜜的。

二、一个伟大的人

死亡总是无法避免的，在距离目标越来越近的时候，桑帕约的生命走到了终点。对于舰队上的每个人来说，这无疑都是一个让人沮丧的消息。此刻，他正躺在自己的床上，空洞的眼神望着天花板，似乎在回忆着自己的一生。

出生于旧时代，成长于引线时代，人类进入火星的先驱，火星上的独裁者之一，回归地球的推动者，逃亡派的核心成员，在桑帕约的身上，有着太多让人惊奇的故事，每一段故事都和人类的命运紧紧相连。他勇敢、聪明却也暴虐，天真、狂妄、果断却也谦虚、犹豫，这个人的身上集中了太多的人类基因里的优点和缺点。如果在宇宙中有人愿意把人类做成一个标本的话，那么桑帕约一定是最完美的。

“祝贺你，不用再经历旅行中的痛苦了。”刘婕坐在桑帕约的身边，微笑着轻轻地对他说，她了解桑帕约的风格。

“谢谢你，孩子，告诉巴拉科夫那个老家伙，他还欠我二十五美金，那是在火星的时候，有一次他在街上非要喝伏特加，但是却没有钱，我为他付了钱。后来他一直没有还给我，我耿耿于怀了很久。”桑帕约看着刘婕，眼神里流露出了天真的表情。

“我会告诉他的，还有利息也一定会一分不少地还给你的。”刘婕握住了桑帕约的手。

“我研究了一辈子宇宙，最后居然连银河系都没有走出去，这真遗憾。”桑帕约带着忧伤的语气说。

“银河系外面一定有很多有趣的东西，可惜你看不到了。”刘婕仍然微笑着看着桑帕约，但内心有一丝悲伤。

“我原本以为自己能活到一万岁的，真可惜，我离这个目标还差九千多年。不过也不错，在这些老家伙们里，我是第一个到达终点的冠军。”躺在床上的桑帕约伸出了两个手指，微笑着表示自己是个胜利者。

“这个任务就让我们来替你完成吧，不过说实话，这真不是一个让人喜欢的任务，一万年太漫长了，不知要经历多少烦恼呢。”刘婕轻轻地摇了摇头。

“你说我们算火星人还是算地球人呢？这个问题困扰了我很久。”桑帕约看着刘婕，歪着头问道。

“我出生在中国北方一个非常小的城市里，然后去了大城市读书，又来到美国生活。不过我一直都说自己是小城人，因为这样显得酷一些。当然了，这和你所处的位置有关，如果你在火星上的话，你可以说是地球人，如果你在太阳系之外，你可以说你是太阳系人，如果你在银河系外，你可以告诉别人你是银河系人。对于我们来说，哪里的人并不重要，那只是一个居住的地方。古时候人类沿着河流迁徙，放牧，对于他们来说，家只是一个模糊的概念。”刘婕轻轻地说。

“你为什么总是这么平静？你不觉得这样的生活很无趣吗？”桑帕约问刘婕。

“我的内心是狂热的。”刘婕笑了笑，简单地回答着，这是她一贯的风格。

“我和你相反，孩子，我内心是忧伤的。”桑帕约耸了耸肩说。

“你能成为宇宙学家让我感到意外，你更应该成为一个艺术家，如果那样的话，你一定是一个大师级的人物，为人类留下很多精美的艺术品。”刘婕仍然非常平静。

“我才不要成为该死的艺术家呢，那会让我感到沮丧的。你知道吗，我曾经交过一个女朋友，她是一个诗人，总喜欢用诗人的方式生活，那种感觉对我来说实在是太悲伤了。我更喜欢自然，所以我到处旅行，没想到却走得这么远。”桑帕约闭上了眼睛回忆着自己的过去。

“她一定非常热情，我认识的诗人朋友都是这样的。”刘婕问桑帕约。

“不，恰恰相反，她安静得像一个放在展厅里面的瓶子。”桑帕约睁开眼睛看着刘婕。

“你真有趣，看上去并不是那么忧伤。”刘婕被桑帕约的话逗笑了。

“我只是想在临死之前学会幽默，不然在我死后，人们会很快忘记我，特别是巴拉科夫那个老家伙，就算我死了，他也仍然会讽刺我的无趣。”桑帕约撇了撇嘴说。

“我一定会在你的葬礼上设置一个精彩的彩蛋，就像电影一样。”刘婕为桑帕约擦了擦他脸上的汗水，看样子他很累了，也许随时会睡去。

“我有一个唯一的请求，你能帮助我吗？”桑帕约突然变得严肃起来，他看着刘婕，眼神里充满了渴望。

“抱歉，这已经是第二个了，第一个是向巴拉科夫要他欠你的那二十五美元。”刘婕笑了。

“那二十五美元就当是你为我做这件事的报酬吧。”桑帕约眨了眨眼睛。

“是不是有点儿太少了些？”刘婕笑嘻嘻地说。

“好吧，我可以把我的背包送给你，那里面有一块琥珀，还有一本我那无趣的女朋友送给我的诗集，另外还有一盒香草味的口香糖。”桑帕约笑着说道。

“好吧，成交，我喜欢香草味儿的。”刘婕拉了一下桑帕约的手，点了点头。

“我觉得我还可以再活一个小时，在五十分钟之后，我希望我可以进入休眠状态，然后你把我放在宇宙中，我喜欢飘荡的感觉，说不定在未来的某天，我们还可以再见面。”桑帕约看着刘婕说。

“我尊重你的选择，博士，不过我也有一个要求。”刘婕望着桑帕约说。

“什么要求？你可以提，我已经是一个一无所有的人了。”桑帕约摊了摊手。

“如果我们未来还能见面的话，你不要向我索要你的口香糖。”刘婕摇了摇头，眼里噙满了泪水，她知道，告别的时刻即将来到，因为桑帕约已经昏迷了过去。

“来人，准备为桑帕约博士——我们的亲人进行休眠处理。”刘婕对门外的人喊道。

纳米棺中的桑帕约看上去似乎像睡着了一样，他的眼睛、他的眉毛、他的耳朵都和活着时没有什么区别，甚至他的胡子看上去仍旧是那么参差不齐。这就是他，一个不修边幅从不注重自己形象的人，刘婕甚至怀疑桑帕约告诉她的关于和安静的女诗人的爱情是虚构的，但不管怎样，他是从地球上走出的最伟大的人之一。

至于关于未来的约定？谁知道呢？

三、享受过程的神

在桑帕约的遗体随着纳米棺消失在了宇宙中之后，所有人都感到了一种恍如隔世的感觉，这也许就是他们的归宿，谈不上难过，死神总会不期而至。

舰队距离银心越来越近了，大约在四个小时之前，舰队的无线电接收系统已经接到了巴拉科夫发来的最新信号。信号中发送了精确的宇宙坐标，他们将在那里集结然后进入四维空间，为人类寻找一条生存之路。

刘婕的心里充满了期待，不过并没有在脸上表现出来，多年以来，她已经习惯了这种平静，但这并不代表她的内心没有波澜。看着远处已经清晰可见的银心，她微笑着等待着即将面对的世界。

根据之前的估算，如果不出意外的话，他们将在大约 30 天之后到达银心附近的坐标。这个时间并不长，但是在焦急的心情下，却显得格外漫长，即使是对于刘婕这样冷静的人也一样。倒是玛索比以往显得平静了许多，这段时间，她一直都在看莫里斯的《思考》，对她来说，这是到现在为止适应宇宙的唯一途径。

《思考》是一本能让人上瘾的书，如果你没有耐心，那一定会觉得它枯燥无比，但是如果你按照莫里斯的方式去认真地读完这本书，一定会发现，宇宙对于人类甚至对于其他文明来说，似乎都是如此简单。这话并不是恭维，而是在日后被证明的，它用哲学的方式叙述了人类对宇宙的认识，用简单的方式浓缩了人类复杂的思维，就像是物理定律一样，不可更改。

“看上去没那么复杂对吗？”刘婕不知什么时候站在了玛索的身边，她轻轻地拍了一下玛索的肩膀，笑着问。

“你是说书还是宇宙？”玛索揉了揉眼睛问。

“宇宙！”刘婕坐了下来，从玛索手中拿过了书。

“看上去是这样，不过现在就下结论，也许早了一点儿。宇宙太大了，我们不可能看到它的全部，就好像你在大海里看到一头浮出水面的蓝鲸一样，你不会知道它究竟有多大。”玛索对刘婕说。

“所以我们需要去耐心地发现，我相信没有什么问题可以难倒我们。学会思考，就意味着我们探寻到了一条捷径。”刘婕把书放在膝盖上，用手轻轻地抚摸着书的封面。

“也许我们现在已知的世界就像是一个密不透风的罐子，我们就是关在里面的蚂蚱，等我们打开盖子跳出去之后才发现，外面的世界难以理解。”玛索望着前方，自言自语道。

“但外面的世界也很精彩。”刘婕也自言自语道。

“天文学真是一门让人感到绝望的学科，如果我是教育部的官员的话，我会把这门课程毫无保留地抛弃。”玛索看了刘婕一眼，笑嘻嘻地说。

“是因为你永远都无法得到真实的答案吗？”刘婕问。

“有这个原因，但最主要的是我们所学到的那些一直以来被认为是最高等级的知识，现在看来居然连入门的门槛都不够，这足够绝望了。”玛索摇了摇头，苦笑着说。

“那照你这么说，任何学科都应该被抛弃，然后人类就一直待在地球上，等待着末日的来临，不停祈求神的宽恕。”刘婕反驳道。

“也许那样的生活更好一些。”玛索仍然望着前方。

“可是神的生活却是随心所欲的，难道你不向往吗？”刘婕挤了挤眼睛问玛索。

“我可不想成为神，他们操心的事更多。”玛索扭过脸看着刘婕，也对她挤了挤眼睛。

“也许我们只是神的世界中的一把种子，他随手扬起，看着这些种子随风飘荡，任他们自由生根发芽，长成了苹果，他就去收获，而长成了食人树，他就会像个樵夫一样砍掉。而在这个过程中，他会坐在一旁打盹，睡觉甚至看一场电影，这样的生活多惬意。”刘婕闭上了眼睛，这是她在冥想中曾经想到过的世界，不是哲学，而是事实。

“从科学的角度上理解的话，你的猜想非常好，也许我们眼中的神就是一个可以创造生命的高级文明，宇宙的一切都来自他们的随手一扬。就像你们中国的传说中，盘古创造了这个世界，女娲补了天，也许他们就是远古时期来到地球播种和改善环境的外星文明。”玛索有些激动地对刘婕说。

“所以我们必须成为神，因为人类是这个宇宙中最值得期待的种族，我们有必要按照自己的模式制造出相似的种族，让人类文明传承下去。”刘婕拉着玛索的手，也非常激动地说。

“我会创造出一个永生的种族，那样这个世界就没有失去亲人的悲伤了。当然了，从科学的角度上来说，永生并不适合社会的发展。”玛索眨了眨眼睛说。

“我相信即使是神，他们也不是永生的，至少从形式上来说不是，也许他们会用其他的方式来做到狭义上的永生，比如信息传承、精神永存，这些都是不占用宇宙资源的。否则的话，一旦打破资源平衡，就只有战争的形式可以解决问题了，那样的话，这个世界就没有存在的必要了。”刘婕接着玛索的话说。

“可是大到宇宙中的高级文明，小到我们身体内的细胞，他们都在争夺保证他们生存的资源，这是巧合吗？”玛索歪着头问刘婕。

“当然不是，这个世界没有巧合，一切都是由数学精确决定的，就像程序一样无法更改。”刘婕淡淡地回答着。

“那病毒呢？”玛索接着刘婕的话继续问道。

“对于一个有规则的世界来说，病毒也是既定程序的一部分，或许是神有意为之的。比如人类的身体，从科学角度上来说，距离完美还差得很远，那些历史上给人类造成巨大悲伤的疾病很多都是由这些病毒引起的，但人类最终还是会消灭它们，直到人类最终发展成为一个完美的个体。这也许才是神的本意，让我们自生自灭。”刘婕说着自己的想法。

“然后神把最完美的种族留下，使其成为新的造物主，而自己再去另一处荒漠播种。”玛索一边笑一边摇着头，显然，她觉得这样的故事是天方夜谭。

“也许神只是一个淘气的孩子，当完美的玩具被造好之后，他就在原地推倒重来，他享受的只是这个过程。”刘婕的表情出奇地平静，但很显然，这个想法并不是一个让人感到高兴的想法。

“但愿他不是一个强迫症患者。”玛索靠在了座椅上，长吁了一口气。

四、被折叠的时间

空间的曲率在光速下显得清晰无比，舰队也仍然一刻不停地前进着。但是就在他们距离自己的目标近在咫尺的时候，宇宙还是给了这群异想天开的人类一个下马威，而这几乎搞砸了一切。

那是一个接近地球上傍晚的时间，舰队上的每一个人在完成了一天的疲惫工作之后，准备享受一顿完美的晚餐。舰队上据说厨艺最高的卡鲁特意准备了一份集合了亚欧大陆经典菜肴的大菜犒劳整个舰队，所有人也都有说有笑地集中在了飞船的餐厅，这是难得的一次聚会，要知道为了这次聚餐，整个舰队停止了前进。

大约十五分钟之后，在等待着享用大餐的人中，忽然传出了一声刺耳的尖叫，这声尖叫响彻了整个飞船。发出声音的是赛斯，刘婕、玛索以及所有人立刻转过身看着赛斯·李，希望可以找出他发出尖叫的原因。

“你怎么了？赛斯·李。”玛索问。

此刻的赛斯·李脸色煞白，冷汗从头上不由自主地渗透出来，他的目光里带着一种惊恐，看上去不寒而栗。

“赛斯·李，你需要帮助吗？”刘婕连忙站起身，走到赛斯·李跟前，轻轻地扶他起来。

赛斯·李缓缓地抬起头，看着刘婕，哆哆嗦嗦，一句话都说不出来。他惊恐的表情虽然有些缓解，但是刘婕看得出来，他仍然沉浸在巨大的恐惧当中。

“你到底怎么了？赛斯·李，快告诉我。”玛索也蹲了下来，她用手抓着赛斯·李的肩膀，轻轻地问着，紧接着，她抱住了赛斯·李，希望拥抱可以缓解他的情绪。

“也许是我们在光速下行驶得太久了，不适应静止的状态了。”刘婕对玛索说。

“嗯，扶他躺下，准备进入休眠状态。”玛索说完叫了医生。

“博士，玛索，难道你们没有感觉吗？”赛斯·李缓缓地抬起了头，看着玛索和刘婕，眼神里充满着一种恐惧的疑惑。

“你说什么？”刘婕看着赛斯·李，她似乎预感到了什么。

“怎么回事？你们感觉到了什么？”玛索非常不解地问着刘婕和赛斯·李。

“玛索，你吃了几次大餐了？”赛斯·李盯着玛索，颤抖着问。

“几次……大餐？”玛索不可思议地看着赛斯·李，立刻扭过头看了看所有站在她身后的人，不知为什么，这些人看上去是那么熟悉，却又那么陌生，而每个人的表情似乎又似曾相识。玛索一下松开了抓着赛斯·李肩膀的手，坐在了地上，用和赛斯·李几乎一样惊恐的眼神看着刘婕，哆哆嗦嗦地问：“博士，怎么回事？”

而此刻的刘婕也看着玛索，脸上同样非常不可思议，呆立在了原地。

“卡鲁！”刘婕用尽全身力气大声喊着厨师。

“来了。”卡鲁戴着一顶厨师帽端着一个托盘跑了过来，在托盘里是一只看上去让人垂涎欲滴的烤鸡。

“你……做了几次大餐？我们吃了几次？”

“这个，当然是……”卡鲁刚要回答，却似乎突然也感觉到了什么，他低下头看了看盘子，又扭过头看了看厨房的门以及每个正在大吃的舰队成员，然后扭过脸看着刘婕，闭上了嘴，在他脸上，同样充满了惊恐。

“停下！”刘婕歇斯底里地喊着。所有人立刻放下了手里正在做的事情，齐刷刷地把目光望向了刘婕。

“我们……被困在了时间里。”刘婕沉重地对所有人说。

“我在四天前就发现了。”

“我没敢说，担心大家会陷入恐慌。”

大家七嘴八舌地说着，很明显，这种现象并不是赛斯·李先发现的。

“这从科学上怎么解释？”刘婕焦急地问莱切。

“抱歉，这不是我们已知的科学。”莱切仍然静静地坐在桌子前享用着芝士蛋糕，即使是重复了很多次，他仍然没有打算放弃眼前的美食。

“如果按照我们那天说过的宇宙程序理论来说的话，那么我们应该是受到了来自时间程序病毒的侵蚀。”玛索轻轻地对刘婕说。

“我们被困在一个时间的轮回当中了，这在三维下是不可能的，这个怎么解释？”刘婕激动地问道。

“也许这是三维和四维的交叉点，我们恰好从这个点走了进来。”莱切仍然一边吃一边慢条斯理地说着，似乎这一切都与他无关一样。

“就像是一张被折叠的纸再展开留下的痕迹一样，错位的时间就是那条痕迹，永久地留在了那张纸上。”莱切抬了一下头，耸了耸肩。

“那我们怎么办？”刘婕似乎抓到了救命的稻草，她看着莱切，把希望完全寄托在了他的身上。

“逆向行驶到我们第一次吃大餐的那个时间，那里是我们进入这个折叠点的开始，然后利用空间的曲率跳过那里，越过三维和四维的交叉点，我是这么想的，不过对不对我就不知道了。”莱切说完低下头，继续吃着芝士蛋糕。

“可是三维和四维之间的通道是从虫洞内部才能打开的，为什么会有这种交叉点呢？”玛索似乎已经恢复了平静，她看着莱切，希望可以得到他的回答。

“你可以用辆坦克让一块玻璃变得粉碎，但一块石头同样可以做到。”莱切没有抬头，一边吃一边说。

“您的意思是还有其他文明也可以制造三维和四维的通道？”玛索好奇地问。

“玛雅人不是也会吗？通往罗马的大路从来都不是只有一条。”莱切终于吃完了，他拿起了一张纸巾擦着嘴，又端起了一杯葡萄汁。

“再说了，大风也可以把玻璃刮碎的，说不定这是自然现象。”赛斯·李似乎也已经从刚才的那种惊恐中恢复了过来。

“我们没见过的东西还会有很多，没必要这样大惊小怪，就算是世界末日来了，我们也要镇定一些，我们是自己命运的主人，在婚礼上我们要当新郎，在葬礼上我们必须是死者。”莱切喝了一大口葡萄汁，咂了咂嘴，镇定地说。

“如果我们还想再吃一顿大餐的话，就再等一天，不过我觉得巴拉科夫会发怒的，他的脾气可不好。”莱切看着刘婕耸了耸肩。

“希望您的理论是正确的，对不起，我为刚才的失态向大家道歉。”刘婕含着眼泪，向所有人鞠了一躬。

“一个向手下道歉的领袖肯定是一个成功的领袖，但是一个不会让同样的事发生第二次的领袖一定是一个伟大的领袖。”莱切平静地对刘婕说。

“谢谢。”刘婕点了点头，她的脸上已经完全恢复了平静。

五、会合

事实果然没有出乎莱切的意料，在舰队回到了他们重复开始的时候，果然逃出了时间旋涡。刘婕再次对莱切表示了感谢，不过莱切却并没有把这归功于自己的能力，而只是说这是一种经验。

虚惊一场之后，舰队又开始了平稳前行。终于，在二十几天之后，他们到达了坐标，巴拉科夫的第一批光速舰队早已等候在了这里。看着久违的朋友，整个舰队发出了潮水一般的欢呼声，人们肆意地庆祝这胜利的会师，对于整个地球来说，这是一次让希望得以延续的会师，虽然每个人都已疲惫不堪。

玛索、刘婕、莱切，以及几乎其他所有人都给了巴拉科夫一个大大的拥抱。一方面是因为他作为先驱为光速舰队开辟了一条走向宇宙的大路；另一方面，所有人也感谢巴拉科夫对于他们的拯救，虽然这次拯救的方式看上去并不那么让人信服。

“桑帕约去世了。”刘婕看着巴拉科夫，再没有之前的那种平静，她的眼里含满了泪水，像一个受了委屈的孩子。

“那个家伙，还是死在了我前面。”巴拉科夫点了点头，发出了一声叹息。他伤心吗？答案是肯定的。但是对于他来说，伤心并不能让桑帕约活过来，死亡距离每个人都非常近，对于宇宙航行的人来说，要学会适应这些，无论他是谁。

“他让我向你要二十五美元，说是你欠他的。”刘婕看着巴拉科夫，平静地说。

“真是个小气鬼。”巴拉科夫愤愤地说了一句。

“我们接下来该怎么走？”刘婕问道。

“玛雅人让我们去第四纪冰期，那里有他们的基地。另外在他们的时间点内，英仙座也有他们的人。不过在此之前，我还有一件事要告诉你。”巴拉科夫坐了下来，习惯性地拿出了伏特加酒。

“什么事？”刘婕连忙问道。

“我们在大约十天之前收到了来自遥远空间的信号，这个距离是我们无法企及的，甚至是玛雅人也无法达到的。但是更意外的是，这组信号是地道的地球语言，更确切地说是玛雅语，这点已经得到了玛雅人的证实。”巴拉科夫一边喝酒一边随意地说。

“有多远？信号的内容是什么？”刘婕好奇地问。

“大概在 2000 亿光年之外，或者说是已知宇宙的边缘。至于信号的内容，看上去应该是一组非常强烈的呼叫信号。”巴拉科夫看了刘婕一眼，继续喝着他的伏特加，在这个世界上，对于他来说，没有什么是比喝伏特加更高兴的事了。

“宇宙边缘……”刘婕茫然地看着巴拉科夫自言自语道。

“是我们已知的宇宙边缘，并不见得是绝对的宇宙边缘，因为我们不知道该死的宇宙究竟有多大。”巴拉科夫把酒杯放下对刘婕说，很显然，他对宇宙已经有了一种厌烦的感觉。

“呼叫信号是求救吗？”刘婕从思绪中回过味来问道。

“不一定，但是很明显，这帮在遥远空间的家伙们一定是遇到了什么事，不然他们没理由呼叫的。”巴拉科夫叹了一口气说。

“那我们能做什么？”刘婕显得有些无奈，2000 亿光年，那是一个无法企及的距离。

“我们什么也做不了，只是想让你知道这个消息，知道宇宙的可怕。”巴拉科夫看着刘婕笑了。

“你真是个讨厌的家伙。”刘婕没好气地说道。

“我们要离开这里了，也许再不会回来了。”巴拉科夫看着刘婕，淡淡地说。

“我已经做好了准备。”刘婕回答着，同样非常平静。

“我现在甚至有点期待世界末日的来临。”巴拉科夫抿了抿嘴，看样子他又想喝酒了。

“为什么有这么变态的想法？”刘婕撇了撇嘴问。

“我想看到世界在眼前消失究竟是什么样的。”巴拉科夫又倒了满满一大杯伏特加。

“就像变魔术一样，或者是慢动作。不过无论怎样，这都不是一个好消息。”刘婕苦笑着看着巴拉科夫，摇了摇头。

“也许四维文明根本就不会来。”巴拉科夫笑着说。

“早晚都会来的。”刘婕接着说。

巴拉科夫不再说话，他拿着酒杯，并没有大口地喝，而是慢慢地把酒倒在了地上。紧接着，他舔了一下自己的嘴唇，把脸扭向了另外一边，那里，是一个通往第四纪冰期的巨大虫洞，许久之后，他自言自语道：“也许我们永远都逃不出四维文明的天罗地网。”

“为什么这么悲观？”刘婕问。

“不是悲观，只是感觉到我们似乎被一张无形的大网罩住了，怎么挣扎也无法逃脱。”巴拉科夫仍然看着远方。

“有我们伙伴的消息吗？巴尔顿、赵志宏，他们是否还活着？”刘婕问。

“不知道，不过我觉得他们比我们活得更好。”巴拉科夫耸了耸肩膀，微笑着说。

“那就好了，也许我们会在不久之后遇到他们，那可是一件让人期待的事。”刘婕也笑了，他们并不是人类仅存的希望。

“我们就像是从树上走向地面的类人猿，分成了许多的分支，说不定早已经完全不同了。”巴拉科夫轻轻地对刘婕说。

“这并不重要，人类的基因只要存在，就都无所谓，几千几万年之后，我们也仍然一样。”刘婕也看着远方，平静地说着。

“也许我们祖先就是某个星球上的人，只不过我们不得而知罢了。”巴拉科夫坐了下来，慢悠悠地说。

“你也许想得太多了，这个世界上没有那么多也许，所有的一切都是精心设计好的。”刘婕告诉巴拉科夫。

“又是该死的数学。”巴拉科夫看着刘婕，笑了。

“宇宙学就是数学，这点毋庸置疑。”刘婕向巴拉科夫抗议着。

“好吧，我说不过你，不过现在我们最好还是别研究这些了。我们要到另一个时间点去，那里有新的世界、新的生活，还有新的朋友。”巴拉科夫拿起桌子上剩下的半瓶酒，把盖子盖好，拿了起来。

“还有新的敌人。”刘婕补充道。

“你真是一个斤斤计较的人。”巴拉科夫白了刘婕一眼。

“这不是斤斤计较，而是概率学。”刘婕吐了吐舌头。

六、巴拉科夫的梦

第四纪冰期时地球的基地几乎成了所有时间点人类的唯一希望，不过这也就意味着这里已经成了一个公开的秘密。安全，已经不复存在，这一点刘婕知道，巴拉科夫也知道，但他们又能去哪里呢？宇宙如此之大，却没有他们的安身之地，这是一种难以言表的悲哀。

刘婕和巴拉科夫来到了第四纪冰期的南极点上，望着眼前白茫茫的世界，他们有生以来第一次感觉到了眼前的世界之小，小得几乎让他们感到窒息，曾经对于世界的向往此刻早已经荡然无存。刘婕躺在了地面上，望着湛蓝的天空，云在随风飘荡，看上去似乎永远没有停息的意思。她闭上了眼睛，却发现自己无法进入冥想的状态，她只得睁开眼，却看到巴拉科夫站在不远处，全身一件衣服都没有穿。

“你是在玩儿行为艺术吗？”刘婕咯咯地笑着问。

巴拉科夫并没有回答她，而是展开双臂，望向天空，看上去像是一件雕塑品。

“真是战斗民族，你们俄罗斯人都不怕冷吗？”刘婕坐了起来，看着赤身裸体的巴拉科夫。

“只要能忍耐，任何人都可以做到。”巴拉科夫大声地回答着。

“我小时候非常怕冷，甚至不到冬季，我就已经穿上了厚厚的衣服，被包裹起来的感觉对我来说简直太棒了。”刘婕笑着说。

“我从没穿过该死的棉衣，因为我觉得那样对我来说是一种束缚，我的灵魂无法自由地游动。”巴拉科夫仍然面朝着前方，大声地喊着。

“看来我们永远都不能生活在同一个国度。”刘婕扶着地站了起来，朝着巴拉科夫走了过去。

“我喜欢这里的世界，对我来说，在这里度过余生是一件非常美好的事。”巴拉科夫看了一眼刘婕，认真地说。

“那你就留在这里吧，我们也许会回来看你的。”刘婕看着远方微笑着说。微风吹过她的脸庞，吹起了她的头发。

“我昨晚做了一个梦。”巴拉科夫也望着前方，非常认真地说。

“一定是一个奇特的梦，不然你不会说。”刘婕带着笑容轻轻地说。

“不，是一个再平常不过的梦，梦里发生的事甚至每时每刻都在发生。”巴拉科夫叹了一口气说。

刘婕没有说话，只是安静地等待着巴拉科夫的讲述。

“我梦到我们的时间点在一瞬间消失了，包括地球、太阳系、银河系，甚至整个宇宙。”巴拉科夫长吁了一口气。

“是一种怎样的消失？”刘婕问。

“从宇宙的边缘开始，然后几乎是一瞬间，整个宇宙好像是一扇大门被风刮了一样，啪的一声关上了。我使劲全身力气，也没有办法再打开。”巴拉科夫把高举的手放了下来，摇了摇头。

“既然是一扇门，那就总有打开的时候。”刘婕仍然微笑着回答。

“可有些门一旦关上，就再没有打开的机会了。”巴拉科夫忧伤地说，看上去这个梦让他感到了难过。

“只要是门，就都可以打开，只是你没有看到罢了，也许是一万年，也许是十万年甚至更久，只要有人存在，就没有打不开的门。”刘婕慢条斯理却无比坚定地说。

“你的有些看法太过笼统了，这不是一个数学家应该有的特点。”巴拉科夫说。

“当然不是，大多数数学家都是讲究精确的，但我是一个数学界的哲学家，我更喜欢宏观的世界，太精确的东西未必是好的。”刘婕纠正着巴拉科夫的话。

“这个世界以一种宏观的形象展现在我们面前，但是其实它精确得没有任何的瑕疵，对吗？”巴拉科夫接着问。

“对，我一直都这样认为，一个没有瑕疵的世界一定是一个有规律的世界，我们需要站在上帝的视角才能完全看清楚，那时候，也许我们就不会再感叹了。”刘婕回答着巴拉科夫。

“上帝的视角，这是一个什么样的地方？”巴拉科夫淡淡地问着，似乎刘婕的话并不是一个问题的答案。

“高处！只有站在最高处，才能看到一切。”刘婕抬起头望着天空，白云依然在飘荡着，看上去也没有停歇的意思。

“我们能到达那个高度吗？”巴拉科夫好奇地问。

“可以，但是攀爬的过程会是一个非常艰难漫长的过程。好消息是我们现在正在攀爬，坏消息是我们也许只离开地面一厘米。”刘婕低下头，天空在她眼里，是一个让人感到厌烦的地方。

“你们在干什么？”玛索从远处走来，她看到了赤身裸体的巴拉科夫和低头深思的刘婕，当然，她并不知道他们这么做的目的。

“我们在探讨生活。”刘婕笑着对玛索说。

“看上去蛮滑稽的。”玛索打量了一下巴拉科夫，显然，她对一个在冰天雪地里不穿衣服的男人感到新奇。

“这是人类最原始的状态。”巴拉科夫看着玛索，认真地说。

“我知道，博士，可您的样子确实很搞笑，您看上去就像是一座雕塑——思想者。”玛索大口地喘着气说。

“不，我达不到思考者的境界，我只是一座没有灵魂的雕塑。”巴拉科夫蹲了下来，从地上拿起衣服，开始慢慢地穿着。

“有事吗？玛索。”刘婕问。

“是的，而且是两件，你愿意听哪件？”玛索眨了眨眼睛。

“如果是一个好消息一个坏消息的话，那我先听坏消息，如果都是好消息的话，那就无所谓了。”巴拉科夫一边穿衣服一边对玛索说。

“如果都是坏消息呢？”玛索歪着头笑着问。

“那也无所谓，就算是天塌了，我们也得面对。”刘婕接着巴拉科夫的话回答。

“好吧，不过我还是要先说好消息，我们找到了赵志宏的舰队留下的消息。”玛索说。

“哦？”刘婕和巴拉科夫都感到惊奇。

“他们也来过这里，但是现在去了仙女座。”玛索说。

“确定吗？”巴拉科夫问。

“确定，因为玛雅基地的人和他们一起离开了，按照他们所说，去那里是为了寻找一支消失了很久的玛雅分支，据说就是那个把他们带离地球的人。”玛索点了点头说。

“那坏消息呢？”巴拉科夫已经穿好了衣服，看上去他似乎对坏消息更感兴趣。

“坏消息是我们时间点的那个宇宙停止了膨胀……”玛索变得严肃了起来。

“暴风即将到来，大门将会关闭。”巴拉科夫听完，自言自语地念叨了起来。

“什么意思？”玛索看着刘婕，她并不明白巴拉科夫在说什么。

“我想是梦游。”刘婕捂着嘴嘻嘻地笑了起来。

七、停止膨胀的宇宙

“我终于可以看到世界末日了。”巴拉科夫已经穿好了衣服，他面无表情地从玛索和刘婕的身边走过，朝着基地的方向走去，对于现在的他来说，即使发生天大的事也丝毫不会影响他的情绪。

“只是停止而已，你的愿望还没有成真。”刘婕冲着巴拉科夫的背影大声喊着，一边喊一边哈哈大笑。玛索一脸疑惑地看着刘婕和巴拉科夫，她猜不透这两个人的心里究竟在想些什么。

“原地踏步就意味着倒退的开始！”巴拉科夫扭过头冲着刘婕大声喊道，他几乎是用尽了全身的力气。

回到基地之后，所有人通过他们留在原来时间点的一个四维探测器看到了多少年来一直仅存在于理论上的一件事——宇宙停止了膨胀。

宇宙，这个广义上没有时间、没有终点的庞大怪物在经过了漫长的膨胀过程之后，终于宣布它进入了一个不再需要发展的成熟期。对于人类来说，它既像是自己的母亲一样孕育了自己，又像是一个和自己毫无关系的妇人，冷眼看待着自己。人类探索宇宙、研究宇宙，为的是将来有一天可以和它进行精神上的交流。但可惜的是，人类几乎用尽了自己所有的精力之后才发现，自己居然无法走进它的内心世界，毫无疑问，这是一种彻头彻尾的失败。

宇宙的脚步从未停歇，人类以及宇宙中数之不尽的文明都在按照自己的模式不停地追赶着宇宙的脚步。现在，她终于停了下来，等待着她身后的这些孩子来拥抱她，当然了，拥抱在有些时候并不一定是一件让人感到愉悦的事，很多时候，当爬上梯子顶端的时候，才发现墙的另一边是悬崖峭壁。

“博士，从科学的角度上来说，这意味着什么？”刘婕平静地问着玛索，她想知道一个最为准确的答案。

“我诚实地告诉你，这并不是一个好消息，因为宇宙停止膨胀意味着它下一步将开始收缩，我所知道的世间万物大概都是如此，这是科学，也是命运。”玛索看了一眼站在她前面的巴拉科夫，然后扭过脸苦笑着对刘婕说。

“很好，这很哲学。”刘婕一如既往地平静，但是看得出来，她的脸上已经没有了笑容。

“如果如你所说的，那我们就是整个宇宙中最幸运的人，但是如果事情的真相不是这样的，那我们就将是这个世界上最不幸的人。”莱切坐在一旁紧紧地盯着探测器的信号，用苍老的声音说，他是整个光速舰队中最出色的宇宙空间研究专家，他的话的重要性在这里仅次于上帝。

“我不明白您的意思，我希望您不要这么哲学。”刘婕看着莱切问道。

“这不是哲学，而是真正的科学，当然了，也是命运。”莱切平静地回答着，语气非常平淡。

“如果是宇宙自然地停止了膨胀，那么只能说明它的使命已经完成，现在它要开始收缩了，最终回到它原始的样子，也就是奇点。不过这个过程虽然比它向外膨胀要快，但是对于人类来说，仍然是一个漫长的过程。按照留在地球上的那些人的发展速度和发展模式来看，不等宇宙收缩到银河系，他们就已经灭亡了。”巴拉科夫接着莱切的话说，他们这些老家伙，从来都是非常默契的。

“他们不会逃亡吗？几十亿年足够他们掌握逃亡的技术了。”赛斯·李在一旁好奇地问。

“如果他们想走的话，现在就已经和我们在一起了。”巴拉科夫回过头看着赛斯·李，异常平静地说。

“那如果不是自然停止的呢？这是什么意思？”刘婕继续问着巴拉科夫。

“也许是在它的膨胀过程中遇到了阻力，这种阻力来自一种未知的力量或是人为。就好像是一辆火车停止了，如果只是中途到站的话，那它还会继续前进，但如果是到了终点的话，那它就要返回了。对于一个在车上睡过了头的人来说，当他醒来的时候，如果看到火车在往回开的话，那他一定会非常难过的。”莱切摇了摇头，对刘婕说。

“如果是人为的话，我想知道是什么原因使其这么做。”刘婕有些愤慨地质问道。

“抱歉，这可不是科学的问题，我想应该属于行为学了。”莱切摇着头笑着对刘婕说道。

“也许这个让宇宙停止的家伙只是开个玩笑而已。”巴拉科夫看了莱切一眼，哈哈大笑。

“那对于我们来说意味着什么？”赛斯·李似乎还是不太明白。

“意味着我们不会在不知情的情况下安详地死去，而是要接受这家伙残忍的折磨，你懂了吗？”巴拉科夫看着赛斯·李，从他的表情上看，他似乎并不喜欢赛斯·李，至于原因，也许是因为赛斯·李曾经说过伏特加是世界上最难喝的酒。

“真是可怕。”赛斯·李看了刘婕一眼，不知是在说巴拉科夫的话可怕还是说巴拉科夫本人可怕，也许都是。

“回到奇点是什么样子？”玛索问莱切。

“没有样子，就像你身边的一切一样，我不知道这么说你能不能理解，但事实上就是如此。”莱切摊了一下手对玛索说。

“我理解，谢谢您，博士。”玛索吐了吐舌头冲着莱切笑了笑。

“看来所有的时间点都不是安全的。”刘婕撇了撇嘴自言自语道。

“当然，即使是在床上也不安全，因为天花板上的灯随时可能掉下来。”巴拉科夫笑着说道。

“那我们是否要告知他们？”赛斯·李问巴拉科夫。

“你是打算向他们宣读死刑判决书吗？你这个白痴。”巴拉科夫终于愤怒了，眼前这个人竟然敢对他心爱的伏特加不恭。

“那我们就看着他们等死？”赛斯·李显然没有明白巴拉科夫的意思。

“你可以自己去告诉他们宇宙开始收缩了，最好带上你的行李。”巴拉科夫瞪着赛斯·李说。

“赛斯·李，不要说了。”玛索拉了一把赛斯·李。

“可是，玛索，地球上的人是我们的伙伴，这是刘婕说过的。”赛斯·李委屈地看了刘婕一眼，希望她可以理解自己的意思。

“是的，我说过，但是赛斯·李，我们首先要做的是让自己活下去。”刘婕轻轻地拍了拍赛斯·李的肩膀，微笑着说。

“你如果再敢说伏特加的不好，我就把你扒光了扔到海里去喂鲨鱼。”巴拉科夫大声地训斥着赛斯·李。

“啊？”赛斯·李看着巴拉科夫，满脸的疑惑，他的思维显然还停留在刚才的争论上，巴拉科夫忽然蹦出的关于伏特加的事让他摸不着头脑，他并不知道这两者之间有什么联系。

“你可以告诉他伏特加是这个世界上最美味的酒，我想他一定会对你温柔的，孩子。”莱切笑着拍了拍赛斯·李的肩膀。

“不，他是个酒鬼，我不是。”赛斯·李摆了摆手，坚持自己的观点。

“该死的白痴，你最好多穿点，不然鲨鱼吃起来会很轻松。”巴拉科夫愤怒地扭过头离开了，从表情上看他真的是生气了，但所有人都哈哈大笑，这是这个晚上唯一让人感到愉快的事情了。

八、再遇恩美雅

光速舰队并没有在这里停留太久，这里对于他们来说不过是一个驿站。不过他们的选择也并不多，茫茫宇宙，到处都是陷阱，都是未知，因此他们只能选择看上去相对安全的道路继续前进。刘婕和巴拉科夫决定，他们的下一个目标是这个时间点内的仙女座，那里有他们的伙伴。

至于曾经生活的时间点，他们只能向所有人宣布无能为力，这是无奈的选择，也是必需的。其实从他们离开的那天起，那里的一切就已经与他们无关了，虽然那里仍然有他们的亲人和朋友。

“我觉得我们有些残忍。”赛斯·李仍然对舰队的选择感到非常不舒服，看来他并没有做好准备。

“我理解你，但是你得知道，我们现在已经不能叫地球人了，我们是宇宙流浪者，这是有区别的。”玛索显得比赛斯·李更加适应现在的身份，虽然她也爱她的朋友和地球上的一切。

“残忍有时候是解决事情最好的方式。”莱切没有抬头，自言自语道。

“再说了，我们还没有证明那里现在不安全，也许几十亿年之后才能看到真相，那个时候，我们早已经成了尘埃。”玛索仍然安慰着赛斯·李。

“我接受这个决定，但我永远不会理解，也永远不会原谅。”赛斯·李平静地看着玛索和莱切以及一直在旁边没有说话的刘婕，他是个感性的人，从来都是，而一个感性的人是不允许残忍的事情发生时自己袖手旁观的。

“我接受你的想法，尊重并理解，但是你得学会适应，赛斯·李，我并不认为我们的选择是错误的。”刘婕看着赛斯·李，平静地说，对于现在的她来说，已经没有什么值得去争论的了，她的舰队需要的是团结和认可，而不是像地球工会那样的相互攻击。

赛斯·李没有再说什么，而是站起身，走出办公舱，他想安静，也需要安静。虽然他不止一次地对自己说生活就是这样，但是当生活中的残忍真的不可避免地出现在眼前的时候，他还是感到了对此的愤怒。

“他太年轻了，还不懂得宇宙的规则。”莱切抬起头对刘婕说。

“他会明白的，但我并不认为他做错了什么。”刘婕笑着对莱切说，在她看来，赛斯·李所表现出来的情绪是一个正常人类本身就应该具有的基因，不正常的应该是他们。

“当然，我也这么认为，但是你知道的，环境是决定人性的第一因素，在恶劣环境下生存的人，首先应该学会的是残忍而不是怜悯。就算是把上帝放在这儿，他也会变得像一只饥饿的狮子一样。”莱切也微笑着对刘婕说。

“我们大约什么时候可以到达仙女座？”刘婕并不想在这个话题上停留太久，她扭过脸问玛索。

“如果我们没遇到什么奇特的事的话，按照我们现在的速度加上穿越虫洞，大概需要四年时间，我指的是地球年。”玛索认真地回答着刘婕。

“真是可怕，我们居然要在路上浪费这么久。”刘婕摇了摇头，苦笑着说。

“这只不过是一瞬间而已。”巴拉科夫走了进来，坐在了椅子上，在他的手上，仍然拿着一个巨大的酒杯，只不过现在还是空的，不知是已经喝完了还是正要喝。

“我只是担心你的年龄。”刘婕跟巴拉科夫开着玩笑。

“放心吧，在到达仙女座之前我不会像桑帕约一样死掉的，因为我还要从仙女座上看银河系的样子，那可是一件值得期待的事。”巴拉科夫拿出酒瓶倒了一大杯。

“我真想不到我们居然可以去仙女座这么远的地方，这简直就像是童话一样。”玛索对巴拉科夫说。

“孩子，别把这太当回事了。这就像是你坐着一辆马车从莫斯科到纽约一样，坐了一天之后，你才发现你才刚刚到达了圣彼得堡，距离纽约还远着呢。宇宙那么大，我们不会都走完的。”巴拉科夫喝了一口酒笑着对玛索说。

“前方发现舰队。”探测舰发出了报警，所有人立刻把脸转向了大屏幕，在前方大约十个天文单位的地方，出现了许多移动的亮点，初步判断，这是一个和他们相似的舰队。

“进入战争状态。”巴拉科夫不假思索地下达了命令。

“万一是朋友呢？”玛索看着巴拉科夫，犹豫地问着。

“宇宙里没有朋友。”巴拉科夫的话斩钉截铁。

“好吧。”玛索看了一眼刘婕，见她没有反应，轻轻地摇了摇头。

光速舰队距离对方越来越近了，所有人都目不转睛地盯着大屏幕，在他们的内心，不约而同地祈祷着不要这么早碰到敌人。刘婕坐在椅子上，闭着眼睛，她需要冷静，即使她也感到莫名其妙的恐惧。

“是恩美雅人！他们向我们发送了无线电信号。”玛索喊了出来，声音里带着恐惧。

“又是这群该死的家伙。”巴拉科夫愤愤地骂着。

“他们说什么？”刘婕看着紧张的玛索，问道。

“四维文明即将入侵，他们要求所有三维文明抛弃一切恩怨，展开反击。”玛索一边紧张地翻译着无线电一边对刘婕说。

“我已经不相信他们的话了。”巴拉科夫嗤之以鼻地说。

“我们必须答应他们。”刘婕说。

“难道我们要和四维文明开战吗？你觉得我们有胜算吗？这和地球上那些主战派有什么区别？难道我们也是白痴吗？”巴拉科夫歇斯底里地喊着，这是他第一次对刘婕发这么大的脾气。

“如果不答应他们，我们现在就会死掉。”刘婕出奇地平静。

巴拉科夫不再说话，刘婕的话没有错，因为玛索的译文已经全部翻译出来，后半部分清晰地写着恩美雅人的意思：要么一起战斗，要么即刻去死。

“我们别无选择。”刘婕面无表情地看着所有人。

“我希望这是我们最后一次妥协。”巴拉科夫的语气不再像刚才那么冲动，但是可以看出，他仍然非常愤怒。

“这就是宇宙的残忍。”刘婕平静地说道。

九、比地狱更可怕的地方

光速舰队在恩美雅舰队的引领下掉转了方向，看着近在咫尺的仙女座和自己擦肩而过，每个人的心里都明白，这也许是他们今生距离这里最近的一次了。

恩美雅舰队在前方行进，光速舰队在后面跟着，他们这才发现，这支所谓的恩美雅舰队其实只有最前方的一艘领头舰是恩美雅的飞船，而其他跟随着他们的飞船则是形态各异。看着这一切，莱切用非常肯定的语气告诉大家：这些飞船和他们一样，是被恩美雅劫持的不同文明的飞船，此刻他们的命运都和光速舰队一样——去一个危险的地方和一个强大的敌人面前送死。

“他要带我们去哪里？”赛斯·李战战兢兢地问着。

“地狱。”莱切面无表情地回答着。

“哦。”赛斯·李轻轻地回答了一声，并没有表现出过度的惊讶，也许地狱对他来说并不是最可怕的。

“问问他们要带我们去哪儿。”巴拉科夫对玛索说。

“这样会不会不礼貌？”玛索一边编译着无线电一边开着玩笑。

“你考虑一下吧，最好用上一种敬语，比如我的上帝。”巴拉科夫喝着伏特加笑着说。

几分钟之后，玛索发送的无线电得到了回复。恩美雅人比他们想象的要礼貌得多，他们首先向光速舰队表示了感谢，然后发送了一张无线电编译出的地图，在地图上清晰地标明了他们要去的地方——那是一个几乎让所有人都大为惊讶的地区——距离银河系1000 亿光年的宇宙的边缘。

“我想我们没有反抗是对的。”巴拉科夫扭过脸看了看刘婕，的确，和一个可以到达宇宙边缘的文明进行无力抗争，无论是从科学上还是哲学上都是不明智的。

“我只想知道，他们要带我们去那里做什么？那里究竟发生了什么？这个能用数学来解释吗？”玛索看了一眼刘婕问。

“你就当那里发生了一起严重的交通事故吧，我们需要用最快的速度前去救援，这么理解简单一些。”刘婕摇了摇头表示非常无奈。

“你们看！”一直靠在窗边沉默的赛斯·李突然指着窗外喊了起来，所有人立刻围到了他的身边，想看看外面发生了什么。

窗外，一艘看上去像一枚子弹形状的非常小的飞船正在和他们以同样的速度前行着。由于速度相同，两艘飞船看上去几乎是静止的。那艘飞船的窗户也非常小，由此可以得出一个结论，那艘飞船上的文明的个头并不大，或许只有一只年幼的猴子那么大。而在飞船窗子的里面，有一只手正轻轻地在窗子上写着什么，当然了，没人知道他要表达什么，也许是求救，也许是问候，又或者只是一种普通的行为艺术。

“赛斯·李，你要我们看什么？我们不知道他写的是什么。”玛索拍了一下赛斯·李的肩膀。

大家都失望地准备回到座位上，就在这个时候，赛斯·李轻轻地回过头对所有人说：“如果我没猜错的话，他写的应该是一种加密的无线电代码。”

所有人回过头看着赛斯·李，每个人的脸上都露出了惊讶的表情，片刻之后，他们立刻再次围到了赛斯·李的身边。

“你认识他写的那些字母？”巴拉科夫几乎把脸贴到了赛斯·李的脸上，如果不是赛斯·李向后撤了一下，说不定巴拉科夫会吃了他。

“那不是字母！而是图画！”赛斯·李战战兢兢地回答着。

“你怎么知道？”玛索也非常吃惊地看着赛斯·李，这个时候，赛斯·李几乎成了他们唯一的救命稻草。

“我在大学的时候研究过象形文字，他画的这些符号和象形文字很像，但不知什么原因，他好像只画了一部分。”赛斯·李指了指对方在窗子上的“作品”说道。

“看来你并不是一无是处。”巴拉科夫看着赛斯·李说。

“你能尝试着把他要表达的意思翻译出来吗？”刘婕轻轻地问着赛斯·李。

“我想可以的。”赛斯·李微微地点了点头。

“那就别磨叽了，不然我把你扔到海里去喂鲨鱼。”巴拉科夫仍然对赛斯·李没有好态度，但是声音却低了许多。

赛斯·李扭过脸望向了窗外的飞船，一边仔细地看着，一边慢慢地说着：“恒星发生了爆炸，行星被吞噬，舰队阻止了这一切，进入了行星，制造了人工的恒星，欢呼雀跃，发生了飞船和飞船之间的战斗，然后……星系被……折叠，一切都消失了，逃出了一艘飞船……没了。”赛斯·李扭过头一脸茫然地看着所有人，他已经尽自己所能读出了其中的含义。

“我怎么感觉你在给我们讲故事？”巴拉科夫也一脸茫然地看着赛斯·李，看样子他并不是太相信赛斯·李的话。

“我想应该是正确的。”赛斯·李把脸扭向了刘婕，希望可以得到她的认可。

“我相信你，赛斯·李。”刘婕温柔地看着赛斯·李，这是最让人感动的时刻。

“看，他又开始画了。”玛索指着窗外大声地喊着。

“空间出现了一个大洞，喷射出很多的星体，形成了新的星系，越来越多……大洞的另外一侧越来越少。”赛斯·李脸上的表情变得恐怖起来，看样子他是感觉到了什么可怕的东西。

“白洞！”玛索斩钉截铁地说。

“排斥一切物质的天体。”刘婕附和着玛索的话。

“宇宙的边缘一个巨大的黑洞正在吸收着这个宇宙的一切，我们却误以为宇宙是停止了，其实是正在被黑洞吸收，而另外一边，一个白洞正在制造一个全新的宇宙。”巴拉科夫自言自语道。

“那恩美雅人带我们去那里干什么？这不是送死吗？”玛索觉得事情并没有巴拉科夫说的这么简单。

“祭祀！我们是祭品。”刘婕几乎和巴拉科夫同时说道，然后他们彼此看了看，这是一个科学家和领袖之间的一种高度的认同感。

“他们把我们当作祭品，从中分析出黑洞的数据，然后从白洞中逃出生天。”巴拉科夫看着玛索，一字一顿地说。

“他们认为自己有这个能力，但却没有十足的把握。”莱切对着巴拉科夫点了点头。

“否则他们不会带任何人去的。”刘婕接着莱切的话说。

“我宁愿下地狱。”赛斯·李脸色煞白地看着巴拉科夫说。

“地狱的大门已经关闭了，你要去的是一个比地狱更可怕的地方，而且别无选择。”巴拉科夫哈哈大笑了起来，听起来是那么瘆人。

十、英雄

“如果我们不想当祭品的话，就必须逃离恩美雅人的控制。”巴拉科夫召集了所有领导层进行了一次紧急会议，他收起了以往的火爆脾气，平和了许多。

“以我们的力量来看，这个机会并不大。”莱切一上来就泼了一盆冷水，当然他是实事求是地说。

“人类可是什么都能吃掉的。”刘婕看着莱切淡淡地说。

“恩美雅人的味道一定不会很好，如果放了芥末的话可能还好一点儿。”巴拉科夫冲着刘婕眨了眨眼睛。

“机会对任何人都是均等的，再说了，我们还有同盟军。”玛索指了指旁边的其他飞船，轻轻地说。

“我不敢保证他们的想法和我们一致，和外星人打交道，我可没有经验。”巴拉科夫转过身对玛索说。

“可是您和胡萝卜人的相处看上去不错。”玛索微笑着对巴拉科夫说。

“赛斯·李，我需要你用象形文字和旁边那个家伙进行沟通，不过你得保证他不会向恩美雅人告密。如果你失败的话，我就把你像桑帕约那样扔在宇宙里。”巴拉科夫又转过身对赛斯·李说。

“可我也没有和外星人打过交道，酒鬼先生。”赛斯·李把双手摊开，表示无奈。

“那你现在就准备吧，我要动手了。”巴拉科夫挽了挽袖子，冲着赛斯·李吹起了胡子。

赛斯·李扭过脸看了刘婕一眼，刘婕则冲着他做了一个鬼脸，又摇了摇头。赛斯·李无奈地点了点头，然后把脸扭向了窗户，轻轻地拿起笔开始在上面画画，他只希望自己画出的战术不要被对方误解。

沟通其实是一件非常难的事情，心有灵犀这种事随时随地发生的可能性非常小，但是在特殊情况下，也不是没有发生的可能。就在赛斯·李绞尽脑汁向对方发出了合作信号的时候，飞船上的无线电接收器居然接到了一组非常弱小的信号。玛索立刻进行了检测，结果让她大为惊讶，因为这组微弱的所谓的无线电信号居然是脑电波，确切地说是旁边那艘飞船上的生物发出的。

“他们居然可以用脑电波和我们取得联系。”玛索一脸惊讶。

“看来我们在宇宙中文明的名次又要下降一位了。”莱切撇了撇嘴。

“也许用脑电波进行沟通是宇宙的官方语言。”巴拉科夫自言自语道。

“他们说什么？”刘婕问玛索。

“朋友们，我们是来自室女座星团的M92星系的文明，我们是恒星生物，和你们所见到的文明完全不同，属于宇宙中的少数种族。我要告诉你们的是，恩美雅人并不是我们宇宙中的种族，事实上他们是平行宇宙的掠夺者，他们要带我们去填补他们几乎一片空白的宇宙。而一直以来他们提到的四维文明则是另外一个平行空间的掠夺者，他们在我们的宇宙已经展开了几十亿年的争夺，目的并不是我们一直认为的争夺物质资源，而是奴役我们的种族。宇宙空间种族的数量一旦减少，就意味着我们宇宙的原子总量会随之减少，宇宙也会因为缺少原子量的裂变而停止膨胀，在过去的几十亿年里，他们已经从我们的宇宙中掠夺了数以万计的文明，他们的文明程度对于我们来说是可怕的。但我们经过几千万年的研究发现，这其实是由于不同宇宙之间物理指数的不同造成的，和文明程度无关。事实上，我们也找到了对付他们的办法，在我们的东南西北，巴尔莫人已经建立了四个压缩的空间，那里的物理指数是恩美雅人和四维文明的人无法通过的，就像在天狼星看到的被锁定的恩美雅人一样，但是我们却无法找到这四个压缩空间的入口。在寻找的过程中，我们被恩美雅的飞船奴役了，现在他们用次声波光速气化弹控制了我们，这是我们无法逃脱的原因。如果你们中有人可以帮我们拆下这枚安装在我们飞船外部的炸弹的话，那我们就可以带着你们一起逃离，去寻找那四个空间的入口，这是我们现在能想到的唯一办法。”玛索一口气读完了对方发来的信号译文，然后回过头，茫然地看着所有人，她需要其他人对这些内容进行判断。

“我……还是不要说话的好。”赛斯·李正要说话，却发现巴拉科夫瞪着眼睛看着他。

“宇宙中没有什么朋友，但他们的主意似乎不错。”莱切看着巴拉科夫表达了自己的意见。

“我们有没有拆弹专家？最好是不怕死的。”巴拉科夫看着刘婕，脸上没有丝毫的表情。

刘婕没有说话，而是望向了赛斯·李，因为赛斯·李是一个非常专业的爆破专家。

“你是打算去做鲨鱼的食物还是打算做一个英雄？”巴拉科夫也把目光投向了赛斯·李。

“酒鬼先生，有没有别的选择？”赛斯·李一边说话一边站了起来。

“抱歉，没有。”巴拉科夫的回答非常简单。

“那好吧，我就知道你的答案一定很简单。”赛斯·李朝着舱门走去。

“我们要和他们同时停止前进，否则一秒钟的时间就会产生巨大的距离，恩美雅人也会发现，这可不是一个好结果。”赛斯·李扭过头对所有人说，在他的脸上充满了坚毅，看样子，他对成为英雄有着心理准备。

“他们又发送了信号，将在一分钟之后停止，我们也要保持同步。大约半分钟之后，他们将制造虫洞，一切工作将在虫洞中完成。”玛索看了一眼刘婕轻轻地说。

“你将和那枚炸弹一起消失。”巴拉科夫仍然面无表情地对赛斯·李说。

“总比被鲨鱼吃指好一点儿，先生。”赛斯·李一边看着巴拉科夫一边穿上了真空防护服。

“赛斯·李！”刘婕看着赛斯·李，眼睛里充满了不舍。

“博士，谢谢您带我离开地球，让我看到了这么多新奇的东西。”赛斯·李微笑着看着刘婕。

“赛斯·李，你一定要回来。”玛索已经泪流满面，虽然她知道，这是永别。

“当然要回来的，我可是专家，再说了就算回不来，我们也会在另外的时间点里见面的，未来是可以觊觎的，对吗？”赛斯·李朝着刘婕吐了吐舌头，此时他已经完全穿戴好，看不到任何的表情。

人类的希望越来越大了，但是英雄的生命也将走向尽头，这或许就是规则，得到好处也意味着会失去很多。

十一、集结

当两艘并排前进的飞船进入虫洞之后，接下来发生的一切都是顺理成章的了，两艘飞船就像是两个许久没有说话的朋友一样，此刻突然站在了一起，相互诉说着自己的不幸。

赛斯·李张开了双臂接近了对方的飞船，对于他来说，这并不是一件难事，此刻的他已经全身心地投入到了这份工作当中，至于接下来可能发生的事，赛斯·李管它叫作命运。

这是一枚看上并不复杂的炸弹，虽然恩美雅人的科技已经达到一个近乎变态的水平，但是幸运的是，在拆弹这个领域上，赛斯·李甚至可以说是宇宙级的。

在地球和火星基地上工作的时候，赛斯·李参与了几乎所有在宇宙空间中的安装炸弹的工作，人类打开四维空间的核弹就是赛斯·李的团队制作完成的，他了解炸弹就像了解自己一样，在他的工作生涯中，还没有过一次失误。

作为一个完美主义者，赛斯·李知道这次行动意味着什么，他努力地保持着冷静，要为可能是自己一生中最后一次工作画上一个完美的句号，当然，还有自己的生命。

观察完毕之后，赛斯·李用零度钳拆除了这枚炸弹的外围激光引线，但他也知道，这意味着已经触动了炸弹的中心引线，炸弹将在恩美雅人设定的时间内发生爆炸，至于后果，只有一个。喘着粗气的赛斯·李定了定神，回过头看了看身后伙伴们所在的飞船，那里已经不再属于他，他微微地笑了笑，虽然没人可以看到他的表情，但是他知道，所有人都可以感受到他的内心。片刻之后，赛斯·李举起了右手，表示任务完成，飞船上闪烁的信号灯表示接收到了赛斯·李的信号。

一切都结束了，赛斯·李轻轻地拍了拍身边的这艘飞船，然后抱起那枚看上去并不是很大的炸弹，纵身一跳，跃入了茫茫宇宙中。

“赛斯·李！”刘婕歇斯底里地喊着，早已泪流满面。

“他是个勇敢的孩子，他终于长大了。”巴拉科夫平静地看着眼前发生的一切，但他内心早已对赛斯·李肃然起敬，英雄值得每个人尊重。

被拆除了炸弹的M92飞船像脱缰了的野马一样，几乎是在瞬间制造了虫洞，朝着最前方的恩美雅飞船发射了导弹。顷刻间，没有丝毫准备的恩美雅飞船发生了爆炸，然后是让人恐怖的气化，可以看出，M92文明已经是一个神一般的存在。

在恩美雅飞船爆炸的同时，所有被劫持的飞船的信号灯开始了闪烁，这既像是对胜利的庆祝，也像是对赛斯·李的致意，巴拉科夫看着眼前的一切，轻轻地对刘婕说道：“我们赌赢了。”

“但是距离最后的胜利还很遥远。”莱切对巴拉科夫说。

“也许永远不会。”巴拉科夫耸了耸肩膀。

“他们又发送了信号，要求我们和他们一起去寻找被压缩的空间，那里是和平的港湾。”玛索回过头对巴拉科夫和刘婕说。

“我们还是别无选择。”刘婕说。

“当然，我们从来都没有自主选择的机会。”巴拉科夫冲着玛索摆了一下手，示意接受M92文明的要求，一起去寻找那个听上去很安全的地方。

舰队再一次掉转了方向，朝着仙女座奔去，唯一不同的是，他们少了一个英雄，赛斯·李已经彻底地消失在了茫茫的宇宙中，化作了这宇宙的一部分。也许正如他自己说的那样，在未来的某一天，他们会在某个地方再次见面，所以，觊觎未来是一件美好的永远值得期待的事。

在这个新组建的舰队中，大约有着几十个文明，虽然彼此之间并未见面，但每个飞船上的生命似乎都对这次旅行充满了期待。也许在那个乌托邦式的世界中，才会有一份真正属于他们自己的安宁，这就是所有生命最为简单的愿望，听上去却那么让人难过。

“我从没想过能和外星人一起旅行，如果还能回到地球的话，我会吹嘘一辈子的。”玛索笑着说，很显然，她为此感到惬意。

“这并不是什么值得炫耀的事，事实上我们都是弱者。”不管什么时候，巴拉科夫都喜欢泼一盆冷水。

“生活中没有弱者，精神上才有弱者。”玛索非常不服气，她已经变成了一个倔强的女人，并不会轻易被现实击垮。

“那是因为真相并没有那么可怕，一旦真正的结局出现的时候，你、我、她，我们每个人要面临的将不只是悲伤、难过，还有无助和绝望，那个时候，你就会知道自己有多弱小了。”巴拉科夫不知什么时候，又端出了一大杯伏特加。

“你看上去才像是一个弱者，因为我觉得你从来都没有过任何信心。”玛索严肃地对巴拉科夫说。

“把姿态放低一些，可能会活到最后。”巴拉科夫一边喝着酒一边看着玛索的手。

“玛索，别听他的，按照自己的意愿活着就行。”刘婕笑着走到了玛索跟前，拉起了玛索。

“总有一天你们会知道我的话就是真理的。”巴拉科夫大口喝着酒，大声地喊着。

“你身上没有一点俄罗斯人的特点，你一点也不像是一个战斗民族的后裔。”莱切笑着说。

“我身上有八分之一的意大利人血统，我的外祖母是地道的威尼斯人，他们可不擅长打仗。”巴拉科夫看着莱切，似乎是在讽刺他，因为莱切就是个意大利人。

“我不是意大利人，我是那不勒斯人。”莱切白了一眼巴拉科夫做了个鬼脸。

“我们都是地球人！”刘婕大声地喊着，她的声音里带着巨大的愤怒，没人知道为什么，甚至连巴拉科夫都呆呆地看着刘婕，不知道她为什么突然之间发这么大的脾气。

“你们不感到耻辱吗？”刘婕仍然歇斯底里地喊着。

“抱歉，博士，我们只是开了个玩笑。”莱切显然有些害怕。

“这就是莫里斯说过的人类基因里的劣根性，永远都无法改变。”刘婕显得非常愤怒。

莱切不再说话，他扭过脸看着巴拉科夫，却发现他端着酒杯，一边喝一边看着刘婕，静静地听着她的怒吼，许久之后，他才放下酒杯，轻轻地说：“人类没有理由改变自己基因里的一切，因为这都是命运的一部分。”

这次轮到刘婕发呆了，她看着巴拉科夫，一动不动。

十二、远方

M92 星系文明的强大再次让光速舰队上的人类感到了自己的渺小和无知。对于现在的他们来说，听话可以让活下去的概率变得更大，虽然这和人类的价值观存在着巨大的反差，但用《思考》里的话来说就是：价值观是一种人类基因里最让人无法理解的事情，他们勇敢无畏甚至近乎疯狂地扑上去，目的居然就是为了送死？难道他们不知道，死并不是一件值得炫耀的事，也不是一件看上去有多难的事，真正值得向别人炫耀和最难的事其实是活着。

“你们也会衰老，死亡吗？”玛索似乎非常热衷于和外星人进行交流，此刻她正坐在无线电发射器旁和前方的外星文明进行着交谈，她亲切地称他们为朋友。

“是的，这是宇宙中的普遍现象，凡是生命都逃脱不了死亡，那是一扇大门。”M92 星的文明似乎也非常喜欢玛索，对于玛索的问题，他们来者不拒。

“那大门外面呢？生命的灵魂去了哪里？”玛索好奇地问，她觉得和这种高级生命交谈将会有助于人类更早地了解宇宙的秘密。

“生命是由原子组成的，不管是哪种类型的生命都是如此，而原子需要吞噬其他的原子来维持自身的稳定性，这就造成了原子信息的不完整性。而为了宇宙物质总量的平衡，宇宙白洞就会不停地生产原子，当它喷射的速度赶不上宇宙原子的死亡速度时，那这个宇宙的寿命就走到了尽头。这也是为什么几乎所有的高级文明都在保护其他文明而不是伤害他们，因为一旦破坏了这种平衡，那么宇宙就会死亡，而这是谁也逃不出的。”M92 星的人非常耐心地给玛索解释着。

“他们真有耐心，比巴拉科夫强多了，他一直都是这样吗？”玛索回过头看着刘婕。

“是的，他在火星上的外号叫暴君，不过年轻的时候我不知道，也许他也曾经温柔过。”刘婕一边看书一边回答着玛索。

“我想知道宇宙中一共存在过多少文明，又有多少文明毁灭了，你们知道的，我是个喜欢知识的人。”玛索更加好奇地问 M92 星的人。

“这是一个庞大的数字，从我们这个宇宙诞生到现在，一共出现过数百亿种不同等级的文明，其中一部分灭亡，一部分流浪，还有一部分仍然在发展。但还有一小部分被平行宇宙中的文明掠走了，这就造成了我们宇宙已经处于一种极度的不平衡中，所以我们世界中的某些时间点的宇宙已经停止了膨胀。”M92 星人仍然慢条斯理地说着，玛索托着下巴，她似乎从来没有遇到过这么温柔的人。

“那么宇宙一旦失去平衡，就永远不能再膨胀了吗？”玛索紧张地问。

“从理论上来说是的，但这并不是绝对的，就像一个受伤的生命，他拥有着难以想象的自我修复能力，只要让它的物质总量恢复了平衡，那它一定会回到正常的轨道的。”M92 星人说。

“怎么才能恢复宇宙的平衡？”玛索惊奇地问。

“这个以我们目前的理解来看，有三种可能：第一是阻止宇宙的一切杀戮行为，这并不是一件简单的事，因为谁也无法关照每一个角落；第二，就是我们可以像恩美雅人一样去掠夺其他平行宇宙的物质，但这需要适应那里的物理指数，而我们宇宙中现存的文明并不了解其他平行宇宙的物理指数，所以暂时并不能实施。”M92 星人的回答从来都是不多不少，没有半句废话，好像是机器人一样。

“那第三种呢？”玛索急切地问。

“第三种就是合并平行宇宙或者肢解宇宙，从物理角度上来说，这是一样的道理。”

“相当于把一摊水变成两摊水或者把两摊水变成一摊水？”玛索反问道。

“是的，你很聪明。”M92 星人夸奖了玛索，不过看上去并不是非常热情，也许他们并没有感情，或者对玛索没有感情。

“这很难吗？”玛索轻松地问。

“不，可是我们不会。”M92 星人终于变得幽默起来了，看样子他们并不是木头。

“看来你们也并不是宇宙的先知，不过我喜欢你们。”玛索一边大笑着一边关闭了无线电，这一天她过得非常充实。

靠在椅子上的玛索觉得非常轻松，这是她很久没有过的感觉，就像是听了一首非常好听的歌曲一样，回味无穷。她回过头看着刘婕，问：“博士，你说这是宇宙的真相吗？”

“我不知道，在此之前我们已经听到了很多版本，恩美雅人的、玛雅人的，还有你的 M92 人的，哪个是真相呢？”刘婕微笑地看着玛索问。

“我感觉我们越来越接近真相了。”玛索自言自语道。

“最好永远不要知道真相，就在这样探寻的过程中凋零。”刘婕也自言自语道。

“你总是这么多愁善感，你们东方人都是这样的吗？”玛索从没有问过刘婕这个问题，因为在她出生的年代，地球上对于地域已经没有了以前的那种形态意识上的划分。

“这和地域没有关系，我想更多的是后天行为决定的。”刘婕放下手中的书，笑着对玛索说。

“你和我爸爸很像，他也像你这样。”玛索看着刘婕，眼神里充满了尊敬。

“我很荣幸。”刘婕淡淡地笑了笑。

“假如有一天我们真的揭开了宇宙的真相，我想到一个爸爸还活着的时间点去和他在一起，因为我觉得我和他在一起的时间太短了。”玛索闭着眼睛说。

“时间不过是一种假象，几十年几乎是一瞬间，但也可能是永远。”刘婕看着玛索，严肃地对她说。

“我知道，不过我总觉得爸爸一定还活在宇宙的某个角落里看着我，也许只有当我们死亡之后才能见到他，还有莫里斯、赛斯·李。”玛索泪眼摩挲地说。

“M92 人不是说了吗，原子信息会有一部分保存，也许那就是你父亲为你留下的关于他的痕迹。”刘婕安慰着玛索。

“但愿如此。”玛索站了起来，长叹了一口气，她似乎又失去了刚才的那种轻松。

第六章
宇宙旋涡

一、决定

金娜的晚餐非常丰富，即使心情不算美丽，每个人面对美食仍然感到了一丝家的感觉。特别是艾伦和佩尔森，这两个整个舰队上对吃最有研究的人几乎吃到了嗓子眼，仍然在用眼睛瞄着餐桌上的食物，生怕这是他们人生的最后一顿饭。金娜、切里亚、赵志宏等人笑得前仰后合，不过他们可以理解，长时间旅行的人对于食物就好像一只非洲的角马刚刚参与了一场大迁徙一样。

巴尔莫人康诺和因巴人亚昆塔也参加了这次聚会，虽然他们早已通过进化改善了自身的进食方式，对于地球上的菜系并不感冒，但是他们似乎非常喜欢这种热闹的聚会。在一种非常开心的气氛中，所有人都忘记了他们目前的处境。

聚会之后，金娜安排了所有人住在她家，这是一个巨大无比的庄园，用赛琳娜的话说就是，这里可以住下他们整个玛雅王国的人，金娜哈哈大笑，并告诉她这里是他们共同的家园。

赵志宏和库福尔在庄园里闲逛着，在当军人的时候，他总是在戈壁中巡逻，大多数时候，他都不喜欢那种感觉，仿佛身边的一切都是静止的，一种发自内心的孤独感总是伴随着他。但是退役之后，赵志宏似乎突然之间喜欢上了散步，他总是在晚饭后独自一人走在空荡荡的街道上，享受着生活带给他的惬意。

“库福尔，你们打算永远留在这里吗？”赵志宏边走边问道。

“暂时是这个打算，孩子们还小，他们需要安全，再说了，这里没什么不好。”库福尔笑着回答道，从表情上看他对现在的生活非常满意。

“你觉得这里安全吗？”赵志宏转过脸严肃地问。

“当然了，巴尔莫人算是我们世界中最高级的文明了，我想他们的话是对的。”库福尔并没有明白赵志宏的意思，笑嘻嘻地回答着。

“库福尔，我们一路走来，见到了这么多奇怪的现象和事情，我不知道我的想法是不是过于小心了，但是我真的已经不相信这个宇宙中还有绝对安全的地方了。”赵志宏停下了脚步，望着远处，人造恒星正在逐渐变得暗淡下来，夜晚要来临了。

“舰长，我理解您的想法，但是我们又能去哪里呢？”库福尔看着赵志宏非常认真地说道。

“我们要弄清宇宙的真相，这是一个漫长的过程，而且最重要的是我们不能只为自己活着，还要为我们的子孙后代考虑，这才是我们当初离开地球来宇宙的原因，我们起过誓。”赵志宏紧紧地盯着库福尔，此刻的他，仍然像一个威严的军人。

“舰长，我们永远也弄不清宇宙有多大，您都看到了，到现在为止我们才走了多少，甚至连巴尔莫人都没有能力走完宇宙。”库福尔有些激动。

“还有我们的子孙后代，他们可以继续研究的。”赵志宏的态度异常坚定。

库福尔不再说话，他知道赵志宏的话是对的，但是他的内心早已向这残酷的现实投降了。现在，他只想和金娜还有孩子们安稳地度过一生，虽然未必是精彩纷呈的，但至少是平平淡淡的。

“假如有一天更高级的文明突然袭击了这里，你该怎么办？抱着金娜和孩子一起等待命运的审判？张开双臂迎接死亡？还是任由他们宰割？”赵志宏的声音变得大了起来，他是一个军人，洪亮的声音是他一直以来的特征。

库福尔仍然没有说话，他低下头看着脚下的土地，居然哭了。委屈？悲伤？恐惧？或是其他什么？他自己也不知道。

赵志宏轻轻地拍了拍他的肩膀，表示安慰。

“从离开地球的那一刻起，我就告诉自己，即使死，也要死得明白。在这里和在地球上有什么区别？那你离开地球还有什么意义？这不是生活，而是一个伟大的事业，一个可以让全人类有机会活下去的任务。”赵志宏轻叹了一口气说着，他捡起了一颗石子，朝着远方扔了出去。

“我很想地球，舰长，做梦都想，我们离开了这么多年，我几乎每一天都是在绝望中睡去绝望中醒来，我并不是非要待在这里，您知道我们在那颗岩石星球上是怎么度过每一天的吗？那是一种想死都不敢死的感觉，因为我们死了没有人会发现我们。”库福尔抬起头泪流满面地看着赵志宏。

赵志宏抱住了库福尔任由他哭泣，他知道，当初做出让他和金娜离开舰队的决定在今天看来也许并不是一个好主意，那不是仁慈和伟大，而是残忍和抛弃。

“对不起，请原谅我们。”赵志宏低声对库福尔说着，他的道歉是真诚的。

“不，我们没怪过您，我和金娜也并不想永远留在这里，我们想和自己的朋友生活在一起。但是我们实在是太弱小了，也许我们刚走出这里，就会被恩美雅人消灭，我们会化为灰烬，灵魂永远都在冰冷的宇宙中飘荡。”库福尔看着赵志宏抽泣着说。

“你的话没错，但是真相需要我们自己去揭开，而不是听从别人的安排。任何一个种族、一个文明都没有大无畏的精神，当危及他们自身利益的时候，他们率先会照顾的是自己，而不是别人。”赵志宏仍然非常认真地对库福尔说。

“那我们去哪儿？”库福尔似乎被赵志宏说得动了心，他看着赵志宏，眼睛里仍然是和以往一样的天真。

“去寻找真相，待在一个花园里永远不会知道外面的世界有多美丽。”金娜突然站在了他们身后，微笑地看着他们。

“金娜。”赵志宏非常意外地看着金娜，有些窘迫。

“库福尔，我爱你，你是我生命中最重要的人之一，但是舰长说得对，我们必须要去寻找真相，为了人类，也为了我们的孩子。留在这里只能让我们在岁月的侵蚀下死去，而这对于宇宙来说，是微不足道的一瞬间。我以前厌倦在宇宙中的那种流浪，但现在我觉得，那才是属于我们的生活，我们是地球的种子，我们是地球曾经在这个宇宙中存在过的证据。”金娜紧紧地抱住了库福尔。

“金娜，我也爱你，只要你愿意，我怎样都可以。”库福尔也紧紧地抱着金娜。

“舰长，舰队需要休整些日子，我们也要和这里的邻居朋友们告别。小时候我的妈妈就告诉我，离开的时候懂得告别，是一种有教养的表现。”金娜笑着对赵志宏说。

“金娜，你还是那个古怪精灵的小姑娘，和离开地球的时候一模一样，一点都没变。库福尔，你变了，从一个小伙子变成了一个真正的男人。”赵志宏严肃地对他们说，他很少笑，即使是感到高兴的时候。

二、告别的消息

金娜和库福尔开始了一场带着歉意的告别，他们要和因巴人、巴尔莫人告别，他们曾经以及将来都是朋友。对于他们来说，这是一个伤感的决定，也是一个来自内心的决定。

“康诺，这个决定是我和库福尔一起做出的。”金娜看着康诺，面带愧疚地说。

“我总是尊重你们的选择，虽然我知道我要失去你们了。”康诺用脑电波和金娜说着，虽然看不出他的表情，但金娜和库福尔感觉到了康诺的伤感。告别，从来都不会是开心的，除非在不久之后还有下次的相聚。

“我们永远都是朋友。”库福尔含着眼泪给了康诺一个大大的拥抱，这是一个懂礼貌的文明具有的最基本的素质。

“你们的舰长是一个固执的人，但也是一个强大的人，他很勇敢，走的路也非常正确，一个文明如果想要留在历史中，那就必须去面对必须要经历的过程。跳跃性的发展也许可以让一个文明更快地到达顶端，但是他们却永远不会明白这个过程中所经历的故事，而这些故事往往都是让人难忘的。”康诺看着库福尔说。

“康诺，你说过，我们分开的时候，你会给我三个忠告，现在你可以兑现诺言了。”金娜微笑地看着康诺，虽然伤感，但是她喜欢有趣一点。

“巴尔莫人都遵守诺言，我现在就告诉你。”康诺停止了脑电波的输送，改用语言来说，这样金娜可以更好地理解一些。

“第一，不要相信任何眼睛看到的东西，那不是真相的全部，因为你们，也包括我们所处的位置是有视觉和思维盲点的，宇宙中有很多看上去奇特的东西很简单，但也有很多看上去简单其实非常复杂的现象，这需要你们慢慢地理解。”

“我记下了。”金娜点了点头，认真地说。

“第二，曾经的朋友不代表永远是朋友，曾经的敌人也不见得永远都是敌人。”康诺对库福尔说。

“我不太理解，能稍微详细一点儿吗？”库福尔挠着头看着康诺。

“成为朋友和敌人的原因除了利益之外，还有一个原因是宇宙必须保持平衡。在宇宙中的高等文明之间，有一个人人都知道的规则，当你的朋友做出危害宇宙平衡的事时，你们就不再是朋友了，而当你的敌人要保护这种平衡的时候，你一定要改变对他的敌意，这是在宇宙中的生存之道。”康诺详细地解释着。

“那第三呢？”金娜微笑地问着。

“死亡不是终点，湮灭才是结束。”康诺的脸上突然出现了一种可怕的表情，金娜知道，这是巴尔莫人紧张的表情。

“哦。”金娜轻轻地哦了一声，她并不明白康诺说的话是什么意思，但从他紧张的情绪中可以看出这是一个终极忠告，或者可以说是警告。

“某些文明拥有再生能力，也就是你们知道的原子融合技术，这并不复杂，可以通过改造基因来完成，也就是所谓的永生。但永生并不是绝对的，死亡绝不是可以通过任何技术来避免的。湮灭则是一种破坏了宇宙平衡的现象，高等文明一般不会采取这样的方式来对敌人进行打击，但绝不代表全部。一旦湮灭，那宇宙的平衡就会被破坏，即使是一个洞，也会演变成无法弥补的结局。而我们的世界现在就处在一个破烂不堪的状态中，所以我希望你们在漫长的旅途中不要采取这样的方式，否则的话，朋友也会变成敌人的，而世界上没有人愿意生活中都是敌人。”康诺的话真诚而有力。

“我会牢记你的忠告的，谢谢你，康诺。”金娜微笑着给了康诺一个大大的拥抱。

“金娜，我希望我们再见面的时候仍然是朋友，永远都不要成为敌人。”康诺轻轻地对金娜说。

“亚昆塔来了。”库福尔指着远处，因巴人亚昆塔驾着一艘飞船来为金娜和库福尔送行。

“该死的库福尔，你就这样扔下我们了。”亚昆塔带着哭腔狠狠地锤了库福尔一拳。

“我会想念你们的。”库福尔苦笑着摇了摇头。

“宇宙那么危险，为什么不选择轻松的生活呢？”亚昆塔显然对现在的生活非常满意。

“智者，你是不是也给我们一些忠告呢？”金娜笑着对亚昆塔说。

“当然，这比金子更珍贵，我来就是要告诉你们一些事情的。”亚昆塔露出了神秘的表情，但看得出来，这些事情并不是什么好事。

“那你说吧，我们的时间并不多，你最好简单一点儿，不要再讲述你们星球的那些爱情故事了。”金娜一把抱起了矮小的亚昆塔，她总是喜欢这样和他交流。

“你最好把我放下来，这样我会感到头晕的。”亚昆塔生气地说。

“这是我最后一次抱你了，你就不要反抗了。”金娜哈哈大笑着说。

“难道你以后不打算和我见面了吗？”亚昆塔更生气了，但是他的表情看上去却非常滑稽。

“快说你的事情吧。”金娜看了看库福尔和康诺，笑着对亚昆塔说。

“你们时间点的宇宙停止膨胀了，这也就意味着世界即将开始倒计时了，这是个不幸的消息。”亚昆塔严肃地说。

“怎么会这样？”金娜大惊失色地说，顺手放下了亚昆塔。

“我得到的消息是在英仙座发生了一场规模很大的局部战争，敌对双方采取了湮灭对方的方式，结果他们都消失了，这直接导致了你们的宇宙出现了坍塌。因为之前那个时间点的宇宙已经几乎破烂不堪了，这次战争是压死骆驼的最后那根稻草，这是你们地球人说话的方式，我不知道运用得对不对。”亚昆塔飞快地说着。

“英仙座……那里有我们的人，切里亚昨天告诉我，他们在那里有基地，不会是……”金娜的脸色变得煞白，他回过头看着康诺，欲言又止。

“有没有幸存者？”康诺问亚昆塔。

“现在还不知道，但可能性不大，也可能会有哪个聪明并且幸运的家伙逃了出来。”亚昆塔摆了摆手说。

“真是一件可怕的事，但结局却更麻烦。”康诺也摇了摇头，用手托着下巴思考着。

“我得去告诉切里亚。”金娜转过身就走。

“我会记着你的忠告的，康诺，谢谢你，我的朋友，亚昆塔，我很喜欢你。”金娜停住了脚步，回过头微笑着说道。

三、返回银河系

舰队离开了夹层空间，在飞船上，艾伦看上去比金娜和库福尔更依依不舍，直到舰队穿越了光墙，夹层空间彻底消失了之后，艾伦才回味无穷地扭过头，一声叹息。

“我这一辈子从没有如此留恋过一个地方，我会永远记住它的美丽的。”

“你是忘不了这里的美食吧？”金娜笑着拍了拍艾伦的肩膀，笑眯眯地说。

“你怎么会这么认为？”艾伦看着金娜，一脸的疑惑，但口水却不自觉地在嘴里打转，惹得众人哈哈大笑。

“宇宙再大也装不下一颗吃货的心。”赛琳娜在一旁痴痴地笑着。

在舰队离开之前，切里亚和赵志宏主持了一次舰队的常规会议，主要议题是舰队的去处。一个选择是继续在仙女座寻找恰克西他们的踪迹，但这个选择是一个未知的结果；另一个选择是回到原来时间点的英仙座，那里是一个战争的遗迹，或许会留下什么线索，另外英仙座无论对玛雅舰队还是赵志宏的舰队来说，都有着千丝万缕的关系，因为那里有他们的伙伴，或者说曾经的伙伴。最终，他们一致决定到英仙座去，至少那里是一个比较明确的目标。

“但愿我们别再白跑了，这可不是去洛杉矶那么简单。”佩尔森看着赵志宏，无奈地说。

“你可以把自己当成是火车司机，这样会舒心一点。”赵志宏开着玩笑。

舰队朝着曾经熟悉无比的银河系重新进发。两年之前，他们刚刚离开那里，但此时，心情却早已截然不同，来的时候充满希望，回去的时候，一声叹息。

“我们不知道什么时候可以再遇到活着的生物。”艾伦打了个哈欠说。

“也许永远不会，也许是明天。”切里亚轻轻地拍了拍艾伦的肩膀。

“我出生在火星，从没回到过地球，可我却对地球有着一种说不清的感觉。我们离开的时候，地球和火星还在进行冷战，不知道现在怎么样了。”艾伦坐了起来。的确，艾伦是地道的火星人，当年作为志愿者和巴尔顿、艾克拉他们一起离开了火星，从未回过地球。对于他来说，地球是个陌生的地方，甚至是敌对星球，但是他却从没有过对地球的反感。

“这是人类的潜在基因，确切地说我们人类都是喜欢和平的，即使是战争，也是为了之后的和平。也许这是优点，也可能是缺点。”切里亚对艾伦说。

“我希望可以见到来自地球的朋友，他们都像你一样会做饭吗，金娜？”艾伦扬了扬眉头看着金娜。

“当然，地球上的资源可比火星多多了，你一直喜欢吃的鳕鱼汉堡，不过是我们用调料配制而成的，如果是真的鳕鱼的话，那么你一定会喜欢到哭的。”金娜用手比画着，然后做了一个深呼吸。

“什么？居然有真的鳕鱼，你们怎么从来没告诉过我？”艾伦腾地一下从地上站了起来，看着所有人。

“告诉你的话，你会疯掉，那可是一种天下最美的味道。”佩尔森若无其事地说着，脸上洋溢着一种自豪的感觉。

“艾克拉博士，您也吃过真的鳕鱼是吗？”艾伦抿着嘴回过头看着艾克拉。

“当然，我的外祖母以前经营着一家鳕鱼汉堡店，我从小就经常吃。”艾克拉也若无其事地说着。

“你们居然……这么对我。”艾伦瘫坐在了椅子上，几乎要哭了出来。

“一个鳕鱼汉堡就把你激动成这样，如果你吃了我们中国的水煮鱼，那你一定会号啕大哭的。”赵志宏哈哈大笑着说。

“还有我们玛雅的鱼肉馅饼，那简直是一种天上才有的美食。”赛琳娜也大笑着说道。

“不要再说了，我接受不了这个现实。”艾伦靠在了椅子后背上，绝望地闭上了眼睛。

整个舰队充满了笑声，只不过这种欢乐对漫长的旅行来说，实在是太少了。

“你对英仙座的这场星际战争怎么看？”第二天一早，切里亚问赵志宏。

“你说的是哪方面？”赵志宏直视着前方严肃地问。

“战争的双方为什么要用这种破坏宇宙平衡的行为来进行这场战争？你从军人的角度解释一下。”切里亚虚心地请教着。

“我也在想这个问题，两种可能性最大。”赵志宏看了一眼切里亚平静地说。

“说说看。”切里亚接着问。

“第一种可能是战斗的双方已经绝望，他们已经不再考虑之后的事情了，选择了同归于尽，一了百了。”赵志宏看着前方悠然地说着。

“会不会他们并不知道湮灭会对宇宙的平衡造成破坏？”切里亚提出了自己的疑问。

“我也这么想过，但最后否定了，一个掌握了湮灭技术的文明不会不知道这么做的后果的。”赵志宏坚定地说。

“好吧，那第二种可能呢？”切里亚继续问道。

“战争的双方不是来自这个宇宙，所以他们对于这个宇宙的一切都漠不关心，湮灭战争对于他们来说是一种常规的战争方式。”赵志宏低声说着。

“四维文明？”切里亚更加好奇了。

“有可能。”赵志宏耸了下肩膀。

“他们简直是一群疯子，不，是浑蛋。”切里亚咬牙切齿地说。

“为了自身利益做出任何事情都不能算过分，谈不上是疯子，更不是浑蛋，这是生存的法则。”赵志宏的回答非常理性。

“人类也会这么做吗？”切里亚问。

“我想会的，这点毫无疑问，人类自古以来为了自身的利益什么都做得出来，战争、屠戮、灭族甚至疯狂地破坏大自然。只可惜造物主给人类的空间实在太小了，如果人类拥有整个宇宙，那我相信宇宙早就被破坏掉了。”赵志宏摇着头感慨地说。

“生存需要强大的生产力，可人类不具备这种超出能力范围的技术，所以只能通过掠夺弱者来使自己强大，我这么理解对吗？”切里亚问赵志宏。

“这不是决定性的原因，事实证明，没有战争人类一样可以走向深渊。”艾克拉走到了切里亚的身边对他说。

“那什么是决定性的原因？”切里亚茫然地看着艾克拉。

“思维方式。”艾克拉看着切里亚，斩钉截铁地说。

“具体一点儿。”切里亚挠着头追问道。

“人类固有的思维方式决定了做事的局限性，就好像我们站在地球上望向天空，认为那是整个宇宙，但真正的宇宙是什么样子，别说看见，我们甚至都无法想象。”艾克拉平静异常地说。

“那人类的思维怎么改变？有这个可能吗？”切里亚紧张地追问着。

“人类需要一位智者，他是造物主在人类中的代言人。”艾克拉慢条斯理地说着，他说的是莫里斯，虽然他并不知道这个人。

四、总督你好

就在舰队开足马力刚刚奔出仙女座的时候，他们的探测舰发出了报警信号，在他们前方数光年的地方出现了疑似舰队的信号。这突然的状况立刻引起了一阵骚动，毕竟在此之前他们还没有遇到过如此大规模的舰队。

“不出你所料，我们遇到伙伴了。”佩尔森和艾伦开着玩笑，但脸上却没有丝毫笑容，遇到宇宙中的舰队，并不是一件好事。

“希望不要是敌人。”切里亚祈祷着。

“敌人和朋友没有区别。”金娜淡淡地回答着，她已经把康诺的话牢牢地记在了心里。

“是否和他们取得联系？”库福尔等待着赵志宏的命令，而一直没有说话的赵志宏看了一眼切里亚，冲他点了点头。

“当然，不过要加上敬语。”切里亚笑着对库福尔说。

虽然双方相距数个光年，但是对于现在的舰队来说，他们已经可以在如此远的距离通过虫洞技术传输无线电了。一天之后，他们收到了一个让他们欣喜若狂的回复。

“我们是宇宙的联合舰队，在我们之中有来自你们地球的舰队，请在 77-85-20-04 坐标处集结。”

“我想知道我们该不该相信他们的话。”库福尔没了主意，他先看了看金娜，又看了看赵志宏。

“去吧，如果是真的，这是一个天大的好消息，如果是假的，就当我们被欺骗了一次。”赵志宏没有抬头，非常轻松地做出了决定，但库福尔知道，做出这个决定并不容易。

带着所有对地球伙伴的期待，舰队朝着那组坐标飞奔而去，他们不知道等待他们的究竟是不是真的如对方所说，但是此时已经没有任何人可以掩饰自己的狂喜了。

与此同时，在对方的舰队上也是几乎一模一样的狂喜。巴拉科夫虽然努力地控制着自己的情绪，但是他早已紧张得不能自已。而刘婕和玛索甚至从接收到对方的信号之后，就站在飞船最前面的一个舱内，目不转睛地盯着前方，只等待远在天边的伙伴出现在近在咫尺的地方。

“我们要不要问问他们到底是哪部分的？”莱切看着刘婕欣喜地问。

“还是把惊喜留在最后吧。”玛索看了莱切一眼笑眯眯地对他说。

“玛索，你和你爸爸一样，他就总喜欢在最后揭开谜底。”莱切摇了摇头，笑着对玛索说。曾经在地球上，他和富尔茨博士合作了五年，他知道富尔茨博士的所有特点，甚至连他睡觉打鼾的节奏都记得。

“他是胸有成竹地卖关子，而我是一无所知地等待，从本质上说不一样，当然，从哲学上说也不一样。”玛索仍然笑眯眯地说着，不过显然她的注意力仍然集中在一无所有的前方。

“我希望他们不要像地球工会上的人一样愚蠢，如果是那样的话，我宁愿和他们擦肩而过。”巴拉科夫从刚才的紧张情绪中恢复了过来，因为不知什么时候他已经端起了一大杯伏特加，喝了酒之后，他总会变成另外一个人。

“当然不会，他们应该已经学会了如何改变自己的思维方式。”

莱切对巴拉科夫说。

“愚蠢的人永远都学不会改变，他们总是喜欢在一棵树上吊死，而且他们从不认为这是错误的。”巴拉科夫一字一顿地说着，然后端起酒杯，喝了一大口，这是他的习惯，应该在去世之前都不会改变。

“也许他们也这么看我们，酒鬼先生，你总是想站在强势的一方，其实有时候这有点盲目。”玛索不知从什么时候起也改称巴拉科夫为酒鬼了，也许是为了纪念赛斯·李。

“难道要我向他们宣告我们是弱者？俄罗斯人永远不会这么干。”巴拉科夫放下酒杯看着玛索。

“好了，人类都是平等的，没有谁高出谁一等。”刘婕摇了摇头，她讨厌这种没有结果的争论。

“我们可以睡一个好觉，大约在 24 小时之后我们才能到达那个坐标，愿上帝保佑我们。”另外一边的库福尔提醒着激动的所有人。

“我非常期待他们能够拿出他们珍藏的鳕鱼汉堡来款待我们。”艾伦一边说一边躺了下来，也许他会做一个美梦。

终于，两支庞大的太空舰队在那个可以载入史册的宇宙坐标点上相聚了，他们远远地安静地看着对方，在等待彼此的问候。赵志宏和刘婕，两个舰队的舰长此时的心情如出一辙，他们都急切地想知道对方是否已经探索到了宇宙的奥秘，虽然事实上这个想法是错误的。

“那是我们火星的第三舰队……”莱切用带着颤抖的声音对巴拉科夫说，他认得第三舰队的每一艘飞船，那是他的杰作之一。

“我也记得，一定是巴尔顿，这个家伙。”巴拉科夫看了一眼刘婕，眼中噙满了泪水。

“巴尔顿。”刘婕轻轻地言自语着，那个曾经向她许诺一定会再见面的人，此刻就在眼前。

“这个老家伙居然还活着。”巴拉科夫兴奋地捶了一下桌子，示意发送无线电信号。

很快，他们得到了艾克拉的回复：“火星基地第三舰队艾克拉号舰长艾克拉向火星总督巴拉科夫问好。”

“是艾克拉，我认得他，巴尔顿呢？”莱切几乎喊了出来。

几分钟之后，赵志宏舰队的舱门打开了，艾克拉带着艾伦和佩尔森乘坐着他们的救生舰飞进了光速舰队的飞船中。当他们缓缓地从救生舰中走下来看到巴拉科夫的时候，再也无法抑制内心的情绪，这是一种夹杂着激动、委屈、欢喜的说不清的情感。

“总督。”艾克拉擦着自己的眼角，笔直地站在巴拉科夫的面前，一百年前，在火星基地的送别仪式上，他也是这样接受巴拉科夫检阅的。

“艾克拉……”巴拉科夫走上前，扶着艾克拉的肩膀，上下打量着。他清楚地记得，离开的时候，艾克拉还是个英姿飒爽的年轻人，但是现在，除了眼睛里仍然坚毅之外，他已经是一个老人了。

“总督，第三舰队艾克拉号舰长艾克拉向您复命。”艾克拉突然立正，向巴拉科夫敬了一个礼，这么多年了，他没有忘记，动作还是那么标准。

“孩子，火星早已经回归了，我也不是什么总督了，我是你的朋友。”巴拉科夫再也无法控制自己的情绪，他一把抱住了艾克拉，久久不愿松开，在场的人无不落泪。

五、深不见底的深渊

过分的激动反而使双方那些藏在内心无数次想诉说的话不知该如何开口，也许是因为多年之后改变了很多，或者是长时间的旅行已经让他们忘记了该如何面对久未见面的朋友，大多数经历了冷战时期的老人都热泪盈眶，无法控制自己的情绪。

在双方诉说了各自这些年的经历之后，更是感慨万千，宇宙很大，大得无边无际，宇宙很小，小得几乎就在身边。

“英仙座拥有我们玛雅的一个分支，他们在我们的时间点里已经在那里了，如果没有发生意外的话，他们应该还在那里，但是我们并不知道这次星际战争他们是否参与了。另外我听艾克拉说，巴尔顿先生也带领着舰队前往了英仙座，从时间上来说，他们应该早已经达了那里，如果不是他们之间发生战争的话，那么就一定是有第三方参与了。当然，这一切都只是我的猜测。”切里亚主持了这次会议。

“如果你的假设成立的话，那么那里一定发生了一件可怕的事。”巴拉科夫深沉地说。

“我甚至可以想象这场战争的惨烈程度。”赵志宏看着巴拉科夫，淡淡地说。

“还有一种可能。”莱切站了起来，用沙哑的声音说道。

所有人都望向他，等待着莱切说话。

“他们是资源，被两个不同的文明争夺，发生战争的是另外两个文明，和他们无关。这场战争之后，虽然发生了湮灭，但是肯定会有一支获胜者。我不认为现在英仙座已经是一片废墟，相反，我认为那里正在进行一场大迁徙。再有，宇宙停止了膨胀，下一步就要收缩了，他们应该立刻会开始行动，我们必须即刻前往。”莱切慢条斯理地说。

“那我们这么去的话会不会算是去送死？”艾伦看着莱切目瞪口呆地问。

“也许是去送死，但不是贸然，因为真相可能就在那里。”刘婕看着艾伦，笑着回答着。

“我们居然被一个女人领导。”艾伦悄悄地对身边的赛琳娜说。

“女人的力量要比男人更大，如果你不相信的话，可以和我去一趟森林。”赛琳娜白了艾伦一眼。

“还是算了，我可不喜欢去给一只豹子当食物。”艾伦撇了撇嘴。

“那这些外星人呢？他们是去夹层空间还是打算和我们一起去送死？”艾伦指着旁边的飞船问道。

“我想他们可能不会去的，毕竟死亡这种事不是谁都愿意去面对的。”赵志宏淡淡地对艾伦说。

“真不够意思。”艾伦噘了噘嘴自言自语道。

“我们必须即刻前往英仙座，还有，我们曾经接收到过来自2000亿光年之外的信号，那应该是宇宙边缘，我想宇宙的终极秘密就在那里，那才是我们最后的归宿。”刘婕表达了自己的意见。

“一定是雅各布！”切里亚激动地说。

“雅各布是谁？”艾伦睁大眼睛问。

“他是我们曾经的国王，但是我们的宇宙被切割之后，他们就随着仙女座消失了。”切里亚回答着艾伦。

“你是说你们的时间点没有仙女座？”玛索不可思议地看着切里亚，这是她第一次听说这样的事。

“不是没有，是被切割之后飘走了，至于去了哪里，我们也不知道。”切里亚摆了摆手，表示自己并不知情。

“一滴水被分成了两滴水。”巴拉科夫喝了一口酒说。

“我们一直认为那是四维文明干的，但是这需要证据，迄今为止，我们所有人都没有见到过真正的四维文明，也许他们根本就不存在，所谓的恐怖文明可能就是平行宇宙的入侵者，比如恩美雅人。”切里亚坚定地说。

“恩美雅人并不是不可战胜的，我们之前就是摧毁了他们的飞船才组成舰队的。”玛索告诉切里亚。

“不，我们遭遇的比恩美雅人更可怕，是他们把恩美雅人困在了天狼星。”切里亚对玛索说。

“是诺母。”赵志宏冲着刘婕点了点头。

“是的。”巴拉科夫同意赵志宏的观点。

“可是他们又为什么要一直引诱我们把恩美雅人救出天狼星呢？这不符合逻辑。”玛索有些摸不着头脑，确实，从逻辑上来说，这个因果关系并不成立。

“你觉得呢？”巴拉科夫扭过头看了看刘婕，希望得到她的答案。

“如果是其他人营救恩美雅人，那么可以有无数个理由，但是如果是诺母营救的话，那么就只有一个理由。”刘婕带着一如既往的微笑说。

“什么？”艾伦在一旁好奇地问。

“诺母利用恩美雅人做引子，把这个宇宙中有能力的文明引向天狼星，然后进行捕获去填充他们失去平衡的宇宙。而也许真正的恩美雅人早就已经被捕获到了平行宇宙中，当然也包括你们的国王，他们可能也在平行宇宙中，否则不可能在2000亿光年之外，只有这么解释才说得通。”刘婕看着所有人平静地说。

“这是数学的逻辑吗？”莱切问。

“不全算是，但这里面有概率的问题。”刘婕笑着说。

“平行宇宙之间难道就没有其他保持平衡的方法吗？这不符合宇宙定律。”一直沉默的佩尔森好奇地问。

“宇宙之中的平衡可以通过各个文明的发展程度来决定，平行宇宙也可以。但是我认为平行宇宙和时间一样，是个概念化的问题。假如存在十个平行宇宙，那么他们的诞生时间也许是一样的，而物质的总数却只够填充一个，其他九个从理论上来说就是死亡宇宙，那么这就是一个狼多肉少的世界，只有争夺有限的资源才能有机会存活下去。”刘婕解释着自己的观点。

“造物主是个小气的人，他养了十只猎犬，却只愿意拿出一块骨头。”巴拉科夫自言自语道。

“而且它还是一个喜欢看热闹的人。”赵志宏对着巴拉科夫笑着说。

“我们总是可以在不经意间得出宇宙的真相，人类真是不简单的种族。”艾伦笑着说。

“我们只是在讲故事而已，不要太当真，每次我们得出结论之后都会被无情地推翻。”赵志宏看了艾伦一眼说。

“可是我们根本无法得到真正的证据，这个世界太大了。”艾伦大声地说。

“大并不可怕，可怕的是永无止境，宇宙，宇宙之外，在外面，我们就像是掉进了一个深不见底的深渊，永远不会停下来。”玛索长叹一口气说道。

六、虚幻？现实？

两个来自地球的舰队合二为一，朝着英仙座进发，在宇宙中遇到同一个种族的伙伴，这是一个绝对的小概率事件。现在，他们会继续去寻找最终的归宿或者说是结局，对于每一个人来说，他们的心里都是清楚的。

艾克拉和巴拉科夫几乎每天都在一起相互讲述着过去一百年内发生的事，从他们眉飞色舞的表情上看，这些事就像是发生在昨天一样。那些无情的岁月，抑或是那些充满阳光的岁月，深深地刻在他们心里的某个角落中，就像是大树的年轮一样，不可抹去。

时间似乎总是在回忆中交错着，每一段故事都显得那么与众不同。欢乐、悲伤、洋洋得意、后悔不迭，都不过是过眼云烟，终将随着时间的流逝定格在记忆中，成为岁月的化石，人会随着岁月老去，但精神和灵魂却永不凋零。

“你说人类会不会进化成造物主，然后按照自己的想法建造一个大千世界？”佩尔森问玛索。

“从理论上来说是可以的，但我们并不知道理论是什么，那超出了我们的想象力，甚至从物理角度来说是我们永远不可能达到的范围，就好像你让一个石器时代的智人来制造一艘宇宙飞船一样。”

玛索平静地回答。

“我们就像是造物主散养在一座大山上的动物一样。”佩尔森摇了摇头苦笑着说。

“我们没有它们幸运，它们只惦记着如何繁衍交配和活下去，但我们不一样，我们考虑的东西很多。”玛索淡淡地回答着，现在，她已经完全放下了一切。

“是不是可以解释成为我们活得很累？”佩尔森看着玛索问。

“当然，人的一生总是有各种各样的烦恼。小时候我们会为丢了一个心爱的玩具而难过好几天，长大之后我们会为论文没有通过而难受，然后失恋、离婚、实验失败、亲人去世，这些都是我们要面对的不可避免的烦恼。与其说人类是情感丰富的生命，倒不如说是进化不够完美的生命。”玛索冲着佩尔森笑了笑。

“这难道不是人类的优点吗？任何复杂的物种都是有感情的，即使是智能生命，也会通过程序来表达自己的情绪，难道生命的终极模式是没有感情的吗？如果这样的话，那我宁愿选择不进化。”佩尔森并不同意玛索的话。

“我小的时候，曾经有一个朋友，他和我非常好，我们每天都在一起玩，但是他从来没有表现出开心或者不开心，我们都管他叫石头人，即使这样，他也不会生气。直到有一天，他的妈妈去世了，那时候我们已经是大孩子了，但是他居然仍然面无表情，我甚至不知道他内心是否痛苦。我问他为什么这样，他告诉我，活着并不能代表一切，死了也许是好的归宿。那时候，我很讨厌他的这种说法，为此，我远离了他，不再和他做朋友，一直也没有再见面。但是现在，我认为他是正确的，情感输出是一种条件反射，但绝不是基因里的程序，就像丢失的玩具一样，它仍然存在在某个地方，只是它不再属于你。”玛索慢慢地说着，脸上带着微笑。

“抱歉，我还是不能接受这样的说法，虽然你的说法很有道理。”佩尔森彬彬有礼地说。

“这只是个人的理解，也是人类思维的瓶颈，我相信如果我们能活下去并且传承下去的话，终有一天我们会进化成为没有感情输出的生命。但是我们可以按照我们曾经有过的感情来制造出新的生命和文明，那也许就是一种变相的寄托。如果造物主真的存在的话，我相信在他生活的那个年代里，他也一定是一个感情丰富的生命，否则他不会让生命拥有这么多的开心和痛苦。”玛索靠在了座椅上，表情轻松地讲述着。

“这么说似乎还可以理解。”佩尔森挠了挠头不好意思地看着玛索。

“都只是想想而已，刘婕博士教会了我冥想，在那种状态下，我就是造物主身边的一个仆人，目睹着世上发生的一切。”玛索看了佩尔森一眼，微笑着说。

“那只是想象中的世界，是虚幻的。”佩尔森纠正着玛索的话。

“不，那是真实的，真实得让人可以忘掉一切。”玛索的表情非常严肃。

“那你有没有和造物主沟通？”佩尔森好奇地问。

“没有，他是个不善言谈的人，我从没见过像他一样能沉得住气的人。”玛索捂着嘴笑了。

“等你教会我冥想，我来和他交谈，也许她是个漂亮的姑娘，不喜欢和女人交谈呢。”佩尔森也笑了。

“没问题。”玛索笑着点了点头。

“那你说虚幻的世界和真实的世界有什么不同？这点我总也想不明白。”佩尔森又问道。

“没什么不同，只是理解的问题，就好像我们一直都认为宇宙很大，时间在流逝，这是真实的世界，但其实这很可能是虚幻的世界，只是我们理解和记忆上存在一种错误的程序，所以我们得到的信息才是虚幻的。而高级文明可能只因为理解的问题才显得比我们更能看到真实的世界，就好像你站在一个复杂的迷宫里，永远也走不出，但迷宫外的人却觉得这一切很简单。”玛索非常平静地说着。

“我们也许都是虚幻世界中虚幻的物质，这也是成立的，对吗？”佩尔森更加好奇地问着。

“当然成立，也许我们只是一个程序而已，甚至我们只是虚幻世界中那些被想象出来的物质，连程序都不算。比如造物主做了一个梦，梦里有了我们的世界，当他醒来的时候，梦结束了，我们也就结束了。”玛索朝着佩尔森做了个鬼脸。

“那太可怕了。”佩尔森朝着玛索吐了吐舌头。

“哪里可怕？梦里的世界从来都是缤纷多彩的，美梦总是比噩梦要多。”玛索歪着头看着佩尔森，显然她是个乐观主义者。

“突然醒来就是最可怕的事。”佩尔森认真地说。

玛索不再说话，而是静静地闭上了眼睛，她需要从冥想中去接近造物主，看看他是否还在睡梦中，当然，她一定会放慢自己的脚步，以防止吵醒他，那样的话，会发生很可怕的事。

七、超出想象的战争

确切地说，地球舰队是在大麦哲伦星系的周边就感觉到了异样，根据探测，在庞大的大麦哲伦星系中，大约有将近百分之一的恒星系消失了。没人知道这些庞大的星系去了哪里，但很明显，它们绝不是自然消失的，因为在庞大的星际空间中，没有一丝的痕迹，就好像它们从来没有存在过一样。

带着惊愕和恐惧，舰队逐渐接近了银河系。如果说地球是人类的家的话，那么太阳系就是人类所在的居民区，而银河系很自然地就是他们居住的城市了。他们就像是旅游归来的人一样，本来应该是欢喜的，但此时每个人都感到了无尽的痛心，因为他们面前的银河系，已经不是他们离开时的那个银河系了。

不单是英仙座悬臂，银河系的另外三条悬臂，包括地球所在的猎户座悬臂在内，每一条悬臂都千疮百孔，看上去就像是遭到了空袭一样，原本亮丽的星空早已暗淡了下来。

“上帝，这里究竟发生了什么？”一向稳重的赵志宏此刻也不禁大吃一惊，眼前的这一切已经超出了他的想象。

“一场屠戮。”巴拉科夫目不转睛地盯着飞船外，淡淡地说道。

“不，即使是世界上最浑蛋的杀人魔王，也不会这么残酷。”赵志宏看着巴拉科夫，严肃地说。

“可是为什么我们没有检测到这些，而只是检测到英仙座发生了意外？”玛索抱着头几乎崩溃。

“湮灭是在瞬间完成的，当然不会检测到，而且也没有留下痕迹，但战争会留下痕迹。”佩尔森轻轻地对玛索说。

玛索扭过脸看着佩尔森，在他的脸上，没有丝毫的惊恐，而是平静。

“看来造物主从梦中醒来了。”佩尔森仍然非常平静，但是很快，他苦笑了一声，摇了摇头。

“不！”玛索惊声尖叫着。

“我们去英仙座，也许会有幸存者。”刘婕的话让所有人从眼前这种可怕的幻境中缓过神来。

“平行宇宙中的掠夺者的目标并不单单是这里的生物资源，他们的目标是这里的一切。”桑诺进入了指挥舰。

“你怎么知道？”佩尔森好奇地看着桑诺。

“在大约四个小时之前，我们即将进入银河系的时候，我的飞船无意中捕获了一条极其短暂的无线电信号，它隐藏在数以万计的宇宙射线中，很难被发现。”桑诺看着所有人，脸上面无表情。

“不可能，我们的计算机已经进行了筛选，不会有遗漏的无线电信号。”佩尔森反驳着桑诺，一旁的玛索冲着他伸出了拇指。

“当然不会遗漏，但是这条例外。”桑诺微笑着对佩尔森说，非常自信。

“怎么回事？”刘婕平静地问着桑诺，她相信桑诺不会说假话，特别是在这样的情况下。

“这是一条只有十四个加密字母组成的无线电信号，它无限接近于 PH 宇宙射线，甚至没有区别。”桑诺对刘婕说道。

“那你怎么肯定这不是 PH 射线呢？”佩尔森不服气地问。

“因为这十四个字母是玛雅语，更准确地说是来自安路玛部落的土语，这是卡妙在玛雅王国的时候教给我的。”桑诺仍然慢条斯理地说。

“这些字母的含义是什么？”刘婕冲着桑诺点了点头。

“他们切割空间然后带走了一切。”桑诺的脸几乎扭曲了。

“切割空间！”所有人都看着桑诺，呆呆地站在原地，包括巴拉科夫和赵志宏。

“他们把宇宙一块一块地切割，然后像拿走宴会上的蛋糕一样拿走一切。”桑诺定了定神说。

“再没有其他信息了 吗？”刘婕问。

“没有，这可能是卡妙留给我们的最后一条信息。”桑诺叹了一口气说。

“他是个勇敢的人，有点像莫里斯。”玛索伤感地说。

“无论发生什么，我们都必须到英仙座去，他们不可能不留下任何线索。”刘婕斩钉截铁地说。

“不，他们还真的会不留下任何线索，你看这些恒星，这不是湮灭，是整个消失了，甚至连引力的痕迹都不存在，就好像把自由女神像连底座一起搬到了巴黎。”巴拉科夫对刘婕说。

“他们不会留下痕迹，但是卡妙会留下信息的，他是个聪明的人。”桑诺说。

“聪明的人也只是普通人，从物理角度上说，他并不特殊。”赵志宏对桑诺说。

“他是个好猎手，在我们玛雅，一个好猎手会给同伴留下记号的，这点我非常坚信。”桑诺耸了下肩膀微笑着说。

“前往英仙座，如果我们也被掠夺了，那只能说明我们不够走运。”刘婕说。

“我相信我们会走运的。”桑诺点了点头，离开了指挥舰。

“玛雅的猎人真的这么厉害吗？”艾伦扭过脸看着一旁的赛琳娜问。

“当然，不信你可以站在一百米之外，如果我射不到放在你头上的苹果，那么你让我做什么都可以。”赛琳娜白了艾伦一眼。

“如果你输了，你嫁给我好吗？我也想像金娜和库福尔那样有几个孩子。你知道吗，我非常喜欢小孩儿。”艾伦看着赛琳娜，一脸的认真。

“如果我输了的话，你就死了，我怎么会嫁给一个死人？”赛琳娜被艾伦逗笑了，但是脸上却泛起了红晕。

“那你就直接嫁给我好了。”艾伦坏笑着。

“那你还是站在那里好了。”赛琳娜拿起了桌子上的苹果递给了艾伦，指了指远处，示意他走过去。

“好。”艾伦出乎意料地从赛琳娜手里接过了苹果，大步朝着远处走了过去。

“你……”赛琳娜不知所措地看着艾伦。

“来吧，赛琳娜，把你手里的箭射向我吧，要么你成为我的妻子，要么我成为你的猎物。”艾伦非常严肃地看着赛琳娜和所有人，这次，他是认真的。

“你可以干掉他，我支持你。”巴拉科夫歪着头对赛琳娜说。

“我也这么认为，他以后就不会在你耳边嗡嗡了。”艾克拉笑着对赛琳娜说。

“赛琳娜，我相信你。”切里亚也看着赛琳娜严肃地说，但是他的表情里却透着坏笑。

“赛琳娜，我亲爱的姑娘，请你结束这一切吧，我愿意成为你的猎物。”艾伦在远处看着赛琳娜，高声地喊着。

“闭嘴！”赛琳娜几乎快哭出来了，她看得出来，在场的所有人没有一个真正盼着艾伦死掉，而都是盼着她成为他的妻子。

“快，赛琳娜，我心甘情愿，我爱你。”艾伦居然哭了起来。

“你就是让我射，也得把苹果放在头上啊。”赛琳娜看着远处的艾伦，无奈地放下了手中的弓。

当晚，艾伦在所有人的见证下迎娶了玛雅姑娘赛琳娜，他爱她，她可能也爱他，谁知道呢。

八、进入玛雅基地

舰队一刻不停地朝着英仙座悬臂出发，那里将是揭开真相的地方，或者是一切结束的地方。

“每个人都做好迎接死亡的准备吧。”刘婕面带微笑地对所有人说，之所以微笑，是因为她要告诉所有人，死亡并没有看上去那么可怕。

“我们都是死过无数次的人了。”赵志宏看着刘婕，仍然是一脸的严肃，对于他这样的人来说，死神早就是他的老朋友了。

世界上有很多东西是无法避免的，其中就包括死亡，没有人喜欢面对它，但却无可奈何。视死如归不过是一种精神上的自虐，和死亡本身并没有任何的因果关系，坦然也好，恐惧也罢，其实都是死亡之前的一种正常的状态，而死亡究竟是什么，活着的人永远都不会知道。

英仙座悬臂是四条悬臂中损害最严重的，从远处望去，这里的星系已经变得零零散散，而幸存的星系也因为星系之间的引力遭到破坏而似乎在垂死挣扎一般。如果这个时候谁还说这里有幸存者的话，那多半是安慰别人的话。曾经，这里有过无数个种族、文明，但是现在，这里甚至连地狱都算不上。

卡妙所在的三颗行星的星系是少数仍然存在的星系之一。虽然恒星还在，但由于温度下降了许多，看上去更像是垂死挣扎一样，三颗行星只能依靠自身的引力相互衬托着，孤独且毫无规则地转动着。终点是哪里？他们自己都不知道，也许成为尘埃是他们最终的归宿。

“探测舰准备，艾伦、赛琳娜。”刘婕看着三颗行星，下达了命令。

“博士，我请求一个人去，因为赛琳娜并不适合这份工作。”艾伦看着刘婕，严肃地说。

“一个人无法完成工作。”刘婕并没有同意艾伦的请求。

“我可以完成，请相信我。”艾伦斩钉截铁地说。

“你疯了吗？”赛琳娜看着艾伦，眼睛睁得大大的，一直以来，他们两个都是探测舰上的搭档，但这次艾伦却要一个人去。

“是因为你担心赛琳娜吗？如果这样的话，那她可以不去。但是你得知道，死亡对这里所有的人来说，都是近在咫尺的，待在这里并不意味着安全，去了那里也不见得是危险的。”刘婕看着艾伦，平静地说。

“我知道，不过不是这个原因。”艾伦扬了一下眉毛，看了一眼赛琳娜对刘婕说。

“那是什么原因？”刘婕有些好奇。

“我工作的时候喜欢安静，赛琳娜总是在我耳边喋喋不休，我无法静下心来。”艾伦的回答让所有人意外。

“你这个浑蛋。”赛琳娜气得发抖，她没想到艾伦居然会说出这样的话。

“好吧，那我祝你好运。”刘婕也笑了，她看了看赛琳娜，同意了艾伦的请求。

“再见了各位，我一进入行星就发送无线电。”艾伦进入了探测舰，准备出发，突然之间，他又打开了探测舰的舱门，笑着对赛琳娜说：“亲爱的，你如果能少说些话，我可能会带上你。”说完，艾伦就笑嘻嘻地关闭了舱门。

“我会杀死你的。”赛琳娜咬牙切齿地看着艾伦。

艾伦独自驾着探测舰进入了第一颗行星，根据切里亚和桑诺的指引，这里是卡妙的玛雅王国的中心。曾经这里是一个强盛的王国，此时行星的大气层已经几乎完全消失，只剩下一层稀薄的氮氧化合物飘在空中，看上去就像是几十亿年前的初始星球。

艾伦选择了在星球内部的一处高原着陆，因为这里还可以清晰地看到玛雅基地的遗迹。

艾伦并没有立刻走出飞船，而是先向舰队发送了实时图像。紧接着，他长舒了一口气，缓缓地打开了舱门，走出了飞船，朝着玛雅基地所在的城市走去。

看上去这里并不像是遭遇了战争，更像是一场无法抗拒的自然灾害，而且艾伦并没有发现飞船和人存在的迹象。

“也许他们安全地离开了。”艾伦一边自言自语，一边走进了城市中。

“我还没有发现任何他们留下的证据。”艾伦向舰队做着报告，向一处看上去像是指挥中心的房屋走去。

屋内的情形并没有让艾伦感到吃惊，看上去他应该是数年来第一个走进这间屋子的人，除了石头之外，其他一切物质都已经归于自然，没有留下丝毫的痕迹。艾伦打开了自身携带的照明系统，仔细地搜寻着屋内可能存在的证据。

果然，在屋子的巨大石墙上，刻画着一些文字。艾伦有些兴奋，他走近了石墙，仔细地阅读着上面的文字，如果他的判断没错的话，这应该是玛雅人留下的信息。

“整个银河系发生了莫名其妙的事情，大如行星的飞船凭空出现，虽然就在眼前，我们居然无法检测到他们，空间被整齐地切割，然后和飞船一起进入宇宙旋涡中，我们无法确定我们留下的这些文字你们是否可以看到。来自地球的巴尔顿将军和我们在一起，但是现在，我们必须离开，因为人和星球只有一个可以存活下去。只有这样，人类的种子，我们宇宙的信息才有保存下去的机会。如果你们有机会看到这些文字，那么尽快离开，银河系即将整个消失，然后是其他星系，直至整个宇宙。”艾伦一边读着一边直冒冷汗，他下意识地回过头望了望，看到了令他绝望的一幕，他的飞船居然在短短的十几分钟之内发生了质变，就像是经历了几百万年的时间一样，完全腐蚀了。

“该死！”艾伦愤愤地骂了一句，匆忙地扫视了一下四周，确认这里没有其他文字，然后跑出了屋子。

他用最快的速度把文字传输到了舰队，然后看了看已经腐蚀的飞船，咬了咬牙，朝着另外一间屋子跑去，那里，也许还有其他信息。

果然，在另一间看上去有点像是祭祀场地的房子里，艾伦在石壁上再次看到了文字：

> 我们之前关于宇宙的所有想法都是错误的，这是最不幸的。宇宙中的掠夺者无处不在，而我们要么成为被掠夺的资源，要么会成为掠夺者中的一员。任何生命都具有可怕的两面性，不要相信任何人，立刻离开银河系，去寻找诺母，他是活下去的唯一希望。

艾伦呆呆地站在原地，他实在想不明白这究竟是怎么一回事。

九、再见，我的妻子

突然之间，天空中传来了诡异的响声。艾伦抬起头，看见在天空中凭空出现了一个非常小但是却非常明亮的旋涡，正在以一种非常慢的速度吞噬着一切，随着吞噬的物质越来越多，它的质量在逐渐增大，速度也越来越快。

“该死。”艾伦骂了一声，却发现自己身上的宇航服在发生腐蚀。

“妈的。”艾伦再次骂了一句，然后抬起头看了看远处的舰队，几乎没有任何犹豫，他发送了消息。

“舰长，请立刻带领舰队离开这里，去寻找诺母，他才是我们活下去的唯一希望。我的探测舰已经发生腐蚀，我无法返回，天空中出现了旋涡，它正在吞噬着一切，不久之后它可能就会达到光速，这里的一切都会消失。让我们在未来再见，爱你们的艾伦，请转告我的妻子，她是世界上最美的姑娘。”

信息刚一发送完，艾伦就突然感到了呼吸困难，他低下头看了看自己，发现他的宇航服已经完全被腐蚀了，他自己的身体已经和完全暴露没有区别了，而更倒霉的是无线电输出系统也已经失去了功能。艾伦苦笑了一声，坐在了地上。

“到底发生了什么？”玛索看着艾伦的信息惊讶地喊着，与此同时，她不停地向艾伦发送着无线电，却没有得到任何回复。

“我们必须离开，越快越好。”巴拉科夫大声喊着。

“可是艾伦还没有回来。”玛索看着巴拉科夫，不可思议地说道，她并不认为巴拉科夫可以抛下艾伦。

“你没有看到他说在未来见面吗？”巴拉科夫瞪着眼睛看着玛索。

“那怎么可能？”玛索突然哇的一声哭了出来。

“玛索，迅速离开这里，越快越好，这是我的命令。”刘婕走到玛索面前，面无表情地说着。

“可是，艾伦……”玛索简直不敢相信自己的耳朵，刘婕居然同意巴拉科夫的观点。

“我们没有时间了。”赵志宏也对玛索说着。

“如果我们不走，那才是对不起艾伦，这里有他的妻子和孩子，赛琳娜怀孕了。”刘婕蹲下来，轻轻地对玛索说。

“在孩子出生之前，不要把这个消息告诉赛琳娜。”刘婕回过头对所有在场的人说道。

“那她问起我们怎么回答？”玛索一边下达了即刻出发的指令，一边哭着问刘婕。

“告诉她，艾伦在行星上遇到了玛雅人，但危险随之而来，他只能和玛雅人离开了。”刘婕说这话的时候，脸上几乎没有任何表情。

“赛琳娜知道真相会崩溃的。”玛索歇斯底里地喊着。

“时间会让一切都变淡的。”刘婕仍然非常平静，只是泪水已经布满了她的脸庞。

舰队在旋涡达到光速之前朝着英仙座之外飞去，按照计算，他们的逃逸速度恰恰躲过了旋涡的巨大引力，再晚一点儿的话，他们将被旋涡毫不留情地吞噬。

所有人都坐在各自的座位上发着呆，包括巴拉科夫和赵志宏，此刻他们最害怕见到的人就是赛琳娜。也正是在这个时候，赛琳娜进入了指挥舱。

“舰长，该死的艾伦在哪儿？”赛琳娜的脸上仍然带着愤怒，显然，她还没有原谅艾伦说过的话。

“艾伦……”玛索欲言又止地看了一眼刘婕，看来她并不适合撒谎。

“赛琳娜，该死的艾伦没有回来。”刘婕非常平静地看着赛琳娜，脸上带着淡淡的微笑。

“没有回来？什么意思？是不是你们把他藏起来了？放心，我不会对他怎么样的，我要和他离婚。”赛琳娜没有明白刘婕的意思，气愤地说道。

“我是说艾伦没有返回这里。”刘婕尴尬地看着赛琳娜。

“没有……回来……”赛琳娜终于明白了刘婕的意思，她看了看所有人，每个人都把头扭向了别处。

“他……在哪里？”赛琳娜走到刘婕面前，紧紧地盯着刘婕。

“他和卡妙在一起，从另一侧离开了，他只是来不及回来，不过他说在未来一定会见面的。”刘婕目不转睛地看着赛琳娜，单从眼神上看的话，刘婕并不像是在撒谎。

“你撒谎，对吗？”赛琳娜严肃地问着刘婕。

“没有，我发誓。”刘婕的平静再次出乎了所有人的意料。

赛琳娜回过头再次看了看所有人，这次，她发现每个人都看着她，眼神不再躲躲闪闪，于是叹了一口气说：“他最好在孩子出生之前回来，不然我的孩子不会叫他爸爸。”

“当然，艾伦从来都是个准时的人。”赵志宏对赛琳娜说。

“赛琳娜，卡妙是个好猎人，他一定会照顾好艾伦的。”切里亚也走了过来，拍了拍赛琳娜的肩膀。

赛琳娜没有说话，她再次看了看所有人，转身离开了指挥舱。

“你说谎的本领我还是第一次领略。”巴拉科夫看着赛琳娜的背影对刘婕说。

“当然，谎言是宇宙语言的一部分，我在书里写过的。”刘婕也没有看巴拉科夫。

艾伦仍然坐在地上，天空中的旋涡已经变得非常巨大，几乎覆盖住了整个星空，看样子即将吞噬掉眼前的一切。艾伦把双手放在地上，仰望着天空，不知为什么，在这最该绝望的时候，他甚至没有一丝一毫的绝望，反而多了一些期待。

“这就是死亡吗？看样子蛮壮观的。”艾伦心里想着。

“他们应该已经逃走了，你做了一件正确的事。”一个声音在艾伦的脑海里出现，是幻觉吗？还是真实的？艾伦努力地想保持清醒，但是大脑中的氧气却越来越少，他已经无法控制自己的思维了。

“我的孩子长大之后一定会为我骄傲的，对吗？”艾伦问着脑海里的那个声音。

“这点毫无疑问，他会和你一样勇敢。”那个声音坚定不移地说。

“一切就这么结束了吗？我有点不甘心。”艾伦继续问着。

“你说过的，未来还会见面的。”那个声音渐渐地变小了。

“对，未来一定会见面的，这是我的诺言。”艾伦的声音也变小了。

旋涡终于吞噬掉了整个天空，还有行星，也包括艾伦，一切都显得那么自然，没有留下丝毫的痕迹。

未来，是一个很有趣的设定。

“可怜的孩子，他到死都没有吃到真正的鳕鱼。”赵志宏看着消失在天际的行星，感慨地说。

“他会吃到的，在那个世界里有取之不尽的鳕鱼。”玛索静静地看着前方，平静地对赵志宏说。

“他很爱赛琳娜，对吗？”玛索问赵志宏。

“我想是的，但我宁愿他们彼此憎恨。”赵志宏的表情一如既往地严肃，在他的眼睛里，似乎多了些以往没有的柔情。

十、离开的切里亚

随着舰队逃逸出了英仙座悬臂，那个巨大的旋涡也开始了对整个悬臂的吞噬，从远处望去，就像是一只凶猛的鳄鱼吞食着一只无助的羚羊，而羚羊早已经失去了反抗能力，它唯一能做的就是再看一眼这个色彩斑斓的世界。

“下一个是地球了吗？”刘婕看着巨大的旋涡问巴拉科夫。

“我希望是。”巴拉科夫面无表情地回答着。

“为什么？”刘婕看着巴拉科夫，对他的回答有些意外。

“那会让我们彻底没有了顾虑。”巴拉科夫轻轻地闭上了眼睛，这次，他没有喝酒。

“现在我们去哪里？”刘婕茫然地看着远方，既像是问自己，也像是问巴拉科夫。

“寻找诺母。”巴拉科夫冲着刘婕点了点头。

“我现在无法判断到底哪些是真相。”刘婕摇了摇头，苦笑着说。

“事情的真相总不会一下子浮出水面的，不过我们总是在变得强大。”巴拉科夫揽住了刘婕的腰平静地说，在他的脸上，依旧没有任何表情。

“我总是感觉艾伦还活着。”刘婕靠在了巴拉科夫的胸前轻声说。

“女人的直觉大多数时候都是准确的。”巴拉科夫在刘婕的额头上轻轻地吻了一下。

“博士，英仙座悬臂的星系已经消失了百分之九十，旋涡不再膨胀，但它可能随时会再次出现，至于在哪里，我们没有答案。”佩尔森走了进来对刘婕说。

“告诉玛索，我们去仙女座，但是不要做任何停留，我们的目的是找到诺母。”刘婕对佩尔森下达了命令。

“可是玛雅人不愿意去，他们要寻找他们的伙伴。”佩尔森为难地告诉刘婕。

“每个人都有选择的权利，我去对他们说。”刘婕看了一眼巴拉科夫，走进了会议室，切里亚正坐在那里，安静地等待着刘婕。

刘婕冲着切里亚礼貌地笑了一下，然后坐在了他的对面。

“博士，我很抱歉做出这样的选择。”切里亚有些尴尬，但还是说出了自己的想法。

“不用这样，我理解您的决定，也支持，这是您的权利。”刘婕微笑着说，她是真诚的，现在，她已经不能要求任何人做什么了。

“我们只是玛雅的一部分，在宇宙中还有很多我们的伙伴，雅各布、恰克西、卡妙、玛塔、阿克，还有国王他们，说实话，我很羡慕你们能够在一起，我们感到很孤独。”切里亚一边说一边无奈地摇着头。

“他们也许也在找你们。”刘婕仍然微笑着。

“我们原本不应该离开地球的，或许那样我们会在历史上留下一些让人难忘的痕迹。”切里亚叹息地说。

“一切都是注定的，无法改变，因为时间无法倒退。”刘婕也叹了一口气说。

“我希望在我们走的时候，您可以答应我们一件事。”切里亚几乎是用恳求的语气对刘婕说。

“当然，我一定会答应的。”刘婕真诚地说。

“赛琳娜决定留下来，请你们照顾好她，还有孩子。”切里亚看着刘婕，一字一顿地说。

“她不走吗？”刘婕感到有些好奇。

“她说艾伦一定会回到这里的，因为这里是他的家。”切里亚伤感地说着。

“我为我对她撒过的谎感到遗憾，但我必须这么做，先生，您放心吧，我们一定照顾好赛琳娜，她是我们的亲人，事实上她也不需要我们照顾，她是个坚强的姑娘。”刘婕伸出了手。

“嗯。”切里亚握住了刘婕的手，站起身，扭过头。

“我不一一告别了，这会动摇我的决定的。”切里亚哽咽地对刘婕说。

“嗯，你也答应我一件事好吗？”刘婕平静地在切里亚的身后对他说。

“您请说。”切里亚回过头看着刘婕好奇地问。

“请你们一定要活着。”刘婕的眼泪不自觉地流了下来，虽然她早已经是一个坚强的人，但是情感仍然无法避免地流露出来，这就是人类身上错误的程序。有些时候，错误的东西未必都是丑陋的，残缺的东西也未必不美丽，维纳斯缺了双臂，却赢得了永恒，美杜莎失去了双眼，却比任何人都了解真相，缺憾，在某些时候会是一种壮美，这点毋庸置疑。

“我一定努力做到。”切里亚也控制不住自己的情绪，走到刘婕面前，来了一个大大的拥抱。

“我们是朋友，对吗？”刘婕问。

“是的，您是我最尊重的朋友。”切里亚哭得几乎不能自已。

“我和你约定，在未来的某个地方，我们一定要见面。”刘婕擦了擦眼泪对切里亚说。

“嗯，我答应您。”切里亚努力地控制着自己的情绪。

“把这个拿着。”刘婕从脖子上摘下了一块她随身戴了很久的玉，在东方，玉是吉祥如意的象征，这是在火星基地回归地球之后的第一个生日时，莫里斯送给她的礼物。

切里亚也摘下了身上的鹿骨项链，在玛雅文化中，这是幸运的象征。

没有再多的言语，切里亚坚定地走出了指挥舱，十几分钟之后，舱门打开，玛雅舰队离开了刘婕的舰队，消失在了宇宙深处。刘婕的心里虽然有少许的失落，但更多的却是由衷的祝福，也许在未来，她真的可以和切里亚再见面，还有赛斯·李、艾伦和莫里斯。

“你已经适应了这个残酷的宇宙，我相信你在未来一定会成为一个造物主式的人物的。”赵志宏对刘婕说。

刘婕微微地对着赵志宏笑了笑，她不知道该说什么，在她的内心深处，曾经无比希望成为一个造物主那样的生命，因为那样可以按照自己的意愿去创造一个理想的乐园。但是现在，她却对自己曾经的理想产生了疑问，一个种族、一个文明是否应该存在情感，是否应该在精神上有所寄托？这都是刘婕产生疑问的原因，莫里斯的书中并没有对此给予一个准确的答案，或许莫里斯自己也不知道人类的思维极限在哪里，就像宇宙一样，无边无垠。

“现在和引线时代很像。”赵志宏轻轻地说着。

“都是为了生存盲目地前进。”刘婕回答着赵志宏。

“不单是这点相似，还有一点是都无法预测未来，能坚持下去的人都将成为胜利者，但也是最不幸的。”赵志宏接着刘婕的话说。

“您出生在引线时代吗？”刘婕问。

“不，我出生的时候，那个时代已经结束了，我曾经为此感到高兴，但现在，我觉得这是我的不幸。”赵志宏笑着说道，虽然他很少笑。

“和我一样，但我从没感到高兴，一直以来我都只是充满了好奇。”刘婕看着赵志宏，真诚地说。

十一、万变不离其宗

“我觉得我们像乒乓球一样，在银河系和仙女系之间来回跳跃着。”佩尔森望着远处的仙女座，苦笑着说，言谈中带着一丝无奈。

“现在这一局算是结束了，因为银河系已经倒下了。”赵志宏笑着对他说，自从艾伦离开之后，赵志宏似乎学会了笑，对于一个几十年来都不苟言笑的人来说，这是一件很难的事。

“舰长，你说我们能找到诺母吗？他和那个玛雅猎人之间究竟发生了什么？”佩尔森绞尽脑汁也想不出诺母到底是怎么回事。

“也许是一个披着人皮的狼，也可能是披着狼皮的人。”赵志宏坐了下来淡淡地回答着。

“那我们该怎么面对他们？”佩尔森摇了摇头问道。

“顺其自然。”赵志宏若有所思地回答。

“玛雅人说他们是恩美雅人的祖先，巴尔莫人说他们是来自平行宇宙的怪物，那个猎人说他们是救世主，您又说他们是狼，我有点晕。”佩尔森坐在了赵志宏面前看着他，一脸的茫然。

“你读过莫里斯的《思考》吗？”赵志宏转移了话题，他不想在没有答案的问题上纠结。

“读过，感觉太哲学了，我并不喜欢哲学，这您是知道的。”佩尔森尴尬地笑着。

“那不是一本哲学书，而是一本描述事实真相的书，它会让人类学会适应宇宙。现在看来，他是对的，真不知道这个人究竟是一个什么样的人，我们离开地球的时候，他还是个学生，可现在看来，他比爱因斯坦还要伟大。”赵志宏微笑着对佩尔森说。

“我觉得人类永远不能适应宇宙。”佩尔森提出了自己的观点。

“为什么？”赵志宏问道。

“因为宇宙总是在变化着，就像地球的春夏秋冬一样。不同的是，宇宙似乎有无数个季节，一个季节结束之后，就再不会出现相同的季节，所以包括我们人类在内的所有文明都必须学习适应这种变化，适应不了的就会被宇宙淘汰。”佩尔森非常认真地说。

“我们中国有句古话叫万变不离其宗，大概意思是事情无论怎么变化，它的中心都是不变的。我相信宇宙的真相只有一个，而且是永恒的，如果找到了这点，那无论它怎么变化，我们都可以轻松面对。上帝和造物主可能就是率先适应了这点的生命。”赵志宏看着佩尔森轻轻地说。

“这太难了，或者说我们太渺小了。”佩尔森并不认为这像赵志宏说的一样轻松。

“当然很难，但并不是无法理解的。几十万年前人类打猎的时候，他们几乎一无所知，经常被野兽吃掉，但是后来他们懂得了如何干掉那些野兽，就再也没有失过手，而这个过程就是发展必须要付出的代价。也许我们这一代永远无法知道事情的真相或者我们会死在真相面前，但是我们只要留下信息，就一定有后来人可以替我们完成这个任务。如果他们有幸成为造物主，那么他们一定会创造出以人类为样本的一个文明，那时候，也许就是我们重生的日子。而且我认为，人类的诞生正是如此，在此之前，说不定就曾经有过和我们一样的文明探寻过宇宙的真相。”赵志宏一边说一边看着远方，似乎真相就在那里。

“是啊，也许宇宙就是一个不停循环的过程，在这种循环中不停地创造着毁灭着，周而复始。”佩尔森总算明白了赵志宏的意思。

“就好像是佛教中的六道轮回一样，当你有幸跳出轮回之后，你就会看清楚一切，也就可以坦然地接受一切了。但那需要一次涅槃，只有涅槃才能重生。”赵志宏长吁了一口气说。

“刘婕博士他们也很推崇佛教，在她的书里用数学来模拟了佛经里的因果关系，我觉得非常有趣，也很正确。”佩尔森点了点头对赵志宏说。

“我也读过她的书，虽然有些地方看不懂，但我认为她的理论是正确的，只是还需要证明，虽然这个过程会很曲折。”艾克拉不知什么时候从他的战舰上走了过来。

“在宇宙里待得越久，我就发现我们距离真相越远，这听上去有点奇怪。”佩尔森苦笑着对艾克拉说。

“知道真相又能怎么样？我认为不单是诺母知道真相，在宇宙中肯定还有其他人知道真相，但是他们因为某种原因没有说出来，比如之前的巴尔莫人。”艾克拉对佩尔森说。

“那你认为那些知道真相又不愿意说出来的人是因为什么才不说的呢？恐惧还是另有苦衷？”赵志宏对艾克拉的话非常感兴趣，他好奇地问道。

“也许他们喜欢顺其自然吧。”艾克拉摇了摇头，表示自己只是猜测。

“我们在进行军事演习的时候，会努力猜测对方的想法，对方也会猜测我们的想法。事实上却是我们的猜测都太多了，最终获胜一方的想法其实非常简单。”赵志宏伸了个懒腰说。

“简单到什么程度？”佩尔森问。

“从一条每个人都知道的道路上发动进攻。”赵志宏的回答简单明了。

“直截了当。”艾克拉总结了一下。

“宇宙的真相也是这样吗？”佩尔森更加好奇了。

“这个我就不知道了，也许从数学的角度上来说是这样的，你可以有机会去和刘婕博士聊聊，她总是冥想，或许她对真相已经有了一个笼统的认识。”赵志宏笑了笑。

“嗯，我会问的。”佩尔森点了点头。

“赛琳娜今天又问起艾伦了，她已经有所怀疑了。”艾克拉坐了下来对赵志宏说。

“她当然会怀疑，谎言永远都是谎言，不过我倒是认为，刘婕的话并不完全是谎言。”赵志宏看着艾克拉认真地说。

“怎么解释？”艾克拉充满疑问。

“这个你可以去问她，我只是猜测而已，我们没有见到艾伦的尸体，他只是消失了而已，对吗？”赵志宏歪着头反问艾克拉。

“你的意思是艾伦……和消失的那些星系在一起？”艾克拉惊恐地看着赵志宏。

“记得艾伦发给我们的信息吗？”赵志宏的表情变得严肃起来。

十二、掠夺的意义

几乎在同时，刘婕通知舰队上所有的技术人员参加一次对艾伦留下的信息的解读工作。当然了，这并不是一项轻松的工作，因为这不但需要字面上的理解，还需要进行最为严谨的科学分析。

“大如星球的宇宙飞船，这本身就是一件不可思议的事。”莱切率先发言，确实，这已经大大超出了他的想象力。

“是不可思议，但是可以理解，如果需要，我们也能制造出这么大的家伙，不过我并不认为有什么用。”巴拉科夫一边喝着他心爱的伏特加，一边说着，在他的脸上，没有任何表情，大概他的所有注意力都在伏特加上了。

“你们认为那个旋涡是什么？”刘婕问大家，希望可以得到一个让她满意的答案。

整个会场没人说话，让一个连鸡蛋都没见过的人去猜测一只母鸡的样子，本身就不是一件容易的事。

“我们没有任何数据来支持我们的猜测，所以任何猜测都停留在臆想阶段，可能每个猜测都正确，但也可能都是错的，不过没人可以阻止我们进行这种想象。”莱切看了刘婕一眼，用苍老的声音说道，他的话得到了大部分人的同意。

“我认为那个旋涡是一个通往平行宇宙的大门，当大门打开之后，引力大的一方就会吸收另一方的物质，就像是两个巨大的星系之间的碰撞一样，最后会形成一个星系。虽然看上去像是它在吞噬我们，但这可能只是视觉偏差造成的，我认为我们的两个宇宙已经合二为一了。”莱切严肃地说。

“不错的想法。”刘婕冲着莱切笑了笑，示意他坐下听听别人的意见。

“我不认为平行宇宙的概念是我们想象的这样。”佩尔森托着下巴说道。

“说说看。”刘婕把脸扭向了佩尔森。

“我们一直以来对于宇宙的理解的都不正确，真正的原因并不是我们见到的东西太少，也不是我们的理解能力和思维能力有限，真正造成我们错误理解的原因是因为我们的理解太过主观。比如在对诺母的理解上，我们每次都认为我们找到了终极答案，但每次都会有新的答案出现。平行宇宙是个概念化的东西，如果简单地理解成是两个同一时间点内的两个宇宙的话，那可能太武断了。”佩尔森撇了撇嘴说。

“那你的理解是什么？”刘婕又问。

“我认为平行宇宙之间并没有时间的概念，我们看到的旋涡吞噬星系也许发生在很久以前或者很久以后，这根本就不是我们所理解的物理。”佩尔森淡淡地回答着，似乎胸有成竹。

“那怎么解释星系被吞噬？那是我们亲眼看到的。”刘婕提出了质疑。

“假设我在半个小时之前拿走了你放在桌子上的一个苹果，然后我录制了下来，通过电影的形式放给你看，你看过之后去找苹果，苹果在不在？”佩尔森问刘婕。

“当然不在，你已经拿走了。”刘婕疑惑地看着佩尔森。

“不，答案是可能在，也可能不在，我可以录制完成之后再把苹果放回原处的。”佩尔森笑了。

“你是想说我们看到的旋涡吞噬星系，还有那些巨大的家伙都是假象？”莱切看着佩尔森问道。

“从我们的理解方式上来看，这至少是成立的。”佩尔森点了点头。

“那他们现在在哪儿？”莱切问。

“还在那里，只不过是在平行宇宙中，就像是一张纸的正反面。”佩尔森用非常坚定的语气说。

“可宇宙不是二维世界。”莱切仍然不认可佩尔森的理论。

“我说了，我们的物理常识并不能决定一切，几十年前，人类还说永动机永远不可能制造出来，因为不符合动力学原理，但是原子的无限融合技术改变了动力学。”佩尔森对莱切说。

“你的意思是在我们身边，有无数个平行宇宙，每个宇宙中的物质总在正反面不停地变换着，不知道这么理解是否正确。”莱切微笑地问佩尔森。

“完全正确。”佩尔森微笑着回答。

“如果平行宇宙的数量也像时间点一样是无限多的，物质总量又有限的话，平行宇宙之间争夺资源的战争就永不会停歇，我们所看到的一切就是随时随刻都在发生的。”莱切接着说。

“那也就可以解释为什么宇宙中会有这么多掠夺者了，我想他们应该是处于各自平行宇宙的顶端，为了各自的宇宙必须要进行掠夺，这是他们的工作，我们如果到达了顶点，也一样会进行掠夺的，对吗？”佩尔森又问着。

“掠夺者可以改变生活质量。”巴拉科夫笑着说。

“故事都很精彩。”巴拉科夫把剩下的半杯伏特加一口喝掉。

“宇宙的谜团又被我们颠覆了一次，这非常有趣。”刘婕笑着对所有人说。

“智者也是在这种臆想中进化的，我认为我们正朝着正确的道路前进。”佩尔森也笑了。

“所以巴尔莫人所说的宇宙没有永远的朋友，也没有永远的敌人是对的。”莱切耸了一下肩膀说。

“如果未来有一天我们也参与了这种掠夺，我会为此感到悲伤的，这不符合我的价值观。”佩尔森摇了摇头。

“价值观是羁绊我们成长的毒药。”巴拉科夫看着空空如也的酒杯说。

“但是生命需要尊重，他们有生存的权利。”佩尔森不服气地说。

“死也是一种权利。”巴拉科夫的声音非常大，所有人都听到了。

“没人愿意死。”佩尔森也提高了声音，显然他觉得自己的观点是正确的。

“死对于有些生命来说是一种解脱，甚至从某种意义上来说是一种重生，生死没有什么本质的区别。”莱切是赞成巴拉科夫的话的，并不只因为他们是老战友。

“如果一个人身受重伤，需要终生忍受痛苦，那我会亲手以最快的速度结束他的生命，这才是尊重。”巴拉科夫犀利地看着佩尔森说。

“一个文明的种族不会这么做的。”佩尔森几乎失控了。

“恰恰相反，文明的种族才会这么做。”巴拉科夫也看着佩尔森，毫不示弱。

“好了，我们要讨论的是宇宙，不是生命的意义。”刘婕停止了这场充满火药味的争吵。

第七章
诺母现身

一、玛雅重聚

切里亚的舰队是在大约四个月之后遇到阿克的舰队的，而他们相遇的地点则是在位于银河系一侧的大麦哲伦星系。说起来也许是巧合或者缘分，本来切里亚是打算去仙女座的，但是大多数人却反对去那里，他们更想开辟一条新的道路，那就是借道大麦哲伦然后前往大犬座矮星系，那里是人类还没有染指的星系，也许会有意外的惊喜。切里亚只得顺从民意，掉转了舰队的方向，奔向大麦哲伦星系。

也就是在刚刚进入大麦哲伦星系的当天，桑诺就意外地在宇宙射线中再次检测到了一条玛雅人留下的无线电信号。与卡妙的警告信号不同的是，这次留下信号的是阿克、玛塔，以及恰克西他们。

信号的内容是加密的，只有玛雅人才可以明白，此刻他们正在大麦哲伦星系中的一个小恒星系中驻扎。切里亚没有丝毫的犹豫，即刻按照坐标飞往了那颗行星。

切里亚的内心激动不已，作为被阿克留在第四纪冰期时的地球基地的舰长，他本来应该坚守在那里，但是宇宙危机使得他不得不离开那里。只可惜茫茫宇宙让他失去了判断力，而见到的一切又屡次颠覆着他的宇宙观。直到在英仙座看到旋涡吞噬星系的可怕一幕，切里亚才终于意识到，找到同伴也许是一个好的选择，至少他们在理论上来说要比地球人更先进。另一个促使他一定要找到伙伴的原因是因为玛雅人更喜欢在亲人面前离开这个世界，这是玛雅人从未放弃的传统。

阿克和玛塔是在大约四年前相遇的，当时玛塔带领着自己的一支舰队前往 6500 万年前的白垩纪的时间点去寻找可以生存的地方，而阿克则是打算到那里去寻找关于时间轴是否被锁定的秘密，就这样，他们在白垩纪相遇了。但是让他们感到难过的是，白垩纪的时间点是一个已经死亡的时间点，那里已经被未知文明进行了锁定，他们看到的是一颗刚刚被小行星撞击过的地球，而更让他们意外的是，那个时间点的银河系内的恒星居然少之又少，阿克和玛塔对此非常困惑。就在他们困惑的时候，他们看到了让他们震撼的一幕，一个巨大的宇宙旋涡在银河系中心的位置上开始喷射出数量众多的恒星和数之不尽的物质，而这个突然出现的旋涡四周是数之不尽的大如行星的飞船。阿克和玛塔被彻底震惊了，他们立刻在银河系形成新的引力之前回到了现在的时间点。

经过了民主选举之后，阿克成了新的舰队领袖，他决定放弃银河系和仙女系所在的室女座超星系团，到更远的地方去寻找生存的机会。而就在他们到达大麦哲伦星系不久，又遇到了在这里的一颗液态行星上顽强生存的恰克西。恰克西是在离开地球后在银河系中遭遇到了未知文明的袭击，虽然他们极力反抗，但是舰队的大多数飞船仍然付之一炬，恰克西带着幸存的四艘飞船迫降在了这颗液态行星上。

就在他们一起准备离开银河系朝着宇宙深处进发的时候，他们在大麦哲伦星系中意外地发现了这颗和地球在形态环境上极为相似的行星。当他们载着整个舰队进入这里之后，发现这里是一个正在发展中的星球，还没有出现智人之类的文明，除了布满全球的茂盛植物之外，还有着大量的类似哺乳动物的生物，看上去简直就像玛雅王国一样。最终他们决定在这里暂时驻扎下来，等休养之后再继续前进。

但是这一休养，他们却发现，自己渐渐地爱上了这颗散发着紫色光芒行星，这里的空气、这里的环境、这里的动植物无不让他们感到一种久违了的惬意。很多舰队上的成员甚至在远离基地的地方建立了仿造玛雅王国的木屋，开始了田园生活。每当阿克提出打算离开的时候，他看到的是所有人脸上失望的表情。最终，经过和舰队特别委员会的商量之后，阿克做出了在这里无限期停留的决定，直到危机来临的那一刻。

在这颗星球成为真正意义上的家园之后，阿克又带领所有的舰队成员把这里分成了四个相对独立的部落进行发展，每个部落之间要保持技术上的共享，同时共同面对随时可能出现的危机。而玛塔则负责在整个星系内的巡逻工作，一方面应对可能出现的外星文明的袭击，另一方面也继续寻找其他可能到来的玛雅部落。

两年之后，他们遇到了孤独地飘零在宇宙中的前国王，自从离开杰玛之后，他就率领着庞大的舰队在宇宙中漫无目的地游荡，几乎整个银河系都留下了他们的身影，即使是来到大麦哲伦之后，也仍然是漫无目的。当他们相遇时，双方都激动万分，已经老态龙钟的国王兴奋得像个孩子一样又唱又跳，玛塔也落下了激动的泪水。

玛塔在大麦哲伦星系的很多角落都留下了玛雅人才能看懂的无线电信号，希望仍然漂流在外的三个部落——卡妙的英仙座部落、切里亚的第四纪冰期部落以及雅各布的未知部落假以时日可以看到。终于，在四年之后，他们等来了切里亚。

没有比这更令人激动的事了，切里亚几乎是哭着前往坐标的，他无法描述自己此刻的心情，因为在此之前，他们已经在绝望的宇宙中飘荡了数十个春秋，活着对于他们来说已经成了一种累赘。很长一段时间以来，他们甚至希望遭受到某种突然袭击，然后把他们带入死亡的世界。现在，这一切都即将结束，因为他们要回家了，即使他们知道对于已经开始坍塌的宇宙来说，这不过是一种暂时的安宁。

回家，从来都是一件让他们感到开心的事情，无论什么时候。

二、利益决定一切

“切里亚哥哥！”当切里亚从舱门里走出来之后，恰克西的小女儿赞塔激动地朝着他跑了过来，紧紧地拥抱着他。曾经在杰玛时，他们是非常要好的朋友，一晃数年，赞塔已然出落成了一个大方的美女，和她的妈妈曲瓦塔一样美丽动人。

“赞塔！”切里亚紧紧地抱着赞塔，泪水如同断线的珠子一样不停地流淌着，太久了，太久了，他甚至已经忘记了她曾经的样子。

“我每天都在想念你。”赞塔也泣不成声，青梅竹马的往事此刻全都涌上心头，看到的人无不动容。

“欢迎回家，切里亚。”赞塔身后的恰克西和阿克也老泪纵横，不知不觉间，他们居然也成了老人，当年离开的时候，他们明明是那么英姿飒爽。

“我很抱歉。”切里亚哽咽着说。

“不，道歉的应该是我们，把你们扔在了那寒冷的世界里。”恰克西拉着切里亚的手哭泣着说。

“一切都好，一切都好。”切里亚不停地重复着，此刻，即使有再多的话也无法诉说。

回到基地之后，切里亚和恰克西、阿克讲述了他在宇宙中遇到的种种见闻，这让恰克西和阿克感到震惊，因为这和他们得到的信息完全不同。

“你的意思是卡妙要我们寻找诺母？”恰克西看了看阿克，然后充满疑惑地看着切里亚。

“是的，我也不理解卡妙为什么要留下这样的信息。”切里亚点了点头，望向了阿克。

“让我想想。”玛雅人中最聪明的阿克托着下巴，陷入了沉思，现在，他需要把自己所知道的所有信息进行一次汇总和逻辑上的梳理，这并不是一件轻松的事。

“卡妙他们在哪里？是死了还是离开了？”恰克西焦急地问着切里亚。

“从我得到的信息上来看，他们是离开了，但是我不确定他们现在是否活着。”切里亚摇了摇头无奈地说。

“如果离开，他们能去哪儿？”恰克西扭过脸问仍然在沉思中的阿克。

“如果信息确定是卡妙留下的，那么他们只有一个去处。”阿克点了点头，严肃地对恰克西和切里亚说。

“哪里？”两人同时问道。

“他们和诺母在一起，不然他们不会留下那样的信息，但是这里面还有一个问题我们需要弄清楚，否则一切假设都是不成立的。”阿克的表情更加严肃了。

“什么问题？”恰克西连忙问道。

“卡妙留下的这些信息是不是他自愿的行为。”阿克看着恰克西认真地说。

“你的意思是？”恰克西并不太明白阿克的意思。

“宇宙中充满了欺骗，恩美雅人欺骗我们，欺骗宇宙中的其他文明，而其他文明也欺骗着彼此，目的只有一个。”阿克稍微平静了一点说。

“生存？”切里亚说。

“不，完全错误。欺骗的目的不是生存，而是利益，生存不过是众多利益中的一种，在某种物理条件下，死亡也是一种利益，比如我们曾经见到的胡萝卜人，它们为了重新融合自身的原子可以主动选择死亡，而这从行为上来说是一种欺骗。”阿克非常坚定地说。

“那诺母的利益是什么？他为什么要掠走卡妙呢？”切里亚有些摸不着头脑。

“卡妙只是他掠夺的一部分，那些星系也是，他的利益我们无法猜测，但是几乎可以肯定，掠走这些对于他是有用的。”阿克对切里亚说。

“是奴役吗？就像我们对待胡萝卜人那样。”切里亚更加好奇了，他不停地追问着。

“让我想一想。”阿克托着下巴再次陷入了思考，他感觉自己距离真相已经非常近了，但在他和真相之间，存在着一张并不透明的纸。

切里亚和恰克西互相看了看，等待着阿克的结论。

许久之后，阿克长吁了一口气，摇了摇头：“我猜不出他们这么做的目的，我不认为诺母这样的文明需要用奴役其他文明来改变自己的生活，他们的世界应该并不存在生产力这样的概念，他们应该是像神一样，可以通过意念得到任何想要的东西。”

“那他们也自然没有必要来杀死这些对他们来说有些低级的文明了。”切里亚接着阿克的话说。

“当然了，他们没有任何理由这么做，但是他们还是来掠夺了，这在逻辑上行不通的。”阿克的脸上充满了疑惑。

“那会不会是卡妙他们主动追随了诺母，就像我们当初离开家一样。”恰克西问。

“不，我了解卡妙，他不是那样的人，他有着自己的价值观，除非是遇到了颠覆性的东西，否则他不会做出这样的决定的。”阿克看着恰克西，否定了他的答案。

“卡妙说只有追随诺母才会有生存的机会，这是不是说明诺母所做的事或者对他说的话已经颠覆了他的观念呢？”切里亚看着阿克，说出了自己的想法，虽然他的脸上仍然带着巨大的疑问。

“这不是又绕回来了吗？诺母没有理由做这样的事啊。”恰克西看着切里亚说。

“刘婕博士他们认为这和平行宇宙的物质总量有关，我认为有一定道理。”切里亚对阿克说。

“刘婕是个聪明的人，她不会这么轻易下结论，这也只是她的一种臆想，虽然有一定道理，但并不是没有反驳的证据。以诺母的文明程度来看，他们可以轻松得到想得到的一切，没必要大动干戈，来掠夺这些基本上没什么用的资源和人。”阿克平静地对切里亚说。

“我想除非诺母出现，否则我们永远不会知道事情的真相，这已经超出了我们的理解能力。”恰克西对阿克说。

“是的，无论从科学的角度上还是从其他角度，这都是我们没有接触过的领域。”阿克长叹一口气，摇了摇头，表示自己无能为力。

“可是诺母在哪里？他从没现过身。”恰克西问。

“在他的世界。”阿克非常坚定地说。

“他的世界在哪里？”切里亚问。

“在那个巨大旋涡的后面。”阿克望着天空，轻轻地回答着。

恰克西和切里亚也望向了天空，一切都是那么平静，就像是玛雅王国的夜一样，安静，祥和，充满魅力。

三、雅各布的信息

十几年了，切里亚从来没有这么惬意过。早晨，当他睁开眼睛的时候，看到的是柔和的阳光，感觉到的是泥土所散发出来的清香，房子外面的空地上，孩子们在尽情地享受着这一切。切里亚站了起来，笑了，那是发自内心的一种开心。

赞塔来了，她给切里亚送来了早餐，香甜的窝窝饼和让人垂涎欲滴的鸡肉酱。切里亚忽然觉得，这才是应该有的生活。

“赞塔，你真是个好姑娘。”切里亚一边大口吃着窝窝饼，一边夸奖着赞塔。

“我真羡慕我的爸爸妈妈他们，年轻的时候可以享受这样的生活，而且是每天。”赞塔看着外面，开心地说。

“当然，任何人都会羡慕的。”切里亚对赞塔说。

“真希望这样的生活永远属于我们，我实在对在宇宙中旅行感到厌烦了。”赞塔回过头看着切里亚温柔地说。

“一定会的。”切里亚微笑着对赞塔说。

“真希望宇宙能保持和平，不要有那么多的战争。”赞塔苦笑了一声对切里亚说。

“等我们成为造物主那样的生命，我一定会按照你的意愿创造一个世界，我发誓。”切里亚认真地说道。

“我非常期待那一天。”赞塔笑着说。

正在这时候，屋外响起了紧急信号，切里亚立刻紧张起来。这是来自特别委员会的信号，只有在遇到紧急情况时才会有少数几个人来进行决策，切里亚立刻穿好衣服去了基地的会议室。

刚一进屋，切里亚就看到阿克、尼克、恰克西、桑诺等人坐在那里，他们的脸上看上去非常忧虑。切里亚点了点头，坐在了空座上。

“我有一个消息要宣布，我相信从我的表情中你们可以看出这并不是一个好消息。”阿克扫了一眼所有人。

“任何这颗行星外部的消息对于我们来说都不是什么好消息。”切里亚苦笑着说。

“玛塔在巡逻时检测到了银河系内出现了异常情况。”阿克看了一眼切里亚。

“什么消息？”众人相互之间窃窃私语，猜测着这个消息有多坏。

“在银河系的天鹅座悬臂处，我们检测到了一个非常意外的现象，一个直径超过一光年的巨大旋涡突然形成，它几乎在不停地朝外喷射出各种物质，包括行星、恒星和星系。我不能判断这是否和切里亚之前看到的那种旋涡一样，所以来叫你们谈论一下。”阿克看了一眼切里亚说。

“向外喷射物质？”切里亚几乎不相信自己的耳朵。

“对，向外喷射，就像白洞一样，但是又不一样，由于太远，我们现在无法确定是否像你看到的旋涡一样有巨大的飞船存在。”阿克说。

“这不能算是坏消息吧。”恰克西看着切里亚说。

“这当然不是，还有一个消息。”阿克看了恰克西一眼说。

“什么？”恰克西急切地问。

“玛塔在旋涡的引力边缘，也就是银河系的边缘截获了来自雅各布的无线电信息，但是这组无线电却来自1500万年前。单这一点，从逻辑上就行不通。”阿克看着恰克西说。

“雅各布？他说了什么？”恰克西非常激动地站了起来看着阿克问道。

“接下来我要说的才是坏消息。”阿克看着恰克西，长吁了一口气。

“首先我确认，虽然我们检测到的信息是在1500万年前留下的，但是并不代表这是真实的。如果这条信息确实是雅各布留下的，那他一定是在四维空间下完成的。其次，是这条信息的内容，雅各布居然对我们宇宙所有的文明给予了警告，他要求我们必须在100个地球年内前往宇宙边缘，也就是1000亿光年之外的地方，否则将遭受到难以想象的恐怖，这无论从理论上还是现实上都无法达到。”阿克讲述的时候非常平静。

“雅各布不会这样的。”恰克西大声地喊着。

“我也相信雅各布，但是现在事实是雅各布对我们发出了警告。”阿克仍然非常平静，他已经料到恰克西会有这样的反应。

“也许这并不是警告。”桑诺接着阿克的话说。

“你怎么看？桑诺。”阿克转过脸看着桑诺，希望可以得到不一样的答案。

“我曾经听刘婕博士说过，他们曾经被恩美雅的飞船劫持，目的地也是到1000亿光年之外。按照刘婕他们的推测，恩美雅人是打算把他们当作祭祀品的，但是现在看来，也许真相比祭祀更恐怖。”桑诺慢慢地叙述着。

“后来呢？”阿克好奇地问。

“恩美雅的飞船被干掉了。”桑诺耸了耸肩。

“也许这个决定是错误的。”阿克看着桑诺，苦笑着说。

“何以见得？”桑诺很好奇阿克为什么会有这样的结论。

“恩美雅人和雅各布都要求我们到那里去，所以我断定那里一定正在发生什么事。我们无法确定恩美雅人的意图，但是我相信雅各布不会把我们带入深渊，也许他是受到了某些胁迫，才会用这种口气和我们说话的。”阿克说。

“但这不是留给我们的，而是留给整个宇宙中的文明的。”尼克看着阿克说。

“难道雅各布和恩美雅人有什么联系？”切里亚看着阿克问。

“暂时我们没法得出结论，现在摆在我们面前有两个选择，一是留在这里，二是按照雅各布的要求离开这里。”阿克又恢复了平静。

“一百年之后到达，这不可能，我们没有这样的技术。”恰克西大声喊道。

“常规的手段肯定无法到达。”桑诺也摇了摇头。

“一定会有某种技术可以让我们到达那里，不过在此之前，我们得决定是否应该去。”阿克也摇了摇头说。

没有人再说话，这是一种无声的拒绝，没有人愿意拿眼前这种久违的惬意去交换身心疲惫的流浪。

“让我们等待吧，也许我们的好日子就要结束了。”阿克叹了一口气。

“造物主总喜欢开这样的玩笑，当我们感到绝望时，他给了我们希望，但当我们感到希望时，他又让我们绝望。”桑诺对着阿克苦笑着说。

四、公平的选择

雅各布的信息就像是一把悬在头上的利剑，随时可能劈下来，但对于玛雅的民众来说却是无所谓的，就算是天突然塌下来，他们也能坦然接受，毕竟他们流浪的时间太久了，现在，没有任何事情可以让他们抛弃惬意随性的生活。

阿克对这一切并不感到意外，任何来之不易的生活都不是可以随意抛弃的，但是在他的内心，却有一种强烈的感觉，那就是雅各布信息里透露的灾难已经近在眼前了。为此，他彻夜难眠，甚至好几次，他从睡梦中惊醒，茫然地看着平静的世界。

终于，在外巡逻的玛塔返回了基地，她直接来到了雅各布指挥室，因为她有非常重要的事情要告诉他，这关系到每个人的命运。

“看看这个。”玛塔表情沉重地把一封解密了的无线电译文放在了阿克的面前。

阿克看了玛塔一眼，拿起了这封译文：

我们的宇宙已经破烂不堪，在所有的时间点内，一共有 7000 亿个宇宙细胞出现了漏洞，大量的暗物质开始占据宇宙空间，而我们宇宙的最高文明已经逐渐开始放弃这里，转而到其他的平行宇宙中去寻找新的生存空间。这是无法避免的，但是宇宙总量毫无疑问是有限的，我们必须成为掠夺者之一，到其他平行宇宙中去掠夺以用来填充婴儿宇宙，组成新的可以发展的宇宙。请你们务必在一百年之内到达宇宙边缘，否则你们将被其他平行宇宙中的文明作为资源掠夺——雅各布。”

“这是从哪里得到的？”阿克看着玛塔，疑惑地问。

“一个不再膨胀的宇宙旋涡中。”玛塔看着阿克，平静地说。

“它为什么不再膨胀？”阿克追问。

“我想它应该是一种人为操作的工具，功能相当于传送带。”玛塔点了点头。

“你相信这是雅各布吗？”阿克接着问玛塔。

“我并不确定，但是可能性很大。”玛塔坐了下来，看着阿克说。

“说说你的理由。”阿克靠在了座椅上，等着玛塔阐述。

“第一，我们在这个宇宙中不过是最为普通的一个种族，除了雅各布之外，没有人会给我们传递这样的信息；第二，假如有人真的要把我们作为资源掠夺走，他们完全可以利用武力手段，毕竟我们的能力是有限的，他没有必要采用诱敌深入的方法，这不符合逻辑。从这两点上，我认为这是雅各布，但我也有一个疑问，雅各布既然知道我们的位置，为什么他不亲自来这里找我们？”玛塔看着阿克，慢慢地说着自己的理由。

“他有什么苦衷？”阿克试探性地问着玛塔。

“我猜不到，也许是，也许不是，不过无论这是不是雅各布留下的信息，我确信他一定还活在这个世界上。”玛塔坚定地说。

“是活着，但未必是在这个世界上。”阿克纠正着玛塔的用词，从目前的情况看，雅各布确实已经不在这个宇宙中了。

“我们现在该怎么办？”玛塔面露难色地看着阿克，现在需要阿克来做出决定，毕竟这关系着所有玛雅人今后的生活。

“让恰克西来决定吧，他最适合不过了。”阿克苦笑了一声，对玛塔说。

“恰克西？为什么？”玛塔并不明白阿克的意思。

正在两人说话的工夫，恰克西从外面走了进来，他对着玛塔点了点头，然后坐在了椅子上，拿起了桌子上的译文，几分钟之后，他抬起头，看着玛塔和阿克，笑了。

“你来做这个决定再合适不过了，对吗？”阿克笑着对恰克西说。

“应该由所有玛雅人来决定，而不是我。”恰克西看着阿克，脸上已经没有了任何表情。

“现在需要经验。”阿克说。

“我已经犯过一次错误了，不能再犯第二次了。”恰克西淡淡地回答着，回过头看了一眼玛塔。

“你没有犯错，任何人在那种情况下都会这么选择的，我们从未后悔离开玛雅王国去杰玛，那是我们必须要经历的，是命运，而命运，谁都改变不了。”阿克轻轻地对恰克西说。

“把所有人的命运掌握在一个人的手中是一件没法原谅的事。”恰克西平静地对阿克说。

阿克不再说话，他低下头陷入了沉思，他知道，恰克西一直对于自己听从了恩美雅人的建议把玛雅人带离地球感到万分悔恨。

“可是我们现在需要做出决定，从时间上来说，现在的每一分钟都可能是救命的。”玛塔焦急地说。

“为了生存而背负痛苦，我无法做到，原谅我。”恰克西闭上了眼睛，不再说话。

“那我们让所有人来参与这件事吧，离开或者留下由自己来选择。”阿克知道恰克西已经下定决心，不会轻易改变。

“这很残酷。”恰克西抬起头说。

“不，这是最有人情味的选择，离开和留下都是出自自己内心的意愿，每个人都必须经历生老病死，那是伤感的，但并不残酷。”阿克慢条斯理地说着。

“非得离开吗？”恰克西有些不甘心地看着阿克，希望他能给出不同的答案。

“是。”阿克的回答非常简单，但坚定不移。

“是为了逃避死亡吗？”恰克西问。

“不是，死亡是生活的一部分，谁也无法逃避，更没有理由恐惧，离开是因为我们要知道真相，至少可以死得明白些。”阿克严肃地说。

“伊希切尔告诉我，人在接近死亡的时候，都会知道事情的真相。”恰克西也非常严肃地说。

“我无法说服你，恰克西，但是我们必须做出选择，毕竟眼前的一切都可能是梦境中的世界，随时可能破碎。”阿克有些激动地说。

“离开也可能是梦境，也可能破碎。”恰克西面无表情地回答着。

“让所有人来自己选择吧，就像类人猿选择是否走向大地一样，这是最公平的。”玛塔在一旁说。

恰克西和阿克都没有说话，他们彼此看了一眼对方，都选择了闭上眼睛，这是公平的，也是无奈的，更是让人悲伤的。若干年后，他们中的一支将在绝望中死去，而另一支，也将在绝望中活着。

生存和绝望，永远都是相互缠绕在一起的。

五、最后的离别

在基地大门外的广场中央，所有的玛雅人全部聚集在这里，今天，他们将靠自己的双手来决定自己的命运。离开和留下，希望都是相等的，不同的只是一个选择了安逸，一个选择了颠沛流离。他们的命运将会在这次选择之后走上截然不同的两条道路。

阿克和恰克西都很平静地看着密集的人群，他们心里都知道，这里的很多人，也许都是今生最后一次见面了。阿克轻轻地叹了一口气，扭过脸看了一眼恰克西，却发现恰克西也刚好扭过脸看着他，两人相视一笑。

“你老了，恰克西。”阿克微笑着说。

“是啊，不再像年轻时那样矫健了。我记得有一次在祭祀的时候，我和雅各布还有卓瓦一起跑到了红树森林，尽情地玩了一天，直到祭祀结束才回去，那时候我们觉得浑身有用不完的力气。一晃快一百年了，但我觉得这就像是昨天发生的事一样。”恰克西的脸上洋溢着久违的幸福。

“我没你这么幸运，我有一次去了离我们部落很近的一个湖泊，那里据说有一种跳跳鱼，但我从未见过，没想到我们还没下湖，就被我爸爸捉回去了，然后是一顿暴打。”阿克也笑着回忆着。

“我爸爸也经常打我，不过打雅各布更多一些，他总是会做出一些有违常理的事情。”恰克西摇着头微笑着说。

“你那时候在整个玛雅王国都很有名，很多姑娘喜欢你呢。”阿克羡慕地说。

“就因为去了卡依察吗？”恰克西问阿克。

“我想是的，那里可是禁地，甚至没人能找得到那里。”阿克认真地说。

“其实我只是想成为一个可以带着伙伴出去打猎的领袖而已。”恰克西摇了摇头苦笑着说道。

“但是你做了更伟大的事。”阿克仍然非常认真。

“我宁愿自己没有到过卡依察。”恰克西又摇了摇头。

“为什么后悔呢？我到现在仍然向往那里。”阿克看着前方，轻轻地说。

“不是因为去过那里，也不是因为之后发生的事。你知道吗，在我去卡依察的路上，曾经发生过一件事，我差点死掉，至今我都想不明白究竟发生了什么，我差点就再也见不到曲瓦塔了。”恰克西一脸严肃地对阿克说着。

“你遇到了什么事？”阿克非常好奇地问。

“那是一片巨大的花的海洋，到现在为止，我都没有再见过那么美丽的花的世界。我躺在那里睡着了，却产生了幻觉，我好像掉进了一个无底的深渊中，我想伸手抓住身边的任何东西，但是却什么都没有，我几乎在梦中崩溃了。”恰克西绘声绘色地描述着那天的情形。

“后来还是摩西把我唤醒的，它是我的伙伴，我把它留在了玛雅王国，那是它的家。”恰克西有些悲伤地继续说道。

“你知道你产生幻觉的原因吗？”阿克笑着问。

“这是我至今也想不明白的事，你知道原因吗？”恰克西问。

"是致幻剂，那是一种植物散发出的可以迷幻人大脑神经的毒素，我也曾遇到过。"阿克认真地回答。

"太可怕了，我一点都不愿意回忆。"恰克西笑着说。

"宇宙里也可能存在致幻剂，所以才导致我们看不到事情的真相。"阿克说。

"可惜我们没有摩西，也许永远都无法从这种幻觉中回到现实了。"恰克西耸了一下肩膀，无奈地说。

"你不想再见到雅各布吗？他也许非常想念你。"阿克看着恰克西问道。

"老了，不会再去为生离死别这些事分神了。我现在更希望像伊希切尔那样，每天坐在寨子的石椅上，看着孩子们嬉戏，等待着日落，然后参悟着生命的意义。"恰克西慢悠悠地说着，但却非常真诚。

"看来愿意留下的人并不少。"阿克看着已经做出了选择的人群对恰克西说。

"他们会为今天的选择后悔的，因为他们错过了最后一次活下去的希望。"恰克西平静地看着人群对阿克说。

"他们只是选择了平静，至于生死，那都是未知的。"阿克回答着。

"我们的选择都没有错，只是角度不同，其实离开杰玛之后，我曾经不止一次地想到过用死来结束这一切，但是后来我还是决定找一个平静地方度过余生。你的选择是生的希望，但我觉得太累了，你能理解吗？"恰克西看着阿克，眼睛里充满了泪水。

"当然理解，而且无条件支持，所以我才没有强迫你必须和我一起离开。也许未来的某一天我也会像你一样身心疲惫的，到那时候，我也会选择一颗美丽的行星度过余生。”阿克认真地对恰克西说。

“如果我活着的话，我会去看你的。”恰克西笑着说。

“那就让我们在未来再见？”阿克笑着问恰克西。

“嗯，未来再见。”恰克西抱住了阿克。

“我、玛塔、尼克、切里亚都选择了离开，还有赞塔，她不知道该怎么和你说，她很为难。”阿克摇了摇头说。

“她已经是大人了，可以自己选择自己的未来了，我和曲瓦塔留下就好。”恰克西笑着说，他已经学会了接受任何现实。

“我会照顾好她的，切里亚也会，他们很恩爱，就像你和曲瓦塔一样。”阿克点了点头。

“我会祝福他们的。”恰克西笑着说。

“我们三天之后就会出发。”阿克伤感地对恰克西说。

“一会儿选择结束之后，我和曲瓦塔会和赞塔告别，然后我们要到南半球去打猎，一个星期之后才回来。来这里四年来，我还没有去过那里，据说那里有像龙一样的动物。”恰克西笑着说。

“是担心告别的时候难过才离开的吗？”阿克问。

“不，总得有告别的时候，我只是不想让你们带着伤感离去，再说了，你刚才不是说过未来我们还能见面吗？刚说过的话你就忘了？”恰克西打趣地说着，眼睛里却布满了泪水。

“对不起，我忘了。”阿克再次给了恰克西一个大大的拥抱。

六、旋涡理论

对于登上飞船的每个人来说，他们的脚步和心情都是沉重的。在他们之中，很多人由于选择的不同而和家人朋友不得不分开，他们尽量不去回头，因为回头意味着无尽的哀愁，他们只能尽可能地用阿克的话来安慰自己——未来再见。

森林里的恰克西和曲瓦塔看着缓缓飞向远方的飞船，欣慰地笑了。他们知道，虽然赞塔离开了他们，但是他们的心永远都是连在一起的，所以他们选择用笑去迎接明天。

飞船上的赞塔早已哭成了泪人，这是她从出生以来第一次离开爸爸妈妈，而且很有可能是永别。切里亚紧紧地抱着赞塔，从现在起，他就是她的肩膀，是她的依靠。

就在所有人为离别感到痛苦的时候，阿克等人则在指挥舱里进行着紧张的会议，他们必须找到可以在一百年之内到达宇宙边缘的办法，虽然这听上去有点儿像天方夜谭。

“从技术角度上来说，这不是人类可以做到的。”桑诺作为技术专家首先泼了一盆冷水。

“但不代表永远。”阿克给予了所有人信心，他必须这么做，不然的话他们也没有离开的必要。

“即使是超越光速，我们也无法到达那里，太远了。”切里亚摇了摇头，他并没有多少信心。

“也许我们会在某天发生技术爆炸，以一种我们无法想象的方式前进。”桑诺平静地说着。

“常规的手段肯定不行，但是我也并不打算冒太大的险，因为这关系到所有人的安全。”阿克严肃地看着所有人说。

“办法总会有的，就像我们俩去探寻白洞一样，发生了那么多不可思议的事。”尼克倒是很有信心，但是听上去却显得非常盲目。

“按照我们的计算，在光速行驶外加穿越虫洞的情况下，我们大约可以在20年后飞出室女座星系团，可是这仍然不够，目的地对于我们来说仍然是天边的概念。”桑诺无奈地说道。

“既然雅各布告诉我们是一百年，就一定行，他从离开到现在也不到一百年的时间，他能到，我们也能。”尼克坚定地说。

“你说得没错，但更多的是精神上的鼓励，我们要的是技术上的支持。”桑诺看着尼克微笑而无奈地说。

“技术来源于人的思维，人的思维来源于精神上的坚持，所以本质上来说是一个道理。”尼克吐了吐舌头，学着阿克说话的方式。

“也许雅各布还会给我们某些提示的。”玛塔轻轻地说道。

“我也这么认为，如果真是雅各布的话，他不会逼迫我们做办不到的事，但是我们得明白，我们还得指望自己。”阿克同意玛塔的话，但他也要让所有人明白，指望有人拿馅饼砸你，这个概率毕竟是有限的。

“馅饼总会不经意地掉在头上。”尼克眨了眨眼笑着说，他相信阿克。

“技术上的难题不是一天可以解决的，但我们必须要找到一个方向，这由我和桑诺来负责。有了进展我们会和大家商量，当然大家得明白，每个人都必须做好牺牲的准备，冒险毕竟是有风险的。”阿克缓缓地说。

“如果可能的话，我甘愿第一个献出生命。”尼克变得严肃起来，在这点上，他从不开玩笑。

“我认为这已经不是速度的问题了，而是另一个概念化的东西。”桑诺看着阿克说。

“空间转移吗？”阿克问。

“不，那是虫洞技术，而这显然不是。”桑诺托着下巴说。

“能做个比喻吗？我怎么一点儿也听不明白。”玛塔满脸疑惑地看着桑诺。

“虫洞就像一个漏斗，它可以把两个远在天边的空间相连，但其实这两个空间之间本来的直线距离就是这样的，虫洞只不过是一个通道而已，他起到的只是物理作用。而从数学角度上来说，它并没有作用，就好像我家和你家之间有一条宽阔的没有桥的大河，我要去你家，必须得到一公里外，因为那里有一座桥，但是如果我们在家门口建造一座新桥的话，那我只需要走 50 米，但是你家和我家的距离只能按照最近的距离来计算，而不是按照我们走的距离来计算，这就是虫洞的作用。”桑诺非常详细地解释着。

“那你说的概念化的东西又是什么？”玛塔更加不解了。

“把你家直接搬到我家里。”桑诺看着玛塔，简单地回答。

“听上去是一件非常简单的事。”尼克挠着头看着桑诺说。

“当然，概念化的东西都非常简单，就像天上的馅饼一样。”桑诺耸了耸肩表示无奈。

“我们之前见到的旋涡也许就是搬运工。”玛塔点了点头说。

“有这个可能，但我们需要证实，而这需要冒险，尼克，你可以去旋涡里看看，我会给你一艘最豪华的飞船。”桑诺笑着对尼克开着玩笑。

“你居然要拿我这么好的人去做实验。”尼克扬了扬眉。

“我只是提了一个建议而已。”桑诺哈哈大笑着说。

“看来我们必须得从旋涡入手，除此之外没有别的办法。”阿克紧锁着眉头，表示认可桑诺的理论。

“我只是说说而已，至于可行性，暂时我还不能保证，不过我真的觉得那些旋涡里隐藏着天大的秘密。”桑诺严肃地说。

“雅各布一定会给我们提示的，他现在就是上帝。”尼克大声地说。

“上帝一般都很懒惰，他从不在我们最需要的时候出现，他需要在很多事中做出抉择，并不是每件事都必须要做的，更何况是雅各布，在地球的时候，他甚至每天要睡到下午。”玛塔也大声地对尼克说。

“做出抉择是上帝的事，我们需要做的是找到上帝。”尼克冲着玛塔眨了眨眼睛。

“我们有必要成立一支敢死队去进入旋涡内部探索，不然我们永远都只能停留在理论阶段。”桑诺看着阿克，等待着他做出决定。

“在理论成熟之前，我们不能冒险，对现在的我们来说，人才是最宝贵的。”阿克平静地对桑诺说。

“也许雅各布正在旋涡的另一边焦急地看着我们，他出不来，我们不敢进去。”玛塔附和着桑诺的话。

“这是个不错的比喻，也许事实正是如此。”桑诺冲着玛塔笑了笑，他喜欢这样充满智慧的谈话。

七、旋涡来袭

舰队继续朝着远在天边的宇宙边缘前进着，阿克等人一直都是一筹莫展，毕竟理论和实践是两回事，更何况他们并没有碰到新的宇宙旋涡，所以自然也谈不上什么技术爆炸。

漫长枯燥的旅程考验着每一个人，按道理舰队上的这些人都已经拥有了长时间旅行的经验，他们应该知道这意味着什么。但是这次，更多的人流露出的是绝望而不是希望，他们是抱着生的希望才选择和阿克一起离开的，但是现在，阿克给不了他们任何看上去可以改变命运的机会。

其实阿克的内心比任何人都焦急，一百年看上去很漫长，但对于现在的他们来说却几乎是一瞬间，而如果真的如雅各布留下的信息说的那样，那这一百年就是救命的一百年，但是旋涡不出现，他们就一点机会都没有。

在这种心急如焚的状态下，飞船飞行了将近一个地球年的时间。在这段时间内，因为情绪崩溃导致的暴力事件频繁在舰队中出现，另外还有几名年纪比较轻的成员选择了自杀来结束这一切。阿克等人不得不一次又一次地鼓舞着大家的士气，但阿克知道，这并不是解决问题的办法，他们必须找出一个可以改变这种僵持状况的有效方法，否则不等一百年，他们就会在崩溃中结束一切。

也就是在这个时候，玛塔终于在舰队前方九光年的位置处检测到了一个旋涡。对于阿克来说，这是一个又惊喜又有些恐惧的消息，惊喜是因为如果桑诺的理论成立的话，那么旋涡就是他们救命的稻草，恐惧则是因为假如桑诺的理论不成立的话，那么他们将被这个恐怖的旋涡吞噬，然后提前结束这场旅行。为此，在逐渐靠近这个旋涡的时候，阿克和桑诺等人基本上都是无眠的，他们在等待着命运对他们进行审判。

“我们现在能做什么？”尼克也变得严肃起来，他看着阿克，希望他能给予自己一个坚定的答案。

“祈祷。”阿克的回答让尼克大失所望，他又看了看桑诺，希望可以得到稍微好一点的主意。

“我为你准备好了飞船，我会为你不停地打气的。”桑诺苦笑着对尼克说。

尼克扬起头看了看飞船，他知道，不久之后他将要作为玛雅的先驱者去探索这个未知的让人感到恐惧的旋涡，结果只有两个，要么拿到馅饼，要么成为馅饼。他长吁了一口气，看着所有人，慢悠悠地说道：“如果我回来的话，你们要送我一支鹿角，我从没有打到过鹿。”

“我保证，一定。”桑诺收起了笑容，认真地说。

穿过虫洞，距离旋涡只有不到一个光年的距离了，整个舰队的每一艘飞船都变得鸦雀无声，他们在等待着命运最后的裁决。此时，尼克已经全副武装地进入了探测舰，几个小时之后，他将会为这次行动画上一个句号，或完美或不幸，但不管怎么说，他都是玛雅的英雄，这点毋庸置疑。

就在尼克准备倒计时的时候，玛塔突然大声地喊了起来：“停下！”她的声音几乎是歇斯底里的，与此同时，桑诺也发现了状况，因为在飞船的大屏幕上，旋涡已经开始膨胀，在它的四周，是四艘大如行星的飞船，看上去让人绝望。

“是错觉！”玛塔的声音仍然是歇斯底里的，但是却异常地坚定。

“你确定吗？玛塔。”阿克焦急地看着玛塔，紧张地问着。

“它们只是镜像，并不是真正的存在，或者说它们在其他地方。”玛雅喘着粗气喊着。

“为什么？给我个理由。”阿克也大声喊着，好像这个时候只有喊才能发泄他们的情绪。

“这么大的飞行器没有任何引力和痕迹，只能说它们不在这里，除此之外，没有其他可以解释的原因。”玛塔坐了下来，看着阿克，眼神里满是不可思议。

“那这个旋涡是确实存在的，这怎么解释？”阿克作为舰队的首席科学家，此时已经彻底糊涂了。

“旋涡就像是一个镜筒，它把远处的物质通过反射发送到了这里产生镜像，同时还具有吸收物质的特性。”桑诺看上去非常冷静，在玛塔和阿克大声交流的时候，他一直在观察着看到的一切。

“镜子那边是什么？”阿克转过脸问桑诺。

“地狱或者天堂。”桑诺目不转睛地盯着正在膨胀的旋涡说。

“我不要哲学，我要事实。”阿克脸上的肌肉抽搐着，他从没有这样失态过，这些日子的压抑此刻正在毫无保留地宣泄着。

没人再说话，所有人都面面相觑，包括在探测舰里全副武装的尼克。

“这几艘大家伙是干什么的？”尼克打破了沉默，他咧着嘴看着所有人，提出了一个相当有建设性的问题。

“我也不太清楚，不过看上去并不太像是门神。”一直沉默的切里亚吐了吐舌头说。

“什么是门神？”尼克一脸茫然地看着切里亚。

“我听刘婕博士和赵志宏舰长讲过，在他们中国，门外面都会有看门的神。”切里亚解释着。

“那不是恰克西的摩西吗？”尼克还是不太明白。

“不一样的，这个我回头再跟你解释，现在我们该怎么办？那个大家伙在膨胀，我想不久之后它的引力就可以吞噬我们。”切里亚指着远处的旋涡。所有人都转过脸望去，那个旋涡正在吞噬它周围的一切物质，甚至包括空间，空间在它巨大的引力下似乎被拉长了。

“我们现在撤退还来得及。”桑诺看着阿克，等待着他下达命令。

“按照它的吞噬速度，大约在四个小时之后，我们将无法逃逸。”玛塔已经计算出了他们逃离的时间。

阿克并没有立刻做出答复，他紧紧地盯着眼前的庞然大物，陷入了沉思，他不想失去这个机会，也许那个大家伙真的是一个馅饼。

“阿克，我们该怎么办？”桑诺摇了摇阿克焦急地问。

“等待！”阿克看了桑诺一眼，平静地做出了自己的选择，也是出乎所有人意料的选择。

这下没人再说话了，他们似乎已经感受到死神已经近在眼前了，没有人认为眼前这个正在吞噬一切的怪物会是一张馅饼，除了阿克。

八、雅各布传递的信息

所有人都紧张地看着阿克，这个时候他们才第一次感到自己的生命被攥在一个人手上是一种什么样的煎熬，甚至连桑诺这样一向沉稳的老家伙都觉得如果再不离开的话，一切就都结束了。但是阿克却仍然目不转睛地盯着正在膨胀的旋涡，他的眼睛里，全是坚定。

“阿克，我觉得和时间赛跑不是一件有趣刺激的事。”桑诺提醒着阿克。

“当然，不过我们还有四个小时，我只要两个小时，还有两个小时可以用来逃跑。”阿克并没有看桑诺，而是仍然盯着旋涡。

“你能告诉我在等什么吗？我总得有点心理准备，现在我就觉得我们好像是在把自己身上涂满蜂蜜等待着一只饥饿的熊。”桑诺坐在了阿克的面前。

“馅饼。”阿克的回答简单明了，说完这句话，他看了一眼桑诺，这次，他的眼神仍然坚定。

“好吧，看来我只有祈祷了。”桑诺靠在了座椅上，几乎绝望。

巨大的旋涡仍然在膨胀，四周的四艘巨大的飞船也正在逐渐靠近，是死亡的气息还是诱人的馅饼？这是一个几乎可以非常肯定的答案。

时间在一分一秒地流逝着，每过一秒钟，死神似乎就更近了一步。桑诺终于忍不住了，他再次来到阿克面前，几乎是央求着说道：“阿克，为了老人和孩子，我们必须得离开。”

“再等等，最后一个小时。”阿克仍然目不转睛地盯着那个几乎就在眼前的家伙，这次，他的脸上不单单是坚定，还有自信。

“我去发送一封无线电遗嘱，希望未来可以有人看到。”桑诺摇了摇头离开了指挥舱。

“我挺喜欢这种刺激的，就像我们俩去探索白洞一样。”尼克笑着坐在了阿克的身边，看样子他对于死亡的态度非常轻松。

“你有时候挺可爱的。”阿克也笑了。

“那你可不可以告诉我一些内部消息。我更喜欢听这个。”尼克扬了扬眉问阿克。

“这个嘛，我实话实说，现在我还不知道，也许一会儿之后，我们真的就死了，你最好也像桑诺一样去留一封遗嘱。”阿克耸了耸肩膀，笑着对尼克说。

“我就知道你还有更刺激的，不过遗嘱就算了，我不知道留给谁，如果真的死了，就当我是宇宙的尘埃吧。”尼克靠在了座椅上，拿起了桌子上的一块蛋糕。

正在这个时候，让人意想不到的事情发生了。那个巨大的旋涡居然毫无征兆地停止了膨胀，就像是一只从小被养大的狮子突然回到了家一样，矗立在舰队眼前，虽然张着血盆大口，但却没有任何表示，而那四艘飞船中的三艘居然也消失了，只剩下一艘在逐渐靠近着舰队。

“这就是馅饼吗？”尼克看着正在靠近的大家伙问阿克。

“你就当它是馅饼吧。”阿克靠在了座椅上，长出一口气。

“它不会是来抓我们的吧？”尼克自言自语道。

“这么大一艘飞船抓我们是不是有点过分？”阿克反问尼克。

“那它为什么要靠近我们？我可不喜欢任何陌生人靠近我。”尼克一边吃着蛋糕，一边说。

两人正说着，玛塔走了进来，她似乎已经没有了刚才的那种紧张。

“阿克，我们之前的猜测是对的，这艘飞船没有看上去那么大，它应该和我们的大小差不多，但它并不是在远处，而是确实就在面前，现在它正在向我们靠近，我们是不是要干掉它？”玛塔向阿克请示。

“有没有接收到无线电？”阿克问玛塔。

“没有，我们发送了也没有收到回复。”玛塔回答着。

“这说明什么？”阿克疑惑地问。

“无人驾驶或者远程操控。”玛塔犹豫了一下说。

“它是来侦察的吗？”尼克把最后一口蛋糕咽了下去问。

玛塔看了一眼阿克，摇了摇头，表示自己并不知道，而阿克则盯着大屏幕，陷入了思考，他需要在最短的时间内做出决定。空气几乎凝固，可以清晰地听到三个人的呼吸声，片刻之后，阿克回过头，看着玛塔，用非常坚定的声音对她说：“干掉它，越碎越好，但是要用最普通的攻击手段，如果你愿意，甚至可以用弓箭。”

“为什么？”玛塔充满了疑惑。

“不用考虑为什么，我会告诉你答案的。”阿克自信地说道。

“好吧。我去执行。”玛塔看了尼克一眼，充满疑惑地走出了指挥舱。

“我也去。”尼克看了一眼阿克，跟着玛塔走了出去。

几分钟之后，十支弓箭射向了那艘巨大的飞船，这是尼克干的，他真的按照阿克的话做了。

“你是不是疯了？”几乎所有人都看着尼克达成了共识。

“我只是想试一试我的箭法。”显然尼克并不认为自己疯了，反而有些洋洋得意。

但是又过了几分钟之后，所有人都被他们看到的一幕震惊了。载着十支箭的火箭发射器击中了那艘巨大的飞船，飞船居然瞬间破碎了，无数的碎片散落在宇宙空间中，肆意地飘荡着。

“怎么……会这样？”桑诺几乎不敢相信自己的眼睛，而其他人也都目瞪口呆，玛塔和尼克立刻跑到指挥舱，告诉阿克他们看到的不可思议的一切。

“尼克真的用箭干掉了那艘飞船。”玛塔有些激动地说。

“我想也许是因为我突然拥有了神力。”尼克得意扬扬地看着阿克，又拿起了一块蛋糕，现在他需要一次庆祝。

“接下来我们该做什么？”玛塔仍然激动地问着阿克。

“拿到碎片，然后研究它的结构。”阿克平静地对玛塔说。

“为什么？”玛塔有些不解。

“我们要制造出相同材料的宇宙飞船，然后就可以安全地进入旋涡了。”桑诺从外面走了进来，此时的他已经没有了刚才的紧张。

玛塔和尼克看着桑诺，似乎突然明白了什么。

“如果我没猜错的话，这一定是雅各布留给我们的信息，但是他似乎有不能直接说出来的理由，所以他给了我们一艘飞船的样本，也就是我刚说过的馅饼。”阿克端起了一杯葡萄酒，冲着桑诺微笑着说道。

“这就是一百年可以到达宇宙边缘的秘密。”桑诺也端起了一杯酒，和阿克碰了一下，现在，是可以庆祝的时候了。

九、进入宇宙旋涡

探测舰立刻飞离了舰队，搜寻着被尼克的箭击碎的飞船碎片，很快，他们就拿到了几乎所有的碎片，而且非常轻松。

“必须尽快分析出这些材料的性质，这是我们的希望。”阿克向桑诺和玛塔下达了命令。

“一定完成。”两人坚定地点了点头，离开了指挥舱。

阿克转过脸看着前方已经停止膨胀和吞噬的巨大的旋涡，却没有了刚才的笑容，因为很快他们就要知道一直困惑着他们的秘密了，一切也就要到该结束的时候了。

旋涡的那边是什么？这是一个暂时还不得而知的答案，但是阿克肯定，那里的世界一定不是一个轻松的世界。事实上，从离开玛雅王国的那一天起，他们就再也不会有轻松的生活了，但这就是选择，大多数时候，人生必须要做出难以抉择的选择，即使每一次选择看上去都并不完美，甚至会后悔。

“我们是否继续前进？”切里亚通过无线电请示着阿克。

“当然，旋涡不会只有这一个，我们必须赶路，等着桑诺和玛塔的工作完成。”阿克对切里亚说。

“也许我们可以找到一颗行星，暂时在那儿过一阵子舒适的生活。”切里亚和阿克开着玩笑。

“我没有意见，就当是最后的疯狂吧。”阿克笑了笑，关闭了无线电，现在，他需要安静地等待。

舰队小心翼翼地从旋涡旁边飞去，虽然已经停止了膨胀，但是他们仍然可以感觉到旋涡残余的巨大引力。玛塔和桑诺带着舰队上几乎所有的技术人员在进行紧张的工作，现在所有玛雅人的希望都毫无疑问地寄托在了他们的身上。

“我感到非常惊讶。”桑诺看着材料的检测数据对阿克说。

“为什么？”阿克好奇地问。

“这些材料比我们之前见过的所有材料都坚固十万倍以上，它们几乎完美无瑕。”桑诺有些不太相信看到的事实。

“那尼克怎么可能用箭把它们击碎？”阿克更加好奇了。

“这才是更不可思议的，它们是由碳水化合物组成的，也就是说它们几乎和我们的身体一样。每个碎片之间并不是靠螺丝或者焊接而连接的，而是融合而成的。当受到外界刺激的时候，它们可以分解，准确地说，并不是尼克击碎了它们，而是它们自行分解了。”桑诺慢慢地解释着。

“飞船是生命？”阿克睁大眼睛看着桑诺。

“不，它们没有灵魂。”桑诺淡淡地回答着。

“那我们能不能制造出这样的……物质？”阿克犹豫着问。

“这需要我们来研究，我想这是雅各布给我们的礼物，他相信我们可以做到。”桑诺点了点头说。

“这让我想起了胡萝卜人。”阿克感慨地说。

“胡萝卜人只是简单的原子融合，而这是复杂的碳水化合物的融合。当然了，这对于我们来说是难以置信的，但对于旋涡背面的世界来说，也许只是再普通不过的事情。”桑诺慢条斯理地说，现在，他已经彻底恢复了平静，因为希望又重新燃起了。

“可是坚固是怎么回事？碳水化合物……摸上去似乎并没有那么坚固。”阿克还是多少有些不解。

“并不单单是碳水化合物，这里面还有其他金属元素，这需要我们进行精确的分析才能得出最准确的比例。这个并不难，也许一年半载我们就可以复制出这种材料。”桑诺再次解释着。

“看来这又一次颠覆了我们对于宇宙的看法。”阿克笑了笑。

“只要我们有耐心活着，或许每一天都会有这种惊喜。”桑诺认真地说。

“不能只定义为惊喜，还有恐惧，未知的东西都是恐惧的，这是小时候妈妈告诉我的。”阿克靠在了座椅上。

“可能你说得对。”桑诺看着阿克，冲着他点了点头。

“这个世界中最可怕的并不是科技、物质以及我们没见过的文明，相反，我认为这些都是我们通过自己的努力可以达到的。但是有些东西却是无论我们怎么努力也无法明白的，比如精神、思维或者生存的方式，还有这个世界的规则。”阿克茫然地看着桑诺，一脸的生无可恋。

“比如呢？”桑诺问。

“如果必须要进行掠夺甚至屠戮才能生存下去，你会这么选择吗？”阿克反问道。

“我想会的，这别无选择，除非死掉。”桑诺苦笑着回答。

“那假如连死的权利都没有呢？或者说所谓的死不过是一种形态意识上的转变而已，你仍然要不得不面对这些呢？”阿克接着问。

“湮灭。”桑诺认真地回答着，他的表情看上去非常严肃。

“没有这么简单，按照目前我们知道的逻辑来看，我们还没有见到真正的湮灭，甚至连之前切里亚所说的巴尔莫人也未必见识过真正的湮灭。”阿克非常肯定地说。

“为什么这么说？”桑诺有些不解。

“湮灭是一种完全破坏物质形态意识存在的方式，宇宙也好，时间点也好，甚至平行宇宙，以及它外面我们并不理解的世界也好，湮灭都是在破坏平衡，你无法找到一个和它相反的现象。”阿克闭上了眼睛说。

“那真正的湮灭是什么样的？”桑诺充满了好奇。

“来自造物主的意识。”阿克平静地回答着。

“也就是说他可以决定让任何事物存在或者消失，这么理解对吗？”桑诺问。

“我觉得是，不过好像我们又在讲故事了。”阿克哈哈地笑了起来。

“这种故事即使一天有一百个也不会感到厌烦。”桑诺也大笑了起来。

“让我们静下心等待见到造物主的那天吧，所以，在此之前，我们必须保证不被他列入要消失的名单中。”阿克歪着头对桑诺说。

“我觉得不会，至少我们看上去并没有那么讨厌。”桑诺也吐了吐舌头，看上去像个孩子。

十、旋涡背后的世界

桑诺是在 18 个月之后合成这种被他称为“人铁”的材料的，并且在第一时间宣布开始宇航飞船的制造。对于舰队上翘首以盼的人们来说，这是一个极其振奋人心的消息，虽然他们知道在旋涡的另一边未必有他们想的那么好。

赞塔和切里亚的孩子已经出世了，还有很多其他的孩子也相继成为舰队的一分子，阿克把他们称为“最后的一代地球人”，以此来纪念那个已经被吞噬掉的曾经他们生活过的美丽家园。

地球是在大约四个月前被一个巨大的旋涡吞噬的，和它一起消失的还有太阳系内的其他行星以及几乎整条猎户座悬臂。那是一个对于地球来说很平常的早晨，太阳照常升起，阳光看上去也并不显得那么刺眼，地球上的一切和以往没什么区别，无数个家庭按部就班地工作着，休息着。大概是在中午的时候，巨大的旋涡开始吞噬冥王星，在此之前，冥王星外围的太阳系空间已然被完全吞噬。来自海王星等行星的地球基地虽然给予了警告，但是他们却无能为力。旋涡的速度急剧加快，不等地球上做出应对措施，冥王星就在顷刻间被吞噬掉了，这颗几百年前被人类学术界踢出了九大行星行列的孤独者终于向人类挥手告别了，只不过这次是永久的。紧接着是海王星、天王星、土星……一切看上去是那么无情，却又那么自然。

失去木星引力的保护，地球的磁场很快发生了反应，南北极开始出现倒转，大海开始肆意地翻滚，地球的大气层也遭到了毁灭性的破坏，紫外线疯狂地燃烧地球内部。生活在这颗星球上几乎所有的生命在顷刻间带着不甘匆忙地坠入了死亡的深渊，除了还在残喘苟活的人类。

晚上七点，当太阳落下之后，所有人终于意识到，这将是这颗燃烧了几十亿年的恒星最后一次落下，明天，它将不会再照常升起了。哭泣声、叫骂声开始蔓延，富人、乞丐、绅士、浑蛋，此刻终于意识到，他们其实没有区别，面对死亡，他们都下意识地产生了恐惧。

湛湛露斯来到了位于堪萨斯的宇宙无线电发射基地，这里早已空无一人。所有的人都选择了和家人朋友在一起，或者肆意地去做自己平时不敢做的那些事，对于他们来说，这是他们作为生命的最后一次疯狂。

此刻的湛湛露斯，心如止水，或许是她早已料到这就是地球的结局。她打开了无线电发射器，这并不是一个最大的发射器，因为大型的发射设备已经失去了工作效率，这是刘婕曾经准备的一个备用设备，它虽然也可以向宇宙发射消息，但是频率却很小。

看着即将被吞噬的地球，湛湛露斯微笑着输入了人类的最后一条消息：

位于室女座超星系团中银河系猎户座悬臂的太阳系中的地球即将被巨大的旋涡吞噬，曾经我们幻想着美好的未来，但却想不到结束得这么突然。几十亿年的沧海桑田，真的好像就是瞬间，尘埃终究是尘埃，无法改变，也无法强大到可以逃避。我请求造物主原谅人类在过去几十年曾经做过的一切，虽然有些事情并不值得原谅，但这就是生活，人类的生活。我们在有限的思维模式下创造了色彩斑斓的世界，对于我们来说，足够了。那些在宇宙中漂泊的人类，以及其他行星的文明，请你们记住，曾经有一颗蓝色星球上的生命如此地热爱这个宇宙和他们的家园。

湛湛露斯轻轻地按了发射键，她不知道这条信息会不会有人收到，这都已经不重要了，现在，她需要享受最后的时光，虽然这和她曾经想象中的结局有所不同。

火星基地已经被吞噬了，地球上大屏幕还可以清晰地看到那里逃亡出的飞船在绝望中被吞噬，曾经人类引以为傲的火星基地就这样消失在了眼前。在这之后，地球就陷入了无限的黑暗当中，这是一种绝望的黑暗，就好像在一个密不透风的深渊中一样。地球上幸存的民众聚集在一起，手挽着手，等待着死亡的来临，这是一种悲怆的壮观，也是一种苍凉的无奈。

大概在晚上十一点，地球和月亮先后消失在了旋涡中。位于金星的地球基地上的人们看到了这一切，他们作为太阳系中最后的生命平静地看着这一切，没有抗议，没有痛哭，也没有谩骂，人类的归宿，都是一样的。

第二天的早晨，旋涡停止了吞噬，本该照常升起的太阳已经不见了踪影，太阳系所在的位置变得空空如也，就好像它们从来没有存在过一样，一颗小得不能再小的彗星从远处飞来，在太阳的位置上停止了它的燃烧。几十亿年之后，它或许将成为一个新的星系的恒星，或许也会产生多姿多彩的生命，但是那里的生命永远不会知道，在他们曾经生活过的位置上，曾经有一个伟大的文明，当然，这一切也许都只是一种假设。

露斯的信息是在四个月之后被玛塔和刘婕先后截获的，她们都平静地把这个消息告诉了所有人。没有悲痛，也没有感慨，他们早已经学会了如何面对这种生离死别，地球对于他们来说，早已不能被称为家园了，那里只是他们曾经生活过的一个地方，他们没有家。

阿克舰队上的“最后的一代地球人”们仍然像往常一样，看着窗外的宇宙空间欢乐地歌唱着玛雅的歌曲。虽然他们并不知道玛雅的含义，也不知道地球到底是什么样子，但在他们心里，地球就如同妈妈们讲给他们的童话里的世界一样，充满了各种美丽、丑陋、安详、疯狂，有美丽的公主、英俊的王子、可恶的巫女、吃掉外婆的狼和森林里的小矮人们。

“我们将在前方的行星中建造一个基地，生产出足够的“人铁”飞船，试验的过程需要三年。”桑诺向沉思中的阿克做着汇报。

“哦。”阿克面无表情地回答着。

“生活就是这样，总得有结束的那天。”桑诺叹了一口气说。

“是的，总有结束的那天。”阿克点了点头，茫然地看着前方，那里，似乎有一束阳光。

十一、人铁号

三年，只不过是稍纵即逝的瞬间而已，当桑诺向驻扎在一颗冰巨星上的整个玛雅舰队宣布他们的第一艘“人铁光速飞船”制造完成的消息后，所有人都激动地尽情欢呼着，看上去就像是多年之前在玛雅王国庆祝雨神的降临一样。人们相互拥抱着身边的人，热情地亲吻着孩子们，甚至有些年老的人还跳起了久违的玛雅舞蹈。对于他们来说，人铁飞船的制造成功，是他们走向重生的一个里程碑。看着这一切，阿克闭上眼睛陷入了深度思考，曾经在小黑屋里，他悟出了时间的概念，现在，他需要在脑海里对旋涡有一个概念，这样可以让他感到稍微轻松一点，虽然他从没有真正地轻松过。

宇宙的一切对于人类都是模糊不清的，天空似乎是一个永远没有极限的世界：它宽广、无垠，却又静静地矗立在眼前；它平静、安详，却又变化万千；它孕育着成千上万形态各类的种族，却又铁石心肠般地限制着他们的意愿；它热情地创造着一个又一个色彩斑斓的星球，却又无情地让它们逐渐老去，没有谁可以改变这一切，除了那个一直不愿意露面的造物主，或许它根本就不存在，又或许这都是宇宙中各个文明一厢情愿臆想出来的一个寄托。

“我们需要进行一次载人实验。”桑诺来到了阿克的办公室。

“实验的结果是什么？”阿克看着桑诺问。

“他将一去不复返。”桑诺平静地回答着，似乎一切都已经有了结果。

“这是个让人失望的结果，但是我们却必须这么做，对吗？”阿克苦笑了一声。

“结果未必是失望的，只是因为我们现在还不得而知。”桑诺坐了下来。

“我们怎么才能知道结果？我不认为离开的那个人可以再和我们取得联系。”阿克问。

“我想无线电是可以搞定的，毕竟我们之前收到过雅各布的信息，但后来可能是某种原因让雅各布没有再给我们发送信息，也许他死了，也许他受到了限制。”桑诺仍然非常平静地说。

“是尼克吗？”阿克继续问道。

“是的，他是个勇敢的人，也是个聪明的人。”桑诺微笑着回答着。

“我希望还能见到他，他是我的朋友。”阿克也淡淡地笑了。

此时的尼克正在进行着狂欢，对于人铁飞船的成功，他并没有多大的兴趣，他只是在进行着纯粹的狂欢，他是个喜欢热闹的人，从来都是。在一周之前，他已经决定代表整个玛雅人去探索那个可怕的旋涡，这是他自己的决定。从小，他就渴望成为一个英雄，现在或许是唯一的机会，也是最后的。

狂欢之后的尼克来到了阿克的办公室，桑诺、玛塔和阿克正在等待着他，他们将要进行一次最后的沟通。

“如果我仍然活着，该怎么和你们取得联系？或许我会像雅各布一样被他们控制，那边也许是一个造物主的动物园。”尼克拿起了蛋糕，大口地吃着，这是他的习惯。

“无线电是一个方式。”玛塔说。

“备用方案呢？”尼克一边吃一边看着玛塔。

“飞船由三部分组成，但是所有的设备都存在于第一部分，后面的两个部分是空舱，你可以随时分解它们。而在每个部分的连接处，我设计了一个可以达到光速的火箭推动器，它可以逃逸那个旋涡的引力。如果你到了旋涡的那边，足够安全的话，那么你就可以分解你的飞船，后两部分就会回到这里，我们也可以确定你安全了。”桑诺详细地解释着。

“那如果我不安全呢？”尼克吃着蛋糕笑眯眯地问。

“我会在旋涡的入口为你留下一座纪念碑。”阿克看着尼克，平静地说。

“可不可以加上一只鹿角？”尼克大笑着问。

“当然可以。”阿克也笑了，他走上前，紧紧地抱住了阿克。

“我很期待我们下次见面。”尼克拍了拍阿克的肩膀，又先后拥抱了玛塔和桑诺，拿着蛋糕离开了。

“你说得对，他是个勇敢的人，也是个聪明的人。”阿克微笑着对桑诺说。

驻扎行星的飞船基地里，人铁飞船已经整装完毕。尼克长吁了一口气，回过头对着人群挥手告别，他的脸上充满了笑容，似乎是胸有成竹，之后，他扭过头，毫不犹豫地进入了人铁飞船。发射基地里的指挥部也早已准备就绪，只等着阿克发送启动信号。大约十分钟之后，指挥部收到了阿克的启动信号，一共有两条。

“我爱你们，我的朋友们。”

“我要出发啦，让我们再见。”

指挥部里的人全都哭了，他们知道，这是尼克的告别演讲，没有感人的言语，没有煽情的动作，一切看上去都是那么简洁，却并不简单，这区区的两句话，蕴含着无限的爱意，这，或许就是人类特有的情感。

在所有人模糊的泪眼中，人铁飞船飞出了驻扎行星，朝着40光年之外的一个最新发现的旋涡中飞去。那里，将是人类又一段旅行的开始，尼克就是人类在宇宙中的哥伦布。

在尼克离开四天之后，阿克下令一支接应舰队前往旋涡外一光年的地方等待，而剩余的飞船则在原地等待，以决定离开还是跟进。

两个月之后，尼克的人铁舰队到达了这个40光年之外的旋涡，这是一个看上去比之前见到的略小的旋涡，不过它仍然处于膨胀期，在它的周围，已经没有了任何物质。尼克停止了前进，他静静地看着这个即将吞噬自己的怪物，笑了，然后他拿起身边的一大块蛋糕，肆无忌惮地吃了起来。

吃完之后，尼克摸了摸自己圆滚的肚子，回头看了看身后，闭上了眼睛，做了一次深呼吸，然后再次启动了飞船，几乎是在瞬间，飞船消失在了旋涡中，也消失在了身后接应舰队的屏幕上。

“尼克进去了。”桑诺看上去非常平静，但是身边的阿克知道，他已经紧张得无法控制自己。

“让我们耐心等待吧。”阿克坐了下来，轻轻地拉了拉桑诺。

“让我们为尼克祈祷吧。”玛塔向所有人提议。

“这个主意不错。”阿克看了一眼玛塔，笑了。

所有在场的人都接受了玛塔的建议，他们把手放在自己的胸前，闭上了眼睛，默默地念着玛雅的圣词，看上去是那么庄严而虔诚。

或许，这真的可以起到作用。

十二、告别自己的宇宙

等待的时间并不漫长，在尼克的人铁飞船消失在旋涡二十四小时之后，接应团队突然发现，那个旋涡停止了膨胀。紧接着，尼克飞船的后两部分喷射而出，这让包括阿克、桑诺在内的所有人欢呼雀跃，现在他们终于可以肆意地庆祝了，这说明尼克在进入旋涡之后仍然活着，仍然存在意识。

“我们可以尽情地憧憬了。”桑诺激动地挥舞着双拳，就好像在玛雅王国打到一只熊一样。

“我们什么时候出发？”赞塔和切里亚喜极而泣地问着。

“当然是尽快了，我已经等不及见到旋涡外的世界了。”玛塔也激动万分地落着泪说。

看着激动的人群，阿克也笑着，这是从离开杰玛之后他从没有感觉过的开心，那个在他心中一直朦胧存在的概念终于变成了现实，现在，他只需要捅破这最后一层窗户纸就可以真正看到了。

“未来，我们来了。”阿克轻轻地对自己说。

三个月后，当足够所有人乘坐的“人铁飞船”批量生产完成之后，阿克下达了向宇宙旋涡进发的命令。在飞船上，阿克要求所有人都面朝后，向这个破烂不堪却又充满生机的他们曾经生活过的宇宙做一次最后的告别。离开的时候要懂得告别，这是一个人的基本素质。

人铁舰队终于进入了旋涡，虽然已经有了心理准备，但每个人都下意识地闭上了眼睛，这是一种本能，也是一种期待，当他们再次睁开眼睛的时候，就将是一个完全陌生的世界了。

旋涡似乎并不像是一扇门而更像是一条通道，虽然已经停止吞噬，但是它的内部却仍然激流涌动，就好像在一条湍急的顺流而下的河流中，却又一片黑暗。阿克做着深呼吸，他感到有些压抑，但是却并不害怕，因为至少他仍然活着。

每个人都感觉到了一种奇怪的眩晕，就好像世界在眼前翻滚一样，但是他们的大脑却异常清晰。不知过了多久，这种眩晕终于停止了，阿克睁开了眼睛，看到了一个完全陌生的世界。

“这是哪里？”几乎所有的人都好奇地问着别人或者自己。

在他们面前的空间，到处都是数之不尽的旋涡，这些旋涡不断朝外喷发着各种物质，而这些物质包括了他们宇宙中的一切，恒星、行星、彗星、星云，甚至还有清晰可见的引力和各种宇宙射线，但和他们的宇宙不同，这些物质看上去要小很多。

“这是一个神奇的世界，对吗？”桑诺目瞪口呆地问阿克。

“我想知道雅各布和尼克在哪儿。”阿克显然比桑诺更加冷静，他需要知道这里的真相。

正在他们犹豫万分的时候，在这片空间的远处，一支几乎和他们一样的舰队正在飞来。虽然阿克意识到这可能是雅各布和尼克，但是他仍然做了最坏的打算，毕竟在陌生的世界中，不确定的因素太多了。

远处的舰队几乎是瞬间来到了阿克舰队的面前，很快，阿克就接收到了对方发来的无线电信号，没错，是雅各布，还有尼克，他们在一起。阿克突然落泪了，甚至连他自己都不知道为什么。

雅各布带着尼克以及其他几个玛雅的老朋友进入了阿克的指挥舰，没有拥抱，也没有哭泣，甚至没有久别重逢的激动，雅各布只是微笑着看着阿克，轻轻地说："欢迎来到新的世界。"

"这是哪里？"阿克也非常平静，他甚至不知道自己为什么能够如此平静。

"确切地说这里是外层空间，也就是我们一直幻想的宇宙外面。"雅各布淡淡地回答着。

"能具体点儿吗？雅各布，我并不明白。"确实，现在眼前的一切已经完全超出了阿克的想象力，他迫切地想知道这到底是怎么回事。

"在我们宇宙的外围，拥有着无限的空间，但这个空间只能叫作缓冲区，事实上除了我们的宇宙之外，还有很多其他的宇宙。这些宇宙之间相互没有直接的联系，但都可以通过缓冲区间接地联系。而所有宇宙中的物质总量是固定的，不多也不少，这些物质足以支撑每个宇宙独立的生存。只可惜，我们的宇宙发展已经超出了发展的上限，在大约6500万年前，我们的宇宙发生了一次大规模的湮灭，这直接导致了我们的宇宙出现了坍塌。换一种说法就是我们的宇宙，我们的银河系，甚至我们的太阳系其实早已经是死亡的状态了，而之前我们所监测到的宇宙仍然在膨胀，不过是一种惯性，在这之后，我们的宇宙将开始收缩，并最终回到奇点，彻底消失。”雅各布详细地解释着，虽然阿克仍然似懂非懂。

“外层空间……”阿克茫然地看着雅各布。

“我们消失的时候，看上去是宇宙被分割了，其实从外层空间的角度上看是一个活着的宇宙对死去宇宙的吞噬过程，这是由视觉差异造成的。开始我们也并不知道，但经过漫长的研究，我们认为这是正确的解释。”雅各布笑了笑。

“我想知道诺母和恩美雅是怎么回事，你能告诉我吗，雅各布？”桑诺在一旁也非常迫切地问。

“诺母并不是一个人或者一个种族，而是代表了我们现在所生活的宇宙中的所有文明。比起我们的宇宙，这里的文明更懂得如何控制宇宙的发展，不让它过早地死亡，我们现在也是诺母。”雅各布对着桑诺点了点头。

“至于恩美雅，他们只是那个死亡宇宙中负隅顽抗的文明，一直以来他们都在做着无用的抗争，和诺母争夺着那些剩余的资源。”雅各布继续说着。

“争夺资源？”桑诺好奇地问。

“对，我说过，所有宇宙的物质总量是不变的，死亡的宇宙中的资源是所有宇宙的共同财产，这务必会导致战争。事实上这种争夺资源的战争从没有停息过，因为每时每刻都会有不同的宇宙死亡和诞生，不过这些资源并不包括任何所谓的文明。”雅各布告诉桑诺。

“比我想象的更残酷。”阿克冲着桑诺耸了耸肩膀。

“那我们能在这个宇宙生存吗？”桑诺问。

“可以，我们的地球仍然存在，只不过和我们熟悉的地球不太一样了。”雅各布坚定地点了点头。

“叔叔，我是赞塔，恰克西的女儿。”赞塔终于按捺不住自己的情绪，她哭泣着走到了雅各布的面前。

“哦，亲爱的，你让我感到惊讶。”雅各布抱住了赞塔。

“这一切就像是做梦一样。”玛塔自言自语道。

第八章

外层空间

一、恩美雅的信号

在刘婕的内心，其实早已经做好了最坏的准备，从她离开地球的那天起，她就知道，地球的日子不多了，只是当这一天真正来临的时候，她居然可以如此平静地接受。

玛索红肿着双眼来到了刘婕面前，她是个感性的人，她爱地球上的每一个人、每一个生灵。现在，这一切都成了被历史车轮碾压过的痕迹，永远只能存在于记忆中了。此刻，她需要一次来自灵魂的交谈。

“英仙座、猎户座、太阳系，然后是整个银河系、整个宇宙，我现在对未来越来越失去信心了。”玛索靠在了座椅上，无奈地对刘婕说着。

“没有谁可以逃避死亡，这是事物的物理规律。”刘婕一边翻着书一边平静地对玛索说。

“那我们的未来呢？”玛索追问道。

“你是指未来的生活还是未来的故事？”刘婕放下书，微笑地看着玛索，她的话问得非常哲学。

“难道不一样吗？”玛索反问。

“其实都无所谓，对于我们来说，未来是一个虚幻的世界，只不过是时间上的一个概念而已。”刘婕认真地对玛索说。

“我很痛苦。”玛索无助地捂住了眼睛，哭泣着。

“我理解你的痛苦，不过仅此而已。”刘婕冷冷地对玛索说。

“我们难道就一直这样下去吗？这已经不单单是一种煎熬了。”玛索大声地说着，她的情绪需要发泄。

“佛教书籍上说，这是一种修行，在圆满之后，就将明白世界的真谛和宇宙的奥秘。”刘婕仍然非常平静，或许她真的已经看淡了一切。

“我们已经一无所有，甚至连回忆都是痛苦无比的，如果这就是生活的话，那么我宁愿死掉。”玛索摇着头，在她的话语间，无不带着一种彻底的绝望。

“我们会拥有很多，玛索，记得我曾经对你说过的话吗？你的爸爸、莫里斯，他们都会在未来的某个地方等待着我们。为了这个愿望，我们也必须活着，而且要坚强地活下去，任何坚持不懈的努力总会得到报酬，相信我。”刘婕走到玛索面前，轻轻地抱着她，温柔地说。

玛索抬起头看着刘婕，发现她的眼睛里满是泪水，或许她表面的坚强是在掩饰内心的脆弱。

“博士，我相信你。”玛索哽咽地说。

“前方发现了大量的飞船碎片，看上去应该是发生了一次惨烈的空战。”大多数人还在睡梦中，佩尔森就发出了警报，所有人立刻警觉起来，来到了大屏幕前。

在舰队的前方，是一眼望不到边的战场残骸，各式各样的飞船残骸四分五裂地飘荡在宇宙空间中，一片安静。

“看样子没有幸存者。”巴拉科夫冷冷地看着这一切。

“那是巴尔莫人的飞船，天哪！”金娜尖叫着指着一艘淡蓝色的圆形飞碟喊道，她一眼就认出了这是巴尔莫人的飞船，因为在夹层空间中，她曾经坐过康诺的飞船。

“还有因巴人的！”库福尔也尖叫着喊道。

“是夹层空间的，那是康诺的飞船，不。”金娜突然发现了一块飘向舰队的飞船碎片，她认识这艘飞船，这是康诺的，在她小女儿出生的时候，康诺按照地球人的习俗，做了金娜小女儿的教父，他把金娜小女儿的名字刻在了飞船上。

“这里发生了什么？”艾克拉不敢相信眼前的一切，要知道巴尔莫人可曾经自诩为这个宇宙中最高等级的文明。

“不单是这里，你们看前面，那里是夹层空间的光墙。”佩尔森指着这片残骸的尽头对所有人说。

“不可能，这里的坐标不是那里。”金娜并不认可佩尔森的话，她清楚地记得夹层空间的坐标。

“我知道，但是那堵光墙被移动了，你看那条巨大的痕迹。”佩尔森指着远处已经几乎熄灭的光墙对金娜说。顺着佩尔森手指的方向，金娜望去，那堵光墙似乎被一种未知的力量拉扯着，然后拖出了无边无际的痕迹。

“是谁有这么强大的能力？”艾克拉惊恐地看着佩尔森，又看了看刘婕，最后望向了巴拉科夫。

“造物主。”巴拉科夫仍然冷冷地说。

“恩美雅人。”刘婕的话却显得异常坚定。

“恩美雅？你怎么知道的？”佩尔森看着刘婕，觉得有些不可思议。

“记得之前劫持我们的那艘恩美雅飞船吗，它的飞行痕迹和拉扯光墙的痕迹是一致的。而且巴尔莫人说过，他们对恩美雅人一无所知。假设巴尔莫是这个宇宙中最高文明的话，那么恩美雅人要比他们高级很多。”刘婕看着眼前的残骸说道。

“那我们……是不是要离开？这里非常危险。”佩尔森被刘婕的话吓得脸色煞白。

“没有必要，如果恩美雅人要找我们的话，我们肯定逃不掉，另外，我并不认为恩美雅会滥杀无辜。”刘婕看了一眼佩尔森对他说。

“为什么？”佩尔森仍然非常好奇。

“宇宙中没有永远的朋友，也没有永远的敌人。”刘婕自言自语道。

“那我们现在怎么办？”佩尔森茫然地问着。

“继续前进，难道你愿意在坟地待一辈子吗？”巴拉科夫端起了伏特加，这些日子，他已经换成了大杯，因为他说这样可以更清晰地看到这个世界。

“康诺是我们的朋友，我为他感到悲伤。”金娜靠在了库福尔的肩膀上，流着泪说。

“至少我们离开了，不然我们也会和他们一样的。”库福尔轻轻地拍着金娜的肩膀，看着赵志宏，或许他是在感谢赵志宏带着他们离开了夹层空间。

“也许恩美雅人没有对我们说谎话。”赵志宏的声音让大家都回过头看着他，因为所有人都不知道他要表达的意思。

“我想知道您的意思，我不太明白。”刘婕微笑着说。

“记得我们离开地球的时候，是因为什么吗？”赵志宏严肃地看着所有人。

“我们收到了自称恩美雅人的无线电信息。”艾克拉回答着。

“信息的内容，大家还记得吗？”赵志宏继续问着所有人。

“他们要我们组成联合舰队，一起抗击四维文明，我们玛雅收到的信息也是如此。”赛琳娜看着赵志宏说。

“这不是谎言，是最真实的信息，是一条求救信号！”赵志宏用洪亮的声音斩钉截铁地说。

二、生存的规则

“我想知道我们下面该做什么。”阿克恢复了平静，他看着雅各布轻轻地问道。

“阿克，记得当年恩美雅人为我们做的脑部信息输入手术吗？”雅各布拍着阿克的肩膀。

“当然，那次手术改变了一切。”阿克感慨地说。

“现在你们将要进行第二次手术，但不是信息输入，而是一种进化手术。”雅各布微笑着对阿克说。

“啊，进化手术，我不太明白。”阿克好奇地看着雅各布。

“对，进化手术，确切地说是一种脑部手术。这个手术可以让你们脑电波的输出信息的组织变得开放，同时脑部接收信息的部分将被开发。你们可以随时随地接收到任何一个近距离生命磁场的信息，这比语言和肢体动作要简单得多，你们可以在瞬间很快理解他们所要表达的意思。这是正常的进化，而不是什么高科技，如果在地球的话，大概需要 5 亿年的时间。”雅各布冲着阿克点了点头，认真地说。

“巴尔莫人就是这样交流的！”切里亚在夹层空间的时候，曾经对巴尔莫人的交流方式感到惊奇。

“宇宙中的高级文明大多数都会如此，但也有一些会采用科技手段。”雅各布微笑着对切里亚说。

“你们现在也这样交流吗？那是谁给你们做的手术？”切里亚更加好奇了。

“旋涡是一个空间的通道，但其实也是一个时间磁场。虽然平行宇宙之间从空间和时间上来说拥有同步性，但其实这里和你们所在的宇宙有着 1500 亿年的时间差。为我们做手术的人……你们会感到惊奇的。”雅各布笑着对所有人说。

“是谁？”阿克焦急地问着，这里的一切都已经出乎了他的意料。

“等一会儿我会带你们去的。”雅各布微笑着说。

“我已经有些迫不及待地想知道了。”阿克也笑着对雅各布说。

“走吧，我们回地球，不过你们不要惊讶，这……和我们的地球不太一样。”旁边的尼克终于说话了。

舰队跟随着雅各布的飞船穿越了无数的旋涡，进入了一个新的空间，看上去这里几乎和他们的宇宙完全相同，突然间桑诺大声地喊了出来：“这里是太阳系，你们看，那是土星。”所有人都把目光望向远方，果然，一颗巨大的气态行星矗立在那里，标志性的草帽光环清晰可见。

“没错，那是土星，但是你发现不同了吗？”雅各布笑着问。

“看上去……有些不同，但是……抱歉，我不知道。”桑诺疑惑地说。

“这就是我们脑部的缺陷造成的，是记忆缺乏稳定性的表现，如果进行了改造之后，就不会出现这种现象，而真正决定文明等级高低的因素恰恰是思维。”阿克认真地说。

“你还没告诉我这个土星哪里不一样。”桑诺目不转睛地盯着远处的土星，显然他更好奇这个。

“土星和木星的位置是颠倒的，这是这个宇宙重组时进行的更为科学的调整。因为土星的引力相比于木星小很多，这样对地球的潮汐影响很大，冬季会缩短，陆地也会增加，气候会更加平衡；另外，木星和土星位置的互换可以使天王星和海王星受到引力的拉扯，从而在那里产生最基础的氨基酸。”雅各布认真地讲解着。

“这样的工程是我们永远无法做到的。”阿克唏嘘不已。

“这并不是工程，而是一种自然的重组，新的宇宙会更加科学地调整不足，因为这里暂时还没有生命。”雅各布继续说着。

“为什么不把我们宇宙的生命也带到这里？”桑诺问。

“创造宇宙和保护宇宙的不是生命，生命只能破坏宇宙。”雅各布淡淡地回答着。

没有人再说话，阿克、切里亚、桑诺，几乎所有人都保持了沉默，因为雅各布的话就像是一把审判的利剑一样深深地插进了他们的内心，无法反驳。

“每一个文明在发展的过程中都会对自身的宇宙造成一定程度的破坏，当这种破坏力达到一个界限的时候，宇宙就会失去自我修复能力，然后死亡，等待它的就将是诺母对它的所谓的掠夺。但我们必须明白，这种掠夺其实是一种对于整个宇宙网的保护，只有这样，每个平行宇宙之间才能更好地保持平衡。”雅各布一声叹息。

“那湮灭呢？湮灭了宇宙的物质就减少了，宇宙怎么修复？”阿克更关心科学的问题。

“宇宙网的修复能力大大超出我们的想象，即使是湮灭，它也会经过漫长的过程重新分解出产生原子的物质，就像我们身上的伤口一样，会留下疤痕。我们在宇宙中见到的巨型黑洞就是原子再造过程中产生的疤痕，它吞噬一切物质，然后进化成白洞，在这个过程中会吸收少得可怜的原子能。”雅各布感慨地说。

“我们的认知能力确实有限。”阿克也非常感慨。

“不单是有限，事实上我们之前的了解大部分是错误的，这和我们的价值观也有关系。生命应该是冷酷的，我说的并不是狭义上情感的冷酷，而是进化过程中精神上的冷酷，只有这样，我们才能在宇宙网下长久地生存下去。”雅各布对阿克说。

“这一切让我感到不可思议，我想知道，我们也会参与掠夺吗？”阿克问。

“当然，在我们宇宙回到奇点的这个过程中，我们要尽可能地把现在这个宇宙填满。它的个头太大了，如果吃得太少的话，它会不健康的。”雅各布大笑着对阿克说。

“我们必须要这么做吗？”阿克看着雅各布，表情有些犹豫。

“这是规则，就像我们当年在玛雅捕获猎物一样，如果不去打猎，我们就会饿死。”雅各布平静地回答。

“包括我们的朋友、我们的亲人吗？”阿克问。

“包括所有人。”雅各布看着远方，面无表情地说。

“那你为什么要带我们来这里？难道不是因为情感吗？雅各布，告诉我。”阿克犀利地问着。

“这就是生活，阿克，有时候你必须去做一些看上去很难但却来自你内心意愿的事。”雅各布耸了耸肩笑着对阿克说。

三、终极舰队

赵志宏的话让所有人感到吃惊，因为多年以来，他们早已淡忘了恩美雅人的信息，现在赵志宏又提了出来，他们的脑海里立刻开始重新评估那组信息。

“我们后来见到的事情，几乎完全颠覆了我们的想法，恩美雅人是在利用我们，把我们当作祭品，去为四维文明献祭。但是假设恩美雅人是真的想让我们和他们一起去抗击四维文明的话，那一切就比较容易解释了。”赵志宏用低沉的声音说道。

“你能解释得详细一点吗？”巴拉科夫也非常好奇赵志宏的话。

“这些年来，我们看到了很多无法解释的现象，消失的星系、巨大的旋涡、宇宙停止膨胀，假设这些是恩美雅人所做的，那么他们的动机是什么？难道他们要破坏自己所生存的空间吗？这不符合逻辑。但如果假设是其他空间的文明做的，那就比较容易理解了，他们在掠夺我们的资源，恩美雅人是在保护。但他们无法凭借自己的能力做到这些，才会要求这个宇宙中所有的文明站在一起来抗衡。而巴尔莫人、因巴人，还有夹层空间里的所有文明，他们都拒绝了恩美雅人的要求，因为他们更喜欢安全地待在一个地方，所以恩美雅人才痛下杀手的。”赵志宏对巴拉科夫说。

“这只是理论，我们没有证据，比起恩美雅人，我更相信康诺。”金娜不太同意赵志宏的话。

“恩美雅人究竟是怎么回事我们现在都弄不明白，这样的结论有些不负责任，至少我现在认为恩美雅人比四维文明更可怕。”佩尔森也提出了反对意见。

“也许不久之后，我们就会遇到恩美雅人，而且我相信，真正的战争已经开始了。”赵志宏平静地看着所有人，作为一个曾经的军人，他相信自己的直觉。

“我们的宇宙在收缩，离最后决战的日子确实不远了。”巴拉科夫认可赵志宏的说法。

“他们来了。”正在所有人说话的时候，玛塔发出了警报，在舰队前方约一光年的位置，出现了大批的正在向他们飞来的未知飞船。

“是恩美雅的舰队吗？”刘婕平静地问着玛索。

“我不能确定，他们太远了，不过我觉得逃离应该是一个好的主意。”玛索无奈地摇了摇头对刘婕说。

“我们没有理由逃离，也没有能力逃离，他们的速度高于我们，按照他们这个速度的话，追上我们只需要两年的时间。”佩尔森已经测试到了对方的速度。

“让我们迎上去吧，这样可以快一点有结果，我不认为两年之后会有人突然从天而降救我们。”巴拉科夫看了刘婕一眼，等待着她下达命令。

“我同意你的看法，您呢，赵舰长，我需要您的表态，毕竟这不是我一个人的舰队。”刘婕非常尊重赵志宏的意见。

“如果没有选择的话，那我愿意和大家死在一起。”赵志宏严肃地对刘婕说，他是一名军人，临阵退缩不是他的作风。

“那就出发，让我们和这支舰队来一次正面交锋。”刘婕用微笑感染着所有人，虽然这看上去是一种无奈的苦笑。

佩尔森和库福尔向整个舰队下达了朝着未知舰队方向出发的命令，按照现在这个速度行进的话，大约在四个月之后，他们将在宇宙中碰面。那时候，或许是他们的天堂，又或许是他们的地狱。

四个月的时间又是一个瞬间，虽然每个人都已经做了最坏的打算，但是当这支庞大的舰队出现在他们面前的时候，他们仍然感到一种从没有过的震撼。

这是一支比他们以往见到的任何舰队都要大得多的舰队，更准确地说这应该是一个宇宙的集团军，数以万计的各式各样的飞船肆无忌惮地呼啸而来，看上去不会有任何人可以阻挡他们。

“他们向我们发送了无线电信号。”佩尔森紧张地冲着刘婕喊道。

“不用紧张，既然他们联系了我们，那我们的危险性就在减小。”刘婕仍然平静地说，但是她的脸上已经没有了之前标志性的微笑。

“他们说他们是恩美雅人的舰队，现在要进行最后的决战了。”

佩尔森脸色煞白地告诉了所有人信息的译文。

“看来我们的猜测是对的。”巴拉科夫喝着酒笑眯眯地说着。

“他要求我们加入，否则将会消灭我们，舰长，这是赤裸裸的威胁。”库福尔焦急地看着刘婕。

“我们别无选择，但我们必须要知道真相。”刘婕斩钉截铁地说。

“就这样告诉他们？这算不算我们的条件？”库福尔看着赵志宏问。

“当然不算，这只是谈判的技巧而已，不过如果他们乐意告诉我们真相，那就更好了。”赵志宏耸了耸肩对库福尔说。

“他们要我们的舰长到他们的飞船上去，这可不是个好消息。”佩尔森一脸严肃地看着刘婕。

“我去吧，舰长是不能离开她的舰队的。”赵志宏没等刘婕说话，就自己站了起来。

“我去吧，我懂得技术上的东西，也比较老，看上去更像一个舰长。”巴拉科夫也站起身说。

“又不是去送死，为什么都抢着去？我没问题，我也相信他们不会对我怎么样的。”刘婕微笑着说。

“我刚才说过，一个合格的舰长不能离开自己的舰队，那样就相当于一个军人丢失了阵地，所以我是再合适不过的人了。”赵志宏已经走到了探测舰的舱前。

“活着回来。”刘婕不再和赵志宏争论，她看着他，眼睛里充满了柔情。

“我想会的，毕竟活着是一件有趣的事，再说我也不会在接近真相的时候告别。”赵志宏上了探测舰，冲着刘婕笑了笑。刘婕发现，他苍老的面庞下，居然是一种孩子才会有的笑容，看上去是那么天真。

载着赵志宏的探测舰朝着恩美雅的舰队飞去，很快，恩美雅人的飞船打开了舱门，赵志宏进入了飞船的内部。

“这家伙是个疯子吗？”巴拉科夫问刘婕。

“疯子从广义上解释的话应该是天才。”刘婕点了点头说。

“我能知道他在你眼里是一个什么样的人吗？”巴拉科夫看着刘婕，轻轻地问着。

“一个无畏的人。”刘婕淡淡地回答，脸上没有任何表情。

“很好的答案。”巴拉科夫笑着说。

四、不一样的地球

当阿克的舰队跟随着雅各布的舰队掠过这个太阳系的地球时，他们立刻就感觉到了一种久违的亲切。高耸的山峰，一望无际的平原，茂密的森林，小了很多的大西洋、太平洋，太阳的余晖正在温柔地照耀着大地，看上去就像是一幅油画中的世界。

远处，一座孤零零的城市正在向他们招手，很显然，这里的人口并不多，如果说这是一个乐园的话，那么没有人会反对。

“是你们建造了城市吗？”阿克问雅各布。

“我们只是发展了城市，真正的建造者不是我们。”雅各布微笑着回答。

“那是谁？我很想知道。”阿克焦急地问着。

“该怎么说呢？确切地说也是我们玛雅人，但是却和我们并不相识，记得我们王国关于卡依察的传说吗？在很久以前，一位美丽的公主和一个英俊的王子进入了神的世界。”雅各布摇着头笑着说，好像自己在讲故事一样。

“安吉拉和萨鲁，我知道，是国王的女儿，妈妈给我讲过。”赞塔抢着回答。

“是的，孩子，你真聪明。阿克，在此之前我们都忽略了这个故事的合理性，但事实上这不单单是一个传说，而是事实。他们在我们之前几百年就已经离开了玛雅王国，离开了地球，之后的故事和我们经历的差不多，也在宇宙中流浪。但是后来，他们带着子孙后代离开了恩美雅人的控制，继续在宇宙中飘荡着，直到有一天他们进入了旋涡，到了这个婴儿宇宙。”雅各布的脸上洋溢着一种幸福，看得出来，他非常羡慕这种生活。

“他们一直都还活着吗？”桑诺好奇地问。

“当然，他们很好，只是有些年老了，就像伊希切尔一样老。”雅各布点了点头。

“我已经迫不及待地想见到他们了，传说中的人物。”阿克激动得有些控制不住自己，他的手在不停地哆嗦。

“别紧张，他们非常善良。”雅各布拍了拍阿克的肩膀，此时飞船已经减速，并在城市中信号的引导下开始降落。

在城市中央的宫殿前，两个老人正站在那里，虽然年岁很老，但是看上去却很有精神。下了飞船，在雅各布的引荐下，阿克等人走到了两位老人面前。

“你们好，孩子们，真没想到玛雅王国能有这么多后代。”安吉拉轻轻地走上前，挨个拥抱了每个人，看上去她有些激动。

“您好，我不知道该怎么称呼您，但我觉得叫您安吉拉公主更好一些。”阿克笑着对安吉拉说。

“当然，我喜欢这个名字，不过雅各布叫我诺母，你也可以这么称呼我，安吉拉早已经是过去式了。”老人拍了拍阿克的后背。

“这位是萨鲁，我们传说中的勇士，他也是诺母。”雅各布指着另外一位老人对阿克说。

“不过他已经不习惯用语言来表达了，很多年了，我们都是通过脑电波来进行交流的，这并不是一件好事，有时候我想听玛雅的歌曲都很难，他从不愿为我唱。”安吉拉笑着说，看得出来，见到这么多的玛雅同胞，她是发自内心地高兴。

“我愿意为您唱歌。”阿克把手放在了胸前，向安吉拉致敬，紧接着其他人也都如此。

“不必这样，宇宙中是没有等级的。雅各布，看来你得尽快为他们做进化处理，这样交流实在太不习惯了。”安吉拉微笑地对雅各布说。

“我会的，诺母。”雅各布点了点头。

“那我们走吧，阿克，时间对于我们来说同样宝贵。”雅各布拉着阿克带领着所有人进入了城市，在城市中央的科技中心，他们将接受脑部进化手术。

“我们接下来要去参与掠夺吗？雅各布。”阿克在手术之前问雅各布。

“是这样的，因为我们原来的那个宇宙已经出现了无数个收缩点，比我们之前想象的要快得多，另外恩美雅人也在做着最后的反扑，他们还想继续维持那个破烂不堪的世界。”雅各布说。

“如果我们失败了会怎么样？”阿克接着问。

“不可能，他们无法进入旋涡，那里的引力会把他们撕得粉碎。”雅各布看着远方说。

“可是我们却按照你提供的飞船材料建造了飞船进入了这里，难道他们不行吗？我认为他们的科技可以达到这个水平。”阿克大声地对雅各布说。

“我说过不可能，你们能得到那些材料不单是因为科技，还有我给你们的那艘标本。那里面的材料的重元素要比我们那个宇宙的重元素高得多，在我们的那个宇宙中没有这种可以逃逸旋涡引力的物质。另外这里的物理也和那里完全不一样，我们是在一个新的世界，阿克。”雅各布拍着阿克的肩膀说。

“哦，好吧。”阿克不再说话，他看了看天空，这里的月亮比曾经地球上看到的大很多，也亮很多。

“语言确实是一种很费事的交流方式，你去接受手术吧，我还有很多事要告诉你，这样太累了。”雅各布推了一把阿克。

阿克跟随着所有人进入了科技中心，在这里，他们将像一百年前离开玛雅王国一样，再一次改变自己，只是这次，或许就是终点了。

脑部手术改造的速度非常快，除了耳朵里似乎有轻微的嗡嗡声之外，没有任何其他的不适。阿克走到了雅各布的面前，他突然发现，雅各布的脑电波正清晰地向他传递着信号。

“太神奇了。”阿克有些激动。

“你只需要很短的时间就可以知道我要对你说的所有话，而不是像我妈妈一样喋喋不休一整天。”雅各布大笑着向阿克发送着脑电波。

“我有一个问题要问你，雅各布。”阿克尝试着用脑电波来发送自己要说的话。

“你直接说，我会很清晰地告诉你。”雅各布闭上了眼睛。

“我想知道在平行宇宙网的外面是什么世界。”阿克问。

“哦，你问的问题太深奥了，连诺母都不知道，我们也无须知道。现在我们只需要生活在这个婴儿宇宙中就行，一个新的世界需要我们去发展，这需要很长的时间。”雅各布传递着脑电波的信号。

“诺母就是造物主吗？”阿克又问。

“广义上来说，诺母就是我们曾经说过的造物主，每一个婴儿宇宙都有自己的诺母。”雅各布的脑电波非常清晰。

“我还有一个问题要问你，你必须如实回答我。”阿克严肃地说着，这次他没有用脑电波。

“阿克，不该问的不要问，我会在以后告诉你的，但不是现在。”雅各布严肃地看着阿克，冲着他使了个眼色。

五、苏托小姐

赵志宏摘下了太空头盔，打开了舱门，没有犹豫，站了起来，这是一个军人的尊严，也是习惯。

恩美雅的飞船上只有三个非常矮小的人，如果没有猜错的话，这应该就是一直隐藏在暗处的和人类打了一百年交道的恩美雅人。赵志宏迈出了探测舰，站在了他们面前。

“地球光速舰队舰长赵志宏向您问好。”赵志宏面无表情地看着三个恩美雅人，点了点头。

“来自天狼星的恩美雅舰队舰长苏托向您问好。”站在中间的一个恩美雅人发出了声音，不过赵志宏听得出来，他的声音并不是出自他自己，而是经过了处理，也许这是为了更好地和自己交流才这么做的。

“你们的威胁让我们感到害怕，我们只是宇宙的流浪者，这一切都是因为你们曾经给地球发出的那些信息导致的。”赵志宏并没有打算屈服，他非常镇定地说道，在他的脸上，看不到丝毫的紧张。

“那些信息是求救的信号，也是邀请，如果没有那些信息，现在的你们已经化成了宇宙的尘埃。”苏托生硬地回答着。

“咱们最好直接一些，我现在想知道，这到底是怎么回事？”赵志宏不想耽误时间，他非常直接地问着苏托。

“宇宙已经开始收缩，而且是从四面开始收缩，留给我们生存的空间已经极其有限，现在的宇宙边缘只有不到一千万光年，而且很快也会消失。这一切都是因为其他文明对我们宇宙的掠夺造成的，我想之前你们也看到了那些可怕的宇宙旋涡，它们几乎不可战胜。”苏托用他大大的眼睛紧紧地盯着赵志宏说。

“这些所谓的其他文明到底是谁？”赵志宏问。

“四维文明，我们很早就告诉过你们。”苏托很直接地回答。

“那我们现在要做什么？我们有能力战胜他们吗？”赵志宏疑惑地问。

“我们必须到现在的宇宙最边缘去，那里不但是空间的界线，也是时间的终点，只有在那里，我们才能和四维文明进行公平的较量。而要想较量，需要我们现存的所有文明一起来完成，这样，我们或许才有一线生机，我们宇宙的信息才能得以保存下去。”苏托慢慢地对赵志宏说。

“四维文明来自哪里？我们之前在四维空间没有见到过他们。”赵志宏非常好奇这个问题。

“他们是最早可以穿梭于三维和四维之间的文明，但他们应该是在另外一个空间生活，很可惜我们现在还到达不了那里。”苏托举起了手，看样子是有些遗憾。

“为什么达到不了？”赵志宏似乎是要打破砂锅问到底。

“我们研究了几十亿年也不知道该怎么到达那里，你现在问我，我也答不出来。”苏托摆了摆手对赵志宏说。

“你真可爱。”赵志宏苦笑了一声，内心却感觉到恩美雅人有些傻得可爱。

“我们不傻，我们只是不知道。”苏托抗议着，看样子他有些生气。

“你们也是通过脑电波来了解别人的吗？”赵志宏问。

“当然，这是宇宙的官方交流方式。”苏托大声地说。

“既然我们都无法到达他们的空间，那又怎么能战胜他们呢？我觉得这是一个不成立的命题。”赵志宏严肃地问着苏托，他希望可以得到一个完美的答案。

“他们需要我们的资源，所以才会来三维世界，在三维里，我们将有机会干掉他们。”苏托摆了摆手对赵志宏说。赵志宏似乎明白了，这个肢体动作是肯定的意思。

“可是你们在一百年前给我们发送的信息说三维文明和四维文明之间没有利益冲突的，这又怎么解释？”赵志宏继续追问着，看样子他今天不弄明白所有问题是不会轻易离开的。

“那时候我们的宇宙没有收缩，但现在不一样了，我们的宇宙正在变回奇点，所以我们必须和他们开战。”苏托又摆了摆手。

“很好，那我再问你一个问题，你告诉我我们胜算有多大？”赵志宏自己也笑了，这是他活到现在问问题最多的一天。

“你的话真多。”苏托终于不耐烦了，这次他跺了跺脚，像一个小孩子一样。

“哈哈，你真可爱，像我儿子小时候。”赵志宏被苏托的样子逗乐了，他已经忘记了自己刚刚受到的威胁。

“我是女人，恩美雅人有三种性别，但是没有男人。”苏托又拼命地跺起了脚。

“哦，抱歉，女士。”赵志宏对着苏托鞠了一个躬，不过他并没有明白三种性别是什么意思，但是他没有再问，他觉得再问下去，苏托说不定会把飞船跺个窟窿。

“你还有什么要问的，最好一次问完，我们的时间不多了。”苏托停止了蹦跳，又变得严肃起来。

“女士，我想知道我们还有别的选择吗？”赵志宏摸着头笑着问。

“有，像巴尔莫人一样。”苏托面无表情地回答。

“你们为什么要杀死他们？”赵志宏又产生了好奇。

“第一，他们拒绝了我们的邀请，要躲在那个夹层空间里，但事实上躲在那里根本没有作用，同时还会占用我们仅存的生存空间中的资源；第二，他们的该死的问题和你一样多。”这次苏托把头扬了起来，她身边的另外两个恩美雅人也做着同样的动作，赵志宏猜测这一定是一种炫耀的肢体动作。

“好吧，我代表地球光速舰队宣布，可以加入你们。”赵志宏终于问清了所有问题，这一刻，他感觉轻松了许多。

“你们将加入第四集团军，负责侧翼，同时我得给你一个忠告。”苏托对赵志宏说。

“洗耳恭听。”赵志宏严肃地说。

“无论你们遇到谁，都不要心慈手软，因为那是我们的对手，他们是掠夺者。”苏托仍然非常严肃。

“我们能遇到谁？”赵志宏充满好奇地问。

“你们曾经的朋友。”苏托把双手举过头顶，大声地说着。

“朋友？”赵志宏看着苏托，目瞪口呆。

六、自私的人类

阿克看着雅各布离去的背影，内心充满了疑问，雅各布究竟要对他说什么？为什么如此地遮遮掩掩？难道这其中隐藏着什么不可告人的秘密？可是眼下，他全都无从知晓，看来只能等待了。

在这种煎熬中等待并不是一件容易的事，从清晨开始，阿克都是掐着时间度过的。虽然大多数人对眼下的这种生活感到惬意，但阿克没有，他知道，真正的结局即将到来。

大概过了半年的时间，那是一个阴雨天，阿克像往常一样醒来，他刚走出自己的房子，就接到了雅各布要求所有人员集合的命令。很快，全副武装的玛雅舰队在位于城市中央的广场集合完毕，雅各布站在台阶上看着所有人，在他的身后，是安吉拉和萨鲁。

“我们曾经的宇宙已经收缩到了无法收缩的程度，那个宇宙中剩余的所有物质如今都仅存在于一个直径500万光年的范围内，随时会发生宇宙大爆炸。而更让人无法接受的是恩美雅人正在组织那里剩余的所有文明来抗衡诺母，试图阻止婴儿宇宙的正常发展，来维护那个已经死亡了的宇宙。为此，我们必须要进行一次战争，当然，这也是最后一次战争。在这之后，我们曾经生活的宇宙将会回归奇点，彻底消失，新的婴儿宇宙将会继续成长。”雅各布面无表情冷冷地说。

“为什么不直接用宇宙旋涡，而要发动战争？”桑诺大声地问道。

“宇宙旋涡是在宇宙收缩的引力下工作的，当宇宙处于停滞状态的情况下，它的引力不足以承受恒星巨大的引力，所以不行。”雅各布回答着桑诺的问题。

“战争会有屠戮吗？”玛塔也大声地问着。

“会，但不会留下痕迹，也不会留在你们的记忆里。”雅各布平静地回答着。

“玛雅人拒绝屠戮，这是我们曾经发过的誓言。”切里亚愤怒地喊着，曾经的屠戮让他至今无法走出阴影。

“这是宇宙的规律，我们无法破坏，一个死亡的宇宙，它所孕育的每一个文明都不过是它身上的寄生虫而已，只有让他们死亡，原子才会重组，平行宇宙之间的平衡才不会被打破，更多的文明才会有孕育的机会。”雅各布冷冷地回答着切里亚的话，他的表情坚定无比，看上去没有丝毫商量的余地。

“雅各布，让我们出发吧。”阿克看着雅各布，轻轻地说着。

“嗯。”雅各布的表情变得轻松了一些，他对着阿克点了点头。

没有人再提出意见，他们各自登上了飞船，进入了战争状态。

“我想知道你要对我说什么。”阿克在指挥舰中低声地问雅各布。

“我们的宇宙是一个可爱的宇宙，对吗？”雅各布看了一眼阿克，用非常柔和的语气问道，似乎他已经知道了阿克要问什么。

“那我们为什么还要赶尽杀绝呢？难道生命在规则面前就这么微不足道吗？”阿克无奈地问着雅各布。

“我只能回答你，是的，规则就是规则，任何人都没法改变，如果破坏了规则，那就一定会受到惩罚。就像我们曾经在地球上做的那些事，我们拦截了河流，为的是得到更多的鱼，可是却引来了洪水，我们砍伐了森林，得到了木材，却让那里的生灵没了栖息之地。”雅各布深深地叹了一口气说。

“可是一个文明可以重新改造这些的，失去的东西是可以拿回来的。”阿克仍然不甘心。

“时间是不能倒退的，人类，也包括任何一个文明都无法阻止来自自然的惩罚，其实也不能叫作惩罚，自然有它的规律，这是谁也无法阻止的。就算我们不去进行这场战争，我们的宇宙也一样会回到奇点，那里的生灵也一样会消失得无影无踪。我们要做的，其实就像是去拿走人类落在广场里的垃圾。”雅各布苦笑着看着阿克。

“恰克西还在那里，还有其他时间点的人类，他们都是我们的朋友。雅各布，至少人类是有情感的，我从来不认为情感是生命发展中的错误程序，你说对吗？”阿克几乎是用哀求的语气对雅各布说。

“我知道。”雅各布低下头，轻轻地说着，阿克看到，在雅各布的脸上，充满了一种难以觉察的忧伤。

“我知道规则不能破坏，但是我们可以做我们能做的事，你懂我的意思，对吗？”阿克抓着雅各布的手，真诚地看着他。

“我尽力，但是阿克，我必须告诉你的是，破坏规则是要受到惩罚的，也许几千几万年之后，我们化作了尘埃可以躲避惩罚，但是我们的子孙后代是不会躲过的。”雅各布扭过脸看着阿克，叹着气说。

“我们的子孙后代知道我们所做的事，他们一定会原谅我们的。”阿克坚定地看着雅各布。

“也许吧。”雅各布微微地笑了笑。

“宇宙很大，它不会计较身上的一只跳蚤的，这无足轻重。”阿克稍微平静了一点儿，自言自语道。

“一颗虫卵可以毁掉整座森林，一个自私的人也会毁掉一个种族。”雅各布也看着前方，自言自语道。

“自私是人类的本性，我们永远不能做到无私，这是生命的一部分。”阿克淡淡地说。

“你现在很哲学，不过宇宙不需要哲学。”雅各布笑了。

“那我们需要什么？”阿克好奇地问道。

“我们需要哲学家。”雅各布非常自然地说。

“你变得幽默了很多。”阿克摇了摇头看着雅各布。

“生活中需要幽默，不是吗？”雅各布耸了耸肩膀，有些无奈地说。

“是的。”阿克看着前方，眼睛里充满了茫然。

“别想得太多，我会做我该做的事。你说得对，我们有很多朋友，我和你一样爱他们。”雅各布拍了拍阿克的肩膀，冲着他点了点头。

“雅各布，我们死了之后，我们的记忆会留下吗？”阿克问。

“如果你愿意留下的话，那就可以，原子在绝对零度下是会保持原状的，这你是知道的。”雅各布回答着。

“我不愿意留下任何我的记忆。”阿克突然落下了眼泪。

“是因为这一生的记忆太过残酷了吗？”雅各布好奇地问。

“不，只是太过虚幻了，我想要一个全新的、平淡的记忆。”阿克轻轻地说。

“可以，我会帮助你的。”雅各布认真地说着。

“谢谢。”阿克点了点头。

七、战士赵志宏

光速舰队被恩美雅人安排在了集团军的右路军，从位置上看，这显然不是一个重要的位置，但是正如恩美雅人所说，这已经是整个宇宙中仅存的所有文明了。

在返回指挥舰之后，赵志宏单独和刘婕进行了一次谈话，这次谈话除了他们两个人之外再无其他人。也正是在这次谈话之后，刘婕接过了赵志宏手中的舰队的指挥权，成为这支地球舰队真正的主人。

“你比我更适合做一个领袖。”赵志宏用真诚的语气对刘婕说。

“其实我并不适合做领袖，我更喜欢做一个智囊。”刘婕笑着对赵志宏说。

“我没有开玩笑，因为你比我们任何人都更清楚什么时候该做什么事。我相信人类已经走到了尽头，而只有你，才可以让人类继续生存下去，这才是我们一直以来要做的正确的事。”赵志宏非常严肃地注视着刘婕说。

“别那么悲观，世界总会向你敞开一扇窗户的。”刘婕微笑着看着赵志宏，认真地说。

“事实就是事实，我不认为恩美雅有和四维文明抗衡的实力，我也已经做好了准备，我毫无畏惧。”赵志宏的脸上充满了刚毅。

“我不惧怕死亡，但我更喜欢活着，因为这个世界对我的吸引力太大了，这就是我一直努力活着的原因。人类是一个看上去并不那么优秀的文明，但却一定是最浪漫多彩的，情感可能真的是文明发展中的一个错误程序，但这又能怎么样呢？一个没有情感的种族或者文明即使活着，也注定是孤独的。”刘婕看着前方，平静地对赵志宏说。

“这也许就是更高级的文明可以保存记忆的原因，但我不愿意留下记忆。”赵志宏也非常平静地说。

“是觉得这一生太过残酷了吗？”刘婕看着赵志宏好奇地问。

“不，恰恰相反，是太过平淡了，我想要一个更加刺激的人生。”赵志宏看着刘婕，在他的脸上，是一种骄傲的笑容。

“在中国的神话传说中，有人会帮助你做到的。”刘婕淡淡地说道，眼睛再次望向了前方。

“是孟婆吧？我听过，不过我不喜欢，她并没有根据每个人的意愿去做她的工作。”赵志宏也望向了远方。

“这其实才是最正确的做法，否则世界将会混乱的。”刘婕仍然是慢条斯理地说着。

“你是个博学者，我已经感觉到了你的伟大。”赵志宏非常真诚地夸奖着刘婕。

“你是个伟大的人，我不需要感觉，所有人都知道。”刘婕吐了吐舌头对赵志宏说。

“还有一个月，我们就将到达宇宙的边缘了。你知道吗，我有一种莫名其妙的兴奋。”赵志宏伸了个懒腰用洪亮的声音对刘婕说。

“很久没有打仗了是吗？”刘婕问赵志宏。

“是，手痒痒了，你知道吗，我曾经在一次战争中失去了一条腿，后来进行了克隆手术。在那段日子里，我发誓永远不再参与任何形式的战争。但时间一久，我居然忘记了那种痛苦，取而代之的是对战争无尽的思念，连我自己都奇怪为什么会有这种感觉。不过后来我明白了，战争可以让更多的人在痛苦中得到生存的机会，和平反而不能。”赵志宏感慨地说。

“战争是真正和平的摇篮，但人类的战争不是，在地球上发生过的所有战争无非是利益不均的问题，而真正的和平应该是为了规则而战，就像我们这次要面对的战争。你说不上哪方是正义的，也说不上是为了什么利益，生存只是基础。真正的和平是让所有生命在一个合理的规则下进化和发展，不遵守规则的人将会受到最严厉的惩罚，而这，我们几乎永远都做不到。”刘婕接着赵志宏的话说。

“这就是我把我的舰队交给你的原因，你有权做出你的任何决定，不会有人反对。我相信在未来，新的人类会在你的带领下学会遵守规则，并且快乐地活着。”赵志宏再次非常真诚地说。

“你认为我能活下去？”刘婕笑着问。

“当然，你是唯一有能力活下去并能适应这种规则的人。当然了，这还得看运气，我认为你的运气一直都不错。”赵志宏笑着说。

“这算是你的愿望吗？”刘婕平静地问。

“不算，是请求，因为我将永远消失在世界上，而未来不会有人记得我。”赵志宏的脸上非常平静，丝毫看不出对于死亡的那种恐惧。

“但历史会记住你，未来的人类也会记住你。”刘婕坚定地看着赵志宏，大声地对他说。

赵志宏望向了前方，他的眼神里带着坚毅，带着对这个世界的眷恋，也带着不甘，但又显得那么平静。刘婕说得对，历史不会忘记每一个曾经生活在地球上的人，他们都是地球几十亿年发展中的记忆的一部分，而记忆是从来不会被遗忘的，无论它是躲在内心深处还是脑海中的某一个角落。

“我们快到了。”刘婕指着舰队前方，整个集团军的速度放慢了，可以确定，宇宙的边缘近在眼前了。

赵志宏仍然没有说话，他平静地注视着眼前的一切，眼睛都没有眨一下，几分钟之后，他回过头，对刘婕说：“博士，地球舰队的舰长赵志宏向您交还整个舰队。一百年前，我接受地球工会的任命，成为这支舰队的舰长。现在任务完成，我宣布退休，从现在开始，我是一名为了捍卫我们宇宙安危的战士，请您下达让我参战的命令。”说完，赵志宏单膝跪在地上，等待着刘婕的命令。

“赵志宏，我代表整个人类任命你成为这次战争中地球舰队的先锋舰舰长，你将不惜一切代价打败你的敌人来捍卫你的家园，保护你的朋友。”刘婕没有犹豫，她把手放在了赵志宏的头上，斩钉截铁地说道，在她的脸上，没有了以往的微笑，取而代之的是一种强大的气势。

赵志宏站起身，走出了刘婕的指挥舱，面无表情地看着所有人，用特有的洪亮嗓音大声地喊道：“来自地球舰队的所有战斗舰的人员，我们即刻起正式进入战争状态。无论你看到的是你的朋友，还是你的亲人，现在他们都只有一个身份，那就是你的敌人。我们必须战斗到最后一刻，无论付出什么代价。”

“是！”战斗舰的所有战士齐声喊道，在他们的脸上，同样充满了坚毅。

八、遭遇战

这不是一场公平的战争，因为战斗的双方并不在一个水平线上。来自外层空间的玛雅舰队利用技术把整个恩美雅集团军锁在了个直径大约五十光年的范围之内，而在这之外，是一望无际的巨大的宇宙旋涡连成的一个包围圈。更为可怕的是，玛雅舰队全部都隐藏在旋涡中，这让恩美雅的集团军几乎没有还手的可能。

恩美雅的总指挥舰首先派出了上千艘载有超级核弹的战斗舰对旋涡进行了轰炸，但是却丝毫不起作用，核弹在旋涡面前甚至不如石子击中水面引起的波澜。紧接着，旋涡内部喷出的巨大引力波将这千艘战舰瞬间气化，可以说完全不费吹灰之力。

恩美雅人仍然不气馁，苏托又派出了虫洞制造者试图在旋涡前制造虫洞从而绕过旋涡。但是由于此时空间已经被锁定，无法达到虫洞所需的条件，所有虫洞还没有展开，就在旋涡的巨大引力拉扯下成了碎片。仅仅一个小时之后，恩美雅人的集团军已经损失了一半，而这还是在旋涡背后的玛雅舰队没有进攻的情况下实现的。

终于，恩美雅人陷入了绝望，这种绝望是他们几十亿年来抗争命运的一个真实写照——毫无胜算。那么现在，留给他们的路只有一条，那就是逃跑，只可惜这次不同以往，因为他们一直赖以生存的宇宙已经不复存在，他们将在无处可逃的绝望中等待最后时刻的到来。

而追随他们的那些文明也已经完全乱了阵脚，他们四处逃窜，希望可以找到一条活下去的通道。只可惜这一切都是徒劳的，玛雅人的工作没有任何纰漏，就像是曾经在森林中设置的捕猎陷阱一样，不会放过一只猎物。

赵志宏已经带领着战斗舰冲了出去，在大约四分钟之前，刘婕通过大屏幕亲眼看到了赵志宏的战斗舰在一个从旋涡中飞出的亮点的攻击下瞬间气化。整个地球舰队顷刻间被巨大的悲痛包围，几乎所有的人都号啕大哭，他们曾经一起生活了将近一百年的朋友居然以这种方式和他们告别了。

巴拉科夫是少数没有悲痛的人之一，此刻，他仍然一如既往地端着伏特加尽情地畅饮着，可能他自己也知道，这是他一生中最后一次品味这世界上最美的味道了。

“让我们尽情地欢呼吧。”他把手搭在刘婕的肩膀上，这次，他有了醉意，或许他明白，带着醉意离开这个世界，是一种最幸福的方式。

“当然可以，这也是我想的最好的告别方式。”刘婕平静地看着巴拉科夫。

“你得活下去。”巴拉科夫把酒杯端到了刘婕的面前，摇摇晃晃地说。

“这是你的威胁吗？”刘婕幽默地问着。

“当然，如果你不答应我，我现在就杀死你。”巴拉科夫坐在了椅子上，把剩余的大半杯伏特加一饮而尽。

“好的，我接受你的威胁。”刘婕笑了笑，走出了指挥舱。

“博士，我们无处可逃了。”佩尔森喘着粗气脸色煞白地对刘婕说。

“很多人选择了自杀。”艾克拉也非常无奈地说。

“任何人都可以按照自己的意愿做任何事。”刘婕冷冷地回答着。

“博士！”赛琳娜从储藏间外冲着刘婕招手，示意她过去。

“怎么了，亲爱的？”刘婕笑了笑，朝着赛琳娜走了过去。

“你进来，我有话对你说。”赛琳娜把刘婕拉进了储藏室。

“怎么了？”刘婕看着赛琳娜，不知道她要做什么。

“玛索你说。”赛琳娜对坐在里面的玛索说道。

“我刚才从旋涡内部发出的引力波中捕捉到了一条发给我们的无线电信息。”玛索哆哆嗦嗦地说。

“说什么？”刘婕立刻来了兴致，她激动地看着玛索。

“是玛雅语，来自雅各布，我们的国王，他告诉了我们逃生的方式。”赛琳娜紧张地说着。

“我们该怎么做？”刘婕迫切地问。

“朝着西边的坐标一直飞，直到甩开其他人，那里有人接应我们。”玛索严肃地说。

“但是他们只允许我们乘坐一艘探测舰去。”赛琳娜看着刘婕，尴尬地说。

“可是我们还有几百人，难道让我们扔下他们？”刘婕摇着头。

赛琳娜和玛索都不再说话，他们知道刘婕断然不会答应这个要求的。

“我愿意把这个机会让出来，你们俩加上孩子，另外再带四个孩子。”刘婕恢复了平静，抱着赛琳娜轻轻地在她耳边说。

“可是博士，信息里点名要你的。”玛索站了起来。

“是谁？雅各布吗？我不认识他。”刘婕疑惑地问。

“我们也不知道是谁，但现在我们没有时间犹豫了，你需要果断一点。”赛琳娜用祈求的眼神看着刘婕，又看了看床上睡觉的孩子。

“走吧，这里交给我，如果有其他人知道了，你们就走不了了。”储藏室的门被推开了，一股巨大的酒味扑面而来，紧接着，巴拉科夫醉醺醺地走了进来。

三个人都目瞪口呆地看着巴拉科夫，一句话也说不出来。

“乘坐那艘七人的探测舰，到另外一个世界去。”巴拉科夫摇摇晃晃地说着。

“带上金娜和他们的孩子，库福尔留在这里。”巴拉科夫伸手一拉，把身后的金娜拉了过来推进了储藏间。金娜紧张地看着刘婕，尴尬得不知如何是好。

“库福尔让你照顾好孩子，他要和我在一起，不过我认为他是打算抛弃你了，因为他最近总是和研发舰的一个小妞套近乎。”巴拉科夫看着金娜，大声地说。

“金娜。”刘婕一把拉住了金娜，拍了拍她的肩膀。

“还愣着干什么，难道要我把伏特加也送给你们？你们这群该死的娘们儿。”巴拉科夫的眼睛瞪得大大的，并毫无顾忌地大声谩骂着。

“我们走。”刘婕闭上了眼睛，深深地吸了一口气，对其他人说。

“快滚，别让我再看见你们。”巴拉科夫打着嗝，散发着令人讨厌的酒气。

“老头，我很爱你，再见了，不过我会记住你的。”刘婕回过头对着巴拉科夫轻轻地说，她的脸上，没有生离死别的泪水，只有迷人的微笑。

“该死的娘们儿，我更爱伏特加。”巴拉科夫没有看刘婕，而是转过身，朝着战舰的主舱踉踉跄跄地走去，这次，他也许是真的醉了。

九、灵魂永存

刘婕的探测舰离开了主舰朝着战场的西边飞奔而去，那里是他们仅存的一线曙光。不过就在他们刚刚脱离主战场的时候，一艘集团军中的圆形飞碟发现了他们。在躲过了几次攻击之后，他们紧紧地跟上了刘婕的探测舰，这是一种下意识的行为，而非他们真的知道了刘婕的目的。

两艘飞船朝着和雅各布约定的方向飞去，比起主战场的惨状，这里似乎安静了许多。此时，舰上的几个人也差不多恢复了冷静，金娜抱着孩子们不停地抽泣着，玛索和赛琳娜安慰着她。许久之后，金娜才逐渐停止了哭泣。

“我们必须甩掉后面这个家伙。”玛索对刘婕说。

“他们的求生欲望很强，我无法对一个渴望活着的生命说不。”刘婕面无表情地看着玛索。

“没关系，如果他们运气足够好的话，那可以活下来，但是我不认为他们有运气。”赛琳娜也对玛索说。

“为什么？”玛索不解地问。

“比他们更有资格活下去的人有很多，雅各布不会允许他们活下去的。”赛琳娜也面无表情地回答着，自从艾伦消失之后，她再没有以往的那种笑脸了。

“随他们去吧。”刘婕回头看了看这艘可怜的飞碟。

“我们的指挥舰在唱歌。”玛索打开了无线电的接收器，里面很清晰地传来了唱歌的声音。

“是《伏尔加船夫曲》。”刘婕有些激动地看着玛索说。

“是巴拉科夫，我听得出来。”金娜也凑了过来。

“这是一首很古老的歌曲，虽然情节很悲伤，但是曲调很好听，我读书的时候，俄罗斯同学都会唱这首歌。”玛索对身边的赛琳娜说。

“我们玛雅也有类似的歌曲，但是我不会唱，我没有在地球上生活过。”赛琳娜很羡慕玛索刘婕他们这些曾经在地球上生活过的人。

“他在和我们告别，是吗？”金娜小心翼翼地问着刘婕，生怕会引起她的伤感。

“是的，这是他的告别方式。”刘婕的平静出乎金娜的意料，她的脸上洋溢着笑容，并不显得伤感。

“是库福尔的声音。”随着《伏尔加船夫曲》的渐渐停止，一首动听的西部歌曲传了出来，金娜哽咽地说道。

“他们是在祝福我们。”刘婕搂住了金娜，任由她不停地抽泣着，现在，她必须要表现得勇敢一些。

“库福尔经常唱歌给我和孩子们听，他说如果有一天能回到地球的话，他想做一个乡村歌手。”金娜捂着脸几乎不能自已。

“我们应该为此感到骄傲，而不是伤心，在我们玛雅，死亡从来都不是一件可怕的事，你必须学会接受。”赛琳娜高声地对金娜说着，现在她们确实需要勇敢地面对这一切。

“亲爱的孩子们，我以一个牧师的身份代表整个地球光速舰队以及地球上的亿万生灵为你们祷告，同时也是最后的告别。”歌声停止了，巴拉科夫的声音随着无线电广播了出来。

几个人都屏住呼吸，静静地听着巴拉科夫要说的话。

“我们的宇宙即将回到奇点，万物也将消失，但这没什么可伤心难过的，原本就该如此。我们已经在这个宇宙中生存了数亿年，见证了无数的奇迹，现在是该告别的时候了。虽然我知道每个人的内心都并不是心甘情愿的，但这就是生活，你无法改变，只能去接受。所幸的是，我们虽然消失了，但我们的记忆将会永存于这个世界的历史中，任何人都无法轻易地抹去。这里所剩的飞船已经不多了，我不能说太多的话，只能告诉你们，让我们在未来再见，我相信生命的灵魂是永存于世的。”无线电到了这里突然断了，玛索回过头，发现他们离开的那片空间已经被巨大的旋涡完全吞噬，正朝着他们的方向而来。

“灵魂永存。”刘婕伸出了手，紧接着赛琳娜、金娜，还有玛索，四个人紧紧地把手握在了一起，朝着生的希望奔去。

在四十分钟之后，他们行进的空间已经被巨大的旋涡完全包围。玛索停止了前进，因为前方已经无路可走，巨大的旋涡狼吞虎咽地吞噬着仅存的宇宙空间。

“这是雅各布给我们发送的坐标，现在就让他来掌握我们的命运吧。”玛索平静地说，在他们身后，那艘一直紧跟着的飞碟也停下了，他们向探测舰发送了无线电。

“我们截获了你们收到的信号，请带我们一起走，为了我们宇宙的信息。”

“不要回复。”刘婕看着玛索轻轻地说。

“为什么？他们在求救。”玛索不解地看着刘婕。

“答应别人的事如果做不到，不如不去答应。”刘婕淡淡地回答着，在她的眼睛里，充满了无奈。

玛索点了点头，关闭了无线电接收系统。也就是几乎在同时，从巨大的旋涡里飞出了一个如足球大小的亮点准确无误地击中了那艘飞碟，瞬间，那艘飞碟被气化了。

“我们甚至不知道他们来自哪里，可怜的朋友们。”金娜摇着头苦笑着说。

“看，旋涡里。”玛索指着前方巨大的旋涡，只见里面鱼贯而出了一排战舰。

“但愿是雅各布。”赛琳娜双手合十开始祈祷，她非常虔诚，虽然她并不相信祈祷可以带来好运。

“他们的舱门打开了。”玛索惊讶地喊了起来。只见最前方的一艘战舰的舱门打开了，紧接着发出了巨大的引力，玛索发现探测舰所有的功能在瞬间消失，被那艘巨大的战舰吸了进去，紧接着，他们失去了知觉，甚至没有来得及说一句话。

刘婕是最先醒来的，她努力地睁开双眼望向四周，蓝天、白云，还有轻快的萨克斯。

“哦。”刘婕长吁了一口气，尽情地享受着这一切，她不想提任何的问题。

“你醒了，博士。”一个声音传来，刘婕这才回过头。

“切里亚！”刘婕简直不相信自己的眼睛。

“是我，博士，我还活着，知道为什么吗？”切里亚坐在了刘婕床边，微笑着问。

“为什么？”刘婕感到非常惊喜。

“因为我们起过誓，一定要在未来见面的。”切里亚说着把刘婕送给他的玉放在了刘婕的手上。

刘婕嘤嘤地哭了，像个孩子，许久之后，她才停止了哭泣，擦干眼泪，微笑着问："他们呢？"

"还没有醒，但不会太久。"切里亚微笑着回答。

"我没有做梦是吗？"刘婕问。

"没有，这都是现实。"切里亚对着刘婕点了点头。

"哦。"刘婕闭上了眼睛，不再说话。

"你先休息吧，慢慢地我会把一切都告诉你。"切里亚站起身走了出去。

十、觊觎未来

刘婕站了起来，走到窗前，外面的世界是一个无比熟悉却又无比陌生的世界。是曾经的世界吗？刘婕有些恍惚地问自己。湛蓝的天空，清新的空气，清香的泥土，这一切都是记忆中的世界吗？也许是，也许不是，一切都在一场梦境中结束了。

打开房门，刘婕走出了自己的房子，站在门前的田野上，尽情地呼吸着熟悉的空气。她仰望着天空，发现自己的内心居然无法激起任何的涟漪。一切真的都结束了吗？对，一切都结束了。

阿克从远处走来，在她身后，是玛索、赛琳娜、金娜还有几个孩子，他们的脸上都洋溢着一种久违的笑容。

"博士，别来无恙。"阿克深深地向刘婕鞠了一个躬，这是一种致敬，也是一种久违的朋友最真挚的问候。

"我很好。"刘婕看着阿克，淡淡地笑着。

“我们的宇宙回到了奇点，这是它的归宿，我们应该为此感到开心。”阿克也笑着对刘婕说。

“宇宙的秘密比我想象的要简单许多。”刘婕拥抱了阿克。

“是的，您说得没错。”阿克点了点头。

“现在我们要做什么？”刘婕平静地问着阿克。

“我们将在这个婴儿宇宙中创造出一个崭新的色彩斑斓的世界。”阿克的回答很简单。

“我们是造物主吗？”刘婕笑着问。

“可以这么理解，不过我想说的是这个世界上并没有什么造物主，真正创造这个世界的还是自然，没人可以和它抗衡。”阿克唏嘘地说着。

“真是可惜，我原本以为会和造物主有一次直接的交流。”刘婕摇了摇头。

“您可以按照您的意愿来创造世界，这也是造物主的想法。”阿克认真地说。

“真是一个好主意。”刘婕低下头，笑了。

“对了，我还有一件礼物要送给你们。”阿克对几个人说道。

“什么礼物？”玛索好奇地问着。

“不过不是现在，半年后吧，我相信你们一定会为此感到开心的。”阿克眨了眨眼，笑着说。

“我很期待。”刘婕吐了吐舌头说。

半年之后，刘婕等人对整个婴儿宇宙进行了一番畅游之后回到了地球。按照她和阿克的约定，今天是他们见到礼物的时间，谁也猜不到阿克会带来一件什么样的可以让他们感到惊喜的礼物。

阿克、雅各布和切里亚早已等候在飞船基地，他们的脸上充满了笑容。刘婕、玛索和金娜迎面走了过去。

“非常准时。”雅各布微笑地对着刘婕点了点头。

“当然，有礼物可以拿的时候，我从来都不会迟到。”刘婕看了看玛索和金娜，哈哈大笑起来。

“我也是。”玛索和金娜也笑着说。

“走吧，让我们去看看这份礼物。”阿克指着身后的一艘飞船说。

刘婕、玛索和金娜相视一笑，随着阿克等人上了飞船，这是半年以来她们第一次登上飞船。

“我们去哪儿？”玛索的脸上充满了好奇。

“你一定会感到开心的。”阿克扭过脸对着玛索挤了挤眼睛。

“你总得让我们有点儿心理准备吧。”玛索摇了摇头笑着说。

阿克不再说话，他启动了飞船，进入了四维空间。

“这是四维，我们要去哪里？”金娜激动地问。

“雅各布把我们宇宙中两百年前的太阳系保留了下来，现在我们要去的就是人类登陆火星之前的世界，你们将看到很多你们记忆里的东西，不过有很多不同的地方。”切里亚指着眼前的地球笑着说。

“天哪。”玛索抱着头不可思议地叫着。

“我们将以四维状态隐身进入地球，看一看不同的时间点发生了什么事情。”雅各布点了点头，飞船即刻进入了空间隐藏状态。

五岁的玛索坐在屋顶上指着天上的星星：“爸爸，你看，那颗星星好亮。”

“那是火星，未来会成为我们的家园。”富尔茨博士靠在躺椅上，笑着对玛索说。

“那里有人吗，有没有草莓馅饼，有没有迪士尼乐园？”玛索扭向了爸爸，眨着眼问。

“那里是一个美丽的伊甸园，当然有人，不过那里的人和我们不一样，他们善良可爱富有同情心。”

玛索不再说话，她静静地望着天空，很久很久，然后靠在爸爸的怀里睡着了。

“爸爸，我记得那天。”坐在四维飞船里的玛索已经不能自已，她哽咽着说。

“小时候的玛索好可爱。”刘婕的眼里也泛着泪花，她搂着玛索安慰道。

富尔茨博士抱起了玛索，把她放在床上，笑了，然后，他轻轻地吻了她的额头，关好门，离开了家。

“他去了哪里？”飞船里的玛索感到非常奇怪，在她的记忆里，那天爸爸没有离开。

富尔茨博士开着车离开了家，半个小时之后，他走进了一辆停在路边的消防车，换上了消防员的衣服。

“天哪，爸爸是个消防员。”玛索一边擦着眼泪，一边笑着说。

“是的，每一个时间点的故事都会不同。”阿克看着玛索，笑着对他说。

“我想看看库福尔。”金娜也哽咽地说着。

“当然，他在那里。”切里亚指着飞船上的探测仪，转到了位于达拉斯的乡下，只见一个戴着牛仔帽的小男孩正在浴室外和几个淘气的孩子一起偷看一个小女孩洗澡。

“哦，该死，这是库福尔吗？”金娜简直不相信自己的眼睛，她笑得几乎合不拢嘴。

“不，那个小女孩才是库福尔，他小的时候喜欢穿裙子，把自己打扮成小女孩。”阿克也笑着说。

“我的天哪，怪不得他总是喜欢哭鼻子。”金娜的眼睛里噙满了泪水，她抱住了身边的刘婕，不停地抽泣着。

“我们去俄罗斯，那里还有一位先生在等着我们。”切里亚看着刘婕，笑嘻嘻地说。

“一定是我们的酒鬼先生。”玛索激动地说。

阿克点了点头，按下了启动键，他们飞往了莫斯科大学。

“他为什么要梳这种发型？”刘婕一眼就认出了一副朋克打扮的巴拉科夫，此刻他正在尽情地跳着迪斯科，看上去是一个地道的摇滚青年。

“至少他不喝伏特加了，你知道吗，其实我一直都很讨厌那种味道。”切里亚撇了撇嘴。

“哈哈，你们看，他跳迪斯科时看上去像一只熊。”刘婕大笑着靠在了椅子上。

“太出乎我的意料了，我甚至不相信这是那个每天喝着伏特加的家伙。”玛索也捂着嘴笑着。

“我们已经把这个时间点的太阳系锁定在了那片空间中，那里的全部就是太阳系，没有室女座超星系团，也没有仙女座，没有银河系，没有猎户座悬臂。”雅各布平静地说。

“他们知道这些吗？”刘婕问。

“当然不知道，不过他们会探索，也许有一天他们会发现这些秘密。”阿克回答着。

“还有一个人我们要去看看。”刘婕看着雅各布说。

“莫里斯。”玛索对着雅各布点了点头。

“抱歉，我们没有在这个时间点里找到他。”阿克挠了挠头，对刘婕说。

“他不存在吗？”刘婕好奇地问。

“可以这么理解，也许他爸爸和妈妈根本就没有相遇。”切里亚摇了摇头，表示很无奈。

“真可惜，可怜的莫里斯居然没有来到这个世上。”玛索遗憾地靠在了椅子上。

“这就是生活。”阿克平静地说。

“那我们可以经常来这里吗？或者我们可以走进他们的生活吗？”金娜笑嘻嘻地问着雅各布。

“当然可以，你们可以成为这个时间点上的任何一个人，不过记住，你们是造物主，这一切都是虚幻的。”雅各布认真地说。

“太好了，我要每天都去捉弄库福尔。”金娜冲着刘婕和玛索眨了眨眼睛。

所有人都哈哈大笑了起来。

在另外一个婴儿宇宙中，一个男人正在目不转睛地看着眼前的一切，他的手里，拿着一本叫作《思考》的书，此刻，他已经开始按照自己的意愿来创造一个更完美的世界了。而在他的后花园的空间里，存在着一个完整的太阳系，在太阳系中，有一颗蓝色的星球正在焕发着崭新的活力。

未来，永远都是值得觊觎的。